Diseño de cubierta: Mario Muchnik

En cubierta:
ilustración de Carlo Wieland

Foto de contracubierta:
Mateo Delogu

Primera edición: enero de 1995
Segunda edición: febrero de 1995
Tercera edición: febrero de 1995
Cuarta edición: marzo de 1995

[illegible]

Esta edición
[illegible]
al cuidado de Ricardo [illegible]
con la colaboración de [illegible]
[illegible]
y la producción de [illegible]
compuesta en tipo Garamond de 12 puntos [illegible]
[illegible]
[illegible], S. A., [illegible] (Barcelona)
el 17 de febrero de [illegible]
Impreso en España

Diseño de cubierta: Mario Muchnik

En cubierta:
Ilustración de Carlo Wieland

Foto de contracubierta:
Marco Delogu

Primera edición: enero de 1995
Segunda edición: febrero de 1995
Tercera edición: febrero de 1995
Cuarta edición: marzo de 1995

Juan Ignacio Luca de Tena, 15, 28027 Madrid.
ISBN: 84-7979-232-9
Depósito legal: B 12.053–1995

Título original: *Das Blut der Könige*

Esta edición de
Sangre de reyes,
al cuidado de Ricardo di Fonzo
con la colaboración de Carlos Álvarez, Rosa Benavides, Fernando Chiralt,
Ana Díaz Satué, José Luis de Hijes, Miguel López Martín y Marta Torres,
y la producción de Mariángeles Fernández
compuesta en tipos Garamond de 12 puntos en el ordenador de la editorial
se terminó de imprimir y encuadernar en los talleres de
Romanyà/Valls, S. A., Verdaguer, 1, 08786 Capellades (Barcelona)
el 27 de febrero de 1995.
Impreso en España — Printed in Spain

Peter Berling

Sangre de reyes

Traducido del alemán por
Helga Pawlowsky

Anaya & Mario Muchnik

Sangre de reyes

NEC SPE NEC METU

Dedicado a Kyra Stromberg y Michael Krüger

بأتي سأكتبُ
كتاباً صغيراً

Dramatis Personae

EL CRONISTA

Conde *Jean de Joinville*, senescal de la Champagne

LOS INFANTES

Roger-Ramón Bertrand, llamado "Roç"
Isabelle Constanza Ramona, llamada "Yeza"

AL SERVICIO DEL GRIAL

Willem van Roebruk, llamado también "William", de la Orden de los frailes menores de san Francisco
Laurence de Belgrave, condesa de Otranto, llamada también "la abadesa"
Hamo l'Estrange, su hijo
Clarion de Salento, su hija adoptiva
Madulain, princesa *saratz*, doncella de Clarion
Guiscard "el amalfitano", viejo capitán de la condesa
Firouz, un *saratz*, su nuevo capitán
Sigbert von Öxfeld, comendador de la Orden de caballeros teutónicos
Príncipe *Constancio de Selinonte*, o *Fassr ed-Din Octay*, llamado también "el halcón rojo"
Gavin Montbard de Béthune, preceptor de la Orden del Temple

John Turnbull, o "conde Jean-Odo de Monte Sión"
Crean de Bourivan, hijo de éste, convertido al Islam y adepto de los "asesinos"
Tarik ibn-Nasr, canciller de los "asesinos" de Masyaf (Siria)
Taj al-Din, gran maestre de los "asesinos" sirios
Guillem de Gisors, templario, futuro gran maestre de la *Prieuré* de Sión

AL SERVICIO DE FRANCIA

Luis IX, "el Santo", rey de Francia
Margarita, su esposa
Roberto de Artois, hermano del rey
Carlos de Anjou, hermano del rey
Alfonso de Poitou, hermano del rey
Yves "el Bretón", guardaespaldas real
Maître Roberto de Sorbon, confesor real
Juan "el Armenio", maestro armero real
Gilles le Brun, condestable del rey en San Juan de Acre
Hugo, duque de Borgoña
Guillermo, conde de Salisbury, de la casa real inglesa
Pedro "Mauclerc", conde de Bretaña
Guillermo, conde de Flandes
Juan, conde de Sarrebruck, primo del conde de Joinville
Gualterio de Chatillon, caballero
Juan de Brienne, caballero
Raúl de Coucy, caballero
Deán de Manrupt, capellán particular del conde de Joinville

AL SERVICIO DEL ISLAM

Al-Salih al-Din Aiyub, sultán de Siria y Egipto
Turan Sha, su hijo
Sayarat al-Durr, sultana
Fakhr ed-Din, gran visir

Emir *Fassr ed-Din Octay*, su hijo, llamado también "el halcón rojo"
Emir *Rukn ed-Din Baibars al-Bundukdari*, llamado también "el arquero", comandante de los mamelucos que forman la guardia del palacio
Mahmoud, su hijo
Shirat, hermana menor de "el arquero"
An-Nasir, *malik* de Alepo
el-Ashraf, emir de Homs
Emir *Izz ed-Din Aibek*, comandante supremo de los mamelucos
Emir *Husam ibn abi'Ali*, gobernador de El Cairo
Gamal ed-Din Mohsen, eunuco mayor del harén en El Cairo
Ibn Wasil, cronista en la corte de los Ayubíes
Baha ed-Din Zuhair, escribano mayor de la corte
Abu al-Amlak, mayordomo de la corte de Damasco
Rachid al-Kabir, comerciante de El Cairo
Antinoos, favorito de Turan Sha
Abu Bassiht, anciano sufí

EN TIERRA SANTA

Roberto, patriarca de Jerusalén
Bohemundo VI, príncipe soberano de Antioquía, llamado también "Bo"
Barón *Juan d'Ibelin*, señor de Beirut
Barón *Felipe de Montfort*, señor de Tyros
Guillermo de Chateauneuf, gran maestre de la Orden hospitalaria de san Juan de Jerusalén
Juan de Ronay, su sustituto
Leonardo di Peixa-Rollo, mariscal de los sanjuanistas
Jean-Luc de Granson, condestable de los sanjuanistas de Marqab
Guillermo de Sonnac, gran maestre de la Orden del Temple
Renaud de Vichiers, mariscal de los templarios
Guido du Plessis, comendador de los templarios de Tortosa

Étienne d'Otricourt, comendador de los templarios de Safita
Nicolás de San Juan de Acre, sacerdote

OTROS

Ezer Melchsedek, cabalista de Alejandría
Simón de Saint-Quentin, fraile dominico y legado papal
Vito de Viterbo, diácono general de los cistercienses
Guillermo Buchier, maestro platero de París
Ángel de Káros, pirata del mar Egeo, llamado también "el *despotikos*"
Ingolinda de Metz, prostituta

Siguiendo el orden de su aparición en el relato se ofrecen en las OBSERVACIONES datos adicionales, útiles e interesantes, de éstos y demás personajes de la historia.

Libro I

I

LA TRIRREME DE LA PIRATA

DIARIO DE JEAN DE JOINVILLE

Mar Egeo, 27 de agosto de 1248 d.C.

La trirreme cayó sobre el mercante bizantino como una aparición fantasmal que ciega la luz del mediodía. El enorme velero se deslizaba sobre las aguas como un insecto infernal. Su popa negra había surgido del azul acerado del resplandeciente mar arrojando una sombra amenazadora, y su imagen se hizo aún más temible para los asustados griegos cuando se dieron cuenta de que aquel enemigo misterioso no se entretenía profiriendo amenazas ni parecía dispuesto a negociar, sino que se disponía a abordarlos sin más con el espolón.

Me recordó el hierro que vino dirigido contra mi vientre y el instante en que intenté salvar mis intestinos dando un salto para esquivar el golpe: el resultado fue que la cuchilla me penetró en los testículos. Cuando aún permanecía de pie, el dolor me hizo perder el conocimiento.

Todo lo que haya podido sufrir antes y después en cuanto a miserias y penalidades físicas no es nada comparado con aquel tajo que me desposeyó de mi virilidad sin que en aquel momento alcanzase a comprenderlo. Arrojé la espada para sujetar con ambas manos la herida abierta en mis genitales y abrí los labios para exhalar un grito que no llegó a brotar.

El horrible suceso retornó sin querer a mi memoria cuando me vi frente al peligro mortal que se acercaba veloz, aunque en esta ocasión mi cerebro seguía estando consciente y pude oírme gritar las siguientes palabras sin sentido:

–*Maire de Dieu!* ¡La trirreme de la condesa!

En el mismo instante comprendí que no había salvación alguna ante la embestida que nos amenazaba y al mismo tiempo supe que nada malo me sucedería. Volví a recoger avergonzado mi espada y mantuve la boca cerrada. Al fin y al cabo, el personaje que ocupaba entonces un lugar elevado en la popa era de rango: soy el conde Jean de Joinville, senescal de la Champagne.

Más abajo de donde yo estaba, los comerciantes caían de rodillas y agitaban con gesto humilde sus blancos pañuelos mientras el comandante les gritaba a los artilleros, en un último e inútil acceso de furia, que tensaran las catapultas.

–¡No hacemos prisioneros!– sonó cortante la voz de la condesa cuando llegó hasta nosotros después de que las piedras disparadas rebotaran sin causar daño alguno en el blindaje de madera de ébano de la trirreme.

Ni una flecha consiguieron clavar los ballesteros en el elevado castillo del velero; los golpes retumbaron como asestados a un bombo y el silbido de las flechas era igual que el sonido de unos címbalos: música en los oídos de esta mujer.

La figura de la condesa de Otranto se erguía delante de su *capanna* instalada en la sobrepopa; el cabello rojo teñido con *henna* le aureolaba el rostro como la melena de un león y confundía acerca de su verdadera edad. Sus doncellas y criadas se acurrucaban buscando protección detrás de la borda. La mirada de la condesa se fijó complacida en sus remeros, los *lancelotti*, que en aquel instante sacaban todos a la vez de las agitadas aguas unos remos terminados en guadañas. Sus portadores preparaban las largas y brillantes armas dispuestos a asestar el golpe mortal mientras los remeros de la segunda y la tercera galería, debajo de la primera, aceleraban el ritmo de sus batidas.

El comandante de los bizantinos hizo un intento a la desesperada para retirar del alcance de la trirreme el flanco de su mercante. Pero pude oír cómo Guiscard, el capitán de la condesa, ordenó con rapidez a los remeros de estribor que dejaran de remar, de modo que la maniobra de huida del griego no dio resultado.

Todavía me veo a mí mismo en la sobreproa del mercante bizantino; me mantenía allí con las piernas separadas y la espada delante, como si me quedara un resto de potencia en los calzones y como si la mera visión del arma pudiese forzar a que me respetaran. En realidad lo único que intentaba era procurarme una postura firme, a la espera del inminente choque.

En esa misma postura me había enfrentado en su día en Sicilia a mi enemigo, un joven inglés que después murió tuberculoso. Una insensata aventura de amor nos llevó a la confrontación, a aquel duelo prohibido en que nos disputamos el favor de una de las doncellas de Blanca di Lancia, la favorita del emperador, de la estirpe normanda de los Lecce. Nuestra muchacha era rubia como la mies, poseía una naricita recta y miraba con ojos de ternera.

La había cortejado más bien por aburrimiento, pues el emperador Federico me trataba como primo suyo y huésped querido y se empeñaba en no dejarme marchar; por el contrario, el joven Bruce de Belgrave, igualmente dotado de una nariz recta pero de cabello rojizo, se enamoró perdidamente de Constanza.

Me atacó con furia, pese a que yo no me lo tomaba en serio y sólo intentaba cansarlo con mis golpes. Pero mi desprecio lo enfureció, y sucedió lo inevitable.

Poco después de ser ingresado yo en el hospital de Salerno lo trajeron también a él, y me mandó recado de que lo sentía mucho. Pero no quise volver a verlo.

Federico puso a mi disposición a los mejores médicos del imperio, todos ellos musulmanes y judíos a quienes había reunido en aquella *universitas medicinae artis*. Lo único que consiguieron fue dejarme la posibilidad de orinar, incluso me salvaron los testículos, pero sin que me sirvieran ya para nada. Me aclararon que el *ductus deferens* había quedado seccionado.

–Ya tenéis dos hijos– intentaron consolarme, –y en cuanto al deseo sexual, tan enojoso en el fondo, pronto se atrofiará.– Con estas palabras me informaron del futuro que esperaba a mis atributos viriles, vaciados de sentido…

–O'sperone, maledetti!– gritaba Guiscard, arrancándome de mis recuerdos, y lo vi moviéndose con agilidad a pesar de la pata de palo.

–Sidi! Sidi!– rugían los moriscos, encargados de manejar el arma más feroz de la trirreme.

Cuatro de los hombres con más arrojo reaccionaron sin decir palabra y acudieron de un salto a sus puestos. El *sperone* es el secreto más temible de esa nave de combate de apariencia un tanto anticuada que la condesa ha heredado de su esposo, el difunto almirante. El espolón no está montado fijo en la proa, sino que se agazapa medio escondido debajo de la quilla como avergonzándose de su perfidia, y solamente es usado cuando se trata de asestar un golpe mortal. Pero en aquel entonces yo aún no lo sabía y tardé un tiempo en comprender lo que estaba sucediendo. Un ingenioso sistema de cadenas que desde el exterior se confunde perfectamente con el de un torno para recoger el ancla atraviesa los tablones y adelanta el espolón, consistente en un tronco de roble armado con garfios de hierro, hasta hacer sobresalir por delante de la popa un buen trozo exactamente calculado, mientras los cuatro *speronisti* se apoyaban gimiendo contra el torno. Muy por debajo de la superficie del agua empezó a asomar lentamente la punta del espolón, como sale una morena de su escondrijo. La cabeza de bronce de aquel falo parecía el capullo algo engrosado de una rosa, pero una vez completamente expuesta a la corriente marina se abrieron cuatro garfios hacia atrás dejando al descubierto sus tres puntas afiladas y pulidas. Siempre oculto bajo la superficie del mar, el espolón se elevó ligeramente para golpear en ángulo recto el vientre de la nave enemiga, como una navaja que alguien clava desde abajo en los intestinos de la víctima.

Nadie lo veía, incluso Guiscard debía fiarse de la experiencia. El *sperone* se acercaba bajo las olas mientras yo miraba con pesimismo y temor a los moriscos agachados en silencio detrás de las defensas, con el hacha de abordaje ya dispuesta en las manos.

No hubo más órdenes. La borda del mercante griego acabó ligeramente aplastada por el golpe dirigido contra su lado de estribor, y el ruido de la madera reventada apagó el sonido imperceptible con que el espolón perforaba la nave por debajo de la línea de flotación. La cabeza de la terrible arma se introdujo en el vientre del mercante a una profundidad no excesiva, pues lo impedían los propios garfios, que se agarraron como garrapatas a la madera para que ninguna maniobra de las embarcaciones pudiese arrancar el espolón del agujero, a la vez que impedía que en un primer momento entrara demasiada agua en el interior del mercante.

En todo caso, los que estábamos sobre cubierta no nos habíamos enterado de la herida mortal que acabábamos de sufrir.

A derecha e izquierda de la cabeza de dragón que configura el mascarón de proa de la trirreme cayeron, con gran estruendo de cadenas, las alas extendidas del propio mascarón sobre la cubierta del mercante griego, formando sendos puentes levadizos por donde los moriscos se lanzaron sobre su presa.

Pero no fueron a buscar a los mercaderes que se acurrucaban temblando en la proa ni a la tripulación que se agrupaba bajo el mástil alrededor de su capitán, sin atreverse ya a defenderse ni a arriesgar su vida por las propiedades de aquéllos. Lo único que les interesaba a los asaltantes eran las cajas y los sacos, que arrastraron desde las bodegas a cubierta para trasladarlos después a la trirreme por medio de una cadena de manos rápidamente organizada. Hasta el momento no había sido necesaria la intervención de los *lancelotti*, pues el efecto terrible de las armas de que están dotados únicamente entra en acción cuando se produce un abordaje lateral. En tal caso, el primer golpe de las guadañas sujetas a los remos siega los brazos y a veces las cabezas de la primera hilera de defensores antes de que los moriscos, colgándose de los cabos, salten de los mástiles y las vergas para encargarse del resto. En esta ocasión sólo sirvieron de amenaza para mantener a raya al enemigo.

La condesa observaba con orgullo el brillo que despedían las armas de sus huestes guerreras, sin dejar de registrar ansiosa los bultos que los moriscos arrastraban a bordo de la trirreme.

Eran fardos de preciosa tela adamascada, barriles llenos de especias y ámbar, incienso y *henna* para el cabello, ánforas que contenían aceites esenciales cuyo olor denso llegaba hasta donde ella se encontraba. Lo aspiró gozosa: la mezcla del perfume con el aire salado del mar es el olor que más le agrada.

Laurence de Belgrave, condesa viuda de Otranto, cuenta en este momento cincuenta y siete años y no piensa renunciar a las ventajas que le proporciona la forma de vida que ha escogido. Todo el que haya tenido ocasión de conocerla de cerca, dudoso honor que también me ha sido concedido a mí, es consciente de ello.

–*Sidi! Sidi!*– Ella es la dueña, la pirata más temida en todo el mar Jónico.

De repente salieron de la *capanna* que queda a sus espaldas dos criaturas, un niño y una niña, que se situaron tranquilamente a su lado para observar con curiosidad el ajetreo que se desarrollaba entre las dos naves.

Los reconocí en seguida: son los hijos del Grial.

Me asusté. Recordé cierta época en que la misión que me había sido encomendada acabó bruscamente al comprobar que los infantes habían conseguido huir de los esbirros de la Iglesia. Durante más de un año me ha obligado después el emperador a disfrutar de su hospitalidad, y apenas evadido de su abrazo, apenas llegué a sentirme libre como puede sentirse el halcón en su vuelo, he aquí que me encuentro ahora de nuevo, como un palomo recién salido del huevo, ante los pies de los mismos niños. ¿Serán ellos mi destino? ¿Y qué papel me ha sido asignado en su vida? Lo cierto es que yo no sirvo ni para cazador ni para guardián de esas criaturas.

Con todo, me sorprendió que los infantes siguieran a bordo de la trirreme y supuse que, desde nuestro último encuentro en Constantinopla, la condesa no ha podido atracar en ningún lugar donde dejarlos en lugar seguro.

En eso su destino se asemeja al mío, pues tampoco yo he conseguido regresar a Francia y presentar a mi rey un informe acerca de aquellos misteriosos "infantes reales", razón por la que él me envió en su día a las orillas del Bósforo.

En lugar del rey fue el emperador Federico quien leyó el detallado estudio que trata del probable origen de Roç y Yeza, y también del misterioso viaje que ambos realizaron en compañía del fraile William para visitar al gran kan de los mongoles, aparte de la fallida *praesentatio* ideada por la *Prieuré* y su gloriosa partida, que me impresionó profundamente y me convenció de que a esos infantes los espera un futuro glorioso. Dicha lectura habrá sido seguramente el motivo jamás expresado con palabras de que el emperador no me dejara proseguir viaje, ni para regresar a mi hogar ni para acompañar a los cruzados.

De ahí que haya aprovechado finalmente la única posibilidad que se me ofrecía para huir de la isla, y me embarcara en aquel mercante griego que se dirigía hacia Oriente, con la única idea de reunirme con el ejército de cruzados que, como sé, está concentrando en Chipre mi rey Luis.

Quod non erat in votis!

La condesa se disponía a obligar a Roç y Yeza a regresar a la *capanna* protectora cuando la mirada vigilante de su capitán cayó sobre la catapulta de popa del griego, que estaba siendo cargada, y donde dos artilleros, seguramente sobornados por los mercaderes, apuntaban hacia la condesa.

–*Scudo!*– pudo gritarles Guiscard a los *lancelotti* en el mismo instante en que el brazo de lanzamiento disparaba el tiro, y las brillantes guadañas cruzaron el aire como un abanico resplandeciente para interponerse en su recorrido. Dos remos se rompieron en mil pedazos y las guadañas cayeron sobre cubierta, pero la olla llena de fuego griego vio cortada su trayectoria e hizo explosión contra la borda.

Se oyeron los gritos de los remeros alcanzados en la cubierta inferior; las llamas empezaron a extenderse por el lateral de la trirreme e incluso sobre cubierta.

–¡Nada de agua!– gritó Guiscard. –¡Coged alfombras!

Mientras unos aplastaban y apagaban el fuego, los moriscos habían saltado ya sobre los artilleros sin esperar a que les dieran la orden correspondiente. Uno de éstos cayó por la borda, otro acabó con el cráneo partido de un hachazo.

Los mercaderes cayeron de rodillas y volcaron un arca llena de monedas de oro, que se derramaron rodando por los tablones de cubierta.

Pero los moriscos no tuvieron piedad y los acuchillaron a todos mientras recogían cuanto estaba a su alcance en cajas y bolsas, además de toda clase de objetos y pieles que hallaron bajo el toldo. Transportaron el botín a la trirreme y lo extendieron a los pies de su ama, como pidiéndole disculpas por el peligro a que se había visto expuesta.

Algunos de aquellos moros salvajes se me acercaron blandiendo sus hachas y garrotes, pero ante la tranquilidad con que me enfrenté a ellos sin dejar de apoyarme en la espada dejaron caer los brazos ya alzados y enmudecieron.

–¡Avisad a vuestra señora Laurence– les grité –de que el conde de Joinville se siente contento de volver a verla!

Sin esperar respuesta bajé de proa, la chusma retrocedió respetuosa y algunos de los marineros de la trirreme, que son nativos de Otranto, me tendieron la mano para ayudarme a subir a la nave.

A pesar de las severas órdenes de la condesa, los dos infantes no habían regresado ni mucho menos a la *capanna*, sino que asistían muy animados y hasta con entusiasmo a cuanto estaba sucediendo. También fueron ellos los primeros en darse cuenta de mi llegada, y lo más probable es que incluso me reconocieran. En cualquier caso, empezaron a cuchichear y a reír ante mi presencia, o al menos así me lo pareció.

La condesa, en cambio, pasó por alto mi aparición y me causó la impresión de estar dilucidando alguna pequeña controversia con su capitán, el amalfitano de la pierna de palo.

–Ya lo veis, Guiscard– suspiró la dama, quien sigue teniendo un aspecto tan fascinante como siempre, –la falsedad de los griegos merece el más severo castigo.

Preferí mantenerme en silencio y sin avanzar más.

–Mi orden de no hacer prisioneros ha sido más que acertada.

Guiscard agachó la cabeza.

–Yo prefiero un buen abordaje. Una lucha limpia y justa, y perdonar la vida a quien se rinda.

–Un asalto al grito de *sidi! sidi!* no admite testigos ni supervivientes– le respondió la condesa con voz áspera, y lanzó sobre mí una rápida mirada cuya frialdad congeló la sonrisa autosuficiente que asomaba ya a mis labios.

El capitán siguió murmurando unas palabras que yo de buena gana habría secundado:

–Pero eso significa una condena injusta a muerte para muchos bravos marineros que no hacen otra cosa que cumplir con su deber.

Supuse que no se refería a mí, puesto que nadie me hacía caso. El capitán regresó a proa y la señora Laurence me dio la espalda.

Los últimos moriscos regresaron de un salto a bordo.

–¡Cerrad la bragueta!– gruñó el capitán, y las dos piezas que habían servido de pasarela fueron izadas de nuevo.

La proa oscura de la trirreme se alzaba ahora otra vez con aspecto amenazador frente a la nave saqueada de los bizantinos. El capitán de ésta y su tripulación parecían incrédulos ante lo que consideraban su salvación, y en sus rostros apareció primero la esperanza, después la alegría por haber salido con vida del encuentro. Guiscard no se sentía con fuerzas para mirarlos a la cara.

–¡Fuera esa picha!– siseó furioso a sus marinos, que empezaron jadeantes a mover el torno mientras todos los remos, incluidos los armados, entraban en el agua para iniciar la maniobra de separarse de la víctima.

Durante un instante pareció que la nave saqueada fuera a seguir a la trirreme, pero después se produjo un ruido sordo, una sacudida, y la trirreme salió acelerada mientras el flanco de la nave griega temblaba con un crujido desagradable. A continuación ésta empezó a inclinarse como un animal herido se dobla ante el cazador, aunque desde la trirreme, que se alejaba a toda velocidad, nadie miraba hacia atrás excepto los niños, que siguieron observando el espectáculo del hundimiento hasta que el mar quedó limpio y vacío.

HACÍA SEMANAS QUE LA TRIRREME de la condesa surcaba las aguas del Egeo meridional amenazando a los navegantes. Laurence de Belgrave seguía sin saber muy bien hacia dónde dirigirse y se apartaba de las islas mayores donde era de suponer que existieran guarniciones importantes.

Tampoco le parecía aconsejable regresar a Apulia, porque ya no se sentía segura de la benevolencia del emperador. La causa eran los infantes. No debía haberlos recogido a bordo de la trirreme en Constantinopla, pero tampoco veía qué otra cosa habría podido hacer. Seguía sin hallar una salida. De haber esquivado aquel rescate su vida ya no habría valido ni un doblón de oro bizantino como los que se disponía a distribuir ahora entre la tripulación. Los poderosos que dispensaban protección a Yeza y Roç se habrían vengado de ella con indecible crueldad. Y ante ese poder no había escape posible, ningún escondrijo podría ocultarla en ningún lugar del mundo, desde el Yebel al-Tarik hasta el lejano imperio del kan de los mongoles. La condesa suspiró. Sus ojos grises le devolvieron desde el espejo de mano una mirada cansada, y las arrugas que veía eran ya imposibles de disimular.

En el exterior, delante de la *capanna*, las doncellas tiraban con codicia apenas reprimida de las telas de brocado, terciopelo y seda que les había regalado, y sólo la presencia de Laurence impedía que afloraran las envidias y acabaran en pelea abierta. Ni siquiera su hija adoptiva, Clarion, condesa de Salento por la gracia del emperador, se resistía a tomar parte en aquel concurso de vanidades y en la tarea de probarse con envidia las diferentes prendas. En último término, había que admitir que Clarion tampoco era más que una niña boba, sin otra obsesión que gustar a los hombres, colgárseles del cuello o subírseles a las rodillas y que, por tanto, acabaría empalada en algún atributo viril, un destino del que hasta el momento la condesa había sabido proteger a la muchacha pese a ser ésta ya una mujer hecha y derecha. ¡Aunque pareciera mentira, en aquel mismo instante Clarion estaba coqueteando con el conde de Joinville!

De momento, Laurence había hecho caso omiso con toda intención de aquel senescal engreído; no lo había saludado porque no tenía muy claro si debía mostrarse contenta de su repentina aparición. ¡Casi habría preferido que los moriscos acabaran con él de un golpe certero o lo dejaran ahogarse con el mercante! Pero la realidad era que el aire de superioridad, habitual en él, le había salvado la vida a ese pavo presumido. Ahora ya no le quedaba otro remedio que saludarlo y recibirlo con todos los honores, y hasta tendría que dirigirse a él llamándolo *mon cher cousin*.

DIARIO DE JEAN DE JOINVILLE

Mar Egeo, 27 de agosto de 1248 d.C.

–¿No sois vos el conde Jean de Joinville?

Fue la bella Clarion quien puso fin a mi penosa situación, pues nada me hace sufrir más que la indiferencia demostrada hacia mi persona. Se lo agradecí:

–¡Qué alegría tan insospechada me causa encontrar entre tanto verdugo y matones malolientes a una rosa como vos, Clarion de Salento!

Había dado ya un paso hacia ella para inclinarme con mi habitual galantería cuando intervino la condesa, ¡y me quedé petrificado al ver que detrás de ella aparecía William de Roebruk dirigiéndome una sonrisa amistosa, como si su presencia fuese lo más natural del mundo!

¿No había visto yo cómo los "asesinos" apuñalaban al fraile delante de mis propios ojos? ¿No había visto su cadáver…? ¡Obra de brujería! La condesa se había aliado con el mismísimo diablo. El copete pelirrojo del gordo franciscano parecía un poco más ralo, pero no se le habían pasado las ganas de andar por la vida sonriendo con la misma expresión a la vez estúpida e insolente.

–¡Como espía de los Capetos llamáis demasiado la atención, senescal!– se burló de mí la dueña de la trirreme. –Aunque sigue siendo considerable vuestra capacidad para pegaros a los talones de los infantes. ¡Guardias!– exclamó. –Retiradle la espada a este señor y conducidlo a la *capanna*. Allí responderá a mis preguntas.

Hice cuanto me mandaban, pues comprendí que ganar tiempo no hace más que aumentar mis posibilidades de sobrevivir. Era bastante difícil que, siendo su prisionero, la condesa tomara la decisión de matarme.

–Os lo agradezco, Laurence de Belgrave– la saludé con toda cortesía mientras me retiraba, no sin pensar que quizá fuera alguien de su familia quien me despojó en su día del vigor de mi verdadera espada, la que hace que un hombre sea hombre de verdad.

Ese mismo hecho es el que me ha llevado, por no quedarme otro remedio, a usar del poder de la pluma y a decidir que, suceda lo que suceda, yo sería el cronista más extraordinario de mi época.

A CLARION NO LA SORPRENDIÓ la orden de la condesa, pues conocía sus arranques de celos, aunque lamentó que se le escapara una oportunidad de entablar una relación social digna de su rango. No tuvo más remedio que llamar a su doncella Madulain y alejarse. La condesa no tenía intención todavía de retirarse a dormir.

A los niños, en cambio, nada parecía preocuparlos. Jugaban sobre cubierta, bromeaban con los *lancelotti* que ocupaban la galería superior y gastaban bromas a los remeros de las galerías inferiores, a las que no los dejaban bajar, aunque precisamente era el interior del vientre de la nave lo que los atraía, ya que allí reinaba un sugerente y misterioso claroscuro y olía a animales salvajes y a aventuras excitantes.

A Yeza le habían prohibido practicar con el puñal y realizar ejercicios de tiro entre las piernas de las doncellas, que chillaban de miedo, por lo que se puso a tallar muescas en un remo partido que le habían regalado los *lancelotti*. Yeza habría preferido el trozo al que estaba sujeta la guadaña, pero los bravos guerreros se rieron de ella y le mostraron con ayuda de un trozo de tela el peligro que representaba aquel arma cortante. La niña decidió que conseguiría afilar su puñal tanto como lo estaba aquella cuchilla de segar, aunque no sabía cómo hacerse con una piedra de amolar.

Por aquella época debía de tener Yeza ocho o nueve años –nadie sabía su verdadera edad–, y ni siquiera ella misma conocía su verdadero nombre, aparte de suponer que tendría su origen en Yezabel, o quizás en Isabelle.

No era consciente de haber conocido a su padre, aunque conservaba cierto recuerdo de una madre cuya imagen, sin embargo, palidecía más y más de día en día: una mujer joven y muy bella; un hada de la que había heredado el cabello rubio, casi blanco, y cuyo rostro irradiaba una serena amabilidad que no parecía de este mundo. Así se había encaminado, sonriendo y ataviada con sus mejores galas, hacia el gran fuego del que nunca regresó.

El recuerdo que Yeza tenía de la gran hoguera del Montségur se diluía entre aquellas figuras luminosas y la humareda acabó por deshacerse en pequeñas nubes que desdibujaron el rostro de la madre.

Algo muy diferente le sucedía a Roç, su compañero de juegos y pequeño caballero, apenas menor que ella. El niño aún gritaba con frecuencia en sueños: expresaba tartamudeando su miedo a las llamas que lo amenazaban mientras su madre le enviaba un último saludo desde el centro de la hoguera. Si tuviese que describirla parecería exactamente igual que el hada que recordaba Yeza, pero a él, en cambio, eran más bien las caricias maternas lo que le faltaban cuando no conseguía dormirse, la canción que la madre susurraba, y cuya melodía le era imposible al muchacho reproducir por la mañana.

El hermano William, que entonaba muy bien y conocía todas las canciones, se había avenido a repetirle melodía tras melodía, desde las dulces canciones de amor de los trovadores hasta esa oración que empieza con las palabras "Jesusito de mi vida"; desde los latiguillos picarescos que Roç no entendía, pero que hacían reír a los moriscos, hasta el Ave María ante el cual el propio William se esforzaba por contener las lágrimas.

Ninguna era como la canción de su madre, aunque Roç también se resistía a llorar.

El rostro del muchacho seguía teniendo un aspecto infantil y soñador. Rodeado de rizos oscuros, asomaban en él unos ojos de tono castaño, en vivo contraste con Yeza, cuyos ojos resplandecían con un color gris verdoso y cuya nariz recta le proporcionaba un aspecto delicado y altivo a la vez, que la dotaba de una severidad suavizada por la magnificencia de su rizada cabellera. También a él le habría gustado tener los cabellos como su infantil compañera pero, en compensación, la piel del niño adquiría bajo el sol una pronta morenez que Yeza le envidiaba.

Roç cogió el arco y pidió a Yeza que le prestara un trozo de correa. Se dirigieron hacia la borda elevada de popa para que ninguna de las flechas –y mucho menos el puñal– acabaran en el agua, y se dedicaron a tirar al blanco.

DIARIO DE JEAN DE JOINVILLE

Mar Egeo, 27 de agosto de 1248 d.C.

Podía oír a los niños que allá fuera estallaban en gritos de júbilo cada vez que acertaban en el lanzamiento. Yo esperé en la *capanna*, un recinto que me pareció confortablemente equipado, y que tiene en el centro una pesada mesa de roble sobre la que se extienden instrumentos náuticos y mapas marinos; también hay en la *capanna* un sillón de cuero de respaldo alto y algunos pocos asientos bajos, alfombras y armas colgadas de las paredes.

A nadie se le ocurriría pensar que sea una mujer quien manda aquí, pues todo el entorno ofrece un marcado carácter masculino.

Desde otras estancias vecinas me llegaba el cuchicheo de la charla insustancial de Clarion y sus doncellas.

Yo me había propuesto escribir un diario desde el mismo momento en que me enteré de que se estaba organizando una nueva cruzada, y ya había comenzado a hacerlo cuando el rey de Francia requirió mis servicios y me ordenó que fuera a la antigua Bizancio a cumplir una misión difícil y secreta, relacionada precisamente con los infantes.

No obstante, lo más importante para mí ha sido siempre escribir esta crónica, pues sé que en toda mi vida no tendré una segunda oportunidad de emprender una peregrinación armada junto a un monarca tan grande como el rey Luis, y porque desde hace mucho tiempo, y a despecho de mi juventud, estoy seguro de poseer un talento capaz de hacer de mí un cronista cuya fama me sobreviva.

Desde que me sucedió aquella desgracia en Palermo he sentido aún con más fuerza esta vocación, e incluso he llegado a considerar que mi desgracia ha sido una señal enviada por el cielo. No alcanzaré jamás fama de valiente guerrero ni de conquistador de mujeres; únicamente podré hacerme con un buen nombre como *escollier philosophe*, ¡el más extraordinario de todos! Como tal sueño con destacarme entre mis contemporáneos.

En muy poco tiempo he comprobado, sin embargo, que todo el que brilla entre los demás por su destino es posible que vea muchos sucesos, que viva victorias y derrotas, que obtenga beneficios y sufra pérdidas, y que sea testigo de compromisos cuidadosamente sopesados, pero no por ello podrá dejar constancia escrita de cuanto llega a su conocimiento si no toma la precaución –imprescindible para cualquier cronista ambicioso que pretenda conservar la cabeza en el sitio que le corresponde– de que ningún curioso pueda asomar la suya por encima de su hombro cuando escribe. El emperador Federico, por ejemplo, se deshizo en alabanzas sobre mi estilo para despojarme después de mi informe sobre los hijos del Grial.

Por otra parte, la verdad es que debo considerarlo una suerte, pues de haber caído ahora ese mismo informe en manos de la condesa no habría tardado yo en descender boca abajo por las aguas del mar Egeo y servir de alimento a los peces.

Así pues, y por suerte, me encuentro vivo, estoy más cerca de los niños de lo que nunca antes he estado, y podré presentar a mi rey un informe mucho más detallado si el destino me depara la suerte de poder volver a presentarme ante sus ojos. Luis es el modelo luminoso que dirige y guía mi vida entera. En su día, decidí un tanto alegremente abandonar Joinville, mi pequeño castillo, a mi esposa y a mis dos hijos, para dirigirme a Tierra Santa y combatir a su lado. Antes de eso el rey había estado mortalmente enfermo, y cuando médicos y sacerdotes e incluso su madre, la reina Blanca, habían renunciado ya a salvar su vida y se disponían a prepararle la mortaja, el moribundo pidió de repente un crucifijo, lo cogió con ambas manos y juró en voz alta emprender una cruzada si salía con vida de aquel trance. El disgusto de la reina madre fue tal que vistió de luto como si el rey hubiese muerto mientras éste se curaba.

Tan piadoso ejemplo indujo de inmediato a sus hermanos –Alfonso de Poitiers, conde de Poitou; Carlos, conde de Anjou, y Roberto, conde de Artois– a seguir al soberano. A la vista de tanta virtud no quisieron quedarse atrás ni el duque de Borgoña ni el conde de Flandes.

Inducido por esta ronda de caballeros ilustres, me sentí obligado a adherirme a ellos después de que dos primos míos, el conde Juan de Sarrebruck y su hermano Goberto d'Aprémont, hicieran también lo mismo. Y como los tres somos parientes propuse alquilar una nave y acudir cada uno con un destacamento de nueve caballeros.

Empeñé todas mis propiedades –aunque sin perjudicar los derechos de mis hijos–, sobre las que poseo un usufructo no hereditario, y viajamos con nuestro equipaje descendiendo por el Ródano hasta Marsella.

Sin embargo, el rey Luis exigió que acudiéramos antes a París a prestar el juramento de lealtad.

Me dirigí cabalgando a toda prisa a Saint Denis y le expuse al rey que yo, como conde de Joinville, debía negarme a tal juramento, pues él no es mi señor feudal, rango que le corresponde al soberano del Imperio germánico. Tan sólo en mi calidad de senescal de la Champagne podía prometerle solemnemente ofrecer mi vida, si Dios lo disponía así, en defensa de la suya durante la próxima cruzada.

El rey se mostró comprensivo y, dada la rectitud de su carácter, que sabe apreciar en todo su valor los derechos y las obligaciones que confiere la ley, entendió de inmediato las características especiales que concurren en mi caso, expresando ante los demás caballeros presentes que, a pesar de todo, recibía con mucha satisfacción mi ofrecimiento de participar en la cruzada.

El recuerdo de aquellos sucesos me devolvió el valor que me sería tan necesario al darme cuenta de que la condesa regresaba al fin a la *capanna*. Venía acompañada del fraile William de Roebruk, quien me sonreía como dándome ánimos mientras la señora Laurence se mostraba más bien reservada.

–Mi querido primo– me atacó sin más preámbulos, –¿qué historia no seríais capaz de inventar ahora para justificar la evidencia de que estáis siguiendo mis pasos?

Tomó asiento en el sillón detrás de la mesa y el fraile se apostó con aire servicial a su lado. Al ver que pretendían dejarme de pie me senté sin que me invitaran a hacerlo, y la obligué con ello a dirigir la mirada de sus ojos grises hacia los míos.

–Mi querida prima– le respondí en el tono más afable que pude articular, –en cierta ocasión, estando en Palermo en la corte de vuestro emperador, un médico judío me contó una historia divertida de la que deseo haceros partícipe.

–¡No me interesa oírla!

El fraile estalló en risas, pero la mirada que le dirigió la señora lo devolvió al silencio.

–Me doy por enterada de que sois un invitado habitual en la corte de Sicilia– se dirigió a mí con toda frialdad, –pero esa disculpa no me basta.

–También puedo aducir, querida prima, que por parte de madre estoy estrechamente emparentado con nuestro señor Federico…

–Lo que os hace aún más sospechoso– me repondió con un siseo maligno. –El emperador no es precisamente un amigo declarado de los infantes.

–En efecto– proseguí, –al parecer nada le es más desagradable que la idea de haber mezclado su simiente con una sangre hereje.– Supuse que mis palabras significarían para ella un hueso duro de roer y que la tendrían ocupada durante algún tiempo.

En realidad, el emperador nunca me ha confiado, probablemente porque me tiene por un vasallo de Luis o, aún peor, por un angevino, ni una palabra acerca de los "infantes reales", pero es fácil de comprender que no piensa en ellos precisamente con agrado. En vista de sus divergencias con la Iglesia católica, que en el fondo conforman una sorda pugna sostenida con infames puñaladas y golpes malévolos asestados por ambas partes sin escrúpulo alguno, no existe asunto más inoportuno para él que la ventilación pública de los lazos de sangre que puedan existir entre él y los cátaros heréticos.

La condesa seguía royendo el hueso.

–¿Hemos de suponer entonces que Federico, de común acuerdo con los Capetos –como muchas otras veces–, os ha impulsado a retomar la pista de los infantes que habíais perdido en Constantinopla?– Me mostraba la dentadura, señal involuntaria de que estaba al acecho.

Me convenía mostrarme un tanto humilde.

–Aunque os parezca mentira, querida prima, la historia es bastante diferente: a mi regreso rendí visita al emperador, sin sospechar nada. Su amable hospitalidad resultó ser una trampa, pues no me dejó marchar de la corte. Envié en secreto a Francia a mi acompañante, el franciscano Lorenzo de Orta –a quien el hermano William recordará–, porque temía perderme la cruzada a la que una promesa hecha hace mucho tiempo me obliga a asistir. Lorenzo llevaba el encargo de solicitar de mi primo Juan, el conde de Sarrebruck, que dispusiera de mis fondos y realizara en mi nombre todos los preparativos necesarios.

–Os haréis cargo, distinguido conde– me interrumpió William de Roebruk con un gesto de picardía, –de que yo, por mi parte, no recuerdo nada en absoluto, puesto que por aquellos tiempos había abandonado el mundo de los vivos, aunque el nombre…

La condesa resopló indignada:

–Yo sí me acuerdo de la existencia de ese fraile tan desvergonzado como tú mismo, William, que tienes ahora la desfachatez de ocultarte tras una supuesta pérdida de memoria y atacarme por la espalda.

–Ya fuera por casualidad o no– volví a retomar el hilo de mi relato, –se me presentó en Palermo un tal Oliver de Termes.

–Ah– se le escapó a William, –¡el renegado! ¿Habéis vuelto a jugar con él a la "gallinita ciega"? Sé que os gusta extender las manos con los ojos aparentemente tapados para ver si dais así con los niños. Hubo un momento en que os acercasteis tanto a quienes apenas acabábamos de salvar del Montségur que casi llegasteis a pisarlos.

–Es una sospecha injusta– me defendí con vehemencia bastante inoportuna. –¡Fue pura casualidad!

–En este asunto no hay casualidades– me reprendió la condesa.

Pero yo no le hice caso.

–Oliver de Termes me cedió su sitio a bordo del velero bizantino en el que pretendía llegar hasta Chipre para encontrarse con el rey Luis, porque daba la casualidad de que el conde de Salisbury se disponía a entrar con la flota inglesa en el puerto de Palermo, y Oliver ha creído más seguro seguir con ésta los rumbos de la cruzada. El emperador probablemente jamás pensó que yo pudiese emprender la huida en otra dirección que no fuese Francia. De modo que pude embarcar en secreto en un velero que debía transportarme hasta Acaya, donde me estaría esperando mi primo Juan con el barco comprado entre los dos. Así pudimos salir de Palermo sin ser molestados. Ahora bien, vos conocéis muy bien el resto de esta triste historia.

Aún me siento conmovido cuando pienso en la pequeña embarcación adquirida con nuestros ahorros. ¡Cuántas veces he contado y calculado cómo la equiparíamos y la carga de provisiones que podríamos reunir antes de subir con buen ánimo a bordo en compañía de nuestros caballeros, partir de Marsella e izar al fin orgullosos las velas que nos trasladarían a mi primo y a mí por alta mar!

–Demasiado perfecto– ironizó Laurence sin mostrar compasión alguna. –Si echo cuentas, estimado Jean, resulta que habéis tenido más encuentros casuales con los niños que este fraile tontorrón aquí presente, el propio William. Él no los buscaba, ¡pero vos sí, señor senescal!

Detuvo su discurso, pues de repente nos dimos cuenta de que ya no se oían las voces de Roç y Yeza en el exterior de la *capanna*, y el silencio parecía sospechoso. Fuimos a echar un vistazo hacia afuera.

Los dos chiquillos tienen ya tanta práctica en el manejo de las armas que ni siquiera apuntaban a la madera del remo partido, sino a las muescas hechas por Yeza en esa misma madera, alternando sus lanzamientos a la vez que mantenían un silencio obstinado.

La condesa pareció aliviada, llamó a una de las doncellas y les hizo llevar un cuenco de oro procedente del botín como premio para el vencedor.

Los niños han conquistado su corazón. Laurence lucharía con dientes y uñas por salvarlos y sería capaz de matar con sus propias manos a quien pretendiera tocarles siquiera un cabello. Una vez más miró hacia afuera y tuvo que sonreír cuando observó que, como era de esperar, el propio cuenco servía ahora de blanco y cada vez que, alcanzado por la flecha o el puñal, el valioso recipiente caía del palo, los niños lanzaban gritos de júbilo.

Desde luego –se me ocurrió pensar–, un trato tan despreocupado con semejante objeto cargado de resonancias míticas parece, cuando menos, curioso. ¡Me sorprendí a mí mismo pensando en que el Grial podría ser también no un simple recipiente, sino una idea de difícil concreción!

–De momento podéis moveros libremente a bordo– me arrancó Laurence de mis reflexiones. –¡Nunca tendréis otra oportunidad que os permita acercaros tanto al objeto de vuestra ambición!

Con estas palabras me despidió de la *capanna*.

UNA ENORME CRUZ, roja como el fuego, ocupaba toda la extensión de la vela señalando a lo lejos que la embarcación participaba en la cruzada.

El conde Juan de Sarrebruck y su hermano Goberto d'Aprémont navegaban con sus hombres y con los de su primo Jean de Joinville, de quien no sabían si había desaparecido ni si estaba impedido o simplemente se retrasaba, aunque no habían tomado la ruta más corta a lo largo de la costa norte de Sicilia, sino que cruzaban el mar muy lejos de allí, rodeando la isla de Lampedusa por el sur y dejándola de lado para evitar todo encuentro con los barcos del emperador, que tenían órdenes de impedir que los vasallos del Imperio prosiguieran viaje, y de quienes se sabía que la cumplían con bastante contundencia. Por un lado, Federico consideraba que el reino de Jerusalén era dominio de su familia, puesto que su hijo Conrado ostentaba el título de rey de Jerusalén, de modo que no le interesaba en absoluto que los franceses ocuparan dichas tierras ni siquiera de un modo temporal. Por otra parte, él mismo estaba necesitado de cada brazo armado para rechazar las agresiones papales de las que debía defenderse en varios extremos de su Imperio.

En su derrotero desviado hacia el sur la suerte de la pequeña embarcación cargada de caballeros fue de mal en peor en cuanto abandonaron los límites en que imperaban las leyes de Lorena. Un viento desfavorable los arrastró hacia la costa rocosa de África, cuyos habitantes no miraban precisamente con buenos ojos a los caballeros cristianos empeñados en realizar una peregrinación armada.

Entre una barrera de rocas y la siguiente, el conde Juan maldecía la poca habilidad náutica del capitán, Goberto se vio gravemente afectado por el mareo, y Simón de Saint-Quentin, el fraile dominico, estuvo a punto de caerse por la borda.

El deán de Manrupt, capellán particular y confesor del ausente Jean de Joinville, recomendó celebrar una procesión rogatoria. Todos participaron de buena gana, cantaron el *Ave maris stella* y rezaron con suma devoción. A falta de otro *via crucis* mejor, los caballeros caminaron en torno a los dos mástiles del barco.

Sumens illud ave
Gabrielis ore,
Funda nos in pace
Mutans Evae nomen.

El deán propuso encaminar los pasos de modo que dibujaran un ocho, asegurando que se trataba de una cifra mágica que les traería suerte. Les aclaró también que un adepto de la magia oculta del tarot se lo había revelado en Marsella a cambio de una hostia consagrada.

Ave maris stella
Vitam praesta puram,

Iter para tutum,
Ut videntes Iesum
Semper collaetemur.

El dominico insistió más adelante, cuando todo hubo pasado, en que el hechizo que mantuvo al barco atrapado entre las rocas se había deshecho gracias a la intervención de la virgen María. El caso es que se levantó un viento fresco que los sacó de allí, de modo que, ya de noche y tras varias horas de angustia, pudieron salir de nuevo a mar abierto. En la mañana siguiente el conde Juan hizo saber a Goberto, que seguía tan mareado como antes, que finalmente habían dejado atrás el paso de Escila y Caribdis. Los hermanos se abrazaron emocionados.

Por indicación del conde Juan, quien una vez superadas las rocas imperiales se había hecho con el mando, el barco tomó rumbo a Acaya, donde los hermanos pensaban encontrarse con su primo, el senescal y conde Jean de Joinville.

Pasaron navegando por delante de Otranto, lo que indujo a Simón a trazar por tres veces la señal de la cruz cuando tuvo a la vista el castillo y a hablarles a sus compañeros de la horrible condesa, una bruja peor que Circe, aliada del diablo, que protegía a los hijos del Grial, ¡unas criaturas herejes emparentadas con el emperador!

Les informó de que la Iglesia había estado a punto de acabar en Constantinopla, un año atrás, con la terrorífica conjura del "gran proyecto", pero que la condesa de Otranto, sirviéndose de la magia negra, había conseguido rescatar a los infantes reales y llevárselos en su trirreme.

Desde entonces la bruja demoníaca sembraba el terror en el mar Mediterráneo y muy especialmente en el Egeo, porque no se atrevía a regresar a Otranto después de haberse comportado como el peor de los piratas, de modo que hasta el descreído Federico había acabado por sentirse receloso de ella.

–¡Menos mal– exclamó el dominico –que mantenemos rumbo hacia Acaya, pues no me gustaría encontrarme con la trirreme de Otranto mientras navegamos en esta cáscara de nuez!

–¿Quién se atrevería a abordar una barquita como la nuestra, portadora del signo de la cruz en sus velas– le respondió el deán de Manrupt, decano de cuantos iban a bordo, –esperando encontrar un beneficio material capaz de superar la pérdida de su alma?

–¡No conocéis a ese diablo de mujer!

Precisamente entonces apareció en el horizonte el perfil de una isla de la que ascendía al cielo una columna de humo.

–¿No serán piratas?– aventuró el conde Juan.

–¡Lo son con toda seguridad!– le respondió el capitán. –Ahí arde un pueblo entero.

–Pues sigamos adelante– propuso Juan, que prefería ser precavido.

–El caso es que necesitamos agua potable– dijo el capitán. –Y esa isla es la única en muchas leguas a la redonda donde mana en abundancia…

–Puesto que mi hermano Goberto sigue con su lamentable mareo…– se dispuso a dar instrucciones el de Sarrebruck; pero el deán de Manrupt había asimilado ya la situación.

–Lo más conveniente será que os quedéis con él a bordo. Yo bajaré a tierra a buscar agua.

–No lo hago con mucho gusto, pero os acompañaré– dijo Simón.

El capitán dispuso que cuatro de sus hombres los acompañaran camino del pozo cubierto que se entreveía en las colinas.

A los visitantes les llamó la atención el hecho de que no apareciera ni un ser humano a lo largo del camino, ni otro ser vivo o cadáver, aunque el ataque debía de haber sido reciente, porque las llamas seguían ardiendo por todas partes y aún quedaba suficiente alimento para el fuego, es decir, que probablemente no habrían pasado ni siquiera unas horas desde que se iniciara el incendio.

–Estarán todos en la iglesia– intentaba consolarse el deán, pensando en la suerte de los habitantes.

–O habrán huido a la montaña– opinó Simón en un tono que deseaba fuera tranquilizador.

Entre tanto, se habían ido acercando a la caseta que protegía el pozo, y desde lejos vieron asomadas a la única abertura que hacía las veces de ventana, mirando adentro, a unas niñas que se alejaron corriendo y en silencio al advertir que se acercaban quienes acudían en busca de agua.

En cuanto el pequeño grupo de hombres dobló la esquina, todos comprendieron por qué las niñas no habían mirado a través de la puerta.

Habían aspado al sacerdote sobre el marco de la entrada. Cuando los hombres que acompañaban al deán y a Simón se disponían a descender al muerto la puerta cedió, y sus miradas se dirigieron al interior.

Encima de una viga atravesada vieron los cuerpos de tres muchachos que mostraban el trasero a los intrusos mientras sus delgados torsos, con las cabezas y los brazos, colgaban por el otro lado. Los tres estaban muertos, pero sus posaderas separadas mostraban un brillo poco natural.

–Los han untado con aceite de oliva– observó Simón, comprendiendo lo sucedido –antes o después de haberlos estrangulado.

–Espero que haya sido después.– El deán de Manrupt trazó la señal de la cruz sobre cada uno de los cuerpos y apartó la vista.

–Ahora podéis coger agua– dijo en voz baja, –yo preferiría morir de sed.– Y se alejó en dirección a la costa.

Antes de apresurarse a ir en busca del anciano dio Simón instrucciones a los porteadores para que cumplieran con su cometido y lo siguieran después.

–Tienen que ser verdaderas bestias para hacer una cosa así– murmuró el deán, conmovido.

–Muy interesante– pretendió aleccionarlo el dominico. –¿Por qué pensar en un animal? ¿Acaso creéis que la criatura que desde hace milenios es maltratada en estas islas, el asno, sería capaz de un acto de venganza sodomita, *brutae vi stupratae*? ¿La venganza del asno, la *vendetta* del macho cabrío?

El viejo sacerdote fijó la vista en su colega sin acabar de entender. Se resistía a seguir la pérfida línea de pensamiento de su compañero, un pensamiento que le parecía aún peor que el propio crimen.

–Es horrible– gimió –pensar que un cristiano pueda ser capaz de tanta crueldad…

–Sólo pueden haber sido griegos– lo interrumpió Simón, y le sorprendió que el viejo deán, que era un hombre robusto, detuviera sus pasos y lo agarrara con una mano por la pechera sujetándolo con fuerza y levantándolo casi en el aire.

–*Canis Domini!*– dijo en voz baja. –¿Por qué no hablar de la pureza del aceite de oliva prensado en frío?

Con su poderosa mano retorcía la tela del hábito hasta causarle angustia al dominico.

–Cuando podáis demostrarme lo que decís, acabad de contármelo. Hasta entonces ¡no os atreváis a dirigirme la palabra!

Soltó al dominico y se alejó a paso rápido.

Cuando los que habían ido en busca de agua alcanzaron la costa vieron que su barco estaba rodeado por otras tres embarcaciones mayores aunque, al parecer, sin intenciones hostiles, pues no llegaba a la orilla ningún ruido de armas. Poco después una barca de remos acudió a recoger al pequeño grupo.

El conde Juan les presentó a un gigante de barba negra que respondía al nombre de Ángel de Káros y descargaba su ira insultando a los "herejes corsarios".

–¡No tienen compasión ni de las mujeres ni de los niños!– rugió con aspereza. –¡Una vez más se han escapado esos miserables, justo cuando acudíamos a coger agua potable!

A la vista de los tres barcos, ocupados por unos cien hombres en total, el deán de Manrupt reprimió la pregunta que le quemaba la lengua: la de cómo era posible que esa "pandilla de corsarios" hubiese podido escabullirse con tanta rapidez.

Mejor así, porque el tal Ángel era un hombre poderoso a quien le gustaba gastar bromas, pero no admitía que otros bromearan a costa suya. A cada insinuación de la que sospechara que iba dirigida contra él –y sospechaba de todas– su mano se deslizaba en rápido movimiento hacia el robusto majador que le colgaba del cinto. Se trataba de un arma terrorífica, una barra de hierro con una cadena y dotada de una bola con clavos en el extremo.

A Ángel le agradó sobremanera comprobar que el conde Juan y sus compañeros disponían de caballos.

–¿Cómo habéis metido a los animales por esos agujeros?– bromeó mientras señalaba las aberturas que daban al pesebre.

El deán no tenía ganas de explicárselo y el conde Juan no lo sabía, por lo que fue Simón quien se lo aclaró, aunque no había estado presente:

–Hay una gran puerta lateral en el barco que se vuelve a cerrar y se ajusta perfectamente una vez introducidos por ella todos los caballos. Después se embrean las ranuras, pues durante la travesía esa bodega queda por debajo del nivel del agua.

La explicación impresionó a Ángel de Káros, quien se propuso a continuación convencer al conde Juan de que desistiera de la cruzada. Pero se encontró con una oposición férrea por parte del deán de Manrupt, e incluso Goberto d'Aprémont, que seguía acostado, defendió con obstinación el mismo propósito. Hasta Simón de Saint-Quentin pasó a informar a "el *despotikos*", como el señor Ángel era titulado por sus gentes, de que no tenía sentido insistir en un cambio de rumbo mientras no se hubiese aclarado quién mandaba en aquel barco alquilado.

Lo cierto era que hacía días se estaba incubando una discusión entre Juan y Goberto acerca de quién tenía derecho a ejercer la voz y el voto del socio ausente: el conde de Sarrebruck por ser segundo socio, o el conde d'Aprémont, primer vasallo del de Joinville.

Para evitarle disgustos al enfermo, Juan decidió ceder en apariencia, pero instruyó en secreto al capitán para que tomara rumbo hacia el sur, tal como le había recomendado el señor Ángel, con quien siguieron navegando en grupo.

–Lo cierto es que la isla atacada cerca de la cual tuve el placer de conoceros, estimado conde, le pertenece a Geoffroy de Villehardouin. Aunque hayan sido corsarios los causantes de tanta desgracia– y mientras hablaba se acariciaba la abundante barba negra con innegable expresión de placer, –el príncipe de Acaya es capaz de reaccionar y buscar venganza sin grandes miramientos.

Todo esto lo comprendió Juan muy bien, aunque no el anciano deán, quien en seguida se había dado cuenta del cambio de rumbo. El conde de Sarrebruck, por su parte, no le dijo abiertamente a la cara al fiel sacerdote del de Joinville que el señor Jean debía procurar por sí mismo unirse a la cruzada, sino que le mintió, asegurándole que el señor Ángel lo había informado en secreto del verdadero lugar de encuentro con el senescal.

DIARIO DE JEAN DE JOINVILLE

Mar Egeo, 30 de agosto de 1248 d.C.

Para gran sorpresa mía, la señora Laurence me mandó buscar para que acudiera a su *capanna*, donde me esperaba sin testigos esta vez. La vi alterada, como si hubiese decidido quitarse una máscara, detrás de la que asomaba el rostro cansado de una mujer envejecida. Tampoco se esforzó por ocultar sus preocupaciones.

–Parezco un Ulises que recorre los mares como un fantasma, sin reposo y sin poder acogerme a ningún puerto. Esos niños, querido primo, son un tesoro precioso, pero también constituyen una pesada carga…

–¿Por qué no regresáis a Otranto y hacéis las paces con Federico?

Laurence rió con amargura.

–¡Porque hace mucho tiempo que veo fantasmas! Sí, podéis reíros de mí, que no soy más que una mujer insensata, pues a veces sueño que en mi castillo me espera un tribunal implacable del emperador para castigarme, otras veo por la noche unas figuras extrañas que buscan antorcha en mano a quien asesinar mientras sus perros recorren jadeantes los muros intentando atrapar a los niños, y eso que el emperador nunca me ha reprochado oficialmente nada ni me ha desposeído de mi concesión feudal.

Clavó la mirada fija en mis ojos, probablemente para verificar si yo aún la tenía por una persona cuerda.

–Cuanto más tiempo estoy lejos de allí, mayor es la locura que se apodera de mi mente. Quizá tengáis razón y todos se pregunten qué hace esta anciana recorriendo sin cesar los mares, qué la impulsa a huir en su trirreme en lugar de buscar la tranquilidad y el reposo...

–Con mucho gusto hablaré a mi señor Federico en vuestro favor...

–¡No despertéis a la fiera dormida!– me interrumpió furiosa. –Tal vez sólo esté esperando a que los niños caigan en sus manos.

Me sonrió, y me pareció ver una buena porción de locura en su expresión.

–Ni siquiera pretendo que vos, querido Jean, os paséis a mi lado, ni quiero que mis preocupaciones pasen a ser las vuestras, pero sí ruego la comprensión de un hombre que, como vos, ha conseguido ser a los veintitrés años senescal de una de las provincias más ricas de Francia y que, no obstante su espléndida juventud, goza ya de un buen renombre como *doctissimus*...

Al oír la expresión "espléndida juventud" recordé la desgracia que había dejado mustios mis testículos, y cuando ella pasó a la *laudatio* de mi talento de escritor me acordé del informe de Constantinopla, destinado al rey Luis, que el mundo jamás conseguiría leer porque el emperador sabría impedirlo.

Le respondí:

–Estimada prima, contad con mi comprensión y mi compasión, pero si me pedís consejo, deberíais darme más detalles referentes a esos infantes...

La condesa me miró con ojos tristes.

–¿Para qué?– preguntó. –No os quedaría otro remedio que llevaros vuestros conocimientos a la tumba. ¡Dejadme sola ahora y disfrutad de vuestras últimas horas!

En aquel momento cruzó por mi memoria el recuerdo del JUICIO. En su día, cuando abandoné Marsella, un anciano pitagórico me había profetizado que no retornaría tan pronto de ese viaje y que, al regresar, tampoco sería el mismo: *andros medemia andreion*. Yo me había reído entonces del oráculo que él extrajo de "el Gran Arcano", un juego de láminas ilustradas de pergamino que últimamente se ha puesto muy de moda.

Más adelante, cuando los médicos del hospital de Salerno me confrontaron con la pérdida definitiva de mi virilidad, le compré por un precio muy elevado un tarot de ésos a un rabino insolente que descansaba junto a mí y estaba a punto de morir. En un primer momento me indignó el precio exigido, pero él me confió, en medio de los estertores de la muerte, que no le importaba el hecho de poder o no poder llevarse el dinero al otro mundo, sino que el arte adivinatorio debía ser pagado con dinero contante y sonante, pues la magia nunca surtiría efecto de no ser así. De modo que si aspiraba a cobrar esas monedas era tan sólo para favorecerme a mí; incluso se mostró dispuesto a pronunciar un conjuro sobre las cartas, afirmando que de no hacerlo habría gastado mi dinero en vano. Sin embargo, para proceder a ello debía yo meter una vez más la mano en mi bolsa. Así lo hice, y él murmuró frases incomprensibles, primero sobre el conjunto de las cartas y después sobre cada una de ellas por separado. Cuando llegó a la última carta le falló la voz, y comprobé que había muerto.

Desde entonces siempre llevo encima esas cartas, y para interrogarlas meto la mano en la bolsa y saco una cualquiera. No siempre se me ofrece la imagen que deseo en ese momento, y a veces incluso temo ver el resultado de mi consulta al oráculo oculto, pero es una tentación a la que no me puedo resistir.

"Todo hecho será juzgado. Pero no será un juicio como el de los hombres. Al final saldrá absuelto quien evite todo exceso y muestre respeto por los esfuerzos vanos."

LA FLOTILLA COMPUESTA por el barco del cruzado Juan de Sarrebruck, del enfermo Goberto d'Aprémont y del conde de Joinville –que seguía ausente– y por los tres veleros de Ángel de Káros, que llevaban a la pequeña embarcación de los primeros más bien apresada que protegida como solía afirmar el gigante, navegaba en dirección sur.

La presión ejercida sobre el conde de Sarrebruck, disfrazada de reuniones dedicadas a la bebida y a los juramentos de amistad, aumentaba constantemente.

Ángel le proponía a Juan que olvidara la cruzada y se adhiriera a su intento de conquistar el Peloponeso. Le prometía un ducado en cuanto hubiese expulsado del trono de gran señor de Atenas a su tío Guido, usurpador de la herencia de Ángel de Káros en Argos y Nauplia. Incluso le aseguró que podía llegar a ser príncipe de Tebas si se ponía del lado de Naxos.

El conde se negó repetidamente excusándose con la oposición de su hermano, tras lo cual un buen día se tuvo que dar al enfermo Goberto d'Aprémont por desaparecido. Se supuso que habría abandonado de noche el camastro y caído por la borda.

Esa explicación fue aceptada por todos excepto el perseverante deán de Manrupt, quien consideró una salvación el hecho de que los alcanzara, ya cerca de Heraklión y mientras cruzaban a lo largo de la costa norte de Creta, la escuadra inglesa que había abandonado Marsella después de ellos.

Dicha escuadra estaba al mando de Guillermo de Salisbury, nieto del Plantagenet y de la bella Rosamunda.

Los ingleses habían navegado dando la vuelta a Sicilia y fueron recibidos allí cordialmente por el emperador, que les proporcionó toda clase de víveres y pertrechos, además de valiosos regalos.

Con los ingleses viajaba el señor Oliver de Termes, quien pudo proporcionar al conde de Sarrebruck la agradable noticia de que su primo, el conde de Joinville, había salido de Palermo a bordo de un mercante bizantino.

El único que se alegró de ello fue el deán de Manrupt.

Ángel de Káros había intentado en seguida retirarse de allí, temiendo posiblemente ser denunciado por el viejo sacerdote, pero Guillermo de Salisbury, guerrero y bebedor indomable, mostró inmediatamente un aprecio considerable por "el *despotikos*" y no lo dejó marchar, como si fuese cuestión decidida que Ángel los acompañaría en la cruzada.

Justo cuando los barcos acababan de reponer sus provisiones en Heraklión –llenando sobre todo los recipientes de agua fresca y embarcando una cantidad abundante de cítricos, pues cuando se deja Creta atrás el peregrino no encuentra durante varios días de viaje ni una isla donde refrescarse o encontrar alimentos para mantenerse con vida– los alcanzó también uno de los hermanos del rey de Francia.

Roberto de Artois había intentado conseguir la adhesión a la cruzada de sus amigos del Imperio Latino, pero Guido, gran señor de Atenas, procedente de la familia de aventureros borgoñones apellidados De la Roche, y el duque de Naxos, que se denominaba a sí mismo "Señor del archipiélago", se habían enemistado, se acusaban mutuamente de piratería, y no estaban dispuestos ni mucho menos a tomar la cruz y luchar codo con codo contra los herejes, aunque prometieron seguirlos más adelante cuando cada uno de ellos, sintiéndose en su derecho, hubiese castigado o, mejor aún, destruido totalmente a su desvergonzado enemigo.

A Roberto no le quedaba tiempo para dirimir la disputa entre los dos gallos peleones, lo que le habría gustado hacer aunque fuese espada en mano, porque no solía desperdiciar ni la más mínima ocasión que se le presentaba para pelear. Lo que sí hizo, en cambio, fue obligar a cada uno de los dos contrincantes a cederle tres barcos y un puñado magnífico de sus hombres, prometiendo incorporar a éstos a su flota y librándolos así a ellos de acudir.

Cuando se lo presentaron abrazó con mucha cordialidad a Ángel de Káros, que se mostró sorprendido del gesto; le agradeció su pronta aparición e indicó el lugar que debían ocupar en la flota los tres barcos que llevaba "el *despotikos*", tras invitarlo a sentarse a su lado en la mesa del comedor.

Al conde de Artois, como hermano del rey, le correspondía sin duda alguna el mando supremo, pero en su gran generosidad prefirió cedérselo al conde de Salisbury y renunció gustoso a una responsabilidad que lo habría obligado a dar ejemplo de disciplina, algo que le era odioso.

Lo único que propuso fue el encabezamiento de la flota, y ofreció al conde de Sarrebruck tomar la delantera, quien aceptó la propuesta sintiéndose muy honrado, de modo que el pequeño velero que ostentaba una cruz enorme como emblema fue el primero en adentrarse en un mar que, hasta llegar a Chipre, no prometía aventura más importante que la contemplación de unas aguas tendidas al infinito.

DIARIO DE JEAN DE JOINVILLE

5 de septiembre de 1248 d.C.

Me siento como un condenado a muerte a quien los verdugos permiten escribir hasta el último respiro. Pero en lugar de relatar acciones heroicas no tengo otra cosa que anotar en el papel que mis pensamientos, esperando que sirvan de testimonio cuando yo ya no exista. Nadie me lo impide.

Salí tropezando y medio atontado de la *capanna* de la condesa. ¿Habré cometido un error demostrando un interés excesivo por Roç y Yeza y ha sido mal recibida por la condesa mi insistencia?

En realidad aún no puedo considerarme a salvo, ni mucho menos.

En todo lo que se refiere a los niños la señora es más desconfiada que la hembra de un animal salvaje, y de ahí lo impredecible de sus reacciones. De todos modos, supongo que no sería capaz de hacerme atar un peso al cuello y arrojarme al mar.

Por otra parte, ella misma me ha confesado que lleva ya algún tiempo luchando contra fantasmas y espíritus, y yo me siento obligado a devolverla al terreno firme de los hechos o, para el caso, a los tablones sólidos de su trirreme, para lo cual me vendrá bien la ayuda del pícaro William, pues aunque es cierto que también el franciscano está bastante loco aún no ha perdido el sentido de la realidad. Desde la cubierta superior lo vi reunido con el capitán cojo.

–Supongo que el señor *sidi* os resulta más bien desagradable.– Con estas palabras intenté entrar en la conversación mientras observaba el mal humor con que Guiscard echaba aceite a las cadenas y las ruedas dentadas que, según deduje, mueven el mecanismo del espolón, un artefacto que me interesa sobremanera.

El capitán me miró, primero sin entender bien y después con desconfianza, pero finalmente soltó una risa escandalosa.

–"Tchidi-tchidi" no es un señor...

–Más bien es un bicho asqueroso– intervino William con una sonrisa, y su aclaración hizo crecer la alegría salvaje del amalfitano.

–¿Has oído, Firouz?– le gritó al marinero que tenía más cerca. –¡Nuestro digno huésped cree que transportamos al Cid en persona!

Parecía querer reventar de risa.

–¡Nosotros, imitando a los moriscos, le honramos llamándole "*o signore*"!– Su voz descendió hasta convertirse en un murmullo conspiratorio: –Según parece, ci-di-ci-di no significa otra cosa que *cazzo della contessa del...*

–*Diavolo!* Pero la condesa no lo sabe– respondió Firouz en su deseo de aclarar algo la cuestión, pues el buen hombre no se siente demasiado seguro moviéndose sobre la superficie resbaladiza de los juegos de palabras, por lo que tampoco comprendió que el aullido alegre de quienes lo rodeaban no se debía a su observación, sino a su ingenuidad.

Uno de los moriscos se atrevió a mofarse:

–¿Puedes preguntar a tu estimada Madulain si conoce al tal "*sidi*"?

Pero antes de que el marinero pudiese arrojarse sobre el insolente los frenó Guiscard interponiendo su pata de palo.

–¡A trabajar, *maledetti!*

Sé que a Firouz le hacen padecer las bromas de la tripulación, pues es el único que lleva a su mujer a bordo y, sin embargo, apenas tiene tiempo ni ocasión de verla, ni mucho menos de encontrarse a solas con ella. La condesa no admite que a bordo de su nave haya encuentros entre las mujeres de su séquito y la tripulación y, a excepción de Guiscard, nadie tiene permiso para pisar la popa.

Yo seguía junto a los dos marinos y posiblemente observaba con demasiada curiosidad las cadenas y las poleas.

–Si preguntas demasiado acabarás con la boca tapada. Si pretendes ver demasiado puedes volverte ciego.– La voz de Guiscard sonaba bronca, incluso amenazante. –¡Aquí no hay nada más que ver!

Con un golpe furioso cerró la escotilla que se abría en cubierta.

He deducido de ello, o creo entender al menos, que nadie debe conocer el secreto de *sidi*. Nadie debe dudar de las fuerzas mágicas que protegen a la trirreme de la poderosa condesa, con las que supuestamente es capaz de conseguir que su barco sea invisible, que vuele con la velocidad de la flecha o que realice milagros ayudada por el Mesías o por el Grial de los herejes.

–*Sidi* significa poder secreto– confirmó William con expresión grave.

–Siempre que se emplee en una lucha honrada y para fines de defensa– gruñó Guiscard, que seguía sin enterarse de la fina distinción introducida por el tono del otro, y se disponía a retirarse. –Un franciscano devoto no debería alabar ese alevoso espolón. La navegación cristiana…

Pero William sonreía a la vez que juntaba las manos simulando obediencia y devoción.

–Sea como fuere, la piratería siempre será difícil de compaginar con el concepto de la navegación cristiana.

Me sentí impulsado a expresar una opinión:

–Pues yo creo que hasta la piratería puede ejercerse de una forma humana, sin añadir cargas innecesarias a nuestra conciencia.

No obstante, a nadie parecía interesarle mucho el tema.

–¡La próxima vez le contestaré a la condesa que me rasque la pata de palo!

–*Al arrambaggio!*– exclamó William, cuyo ojo fue el primero en atisbar una vela que empezaba a asomar en el horizonte.

Guiscard pensaba seguramente que el fraile quería insistir con esa exclamación en el método de abordaje por él preferido, por lo cual esbozó un gesto de rabia y regresó al trabajo.

Aún le arrojó un "¡tonterías!" al franciscano quien, al igual que yo, había reconocido ya el velamen oriental. Sólo el amalfitano seguía sin mirar al horizonte.

–*Nave in vista!*– gritó el grumete desde la cofa.

En aquel instante vimos que corría hacia nosotros Hamo, el hijo de la condesa.

–Preparad el espolón– espetó jadeando, –lo ordena la señora condesa.

Guiscard sabe que Hamo l'Estrange, único descendiente de la condesa de Otranto, casi nunca está de acuerdo con su madre, por lo que decidió oponerse a la orden que acababa de recibir:

–Primero veremos de cerca si vale la pena el botín que se nos ofrece y después, si verdaderamente parece bueno, nos colocaremos de lado y abordaremos la nave.

–¿Pretendéis que le repita esas mismas palabras a la vie… a la condesa de Otranto y propietaria de esta trirreme?– Hamo parecía entusiasmado con aquella muestra de insubordinación del capitán.

–¡Para qué necesitamos más trapos y más especias!– siguió Guiscard encandilando su indignación. –Dile a la señora que lo que necesitamos es agua fresca y pan tierno, ¡por no hablar de frutas y verduras! No hay necesidad de arrojar al infierno más almas inocentes ni de alimentar con más cuerpos humanos a los tiburones.

–¡Sí habrá que hacerlo con quien se atreva a rebelarse!– intervino con voz cortante la condesa. –¿Qué tiene que advertirme mi capitán?– Laurence de Belgrave se acercó sin temor alguno a los hombres, el cabello rojo apenas recogido en un turbante. –¿Qué otra cosa tienes que decirme excepto: *Agli ordini, contessa*?

–Las cadenas del *sidi-sidi* están a punto de romperse– intervino Hamo con entonación petulante, y los cuatro *speronisti* asintieron mudos.

–Nos arriesgamos a perder el *sperone*– recogió Guiscard la pelota, –o peor aún, se quedará colgando como un rabo, con perdón, y acabaría por dificultar los movimientos del barco…

–¡Malditos cobardes!– los insultó la condesa, y empezó a retirarse. –¡Pero si es así, no habrá abordaje!

Entre tanto, el velero extranjero se había acercado mucho, pues mantenía el rumbo directamente hacia nuestra nave. Era un *dau* egipcio y parecía profundamente sumergido en el agua.

–¡Un barco hereje!– estalló Hamo en júbilo. –Un barco entero lleno de infieles ¡que podemos hundir tranquilamente, como buenos cristianos que somos!

Pero nadie prestó atención a sus gritos. El carguero se había acercado mientras tanto y todos vieron que estaba lleno de gente acostada sobre cubierta, a todas luces abandonados por sus fuerzas.

–Ma', ma', agua, agua!– gritaban algunas voces roncas y desesperadas, y unos pocos brazos se levantaron en el aire, pero la mayoría de los que estaban a bordo de aquel barco no parecían tener fuerzas ni siquiera para ese gesto.

–¡Alejémonos!– ordenó Guiscard, nervioso. –Ese barco no nos traerá más que enfermedades y muerte.

De repente se había sentido presa de un pánico irracional. Nada era capaz de infundirle mayor temor que las fiebres, el escorbuto y la disentería.

Precisamente cuando los remeros de la trirreme se disponían a alejarse a toda velocidad se irguió en la otra nave un anciano que parecía mantenerse en pie con mucha dificultad. De su figura emanaba cierta aureola de dignidad.

–¡En nombre de Alá!– exclamó, –¡no nos dejéis morir de sed! ¡Salvad al menos a los niños!

La condesa y William se miraron con sorpresa. ¿Qué sabía el viejo de los niños?

Laurence mandó con voz altiva que dejaran de remar, y volvieron a situarse al lado del carguero.

–Somos peregrinos devotos– exclamó el anciano de barba blanca, –y nuestra vida está en manos de Alá, pero…– y señaló a un niño y a una atractiva muchacha de unos diecisiete años que se encontraban a sus espaldas –estos jóvenes me han sido confiados y no deben sufrir el destino que nos espera a los demás. ¡Llevadlos con vosotros! ¡Su dueño os lo premiará!

Y señaló la bandera que pendía lacia del mástil. Pertenecía al sultanato de El Cairo y debajo de la misma el barco ostentaba tantos gallardetes turcomanos como emiratos habría en toda Asia Menor.

–¡Demasiado honor!– suspiró Guiscard, pero la condesa había tomado una decisión.

–¡Hacedlos subir a bordo y al viejo sufí también! Nunca se sabe el provecho que podremos sacarle.

–*Ma', ma'! Saufa nahlak 'atchan!*– clamaban las voces. –¡Moriremos de sed!– La trirreme acercó tímidamente la proa al carguero, como si temiese tocarlo demasiado. Guiscard mandó colocar una tabla, y algunos de los moriscos la cruzaron para ayudar al anciano y a los niños a subir a bordo de la trirreme.

–*Ma'!*– rogaban los que se quedaban atrás.

–Nosotros mismos no tenemos agua suficiente– murmuró la condesa. –¡Arrojadles las botas con el vino griego!– ordenó. –¡Y alejémonos a toda prisa!

EL BARCO MÁS PEQUEÑO DE TODOS, el del conde Juan de Sarrebruck, navegaba muy por delante de las embarcaciones más avanzadas de la flota de cruzados, siempre rumbo al este.

El conde iba acompañado de nueve caballeros, mientras que por parte del desaparecido conde de Joinville quedaban, tras la dolorosa pérdida de Goberto d'Aprémont, otros ocho sin contar a su viejo confesor el deán de Manrupt, un irlandés. También seguía a bordo el dominico Simón de Saint-Quentin, a quien podía considerarse un legado *in pectore* del Castel Sant'Angelo; al menos él se comportaba como tal.

Al cuarto día avistaron la trirreme, y Simón la reconoció de inmediato.

–¡"La abadesa"!– se le escapó una involuntaria exclamación, de la que se arrepintió de inmediato, pues a partir de ese momento Juan empezó a asaetearle con preguntas, como si el inquisidor fuese él. El dominico tenía muchos motivos para guardarse sus pobres conocimientos, pues en su anterior encuentro con la condesa y su nave en Constantinopla no había cosechado precisamente laureles. Podría afirmarse incluso que fue su comportamiento sobreexcitado lo que había provocado finalmente la huida de los niños.

–Una pirata bien conocida– confesó al fin. –Laurence de Belgrave goza de la protección especial del emperador.

Pero al conde de Sarrebruck no se le ocultaba lo que allí estaba sucediendo a la vista de todos ellos: la trirreme de la condesa se había situado justo al lado de una *dau* musulmana y se estaba procediendo a un intercambio de personas y materiales.

–¡Vuestra amiga parece más bien una espía!– refunfuñó Juan. –¡Lo último que podemos permitir es que colabore con el enemigo!

Estaba a punto de dar la alarma y ordenar el ataque, pero Simón lo contuvo.

–No disponemos de nada más que veinte brazos útiles para el combate– le advirtió. –La trirreme de Otranto es un barco de guerra con más de doscientos hombres de tripulación, todos ellos aguerridos y temidos por su crueldad. Esperemos a los demás y celebremos consejo.

–Dios no abandona a los justos– murmuró el conde, aunque en el fondo no lo disgustaba verse frenado, –¡y también está con los conquistadores que se mantienen firmes en la verdadera fe!

–Guardad esa fe para el momento de la cruzada– se burló el dominico. –Yo, de momento y como siempre, prefiero mantenerme firme en lo que me dicta la razón. Sólo con la fe cristiana no se gana una batalla naval contra una fortaleza flotante repleta de armamento.

No advirtió la mirada de desprecio que le arrojó el deán de Manrupt, quien desde su experiencia común en la isla seguía sin cruzar palabra con el dominico.

Así pues, quedaron a la espera de que se acercara el buque insignia al mando de Guillermo de Salisbury, quien les dio el único consejo razonable, consistente en ordenar que entre todos formaran un amplio abanico para cerrar desde ambos flancos la red y cazar a la doble presa. Incluso Juan estuvo de acuerdo en que esa maniobra era lo mejor que cabía hacer.

En cambio, no le gustó tanto la solicitud de que adelantara su propia nave para que el enemigo, en vez de darse a la fuga, considerara la posibilidad de hacerse con lo que le parecería una presa fácil. Es decir: ¡le proponían el papel de ratón para seducir al gato!

Tampoco a Simón le pareció demasiado atractivo hacer de señuelo, pues nunca se sabe lo que es capaz de hacer un gato. Pero como Juan había presumido de tanta ferocidad leonina no podía ahora dignamente encoger el rabo, de modo que los caballeros de Sarrebruck se limitaron a despedirse con señales amistosas de los demás barcos, con fingida valentía, pero también con la secreta esperanza de que los demás los siguieran sin demora.

La pequeña embarcación con el gran emblema de la cruz se acercó con precauciones a la trirreme, que seguramente ya se había dado cuenta de su presencia, pues el valiente conde Juan y los suyos observaron con satisfacción que la nave se separaba abruptamente de la *dau* y se disponía a alejarse a todo remo.

–¡Pandilla de cobardes!

Aún no había izado las velas la pesada nave cuando ya ascendía el estandarte de la condesa de Otranto a lo alto del mástil; después la trirreme describió una repentina y atrevida maniobra, girando en redondo sobre un semicírculo de radio increíblemente reducido, y dirigió su proa directamente hacia la pequeña embarcación.

Al conde Juan le parecía que iba a parársele el corazón cuando observó que en la trirreme se retiraba primero la hilera inferior de remos, después la segunda, y con la misma rapidez con que se pusiera en movimiento la nave se quedaba ahora casi inmóvil en el mar, como una raya pérfida al acecho de su víctima, mientras las defensas afiladas del tercer banco de remeros, los de más arriba, se elevaban resplandecientes hacia lo alto.

–¡Ahora temen que los alcance el justo castigo!– intentó demostrar Juan de nuevo su intrepidez y valor, mientras Simón echaba su mirada hacia atrás y veía cómo la amplia redondez del horizonte se había ido llenando, vela tras vela, con los barcos de la flota de cruzados.

El semicírculo empezó a cerrarse, y esa visión fue la que finalmente dio a Juan el valor para proseguir su rumbo.

La *dau*, que hasta entonces había permanecido balanceándose indecisa en el mar, se apresuraba ahora a escapar a toda prisa, y Juan se dio cuenta, para gran satisfacción suya, de que varias naves alargadas se separaban del flanco inglés y emprendían la persecución del carguero fugitivo. La trirreme de la condesa, en cambio, no daba señales de querer escapar.

–¿Es posible que quiera tendernos una trampa?– expuso Simón sus reflexiones al conde, quien a su vez estaba dispuesto a dar ejemplo de su espíritu combativo ante los caballeros. De ahí que acabara de bajar la visera y desenvainara la espada.

–¡Nos dejarán subir a bordo y después nos tomarán como rehenes!– insistió el dominico en sus advertencias.

Pero Juan le respondió con un gruñido envalentonado:

–No veo por ahí a ningún caballero dispuesto a luchar contra nosotros, no veo más que una pandilla de marineros andrajosos al mando de un cojo con pata de palo, y un grupo de mujeres que se están acicalando para la recepción que les vamos a proporcionar!– exclamó con fiereza.

–¿Y no veis las tres docenas de remos armados con cuchillas, gran Alejandro?– se burló Simón. –Abrid vuestra visera y frotaos los ojos. ¡Un único golpe de una de esas guadañas y subiréis a bordo privado de vuestras piernas!

La advertencia causó efecto, y el dominico se hizo con el mando.

–Guardad la espada y comportaos como un noble que desea ser bien recibido en la nave de una dama de categoría.

–¡Una miserable pirata y traidora a la vez!– ladró Juan, aunque obedeció las instrucciones. –¿Es ésa la bruja pelirroja?– añadió con un gruñido similar al de un perro que teme le sea arrebatado un hueso que ya considera suyo.

La condesa de Otranto había salido de la *capanna* y miraba con expectación hacia la pequeña nave.

–¡Sí, es ella, Laurence de Belgrave, condesa viuda de Otranto, llamada también "la abadesa"!

DIARIO DE JEAN DE JOINVILLE

5 de septiembre de 1248 d.C.

–Cuando los perros son muchos acaban con el jabalí– dijo Laurence en voz baja a William, aunque en tono suficientemente alto para que pudiese oírla Hamo, quien era evidente que no estaba de acuerdo con la decisión de su madre, por lo que mantenía la vista fija en el suelo.

–Podríamos habernos abierto camino, ¡ahuyentándolos como hace el viento con las hojas del otoño!

–Lo más probable– respondió la condesa a su hijo –es que habríamos podido hundir dos, tres o hasta cuatro barcos– y mientras hablaba no cesaba de observar el conjunto de la flota de la que ahora se separaba una sola nave para acercarse a la suya, –pero el caso es que son cincuenta, sesenta, tal vez más…

Guiscard, que se había acercado, añadió:

–Y entre ellos casi la mitad son ingleses, pues ahora veo que llevan veleros rápidos, más rápidos que nosotros, y suelen ser marinos bravos...

–Que llevan sangre de vikingos en las venas– se apresuró a intervenir William, pero Guiscard lo acalló con un gesto brusco.

–¡También los amalfitanos llevamos esa misma sangre! Por no hablar de nuestros *lancelotti*.

El capitán no parecía muy tranquilo.

–Lo que sucede es que ellos disponen de arcos grandes de largo alcance y podrían matarnos tranquilamente desde una distancia segura. Muchas flechas juntas también acaban con el mayor jabalí– añadió señalando el lugar donde un grupo de barcos normandos tenían ya rodeada la *dau*.

Cuando el grupo se disolvió no quedaba ni rastro de la nave de los peregrinos musulmanes. Unos cuantos puntos oscuros flotaban en el agua, probablemente los barriles de vino.

La embarcación avanzada mostraba ahora sus colores. Yo creí ver visiones: junto al estandarte de mi primo Juan de Sarrebruck ondeaba al viento la bandera de Joinville. ¡Mi barco! Pero no dije nada.

Laurence estaba probablemente convencida de que ni desde la flota, ahora cercana, ni desde el atrevido barquito de mi primo que venía adelantado se habrían dado cuenta de la subida a bordo del sufí y las dos criaturas. La condesa, previendo posibles problemas, había ordenado de inmediato que las cobijaran bajo cubierta, mientras Clarion y las doncellas retenían también a "sus" niños, es decir, a Roç y Yeza, en la *capanna*.

–Y tú, Hamo– ordenó después a su hijo, –te retirarás también.

El joven quiso protestar, pero una mirada de Guiscard le hizo saber que en esta ocasión no podía contar con su apoyo.

–No quiero a ningún héroe cerca– murmuró la condesa mientras el joven se alejaba con el talante de un perro joven al que acaban de reñir.

Después se dirigió a mí.

–A menos que mis conocimientos de heráldica estén muy equivocados, el destino quiere que sea vuestro barco el que pretende asaltarnos ahora. Pero no pienso convertiros en mi rehén, querido primo, ¡sabéis que sois un hombre libre!– me dijo sonriente. –Podéis pasar a vuestro barco y tomar el mando.

Yo estaba más bien indeciso y preferí seguir en la trirreme hasta la llegada de mi presumido primo Juan quien, como era de esperar tratándose de él, estaría a punto de llegar encabezando al resto de la flota.

Laurence de Belgrave decidió entonces esperar en la popa, pues la trirreme empezaba a verse rodeada de muchas embarcaciones pequeñas como las hormigas rodean a un insecto muerto.

En realidad la trirreme no estaba muerta ni mucho menos, y si las cosas se ponían feas muchos de los que estaban trepando a bordo sin pedir permiso podían acabar pagándolo con la vida.

La condesa echó un vistazo a la hilera rectísima de los *lancelotti* que tenía delante, y que no pestañeaban ni se movían, aunque sus puños agarraban los remos dotados de guadañas con tanta firmeza que transmitían un leve temblor al metal afilado.

Esta visión pareció tranquilizarla, por lo que ordenó a Guiscard que se adelantara, seguido por mí, para saludar a los recién llegados y conducirlos a su presencia.

–Dile al conde de Sarrebruck– dijo con voz firme –que me sorprende la costumbre de las gentes del Sarre de venir a saludar a una dama haciéndose acompañar por tanto soldado mal educado y con tan pocos caballeros, mientras mantienen como mínimo– y su mirada abarcó la flota entera en la que, por previsión estratégica, las alargadas naves inglesas se mantenían a una distancia prudente –¡unas dos docenas de catapultas y diez veces tantas ballestas apuntándola!

Guiscard no daba muestras de estar dispuesto a tomarse en serio la orden, ya que iba a mi lado y tendría que haberlo oído. Me limité a darle ánimo con el gesto, pues me pareció verlo un tanto preocupado.

El amalfitano veía que los moriscos agachados a los pies de los lanceros clavaban en él miradas interrogadoras mientras asistían más disgustados que intranquilos a la llegada de tanta gente extraña asaltando la cubierta del barco. Pero su capitán no les transmitió ninguna orden.

William se había detenido junto a la condesa. Tampoco él parecía demasiado tranquilo.

En cuanto mi primo Juan hubo subido a bordo, sus caballeros se arrojaron sobre Guiscard, quien aceptó ser maniatado sin oponer resistencia alguna mientras mantenía la boca cerrada aunque torcida con expresión de desagrado.

Tan sólo entonces advirtió mi señor primo mi presencia. El susto le hizo abrir la boca y ya no consiguió cerrarla.

Me miró con unos ojos como los debe de tener un borrego que ve visiones.

–¡Bienvenido a bordo!– acabé por decirle.

Mis caballeros se me acercaron para abrazarme, y en la confusión que se produjo no caí en la cuenta de que mi primo preferido, Goberto d'Aprémont, no se encontraba entre ellos.

–¿Acaso haces causa común con esa bruja?– me espetó mi primo Juan por todo saludo.

–Me has liberado de sus poderes mágicos– me apresuré a confundirlo todavía más, –pero te aconsejo que estés atento y no pretendas oponerte a la condesa con la fuerza de las armas. ¡Podrías tropezar y atravesarte el corazón con tu propia espada!

–¡Soy inmune a sus trucos!– gritó él en un intento de infundirse valor a sí mismo, aunque trazó rápidamente el signo de la cruz. –¡Seguidme!

Mis caballeros no se movieron del sitio, los suyos vacilaban.

–¡Cobardes!– les gritó. –¡Traidores!– y se dispuso a cruzar la cubierta solo, con la espada desenvainada, para llegar a popa.

–¡Champagne!– exclamé tirando de él con disgusto y deseoso de que se quedara atrás. –¡Ahora soy yo quien da las órdenes!

De modo que me dispuse a encabezar el grupo de casi veinte caballeros franceses que mientras tanto se habían reunido y que se veían obligados a abrirse paso entre sus propios marineros agolpados en número creciente sobre cubierta, debajo de la hilera superior de remeros, aunque no se atrevían a iniciar un combate contra los *lancelotti* y los moriscos.

El conde de Sarrebruck creía disponer aún de autoridad suficiente como para gritarle al amalfitano, a quien arrastraba consigo una vez maniatado:

–¡Ordena a tus matones y a toda esa gentuza que tiren las armas!

El cojo parecía estar sordo, y los que se encontraban más arriba tampoco se dieron por enterados. Al revés, golpearon unas contra otras sus armas resplandecientes, produciendo un ruido que me provocó un repentino escalofrío.

–¡Haré cortar la cabeza a todos!– me hizo saber Juan con un bufido mientras yo seguía empujándolo hacia adelante.

De todos modos su actitud era absurda: no era la condesa quien estaba en nuestras manos, sino que nosotros estábamos a merced de ella. Un gesto suyo y las guadañas caerían sobre nosotros, las hachas de abordaje nos harían picadillo, y las lanzas atravesarían desde aquella cortísima distancia nuestras armaduras como la lezna de un zapatero atraviesa la piel tensada del tambor. Era evidente que nuestra flota unida acabaría por vencer a la condesa, pero yo jamás volvería a ver las tierras de Joinville ni mi primo Juan las suyas de Sarrebruck.

En aquel momento comprendí por qué el comandante supremo inglés había cedido con tanta facilidad el honor de adelantarse a mi señor primo.

Avanzamos entre miradas enemigas como entre baquetas hasta que finalmente la multitud se abrió a nuestro paso y pudimos llegar a los escalones que nos conducirían a la parte alta de popa.

–Por la santísima Virgen– le susurré a mi primo –¡déjame hablar a mí!

–Si tú acallas tu miedo– me contestó, –yo frenaré mi rabia– y ascendimos por los escalones.

–Jean de Joinville– me recibió Laurence de Belgrave como si me viera allí por primera vez, –¿a qué debo tanta atención por vuestra parte, pues prefiero no hablar del honor que me dispensáis?

Para retener a mi primo le contesté con rapidez, mientras insinuaba una ligera inclinación:

–Éste es mi primo Juan, conde de Sarrebruck y Aprémont.

A Juan no le quedó más remedio que insinuar a su vez una cortés reverencia, y la condesa pasó de inmediato al ataque.

–¿En que os ha ofendido mi capitán para que lo traigáis maniatado a mi presencia?

Me apresuré a contestarle:

–Nos ha saludado con arrogancia y sin la deferencia debida a nuestro rango. Debéis castigarlo.

–Dadme vuestra espada– se dirigió la condesa a mi primo Juan.

Éste quedó tan sorprendido que obedeció a la solicitud, y Laurence se apresuró a cortarle las ataduras al prisionero. Guiscard se veía incapaz de separar los dientes, que mantenía apretados.

Entonces mi primo Juan dijo en tono amable:

–Querida prima, por mi parte os ruego permitáis a vuestros lanceros que dejen en descanso sus temibles armas. En cuanto a vos misma, nos haréis el honor de acompañarnos a la nave de nuestro comandante supremo, el señor Guillermo de Salisbury, de la estirpe de los reyes de Inglaterra, donde os espera también el hermano del rey de Francia.

Me quedé sin habla ante aquella ocurrencia que, sin embargo, no encontré del todo desacertada, aunque tal apreciación no duró más que un instante.

–Mi querido primo de Joinville, a quien ya conocéis– prosiguió Juan con gran empaque, –os asegurará gustosamente que no corréis peligro alguno.– Hizo una pausa al ver que me era imposible ocultar mi creciente disgusto. –Es más, se quedará aquí de rehén y como prenda y garantía de vuestro retorno.

Antes de que yo pudiese protestar intervino William de Roebruk, aunque, desde mi punto de vista, tendría que haberse mantenido en un segundo plano.

–Estimada amiga, no deberíais abandonar la coraza protectora de vuestra nave sin necesidad urgente.

Acto seguido se atrevió también el cojo a expresar una opinión que nadie le había pedido:

–Si esos señores tan encumbrados desean veros– ante tales palabras observé que la rabia hinchaba las venas en el cuello de mi primo Juan, –podemos acercarnos a ellos a bordo de nuestra orgullosa trirreme.

Pero Laurence apartó cualquier reserva mental con un movimiento brusco de la mano:

–Yo no necesito consejo ni invitación alguna cuando deseo ver al miembro de una familia real.

Al mismo tiempo miró con altivez y un poco desde arriba –pues superaba en casi una cabeza la talla de mi pequeño primo– directamente a los ojos del conde de Sarrebruck quien, no obstante, no estaba dispuesto a dejar escapar una victoria que ya consideraba suya.

–¿Me vais a seguir o no?– resopló.

–Demostradme primero, señor Juan, que os obedece esa pandilla de soldados que habéis traído con vos, y ordenad que se retiren de mi barco…

–En cuanto ordenéis que los lanceros bajen las armas…

–Mientras yo viva no daré tal orden en mi propio barco.– La condesa soltó una breve risa. –Pero como al parecer dais tanta importancia a los gestos aliviaré vuestros temores. Podéis abandonar mi nave sin que nadie os moleste y avisar a los señores de mi llegada. ¡Os seguiré por mi propia voluntad!

Juan tragó saliva, aunque después se conformó haciendo gala incluso de cierta cortesía que le permitió retirarse sin menoscabo de su orgullo. Pero yo, que conocía su carácter pérfido, sabía que ésta no sería su última palabra. Incluso en aquel momento se sentía obligado a esbozar un último intento de imponer su voluntad.

–Llevad con vos a vuestro confesor y vuestro capitán. Puede que os habléis de tú a tú con cualquier rey, pero eso no significa que a un minorita y a un marinero pueda perdonárseles su *disciplina nulla manifesta*. ¡Quedan detenidos!

–Suelo escoger libremente a mis acompañantes. William de Roebruk le ha visto la cara al gran kan de todos los mongoles, ante quien acudió siendo emisario del santo padre, y Guiscard de Amalfi es un hombre libre…

–Agli ordini, contessa!– cortó el amalfitano los elogios de su ama, aunque visiblemente conmovido. –Os acompañaré adonde vayáis, ¡aunque sea al infierno!

Mi primo Juan ya se había apartado con semblante hosco y se abría camino para retirarse con todos los caballeros, los míos y los suyos.

Pude observar que nuestros hombres abandonaban la trirreme con mayor apresuramiento del que mostraron al subir a ella. Treparon por la borda y saltaron a cubierta, a todas luces contentos y satisfechos de poder alejarse del alcance de los amenazadores remos armados de cortantes filos.

El señor de Sarrebruck y Aprémont no consideró conveniente despedirse de mi persona.

–Sois libre de ir adonde queráis, Jean de Joinville– me dijo muy amable la altiva dueña de la trirreme. –Yo no he exigido que os quedéis como garantía de mi retorno– y me dedicó una sonrisa.

¡Persona extraña y a su manera impresionante! Supongo que Laurence oculta sus canas grises ayudándose con una loción de *henna*, pero sigue irradiando la misma fascinación que tanta fama le ha proporcionado.

Sé que muchos años atrás, cuando aún era joven, fundó en el corazón de Roma, a la sombra del Castel Sant'Angelo, un convento de monjas cuya misión secreta consistía en acoger entre sus muros a las cátaras perseguidas. Al ser descubierta por la Inquisición se refugió con sus protegidas en el mar, abordó una nave de corsarios y se hizo con el mando. A partir de ahí se sostuvo pirateando por los mares hasta que un día cayó en manos del gran almirante del emperador, quien, en lugar de ahorcarla, le ofreció su mano y se casó con ella. Así fue como se convirtió en condesa de Otranto, aunque siguen nombrándola por su temible apodo: "la abadesa".

Ésta es la historia de la mujer que me advertía sonriente:

–Tampoco me serviríais de mucho, pues supongo que vuestro primo carnal estaría dispuesto a sacrificaros sin escrúpulo alguno.

Callé avergonzado al comprender que conocía perfectamente el peligro que ella misma corría, y que no intentaba evitar.

–Me quedaré aquí para responder a mi palabra– le contesté.

–Así pues, os ruego que os consideréis una vez más mi invitado– me respondió restándole importancia a la cuestión, y se dirigió a sus doncellas que, una vez todos los ocupantes extranjeros hubieron abandonado la cubierta, empezaban a salir con alguna reticencia de su cobijo.

En aquel momento aparecieron también, proclamando a grandes voces: "¡No dejaremos nuestras armas!" los niños: Roç balanceaba en los brazos el arco y la flecha y Yeza movía amenazadora el puñal. Ambos se agarraron a las ropas de William.

–Si William nos deja– dijo Roç con firmeza, –¡lo acompañaremos al cautiverio!

–¡Estamos detenidos!– se le ocurrió a la rubia Yeza imitar el tono de mi primo Juan. –¡Todos estamos detenidos y, por tanto, nos vamos todos juntos!

A los niños les entusiasmaba la idea. La condesa sonrió.

–Ahora no puede ser.– Le acarició la cabeza al muchacho con un gesto afectuoso que yo jamás habría esperado en ella. –A los niños no les está permitido presentarse sin más ante unas altezas reales.

No debería haber pronunciado tales palabras, pues los gritos de los niños se convirtieron en aullidos.

–¡Nosotros también somos de sangre real!– protestó Roç, y se escabulló de las manos de la condesa.

–Os haremos el honor de acompañaros– declaró Yeza, y no tardé en comprender, aún antes que la temible "abadesa", considerada en su tiempo el terror del mar Egeo, que había topado con los límites de su poder.

La condesa mandó llamar a Hamo.

–El senescal es huésped de esta nave, que mientras dure mi ausencia estará bajo tu mando– dijo con cierto orgullo maternal; –en cambio, Clarion y los niños vendrán conmigo.

Así pues, bajaron de la trirreme. Me di cuenta de que William de Roebruk iba rezando y me pareció que tenía bastantes razones para hacerlo.

Cuando por último también el capitán cojo hubo abandonado la cubierta, los remeros entrechocaron las guadañas produciendo un ruido sobrecogedor.

APENAS LOS FUERTES BRAZOS de los moriscos hubieron ayudado a la condesa y a los niños a trasladarse de la trirreme a la cubierta del barco francés, el conde de Sarrebruck ordenó que éste se alejara de allí.

"Su" pequeña embarcación, aunque de dos palos, no ofrecía las comodidades a que estaba acostumbrada la condesa, por lo que le pidió perdón, aunque empleando un tono que acabó por molestar a Laurence, quien se había preparado mentalmente para escucharle más de una estupidez a su anfitrión o carcelero, cualquiera que fuese el papel preferido por Juan. Pero lo que no había imaginado era que iba a ordenar de inmediato que le trajeran unas cuerdas.

Rodeada por sus acompañantes, la condesa se mantenía erguida en la proa de la nave, y no fue porque no encontraran en seguida las ligaduras por lo que le fue ahorrada tal humillación, sino porque, desde otros barcos que se acercaban, muchos caballeros se rieron de la intención del conde de querer amarrar a una mujer indefensa.

Después el grupo de pequeñas embarcaciones tomó rumbo hacia el buque insignia del comandante supremo Guillermo de Salisbury.

El velero del inglés era una orgullosa nave de tres palos, mayor que las demás. Tampoco era de construcción basta y ancha como los otros barcos, sino que, pese a su poderío, respondía a las reglas del arte naviero de los normandos, por lo que mostraba un cuerpo alargado y esbelto. Su aspecto cuando llevaba las velas izadas era capaz de provocar la admiración de cualquier marino, al menos eso fue lo que experimentó Guiscard mientras se acercaban a la elevada proa.

Los aproximadamente doscientos marineros de la dotación se encontraban sobre cubierta o subidos a caballo en las vergas y observaban con curiosidad la visita anunciada.

En seguida bajaron una escala de cuerda y muchas manos se apresuraron a ayudar a subir a bordo a la condesa, a Clarion y a los niños, a William y a Guiscard, seguidos por el señor Juan y algunos de sus caballeros.

Guillermo de Salisbury estaba cenando sobre cubierta.

Disponía para ello de una mesa larga cubierta por fina mantelería de hilo, y los camareros le servían en preciosa vajilla y con gran abundancia los manjares preparados por los cocineros. Los escanciadores se apresuraban a mantener llenas las copas de los nobles señores.

El asiento del señor Guillermo se veía algo elevado, y a su derecha e izquierda quedaban asientos libres. Esperaba la visita del conde de Artois, hermano del rey de Francia, pero no estaba mentalmente preparado para recibir a una dama tan fascinante como Laurence de Belgrave, tanto si veía en ella a la temible "abadesa" como a la resuelta condesa de Otranto.

Pero, como ya había bebido lo suyo, exclamó con voz potente:

–¡Bienvenida, noble señora, tomad asiento a mi lado!

Desde un principio se sintió a disgusto Laurence con el tono rudo del guerrero, pero como no quería predisponerlo contra ella le respondió en voz muy alta:

–Os los agradezco, Salisbury, y si hubiese sabido que me ibais a invitar a cenar no habría acudido con las manos vacías. ¡Os habría convidado con el mejor vino de Apulia!

Y dio un paso hacia adelante, dispuesta a aceptar la invitación. Pero el conde de Sarrebruck tiró bruscamente de ella hacia atrás y se adelantó impetuoso hacia la mesa.

–¡Esta mujerzuela no merece sentarse a vuestro lado, señor Guillermo!– y procuró que sus caballeros la apartaran de allí. –Es una pirata y además espía del sultán. La hemos capturado para que la podáis someter a juicio.

Guillermo de Salisbury, cuya mala educación ni siquiera le había insinuado la conveniencia de levantarse del asiento para saludar a Laurence, no estaba dispuesto a que le estropearan el banquete, de modo que tomó un largo trago de vino y abrió la sesión del tribunal dirigiéndose a Laurence.

–Son graves las acusaciones que el conde de…– y volvió la cabeza con agilidad hacia su confesor, a quien tenía detrás y que le susurró en voz baja el nombre –…de Sarrebruck y Aprémont presenta contra vos. Ambas merecen el máximo castigo, ¡el peor de todos!

Y dirigió su mirada hacia las vergas desde las que sus hombres lo aclamaban jubilosos.

Laurence, que seguía de pie, cogió una copa de la mesa, hizo con ella un leve gesto de saludo en dirección al de Salisbury, y la vació de un trago, proeza que mereció los aplausos de los circundantes.

–Ambas acusaciones obedecen al mismo engaño– exclamó, –pues se me aseguró que no sufriría mal alguno ¡y ahora me encuentro con este trato indigno!

–¡Mentira!– se oyó la voz chillona de Juan. –¡La he apresado por denuncia de mi primo el conde Jean de Joinville, senescal de la Champagne!

–¿Dónde está vuestro primo?– preguntó Guillermo de Salisbury.

El inglés disfrutaba del espectáculo como si se tratara de una escena de saltimbanquis que lo acompañaran en el banquete, un tipo de diversión al que se veía obligado a renunciar durante el crucero, del mismo modo que se veía abocado a prescindir de la presencia de apasionadas cantineras y, hasta el momento, incluso del ejercicio de su amado oficio de guerrero. Todo ello lo llevaba a apreciar altamente cualquier entretenimiento que le prometiera un mínimo de aderezo extraordinario.

–El senescal mantiene el orden en la embarcación de esta pirata y espera de vos que hagáis justicia y actuéis en consecuencia.– En aquel instante se le ocurrió a Juan que tal vez estuviese molestando al de Salisbury mientras cenaba, y añadió rápidamente: –En cuanto hayáis acabado de comer.

–Si no os parece inconveniente seguiré comiendo y bebiendo mientras tratamos del asunto– se dirigió el inglés con grosera benevolencia a Laurence. –¿Cuál sería, pues, "vuestra" verdad? Os han visto junto a un barco musulmán… ¿queríais abordarlo, o habéis intercambiado en secreto alguna información con el enemigo? El castigo que corresponde en ambos casos es la horca, pero os dejo elegir.

Un marinero había vuelto a llenar la copa de Laurence sin que nadie lo pidiera, y la mujer la levantó como si estuviese dispuesta a pronunciar un brindis por su juez.

–Vos mismo habéis podido ver, Salisbury– le dijo, –antes de enviar la *dau* al fondo del mar, que se trataba de unos pobres peregrinos marcados por la enfermedad y a punto de morir de sed…

–¿Y qué hacíais vos allí?– se burló el conde de Sarrebruck.

–Les cedí algo de nuestro vino, justo la cantidad de la que podía prescindir– declaró Laurence, –de la misma manera que ahora os doy de beber a vos.

Y con un rápido movimiento arrojó el contenido de su copa al rostro de su acusador, que se tambaleó dando un paso hacia atrás.

–Sujetadme– gritó, –pues si agarro a esa bruja…

Desenvainó la espada, pero los marineros, a una señal de Salisbury, lo retuvieron.

El poderoso guerrero comentó medio en broma, como tal vez fuese su costumbre hacerlo durante un banquete:

–En ese caso, se trata de colaboración con el enemigo. Tendréis que pagarlo con vuestra vida pecaminosa.– Su mirada se posó sobre William y Guiscard, y después de nuevo sobre Laurence quien, sin embargo, no daba muestras de perder su entereza.

–En mi barco rige la ley naval de Inglaterra. Los tres seréis colgados por el cuello hasta que os alcance la muerte.

Pero cuando sus hombres quisieron acercarse al grupo apareció de repente Yeza, que había conseguido escapar de sus acompañantes, y antes de que alguien pudiese impedirlo sacó el puñal y lo arrojó con tanta rapidez en dirección a Salisbury que le arrancó de la mano el trozo de carne que se aprestaba a llevar a la boca, dejándola clavada encima de la mesa.

–No sabes quiénes somos– exclamó la niña, –¡ni cuál es el brazo que nos protege!

Y Roç añadió en voz alta:

–Si la matas– y señaló a la sorprendida Laurence que, no obstante y sin inmutarse, permitía que uno de los marineros volviese a llenarle la copa, –el emperador te hará colgar a ti de la horca, pero con los pies para arriba…

–Y si te atreves a tocarle un cabello a William– Yeza vaciló un instante cuando vio que a éste le estaban atando ya las manos a la espalda –sentirás el peso de nuestra venganza.

–¡Lo mismo te digo en relación con Guiscard!– añadió Roç, y se dispuso a colocar una flecha en el arco. Salisbury soltó una risa atronadora y se golpeó los muslos de contento mientras Guiscard le retiraba con gesto paternal la flecha a Roç, antes de que también a él le ataran las manos.

–Me gustan los hombres valientes– sentenció Salisbury dirigiéndose a sus compañeros, –¡tu actitud merece un premio!– le dijo a Roç, para añadir después, señalando al grupo en el que únicamente Laurence quedaba aún por maniatar, pues nadie se atrevía a acercarse a ella, mientras que los otros dos ya tenían la cuerda en torno al cuello:

–Cada uno de vosotros dos puede elegir a uno cuya vida quiera preservar.

Pero la mirada de Roç apenas rozó ligeramente a los condenados.

–Tú no eres quién para premiar a un rey– dijo, y sus palabras resonaron en el silencio que se había creado.

El de Salisbury intentaba recomponer su fiereza y se dirigió a Yeza, que observaba con temor cómo los marineros hacían colgar unas cuerdas de las vergas.

–Bueno, pequeña reina– intentó bromear, sin prescindir por ello de su tono amenazador. –¿A quién pretendes salvar tú?

–¡Guiscard!– dijo la niña con rapidez, pues le pareció que era el primero a quien le tocaría morir.

–¡William!– exclamó Roç, también desesperado ahora. –¡Mi William!

El de Salisbury bajó la voz y miró a la condesa, quien mostró por primera vez una cierta conmoción ante la elección de los niños.

–Pues bien, Laurence de Belgrave– dijo, –todo indica que deberéis emprender sola vuestro último viaje.

Laurence no le contestó, pero dio un paso en dirección a Clarion, como queriendo darle un último abrazo. En ese instante se produjo un movimiento junto a la escala.

–¡El príncipe de Francia!– exclamaron algunas voces. –¡Roberto, conde de Artois!– gritó alguien anunciándolo en tono oficial.

El joven, cuyo rostro de rasgos gallardos se adornaba con rizos, se acercó a paso rápido, seguido por Jean de Joinville, mientras los demás se apartaban. Saludó con una leve inclinación al de Salisbury.

–Os ruego perdonéis mi tardanza– dijo, y tomó con galantería la copa de la mano de Laurence.

–Bebo a la salud de Guillermo de Salisbury– exclamó, –¡y de cuantas damas bellas pueda haber a bordo!

Después le ofreció el brazo a la condesa, mientras Joinville se esforzaba por atender a la llorosa Clarion.

–Demos paso a la alegría– propuso Roberto medio en broma. –¡La vida es breve!

Y ambos condujeron a las damas hacia los asientos libres que quedaban a derecha e izquierda del inglés. Éste se levantó y saludó a todos como si fuesen huéspedes largamente esperados.

–¡Música!– exclamó a viva voz, y se echó a reír. –¿Dónde está esa música?

Levdi milde, soft and swoote,
ich crie mercim ich am di pon,

to honde boden and to foote
on alle wise dat ich kon.

DIARIO DE JEAN DE JOINVILLE

11 de septiembre de 1248 d.C.

Yo había cambiado de opinión y abandonado la trirreme tanto por la expresión aviesa que había observado en el rostro de mi primo como porque no confiaba en absoluto en sus intenciones. Me pareció que Roberto de Artois era la persona más adecuada para intervenir con alguna autoridad en el caso de Laurence. Me topé con él apenas hubo subido al barco para dirigirse a comer tranquilamente con el de Salisbury. Con cierta habilidad conseguí no solamente despertar su sentido del honor como caballero, sino incluso que se diera prisa, por poco conveniente que esto pudiera parecerle. De modo que la salvación de Laurence fue en última instancia mérito de mi persona.

Una vez acabado el banquete, el noble señor Roberto de Artois, príncipe de Francia, acompañó a las damas Laurence de Belgrave y Clarion de Salento hacia la escala de cuerda para que pudiesen regresar a su propia nave.

Yo me ocupé de los dos niños y me cercioré de que fuesen los primeros en bajar por la escala y ser recogidos por las manos expertas de los moriscos, pues la trirreme se había acercado por expreso deseo del conde de Artois, quien pretendía visitar la famosa y temible nave de guerra de la condesa.

Yo mismo regresé también con mucho agrado a bordo de la trirreme, con la que ya me he familiarizado como si de mi hogar se tratase, pues no me atrae en absoluto la idea de pasar el resto del viaje embutido junto a mi primo Juan en la estrechez de nuestra diminuta embarcación. En realidad una parte equitativa del alquiler de ésta la he pagado con mi dinero, aunque él se comporta como si fuese el único propietario e incluso capitán del barco, según me confesaron quejosos mis caballeros, que no se pliegan de buen grado a sus órdenes. El único que se empeña en oponerle cierta resistencia es mi querido deán de Manrupt, lo cual me causa bastante satisfacción.

Todos acabaron por subir a bordo de la trirreme, y la señora Laurence fue la última en hacerlo.

Su mirada buscó de inmediato a su capitán y a William, pero no vio a ninguno de ellos.

–¿Dónde queda el amalfitano?– exclamó disgustada. –¿Y dónde está William de Roebruk?– Aún no sospechaba nada cuando le respondió una risa burlona desde lo alto de la popa del barco inglés, que asomaba por encima de nosotros, y unos brazos poderosos dibujaron un movimiento por el que William acabó cayendo al mar directamente junto a la borda de la trirreme, después de volar por los aires.

No me duró mucho la indignación que me produjo ver que lo habían arrojado completamente desnudo. Apenas habían conseguido los moriscos izarlo a bordo cuando oímos el grito de espanto de los niños:

–¡Guiscard!

Entonces vi que los marineros habían arrastrado al amalfitano a lo alto de las vergas, desde donde le daban en aquel mismo instante un empujón que lo hizo volar en dirección a la cubierta de nuestra trirreme.

Los *lancelotti* apartaron hacia un lado los remos acabados en guadañas sin que nadie se lo mandara y los moriscos levantaron los brazos para mitigar la caída del capitán, pero yo vi en seguida que tenía una cuerda alrededor del cuello, y después llegó el instante horrible en el que, poco antes de que lo rozaran las manos extendidas, la cuerda se tensó y Guiscard empezó a balancearse por encima de ellas, ya con la nuca partida.

Los nuestros contestaron con un grito furioso a las risas estruendosas y los silbidos burlones que nos llegaban de la popa del inglés, donde el gigantesco carnicero Ángel de Káros, a quien mi primo me había presentado con orgullo como reciente amigo suyo mientras estábamos sentados a la mesa, cortaba con una enorme hacha de guerra la cuerda que retenía al capitán. Cerca de él vi la sonrisa obscena de mi primo Juan.

Supongo que los responsables del crimen han sido los griegos de "el *despotikos*", aunque considero igualmente posible que el instigador sea mi primo. También me imagino que el de Salisbury se habrá palmeado satisfecho los muslos cuando asistió a esa última bofetada en el rostro de la condesa, antes de que, con el fin de responder debidamente al sentido del honor del conde de Artois, haya mandado ahorcar a media docena de los griegos.

Mientras a bordo de la trirreme los moriscos clamaban venganza y los *lancelotti* golpeaban sus remos armados para calmar con el estruendo metálico la impotencia del dolor que sentían, lo que hicieron durante varios minutos, la condesa, con mucho esfuerzo y abrumada por el dolor, consiguió dominar de nuevo la situación.

Lo primero que ordenó fue que alejaran de allí a los trastornados niños.

Después hizo que fuera depositado el cadáver del amalfitano, que tenía la cabeza casi arrancada, sobre un escudo largo; que lo cubrieran con la bandera de Otranto y que lo ataran como un fardo.

La oración fúnebre le correspondía a William.

La trirreme se había alejado a mar abierto, donde no había otros barcos cerca. Ninguno se atrevió a seguirla, únicamente la nave del príncipe de Francia se mantenía a respetuosa distancia.

Sólo entonces sacaron a los niños de la *capanna*. Era evidente que Roç había llorado, y en el rostro de Yeza sorprendí por primera vez una arruga vertical de enojo en la frente. En sus ojos grises ardía un fuego verdoso y amenazador.

Ninguno de los dos pronunció una palabra. Besaron la bandera, acariciaron la cabeza cubierta del muerto y después se retiraron para situarse junto a Hamo, la condesa y Clarion.

William se adelantó unos pasos y vi que su cuerpo era sacudido por violentos sollozos, hasta el punto de que yo habría preferido que estuviera allí mi viejo deán de Manrupt, pero después el franciscano se recompuso, golpeó con el crucifijo la pata de palo del muerto y exclamó:

–¡San Pedro, patrono y protector de todos los que se hacen a la mar, abre la puerta, que se acerca Guiscard, el "amalfitano"! Dios nuestro Señor lo está esperando. Él es merecedor de entrar en el Paraíso, pues en su día consiguió mandar al infierno a la flota de Tu representante en la Tierra, sí, fue él quien mandó al fondo del mar a la nave *Immacolata* de "el cardenal gris"; fue él quien impuso el terror y el miedo en el Castel Sant'Angelo, donde fue herido y por lo que acabó llevando esta pata de palo. Siempre fue un rebelde y sin embargo un marino leal…

William tuvo que interrumpirse: le falló la voz y sus ojos se llenaron de lágrimas.

Yeza se le acercó y le tomó la mano mientras Roç lloraba abiertamente, apretado contra la cadera de Madulain.

–Entre los que protegen a los infantes reales hay muchos nombres conocidos y señores de la alta nobleza– prosiguió William, –pero sin la entrega de hombres como tú, Guiscard, los enemigos nos habrían vencido hace mucho tiempo.

El monje se incorporó y sacudió el puño con el crucifijo en dirección a los asesinos; después, su mano cayó de nuevo como cae una ave de presa sobre su víctima.

–Nunca abandonaste tus obligaciones, y todos habéis oído– dirigía la palabra a los desesperados moriscos y a los *lancelotti*, que abatidos por el dolor golpeaban las guadañas provocando un ensordecedor estruendo –que sus últimas palabras fueron: *Agli ordini, contessa!*

Tras pronunciar estas palabras William se derrumbó y hubo de ser alejado de allí.

Yeza en cambio se había quedado junto al cadáver, y añadió con voz firme:

–Guiscard tenía todo nuestro amor, y por eso lo recordaremos siempre.

Se disponía a coger el amado puñal que escondía en el cuello de su ropa para que acompañara al muerto en su último viaje cuando se le acercó Roberto de Artois, quien desenvainó su valiosa espada, abrazó con gesto fraternal a la niña y deslizó el arma debajo de las cuerdas que ataban al muerto.

–Murió como un héroe, y como tal bajará al mar, que era su cielo.

Los moriscos levantaron el escudo por encima de la borda y Guiscard "el amalfitano" se deslizó hacia su fresca tumba en la que, sin embargo, no se hundió en seguida, sino que se alejó flotando, llevado por las olas hacia el mar abierto.

–Es la pata de palo– oí que murmuraba emocionado uno de los hombres,–¡la pata de palo no permite que se hunda!

Muy pronto la diminuta barca formada por el escudo con el muerto encima, cubierto por la bandera, ya no fue más que una mancha entre las olas y pronto la perdimos de vista.

Del gran golfe de mar
e dels enois dels portz
e del perillos far
soi, merce Dieu, estortz,
e pos a Dieu platz q'eu torn m'en
don parti ab pesanza
lo tornar e l'onranza
li grazisc, pos el m'o cossen…

14 de septiembre de 1248 d.C.

Llevamos ya tres días navegando como invitados en la trirreme de la condesa de Otranto.

Me refiero a nosotros, no tanto pensando en mi propia persona como en la del príncipe real, el noble señor Roberto, que se ha quedado a bordo. Cuando liberó a la condesa de la desagradable situación en que la había colocado mi primo Juan ante el de Salisbury, puso como condición que la potente nave de guerra y la propia condesa se adhirieran a la cruzada y nos acompañaran hasta Chipre.

Laurence de Belgrave se mostró bien dispuesta a aceptar dicha solución y ha invitado espontáneamente a su noble salvador a que realice el resto del viaje en su barco, no como vigilante sino como huésped, dispuesta al parecer a demostrarnos a todos hasta dónde es capaz de llegar en su sentido de la hospitalidad.

El hecho de que también yo siga aprovechándome de tal ofrecimiento se debe más que nada a que, después de todo lo sucedido, me quedan aún menos ganas que antes de compartir cubierta con mi señor primo.

De modo que navegamos en medio de la gigantesca flota, acompañados delante y a estribor por las rápidas y alargadas naves normandas de los ingleses, y seguidos por las pequeñas embarcaciones lentas de los franceses que, sin embargo, son las que determinan la velocidad.

Firouz, recién nombrado capitán, ha mandado instalar para nosotros, los huéspedes franceses, una tienda en la plataforma de proa, en el lugar donde antes se encontraban las catapultas, y la condesa y sus mujeres han revestido la tienda por dentro con valiosas alfombras y finas telas, de modo que disponemos de lechos principescos.

Al conde Roberto lo acompañan algunos criados y su decano, y yo he solicitado tener también a bordo a mi apreciado deán de Manrupt.

La mayor parte del tiempo la paso sentado detrás de la pared de proa debajo de un toldo que asciende casi vertical sobre el agua, tomando notas y comprendiendo cada vez con mayor claridad que, en realidad, mi ocupación preferida es la de poner por escrito no solamente cuanto está sucediendo, sino incluso mis pensamientos más íntimos, en lugar de limitarme a redactar una crónica digna que si bien podría porporcionarme alguna fama póstuma me obligaría en cambio a estar siempre pendiente de no dañar los sentimientos de nadie.

Por ejemplo, las ocurrencias poco honorables que me asaltan cuando desde mi puesto elevado dejo volar la mirada hacia la popa donde se encuentran las mujeres es algo que jamás podría someter a los ojos de mi estimado deán.

Clarion, la hija adoptiva de la condesa, es con toda seguridad quien más atrae las miradas ansiosas de la mayoría de los hombres que van a bordo.

Es una mujer de belleza desbordante, con cierta inclinación a la opulencia, que no intenta ocultar sus encantos sino que se complace a veces en acentuarlos comprimiéndolos entre sedas, y estimula nuestros sueños pecaminosos envolviéndose en telas y velos sugerentes.

Pero la condesa la vigila como un dragón y no deja que se acerque nadie a ella. Una única vez me ha sido dado sentir la presión de sus carnes y el aroma de su piel. Fue en el momento en que, mientras ella lloraba con desconsuelo, la cogí del brazo para conducirla a la mesa del histriónico bufón llamado Guillermo de Salisbury.

Pero también entre sus doncellas hay algunas a las que ningún hombre, de acercársele a su lecho, rechazaría.

Roberto de Artois me ha llamado la atención señalando a una joven especialmente esbelta y de rasgos nobles, por cuyo nombre me preguntó.

Se trata de Madulain, y precisamente es la única de las damas que ya está casada, pues es la esposa de Firouz, ese hombre tosco y parco en palabras que era primer oficial a bordo. Ahora, recién nombrado capitán, tiene finalmente derecho a pisar la popa y entrar en la *capanna*, y con ello a ver y hablar con su esposa, a la que antes sólo podía admirar de lejos, teniendo que soportar además las burlas apenas reprimidas de la marinería que comentaba entre murmuraciones su situación de forzada abstinencia.

A mí me parece, sin embargo –puesto que con frecuencia he sido testigo ocular de sus encuentros–, que los esposos están distanciados.

Madulain insiste a veces en que él entre en su cuarto para cumplir con el débito matrimonial, pero Firouz se resiste a la unión corporal. Supongo que el intercambio de sus caricias se realiza casi siempre con bastante apresuramiento, de lo que incluso llegan testimonios a nuestro oído, puesto que la *capanna* sólo dispone de unas delgadas paredes de madera apenas recubiertas de alguna tela o tapiz. Al cabo de un brevísimo tiempo dedicado a sus obligaciones matrimoniales el pobre hombre suele alejarse con rapidez y aspecto embarazado de aquel lugar, temiendo tal vez que la condesa desapruebe su conducta, aunque ésta parece del todo indiferente a lo forzado de una situación cada vez más entreverada de escenas de celos y reproches mientras ello no afecte al comportamiento de Clarion.

Debido a mi reserva obligada no seré yo, naturalmente, el causante de la disputa amorosa que se avecina, sino el príncipe de Francia.

De todos modos, he de conceder que el señor Roberto hace cuantos esfuerzos le son posibles por no romper la difícil unión matrimonial del capitán con la bella Madulain. Pero recordando las canciones que suele cantar acompañándose del laúd y sentado en los escalones que conducen a la *capanna* creo de todos modos que juega con fuego:

Ni dic qu'ieu mor per la gensor
ni dic que-l bella-m fai languir,
ni non la prec ni non l'azor

ni la deman ni la dezir.
Ni no-l fas homenatge
ni no-l m'autrei ni-l me soi datz;
ni non soi sieus endomenjatz
ni a mon cor en gatge,
ni soi sos pres ni sos liatz,
anz dic qu'ieu li soi escapatz.

Yo tengo una buena visión sobre todo el barco. Además les he perdido el miedo a los *lancelotti*.

Son éstos unos hombres broncos pero leales, y ni siquiera me ha sorprendido enterarme, al oír los nombres de algunos, de que son de procedencia noble. Pasan un tiempo de entrenamiento en la trirreme, del mismo modo que nuestros jóvenes aristócratas lo pasan sirviendo a otros de más edad, y forman una comunidad sólida a bordo.

Algo muy diferente sucede con los moriscos. Es cierto que también ellos se mantienen muy unidos, pero se burlan unos de otros y pelean entre ellos, llegando a veces a las manos hasta el punto de hacer correr la sangre.

El único que sabe manejar perfectamente a ambos grupos es Firouz, el capitán de la triste figura.

También el monje franciscano William de Roebruk goza de una benevolencia generalizada. Muchos buscan su consejo y su ayuda, aunque a mí nunca me ha causado la impresión de ser especialmente devoto.

Lo mismo me ha confirmado mi deán de Manrupt, quien a veces se muestra bastante indignado por las expresiones subidas de tono que suele emplear el hermano William. Pero el deán elogia también, a veces hasta con envidia, los conocimientos mundanos y la capacidad del minorita de expresarse en varios idiomas, pues es capaz incluso de descifrar los escritos árabes.

Para dos niños tan especiales como son Yeza y Roç la figura del joven conde de Artois es una fuente de máximo disfrute.

También yo veo en el noble señor Roberto a un *chevalier par excellence*, un caballero sin tacha, intrépido, de bellos rasgos y mente honesta, defensor de su honor y lleno de valor; un valor que es capaz de llevarlo a adoptar actitudes de fiereza incondicional e incluso a un atrevimiento excesivo.

No hace falta decir que ha conquistado en un santiamén los corazones de los "pequeños reyes", como los denomina cariñosamente todo el mundo a bordo. No solamente ha devuelto a la atrevida Yeza el puñal que el de Salisbury, tal vez con un sentimiento paternal y responsable, no quiso dejar de nuevo en sus manos, sino que incluso consiguió que el feroz inglés le regalara a *this little "assassinian" lady* una capa de pieles de cabra con un bolsillo secreto.

También Roç se muestra impresionado por el príncipe francés, que se interesó en seguida por su arma, un arco mongol, y que al primer disparo consiguió arrebatarle de la mano una copa recién llenada al conde de Sarrebruck, mi señor primo.

Roberto se disculpó ciertamente en toda forma, lamentando su descuido, pero Roç sabía que había sido un descuido intencionado.

–¡Me guiñó un ojo para advertírmelo!– me informó Roç con gran satisfacción mientras volvíamos todos a la trirreme. Eso fue antes de que sucediera la desgracia con el amalfitano.

La condesa nos premia el esfuerzo que hicimos por salvar su integridad física atacando generosamente nuestro paladar. Cada mediodía y cada tarde hace poner la mesa en la popa y allí nos ofrece cuanto la sabiduría de los cocineros es capaz de fabricar en el vientre de esta nave de tres pisos, sobre todo con las presas frescas que diariamente arrebatan los moriscos al mar.

Por cierto que también Hamo, el hijo de Laurence, demuestra grandes aptitudes al respecto.

Vestido tan sólo con un taparrabos y siempre con el puñal atado a una pierna, salta de cabeza desde la cubierta armado con una lanza tridente cual joven Poseidón, y es él quien atrapa los mayores peces.

Los niños han querido imitarlo, pero el señor Roberto les ha hecho cambiar de idea convenciéndolos, tras obtener clamorosos gritos de protesta como primera respuesta a su sugerencia, de que intercambien sus pequeñas armas entre ellos, aunque sólo sea como préstamo.

Yeza, armada de arco y flecha, se parece a la diosa Artemisa, y para gran espanto de las demás mujeres ha comprendido de inmediato cómo tiene que manejar su nueva arma.

Roç, bastante más tímido, ha sido instruido por Roberto de Artois en el arte de luchar con el puñal firmemente sujeto en la mano en lugar de emplearlo como arma arrojadiza. Y como el muchacho está demostrando ser un alumno extraordinariamente hábil le ha regalado un auténtico estilete, no sin cierto disgusto de la condesa.

Para compensar a Yeza le he comprado en secreto a uno de los moriscos un arco no demasiado grande para ella, y he pedido a Firouz que se lo entregue. El señor Roberto, al darse cuenta de la maniobra, le ha dedicado esta canción:

Joves es domna que sap honrar paratge
et es joves per bos fachs, quan los fa,
joves si te, quan a adrech coratge
et ves bo pretz avol mestier non a;
joves si te, quan guarda son cors bel,
et es joves domna, quan be-s chapdel;
joves si te, quan no-i chal divinar,
qu'ab bel joven si guart de mal estar.

Si el señor Roberto pensaba provocar con ello algún efecto educativo en Yeza lo único que ha conseguido es que se haya empeñado de inmediato en aprender también a tocar el laúd. *Joves es domna!*

En cierto momento se ha oído un grito en la cofa:

–¡Tierra a la vista!

Sólo puede tratarse de Chipre.

Más bien con la idea de cerciorarse de ello que con la de enviar señales a su propio barco para que se acercara, el señor Roberto trepó con agilidad por la escala de cuerdas que lleva a lo alto de las vergas. Podría haber encargado esta tarea a sus criados, pero prefirió hacerlo él mismo, para lo cual mantuvo los pies hábilmente enganchados en las cuerdas que los marinos, según creo, califican de "estribos" e indicó con ambos brazos que vinieran a recogerlo.

A pesar de su carácter juvenil e intrépido tiene tan asumidas las costumbres de la diplomacia y la etiqueta de la corte parisina que no desea saltar a tierra desde la cubierta de una trirreme agraciada con la mala fama de la piratería, prefiriendo hacer una amistosa entrada en Limasol a la cabeza de sus caballeros y descendiendo de su propio barco.

Con aquel gesto atrajo la atención de todos, instante que aprovechó el pequeño Roç para trepar por la escala que conducía al otro mástil sin que los demás se diesen cuenta.

Cuando los gritos de las mujeres nos llamaron la atención vimos que se encontraba ya frente al señor Roberto, en lo alto del todo.

Roç quiso saludar al francés moviendo una mano, pero al hacerlo resbaló y cayó de la escala, aunque pudo agarrarse en su caída a la verga superior, a la que se sujetó consiguiendo recostarse sobre el vientre. Pero el peso del delicado cuerpo hizo que la verga se inclinara hacia un lado, de modo que el niño empezó a deslizarse con rapidez y sin remedio hacia su extremo.

Al verlo cesaron los gritos. El pequeño cuerpo de Roç amenazaba con caer y estrellarse contra los tablones de cubierta. Los moriscos se deslizaron como gatos por debajo de las velas y formaron una red de brazos dispuestos a acogerlo.

Otros querían trepar por la escala, pero el señor Roberto les gritó que no se movieran. Cogió una cuerda, se la ató al pecho, arrojó su cinturón sobre el único cabo que conduce de cofa a cofa y que en realidad sólo sirve para colgar gallardetes en ocasiones festivas, enganchó después sus piernas por las corvas en el cinturón y se deslizó por el delgado cabo al que los marineros dan el poco respetuoso nombre de "cuerda de tender ropa de la abadesa", hasta donde éste mostraba su máxima curvatura hacia abajo. El señor Roberto se encontraba en aquel momento suspendido por encima de Roç, aunque todavía sin poder agarrarlo. Sin embargo, consiguió mover con mucha precaución la verga contra el viento hasta quedar lo suficientemente cerca del muchacho como para convencerlo de que levantara una pierna.

Tras varios intentos desbaratados por el viento Roberto pudo agarrar la pierna del muchacho con el lazo y cerrarlo por encima del tobillo.

Después animó a Roç a dejarse caer de la verga al vacío, pero el niño se agarraba desesperado a la madera.

Al darse cuenta Firouz mandó que recogieran poco a poco la vela, mientras Roberto, para mayor seguridad, deslizaba el cabo entre sus manos.

Roç se agarraba con tanta desesperación a la verga que los moriscos que habían subido a recogerlo tuvieron que separarle las manos antes de que cayera en sus brazos. Al mismo tiempo habían llegado al extremo de la cuerda.

Todos aplaudieron el rescate.

La felicidad casi los hizo olvidar la postura poco cómoda del salvador, que colgaba cabeza abajo. Pero otras manos hábiles le arrojaron un cabo que pudo coger, lo arrastraron hacia el mástil y lo sujetaron mientras algunos soltaban el cinturón y devolvían a nuestro héroe a una postura digna. Éste ha sido el espectáculo de despedida que nos ha brindado el señor Roberto en la trirreme.

Yo he pensado que situaciones como ésta son las que nos hacen echar en falta una mano experta y, sobre todo, una mente fría como la que distinguía al amalfitano. Guiscard habría solucionado el problema de una manera mucho menos complicada. *Pax anima sua!*

Después de una oración de gracias, pronunciada por mi deán de Manrupt, y una copa llena de vino que le brindó la condesa y que el señor Roberto vació de un trago, arrojando después la copa al mar por encima del hombro, descendimos a la barca de remos que habían enviado desde su velero para recogernos.

He decidido seguir al príncipe, pues de ningún modo deseo regresar a mi propia nave y quedarme allí junto a mi primo.

Por otra parte, tampoco me conviene crear un mal precedente permaneciendo sin necesidad al lado de la condesa y a bordo de la mal afamada trirreme en el momento de entrar en un puerto donde me espera mi rey.

Ante nuestros ojos se extiende la costa de Chipre.

II
EL REY Y LOS PRISIONEROS DEL TEMPLE

DIARIO DE JEAN DE JOINVILLE

Limasol, 15 de septiembre de 1248 d.C.

Cuando desembarqué en Chipre con el séquito del conde de Artois, el rey Luis ya había arribado a la isla. Las naves que habían conseguido seguirlo se arremolinaban junto a la estrecha bocana del puerto y empezaban a ocupar, costado con costado, toda la bahía de Limasol.

Luis y su hermano Carlos de Anjou fueron recibidos en el muelle por el rey Enrique, soberano de Chipre, y después se dirigieron sin más al palacio real, que servirá de residencia al monarca de los cruzados mientras dure su estancia en la isla. Al igual que los demás nobles franceses me he apresurado, apenas acomodados en lo que serán nuestros albergues, a presentarme ante el rey y ponerme a su disposición. Es más, ni siquiera he perdido tiempo en tomar posesión de mis aposentos, sino que he delegado la tarea en mi deán de Manrupt, encargándole que se haga cargo de la situación. Pero el condestable me ha hecho objeto de sus reproches, señalándome que mi obligación es esperar primero la llegada de mis caballeros aunque no hubiese navegado con ellos en mi propio barco. De modo que he tenido tiempo suficiente para dar una vuelta y observar a los que iban llegando a tierra.

Allí estaban los primos de Luis, el duque Hugo de Borgoña y el conde Pedro Mauclerc de la Bretaña, que apenas diez años antes participaron en otra cruzada en cuyo transcurso el de Bretaña no se cubrió precisamente de gloria, pues su única conquista fue un nutrido rebaño de ovejas. La aventura acabó de una manera bastante lamentable entre las dunas de arena de Gaza.

También se ha adherido a la cruzada de Luis el conde Hugo XI de la Marca, de la familia de los Lusignan, quien poco antes aún combatiera contra el rey formando parte del bando de los ingleses, por lo cual, al haberse situado del lado de los perdedores, hubo de pagar mil libras de multa. También este noble es veterano de las cruzadas, pues siendo aún muy joven acompañó a su padre –quien halló la muerte entonces– a luchar junto al cardenal Pelagio en aquella aventura de infausto desenlace.

Otros que intervienen en la partida son Guillermo de Dampierre, conde de Flandes, y el anciano conde Guido III de Saint-Pol, cuyo padre participó ya en la tercera y la cuarta cruzada, además de otros señores de noble estirpe. Aún se espera a muchos más.

Para recibirlos ha acudido desde San Juan de Acre el suplente del gran maestre de los sanjuanistas, Juan de Ronay, pues el superior de la Orden permanece desde aquella desgraciada campaña de Gaza en manos de los egipcios. Juan de Ronay ha venido acompañado de su mariscal, Leonardo di Peixa-Rollo.

También están presentes los templarios, que de todos modos tienen casa fija en Limasol. A la espera de que llegue su gran maestre están representados de momento por dos de sus caballeros más renombrados, el preceptor Gavin Montbard de Béthune y Guillem de Gisors, de quienes los iniciados saben que ocupan altos cargos en el capítulo secreto de la Orden. Aún está por llegar la delegación de la Orden de caballeros teutónicos.

Una de las primeras disposiciones del rey Luis, a quien el joven rey Enrique ha cedido gustosamente el mando supremo en todo el reino, ha sido ordenar un bloqueo total de informaciones en los alrededores próximos a Limasol, incluido el puerto. Esto significa que una vez reunida la flota y proclamada la meta de la cruzada, ningún barco podrá hacerse a la mar. De este modo el rey pretende evitar que el enemigo pueda preparar en el lugar previsto para el desembarco una sorpresa desagradable al ejército cristiano. Las Órdenes militares se alternarán día tras día en la vigilancia del puerto.

Esta severa censura afecta también a las barcas de pescadores en un círculo de diez millas alrededor de Limasol, que es precisamente el alcance visual del gran faro situado en el cabo de Gata, adelantado a la bahía. En esa misma torre han instalado las Órdenes un puesto de observación. A todos los pescadores se les ha encomendado, con amenaza de pena de muerte para quien no lo respete, que dentro del círculo de bloqueo hagan uso exclusivamente del puerto de Episkopi, un pueblo cercano, y que cuando salgan de pesca sea siempre acompañados por un miembro de la Orden encargada ese día de la vigilancia.

Es decir, que si alguien se encuentra con una barca ocupada sólo por pescadores puede estar seguro de que los ocupantes son espías o trasladan a algún espía, siempre que no se trate de una de las trampas dispuestas por el de Anjou para cazar a posibles desertores.

Hasta donde me alcanza la vista no se ve en el mar ni una vela de pescador; únicamente las barcas con el distintivo de la cruz que acuden procedentes del oeste y doblan el cabo para ocupar hasta el último puesto de amarre en el puerto.

GAVIN MONTBARD DE BÉTHUNE, cuya cabeza erguida mostraba un cabello ligeramente encanecido y facciones marcadas, solía cabalgar en los días en que la Orden de los templarios ejercía el servicio de vigilancia hacia las colinas que rodean la ciudad y que en su descenso hacia la playa se abren formando gargantas rocosas.

Pasó por delante de los almacenes de vino que el rey, gran previsor, había ordenado instalar desde hacía dos años antes de su llegada. Sus forrajeros habían depositado gigantescos barriles en grutas subterráneas, y sobre campo abierto se amontonaban cantidades ingentes de cereales cuya capa superior empezaba ya a brotar, de modo que vistas desde la lejanía parecían grandes túmulos cubiertos de verdor.

Gavin permitió a su caballo que apartara con las patas la capa de brotes y debajo apareció el grano en estado perfecto, como si lo acabaran de aventar.

El preceptor había descabalgado junto a una roca cercana ya a la orilla del mar cuando vio de repente anclada en la tranquila bahía una barca de pesca chipriota cuyos ocupantes se afanaban en recoger las redes. Esa barca no debía estar allí, a menos que estuviese a sueldo del de Anjou.

Después le llamó la atención el hecho de que uno de aquellos hombres, aunque la parte superior de su cuerpo aparecía tostada por el sol como la de los demás, daba claramente la impresión de no tener idea alguna del oficio de pescador.

El templario dejó su caballo junto al atractivo pesebre que había encontrado y se adelantó con grandes precauciones hasta el borde. Inmediatamente reconoció al extraño.

Gavin esperó con paciencia a que los pescadores acabaran de arrastrar la barca a la playa y hubieran saltado a tierra. Después se incorporó y se fue acercando sin prisas al grupo.

El hombre cuyo encuentro buscaba fue lo suficientemente inteligente como para no impedirlo, tanto más cuanto que al caballo de Gavin se le escapó en aquel preciso instante un relincho, lo que podía significar que había otros jinetes cerca. Gavin, por su parte, tampoco echó mano de la espada.

Más bien abrazó al "pescador" y le susurró, sin separarse de él:

–¡Constancio! Príncipe de Selinonte, caballero imperial o, mejor aún: Fassr ed-Din Octay, emir del sultán e hijo del ilustre Fakhr ed-Din, gran visir de El Cairo, llamado también por sus amigos "el halcón rojo": ¡estás arrestado!

"El halcón rojo" miró incrédulo a Gavin:

–Gavin, ¡jamás pensé encontrarme contigo como enemigo mío!

–Pues así es y no hay por qué intentar cambiarlo– gruñó el preceptor, –¡esa misma razón me lleva a arrestarte antes de que tu falta de dotes como discípulo de san Pedro Pescador le llame la atención a otro que sea capaz de colgarte de la horca, acusándote de espionaje!

–No puedes haberme visto…

–Constancio, si me obligas a maniatarte tendrás que correr detrás de mi caballo– le respondió Gavin sin inmutarse, –mientras que si me sigues voluntariamente, te dejaré sentarte en la grupa.

El príncipe suspiró, se puso una camisa que le cubrió el musculoso cuerpo y entregó al preceptor su espada, una pieza normanda ricamente cincelada que cualquier caballero avisado habría atribuido de inmediato a los maestros armeros de la corte de Palermo.

–¡El puñal también!– le exigió Gavin, y Constancio sacó el arma de sus calzones y se la entregó con el mango por delante. Después metió la mano en una bolsa y arrojó a los pescadores un número considerable de monedas de oro.

–¡Seguís estando a mi servicio!– les gritó sin tener en cuenta que el preceptor levantaba una ceja. –¡Pronto regresaré junto a vosotros!

Y sin mirar hacia atrás siguió al templario.

En cuanto descendieron los huéspedes franceses de la nave lo primero que hizo la tripulación de la trirreme fue sacar a los tres prisioneros de su escondite situado muy al fondo del casco, casi encima de la quilla. Durante casi dos semanas habían tenido que prescindir de la luz del día, aunque por lo demás nada les había faltado.

Fue una suerte que Roç y Yeza hubiesen olvidado del todo su existencia, evitándose así que cualquier palabra indiscreta pusiera en peligro la vida de los musulmanes.

En aquel momento miraban curiosos al pequeño moro y a la muchacha, algo mayor que aquél, y al digno anciano de la barba blanca, que pestañeaban al enfrentarse de nuevo con el sol.

–¡Preparad un baño y entregadles ropa nueva!– ordenó la condesa a las doncellas, aunque antes le hizo una seña al anciano para que se acercara.

Se alejó con él hacia el toldo de la *capanna*, no tanto para protegerse del sol deslumbrante como para sustraer al anciano de cualquier mirada de las que, como sospechaba ella, estarían vigilando la trirreme; la verdad era que en los demás barcos los navegantes tenían puesta toda su atención en la ciudad de Limasol, que acababa de emerger en el horizonte.

–Dime rápidamente lo más importante: ¿quiénes son esos niños?

El anciano cayó a sus pies y cubrió de besos las manos de la condesa.

–Alá os premiará por toda la eternidad el habernos salvado de la muerte, y mi sultán os lo compensará con vuestro peso en oro.

Laurence se mostró impaciente.

En aquel momento sonaron las órdenes de Firouz de arriar las velas y prepararse para atracar en el puerto.

El anciano prosiguió:

–El niño es Mahmoud, hijo único del emir más poderoso de los mamelucos en el sultanato de El Cairo, Rukn ed-Din Baibars, llamado también "el arquero". Es el comandante de la guardia de palacio, formada exclusivamente por Bundukdaris. Un hombre famoso a quien Alá...

La condesa cortó con un gesto brusco la cantilena de elogios que era de esperar.

–¿Y la muchacha?

–Se llama Shirat, y no es más que la hermana menor del emir– suspiró el anciano, –con quien Alá ha querido castigarlo...

–¿Por qué dices eso?– indagó Laurence.

–Ya tiene diecisiete años y se niega a contraer matrimonio, lo cual es una vergüenza para...

–¡Ahora debéis ocultaros de nuevo bajo cubierta hasta que os mande llamar!– lo interrumpió Laurence con aspereza. –Ya no queda tiempo para el baño, por mucha falta que os haga.

Y se dirigió a la entrada de la *capanna*, desde donde se oían risas y alegres chapoteos.

–¡No debo dejarlos solos!– intentó rebelarse el anciano.

–¡Si no os alejáis os haré meter desnudo con ellos en la cuba!– le respondió con voz enérgica la condesa.

Al oír estas palabras el viejo sufí se refugió rápidamente bajo cubierta, corriendo como un pájaro que bate las alas.

Los niños se habían empeñado en meterse junto con el pequeño Mahmoud en el baño, aunque Clarion quiso impedírselo, puesto que ya estaban vestidos para bajar a tierra.

Aunque apenas tenían más años que él trataban al niño mameluco como a un muñeco y éste, una criatura algo gordezuela y de aspecto retraído, aceptaba paciente sus caprichos, tanto si Roç le metía la cabeza debajo del agua "a ver quién aguanta más" –aunque sin preguntar al pobre chico si estaba de acuerdo– como si Yeza le lavaba la rizada cabellera con tal cantidad de jabones y esencias que a Mahmoud se le saltaban las lágrimas. Después lo abrazaron y lo acariciaron hasta que pudo refugiarse entre las toallas preparadas por las doncellas.

Shirat había hallado, tras cierta timidez inicial, una amiga en Madulain, que tenía casi la misma edad y hablaba también el árabe, aunque en un dialecto que provocaba a la musulmana cierta risa. También la muchacha de los *saratz* se regocijaba con los sonidos guturales que brotaban de los labios de Shirat. Apenas la bella joven hubo salido del baño Madulain le ofreció uno de los preciosos vestidos que la condesa le había dado para ella.

Clarion les rogaba que se apresuraran, pues la trirreme estaba cruzando la bocana, a ambos lados se veían las torres de vigía y los *lancelotti* sacaron al unísono del agua los remos acabados en guadañas, colocando los palos en posición vertical para saludar a los curiosos que los esperaban en el muelle.

DIARIO DE JEAN DE JOINVILLE

Limasol, 15 de septiembre de 1248 d.C.

Toda Limasol se ha movilizado para saludar a la flota entrante. La muchedumbre se agolpaba formando densos grupos junto al muelle y entre los curiosos estaba Gavin, acompañado por un destacamento de templarios a caballo. Seguramente habrá visto de lejos cómo se acercaba la trirreme, que se destacaba negra y amenazadora entre la masa clara de los veleros franceses de cuerpo abultado que la escoltaban, y también se distinguía del paño rojizo de las alargadas embarcaciones normandas que le cortaban cualquier posibilidad de huida.

La trirreme se deslizaba altiva con la proa levantada como un escorpión levanta el aguijón, y esta imagen hacía que las demás embarcaciones pareciesen viles escarabajos y polillas.

A la vista de aquella nave el preceptor tuvo, al parecer, un mal presentimiento, por lo cual condujo a sus caballeros procurando no llamar demasiado la atención hacia el lugar donde le hacían señales a la trirreme para que amarrara. Apenas habían desembarcado la condesa y su séquito cuando se presentó ante ellos Gavin, quien en lugar de un amable saludo le dirigió con voz cortante las siguientes palabras, perfectamente audibles para los circundantes:

–¡Estáis arrestada!

Los templarios sujetaron con bastante rudeza a los niños y agruparon a las mujeres, incluyendo a William y al anciano sufí. Hamo, que aún seguía a bordo, se disponía a protestar, pero la condesa lo hizo callar con un gesto. Los templarios formaron un recuadro en torno a los apresados y los empujaron para alejarlos del muelle, apartaron a la multitud curiosa y se alejaron después a toda carrera por una calleja que sube en pendiente acusada hacia la colina, desde la cual la sede de la Orden del Temple domina la bahía del puerto y los almacenes, el arsenal y los acuartelamientos de las diferentes repúblicas marítimas, enemistadas unas con otras. Todos disponen de instalaciones muy fortificadas, de modo que el recorrido hacia lo alto se hace entre muros y torres de defensa.

Gavin quiso mostrarse decidido y galante a la vez, por lo que apoyó con fuerza el brazo de la condesa en el suyo, de modo que a ésta no le quedó en aquel momento más remedio que seguirlo, antes de poder expresar su desacuerdo o hacer siquiera una pregunta.

–¡Maldita pandilla de templarios traidores!– oí el grito de mi primo Juan en nuestro barco. –¡Le siguen el juego a esa bruja!

No hemos intercambiado ni una palabra desde nuestro último encuentro a bordo de la nave del de Salisbury. Incluso he dejado a su elección el lugar de amarre para nuestro barco común, y me limité a hacer señas a mis caballeros para que acudieran a mi lado apenas me avistaran en el muelle. Me devolvieron el saludo con gesticulaciones animadas y mostrándose de acuerdo conmigo, pues con toda seguridad estaban contentos de poder sustraerse por fin a las extravagancias del conde de Sarrebruck.

La tripulación no había sujetado aún el primer cabo en el bolardo más cercano a la trirreme cuando mi primo Juan dio un salto y se alejó corriendo detrás de los templarios, sin esperar siquiera a su séquito.

Lo seguí con un fuerte sentimiento de curiosidad, pues quería ver de qué manera intentaría cumplir su apremiante deseo de someter a "la abadesa" a lo que consideraba un justo castigo, pero me mantuve a cubierto, aunque pude oír cómo Gavin le reprendió cuando se le cruzó en el camino gritando: "¡Soy el conde de Sarrebruck! ¡Esa mujerzuela es mi prisionera!", sin prescindir de la arrogancia tan característica de los miembros de su Orden.

–Podéis ser usted el conde de donde queráis– le respondió el preceptor sin frenar el ritmo de sus pasos, –y si los términos en que os expresáis se refieren a la dama que me acompaña, me veré obligado a haceros bajar de nuevo por esta pendiente por la que en vano pretendéis subir– aquí Juan tuvo que hacerse a un lado para dejarlos pasar, –y os aseguro que la bajaréis a pedradas, como un vulgar perro callejero.

La mano de mi primo iba a deslizarse hacia la espada cuando se dio cuenta de que algunos templarios se habían detenido y lo miraban expectantes mientras los sargentos recogían piedras en la callejuela.

–¡Os citaré ante la presencia de nuestro señor!– chilló el conde, aunque se mantuvo por precaución a cierta distancia.

–Si Dios quiere llamarme a su lado– dijo el preceptor por encima de su hombro –no será necesario que vos me lo aviséis, pero si os referís al rey de Francia– y mientras hablaba dirigía sus palabras más bien a Laurence –me hallaréis a su lado siempre que su majestad lo desee.

Y con estas palabras dejaron plantado a Juan, quien se retiró, en efecto, con el aspecto de un perro apaleado. Me oculté rápidamente en la entrada de una casa para que no se diese cuenta de que había presenciado la escena.

EL TEMPLE DE LIMASOL era un edificio sencillo, de estructura casi rural. Varios edificios de dos plantas destinados a servicios formaban un recuadro en torno a un gran patio interior. En una esquina, frente al puerto, asomaba por encima de la sala capitular una especie de torre del homenaje o *donjon* que se estrechaba hacia arriba, desde donde se podía divisar una buena panorámica de la ciudad y, más importante aún, tener una excelente visión de cuanto sucedía detrás de los muros de los acuartelamientos.

En el otro extremo de la bahía se elevaba el castillo de los sanjuanistas, más alto que el Temple y dominando la ciudad vieja, compuesta por un sinfín de estrechas callejuelas que descendían hasta el muelle, en las que residían principalmente artesanos y pescadores, mientras que, hacia el centro de la ciudad, las casonas de los comerciantes rodeaban el palacio del rey y la catedral.

Desde la amplia plaza que separaba estos dos últimos edificios transcurría una amplia vía que pasaba junto al Temple en dirección hacia la puerta oriental de la ciudad, situada donde terminaban los muros del Temple, que tenía en esa misma fachada su entrada principal, resguardada únicamente por un porche avanzado, cubierto y limitado por arcadas.

En ese recinto situado delante de la entrada reinaba siempre un vivo trajín de comerciantes que ofrecían sus géneros, y de mendigos que no esperaban gran cosa de los altivos caballeros pero sí pedían limosna a los visitantes.

A ellos, como a todos los demás, les estaba prohibido entrar en el interior del patio, pero algunos niños andrajosos conseguían infiltrarse a veces y despistar a la guardia para ir a la cocina y pedir allí restos de comida o robar incluso algunas provisiones.

La condesa y sus mujeres fueron instaladas con los niños en los edificios destinados a servicios. Mahmoud los acompañaba en calidad de compañero de juegos y Shirat se confundió entre las doncellas, pues Laurence no se atrevía, con mucha razón, a aclararles a los templarios cuál era el verdadero origen de sus "invitados".

Como conocía bien la Orden, sabía que los templarios aprovecharían de inmediato la presencia de semejantes personajes para incorporarlos a las intrigas que se tejían y destejían constantemente para así poder mantener el equilibrio de poderes entre los diferentes países musulmanes.

William, en cambio, no tuvo dificultad alguna para explicar la presencia del sufí. Lo presentó como insigne maestro suyo y dado que todos, incluso Gavin, estaban convencidos de que el famoso franciscano era capaz de cualquier locura y más valía aceptarlo como era, le creyeron a la primera el cuento de un supuesto aprendizaje místico.

Muy pronto consiguieron Roç y Yeza que el pequeño Mahmoud, quien resultó ser un buen discípulo y un niño extremadamente listo e inteligente para su edad, se convirtiera en compañero útil de sus juegos y, sobre todo, les sirviera como blanco voluntario para ejercitarse en el uso de sus ahora ya diversas armas. El chiquillo aceptaba de buena gana y casi con estoicismo cuanto le mandaban, sin quejarse jamás, aunque muy pronto superó su timidez. En su afán de aprender incluso fue capaz de proporcionar variaciones a sus juegos, lo que interesó sobre todo a Yeza, quien hasta cierto punto albergaba sentimientos maternales hacia él. Cuando se cansaron de jugar con las cucarachas, una mantis y varios ciempiés, decidieron instalar un terrario particular para la observación de algunos bichos mayores. Empezaron por unas cuantas salamandras; después cazaron un ratón, dos patitos recién nacidos y una culebra ciega, hasta acabar dando caza a cualquier bicho viviente que volara o se arrastrara por allí.

Ninguno de los adultos se preocupaba mucho de los niños, pues estaban seguros de que no podrían escapar a la vigilancia de los guardias apostados junto a la entrada, y Clarion, encargada en realidad de vigilarlos, prefería no acercarse demasiado a las arañas, serpientes y escorpiones que tanto asco le daban.

Por otra parte, a Clarion le llevaban mucho tiempo su indumentaria y su tocado. Al observar que la ciudad estaba repleta de caballeros le entró una gran excitación, y aunque ponía mucho interés en ocultarla ante su madre adoptiva necesitaba comunicar su entusiasmo a Shirat y Madulain. Pero éstas no deseaban en absoluto participar de sus emociones, puesto que una de ellas no pretendía conseguir marido y la otra ya lo tenía.

Ambas permanecían juntas con frecuencia y era evidente que se contaban, en lengua árabe y acompañándose de risitas y guiños, unas historias que Clarion no entendía, aunque el cuchicheo la ponía furiosa. Ninguna de las dos jóvenes mostraba interés por tener ropas nuevas, probarse joyas o aspirar el aroma de los aceites volátiles, y en lugar de estar cosiendo, bordando o arreglando vestidos para Clarion preferían que la condesa las mandara al mercado o de compras al bazar.

Laurence experimentaba la sensación que debe de tener una leona enjaulada. Cierto que podía moverse libremente dentro del espacio encuadrado del Temple, pero no la dejaban salir de allí, pues se trataba de evitar el peligro de cualquier pregunta inquisitorial o de que cayera en las manos de algún que otro esbirro como el conde de Sarrebruck, o de alguien incluso peor, como Ángel de Káros o el de Salisbury.

Aunque la guardia del portal no le habría impedido salir, a ella misma le parecía poco aconsejable hacer el intento de llegar hasta la trirreme. Desde su alcoba veía la nave anclada allá abajo en el puerto. Cada vez que la miraba sentía una punzada en el corazón. De repente empezaba a darse cuenta de los años que llevaba luchando, y desde la muerte del amalfitano que le había servido tanto tiempo como capitán se descubría con frecuencia a sí misma envidiándole a Guiscard su reposo tranquilo en el fondo del mar. Estaba cansada.

Ar em al freg temps vengut
quel gels el neus e la faingna
e-l aucellet estan mut,
c'us de chantar non s'afraingna:
e son sec li ram pels plais.

DIARIO DE JEAN DE JOINVILLE

Limasol, 28 de septiembre de 1248 d.C.

Conociendo como conozco a mi señor primo, lo más probable era que se presentara ante el rey dando rienda suelta a sus ansias de venganza. Para que el monarca no malentendiese mi postura en todo este asunto decidí exponer a Luis mis propias opiniones; hacerlo antes que él y además, a ser posible, a solas con el rey.

Como nos han asignado varios edificios me armé de valor y le insinué al conde que buscara otra habitación. La ayuda que estaba seguro no me negaría el rey, del que me he visto separado durante más de un año y sobre todo durante la travesía por mar, me dio valor para enfrentarme abiertamente a mi pariente. De todos modos, el primo Juan estuvo quejándose desde el principio del albergue donde nos han instalado, que califica de nido de ratas, y ha preferido hospedarse con los sanjuanistas.

Por tanto, me dirigí al palacio del rey Enrique de Chipre, que dicho soberano ha cedido a Luis para que disponga de él como residencia mientras dure su estancia en la isla.

Me encontré allí exactamente con todas las personas que habría deseado no ver reunidas en torno al rey: su hermano Carlos de Anjou, un personaje ceñudo y frío ansioso de poder, quien considera que su devoto hermano Luis, aunque enérgico y capacitado, actúa en la mayoría de las ocasiones con excesiva delicadeza y honestidad. Asimismo vi al guardaespaldas personal del rey, Yves "el Bretón", antiguo sacerdote y matón indultado por el rey, y a Roberto de Sorbon, capellán y confesor real, un sabio quisquilloso a quien su saber no le impide actuar con la falsedad de una víbora.

El único a quien me dio cierta alegría encontrar de nuevo fue el joven Roberto de Artois, cuyo aire de sinceridad y espontaneidad de adolescente siempre me ha atraído. Es muy probable que haya sido él quien llevó al rey a declarar desde el primer instante:

–Laurence de Belgrave, condesa de Otranto, será huésped de esta isla mientras dure nuestra estancia en ella.

Se entiende que tales palabras no hacen más que confirmar el invisible confinamiento que padece la condesa, aunque también le servirán hasta cierto grado de escudo protector. Sea como fuere, no constituyen el veredicto que esperaba conseguir mi primo, quien acababa de entrar en la sala formando parte del séquito de Juan de Ronay, gran maestre en funciones de los sanjuanistas. Tuvo que oír la declaración y apechugar con ella, lo que hizo con la expresión de quien se traga un sapo. Es de suponer que su deseo íntimo fuera el de poder atrapar a la condesa, pero aún nos esperaban otras novedades.

El señor Juan de Ronay arrojó al *maître* Sorbon, que permanecía detrás del rey, una mirada interrogadora. Éste hizo un gesto de asentimiento y el sanjuanista elevó el tono de su voz, cuyo timbre es un tanto metálico.

–Vuestra majestad es libre de conceder, en su gran generosidad, un nido a cualquier gallina que desee dar aquí calor y cobijo a sus polluelos.– No prestó atención a la mirada reprobadora ni a la visible impaciencia del rey. –No obstante, la gallina que nos ocupa no calienta a sus propias crías, sino a una estirpe de jóvenes víboras que el emperador incuba cerca de vuestro pecho…

Aquí lo interrumpió con aspereza el conde de Artois.

–Juan de Ronay, deberíais moderar vuestras expresiones, pues el honor de la dama…

–¡Cuyo caso queda solventado por decreto de su majestad!– intentó un excitado *maître* Sorbon calmar a los gallos peleones.

El rey Luis le ordenó con una sonrisa que se tranquilizara.

–Por mi parte te ruego, distinguido señor de Ronay, que dejes a la persona del emperador fuera de toda disputa, pues con mi corazón y el pecho que lo alberga bastan para ocuparse de esa cuestión. Te ruego me comuniques sin más rodeos cualquier cosa que trates de exponerme.

El noble, al verse tan directamente reprendido, lanzó una mirada de reproche al *maître* y avanzó un paso.

–¿Tiene vuestra majestad noticia de los infantes del Grial?– preguntó, sintiéndose ya triunfante por el impacto que esperaba de sus palabras.

Pero tras una pausa artificial y demasiado prolongada el rey le respondió con sequedad:

–Pues no, nada sé de esos infantes.

Cualquier oído atento se habría dado cuenta de que Luis no deseaba tampoco oír nada acerca del tema, pero el sanjuanista estaba demasiado imbuido de su propia importancia y de lo que consideraba *su* verdad.

–¡Están aquí, entre nosotros!– exclamó el señor de Ronay, orgulloso de sus conocimientos. –¡La Orden del Temple ha tenido a bien acogerlos en su casa!

Luis sonrió y le respondió con gran cortesía:

–Si es así, supongo que nos informará de ello el noble señor Montbard de Béthune.

Todas las miradas fueron para el interpelado, a quien nadie había visto entrar.

–El Temple acoge a los huéspedes del rey con tanta franqueza como a otros peregrinos devotos y a quienes acuden en busca de ayuda. A estos últimos los sometemos a nuestro propio enjuiciamiento.

Gavin mostraba un gran aplomo y se había situado al lado del sanjuanista, pero sus palabras iban dirigidas al rey.

–Es más que probable que la nave de Otranto llevara a bordo a algún que otro niño.– El preceptor consiguió elevar la mirada al cielo con un movimiento de pestañas que antes nunca había observado en él. –¿Acaso íbamos a rechazar precisamente a unas criaturas, los seres que más protección necesitan?

–¡Pero estamos hablando de los infantes del Grial! Confesad…– se enfureció el sanjuanista.

El rey Luis levantó una mano para hacerlo callar.

Después dijo con aire de aparente aburrimiento:

–Te habrás equivocado, distinguido señor de Ronay, o bien te habrán informado mal. A mí me basta con las explicaciones del señor preceptor.

Pero el sanjuanista no quiso soportar tal desafuero y me señaló a mí.

–El señor de Joinville es mi testigo, puesto que ha viajado en la nave de la…

–¡Os prohíbo a ti y a todos los presentes que pronunciéis una palabra más!– exclamó el rey, incapaz de seguir ocultando su disgusto. –Señores, ¡os ruego nos dejéis tranquilo!

Deseando evitar que el sanjuanista me atrapara delante de la puerta y me obligara a seguir hablando de testimonios, decidí alejarme cuanto antes de la sala.

Así pues, el rey Luis sabía que los niños estaban en la isla. A mí me disgustó el detalle, pues quería sorprender a mi señor presentándole a los infantes Roç y Yeza como una novedad y, en cierto modo, como testigos que podrían ratificar mi informe de Constantinopla, un informe que aún le debía yo.

En aquel momento no sólo me sentí defraudado, sino que supuse que el rey, en cuanto tuviese ocasión, me reprocharía no haberle comunicado con anterioridad la presencia inesperada de los infantes. La verdad es que yo había acudido a verlo precisamente con ese propósito, pero otras personas que albergaban otros intereses habían actuado con mayor rapidez.

Supongo que el portador de la noticia no puede haber sido otro que el dominico Simón de Saint-Quentin, el único que, exceptuándome a mí, conoce de vista a los niños, puesto que estuvo presente tanto en el momento de su huida de Constantinopla como en el de su llegada a Limasol, y porque además debe odiarlos *eo ipso*, por ser un hombre de la curia. ¿Y qué hay de Yves "el Bretón"? Casi lo había olvidado. Ciertamente, el guardaespaldas del rey siguió en su día mi periplo a Constantinopla con el encargo de vigilarme, pero hasta entonces no había demostrado tener interés alguno por cuanto pudiese afectar a los niños.

¿Y cuales serán los pensamientos que alberga el *maître* Sorbon, puesto que, según me parece, ha empujado en secreto al sanjuanista para que se adelantara a exponer un asunto del que el rey, como es evidente, nada quiere saber? Aquél no conoce a los niños. Además, no estuvo presente en el momento de la arribada de la trirreme y cuando sus ocupantes fueron llevados al Temple.

¿Y si mi señor primo hubiera sido capaz de suministrar una descripción detallada y minuciosa de los infantes? ¿A quién se la habría expuesto? El señor de Ronay no los ha visto jamás en su vida. ¿Por qué mostró el sanjuanista tanta prisa en adelantarse? ¿Tal vez alguien lo obligó? En cualquier caso, tal vez esté pensando en una venganza y mi primo, el señor conde de Sarrebruck, apoye tales sentimientos con su tendencia permanente a urdir intrigas cargadas de la más negra bilis.

WILLIAM DE ROEBRUK no se sentía cómodo en su pellejo. ¡Era un hombre sin hogar! En el mismo instante en que ya no sintió bajo los pies la firme cubierta de la trirreme se dio cuenta cabal de su situación. La nave había sido su casa. Ahora ni siquiera tenía ese refugio. Se sentía inseguro, aún no había preguntado nadie por él ni lo habían invitado a presentarse ante el rey, a cuyo servicio había entrado en su tiempo y a quien él abandonara tan ignominiosamente. Sin duda alguna, bajo ese prisma podía considerarlo Luis... Tales eran las reflexiones que ante su nueva situación rondaban la cabeza del franciscano. Aunque no fuera culpa suya, aunque fueran unos vientos adversos los que lo llevaran de aquí para allá hasta acabar depositándolo en las playas de Chipre, precisamente a los pies de su devoto rey. ¿Tal vez éste lo había olvidado hacía tiempo?

Por otra parte, ¡era muy posible que alguno de los allí presentes lo estuviese denunciando en ese preciso momento como acompañante de los infantes, como falso legado del Papa y estafador que se había arrogado una misión inexistente ante el gran kan de los mongoles! El hecho de que el señor de Joinville lo tratara con tanta amabilidad bien podía constituir una trampa.

Era muy posible que estuviese reuniéndose ya un tribunal secreto de la Inquisición y preparando los instrumentos de tortura para sonsacarle cuanto supiera de los niños, y tal vez su final en la hoguera estuviese ya decidido. Debía encontrar el modo de marcharse de allí y lo mejor de todo sería que desapareciesen también los niños con la condesa y la trirreme. Pero éstos no pensaban de momento en huir, pues para ellos significaría realmente exponer la vida. No encontrarían por segunda vez un defensor tan cualificado como el príncipe francés.

William recordó con desagrado la soga que le tendría preparada la mente enfurecida del de Salisbury y se aplicó con decisión a borrar de su recuerdo la visión que tuvo aquella última vez que arrojó desde la altura de las vergas una amplia mirada sobre el mar mientras el peso de su propio cuerpo rechoncho le cortaba la respiración. A veces, por la noche, se repetía en sueños aquella situación e imaginaba que le arrancaban la cabeza, o que su cuello se alargaba más y más; entonces despertaba bañado en sudores y sentía la urgente necesidad de huir en aquel mismo instante, pero después recapacitaba y comprendía que aún despertaría mayores sospechas si alguien lo veía dirigirse sigiloso, en la oscuridad de la noche, hacia la trirreme. De modo que esperó sin poder conciliar el sueño hasta que irrumpió el amanecer, antes de dirigirse con la cabeza gacha y las manos enlazadas sobre el abultado vientre hacia la salida del Temple para descender después al muelle, aparentemente sumido en devotas reflexiones y tropezando a cada dos por tres, por la empinada callejuela entre los almacenes que conducía al puerto.

Se introdujo a paso rápido en la trirreme y se dirigió a la *capanna* situada en la sobrepopa. Hamo había ocupado ese lugar después de que se marcharan las mujeres y allí fue donde encontró al joven, que observaba pensativo el agua a través de una tronera.

–Han cerrado la bocana del puerto con una cadena de hierro– con estas palabras cargadas de tristeza recibió al franciscano. –Y a ambos lados del muelle hay torres de vigía…

–… los sanjuanistas y los templarios se turnan diariamente en la vigilancia. Y como ninguno se fía del otro– añadió Madulain, que acababa de entrar en la *capanna* seguida de su esposo Firouz, con quien según todas las apariencias había pasado una mala noche, –y como están deseosos de acusarse mutuamente de alguna negligencia o de cualquier otro comportamiento erróneo, los guardias están como linces al acecho.

–A pesar de todo, tendremos que marcharnos de aquí– murmuró William, preocupado. –El rey no sólo ha dado órdenes de que nadie abandone la isla sino que, en secreto, también ha ordenado que se requisen todos los barcos que se encuentran en el puerto porque los necesita para transportarle a él y a su ejército.

–¿Hacia dónde?– quiso saber Hamo, a quien parecía alegrar semejante perspectiva.

–Aún no se sabe– lo calmó William, –el rey lo comunicará en el momento de levar anclas, para que sus palabras no lleguen al enemigo antes que él.

–¡De lo cual puede concluirse que tiene la intención de dirigirse a la mismísima cueva del león!– observó Madulain con aguda percepción.

–¿A Egipto?– Los ojos de Hamo se iluminaron. –Eso significa que podría encontrarme en el campo de batalla frente a frente con el famoso "halcón rojo".

–¡A ti nunca te sucederá tal cosa!– se mofó William, añadiendo después a modo de débil consuelo: –Los propietarios de los barcos serán retenidos en esta maldita isla, ¡sólo les quitarán las embarcaciones!

–¡Jamás lo permitiremos! –exclamó Hamo, indignado.

William lo había llevado al punto que le interesaba.

–En tal caso, debes reflexionar ahora mismo, sin perder más tiempo, en cómo podríamos evitarlo.

El silencio que se hizo fue roto por Madulain:

–Los niños tienen un plan para separar los eslabones de la cadena con ayuda de un polipasto instalado debajo del agua…

En aquel instante intervino Firouz, que solía permanecer mudo:

–No debemos romper la cadena.

–Y eso ¿por qué? –insistió con vigor "la capitana", nada acostumbrada a que su esposo le pusiera objeciones.

–Porque cuando hayamos conseguido huir, la cadena debe impedir durante algún tiempo la salida de nuestros perseguidores para intentar alcanzarnos.

–Firouz tiene razón– decidió Hamo, ya transformado en comandante supremo, –los barcos ingleses de Salisbury nos alcanzarían muy pronto, y ya conocéis sus intenciones– añadió con una mueca irónica.

William no resistió la tentación de enrarecer tanto aire de superioridad:

–En ese caso, también tú, estimado Hamo, mirarías la trirreme desde muy arriba, junto a tu distinguida madre, ¡hasta que se te nublara la vista!

La perspectiva no le pareció nada divertida a Hamo, por lo que se sumió de nuevo en hondas reflexiones.

–Preferiría no tener nada que ver ni con ella ni con todos vosotros– suspiró después. –¡Mi deseo sería seguir a los cruzados y alcanzar la fama y la gloria en la batalla por conquistar El Cairo!

–Lo más probable es que morirías de sed en el desierto– expuso William la peor situación que él podía imaginarse, –o que pasarías el resto de tu vida en los calabozos del sultán.

Cuando se dio cuenta de que Hamo era incapaz de imaginarse cualquiera de estas posibilidades intentó atacarlo por su honor.

–Por otra parte, ahí están los niños, y nadie entre nosotros puede ni debe sustraerse a la responsabilidad que ese hecho significa.– William se dirigió de nuevo hacia la salida. –¡Tú tampoco, Hamo!– Arrojó una mirada interrogadora a Madulain para saber si ella deseaba acompañarlo en su regreso al Temple, pero la *saratz* sacudió con energía la cabeza. No le importaba que la condesa y Clarion la echaran de menos durante algún tiempo, pues había comprendido que ahora era más importante quedarse al lado de aquellos hombres desconsolados que no se atrevían a forzar una solución.

–Volveré más adelante– le hizo saber a William, –una vez hayamos aclarado todo aquí.

William la consideró perfectamente capaz de demostrar a la mente confusa de Hamo y a su somnoliento marido Firouz lo que pretendía expresar con tales palabras.

Gavin había instalado a su prisionero, "el halcón rojo", en la torre. Cierto que tenía la palabra de honor del príncipe Constancio de Selinonte de no huir, pero no estaba seguro de que Fassr ed-Din Octay, *alter ego* del mismo, considerara suya la palabra. El templario era consciente de que la cruzada los situaba en bandos opuestos, unos bandos que aún no estaban en guerra, pero que lo estarían muy pronto. Ni siquiera le habría causado un gran disgusto saber que el joven emir había intentado huir, pero la mente fría del preceptor comprendía perfectamente que si el sultán recibía antes de tiempo alguna voz de alarma se dificultaría el desembarco, incluso podría impedirse del todo y costarle la vida a algunos centenares de caballeros como mínimo, por no hablar de los soldados de a pie.

De todos modos, los que en días anteriores habían sido compañeros estaban de acuerdo en una cosa: ocultar la presencia de "el halcón rojo" frente a la condesa y los niños. El ambiente tenso que reinaba en el Temple podía complicarse aún más, puesto que Yeza y Roç conocían al príncipe de Selinonte.

Este último título era el nombre por el que se conocía al hijo del gran visir egipcio en el Occidente cristiano, al menos en tierras del emperador, pues Federico era íntimo amigo de su padre y había armado personalmente caballero al joven emir. En El Cairo lo conocían bajo el nombre de Fassr ed-Din Octay, emir de los mamelucos, aunque también por su nombre de guerra *Assaqr al ahmar*.

Los niños siempre hablaban con emoción de "el halcón rojo", pues formaba parte del círculo de caballeros juramentados que cuatro años atrás los habían salvado de caer en manos de los esbirros de la Inquisición, cuando el asedio del Montségur. Y aunque su héroe más reciente y ardientemente admirado era Roberto de Artois, podría suceder fácilmente que se les escapara alguna palabra que llevaría al prisionero de la torre no solamente a verse encadenado, sino tal vez a un destino aún más cruel.

–No te pido mi libertad, Gavin– acabó Constancio su conversación con *al sadchan*, su carcelero, como solía titularlo en broma, –pero sabes tan bien como yo que éste no es lugar adecuado para los infantes...

–¿Y quién podría ofrecerles un refugio más seguro que esta casa del Temple, que está precisamente bajo mi mando?

–En cualquier momento puede llegar vuestro gran maestre, ¿y qué sucederá si Luis exige entonces la entrega de los infantes?

–Siempre podremos hallar alguna solución– le respondió Gavin, y era imposible saber si lo decía para animarlo o para acallar su propio malestar. –Al fin y al cabo, aún me queda una última pieza: ¡tú, querido príncipe!

Constancio lo miró pensativo. Después dijo:

–Antes eras un jugador más experto; deberías saber que es imposible ganar la partida con una sola pieza.

El preceptor abandonó la estancia de la torre y el guardián cerró la puerta detrás de él.

Gavin había tenido la intención de confiar al emir de los mamelucos que la condesa había puesto también a otros dos niños extranjeros bajo la protección de la Orden: unos niños que, según había podido saber por Clarion, eran príncipes egipcios de la estirpe del sultán.

Clarion se sentía disgustada y, por tanto, propensa a charlar. Las doncellas que la condesa había puesto a su servicio, Madulain y Shirat, se mostraban de día en día más displicentes y rebeldes. Una exhibía aires de princesa y la otra incluso parecía serlo de verdad. En cualquier caso, los comentarios de Shirat señalaban que ella estaba acostumbrada a que la sirvieran a su vez, y Madulain tampoco había nacido precisamente para esclava. Sobre todo desde que Firouz había sido ascendido, se comportaba como una auténtica "*madame* la capitana". Lo único que ambas aceptaban de buen grado era cuidar de los niños, y todo lo que se veían obligadas a hacer por ellos les parecía poco.

Al viejo sufí le otorgaron el cargo de maestro particular, y tanto Roç como Yeza se esforzaban en aprender el árabe, lo cual a su vez era una nueva fuente de disgusto para Clarion, quien se sentía excluida de todo.

Estas consideraciones llevaron a Gavin a pensar en la posibilidad de encerrar a Clarion en la torre con Constancio, aunque sospechaba que probablemente le haría a ella un favor. Las ganas de charlar de la muchacha eran un peligro, y del mismo modo que le había contado tantas cosas a él, podía explicárselas a cualquiera en el bazar. De momento, lo único que se le ocurrió fue dar instrucciones en la cocina para que pusieran a la condesa de Salento a dieta, alegando que estaba enferma.

Los niños jugueteaban en el patio. Mahmoud era un chiquillo de baja estatura pero robusto, y se prestaba gustosamente a que Yeza se le subiera a los hombros mientras intentaba cazar una lagartija. Pero como la parte baja del muro estaba a la sombra no consiguió ninguna presa.

–A las lagartijas les gusta el sol– le reprochó Roç mientras observaba sus inútiles esfuerzos por buscar posibles animales ocultos entre las grietas del muro.

–Tenemos que subirnos al tejado del refectorio– decidió Yeza, –allí podremos sorprenderlas.

Pero el alero quedaba demasiado lejos, incluso desde los hombros tambaleantes de su amigo.

–¡Necesitamos una escalera!– y la niña saltó de nuevo a tierra.

No había ninguna a mano.

–Llamaríamos demasiado la atención si fuéramos a buscarla– reflexionó Roç en voz alta.

El pequeño Mahmoud aportó una cuerda. Tras varios intentos inútiles se les ocurrió sujetar en uno de los extremos una piedra, que arrojaron después sobre una de las gárgolas que sobresalían del alero mostrando los rasgos petrificados de un demonio. Desataron de nuevo la piedra y sujetaron el extremo de la cuerda en torno al cuerpo de Mahmoud; después los otros dos niños se esforzaron por tirar de él hacia arriba hasta que pudo agarrarse a la gárgola e incluso sentarse encima. A continuación le tocó la vez a Yeza, y Roç tuvo que tirar él solo de la cuerda, aunque Mahmoud ayudaba algo desde arriba.

–¡En Otranto no pesabas tanto!– jadeó Roç.

Yeza alcanzó con una pierna desnuda el canalón y consiguió subirse a pulso al tejado; entre los dos ayudaron después a Roç. No se entretuvieron mucho en la pendiente acusada que formaban las tejas, sino que se apresuraron a pasar al otro lado para que desde la cocina y el patio nadie pudiese verlos y ordenarles que regresaran.

Desde la otra parte del tejado se veían el mar y el puerto, e incluso gran parte de la callejuela que subía hacia el Temple. Después los niños descubrieron en el muro de la torre una pequeña ventana.

Como si ellos mismos fuesen lagartijas –bichos a los que ya tenían del todo olvidados– se deslizaron arrastrándose sobre la barriga hasta encontrarse justo debajo de la abertura…

La condesa estaba rodeada de sus mujeres, que se ocupaban afanosas en fabricar vistosas prendas con las telas que les habían proporcionado los griegos. Laurence no sabía muy bien para qué les iban a servir, pero ya se daba por satisfecha con que entre todas pudiesen hablar de otras cosas que no fuesen las que le provocaban tan honda preocupación. A través de la ventana abierta vio regresar a William, el fraile que antaño le resultara una persona más bien molesta y que ahora, en cambio, era el único con quien podía hablar abiertamente. De modo que fue a su encuentro.

Lo retuvo junto a la escalera.

–William– le dijo, –ya no aguanto más aquí. Me gusta tener la roca de Otranto o la cubierta de la trirreme bajo mis pies, pero no soporto este albergue de monjes guerreros con sus ciento cincuenta pies de largo y ciento quince pies de frente, sin que los almacenes me dejen ver el mar; comiendo sólo por la mañana y por la tarde mientras que al mediodía no nos dan más que agua pura como si fuésemos unos más de sus caballos, cuyos olores son aún peores que los de la cocina, además de los continuos ruidos que provocan. ¡Hace días que no huelo más que pedos de caballo y no oigo otra cosa que estúpidos relinchos cada dos por tres!

–Ya veo– dijo William –que estáis dispuesta a emprender alguna acción. La trirreme y vuestra tripulación piensan lo mismo. Sólo se trata de estudiar la forma de superar la cadena que cierra el puerto y después poner manos a la obra para que no os atrapen por segunda vez.

–¿Cómo que "os atrapen"?– preguntó la condesa. –¿Acaso no quieres unirte a nosotros?

–Olvidad tales ocurrencias– se oyó la voz de Gavin por encima de sus cabezas.

El templario venía bajando la escalera, y la última parte de la conversación al menos había llegado a sus oídos.

–¡No penséis en huir!– les advirtió con sequedad, para adoptar después un tono más amable. –Es mejor que esperéis aquí en el Temple hasta que la flota se haya marchado.

–Nos obligarán a marchar con ellos– opuso William.

–Pues entonces marcharéis, en nombre de Dios, con la flota. En alta mar os será más fácil escapar que aquí salir del puerto.

–El día de vigilancia de los templarios podríais hacer que la cadena...– insinuó la condesa, pero Gavin le cortó la palabra.

–¿Os imagináis a un miembro de la Orden acusado de alta traición ante un consejo de guerra?

–Podríais afirmar que no sabíais nada– le ofreció William una salida, pero calló ante la mirada condescendiente de Gavin.

–Yo no soy un minorita, y os lo digo con toda claridad para que lo comprendáis aunque tengáis el oído sucio y la mente ofuscada: ¡no quiero saber nada de tales planes ni quiero oír hablar de ellos! ¡Seríais el primero en entrar en el calabozo!

–"Halcón rojo"– dijo Yeza, –yo no me acuerdo de lo sucedido, ¡pero William siempre afirma que fuiste tú quien nos salvó en el Montségur de las garras del enemigo!

–¡Junto con Sigbert!– respaldó Roç la explicación de la niña, insistiendo en su afirmación.

El pequeño Mahmoud mantuvo algún tiempo la mirada fija en el hombre de la torre.

–Yo también te conozco– aseguró después. –Te he visto con mi padre.

–Es muy posible, si eres hijo del Bundukdari– respondió "el halcón rojo", –pero ¿cómo queréis que os ayude esta vez a liberaros, queridos infantes, cuando yo mismo estoy prisionero y en cambio vosotros sois huéspedes de la casa y ningún enemigo os amenaza?

–Pero nosotros nos queremos marchar– le explicó Roç. –Han matado a Guiscard...

–¡Fue ese matón de ahí!– exclamó Yeza señalando la callejuela que conducía al puerto.

Se deslizó de las rodillas de "el halcón rojo" y los tres se acercaron a la ventana.

Ángel de Káros, el gigantón de barba negra, y algunos griegos de su séquito estaban molestando con sus risas groseras y exclamaciones que se oían hasta lo alto de la torre, aunque no se entendía su sentido, a una mujer que subía sola y a toda prisa por la pendiente. La mujer, que ocultaba su rostro tras un pañuelo, aceleró el paso, pero sus perseguidores eran más rápidos que ella y la acosaban como los perros acosan a una presa. Su mandamás, el coloso, parecía tranquilo, y sólo soltó una risa estruendosa cuando la mujer finalmente tropezó y la pandilla la agarró por las manos, arrastrándola hacia atrás, por encima de un muro bajo. Sus ropas se desplazaron dejando ver primero sus rodillas, después sus muslos. A continuación cayó el pañuelo que ocultaba su cabeza.

–¡Pero si es Madulain!– exclamó Roç, excitado. –¡Quiero que la suelten!

El gigante se acercaba a Madulain dando pasos anchos con las piernas separadas mientras se palpaba el cinturón.

–¡Tenemos que ayudarla!– exclamó Roç, como si sus gritos fuesen capaces de atemorizar a Ángel de Káros. Éste se había ya detenido e increpaba a los compañeros que sujetaban a Madulain, incluso los golpeaba con los puños, de modo que cayeron hacia un lado como sacos de paja, después se revolcaron en el suelo y finalmente emprendieron la huida callejuela abajo.

Tan sólo entonces se dieron cuenta quienes observaban desde la torre de que, de lo alto de la callejuela, bajaba con paso elástico un hombre solo. Era el príncipe francés Roberto de Artois.

Madulain, que ya se había levantado del suelo, dobló con delicadeza la rodilla antes de volver a ocultar la cabeza tras el pañuelo y alejarse en dirección al Temple.

El conde de Artois no permaneció mucho tiempo junto al griego, quien lo superaba considerablemente en estatura, sino que prosiguió su camino tras un rápido intercambio de palabras. El gigantón se limitó a mirar primero a la mujer que se alejaba y después al príncipe, se sujetó a continuación el pantalón encima del poderoso vientre y se alejó a su vez del lugar.

–¿Qué insulto le habrá dedicado el señor Roberto?– quiso saber Yeza.

–Le habrá dicho que a una dama hay que pedirle permiso primero, y con mucha cortesía– opinó "el halcón rojo" sonriendo, –antes de ofrecerle compañía o cualquier otro gesto de protección.

–El príncipe es un héroe– comentó Yeza, llena de admiración. –¡Un auténtico caballero!

Los edificios de servicio del Temple rodeaban el patio en forma de planta baja y no representaban precisamente el paraíso para William de Roebruk. El personal de la cocina estaba compuesto exclusivamente de hombres y hasta el momento tampoco había descubierto la existencia de una bodega. El ánimo de los prisioneros del Temple tendía a mostrarse irritado e incluso depresivo, una situación que les era muy difícil seguir soportando.

Ni la condesa ni su trirreme podrían seguir sujetos durante mucho tiempo, por no hablar de Roç y Yeza.

William decidió indagar por si descubría alguna oportunidad y se dirigió al bazar, que era sin duda el mejor lugar para enterarse de los últimos rumores. De repente alguien le tapó los ojos desde atrás, dos manos rodearon su cabeza y una voz exclamó:

–¡Hola, bello extranjero!– y, sin respetar en lo más mínimo su hábito sacerdotal, prosiguió: –¡William, mi querido William!– Con estas palabras se arrojó Ingolinda a su cuello. –¿De verdad eres tú?

–¡Ingolinda, la puta de Metz!– se le escapó una exclamación poco caballeresca al minorita. –¡Claro que tu coño no podía faltar donde se dan cita miles de pichas!

Todas dispuestas a dar el último golpe –siguió reflexionando– antes de hacerse a la mar brava, antes de que el viento del desierto les llene los pantalones de arena o una flecha los alcance en el cuello, o una lanza clavada en el corazón les arranque el último suspiro. Este posible final y otros peores destinos revolotearon por el cráneo de campesino flamenco de William de Roebruk mientras Ingolinda seguía parloteando feliz y le agarraba con firmeza la mano para arrastrarlo hacia el carrito estacionado al borde del mercado.

–¿Qué me importan las miles de pichas nobles que pueda ofrecerme Chipre si me encuentro con la tuya? ¡Por san Francisco! Yo, ¡que te he estado recordando como el muerto que vi transportado en Constantinopla sobre un escudo largo y que, tapado con una bandera, pasó de largo ante mis propios ojos!

Las palabras brotaban de su boca como el agua de una fuente.

–¿Sabes lo que me dijeron entonces? Que mi William había muerto como un héroe. ¡La verdad es que lloré por ti!

De nuevo acudieron las lágrimas a sus ojos, pero esta vez provocadas por la felicidad.

–¡Y ahora te encuentro vivo!– Lo agarró muy decidida por el pantalón. –Al cuerno con los héroes, Ingolinda sólo pretende una cosa: ¡recuperar a su amante!

Y en efecto, lo recuperó al instante y allí mismo. Tuvo justo el tiempo de cerrar la cortina antes de dejar caer su bello trasero en la paja del carrito y de que su William recién recuperado le penetrara el blando y húmedo vientre.

–¿Quién me habría dicho– gorjeó llena de satisfacción mientras apretaba contra su cuerpo el del minorita –que tu polla rellenita acabaría por calentarme otra vez y tus partes robustas iban a conmoverme de nuevo? ¡Oh, William!– suspiró cuando cesaron las sacudidas a que sometieron al carro. –¿Qué sucedió después de tu muerte? ¡Cuéntamelo todo!

–Te hice señas.– William sonrió y descansó, agotado, la cabeza entre los pechos de la mujer. –Pero tú no veías nada, supongo que estarías ciega de dolor.

–¿De modo que no estabas muerto?

–El puñal llevaba un veneno que me inmovilizó. Después he navegado por los mares hasta que la trirreme tocó tierra aquí.

Ingolinda no entendía nada aunque, por otra parte, le daba igual.

–¿Has estado navegando durante todo un año?– Ingolinda no podía creerlo. –¿Sin desembarcar en ningún puerto? ¿Sin amar a ninguna puta? ¿Sin darte a la bebida? ¡Debes haber sufrido mucho con tanto aburrimiento!

–Hubo momentos en que no fue tan aburrido– bromeó el fraile. –Quisieron ahorcarme. Pero, según parece, Dios tiene otros planes para mí.

–Es san Francisco quien te protege, para que vuelvas a hacer feliz a tu querida puta. Tendré que encenderle una vela…

–Me veré precisado de acudir a tus servicios– aprovechó William aquel arrebato de devoción religiosa para apartarse de ella.

–Si lo consideras una obligación, ¡puedes irte al diablo!– Ingolinda parecía ofendida. –¡Olvida mis servicios!– Pero la inteligente ramera recapacitó después y empezó a tararear una conocida melodía de Peire Vidal:

Qu'amb servir et amb onrar
conquièr òm de bon senhor
don e benfach et onor,
qui be'l sap tener en car:
per qu'ieu m'n dei esforçar…

–No debes ver en mí a un noble señor ni yo en ti sólo un motivo de alegría– murmuró William. Pero Ingolinda no se sintió aludida, únicamente cambió un poco de tono.

Ar hai dreg de chantar,
pos vei joi e deportz,
solatz e domnejar,
qar zo es vostr' acortz.

–¿Sabes?– dijo William liberándose de su abrazo. –Yo no tengo la libertad del pájaro de que disfrutas tú.– Y la besó en ambos pezones.

–Aunque haya pasado un año sigo estando al servicio de los reales infantes.

–¡Ah!– se mofó Ingolinda. –¡Mi caballero del "gran proyecto"! Ya le gustaría a esta pobre y desgraciada puta conseguir unas migajas del afecto que dedicas a esos niños.

–Cada uno es dueño de su propia suerte– intentó consolarla el fraile y se incorporó. –Cuento contigo.

–¡Y yo contigo! ¡No te aplastes los cojones!– exclamó Ingolinda mientras él descendía pasando por encima de los tablones del carrito. Y sonreía mientras lo veía alejarse.

DIARIO DE JEAN DE JOINVILLE

Limasol, 4 de octubre de 1248 d.C.

Me han señalado como residencia la planta superior de uno de los almacenes. Después de haberme librado de la compañía de mi primo la he ocupado con mis ocho caballeros, nuestros mozos y mi excelente deán de Manrupt, de modo que disponemos de suficiente sitio. Nada es tan desagradable como la estrechez que suele uno sufrir durante las campañas de guerra, la permanente cercanía corporal de otros hombres que roncan fuerte y cuyos pies despiden un olor nauseabundo.

Hemos sacado a nuestras cabalgaduras de las entrañas del barco y las hemos instalado en las cuadras, donde duermen también los escuderos. En el caso de tener que quedarnos dos o tres semanas en la isla esto servirá al menos para que los pobres animales se repongan del viaje por mar, pues en una guerra también es importante que los caballos estén en buenas condiciones. De ello puede depender la vida del jinete, sobre todo en las huidas.

El fuerte olor del animal es para cualquier jinete el más maravilloso aroma del mundo cuando lo aspira junto con el del cuero, acompañado también de un poco de orín y sudor, al que se añade el efluvio difícil de definir que se desprende del hierro: ¡una mezcla estupenda! Todas estas emanaciones suben desde las cuadras hasta el tejado plano en forma de terraza donde suelo permanecer yo con preferencia.

Aquí puedo escribir sin que nadie me moleste, y dejar vagar la mirada desde la fortaleza del Temple situada en lo alto de la roca, bajarla por la pendiente de la callejuela que une el edificio con el puerto y que queda directamente a nuestros pies, y subirla después atravesando la ciudad y la bahía hasta llegar al castillo de los sanjuanistas.

En realidad yo había esperado que el rey, mi señor, una vez advertido de mi presencia, me haría llamar muy pronto. Pero no sucedió nada semejante. ¿Acaso pretendía en serio aparentar que nada sabe de los infantes del Grial? ¿Que renuncia, en consecuencia, a mi informe de Constantinopla? ¿Sería posible que ese informe mío careciera ya de actualidad? Al fin y al cabo, desde entonces ha transcurrido todo un año pero, no obstante, yo me siento menospreciado.

Con frecuencia me dirijo al palacio real y asisto desde la última fila, sin que nadie me reconozca, a las audiencias del rey Luis. Nunca han sido horas perdidas, por una parte gracias a los huéspedes procedentes de países extraños, que acuden cargados de costosos y notables regalos, como por ejemplo pájaros raros en jaulas de oro, entre ellos algunos que no solamente cantan, sino que silban e incluso hablan como seres humanos; otros animales que parecen gatos, pero poseen brazos y patas largos como los seres humanos y una cola también muy larga, y utilizan todos estos miembros con mucha agilidad, como alguien que tuviese cinco manos. Después hay pequeños recipientes tallados con grillos escondidos dentro que cantan dulces melodías, o bien los regalos consisten en nobles halcones para la caza, perros de fuertes mandíbulas y ancho tórax especialmente criados y adiestrados para la caza del lobo y del jabalí, y otros de patas cortas y curvadas capaces de sacar al zorro de su madriguera.

Mucho más que los regalos, sin embargo, me interesan los propios emisarios, lo que dicen y cómo reacciona el rey a sus palabras, el delicado intercambio de términos de la alta diplomacia en que las pretensiones y el rechazo, las amenazas y las alianzas, el sometimiento y el agradecimiento van revestidos siempre con el ropaje de las palabras más selectas y cómo se les conduce, con el mismo celo con que se les presenta, nuevamente fuera de la sala.

El rey Luis puede parecer un hombre humilde, pero nadie debe engañarse y considerar que es un pobre de espíritu. Sus palabras son de gran sencillez y claridad, pero detrás se oculta una voluntad fuerte y tanto sus expresiones como sus efectos están perfectamente calculados. De todo esto ha tenido que darse cuenta incluso el honorable *maître* Roberto de Sorbon, que al fin y al cabo es capellán de la corte y confesor del rey.

Un día me descubrió a la entrada de la sala de audiencias y me observó primero con disgusto, después me agarró por el abrigo y me arrastró a presencia del rey.

Yo exclamé, un tanto incomodado:

–Señor Roberto, ¿queréis dejarme en paz?

Pero él no me soltó, y resoplaba tanto que el rey tuvo que darse cuenta:

–Quiero que me digáis si no os da vergüenza andar por ahí vestido de manera tan lujosa, con un abrigo cubierto de pieles y un chaleco de seda verde, haciendo mayor ostentación que el propio rey ante el cual os encontráis.

Su arrogancia me enfureció.

–Señor Roberto– dije después de haberme inclinado ante el rey y haberme asegurado de que me permitía hablar, –no tengo nada de qué avergonzarme, pues estos colores y este abrigo los he heredado de mi padre y de mi madre, al igual que el derecho tradicional de ponérmelos. Vos, en cambio, señor Roberto, sí merecéis mis reproches, pues vuestros padres eran simples ciudadanos y vos, en cambio, renegáis de vuestro origen y lleváis una capa de lana muchísimo más fina y más costosa que aquélla con la que se ha tejido el traje del rey.

Lo cogí por la ropa y expuse ésta a los ojos del rey, para que pudiese comparar.

–¡Mirad!– le dije. –¡Y dadme la razón!

El rey se esforzó por ocultar el regocijo que el incidente le causaba; en cambio el *maître* Roberto se sintió ofendido, se liberó de mi sujeción y salió indignado de la sala. Así se ha convertido en enemigo mío, un enemigo a quien no cabe menospreciar.

Pero también el rey consideró necesario reprenderme:

–No has actuado con inteligencia al contraponer tus derechos y los privilegios de tu nacimiento a la diligencia con que mi fiel servidor pretendía defender mis intereses, pues has hablado sin respeto alguno y con excesivo afán de desquite.

Hizo llamar de nuevo al *maître* y le expuso:

–Como acaba de observar el senescal con mucho acierto, ambos debéis vestir tal como corresponde a vuestro estado y categoría. Pues, como dice el filósofo, vuestra armadura y vuestra ropa deben aparecer a los ojos de los hombres maduros y expertos de manera tal que éstos jamás puedan decir que habéis gastado demasiado, y a los ojos de los hombres jóvenes que aún están en edad de aprender de modo que jamás puedan decir que habéis gastado poco.

Con estas palabras nos despidió a ambos.

Yo me alejé despacio, para que a nadie se le pasara por la cabeza que ya no gozaba de la benevolencia del rey. Pero sentía que algo extraño flotaba en el ambiente.

Había visto detrás del rey a Yves "el Bretón", quien en aquella ocasión y contrariamente a su costumbre de enseñar los dientes cual temible cancerbero a cualquiera que se acerque al rey, parecía tener la mente puesta en otra parte. Otras veces suele examinarnos con una mirada punzante, que parece desnudarlo a uno hasta la camisa en busca de puñales ocultos.

En esa ocasión, sin embargo, el feroz guardaespaldas no se había preocupado ni lo más mínimo de nuestra disputa, aunque se desarrollara tan cerca de la persona del rey. En cambio yo sí me había dado cuenta de que el mariscal de los sanjuanistas, Leonardo di Peixa-Rollo, un genovés, se acercó a Yves y le susurró algo al oído. Al abandonar el palacio volví a ver al mariscal seguido de mi primo Juan, que me pareció tener cara de hurón con ganas de morder, aunque no se dio cuenta de mi presencia. En realidad nada teníamos que decirnos.

Sentí una mano sobre mi hombro.

–¡Senescal!

Era "el Bretón", la sombra oscura del rey Luis, el mensajero que su majestad emplea para enviar breves recados marginando a la corte real, del mismo modo que el propio Yves se sitúa fuera de todo reglamento y etiqueta.

–¡Seguidme sin llamar la atención!– me dijo sin más preámbulos, y se adelantó.

Me condujo a la pequeña capilla de palacio, situada junto a las estancias más privadas del rey. Allí encontré a mi señor arrodillado en el primer banco y haciéndome señas de que me acercara. Rezamos juntos. "Amén".

Yo esperaba que me dirigiera reproches por no haberlo informado, ni en su día ni ahora, de la presencia de los infantes. Pero el rey se dirigió a mí con gran amabilidad y sólo dijo:

–¡Infórmame, querido Joinville!

Yo no sabía por dónde empezar y tartamudeé:

–Cuando me enviasteis a Constantinopla, me encontré con…

Me cortó con un gesto.

–Sé quien estaba allí y todo lo sucedido gracias a tu magnífico informe, que me hizo llegar nuestro primo, el emperador Federico.

Aquellas palabras proporcionaron un gran alivio a mi corazón.

–Lo que me interesa ahora no es tu relato, sino tu opinión, en la que supongo habrás podido profundizar recientemente.

De modo que estaba perfectamente informado.

–Aún no tengo formada una opinión definitiva– le hice saber con toda humildad.

–Nunca existe nada definitivo– me aleccionó el rey. –Trázame un resumen del *status quo* de tus opiniones, sin empezar precisamente por "el *bon roi Dagobert*"– y me dedicó una sonrisa.

–Creo que se ha producido un cambio importante en el objetivo tradicional de la *Prieuré* de Sión– recogí agradecido su propuesta. –Ya no se trata de reinstaurar a los merovingios en el trono, sino que, sin que yo sepa cuándo ni quién lo ha inducido, se ha producido un corte, un salto hacia el presente: ahora se espera que la salvación proceda de la sangre santa, de la *sang réal* –y perdonadme, majestad, que os esté informando desde el punto de vista de la *Prieuré*, tal como lo entiende mi mente humilde– a través de su fusión con la sangre del emperador...

–¡Y una vez más será la casa de los Capetos la que deba derramar su sangre para conseguirlo!– suspiró el rey Luis. –Lo que expones no es una revelación, querido Joinville, ni una afrenta: es un simple hecho. Fue el brazo de los Capetos el que eliminó a Parsifal, aunque se tratara de un veneno enviado por el Papa, y con este proceder mancomunado París y Roma han dado lugar a que reviva el mito del Grial, el *sant Grial*, que algunos leen equivocadamente como *sang réal*. No se trata de una sangre santa ni real, sino hereje y pretenciosa. Si mis antepasados hubiesen permitido al de Trencavel morir de muerte natural en la torre de Carcasona, no existiría la leyenda de Parsifal, el héroe traicionado. Tal vez yo mismo haya cometido un error similar. Si hubiese dejado dormir el Montségur en paz, nadie hablaría de ese monte ni de sus habitantes. El asedio y la caída del castillo, las hogueras que ardieron, han hecho renacer entre las llamas la aureola de los "hijos del Grial" y han llevado al resurgimiento del mito, elevando a dos niños corrientes y molientes a la categoría de seres superiores.

El rey suspiró; al parecer no era consciente de que era él quien me estaba instruyendo en los vaivenes de la política universal en lugar de ser al revés, como había pretendido.

–A mi amigo y primo el emperador Federico le está sucediendo algo parecido– prosiguió. –Cuatro papas se han esforzado y se siguen esforzando, uno tras otro, por convertirlo en un mártir, en el *stupor mundi*, en la "luz del universo", dando lugar a la confusión de que se trata de un inocente perseguido. Si lo dejaran hacer, la Iglesia lo pasaría mejor y para todo el mundo sería evidente que no es un soberano moderado, sino más bien mediocre, que descuida de una manera reprobable sus verdaderas obligaciones.

"Mi hermano Carlos, a quien no hay manera de corregir, se empeña, apoyado por la vana ilusión del Papa, en querer destruir todo cuanto tiene que ver con el emperador, y de este modo consigue que la sangre suaba de éste se convierta, aún en vida del mismo, en un elixir del cual se deriva la pretensión de querer dominar el mundo. En efecto– acabó Luis su perorata, –nosotros, los Capetos, hemos hecho todo para que hoy en día exista gente que sueñe con dos «infantes reales» y para que una parte de Occidente, la que se considera a sí misma la sal de la tierra, se dedique a toda clase de acrobacias mentales para que ese sueño pueda cumplirse.

Consideré necesario aportar rápidamente algunas consideraciones mías al respecto:

–La inquietud que despiertan los infantes del Grial ha saltado ya como una chispa desde Occidente al mundo oriental. ¡Deberíais haber visto, majestad –exclamé, –cómo afluyeron en aquella ocasión a Constantinopla, esa cabeza de puente, ese punto de sutura entre ambos mundos, los sabios y los sufíes, los derviches y los chamanes, para rendir pleitesía a los infantes reales!

–El Islam– me instruyó Luis –no es, sin embargo, un buen caldo de cultivo para las historias que nacen de las necesidades místicas de Europa, un mundo en el que la Iglesia vive de espaldas al ser humano y que, por esta misma causa, pierde más y más de vista la fe en Cristo.

–¿Significa eso que habría que combatir a los niños por ser fruto de la herejía?– le planteé mi propia duda.

El rey sonrió de nuevo.

–Si has sido capaz de seguir mis pensamientos, estimado Joinville, creo que acabo de exponer, a través de varios ejemplos, que "combatir" puede ser un procedimiento equivocado. No nos enfrentamos a herejes ni a enemigos, sino a unos seres que se han desviado del camino correcto, unos seres perdidos. Asestarles golpes sólo serviría para que ganaran adeptos.

–¿Pero cómo quitárnoslos entonces de encima?– pregunté apocado.

–Hay que suprimirlos en silencio– respondió el rey, pero cuando se dio cuenta de mi estupor por haber escuchado tales palabras de su boca, unas palabras que, como es natural, me llevaron a pensar de inmediato en Yves "el Bretón", las precisó más: –¡Se los elimina callando!

Hice un gesto de asentimiento para demostrarle que había entendido.

–La cuestión de los infieles es otra cosa. Los musulmanes son enemigos de nuestra fe cristiana. Contra ellos sólo sirve la espada de los cruzados. Por eso estoy aquí y no la envainaré hasta haberlos sometido.

–Y bien– pregunté, –¿qué hacer, pues, con los niños?

–Ya te lo he dicho y lo repito una vez más: ¡callar!

Me miró con sus ojos claros, capaces de expresar tanta bondad y también tanta dureza.

–Sé que te será difícil, pero es lo que te exijo ahora. ¡Calla! Y si te das cuenta de que alguien quiere tirarte de la lengua, ¡busca refugio en la oración!

No me dejó marchar antes de haber rezado en común:

Coeli enarrant gloriam Dei,
et opera manuum eius annuntiat firmamentum.
Dies diei eructat verbum,
et nox nocti indicat scientiam.

Non sunt loquelae, neque sermones,
quorum non audiantur voces eorum.
In omnem terram exivit sonus eorum,
et in fines orbis terrae verba eorum.

Cuando ya casi había alcanzado la puerta de la capilla me dijo aún en voz muy baja:

–Esta conversación nunca se ha producido.

Al salir me tropecé con Yves "el Bretón", que había estado vigilando para que nadie molestara nuestro encuentro. Me dedicó una mirada tan insistente que me prometí a mí mismo tomarme en serio el deseo firmemente expresado por mi rey. ¡Mis labios estarían sellados!

Más adelante disfruté, sentado en la terraza, del espectáculo que me brindaba el sol en su ocaso mientras seguía dándole vueltas en la mente a cuanto me había expuesto el soberano.

He comprendido que todo el problema desemboca en una cuestión de fe. El rey Luis, tan firme en las creencias de nuestra Iglesia, considera que los niños no son más que un espejismo inventado por los herejes, un *item aegrotantes*.

¿Y cuál es mi propia firmeza, quién me tentará a mí, quién querrá tirarme de la lengua?

No pude resistir a la tentación de consultar mi baraja de tarot:

"Bajo su esplendor avanza el mundo, pues Sol y Marte lo iluminan a la vez. El momento es favorable a un cambio o a un nuevo comienzo. Confía en tu fuerza."

Los infantes seguían ocupando mi mente incluso durante la oración vespertina, que mi esforzado deán estaba rezando conmigo cuando se oyeron gritos y ruido de armas que venían del puerto. Desde el acuartelamiento de los venecianos ascendía al cielo una columna de humo.

Hace algún tiempo que la Serenísima está en pie de guerra contra los chipriotas, desde que el joven rey Enrique prescindió de la regencia de su madre Alicia. Por esa misma razón no hay venecianos en la isla, y son los templarios los encargados de la administración y vigilancia de sus almacenes. Pude ver claramente el resplandor de un fuego, el humo ascendía más y más denso y también arreciaban los gritos. Por debajo de donde yo estaba, en la callejuela, veíamos correr a mucha gente excitada.

Al poco tiempo acudieron apresurados dos de mis caballeros y exclamaron:

–¡Los sanjuanistas han atacado a los templarios en el puerto y han prendido fuego a los almacenes de los venecianos… debe de tratarse de una intriga de los genoveses!

No era ésa mi opinión, pero poco después vi a mis pies a un grupo armado de caballeros templarios bajando a toda velocidad por la callejuela. Calculé que se estaba concentrando allá abajo casi todo el ejército del que disponía el Temple.

Como soy una persona curiosa vestí rápidamente la armadura, cogí el yelmo bajo el brazo y me dirigí a la calle. Llegué a ella en el preciso instante en que pasaba corriendo Gavin, el preceptor.

Aún estaba yo inseguro de adónde dirigirme cuando vi que de un patio lateral salían los sanjuanistas armados. Peixa-Rollo, el mariscal, los conducía personalmente. Eran muchos y se esforzaban por no llamar la atención.

Ascendían a paso rápido por la callejuela en dirección al Temple, y vi a algunos sargentos que transportaban sobre los hombros un tronco para embestir. Seguían a paso rápido a los caballeros de la Orden. ¡Aquello parecía una empresa muy bien planeada!

Esperé hasta que hubo pasado el último y los seguí, manteniendo alguna distancia. Comprendí en seguida que el incendio y las peleas que se desarrollaban en el puerto no eran más que una treta para hacer salir a los caballeros del Temple y desviar su atención mientras que el golpe auténtico de los sanjuanistas iría dirigido contra el edificio de la Orden, falto de defensores. Un pensamiento cruzó por mi cabeza: ¡Los infantes! ¿Acaso tenían la intención de sacar a la condesa y a los niños herejes, a los pequeños reyes, para arrastrarlos ante el rey o hacer algo aún peor con ellos?

Aceleré el paso, pues ahora se oían con claridad ruido de armas y gritos procedentes de la parte superior del Temple. Cuando doblé la esquina al final de la callejuela me encontré en medio de un montón de mendigos y vendedores que, asustados, se habían retirado para refugiarse allí.

Aún pude ver cómo los valientes guardias del portal, defendiéndose a diestra y siniestra, conseguían cerrar la segunda puerta a pesar de que en la estrechez de la entrada había ya un montón de caballeros hospitalarios dispuestos a arrollarlos. Después intentaron éstos atacar con el espolón, y el primer golpe potente rompió la madera e hizo temblar la puerta, que no podría resistir mucho tiempo pues sus herrajes eran más bien adornos, ya que en realidad se había confiado para la defensa fundamentalmente en el portal delantero, cuyos pesados batientes protegidos con placas de bronce habían quedado ampliamente abiertos. Al parecer, el ataque por sorpresa había sido un éxito. Los sanjuanistas tenían prisa, y la punta roma provista de grandes clavos de hierro del gigantesco espolón daba golpes cada vez más intensos contra el último obstáculo, que ya mostraba desgarros considerables.

En aquel instante pude darme cuenta –antes que los sanjuanistas, tan ocupados con su tarea– de que sobre la amplia vía que conduce desde el palacio real a la puerta oriental de la ciudad se levantaba una nube de polvo. Primero pensé que estaría regresando Gavin con todo el ejército de templarios, pero después vi que los hombres llevaban, en lugar de cruces rojas, otras negras sobre la pechera blanca: ¡los caballeros teutónicos!

Ni siquiera había llegado a mis oídos la noticia de que hubiesen arribado a Limasol. No eran muchos, tal vez unos veinte jinetes, pero venían al galope –las lanzas enhiestas, las viseras bajas– y se dirigían con toda decisión hacia la columnata que antecede a la entrada del Temple. Tan sólo cuando llegaron a la plaza delantera, de donde habían huido con rapidez los vendedores y mendigos, el caballero de barba blanca que los conducía mandó detener los caballos y bajar las lanzas.

–¿Quién va a impedirnos la entrada?– retumbó la voz de bajo del comendador. ¡Sigbert von Öxfeld! Me vino a la cabeza que aquel hombre aparece siempre que algún peligro amenaza a los infantes. ¿Será verdad que hay una amplia red tutelar dispuesta para la protección de los pequeños reyes?

–¡No peleéis con nosotros!– le respondió el mariscal Leonardo di Peixa-Rollo. –Nada tenemos contra vos.

–¡Pero sí contra nosotros!– resonó la voz de Gavin. Su figura se erguía, sola, en el otro extremo del recinto, y se apoyaba con aire displicente en su larga espada. El mariscal se sintió inseguro, y su mirada cayó sobre la puerta oriental, donde esperaban formando un muro silencioso los caballeros del Temple, montados a caballo y con las lanzas en alto.

Peixa-Rollo dio una señal a sus hombres, que guardaron las espadas y se retiraron con la mirada baja, descendiendo por la callejuela e intentando recorrerla a paso lento para dar a entender que sobrellevaban con dignidad la humillación de la derrota. Los sargentos dejaron caer el espolón y marcharon detrás.

Y, como cualquier huida infunde valor al populacho, los mendigos y vendedores empezaron a arrojar piedras a las espaldas de los vencidos, maldiciéndolos y blasfemando. Después de este espectáculo se restableció la calma delante del Temple y yo me alejé pensativo. Entre tanto, había caído la oscuridad.

III
EL SECRETO DE LOS INFANTES

Una vez en la estancia de la torre, Sigbert von Öxfeld se quitó el yelmo y dejó al descubierto su rostro afable, cuya fisonomía recordaba la de esos magníficos perros que crían los monjes de san Bernardo para salvar de cualquier emergencia a quienes pierden el camino en la montaña o se ven sorprendidos por un alud de nieve. Por su estatura parecía un oso que se levanta sobre las patas traseras, dispuesto a asestar en cualquier momento con sus manazas un golpe contra el que sería difícil defenderse. Esas manazas podrían partirle fácilmente las costillas a un toro, pensó Gavin mientras observaba cómo el comendador abrazaba a "el halcón rojo" hasta hacerle crujir los huesos.

–Una vez más nos encontramos en situación parecida a la de la noche del Montségur– bromeó el caballero teutónico con ironía.

–O como en el "centro del mundo"– suspiró el abrazado, y su perfil de ave de presa se dirigió al templario como queriendo asestarle el picotazo de un reproche. –Sólo que entonces, en el salón de mármol del obispo de Constantinopla, no pude estar presente. Aquí, en cambio, me encuentro en calidad de prisionero particular del preceptor. Ya ves cómo cambian los tiempos.

–Es la suerte propia de quien pretende bailar en varias bodas a la vez– le respondió Sigbert sin conmoverse. –Yo sirvo al emperador y, en este momento, no sé qué le conviene más: que adviertas a su viejo amigo el sultán del peligro de la cruzada que lo amenaza, o que el rey de cuya lealtad Federico depende más que nunca, es decir, el rey de Francia, se alce con la victoria.

–Si la mente de los germanos fuese un poco más abierta, Sigbert– le respondió "el halcón rojo", –y si tuvieses un poquito más de imaginación, verías que en el caso de una victoria de los francos la posición de Federico en Tierra Santa quedaría considerablemente debilitada. Ahora mismo los lugartenientes del emperador se encuentran allí en situación extremadamente incómoda, puesto que Conrado jamás ha tomado posesión de su herencia.

–Eso es verdad– tuvo que conceder el teutón, –pero la política de los templarios no coincide con la del Imperio– se dirigió al preceptor.

–Si yo supiese cuál es la política de mi Orden– respondió éste con expresión calmosa –sería ahora gran maestre o estaría muerto.– Al ver que los demás reían añadió aún: –Bromas aparte, la Orden de los templarios estará al lado del rey Luis en esta guerra que no es ni útil ni necesaria, pero sí es santa. En lo que a mí me atañe considero que mi obligación es mantener las pérdidas inevitables de caballeros y de material dentro de los límites mínimos posibles, ¡y por esa razón el emir ha de quedarse aquí! De este modo impido que en algún lugar del desierto pueda descargar la espada sobre mi cabeza.

–Dios sabe– comentó Sigbert –que todos tendremos que morir en algún momento y en algún lugar. Espero que no sea en el desierto.

–Pero ahora mismo los templarios se están lamentando ya del mucho dinero que les va a costar esta empresa de Luis– se mofó "el halcón rojo". –Déjame en libertad, Gavin, y el sultán te lo recompensará con mi peso en oro, además de regalar a vuestra Orden un castillo cuyo emplazamiento podréis elegir libremente.

–¡Pide la ciudadela de El Cairo, Gavin!– bromeó el teutón.

Pero el templario parecía disgustado.

–Si te obstinas en hablarme así, Fassr ed-Din Octay, casi preferiría aliviar mi conciencia y entregarte al rey.

En aquel instante se oyeron fuertes golpes de nudillos en la puerta que conducía a la estancia de la torre. Al abrir se les presentó un caballero armado de pies a cabeza.

–¡El Temple está rodeado!– exclamó. –Los sanjuanistas han reunido a todo el ejército del que disponen en la isla para asediarnos.

Gavin se acercó a la estrecha ventanilla. Allá abajo, en medio de la oscuridad, vio brillar las armas; en cambio, en la plaza del mercado delante del porche de la entrada, que solía estar llena de gente hasta muy avanzada la noche, no se veía ni un alma.

–¡Tú mismo has caído prisionero ahora!– Al comendador de la Orden de caballeros teutónicos parecía divertirle la situación. –Si decidís abriros paso, permite que luche a vuestro lado.– Los ojos del viejo guerrero echaban chispas.

–Me imagino que esa encerrona no va dirigida contra mí ni contra ti, Sigbert, ¡más bien contra los infantes!

El teutón no había esperado tales palabras y su alegría se apagó de sopetón.

–Pero… ¿están aquí los niños?

Gavin asintió con un gesto. También él se mostraba preocupado. "El halcón rojo" se acercó a la ventana.

–Supongo que habrá algún escape subterráneo como suelen tener los castillos de los templarios.

–Esto no es un castillo, sino un antiguo hospital de peregrinos. La Orden instaló después sus almacenes aquí y cegó todos los pasillos para impedir que los ladrones se aprovecharan de ellos para robarnos. No hay más salida que la del portal, y por allí estamos asediados.

Sigbert añadió:

–Presiento que no se contentarán con eso.

–También cabe pensar que el rey Luis, influido por falsos consejeros, modifique su postura y nos ordene la entrega de los infantes– lo reafirmó Gavin en sus preocupaciones, –aunque sabe que lo pagaría caro...

–Esas consideraciones no nos sirven en este momento– cortó Sigbert sus reflexiones. –No podríamos oponernos al ejército unido de los cruzados.

–No por mucho tiempo– confirmó el templario. –Pero por esta noche no hay nada que temer, por lo que será mejor que nos vayamos a dormir. Sigbert, ¡eres mi huésped!

–Sólo lo aceptaré si me prometes que mañana por la mañana me dejarás marchar en libertad– bromeó el teutón. –Me presentaré al rey de los franceses para saludarlo y quejarme de paso por haber sido molestado en mi merecido descanso.

–*La tassubbu asseita 'ala annari!* ¡No añadas leña al fuego!– intervino Constancio una vez más. –Mejor será, Sigbert, que mantengas abiertos los oídos para enterarte de quién conspira contra nosotros en la corte, y de paso de los planes de nuestros enemigos, es decir, de los enemigos de los infantes.

"El halcón rojo" parecía encontrarse muy a gusto.

–Los que aquí estamos reunidos– e incluyó hábilmente a Gavin en la conspiración –reflexionaremos para encontrar la manera de adelantarnos a esos planes y desbaratarlos.

El preceptor no pudo evitar una sonrisa.

–De nuevo nos encontramos al principio de la historia: tres caballeros conjurados para alcanzar un único objetivo: salvar a los hijos del Grial.

–*Vivent les enfants du Grial!*– exclamó Sigbert, orgulloso de sus conocimientos idiomáticos.

–*Vive Dieu Saint-Amour!*– lo imitó riendo Constancio, y repitió el grito de combate de los templarios, de modo que a Gavin no le quedó otro remedio que añadir:

–*Alahu kabir. Alahu 'adhim, Alahu al moen.*

–¿Por qué no renuncias a seguir a su servicio– gruñó Firouz apartándose del cuerpo de su esposa, a la que no pareció disgustarle el gesto, –y te vienes aquí conmigo a la trirreme?

Madulain yacía en la semioscuridad de la despensa; su cabeza reposaba sobre un montón de trigo sarraceno y tenía un saco de mijo debajo del trasero. Comparaba esa situación con la comodidad del blando lecho de que disponía en la *capanna* y, por otra parte, también sopesaba la perspectiva de ser penetrada cada noche de cada día que hiciese amanecer el Señor por el poderoso estoque de su marido. Y, sin embargo, le respondió en tono mordaz:

–No es tu barco, Firouz, aún eres capitán por la gracia de Dios y, del mismo modo que yo soy su doncella, tú eres criado de la condesa. Parece que lo has olvidado, y otras cosas también.

En sus ojos vivaces asomaba el deseo de recuperar al antiguo compañero de aventuras, el Firouz cuyo instinto animal nunca parecía satisfecho. Ahora lo veía acostado a su lado, flácido el pene que le colgaba del vientre sobre la cebada, borracho.

–Antes aprovechabas cualquier ocasión y buscabas cada oportunidad para reunirte conmigo, Madul– respondió Firouz irritado, aunque todavía cortés.

Al observar como única reacción de la mujer que cogía un puñado de cereal y dejaba caer los granos sobre su vientre mientras mantenía las piernas dobladas y las rodillas separadas, dando la impresión de querer perderse en oscuros recuerdos, se revolvió furioso.

–Al parecer, los apuestos caballeros que circulan por la isla te han trastornado la cabeza y ya no me consideras lo bastante educado como para ser tu amante.

–Puede que tengas razón– le respondió Madulain con frialdad. –Pero la verdad es que tampoco te esfuerzas ya por hacerme la corte, ya no mueves tu lanza con gallardía en el *gay d'amor*. Lo más probable es que las putas del puerto hayan convertido a mi hombre, antes tan atento, en un bruto macho…

Firouz se levantó de un salto.

–¡Yo no me paso el tiempo con esas mujerzuelas que busca el fraile, tu querido William, aunque tal vez debería hacerlo!– gruñó. –No creo que muestren menos entusiasmo que mi mujer.

Madulain no respondió, tenía la mirada fija en el techo de la despensa y se preguntaba por los motivos de su propia crueldad, que había llevado a su hombre a pronunciar tales palabras. Le habría gustado abrazarse a él para conseguir que el acto de amor los apaciguara a ambos y que se arreglara el mundo, pero en cambio se oyó decir a sí misma:

–Es posible que Ingolinda, la ramera de Metz, se diera por contenta, pero yo no me conformo con tus procedimientos. Preferiría que un caballero me cortejara y me dedicara cariñosas palabras en lugar de estar expuesta a tu…

Al llegar ahí se dio cuenta de que su marido se había dormido, de modo que lo dejó acostado y se dirigió de puntillas al dormitorio que compartía con Shirat y los niños. La noche estaba muy avanzada o quizá fuera ya de madrugada; Madulain sintió frío.

Bem degra de chantar tener,
quar a chan coven alegriers;
e mi destrenh tant cossiriers
quem fa de totas partz doler
remembran mon greu temps passat,
es gardan lo prezent forsat
e cossiran l'avenidor
que per totz ai razon que plor.

Cuando el sol naciente subió espléndido detrás de la puerta oriental, los asediados pudieron observar el alcance y la minuciosidad con que sus enemigos se habían instalado alrededor del Temple, formando una especie de soga dispuesta para ser apretada más bien lentamente que de un golpe apresurado. Por todas partes se veían brillar las armas, y en el mercado estaban destrozados los puestos, convertidos en barricada frente al porche.

Parecía imposible que los sanjuanistas solos hubiesen podido reunir tan poderoso ejército. Lo más probable era que hubiesen conseguido el apoyo de muchos señores francos, o incluso el de los ingleses. No se veían banderines que ondearan, pero tampoco ostentaba cada soldado o cada caballero la cruz blanca de extremos aflechados sobre fondo rojo o negro. O bien sus asociados evitaban mostrar abiertamente su enemistad con la poderosa Orden de los templarios, o los caballeros hospitalarios deseaban que toda la empresa pareciese una idea exclusivamente suya.

A primera hora de la mañana el comendador de la Orden teutónica, Sigbert von Öxfeld, había salido a caballo con un pequeño séquito por el portal apenas entreabierto y nadie se lo había impedido; ni siquiera le habían demandado su nombre ni preguntado por sus intenciones.

Esta salida fue aprovechada también por Firouz, que se alejó malhumorado del Temple. No había vuelto a ver a su mujer.

Se dirigió hacia la trirreme. Confiaba en que su matrimonio se arreglaría si pudiesen organizar juntos una huida. Madulain era una caprichosa y no le cabía en la mente que el nombramiento de capitán significaba no sólo un honor, sino también muchas obligaciones engorrosas. Ella sólo pensaba siempre en lo mismo y, además, exigía que cada vez fuese como una fiesta. Tenían que alejarse de Chipre, del Temple y de la trirreme; cada uno de estos lugares constituía una cárcel que los mantenía separados y destruía poco a poco su amor.

Un poco más tarde llegó el gran maestre de los templarios, Guillermo de Sonnac. Aparentó no darse cuenta del asedio, y nadie entre los sanjuanistas se atrevió a aprovecharse del hecho de que el portal del Temple fuese abierto de par en par y permaneciese así después de efectuada la entrada.

En la sala capitular del Temple se hallaba reunido, bajo la presidencia del gran maestre, un círculo selecto ante el cual Gavin Montbard de Béthune debía justificar su gestión. El gran maestre tenía bastantes reproches que dirigirle.

–Os habéis arrogado los derechos de preceptor de esta sede, Gavin– expresó con su tono de voz habitualmente apagado. –Tengo entendido que vuestro Temple queda bastante lejos de Limasol, por importante que sea– añadió.

Gavin no reflexionó mucho antes de contestar.

–Sabéis muy bien que encontré el lugar sin mando, y yo debía tener en cuenta la misión que me ha sido encomendada y que vos conocéis perfectamente.– Esperó hasta que Guillermo de Sonnac asintió con un gesto, y prosiguió: –Puesto que esta sede, que debido a la cruzada de Luis está situada ahora en un primer plano, carecía de mando, consideré mi obligación ponerme a su cabeza hasta vuestro retorno.

–¿Y no se os ha ocurrido pensar, Gavin, que ese vacío, esa falta de presencia nuestra en este momento y en este lugar podría ser intencionada?

–No– respondió Gavin, y se esforzó por dar firmeza a su voz. –Nunca se me ocurrió pensar tal cosa, ni la comprendería ahora.

–Aprecio que seáis capaz de pensar por vuestra cuenta y de actuar también, Gavin, y precisamente por eso os han encargado una misión, ¡pero sólo estáis autorizado a actuar en ese marco, jamás en nombre de toda la Orden!

Gavin permaneció mudo.

–¿Ha quedado claro?– La voz de Sonnac bajó aún más de tono, aunque no por ello perdió su matiz cortante.

–Sí– respondió Gavin con la garganta seca.

El gran maestre parecía haberse tranquilizado.

–Entenderéis asimismo que no estaba previsto que impidierais al hijo del gran visir llevar a cabo la suya…

–¿Acaso debía desobedecer la orden del rey y avergonzar a los templarios encargados de la vigilancia dejando escapar a un espía?

–Podíais haber apartado la vista, Gavin– le aleccionó el gran maestre. –Por otra parte, tampoco lo habéis entregado al rey.

Gavin bajó la vista un tanto perplejo, pero Sonnac no pensaba ahorrarle ningún detalle.

–¿No habéis reflexionado acerca del hecho de que aquel día os hubieran encargado justo a vos la inspección de la costa oriental? ¡Precisamente se dispuso así para que el emir Fassr ed-Din Octay pudiese abandonar la isla sin dificultades!

–Si me hubieseis informado de tales detalles como lo estáis haciendo ahora…– intentó defenderse Gavin.

–No era necesario. Vuestra tarea está muy clara. Lo que debéis hacer es manteneros alejado de cuanto no os afecte directamente. Ahora que ya habéis cometido el error os puedo informar de otras circunstancias, que no necesariamente tienen por qué interesaros. El hecho es que el Temple ha llegado a un acuerdo con Damasco, y ese acuerdo entrará en vigor en cuanto Siria pueda deshacerse de sus compromisos con El Cairo. Lo cual significa que somos amigos de ambos. En interés del equilibrio de fuerzas no nos puede interesar en absoluto que el Capeto consiga una victoria en Egipto. De modo que es en Egipto donde debe fracasar la cruzada. Para este fin conviene que el sultán sepa exactamente cuáles son las intenciones y los medios dispuestos: número de combatientes, medios de transporte, reservas disponibles y, sobre todo, las fechas planificadas por el rey Luis.

–Me ocuparé de que sea así– dijo Gavin.

–No– respondió el gran maestre. –¡Nos ocuparemos nosotros! Habéis puesto a la Orden en una situación incómoda. No quiero hablar ahora de ciertos personajes molestos que al parecer siguen pegados a los niños como los moscardones al trasero de un caballo: esa condesa de Otranto tan mal afamada y ese franciscano atolondrado. Hace tiempo que deberíais haberos deshecho de tales insectos. Tampoco quiero hablar de esos pequeños mamelucos que tal vez puedan tener cierta importancia en un próximo futuro, sino que os hablo de los infantes. Nunca se había previsto que apareciesen precisamente aquí…

–Pero dado que han aparecido– contestó Gavin –me consideré obligado a protegerlos, y el único refugio disponible era el Temple. Cuanto sucedió después fue también una sorpresa para mí.

–Ya lo veis, Gavin– la voz baja de Sonnac volvió a imponer serenidad. –No debemos permitir que los "sucesos" nos sean impuestos ni nos sorprendan. Y ahora hablaré de la disputa con los señores hospitalarios. Tendríais que haberla evitado a toda costa, quiero decir, desde el momento en que tenemos a los infantes bajo este mismo techo, y vos, en cambio, los habéis provocado con vuestro comportamiento. Os advierto que si los superiores de la Orden de los caballeros de san Juan se enteran del papel que tienen asignado los infantes en el "gran proyecto" harán todo lo posible para apoderarse de ellos. Y no para matarlos, sino para presentarse ellos mismos en lugar de nosotros como sus protectores. Es la gloria que les falta por conseguir. Lo que está sucediendo en este instante delante de nuestros muros no es más que la mísera venganza de un tal Juan de Ronay, innecesariamente postergado y gracias a Dios poco inteligente, pero en cambio engreído como todos los suplentes. Aunque siempre pueda haber alguien que les haga comprender, incluso a ellos, lo que está sucediendo, y entonces estallará una guerra entre nosotros que será sumamente cruel, y que se librará en todas partes.

Gavin permanecía mudo, a la vez que pensaba: "¿Quién me asegura que no sea ésa precisamente la intención?"

–En este momento, sin embargo, y en este lugar, no es oportuno que discutamos, y tampoco queremos que el rey se vea mezclado en esto ni que tengamos que oponernos ¡ni someternos! a una investigación ordenada por él.

–Pues bien– preguntó el preceptor con voz insegura, –¿qué ordenáis?– Había esperado que su superior lo atacara más bien a causa de la agresión de los sanjuanistas, pero ese hecho fue barrido del escenario como un insecto molesto.

Los demás caballeros, todos ellos al servicio de la Orden desde hacía largos años, guardaban silencio.

–Los infantes– dijo de Sonnac –deben desaparecer de aquí sin llamar la atención, como si nunca hubiesen estado en este lugar. Todo el que después afirme lo contrario deberá quedar ante el mundo como persona de mente trastornada o como un infame e injusto acusador.

–¡Creo que incluso el rey lo aprobaría!– Gavin se sintió visiblemente aliviado.

–Eso da igual– añadió el gran maestre sin mostrar emoción, –pero debéis aprovechar la ocasión para deshaceros de la condesa y del minorita. Ya no nos son útiles, más bien lo contrario.

–Eso es más fácil de decir que de conseguir– suspiró Gavin.

–Vos habéis urdido este enredo– le replicó el gran maestre con voz ahora muy afectuosa, –estoy seguro de que sabréis deshacerlo.

El tono, a pesar de la amabilidad, traslucía una amenaza.

En la *capanna* de la trirreme aún se veía luz. Hamo estaba estudiando en compañía de Firouz un plano del puerto de Limasol en el que figuraban anotados cada torre de vigilancia, cada edificio de almacén, y también los amarres de los barcos más importantes.

–Los tres griegos están frente al arsenal de los genoveses, pero en segunda fila– trataba de explicar el capitán la situación, y su voz no expresaba esperanza, sino más bien obstinación.

–Todo el barrio está vigilado por los sanjuanistas, que tienen su castillo aquí arriba– intentó Hamo bajarle los humos, –olvida esa expedición de castigo o aplázala hasta un momento posterior más favorable.

–Cuando un perro joven se te caga delante de la cama hay que castigarlo en seguida, dándole con el látigo y metiéndole la nariz en la mierda. Si lo castigas más tarde no sabrá por qué lo haces.

–Los moriscos deben renunciar, de momento, a vengarse en nombre de Otranto de los asesinos– le respondió Hamo. –Sólo faltaba que la tripulación de la trirreme causara malestar aquí y atrajera sobre nosotros la atención de todo el mundo.

–¡Exigen venganza por la muerte de Guiscard!– insistió Firouz.

–Y lo que quiere la señora condesa es huir con los niños. ¡Díselo a la gente!

Firouz salió de la *capanna*, atravesó la cubierta y descendió hasta el habitáculo de los moriscos. Aquellos hombres medio salvajes ocupaban el espacio más avanzado sobre la quilla. Esperaban con impaciencia y con gestos casi de rebeldía la presencia de su capitán, que no tenía ni mucho menos sobre ellos la autoridad que tuvo en su día el amalfitano.

–Espero que al fin nos traigas los nombres de los asesinos que tienen sobre su conciencia la muerte de Guiscard...

–¿Conciencia?– se burlaba otro. –Para esos cretinos sodomitas es agua pasada, ¡a estas horas hasta lo deben haber olvidado!

–Pero no podemos matar a todos los griegos...

–¿Y por qué no? Ahora mismo deberían estar llorando ya en todas las islas y no olvidar nunca que la trirreme de Otranto jamás perdona una ofensa...

–¡Nada de eso!– tronó la voz de su capitán, que descendía por los oscuros escalones. –¡Nada de venganza, nada de castigos!

El tono de su voz les revelaba que también él lo lamentaba, y en seguida se produjo un tumulto.

–O les dais muerte en secreto o no hay venganza– les informó. –Les podéis cortar los huevos y meterles el rabo en la boca, sacarles los ojos y empalarlos con un hierro candente, ¡pero no admito que alguien se deje atrapar!

–¿Y qué pasa si lo atrapan?– intentó provocar alguno.

–El que quiera salir a vengarse tendrá que regresar a la trirreme sin que lo reconozcan, o será hombre muerto. ¡Yo me ocuparé personalmente de que así sea!

Todos sabían que Firouz era un arquero que daba en el blanco incluso de noche, y callaron.

–¿Cómo se llaman esos cerdos griegos?– preguntó la voz cargada de odio de uno de los moriscos desde el último rincón. –¿Cuáles son sus nombres?

–Os lo diré cuando me hayáis jurado que guardaréis el secreto– insistió Firouz. –¡Nadie debe saber por qué y a manos de quién han muerto los griegos!

–*Sidi, sidi*– murmuraron los moriscos, y Firouz dijo en tono de conjura: –Ingolinda asegura que el otro día dos de ellos se vanagloriaban de haber hecho bailar a un cojo con su pata de palo sobre la cubierta de la trirreme hasta que el señor Ángel cortó la soga.

–Ese gigante inmundo debería ser el primero…

–¡Jamás podrás acercarte a él!

–¿A quién hemos de buscar entonces?

–A Felipe "el buitre" y a Jerjes "el verrugas".

–¡Pero si los asesinos eran como mínimo seis! ¡No dejemos escapar a ninguno!

–Los encontraremos en compañía de los otros dos: ¡castigaremos incluso a los que se hayan reído!

–¿Y cómo quieres encontrar a esos dos en medio de una manada de puercos y apartarlos de los demás?

–La puta tiene que ayudarnos…

–¡No queremos testigos!– advirtió Firouz.

–¿Qué hay de tu mujer?– opinó uno, y se encontró de inmediato con el puño del capitán en la boca.

–¿Por qué no te disfrazas tú mismo de mujer? Aún no tienes barba, ¡pero sí un bonito culo!

El joven morisco sacó el puñal.

–¡*Yo* haré de cebo!– resonó la voz de Hamo, quien había entrado en la oscura estancia sin que los demás se diesen cuenta.

–*Vendetta!*– gritó uno. –¡Vengaremos a Guiscard!– Y todos aplaudieron.

–Pero debéis respetar las órdenes de vuestro capitán– dijo Hamo conmovido, –¡y espero que actuéis con el mismo entusiasmo y la misma rabia cuando la trirreme escape de esta trampa!

–*Vivat lo joven Comes nuestro!*– gritaron todos. –¡Lealtad a Otranto!

DIARIO DE JEAN DE JOINVILLE

Limasol, 11 de septiembre de 1248 d.C.

El rey Luis me hizo llamar a su presencia. Lo encontré arrodillado en la capilla de palacio donde su capellán, *maître* Roberto, acababa de dispensarle la bendición. Me mantuve al fondo, callado, pero él seguramente me había oído llegar.

–Acércate, Jean de Joinville– y teniendo en cuenta que solía llamarme simplemente "senescal" me emocionó la familiaridad de su saludo. –Me he enterado de que estás escribiendo una crónica de los sucesos relacionados con esta cruzada.

Se dirigió abiertamente a mí y me hizo señas de aproximarme.

–Espero que estemos de acuerdo acerca de lo que conviene anotar y comentar...

Asentí, recordando sus advertencias anteriores.

–Por otra parte, deseo que seas testigo de las palabras que dirigiré a los señores de las Órdenes militares.

Como no daba muestras de querer incorporarse me arrodillé a su lado. La simple idea de obligar con ello a los grandes maestres a ponerse asimismo de rodillas me agradó sobremanera. Sólo el *maître* Roberto parecía estar a disgusto y murmuró algo así como "...ésta es la casa de Dios y no un lugar para mantener conversaciones mundanas...", pero Luis lo interrumpió.

–Eso es precisamente lo que quiero que entiendan de inmediato esos señores, quiero que comprendan a quién deben obediencia todos ellos: no a mí, no a su Orden, únicamente a Dios. ¡Sólo a Dios!

–Amén– dijo el capellán y anunció la entrada del primero.

–¡El señor Sigbert, de la *Ordo equitum teutonicorum!*

El comendador supo en seguida lo que procedía hacer, por lo que pasó a rezar en voz alta una oración, antes de saludar formalmente al rey y retirarse después a un rincón. También había comprendido que en aquel lugar él no serviría más que de complemento.

–¡Siempre tan puntuales estos germanos!– comentó *maître* Roberto al ver que nadie más pronunciaba una palabra. Le indignaba estar allí y tener que esperar. Empezaba a pasearse impaciente por delante del altar cuando entró el señor Juan de Ronay.

–Aunque yo no sea más que el suplente del gran maestre– empezó a quejarse sin más, –¡no comprendo por qué un miembro de la Orden hospitalaria de Jerusalén debe consentir que los del Temple sean los últimos en acudir!

Daba muestras de querer retirarse, pero el rey susurró algo en su dirección que no entendió, por lo que se acercó y se inclinó ante Luis.

–¿Qué ordena vuestra majestad?– preguntó irritado, y el rey le respondió con toda la calma:

–Has olvidado tu oración– de modo que también el señor de Ronay tuvo que arrodillarse. Luis lo acompañó en voz alta:

Adorna thalamum tuum, Sion,
et suscipe regem Christum:
amplectere Mariam, quae est
coelestis porta: ipsa enim
portat Regem gloriae novi
luminis: subsistit Virgo,
adducens manibus Filium ante
luciferum: quem
accipiens Simeon in ulnas suas
praedicavit populis Dominum
eum esse vitae et mortis, et
Salvatorem mundi.

–Amén– se oyó la voz de Guillermo de Sonnac, gran maestre de los templarios.

–Los últimos serán los primeros– dijo el rey. –Os ruego de todo corazón que tú, señor de Ronay, y tú, señor de Sonnac, ocupéis cada uno vuestro lugar a mi lado, pues aunque deseamos hablar en voz baja dentro de la casa de Dios, quiero que entendáis bien cuanto os voy a decir.

Entre todos formaron un semicírculo con el rey en medio, flanqueado por los dos superiores de las Órdenes, mientras yo me quedaba a un lado y el señor Sigbert permanecía retirado en un rincón.

–Tal como nos arrodillamos ahora ante Dios– dijo Luis, –debemos enfrentarnos también a nuestros enemigos. Los espías que el sultán sin duda alguna habrá enviado hasta aquí obtendrán una imagen vergonzosa de la Cristiandad a la vista del espectáculo que les estáis ofreciendo.– Y el rey miró con severidad y exigiendo explicaciones a ambos contrincantes.

–Supongo– dejó oír el gran maestre Guillermo su voz cargada de sarcasmo –que el señor de Ronay no pretende otra cosa que engañar al enemigo haciéndole creer que el ejército cristiano está desunido y que, por tanto, es débil. Una jugada genial que, a decir verdad, no habría esperado de su parte.

El sanjuanista quiso contestarle airado, pero Luis se le adelantó.

–Nos hemos reunido aquí para combatir de un modo honrado y sincero en nombre de Nuestro Señor Jesucristo, que no tiene necesidad de tales artimañas. Yo personalmente las considero despreciables y, en último término, tampoco creo que sirvan a nuestra causa.

Esta vez no pudo reprimirse el señor de Ronay.

–No puedo admitir que se exija a la Orden de san Juan una confirmación de su firmeza en la fe cristiana, por el simple hecho de haber querido reprochar a los señores del Temple la acogida y la protección que brindan a unos niños herejes. Lo que pretendemos es conseguir una prueba, ¡nos lo exige el honor de nuestra Orden!

–Habéis situado sin necesidad vuestro honor en un lugar demasiado alto– le reprendió el rey, pero precisamente estas palabras indujeron al señor de Ronay a elevar todavía más el tono de su voz.

–Eso es así porque nosotros, caballeros del Hospital de san Juan de Jerusalén, aún tenemos un honor que defender…

–Y nosotros, caballeros del Temple de la misma santa ciudad– lo interrumpió con frialdad el gran maestre, –de cuya firmeza en la fe cristiana tampoco le está permitido a nadie dudar, ¡rechazamos con toda nuestra fuerza semejantes acusaciones!

–Pero si los han reconocido… si han visto entrar a esas criaturas herejes en vuestra casa, ¡y desde entonces no se les ha visto salir de allí! Permitid…

Sólo la mano levantada del rey consiguió interrumpir el flujo de acusaciones del sanjuanista.

–Señor de Ronay– dijo el rey, –sé que no tienes mujer, pero sí supongo que podrías imaginar el haber tenido una hija.

El interpelado trazó la señal de la cruz al oír tales palabras y calló, indignado.

–La niña crece– prosiguió el rey, –es una criatura bellísima que se acerca a la edad de merecer; se le abultan ya los senos, un delicado vello cubre su sexo y tú, que serías su padre, cuidarías de esa criatura, tenderías tu mano protectora sobre su persona para mantenerla pura, y tu honor…

En la capilla se había hecho el silencio, pero era un silencio húmedo de curiosidad; los oídos de los asistentes estaban atentos y ansiosos de seguir escuchando. En las mentes de los asistentes pugnaban por despuntar ciertas ideas pecaminosas. El capellán, sintiendo una leve sudoración, empezó a rezar en voz baja.

–Un día se te acerca tu vecino, un hombre honorable, y afirma para gran espanto tuyo que ha visto cómo un viejo feo y repelente, cuya piel está cubierta de eccemas y cuyos miembros están atacados por la lepra, ha entrado en la cámara de tu hijita, se ha acostado con ella y la ha convertido en mujer.

–¡Qué asco!– se oyó la voz de Sigbert, mientras los demás mantenían un silencio tenso.

–¡Sería una mentira!– se le escapó al gran maestre.

–¡Una infamia escandalosa!– reafirmó el sanjuanista.

–Y tú, señor de Ronay, que te opones con tanta vehemencia a tan ignominiosa sospecha– prosiguió el rey, –¿acaso permitirías a tu vecino, quien insiste en haberlo visto con sus propios ojos, que levantara, en busca de la prueba de su acusación, el vestidito de tu hija, le separara las piernas y examinara con un dedo si la niña ha perdido su virginidad?

–¡Jamás!– exclamó el señor de Ronay.

–Ya ves– dijo el rey, y juntó las manos para rezar; después cerró los ojos y agachó la cabeza para que todos se dieran cuenta de que la historia había terminado.

Mi mirada fue al altar. El *maître* de Sorbon se había echado de bruces en el suelo y apretaba el rostro contra el frío mármol del pavimento; el crucifijo estaba cubierto con un paño.

Al fin el rey se incorporó y los demás pudimos hacerlo también. El gran maestre arrojó una rápida mirada a la figura pudorosamente cubierta del santo Cristo.

–Como nada tenemos que ocultar– dijo después, –propongo, majestad, que encarguéis a la Orden alguna misión que nos aleje de Chipre, que nos lleve muy lejos y durante bastante tiempo. Entonces abandonaremos nuestra casa…

–¿Y la dejaréis abierta a una inspección?– El sanjuanista parecía haber olvidado la lección recibida.

–La pondremos a disposición de los caballeros teutónicos bajo el mando del comendador Sigbert von Öxfeld, aquí presente…

–Yo no entro en ese juego– resopló este último desde su rincón, y se le notaba el desprecio en la voz, –¡no colaboraré ni con el dedo meñique de una mano! Mis respetos, señores, y contad, si lo deseáis, con Ése– señaló hacia el altar, –¡pero no con nosotros!

Sus pasos retumbaron mientras abandonaba la capilla.

Luis hizo un esfuerzo por ignorar aquella retirada tan poco cortés y dirigió su disgusto hacia Guillermo de Sonnac.

–Te prohíbo abandonarnos– y, dirigiéndose a Juan de Ronay, prosiguió: –¡Deseo hacer una visita a tu castillo y en tal ocasión espero ver a todos tus caballeros reunidos en torno a nuestra persona!

Después pasó por encima de su capellán, que seguía de bruces en el suelo, y se dirigió a través de la puerta lateral de nuevo hacia el palacio.

Durante un instante me pareció verlo vacilar, como si deseara propinarle con la bota un golpe en las costillas al *maître*, pero ahora creo que esa idea fue más bien producto de mi imaginación mientras trataba de calibrar cual sería su estado de ánimo.

A veces uno quiere darse una bofetada a sí mismo y busca cualquier mejilla que se le ofrezca, aunque a mí me repele imaginarme la de su majestad mancillada o incluso enrojecida por un guantazo bien dado. ¡Un hombre tan devoto! Aunque precisamente ese aspecto de su persona bien podría atraer al diablo tentador, del mismo modo que la dulce miel atrae a las avispas.

El rey no había vuelto a fijarse en mí, que bajaba por la escalera detrás del gran maestre de los templarios y del suplente del de la Orden del Hospital.

–Dadnos una oportunidad– propuso este último en tono seco –para romper este círculo vicioso sin perder la cara.

–Lo nuestro se parece a la disolución de un matrimonio que no ha tenido hijos– rió el templario poniendo una mano amistosa sobre el hombro del sanjuanista. –Aunque todavía no hemos llegado a tanto. Pero una de vuestras casas del puerto podría servir…

Habían llegado al final de los peldaños y el gran maestre retiró el brazo.

–¡No os atreváis!– ladró Juan de Ronay mientras salían por separado al aire libre, para añadir después en voz baja: –¡Que sea un incendio pequeño!

–El viento sopla como quiere– dijo Guillermo de Sonnac en alta voz para que todos pudieran oírlo, –¡todo depende de que sople contra una hoja otoñal muerta o contra una vela!

Prosiguieron camino, cada uno por su lado y rodeado de la escolta que, acechándose mutuamente con desconfianza, los había estado esperando delante del palacio. A mí me esperaba Sigbert.

–No me gustaría nada como padre de mis hijas– comentó con aspereza, después de haber recorrido juntos un trecho de camino en dirección al puerto.

–¿Quién?– pregunté. –¿Juan de Ronay?

–Me refiero al rey– declaró el comendador, y se despidió con un gesto que consideré poco respetuoso. He de confesar, de todos modos, que también a mí me parece bastante inconveniente lo que he visto y oído, y he estado reflexionando mucho sobre si debía incluirlo o no en esta crónica. Aunque el propio rey, con bastante inconsecuencia frente a sus propias órdenes, ha mencionado a los niños, yo puedo arreglarlo y corregir mis anotaciones, introduciendo algunas *omissis* donde sea conveniente.

No siempre puede pretender la verdad que se deje constancia de ella, puesto que además no siempre representa un suelo firme, sino más bien una corriente de agua que fluye con rapidez. Y cuando el cronista cree que su deber es recoger ese elemento huidizo para guardarlo en un recipiente valioso, podrá sorprenderle con frecuencia la rapidez con que se evapora.

Sumido en estas reflexiones había alcanzado el muelle y decidí pasar un rato en el puerto. Después de todo lo sucedido tenía ganas de tomarme una jarra de vino fresco, enjuagarme así la garganta y, si fuese posible, calmar poco a poco las disparatadas ocurrencias que pugnaban por asomarse a mi mente y que giraban en torno al rey. La verdad es que tenía ganas de emborracharme.

La taberna *La Bella Vista* estaba a aquella hora vespertina llena de soldados extranjeros y marineros procedentes de las muchas naves que se agolpan en el puerto. Después de las aburridas guardias apenas tienen otra posible diversión que sentarse a una mesa y llenar el cuerpo de vino tinto chipriota. Cualquier pelea –a la que están todos siempre dispuestos– o cualquier pequeño entretenimiento con una ramera duran menos y cuestan más; una partida de dados dura más, pero no es más barata. Lo mejor será entregarse sin más a la bebida, pensé mientras entraba en *La Bella Vista*, una taberna que probablemente ni siquiera responde a ese nombre. Yo se lo doy porque desde allí puedo observar los barcos, el puerto y el mar detrás, al menos mientras el vino no me enturbie el entendimiento y la mirada.

Vi allí a William de Roebruk quien, en compañía de una ramera conocida, Ingolinda de Metz, ocupaba una mesa en la que había un asiento libre. El minorita no pareció muy contento al ver que me sentaba junto a ellos, aunque la verdad es que, de mi parte, nada hay que temer en cuanto a una posible interferencia en sus relaciones amorosas.

–El conde de Joinville– me presentó discretamente a la señora, y se esforzó por decirlo en voz tan baja que los demás no pudieran enterarse.

Nada más acercarme le había destinado yo un gesto enérgico para que suprimiera el saludo, pues no es aconsejable para alguien de mi categoría mezclarse con el vulgo en tales lugares. Pero aquel minorita degenerado se consideró obligado a proporcionarme sin más preámbulos el último refrito de rumores que circula entre la gente de su calaña.

–Es la tercera noche– me susurró excitado –que han visto a Guiscard caminando por la trirreme con su pata de palo ¡y con la soga colgándole del cuello estirado!

–¡Qué tonterías!– contesté, y pedí una jarra para nuestra mesa. –A esta hora los peces estarán dando buena cuenta de él.

–Pues yo también pensaba lo mismo de mi amado William– me aleccionó Ingolinda muy afanosa. –¡Y aquí lo tenéis!

–Tal vez no sea más que su espíritu– quise mofarme de ella.

–¡Eso es imposible!– me aseguró aquella sacerdotisa del amor. –Lleva bastante vida en el pantalón, ¡os lo aseguro, señor conde! Y tan dura como su rabo es la pata de palo que se oye a medianoche paseando por el muelle, la he visto con mis propios ojos...

Cuantos estaban sentados a la mesa prestaron atención a sus palabras y acabé por encontrarme en una situación embarazosa.

–Unos ojos tan bellos no pueden mentir– le respondí intentando dar otro giro a la conversación, pero William, que sigue tan memo como siempre, volvió a estropearlo.

–El alma del capitán no conseguirá reposar en paz– declaró en voz alta –mientras no se haya vengado el crimen. Fue una injusticia que pide a gritos un desquite.

Sus palabras parecían responder al gusto de la gente. En un santiamén tuvimos a media concurrencia rodeando nuestra mesa y bebiendo de mi vino.

–¿Habláis de la trirreme de la condesa? ¿La de Otranto?

Pedí otra jarra.

–¡Esa mujer tiene un pacto con el diablo!

–¡Yo digo lo mismo!– exclamó Ingolinda, y se apretujó con un escalofrío contra el cuerpo de William. –¡La condesa lleva el demonio en el cuerpo!

Me cansé muy pronto de tanta habladuría supersticiosa. Siempre llega el momento en que uno mismo empieza a creérselo, como le sucedía a la ramera Ingolinda. De modo que arrojé unas cuantas monedas sobre la mesa en pago del vino y me alejé de la muchedumbre arremolinada en *La Bella Vista*.

Vi a la trirreme reposando allá abajo en el agua, tranquila y pacífica, sin ningún Guiscard que cojeara a su alrededor; sólo los cabos crujían levemente al tensarse alrededor de los bolardos.

No tenía en absoluto ganas de regresar a mis aposentos. Podría haber ido a cerciorarme de cómo estaban los asuntos en el Temple, pero para tal fin tendría que ascender la cuesta de aquella callejuela empinada.

De modo que se me ocurrió inspeccionar el otro lado del puerto, donde a los acuartelamientos de los pisanos siguen los de los genoveses. Aquel día la vigilancia corría a cargo de los sanjuanistas, cuyo castillo se yergue por encima de la ciudad vieja.

Me paseé a lo largo del muelle. Esa parte no parecía tan animada como la situada frente a la bocana del puerto. Cuanto más me alejaba, mayor era la oscuridad reinante, aunque se veía de vez en cuando un fueguecito junto al cual esperaba alguna que otra prostituta vieja y barata, y en los soportales y entre las arcadas vagaban ciertas sombras inspiradoras de poca confianza.

Después oí un ruido: toc-toc, toc-toc, como si alguien andara con muleta… ¡un cojo!

Toc-toc.

Me dio un escalofrío y agarré la empuñadura de mi espada para asegurarme de que no tendría que enfrentarme desarmado a cualquier espíritu maligno. Pero también sentía curiosidad.

Toc-toc-toc. Seguí el ruido y a través de un pasillo abovedado alcancé el patio trasero de los almacenes, en cuya parte posterior parecía haberse producido un incendio según revelaba una claridad extraña procedente de allí. Lo que me asustó, sin embargo, fue la sombra dibujada en el muro opuesto, la sombra de un hombre con pata de palo que se deslizaba lentamente por delante de la fachada y desaparecía al doblar la esquina. Tampoco se oía ya el toc-toc, en cambio sí restallaba ahora el crepitar de las llamas. ¡Uno de los almacenes estaba ardiendo!

Recordé la conversación entre los maestres de las Órdenes: "… un pequeño incendio", y me sorprendió ver que ningún sanjuanista acudía a apagar el fuego. Después me acerqué y casi se me detiene el corazón ante tan espantosa visión.

En la puerta de madera del almacén estaban clavados tres cuerpos que ya nadie podría considerar pertenecientes a seres humanos. Colgaban en aspa, con las piernas separadas y las cabezas hacia abajo, como ganado sacrificado, abiertos desde los genitales hasta el cuello y con las tripas desparramadas que, sin embargo, no les tapaban las bocas abiertas, en las que los carniceros habían introducido los testículos de los asesinados. Por los pantalones bombachos y a rayas pude concluir que eran griegos.

¡Venganza chipriota!, fue el pensamiento que me cruzó por la cabeza, y comprendí por qué no había testigos allí; por qué ardía un fuego y no había quien quisiera apagarlo. Los habitantes del lugar habrían querido cobrarse una *fattura*. No procedía intervenir, no convenía mezclarse en el asunto, ¡había que alejarse cuanto antes de aquel lugar horrible!

Desenvainé la espada –consciente de que podía ser un error– y regresé con el corazón palpitándome con furia en el pecho por el mismo pasillo abovedado, dispuesto en cualquier momento a enfrentarme con quien quisiera atacarme en la oscuridad.

Pero fuera, en el muelle, todo estaba en silencio y no se veía ni un alma, la última puta había desaparecido, no se veía a ningún ladrón ni asesino y menos aún a algún marinero borracho o a una patrulla de vigilancia.

Me apresuré a lo largo de los barcos amarrados y procuré regresar al círculo animado de *La Bella Vista*, donde los marineros salían tambaleándose a la callejuela, las muchachas chillaban y los amigos se apoyaban mutuamente en el momento de vomitar. También yo tenía ganas de hacerlo. Lo que no se me ocurrió fue volver a entrar en la taberna y contar lo que había visto: ¡de todos modos, nadie me habría creído!

Pero después vencí mis buenos propósitos y me propuse tomar una última jarra. Ingolinda había desaparecido y la cabeza de William descansaba sobre el tablero de la mesa.

En la misma postura me encontraron dos de mis caballeros por la mañana. Y como ya había dormido la mona y en tales circunstancias es bueno sudar, subí en seguida hasta lo alto de la colina, sin dejar de refrescarme a medio camino el rostro con el agua de una poza.

La presión del asedio en torno al Temple no ha aflojado, ni mucho menos. A los sanjuanistas se han añadido más y más nobles franceses instigados por el conde de Sarrebruck, y todos ellos se muestran indignados al ver que su rey ha sido desafiado con tanta insolencia por los arrogantes templarios. Entre los asediadores se ve también a un número creciente de sacerdotes, que desde siempre envidian a los caballeros de la Orden su dependencia directa y personal del santo padre, pasando por encima de cualquier jerarquía eclesiástica y aceptando únicamente instrucciones directas del Papa, si es que aceptan alguna instrucción de nadie sobre la Tierra.

Los sacerdotes echan espuma por la boca de tanto predicar, los extranjeros acuden en tropel, y ya no se trata de una prueba de fuerza entre los sanjuanistas y sus rivales del Temple. Reina un ambiente de persecución, el populacho blasfema "¡contra los herejes y el anticristo!" y se comporta como si se tratara de asaltar una fortaleza de los infieles.

La mayoría ha acudido porque no hay otro motivo de diversión en Limasol y se aburren en los barcos que se balancean en el puerto y en la estrechez de los cuarteles. Desean tener una ocasión para desahogar su resentimiento, y las primeras piedras han empezado a volar.

LA CONDESA ABANDONÓ con sus mujeres las estancias del primer piso, cuyas ventanas carecían de protección, y se dirigió hacia las bóvedas que había debajo. Hizo subir a los niños, que precisamente se encontraban en el patio explicándole con mucha elocuencia al sorprendido Mahmoud lo grandes que fueron los proyectiles de piedra lanzados contra ellos en el Montségur: "cuando éramos pequeños", aseguró Yeza echándose el arco al hombro. Gavin le había quitado las flechas cuando descubrió que se disponía a dispararlas hacia afuera desde una tronera. El portal seguía ampliamente abierto. El gran maestre había prohibido cerrarlo, asegurando que sucedería lo que Dios quisiera.

Roç tiró a Madulain de la falda y la apartó a un lado sin que se diesen cuenta la condesa ni tampoco Yeza. El orgullo de tener que transmitirle un mensaje secreto le ardía en el cuerpo. La joven lo miró con desasosiego y sorna a la vez cuando le habló del caballero encerrado en la torre y que deseaba hablarla, pero siguió al muchacho.

Sin consultar con nadie, Gavin había reforzado las medidas de seguridad y había trasladado a "el halcón rojo" a una estancia que carecía de ventanas.

El único acceso era una puerta enrejada cuya llave llevaba siempre consigo el preceptor.

Hacia allá condujo Roç a la mujer *saratz*, sin desprenderse de su expresión de misterio, y allí se vieron por primera vez Madulain y Constancio, separados por un entramado de hierros forjados del grosor de un dedo y sin cruzar al principio ni una palabra. Se miraron a través de la reja, observándose con curiosidad como dos panteras negras se observarían al encontrarse en la selva.

Después Madulain dijo:

–Roç, tienes que regresar. ¡Si te buscara la condesa, podría darse cuenta de que también falto yo!

Roç se ofendió y tal vez hasta sintió celos, pues deseaba participar en lo que imaginaba eran los preparativos para realizar grandes hazañas.

–No querrás poner en peligro nuestros planes– apeló "el halcón rojo" a su espíritu caballeresco.

Entonces Roç abandonó la torre a toda prisa. "El halcón rojo" rompió a reír y mostró una dentadura de animal de presa, pero no quiso perder mucho tiempo.

–¿Os llamáis Madulain?– dijo, como si aún tuviese que cerciorarse de ello. –Yo soy Fassr ed-Din Octay, hijo del gran visir, caballero del emperador y protector de los infantes reales desde la primera hora.

–Muchos personajes de una sola vez– bromeó Madulain, –¿con cuál de ellos estoy tratando ahora?

–¡Podéis escoger! Lo más urgente es la misión…

–La huida de los niños– asintió Madulain.

–A tres tiros de piedra desde el cruce de caminos que hay al oeste de Episkopi– concretó "el halcón rojo" –nos espera un barco de pesca chipriota. Los pescadores son traicioneros –de no serlo, yo no estaría aquí–, pero me aguardan porque creen que yo los pagaré mejor que las monedas de Judas que les ofrecen los templarios. Si conseguimos llegar hasta ellos con los niños nos alejarán de la isla. Ésta será la primera tarea, pero la segunda es la siguiente: ninguna embarcación puede alejarse de la isla sin ser vista desde la gran torre que hay en el cabo de Gata. De modo que hay que desviar la atención de los vigilantes, poner a los perseguidores sobre una pista falsa.

–Yo puedo garantizar el cumplimiento de la primera parte del plan– dijo Madulain, –y en cuanto a la segunda, hablaré con mi marido.– Disfrutó un poco al ver la expresión de sobresalto en el rostro de su interlocutor. –Es el capitán de la trirreme…

–Comprendo– dijo "el halcón rojo". –Pero, por favor, debéis decirle que acabe de inmediato con los sacrificios destinados a vengar a su antecesor.

–¡No sé de qué me estáis hablando!– dijo Madulain, disgustada por la arrogancia del prisionero.

–Él sabrá de qué hablo– le respondió "el halcón rojo" con mucha calma. –El señor preceptor está furioso porque se ha producido un incendio en el recinto de los sanjuanistas cuya culpa se atribuye a los templarios, y también está muy preocupado porque podría salir a la luz que los tres griegos asesinados forman parte de las gentes de Ángel de Káros, los que colgaron tan cobardemente al último capitán de la trirreme.

–¡Les está bien empleado a esos malvados!– exclamó Madulain. –Por cierto, él pretendía que yo…

–A partir de este mismo instante hay que impedir que la trirreme siga llamando la atención– le cortó la palabra "el halcón rojo". –Si cada uno se dedica a ejercer su venganza particular, podemos olvidar nuestro proyecto. No seremos más que un corral lleno de gallinas que cacarean, y nos estaría bien empleado que alguien viniera a sacar los huevos del nido.

–He entendido, señor gallo– dijo Madulain, –¡los polluelos de oro deben ser puestos a buen recaudo!

Y antes de alejarse le lanzó al rostro una risa insolente.

En la amplia cocina se encontraba Laurence e intentaba, bastante nerviosa, sonsacar al preceptor por si existía alguna posible salida. Él no conocía ninguna y deseaba retirarse cuanto antes de aquella reunión en cuyo transcurso las mujeres lo asaltaban con sus preguntas y temores. Pero después acudieron Madulain y Shirat, que habían estado hablando entre ellas en árabe y riéndose con grandes aspavientos, como si la situación fuese más bien divertida.

Madulain explicó con orgullo:

–Tenemos una idea.– Se tomó el tiempo de señalar a Shirat antes de proseguir.

–¿Adónde han ido a parar todos esos niños que cruzaban en enjambre el portal para pedir limosna y robar nuestras provisiones?– Con estas palabras pronunciadas en son de reproche se dirigió al preceptor, quien no fue capaz de adivinar su pensamiento y respondió con bastante enojo:

–Lo que nos faltaba es tener a esos mocosos correteando por ahí y metiéndose entre nuestras piernas. He dado órdenes de guardar aquí atrás cuantas reservas había en el patio– y señaló las cajas y los sacos amontonados.

–Los mocosos serán nuestra salvación– le contestó Madulain con aire triunfante. –Devolved esos tesoros al patio y dejad cajas y recipientes tan abiertos y tentadores como sea posible. Que se vean desde la calle, a través del portal abierto, los higos, las nueces y los dátiles ¡y veréis cómo regresan en seguida nuestros queridos ratoncillos!

–¡Qué bonito!– se mofó Gavin, pero no consiguió impresionar a Madulain, que seguía llena de entusiasmo.

–Añadiremos además todas las golosinas y las joyas baratas y adornos que no necesitemos…

–¿Con qué fin?– le reprochó la condesa, y Madulain respondió:

–Se producirá un *karr ua farr*, una oleada de niños mendigos que acosarán a los guardias, hasta el punto de que a nadie le llamará la atención si…– bajó la voz y le susurró algo al oído de Laurence.

La condesa retiró un anillo de su mano y, emocionada, quiso regalárselo a Madulain. Pero ésta, sin inmutarse, lo depositó sobre la mesa de la cocina y exclamó:

–¡La señora nos da ejemplo!

Entonces las mujeres empezaron a desprenderse de collares y pulseras y Gavin meneó dudoso la cabeza, aunque dio órdenes a los cocineros para que devolvieran todas las provisiones al patio.

–¡Es como invitar a los ratones a que se coman el queso!

Pero en secreto admiraba el ingenio de la mujer *saratz* y mientras salían de la cocina murmuró en voz baja al oído de Laurence:

–Esa joven no estará mucho tiempo a vuestro servicio, ¡ni ha nacido para doncella, ni acabará sus días sirviendo!

La condesa sonrió con malicia pero Clarion, que había soportado con los labios apretados la firmeza con que Madulain había expuesto su argucia, quiso hacerse con el mando que según ella le correspondía.

–Yo me alejaré de la casa acompañada de mis doncellas aun antes de que deis el espectáculo– proclamó, creyendo haber comprendido todo.

Con una sonrisa condescendiente al observar el comportamiento de su ama y señora, Madulain quiso susurrarle todavía algo más a Shirat, pero la voz de Clarion la interrumpió con una orden:

–Preparad mis ropas, ¡voy a salir!

En la trirreme no se observaba movimiento. Los *lancelotti* habían instalado sus remos armados en posición oblicua, de modo que sujetaran el toldo que los protegía a ellos y a los remeros de los bancos inferiores de la radiación solar.

El calor sofocante de la tarde pesaba sobre la cubierta, y algunos de los moriscos se refrescaban saltando a las aguas del puerto.

En la *capanna* se encontraban Hamo y Firouz en torno a la mesa baja, donde William intentaba explicarles por medio de un dibujo el mecanismo merced al cual podría ser superado el obstáculo de la cadena.

–El torno con el que se levanta y se baja se encuentra en el lado donde está el faro. En el otro extremo la cadena está firmemente sujeta al muro. No obstante, lo único que la mantiene es una anilla. Antes no existía el torno, ocurrencia de un ingeniero francés para no tener que levantar la cadena a mano cada vez que fuese necesario, de modo que en algún lugar debe existir aún el gancho que une la cadena del puerto con la del torno. Ese gancho puede estar abierto porque, con las prisas, a nadie se le habrá ocurrido cerrar los extremos. De modo que es allí donde hay que separar las dos cadenas y unir la antigua con la de nuestro ancla, de modo que esta última y la trirreme la mantengan tensa mientras no nos movamos en dirección a la bocana.

William parecía agotado por el discurso, al que los otros dos prestaban crítica atención. El fraile no mencionó que aquella idea tan complicada no era precisamente suya, sino que había sido incubada por los niños, sobre todo por el pequeño y gordito Mahmoud, cuyas dotes técnicas eran tan sorprendentes que tenían asombrado a William. Éste, bajo el estricto control de los niños, tuvo que aprenderse de memoria la explicación.

Finalmente, Hamo dijo:

–¿Cómo vamos a mantener el peso durante el cambio? ¡Me imagino lo que debe pesar esa cadena!

–Yo no sé nadar como vos, señor conde– se lamentó Firouz; –en cambio puedo ordenar que os acompañen los moriscos, pues están acostumbrados a coger corales y a trabajar duramente bajo el agua.

Hamo no parecía muy convencido.

–¿Cómo quieres que lleguemos hasta allí en pleno día, directamente a los pies de los vigilantes…? Nos verá todo el mundo y podrán lancearnos como si fuésemos ranas.

El minorita tenía lista la respuesta:

–En primer lugar, debéis pintar vuestros cuerpos con pintura tan oscura como el fango del fondo de la bahía; en segundo lugar, el sol de la tarde estará tan bajo que los deslumbrará, y en tercer lugar, Firouz desviará la atención de los vigilantes. Habrá una embarcación volcada que se arrastrará con la quilla para arriba, formando una burbuja de aire sobre el agua que le permitirá respirar a los sumergidos en el intermedio y servirá para que vos, Hamo, podáis acercaros al lugar de los hechos y volver de nuevo sin ser visto. ¡Este pícaro flamenco se ocupará de vuestra seguridad!

–¿Y qué hacemos con el extremo suelto de la cadena procedente del torno?– quiso enterarse Hamo.

El monje le respondió dando un golpe con la bota en el suelo.

–Pues se queda suelto– le contestó. –Si lo descubren antes de tiempo, ¡habremos tenido mala pata!

Gavin Montbard de Béthune, el preceptor, abrió con sus propias manos la reja que daba entrada a la estancia de la torre. Su rostro mostraba una sonrisa un tanto crispada.

–Tengo que despacharte de aquí, "halcón rojo"– bromeó sin mucha convicción. –El Temple desea que regreses cuanto antes con tu sultán y que te lleves a los niños, tanto a los infantes reales como a los parientes de tu amigo Baibars. Supongo que sigues teniendo esa barca dispuesta y espero que los chipriotas –unas gentes de las que no me fiaría en absoluto– sigan a la espera de poder pescar el oro que les hayas prometido.

–Sé que me están esperando– respondió "el halcón rojo" con suficiencia.

–Tú mismo tendrás que hacer de niñera– dijo Gavin; –la condesa no piensa prescindir en la trirreme de ninguna de sus damas.

–Una decisión lamentable– opinó "el halcón rojo", –pero que debo aceptar, dada esta inesperada propuesta de recuperar la libertad. –Yo no te entregaría a los niños, lo sabes muy bien, pero el capítulo de la Orden ha decidido otra cosa.

–Espero que no te crezcan canas por esa causa, Gavin– dijo el liberado. –Ahora debes hacérselo comprender a la condesa.

–El noble príncipe Constancio de Selinonte– inició el preceptor su discurso, encaminado a hacer comprender a Laurence la nueva situación –está dispuesto a hacerse cargo de los infantes reales y llevarlos a un lugar seguro con un barco secreto del que dispone, una inocente embarcación de pesca. Pero antes aún, señora condesa– prosiguió Gavin con severidad, –¡abandonaréis vos el puerto con la trirreme!

Antes de continuar pareció querer disfrutar durante un instante de la sorpresa que habían causado sus palabras.

–No es que me interese demasiado vuestra marcha, Laurence, sino que la necesitamos para desviar la atención vigilante de la barca de pescadores en la que los niños huirán de aquí. Sólo una escapada espectacular vuestra y la salida de muchas naves en persecución de la trirreme nos permitirá conseguir que se evada la barca de los pescadores sin que nadie se dé cuenta.

–¿Qué decís?– La condesa enderezó el cuerpo. –¿Pretendéis que me vaya sin los niños?

–¡Así es!– La voz de Gavin era firme, y si ella había podido pensar durante algún momento que el hombre bromeaba, sufrió una amarga desilusión.

–Podréis llegar lejos si la suerte os acompaña, y os llevaréis también a vuestro hijo y heredero Hamo l'Estrange y a vuestra hija adoptiva Clarion de Salento– prosiguió el preceptor. –Y no lo olvidéis: ¡también a ese fraile! ¡Os deseo mucha suerte!

–Si os referís a mí– exclamó William, que en ese instante entraba por la puerta, –con mucho gusto intentaré ser útil para que puedan huir los niños, pero ni diez caballos me harán volver a la trirreme. ¡Antes me pondré a disposición de mi rey Luis!

–¡Podéis iros al diablo!– dijo el templario, pero William ya había abandonado de nuevo la cocina. Por la puerta entró, en cambio, "el halcón rojo".

Clarion no dijo nada. Veía sufrir a Laurence y dijo acercándose a ella:

–Yo iré contigo.

Gavin se dirigió hacia "el halcón rojo", de cuyo cuello colgaban los niños y que estaba acariciando y consolando al pequeño Mahmoud a la vez que le hablaba.

–Aquí está el dinero que tenías al llegar, estimado emir– prosiguió Gavin con frialdad, –y éstos son tu espada y tu puñal. Eso significa que el Temple no te debe nada, pero tú le debes en cambio el organizar cuanto antes tu desaparición de aquí, querido Constancio.– La voz de Gavin se tornó ahora más amable: *–Pacta sunt servanda!–* y una vez pronunciadas estas palabras se alejó a grandes pasos.

–"¡Halcón rojo"– exclamó Yeza rodeándole el cuello con los delgados brazos, –no nos abandones!

Constancio le acariciaba la cabeza.

–Tendrás que teñirte el cabello– le recomendó. –Tus ojos aún tienen un pase, pero esa cabellera rubia llamaría demasiado la atención.

Si él se imaginaba que la chiquilla rompería a llorar se había equivocado.

–¡Fantástico!– exclamó la niña. *–¡Henna!–* y se quedó mirando la cabellera roja y vistosa de la condesa.

–No– respondió ésta. –El negro es más seguro.

Las mujeres condujeron a Yeza hacia la casa de baños seguidas por el curioso Mahmoud.

–Madulain– dijo "el halcón rojo" dirigiéndose a la saratz, que había asistido inmutable al revuelo, –os ruego llevéis esta carta y este dinero a los pescadores para que podamos estar seguros de que la barca nos espera a la hora indicada, lista para zarpar. Os confío a vos este importante mensaje, y estoy seguro– se inclinó ante Clarion con aquella sonrisa burlona que ella odiaba tanto –de que la condesa de Salento no tendrá en estos momentos necesidad de vuestra asistencia.

Clarion echó la cabeza hacia atrás y no contestó. Madulain se ató un pañuelo alrededor de la cabeza, ocultó la carta y el dinero en el escote antes de coger una cesta vacía y se alejó.

Poco después abandonaba el Temple una Clarion muy acicalada en compañía de su doncella Shirat. Ésta última, provista de cestas, la seguía caminando a dos pasos detrás de su ama. Nadie las retuvo cuando emprendieron el camino hacia el bazar.

Como para hacer olvidar el comportamiento arrogante que había ostentado hasta entonces, Clarion compró para la joven mameluca toda clase de especias y golosinas cuidadosamente escogidas aunque también bastantes alimentos útiles, y al final reunieron tales cantidades que la propia Clarion tuvo que ayudar al transporte de los productos desde el mercado.

DIARIO DE JEAN DE JOINVILLE

Limasol, 27 de septiembre de 1248 d.C.

Desde la taberna veía yo a mis pies los barcos alineados en el puerto como perlas cuidadosamente ordenadas formando un collar. Había vaciado ya la segunda jarra, pero seguía teniendo la vista clara. Alrededor de la trirreme observaba cómo se divertían los moriscos dejándose caer con las piernas encogidas al agua en la que levantaban grandes remolinos y salpicaduras. Después vi cómo una pequeña barca de un remo se separaba de la trirreme y en ella iba sentado, solo y claramente distinguible, ¡su capitán Guiscard, el de la pata de palo!

–¿Cómo puede ser?– pensé en voz alta. –¿Estaré borracho?

Después bajé avergonzado la voz, pues era evidente que aquello era un espejismo, que debía estar confundido. Me froté los ojos: seguía viendo a Guiscard.

Éste iba erguido en la barquita y manejaba el único remo, con el que mantenía también el rumbo. Todo podría haber ido bien si no hubiese intentado al mismo tiempo pescar algo para la cena con ayuda de una nasa suspendida de un palo. En varias ocasiones apenas pudo evitar caerse hacia adelante, pues la barca oscilaba y bailaba como una pieza de corcho a través de todo el puerto alcanzando casi el muelle exterior donde en ese momento, el mediodía, eran los sanjuanistas quienes estaban de guardia, los cuales se reían de los esfuerzos inútiles del cojo por mantener el equilibrio y emplear al mismo tiempo la nasa. Hasta entonces no había pescado ni un solo arenque, ni una tenca, ni el más mísero pescado de roca.

Pero ¿cómo era posible que no se les atragantara la risa en la garganta? ¡El que estaba pescando era un fantasma, un muerto, un ahorcado venido del otro mundo! Claro que no era capaz de pescar nada. ¿De qué le va a servir un pez a alguien que está muerto?

Cuando al fin vieron tensarse el hilo los soldados de la guardia parecieron enloquecer de risa; lo más probable era que no supieran quién estaba pescando y a la vez demostrando ser incapaz de pescar, puesto que había perecido colgado de una larga soga y estrangulado a causa de la pesadez de su trasero. Me incliné hacia adelante todo lo que pude: no cabía duda alguna, ¡era Guiscard, el de la pata de palo!

El pescador fantasmal se inclinó demasiado hacia afuera y tiró con todas sus fuerzas del hilo, hasta que la barquita dio un vuelco y el hombre cayó al agua. El contento de los maliciosos espectadores no parecía tener límites cuando el desgraciado intentó subirse a la barca volcada, que ahora se balanceaba quilla arriba y sin moverse del sitio.

¡Claro que aquel pobre cadáver con su pata de palo lo tenía difícil si pretendía subirse al casco resbaladizo de la barca! Pero después resultó que precisamente fue la pata de palo la que le sirvió al viejo capitán para engancharla en algún saliente y servirse de ella para afianzar su posición. A continuación tiró de la nasa que, como era de esperar, estaba vacía, tras lo cual la cogió por el palo y empezó de nuevo, inmutable, a intentar la pesca. Pero si antes ya había sido una empresa difícil mantener el equilibrio, ahora aquel loco estaba constantemente a punto de caer de nuevo al agua.

Cuando los soldados de la guardia le arrojaron algunos peces muertos acompañando la acción con grandes risotadas y estruendosos aplausos, y cuando uno de los peces muertos que flotaban sobre el agua se le metió en la nasa, el hombre pareció ofenderse profundamente. Renunció a la pesca, recogió el remo y regresó sin haber conseguido lo que se proponía a la trirreme, donde lo recibieron con enorme júbilo.

Los moriscos debían de estar todos borrachos, pues al parecer no comprendían que aquello era imposible, que hacía tiempo tenían un nuevo capitán llamado Firouz. A saber qué cara pondría éste cuando viese a su antecesor resucitado y saliendo del agua. Algunos moriscos saltaron al mar para saludar a su capitán como si no tuviesen nada más divertido que hacer que bañarse en aquel caldo apestoso. Yo, por supuesto, preferí seguir bebiendo vino.

En aquellos instantes había llegado a un estado en que podía reírme de los moriscos, porque no se daban cuenta de que un fantasma les estaba tomando el pelo y yo, en cambio, sabía muy bien que no existía ningún Guiscard, porque no podía ser que estuviese vivo.

Después de observar tan divertida alucinación consideré que las actividades vespertinas y rutinarias en el puerto eran más bien aburridas, y decidí pedir otra jarra de vino.

Hamo, el hijo de la condesa, se acercó paseando desde la trirreme a mi taberna. El muchacho me gusta. No parecía tener nada que hacer, por lo que lo invité a hacerme compañía y beber un trago. Rechazó esto último, pero se sentó a mi lado y se quedó muy pensativo, como alguien que está ante la necesidad de tomar una decisión difícil. No seguí insistiendo, sobre todo cuando observé que el nuevo capitán, Firouz, el que hablaba con monosílabos, abandonaba también el barco. No tenía yo ganas de invitar a otro mudo a mi mesa y Hamo parecía darme la razón, por lo cual ambos prescindimos de llamarlo cuando lo vimos subir por la callejuela que pasa por delante de *La Bella Vista* y conduce al Temple.

Pero de repente se presentó otro posible compañero de copas en la persona de Leonardo di Peixa-Rollo, el mariscal de los sanjuanistas. Se acercó sin más a mi jarra y llenó un vaso sin darme siquiera tiempo a invitarlo. Hizo un gesto en dirección a Hamo, a quien al parecer no conocía.

–Imaginad, senescal– se esforzó por pagarme de algún modo el vino que mi jarra le proporcionaba: –nos hemos enterado de que los templarios están dando refugio a un espía del sultán de El Cairo en lugar de entregarlo al condestable del rey y con ello, como debe ser, a la horca.

–Es una acusación muy grave– contesté con toda la indignación que me fue posible, –¿pero cómo vais a aportar la prueba, mariscal, si no os permiten realizar un registro?

–Esta sospecha nos ayudará a conseguirlo– me confió, –pues aunque el rey pretenda no querer saber nada de la condesa y sus niños herejes, no creo que quiera cerrar los ojos ante un caso claro de alta traición.

–Mientras no podáis aportar la prueba, vuestros razonamientos se basan en una hipótesis.

–Aportaremos la prueba cazando al espía en carne y hueso, pues sabemos que está preparando su huida de la isla. En cuanto abandone el Temple le echaremos el guante.

–En vuestro lugar, mariscal, no dejaría de acudir ahora mismo al lugar de los hechos, para que no se os escape esa prueba y os quedéis con un palmo de narices.

Le arrojé unas monedas al mesonero.

–Si no os importa, os acompañaré– dije aún.

Pero cuando quise levantarme sentí que tenía las piernas pesadas como el plomo. Lo más probable era que incluso me tambaleara, porque vi que Hamo se levantaba de un salto para brindarme ayuda y servirme de apoyo; mis dos acompañantes me cogieron después cada uno de un brazo.

Aunque me parecía del todo innecesario, ya no me soltaron mientras subimos por la empinada callejuela; a decir verdad, aquellos buenos amigos se empeñaron en arrastrarme consigo. Supongo que les caí simpático pues me llevaron casi en volandas, rodeando mi cuerpo con sus brazos como suele hacerse con un amigo a quien se aprecia mucho.

Una vez llegados al porche anterior al Temple me sentí tan agotado que les rogué me dejaran reposar. Descubrí una caja y me senté encima mientras el mariscal me seguía tendiendo el brazo, deseoso de ayudarme. Cuando nos volvimos observamos que Hamo corría ya hacia el portal del Temple.

–¿Quién es ese joven?

–Hamo l'Estrange, el hijo de la condesa– contesté, y disfruté al decirlo.

–*Che fijo di bona domna!*– renegó el mariscal de los hospitalarios, y durante un instante temí que levantara la mano contra mí.

–¡Malditos borrachos!– increpó en lugar de ello a algunos hombres desharrapados que arrojaban piedras a través del portal abierto o por encima de los tejados. –¡Chusma asquerosa!– los insultó y, para dar mayor fuerza a sus palabras, los agredió repartiendo estocadas.

Después se esforzó por conseguir que frente a los porches no quedaran más que soldados con la cruz blanca sobre el manto rojo que les cubría la armadura e hizo retroceder hacia la derecha y hacia la izquierda a quienes no fueran sanjuanistas, o los empujó hasta una segunda fila. A mí me dejaron en paz.

Así pues, quedé sentado entre los asediadores que rodeaban en un amplio círculo todo el conjunto de edificios, aunque al parecer ni siquiera sabían muy bien qué estaban haciendo. Vi en un ala extrema el gallardete de mi primo Juan y albergué la esperanza de que siguiera allí y no se diera cuenta de mi presencia ni del estado indigno en que me encontraba.

A través del portal abierto podía observar el patio y seguir mirando hasta los edificios del fondo, y me extrañó que dejaran allí toda clase de géneros valiosos amontonados sin vigilancia alguna, pues los niños mendigos que hasta entonces habían estado tirando piedras junto a los soldados empezaban a reunirse bajo el porche y miraban en dirección a los sacos y las cajas que los cocineros y las mujeres dejaban amontonados con descuido en el patio. Sólo tendrían que superar las piernas de los guardias del Temple que se encontraban detrás de la entrada, y a los que yo veía apoyados en sus espadas con aspecto serio e inmutable.

Los chiquillos mendigos, que en un primer momento permanecían un tanto rezagados y que posiblemente iban reuniéndose procedentes de toda la ciudad, empezaron a empujar a los de la primera fila hacia adelante, y se veía que en los de atrás reinaba el ansia de atrapar algo y en los de delante la vacilación de ser los primeros en intentarlo. Pero después el enjambre lanzó un grito que salió de muchas gargantas a la vez, la muchedumbre infantil venció su timidez y se arrojó contra los soldados, y los niños de la primera fila cayeron de bruces y se infiltraron entre las piernas de los guardias que manoteaban en el vacío.

Cada vez eran más los que se empujaban unos a otros a través del portal, arrollando a los guardias que, junto a otros que acudían en su ayuda, intentaban echar para atrás a los más insolentes con el extremo romo de sus lanzas, aunque golpeando sin fuerza.

Yo tuve la impresión de que les habían prohibido ser brutales. Lo único que procuraban era que no entrara ningún adulto con los pequeños. Los primeros salían ya con su botín mientras otros aún se apretujaban junto al portal. Los niños rompieron en su retorno la cadena de sanjuanistas en su intento de buscar cuanto antes refugio, pues llevaban los faldones llenos. Un sargento corpulento se acercó a una niñita de rostro pringoso que llevaba apretado contra el pecho un saco abierto del que rebosaban dátiles pegajosos.

–¡Escucha, pequeña!– exclamó. –¿No quieres darme unos cuantos?

La niña no le permitió que metiera la mano en el saco y lo miró llena de espanto y apretando aún más contra su cuerpo los frutos conquistados.

–¡Alto!– intentó decirle el sargento en árabe (idioma que entendían la mayoría de los niños) e intentó sujetarla con gesto adusto, pero un muchacho gordito se detuvo delante de él y tocó con un dedo la cruz blanca que ostentaba en el pecho.

–¿Por qué no la llevas en el casco?– preguntó, haciéndose el inocente.

El sargento lo miró sin entender y el muchacho prosiguió entonces con toda calma:

–Porque cualquiera podría pensar que son los cuernos que le puso tu madre a tu padre...

No pudo proseguir porque el sargento le levantó el puño, pero el chiquillo gordo se había alejado de su alcance y cuando buscó a la delgada niña de ojos verdigrises tampoco la tenía ya cerca. Los dos niños pasaron corriendo por delante de mí.

Poco después los templarios ahuyentaron a los mendigos del patio; el señor preceptor Gavin Montbard de Béthune se acercó a la puerta, se detuvo allí y observó burlón a los asediadores.

Detrás de él se oyeron algunas blasfemias, y poco después los guardias del portal expulsaron a un viejo de barba blanca que llevaba escondidas entre sus ropas algunas nueces que se le cayeron al suelo mientras corría sin que los templarios le dejaran tiempo para recogerlas. Supuse que el viejo había conseguido introducirse en el interior junto con los niños.

El mariscal de los sanjuanistas se acercó de un salto y le dio al anciano un fuerte tirón de la barba, lo miró profundamente a los ojos y lo soltó sin dejar de golpearlo. El viejo se encogió asustado y se alejó corriendo. El señor Gavin no dedicó ni una mirada a tan lamentable suceso.

MADULAIN HABÍA DEJADO atrás Episkopi, el poblado de pescadores, y siguió caminando a lo largo de la playa en dirección a la pequeña bahía que le habían indicado, en busca de la barca. Alcanzó el lugar del cereal amontonado y miró hacia la orilla.

En efecto, allí descansaba el pequeño velero medio subido a la arena y a su sombra reposaban los pescadores, a los que vio echando una partida de dados.

Su aspecto podía despertar recelos, pero Madulain confió en la autoridad del escrito que le había entregado "el halcón rojo".

Dirigió valientemente sus pasos hacia aquellos hombres y tendió el escrito, que antes había sacado de sus ropas, a quien consideró que era el mayor de todos.

Los pescadores se habían incorporado de un salto a su llegada, pero Madulain se dio cuenta, para gran alivio suyo, de que no la asaeteaban con esa clase de miradas con que los hombres parecen desnudar a las mujeres.

–¿Y el dinero?– preguntó el más viejo una vez leídas las líneas de la carta. Madulain, que sujetaba la bolsa a sus espaldas, extendió los brazos hacia adelante; entonces el hombre la agarró por las muñecas. Ella intentó librarse e incluso empezó a darle patadas, pero el viejo la sujetaba con mano férrea.

–¡Atadle también las manos!– fueron probablemente las palabras que dirigió en griego a sus compañeros, pues éstos habían rodeado sin más los tobillos de la joven con una cuerda, haciéndola caer. Madulain intentó a la desesperada impedirlo a puñetazos, pero una vez le hubieron atado también las manos, renunció a toda resistencia. Se dejó caer junto al casco de la embarcación y se quedó allí acurrucada, llena de muda rabia, con las rodillas juntas y las piernas encogidas sobre la arena.

Nadie le dirigió ni una palabra más; los pescadores conversaban entre ellos en su dialecto habitual que ella no entendía y acabaron por reemprender la partida.

"El halcón rojo", la condesa y su capitán Firouz escucharon en silencio la información que Hamo les proporcionaba con palabras entrecortadas.

–Al parecer, hay traidores en todas partes.

"El halcón rojo" parecía poco impresionado por el peligro.

–Solamente a vuestra persona, Constancio– dijo la condesa con voz ahogada, –me atrevo a confiar la vida de los niños. ¿Quién más podría garantizarme que gozarán en tierras extrañas de la protección que necesitan? ¡Debéis hacer un cambio– y se dirigió abruptamente al capitán –con Firouz!

Después se dio cuenta de la confusión que habían provocado sus palabras.

–No digo el lugar, sino la persona, la apariencia física...

–¿Y quién mandará vuestra trirreme, precisamente en el momento de tener que culminar una maniobra que probablemente sea la más difícil que jamás hayamos realizado?– intentó sustraerse Firouz a la propuesta, cuyo sentido seguía sin entender, aunque Hamo también se empeñaba en contradecirlo:

–Deberías haber visto a Firouz representando a "Guiscard", una simulación perfecta con la que ha engañado a todos.

–No quisiera tener que hacerlo por segunda vez– se resistía Firouz en vano.

–Despojaos de vuestras ropas, capitán– decidió la condesa, –y entregádselas a "el halcón rojo".

Hamo condujo a Firouz a los baños para ayudarlo a transformarse nuevamente en "Guiscard, el amalfitano cojo".

"El halcón rojo" los siguió para vestir los calzones y la camisa de Firouz, acción ante la que experimentaba visibles reparos. Pero después se colocó incluso el turbante sudado del capitán de la misma forma en que éste solía llevarlo, es decir, con un extremo de tela colgando sobre la nuca, teniendo en cuenta que Firouz acababa de encontrarse con el mariscal de los sanjuanistas precisamente vestido de esa forma.

A continuación salió a presentarse a la condesa, que lo examinó con ojo crítico.

–¡Tendréis que entregar también vuestro valioso calzado, Constancio!

"El halcón rojo" se quitó los botines de ante fino y calzó las botas largas y bastas de Firouz.

Laurence cogió una tijera y despojó a "el halcón rojo" de algunos de sus rizos. Examinando con mirada experta la barba del Firouz auténtico y con ayuda de un poco de resina le pegó al príncipe los rizos cortados sobre la barbilla y debajo de la nariz, realizando un trabajo magistral.

Recordó las veces en que durante su época de piratería había tenido que disfrazarse de hombre para que no resultara excesivamente difícil convivir con ciertos compañeros groseros.

Aplicó los últimos cabellos con ayuda de la tijera sobre el labio superior de "el halcón rojo" y dio un paso atrás. Se la veía satisfecha con el resultado.

Entre tanto, Firouz se había atado con ayuda de Hamo la pierna izquierda hacia arriba y la había metido en una pernera que llevaba sujeta un grueso palo que haría las veces de pierna artificial.

–Guiscard, no os presentaréis en público hasta que yo haya cruzado segura la plaza delantera asediada y entrado en la callejuela, donde

Hamo me recibirá con la tripulación de la trirreme para proteger mis pasos.

Las palabras de la condesa eran una invitación clara a su hijo para que se apresurara.

–Doy por sentado que Clarion de Salento habrá cumplido entre tanto con la misión que le ha sido encomendada, la de conducir a Shirat hasta la embarcación de pescadores y dejarla allí con los niños; y supongo que ella misma ya estará de vuelta en la trirreme mientras... ¿por cierto, donde está la doncella Madulain?– se interrumpió, dirigiéndose a "el halcón rojo", que ahora se encontraba frente a ella disfrazado de Firouz.

–¡Decidle a esa holgazana que acuda en seguida a la trirreme!– siguió Laurence repartiendo órdenes y disponiendo del destino de las personas, como estaba acostumbrada a hacer.

El verdadero Firouz, que ahora hacía el papel de Guiscard y tenía que moverse sobre una pata de palo, sintió que las palabras de la condesa le provocaban un dolor como el que causa un cuchillo clavado en el corazón. Significaban que si Madulain no regresaba a tiempo a la trirreme, la condesa ordenaría zarpar sin esperarla. Pensó con amargura que Laurence sería capaz de arriesgar la vida por Clarion, pero no por su esposa, ¡una doncella! Empezó a sentirse atenazado por el miedo.

La condesa empujó a "el halcón rojo" de nuevo hacia la cocina y ordenó en voz alta:

–Firouz, ¡cargad con la cesta, los dos sacos y los bultos!– Y cuando lo vio cargado como un burro y observó que tampoco los cocineros daban señales de sorpresa, dio la orden de marchar.

DIARIO DE JEAN DE JOINVILLE

Limasol, 8 de octubre de 1248 d.C.

Desde mi puesto de observación podía observar el patio del Temple hasta las arcadas de la planta baja, detrás de las cuales se encuentran seguramente las cocinas y demás estancias de servicio, porque había visto salir de allí a los cocineros ahuyentando a los últimos niños mendigos, y después a Laurence de Belgrave que salió al patio lista para viajar, rodeada de mujeres y porteadores.

Precisamente en aquel instante atravesó el cerco de los sanjuanistas vigilantes un carrito renqueante, de apariencia más que dudosa, y se dirigió hacia el portal abierto. Si no hubiese visto, igual que lo vieron el mariscal Leonardo y algunos otros que estiraban el cuello a mi lado, las dos gruesas ánforas de aceite en medio de la paja, habría apostado que se trataba de un vehículo destinado al placer ambulante.

La mujerzuela de vestimenta chillona que ocupaba el pescante tampoco tenía aspecto de campesina, y muy pronto reconocí que se trataba de Ingolinda, la ramera de Metz, y que a su lado se acurrucaba aquel desastroso fraile menor llamado William, con quien el carruaje no gana precisamente en respetabilidad. Pero el señor di Peixa-Rollo no puso objeciones, examinó las ánforas, que estaban vacías, y dejó pasar el carrito tirado por un triste penco. Tampoco los guardias templarios retuvieron a sus ocupantes, y así atravesaron el patio hasta la puerta de la cocina.

Sólo la condesa pareció disgustada al ver interrumpida o retrasada su salida del Temple. Aunque yo aún estaba lejos de haber recuperado del todo mi sobriedad, conseguí aguzar la vista y observé que las dos ánforas eran descargadas y transportadas a toda prisa hacia el interior.

Delante de la puerta del Temple seguía plantado, con expresión de arrogante indiferencia, el señor Gavin Montbard de Béthune. No había prestado atención al carricoche ni miraba hacia atrás, sino que mantenía la vista fija en el mariscal de los sanjuanistas, apostado justamente frente a él.

La comitiva de la condesa se puso en movimiento. La señora Laurence se presentó estrechamente rodeada de sus mujeres y seguida de los porteadores que arrastraban todas sus pertenencias en sacas, cajas y bultos. Reconocí en seguida a su capitán Firouz, presumiblemente cargado con todo el contenido de sus armarios, puesto que al pobre apenas se le veía la punta de la nariz.

En aquel momento oí como mi primo Juan, que se encontraba en uno de los extremos de la fila de vigilantes, empezaba a chillar.

–¡Retened a esa bruja!– intentó achuchar a sus propios caballeros. –¡Debe ser entregada a la santa Inquisición!

No fue el preceptor quien lo mandó callar, sino el propio señor Leonardo, que gritó furioso:

–¡Soy yo quien manda aquí!– e incluso llegó a desenvainar la espada. –¡La condesa de Otranto tiene paso libre!

Pero el conde de Sarrebruck no se daba por satisfecho.

–¡Aunque marche ella no se puede dejar pasar a los niños, son crías de herejes!– devolvió un grito cargado de odio, e intentó abrirse paso a través de los sanjuanistas que se lo querían impedir.

–¡No veo a ningún niño!– exclamó Peixa-Rollo, dirigiéndose a él con aire burlón. –¡Mi palabra es la que vale!

Entre tanto, la condesa, que se había separado de sus acompañantes al cruzar el portal, se plantó sola delante del señor Gavin mientras el grupo de mujeres y porteadores proseguía a sus espaldas intentando ganar la callejuela que conduce hacia el puerto, y en una de cuyas esquinas permanecía yo sentado.

Me levanté para que no se me escapara ni un detalle. Los sanjuanistas examinaban las grandes cajas para ver si no había alguien escondido dentro y manoseaban los bultos y las telas que Firouz llevaba encima. No encontraron nada y los dejaron seguir camino.

La señora Laurence le espetó al preceptor en voz muy alta:

–No sé cómo agradeceros la hospitalidad que me habéis brindado...

Su voz resonaba con un timbre tan desagradable que la supuse muy ofendida e incapaz de refrenarse.

–Ahora que veo cómo arrojáis de vuestra casa a unas mujeres desprotegidas, sin darles apenas tiempo...– Gavin no había modificado su terca postura; miraba a través de la mujer furiosa como si fuese transparente, pero la condesa no cesaba de increparlo: –...que veo cómo la dureza de vuestro corazón nos obliga a ocupar de nuevo la cubierta inhóspita de nuestra nave, en medio de las miradas lujuriosas de los soldados que llenan el puerto, ¡os aseguro que deberíais sentir vergüenza!

Me pareció observar que el mariscal Leonardo se había quedado sin habla, aún en mayor medida que el propio señor Gavin. ¿No sería todo aquello un truco pactado? ¿Acaso pretendía la condesa de Otranto huir de la isla con su nave, contraviniendo la prohibición expresa del rey? En tal caso el mariscal, cuya Orden estaba encargada aquel día de la vigilancia del puerto, tendría que escoltar con sus tropas a la condesa para impedir que diera tan descabellado paso. ¿Pero dónde estaban los niños? Aún debían de seguir en el Temple. Para comprobarlo estaba él allí. Y, por encima de todo, también quería atrapar a un maldito espía. Poco después tuve que frotarme los ojos nublados a causa de la maldita bebida, ¡al ver que detrás de la condesa salía cojeando su antiguo capitán Guiscard, "el amalfitano", el de la pata de palo!

Pasó rechinando los dientes y la gente que por pura curiosidad se había acercado para ver a su ama empezó a retroceder espantada.

–¡Es el demonio!– susurró alguien, y otro, en seguida, gritó: –¡Esa mujer tiene trato con el diablo!

Comprendí de repente, como si un milagro me abriera los ojos, ¡que aquel hombre era Firouz imitando al amalfitano! Para mí estaba clarísimo.

Si aquel "fantasma" pretendía confundir a alguien, lo había conseguido perfectamente en el caso de Peixa-Rollo. Éste no conocía la figura del capitán cojo ni tenía por qué, pero lo confundió ver al populacho tan excitado. Ya no sabía qué hacer ni qué pensar.

Pero ¿acaso no acababa de pasar Firouz por delante de mis ojos, callejuela abajo, cargado con sacos y bultos? Indudablemente, yo aún debía de hallarme bajo los efectos de la bebida. ¿O bien se trataba de un engaño diabólico, de una magia traicionera?

En aquel momento oí gritar de nuevo a mi primo Juan:

–¡Parad ese carro! No dejeis escapar a los niños herejes. ¡Son órdenes del rey!

En efecto, su mirada atenta de esbirro había observado que, inmediatamente después de la salida de la condesa –que dejó plantado al preceptor sin más palabras de saludo y marchó adelante con la cabeza alta, tomando del brazo a su capitán cojo y seguida por el tropel de mujeres y porteadores– los cocineros habían vuelto a cargar con mucho cuidado en el carrito las ánforas de aceite, al parecer llenas ahora y muy pesadas; las habían colocado en posición vertical, las ataron con cuerdas y las rodearon de paja. ¡No había duda de que el fraile y la ramera estaban intentando realizar un atrevido contrabando! Los vi trepar con prisa al pescante y salir por el patio en dirección al portal, pasando por delante de los templarios vigilantes y de largo junto al señor Gavin, que hacía como si todo aquello no le importara un comino.

–En el nombre de Dios– increpó mi primo Juan al mariscal, –¿qué estáis vigilando aquí si no procedéis ahora mismo a detener a quienes son culpables de tanto acto criminal y caen hasta en la peor herejía?

Aquellas palabras parecieron iluminar la mente del señor di Peixa-Rollo y acabaron de golpe con sus dudas de si debía salir corriendo detrás de la condesa o ponerles al fin la mano encima a aquellos estúpidos infantes, que desde hacía días se habían convertido en la manzana de la discordia entre las diversas Órdenes. Su encargo era precisamente conducir ante la justicia a aquellas crías de herejes, no la de molestar a la condesa de Otranto. De modo que dio un paso hacia adelante, paró el rocín cogiéndolo por las bridas y detuvo el carro.

–¿Qué carga lleváis, bella dama?– preguntó con la voz del lobo que ha comido tiza. Pero la interpelada era con toda evidencia una mujer de armas tomar.

–Aceite puro de oliva, prensado en frío, ¡tan fino y delicado como si vos y yo hubiésemos aplastado los frutos entre nuestros muslos, buen señor!

Al mariscal se le subieron los colores y la gente se echó a reír.

–¡Descargad!– le ladró el pobre hombre a los sargentos, y éstos saltaron sobre el carro, desataron las ánforas y las deslizaron con cuidado a tierra. Yo también me había acercado, y mi primo Juan, que sonreía triunfante.

Peixa-Rollo jadeaba.

–Os pregunto por última vez, mujer, ¡antes de clavar la lanza!

–¡Pinchad y contad las gotas!– se burló la ramera, y el mariscal atravesó la tapa con la espada sin hallar la resistencia esperada y removiendo en vano el contenido del ánfora. Volvió a sacar la espada, de cuyo filo goteaba aceite y no la sangre esperada.

En aquel momento saltó el conde de Sarrebruck:

–¡Todo es brujería, obra del diablo!– y antes de que nadie pudiese retener su brazo destrozó un ánfora con la empuñadura de la espada; a la otra le dio una patada haciéndola rodar, y al romperse ambas se derramó el aceite por el pavimento, aunque también aparecieron dos manojos de paja en forma de muñecos, atados y configurados como diminutos cuerpos humanos.

Todo el mundo se quedó mirando fijamente aquellos seres extraños aparecidos entre los cascotes; la mujerzuela saltó del pescante, se arrojó sobre los monigotes de paja aceitosa y rompió a aullar:

–¡Mis hijos! ¡Mis hijos! ¡Habéis asesinado a mis pequeños!

El mariscal intentó arrancarla de allí, pero ella siguió chillando y dando voces conmovedoras:

–¡Asesinos, criminales!

Acariciaba a los muñecos y los apretaba contra su rostro bañado en lágrimas.

–¡Qué horrible crimen habéis cometido, infanticidas!

Entonces el populacho empezó a excitarse y cargó contra el conde de Sarrebruck. Éste se retiró hacia donde estaban sus caballeros cuando empezaron a volar las primeras piedras. Mi señor primo abandonó a toda prisa el lugar de su miserable derrota y yo hice lo mismo, pues había comprendido con más rapidez que Peixa-Rollo, cuya mente seguía un tanto obnubilada, que habíamos olvidado a la condesa.

Corrí por la callejuela hacia el puerto y llegué a la entrada de *La Bella Vista* justo a tiempo para ver cómo el falso Guiscard, o sea el auténtico capitán Firouz, golpeaba furioso con su pata de palo los tablones de la cubierta mientras los brazos poderosos de los moriscos izaban a bordo a la señora condesa, que fue la última en subir. Los moriscos soltaron los cabos con una sacudida tan repentina que hizo caer a las mujeres e incluso a algunos porteadores, quienes dejaron rodar las cajas y los bultos por cubierta al tiempo que todos los remos de las filas inferiores salían como morenas de sus orificios y golpeaban el agua del puerto, levantando enormes salpicaduras mientras los *lancelotti* aún elevaban amenazantes sus resplandecientes guadañas.

La condesa, única en mantenerse inmóvil y erguida, no parecía estar de acuerdo con aquella partida tan precipitada. Sacudía las manos en dirección a la orilla como si hubiese dejado algo olvidado allí, e incluso parecía querer arrojarse por la borda.

Pero fue su hijo Hamo quien le robó el gesto; saltó como una trucha y se sumergió, seguido por "Firouz". Es decir, por el falso Firouz, no el capitán; el hombre arrojó de sus espaldas todo el lastre y se lanzó detrás con los brazos extendidos.

No vi después que emergiera ninguno de los dos.

Los guardianes sanjuanistas situados en las dos cabeceras del muelle se habían puesto de pie de un salto. Supongo que pensarían que aquel capitán cojo de la trirreme debía de estar completamente loco si pretendía romper la pesada cadena sirviéndose sólo de los remos.

Pero después sucedió algo que pude ver perfectamente desde el banco al que me había subido y que debió de asustar a todo el mundo: la cadena de hierro empezó a bajar mientras se aproximaba la trirreme. Incluso a mí me sobrecogió aquel misterio y tracé la señal de la cruz, preguntándome si la condesa de Otranto no habría hecho en efecto un pacto con el demonio.

En cualquier caso debía de tratarse de algún mal espíritu, pues por muchas vueltas que los sanjuanistas dieran al torno la pesada cadena no interrumpía su descenso. Se disponían a disparar los arcabuces cuando, de pronto, las guadañas adoptaron una posición horizontal, y los guardianes tuvieron que arrojarse sobre el pavimento de piedra del muelle para que las terribles armas no los cortaran por la mitad.

De este modo pudo salir la trirreme a mar abierta, y una brisa fresca empezó a hincharle las velas en pleno atardecer, por lo que huyó a toda prisa quedando en seguida fuera del alcance de las catapultas.

Me pareció haber visto que la trirreme arrojaba el ancla, pero lo más probable es que mis ojos pestañearan a causa del vino, pues lo que hizo fue más bien salir a todo trapo, como liberada de un peso férreo.

Atrás, en el puerto, los ingleses bajo el mando de Salisbury fueron los primeros en comprender que la condesa huía. Con una habilidad naviera admirable empezaron a surcar la bahía con sus naves alargadas mientras los franceses, excitadísimos, no hacían más que impedirles el paso. A algunos los hicieron apartarse con toda rapidez, otros sufrieron sus embestidas, pero cuando los ingleses se acercaron a la bocana estaba ya de nuevo la cadena en posición elevada, devuelta a su sitio por una mano invisible, cerrándoles la salida. Entonces se pusieron a injuriar de la manera más salvaje a los sanjuanistas, de modo que hasta yo pude oírlos, y los encargados del torno le dieron de nuevo a la manivela, sin más resultado que la súbita salida del agua de un extremo suelto y corto de cadena que se deslizó con gran estrépito sobre la piedra en dirección al cabrestante.

La larga cadena de hierro sigue tensa sobre el agua como si el mismísimo diablo la sostuviese por ambos extremos. ¿Imaginación o engaño? Sea como fuere, la trirreme desapareció en dirección al sol en su ocaso. Y yo me volví a sentar y pedí otra jarra de vino. Cuando bebo, comprendo al menos por qué se me aparecen ciertos fantasmas.

IV

TIRA Y AFLOJA ENTRE AMIGOS Y ENEMIGOS

CLARION DABA LA IMPRESIÓN de ser una dama noble a quien se le han escapado las criadas. Se veía obligada a cargar con dos cestas porque Shirat, su doncella, llevaba ya un ánfora sobre la cabeza y un saco atado a la espalda.

Hasta los niños, Roç, Yeza, e incluso el pequeño y gordito Mahmoud, cargaban con pesados fardos y jadeaban bajo el peso, y aunque seguían riendo y se mantenían detrás de las mujeres, iban lo suficientemente distanciados como para poder ir consumiendo el contenido de ciertas bolsas. El cutis claro de Yeza contrastaba con su cabello ennegrecido, llevaba la cara roñosa y causaba una impresión extraña, pareciendo a medias una gitanilla.

Solo el sufí era incapaz de cargar con peso alguno, pues primero los guardias del Temple y después los sanjuanistas lo habían golpeado tan duramente que podía darse por satisfecho con poder seguir a los demás, lo que hacía cojeando.

Clarion había advertido a todos que debían mostrar un semblante alegre, como si su intención fuese hacer una excursión campestre, y que en ningún caso debían parecer unos fugitivos.

Hasta Episkopi consiguieron que los llevara un carro que regresaba del mercado, pero el resto del camino y el objetivo verdadero tenían que permanecer en secreto y ser cubiertos sin testigos. De modo que escogieron una senda a través de los prados y las colinas, por lo alto de la costa, hasta avistar a sus pies la bahía anunciada.

–¡Pero si es una barquichuela pequeñísima!– empezó a burlarse Roç al divisar la barca de pescadores. –¡No tiene más que un solo palo!

Yeza lo reprendió.

–No podría estar ahí si no fuese por eso.

Clarion hizo que todos dejaran la carga y se sentaran, y bajó sola hasta la playa. Vio a Madulain atada y acurrucada a un lado, en la sombra. Los pescadores no se incorporaron; seguían jugando. Clarion sacó algunas monedas de la bolsa y se las arrojó.

Después dijo muy tranquila, señalando hacia arriba:

–Allá hay unos cuantos bultos, alimentos y refrescos que hay que cargar en la barca. ¡Moved esos culos!

Era éste un lenguaje que los hombres entendían sin dificultad; el mayor de ellos se guardó las monedas y empezó a administrarles patadas a los demás para que se levantaran. Después pasó a contar las personas que iban bajando, en esta ocasión con los niños delante. Shirat ayudaba al viejo sufí.

–Son más de los que habíamos acordado– dijo malhumorado.

Clarion echó nuevamente mano de la bolsa.

–Supongo que estaréis de acuerdo con mi decisión de acompañar a los niños en este viaje– respondió ante su mirada ansiosa.

Pero antes de que pudiera entregarle más dinero se oyó la voz furiosa de Madulain.

–Al menos deja que me marche yo ahora– se dirigió con disgusto al pescador. –Quiero regresar a la trirreme, ¡quiero ir con mi marido!

El viejo se encogió de hombros y siguió con la mirada fija en la bolsa de Clarion, que le arrojó a los pies algunas monedas de más valor.

–¡No le hagáis caso!– dijo el hombre con frialdad. –¡Subidla a la barca!

A una señal del viejo, los pescadores arrastraron a Madulain hasta la barca; ella intentaba morderlos y arañarlos como una gata salvaje, pero de nada le sirvió. La subieron por encima de la borda como se sube una red llena de peces agitados y la depositaron sin más junto a los fardos, los sacos y las cestas.

Hamo l'Estrange surgió del agua como un joven dios del mar en la pequeña bahía donde se encontraba la barca de pescadores. Su compañero, el falso Firouz, es decir, "el halcón rojo", era menos hábil como nadador y tardó algún tiempo más en poner los pies en la arena; parecía muy cansado.

–¿Por qué no está la barca ya en el agua y lista para salir?– se dirigió con enfado al pescador después de haberse convencido con un vistazo de que sus protegidos estaban todos presentes.

Le disgustó ver que también Clarion estaba allí. El mayor de los pescadores no daba signos de querer moverse, incluso retuvo con un gesto de su mano a los demás cuando se disponían a empujar la barca hacia el agua.

–El precio acordado ya no vale– empezó a decir con expresión adusta, y cuando vio que "el halcón rojo" buscaba entre sus ropas mojadas la cimitarra añadió a modo de explicación: –Los alimentos no bastarán y habrá demasiada gente a bordo.

"El halcón rojo" decidió no prestarle atención y se limitó a pasar de largo. Pero apenas hubo rebasado el lugar donde se hallaba el viejo le dio una patada en la corva haciéndolo caer. Brilló la cimitarra y la cabeza del rebelde rodó sobre la arena.

"El halcón rojo" preguntó sin levantar la voz:

–¿Alguien más sostiene la opinión de que hay demasiada gente a bordo?

Todos comprendieron quién tenía el mando, y se aprestaron intimidados a apoyar la espalda contra los costados de la barca hasta que la quilla se deslizó sobre el agua; los pescadores treparon a bordo a toda prisa para izar la vela.

Hamo y "el halcón rojo" fueron los últimos en subir; los ayudaron a superar la borda. Hamo se levantó en seguida, pero el falso Firouz permaneció acostado, mostrando signos de agotamiento. Había ido a parar exactamente a los pies de Madulain, quien le dirigió una mirada cargada de odio. No tenía necesidad de preguntar nada. En cuanto reconoció los pantalones de su marido comprendió todo, aun antes de ver los restos de la ridícula barba medio disuelta por el agua del mar.

Su expresión adquirió signos de dureza. Los "señores" habían dispuesto tranquilamente de ella, menospreciando los lazos matrimoniales que unían a sus servidores. O bien la condesa de Otranto prefería tener a bordo a un capitán que no estuviese acompañado de su mujer, o la de Salento, que al parecer no tenía intención de quedarse con la señora condesa, no deseaba renunciar a su doncella. Y aquel noble señor que ahora tenía a sus pies, y que era emir y caballero a un tiempo, se había prestado a seguirlos en aquel juego infame. La había engañado sin miramiento alguno. A Madulain le habría gustado escupirle a la cara, pero él la mantenía apartada.

–¡Adelante!– exclamó en aquel instante "el halcón rojo", y dirigiéndose a los pescadores se incorporó. –¡Ahora o nunca!

El mar se había llenado con veleros de todo tipo que surcaban las aguas bajo la última luz del sol.

–Están dando caza a Laurence– dijo Clarion con voz quejumbrosa. –¡Dios la asista!

–Dijiste que querías ayudarla, Clarion– le opuso Hamo con retintín. –"Ay, querida Laurence, ¡jamás te abandonaré!"– imitó la voz de su hermana adoptiva. –Mi querida señora madre por poco salta al agua cuando la trirreme soltó los cabos y se dio cuenta de que la condesita de Salento no estaba a bordo. Ella habría dado la vuelta, arriesgando su vida y su salud por culpa tuya, si el engañado Firouz no hubiese decidido vengarse.– Y dirigiéndose ya no tanto a Clarion como a "el halcón rojo", que observaba en silencio las maniobras de los veleros en el mar, prosiguió: –Seguramente pensaría que si él se ve obligado a quedarse sin Madulain, también la señora condesa puede prescindir de su compañera.

El viento había empezado a hinchar las velas de la barca, que siguió navegando cerca de la costa hasta que los veleros dispersos de la flota desaparecieron detrás del horizonte. Entonces "el halcón rojo" dio la orden de salir a mar abierto.

–Es imposible que puedan darle caza– se dirigió Hamo a Clarion adoptando un tono conciliador. –*Madame* les lleva demasiada ventaja y la noche está a punto de caer. ¿Por qué le has hecho esa trastada?

–Porque quiero vivir al fin mi propia vida, ¡igual que tú!

–Ya es hora de que lo hagas– dijo Hamo. –Pero sin agarrarte a otros que tienen el mismo derecho.

Los ojos de Clarion echaban chispas.

–Si te refieres a los niños o a ti, debes saber que me importáis un comino. Pero si te refieres a mis doncellas, te pido que me expliques por qué debería renunciar a sus servicios. ¿De qué derechos estás hablando?

En aquel momento "el halcón rojo" se dio cuenta de que Madulain seguía atada de pies y manos y le cortó las ataduras. Ella no se lo agradeció siquiera con una mirada y permaneció acurrucada en el mismo lugar, lo que le molestó mucho y le hizo sentirse confuso y no pudo dar con las palabras adecuadas. De modo que también él siguió callado.

Pero después se dirigió a Clarion.

–La cuestión es que estamos emprendiendo un viaje en el que no se necesitan caballeros ni peones, damas ni doncellas, sino una tripulación en la que cada cual cumpla con su necesario cometido…

–¡Siempre habrá amos y criados!– le opuso Clarion con vehemencia. –Siempre habrá quien mande y quien obedezca. ¡Así es la ley! ¿No la habéis puesto en práctica vos mismo hace un instante?

–Por sentido de la responsabilidad; no por vanidad ni egoísmo.

A Clarion se le saltaron las lágrimas.

–Ya sé que no sirvo para nada– empezó a sollozar. Le dolía muchísimo verse reprendida precisamente por el caballero amado, y además en presencia de sus doncellas. –¿Por qué os empeñáis en humillarme de este modo?

Siguió llorando amargamente, aunque nadie parecía darle importancia.

Los niños se habían dirigido muy pronto hacia la proa; se sentían contentos y tranquilos al ver que "el halcón rojo" estaba junto a ellos, y observaban cómo las olas se deslizaban bajo la última luz del crepúsculo. Roç y Yeza tenían al pequeño Mahmoud entre ellos.

Sólo Shirat mostró alguna compasión por Clarion y la abrazó para consolarla.

"El halcón rojo" dijo en voz alta dirigiéndose a Hamo:

–Tiene que aprender cuanto antes que nos dirigimos a un país donde puede suceder que una señora se convierta en esclava y una doncella en princesa.

Madulain no dijo nada y se limitó a lanzar por la borda un escupitajo cuyo alcance revelaba la magnitud de su indignación. No tenía más que desprecio para Clarion, pero por "el halcón rojo" era odio lo que sentía.

El atardecer había dado paso a la noche, y "el halcón rojo" se sentó en silencio, aunque con la esperanza de poder romper el hielo, frente a una Madulain que seguía muda.

–No ha sido culpa mía– dijo en voz baja.

Los ojos de la *saratz* brillaban en la oscuridad.

–Habéis asesinado al único testigo receptor de vuestras líneas– respondió la mujer con sarcasmo. –En lugar de liberarme de inmediato...

–Era demasiado tarde– la interrumpió "el halcón rojo", quien comprendió en aquel mismo instante algo que, sin embargo, se cuidó mucho de expresar con palabras: "Estoy enamorado."

Se dirigió a Hamo.

–Podemos dormir tranquilos. Cualquier posible perseguidor intentará dar caza a la condesa.

–No esperarás que rece una oración por ella– se mofó Hamo. –Laurence siempre ha pensado primero en ella misma, y también esta vez conseguirá sacar la cabeza del lazo que le tienen preparado.

–La oscuridad la protegerá– respondió "el halcón rojo".

–Amén– añadió Hamo.

Guiándose por las estrellas navegaron a la luz de la luna naciente en dirección este.

William de Roebruk se paseaba malhumorado por el bazar. No tenía motivos para sentirse disgustado, y una vez consumada la huida de la condesa y de los niños había experimentado en un primer instante incluso alivio, aunque después lo invadió una sensación de vacío. En realidad, ¿qué hacía él allí, en Chipre?

Sus dedos jugueteaban con las pesadas telas de damasco, las deslizaba entre el pulgar y el índice para comprobar con mano experta su calidad. ¿Un hábito nuevo? No se lo podía permitir.

Tenía que conformarse con el paño que la condesa le había cedido generosamente de las provisiones griegas, pero no acababa de gustarle la caída de la tela, que no era muy elegante y, además, se arrugaba en exceso.

¿Acaso debió haber aprovechado la ocasión para alejarse él también? En cualquier caso, habría preferido marcharse en la barca que ahora conducía a Roç y Yeza a nuevas tierras. Pero se había quedado atrás, y no tenía otro techo para protegerse que la lona del carrito de la ramera Ingolinda, con la restricción además de no poder refugiarse allí hasta que el último pretendiente de la mujer se alejara buscando la oscuridad de la noche.

¿Ofrecer de nuevo sus servicios al rey? Era muy dudoso que éste lo aceptara otra vez a su lado y se mostrara magnánimo con él; lo más probable era que ni siquiera se acordara.

–¿Has comprado la fruta, el vino y la sustancia, querido William?

Ingolinda lo buscaba, y lo devolvió de inmediato a sus obligaciones cotidianas. Aunque William tenía presente que aquél era el día de descanso de Ingolinda, ella no dejó de dirigirle sus reproches.

–¿No íbamos a hacer una excursión al campo?– gorjeó la mujer en son de censura mientras se colgaba de su brazo.

–No se me ha olvidado– se apresuró William a justificarse. –Pero aún no he encontrado lo que buscaba.

–Entre los vendedores de tejido no hallarás un melón maduro ni un queso apetitoso– rió la mujer. –Ven conmigo, yo sé dónde venden un delicioso jamón.– Y lo arrastró hacia los puestos de los campesinos que habían aportado grandes cantidades de género desde el interior al mercado de Limasol, conscientes de que pocas veces en su vida dispondrían de una clientela tan numerosa como la de los cruzados.

–Lo más probable es que en Episkopi todo esto cueste la mitad– refunfuñó William, pero Ingolinda no quiso tomar en serio sus objeciones.

–No tengo ganas de permitir que me lancen miradas desdeñosas ni de preguntar en cada casa para comprar media cebolla, un trozo de pan y un cestillo de uvas.

De modo que siguió adquiriendo comida en abundancia, haciendo gala de su buen humor y sin descuidar la prudencia y el buen sentido, tras lo cual guardaron las provisiones entre la paja del carrito antes de sentarse juntos en el pescante y abandonar la ciudad.

–Aquí deberíamos alquilar una casita.– Episkopi se les mostraba como un pueblo pintoresco lleno de monasterios e iglesias. Aunque pronto quedó atrás, no sucedió lo mismo con las ilusiones de respetabilidad de Ingolinda. –Tú podrías escribir tus libros sabios, yo trabajaría en el puerto, y en cuanto tocaran el Angelus volvería a casa y sería la honesta *madame* de Metz.

–¿Por qué no me buscas una colocación de sacerdote y te haces pasar, en ese pueblo tan devoto, por mi ama de llaves? Así podría darte cada noche la absolución.

–¡Con eso!– Ingolinda se rió y le tocó la entrepierna.

A ella le habría gustado mucho oír de su boca alguna expresión diferente, algo que enalteciera su relación futura, pero de todos modos se sentía feliz de tener a William fijo a su lado después de una trayectoria tan irregular. Dirigió el carrito hacia un atajo que descendía de la senda hacia la orilla del mar, donde encontraron una bahía tranquila que los protegería de cualquier mirada curiosa.

El minorita aflojó la cuerda con que ataba el hábito, se quitó los zapatos, metió los pies desnudos donde las olas acababan de morir y se dejó caer de espaldas en la arena.

Ingolinda extendió una manta y sacó las provisiones que llevaba, pero después vio a su William con los calzones medio abiertos y rodó hasta caer sobre él, que se resistía y murmuraba algo que sonaba como: "¡Primero quiero comer!"

Ingolinda conocía la carne débil de su fraile y sobre todo la de aquel órgano que se enderezaba incluso cuando la mente se resistía, casi contra la voluntad de su amo. De modo que se apoderó de él y, como cualquier cabalgadura que está en buenas condiciones rinde lo que desea que rinda su jinete, pronto consiguió que la suya entrara al trote para pasar después al galope tendido. Cuando intentó tirar de la brida, el flamenco se había deshecho ya de todas las reservas y la azuzó sin compasión hasta que el encabritamiento definitivo la hizo desplomarse sobre el cuerpo de él.

–Ya está– dijo Ingolinda cuando los dos volvieron a respirar tranquilos. –¿Puedes explicarme ahora qué misterio es ése de tus niños?

–¿Qué quieres que te cuente?– intentó desviarse William del tema, que no tenía ganas de comentar. –Además, no son mis niños.

–¿Acaso no te gustaría tener hijos?

El fraile consideró que estaba pisando terreno pantanoso y prefirió encaminarse voluntariamente por el desvío propuesto.

–Yeza y Roç son, ni más ni menos, lo que determinadas personas quieren que sean. ¡Yo no tengo nada que ver con eso!– murmuró, intentando poner punto final a la cuestión.

Pero Ingolinda no se dio por satisfecha.

–Te hice el favor de difundir en el puerto el rumor acerca del amalfitano hasta que la gente acabó por creer que habían visto al hombre de la pata de palo; hasta que creyeron ver con sus propios ojos al capitán retornado del mundo de los muertos. Casi lo llego a creer yo misma, aunque siempre procuro refrenarme y me digo: "Ingolinda, ten cuidado, pues podrías acabar en el patíbulo."

William se limitó a soltar un gruñido que podía interpretarse como una afirmación, pero también como una desaprobación del giro que ella daba a sus palabras.

–También te hice el favor de trenzar los muñecos, un niño y una niña, que deposité en el aceite de las ánforas, hasta el punto de que llegué a considerarlos como si fuesen hijos de mi vientre, y la verdad es que su muerte me dolió– suspiró Ingolinda, –¡y ahora tú, padre desnaturalizado, quieres hacerme creer que todo eso no te importa nada!

La mujer se mostraba indignada y tamborileaba con los puños sobre el pecho de William.

–Pues bien– dijo el fraile, y apartó con suavidad las manos de ella. –Yeza y Roç tienen un origen muy especial.– Se volvió de modo que la mesa puesta en la arena quedara a su alcance. –Yo no soy de los que conocen todos los detalles, y los propios niños no saben quiénes son sus padres, pero por sus venas debe de correr una sangre de la mayor categoría, de una nobleza tan alta que los caballeros y las Órdenes militares, los príncipes y los reyes los defienden, les dedican su vida y la arriesgan por ellos...

–¡Y tú también, mi querido William!– Ingolinda se mostraba orgullosa de él.

–Yo no soy más que una brizna de paja en la mierda que se ha quedado pegada a la rueda de ese carro que rueda hacia su destino...

–¡Creo más bien que eres el perno que sujeta la rueda al eje!– dijo, y le tendió la jarra.

William se echó a reír.

–Muchas veces he pensado algo parecido, cuando recuerdo los golpes y los empujones que me ha tocado sufrir, ¡pero te juro que nada tengo que ver con toda esa historia!

–¿Qué será de los niños?– insistió Ingolinda.

–Será más fácil considerar lo que no debería ser de ellos– declaró William. –La Iglesia los persigue porque teme que quieran apoderarse de la silla de san Pedro, y también porque su origen es probablemente herético. La curia los teme como si fueran el anticristo...

–Tal vez sean eso, Papa y papisa– reflexionó Ingolinda en voz alta y excitada.

–No lo creo– dijo William, molesto porque a él no se le hubiera ocurrido la idea. –La *Ecclesia romana*, en su forma actual, debe parecerles a los hijos del Grial como una institución herética y desviada.

–¿Y por qué querían atraparlos los sanjuanistas en el Temple y los templarios no querían entregarlos?

William respondió, pensativo:

–Quizá sea tan meritorio proteger a los niños como destruirlos, y todo el que no participe en la empresa puede que esté condenado a permanecer en la mediocridad.

–Esa historia se parece a la de los alquimistas y la piedra filosofal– prosiguió Ingolinda con aire soñador. –¿Tal vez sean capaces de fabricar oro? ¿O de convertir a un caballero en príncipe y a un rey en emperador? A lo mejor pueden conseguir que un gordo minorita flamenco se transforme en poderoso cardenal.

–¡Dios nos guarde!– murmuró el fraile, y trazó rápidamente la señal de la cruz –aunque la verdad, distinguida e inteligente dama, es que no dejas de tener cierta razón, pues todo es una cuestión de poder, ¡de poder sobre esta Tierra!

–¿Lo saben los niños?– preguntó Ingolinda, ahora casi asustada. –¡Es una carga muy pesada, y que acabará por aplastarlos!

–No creo que, hasta el momento, nadie les haya dicho la verdad– reflexionó William, –todos esperan a que crezcan y puedan asumir su gran misión; que maduren a través de las pruebas que les son impuestas...

–¡Lo mismo que sucedió con nuestro Redentor, el Mesías!– exclamó la ramera temblando de emoción. –Primero fue perseguido por Herodes, después...

Pero William la interrumpió con aspereza:

–¡No querría que los niños padecieran la muerte en la cruz!

–Y esos poderes invisibles y secretos que supuestamente los "protegen", aunque presiento que, en realidad, lo que hacen es empujarlos para hacerlos intervenir en un juego cruel, ¿quiénes son?– Ingolinda irguió el cuerpo. –¿Para qué necesitan a los niños si son lo suficientemente poderosos para oponerse a la Iglesia y al emperador? ¿Con qué fines?

William la miró sorprendido.

–Preguntas demasiado– dijo, –tal vez no exista más que un único poder. Tal vez todos sean los mismos, los que persiguen y los que protegen, los que traen el peligro y la salvación a la vez.

Y para taparle la boca a la curiosa mujer William tomó una raja delgada del melón ya pelado y se la metió entre los dientes; y sabiendo que le gustaría introdujo su propia lengua detrás mientras sus manos escarbaban en la arena, debajo del trasero de la fémina, hasta levantarle la entrepierna y llevarla a la altura del adorno que él ostentaba entre los muslos y que ya se estaba enderezando. Sabía que no había centro de poder mundanal ni báculo obispal de cualquier sucesor de san Pedro que fuese más importante para ella que aquel *uccello del francescano* en busca de refugio. Y, en efecto, su cuerpo lo aspiró al tiempo que su boca se tragaba el trozo de melón sostenido aún por los labios del fraile. Y cada vez que ella quería abrir la boca para plantear otra pregunta él se la tapaba introduciendo más barquillas de melón. Cuando ya no quedaba nada de dicho fruto empezó con las uvas, y cuando la última de éstas reventó entre sus labios los dos cayeron jadeando y suspirando sobre la arena. Así quedaron acostados hasta que la marea hizo subir las aguas hasta donde descansaban sus cuerpos y las olas empezaron a juguetear con sus pies. Entonces se resintieron del frío y se incorporaron de un salto, recogieron la manta, acabaron con el vino y regresaron a Limasol.

La barca chipriota de pescadores a sueldo del emir Fassr ed-Din Octay, hijo del gran visir Fakhr ed-Din, conocido en Oriente y en Occidente también con el nombre de *Assaqr al ahmar*, se acercaba con viento flojo a la costa oriental del país que los cristianos consideran Tierra Santa. Lo más probable era que alcanzaran la costa en la región fronteriza entre el condado de Trípoli y el principado de Antioquía.

Habían navegado durante toda la noche, y ya de madrugada y suficientemente alejados de Chipre sintieron que los dominaba el sueño.

Por orden de "el halcón rojo" levantaron los pescadores en la proa una tienda provisional, que cubrieron con una vela sujeta a la borda. Allí debían descansar las mujeres y los niños. Estos últimos se habían quedado dormidos sobre los tablones de cubierta junto al viejo sufí, por lo que Madulain y Shirat los llevaron en brazos y los acostaron debajo de la lona sobre un montón de redes que formaban el único colchón más o menos blando que pudieron encontrar.

Después Clarion ordenó con voz autoritaria a las dos muchachas que le prepararan también a ella un lecho. Shirat señaló con timidez algunos trapos y cuerdas que había por allí, pero Madulain enderezó el cuerpo a pesar de su cansancio y se enfrentó a Clarion, que era casi de la misma edad:

–Al parecer aún no habéis comprendido, distinguida señora, que en su día entré con mi esposo al servicio de la condesa, pero que ahora esa situación ha terminado.

La ira dejó durante un instante sin aliento a Clarion, quien, sin embargo, después se recompuso.

–¡Soy yo quien dispondré cuándo dejas de servirme! Aún no te he despedido, ¡de modo que cumple con tu obligación!

Madulain sabía que tenía poder sobre la de Salento, por lo que no perdió la serenidad casi indiferente que se había propuesto mantener:

–No podéis ni despedirme ni contar con mis servicios. El hecho de que me ocupe de los niños se debe a mi sentido de la responsabilidad por los que son aún jóvenes, y lo hago por mi propia voluntad. A partir de ahora os tendréis que ocupar vos misma de vuestro bienestar.

–¡Shirat!– gritó Clarion. –¡Prepárame de inmediato el lecho!

–¡No!– dijo Madulain, medio dormida. –Shirat también se ha despedido.

Fuera de sí, Clarion se arrojó en su desesperación sobre Hamo y le clavó las uñas en el brazo.

–¡Mátala, acaba con ella!

Hamo giró los ojos en las órbitas y lanzó una mirada hacia "el halcón rojo", pero éste se limitó a contemplar sonriente al mar. Entonces Hamo se soltó y, al ver que Clarion intentaba pegarle, reunió todas sus fuerzas, la levantó y la arrojó por la borda. El golpe con que chocó contra el agua ahogó sus gritos, y "el halcón rojo" se limitó a arrojarle un cabo que ella pudo agarrar. Los pescadores tiraron de ella hacia la barca, pero Clarion, que no sabía nadar, tampoco fue capaz de trepar por el liso costado de la barca, que se inclinaba peligrosamente hacia afuera.

Entonces "el halcón rojo" saltó al agua, se sumergió debajo de ella y la levantó sobre sus hombros. En aquel instante dejó de gritar, las manos de los pescadores la alcanzaron y la arrastraron sobre la borda. Clarion se deslizó sobre los tablones y empezó a vomitar el agua de mar que había tragado.

"El halcón rojo" trepó a bordo y pasó por encima de ella sin pronunciar una palabra ni dedicarle una mirada. La joven quedó allí como un saco mojado y nadie se fijó más en ella; sólo el viejo sufí, que descansaba no lejos, le dedicó una breve y benevolente sonrisa, para después seguir durmiendo. Clarion lloró hasta que la venció el sueño.

Los niños se habían despertado a causa de los gritos y no se les habían escapado los detalles de la disputa.

–Ya lo ves, Mahmoud– dijo Yeza cuando volvieron a arrebujarse en el hueco que, estrechamente abrazados, habían moldeado en el montón de redes. –Si no me dejas sitio en la cama te arrojaré al mar con los peces.

–Podría haber venido un tiburón– opuso Roç aún medio dormido, pero Yeza estaba ya del todo despierta.

–Habría emprendido la huida en seguida– declaró con desparpajo, –asustado por los gritos con que se le habría enfrentado Clarion.

–Mi padre– dijo el pequeño Mahmoud con expresión pacífica –le habría cortado la cabeza.

–¿A Clarion?

–No, a Madulain– declaró el gordito, y volvió a quedarse dormido.

–¿Es verdad eso?– preguntó Yeza a Shirat, que sonreía.

–Habría mandado cortársela– contestó después con entonación que pretendía ser tranquilizadora. –No hay por qué mancharse las manos con la sangre de un esclavo.

–Cuando estemos en tu país– insistió Yeza, –¿me dejarás ser tu esclava?

–No– dijo Shirat, –tú llevas sangre de reyes.

Yeza, apenas capaz de mantener los ojos abiertos, murmuró aún:

–Pues me parece que Madulain también es una princesa.

Durmieron hasta bien entrada la tarde y vieron que la barca apenas se movía del sitio. Habían entrado en una zona de calma. Después empezaron a aparecer nubes oscuras y la luz del día se tiñó de un color amarillento. Las olas mostraban pequeñas coronas de espuma.

–Habrá tempestad– dijo el viejo sufí con gesto preocupado.

Pero "el halcón rojo" le contestó con aire burlón:

–Se necesita ser muy sabio para entender los designios de la naturaleza. Pero será mejor que os atéis– ordenó después, –y que atéis también a los niños al palo.

A éstos les agradó sobremanera el detalle, aunque lo consideraron exagerado.

–¡Arriad la vela!

A cada uno de los niños y también a las mujeres los ataron con una soga alrededor del vientre; después tuvieron que sentarse en el suelo y arrojaron sobre ellos primero la red, después la vela, atando ésta por los extremos. Aún se atrevían a asomar por debajo de aquel toldo protector, pero la situación cambiaría muy pronto.

De repente, como surgiendo de la nada, empezaron a aparecer olas enormes que rodaban hacia la barca, que, cada vez más difícil de dominar, bailaba sobre la cima del oleaje bajando después como una flecha hacia los senos de las olas para verse cubierta a continuación por el rompiente.

Los gritos de los niños pronto fueron ahogados por el bramido del mar. Después de cada chapuzón los pescadores y Hamo intentaban achicar el agua con cualquier cacharro que tuviesen a mano. Madulain se había negado a meterse con Clarion debajo del toldo.

–¡Esa mujer es capaz de sacarme los ojos!– le gritó a "el halcón rojo". –¡Prefiero ver venir la muerte!

Pero éste le respondió, sin dejar de reír:

–Antes de llegar a eso creo que la degollarías con los dientes. Lo que sucede es que ahora no quiero a ninguna mujer enredándoseme entre los pies.

La joven *saratz*, aun siendo hija de montañeros, conseguía esquivar con la agilidad de un gato el ímpetu de las ráfagas de agua, y no le quedó a deber una buena respuesta:

–¡Querrás decir entre las piernas! ¡Antes de llegar a eso, una *saratz* sabrá responder como un hombre!– y sujetó a Hamo, quien en un descuido había dejado de prestar atención a una ola que casi lo arranca de la cubierta.

Se apresuraron a seguir achicando con la espalda doblada. Se inició una feroz tempestad, y el resplandor de los rayos permitió al menos al timonel no perder del todo la orientación, pues si alguna de las olas alzadas hubiese dado de lleno contra la barca, la habría volcado con toda la violencia con que las ingentes masas de agua se doblaban sobre sí mismas. El bramido del mar era tal que ahogaba incluso el rugir de los truenos que seguían al brillo convulsivo del relámpago.

Después cayó con un crujido el mástil que, por fortuna, se cruzó sobre la barca sin causarles daño a los niños acurrucados debajo de la lona. En cambio arrojó al agua a uno de los pescadores. Sucedió con tanta rapidez que el infeliz ni siquiera fue capaz de gritar antes de que se lo tragara el remolino y desapareció en alguna de las miles de gargantas abiertas y llenas de espuma que un segundo después ya no existían.

Ni siquiera les quedó tiempo de reflexionar acerca de su desaparición o de lamentarla, pues el nivel de agua iba ascendiendo y les llegaba ya hasta las rodillas; los niños se habían levantado para no perecer ahogados. Sujetaban la lona sobre sus cabezas y permanecían estrechamente abrazados, formando una figura bajo la cual sólo asomaban las piernas desnudas, y que se tambaleaba de un lado para otro como una medusa gigantesca.

Después empezó a rajarse el mástil a lo largo, el temporal lo hizo rodar y finalmente se astilló y se partió por la parte de arriba, aunque sin que se desprendiera el trozo quebrado, que colgaba sobre la borda dificultando todavía más cualquier maniobra con los remos. Sin embargo, como si aquél hubiese sido el último latigazo, el viento empezó a amainar en sus aullidos, las olas se tranquilizaron y finalmente volvieron a golpear con una tranquila e insolente cadencia los costados de la embarcación mientras los truenos ya sólo retumbaban en la lejanía.

Los ocupantes de la barca, agotados, se atrevieron por primera vez a levantar la mirada al cielo.

Unas nubes deshilachadas cruzaban con rapidez bajo la luz plateada de la luna, iluminadas aún a lo lejos por algún que otro relámpago.

Los niños, aunque seguían atados con la soga, se habían liberado de la red y de la lona y participaban en el achique sin necesidad de que les mandaran hacerlo; incluso el viejo sufí movía con serenidad el platillo que siempre llevaba consigo, por lo cual tampoco Clarion se atrevió a quedarse quieta. Se recogió las faldas, las sujetó en la cintura y se situó en medio de los hombres. Shirat se tambaleó y habría caído al mar si Hamo no la hubiese sujetado. La trasladó con mucho cuidado en brazos a la proa, el único lugar algo más elevado, y la acostó sobre el montón de redes. Madulain los siguió para ocuparse de la muchacha.

Un relámpago más cercano, al que siguió de inmediato el estampido del trueno, arrancó a Shirat de su desmayo.

–¿Cómo es posible que no tengas miedo?– susurró.

–Porque ahora ya no hará más que llover– le respondió Madulain para tranquilizarla. –Deberíamos agradecer este regalo del cielo– se dirigió después la muchacha a "el halcón rojo", –pues los bidones de agua potable han desaparecido o se han llenado de agua salada.

Hamo dirigió una mirada interrogadora al mayor de los pescadores, quien lo confirmó con un gesto respetuoso.

En efecto, la hija de los *saratz* había trabajado como un hombre, se le notaba en las manos que le sangraban, aunque ella no se quejaba. Hamo se arrancó una tira de tela de la camisa con la intención de vendarle las manos, pero Madulain le escupió al caballero a los pies, chispeantes sus ojos.

–¡Ahorrad el gesto!– resopló. –¡Cuidad de vuestros hombres!

En aquel momento "el halcón rojo" se dio cuenta de que a uno de los pescadores la caída del mástil le había quebrado una pierna y que el timonel parecía tener el brazo partido. Con ayuda de Madulain y Clarion pudieron vendar y entablillar a los heridos. Entre tanto, habían caído las primeras gotas gruesas, seguidas de un verdadero diluvio.

Los niños corrieron, siempre con la lona sobre la cabeza, hacia la proa y se acurrucaron junto a Shirat entre las redes. Los pescadores habían arrancado otro trozo de vela que colgaba a pedazos y se lo entregaron a Madulain para expresarle su agradecimiento.

Ésta vio a Clarion temblando bajo la lluvia, por lo que se acercó y le cubrió los hombros con el pedazo de lona. Clarion se quedó mirándola mientras Madulain se apartaba sin decir una palabra.

–¡Madulain!– exclamó Clarion. –¡Te lo ruego de todo corazón, ven aquí conmigo! La lona da para las dos.

Madulain se volvió, y las dos mujeres se abrazaron bajo la lluvia persistente antes de envolverse juntas en la lona protectora.

Aparte de Shirat, el sufí y los niños, nadie durmió aquella noche. Apenas hubieron achicado hasta que el agua de mar ya no representaba un peligro, los mismos recipientes –bidones y cubos– fueron utilizados para recoger el agua de lluvia. Todos los que seguían despiertos padecían una sed horrible y bebieron cuanto les fue posible, pues con ello también engañaban el hambre. El oleaje se había llevado todos los alimentos, y sólo algunos restos de pan flotaban en el agua sucia del fondo. Los pescadores los arrojaron al mar. Después cesó el temporal.

La mayoría de ellos pensaban con espanto en el día siguiente; el sol ardería sin compasión sobre sus cabezas sin poder protegerse de él. Los remos habían desaparecido, del mástil sólo quedaba un triste muñón y la vela se había roto en mil pedazos. Los pescadores le dijeron a "el halcón rojo" que, en cuanto amaneciera, les quitarían a los que dormían todo trocito de tela disponible para intentar componer con los restos una vela de emergencia, antes de que el calor les imposibilitara cualquier reacción. El agua potable de que disponían les alcanzaría hasta el mediodía. Así esperaron todos, apoyados contra los costados de la barca y sin poder dormir de angustia, a que surgiera la primera luz rojiza del sol naciente, un sol cruel.

Como los niños tenían ocupada la plataforma de proa, Clarion y Madulain se habían acostado junto al sufí sobre la cubierta de remeros, y Hamo sobre uno de los estrechos bancos que había más abajo. Lo despertó de su adormilamiento el agua que le llegaba hasta el lecho. ¡La barca tenía una vía de agua! Se incorporó de un salto, e iba a lanzar un grito de alarma cuando sus ojos tropezaron con otro barco. Era un velero enorme, de mucha anchura y alto castillo, aunque el temporal también parecía haberle causado daños. Hamo observó que estaban izando las velas.

–¡Socorro!– gritó, y movió los brazos. El grito despertó a los demás, que hasta entonces no se habían dado cuenta de la luz que subía por el horizonte y anunciaba la salida del sol. Inmediatamente todos se levantaron haciendo señales con cualquier trapo que pudieron agarrar. Las velas del otro barco se hinchaban bajo la fresca brisa matutina, e incluso vieron que izaba una bandera que, sin embargo, no fueron capaces de identificar. Gritaron desesperados cuando pareció que el barco extraño quería desentenderse de su llamada y se alejaba sin compasión. Pero después describió un giro atrevido y se dirigió hacia ellos mostrando los colores de Antioquía.

–¡Dejadme hablar a mí!– rogó Clarion a "el halcón rojo". –Yo represento al Otranto cristiano.

Hamo protestó:

–¡Siempre he creído que ese papel me correspondía a mí!

Pero su amigo mayor le hizo callar y con un gesto autorizó a Clarion para hacer de portavoz.

La pesada nave se había acercado ya bastante, y se veía que llevaba una buena dotación a bordo. A la tripulación desharrapada de la barca de pescadores le llamó la atención ver a tantos hombres ostentando ropas magníficas y, sobre todo, el hecho de que al parecer fuera un muchacho de diez o doce años a lo sumo quien estaba al mando.

Fue éste quien se acercó a la borda y les gritó:

–¿Quiénes sois?

Clarion respondió:

–¡Somos de Otranto, fieles al emperador y buenos cristianos a punto de naufragar!

–Eso ya lo vemos– exclamó el muchacho, –pero decid si padecéis alguna enfermedad contagiosa.

Entonces intervino Hamo.

–Yo soy el conde de Otranto. Estamos sanos, pero sufrimos una vía de agua y tenemos niños a bordo. Por favor, ¡no dudéis en salvarnos!

–*Cuncto, ergo sum!*– respondió el muchacho con aire de gran autosatisfacción. –Yo, príncipe Bohemundo, hijo de Bohemundo, príncipe de Antioquía y conde de Trípoli, decido responder a vuestro ruego…

–¡Pero rápido, querido primo!– gritó Clarion. –¡O pereceremos ahogados!

La poderosa nave se situó hábilmente al lado de la mísera barca y les lanzaron unas escalas de cuerda. Hamo fue el primero en subir a bordo. Le tendió la mano al príncipe.

–Os doy las gracias y os ruego permitáis que ahora os presente a quienes habéis salvado tan generosamente la vida…

Y procedió a presentar, con gran despliegue de gestos cortesanos, a sus compañeros, cuyo aspecto tan mal respondía a cualquier etiqueta. Clarion, la primera en seguirlo, saludó a Bohemundo doblando la rodilla como exige el protocolo.

–Clarion, condesa de Salento, hija carnal de su majestad el emperador Federico.

Le tocó el turno a Bohemundo de inclinarse profundamente, casi asustado, cuando ya llovían otros nombres ilustres sobre él. Los pescadores ayudaron a los niños y torcieron divertidos el gesto cuando Hamo proclamó:

–¡Roger e Isabelle de Montségur, grandes de Francia!

–¡Llevamos sangre de reyes!– se apresuró a exponer Yeza, y el príncipe le respondió con amabilidad:

–¡Puedes llamarme Bo!

Después los niños se echaron a reír al ver que Hamo tartamudeaba:

–Ma-Ma-Manfredo de Lecce– y se sentía satisfecho por habérsele ocurrido un nombre adecuado para el pequeño Mahmoud, quien asintió con timidez.

–Bo, Bohemundo de Antioquía– dijo el príncipe tendiéndole la mano.

–Shirat, su tía– prosiguió Hamo, ya más seguro.

–Madulain, de la nobleza de los *saratz*, margravesa de Punt'razena. Y éste es mi profesor particular– hizo pasar con rapidez al viejo sufí por delante del príncipe mientras reservaba con satisfacción para el final la presentación de "el halcón rojo", quien no había subido a bordo hasta ver que estaba ya a salvo el último de los pescadores. –¡Constancio, príncipe de Selinonte!– exclamó Hamo poniendo en su voz todo el énfasis del que disponía. –El propio emperador lo ha armado caballero.

"El halcón rojo" insinuó una reverencia mientras Bohemundo exclamaba:

–Debo considerarme feliz de haber podido salvar, a mis pocos años, a un grupo de personalidades tan ilustres. ¡Os ruego paséis a tomar conmigo el segundo desayuno!

En aquel momento se le acercó Roç.

–Querido primo– dijo, –¡también aceptaríamos el primero!

Bo se ruborizó y les gritó a los criados:

–¡Procurad servir ahora mismo un desayuno! Yo quiero leche caliente con miel.

–¡Yo también!– dijo Yeza. –¡Y un pescado de huevo!

–A mí no me gusta el pescado– dijo Bo, –¿no prefieres un poco de tocino frito con el huevo?

–Querido Bo– le explicó Yeza entonces, –un pescado de huevo no es más que una tortilla de huevo doblada, es muy fácil de hacer y hasta el Papa de Roma la come así.

–¿Has estado allí?– Bo se mostró profundamente impresionado. –Yo sólo conozco Chipre, precisamente vengo de allí.

Yeza estaba a punto de responder "nosotros también", pero Roç le dio un codazo y declaró:

–¡Pues nosotros no conocemos Chipre!

Esta aseveración alegró a Bo.

–Os lo contaré todo, pero antes quiero presentaros a mi hermana.

Los criados instalaron sobre cubierta una gran mesa bajo un toldo de muselina blanca, pues el sol ya empezaba a calentar bastante. La vajilla era preciosa, aunque lo que más apreciaron todos fueron las fuentes de plata cargadas de fruta fresca, que invitaban a servirse de ellas.

–Avisad a la princesa Plaisance– ordenó Bo, –y transmitidle mi ruego de que nos haga el honor de acompañarnos.

De un grupo de mujeres jóvenes que desde el fondo habían estado observando todo el tiempo con curiosidad y entre cuchicheos la llegada de los extranjeros se destacó una muchacha de unos doce años, bastante más oronda que el pequeño Mahmoud, y que ya tenía senos de verdad, como Yeza observó en seguida llena de envidia.

Sus criadas, jóvenes camareras y amas mayores, la seguían como un compacto enjambre de abejas sigue a su reina.

Plaisance apenas advirtió la presencia de los infantes; tendió con timidez la mano a "el halcón rojo" y a Hamo, bajando educadamente las pestañas, y después se unió a las damas, a quienes arrastró hacia un extremo de la mesa rogándoles que se sentaran junto a ella.

Clarion y Madulain competían ahora en cederse mutuamente el paso y se llamaban una a otra "hermana"; Shirat aprovechó la oportunidad para no tener que sentarse junto a Plaisance, que le parecía demasiado charlatana. Como ella apenas hablaba el idioma franco, excepto las pocas palabras que había podido pescar, temía ser reconocida como musulmana. Su temor se acentuó cuando empezaron a servir huevos con tocino frito, pues el olor de la carne de cerdo aumentó su turbación. En un gesto casi involuntario atrajo rápidamente hacia ella al pequeño Mahmoud.

Madulain advirtió su angustia y se dirigió a Plaisance:

–Nuestra querida prima ha hecho promesa de ingresar en una Orden monástica que le exige silencio.

–¡Desearía ser tan devota como ella!– se le escapó a Clarion, y la regordeta Plaisance unió las manos y afirmó con mucha convicción:

–Feliz el que goza de tal gracia– tras lo cual se llenó el plato.

En el otro extremo de la mesa, Bo señaló el sitio de honor al príncipe de Selinonte, quien lo ocupó junto a Hamo, sin dejar de vigilar a los niños, a los que el anfitrión había situado en el centro y a su lado, frente a Shirat y Mahmoud.

El viejo sufí quiso retirarse para unirse a los pescadores que tomarían algo bajo cubierta, con la tripulación del barco, pero Bo lo mandó buscar.

–Mi señor padre, el príncipe, siempre dice: "Honra la vejez y la sabiduría aunque tus maestros sean los más severos."

Lanzó una mirada tímida y escudriñadora al anciano, como si le recordara a alguien. Pero como no se sentía seguro y el sufí insistiera en guardar silencio prescindió de momento de vigilarlo y se dirigió a Roç:

–Me encuentro en viaje de regreso de Limasol– inició de nuevo la conversación, –adonde he acompañado a mi querida hermana. Mi señor padre, el príncipe, tenía otros compromisos, de modo que he debido representar a la casa de Antioquía en la celebración del compromiso de Plaisance con el rey Enrique de Chipre. Claro que todavía es demasiado joven para casarse– y se dirigió con toda confianza a Yeza, –¡aunque ella no esté de acuerdo!

–¿Se quiere casar ya?– preguntó Yeza.

–No sé– declaró Bo, –nadie la ha preguntado. La Iglesia aprueba la unión y vuestro rey Luis les ha otorgado la bendición.

–No es mi rey– se le escapó a Yeza antes de que la alcanzara una mirada de advertencia de "el halcón rojo". –Nosotros somos hijos de reyes, pero somos muy herejes.

Aquella expresión no le decía nada a Bo, de modo que Yeza intentó explicárselo.

–Creo que ese rey nos tiene miedo porque somos infantes de verdad.

–Y no necesitamos para nada la bendición de la Iglesia– intentó secundarla Roç.

–Bueno– dijo Bo, ya tranquilizado, –seguramente sois como nuestros griegos, que tampoco quieren saber nada de la Iglesia romana ni del Papa. Aunque mi padre el príncipe afirma que a pesar de ello son nuestros mejores súbditos.

"El halcón rojo" se sintió aliviado al ver que la conversación se desviaba de una senda tan peligrosa e intervino con rapidez, recordando también su propia misión.

–¿De modo que Antioquía participará en la cruzada del rey de Francia?

Bo se sintió lisonjeado al ver que podía desplegar sus altos conocimientos diplomáticos ante una persona tan entendida.

–Nuestro canciller y nuestro condestable– y señaló cortés a dos caballeros mayores de sienes plateadas que se sentaban juntos entre los infantes y las mujeres, y que hasta ese momento se habían limitado a observar con manifiesta desconfianza a los huéspedes –han tenido que rechazar la propuesta que nos hicieron en ese sentido, aunque lamentándolo mucho.– Después Bohemundo volvió a repetir las últimas palabras en voz alta, para que los dos aludidos pudieran oírle y se pusieran contentos, lo que sin embargo no sucedió, sino que siguieron susurrando en griego mientras Bohemundo se encogía de hombros: –En todo caso, el señor canciller y el señor condestable han expuesto al rey Luis que Antioquía se ve obligada a luchar contra tantos enemigos que la acosan en sus propias fronteras, que no puede permitirse prescindir de ninguno de sus defensores. Al revés– declaró, orgulloso de sus amplios conocimientos, –hemos rogado al rey que nos preste seiscientos arqueros…

–¿Os ha concedido ese favor?

–Sí, pero sólo durante nueve meses, dice que después los necesitará él mismo…

–¿Y donde están?– preguntó Roç.

Bo sonrió con aire de superioridad.

–Los hemos repartido entre los demás barcos, puesto que nos acompaña casi toda la flota de Antioquía. En éste no viene ninguno– añadió, –porque aquí, por desgracia, hemos de llevar a las mujeres. El temporal nos ha separado del resto de la flota.

–Ha sido una tempestad horrible– dijo Yeza. –¡Tanto rayo y tanto trueno! A nosotros nos hizo perder el mástil y a uno de nuestros hombres.

–¿Venís directamente de Otranto?

–No tan directamente– intervino Hamo con rapidez, –fuimos a visitar al obispo de Constantinopla…

–Comprendo– dijo Bo, –es el señor patriarca de nuestros queridos griegos. Pero no habréis ido a verlo en esa barca de pescadores chipriotas…

–No– intervino "el halcón rojo", –viajábamos en el buque insignia del almirante imperial, pero éste se hundió en el temporal, y los pescadores chipriotas fueron caritativos y nos auxiliaron. Por desgracia somos los únicos supervivientes, y todos nuestros criados, soldados y marineros han perecido ahogados.

–*Audaces fortuna iuvat*– dijo Bo satisfecho, pero Yeza consideró que no habían concluido con el catálogo de sus pérdidas.

Señaló a Roç:

–Por desgracia, él ha perdido además un arco, un auténtico arco mongol con el que sabe disparar incluso montado a caballo…

Sus palabras volvieron a abrir una herida cuyo dolor Roç aún no había superado, aunque intentaba sobrellevar con coraje el sufrimiento. Recordó las palabras de la condesa: "Todos deben hacer algún sacrificio." Después señaló a Yeza:

–Ella ha perdido también un arma muy valiosa, un puñal arrojadizo…

–No– dijo Yeza, –lo he salvado.– Y metiendo la mano entre sus ropas, extrajo el puñal.

Los ojos de Roç adquirieron un brillo extraño. Bo examinó con respeto y aprobación el filo agudo del puñal mientras Roç luchaba por contener las lágrimas.

–No sé si es un arma adecuada para una niña– se le escapó a Bo.

Los ojos verdes de Yeza echaron chispas:

–Basta para matar a un hombre.– Recuperó el puñal con aire sereno aunque su voz revelara un tono irritado:

–¿Has matado alguna vez a un hombre?

Volvió a guardar el arma en su lugar habitual, debajo del cuello y por detrás de un hombro, cubriendo el mango con la cabellera que seguía ostentando un tono negro aunque el agua del mar y la lluvia habían aguado algo el color, por lo que se veían algunos mechones rubios entre la maraña. Todo ello la hacía parecer mayor y Bo se sintió confuso.

De ahí que prefiriera dirigirse de nuevo a Roç, frente al cual parecía tener asegurada una mayor superioridad:

–Si quieres, puedo enseñarte mi colección, estoy seguro de que encontraremos algún arco que te complazca.

–Ahora preferiría tener una espada– le repondió Roç.

–Mi padre, el príncipe– le reprendió Bo con suavidad, –dice que sólo puedes llevar espada una vez has sido armado caballero, y que esa condición te obliga mucho.

–El príncipe tiene toda la razón– asintió "el halcón rojo", y después prosiguió, sin poder evitar una pequeña indirecta dirigida a Roç: –y lo primero que debe aprender un caballero es a no perder el arma que le ha sido confiada.

El reproche era injusto y provocó una protesta llorosa de Roç, que sollozó indignado:

–¡La condesa dijo que un niño mendigo no lleva armas y me lo quitó!

–Yo te haré un regalo digno de un rey– intervino Bo con rapidez. –Ven conmigo, ¡retirémonos a mi fortaleza!

Aquella exclamación implicaba un rechazo a los adultos y posiblemente también a Yeza, una niña que iba por la vida armada de un puñal y presumía como si en efecto lo hubiese usado ya para matar a un hombre.

–¡Se levanta el banquete!– Bo saltó del asiento y tendió fraternalmente su mano a Roç.

Juntos corrieron hacia la popa, donde se elevaba una construcción de madera de dos plantas, parecida a un pequeño castillo. Ante el portal había dos guardias que los saludaron presentando armas, en la parte de atrás se hallaban los camarotes de las mujeres, y una escalera empinada ascendía al piso superior, que disponía de cuatro habitaciones y una galería desde la cual aún se podía acceder por una escalera a un recinto en el interior de la torre. La plataforma superior permitía dominar todo el entorno.

–¡Éste es mi castillo!– dijo Bo con orgullo. –A través de las troneras puedo ver el mar y vigilar todo el barco.

–Pero si alguien dispara una catapulta– opuso Roç, –lo primero en ser alcanzado por los tiros será esta torre.

Bo miró sorprendido a su invitado.

–En ese caso tendría que bajar corriendo y refugiarme donde las mujeres– concedió, –¡pero eso aún no ha sucedido nunca!

Las paredes estaban cubiertas de los más bellos objetos: cuernos de cobre, tambores de arcilla pintada y cubiertos de piel tensada de camello, cuchillos de filo serrado y sables curvos, yelmos y armaduras, lanzas, flechas y arcos, e incluso un arcabuz. Roç no salía de su asombro.

–¿Todo esto es tuyo?

Bo sonrió condescendiente y echó mano de un bastón ricamente adornado, como los que usan los ancianos para apoyarse al caminar. Se lo tendió a Roç, que fue incapaz de ocultar su desilusión.

–¿De qué me va a servir?

Pero Bo adoptó un aire de misterio mientras Roç daba vueltas entre sus manos a la pieza, sin saber qué hacer con ella. Entonces el pequeño príncipe se lo quitó otra vez, y después giró un poco el mango y sacó de repente un estilete afilado del interior, colocándose en posición de esgrima.

–La sorpresa es media victoria, según dice...

–Extraordinario– lo interrumpió Roç, –¿de veras quieres regalármelo?

–Siempre que me digas quiénes sois de verdad...

–La verdad es que tampoco lo sé muy bien– le respondió Roç. –Con mucho gusto te lo confiaría, pues veo que eres un verdadero amigo...

–¿No sois vosotros los hijos del Grial?

–Así suelen llamarnos– respondió Roç, un tanto confundido; pero Bo no aflojó en su insistencia.

–¡Habéis estado en Chipre!

–¡Nunca!

–¿Y la "condesa", a la que culpas de haber regalado tu arco a unos niños mendigos...?

–No– lo interrumpió Roç, –¡no conozco a ningún niño mendigo, nosotros somos de sangre real!

–Pero conoces a la condesa de Otranto, llamada también "la abadesa", la famosa pirata...

–¡Tía Laurence no es una pirata!– exclamó Roç, profundamente excitado.

–¿No es vuestra madre?

–No, de verdad que no...

–Si mientes no te doy el bastón.

En aquel instante se presentó Yeza y Roç se apresuró a decir:

–¡Pues quédatelo!

Yeza no tuvo para los tesoros de Bo más que una mirada superficial.

–¿No te gustan?– preguntó Bo, que quería ganarse su admiración.

–Es demasiado– respondió la niña con brevedad, y añadió después: –Nadie tiene más que dos manos.

Bo comprendió el argumento y se dijo que aquella muchacha tal vez sí sería capaz de matar a un hombre.

–Él dice que no sabe quién es vuestra madre– dijo intentando clavar una cuña entre los dos niños.

–Yo tampoco lo sé– confirmó Yeza, y no parecía muy dispuesta a hacer participar a Bo, a quien consideraba un chico pretencioso, de sus recuerdos.

–¿Y vuestro padre?– Era el último triunfo de que disponía Bo.

Yeza reflexionó, no sabía bien cómo explicárselo.

–¿Has oído hablar del famoso Trencavel, también llamado Parsifal?

Estaba segura de que aquel nombre no le diría nada y que con ello volvería a terreno seguro, mientras que el muchacho se quedaría luchando con su propia ignorancia y tendría que apañárselas con ella.

Pero Bohemundo exclamó:

–¡Claro que sí! Un trovador nos cantó sus aventuras en Antioquía, nos habló de los caballeros de la mesa redonda del gran rey Arturo…

–Pues bien– terminó Yeza con aire solemne, –¿comprendes ahora por qué nosotros, que no somos más que unos niños, no debemos hablar de esas cosas?

Bo calló impresionado. Recordó que también su padre le había recomendado en su tiempo que no preguntara más. Pero era demasiado excitante.

–¿Un gran secreto?– preguntó en tono de respeto.

Yeza disfrutaba de su victoria.

–Hay cosas a las que se las puede llamar por su nombre y otras que sólo se pueden vivir.

Era una frase que le había escuchado al viejo sufí. Pero una vez dicho esto Yeza cogió la mano tendida de Bo, quien rápidamente quiso asegurarse también de la amistad de Roç, y le cedió el bastón. Las tres manos se unieron encima del arma y Bohemundo pronunció con entonación solemne:

–Seamos amigos conjurados– y le sonrió a Roç, –¡juremos pertenecer a la hermandad de la espada oculta!

A Yeza le pareció un tanto ridícula la escena, pero suponía que a los chicos les gustaban esas cosas y Roç estaba satisfecho. De modo que se limitó a suspirar y después dijo en voz alta:

–¿Dónde hay aquí un sitio para mear?

Caía la tarde cuando se acercaban a la costa. También el barco de Antioquía había sufrido daños a causa del temporal; la fuerza del oleaje había destrozado el timón, de modo que podían darse por satisfechos con que el viento los arrastrara hacia tierra y no al mar abierto.

Bo recibió esta explicación de su capitán griego, quien le insistió en que debían reparar el timón antes de poder pensar en proseguir viaje a lo largo de la costa y en dirección norte para llegar a San Simeón, puerto adelantado de Antioquía.

–Bajaremos a tierra mientras lo reparáis– decidió Bo.

–No os lo aconsejo, príncipe– se permitió observar uno de los graves consejeros que su padre había insistido en asignarle. Era el condestable, quien se mostraba seguro de conocer aquella zona. –A menos que me equivoque mucho– dijo, –estamos a punto de ser llevados a tierra exactamente entre el Marqab de los sanjuanistas y Tortosa, la fortaleza de los templarios.

–Y no os conviene tener por compañía a ninguna de las dos Órdenes– añadió el canciller, –por decirlo con más precisión, no os causarán más que disgustos.

–No se atreverán...– quiso enfurecerse Bo, pero el canciller movió pensativo el calvo cráneo. –Esos disgustos tendrían su origen en la generosidad con que habéis acogido...

–¡No te permito ni una sola palabra contra mis queridos amigos!– y Bohemundo dio una patada autoritaria en el suelo.

–Querido príncipe, no me refiero a los infantes reales, sino a los infieles...

–La verdad es que reconocí en seguida al famoso sufí Abu Bassiht– intentó aplacar Bo a su canciller; –hace un año fue huésped venerado en la mesa de mi padre el príncipe, cuando viajaba por Antioquía. Estoy muy orgulloso– añadió –de verlo ahora como huésped en mi nave. ¡Y espero lo mismo de vosotros!

–Nos hemos permitido, querido príncipe– gruñó el condestable –rogar al venerable Abu Bassiht que se dignara mantener con nosotros una pequeña conversación, en cuyo transcurso nos confesó no ser, ni mucho menos, maestro de vuestros amigos los infantes reales, sino que sus protegidos son el hijo y la hermana del jefe de la guardia de palacio de El Cairo, el emir de los mamelucos Rukn ed-Din Baibars, llamado también "el arquero", tal vez el enemigo más peligroso de la Cristiandad.

Apenas había terminado de pronunciar el condestable la denuncia cuando se presentó ante Bo "el halcón rojo", furioso y sin prestar atención a la presencia de los dos consejeros.

–¿Es éste el respeto que tienen en Antioquía por los ancianos y los sabios, es así como un príncipe trata a sus huéspedes?– y señaló con el brazo hacia la parte central del barco, donde el viejo sufí era atendido por Shirat y Madulain. La espalda desnuda del anciano mostraba señales de latigazos y sus manos sangraban. Entre las dos mujeres apenas lo sostenían y el pequeño Mahmoud estaba llorando. Yeza y Roç se acercaron corriendo. El rostro de Bohemundo palideció y se echó a temblar de rabia.

–¡Fuera de mi vista!– les siseó al canciller y al condestable. –Solamente mi padre el príncipe puede juzgaros, pero os aseguro que habéis mancillado mi honor. ¡Y mi honor es también el de Antioquía!

Los dos personajes se inclinaron con gesto indolente y abandonaron la ciudadela del príncipe, que lanzó un gemido.

–Os lo ruego– se dirigió después a "el halcón rojo", –implorad a mis amigos que acudan aquí para que solicite su perdón. Yo no puedo salir, pues me moriría de vergüenza.

–No lo haré– respondió "el halcón rojo", –sino que abandonaremos vuestra nave en cuanto fondee en la tierra que pertenece a los herederos del profeta y que hace ya demasiado tiempo viene sufriendo el descaro de los cristianos.

–¡Os acompañaré!– con estas palabras se irguió Bo. –Sería más inteligente pasar esta noche aún a bordo, pero la humillación es peor que cualquier peligro que pueda acecharnos afuera. No podré dormir aquí, no sin mis amigos.

La noche se cerraba con rapidez y Bohemundo ordenó preparar dos barcas de remo. Apenas la quilla del barco rozó el fondo pedregoso de la playa, empezaron a descender a las barcas.

Los niños, tanto los infantes reales como los infieles, las tres mujeres jóvenes y el sufí, abrumado por la paliza y la tristeza, subieron a una de ellas, mientras que la otra era ocupada por Bohemundo y tantos de sus soldados como cabían en ella, acompañados de Hamo y de "el halcón rojo". Mientras ambas embarcaciones se dirigían a través del oleaje hacia una bahía arenosa que descubrieron entre las rocas, no cruzó de una barca a otra ni un saludo, ni una broma o palabra alegre.

Cuando llegaron a tierra ya era noche oscura, de modo que se acostaron en la misma playa. Bo no soportó durante mucho tiempo el silencio cargado de desprecio con que los demás lo castigaban. Ordenó a sus soldados que encendieran un fuego para que todos pudieran recibir algún calor y después se encaminó hacia el otro grupo.

Halló al sufí arrodillado y reclinado en oración, el rostro dirigido a la Meca. *Assalahu aniaya 'al beinakum, ua beina ladhina 'adaitum minhum mauadda ualahu qadeirun ualahu ghafurum rahim.*

Bo esperó mudo a que terminara, sin intentar siquiera recoger una mirada de sus amigos, que no le prestaban ninguna atención. Una vez hubo terminado el sufí, Bo dobló la rodilla, tomó la mano del anciano y se la besó.

–Perdóname a mí y a los míos– susurró.

El viejo Abu Bassiht le respondió:

–*Ana 'arif kif nar a-dhun tikui*: aunque es verdad que la traición arde en el cuerpo como un fuego griego, más cruel es el frío que atenaza el corazón de quien sufre la cuchillada de la vergüenza. Te ruego, mi joven señor, que no mueras de frío. *In' ami bidif al hub aladhi astakihi min haiauki*.

Después cubrió de besos la mano del príncipe. Bo se la retiró con suavidad, se incorporó y se acercó a la orilla. Estaba llorando. Miró las aguas y la nave de la que tanto orgullo había sentido. Cuando él fuese soberano de Antioquía…

De repente se dio cuenta de la presencia de sus amigos; lo sorprendió verlos acurrucados detrás de él en la arena, acompañados del pequeño Mahmoud. En lugar de sentarse junto a ellos más bien se arrojó a sus pies.

–Queremos incluir a Mahmoud en nuestra hermandad– dijo Roç dándose aire de importancia, y como no estaba del todo seguro de la acogida que tendría la propuesta añadió: –¿Estás de acuerdo?

–Lo que pasa– objetó Bo –es que siendo musulmán…

–Dios mío– exclamó Yeza con fervor, –yo tampoco estoy bautizada, al menos no por un sacerdote de la Iglesia, ¡porque soy hija del Grial!

–En ese caso, ¡quiero ser vuestro caballero!– exclamó Bo con énfasis.

–Pues tiéndele la mano– dijo Roç, y le dio un codazo al gordito Mahmoud, que no parecía mostrar demasiado interés por el ceremonial de "la espada secreta". Pero los demás lo cogieron sin más de la mano y entre todos sujetaron el bastón que llevaba la hoja afilada oculta.

–Sean cuales sean nuestras creencias– dijo Bohemundo, –¡estaremos unidos hasta la muerte!

Después observaron fascinados a "el halcón rojo", que había sacado dos ramas encendidas del fuego y se encontraba no lejos de ellos en la playa, trazando con los maderos ardientes círculos, ondas y rayas en la oscuridad nocturna. A veces introducía las ramas en la arena, de modo que ya no se viera el resplandor. Pero cuando las volvía a sacar se inflamaban de nuevo y seguían trazando señales luminosas.

–¿Es un espía?– susurró Bo excitado, pero Yeza lo tranquilizó.

–Ese hombre– casi se le escapó el nombre de "el halcón rojo" –es, igual que tú ahora, un custodio del Grial. ¡Están en todas partes!– murmuró con expresión de misterio.

"El halcón rojo" acabó por arrojar las ramas encendidas al mar, donde se apagaron con un chasquido. Se acercó a los niños.

–Puesto que el fuego señala a nuestros enemigos que alguien ha desembarcado aquí– dijo en voz baja, aunque con entonación casi divertida, –¡prefiero que también nuestros amigos sepan que sois vosotros quienes habéis arribado!

Se inclinó haciendo una reverencia.

–Id a dormir ahora. *Namu al'an Alah yahmiku.*– Después se perdió en la oscuridad.

Los niños hicieron lo que les habían mandado y se durmieron en seguida.

"El halcón rojo" se encargó de la primera guardia. Sus pasos rondaban al pequeño grupo de personas confiadas a su protección. Las tres mujeres descansaban cerca del fuego, estrechamente abrazadas: Madulain en el centro, su cabeza sobre un brazo de la condesa de Salento; el cuerpo infantil de Shirat se acurrucaba a espaldas de la primera. "El halcón rojo" no pudo resistir la tentación de acercarse con precaución para observar a la dormida hija de los *saratz.* Una guedeja de cabello oscuro y brillante le cubría el rostro, la respiración hacía subir y bajar sus senos firmes y, al moverse una de las mantas, observó que la mano de la joven descansaba en ademán de abandono sobre un muslo. "El halcón rojo" se sorprendió a sí mismo pensando que envidiaba de todo corazón el lugar de las otras mujeres que tan estrechamente se apretaban contra el cuerpo de la bella joven. Con mucho gusto habría cambiado su puesto por el de la mameluca, sintiendo el redondeado trasero de Madulain acurrucado contra sus muslos, e incluso le habría bastado con ocupar el lugar de la axila de Clarion donde la cabeza de la joven *saratz* hallara cobijo. Observó a Madulain con cariño cargado de deseo y no se sintió capaz de desviar los ojos del cuadro, que lo inducía a imaginarse tomando en sus brazos a la indómita mujer.

El sueño de Madulain no era muy profundo, pues nunca la abandonaba cierto espíritu de permanente vigilancia que la hacía sentir en seguida la cercanía de otro ser humano. Esperaba ver la oscura silueta del hombre destacándose frente al débil reflejo del fuego. ¿Había estado soñando con él? Obligó a sus párpados a encubrir la pasión de su mirada. También se esforzó en reprimir la excitación que recorría sus venas. No deseaba transmitir a "el halcón rojo" ningún signo que pudiese producirle satisfacción, pues opinaba que aquel hombre era un engreído convencido de que le bastaba con enseñar una dentadura impecable para ganarse los labios y la voluntad de una mujer como ella. De modo que apretó los labios y apartó la cara de su dirección, ocultándola como en sueños junto al blando pecho de Clarion mientras con una mano subía la manta para cubrirse.

"El halcón rojo" suspiró y se alejó con paso liviano hasta internarse en la noche.

DIARIO DE JEAN DE JOINVILLE

Limasol, 19 de octubre de 1248 d.C.

A última hora de la tarde envió recado mi señor, el rey Luis, de que acudiera a verlo. Me dirigí a palacio y me condujeron a presencia del *maître* Roberto, quien me informó de que su majestad no se encontraba bien, que los médicos le habían ordenado guardar cama y que no se excitara por nada del mundo, por lo que convenía que ajustara mi comportamiento a dichas consignas, ya que parecía inevitable mi visita. Cuando pisé el dormitorio real tropecé en la puerta con la reina Margarita, que se disponía a salir. Me saludó con amabilidad y no me pareció estar demasiado preocupada por el estado de salud de su esposo.

Luis descansaba medio sentado, recostado contra unos almohadones, y no tenía aspecto de estar muy afectado. Tampoco prestaba atención al gesto de sufrimiento que mostraba el rostro del *maître* Roberto.

–Mi querido Joinville– graznó con voz un tanto quebrantada, –¿qué tal esa crónica, progresa?

Antes de que yo le pudiese contestar, prosiguió:

–Siento la necesidad de expresarte mis cumplidos por la habilidad diplomática con que has zanjado la molesta y desgraciada disputa entre las Órdenes militares.

Sus palabras me dejaron tan sorprendido que el rey debió interpretarlo como una señal de excesiva humildad y añadió:

–No hay de qué avergonzarse. Siéntate aquí, cerca de mí. Es posible que te contagie algo, pero así no tendré que hablar en voz tan alta como para que el *maître* Sorbon se entere de cada palabra.

Sus palabras me convencieron de que el rey estaba de buen humor, aunque nadie afirmaría lo mismo de su confesor. Su majestad tosió un poco antes de que pudiese hacerlo el otro, y me susurró en voz baja y algo carrasposa:

–Ahora que ya no están aquí los niños puedes hablarme de ellos…

–Es una situación extraña– empecé con mucha cautela: –por un lado tenemos a dos encantadores infantes de carne y hueso que son como todos los niños de este mundo, a los que uno desearía acariciar y mimar… aunque a veces también se merecen un cachete, pues son impetuosos, de madurez y experiencia muy avanzadas para su edad…

–¿Acaso mi primo el emperador Federico no creció también, en su infancia de Palermo, como un gato asilvestrado que merodea por los campos?

–Sí, eso dicen, y la verdad es que los niños me recuerdan constantemente al emperador, sobre todo cuando pienso en lo curiosos que son, ¡o en lo insólito de sus ocurrencias!

–Háblame más de ellos, querido Joinville; me parece que acerté al escoger al observador que en su día envié a Constantinopla.

Aunque ya había oído otras veces de su boca algún elogio similar, lo paladeé con la lengua como si fuese uno de los dulces frutos confitados tan agradables de gustar que saben fabricar los reposteros árabes de Chipre. No obstante, también me sorprendió muchísimo el interés humano que el rey parecía sentir por los infantes.

–Por otra parte– proseguí, –y teniendo siempre en cuenta que estamos tratando de las mismas criaturas humanas, ¡esos "infantes reales" existen! ¿Han estado aquí o no han estado? Yo sólo puedo confirmar que en la trirreme había un niño llamado Roç y una niña rubia llamada Yeza cuando la nave tomó tierra en Limasol, y que esas criaturas fueron llevadas al Temple con todos los demás que venían en el barco. Sin embargo, si creemos en la palabra del suplente del señor gran maestre de la Orden de los sanjuanistas, no han abandonado el Temple, a menos que lo hayan hecho por la chimenea. Y si queremos confiar en el magnífico olfato de vuestro sabueso, el señor Yves, que inspeccionó el Temple inmediatamente después de la salida de sus ofendidos ocupantes, solo encontró allí un arco mongol de tamaño infantil con sus flechas. Además, toda Chipre habla de la presencia de los infantes. Es decir, ¡estuvieron aquí!

–Todo eso no es más que fantasía– me riñó el *maître* Roberto, –¡nunca podréis aportar la prueba científica de ello!

Pero el rey me susurró con voz casi inaudible:

–Nuestros sacerdotes modernos piensan demasiado, y eso los incapacita para creer. Nuestro *maître* sería capaz de abrirle las venas al emperador para ver si tiene la sangre azul...

–¡O si lleva sangre de carnicera!– graznó disgustado el señor de Sorbon.

–Comprendo lo que quieres decir, Joinville– me tranquilizó el rey, –y debes seguir con los ojos bien abiertos, aunque también debes mantener despierta tu sensibilidad más afinada para enterarte de cuanto puedas saber de los infantes.

–Y no dejéis de tomar buena nota de cada uno de los rumores, de cuanto se hable en el bazar, de cualquier visión de una vieja supersticiosa que pretenda haber visto a esos angelitos cada vez que se encuentra a contraluz con dos niños mendigos cubiertos de harapos– se burló el señor Roberto.

–*Maître* Roberto– intervino el rey con gravedad, –no deseo oír tales palabras. Además, nuestro Redentor daría preferencia a un niño mendigo antes que a un ángel, que no necesita para nada de su piedad.

Pero el *maître* Roberto no renunció a decir la última palabra:

–Lo que se dice por ahí es que llegaron como infantes reales y escaparon como niños mendigos. ¡Es lo que he oído!

–No le hagas caso– dijo el rey. –Le falta ese sentimiento que nos une a nosotros, querido Joinville, en la convicción íntima de que Nuestra señora María, la virgen niña, pudo ser al mismo tiempo madre, hermana y amante aunque, como es lógico, siempre en un plano sobrenatural, en el que no tiene cabida ningún pensamiento bajo. ¡Piensa más bien en el ágape de los griegos y no tanto en la Venus reprobable de los romanos!

Yo no soy tan ilustrado como para poder revivir ante mi ojo interior la imagen de lo que sería un ágape, pero sí me imagino más de un detalle relacionado con Venus. Si el monarca se refería al amor a Dios que, según me habían explicado en su día mis maestros, es el significado de ágape, ¿qué tiene eso que ver con la mujer virgen y niña? No obstante, dejé a mi señor en la convicción de que sus extrañas preferencias enlazan íntimamente con las mías y le solicité permiso para retirarme, teniendo en cuenta el respeto debido a su estado de salud.

No sé por qué, pero las visitas que hago al rey siempre despiertan en mí una ansiedad que sólo me veo capaz de apagar con ayuda de abundante vino, y que sea del mejor. Sin embargo, en la taberna de *La Bella Vista*, donde volvió a renacer en mí la esperanza de poder abandonar cuanto antes esta isla y con ella el aburrido lugar de amarre de nuestra flota, me topé también, para desgracia mía, con el degenerado fraile.

William de Roebruk estaba sentado allí, completamente bebido y discutiendo con su puta, a la que se empeñó en presentarme una vez más:

–Ingolinda de Metz– balbució. La ciudad que mencionó como lugar de origen de la ramera está cerca de mi patria, pues Joinville no queda lejos de Metz; por lo demás, tampoco quería hacer pagar a la mujer la repulsa que me provoca el franciscano. Como se comprenderá, yo me había sentado a otra mesa, pero ellos no tardaron en acudir a la mía.

La disputa se había desencadenado porque Ingolinda ha adquirido con las ganancias obtenidas como prostituta un nuevo hábito para él, con el que se parece más a un grueso obispo que a un minorita. Aunque el tejido es de color marrón, es del hilo más fino, y muestra en el cuello y el borde un adorno de terciopelo. El cordón que se tensa en torno al vientre del franciscano está trenzado con hilos de seda. Tan sólo la cruz de madera recuerda ya al pobre san Francisco: una cruz que me parece fuera de lugar sobre ese pecho en que la ramera descarga los golpes de sus puños o se recuesta sollozando.

William está empeñado en volver al servicio del rey Luis. Hasta ahora sus intentos de ser admitido a una de las audiencias celebradas en palacio no han tenido éxito. De ahí el deseo de disponer de un nuevo hábito, aunque el objetivo final no era conocido por Ingolinda cuando pagó la confección al sastre más caro de la isla; ella se había imaginado que el fraile quería desprenderse de sus harapos para complacer a su compañera.

Habían llegado justamente al punto en que ella le exigía con gran enfado: "Pues te lo quitas ahora mismo, ¡traidor!" cuando entraron en la taberna dos extraños personajes.

Debían de haber arribado con el velero papal que trajo también a los legados. No tuve tiempo de observar con atención al flaco ni al otro, pequeño y obeso, porque de pronto William se escondió bajo la mesa.

–¡"Asesinos"!– jadeó. –Me buscan a mí.

Ingolinda soltó una carcajada clamorosa.

–¡Sal de ahí, gran héroe!– cloqueó. –No son más que dos nestorianos, sacerdotes inocentes que ya en Constantinopla acabaron apaleados por los soldados del obispo, que también los tenían por "asesinos".

William se atrevió a mirarlos de nuevo por encima del borde de la mesa y entonces los dos personajes se fijaron en él y sus rostros resplandecieron de alegría al reconocerlo. Aunque, de todos modos, esa alegría se debía más bien al reencuentro con Ingolinda, la ramera. En seguida se acercaron a la mesa, se sentaron a nuestro lado y nos contaron que habían pasado un año entero en Roma, con el Papa.

–No cesaba de insistir en que quería ver nuestras credenciales– se excitaba el más alto y delgado, que se llama Serkis, recordando al santo padre, pero su calmoso compañero, llamado Aibeg, no admite que alguien hable mal del *pontifex maximus*.

–Su santidad nos colmó de atenciones– hizo saber en tono confiado a Ingolinda a la vez que le guiñaba un ojo. –¡La verdad es que no hay otro lugar en el mundo tan ruinoso como esa urbe!

–¡Realmente, la *caput mundi* es un conjunto único y espléndido de ruinas!– quiso redondear Serkis el relato.

–¡Estoy hablando de las mujeres!– lo corrigió Aibeg. –¡Tienen culos de mármol y tetas como calabazas!

–¿Y por qué no os habéis quedado allí?– preguntó Ingolinda a quien se mostraba tan entusiasmado, a la vez que le propinaba un pequeño golpe en los dedos.

–Nos mandan regresar con nuestro soberano Baitchú, gran príncipe de los mongoles– aclaró Serkis con gesto agrio, –¡y protestar porque no se haya hecho nada para llegar a un acuerdo!

–Eso espera de nosotros el santo padre– añadió Aibeg: –pretende que nuestro señor Baitchú dé el primer paso, en lugar de acudir él para someterse y solicitar ayuda, como debería hacer.

–¿Y qué venís a proponer ahora al rey de Francia?– intervine, bastante divertido con el relato.

Aibeg sonreía complacido, pues había conseguido acercarse más a Ingolinda:

–Acudiremos a una de sus audiencias...

Serkis añadió:

–Pero si antes no nos aseguran –acompañando la confirmación con un regalo– que el rey se viene con nosotros, no iremos siquiera a verlo.

William sacó a relucir su picardía de siempre y se apresuró a proponer:

–Hablaré al rey en vuestro favor e incluso os acompañaré con mucho gusto, pues conozco las costumbres mongoles...

–No se trata de costumbres ni de asuntos de mujeres– opuso Serkis con disgusto, –se trata de cuestiones militares, y se necesita diplomacia.

–Lo mismo pienso yo– le respondió William, –por eso precisamente os ruego que deis el primer paso y presentéis vuestros respetos al rey. Lo demás ya se resolverá.

–¡No se resolverá nada!– opuso la puta Ingolinda, bastante enfurecida. –¡Si vuelves a entrar al servicio del rey, más vale que te quedes allí, con sus cocineras! De modo que piénsalo bien: o sigues conmigo, con quien ocupas categoría de señor y estarás siempre bien servido, o te conviertes en la alfombra de la corte, mejor dicho, ¡de la cocina de la corte!

–Hemos dado tantos pasos...– expuso Serkis con amargura, –hemos viajado a Roma, pero Occidente no quiere entender que el centro del mundo está en el imperio de los mongoles y que el gran kan es el rey de reyes. ¿Por qué no querrán rendirle pleitesía?

Yo dije:

–Porque nuestro rey lo es por la gracia de Dios, y está ungido.

Y ellos me respondieron:

–Rezamos al mismo Dios y somos cristianos igual que vosotros, pues Néstor fue apóstol como lo fue Pedro. Y Pedro ni siquiera era el más inteligente de todos los discípulos.

El argumento me convenció.

–Dios está con los pobres de espíritu– le respondí, –lo que significa que merecemos más su gracia que vosotros, los de Oriente.

–Entre nosotros se castiga el exceso de simpleza mental como si fuese alta traición, y el culpable es ahogado– expresó Aibeg en alta voz sus pensamientos, –Dios hace bien en no dividir su gracia.

–Bibemus, tempus habemus et expendere noscimus!– fue la propuesta mediadora de William, que por cierto me pareció más que cargada de razón.

EL SOL SALIÓ A CALENTAR a quienes habían desembarcado en la costa de *Terra Sancta* sin que éstos se dieran cuenta. Siguieron dormidos hasta bien entrada la mañana.

El fuego era ya sólo un rescoldo y no levantaba humo, pero desde el norte se acercaba, a lo largo de la orilla del mar, una nube de polvo en la que se entreveía el brillo del acero azulado y el resplandor de algún que otro paño escarlata.

–Son los señores de Marqab– informó “el halcón rojo” al príncipe de Antioquía. –Son sanjuanistas y aunque no rinden tributo al príncipe, vuestro padre, sienten amistad por él.

–¡Con esa gente nunca se sabe!– exclamó Bo, y ordenó a su pequeña tropa que se preparara para el combate.

–¡Guardad las armas!– le aconsejó “el halcón rojo”. –Dejad que sean otros quienes les partan la cabeza– y señaló hacia el sur, donde se avistaba procedente de Tortosa otro grupo de caballería.

Sus túnicas blancas adornadas con la cruz roja de extremos en forma de zarpas ondeaban al viento.

–Beauséant alla riscossa!– exclamó Hamo. –¡Para ver esto podríamos habernos quedado en Chipre!

Los sanjuanistas fueron los primeros en alcanzar al grupito desembarcado, aunque también descubrieron en seguida la gran nave anclada más allá del rompiente de las olas en cuyo mástil ondeaba la bandera de la casa soberana de Antioquía. Asimismo vieron acercarse a sus rivales. Sin embargo, el condestable de los hospitalarios, que se distinguía por el gallardete que lo acompañaba, no era un hombre que se dejara intimidar sin más.

–¡Estáis detenidos!– hizo saber a los desembarcados por mediación de un heraldo adelantado. –¡Debéis rendiros a nuestra Orden!

Los sanjuanistas descendieron de las cabalgaduras e intentaron alcanzar la posición estratégica más favorable posible, rodeando en círculo al grupo reunido en la playa antes de que los templarios pudiesen intervenir.

–Depositad las armas– exclamó una vez más el heraldo; –de no hacerlo…

Se interrumpió, pues tuvo que dar un salto para evitar el alud de piedras que bajaban desde unas rocas situadas más arriba. Los templarios se tomaban tiempo, ya no se les veía, aunque podrían reaparecer en cualquier momento.

–Los señores de Marqab– repitió "el halcón rojo", y el tono de su voz acabó por asustar a Clarion, que se agarró de inmediato a él.

Los niños no mostraban temor alguno, aunque Roç se dolió:

–¡Otra vez los sanjuanistas…!

–¡… que suelen vender a sus prisioneros con preferencia a An-Nasir de Alepo!– acabó "el halcón rojo" la frase.

–Y ése es un personaje insaciable– quiso suavizar Hamo el tema, –en lo que se refiere a carne fresca para su harén.

–¿Y cómo lo sabes tú, querido hermanito?– le devolvió Clarion la insolencia, pero Bo tenía algo más importante que decir.

–An-Nasir acaba de conquistar Homs y ha expulsado de allí a su primo, el emir el-Ashraf.

–¿Todo ello sin pedir permiso a tu padre, el soberano de Antioquía?– se mofó Clarion. En aquel momento vieron que los templarios acudían en amplia formación y al galope por la playa.

Los mandaba un joven que fue el primero en acercarse solo a los sitiados. Este hecho indujo al condestable de los sanjuanistas a adelantarse, por lo que se encaminó con rapidez hacia la bahía, acompañado de su portaestandarte y dos sargentos, y plantó su enseña directamente en la arena junto al fuego del campamento, que mientras tanto se había extinguido. No se ocupó en absoluto de los allí reunidos, sino que se encaminó hacia el templario, quien se presentó sin descender del caballo y con ademán altivo.

–¡Renaud de Vichiers, *Sacrae Domus militiae templi Hierosolymitani magistri!*– exclamó en son de reto. –¿Desde cuándo vos, Jean-Luc de Granson, pescáis en una línea costera que creo se sitúa más allá de la milla de respeto que corresponde a Marqab?

–¿Acaso Tortosa queda más cerca?– le devolvió éste la pregunta en el mismo tono provocador. –¿Acaso los señores del Temple creen tener derecho sobre cuanto el mar arroja a las playas, desde Yabala hasta Trípoli?

El templario se echó a reír.

–Propongo que nos repartamos el botín, ¡o eso, o nada!– y espoleó a su caballo que se plantó sobre las patas traseras, subrayando con ese gesto la leve amenaza que contenían sus palabras.

–Más bien nada– respondió el condestable, y su gesto se ensombreció.

Se había dado cuenta antes que su joven oponente de algo que "el halcón rojo", quien observaba de la manera más disimulada posible el contorno de las rocas, hacía tiempo que veía venir. Desde las montañas que había detrás de ellos empezó a descender una niebla cuyas densas vaharadas salían de las gargantas rocosas, envolviendo los escarpados riscos y toda la costa hasta el punto de que muy pronto el condestable fue incapaz de distinguir a sus propias gentes.

Se había desvanecido la brisa matutina y se impuso un silencio en el que hasta las gaviotas dejaron de chillar.

–Los "asesinos"– dijo el de Granson, y su voz revelaba, además de fastidio, un temor cargado de impotencia. Ellos eran los verdaderos señores de la montaña; los castillos de las Órdenes no eran más que pequeñas avanzadillas junto al mar.

–¡No deberíamos enredarnos en una disputa con ellos!– exclamó Renaud de Vichiers intentando calmar los ánimos, cuando vio a las figuras de los arqueros instalarse silenciosamente en las rocas que dominaban la bahía.

Y una voz atronadora clamó:

–¡Que nadie se mueva del sitio!

–¿Es ésa la voz de "el anciano de la montaña"?– quiso saber Hamo con excitación, aunque no se atrevió más que a susurrarlo.

–"El anciano" hace tiempo que murió– lo corrigió Bo, que tampoco se sentía muy seguro ante la situación.

–¡Que se acerque el caballero del emperador!– tronó de nuevo la voz que parecía ampliada por una bocina.

"El halcón rojo" sabía que aquellas palabras no podían referirse a nadie más que a él y pasó por delante de los dos superiores de las Órdenes militares como si éstos no existieran. También sabía con quién iba a enfrentarse, pues había reconocido en seguida la voz, a pesar de su distorsión. Atravesó el círculo de los sanjuanistas, que no pudieron reprimir un escalofrío cuando lo vieron internarse en la niebla hasta difuminarse su figura.

De repente surgió ante los ojos del príncipe de Selinonte la figura de Crean de Bourivan, con un dedo en la boca indicándole que guardara silencio. El enviado de los "asesinos" mostraba en el rostro surcado de cicatrices la habitual expresión de tristeza, mientras conducía a "el halcón rojo" a lo largo de unas grutas de las que salía la niebla con densidad creciente.

Cuando quedaron fuera del alcance del oído de todos los demás dijo Crean:

–Bienvenido al país de los verdaderos creyentes, Fassr ed-Din Octay.

El que volvía a ser interpelado con ese nombre por primera vez después de mucho tiempo respondió al saludo con una muda reverencia.

El cabello de Crean se había vuelto más gris todavía desde la última vez que se habían visto, aunque apenas tendría cincuenta años.

–Nos traes a los niños– dijo; –hemos estado aguardando mucho tiempo.

–Lo sé– le respondió "el halcón rojo", –pero no estaba en mis manos...

–Hum fi reaia-t-Alah– dijo Crean, –sólo Alá sabe cuál es el momento adecuado. ¿Quién los acompaña, además de Clarion de Salento y Hamo l'Estrange?

–El hijo y la hermana del Bundukdari.

–Esas personas pueden ser de gran valor para los templarios– reflexionó Crean, –puesto que se han conjurado con tu sultán.

–¿Sigue el sultán Aiyub en Damasco?– preguntó "el halcón rojo" con aire preocupado.

–No saldrá de allí hasta que An-Nasir haya devuelto Homs a su auténtico dueño. El sultán está muy disgustado con esa disputa entre sus sobrinos.

–También tenemos aquí al sufí Abu Bassiht, que acompañaba a los pequeños mamelucos en su peregrinaje cuando tuvieron la mala suerte de tropezar con la trirreme de nuestra vieja amiga Laurence.

–¿Y la otra joven?

"El halcón rojo" aclaró con ligereza:

–No es más que la doncella de Clarion.

–No podemos exigir que nos entreguen a todos– dijo Crean, –y los infantes son lo más importante para nosotros.

–Yo tengo la obligación de advertir al sultán– delimitó "el halcón rojo" su participación en el asunto.

–Entonces quédate con los templarios– respondió el dirigente de los "asesinos". –¡Trae ahora a los niños!

"El halcón rojo" descendió entre las rocas y atravesó la niebla hasta alcanzar la bahía. Se acercó a Renaud de Vichiers y le entregó la contraseña que atestiguaba su rango, el de una persona a quien ningún caballero templario inferior en la jerarquía de la Orden estaba autorizado a dirigir pregunta alguna.

–¿Por qué no os habéis dado a conocer en seguida?– preguntó el joven caballero con aire de reproche. –¿Qué disponéis?

–Os acompañaré– dijo "el halcón rojo". –Los infantes reales serán huéspedes de Masyaf. ¡Así se ha decidido!– Y volvió a guardarse el sello secreto. –En cuanto a los demás, os arregláreis con los hospitalarios.

–Ya lo hemos hecho– rompió a reír Renaud de Vichiers, –¡nos repartimos a los que quedan!

–Podéis elegir entre la hija del emperador y el hijo de Baibars, jefe de la guardia del palacio de El Cairo.

Lo pronunció en voz tan alta que incluso el condestable de los sanjuanistas, que había ido acumulando indignación al verse excluido de la conversación mantenida en voz baja, se sintió interpelado.

–Los señores parecen estar de acuerdo en cuanto a sus preferencias– gruñó, –¡pero nosotros exigimos la entrega de ambos, junto con su séquito!

Y adoptó una mirada fiera por si el templario se atrevía a contradecirlo.

Sin embargo, fue "el halcón rojo" quien observó con sequedad:

–En vuestro lugar, renunciaría a ellos. No os aportarán ni suerte ni fama.

–Pero sí un buen rescate– le contestó furioso el condestable. –¿Acaso creíais, distinguido caballero del emperador, que íbamos a marchar de aquí con las manos vacías?

–Mejor tener las manos vacías y seguir con la cabeza sobre los hombros– le advirtió "el halcón rojo".

–Creo que la vuestra no está en su sano juicio– exclamó Jean-Luc de Granson, –pero sea: os dejo a la hija del emperador y a su doncella y me doy por satisfecho con las crías de los mamelucos.

"El halcón rojo" comprendió que no podía esperar de los templarios que pelearan con los sanjuanistas por unos pequeños musulmanes y el anciano sufí. El resultado sería inseguro, los "asesinos" difícilmente intervendrían, y en la disputa entre ambas Órdenes no se había mencionado la suerte del príncipe Bohemundo, hijo del soberano de aquellas tierras. La proposición era aceptable, por lo que le envió un gesto de aprobación a Renaud de Vichiers.

Los sanjuanistas agarraron al pequeño Mahmoud y se llevaron también a Shirat, que se apresuró a seguirlo. Hamo, de quien nadie habría esperado ese gesto, quiso sumarse voluntariamente, pero el condestable desenvainó la espada:

–¡No provoquéis vuestra propia desgracia, joven señor!

Hamo no llevaba armas y comprendió que su propósito carecía de sentido, por lo que se limitó a gritarle a "el halcón rojo":

–¿Cómo permites que suceda esto?

Éste le respondió, dominando sus emociones y dirigiéndose también a los niños, que se mostraban indignados:

–Mejor así que derramar sangre…

–Me parece un trato poco honorable– intervino Bo dirigiéndose al condestable. –Sabéis quién soy y no obstante os atrevéis a tomar el mando aquí, en el país de mi padre, el soberano…

–Querido príncipe– le respondió Jean-Luc de Granson en son de burla. –Nuestros castillos no son un feudo concedido por Antioquía, sino un agradecimiento por la protección que os concedemos.

–Como mínimo queremos despedirnos de nuestros amigos, y vos no lo impediréis– dijo Bo, que cogiendo de la mano a Roç y Yeza cruzó la playa para acercarse a Mahmoud.

–Siento mucho no tener aquí y ahora el poder suficiente para defender el honor de Antioquía. Si fuese por mí, ¡serías un hombre libre!– le aseguró.

Yeza abrazó al niño gordito, que se esforzaba por retener las lágrimas.

–Valor, hermano– le susurró. –¡La espada oculta te liberará!

–Te lo juramos– confirmó Roç apretando la mano ya atada de Mahmoud.

Al oírlo el pequeño mameluco volvió a sonreír y le dijo a Shirat:

–¡Yo te protegeré a ti!– y ambos se dirigieron a entregarse a los sanjuanistas, que los hicieron montar en sendos caballos.

–¡Os lo he advertido!– exclamó aún "el halcón rojo" en dirección al condestable ya subido a su caballo. –Estáis cometiendo un error...

–Y vos os estáis equivocando de tono– le devolvió éste la advertencia con voz áspera. –¿Veis mi cabeza? ¡Sigue bien asentada sobre el cuello!– soltó una risa bronca y espoleó el caballo.

–Os equivocáis, Jean-Luc de Granson– se volvió a oír en aquel instante la voz estentórea de origen invisible. –¡La veo rodar a vuestros pies!

El condestable tiró de las riendas hasta que se le encabritó el caballo y se quedó mirando hacia lo alto de las rocas. La niebla se había disipado, pero no se veía a nadie allá arriba.

Con una blasfemia en los labios reunió a su gente y cabalgaron en dirección al norte, arrastrando consigo una nube de polvo que se iba alejando. El viejo sufí, a quien nadie había reclamado, corría desesperado detrás.

También los templarios mostraban ahora ganas de apresurarse; Bohemundo ordenó el regreso a su nave, donde ya estaban levando anclas. Al pequeño príncipe se le había hecho difícil separarse de los niños. El encuentro con Yeza y Roç había sacudido los cimientos de lo que hasta entonces había considerado el poder soberano tradicional que le correspondería ejercer. Existían otros infantes reales que no tenían tierras que heredar; que ni siquiera disponían de seiscientos arqueros como los que él había echado de menos, para gran disgusto suyo, en la humillante disputa con las Órdenes militares; que no disponían de criados y que, sin embargo, mandaban sobre un imperio secreto de amigos y ayudantes y se hallaban bajo la protección de grandes poderes.

Para consolarse mutuamente le había dicho en el último momento a Yeza:

–¡Cuando sea mayor de edad podré casarme contigo!
Consideró que dicha oferta constituía una promesa generosa, pero ella se limitó a responderle con una leve sonrisa:
–No creo que pueda ser, Bo...– y cuando vio que él se ofendía añadió con mucha seriedad: –Tengo que quedarme con Roç, ¡los dos formamos parte del "gran proyecto"!
–No me preguntes lo que es– intervino Roç, –pero nosotros, los infantes, no podemos sustraernos a ese mandamiento.
–¡Al menos vendréis a visitarme en Antioquía, si os lo permiten!
Los dos se lo prometieron, y él le regaló a Yeza una cadena que llevaba al cuello.
–No es de oro– añadió en tono de disculpa. –Pero era de mi madre y veo que no llevas ninguna.
El amuleto mostraba el perfil ligeramente borroso de una cabeza de mujer y en la otra cara una cruz de tres puntas como la que figura en el escudo de los condes de Tolosa. Yeza no quiso aceptar el regalo, pero Bo se lo colgó sin más del cuello y se alejó corriendo. Entonces la niña se sintió conmovida, sobre todo cuando "el halcón rojo" le aclaró el origen de la cruz.
–En un principio, el poderoso principado de Antioquía pertenecía a una estirpe normanda, pero después desapareció esa familia y los de Tolosa, que en su día habían fundado el pequeño condado de Trípoli, se hicieron cargo del gobierno de ambos Estados.
–En ese caso somos incluso parientes– suspiró Roç, aliviado. Le gustaba la idea de seguir teniendo a Bo como amigo.
Después se dirigieron tras los pasos de "el halcón rojo" hacia una grieta en las rocas desde la que unos escalones toscamente labrados conducían a una cueva. Allí se despidió el caballero de los niños y de las dos mujeres.
No lo afectó mucho verse abrazado por Clarion; en cambio retuvo durante un tiempo excesivo la mano de Madulain, hasta que ésta la retiró con brusquedad.
Hamo se sintió triste al perder a su compañero mayor, pues sólo con "el halcón rojo" se entendía bien.
–Si a pesar de todo desearas ser armado caballero– le dijo éste al despedirse, –no un caballero cristiano ni perteneciente a una Orden, ¡búscame, Hamo l'Estrange!
Le dio un ligero golpe en el hombro y se apartó, porque no podía soportar la tristeza que asomaba a los ojos de los niños.
–"Halcón rojo"– exclamó Roç a sus espaldas, –¿qué será ahora de nosotros?
Entonces volvió a oírse la voz que antes oyeran resonar a través de la niebla:

–*Ay, enfans!* Bienvenidos a casa.

Al volverse vieron que desde el fondo oscuro de la cueva se les acercaba un hombre delgado.

–¡Crean!– exclamaron jubilosos los niños.

Los sanjuanistas no regresaron a Marqab, sino que doblaron tierra adentro al llegar al primer valle. El condestable había decidido desprenderse cuanto antes de los prisioneros, para lo que debía atravesar una región cuyos caminos pasaban todos, o bien a través de territorio de Masyaf, o de tierras de Safita. De esas dos fortalezas de importancia estratégica una era la sede del gran maestre de los "asesinos" de Siria, la otra estaba en manos de los templarios.

Una vez superados ambos obstáculos se encontraría con el más poderoso de todos los castillos sanjuanistas en el camino hacia Homs: el Krak des Chevaliers o Qalaat el-Hosn, como los pobladores de la región lo llamaban respetuosamente. Cualquiera que fuese el emir que tomase el poder en Homs estaba obligado a llegar a un acuerdo con la Orden de san Juan.

Jean-Luc de Granson se vio, no obstante, acosado por las dudas mientras atravesaban, penosamente y descabalgados, el lecho seco y pedregoso del río. ¿Había elegido bien? Tal vez hubiese sido preferible reclamar a los otros niños, aunque no tenía ni idea de quién pagaría un rescate por ellos. ¿El emperador? Gracias a Dios, estaba lejos.

En cambio esperaba poder negociar fácilmente con An-Nasir. El tío de éste, el sultán, residía en aquel momento en Damasco y no querría soportar ningún tipo de arbitrariedades en Siria. Los dos rehenes podían valer muy bien su peso en oro.

El condestable había permanecido durante algunos años en el Krak y recordaba determinadas sendas ocultas entre las gargantas que cruzan las escarpadas simas de la cordillera de Nosairi.

De modo que abandonaron el valle allí donde más se estrecha y descendieron por una pendiente mientras el sol ardía con fuerza casi insoportable sobre sus armaduras, aunque empezó a soplar un viento fresco cuando ganaron cierta altura.

Miró hacia atrás y se dio cuenta de que los seguía el anciano sufí, decidido a no quedarse atrás. ¡Habría que ahuyentarlo tirándole piedras, como se ahuyenta a un molesto perro callejero! Quiso agacharse, pero comprendió que sería un gesto indigno de él, y además era muy posible que el viejo conociera bien aquel desierto pedregoso dejado de la mano de Dios.

Le hizo señas de que se acercara, detuvo a la tropa y ascendió con el anciano los últimos metros hasta alcanzar lo alto de la colina. A lo lejos vieron algo parecido a una montaña cónica, como depositada allí por arte de magia: era la gigantesca fortaleza del Krak, el orgullo de su Orden, que resplandecía con una blancura marmórea. ¡Lo habían conseguido!

Después desvió su mirada hacia el valle y se dio cuenta de que los "asesinos" estaban recorriendo, al parecer con toda tranquilidad, el mismo camino que ellos habían dejado atrás. No eran tantos como había pensado al principio. Los mulos que cabalgaban formaban una larga cadena, y creyó distinguir a las dos mujeres con sus ricas vestiduras y también a los infantes. ¡Aquél era el momento de atraparlos, ningún templario molesto podría entrometerse ahora en sus planes!

Los "asesinos" tendrían que tomar la misma senda que él acababa de abandonar, pues el valle desembocaba primero en una curva y después en una garganta profunda. Allí no podrían resistir a nadie que tuviese ocupadas las alturas.

Era el momento adecuado para que él, Jean-Luc de Granson, ganara la partida. Tendrían que entregarle a las mujeres y los niños sin condiciones si no querían ser exterminados, ¡o ambas cosas a la vez!

Los caballeros sanjuanistas se apresuraron a descender de nuevo hasta el lecho del río y se apostaron a ambos lados de la garganta. El condestable actuaba con extremada precaución. Además de llevar a los prisioneros maniatados mandó amordazarlos. Lo mismo hizo con el sufí, quien lo aceptó sin rechistar, contento de estar de nuevo con sus protegidos.

El condestable se dedicó a sí mismo los mayores elogios, no exentos de orgullo. Si lo hubiese ahuyentado tirándole piedras, el anciano habría tropezado sin remedio con los "asesinos" y los habría alertado sobre sus intenciones.

–¡Gracias a ti, san Juan!– murmuró, y después dio órdenes de esperar en silencio absoluto la llegada de las víctimas.

Los niños estaban contentos. Cada uno montaba un mulo conducido por un "asesino" que sujetaba las riendas; en cualquier caso, iban cabalgando.

El camino les pareció en un principio agradable, mientras atravesaban un bosque sombreado a lo largo de un río en el que los mulos pudieron saciar la sed y cuyas aguas transparentes también les fueron ofrecidas a ellos, por si les apetecía beber. Antes de eso Crean los había conducido a través de unas cuevas oscuras cuyas paredes destilaban humedad y allí fue donde los esperaban los animales.

Después se abrió el valle y el agua empezó a desaparecer entre las piedras y las rocas caídas. Mientras fue posible cabalgaron a la sombra de los árboles que crecían en la orilla.

Al final de la pequeña caravana iban Crean y Hamo. No se habían visto durante mucho tiempo, hacía ya años de su encuentro en Otranto. Hamo recordaba que entonces no le había resultado agradable la presencia de aquel hombre siempre serio, de aspecto apesadumbrado. En un principio había sentido unos celos insensatos de Clarion, que se enamoró con un apasionamiento extraño del joven caballero de sienes grises y rostro lleno de cicatrices. Nada quedaba ahora de aquellos sentimientos.

En cualquier caso, Clarion no había demostrado una alegría especial al encontrarse de nuevo con él, y Crean sólo parecía preocupado por el bienestar de Roç y Yeza, sin importarle la situación de las dos mujeres ni la de Hamo.

Clarion y Madulain se mostraban muy unidas, dormían juntas y compartían fraternalmente cada bocado. Lo único en que competían aún era por el cariño de los niños; los hombres, en cambio, parecían dejarlas indiferentes.

A Hamo no le desagradaba en absoluto la situación, pues las dos jóvenes le eran ahora igualmente extrañas. Consideraba a Clarion demasiado exaltada, caprichosa en exceso, y el carácter rebelde y hasta cierto punto más viril que el suyo propio que demostraba Madulain le parecía un tanto extravagante. De modo que prefirió la compañía de Crean, hijo único de aquel curioso personaje llamado John Turnbull, aunque se mostrara poco conversador. Crean de Bourivan no solamente se había convertido al Islam, sino que había ingresado en la Orden más radical de los ismaelitas chiíes. Crean de Bourivan era "asesino".

Avanzaban en silencio uno al lado del otro hasta que Hamo experimentó de repente un sobresalto.

–He visto un brillo extraño– dijo. –Mira sin llamar la atención hacia las alturas que nos rodean…

–Imaginaciones– dijo Crean sin detenerse, –¡no veo nada!

–Pues yo he visto algo que podrían ser puntas de lanza o yelmos.

–No te atormentes y no mires más– dijo Crean. –¡Quién quieres que esté allá arriba…!

–¡Ahora veo un brillo frente a nosotros!– exclamó Hamo intentando mantener baja la voz. –Aunque es muy diferente…

Esta vez Crean reaccionó. Protegió los ojos con la mano para no verse deslumbrado por la luz.

–Es como un espejo– dijo Hamo.

–¡Por favor, calla!– le pidió Crean, que escrutaba con atención las señales.

–¿Qué hay?– preguntó Hamo con voz ansiosa.

–Tenemos que escondernos bajo tierra. ¡En seguida!– dijo Crean.

Les comunicó en voz baja sus órdenes a los "asesinos" que cabalgaban más próximos, y éstos pasaron la consigna con la rapidez del rayo hasta la cabeza de la comitiva. Antes de dejar el último trecho arbolado la avanzadilla entró en un pequeño valle lateral. Ahora cabalgaban con rapidez, hasta que una entrada casi invisible los condujo a una cueva del tamaño de un establo que, considerando el olor que allí reinaba, debía de ser un refugio utilizado por los rebaños de cabras del entorno.

Tan sólo cuando todos se hubieron reunido y estuvieron protegidos por la oscuridad distribuyó Crean a su gente en grupos. Dispuso una numerosa retaguardia que debía cuidar de que nadie pudiese acercarse al grupo central, que emprendería de inmediato con los niños el camino hacia el interior de la montaña. Él se quedaría con los últimos arqueros, a quienes los demás debían ceder todas las flechas. Hamo tuvo que ponerse en camino con las mujeres.

–Alcanzaréis Masyaf con toda seguridad– lo tranquilizó Crean. –Los guías conocen el camino y te ruego que en este caso excepcional acates sus órdenes, Hamo l'Estrange.– Sonaba como si se burlara un poquito de él. Después añadió a modo de elogio: –Por lo demás, tus ojos no se han equivocado.

–¿Qué peligro nos amenaza?– quiso enterarse Hamo, pero el "asesino" le negó con un gesto toda información.

–El espejo no cuenta historias. ¡Apresuraos, por el bien de los niños!

Pudieron superar sentados y erguidos sobre el lomo de los mulos la parte inicial del laberinto que configuraban las cuevas. De vez en cuando les llegaba la luz del sol, o por una abertura en el techo o porque alguna de las grutas se abría hacia el valle formando una pequeña terraza, pero después disminuyó la altura, por lo que tuvieron que encoger las cabezas y finalmente descender de las cabalgaduras.

Los guías encendieron hachones, asustando a innumerables murciélagos que aletearon huyendo de su lado. Los mulos fueron atados en reata y formaron el final de la comitiva.

Hamo avanzaba en cabeza con los primeros "asesinos" y los niños se situaron inmediatamente detrás. Roç iba palpando el suelo con su valioso bastón, del que no se separaba nunca, y Yeza permitió que uno de los portadores de hachones, que la cogió de la mano, le iluminara la rocosa senda. El paso se estrechaba a veces, se llenaba de humedad y después volvía a abrirse sobre gigantescas bóvedas en cuyo fondo brillaba con frecuencia algún lago liso como un espejo, del que surgían las estalagmitas formando artísticos menhires. Sus piezas opuestas, las estalactitas, colgaban de los techos creando enormes conos y bizarros candelabros, y cada una de las gotas que caían resonaba con un chasquido tenue. Los niños vieron con sorpresa, aunque sin el más leve temor, la aparición de aquel mundo nuevo para ellos. Una sensación de asombro y respeto mezclados con el sentimiento de sentirse amparados en el seno de la tierra fundamentaba su silencio, y no sentían miedo ante el peligro que acechaba fuera, en algún lugar de allá arriba: las visiones que se modificaban a cada paso bajo la luz cambiante que arrojaba sobre ellas el resplandor de los hachones despertaban en ellos curiosidad y expectación. Se daban cuenta, más que asistiendo a cualquier ceremonia o disputa guerrera, de que ellos, los hijos del Grial, ¡eran algo muy especial!

El mundo subterráneo extendía sus tesoros ante los pequeños reyes y les mostraba sus misterios. Yeza buscó a Roç, lo cogió por la ropa y tomó su mano. No necesitaban palabras.

Los sanjuanistas y su condestable esperaban agazapados entre las rocas peladas a ambos lados de la estrecha garganta, bajo el calor ardiente del sol de la tarde, a que apareciera la caravana de mulos. La luz se reflejaba resplandeciente sobre las piedras claras; a veces una ráfaga de aire levantaba una pequeña nube de polvo, pero no aparecía ningún "asesino" ni otro ser humano ni se oía ruido de herraduras.

Finalmente, Jean-Luc de Granson decidió enviar a un espía, y cuando éste regresó sin aportar novedad dio, furioso, por terminada la espera. Les quitaron las mordazas a los prisioneros, volvieron a subirlos maniatados a los caballos, y atravesaron el estrecho paso que el río había abierto en la roca. El condestable no renunciaba aún del todo a sus esperanzas de poder doblar el botín.

Cuando advirtió que, una vez dejada atrás la estrechez, el paso desembocaba en otro lecho pedregoso, sacó la conclusión de que los "asesinos" debían de haber seguido aquel camino. Tal vez pudiese alcanzarlos todavía, por lo cual decidió tomar ese nuevo rumbo en dirección al interior.

La senda empezó a subir y los caballos tenían cada vez más dificultades para ascender entre las rocas. Empezó a notarse la falta de agua potable, pues ni las personas ni los animales habían podido beber ni una gota desde la mañana. Tal vez fuese más razonable renunciar a la caza y retirarse al Krak para descansar.

Por otra parte, Jean-Luc de Granson no estaba del todo seguro de dónde se encontraban en realidad. Delante de ellos veía unas gigantescas cimas rocosas de perfil escarpado y difíciles de superar. Envió a algunos observadores para que escudriñaran desde lo alto el paisaje y descubrieran en qué dirección se encontraba el castillo, pero éstos regresaron asegurando que, aparte de un desierto rocoso, no habían visto nada: ni un poblado ni un árbol, sólo piedras.

El condestable no quiso creerlos y subió él mismo por la vereda. Hasta donde le alcanzaba la vista no había más que un paisaje muerto, colinas surcadas por valles resecos. Imposible permanecer allí, pues morirían miserablemente de sed.

Entonces ordenó la retirada. El paisaje le parecía extraño, en todos los sentidos ofrecía el mismo aspecto. Se dio cuenta de que se habían perdido. Las sombras se alargaban.

Finalmente descubrió una mancha oscura. ¡Donde crecen árboles puede haber agua!

Cuando se acercaron, ya exhaustos, vieron que allí había otras gentes acampadas: se encontró frente a un ejército de musulmanes. No tenía sentido atacar, pues los hombres habrían caído agotados de los caballos. Poco después el sanjuanista advirtió que estaban rodeados, de modo que decidió seguir cabalgando con toda serenidad hasta el oasis y poner su vida en manos de Alá. Al poco tiempo reconoció con grata sorpresa el estandarte de guerra de An-Nasir de Alepo, con quien había estado deseando negociar.

En lugar de enviar a un heraldo cabalgó él mismo hasta la tienda entrevista entre los árboles.

La intrepidez, el valor de Jean-Luc de Granson era una de sus cualidades más conocidas. El jefe militar lo recibió con las palabras: *Assalamu aleikum! Ahlan wa sahlan!* y ordenó que le ofrecieran un cuenco de agua fresca.

–El *malik* nos llama a Homs para reforzar sus efectivos– le explicó el capitán musulmán con pausada sinceridad.

–Nosotros también queremos llegar allá– dijo el condestable; –si nos lo permitís, deseamos refrescarnos, pues hemos perdido el camino.

–Me lo imagino– sonrió el capitán con expresión pacífica. –Sé que lleváis con vos un regalo para el *malik*.

El condestable no tenía ganas de conversar y se impacientó.

–¿Nos permitiréis beber o pretendéis...?

El capitán seguía imperturbable.

–Una vez os hayáis desprendido de vuestras armas y nos entreguéis los regalos, los caballeros podrán beber y hacer que beban sus caballos hasta donde aguanten los estómagos.

Jean-Luc de Granson quiso protestar.

–¿Por qué debería confiaros los regalos que yo mismo pienso entregar a An-Nasir...*Attala Alah 'um rahu!*... en Homs?

El capitán le respondió:

–Porque yo os hago el regalo de vuestras vidas, y además– añadió con toda amabilidad –hasta os dejo los caballos.

La comitiva de los "asesinos" abandonó el laberinto subterráneo para salir a un valle boscoso, y cabalgaba bajo la sombra de los cedros a lo largo de un riachuelo que se precipitaba presuroso entre las rocas. Pero muy pronto llegaron adonde las aguas habían excavado un lecho más y más profundo hasta caer atronadoras por una estrecha garganta abierta entre enormes pedruscos, donde levantaban una fina espuma que reflejaba con mil destellos la luz del sol vespertino.

–¡Veo un arco iris!– exclamó Yeza jubilosa. Pero Roç no tenía más ojos que para el puente colgante que cruzaba el estrecho.

Tuvieron que descabalgar y cruzar uno a uno la frágil construcción de cuerdas y delgados troncos. Al otro extremo del puente los esperaban Crean y los arqueros.

–¿Quiénes eran?– quiso saber Hamo, y Crean respondió a su curiosidad.

–Los sanjuanistas del condestable.

–Y bien– preguntó Clarion con desdén, –¿le habéis cortado al fin la cabeza?

–Es una tarea que prefiero dejar a otros– respondió Crean con serenidad, pues hacía mucho tiempo ya que no se dejaba provocar por la joven. –¡Pero supongo que habrá tenido algún que otro disgusto!– Y les informó con breves palabras de que las gentes del *malik* de Alepo habían conseguido desarmarlo en condiciones humillantes. –Lo que significa que vuestros amigos, los pequeños mamelucos, han ido a parar a las manos de An-Nasir.

–¿Los mantendrá presos?– quiso saber Roç, pero Crean no pudo responder a su pregunta más que con un encogimiento de hombros.

–¿Y dónde los encerrará?– preguntó Hamo, mostrando un interés inusitado que no tuvo respuesta.

–Dentro de poco oscurecerá.– Crean insistió en que se apresuraran. Cabalgaron trazando serpentinas hasta lo alto de la colina, y cuando hubieron dejado atrás los límites del bosque Crean señaló un cono rocoso que se elevaba frente a ellos. –¡Masyaf!

Sólo una atención muy concentrada permitía reconocer que aquella roca compacta estaba compuesta en realidad de almenas y torres que coronaban unos muros de caída pronunciada.

Hamo planteó la pregunta que seguía rondándole la mente:

–¿Cuánta distancia hay de aquí a Homs?

V

CANNABIS O EL SUEÑO DE LOS SANJUANISTAS

DIARIO DE JEAN DE JOINVILLE

Limasol, 5 de noviembre de 1248 d.C.

Para mi sorpresa, el mariscal di Peixa-Rollo acudió a mi albergue con una invitación para asistir al *gra'mangir* que Juan de Ronay iba a celebrar en el castillo de los sanjuanistas.

Rápidamente, y sin que se diera cuenta el mariscal, consulté mi baraja:

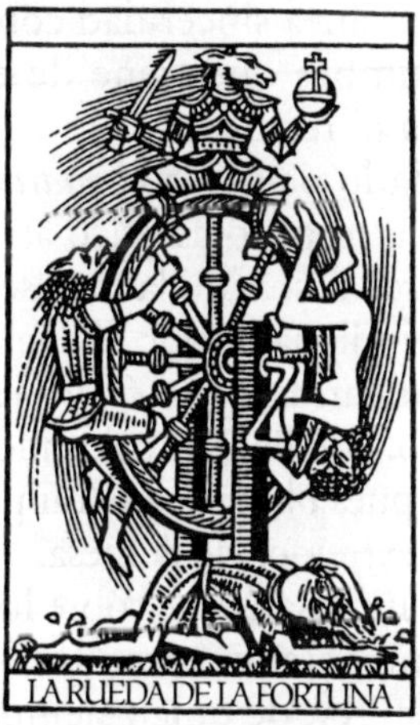

"¿Por qué dudas aún? ¡Aprovecha el instante! Sabiduría, voluntad, audacia, silencio. Saturno hace las veces de sol y gobierna las formaciones del ayer. El mono hace girar la rueda."

El gran refectorio puede compararse en cuanto a dimensiones con cualquier salón principesco, y lo que nos ofreció la cocina de la Orden fue un disfrute para la vista antes de serlo también para el paladar. Después de tantas semanas navegando y de la interminable espera en el puerto estaba yo hasta la coronilla de pescado, mariscos, pequeños calamares y cualquier bicho procedente del mar. El hermano Culinarius había animado a los caballeros para que se lanzaran a la busca del jabalí en el interior del país, otros habían salido a la caza de aves con reclamo y el resto se había dedicado a perseguir liebres y venado con ayuda de una jauría de perros. La diosa Diana se había mostrado benevolente con los cazadores, me hizo saber orgulloso nuestro anfitrión mientras me servía con sus propias manos.

El banquete comenzó con jamón de jabalí ahumado al enebro y una segunda clase de jamón, éste de oso, secado al aire y aromatizado con romero, todo ello acompañado de melones dulces como la miel, dados de calabaza en adobo picante, y una espuma de bayas de color rojo oscuro cuyo sabor ácido armonizaba perfectamente con los filetes de hígado frito y los anillos de cebolla que a continuación nos presentaron acompañados de tortas de pan recién cocidas.

Aprovecharé el buen sabor que la descripción de tales entrantes admirables habrá dejado en el lector para anotar rápidamente quiénes asistían al banquete. A la derecha del señor de Ronay se sentaba el joven señor Roberto de Artois, hermano del rey, presencia que me alegró, pues aprecio la espontánea sinceridad con que interviene en cualquier disputa y la costumbre que tiene de exponer su opinión sin ningún tipo de reticencia ni reparo.

El lugar a la izquierda lo ocupaba el *maître* Roberto de Sorbon, a quien considero, debido a su poco ascético aspecto exterior, un adepto secreto de los placeres terrenales. A mi lado se sentaban el conde de Flandes, quien me preguntó indignado por William de Roebruk, de modo que preferí negar mi familiaridad con él, y Gualterio de Saint-Pol, un guerrero de gran prestigio. Me habían colocado frente al príncipe y ello me llenó de satisfacción, pues observé que mi primo Juan estaba situado muy lejos, en uno de los extremos de la mesa.

Estuve reflexionando intensamente sobre los que no habían sido invitados o no se habían presentado, como Carlos de Anjou, malhumorado y hosco hermano del rey, de quien siempre sospecho que le envidia la corona a Luis. Es más que probable que se considere a sí mismo más capacitado para ejercer de soberano. En cierta ocasión lo vi intercambiar una mirada con Yves "el Bretón" y pensé que los dos juntos formarían una pareja temible. El cínico conde de Anjou manejaría el poder y dispondría de "el Bretón" como esbirro, perro de presa y verdugo a un tiempo.

Pero tampoco éste estaba presente, lo que no me sorprendió en absoluto. Yves no tiene la categoría necesaria como para ser invitado a esa mesa ni habría apreciado tal invitación, según creo. Es un hombre del rey, y no se alejará de él a menos que su amo se lo ordene.

El hecho de que no asistiera el duque de Borgoña se debe a que ha viajado a Grecia, donde intentará convencer a otros soberanos de que se adhieran a la cruzada del rey. Yo no podía creer que aquel banquete fuese celebrado por Juan de Ronay, en representación del gran maestre ausente, con la única intención de satisfacer algunos paladares exigentes. Muchos de los invitados seguramente no estaban allí más que para hacer bulto, pero me llamó la atención la tendencia de las conversaciones sostenidas en voz alta y el hecho de que no hubiese ni amigos del emperador ni aliados de los templarios.

Los caballeros de la orden teutónica con su comendador Sigbert von Öxfeld, bien visto y querido en todas partes, y los ingleses con su rudo jefe guerrero Guillermo de Salisbury, habían sido ignorados. Después de lo sucedido en torno al Temple era comprensible que Gavin no estuviese presente. Pero por los nombres de los comensales ausentes, más que por los de los presentes, podía adivinarse que los ánimos se movían en dirección a la idea de un reforzamiento de la Francia de los Capetos. *Gesta Dei per los francos!* Imposible ignorar ciertas voces patrióticas que sólo pueden ser expresadas a espaldas del rey Luis, quien les parece a muchos de los presentes demasiado bueno, demasiado devoto, demasiado noble para reconocer como tales a quienes no son otra cosa que enemigos enquistados en el propio corazón del país: "¡Los templarios son ya un Estado dentro del Estado y actúan como auténticas sanguijuelas!"

Por no hablar de las insolentes reivindicaciones territoriales de los Plantagenet, que para desgracia suya deben apoyarse en unas regiones tan genuinamente francesas como son Aquitania, Anjou o Normandía. Y finalmente la familia de los Hohenstaufen, a la que tantos lazos unen con Inglaterra. El Papa tiene toda la razón: ¡al diablo con ellos! Si alguien merece recibir la dignidad imperial en Occidente, ese título le corresponde al devoto Luis. *Vive la France!*

¿Acaso debe remorderme la conciencia cuando recuerdo las expresiones que llegaron a mis oídos haciendo referencia al emperador? Es muy cierto que soy senescal de la Champagne por derecho hereditario, pero Joinville es parte del Imperio. El siguiente plato que sirvieron me ayudó a dispersar toda reserva y preocupación mentales.

Podíamos elegir entre lentejas o judías, ambas presentadas en forma de cocido templado y aderezado con hierbas, vinagre y aceite virgen de oliva, con tanto refinamiento que se me hizo la boca agua aún antes de que los cocineros presentaran sobre parrillas candentes salchichas de la reciente matanza, testículos y corazones asados de bisonte europeo, costillas de cabra montés y trozos de muslo de ciervo, bañados estos últimos en una salsa de castañas con estragón y miel. Cambiamos de vino y, en lugar del caldo ligero de la isla, los criados aportaron un barril de vino tinto que el señor de Ronay elogió en voz alta, señalando que se trataba de un regalo del soberano de Antioquía, cuya bodega, como todos saben, goza de justa fama.

La sala se llenó de gruñidos, chasquidos, salivazos y eructos. No había damas invitadas, de modo que tan finos señores pudieron dar rienda suelta a sus instintos, comer como cerdos, rebuznar de contento y darse palmadas en los muslos mientras gritaban a voz en cuello.

Cuando todos los estómagos quedaron llenos hasta más no poder y los criados hubieron retirado los últimos huesos, cambiando las fuentes por unos platos llanos de estaño, aún hizo su entrada una bandeja gigantesca, que tenía dos veces el tamaño de un escudo de cuerpo entero, sobre la cual había un entramado de ramas como suele verse en el interior de una gran pajarera. Entre el ramaje se acurrucaban perdices y faisanes perfectamente asados y crujientes, con algunas plumas de adorno clavadas en el trasero. En las espinas se balanceaban diminutas codornices y palomas, tordas y alondras, todas ellas dispuestas a meterse volando en la boca abierta. Y debajo del ramaje adornado con hojas y espinas plateadas flotaban patos de apetitosa pechuga, con la cabeza nuevamente implantada después de asados y adornados con sus propias plumas, que ofrecían una imagen alegre y colorida antes de que los comensales empezaran a hincarles el diente! ¡Todo el mundo reía y mordía, bromeaba y masticaba a la vez!

Si yo había creído que estábamos absolutamente saciados me vi desmentido, pues en un santiamén no quedaron más que algunos huesecillos y alguna que otra ala o pata suelta.

Los criados ofrecieron después fuentes llenas de agua templada en las que flotaban hojas de capullos de rosa, para que pudiésemos lavarnos los dedos.

De postre nos presentaron dulces de Siria que había traído la princesa Plaisance, y también granadas, nueces e higos frescos acompañados de vino moscatel.

La mayoría de los invitados se retiraron a continuación para dormir la siesta o para someterse a una sesión de vapor en el *hammam* o relajarse con alguna prostituta. Muy pronto no quedamos más que Juan de Ronay, el *maître* de Sorbon y yo. Y, para que me diese cuenta de que no se trataba de una casualidad, el superior de los sanjuanistas inició la conversación con un gesto de pesadumbre que me pareció excesivo.

–Nuestro *maître* está preocupado por la causa del rey y de Francia.

–El bienestar del rey está en sus manos, de modo que podemos considerar que está en las mejores manos posibles– inicié mi respuesta procediendo con suma cautela, pero después decidí prescindir de ella. Me apetecía saber de qué íbamos a hablar y con quién estaba tratando allí. –¿Acaso creéis que el buen rey Luis ya no puede estar seguro de poder recostar la cabeza en todo momento y en cualquier lugar, hasta en el propio país de los francos?

–Yo no he dicho eso– me respondió el *maître* Roberto, simulando una retirada. –Ni quiero insinuar nada semejante. Sin embargo, estimado Joinville, la realidad es que los deseos y las acciones de un rey deberían ir al unísono con las de su país.

Aquí intervino Juan de Ronay para aclarar las cosas:

–Nuestro *maître* piensa que cabe la sospecha de que el rey Luis sea demasiado noble para desempeñar el papel de rey de Francia.

El aludido retomó el hilo:

–Hace poco, el propio monarca me comentó la posibilidad de que Francia y su casa reinante, es decir, sus propios antepasados, hubiesen tratado injustamente a la estirpe de Leví, al de Trencavel o a cualquier otro del cual pretendan descender esos escorpiones de Occitania. ¡Como si él personalmente hubiese asesinado al desgraciado Parsifal! Su majestad incluso llegó al extremo de plantearme la pregunta retórica de si no convendría reparar el daño causado, revalorizando la figura de los infantes.

El *maître* temblaba de indignación al rememorar la idea, y yo me apresuré a echar aceite en ese fuego.

–¡No me digáis! ¿Tal vez quiera hacerlo con un gesto parecido al que le hizo casar a su hermano Alfonso de Poitou con Juana, la última heredera? No habréis olvidado que el padre de ésta permaneció durante muchos años prisionero en el Louvre, hasta el momento de celebrarse la boda, y que después fue nuestro noble rey Luis quien hizo su entrada en Tolosa, reclamando el país para la corona. ¡No!– exclamé. –No desearía semejante gesto en favor de mi peor enemigo, ¡y mucho menos en favor de los infantes!

–Veo que los defendéis con ardor, señor de Joinville– me advirtió el sanjuanista, –aunque como hijo fiel de la Iglesia...

–¡Dejemos eso!– nos reconvino el *maître*, temeroso de que la conversación se le escapara de las manos. –Os hablo en confianza, estimado senescal, porque sé que sois leal a Luis y que su majestad os busca y aprecia vuestro consejo...

Le respondí con un gesto de humildad.

–¿Qué consejos puede dar un hombre joven como yo...?

–Si el rey sintiera la necesidad de hacer algo por los infantes, si pensara incluso ligarlos con lazos familiares a la casa Capeto, deberíamos estar preparados a su debido tiempo para dirigir tales deseos por la vía correcta a fin de evitar que un eventual capricho senil, unido a su devoción religiosa, lo pudiera llevar a una actuación irreflexiva.

–¿Tal vez convendría insinuarle una adopción?– propuse a sabiendas de que estaba aventurándome, y consciente de que podía ser un golpe dado en el vacío, a acertar un tanto. Pero el *maître* traía preparado un proyecto concreto y no tardó en abrir la boca para revelarlo.

–Roberto de Artois– susurró en tono de conspirador –podría casarse dentro de cuatro o cinco años con ella...

Deduje que pensaban salvar a Yeza, mientras que ahogarían o se desharían de cualquier otro modo del pequeño Roç.

–¿Y hasta entonces la mantendrán presa en el Louvre?– protesté sin convicción. –Y además: tengo entendido que el señor Roberto ya está casado.

–*Sacra Rota!*– sonrió el *maître* con malicia. –Aceptaría con mucho gusto el papel de *advocatus diavoli*.

–Mi distinguido y admirado señor de Sorbon– intenté exponer algún argumento mejor fundado, –¿no deberíamos hablar más bien, en lugar de intentar que la sangre de los pequeños reyes se diluya sin más en la de los Capetos, de cómo conseguir con ayuda de los infantes, y gracias a la sangre que circula por sus venas, que la familia de los reyes soberanos de Francia obtenga aquella dignidad superior que necesita y de la que es merecedora?

–Eso lo habéis dicho vos, estimado Joinville– y con una sonrisa falsa atrajo a su lado al sanjuanista, casi reteniéndolo como testigo de mis palabras. –Aunque podéis estar seguro de que me siento satisfecho y contento sabiendo que disfrutáis del firme favor del rey. Porque cualquier empresa de esta índole debe realizarse en secreto. Hay que excluir a todo el que quiera presumir de méritos o colmar aspiraciones propias. Vos, Joinville, sois en cambio un hombre humilde en comparación con vuestras dotes.

Aquí intervino de nuevo el señor Juan de Ronay:

–Tenéis una fama tan irreprochable que cualquier sospecha de alta traición retrocedería ante vuestra persona como un toldo rechaza una ráfaga de lluvia. Los aquí presentes debemos tener muy claro que surgirán inevitablemente sospechas graves de este tipo.

–Pensadlo bien, aunque sin pedir consejo a nadie– propuso el *maître* con expresión poco amable, –pues esta conversación debe considerarse no celebrada, y cualquier afirmación referida a ella despertaría ante el Consejo real, como tribunal superior de Francia, la impresión desafortunada de que el senescal de la Champagne conspira con los enemigos tanto de la Iglesia como de la corona. Os agradezco vuestra presencia.

El suplente del gran maestre de los sanjuanistas se había levantado también, de modo que no me quedó más remedio que darme por despedido. Aún me dijo:

–Son grandes temas: se trata de intervenir en unas relaciones dinásticas que pueden dar un vuelco al mundo.

Después golpeó con el bastón el suelo, no tanto para reafirmar el patetismo de sus palabras como para que acudiera el mariscal di Peixa-Rollo, quien me acompañó al exterior. Sin embargo, y para mi preocupación, no me condujo hacia el portal, sino por algunos pasillos retorcidos que desembocan en una lejana torre emplazada en la muralla. La estancia que contiene tiene todo el aspecto de servir para que la habite algún que otro "huésped de honor" involuntario, pues tanto la puerta como las ventanas están protegidas con rejas. Pero había allí un lecho, mesa y sillas, y no vi ninguna cadena de hierro. Lo más probable era que pretendieran retenerme hasta ablandar mi voluntad.

El mariscal no me encerró; más bien me informó con mucha amabilidad:

–El señor Juan de Ronay desea hablar con vos.

–¿Qué me decís?– se me escapó. –¿No querrá tratar de los templarios, que aunque no han salido victoriosos de Limasol, sí son *de facto* los vencedores?

El mariscal se lamentó con pesadumbre:

–El rey los consulta ante cada decisión importante.

–En cambio les ha prohibido prestar al sultán tropas auxiliares para la conquista de Homs…

–Tampoco a nosotros nos permite ayudar a An-Nasir.

–Porque consentir ambas cosas sería un contrasentido. Lo que no puede hacer es apoyar al mismo personaje tomándolo por aliado en un país y guerrear contra él en otro, tachándolo de enemigo de la fe.

–Todo es posible– dijo el mariscal, –no es más que cuestión de flexibilidad. El rey tendría más de una razón para no fiarse de los templarios. Pero ¿qué hacer? Continuamente envía mensajeros y regalos a Episkopi, donde esos señores viven retirados en sus fincas mientras nosotros tenemos que realizar día tras día todos los servicios de vigilancia sin que nadie nos lo agradezca.

–*Primum cogitare, deinde agere*– le espeté sin miramiento alguno, –y por esa misma razón os ruego me dejéis solo ahora.

Necesitaba con urgencia disfrutar de un poco de soledad para ordenar mis ideas. De modo que en la corte existen corrientes de pensamiento que no están satisfechas con lo que el rey hace o deja de hacer. No me sorprendería que dichas fuerzas insistieran ahora, sin más, en la eliminación de los infantes. Sin embargo, yo supongo que también actúan poderes para quienes el *maître* Roberto no es más que un peón avanzado, y que en cambio son muy capaces de considerar la importancia de cualquier jugada posible, por estar dispuestos a tener en cuenta, más allá de la persona del rey, el destino de Francia. Carlos de Anjou, que en esta imaginaria partida de ajedrez representa antes una torre que un caballo, podría sentir tentaciones imperiales, es decir, imaginar el destronamiento de los Hohenstaufen. Y es posible que esté dispuesto a provocar un enroque en cualquier momento. Pero este jugador aún no ha aceptado abiertamente la partida; hay otros, antes que él, que están intentando realizar alguna jugada. Sin duda alguna se trata de defensores de la idea dinástica, deseosos de empujar a los infantes como si fuesen pequeños peones hasta el límite mismo del campo de juego, intentando tal vez coronar una *dama* nueva. Si fracasa la jugada, no habrían sacrificado más que a un peón.

¿Significa todo esto que algo hay de cierto en los rumores sobre la sangre sagrada procedente de la casa de David y que, pasando por los descendientes del Mesías, habría anidado muy profundamente en la sangre noble de Occitania, símbolo de la "auténtica" nobleza? Como es natural, yo he oído hablar de ello, pero sin conceder importancia a tales historias. ¿La *sang réal* representada en el santo Grial? ¿Habrá llegado el momento en que sus adeptos, que siempre y por naturaleza se han mostrado opuestos a los usurpadores como los Capetos y a los falsarios como los de la *Ecclesia romana*, deseen reconciliarse con sus enemigos mortales?

¿Quién puede desear un cambio así, quién lo defendería? Después comprendí con diáfana claridad: aquí no estamos tratando de los deseos del rey de establecer una armonía mariana entre virginidad y maternidad, ni del arrepentimiento tardío –y tanto más necio por esa misma razón– de los que pretenden haber comprendido que en cualquier momento los sucesores de los Capetos tendrán que pagar la culpa contraída frente a la sangre merovingia. ¿Estarán los hijos del Grial destinados a liberar a Luis de esa maldición? ¿Deben hacerlo?

En ese caso lo importante no es saber quién está tramando semejante solución o desea provocarla, sino quién se verá obligado a admitirla. Después de tantos años de persecución, difamación, acusación de herejía, ¿se le ocurrirá a alguien someter una oferta así a los misteriosos custodios del Grial? Porque ha quedado más que demostrado que sin su aprobación no cabe hacer nada que esté relacionado con los niños. Y, sin los infantes, todos esos proyectos no valen más que la arena en la que unos dudosos conjurados escriben sus proyectos. Un golpe de viento y todo se borra. ¿Por qué se dirigen ahora precisamente a mí, Jean de Joinville, y además sin haberme consultado antes?

–¿Por qué?– exclamé a través de la ventana enrejada. Cuando di media vuelta me encontré frente a Juan de Ronay.

–Olvidad cuanto os dije antes– inició la conversación, –pues me he visto en la obligación de sacudirme primero de encima al *maître*, que fue en realidad el que os recomendó, pero a quien no deseo confiar todos mis proyectos.

–¿Y él no sospecha nada?

El sanjuanista se echó a reír.

–¿Sabréis jamás con toda certeza cómo se comportará la mujer que quiere acudir a una cita con su amante? Afirmará probablemente, dando muchas voces, su amor al esposo, ¡lo enaltecerá ante los demás para que se retire de la escena feliz y satisfecho!

–No le quedará duda de su lealtad– dije entonces, –pero yo, teniendo en cuenta, distinguido señor de Ronay, que habéis querido adoptar la careta de esa mujer, ¿cómo queréis que os tenga confianza en vista de tales artimañas?

El suplente del gran maestre del Hospital me estudió divertido.

–Nosotros dos no tenemos por qué simular afecto ni hablar de ideales superiores, pues hasta los favores que os concede el rey no son, desde mi punto de vista, más que un agradable aderezo. Prefiero que nuestras relaciones tengan una base sólida: os tomo a mi servicio como asesor secreto, y la Orden os lo pagará al precio que queráis pedir. ¿Os gusta la propuesta?

–Como amante prefiero no dar un consentimiento fácil ni hablar de precios. ¡Hacedme saber primero en qué asunto queréis que os aconseje!

–Si os lo expongo ya estaríais bajo contrato…

–Me seduce más la tarea que el premio– lo interrumpí. –De modo que debéis hacérmelo saber.

–Pues bien, ya os podéis imaginar que se trata de los caballeros del Temple…

–¿Acaso los echáis en falta?– dije con cierta insolencia, pues me sentí desilusionado ante su revelación.

–Olvidad la disputa del otro día, olvidad cualquier pelea, cualquier contienda sangrienta que haya tenido lugar entre los miembros de ambas Órdenes, tanto entre los orgullosos caballeros como entre los soldados de a pie, en torno a cualquier clase de ventajas o privilegios o que puedan darse aún en el futuro. Todo eso no son más que escaramuzas naturales por haber sido fundadas ambas Órdenes casi al mismo tiempo, en el mismo lugar, en las mismas condiciones y con los mismos objetivos.

–Y bien– dije, –si todo es tan igual y tan natural, entonces…

–¡Pero no es así!– dijo el señor de Ronay con aspereza. –Las condiciones nunca fueron las mismas, y los objetivos mucho menos.

–¡Hablad!– le solicité con interés.

–Yo no sé qué les prometió san Bernardo a los primeros caballeros de Jerusalén, pero ellos se consideraron elegidos desde que se colocó la primera piedra del Temple…

–¡Mientras vos servíais en los hospitales, sacrificándoos por los enfermos!

Me esforcé por alejar toda ironía de mi voz, y un suspiro reprimido me agradeció la concesión.

–Según el estatuto de nuestra Orden, pues sólo tenemos uno y no habrá ninguno más, nuestro objetivo es idéntico: proteger a los peregrinos y los santos lugares de la Cristiandad.

–Sois muy humilde– objeté, –y omitís el hecho de que el Hospital existía ya antes de que los primeros cruzados conquistaran Jerusalén, y que, para transformarlos de enfermeros en caballeros militantes, hubo que cambiarles el santo patrón, que en lugar de san Juan Bautista pasó a ser el belicoso Juan el Evangelista, que tiene un águila por escudo.

–En cambio los templarios eran ya una comunidad de caballeros conjurados, procedentes del corazón de Francia, que se presentaron como un comando misterioso y obtuvieron en seguida todo cuanto pretendían, es decir, el templo de Salomón, y envolvieron desde un principio todas sus maquinaciones en el manto blanco del silencio y de la distinción de *electi*. Reconozco, desde luego, que sus caballeros son guerreros excelentes.

–Ahora bien– dije yo, –hay que decir que las dos Órdenes se han enriquecido, y que su preocupación principal en nuestros tiempos es proteger su patrimonio, sus instituciones comerciales y sus intereses, ¡que son muchos!

–No lo voy a negar– concedió *nolens volens* el sanjuanista, –pero los templarios han conseguido rodearse desde la primera hora de una aureola que les otorga un mayor atractivo, les proporciona más privilegios y les ha permitido finalmente pactar sin miramientos con los enemigos de la fe cristiana…

–¿Cómo os atrevéis a decir eso?– Y me eché a reír. –¿Acaso vos no tenéis trato con los musulmanes para el intercambio de esclavos o de armas? ¿Acaso no firmáis acuerdos con los infieles?

–¡Pero me refiero a la herejía! Estoy hablando del apoyo que prestan a la herejía dentro del ámbito territorial de la Iglesia, ¡a la defensa que hacen de los hijos del Grial!

–Si preguntáis, distinguido señor de Ronay, por qué la Orden de san Juan carece de carisma, vos mismo habéis enunciado la respuesta…

Durante un tiempo guardó silencio. Después convino:

–Os habéis ganado vuestra primera recompensa.

Juan de Ronay cayó en un profundo ensimismamiento, como si tuviese que luchar consigo mismo, no tanto en relación con la promesa que me había hecho como con la voluntad de aceptar o no la explicación que yo le había brindado.

–Dejadme repensar vuestras inteligentes palabras.

–¡Con mucho gusto!– dije con ligereza y, a la vez que aliviado, también me sentí orgulloso.

Pero mientras abandonaba el castillo me iba diciendo: mi querido Joinville: ¡tú también deberías repensar el trato al que te has comprometido!

Limasol, 23 de noviembre de 1248 d.C.

Pasé los días siguientes anotando lo sucedido en los últimos tiempos. Me dolían los dedos y me daba rabia verme atado al pupitre en lugar de pasearme y prestar oído a cuantos rumores circulan por ahí. Estoy seguro de que el rey no olfatea lo que se está cociendo en las diferentes ollas. Luis no sospecha absolutamente nada, no obstante haber sido él mismo quien echó a rodar la piedra o las piedras.

En eso iba pensando cuando acudí a una de las audiencias oficiales en palacio, pues en tales ocasiones el rey desea verse rodeado de sus grandes. Al pasar por delante del Temple, donde los caballeros de la Orden teutónica han establecido ahora su cuartel, se desprendió de las sombras del porche la figura de William de Roebruk.

Llevaba el hábito de fiesta de los minoritas y al parecer me estaba esperando con la intención de acudir a mi lado a la audiencia en palacio. No supe negarme a su compañía. Jamás me ha causado ningún mal ni ha hablado mal de mí, y no creo que sea de mi incumbencia enjuiciar la vida que llevan los demás. En todo caso, y en oposición a muchos de sus queridos hermanos de la Orden de san Francisco, es un hombre que ha experimentado vivencias bastante más extravagantes que hablar con los pájaros. Pero ha recorrido largos trechos en compañía de los infantes, lo que le otorga, para mí, un aura de interés. Además, no es tonto. Llevaba una petición destinada al rey Luis, que deseaba entregarle para que volviese a acogerlo con benevolencia.

De modo que le dediqué unas palabras cargadas de burla oportunista:

–Y vos, joya de la Orden de los minoritas, ¿no queríais presentar al rey a esos dos emisarios del gran kan de los mongoles?

–Los señores Aibeg y Serkis ya soportan con bastante pesadumbre el hecho de que el Papa no los acompañe de regreso a la corte de su señor, que ni siquiera es el propio gran kan, sino únicamente su lugarteniente en Tabriz– me aclaró William, –y ahora mismo están tomando un trago para hacer acopio de valor y presentar esa misma petición a Luis. ¡Pueden pasar semanas antes de que se decidan!– bromeó, simulando estar un tanto compungido. –Pero si no os agrada acompañar a este pobre pecador ante el trono del rey, rogaré al señor Gavin Montbard de Béthune que por amor al prójimo me conceda ese favor.

–Os será difícil, pues aparte de que vuestros pecados son importantes, el preceptor ha sido desterrado de esta isla por su gran maestre, el señor de Sonnac.

William me miró tan incrédulo que me apresuré a añadir con bastante satisfacción:

–Apenas desalojado el Temple ha destinado al preceptor a Siria.

Comprendí que el hecho constituía un golpe duro para él, de modo que añadí en tono amable:

–No obstante, estimado William, si queréis haceros cargo de mis papeles os llevaré conmigo en calidad de secretario.

Traspasamos el cordón establecido por la guardia de la sala y, dando codazos, llegamos a la primera fila. Desde allí vimos sentado al rey junto a sus hermanos y los condes de Flandes y de Bretaña; detrás de él se apostaban su guardaespaldas Yves "el Bretón" y el capellán de la corte, Roberto de Sorbon.

Cuando Luis vio quién me acompañaba dijo en voz alta, para que pudieran oírlo cuantos lo rodeaban:

–Ved hasta donde llega la habilidad de nuestro senescal: ¡es capaz de devolver a mi presencia a un personaje a quien hace tiempo creía muerto!

Aquel instante fue considerado por William como el más adecuado para arrojarse a los pies del rey y entregarle humildemente su petición enrollada. Pero el rey no consiguió echar siquiera un vistazo al documento, pues el *maître* extendió la mano y se lo arrebató rápidamente.

–He aquí una imagen de lo que podría ser la eternidad, señores– bromeó el rey. –Hace años que destiné a este fraile al Montségur para que reforzara con sus oraciones el ánimo de los nuestros. Ahora asistimos al momento de su regreso. ¿Hemos de pensar que semejante circunstancia se debe a su entrega a la oración, o a su afán de supervivencia?

William se creyó en la necesidad de justificarse.

–Si vuestra majestad me permitiera relatar cuanto me ha sucedido en estos cinco años, me perdonaría generosamente– propuso al rey mientras Yves "el Bretón" pretendía hacerlo callar:

–¡Sería mejor que confesaras a tu rey lo que has hecho durante estas últimas cinco semanas que llevas en la isla sin haberte arrojado arrepentido a sus pies!

Pero el rey, según me pareció, estaba de muy buen humor y opuso:

–Señor Yves, te ruego no niegues la gracia antes de que yo haya podido escuchar la justificación.

Estas palabras no permitieron al señor *maître* permanecer callado.

–¡Dejadme a mí la tarea de verificar si este hombre es digno de que despilfarréis en él vuestra generosidad!

–La generosidad nunca es un despilfarro, *maître*– dijo el rey. –Te ruego trates con benevolencia a este pecador.

El leve reproche no irritó a Roberto de Sorbon.

–Aplicaré una parábola– inició su examen con palabras cargadas de malicia –que vuestra majestad misma inventó en su día.

Después se dirigió con expresión de autosuficiencia al pobre William, que seguía arrodillado ante el rey Luis.

–De pie, William de Roebruk– lo animó éste. –¡Hay que mirar a los ojos tanto al amigo como al enemigo!

Wiliam se incorporó y el *maître* dijo:

–¿Qué preferiríais, sufrir la maldición de la lepra o haber cometido un pecado mortal?

William miró a los ojos de su inquisidor y contestó con franqueza:

–Prefiero haber cometido treinta pecados mortales antes que sufrir la lepra.

Seguramente pensaba lo mismo que estaba pensando yo: que tanto daba cuál fuese su respuesta. Si hubiese afirmado lo contrario, el *maître* le habría tachado de ser un hipócrita empedernido.

En cambio ahora le espetó el señor Roberto:

–¡Insensato! No hay lepra que provoque mayor podredumbre que el pecado. El demonio está al acecho del pecador para llevarse su alma. El leproso, en cambio, es esperado por Dios, y su carne ulcerosa se desprenderá como las escamas del pescado, siempre que su alma esté pura.

William comprendió que no tendría perdón, pues el pecado cometido por un hombre sano siempre será objeto de envidia, y desear el sufrimiento de la lepra para conservar la pureza del alma era algo que no estaba dispuesto a aceptar. De modo que se inclinó en silencio ante el rey y abandonó la sala con la cabeza alta.

Luis me miró y, como muchas otras veces, vi reflejada en sus ojos una chispa de picardía.

–Querido senescal– dijo a continuación, –¿entiendes ahora por qué preferiré siempre a un lego, inteligente y sincero, a cualquier fraile devoto de espíritu simple o a cualquier eclesiástico retorcido?

Como él no esperaba una respuesta a tales palabras me limité a demostrarle con una sonrisa que estaba de acuerdo. Si alguien lo deseaba, podía interpretar la observación como un rechazo definitivo dirigido a William o como un elogio oculto para mí, aunque en realidad se trataba de un reproche irritado que le correspondía al *maître* cargar en su cuenta.

Encontré al franciscano en la taberna de *La Bella Vista*, donde estaba a punto de emborracharse. Frente a él, sobre un banco, Ingolinda intercambiaba desvergonzadas carantoñas con dos ingleses del de Salisbury.

–¡Al menos no son "asesinos"!– bromeé. –De modo que no tenéis por qué esconderos bajo la mesa.

–Me gustaría hacerlo, pero de vergüenza– dijo William, abrumado.

–¿No será a causa de esa mujer?– intenté reforzar su ánimo decaído.

–El rey tiene toda la razón– dijo William. –Hace cuatro primaveras me concedió el honor de presidir un altar en el campo de batalla, y desde entonces sigo escondido debajo de la mesa cubriéndome con los cuerpos de heréticos, mongoles y "asesinos".

–Dejemos aparte la historia del gran kan– lo amenacé moviendo un dedo. –¿Qué sabéis acerca de los "asesinos" y de "el anciano de la montaña"?

–Muy poco– confesó William con sinceridad.

–Dejadme saber ese poco– lo animé, y pedí una jarra llena.

–Aparecieron mediado el siglo pasado, primero en Siria– empezó William a desempolvar sus conocimientos, –y los de ahora son un retoño en Persia de esa misma Orden, tan poderosa como secreta. Su sede principal en ese país está en Alamut, un lugar del que se cuentan tantas maravillas como horrores, y que debe de estar situado en algún punto de la cordillera inaccesible de Jorasán, al sur del mar Caspio; desde allí controlan, sirviéndose de varias fortalezas del contorno, "la ruta de la seda".

–¿Es verdad que también en Tierra Santa se han asentado en las montañas, precisamente en el punto más estrecho que une el norte de Antioquía con el sur, con Trípoli y el "Reino"?

Yo sólo quería demostrarle que no carecía del todo de ciertos conocimientos sobre el asunto, y así lo entendió el fraile.

–Sin embargo, los "asesinos" nunca han representado un problema para los cristianos, pues son adeptos ortodoxos de la *chía*, es decir, de la línea dinástica que se deriva directamente del profeta, por lo cual estos guerreros ismaelitas luchan sobre todo –aunque eso sí, con mucho fanatismo– contra el califato sunnita...

–¿Y a pesar de ser tan peligrosos pagan tributo a los templarios?

–Desde el principio existe una extraña relación entre la hermandad de los *fida'i*, los fieles, como se autodenominan ellos mismos, y los templarios, que han adoptado, fascinados, algunas de sus estructuras, aunque a veces han intentado también exterminarlos poniendo en ello todo su empeño; pero es posible que esto último se deba sobre todo a que han decidido concentrar sus castillos, como también han hecho los sanjuanistas, sobre todo en la cordillera de Noisiri.

–¿Y "el anciano de la montaña"?

–¡Una leyenda!– sonrió William divertido. –Alrededor de 1170, el jeque Rachid ed-Din Sinan fue delegado por Alamut a Siria. Se instaló en la sede de Masyaf y desde allí impuso un terror tan sanguinario que los reyes de Jerusalén intentaron establecer una alianza con él, e incluso Saladino, el sultán sunnita de El Cairo, tuvo que someterse a su dictado. En aquel entonces se inició la funesta costumbre de contratar a un "asesino", es decir, a alguien que mata por encargo.

Nos interrumpieron gritos y ruidos de armas. Intercambié una mirada de entendimiento con William.

–Hablando del Papa en Roma... – pero en aquel instante entró corriendo en la taberna un marinero inglés y gritó a sus paisanos entregados allí a la bebida y a otros entretenimientos, que acudieran rápidamente a las naves.

–¡Alarma! ¡Alarma!– exclamó, y los dos hombres que Ingolinda acunaba sobre su pecho se incorporaron de un salto dando voces de *Aye, aye,* Salisbury, *all here!*

Con tales exclamaciones saltaron por encima de los bancos y salieron a toda prisa mientras el que los había llamado tomaba un trago. Le tiré de la manga para acercarlo a nuestra mesa.

–No es gran cosa– dijo mientras se limpiaba la sangre que le goteaba de una oreja medio arrancada, –una pequeña pelea entre nosotros y los griegos de Ángel de Káros, nada especial, ¡no hay muertos!

Había vaciado una jarra y echó mano de la mía.

–Al rato se presentó, sin que la hubiesen llamado, la guardia del rey bajo el mando de Yves "el Bretón", ¡un matón como hay pocos! Estuvieron machacando a los griegos hasta el punto de que incluso nosotros empezamos a sentir lástima de ellos. En un santiamén quedaron tres o cuatro tumbados en tierra, casi sin vida, ¡y eso es demasiado!– Su indignación se mantenía entre límites. –De modo que estamos buscando ayuda para salvar a esos aficionados a los ajos, ¿entendéis?

–¡Entiendo!– dije, y él tomó un último y profundo trago, alejándose con paso tambaleante cuando ya no se oía ruido de armas por ninguna parte.

–O sea que ¿el hecho de matar por contrato– proseguí mis indagaciones –es lo que ha dado a los "asesinos" su temible fama?

–Así es– dijo William. –Aunque se trate de un malentendido, de un rumor falso, desde entonces se los ha considerado "asesinos" por excelencia, del mismo modo que la expresión "anciano de la montaña", apodo del arrogante jeque Sinan, muerto hace tiempo, se ha conservado como sobrenombre de los *Grand Da'i* siguientes, es decir, de cada uno de los sucesivos grandes maestres que vienen gobernando en Masyaf.– William puso término a su notable discurso y se remojó la garganta con un largo trago de la jarra hasta dejarla vacía. –Lo mismo sucede con el temor imborrable a sus instintos asesinos.

–¿Cuál es su relación actual con nosotros, los cristianos?

–Por muchos acuerdos que se tomen y respeto recíproco que exista, ¡es una relación tensa!

Entonces le dije a William, sin ocultar mi reconocimiento:

–Sabéis leer y escribir, habláis y entendéis el idioma del país contra el que vamos a luchar. Seguramente habréis oído decir que estoy redactando la crónica de esta cruzada, y me doy cuenta de que cuanto pueda considerarse digno de ser anotado adquiere un volumen cada vez más extenso, más ramificado y también más misterioso. De modo que necesito a un escribiente experto que me alivie de ciertas tareas.

Claro que no mencioné el hecho de que también los infantes exigían cada vez más atención y más líneas.

William me contestó:

–Si esas "ciertas tareas" se refieren a la simple información sobre la campaña o a las alabanzas que os merecen el rey y su cruzada, prefiero decir que no y regresar al carro de mi puta. Pero si me dejáis participar de vuestras impresiones, es decir, también las apócrifas, entonces la oferta podría resultarme bastante atractiva y, además, sé que os podría ser útil. Podéis pensarlo con toda tranquilidad, señor senescal, ¡y entre tanto, supongo que pagaréis el gasto!

Bebimos recíprocamente a nuestra salud.

LA ESTRUCTURA ARQUITECTÓNICA DE MASYAF era absolutamente inabarcable para la mirada de cualquier recién llegado. Los salientes rocosos del peñón, casi verticales, habían sido incorporados con tanta habilidad a la maraña de muros, torres y sobre todo puentes que cruzaban gargantas y quebradas, que cualquier enemigo se vería constantemente ante nuevos obstáculos mientras que los amigos se encontrarían con renovadas sorpresas, siendo la más inocente de ellas que el forastero estuviera dando vueltas en círculo o se perdiera sin esperanza de recuperar el buen camino, y la peor de todas que resultaría bastante fácil sufrir una caída mortal, puesto que en cualquier lugar medianamente apto para ese fin había sido instalada alguna trampa.

Ésta era también la razón por la que los niños fueron sometidos a un régimen severo que no les permitía ni mucho menos la libertad de movimientos a la que estaban acostumbrados. Las dos mujeres, Clarion y Madulain, habían sido instaladas a su vez en algún rincón escondido, puesto que en Masyaf hasta entonces no se había previsto jamás la posible estancia de seres femeninos.

Hamo procuraba mantenerse al lado de Crean, pero la siempre amable aunque también casi muda compañía de éste no ayudaba a borrar la impresión de hallarse en una cárcel bastante desolada, una especie de "castillo de entrenamiento para fanáticos". Por todas partes no se veían más que muros y murallas, no había árboles ni flores, ni una pincelada de verde.

Otra característica de Masyaf era la ausencia total de un edificio principal o como mínimo de una torre de homenaje, pues al parecer ningún constructor había realizado el esfuerzo de ordenar adecuadamente lo que semejaba un simple amontonamiento de piedras o insistir en algún detalle conveniente. Aparte del observatorio, que ascendía al cielo como asciende el delgado palo de una barca tosca de pescadores, ninguna de las torres ofrecía otra particularidad que la de tener un solo acceso y que sus gruesos muros ofrecieran protección contra los disparos de las catapultas o que sus almenas detuvieran las flechas. Ni un ornamento, ni un color, nada en absoluto.

Tampoco existía un refectorio. La cocina repartía dos veces al día una ración austera que cada uno consumía donde le era posible refugiarse de la lluvia y los vientos fríos de aquel otoño tardío. En verano había que protegerse de un sol furioso e inclemente. Para beber disponían del agua de una fuente muy pura y de buen sabor.

Los niños, que manifestaban una curiosidad muy superior a la de Hamo y se veían estimulados por un deseo permanente de investigar sus alrededores, supieron moverse muy pronto en aquel laberinto plantado sobre las rocas casi tan bien como sus guardianes, y tampoco se les escapó que por debajo de la tierra existían secretos insospechados a la espera de ser descubiertos. Averiguaron muy pronto que para acceder a la biblioteca había que recorrer unos pasillos abiertos en la roca, pero

Roç y Yeza consiguieron además atravesar alguna que otra de las muchas galerías de ventilación, y se acostumbraron a visitar a los ancianos que pasaban las horas leyendo y copiando, y que accedían complacidos a responder a sus preguntas curiosas y sus miradas de asombro.

–¿Por qué os llaman "asesinos"?– fue la primera cuestión que planteó Yeza, una pregunta que desde hacía tiempo le ardía en la punta de la lengua y que no se había atrevido a dirigirle a Crean.

–Nosotros también somos asesinos– añadió Roç a modo de explicación. –¡Ya hemos matado alguna vez!

–No deberíais haberlo hecho– respondió el mayor de los ancianos bibliotecarios sonriendo; –yo, por mi parte, jamás he causado daño a ningún ser creado por Alá.

–Entonces ¿por qué os llaman así?– replanteó Roç la cuestión sin andarse con rodeos.

–Porque otros extranjeros, que no son tan listos como vosotros dos– añadió el otro anciano de barba blanca, –no fueron capaces de pronunciar correctamente la palabra *hashashin* y la convirtieron en *asesino.* Antes plantábamos *cannabis,* recogíamos la resina que gotea de sus flores y también inhalábamos el humo de las hojas secas…

–Explícamelo, por favor– pidió Yeza, –¿qué quiere decir eso?

–Es muy sencillo, *khif-khif;* lo aspiras a fondo o haces como si quisieras tragarte el humo…

Intentó hacer una demostración y Roç se echó a reír.

–¿Así es como se convierte uno en *hashashin?*

–El *cannabis* es una droga– aclaró el anciano –que induce a la euforia, y a alguien que está eufórico le es más fácil enfrentarse a la muerte, puesto que un *hashashin* a quien hayan encomendado realizar un homicidio tiene que contar siempre con la posibilidad de que la muerte lo atrape a él mismo.

–Yo, en cambio– dijo Yeza y presentó con orgullo su puñal, –puedo matar sin que me atrapen.

El anciano movió pensativo la cabeza.

–Una muchacha sólo debe utilizar el puñal para defender su honra.

Roç hizo una propuesta:

–Me gustaría fumar esas hojas y después ya veremos a quién mato, tal vez a un sanjuanista.

–Oh– dijo el anciano, –no lo hagas, sería peor que meter la mano abierta en un avispero.

–¡Prometo no hacerlo!– respondió Roç con rapidez. –Pero tenéis que prometerme que me daréis hojas de *cannabis* para secarlas.

–¿Dónde crecen esas hojas?– preguntó Yeza con desconfianza. –Hasta ahora no he visto ni una planta por aquí.

–Crecen en el jardín del gran maestre– le respondió el de la barba blanca; –la llave la tiene el canciller.

–Lo conocemos, es uno que lleva turbante y se llama Tarik ibn-Nasr. Es nuestro amigo.

–Es viejo, está enfermo y ya no sale mucho– susurró el anciano, –pero si él te da algo de hachís, ¡podrías traernos un poco a nosotros!

–Sí– susurró también el de la barba blanca, al que se le iluminaron los ojos, –traed un poco y os enseñaremos a fumar una pipa de hachís.

Los niños se dieron por satisfechos y regresaron al aire libre a través de la galería de ventilación, pero por mucho que preguntaron por el canciller y su jardín, nadie les daba razón.

–¡Cómo envidio a esos pájaros!– dijo Hamo señalando al cielo azul por donde los veía cruzar como estrellas oscuras, aunque de vez en cuando alguno encogía sus poderosas alas y se arrojaba sin más contra la tierra o la roca para extender después todo lo que daba de sí la envergadura de sus alas y dejar que el aire lo transportara de nuevo hacia arriba.

–La libertad de las águilas– sonrió Crean –se basa en la seguridad del nido. ¡Nadie puede volar eternamente por los aires!

–Deben de tener el nido aquí cerca– dijo Hamo, a quien las frases paternalistas de Crean empezaban a sonarle odiosas, –pues los he oído chillar.

–En efecto, tienen sus nidos incrustados en los muros– confirmó Crean. –Cuando un *fida'i* vuela al paraíso, siempre lo precede un águila.

Hamo recorría los baluartes en compañía de Crean. Se encontraban sobre una de las elevadas murallas que rodeaban el camino hacia el portal, un camino trazado de modo que quien lo recorriera tuviese que dar vueltas y superar curvas quedando siempre al alcance de los arqueros y las catapultas mucho antes de haber visto el puente levadizo. Por el lienzo que daba hacia el castillo, las murallas descendían sin almenas y casi verticalmente hacia los patios interiores, dispuestos en forma de terrazas.

–Aquí fue donde "el anciano de la montaña", según dicen, demostró al rey de Jerusalén, que había acudido a una invitación suya– dijo Crean, –qué significa la obediencia entre los "asesinos".

Esperó a que su joven acompañante se acercara hasta el borde y Hamo sintió un mareo cuando vio, muy allá abajo, el patio pavimentado con placas de piedra y en su centro la boca de la cisterna por donde se recogía el agua de lluvia.

–El gran maestre se limitó a dar dos breves palmadas, y uno de los guardianes que se encontraban aquí arriba, donde estamos ahora nosotros, saltó hacia abajo sin pronunciar una palabra...

–¿Y murió?

–Claro– dijo Crean, –¿quieres probarlo?

–¡Es espantoso!– Hamo retrocedió asustado.

–Cada vez que "el anciano de la montaña" daba dos palmadas, saltaba alguno de sus hombres para morir allá abajo con el cuerpo destrozado.

–¡No sigas!– exclamó Hamo. –Es demasiado cruel.

–Eso mismo dijo el rey, y pidió al jeque Sinan que pusiera fin a tan sobrecogedor espectáculo. Éste le respondió: "Ahora comprenderéis, señor rey, por qué no podréis acabar jamás con nosotros. ¡La muerte no nos provoca ningún temor!"

Pero esa lógica no convenció a Hamo, ni mucho menos.

–Puede que fuera así en una época en que los caballeros luchaban cuerpo a cuerpo y el valor personal frente a la muerte podía significar una ventaja. Hoy en día cualquier ejército bien equipado para el asedio podría rodear Masyaf, bombardear la fortaleza con fuego griego y vencerla por hambre. Ya pueden saltar tantos de sus hombres desde el muro como quieran, ¡lo único que conseguirán es evitar que después los pasen a cuchillo!

–Los "asesinos" jamás permitirán que se llegue a una situación semejante. Estas murallas no han visto nunca a un ejército enemigo, pues hemos difundido tanto temor entre sus dirigentes que renuncian a asediarnos. Para llegar a esto es necesario mandar sobre unos hombres que no teman dar el salto hacia la muerte. En último término, nadie escaparía a sus puñales, pues ningún príncipe puede protegerse a la larga de ser alcanzado por quienes están decididos a llegar hasta él. A menos que se esconda bajo tierra, ¡pero entonces ya no podría ser un príncipe sobre la Tierra!

–Ni quiero discutir tu fe en la invencibilidad de los "asesinos"– dijo Hamo –ni tengo demasiada experiencia en las artes marciales. Pero sí puedo imaginarme unas gigantescas máquinas guerreras que siguen funcionando aunque consigas eliminar a uno, dos o diez de sus caudillos, porque les crecen constantemente cabezas nuevas. En cambio los "asesinos" son como abejas, que mueren una vez han picado a alguien.

–Ese ejército no existe, Hamo– dijo Crean, –cualquier tropa emprende sin más la huida en cuanto muere su caudillo.– No obstante, parecía pensativo.

Hamo, en cambio, seguía exponiendo sus fantasías:

–Incluso creo posible que un día las guerras ya no sean libradas por seres humanos visibles, atacables y vulnerables, sino únicamente por gigantescas máquinas, movidas a una distancia segura por medio de cuerdas manejadas por unos pocos hombres ocultos en esas máquinas y perfectamente protegidos…

–No hables así– dijo Crean, –es una visión demasiado espantosa. ¡Una pesadilla!

–Tal vez lo sea– dijo Hamo, –pero las cabezas que inventen tales máquinas, sus dirigentes, también estarán escondidos bajo tierra y protegidos de tus puñales, y además serán independientes del favor y los caprichos de los pueblos.

Crean suspiró:

–Hamo, ¿qué será de ti?

–No llegaré a caballero– respondió Hamo convencido. –Seré inventor o explorador, o no pasaré de ladrón, charlatán, comediante o saltimbanqui. En cualquier caso, alguien que merece la horca.

–No sabes lo que estás diciendo…

–Y tú no sabes quién está acercándose– respondió Hamo, y señaló a un pequeño grupo de jinetes que escoltaba a un palanquín e iba ascendiendo hacia el portal. –Además, hay otra forma de exterminar a los "asesinos"– volvió Hamo a insistir después. –Por ejemplo, se podría introducir en el castillo a la propia muerte: un hombre atacado por la peste…

–¡Hamo!– le advirtió Crean con rudeza. –¡Ahí viene mi padre!

Hamo solicitó entrada ante la pesada puerta de madera reforzada con clavos de hierro y guarniciones forjadas que interrumpía el panel de uno de los muros. Dejó caer por tres veces la aldaba de bronce, tras lo cual se abrió una mirilla y los ojos de una anciana observaron con desconfianza al extranjero, mirando por encima del *chador*, antes de volver a cerrar apresuradamente la mirilla.

Después transcurrió algún tiempo y la puerta se abrió un poco, lo justo para darle entrada. Hamo se encontró frente a un muro que tuvo que rodear por un lado. Sólo entonces vio que se extendía ante su vista un jardín artísticamente proyectado, cuyos setos recortados bordeaban los caminos cubiertos de grava y las corrientes de agua que discurrían por canales de mármol.

El primer patio interior se le presentó rodeado de una columnata cubierta por la que trepaban rosales y en cuyo centro unos árboles de especies raras proporcionaban sombra al pozo. En el patio siguiente vio las paredes cubiertas de frutales en espalderas, y en el centro un pabellón de piedra invitaba a escuchar las aves canoras cuyas jaulas habían sido instaladas con tanta habilidad en medio del ramaje de los árboles, a ambos lados del pabellón, que sus prisioneros podían olvidar con facilidad la pérdida de libertad y el ojo del observador no podría por menos que mostrarse admirado ante esta conjugación del arte de la forja y el crecimiento natural de los vegetales. En el tercer patio se veían tres fuentes cuyo chorro caía cada uno en el plato marmóreo de la siguiente, por lo que el visitante pasaba bajo un arco formado por brillantes gotas de agua. En este último patio había más flores y arbustos que en los otros dos, y al final del jardín se alzaba sobre unos pilares excavados en la roca un gracioso edificio de ventanas enrejadas. Desde la gruta inferior una escalera de hierro conducía hacia la casa, pero estaba suspendida de unas cadenas y podía ser retirada desde arriba.

Hamo esperaba hallar algún signo de la presencia de Clarion y Madulain, pero en un primer momento no vio nada. Después oyó la risa ahogada de su hermana adoptiva y supo que se habían escondido para gastarle una broma. Rápidamente se ocultó detrás de una roca cercana y, ya dentro de un nicho, se apoyó en la estatua de una diosa griega.

Para gran sorpresa suya empezó a girar el zócalo de la estatua con él encima y, como se mantenía estrechamente abrazado al torso de mármol, éste desapareció con él en una grieta que fue abriéndose en la roca. Al principio sintió miedo, pero al ver que una empinada escalera de caracol conducía tanto hacia arriba como hacia abajo, pensó que ya volvería a salir de allí de alguna manera. Se mantuvo muy quieto y disfrutó al darse cuenta de que las risitas iban enmudeciendo y que las dos mujeres parecían ahora más y más nerviosas.

–¿Hamo? ¡Hamo!

El muchacho se dedicó a imitar sonidos animales, aunque muy breves para que ellas no pudiesen descubrir el escondite, disfrutando cada vez más con la confusión creciente de las jóvenes. Pero pronto se cansó de aquel juego; en realidad había ido a buscar su compañía porque necesitaba hablar de la tercera, la tímida Shirat, que ya no estaba con ellas.

¿Dónde estaría la princesa de los mamelucos? ¿La habrían encerrado en alguna prisión oscura, donde estaría sufriendo y pensando en él? No se atrevió a subir o bajar por la escalera, pues había oído hablar demasiadas veces de la existencia de ciertos pasillos secretos que atraen al ingenuo y se convierten en una trampa mortal.

¿Y si revelara a Clarion cuál era su delicada situación anímica? Pero no quiso cederle ese triunfo, y menos aún a Madulain. Si Clarion padecía, a su entender, de un exceso de femineidad desbordante, la recia hija de los *saratz* parecía carecer de ella hasta un extremo exagerado. Se comportaba como un guerrero, y la idea de estrecharla entre los brazos le provocaba temor.

En cambio, aunque en un principio no se había fijado en la presencia de la dulce Shirat, que después le habían arrebatado sin que él pudiese evitarlo, ahora se daba cuenta de lo mucho que anhelaba su presencia.

Estaba a punto de llamar la atención de las mujeres cuando oyó las voces de los niños en algún lugar por debajo de su emplazamiento. Las voces sonaban opacas y huecas, pero no por ello carecían del arrojo habitual con que Roç y Yeza solían aventurarse por todas partes. Ahora los oía muy cerca.

–Aquí hay otra escalera– indicaba Yeza, y Hamo les dijo en voz baja:

–No os asustéis, ¡soy yo, Hamo!

Después oyó que Roç se echaba a reír.

–Acabo de oír a Hamo. Dice que no nos asustemos...

–Tal vez se haya disfrazado.

–No– dijo Hamo en un susurro, –subid la escalera, ¡estoy aquí preso!

Después oyó unos pasos que se alejaban cruzando la bóveda que había debajo de sus pies y a los niños que decían en voz muy baja:

–¡Aquí no está!

Se hizo de nuevo el silencio, y de repente oyó que los niños hablaban muy cerca de él.

Yeza preguntaba, preocupada:

–¿Dónde decías que estaba Hamo?– y Roç se defendía:

–Te lo juro, ¡era Hamo!

Debían de encontrarse exactamente delante de la diosa, y Hamo exclamó:

–¡Estoy aquí, detrás de la estatua! Pero yo no la puedo mover. ¡Ayudadme a salir!

–Pero si es muy sencillo...– dijo Roç.

–¡Espera!– lo retuvo Yeza. –Primero nos tiene que decir en qué se reconoce una planta de *cannabis*.

–¿Lo has oído, Hamo?– le susurró Roç ya directamente al oído. –Si nos lo prometes te dejaremos salir, pero si no...

–Os lo prometo. Crece aquí en el jardín, la he visto.

En un instante giró el zócalo y Hamo pudo deslizarse por la grieta que se abrió en las rocas y salir otra vez al aire libre.

–¡Hamo! ¿Dónde estabas?– chilló la voz de Clarion. Hamo se volvió en dirección a los niños, pero éstos habían desaparecido sin dejar rastro.

–He estado aquí todo el tiempo– dijo Hamo, –¡pero vosotras sois como las gallinas que, de tanto cacarear, parece que no lleven ojos en la cabeza!

Después pensó que las jóvenes, vestidas con largas túnicas, ofrecían más bien el aspecto de sacerdotisas, especialmente Madulain, que lo inspeccionaba con expresión severa.

–¡Para ser un buen gallo cantáis con voz demasiado alta, Hamo l'Estrange!

Hamo no tenía ganas de pelear con las mujeres; iba a retirarse cuando vio que Crean de Bourivan atravesaba los arcos acuáticos de las fuentes. Parecía hondamente emocionado; sin entretenerse con sus habituales frases de cortesía dijo en un tono extrañamente deprimido a Clarion:

–Ha venido mi padre, John Turnbull, y en el mismo momento de saludarme me comunica que acude para morir.

–¡Oh!– se le escapó a Clarion.

–Pero después– prosiguió Crean con voz apagada, –cuando se enteró de que los infantes están aquí, volvieron a levantársele los ánimos y ha exigido verlos en seguida. ¿Dónde están?

–¡Con nosotras, no!– respondió Madulain con aspereza, y Clarion se apresuró a confirmar también con mucha palabrería que no tenía idea de dónde estarían las dos criaturas.

–Hemos revisado todas las dependencias del castillo– dijo Crean preocupado, –pero se nos han escapado una vez más.

–Por si acaso los encuentro– intervino Hamo, –dime dónde está ahora el bueno de John Turnbull.

–Está con Tarik, el canciller, arriba en el observatorio. Aunque ambos han pedido que no se les moleste– añadió en tono de advertencia, y se alejó a toda prisa como si tuviese reparos en seguir en compañía de las damas y deseara sustraerse cuanto antes a sus miradas.

Hamo recordó la pasada debilidad de su hermana adoptiva por aquel viudo desconsolado. Incluso a Madulain parecía no disgustarle ahora el rostro cruzado de cicatrices del converso tanto como la disgustaban los demás hombres desde que la habían separado de su marido Firouz.

El joven conde decidió retirarse también. Al atravesar el patio de las flores oyó que alguien le siseaba desde un arbusto:

–¿Cuál de estas plantas es la del *cannabis?*

Miró a su alrededor y descubrió la existencia de algunos arbustos altísimos.

Se acercó rápidamente a uno de ellos y susurró:

–¿Veis esta hierba? De ella se obtiene el hachís.

–¡Gracias, querido Hamo!– exclamaron los niños sin levantar mucho la voz, y él se alejó sin observar cómo se arrastraban gateando hasta la plantación y arrancaban las hojas como si fuesen chivos hambrientos.

Después guardaron la cosecha clandestina con mucho cuidado en unas bolsas.

–Parecemos dos momias– dijo John Turnbull al canciller, recostado a su lado, –dos momias impacientes por emprender el último viaje...

Tarik ibn-Nasr sonrió con labios descoloridos y mantuvo los ojos cerrados. La luz lo deslumbraba. Los habían acomodado en sendos sillones de mimbre llenos de cojines en que apoyar las espaldas y los habían cubierto con mantas que llegaban hasta los pies apoyados sobre unos taburetes, lo que les permitía descansar con las piernas en alto. De modo que mantenían el torso ligeramente elevado y la mirada de Turnbull podía abarcar el *yebel* Bahra, las montañas y los valles detrás de los cuales el sol se aprestaba a hundirse en el cielo encendido del oeste. Una fuerte brisa barrió la plataforma del observatorio en cuyo pabellón abierto descansaban y sintieron frío.

Crean les había procurado suficientes mantas cuando los ancianos se empeñaron con terca insistencia en pasar allí la noche.

Con el té les trajeron la noticia de que habían encontrado a los niños dormidos y los traerían por la mañana a su presencia.

–Si es que para entonces no han vuelto a escapar– carraspeó Tarik. –Son como las lagartijas: en cuanto descubren un agujero en el muro escapan por él. ¡Cualquiera los atrapa!

Se incorporó un poco y cogió la jarra. Su frente se cubrió de gotas de sudor.

–No os esforcéis, cualquier intento...

–Sólo faltaba que ya no pudiese llenarme siquiera la taza con ese brebaje indio– resopló el canciller disgustado. –De todos modos, sólo se puede tomar porque lo suavizamos con hojas de menta silvestre y unas cucharadas de miel de nuestras montañas.

Levantó la jarra ventruda de latón y dejó caer un fino chorro de líquido dorado en los recipientes de plata depositados sobre la mesilla que tenían entre ellos.

–Podemos darnos por contentos con que los infantes estén aquí, con vosotros, en lugar seguro.

Tarik mojó apenas los labios en la infusión.

–Aún no he pasado aviso a Alamut– murmuró, y se dejó caer agotado hacia atrás, apoyándose en los almohadones. –Tampoco estoy seguro de que nuestra gente, allá en la lejana Persia, esté dispuesta a romperse mucho la cabeza pensando en estos niños. Allí están demasiado preocupados con la observación de ese hormiguero que no cesa de crecer en Oriente: miles, centenares de miles de pequeños bandidos de seis patas que nos asaltan por todas partes– bromeó con amargura, –cuatro de las patas son las de sus caballos, sobre los que esos tártaros de piernas curvas y ojos rasgados se agachan formando casi una sola pieza con ellos.

–Un pueblo carente de toda historia– refunfuñó el viejo Turnbull, –¡yo creo que los valoramos demasiado! Cuando pienso en los milenios de cultura y sabiduría acumulados entre las pirámides y nuestro *zigurat*, estoy convencido de que es aquí donde se encuentra la cuna de la humanidad...

–Pero es una humanidad que se permite dormitar– gruñó Tarik, interrumpiéndolo, –que se recoge en sus tradiciones, carente de bríos, soñadora...

–Y guerreando unos contra otros sin remedio posible– agregó Turnbull con aire melancólico, –¡ése es nuestro destino! Precisamente por esa razón es Masyaf actualmente el lugar más seguro; porque se sujeta como una telaraña a tantos prejuicios y enemistades que se combaten mutuamente con todas las armas, que es capaz de reaccionar con flexibilidad a cualquier alteración que se produzca.

–La imagen no me gusta– suspiró Tarik, –puede ser útil cuando se trata de moscas y mosquitos, pero algún día pasará por aquí uno de esos rápidos caballos tártaros y destrozará tan delicado tejido sin darse cuenta siquiera.

–Y, sin embargo, los infantes pertenecen a Occidente, al *mare nostrum*, a nuestra civilización, ¡no al Lejano Oriente, que se tiene a sí mismo por el centro del mundo!

–Estoy dispuesto a concederles refugio aquí, a menos que decidan otra cosa en una instancia superior, y sin embargo veo con preocupación la cruzada de ese disparatado luchador por la fe que es el rey Luis. Sea cual sea su objetivo, traerá revueltas y desorden a nuestro mundo. Nos enfrentamos a tiempos inseguros.

–Tanta mayor vigilancia debemos ejercer nosotros, que somos viejos zorros expertos, y de ahí que no podamos permitirnos en este momento cuidar sólo nuestros achaques...

–Qué fácil os resulta decir eso, John– jadeó el canciller y vertió algo más de té caliente sobre las hojas de menta. –Habéis acudido buenamente y por propia voluntad a morir aquí, aunque nadie os ha llamado, ¡y mucho menos la muerte!– dejó gotear con mucho cuidado un poco de la oscura miel de abeto en las tazas. –No sufrís de mal alguno, aparte del aburrimiento que os produce estar en Starkenberg, pero yo siento el latido de la muerte en mis arterias, la oigo suspirar en mi respiración, y sé que quiere detenerme el corazón y estrangularme. ¡Pero no estoy en absoluto dispuesto a ceder a sus intenciones!

–Retardemos, pues, nuestro óbito– carraspeó divertido John Turnbull, –¡y lo primero que haremos es cambiar de bebida!

Tarik cogió el mazo de plata y golpeó el tablero cincelado de la mesa haciendo tintinear las tazas.

La luz matutina caía amortiguada en la biblioteca a través de unas delgadas placas de mármol amarillento insertadas en el techo, que la distribuían hacia los pasillos donde se alineaban a ambos lados las estanterías llenas de pliegos, pergaminos enrollados y tablillas de arcilla, hasta una altura superior a la de un hombre.

Los niños llegaron arrastrándose por la trampilla de ventilación y los ancianos les dirigieron un reproche:

–Os están buscando por todas partes.

–Somos verdaderos *hashashin*– dijo Yeza, –¡y hemos obedecido vuestras órdenes!– y señaló con orgullo el saco de hojas de *cannabis* que traían arrastrando.

–¡Por Alá!– exclamó el más viejo. –¡Habéis estado en "el paraíso"! ¡Nunca os hemos ordenado que cometierais tal sacrilegio!

–No os quejéis ahora– dijo Roç, –mejor será que vayáis a buscar la pipa... *khif-khif!*

Los dos ancianos de barba blanca soltaron una risa cabruna y el mayor de ellos dijo:

–Entre la cosecha y el disfrute hay un tiempo de tratamiento, de preparación, ¡es un arte complicado!– Movió pensativo la cabeza una vez hubo vaciado el contenido del saco sobre la mesa.

Los niños apenas podían ocultar su desilusión. El mayor de los ancianos cogió con dedos temblorosos una de las hojas y la masticó con expresión de experto.

–¡No hay otra que supere a nuestra libanesa amarilla!– dijo y escupió.

–Bala!– dijo en aquel instante una voz tranquila que a Roç y Yeza les pareció conocida: *–Afghan al ahmar*, ¡nuestra hierba roja del Afganistán!

De repente vieron detrás de ellos a Abu Bassiht, el viejo sufí.

–Idha aradtum an tudajinu shei'an dchayidan, fajudhu min hatha!

Pero los niños ya habían olvidado sus apetencias.

–¿Dónde está Mahmoud?– preguntó Roç. –¿En la cárcel de Homs? ¿Y Shirat?

–¿La tienen encadenada entre los muros húmedos de la mazmorra más profunda?– quiso saber Yeza, temiendo ver confirmadas sus peores sospechas. –¡No habrá olvidado ya a Hamo!

–Tendrías que ver cómo se consume éste de tristeza– añadió Roç; –casi no come, se pasa el día suspirando... ¡acabará por partírsele el corazón!

–¡Ay! ¡Ay!– dijo el sufí, sonriente. *–Falyakul ùa yashrab ùa yahun saidan, fa Mahmoud ùa Shirat hum duyùf shàrraf*, están comiendo y bebiendo en la mesa de An-Nasir. *Lakinahum laissu bi suadà, liannahum la yastati'ùn mughàdarat Homs*.

–¡Me lo imaginaba!– reafirmó Roç. –¡Están presos!

–Duyùf shàrraf, ¡huéspedes de honor!– respondió el sufí.

–¡No lo creo!– declaró Yeza. –Presiento que están llorando sin cesar mientras observan el vuelo de los pájaros a través de las rejas, y veo pesadas cadenas de hierro sujetas a sus delicados tobillos...

–... no beben más que el agua que gotea de las paredes de la mazmorra y comen pan seco del día anterior– añadió Roç, íntimamente convencido de conocer la verdad.

–Hala!– dijo el sufí. *–Innahum yu'anùn faqat min dschua' al horriya ùa 'attasch lihubb abbihum alqualiq*.

–Nosotros, los *hashashin*, estamos llamados a liberarlos– dijo Roç. –Pero enséñanos esa hierba roja afgana, ¿la llevas contigo?

El sufí sacó una bolita pequeña e insignificante del bolsillo de su chilaba.

–¿Será suficiente...– Yeza quiso decir: –...para matar a un hombre?– pero el anciano la interrumpió:

–¡Es suficiente para todos!

> *Alahu akbar! Alahu akbar!*
> *Ashaddu anna la ilaha ila Alah!*
> *Ashaddu anna Muhammad arrassululah!*
> *Heiya alassalàh! Heiya alalfalàh!*
> *Alahu akbar! Alahu akbar!*
> *La ilaha ila Alah!*

El muecín llamaba a la *assala-t-il'asr*, la oración vespertina. El puntiagudo cono rocoso que ascendía por detrás del tejado del pabellón abierto era el punto más elevado de Masyaf. Unos escalones esculpidos en la piedra conducían en espiral hacia el minarete situado más arriba del observatorio.

> *Bissmilah ir-Rahman ir-Rahim.*
> *Ilhamdulilahi rabb il-alamin.*
> *Ar-rahman ir-Rahim.*

Maliki iaum id-din.
Iyaka nabudu ua iyaka nasta'in.

En la plataforma inferior del observatorio se arrodillaron Tarik y John Turnbull sobre las alfombrillas de oración. Habían abandonado los sillones del pabellón ayudados por Crean, quien se inclinaba también en dirección a la Meca a la vez que mantenía una respetuosa distancia detrás de ellos.

En aquel momento John Turnbull no era para él más que un invitado de Tarik ibn-Nasr, su canciller. Como "asesino" estaba obligado a prescindir de toda atadura familiar.

Ihdinas-sirat al-mustaqim,
sirat alathina ana'amta 'aleihim,
ghairil-maghdubi 'aleihim ua lad-dalin.
Amin.

La mirada de los ancianos se deslizó mientras rezaban por el borde de la terraza hacia abajo, pues sólo desde allí se tenía una visión general del meandro enredado de muros y pasillos, del verdor que se extendía en el "jardín del gran maestre", y la dejaron vagar después libremente por los alrededores.

Encima de uno de los bastiones que carecían de barandilla vieron a los niños acostados sobre el vientre y cogidos de la mano. Sus cuerpos estaban muy cerca uno de otro, y Roç había puesto un brazo protector sobre los hombros de Yeza. Después se deslizaron juntos un poco más hacia adelante y miraron al abismo, tras lo cual hundieron la vista el uno en los ojos del otro. El cariño que se profesaban era perfectamente perceptible incluso desde allá arriba. Parecen dos lagartijas enamoradas, pensó Tarik sin poder apartar la mirada de ellos.

Alahu akbar!
Subhàna rabbi l'athim,
Subhàna rabbi l'athim,
Subhàna rabbi l'athim.
Alahu akbar!
Subhàna rabbi al'ala,
Subhàna rabbi al'ala,
Subhàna rabbi al'ala.

Assalamu aleikum ua rahmatulah.
Assalamu aleikum ua rahmatulah.

DIARIO DE JEAN DE JOINVILLE

Limasol, 18 de diciembre de 1248 d.C.

El rey Luis mandó buscarme. No me encontraron en el albergue ni tampoco en la taberna del puerto, que en la corte ya conocen como posible lugar donde localizarme, según me confesó con toda sinceridad el paje a quien habían encargado de avisarme. Por suerte para él, el jovenzuelo, llamado Jacobo de Juivet, reprimió toda insinuación de una sonrisa cómplice, de modo que no me vi obligado a reprenderlo.

Lo que yo había estado haciendo era rastrear en el bazar para hallar a William, que precisamente aquel día debía iniciar su servicio a mis órdenes. Pero no lo había encontrado. Ingolinda, que habría podido dar razón de él, se había alejado en dirección a Episkopi en compañía de su nuevo ayudante o cochero o como se le quiera llamar.

De modo que seguí con pasos apresurados al paje hasta llegar al palacio real. La audiencia iba a celebrarse en la capilla donde Luis recibiría a los dos emisarios del gran kan de los mongoles. Puesto que son nestorianos, es decir, cristianos, creyó que sería el lugar más adecuado, sobre todo porque así pensaba demostrar que sólo estaba dispuesto a mantener una relación con esos tártaros salvajes por la fe cristiana común.

Aún no habíamos alcanzado la capilla del palacio situada en la planta superior cuando vimos pasar al gran maestre en funciones de los sanjuanistas, con aspecto bastante indignado y rodeado de todo su séquito. Cruzó por delante de nosotros y abandonó furioso el palacio.

Antes de haber subido la escalera vi que arriba, junto a la balaustrada, William de Roebruk me hacía señas para que hablara con él antes de pasar a la capilla.

–No es necesario que entréis, a menos que queráis participar en la misa que el *maître* de Sorbon está celebrando ahora mismo en honor de sus hermanos en la fe, ¡aunque lo hace muy a su pesar!– sonrió William, torciendo el gesto. –*Monsignore* Roberto considera que los nestorianos no son más que fieles a medias.

–¿Y el rey?

–Está preocupado porque los sanjuanistas se han ofendido ante la negativa de su majestad de aceptar una invitación al banquete que piensan dar en honor de su santo patrón.

–¿Queréis decir que no está allí, en la misa...?

–Está, pero no se le puede hablar– me advirtió William, –conozco sus ataques de malhumor. Además, no habéis sido testigo puntual de la recepción de los emisarios. Lo único que conseguiríais sería ganar disgustos.

Comprendí el sentido de sus palabras y volví a descender la escalera junto a William. El franciscano es con toda certeza un fraile miserable, pero tal vez me sea utilísimo como secretario.

–Aseguran llamarse Marco y David– me siguió informando –y ser emisarios de un general mongol llamado Aldchighidai, al parecer gobernador de Mosul.

No fui capaz de ocultar mi desilusión, pues dicha ciudad no queda más lejos que Bagdad y, por tanto, no está situada en el lejano desierto tártaro.

–¿De modo que ni siquiera son emisarios personales del gran kan?

–¡En absoluto!– dijo William mientras seguíamos al aire libre delante del palacio. –Y aunque llevan un escrito que habla con mucho énfasis de una eventual inclinación de los mongoles hacia el Cristianismo, cuando el rey les preguntó si estarían dispuestos a lavar en Jueves Santo con sus propias manos los pies de los pobres, ambos se miraron con expresión bastante confundida. En aquel instante *monsignore* Roberto susurró al rey con voz cargada de sarcasmo: "Lo más probable es que no conozcan esa fiesta de nuestra Iglesia. ¡Es más, yo diría que ni siquiera se lavan los pies ellos mismos!"

–¿Y no podría ser, querido William, que sencillamente no existan pobres entre los mongoles? Vos también habéis estado allí, ¿no es cierto?

Mi querido minorita me respondió con rapidez y un ligero tartamudeo, aunque sin dejarse atrapar en una mentira abierta acerca de sus actividades viajeras:

–Así es, estimado señor: todos son pobres por igual y no conocen ni la riqueza ni la propiedad, puesto que lo reparten todo.

Simulé creer en sus palabras, aunque en el fondo considero que representa una desfachatez impertinente divulgar tales patrañas. De modo que dije:

–Estimado William de Roebruk, hoy queríais iniciar vuestro servicio a mis órdenes, y os ruego me hagáis saber cómo debo remuneraros. Os advierto de entrada que no poseo riquezas que pudiera repartir con vos.

Y él me respondió:

–Si me dejáis participar en todo lo que llegue a vuestros oídos y vuestros ojos os pagaré con la misma moneda y no exigiré pago alguno, excepto cama y comida, una cabalgadura robusta pero de buen natural y un mozo que me sirva.

–¡No hay mozo!– dije con firmeza. –Me costaría demasiado, aunque sólo coma la mitad de lo que vos tragáis cada día.

–Bien– siguió negociando William. –Renuncio al mozo, pero la media ración que cada día consumiría él debéis añadirla a la mía. En lo que se refiere a la bebida, ¡me daré por satisfecho con la misma cantidad que os concedéis a vos mismo!

El fraile me parece un tipo insolente, pero como presenta sus picardías de campesino pulidas por la dialéctica creo que vale la pena aprovecharlas.

–Pero en el caso– prosiguió William –de que sólo penséis utilizarme como escribiente de vuestra crónica oficial, la que redactáis para procuraros fama y caerle bien al rey, pero que es una ocupación de atractivo para mí, tendréis que pagarme por cada línea que me dictéis…

–¿Y cuánto exigiríais *per lineam*?

–¿Cuánto habéis pagado a Ingolinda para que abandone Limasol con su galán, retirándose a Episkopi?

Me vi atrapado y me eché a reír.

–¡Sois un descarado bribón flamenco, William! Pero acepto: por cada hora que tengáis que malgastar vuestro talento como escribiente mío, ¡os concederé la paga completa que corresponde a una ramera! Por lo demás, seréis mi secretario y confidente por una ración y media de alimento sólido y una sola ración de alimento líquido, además del asno.

Le tendí una mano, que él se negó a aceptar.

–Es un pacto sujeto a renuncia– dijo; –de momento, el rey no quiere saber nada de mí y he sido separado de los infantes. Pero nos movemos sobre un terreno traicionero. Por tanto, no vamos a cerrar el trato estrechándonos la mano, ¡sino tomando la ración de vino que me corresponde!

Así pues, nos dirigimos hacia el puerto, pero William no me condujo a *La Bella Vista*, sino a una taberna oscura situada al otro extremo de la bahía donde han sentado sus reales los ingleses y también los griegos, bajo la vigilancia poco severa de los sanjuanistas. Yo no me sentía allí demasiado a gusto, pues recordaba mi última excursión a aquel rincón funesto y el sobrecogedor descubrimiento de los hombres sacrificados.

–Tenéis que aprender a enfrentaros con valor a la *sceleritas vitae*, senescal– declaró William sin piedad mientras me arrastraba por delante de las rameras de culo grueso y maquillaje excesivo oriundas del reino de Armenia, las viejas desconchadas de pechos caídos procedentes de las islas Espóradas y las mujerzuelas más desvergonzadas de todas: las cretenses.

De todos lados nos llegaban gritos descarados y saludos indecentes. Casi todas aquellas mujeres parecían conocer al fraile. Muchos almacenes están tan ruinosos que en sus entradas y rampas de carga se han instalado figones y tugurios que crecen allí como los tumores en un cuerpo leproso. El ambiente era ruidoso; unas gaitas tocaban melodías incitantes que, sin embargo, perecían ahogadas por el griterío que se reanimaba cada vez que arrojaban a alguien por las escaleras o que las putas se pegaban por un cliente.

Desde aquella perspectiva me pareció estar *La Bella Vista* situada en otro mundo y ser como un asilo pacífico para peregrinos. Descendimos las escaleras hacia un sótano del que ascendía un vaho que a punto estuvo de cortarme el aliento. Allí sólo se podía beber renunciando a sentarse, pero el vino que el *kephalos* nos sirvió en un mostrador chorreante de húmedad suciedad era de calidad excelente, aunque resinoso y fuerte.

Reinaba un bullicio que impedía entender cualquier palabra, por lo que ni siquiera intenté entablar una conversación con William, quien se limitó a gritarme al oído:

–Ahí delante tenéis a Simón de Saint-Quentin, un *canis Domini* de la peor calaña, un perro callejero que se atrevería a mearle…

No le entendí el resto, aunque consideré que no debería haber gritado tanto.

No muy lejos de nosotros vi a un pequeño grupo de pajes reales que en aquella cueva de malhechores más bien podía considerarse que estaban perdidos en lugar de reunidos. El diablo debía haberlos inducido a meter sus jóvenes narices en aquel figón, al que habían acudido vestidos con sus blusones de terciopelo azul bordados con lirios dorados, emblema del rey de Francia.

Reconocí de inmediato a Jacobo de Juivet entre los muchachos que habían formado un círculo y bebían vino de una jarra para animarse. En cierto momento se abrió la puerta de arriba con toda violencia y apareció en la escalera el corpachón inmenso del gigante Ángel de Káros, al que seguían sus compinches griegos, con bombachos a rayas y cubierto a medias el pecho desnudo y piloso con chalecos bordados.

En seguida se dieron cuenta de la presencia de los "realistas" y sus gestos no presagiaron nada bueno. De repente enmudeció la música que emitían las mandolinas, una cítara y una flauta aguda, y cesaron las risas y los gritos hasta de los hombres más atrevidos. Los pajes comprendieron que no les convenía quedarse allí e intentaron huir a través de la multitud. Pero los griegos iban a la caza de jóvenes, y en el descansillo superior de la escalera estaba el señor Ángel, por lo que se veían obligados a pasar delante de él.

El hombre agarraba a cada uno de los muchachos, examinaba con aire de experto su trasero, y después le daba una patada que hacía salir al chico del local más bien volando que tropezando.

Cuando sus manazas alcanzaron al último, que era Jacobo de Juivet, le pasó con gesto obsceno un dedo por el pliegue del trasero y se lo acercó a la nariz olisqueándolo antes de elevar triunfante el dedo al aire. Era la señal. Siguió sosteniendo por la nuca al paje, que aún no se había enterado bien de lo que sucedía, y después lo arrojó escaleras abajo a los brazos de sus seguidores, que limpiaron la mesa más cercana de vasos y jarras, empujaron a los bebedores a un lado y arrastraron a Jacobo sobre el tablero; dos hombres sujetaron sus brazos mientras los demás le arrancaban los calzones del cuerpo.

Quise creer que aquel bruto no sería capaz de cumplir su propósito ante todo el mundo, pero el señor Ángel descendió los últimos escalones desabrochándose el cinturón y, animado por los aullidos generalizados de sus hombres, sacó su órgano sexual –que ni siquiera era demasiado impresionante– mientras un servidor diligente se presentaba con una jarra de aceite de oliva y Jacobo de Juivet se movía salvajemente para liberarse, repartiendo patadas en todas las direcciones hasta que le sujetaron también las piernas y se las abrieron. No pude ver más, porque las anchas espaldas de Ángel me ocultaron la consumación de aquella salvajada.

Pero lo que más me sobrecogió fue el hecho de que volviese a sonar la música, y que la gente acompañara al violador con palmadas rítmicas.

En medio del jolgorio le hice una señal a William indicándole que deseaba abandonar aquel lugar sin tardanza, por lo que atravesamos la multitud de lascivos asistentes a aquel acto escandaloso, y cuando nos encontramos fuera descargué mi furia sobre el fraile insultándolo por haberme expuesto a mí, senescal de Francia, a semejante espectáculo.

–¡Me habéis convertido en testigo de la violación de un niño en esa cueva de criminales!

–¡Cómo iba a saberlo!– se excusó William. –Además, tampoco habéis hecho nada por impedirlo.

Tiene razón: yo no soy precisamente el más valiente de los hombres. Sin embargo, seguía estando furioso, sobre todo contra mí mismo.

William me aclaró sin conmoverse el trasfondo del suceso:

–No sé si habréis sabido interpretar a quién iba dirigida esa *valedictio sodomae*: ¡a las señas de Yves "el Bretón"!

Yo iba pensando: ¿y qué culpa tiene el pobre Jacobo de Juivet? Después de esto no nos quedó más remedio que limpiar el mal sabor de boca con la ayuda de muchas jarras consumidas en *La Bella Vista*.

Limasol, 28 de febrero de 1249 d.C.

Peixa-Rollo, mariscal de los sanjuanistas, se presentó con aire compungido en mi albergue. Al ver que William estaba conmigo en la misma estancia no quiso exponer las razones por las que acudía.

Le expliqué:

–William es mi secretario.

Pero el mariscal se resistía:

–Sería excesivo concretar ante un oído ajeno, noble señor de Joinville, la invitación que os traigo a una cita del máximo secreto.

William se echó a reír.

–El señor Leonardo pretende comunicaros seguramente que el representante del gran maestre os espera a bordo de su galera, en el puerto. Hacia allá se ha dirigido el noble señor de Ronay hace media hora ¡rodeando sus pasos del máximo secreto!

El mariscal se ruborizó y me apresuré a decir:

–Por esta vez iré sin acompañamiento, tal como deseáis, pero William irá a recogerme.

De modo que seguí a Peixa-Rollo hacia el puerto procurando no llamar la atención, es decir, me paseé a diez pasos por detrás de él y pisé sin levantar sospechas la preciosa galera del gran maestre del Hospital. Enriquecen la nave, no solamente en la popa sino también en el centro, unas construcciones de doble planta que contienen en su interior algunas estancias con decoraciones de altísimo valor.

El mariscal me condujo por una escalera de madera hacia la *camera delle mappe*, la sala de mapas, lugar donde se encuentra el registro cartográfico de todo el mar Mediterráneo, registro que llega, pasando más allá del Yebel al-Tarik, por el sur hasta las islas Afortunadas y por el norte hasta la costa de Portugal. Al este está registrado el mar Negro hasta Tiflís y, detrás de Sinaí, incluso el mar Rojo. La estancia contiene además los instrumentos más extraños para determinar el rumbo y la situación, objetos que yo no había visto antes jamás. Supongo que me han hecho un gran honor mostrándome todo aquello, o quizá se haya tratado de hacerme comprender la importancia y el poderío de la Orden. Ya no es una pequeña Orden hospitalaria la de los caballeros de san Juan de Jerusalén, dedicada a cuidar a los peregrinos y brindarles protección esporádica camino de los santos lugares, ¡sino un centro de mando para la navegación practicada por una gigantesca potencia marítima y comercial!

Allí fue donde me recibió el señor Juan de Ronay, quien me preguntó:

–¿Qué preferís, el título de duque de Joinville o la concesión de Aprémont como feudo añadido al vuestro?

No me gustaron ninguna de las dos propuestas y mucho menos la forma en que intentaba comprarme. De modo que contesté:

–El título no hará más que despertar envidias y malestar, y el feudo le corresponde a la viuda de mi primo.– Y como lo viera furioso añadí con brusquedad: –Por favor, inventad algo que quede más lejano y no enturbiéis las relaciones feudales y tributarias, ya de por sí bastante delicadas, que reinan entre Borgoña, Champagne y Lorena, y entre Chaumont y Vaudemont, ¡por no hablar de los obispados de Metz y Tull!

–Os ruego que no os disgustéis a causa de nuestra ignorancia– convino el señor de Ronay, aunque en seguida volvió a adoptar un aire de superioridad. –Nosotros, los sanjuanistas, pensamos en dimensiones continentales y, en consecuencia, creo que acabaremos por encontrar algo que responda a vuestras pretensiones. El hecho es– prosiguió –que para nosotros tiene mucho, muchísimo valor, saberos entre nuestros aliados.

–No soy más que vuestro asesor– intenté rebajar el cargo, –y ya os di en su día determinado consejo. ¿Habéis reflexionado al respecto?

–Ah, sí, los niños– dijo, aunque sin gran convicción. –¿Por qué insistís en vuestra atención hacia esos descendientes de herejes declarados, frutos de los amoríos del emperador, o incluso puede que de una relación extraviada con mujer hereje o tal vez judía?

–Si mantenéis ese tipo de escrúpulos– le contesté –siempre os ganarán la partida los templarios.

–¿Acaso el Grial no es el recipiente en el que María recogió la sangre del Señor cuando estaba en la cruz?

–En ese caso– bromeé, –era sangre judía. Si aceptáis que ella la salvó para trasladarla a Occidente, ahí empieza la herejía. Si lo negáis, os encontráis en el mismo punto de partida de la Iglesia cristiana, pero seguís hoy tan alejado como ayer de lo que representa el Grial.

–Pero ¿la leyenda del Grial no es acaso profundamente cristiana?– se rebeló. –No podéis exigirme que me comprometa con algo que sitúe a la Orden fuera de la Iglesia, fuera de su fe cristiana. Os ruego me hagáis una propuesta que, como mínimo, aunque no esté prevista en nuestros estatutos, no los contradiga. Los niños son algo demasiado concreto, demasiado vivo, demasiado actual. Sería preferible algo de tipo legendario, aunque fuese de la primera época cristiana.

–Siento no poder serviros ahora la historia de la mesa redonda del rey Arturo.– Ya no tenía ganas de hacerle un favor, y me daba igual lo que pensara de mí. De todos modos, la conversación era más peligrosa para él que para mí. –Si no tenéis el valor...

–También podría imaginarme algo situado en el futuro– siguió reflexionando Juan de Ronay para gran sorpresa mía: –algo nuevo, algo que esté por descubrir, en países desconocidos, mas allá de los mares...

–Incluso en ese aspecto se os han adelantado los templarios– le devolví a la realidad presente. –Sus mapas del océano oriental estoy seguro de que no acaban en Madras...

–¡Todo eso no son más que rumores!– se excitó. –Lo mismo que las historias de los vikingos. ¡Todo invenciones!

–Pues no se hable más– dije con toda tranquilidad cuando comprendí que el hombre había perdido un tanto la compostura al oír mi última observación sobre los probables viajes de exploración de sus rivales.

–En realidad, ¿sabéis dónde están los niños?

–No– le contesté, respondiendo a la verdad y porque no quería que me hiciese responsable de su desaparición.

–Pues yo sí lo sé. Están en Masyaf, en manos de los "asesinos", que tendrán que entregárnoslos, ¡aunque sea a la fuerza!

–Espero que deis órdenes para que sean tratados como reyes.

–Las órdenes son que no sufran daño, que sean ocultados a los templarios y que el único que reciba noticias inmediatas de ellos sea yo.

–Perfecto– le contesté.

En aquel instante se presentó Peixa-Rollo, un tanto excitado, para decirme que el rey deseaba verme sin tardanza.

–Es verdad– dijo el señor Juan, –lo había olvidado del todo. Luis ha accedido hoy a aceptar una invitación de la Orden de caballeros teutónicos y acudirá al Temple. Incluso celebrará allí una audiencia.

Por el tono de su voz no era difícil comprender hasta qué punto le disgustaba aquel gesto del rey y sobre todo el lugar, seguramente elegido con toda intención.

Probablemente se encontraba en la nave para no tener que responder si se le enviaba al castillo una petición del rey invitándolo a acudir a la audiencia. Por eso la había silenciado en nuestra conversación, aunque sabe muy bien que Luis suele mostrar el máximo interés en que yo esté presente en tales actos oficiales.

Habían encomendado buscarme precisamente a mi primo Juan, el conde de Sarrebruck, quien me espetó:

–¿Acaso tu nuevo canciller William de Roebruk no te ha informado de que su majestad desea verte en persona?

Lo negué sacudiendo la cabeza.

–La última vez, el *maître* Roberto ya expulsó a tu secretario ante las miradas burlones de todos los asistentes: "El conde de Joinville puede tomar a su servicio a quien desee, pero no debe esperar que nosotros nos mostremos satisfechos por haber elegido a un simulacro de secretario, y sobre todo por tratarse de una *persona non grata*", dijo.

No respondí nada porque nada sabía de todo aquello.

De modo que aún añadió con inquina:

–¡Es una afrenta imperdonable para nuestro soberano!

Lo era sin duda alguna. Yo no sentía ningunas ganas de concederle un triunfo a mi primo Juan, pero pisé el Temple con una sensación de ansiedad que no dejó de dominar mi ánimo mientras me dirigía al refectorio. Pero Sigbert von Öxfeld, el gruñón comendador de los caballeros teutónicos, me saludó con extraordinaria cordialidad, y también el rey Luis me sonrió como si nada hubiese sucedido, es más, incluso parecía aliviado con mi presencia. De modo que ocupé el lugar que me fue asignado en la primera fila, y desde allí pude seguir el desarrollo ulterior de la ceremonia.

Los dos nestorianos ya habían sido despachados, según me susurró el señor Sigbert:

–¡No os habéis perdido nada importante! Ni del tal Marco ni del tal David podría afirmarse que sean un portento de sabiduría. El rey Luis responderá con una embajada de mayor rango al mensaje bobalicón de esos monofisitas.

En aquel momento el rey tomó la palabra.

–El mensaje de nuestros hermanos y primos en Cristo nos ha proporcionado una gran alegría. Nuestro ánimo se centrará sobre todo en profundizar y extender nuestra fe, y esta misión nos afecta más que cualquier alianza, por satisfactoria que sea.

El *maître* Roberto de Sorbon, que siempre recupera el papel de maestro de ceremonias cuando se ven involucradas la Iglesia o la fe –y esto sucede en la mayoría de los casos tratándose de nuestro buen rey Luis–, dio una señal y, en respuesta a la misma, los porteadores trajeron una capilla portátil.

Es una auténtica obra de arte de la orfebrería. La planta representa un hexágono coronado por arcos de estilo ojival, como empiezan a estar de moda en Francia, con una estructura que asciende para sostener arriba, en el centro, una torrecita de tejado puntiagudo fabricado en filigrana de plata, representando a unos ángeles que sostienen la corona. Bajo cada uno de los arcos hay una puerta, y éstas se abren de modo que tres parejas puedan arrodillarse delante de los bancos para rezar, mientras el altar, que tiene forma de tríptico basculable y está adornado con gran abundancia de piedras preciosas, ocupa la otra mitad y deja al sacerdote espacio suficiente como para moverse en el ejercicio de su oficio sagrado. La torre central no solamente contiene el relicario sino que también puede aprovecharse como púlpito, al que se asciende por una escalera posterior. El conjunto pesará lo suyo y se necesitan no menos de cuatro docenas de hombres para trasladarlo sobre andas. Me puedo imaginar muy bien cómo la capilla será transportada sobre un carro de ruedas altas tirado por bueyes, y ya la veo balanceándose a través de la estepa de los tártaros. El coro de los teutones entonó el *kyrie eleison.*

Los porteadores depositaron la obra de arte inclinándola bastante hacia uno de sus lados, y el rey fue el primero en arrodillarse dentro para rezar. Me hizo señas para que acudiese junto a él y también los demás dignatarios de la corte se apresuraron a ocupar los sitios que quedaban libres, mientras el *maître* Roberto rociaba todo el conjunto, que a sus ojos seguramente carecía de sentido, con agua bendita.

Después el rey llamó al platero, un tal Guillermo Buchier de París, uno de los maestros más afamados en su arte, y se quitó una pesada pulsera de oro.

–Es un regalo del gran kan. Yo no la necesito, pero tú, creador de esta obra de arte de la fe, mereces el agradecimiento de los mongoles.

El maestro Buchier es un hombre bajito y rechoncho, y probablemente corto de vista pues antes de arrodillarse ante el rey para agradecerle el honor, en cuanto tuvo en sus manos la pulsera entornó los ojos con mirada del experto que examina una joya.

Después el *maître* Roberto exclamó:

–¡Los hermanos Andrés y Anselmo de Longjumeau, de la Orden de predicadores de santo Domingo, se presentarán ahora para recibir de manos del rey las insignias acreditativas de su misión ante el gran kan!

Conozco a esos dos hermanos desde mi estancia en Constantinopla. El mayor, Andrés, que es también el más vanidoso, ha viajado ya con una misión del Papa hasta Karakorum, y el más joven, fra'Ascelino, mucho más listo y también mucho más ambicioso que su hermano mayor, está ansioso por resarcirse de un clamoroso fracaso sufrido ante cierto general mongol, que casi consigue realizar su propósito de aprovechar el cuerpo del dominico para convertirlo en un muñeco mediante el procedimiento de rellenar su piel.

Ambos se arrodillaron ante el rey, quien les entregó algunas reliquias cuidadosamente elegidas por él mismo y otros valiosos regalos de carácter mundano que a mi entender les agradarían muchísimo más a los tártaros, lo que también Sigbert me susurró al oído sin mostrar respeto alguno. Así terminó la audiencia.

Regresé a mi albergue preocupado por la ausencia de William. Ahora estoy casi seguro de que en torno a él se tejen importantes intrigas, y éstas probablemente no irán encaminadas tan sólo a socavar la confianza que yo apenas estoy empezando a otorgar a mi secretario, sino también a rebajar el buen concepto que el rey pueda tener de mí.

Al no encontrar a William en el albergue lo busqué en la taberna *La Bella Vista*. En el lugar de amarre que antes ocupaba la trirreme de la condesa vi la galera del gran maestre de los sanjuanistas. Toda ella quedaba perfectamente a la vista, por lo que pude percatarme de la escena en la que Peixa-Rollo expulsaba a mi querido William de la nave sin que los dos parecieran estar muy de acuerdo, puesto que el mariscal le dio una patada por toda despedida.

El informe que mi secretario me ha ofrecido después presenta muchos visos pintorescos, pero me siento inclinado a creerlo en todos sus detalles.

Apenas había puesto, no sin cierta reticencia, el pie a bordo del barco de los sanjuanistas, Peixa-Rollo lo mandó arrestar sin prestar la menor atención a las protestas con que afirmaba haber acudido allí, tal como estaba acordado, tan sólo para recogerme. El mariscal ni siquiera le prestó oído. Lo encerraron en un trastero en el centro del barco y atrancaron la puerta.

En cuanto se hubo acostumbrado a la oscuridad decidió agudizar los sentidos para descubrir una posible vía de escape y descubrió que podía atravesar toda la parte inferior de la nave, pero siempre que se topaba con una salida al exterior tropezaba también con algún sanjuanista armado y, como no tenía deseos de perecer abatido en la fuga ni de hundirse en las aguas del puerto con el cuerpo lastrado con pesados hierros, prefirió quedarse en el laberinto donde se encuentran los arsenales llenos de armas y los espacios para guardar el velamen.

De repente oyó mi voz en la parte superior, lo que debió de suceder cuando estaba conversando con Juan de Ronay y precisamente advirtiendo a éste que debía tratar a los niños, si conseguía hacerse con ellos, como si fuesen reyes. Afirmó que después yo me despedí porque había venido a buscarme un mensajero del rey, pero apenas hube abandonado yo el lugar se presentó allí Carlos de Anjou, quien probablemente se enteraría de todo lo hablado con la connivencia de Juan de Ronay. El príncipe francés parecía extraordinariamente insatisfecho con el transcurso de la entrevista.

–Mi querido de Ronay– había censurado al suplente del gran maestre, –a mí no me sobra el tiempo como para tener que prestar atención a vuestras *invidia opinionis*. Más bien os he escuchado para que me expongáis con toda claridad de qué modo pueden servirnos esos niños si alguien desea añadir a la gloria de Francia la categoría y el rango que le corresponde entre los poderosos de esta Tierra, como sucederá sin duda. ¡Ya estoy harto de encontrarme, permanentemente y ante cada empresa, falto de dinero, y tener que pedir el apoyo de otros! Aunque tales empresas sean tan innecesarias como por ejemplo esta cruzada de mi real hermano, o cuando sean precisas para ampliar nuestro poder comercial o nuestros territorios –lo cual tiene sentido porque trae provecho y rinde tributos– el hecho es que ya no me conformo con preguntar, sino que quiero disponer. Y ¿qué respuesta me dais vos? ¡Ninguna!

–Sea lo que sea que emprendáis fuera de tierras francesas, Carlos de Anjou– le había respondido Juan de Ronay con aspereza, –¡nosotros cumpliremos nuestros pactos!

–¿Y de qué sirve todo ese tinglado en torno a los hijos del Grial? ¡Los "infantes reales"! ¿Qué clase de realeza es ésa? ¿Y dónde se encuentra, en realidad, su reino?

–No queréis entender que esos niños representan la realeza de la paz, que son la palanca que nos servirá para romper el poder mágico de los templarios. Sólo la exclusión de los templarios nos abrirá el camino hacia el monopolio cuyos medios vos, Carlos de Anjou, deseáis con tanta ansiedad para hacer realidad vuestros proyectos soberanos.

–No me habléis de "realeza de la paz", puesto que ni vos mismo sois capaz de creer esa patraña. ¿No hay alguna manera más simple de conseguir nuestros propósitos?

–Podéis preguntar a los señores del Temple si están dispuestos a favorecer tan desinteresadamente vuestras apetencias como…

–¡Tampoco la Orden de san Juan actúa tan desinteresadamente! Pero bueno: ¡una mano lava la otra!

–Sí– había dicho de Ronay, –sólo que la Orden del Temple se lava las dos manos ella sola. Es un hecho que la Orden pretende el mismo poder que deseáis vos, ¡y que nosotros no pretendemos!

–Mejor dicho, que no podéis alcanzar, porque os falta algo en lo que se os adelanta el Temple– había respondido Carlos para sonsacarle más información. –Cuando tengáis en vuestro poder a los infantes, ¿seguirán siendo tan austeras vuestras intenciones?

A estas palabras había seguido un prolongado silencio. Después el sanjuanista carraspeó:

–Dispondremos de esos niños de común acuerdo con vos. Debéis confiar en nuestra Orden, del mismo modo que nosotros confiamos en vos. Dependemos unos de otros, y si realmente queremos conseguir algo importante, si queremos cambiar el mundo, dependemos también de los niños. No tienen un reino, ¡pero representan la llave hacia un poder que es capaz de abarcar todos los reinos!

–Pues procurad haceros con ellos– había concluido el conde de Anjou con acritud para, según parece, retirarse después de pronunciadas estas palabras.

William de Roebruk no había podido regresar a tiempo al lugar exacto de su confinamiento, de modo que Peixa-Rollo se enfureció cuando no lo encontró en seguida después de descorrer el cerrojo de la puerta. Pero alguien se habría acordado de él o habría hablado en su favor, y demasiada gente lo había visto subir a la galera. De modo que se limitaron a expulsarlo de la nave.

–¿Qué conclusiones habrá que sacar, estimado secretario?– Yo mismo tenía preparada la respuesta: –Se ha iniciado un tejemaneje en torno a mi persona por gozar de los favores del rey, y porque otros intentan disminuir el aprecio que el rey me tiene, o tal vez para conseguir que yo me preste mejor a servir otros intereses. Y en torno a vos, William, porque en el pasado siempre habéis conseguido adheriros a los niños como un clavo de hierro a un imán: ¡sois "William el apuntador"! Aunque, en último término, ambos no somos más que un medio para alcanzar el fin. Lo que buscan es hacerse con los infantes.

–Os parece que habéis tenido en cuenta a todos, mi señor de Joinville: a los "monárquicos" que rodean al *maître* de Sorbon, a los "capetinos" en torno a Roberto d'Artois, a los imperialistas en la persona de Carlos de Anjou, a los monopolistas de san Juan. Es verdad que todos ellos han empezado a actuar, a intrigar, a adularse y a mentirse o amenazarse. Pero hacen sus cálculos sin tener en cuenta el poder que hasta este momento ha ido manteniendo su mano protectora sobre los infantes, y todo cuanto ha ido sucediendo hasta ahora me demuestra que ese poder no ha retirado el amparo que concede a los niños: ni los templarios ni los "asesinos" están dispuestos a que alguna de las tendencias de las que habéis hablado consiga sus objetivos. Además, ¿vos sabéis perfectamente, Jean de Joinville, quién está detrás de todo esto?

–La *Prieuré*– dije, porque no tenía sentido pretender que no lo sabía.

EN EL ESPEJO CÓNCAVO situado sobre la plataforma del observatorio de Masyaf se encendió un breve reflejo, una vez, dos veces. Crean se aseguró cubriendo sus ojos con la mano para poder observar mejor el armazón de madera del que colgaba el escudo redondo puesto del revés en una suspensión basculante, cuyo interior había sido cuidadosamente revestido con plaquitas de plata. Miró en dirección a su canciller, que se había incorporado sobre el lecho.

Tarik ibn-Nasr estaba cansado, pero muy despierto. El reflejo que reverberaba en el metal pulido se repitió a intervalos a veces cortos y otras veces alargados; la duración de dicho reflejo revelaba claramente ciertas diferencias si se observaba con atención.

Crean leyó la noticia a media voz: "El emir expulsado de Homs, el-Ashraf, busca apoyos contra An-Nasir. Nuestra pregunta es: ¿Qué debemos hacer?"

–¡Esperar!– dijo el canciller con firmeza. –¿Por qué deberían intervenir los *hashashin* en las peleas internas de los Ayubíes?

Crean no respondió y se limitó a ajustar la regulación del espejo de modo que recogiera todo el espectro de la radiación solar, con la intención de que el aviso contundente llegara a través de las montañas a algún observador lejano. En el horizonte brumoso habría en alguna parte un espejo similar, pero su reflejo no era perceptible desde donde ellos se encontraban.

–¡Esto está lleno de murciélagos!– susurró Roç. –¿Será verdad que se dedican a chuparle la sangre a las personas, mordiéndolas de noche en el cuello?

–¡No creas esas tonterías!– dijo Yeza. –Es un rumor difundido por personas que no desean que alguien pise determinados lugares secretos...

–En realidad son dragones que vigilan grandes tesoros.

Yeza se echó a reír:

–Fíjate, Roç, cómo cuelgan del techo: están suspendidos con la cabeza hacia abajo. ¡Ningún dragón haría eso!

Los niños se deslizaban por estrechos canales cuya base aparecía cubierta de sedimentos calcáreos que adoptaban formas extrañas.

–¡He visto las águilas!– dijo Roç, deseoso de impresionar a Yeza. –Son gigantescas de verdad y tienen garras como un pájaro grifo.

–¿Has salido de la biblioteca por la puerta que hay a espaldas del anciano?

Yeza se resistía a creer que él hubiese realizado un nuevo descubrimiento, pero Roç no se amilanó.

–La puerta enrejada no está cerrada con llave, se puede abrir metiendo la mano, ¡pero los pájaros son tontos y no se les ocurre la idea!

Al fin pareció haber causado impresión a Yeza, que insistió:

–¿Quieres decir que has estado en el *ma'ua al nisr*, "el nido de las águilas"?

–Claro que sí– respondió Roç mostrándose tan displicente como fue capaz, –la reja se abre hacia el interior del nido, de modo que los pájaros son empujados hacia atrás; pero, además, en aquel instante no estaban presentes.

Roç disfrutaba con la admiración de la muchacha.

–Allí mismo se encuentra también el armario de los venenos de los ancianos, el *jasnih assumum*. Las águilas lo protegen, porque es terriblemente peligroso.

–Es bueno saberlo– dijo Yeza, –por si alguna vez tenemos que matar a alguien sin que nadie se entere.

–Yo preferiría no hacerlo– y Roç experimentó un escalofrío, pero después recordó a Vito de Viterbo, un personaje a quien habría matado con mucho gusto administrándole veneno. Aunque ahora ya estaba muerto.

–No digas a nadie que conocemos el secreto– insistió aún ante Yeza, que se había acostado en el suelo y miraba hacia abajo, a través de una abertura.

–Fíjate, me imagino que estando debajo del agua verías algo parecido– le susurró la niña, excitada, –¡sólo faltan los peces!

Ya hacía tiempo que los niños habían descubierto "la mezquita azul" en el interior de la montaña, y conocían el camino a través de pasillos y cuevas hasta llegar a su techo formado por casetones, desde el cual descendían las estalactitas. Unos orificios taladrados por mano humana habían permitido descolgar las arañas de cristal suspendidas de pesadas cadenas, y las miradas respetuosas de los niños habían descendido muchas veces hacia la preciosa sala en la que quedaba transformada la gruta natural que tenían debajo.

Fue sobre todo Roç quien insistió en querer ver el santuario por dentro y arrodillarse allí a orar con los creyentes.

Un intento de convencer al viejo Tarik, que en otras ocasiones solía concederle cualquier petición a Yeza, no les había aportado a los dos niños más que un prolongado discurso acerca de la verdadera fe, acabando con la observación de que ningún infiel podía pisar la mezquita, pues el hecho representaría un ultraje para la misma y el causante hallaría la muerte segura. Su insistencia no impresionó mucho a los niños aunque, por si acaso, ocultaron el hecho de que sus miradas habían penetrado repetidas veces desde arriba en el recinto prohibido.

Yeza hizo un último intento, señalando que, en realidad, no eran niños cristianos, sino que no eran nada, y que por lo mismo podía afirmarse que eran adeptos a cualquier creencia…

–O sea que también somos musulmanes– recogió Roç el hilo del discurso, pero entre tanto se había acercado Crean y quiso dar salida al problema, como era habitual en él, complaciendo a la vez a su canciller, por lo que pretendió asustar a Roç con la siguiente observación:

–En ese caso tendríamos que circuncidarte ahora mismo.

–¡No!– exclamó Yeza, que conocía muy bien el significado de la palabreja, puesto que habían estudiado la cuestión con todos los detalles y la habían discutido examinando la minina del pequeño Mahmoud.

–Hala!– exclamó con energía. *–Là taf'alu thalik!*

Quería que Roç se conservara tal como estaba y como ella lo conocía, con su prepucio y todas las posibilidades de jugueteo que éste ofrecía.

La intervención de la niña hizo que la conversación resultase desagradable a Roç, quien declaró con tozudez:

–Si nos negáis a nosotros, los infantes reales, la entrada en la mezquita, ¡no queremos pertenecer a los *hashashin!*

No se dio cuenta de la impresión que sus palabras causaban en el viejo Tarik. Cuando poco después John Turnbull, a quien probablemente habían encargado que mediara en tan espinosa cuestión, dio a los niños permiso para arrojar desde el umbral una mirada al interior de la mezquita azul, Yeza dijo:

–No queremos nada a medias, y además allí sólo pueden entrar los hombres que han pasado por el rito inicial. Queremos entrar de verdad, sin que le corten nada a nadie, y juntos: ¡o no entraremos!

A John Turnbull le divirtió la respuesta. Así era como le gustaban los niños y se sintió contento de no haber muerto aún.

Cuando el joven emir el-Ashraf llegó a Masyaf, los guardianes lo condujeron en silencio hasta el observatorio. Tarik ibn-Nasr lo recibió sentado en un sillón de mimbre y envuelto en preciosas mantas. A su derecha estaba Crean con la cabeza cubierta por un capuchón negro y con el rostro oculto, excepto los ojos, como los guerreros del desierto. Mantenía un hacha de guerra extendida en línea horizontal ante su cuerpo, y a la izquierda de Tarik había tres jóvenes "asesinos" formando fila, uno detrás del otro. El que estaba en primer lugar mantenía delante de su cuerpo tres puñales en posición vertical, insertados uno en el otro, de modo que la punta de uno se clavaba en la empuñadura del siguiente.

De este modo el emir supo en seguida que su interlocutor hablaba en nombre del gran maestre de los "asesinos", pues sólo éste tenía derecho a presentarse acompañado de tales símbolos.

El-Ashraf no era un héroe; su mirada bizca le proporcionaba un aspecto taimado al que se añadía en aquel instante cierto temor a perder la vida, pues no sabía si su primo An-Nasir no habría pagado para que a él le cortaran la cabeza. Todo su cuerpo empezó a temblar y no fue capaz de formular palabra alguna.

Tarik dijo:

–Conocemos el porqué de vuestra presencia, el-Ashraf. Mientras estabais asentados en Homs, no habéis considerado necesario venir a saludarnos ni pagarnos el tributo.

Esas palabras despertaron un miedo aún mayor en el-Ashraf, que se arrojó al suelo y exclamó:

–¡Decidme, insigne maestro, cuánto os debo y os lo entregaré en cuanto vuelva a hacer mi entrada en Homs!

–Mirándolo bien, no es conveniente que incrementéis aún más vuestras deudas– dijo Tarik –pidiéndonos tropas que os ayuden. Os supongo enterado de que, cuando tales deudas alcanzan un importe que hace imposible su devolución ya sólo pueden compensarse derramando sangre.

–¡No, no!– exclamó el emir confuso. –Recuperaré Homs con mis propias fuerzas y después os pagaré…

–Pagaréis la misma cantidad– lo interrumpió Tarik con frialdad –que paga An-Nasir desde que gobierna allí…

–Sí, sí– tartamudeó el-Ashraf, quien no podía olvidar que su primo habría enviado posiblemente una cesta en la cual exigía ver recogida su cabeza.

–O sea, ¿no pretendéis a ninguno de nuestros arqueros, a ninguno de nuestros soldados armados con hacha y puñal?– preguntó Tarik una vez más.

–No, de verdad que no. Y a vos os deseo una larga vida bajo la mirada benevolente de Alá, ¡que es justo!

–¡Agradecedlo a Alá!– lo despidió Tarik. –Y sed nuestro huésped mientras no sabéis dónde acostar vuestra cabeza sin que alguien os la corte para dar una alegría a An-Nasir.

El joven emir palideció y se arrojó hacia adelante, cubriendo de besos la manta bajo la cual suponía que se encontraban los pies del canciller. A una señal suya los guardianes lo ayudaron a levantarse.

–¡Podéis ir en paz!

Condujeron al emir, que se tambaleaba, por la empinada escalera de caracol hacia abajo. Una vez lo hubieron soltado, el hombre vomitó.

El canciller indicó a Crean:

–Podéis enviar nuestra respuesta por medio del espejo y señalar que no es éste el hombre capaz de enfrentarse a An-Nasir– y Crean creyó ver por primera vez el temblor de una sonrisa irónica en el rostro cansado de su maestro, por lo general tan impenetrable. –¡No hay ayuda!

El olfato de los niños les había permitido adivinar lo mal que lo había pasado el huésped de Masyaf aun antes de haberlo visto y de haberse enterado de que se trataba del expulsado emir de Homs.

Como es lógico, la información les llamó muchísimo la atención y atravesaron a toda prisa los jardines del gran maestre para caer sobre Clarion y Madulain que, a falta de otros quehaceres, escuchaban las quejas ansiosas de Hamo en recuerdo de su perdida princesa Shirat.

Mortz sui si s'amors no-m deynha,
qui'ieu no vey ni-m puesc penssar
vas on m'an ni-m vir ni-m tenha,
s'ilha-m vol de si lunhar;
qu'autra no-m plai que-m retenha,
ni lieys no-m puesc oblidar;
ans ades, quon que m'en prenha,
la-m fai mielhs amors amar.

–¡Podremos liberarla!– interrumpieron los niños sus lamentos escasamente melodiosos, y le informaron de la presencia del extraño emir, a quien en realidad pertenecía Homs y que con toda seguridad conocía perfectamente aquel lugar.

Ai las, e que-m fau miey huelh,
quar no vezon so qu'ieu vuelh?

Hamo reinició sus lamentaciones con expresión de tener el corazón roto, así parecía revelar al menos el tono quebrado de su voz. Hacía tiempo que Madulain lamentaba haberle prestado su cítara y haberle enseñado a tocar.

Chantan prec ma douss'amia,
si-l plai, no m'auci'a tort,
que, s'ilh sap que pechatz sia,
pentra s'en quan m'aura mort;
empero morir volria
mais que viure ses conort,
quar pietz trai que si moria
qui pauc ve so qu'ama fort.

Ai las, e que-m fau miey huelh,
quar no vezon so qu'ieu vuelh?

Roç afirmó sin titubeos:

–¡El emir conoce todos los pasillos subterráneos que conducen a su ciudadela y el nombre de cada uno de los guardianes!

En el mismo instante interrumpió Hamo sus suspiros, sobre todo cuando oyó a Madulain quejarse de que estaba harta de aburrirse en Masyaf y decir que participaría con mucho gusto en cualquier intento encaminado a poner fin a lo que consideraba un secuestro.

Cuando Roç y Yeza declararon después que los *hashashin* no eran dignos de albergarlos a ellos, los infantes reales, entre sus muros, la conjura para huir de la fortaleza de los "asesinos" e introducirse en las mazmorras de Homs era cuestión decidida.

Sólo Clarion se mostraba todavía un tanto reticente pero, por supuesto, tampoco deseaba quedarse sola en Masyaf.

Lo primero que había que hacer era conseguir una entrevista secreta con el emir. Los niños pudieron enterarse de dónde se albergaba y se presentaron de repente delante de su cama.

El-Ashraf despertó de la siesta y su frente se cubrió de sudor frío cuando vio a Yeza manipulando el puñal. Roç había puesto la condición de intentar convencer al emir sin que ella tratara de interrumpirlo:

–Noble señor– empezó su discurso, –la intrepidez de vuestro ánimo, la fortaleza de vuestro brazo y la discreción de vuestros labios– respiró a fondo antes de proseguir –han movido a dos de las más bellas huríes del paraíso, dos flores en el rosal del jardín secreto, dos frutos maduros en el árbol de la tentación del placer, a comunicaros a través de nuestra boca que están dispuestas a abriros las galerías ocultas de su... las galerías...

Roç había perdido el hilo de tan poética frase.

–¡De sus corazones!– susurró Yeza.

–Así es: ¡a abriros sus corazones!– concluyó Roç la invitación.

El-Ashraf se sentía aún más confuso que antes.

–¿Cómo que dos?– preguntó.

–Lo que pasa...– dijo Yeza, y al observar que el-Ashraf no tenía la intención de incorporarse, prosiguió: –Dos o ninguna, ¡ahora o nunca!

Mientras hablaba movía su puñal en el aire, pues se había dado perfecta cuenta de que el emir estaba medio muerto de miedo.

Éste se puso de pie de un salto y dijo:

–Entonces voy a refrescarme ahora mismo.

–No– dijo Roç, –ya os refrescaréis con el rocío de las rosas cuando la mañana...

–¡Las huríes tienen agua!– lo interrumpió Yeza con premura.

El-Ashraf siguió a los niños moviendo dubitativo la cabeza, y juntos atravesaron una puerta que él no había descubierto antes y que conducía hacia abajo.

Yeza y Roç descansaban acostados sobre lo alto de una de las murallas exteriores y se miraban felices, con la mirada ligeramente vidriosa. Después sintieron ganas de reír sin motivo aparente.

Habían ido a la biblioteca para ver a sus únicos amigos, los ancianos de la barba blanca, que los recibieron con la agradable noticia de que el hachís estaba a punto.

Los viejos sacaron un recipiente que parecía una tetera grande; dentro se oía burbujear el agua y de ella salían unos tubos con boquillas en los extremos.

Se agacharon formando un círculo en torno al narguile; el mayor introdujo el hachís en forma de bolitas en la parte superior del recipiente y acumuló debajo carbón vegetal candente. Después cerró la tapa y cada uno cogió una boquilla. El agua burbujeaba en el recipiente, pero lo que entraba en la boca era sólo humo fresco.

Yeza tuvo que toser y Roç casi se atragantó, pero después prestaron mucha atención al proceder de los ancianos y fueron extrayendo pequeños sorbos de humo de la pipa.

Los niños pronto se sintieron mareados; se cogieron de la mano y apoyándose, empujándose y tirando uno de otro salieron por el respiradero y desde allí al aire libre hasta alcanzar, tambaleándose, su lugar preferido encima de la muralla exterior, sin prestar atención alguna a la verticalidad con que ésta descendía hacia el abismo y a que el recorrido peligroso por su cima se estrechaba en ocasiones hasta el punto de tener que caminar uno detrás de otro. A menudo habían acudido con precauciones y alcanzado su meta paso a paso, pero esta vez superaron todo peligro con la seguridad de los sonámbulos.

Al fin quedaron acostados, felices y agotados, intentando ordenar sus ideas.

–Ahora lo entiendo– jadeó Roç, –ese *khif-khif* hace que los *hashashin* olviden todos los peligros...– y estalló en risas.

–El emir bizco casi se ensució encima cuando le dijiste...

El simple recuerdo le parecía terriblemente cómico a Yeza.

–Entraremos en Homs, le ayudaremos a recobrar el trono y sacaremos a Mahmoud y Shirat del calabozo.

–Y después casaremos a Hamo con su princesa y celebraremos una gran fiesta.

–Ven, Roç, vamos a bailar– rió Yeza e intentó levantarse, pero no lo consiguió y, desistiendo, recordó cómo había proseguido la sesión: –El gran general bizco dijo: "¡Necesitamos tropas!"

–¡Todo un ejército!– añadió Roç gorjeando. –Y además, el bizco le ha echado el ojo encima a Clarion.

–¡No es verdad! ¡El bizco se ha fijado en Madulain!

–Y entonces Hamo dijo…

–No– insistió Roç, –yo dije: "Hamo, ¡tú vas a Antioquía y le pides tropas a Bo!"

–¡Todo un ejército para liberar a Homs!

Los niños se quedaron callados y miraron desde lo alto de la muralla hacia la lejanía.

–Hace ya una semana entera que Hamo se ha ido– dijo Yeza, y se la veía seria.

–Nos encontraremos con él en la próxima luna llena.

–Y con las tropas de Antioquía. ¿Crees que Bo vendrá también?

–¿Estás enamorada de Bo?– preguntó Roç de repente.

–Él quiere casarse conmigo– reflexionó Yeza, –pero es demasiado aburrido. Muchas veces pienso en Roberto de Artois…

–¿Más que en mí?– preguntó Roç con suspicacia.

–Tu eres mi caballero preferido…

–¿Cómo me lo demuestras?

Yeza conocía la respuesta, su mano ya se había introducido debajo de la camisa del muchacho e iba avanzando hacia el interior de su pantalón.

Roç suspiró y repitió:

–¿Cómo me lo demuestras?

Aquello formaba parte del ritual. Si no lo hubiese dicho, Yeza habría retirado la mano. A él también le habría gustado introducirse entre las piernas de la muchacha, hasta donde un suave vello ocultaba la entrada del nido, pero Yeza se lo había prohibido, asegurándole que no lo podía soportar. De modo que se limitaban a que la mano de la niña se cerrara con firme presión en torno al miembro del muchacho. Yeza avanzó hasta el prepucio y murmuró, como si se tratara de un verso infantil:

–*Naqus, la naqus!*– recordando la cruel propuesta de Crean. –*Naqus, la naqus!*

A Yeza le habría gustado ver ese órgano que estaba creciendo entre sus dedos y se endurecía, pero ya hacía tiempo que Roç no se mostraba desnudo ante ella ni le permitía sacar el miembro del pantalón y exponerlo a la luz del día.

–*Naqus, la naqus!*– repitió la niña en voz baja, aunque su respiración empezó a acelerarse mientras Roç se retorcía.

–Aprieta fuerte– jadeó el muchacho, y ella se dio cuenta de las pulsaciones que agitaban el miembro entre sus dedos, hasta que un chorro caliente le mojó la mano.

–¡Yeza!

Los movimientos de la muchacha se apaciguaron. Se sentía desconsolada y únicamente el brillo que vio en los ojos de Roç, cuando éste volvió a mirarla, le proporcionó alguna satisfacción. Por lo menos él había alcanzado la felicidad.

Después sacó la mano del pantalón y la limpió cuidadosamente en las ropas del muchacho. A continuación le besó el vientre y finalmente también él condescendió: la besó en el cuello y le lamió la oreja con la lengua.

–Bueno– dijo Roç, –¡esto es aún más bonito que el *khif-khif!*

Entonces vio que Yeza estaba llorando. La muchacha le dio la espalda y él la atrajo hacia su cuerpo. El muchacho introdujo la rodilla por debajo del trasero y entre las piernas de la niña y la meció suavemente mientras sus labios le besaban el cuello. Ella se apretó contra él, que no cesó de dispensarle todas las caricias que la niña le había ido enseñando poco a poco, hasta que el delicado cuerpo de ella se sacudió en un temblor y supo que había dejado de llorar. Entonces la soltó con cuidado y ella se separó un poco, rodando hacia un lado.

Roç se sintió inseguro.

–Yeza, ¿en qué estás pensando?

La muchacha había estado mirando más allá de la muralla y se volvió hacia él.

Esos ojos, pensó el niño, ¡nunca podré separarme de esos ojos!

–Hoy tenemos la misma luna que entonces, cuando marchó Hamo– dijo Yeza en voz baja, y Roç la entendió.

–Madulain dice que cada huida, para ser un éxito, recorre tres fases: desaparecer, ser buscado y ser olvidado. ¡Pero realizar la huida misma es difícil!

–Sí– dijo Yeza, –es muy inteligente, no es una tonta como Clarion…

–Y el bizco ése es algo bobo, por lo que espero que no estropee nada hasta que ya nadie pueda encontrarnos.

–Esta noche tenemos que desaparecer bajo tierra. Acordaremos con Madulain que nos deje comida junto a la diosa.

–Sólo me sabe mal por el querido John Turnbull y el bueno de Tarik. ¡Casi me da vergüenza causarles tanta preocupación!

–Roç– dijo Yeza, –un caballero siempre mira al frente. Nosotros también tenemos que hacer sacrificios, ¡y piensa en Mahmoud y Shirat! No querrás que los dejemos encerrados para siempre en las mazmorras de Homs.

–¡Oh, Homs!– gimió Roç. –No quiero ni pensarlo. Tal vez nos convendría llevar un montón de hachís para nuestro ejército, porque si toman *khif-khif*, ¡todo les será más fácil!

Y los dos volvieron a reír.

Arriba, en la plataforma, se encontraban los dos ancianos. John Turnbull, viejo hereje y espíritu intranquilo, iniciador del salvamento del Montségur, lleno de pasión romántica por el destino de los infantes, y Tarik ibn-Nasr, frío planificador y ejecutor de cuantas medidas fuesen necesarias para su seguridad. En algún rincón de su corazón anidaba un tranquilo afecto, casi una debilidad por Yeza y Roç, los herederos del Grial. En los ojos de John brillaba la humedad y le fue difícil apartar la mirada de los jóvenes que veía encima de la muralla.

–No hay por qué avergonzarse de esas lágrimas, viejo amigo– dijo el canciller. –Por incierto que sea su futuro, nuestros pequeños reyes disponen ya de un imperio gigantesco, del tesoro más valioso que Alá les pueda conceder, ¡su amor recíproco!

–*Insha'alah!*– murmuró John Turnbull, –estoy muy satisfecho de que se encuentren tan bien aquí, y creo que aún les gustará mucho más estar en Alamut, esa flor del paraíso…

–Pero si no la conocéis– objetó Tarik, aunque sus palabras no impidieron a Turnbull proseguir con mucho énfasis: –… un milagro en el desierto, una rosa nacida de la roca, ¡fruto de la boda quimiológica entre el agua y el fuego! Si los niños alcanzan ese lugar también mis ojos lo verán, ¡y no desearé ya nada más en esta vida!

Se retiraron a lugar cubierto y se dispusieron a descansar. Por el lejano horizonte ascendía la oscuridad y la luna se mostraba en forma de una última y delgada hoz.

VI

VICIOS PORTUARIOS, SUSTOS Y CASTIGOS

DIARIO DE JEAN DE JOINVILLE

Limasol, 2 de abril de 1249 d.C.

Desde la terraza de mi albergue se ve perfectamente el recuadro formado sobre el muelle. Claro que en *La Bella Vista* dispongo de una tribuna aún mejor, pero en realidad no me gusta demasiado asistir a tales espectáculos. Desde que el rey ha tomado residencia en Nicosia y recibe a sus huéspedes allí, la disciplina del ejército de cruzados, cuyo número aumenta incesantemente, deja bastante que desear. El centro de abastecimiento jamás ha tenido que lidiar con un período tan prolongado de acuartelamiento y aún no se ve el final, aunque se rumorea que el rey está a punto de regresar para tomar las últimas disposiciones antes de partir.

Como consecuencia de una estancia tan prolongada e inactiva han estallado más y más peleas, de las que muchas obedecen al capricho de las circunstancias. La falta de alimentos conduce primero a una insatisfacción irritada, después a saqueos en los alrededores y finalmente a robos y hurtos entre unos y otros. Todos están deseosos de partir de aquí.

Pero el rey ha prohibido severamente que nadie se aleje del grueso de la tropa, teniendo en cuenta la importancia de que no le llegue información al enemigo. En alguna que otra ocasión alguien ha podido abandonar la isla, ayudado por pescadores sobornados. Pero si los barcos de los sanjuanistas, que desde que ha escapado la trirreme de Otranto patrullan delante de la costa, atrapan a uno de esos desertores y se trata de un soldado común, lo castigan con cierto número de latigazos y lo recluyen en el calabozo. A más de uno su amo lo ha mandado ahorcar después.

In absentia de su real hermano es el conde de Anjou quien está al mando, y todo el que lo conoce sabe que es un personaje duro. Precisamente durante esos días se le ocurrió al señor Oliver de Termes la loca idea de escapar ya que, según se dice, había habido una pelea entre él y el de Anjou. Sea como fuere, el primero creyó que no tenía sentido verse retenido allí por más tiempo.

Lo siguió en su intento uno de los pajes de la corte, el joven Jacobo de Juivet, al que comprendí perfectamente, pues desde la humillación a que Ángel de Káros lo sometió ante tantos ojos, las burlas que tuvo que sufrir por dicha causa no lo dejaban vivir. Era hijo de la región de Auvergne y cuando me venía a buscar porque el rey deseaba verme siempre hacía gala de su carácter alegre. Pero últimamente se le notaba abrumado por la vergüenza cuando se veía obligado a mostrarse en algún lugar.

Según parece, el señor Oliver organizó la huida con tanta torpeza, o bien fue denunciado por alguien, que los esbirros del de Anjou, y a su cabeza Yves "el Bretón" –según fue observado por todos– abordaron el barco apenas hubo izado las velas. El conde de Anjou obligó a Yves "el Bretón", quien atrapó al desertor *in fraganti*, a denunciarlo ante el condestable. El tribunal de la corte se reunió a toda prisa y no tuvo más remedio que seguir las directrices del rey ausente, formulando acusación por deserción y traición ante el enemigo. Los sanjuanistas reclamaron su derecho como encargados de la vigilancia y exigieron la entrega de Oliver de Termes, a quien encarcelaron en el castillo hasta el regreso del rey, pues sólo a éste corresponde someter a juicio a un noble de Francia. Pero el de Anjou insistió en dar ejemplo y los pescadores fueron ahorcados sin más preámbulos en las vergas de su propio barco, aunque no satisfecho por ello hizo que se condenara también a muerte al joven Jacobo de Juivet, basando la sentencia en las acusaciones formuladas por Yves.

William se había situado a mi lado y ambos vimos cómo el joven era conducido hacia el patíbulo, los guardias empujaban hacia atrás a la muchedumbre curiosa, el verdugo levantó la espada y la cabeza del pobre Jacobo rodó por el muelle. William estuvo algún tiempo observando ensimismado el trajín que reinaba en el puerto, pensando muy probablemente en las veces que había escapado por un pelo al peligro de perder con idéntica rapidez su cráneo de campesino flamenco.

–Para evitar esa amenaza, mi querido William– le dije, –deberíais obligaros a proceder siempre con las precauciones que también yo he convertido en máxima de todas mis actuaciones. De qué nos sirven la fama y el honor, las riquezas, los títulos y los favores acumulados si damos a nuestros enemigos la posibilidad de rebanarnos el pescuezo.

–Estoy reflexionando, señor mío, si todo este proceder no obedecerá en realidad al deseo de eliminar a "el Bretón". ¿No os parece una extraña casualidad que el intento de huida haya coincidido exactamente con el día en el que Yves regresó a Limasol para recoger la bufanda de lana que el rey había olvidado, y sin la cual temía atrapar un resfriado allá en las montañas de Nicosia? Yo creo que alguien pretende deshacerse del señor Yves a espaldas del rey, y que le han tendido una trampa. Simón de Saint-Quentin, esa rata, también se encontraba en la nave. En cambio, nadie ha elevado acusación contra él, mientras que "el Bretón" ha sido obligado asimismo, muy en contra de su voluntad, a provocar personalmente la ejecución del paje y asistir a su cumplimiento.

–Así pues, ¿pensáis que Yves "el Bretón", cuyo afán por imponer la ley y el orden es conocido, ha sido empujado a actuar más allá de toda medida prudente?

–El rey tiene muchos consejeros– dijo William, –pero sólo uno le es fiel como un perro. Y como éste no se vende ni es estúpido, ¡debe ser eliminado, si alguien pretende influir en su majestad!

–También podría ser– reflexioné –que alguien quiera tener a Yves en sus manos y procure por esa misma razón que el rey, horrorizado, retire su mano protectora de la cabeza de "el Bretón". Pero ¿quién iba a querer una cosa así?– Yo no acababa de comprenderlo.

–Los mismos que me dejan a mí seguir con vida– dijo William; –la verdad es que no os dije, porque no quería excitaros innecesariamente y porque, además, lo habría rechazado de todos modos, que Oliver de Termes me había propuesto también a mí viajar con él, aduciendo que yo nada tenía ya que hacer aquí en Chipre. Y ¿quién creéis que me aconsejó que no aceptara la propuesta? ¡Pues fueron precisamente Simón de Saint-Quentin y vuestro distinguido señor primo!

–No sé qué decir.– Me había quedado estupefacto.

–Todavía me necesitan– fue la conclusión que sacó William. –Pero ¿qué tienen en común estos dos sucesos?

–¿Los niños?– pregunté, y no dije lo que estaba pensando, es decir, que desde que daba empleo a William había notado un aumento de interés por mi persona. Al parecer, nadie quería meterse directamente con él, de modo que el interés se trasladaba del criado al amo. Yo contaba con el favor del rey, y William con la confianza de los infantes.

–Y porque las cosas son así– dijo William, –y yo, tanto si lo creéis como si no lo creéis, os sirvo por puro placer con el único objeto de seguir informado sobre el porvenir de los infantes, deberíamos fijar ahora cómo conviene proceder con la escritura de la crónica correspondiente...

–Aunque vos penséis que lo único que me interesa es aumentar mi patrimonio, dejadme decir que ganarme laureles gracias a mis facultades mentales, es decir, obtener fama póstuma como cronista importante, representa también una razón suficiente para desarrollar mi actividad. Por lo cual os hago la siguiente propuesta conciliadora. Escribiremos los dos, cada uno cuando quiera y lo que quiera, ¡procurando que el lector no pueda distinguirlo!

–¿Cómo podría ser eso?– indagó William. –¿Queréis que yo escriba como tal "yo" y piense al mismo tiempo que sois "vos" el que piensa y conduce mi pluma?

–Pensad lo que queráis, pues yo no pienso dirigir ni vuestro estilo ni el contenido de lo escrito, simplemente os limitaréis a ser mi *alter ego*, y la verdad es que siento mucha curiosidad por ver el resultado...

–En este caso, y para que no lo confundáis con vuestras propias ocurrencias, firmaré siempre lo escrito con el nombre "A. E. de Joinville".

–¡Y que los lectores venideros se estrujen el seso para descifrarlo!– Me eché a reír. –¡Vayamos ahora a *La Bella Vista* para regar el nacimiento de semejante *incubus scriptoris!*

DIARIO DE A. E. DE JOINVILLE

Limasol, 9 de abril de 1249 d.C.

El rey, que no es el mío aunque lo estimo de todo corazón y le sirvo fielmente como senescal, ha regresado de Nicosia. Durante casi tres meses ha permanecido en el interior del país, tres meses demasiado largos puesto que aquí, en los acuartelamientos del ejército, está a punto de estallar un motín. La alimentación es cada día más pobre, las reservas se han agotado y los campos y los almacenes de los campesinos están vacíos como si hubiese pasado por ellos una plaga de langostas o de ratones.

A ello se añade el terror ejercido en el puerto por Ángel de Káros, a quien nadie intenta frenar, aunque tanto para los sanjuanistas como para el de Anjou sería muy fácil poner fin a la salvaje fiereza de los griegos. Es inadmisible que por el hecho de haber crecido la flota de "el *despotikos*" hasta formar una buena docena de naves, y porque nadie quiera quitarle las ganas de participar en la cruzada, se impida en serio que alguien ponga límites a ese bruto. Incluso el de Anjou, que ha conseguido implantar un riguroso gobierno de terror en la ciudad, parece estar ciego frente a los abusos del griego. Ahora que el rey ha regresado al palacio todo el mundo espera que se restablezca una situación "normal".

Al lado de la reina Margarita hemos visto a Marie de Brienne, la desventurada emperatriz de Constantinopla. Su esposo, el emperador Balduino, la ha enviado aquí para que pida ayuda a Luis contra el emperador griego de Nicea. Como es natural, el rey no puede prescindir ni de un hombre, precisamente ahora que está a punto de iniciar la cruzada tan pronto se haya solucionado el difícil problema del transporte. Además, el rey habrá comprendido que ese mal llamado "Imperio latino" no puede sostenerse frente al Paleólogo una vez ha quedado demostrado que los griegos no se sienten más felices, bajo el gobierno formado por una curia romana impuesta y unos mandamases francos, que bajo el de su propia y degenerada casta imperial.

DIARIO DE JEAN DE JOINVILLE

Limasol, a 14 de abril de 1249 d.C.

Claro que para Luis esta cruzada, que representa prácticamente el sueño de su vida y que ha venido preparando durante años realizando los máximos sacrificios, tiene una preferencia absoluta. Por otra parte, a él le repelen las guerras de cristianos contra cristianos, y le basta con que en el sur de "su propio país", en Occitania, haya tenido que culminar una empresa iniciada por su abuelo y en la que, aparte de los herejes, también han muerto muchos fieles a la Iglesia. Ésta es también la razón por la que ha indultado en seguida a Oliver de Termes, cuyo padre fue muerto en su día por los franceses, perdonándole el paso insensato que dio, lo que a su vez ha disgustado muchísimo al de Anjou.

La mayor preocupación de Luis es la falta de medios de transporte, pues muchas tropas han tomado tierra en Chipre acudiendo en barcos de alquiler temporal, que no están disponibles para un traslado ulterior. Tampoco los venecianos se muestran en absoluto de acuerdo con esta cruzada, y antes de la llegada del rey habían retirado ya las unidades de su flota ancladas en el puerto. Para la Serenísima lo más importante es su relación comercial con El Cairo, de modo que ha negado su apoyo.

El rey ha intentado congraciarse con Génova, y la verdad es que la república marítima de Liguria está muy ansiosa por llenar el vacío dejado por Venecia. Pero precisamente en estos meses, para ser más exactos desde el invierno, los genoveses se han enredado en una guerra naval contra Pisa por ciertos derechos de ocupación en San Juan de Acre y a lo largo de la costa de Tierra Santa, una guerra que han perdido inesperadamente. Para colmo, Pisa es fiel al emperador, de modo que el rey ha escrito a Federico, pero no ha obtenido respuesta. Él sabe, naturalmente, que el emperador observa la cruzada con suma desconfianza, puesto que nominalmente su hijo Conrado es rey de Jerusalén y lo menos que debía haberse hecho era consultar a éste. Por otra parte, difícilmente podría Luis decirle a Federico que no pretende conducir a su ejército hacia o a través de Tierra Santa, cosa que cualquier estratega atento hacía tiempo que habría intuido, sino que piensa dirigirlo por sorpresa contra El Cairo. Lo impide la estrecha amistad que une al emperador con el sultán, por lo que la única salida que le queda es apelar a la flota un tanto maltrecha de los genoveses, siempre que pueda convencer a los pisanos de que, aunque no apoyen la operación, al menos la toleren. Es una situación difícil y el tiempo apremia.

DIARIO DE A. E. DE JOINVILLE

Limasol, 15 de abril de 1249 d.C.

La solución sería muy sencilla: bastaría con soltar algún dinero, desde luego dinero al contado, pues las tres repúblicas marítimas no se fían de la simple promesa de obtener concesiones mercantiles. Ya disponen de todos los derechos otorgables para comerciar, y precisamente por eso pelean entre ellas. En cuanto a los derechos comerciales con Egipto, de los que Luis aún no puede pretender que dispone seriamente, las repúblicas piensan que dichas relaciones más bien han sido puestas en peligro por el rey. Venecia incluso estaría dispuesta a transportar al ejército gratuitamente, ¡pero para devolverlo a Francia! De modo que el firmante, A. E. de Joinville, ve como única posibilidad un acuerdo entre Pisa y Génova, una alianza que necesariamente tendría que dulcificarse con algún dinero. Así pues, me pregunto: ¿quiénes podrían ser los posibles mediadores en este asunto en que el señor Jean de Joinville, como inductor de la paz, ganaría una fama merecida y el máximo agradecimiento del rey? ¡Aunque sólo se tratara de una tregua pasajera! Estoy pensando en las relaciones sólidas que existen entre la Orden de los sanjuanistas y los genoveses, mientras que los pisanos tal vez se plegarían mejor a un consejo dado por personajes considerados fieles al emperador: los caballeros de la Orden teutónica. En cualquier caso, valdría la pena intentarlo.

Pero ¿de dónde sacar el oro? Los templarios tienen muy pocos motivos para ofrecer su ayuda. Los sanjuanistas disponen de un tesoro importante y tendrían muy buenas razones para meterle mano y ofrecerse como salvadores, lo que les favorecería frente a los templarios, que no sólo disponen de un mayor carisma sino que también son más ágiles, más decididos y tienen más imaginación. Habrá que decirle todo esto al señor de Ronay en cuanto se presente la ocasión. Descansar sobre sacas bien atadas y llenas de dinero aporta un interés seguro, pero no permitirá jamás una ganancia extraordinaria. Tal vez Luis pueda conceder, dentro de un par de semanas o meses, el monopolio del comercio con Egipto a quienes hayan demostrado ser sus verdaderos amigos. Y entonces el rey no olvidará a su querido Jean de Joinville, ¡hasta podría nombrarlo virrey!

P. S.: A. E. de Joinville se ausenta durante unos días en misión secreta, pero recomienda al señor Jean que tenga en cuenta sus propuestas. A cada día que transcurre aquí la situación del rey es más desesperada y no aporta ventajas a nadie, y mucho menos al interesado.

P. P. S.: En nada modifica la situación la arribada, que se ha producido hoy, del señor Sempad, condestable y hermano del rey Hetum de Armenia. Aparte de bonitos regalos ha traído a Chipre también a sus tropas, que deben acompañar al rey Luis, pero las barcas con las que fueron trasladadas desde la cercana costa de Armenia regresan vacías a su país. Por otra parte, esas cáscaras de nuez jamás habrían resistido un viaje a Egipto. O sea que, de momento, lo que tenemos son unos cuantos centenares de bocas más que alimentar …

LA LUZ DEL SOL se reflejaba a última hora de la tarde con destellos de oro en las delgadas placas de mármol que desde las lumbreras superiores evitaban que se estropearan los valiosos folios y rollos de documentos guardados en la biblioteca. Los ancianos de Masyaf apenas levantaron la vista cuando Roç y Yeza trajeron otro saco lleno de plantas recién cosechadas de *cannabis.* Los niños no se disgustaron por ello y cubrieron cuidadosamente con un paño la mesa más grande, en la que los ancianos solían cortar los pergaminos y el cuero, pasando después a colgar afanosamente las plantas por encima con las puntas hacia abajo, como debe hacerse.

–Tengo que orinar…– murmuró Yeza y se deslizó sin llamar la atención a través de la puerta secreta situada detrás del asiento del mayor de los ancianos. Esa puerta daba acceso al nido de las águilas que, todo sea dicho, no se podría afirmar que fuese el lugar más adecuado para semejante propósito, a menos que se piense en el pasillo abierto en la roca que conduce a dicho lugar. Pero nadie le prestó atención y nadie se dio cuenta tampoco de que la chiquilla se apropiaba con gesto seguro de cierta llave. Ni siquiera Roç mereció mayor atención por parte de los ancianos, que rodearon la mesa sobre la que habían suspendido los niños las plantas floridas de hachís: desmenuzaban algunas hojas entre los dedos y las examinaban con mucha atención, ponían la mano debajo de las flores hasta que se desprendía alguna gotita de resina, la olían y se mostraban extraordinariamente contentos y satisfechos.

Roç ascendió por una de las escaleras hasta la parte alta de las estanterías. Sabía muy bien lo que estaba buscando. Se hizo el distraído, sacó un pesado tomo de la serie y empezó a hojear el libro, en cuyas tapas figuraba en letras doradas la siguiente inscripción:

DE SOPORE
INTER MORTEM ET VITAM
Mirabilia, crimina, incantamenta
per flores et plantas minerales geae
cum exemplis sicut fertur
apud naturalis historiae et superstitiones

AUCTOR
DAREUS DELLA PORTA PARADISI
Venenarius Trismegistos Veneratus
Magister Universitatis Alexandriae

Divi soporis dicatum

Roç fue pasando las hojas con mano decidida murmurando en tono casi inaudible: *somnifer, soporifera, vide canus, soporem miscere, sopio, sopirio…*

Después observó desde lo alto de la escalera si su búsqueda llamaba la atención, pero vio que los ancianos habían regresado a sus pupitres y estaban ensimismados en su trabajo. Pensó que Yeza debería darse prisa.

Acabó por encontrar el texto que, en parte, recordaba aún: "… la posible composición del líquido contenido en la esponja que se le tendió al Mesías colgado de la cruz, no para refrescarle, sino para amortiguar sus dolores y evitar que le afectara el tétanos o se le paralizara el corazón: *enim effectus tincturis simulatio mortis erat*, con el objetivo de que los romanos permitieran una pronta retirada del cuerpo de la cruz."

La revelación era excitante y Roç se obligó a obrar con cautela. ¿Dónde estaba Yeza? ¿No había encontrado lo que buscaba, lo que con tanto esfuerzo había aprendido de memoria?

"La mezcla debía ser lo suficientemente potente como para que una herida abierta con la lanza, destinada a comprobar que se había producido la muerte, fuera resistida sin quejas y sin movimiento alguno, garantizando una rigidez mortal que a ser posible debía durar varios días. Para estos fines se ofrecen…"

Roç recorrió la página repleta de nombres desconocidos, intentando cerciorarse, con la memoria febril, de si Yeza le había informado correctamente. No quería fiarse de su propia memoria, de la que se sentía inseguro, y arrojó un vistazo a los ancianos, asegurándose de que no lo miraban. Después empezó a desprender la página con dedos temblorosos y bañados en sudor. Nadie prestaba atención a lo que hacía allá arriba, en lo alto de la escalera. Roç ocultó, apresurado, el pergamino bajo sus ropas, devolvió el tomo a la estantería e inició el descenso con una mano firmemente apretada contra el pecho. Para gran alivio suyo vio que se abría la puertecilla y volvía a aparecer Yeza, portando despreocupadamente debajo del brazo el saco en el que habían traído las plantas de *cannabis*. La niña le guiñó el ojo llena de orgullo.

Roç exclamó:

–¡Oh, se nos ha hecho tarde! Debemos irnos en seguida.

Los ancianos levantaron una mirada afectuosa de su tarea, y sus palabras, *Aj saheb al muftah,* acompañaron a los niños hasta la puerta de la biblioteca subterránea, donde se despidieron.

–¡Ya nos avisaréis– advirtió Yeza con pícara sonrisa a uno de los hermanos –cuando tengáis el hachís seco, prensado y formadas las bolitas de resina!

El hermano custodio de la llave sonrió recordando tiempos pasados en que los niños se empeñaban en querer consumir de inmediato la cosecha recién aportada, o cuando incluso cosechaban las plantas antes de estar bien floridas. Hacía mucho que conocían todas las formas de disfrutar de los efectos del *cannabis*, que permite fabricar una bebida refrescante mezclándolo con zumo de limón y miel, o ser incorporado a unas tortas dulces, y que también puede ser presentado como caldo agradable o atractiva golosina.

–Sin vuestra ayuda no tendríamos este placer– respondió, y los despidió con una reverencia.

Los niños regresaron por el camino más corto al jardín, corrieron hacia el pabellón y se ocultaron detrás de la estatua de mármol de Baco en la cámara subterránea.

–¿No se oían los gritos de las águilas?– preguntó Yeza mientras vaciaba con mucha precaución el contenido de la bolsa. –Se excitaron muchísimo cuando vieron que yo abría el armario. ¡Se consideran realmente "guardianes de los venenos", *horras as-sumum!*

Roç había sacado el pergamino y empezó a comparar el botín compuesto de diminutas ampollas, frasquitos y recipientes de cerámica vidriada provistos de inscripciones en latín, con el texto transcrito en la página arrancada: *Absinthiatum sic facies, atropa bella donna...*

–¡Suena bien!– rió Yeza. –Tomaremos esas pequeñas cerezas que flotan en el líquido...

–¡Alto!– dijo Roç. –"Dada su gran toxicidad no se recomienda el uso, pues una sola gota tomada en exceso producirá la muerte: *non solum spiritus, sed corpus morietur.*"

–Mejor dejarlo entonces– dijo Yeza. –¡Y yo que me había figurado ya que tú cogías una cerecita entre los labios y después me la cedías con un beso...!

–Sería el beso de la muerte– la reprendió Roç al observar la alegría de la muchacha. A través de la estrecha grieta que se abría arriba, junto al zócalo de la estatua, caía un rayo de luz sobre el pergamino que el muchacho seguía descifrando:

–"... de demasiado inofensivos y flojos deben calificarse los efectos de las *exotica occidentales*, tales como la *passiflora* y la *alba spina*. La solución más probable sería una poción de *tinctura Thebana* mezclada con jugo de hachís... *cum herba sine nomine quam vidi apud Arabes: aliquot eorum vidi herbam istam edere; "hashishin" esse dicitur...*"

–Bueno– dijo Yeza un tanto desilusionada, –¿y para qué he cargado entonces– y elevó los frascos hacia la luz –con *digitalis*, con *styrax* y *escholtzia*?– Esta última palabra la hizo dudar un poco, por su difícil pronunciación. –¡Yo propongo tomar un poco de cada frasco!

–Ni hablar– dijo Roç: –haremos estrictamente lo que hicieron con Jesús, porque gracias a eso sobrevivió. ¿Tienes la tintura de Tebas?

–Claro– confirmó Yeza con orgullo y señaló la ampolla, –"*vis papaveris*", es lo que pone debajo.

–Muy bien– dijo Roç, –propongo que tomemos un tercio de ésta y el resto de *cannabis*...

–Tú te encargarás de ir a buscarlo– decidió Yeza –mientras yo me ocupo de traer una jarra con agua y miel. No estará de más que vuelvan a vernos por ahí.

–Y yo avisaré a Madulain de que esta noche…

–Pero no le digas dónde nos vamos a acostar. Clarion podría ponerse histérica.

Roç se incorporó, y uno detrás de la otra salieron del escondite.

–Dile a la *saratz*– advirtió Yeza –que no se olvide de la leche. ¡Lo más seguro es que tengamos hambre y sed!– exclamó en voz baja mientras él se alejaba y ella guiaba sus pasos por última vez hacia las cocinas.

Después de la cena, de la que ambos comieron con fruición, y de oír la llamada del muecín al *salat al maghreb*, la oración vespertina, aún los oyeron jugar alegremente durante mucho tiempo en el jardín, hasta que la voz estridente de Clarion les exigió con energía que se fueran a dormir. Después se estableció el silencio en Masyaf.

Roç y Yeza habían preparado con gran cuidado su "nido", aportando en el transcurso de los últimos días heno y almohadones, además de reservas de alimentos no perecederos. Habían pensado también en llevar unas mantas y una provisión de agua suficiente para el caso de que despertaran antes de tiempo, pensando en que la sed sería el peor de los sufrimientos que podía esperarles. Habían elegido el escondite con mucho cuidado y cerrado el acceso con piedras después de entrar en él, pues estaban seguros de que, en cuanto se descubriera su desaparición, los "asesinos" emprenderían una búsqueda que no pasaría de largo ante sus habituales escondites debajo del pabellón y por encima de la mezquita.

Por la misma razón era importante que durante el sueño no los traicionara una respiración demasiado audible. Se acostaron muy juntos, y Yeza llenó dos vasos de la jarra que contenía el brebaje preparado. Todo su afán se centraba en conseguir que ambos se durmieran al mismo tiempo.

–¿Y si no volvemos a despertar?– se atrevió Roç por última vez a detener el destino.

–En ese caso no nos daremos cuenta y seguiremos juntos…– Yeza estaba decidida a emprender la lucha contra la muerte. –Nadie se muere por tomar hachís– dijo, –y ¿desde cuando es tóxica la semilla de amapola?

–¿Me quieres?– preguntó Roç tomando uno de los vasos.

–¿Qué te parece? Si no te quisiera no bebería contigo– dijo Yeza y acercó su rostro al de él. –Te quiero mucho.

Ambos vaciaron los vasos hasta el fondo.

–Sabe a podrido– dijo Roç, y Yeza volvió a llenar los vasos con mano ya insegura. –Rápido, bebamos por segunda vez, porque el efecto no será suficiente si no lo hacemos.

Bebieron el contenido de los vasos hasta la mitad y después lo fueron dejando, porque ya se sentían adormilados, aunque Roç intentaba con mucho esfuerzo igualar el contenido de su vaso con el de ella.

–Te quiero...– murmuró Roç, pero ya no se dio cuenta de que Yeza no le contestaba. Se había dormido junto a su pecho y la cabeza de él empezó a caer sobre el cabello de la muchacha.

William de Roebruk, montado en el asno, cabalgaba a través de Episkopi. La antigua sede obispal, abandonada hacía tiempo, se parecía más a una residencia veraniega para los señores acaudalados que acompañaban a los cruzados –y que preferían no residir entre las multitudes que poblaban el puerto de Limasol– que a un poblado de pescadores, aunque toda la flota pesquera de la isla había sido obligada a fondear allí. Sus barcas pintadas de vivos colores se agolpaban en la playa y en la bahía detrás del cabo de Gata, proporcionando un fondo pintoresco a la torre que sobresalía del paisaje, situada en la punta de la península.

Dado que se encontraba en "misión secreta", William vestía su viejo hábito franciscano, y ahora buscaba la taberna que Ingolinda le había señalado como lugar de cita, con una pérgola cubierta por una parra y abierta hacia la carretera principal, lo que tenía el inconveniente de que cualquiera que pasara podía verlo mientras estuviese allí sentado esperándola.

El fraile ató su montura y prefirió adentrarse en la taberna. Como era de esperar, la puta no hacía gala de puntualidad; para aumentar su disgusto vio a Simón de Saint-Quentin acurrucado en el rincón más oscuro con una jarrita de agua delante. Parecía una araña a la espera de su presa.

El dominico, al que William odiaba a muerte y que, como es sabido, le correspondía, lo saludó con una amabilidad que en realidad no merecía otra respuesta que una bofetada. Pero William aceptó el reto:

–Os felicito de todo corazón– y le brindó su mueca más retorcida –por haber salido felizmente indemne de vuestra aventura.

Simón lo entendió en seguida.

–Como legado del santo padre puedo venir a Chipre y marcharme como y cuando me apetezca, pues las disposiciones del rey no me afectan. Además, yo no pretendía abandonar Limasol ni alejarme a toda vela.

–Sólo queríais reforzar los propósitos del pobre Oliver de Termes.

–Eso lo decís vos– le sonrió Simón con insolencia, –y además, sólo es cierto en parte.

–Pero le costó toda su cabeza a Jacobo de Juivet.

–Por desgracia se vio atrapado en un mecanismo con el que nada tenía que ver. "El Bretón" tuvo que aprovechar la ocasión, y el señor Carlos no podía salir de la situación con las manos vacías.

A William empezó a gustarle el intercambio de florituras y pidió una jarra grande haciendo gestos de gran ostentación. Pero Simón rehusó acompañarlo aun antes de que el franciscano pudiese invitarlo.

–El de Anjou jamás sale con las manos vacías– dijo William con aire provocador, y tomó un buen trago.

–Le obsesiona el ansia de poder, el deseo de dominar– declaró Simón con frialdad. –Pero también es paciente como un reptil. ¡Por eso es tan peligroso!

William siempre había sospechado que el dominico era un partidario del de Anjou, por lo que añadió:

–Al señor Carlos no le importa avanzar sembrando cadáveres, al revés: lo único que considera es que ya no representan un peligro para él.

–No soy un seguidor del de Anjou– dijo Simón de Saint-Quentin, –¡pero estoy a su lado cuando sus intereses coinciden con los de la Iglesia, William de Roebruk!

El franciscano empezó a sentirse inseguro y echó de nuevo mano a la jarra. Simón le hizo esperar un poco antes de proseguir:

–En cambio, vos os habéis comprometido con los herejes, yo diría que incluso con el demonio.

William pensó en la condesa y se mantuvo en silencio.

–La santa Inquisición me ha dado poderes– prosiguió el dominico regodeándose en sus propias palabras –para tomar cualquier medida que yo considere útil, incluso pidiendo ayuda al brazo secular, con el fin de extirpar hasta la raíz todo asomo de herejía, bajo cualquier forma o en cualquier persona que se presente.

Simón esperó que hiciera efecto la amenaza antes de abrir del todo la caja de los truenos.

–Vos aún estáis a tiempo de salvar la integridad de vuestro cuerpo, incluso de procurar la salvación de vuestra alma, aunque sé cuán poco os importa, pero debéis pensar en determinadas torturas y en la hoguera, que cuando acaba con aquéllas se recibe como una salvación. Aunque vos subiríais a la pira teniendo plena conciencia de lo que significa. Si el verdugo mantiene las llamas bajas os quedará mucho tiempo para pensar en vuestros errores, y si la mezcla de madera y paja húmeda es la adecuada no perderéis la lucidez con demasiada rapidez: podréis ver y sentir cómo se forman ampollas en vuestras piernas, después en el vientre, y reventarán vuestros pies, os hundiréis un poco más, vuestros testículos...

–¡Ya basta!– dijo William manteniéndose sereno con mucho esfuerzo. –¿Cuáles son vuestras exigencias, señor inquisidor?

Simón se tomó un tiempo mientras William sorbía pequeños tragos.

–Vendréis conmigo a Tierra Santa.

–¿Y qué he de hacer allí?

–¡Encontrar a los niños, como es lógico!

William había esperado algo así, pero se hizo el sorprendido:

–Y después, ¿qué?

Ahora el sorprendido fue Simón.

–¡De eso se encargarán otros!

Se entendía perfectamente que él rehusaba ejecutar a nadie con sus propias manos, pero después se encendió una chispa de atención en su mirada al fijarla en una persona que acababa de entrar en la taberna. Al volverse William vio a Yves "el Bretón", que al parecer buscaba a alguien, pues miraba a la redonda.

El minorita no pudo contener una sonrisa.

–Hablando del Papa de Roma...– se dirigía al dominico, pero éste no pareció encontrar divertidas sus palabras aunque prescindió de responder con una observación despreciativa, pues el señor Yves se acercó a la mesa que ellos ocupaban y les espetó en son de burla:

–¡Qué bonita coincidencia ver a dos hermanos, uno de san Francisco y otro de santo Domingo, tan afectuosamente reunidos en torno a una jarra de vino!

A Simón le pareció en exceso penosa la situación, por lo que le devolvió el golpe:

–¿Os han concedido permiso de salida– le disparó sus dardos –o seguís en secreto las huellas de Ángel? Precisamente podéis verlo ahí fuera; el funesto bruto acaba de conseguir botín fresco.

Y señaló hacia afuera, donde unos griegos completamente borrachos y con los brazos llenos de mercancía robada rodeaban a su gigantesco caudillo. Algunas mujeres gritaban y se lamentaban mientras corrían detrás del grupo alzando las manos al cielo.

Yves "el Bretón" se quedó rígido, después su mano se deslizó hacia la empuñadura de la espada; cuando la tuvo firmemente agarrada se le veía el blanco de los nudillos.

En aquel instante poco propicio entró en la taberna Ingolinda, que acababa de llegar con su carrito de ramera ambulante sin que William se hubiese dado cuenta.

–No entiendo cómo unos señores pueden admirar boquiabiertos a ese ladrón– saludó con aire provocador al círculo de mirones, que parecían haberse quedado petrificados. –Llevan asesinados a cinco hombres, a una mujer le han abierto la barriga, a otra le han cortado los pechos, a dos criaturas les han estrellado el cráneo contra la pared, y después de hacer lo habitual con algunos muchachos…

–¿Hay testigos?– preguntó Yves, que parecía despertar de un desmayo.

–¿Testigos?– rió Ingolinda. –¡No hallaréis testigos! Ni las viudas ni las madres harían de testigo ante un extranjero, preferirán cortarse la lengua.

Yves quiso alejarse de allí, pero de repente William se levantó de un salto.

–¡Ya basta de salvajadas!– gritó, y como "el Bretón" no le dedicara más que una mirada de desprecio, el fraile lo agarró por la manga: –¿Sabéis por qué el paje decidió en realidad abandonar su puesto junto al rey, alejarse de la cruzada y de Limasol aunque sabía muy bien que su joven vida corría peligro si lo intentaba? Porque ése de ahí– y señaló con el índice extendido las espaldas de Ángel de Káros –lo deshonró, abusó de él ante los ojos de todo el mundo, ¡y en este caso sí hay testigos! Uno soy yo, y el otro es –vedlo aquí– el señor Simón de Saint-Quentin.

El dominico palideció, pero cuando Yves lo miró bajó los ojos y asintió. "El Bretón" salió de la taberna arrastrando los pies y con la cabeza gacha.

–Su amo y señor le ha prohibido probablemente a ese pobre desgraciado que imponga la ley y el orden a su manera– se burló el dominico interrumpiendo el silencio. No deberíais haberme mezclado en este asunto– reprochó después a William. –Tengo una reputación que perder…

–Y yo una conciencia– le cortó William el sermón, tras lo cual arrojó las monedas necesarias al tabernero, rodeó con un brazo los hombros de Ingolinda y dejó solo al dominico.

–Tengo entendido que conoces a bastantes mujerzuelas de vida licenciosa, William– bromeó la mujer mientras se dirigían al exterior, –hasta el punto de que también tú gozas de cierta reputación: eres el mayor putero de Limasol…– pero el fraile se apresuró a taparle la boca, la arrastró hacia afuera y ató el asno a la parte posterior del carrito.

Ingolinda abrazó al fraile y empezó a acariciarlo.

–¿Dónde has dejado a tu galán inglés?– quiso saber William, oponiendo cierta resistencia.

–¡Maldito marinero de agua dulce!– exclamó ella. –¡Se largó dejándome plantada!

Ingolinda le guiñó un ojo a su antiguo compañero.

–Además, he de decirte que últimamente no funcionaba bien, ¡ya sabes a qué me refiero!

–Me lo imagino– dijo William sin remilgos, –podremos volver más adelante sobre el tema...

–No te reconozco, William de Roebruk...

–Lo que busco ahora, divina hembra, es un encuentro con el templario Gavin Montbard de Béthune...

–¡Se ha largado a Siria!– le respondió la mujer con rapidez sospechosa.

–Por si aún estuviese en el país– intentó él tenderle un puente, –tal vez podrías ayudarme...

–Te he ayudado muchas veces, William de Roebruk, ¿y cómo me lo has pagado?

–Yo soy como soy– confesó el minorita un tanto compungido.

–Lo mismo me pasa a mí... Por tanto, ¡sube de una vez al carro, maldito cabrón flamenco!

Y abandonaron el lugar, con el asno trotando detrás.

–El señor Gavin no quiere ver a nadie– le confió Ingolinda mientras rodaban por los pedregosos senderos, –cada dos días le llevo algo de comer y me lo paga con esplendidez.

–¿Y no pide nada más?

Por toda respuesta ella le dio un golpe en la mano que se le estaba colando bajo la falda.

–No todos se toman tan poco en serio los votos eclesiásticos como tú, William. El señor Gavin es, en primer lugar, un señor de alcurnia; y en segundo lugar un asceta. Vive como un eremita.

–¡Tú sabrás!– se echó a reír William. –¡La moral de los eremitas se demuestra cuando viven en pareja!

–William, ¡eres el minorita más depravado– y le tocó súbitamente el pantalón para ponerlo a prueba –con el que jamás me he topado!

El carro había llegado entre tanto a una zona despoblada, junto a un edificio destrozado que parecía un antiguo convento ahora abandonado. Ingolinda descendió y dijo a William que esperara. Los muros que aún se mantenían en pie aparecían cubiertos de hiedra y detrás empezaba un bosque al que era fácil retirarse si uno no quería ver a nadie. Después de transcurrido algún tiempo Ingolinda reapareció bajo el arco del portal y le hizo señas.

–¡Desata también a ese estúpido asno!– exclamó, y cuando William estuvo frente a ella prorrumpió en insultos.

–Ahora tendré que dejarte aquí– y sus bellos ojos se llenaron de lágrimas, –y es posible que no me permitan volver jamás, pues el señor Gavin se ha puesto muy furioso– sollozó. –"¡Tenía que ser William de Roebruk!", me ha reprochado, ¡y tiene toda la razón!

William recogió la bolsa y puso unas monedas de oro en las manos de la mujer, pero la ramera se las arrojó a los pies y se alejó en dirección al carrito. El fraile entró en el pequeño patio interior tirando del asno, que lo seguía trotando.

–Si actuase con inteligencia– oyó la voz burlona de Gavin –debería decir ahora mismo: "Escucha, borrico, carga otra vez con tu falso minorita y llévatelo muy lejos de aquí. Me da igual que lo dejes tirado a medio camino o donde sea, pero no te olvides de propinarle una coz bien fuerte en ese culo gordo que tiene."

La voz carraspeó como si su propietario se hubiese resfriado a causa de la estancia en aquel refugio tan ventilado.

–Pero veo que, como bestia que eres, has traído hasta aquí a ese colmo de la estupidez, desconocedor de cualquier sentimiento y funesto destructor de toda discreción. Escuchemos, pues, con paciencia lo que pretende saber de mí, aunque le ruego que limite su verborrea.

Con estas palabras se apartó el preceptor de la sombra de un roble. No vestía la túnica blanca de los caballeros de su Orden sino la negra de los sargentos, aunque la llevaba con tal dignidad y displicencia que a nadie se le habría ocurrido pensar en una posible degradación. Además, la capa larga había sido probablemente confeccionada expresamente para Gavin, pues la cruz roja de extremos terminados en zarpa que llevaba sobre el hombro estaba bordada con finísima seda. El templario no se acercó, sino que le ordenó:

–¡No os mováis del sitio!

El interpelado se detuvo humildemente y respondió sin levantar la voz:

–Este humilde peregrino emprende un viaje plagado de dificultades para obtener vuestro consejo en una causa importante, noble Gavin Montbard de Béthune…

–No pronunciéis mi nombre y exponed esa causa, que no es la vuestra.

–Los sanjuanistas…

Pero Gavin lo interrumpió con gesto altivo:

–No me interesa en absoluto lo que pueda ocurrírseles a las disparatadas mentes del señor Juan de Ronay y del *maître* Roberto de Sorbon.

–Pero la causa tiene relación con el Temple– expuso el peregrino con tímida decisión, –y además utilizarán todos los medios de que disponen, añadiendo mucho dinero encima.

–Pueden compensar al señor Jean de Joinville con su peso en oro y añadir el de su gordo secretario sin conseguir equilibrar la balanza, porque los sanjuanistas siempre seguirán siendo lo que son ahora: gente de poco peso en política. No piensan más que en monopolios comerciales cuando lo importante es la influencia, ¡y sueñan con el poder cuando se trata de que salga victoriosa una idea! Quieren hacerse con los infantes y no saben qué hacer con ellos. Nada de eso afecta al Temple, que no tiene necesidad de ganarse a colaboradores como vos y vuestro señor, ¡sino de deshacerse de ellos, William de Roebruk!– dijo. –Os lo advierto por última vez: apartad vuestros pensamientos de los infantes y no intentéis alcanzar a través de un comercio con ellos ni fama ni honor ni patrimonio terrenal o títulos. ¡Os quemaríais los dedos!

La lengua del peregrino tartamudeó:

–Lo único que quiero –y estoy seguro de que el señor Jean de Joinville piensa igual que yo–, lo que ambos queremos es evitar lo peor, proteger a los infantes reales, asegurar su felicidad…

–Su felicidad actual consiste en no ser protegidos por vos, en no tropezar constantemente con vos; y si les sucediese algo peor que eso sabéis lo que les espera a los culpables. Lo que no me excluye a mí, como persona. Y ahora, ¡retiraos! Espero por vuestro bien no oíros hablar nunca más de esa causa.

El peregrino tiró rápidamente de las bridas de su asno, con quien le habría gustado hacer un cambio de personalidad, y abandonó el lugar.

–Me ha amenazado con la muerte, con matarme a mí– le comunicó Ingolinda, que lo esperaba a una distancia prudente con el ánimo todavía hundido y por los suelos. –El señor Gavin me ha avisado de que me estrangularía con sus propias manos– sollozó, –y te prohíbe, William, informar a nadie de que lo has visto. También yo desearía no haberte visto jamás: *escoutatz!*

Furiosa aún, con los ojos brillantes por las lágrimas, Ingolinda rompió a cantar:

Ab diables pren barata
qui fals' Amor acoata,
no-il cal c'autra verga-l bata;
–Escoutatz!–
plus non sent que cel qui-s grata
tro que s'es vius escor jatz…

William conocía muy bien aquella cancioncilla de Marcabru, pero si albergaba la esperanza de calmarle el ánimo a la mujer, o incluso de alegrárselo, posiblemente eligió las palabras equivocadas:

Qui per sen de femna reigna
dreitz es que mals li-n aveigna,
si cum la Letra-ns enseigna;
–Escoutatz!–

Ella no le hizo caso y a William no le quedó más remedio que arrastrarla desde el pescante hasta los almohadones del carrito para intentar secarle allí las lágrimas. En momentos como aquel sentía a veces unas ganas locas de apretarle las manos en torno al cuello y estrangular a la desconsolada fémina, cuya pena no parecía tener fin, pero como el propio fraile estaba demasiado agotado para realizar tamaña proeza dejó a Ingolinda acostada en su lecho del pecado y, antes de que la mujer recuperara las energías, montó en su asno y regresó a Limasol.

Malaventura-us en veigna
si tuich no vos en gardatz!

DIARIO DE JEAN DE JOINVILLE

Limasol, 20 de abril de 1249 d.C.

He visitado al comendador de Starkenberg, el noble señor Sigbert von Öxfeld, el de mayor categoría en la delegación de la Orden de caballeros teutónicos que se encuentra en Limasol; he ido a verlo al Temple, donde ha establecido su albergue desde la salida de los templarios. El señor Sigbert ha escuchado en silencio mi propuesta de conseguir una tregua en las disputas entre las repúblicas marítimas.

–Señor de Joinville, por el bien de la cruzada pondré mis fuerzas, aunque sin mucha complacencia, a disposición de una causa que no le compete a la Orden teutónica. Si el señor de Ronay es capaz de llevar sus pies a cruzar por esta puerta, hablaré con él. Pero os advierto de entrada que ni él tiene poderes de los genoveses para entablar tales negociaciones ni yo tengo un encargo correspondiente de los pisanos.

Yo contesté:

–De eso se trata precisamente: de que unas personalidades neutras, pero no carentes de influencia, intenten calibrar juntas las posibilidades que existen.

–Bueno– dijo, –¡yo no me opondré!

Después me he dirigido, no en secreto sino de modo que todo el mundo pudiese verme, al castillo de los sanjuanistas, donde pedí audiencia al suplente del gran maestre, el noble señor Juan de Ronay. Para que mi paso por el puerto y mi presencia en el castillo merecieran la debida atención me he hecho acompañar por un *détachement* de caballeros teutónicos. Incluso los míos propios, a los que tan poco trabajo estoy dando, han tenido que hacerme por esta vez los honores y formar en mi séquito. En el castillo me recibieron sin tardanza.

–Veo, estimado Joinville, que os habéis decidido a aceptar mi ofrecimiento en determinada causa...

Yo contesté:

–No estoy aquí para responder a vuestros deseos, sino impulsado por el temor de que la cruzada del rey acabe en fracaso antes de haber empezado.

También él se sentía preocupado al respecto:

–El ejército está impaciente y la tropa escapa al control de los mandos. ¡Un ejército tiene que moverse!

–Por eso precisamente– dije yo –lo que el rey necesita ahora son barcos, ¡una flota entera!

–Génova está de acuerdo, pero Pisa se opone.

–El emperador está lejos– dije yo, –pero aquí hay hombres en quienes confía y los pisanos lo saben muy bien.

–Veo que pretendéis, estimado Joinville, que me reúna con ellos. Estoy dispuesto a recibir en cualquier momento a una delegación.

–Acabo de convencer al comendador de Starkenberg de que os espere hoy en el Temple– le hice saber mientras observaba con curiosidad si se tragaba el sapo. Para gran sorpresa mía, el noble señor de Ronay respondió:

–Vayamos, pues.

Me guiñó un ojo con expresión pícara.

–No os lo esperabais, ¿verdad? Pero teníais razón al pensar que mi Orden debe tomar la iniciativa en este caso, precisamente porque la Serenísima y los templarios aliados con ella rehúyen toda responsabilidad. Lo único que necesito es una invitación oficial de los caballeros teutónicos y que dicha invitación se haga visible por medio de una escolta, pues no quiero acudir al Temple como un pobre mendicante.

–Digno señor de Ronay– le sonreí, –este humilde consejero ha pensado lo mismo: los teutones os esperan ante el portal de vuestro castillo.

Así pues, ofrecimos al público curioso la sorprendente imagen de un senescal de la Champagne, el conde Jean de Joinville, atravesando la ciudad lado a lado con la máxima jerarquía de la Orden del Hospital de Jerusalén, rodeados por los caballeros del primero, reconocibles por el estandarte de los de Joinville y Aprémont, más los teutónicos y los propios sanjuanistas, y pasando por delante del palacio real en dirección al Temple ante cuyas puertas esperaba el comendador Sigbert dispuesto a otorgarles un recibimiento visiblemente cordial.

El resultado de la conversación, que duró todo el día y hasta bien entrada la noche, lo conoce perfectamente el tal A. E. de Joinville. No fue sencillo conseguir un acuerdo, y me permito atribuirlo a mi reconocido talento para ejercer de mediador, dada mi capacidad para identificarme en rápida alternancia con el estado de ánimo de una y otra parte. La dificultad consistía en que el señor Sigbert, en un exceso de precaución, intentaba refugiarse, como se retira un caracol a su concha, en el punto de vista de que nada podía asegurar en nombre de Pisa, mientras que el señor de Ronay intentaba convencerlo con cierta audacia de que él sí tenía poderes para acordar cualquier cosa en nombre de Génova, con el resultado de que ninguno de los dos creía del todo en lo que el otro decía. Al final hallamos una fórmula consistente en que, durante un período de dos meses, todas las posesiones adquiridas y consolidadas no sean devueltas al *status quo* anterior, sino que permanezcan en manos de quienes las tengan ocupadas en este momento para que ambas flotas puedan salir sin reserva ni obstáculo alguno desde las costas de Tierra Santa hacia Chipre, y desde aquí hacia donde disponga el rey Luis. La obligación de concertar las condiciones del contrato correrá a cargo de la caja real de guerra.

Cualquier nuevo patrimonio adquirido en tierras enemigas será dividido en dos partes, sin considerar las reclamaciones que con toda seguridad presentará Venecia. La Orden de los sanjuanistas garantizará en nombre de la República de Génova la reparación de los daños ocasionados hasta ahora a los pisanos victoriosos. El noble señor de Ronay dará instrucciones a San Juan de Acre para que se suspendan de inmediato todas las accciones enemigas, mientras que el noble señor Sigbert se dirigirá allá en persona e intentará influir en el mismo sentido sobre los pisanos.

El caso es que el propio rey Luis ha rogado al señor Sigbert que acompañe y tenga bajo su protección a la reina Margarita y su séquito llevándola a San Juan de Acre, donde debe esperar a que el rey la llame en cuanto haya culminado sus conquistas. Se acordó también que en el mismo San Juan de Acre se concertará formalmente el alto el fuego entre las dos repúblicas del Tirreno.

He tenido el placer de poder comunicar este resultado al rey, que me abrazó rebosante de alegría sin avergonzarse de las lágrimas que derramaban sus ojos.

–Noble Joinville– me dijo, –lo que te debe la Cristiandad no puede pagarse con honras ni con fama, con propiedades terrenales o títulos.

¡Toma esto en señal del agradecimiento divino!– y se quitó de la muñeca una pulsera que puso en mi brazo.

He regresado a toda prisa a mi albergue para ver si había vuelto mi estimado A. E. de Joinville.

DIARIO DE A. E. DE JOINVILLE

Limasol, 22 de abril de 1249 d.C.

Podemos partir o repartir tanto nuestros éxitos como nuestros fracasos, según lo que consigan o destrocen tanto Jean como su A. E. Ello no afectará a nuestras actividades, pero sí a la anotación de las mismas. Para facilitar en el futuro nuestras relaciones A. E. será elevado al rango de primo lejano sin títulos ni derechos hereditarios, y a William de Roebruk lo despacharemos definitivamente al exilio. Iremos siguiendo sus andanzas y las enjuiciaremos objetivamente, pero ya no le permitiremos hablar. El señor conde Jean de Joinville lo ha exigido así y su A. E. está de acuerdo, dado que la existencia subjetiva del minorita no causa más que confusión.

Yo tengo la impresión de que Gavin, si es que tiene poder para hablar en nombre de todos los templarios, nos quiere arrojar con toda intención en brazos de los sanjuanistas, como si fuésemos la mejor garantía de que los asuntos del Hospital irán derechos al fracaso. En cualquier caso, ésta parece ser la idea que sostiene el señor preceptor aunque no la haya expuesto explícitamente.

DIARIO DE JEAN DE JOINVILLE

Limasol, 23 de abril de 1249 d.C.

Aunque no estoy de acuerdo con que ese fraile haya ido a ver al preceptor sin consultarlo con nadie, y sin tener en cuenta que dicho personaje ha sido probablemente expulsado, por lo que en este momento es casi seguro que no tiene derecho a intervenir en la política de la Orden como tanto le gusta hacer, todo ello nos ha aportado la ventaja de saber dónde nos encontramos. Los templarios no tienen interés en que colaboremos con ellos en "la causa", y los sanjuanistas están dispuestos a pagar un alto precio para que sí lo hagamos. Éste no es el aspecto más importante para mí, pero teniendo en cuenta el comportamiento altivo del tal Gavin, que en cuanto a arrogancia coincide con la de su Orden, y la ofensa directa dirigida a mi persona, puesto que no tengo motivo para dudar de las palabras del templario reproducidas por la boca del fraile, me veo empujado a poner toda mi ambición –por no hablar de mi honor ofendido– en demostrar a los templarios que "la causa" puede ser defendida sin ellos, incluso contra ellos. Los templarios no se dan cuenta de que poco a poco están tensando demasiado el arco. Creen que teniendo poder sobre los Capetos pueden mandar en toda Francia, y también creen que, conforme se va endeudando la familia real, esa circunstancia les da derecho a actuar como un Estado dentro del Estado. Con esta actitud, sin embargo, están generando un creciente malestar en aquéllos que también se sienten parte de Francia y que, aunque no pueden elegir a su propio soberano porque la realeza existe por la gracia de Dios, sí tienen poder suficiente para impedir el dominio indeseable de una Orden excesivamente poderosa. Estos peligros aún no existen en relación con los sanjuanistas, que sienten las mismas ambiciones y las mismas ansias de dinero, pero cuya hambre de prosperar se dirige más bien a una ampliación de su comercio, a unos monopolios, y no a obtener posesiones territoriales o adquirir poder terrenal. Los sanjuanistas ven en los príncipes de esta Tierra su complemento ideal y no piensan en establecer un dominio feudal propio.

El noble señor de Ronay nos ha invitado, esta vez a los dos, a una conversación, pero yo prefiero presentarme allí solo para aclarar primero las condiciones. Es cierto que somos primos a la hora de ejercer la escritura, pero no somos socios a partes iguales ni en el mismo negocio. De modo que a mi regreso espero encontrar al fraile aquí, esperándome y limitándose a pasar el tiempo comunicando al señor A. E. de Joinville cualquier dato digno de mención o cualquier idea brillante de las que a veces se le ocurren a nuestro minorita. Pero en nigún caso deseo que realice en estos momentos ningún acto que no haya sido previamente acordado, ni mucho menos que me siga al castillo de los sanjuanistas.

DIARIO DE A. E. DE JOINVILLE

Limasol, 24 de abril de 1249 d.C.

Debe agradecerse al señor que el pobre primo A. E. tenga por lo menos el mismo derecho de escritura, mientras que el fraile William sólo podría exigir un lecho y su manutención y, por lo demás, no se le consideraría merecedor de nada más allá de lo que merece el último criado. Aunque hay que decir que también la paga que recibe A. E. de Joinville es más bien escasa, por lo cual no le conviene saber cuánta ganancia saca el señor conde vendiendo los apuntes de su escribiente. Así se ha acordado y en esto estriba la diferencia de rango. Lo que me intranquiliza es que no quiera que aporte mi experiencia, pues temo que el juego en el que hemos entrado ahora plantee una apuesta elevada. El conde Jean de Joinville puede perder fama y honor, patrimonio y títulos, pero la cabeza es muy posible que la perdamos los dos, y la mía es, junto a mi rabo, todo cuanto poseo. ¡Me cuesta mucho dejar que decida él solo nuestro destino!

De modo que me uniré a A. E. para juntar nuestras quejas, y si esto no surte efecto nos amotinaremos. La verdad es que yo sé, mucho mejor que el joven senescal, cuáles son los poderes que respaldan a los templarios. Ya he tenido alguna experiencia de cómo interviene la *Prieuré* cuando teme que peligre su "gran proyecto".

Jamás olvidaré la aparición del palanquín negro y de la frase: "Los que toman y los que dan son los mismos." La *Prieuré* está en todas partes, incluso allí donde los demás sólo ven a sus enemigos. Esto significa que debemos tener muy claro que el juego en torno a "la causa" de los sanjuanistas podría no ser más que una jugada dentro del "gran proyecto". No sé muy bien si mi señor Jean de Joinville entiende esta dimensión. Porque suponer que el enemigo acepta una partida cuyas piezas no controla significaría subestimarlo en exceso. El hecho de que los templarios no quieran tener nada que ver con nosotros no significa que nos pierdan de vista, y hasta la fecha han demostrado tener conocimiento de cada paso que damos en un plazo más breve del que nosotros habíamos necesitado para proyectarlo. Espero, muy señor mío, que allá arriba en el castillo, obnubilado por el poder y la riqueza y ciego a causa de vuestra vanidad ofendida, no os dejéis arrastrar a jugadas que no os convienen y que no os aportarán otra cosa que la pérdida de piezas significativas. Lo más importante –y aprovecho para recordároslo una vez más– no es que triunfe "la causa", sino que conservemos nuestras cabezas, pues sin ellas no hay título que valga ni rabo que se mantenga.

WILLIAM DE ROEBRUK ocupaba pocas veces el pupitre escritorio cuando su señor estaba fuera de casa, pues prefería esperar el regreso de éste en la taberna *La Bella Vista,* donde podía estar seguro de que el conde de Joinville entraría a echar un vistazo y a reponer fuerzas antes de iniciar el ascenso al albergue. Como es de suponer, el mesonero apuntaba los vinos que tomaba el secretario practicando muescas en la viga correspondiente a la cuenta del senescal, sin preguntar mucho.

Ya se hacía de noche y el conde no había regresado aún del castillo de los sanjuanistas. En una mesa vecina estaba sentado el inquisidor y lo miraba fijamente, pero William aparentaba no verlo siquiera.

De repente entraron unos ingleses corriendo en la taberna y William oyó que se gritaban excitados unos a otros:

–¡Los soldados del rey están en la bodega de los griegos! ¡Los pajes lo aseguran!

En cualquier caso, un encontronazo de tal calibre –aunque fuese provocado– con los griegos prometía ser un espectáculo atractivo, y William no deseaba perdérselo. Se levantó con calma del asiento, pero no pudo reprimirse e invitó al dominico a que lo acompañara.

–El señor Ángel echará de menos vuestro rostro, hermano– le arrojó al pasar por delante de la mesa; –vuestro testimonio será muy apreciado.

Pero Simón de Saint-Quentin levantó las manos en gesto defensivo.

–¿Acaso la sodomía cometida con niños no interesa a la Inquisición?– se burló William. –¡En cambio, sí os interesan ciertos niños a los que acecháis en secreto!

La gente empezaba a escuchar sus palabras.

El inquisidor se levantó furioso y salió a toda prisa de la taberna, de la que también William se alejó, sintiéndose triunfador.

Al parecer todo el mundo había ido enterándose en el puerto del escándalo que estaba a punto de estallar, y cada vez se dirigía más gente al barrio de los genoveses. William aceleró el paso, pues no quería perder detalle.

En los porches de los almacenes los comerciantes y las putas, los borrachos y los ladrones habían interrumpido sus actividades y miraban hacia la puerta que conducía escaleras abajo, a la mal afamada taberna.

Después William vio que se acercaba furioso Ángel de Káros, corriendo a grandes zancadas y con tanta rapidez como le permitía su corpachón, mientras sus grasas temblaban de ira. Los griegos se apelotonaban delante de él para preparar debidamente su aparición y asistir al castigo que infligiría a aquellos jóvenes perros locos.

–¡Los humillaremos y les daremos una paliza!– animaban a su caudillo, para quien abrieron la puerta de un golpe, y Ángel pasó a través de ella con tanto revuelo que William apenas pudo seguirlo. Alcanzado el primer rellano de la escalera, "el *despotikos*" se detuvo y arrojó su temible mirada hacia la multitud; sus ojos buscaron y encontraron en seguida a los pajes amotinados que, sin embargo, y como si alguien se lo hubiese ordenado, se levantaron inmediatamente como si el mismísimo señor rey hubiese pisado aquel garito. De repente se impuso el silencio. Los pajes le dieron las espaldas a Ángel, dejaron caer todos a la vez los calzones y, agachándose, le enseñaron los traseros desnudos mientras todo el mundo estallaba en risas y aullidos.

Los griegos quisieron arrojarse sobre los insolentes, pero se encontraron con una fila de espadas desenvainadas. La guardia, que había renunciado a las capas de color azul real con la flor de lis francesa bordada en oro que la distinguía en otras ocasiones, protegía a los pajes y se había mezclado entre el público sin ser reconocida. Los griegos se sintieron inseguros, pues cada uno de ellos tendría que enfrentarse a dos soldados de la guardia, y uno de estos últimos ya se había arrojado sobre un griego antes de que él hubiese podido desenvainar. "El *despotikos*", que seguía en lo alto de la escalera al sótano, no se había dado cuenta de nada y gritaba:

–¡Bastardos, untadlos bien!

Los pajes contestaron con un coro de ventosidades y Ángel se quedó petrificado por la indignación.

Después, una voz exclamó:

–Los culos están dispuestos, ¡veamos ahora a ese gordo mostrándonos su pequeño rabo!

Jamás nadie se había atrevido a tanto y Ángel levantó el hacha de combate que llevaba a su derecha mientras de su izquierda colgaba el majador. Su dominio de ambas armas era temible, pero él creía que en este caso bastaría con el hacha.

–¡Sal afuera!– gritó en dirección al provocador, a quien no reconocía debido a la distancia. –¡Si no quieres que vaya a buscarte!

–¡Podéis adelantaros!– Yves "el Bretón" se apartó de la sombra de una columna, inclinado hacia adelante y con los brazos colgando, como siempre. Nadie era capaz de calibrar la furia y la tensión que lo embargaba. –Os seguiré con mucho gusto– dijo, y cruzó entre la multitud, que le abría paso.

William retrocedió tropezando y atravesó la puerta, puesto que el gigante había dado media vuelta sin decir palabra y empujaba a los demás al exterior. Los griegos no pensaban tanto en ayudarlo como en asistir al castigo que infligiría a "el Bretón", pero la guardia les cerró el paso apenas hubo salido Yves. Después de dar algunos pasos, Ángel se detuvo y observó el círculo formado por una densa muralla de individuos que lo esperaban en silencio, y en cuyo centro alguien había depositado una cesta.

–Atención, Ángel de Káros– oyó la voz bronca de "el Bretón" a sus espaldas, –¡los restos del perdedor irán a parar a esa cesta!

El gigante siguió adelante como si lo empujara un puño invisible y fue aflojando la sujeción del majador. Se acercó a la cesta y miró adentro, viéndola vacía.

–He prometido su contenido a los pescadores de Episkopi, para que lo utilicen como cebo en sus anzuelos– le explicó Yves con tranquilidad irritante. –Pensé que también vos lo aprobaríais.

El gigante lanzó, con un grito de furia y sin echarse para atrás, el majador hacia donde creía que se encontraba el provocador, a quien suponía carente de escudo, pero Yves se agachó y la bola guarnecida de clavos pasó rasante por encima de su cabeza.

Mientras se retiraba un poco Yves se quitó la capa que le cubría los hombros, y debajo de ella asomó el escudo metálico que, formando un disco abovedado, se adaptaba a sus espaldas como el caparazón de un escarabajo. De un manotazo se soltó la coraza y se la colocó delante. La multitud estalló en júbilo cuando el hacha del gigante, quien se mostraba sorprendentemente ágil dada su corpulencia, resbaló en el metal. La espada de Yves avanzó y rozó el puño de Ángel, algo cayó al suelo y, mientras "el *despotikos*" todavía miraba incrédulo su mano ensangrentada, "el Bretón" ya se había agachado, recogió el dedo y lo arrojó a la cesta. Entonces Ángel blandió el majador y salió aullando en su persecución, pero Yves aprovechó hábilmente la cesta para cubrirse y sólo volvió a asomar cuando las puntas del majador quedaron enredadas entre los mimbres. Al segundo golpe de su espada cayó la mano izquierda del otro junto con el arma; el puño seguía agarrado a ella mientras desaparecía en el interior de la cesta. Del muñón brotó un chorro de sangre. Ángel quiso huir; defendiéndose con el hacha de su poderoso enemigo, intentó escapar caminando hacia atrás, para confundirse con la multitud. Pero sintió unos pinchazos en la espalda y al volverse espantado vio que la primera fila estaba formada por los pescadores que le oponían sus arpones, inmóviles y con expresión de odio. Se dirigió entonces nuevamente a su enemigo, pero ya era demasiado tarde. Yves pudo sustraerse al golpe del hacha y le cortó después un trozo del brazo hasta el codo. El gigante se tambaleó y "el Bretón" se agachó sin temor, delante de él, para levantar el antebrazo seccionado del suelo. El hacha cayó sin fuerzas en la arena. Yves dio la espalda a su víctima y llevó el trozo de carne sangrante a la cesta. El gigante fue incapaz de seguirlo.

–¡Ven acá, "Bretón"– chilló, –si no eres un cobarde! ¡Ya no puedo andar!

Lo esperaba con las piernas separadas y de nuevo con el hacha alzada. Yves arrojó el escudo y se le enfrentó mientras cambiaba, con la rapidez del rayo, la espada de mano. Cuando el hacha descendió, ya le había asestado él un golpe al enemigo con la espada, cuyo filo le segó los músculos justo debajo del sobaco. El hacha acabó definitivamente en tierra y el gigante cayó de rodillas.

–Mátame– jadeó, –¡deprisa!

Pero "el Bretón" se apartó sin decir una palabra, recogió su escudo y lanzó el hacha en dirección a los pescadores. Era la señal que éstos esperaban para arrojarse sobre el gigante, arrastrarlo hacia la cesta y emprenderla a hachazos con él.

El combate se había desarrollado con tal rapidez –entre la llegada de "el *despotikos*" y su espeluznante final apenas había transcurrido el tiempo de rezar un Avemaría– que ni siquiera los griegos que quedaban en las naves pudieron acudir a tiempo para ayudar a su amo. Los ingleses no habían dado señales de querer inmiscuirse en la pelea.

Ya fuese porque Simón la había llamado, o alertada por los gritos y chillidos que se oían, se presentó entonces la guardia de los sanjuanistas y disolvió a fuerza de golpes y a punta de lanza el enjambre formado en torno a la cesta. Los pescadores estaban bañados en sangre y no quedaba rastro de Ángel: sólo una cesta llena. Uno de los guardias miró adentro y se echó horrorizado para atrás. La cabeza que quedaba encima de los demás trozos de carne ya no tenía orejas, ni ojos, ni labios, ni nariz.

DIARIO DE JEAN DE JOINVILLE

Limasol, 25 de abril de 1249 d.C.

Estaban los griegos tan indignados por el enfrentamiento en que había perecido su caudillo que lo primero que se les ocurrió fue incendiar los almacenes de los genoveses, con lo cual ardió también su taberna preferida. Después recorrieron el puerto en son de revuelta, provocando y buscando pelea. Cuando la guardia reforzada de los sanjuanistas arrolló a los primeros griegos embistiéndolos con una carga de caballería regresaron aullando a sus naves, presas del pánico e indignados por lo que consideraban una injusticia, y levaron anclas.

El de Anjou está dispuesto a darles una satisfacción entregándoles la cabeza de "el Bretón", pero éste ha sido apresado por los sanjuanistas, que quieren protegerlo. De modo que todas las naves genovesas se han reunido en la bocana del puerto, aunque el condestable se ha negado a soltar la cadena, pues la pérdida de esta tropa indisciplinada pero compuesta de buenos combatientes que disponen de dieciséis barcos en total significaría un debilitamiento sensible para nuestro ejército de cruzados. El rey se puso furioso por la barbaridad cometida por Yves, pero al enterarse de los motivos le ha dado, en su fuero interno, la razón y no se ha mostrado dispuesto a sacrificarlo por intereses políticos, como exige su hermano. Es decir, que ni siquiera ha insistido en que nos lo entreguen y mientras tanto los griegos siguen bloqueando el acceso al mar a la espera de que alguien les dé satisfacción.

Dado que mi secretario, olvidando sus obligaciones, no me esperaba en el albergue, sino que con toda seguridad estará vagabundeando por el puerto con la esperanza de asistir a cualquier tumulto, paso a informar por esta vía a mi querido primo A. E. acerca del encuentro en el castillo.

Allí estaba presente, aparte del señor Juan de Ronay, el *maître* de Sorbon, lo que no me sorprendió. En cambio sí me cogió de sorpresa oírle hacer de portavoz y darme cuenta de que ambos insistían en que los infantes estaban a punto para llevar "la causa" a buen fin, como si ya se hubiesen puesto de acuerdo con aquéllos que los tienen por ahora a buen recaudo.

Sin que me haya sido posible enterarme de quién ha situado al *maître* en primer plano, sí puedo afirmar ahora que "la causa" representa para estos dos señores lo siguiente: si el rey Luis consigue apoderarse de Egipto –y este objetivo se mencionó allí abiertamente–, el *maître* de Sorbon tiene preparado a un pretendiente al trono, a quien su partido defiende sin reserva alguna: Roberto de Artois.

El joven príncipe daría, pues, origen a una dinastía que reinaría desde Bagdad, pasando por Damasco y llegando hasta El Cairo, sobre casi todo el Mediterráneo, incluyendo la antigua Tierra Santa, Chipre y Sicilia. Para reforzar su reivindicación dinástica, dado que los Capetos no tienen un peso adecuado que ofrecer, contraería matrimonio con la infanta real Yeza. En este momento el *maître* de Sorbon aún considera innecesario dar a conocer al conde de Artois cuáles son sus intenciones, y tampoco dice nada del otro infante real, pues no desea que se produzcan complicaciones hasta que el rey haya puesto realmente el pie en Egipto.

Éste sería el aspecto dinástico, al que no se le puede negar una idea clara, a pesar de todos los imponderables. Los sanjuanistas están dispuestos –según el señor Juan de Ronay, quien, no debe olvidarse, representa al gran maestre– a apoyar este propósito con todos sus medios, que no dejan de ser considerables. Pero, al mismo tiempo, también explicó que la única meta no puede ser, ni mucho menos, la instauración de un nuevo dominio sobre el Mediterráneo, en el que se les cederían naturalmente todos los monopolios comerciales existentes y futuros, sino otra decisión fundamental: ¡arrojar de su pedestal a la Orden del Temple! Con tales palabras no se refiere a su destrucción, ni siquiera a su superación en cuanto a riqueza y comercio, sino a su "desmitificación". No es aceptable, según expuso, y para todo caballero sanjuanista resulta insoportable, que se atribuya un mayor valor al hecho de ser miembro de la Orden del Temple, como si servir en la Orden hospitalaria fuese algo de segunda categoría. La gente ya anda diciendo: "¡El que no vale para templario, va para sanjuanista!" Y puesto que esta *defecto rationis* no puede compensarse mediante *res actae et visibiliae*, "¡pues sabe Dios que cumplimos nuestra obligación, como tal Orden, con mayor esmero que los templarios!", se impone hacer un esfuerzo para aumentar su carisma.

El señor de Ronay agradeció al señor de Joinville haber mencionado el hecho de que los hijos del Grial son ahora los únicos supervivientes conocidos de la línea de sangre sagrada. De modo que se trataría de abordarlos con todo respeto y veneración. Naturalmente, la propuesta del *maître* de empujar a la niña al lecho matrimonial y tal vez ahogar al muchacho como a un perrito que sobra de la camada se considerara impracticable.

En este punto intervine también yo para asegurar:

–Precisamente eso significaría destruir el mito, ¡lo que no favorece a nadie!

El *maître* Roberto de Sorbon se echó a reír.

–Bien, os dejaremos al muchacho. La Orden de san Juan puede sentarlo en una vitrina y adorarlo como al rey del Grial, siempre que el Papa lo permita. Pero os advierto que nos causaría menos molestias convertido en reliquia.

–¡Eso es imposible!– Me atrapé a mí mismo invadido por un sentimiento de indignación. Yo, conde de Joinville, me veía allí defendiendo a los niños. –Los infantes seguirán juntos y seguirán vivos. De no ser así, ¡podéis olvidar mi consejo!

Entonces el señor de Ronay procuró calmarnos a ambos y aseguró:

–No existe más que una posibilidad de separar a los niños sin que se vea dañada su reputación –que es para la Orden una *conditio sine qua non*– y de modo que no puedan compartir el trono ni la cama: insistiremos y no dejaremos lugar a dudas sobre el hecho de que son hermanos. En este caso se les podrá separar de una forma no traumática.

–¡Genial!– exclamó Roberto de Sorbon. –Ya me veo ante la Sacra Rota, actuando de *advocatus diavoli*.

–¡Amén!– añadió el señor de Ronay. –Lo primero que decidiremos será enviar a alguien a Masyaf, pues me he enterado por noticias recibidas de Marqab de que los niños están allí. Tenemos que saber si los "asesinos" están dispuestos, y en qué condiciones, a entregar a los infantes a nuestra custodia.

–Yo propongo– dijo el *maître* sin tardanza –que encarguemos de esta tarea a Yves "el Bretón", puesto que habla árabe.

–¡No se os ocurra!– exclamé. –¡Sería como encargar a la zorra que cuide del gallinero!

Como ahora ya sabemos todos, mi opinión de lo que representa "el Bretón" no anda demasiado equivocada. Debió ocurrir más o menos durante el tiempo en que estábamos reunidos allá arriba en el castillo cuando el señor Yves se dedicaba allá abajo a despiezar al señor Ángel. Dado su carácter, siempre es de esperar que se produzca un arrebato de este tipo.

También al sanjuanista pareció espantarle la propuesta.

–"El Bretón" es más peligroso que un escorpión. Este último sólo mata cuando se siente amenazado, mientras que el otro lo hace por placer.

–Podríamos enviar a William de Roebruk– propuse; –también habla el árabe y los niños lo aprecian...

–No me parece un personaje suficientemente digno– opuso el señor de Ronay –para representar a nuestra Orden en un asunto tan importante, y además ese minorita no creo que sea de fiar. Prefiero encargar de ello al noble señor Oliver de Termes, pues nos está obligado y le entusiasmará poder dar las espaldas a Chipre.

El *maître* no podía oponer gran cosa a tales palabras, pues si él había propuesto a quien resultó ser un matón hecho y derecho difícilmente podría protestar cuando sólo se trataba de un desertor convicto y confeso. De modo que lo decidieron así y aquella misma noche pusieron en práctica el plan. A mí me parece que tuvieron suerte, pues pocas horas después ya no habría sido posible realizar sus propósitos, dado el revuelo que han armado los griegos.

El barco que debe llevar al comendador Sigbert y a la reina con sus damas hasta San Juan de Acre está en el puerto, listo para zarpar. El señor Oliver fue sacado de su dormitorio sin preguntarle mucho –pienso que se marchó en el momento justo de ceder su dormitorio al señor Yves– y el mariscal di Peixa-Rollo lo introdujo en el barco disfrazado de polizón, pues el de Anjou sigue deseoso de atraparlo. En alta mar podrá darse a conocer. El comendador está al corriente. Desde San Juan de Acre, el señor Oliver, a quien Juan de Ronay ha instruido personalmente acerca de su misión, se dirigirá sin pérdida de tiempo a Marqab y se presentará ante el condestable Jean-Luc de Granson.

Aún nos quedamos para comentar algunas cuestiones financieras pendientes que pudieron arreglarse a plena satisfacción mía y me marché pensando en lo agradable que debe de ser el disponer tan fácil y generosamente de unos medios que parecen inagotables.

P. S. de A. E. de Joinville: Sin embargo, deberíais reflexionar acerca del hecho de que no toda mierda puede enjugarse con dinero, y que disponer de un exceso de bienes provoca reacciones gobernadas por el capricho, si es que pueden ser gobernadas de alguna manera. Precisamente en el entorno cercano a los infantes reales, como os confirmará William de Roebruk con mucho gusto, tropezaréis una y otra vez con personas que no se pueden comprar y que, sin embargo, estarían dispuestas a dar en cualquier momento su vida por los niños.

P. S. S.: Cuando en el transcurso de la noche se restableció la calma en el puerto, mejor dicho, a primera hora de la madrugada, los barcos griegos seguían agolpados delante de la bocana. Los ingleses se han declarado dispuestos a iniciar su abordaje, pero los griegos amenazan con hundir todos los barcos en ese mismo lugar en cuanto observen una primera señal de ataque. Eso significaría dejar bloqueada a toda la flota, que no podría ya salir del puerto, en cuyo caso el rey Luis tendría que olvidar y dar por terminada la cruzada.

Por otra parte, Luis también es bastante terco, y como su señora reina ha conseguido salir poco antes de producirse la insurrección, no se encuentra en una situación de *necessitas imminens agendi*. Ha dado órdenes de no suministrar ni alimentos ni agua potable a los griegos, de modo que allí se enfrenta bloqueo contra bloqueo. Incluso los consejeros del rey mantienen el equilibrio, pues hay algunos que aconsejan entregar a "el Bretón" –seguramente los que siempre han querido librarse de él– y otros quieren convencer al rey de que deje marchar a los griegos, pues en este momento son aún menos de fiar que antes y representan un peligro para la moral reinante en el puerto, ya de por sí bastante deteriorada, aparte de que son una vergüenza para nuestro ejército de cruzados cristianos.

EL SOL ARDÍA INCLEMENTE sobre Masyaf. La fortaleza de los "asesinos" parecía deshabitada y abandonada en aquel mediodía abrasador.

Hacía cinco días que los niños habían desaparecido. Cada noche regresaban las agotadas patrullas de búsqueda y se retiraban tras los muros, pero cuando se las veía venir desde lejos era perfectamente visible que regresaban con las manos vacías, cansadas y cubiertas de polvo. Las águilas se detenían inmóviles en lo alto del cielo como si desearan participar en la búsqueda de los desaparecidos, observando desde lo alto los abismos y las cuevas del *yebel* Bahra y las colinas circundantes.

Crean siempre era el primero en salir y el último en regresar; había adelgazado y su rostro lleno de cicatrices parecía más que nunca consumido por la melancolía. Ya no subía para informar a la plataforma del observatorio, pues no se atrevía a presentarse ante los ojos de su canciller ni ante los de su anciano padre. Crean había sido el responsable de los niños, les había dejado cierta libertad para que se sintieran felices y ahora consideraba que lo habían traicionado. Habían desaparecido en un día que era como cualquier otro.

El sol ardía inclemente sobre Masyaf. La fortaleza de los "asesinos" parecía un hormiguero que el paseante ha pisado sin pensarlo mucho, o también adrede. Vistos desde arriba, los muros y los caminos parecían huesos pálidos y descarnados sobre los cuales se veían monjes guerreros corriendo excitados de un lado para otro. Incluso las águilas exhalaban gritos roncos y audibles desde su nido invisible y rozaban en vuelo bajo y rasante las torres de Masyaf, sobre las que en otras ocasiones trazaban serenos círculos en lo alto.

El viejo Turnbull se había llevado la mano al corazón cuando oyó decir: "¡Los niños han desaparecido!" Tarik palideció e intentó refugiarse en alguna broma, puesto que Yeza y Roç se habían ocultado otras veces durante horas enteras y era sabido que en sus excursiones exploratorias solían recorrer los pasillos más recónditos y prohibidos. Los bibliotecarios no los habían visto, y no aparecía traza de ellos desde la cúpula de la mezquita azul hasta los jardines del gran maestre. Clarion había estallado en lágrimas desde el primer momento y seguía lamentándose sin cesar con gritos tan desgarradores que Madulain llegó a temer que aquel duelo exagerado llamara demasiado la atención. El-Ashraf, que conocía el secreto, aprovechó la ocasión para acercarse a consolarla. Después hallaron, delante de una puertecilla en la muralla exterior que desde hacía mucho tiempo no se utilizaba y se había considerado difícil abrir, la cinta roja que Yeza solía llevar en la frente, y los cocineros comunicaron que les faltaban nueces, dátiles e higos secos, e incluso un tarro de miel.

Al oír tales noticias el canciller se vio sacudido por una renovada crisis de fiebre, pero mandó que llevaran su camilla desde el observatorio hasta la parte baja de la fortaleza, y relevó a Crean del mando sobre la nueva campaña de búsqueda que se inició en aquel mismo instante.

De ello hacía cinco días y no cabía conservar esperanza alguna: la huida o el secuestro de los niños había sido preparado desde mucho antes. De no ser así los fugitivos ya habrían sido atrapados, puesto que no conocían el paisaje, difícilmente accesible y muy accidentado, de la cordillera de Noisiri.

Tres días después Tarik había enviado delegaciones a todos los castillos de los alrededores, incluyendo Homs, pues se tuvo en cuenta la visita del sufí y la presencia continuada de el-Ashraf. La embajada había regresado esa misma mañana bajo el mando de Turnbull, amargamente desilusionado, pero que no había querido renunciar a encabezarla. An-Nasir le había contestado que tenía como huéspedes suyos a dos niños, pero que aquél era un asunto del que solamente estaba dispuesto a tratar con el sultanato de El Cairo. Aunque al final sí los habían mostrado: no eran sus infantes. Por lo demás, pidió que invitaran a el-Ashraf a regresar, puesto que eran primos de la misma rama de los Ayubíes, y aseguró que ya se pondrían de acuerdo acerca de la situación feudal de Homs.

–No obstante, creo que es una trampa– le advirtió John Turnbull, antes de terminar el discurso.

Pero el emir bizco, a quien todos los demás habían considerado hasta entonces un personaje más bien apocado, declaró para gran sorpresa del canciller que estaba dispuesto a aceptar la invitación. Ya llevaba demasiado tiempo abusando de la hospitalidad de Masyaf. Nadie quiso oponerse, por lo que su marcha fue acordada para el día siguiente.

Llegados a este punto habló Clarion, que después de cinco días de llanto tenía los ojos completamente enrojecidos.

–Puesto que los niños ya no están– se lamentó, –tampoco yo debo quedarme aquí. Debería haber cuidado mejor de ellos– se reprochó a sí misma, y dirigiéndose a el-Ashraf prosiguió: –Si el señor emir quiere aceptarme a mí y a mi fiel acompañante como compañeras de viaje, abandonaremos Masyaf con él.

El canciller nada tuvo que oponer a tal propuesta, pues el llanto continuo y las ocasionales crisis histéricas con que los solía martirizar la muchacha, cuya actitud era más propia de una plañidera, le habían atacado los nervios desde el día de la desaparición de los niños, y aún más la altivez sabihonda de esa Madulain que se permitía dar constantemente consejos en un idioma árabe deficiente, proponiendo dónde y cómo había que buscarlos. El canciller estaba satisfecho de deshacerse de unas mujeres que no habían traído más que confusión a la comunidad masculina de Masyaf. De modo que permitió a las damas que recogieran sus objetos personales.

Yeza fue la primera en despertar. Tardó un tiempo en comprender dónde estaba y acordarse de todo. Acercó su mejilla a la punta fría de la nariz de Roç y se asustó, porque no sentía su respiración. Después aplicó su oído al pecho del muchacho, y al fin oyó que el corazón le latía en algún lugar muy lejano y muy débilmente. Entonces Yeza se separó de él y se levantó lentamente, pues se sentía mareada. Aún seguía algo insegura cuando avanzó a tientas hasta tropezar con la barrera de piedras que ella misma había amontonado. Alguien la había derribado hasta la mitad, pero después había renunciado, al parecer, a proseguir la búsqueda. Yeza se arrodilló y empujó las piedras a un lado; aún se sentía demasiado débil para levantarlas y retirarlas del todo. Una vez hubo conseguido una abertura lo suficientemente grande, trepó a gatas a lo alto del montículo. Poco le faltó para acostarse allí de nuevo, cansada y agotada, y dormirse otra vez. Pero hizo un esfuerzo y recorrió el pasillo que tan bien conocía hasta llegar a la escalera de piedra que conducía hacia arriba, a la estatua giratoria del dios Baco. Prestó atención y no oyó nada. Apretó su rostro contra la grieta y vio detrás del zócalo los dos odres de piel de cabra repletos que alguien había dejado allí. En ese instante supo que el tiempo apremiaba, por lo que regresó y sacudió a Roç para despertarlo; al no conseguirlo le salpicó primero un poco para echarle finalmente encima un chorro de agua de la jarra. El muchacho se incorporó y preguntó medio adormilado:

–¿Estamos vivos?

–Hemos dormido durante cinco días– dijo Yeza. –Tengo una sed terrible.– Vaciaron la jarra, bebiendo alternativamente pequeños sorbos, y empezaron a masticar el pan, que mientras, se había quedado seco.

–Para liberar a alguien de la prisión hay que saber hacer sacrificios.

–¡Ah sí, Homs!– se acordó Roç, aunque su voz no revelaba mucho entusiasmo.

Aquella misma noche los niños abandonaron el escondite debajo del pabellón y recorrieron los oscuros pasillos que conocían a ciegas. Habían comido todo lo que pudieron para reponer fuerzas, y cada uno llevaba consigo uno de los odres de piel de cabra llenos de leche fresca. Aquélla había sido la señal acordada con Madulain para iniciar la partida. Cuando recogieron las bolsas detrás de la estatua de mármol, Roç y Yeza supieron que ahora se encontraban a punto de dar el tercer paso: tenían que emprender la huida de verdad. Como conocían perfectamente el ritmo de las patrullas que recorrían los muros se deslizaron, mejor dicho, resbalaron por una canaleta vertical de desagüe que no quedaba lejos de la puerta principal, tapándose las narices. Casi habían llegado abajo, prestando mucha atención por si alguien se daba cuenta del ruido que hacían, cuando Yeza reprimió con gran esfuerzo un pequeño grito: se le había doblado un tobillo y se quedó sentada en medio de la cloaca. Roç, que ya se había adelantado un poco, regresó a su lado. El tobillo se estaba hinchando.

–Ya te has manchado del todo– la consoló con un susurro, –¡quédate sentada y yo te arrastro!– De modo que la siguió arrastrando a través del lodo resbaladizo cuya visión les era ocultada graciosamente por la noche, por lo que sólo restaba acostumbrarse al olor. Para mayor seguridad siguieron adelante por la pestilente cloaca, tomándola como indicador del camino, y no la abandonaron hasta encontrarse lejos del castillo. Tenían una cita con Hamo en la cueva que habían atravesado para llegar a Masyaf cuando huían de la persecución de los sanjuanistas. Madulain había considerado que ese lugar de cita podía ser peligroso, pues Crean podía acordarse de la cueva, pero Yeza le había respondido con cierto desparpajo:

–Tampoco puedes exigirle demasiado a Hamo. ¡Podemos darnos por contentos si vuelve a encontrar la cueva!

Estaba situada en la dirección opuesta, lo que era una suerte, pues había que contar con que los "asesinos" harían un último intento desesperado y espiarían durante algún tiempo el recorrido del grupo que se retiraba encabezado por el-Ashraf. En efecto, a primera hora de la madrugada Crean salió del castillo y se apostó entre las rocas que dominan el camino hacia Homs.

Yeza se apoyaba en Roç y gemía de vez en cuando a causa del dolor, aunque lo que más deseaba era un baño nocturno en algún lago plateado y bajo la luz de la luna. De ambos niños emanaba un hedor insoportable.

–Es luna nueva, aunque para perseguirnos no tienen más que seguir su olfato– intentó animarla Roç, pero poco después se cumplió el sueño de Yeza.

Apenas entraron en el laberinto de la cueva se encontraron con un pequeño lago subterráneo de gran transparencia, donde se reflejaba el brillo de las estrellas que asomaban por una abertura en el techo. A toda prisa se desembarazaron de sus ropas y Roç cogió a Yeza del brazo para conducirla hacia el agua, en la que ambos se metieron completamente desnudos.

Estaba tremendamente fría y sólo se podía soportar braceando con fuerza, pero le sentó bien al tobillo de Yeza, y mientras Roç lavaba las ropas de uno y otro y las extendía, ella siguió con el pie en el agua. Habría preferido seguir caminando desnuda a través de la noche, pero Roç le advirtió que dentro de poco se encontrarían con Hamo y la gente de Antioquía. Roç siempre se mostraba preocupadísimo por comportarse de un modo correcto. ¡Su pequeño caballero! La niña tembló y sintió un escalofrío cuando volvió a vestir las ropas, ahora totalmente mojadas.

Para gran sorpresa de Roç y Yeza, Hamo los esperaba ya, sentado en la gruta a la que llegaron justo a tiempo antes de que saliese el sol. Pero estaba solo.

–¿Donde está la tropa? ¿Y el ejército?– preguntó Roç, sobresaltado.

–El padre de Bo, el príncipe, no lo autorizó– suspiró Hamo. –Le dijo a su hijo que Antioquía ha firmado una tregua de tres años con Alepo, "y no creo que quieras esperar tanto", dijo. "El acuerdo incluye específicamente a Homs, porque An-Nasir insistió en ello. ¡Precisamente para que no apoyemos a el-Ashraf! Espero que tu amigo lo entienda." Pero, eso sí, me dispensó una calurosa bienvenida ¡a mí, "hijo de la famosa condesa de Otranto"!

–¿Pero cómo vamos a liberar ahora a Mahmoud y Shirat?– preguntó Yeza cabizbaja.

–Primero tenemos que llegar hasta ellos y encontrarnos con los demás– dijo Hamo. –Hace tres días que os aguardo.

–Pues habrás llegado demasiado pronto, como era de esperar en tu caso– lo criticó Roç, –aunque veo que al menos has traído algunos asnos...

–¡Iaah!– imitó Hamo. –También he traído a unos hombres que saben tratar a los animales– añadió señalando algunos bultos dormidos, –¡y ropas de mujer para los tres!

–¿Qué dices?– saltó Roç. –¿Quieres hacerme pasar por tu esposa?

–No– le aclaró Hamo, –el mayor de estos hombres hará de esposo y nosotros seremos sus tres mujeres, cubiertas de velos, ¡sobre las que ningún extraño puede arrojar una mirada curiosa!

–Yo no quiero llevar velo– protestó Yeza, pero Hamo se echó a reír:

–¡Precisamente tú, con ese cabello rubio que cualquier "asesino" reconocería de lejos! Tendrás que elegir: ¡O aceptas el velo o renuncias a Homs!

Hacia el mediodía de la misma fecha llegaba Oliver de Termes a Masyaf. Los sanjuanistas que lo acompañaron hasta allí tuvieron que esperar delante de la fortaleza. El canciller lo recibió en presencia de John Turnbull. Dejaron hablar al apoderado del señor de Ronay, que traía credenciales, y prestaron atención, sin interrumpirlo, cuando desarrolló la idea que tenía la Orden acerca de "la causa", aunque Turnbull, profundamente indignado, habría señalado de buen gusto la puerta al emisario. Pero Tarik ibn-Nasr siguió muy tranquilo, incluso podría decirse que escuchaba con "amistoso interés".

Cuando Oliver terminó su perorata le respondió el canciller:

–Como debéis saber, noble señor, las decisiones de esta importancia no se toman aquí en Siria, sino en Alamut. ¡Dadnos tiempo para pedir instrucciones a nuestro gran maestre, el *imam* Muhammad III! Una vez recibidas, pasaremos aviso a Marqab. En cualquier caso, agradecemos al noble señor Juan de Ronay la confianza que nos demuestra a través de vuestra oferta. Es un hombre de amplias miras.

Oliver se inclinó y dijo:

–Me hospedaré en el Krak. Os ruego me comuniquéis a mí personalmente vuestra respuesta en cuanto la tengáis dispuesta. No hace falta que otros caballeros se enteren de este asunto.

–¡Sobre todo los caballeros del Temple!– añadió Turnbull en tono burlón. –Serían capaces de desollaros, señor Oliver de Termes…

Pero el canciller lo hizo callar con un gesto de desagrado.

Mientras observaban desde arriba la retirada de los sanjuanistas, entre ellos Oliver, John Turnbull dio rienda suelta a su indignación:

–Su padre fue un famoso cátaro y murió por la libertad de su fe, en defensa del santo Grial. ¡Y el hijo está dispuesto a traicionar esa misma fe! ¡Comprar a los infantes! ¡Sólo a los sanjuanistas puede ocurrírseles tamaño disparate!

Tarik conservaba la calma.

–Por lo menos, y siempre que esta historia no sea una trampa, sabemos que no tienen a los infantes en su poder. En segundo lugar, querido John, jamás debes ofender sin necesidad a alguien que te propone un acuerdo. ¡Quién sabe lo que nos puede traer el futuro!

–Espero que nos devuelva a los niños– suspiró el viejo Turnbull.

La humilde caravana de asnos conducidos por un beduino de aspecto feroz y sus tres esposas jóvenes había llegado sin contratiempos hasta las cercanías de Homs cuando se encontró de repente con el anciano sufí, que los esperaba al borde del camino, y los llevó a todos a un bosquecillo donde reposaban el-Ashraf y las dos jóvenes.

VII
EN EL HARÉN DE HOMS

DIARIO DE JEAN DE JOINVILLE

Limasol, 5 de mayo de 1249 d.C.

–La verdad es que esa callejuela que lleva desde el Temple al puerto– se indignó William mientras traspasaba resoplando la puerta de la taberna donde yo lo esperaba –de noche sólo se debe pisar acompañado, ¡y a ser posible armado hasta los dientes!

–En todas partes se están perdiendo las buenas costumbres– consolé a mi secretario, –y un alma cándida como la vuestra corre los mayores peligros.

Pero a él no lo tranquilizó la intención bromista de mis palabras.

–Una sombra sospechosa seguía pegada a mis talones cuando abandoné nuestro albergue– me informó. –Yo no llevaba armas. Como sus pasos se acercaban cada vez más hice como si tropezara, me agaché, y cogí una piedra para enfrentarme a mi perseguidor. ¡Era el conde de Sarrebruck!

La noticia me sorprendió.

–¿Es posible?

–Se ocultaba bajo una capucha, como si pretendiera no ser reconocido. "William de Roebruk," me siseó al oído: "qué suerte haberos encontrado" –mentira, había estado acechándome– "porque así no tengo necesidad de seguir buscando a mi primo Jean de Joinville, quien a estas horas debe andar perdido en algún garito..."

–¡Insolente!– se me escapó. –¿Le disteis una buena lección?

–Hasta cierto punto– me concedió mi secretario, –pues le respondí: "Donde quiera que esté, mi señor siempre estará en mejor compañía que con vos, señor Juan, pero decidme: ¿cuál es el mensaje?" El conde de Sarrebruck hizo un esfuerzo por dar a su figura un aspecto intimidatorio y a su voz un tono terriblemente amenazador: "¡Fuera las manos de Sicilia!"

"Seguramente le habría gustado reforzar sus palabras y meterme la espada en el vientre, pero lo pensó mejor y se limitó a mirarme fijamente, como una serpiente miraría a un pajarillo. «Debéis hablar más claro», le respondí con la mayor calma posible, «y tal vez podáis añadir a qué se debe y quién ha dado origen a tan temible amenaza...»

"«¡Aún podéis reír, minorita!», gruñó el señor Juan, y vi que la mano se le disparaba hacia la espada. Di un salto hacia atrás y levanté la piedra, que seguía en mi mano.

"«Procede de la boca de un señor de alto rango que no suele gastar ni muchas palabras ni muchos preámbulos. ¡Este dato debe bastarle a mi intrigante señor primo!»

"Se detuvo, y yo le contesté: «¡Saludad al señor Carlos en nombre del conde de Joinville e informadle de que el mensaje ha sido recibido!»

"«¿Puedo confiar en vuestra palabra?»

"«¡Como si os hubieseis atrevido vos mismo a entrar en ese tugurio y hubieseis tenido el valor de exponer personalmente vuestro mensaje al senescal!» Con estas palabras me alejé para llegar hasta aquí– terminó William su informe.

–Muy bien– le dije, –ahora sabemos que tenemos al de Anjou por enemigo y que mi primo Juan trabaja para él, lo cual no debe sorprendernos.

–Es una agravante para nuestra situación– dijo mi secretario, –que sólo podré superar con una jarra del mejor vino.

–Os la habéis ganado, William– le respondí; –de todos modos, ¡también os espera Ingolinda de Metz!

La mirada del minorita cayó con un profundo suspiro de resignación sobre la ramera, a quien descubrió rodeada de marineros borrachos, y que señaló con un dedo a William en cuanto lo vio:

–Ese hombre, William de Roebruk, ¡es mi desgracia!– y soltó una risa beoda. –Acabará conmigo...

Los marineros parecían querer arrojarse sobre mi secretario, pero Ingolinda prosiguió:

–Su estupidez me hará perder todas mis ganancias.

Estas palabras los calmaron un tanto y se limitaron a gritar:

–¿Qué ganancias pretendes conseguir liándote con un tipo así?

La mujer agarró a los dos borrachos que tenía más próximos y los arrastró por la puerta hacia afuera.

–¡Ya os lo demostraré, malditos pellejos!– y soltó una estridente risa cargada de rabia antes de alejarse con ellos.

Ordené a William que se sentara a mi lado y encargué una nueva jarra. Yo mismo tengo un buen saque, pero debo decir que mi señor secretario es capaz de embuchar con toda tranquilidad y sin pestañear tales cantidades de vino que habrían tumbado a un buey, sin que a él parezcan causarle el menor efecto.

–¿Sabéis, señor mío– dijo William después de tomar el primer trago, –qué ha disgustado tanto al de Anjou?– Se limpió complacido la boca con la mano y prosiguió: –Él mismo pretende arrebatar, con ayuda del Papa, la isla de Sicilia al emperador, incluso desearía quedarse con todo el sur de Italia, pero su real hermano no se lo permite. Asimismo, ha puesto ya un ojo ambicioso sobre el trono real de Jerusalén, desde que la ciudad de Constantinopla vale aún menos que el título de emperador latino. En cualquier caso, el señor Carlos está obsesionado con el Mediterráneo, y la idea de ver entronizado allí a su hermano menor le habrá sentado como un golpe en el estómago.

–Alguien como el de Anjou no se limita a responder a ello con un eructo, y tarde o temprano nos lo hará sentir. Eso explica también por qué el señor Carlos ha cambiado aparentemente de parecer y ya no le exige a su real hermano la cabeza del señor Yves. Incluso le ha ofrecido tomar a su servicio a este hombre, a quien Luis ha expulsado de su lado, garantizándole como contrapartida que él se haría responsable del futuro buen comportamiento de "el Bretón". Pero Luis no lo ha aceptado, como tampoco se ha dejado impresionar por el chantaje de los griegos. El señor Yves ha sido alejado por real decreto del ejército de los cruzados, y dentro de poco saldrá en barco para San Juan de Acre, donde se encargará de la seguridad de la reina. Y, como podéis ver, William, nos hemos deshecho de los griegos. Luis les ha enviado al condestable, quien les ha dado a elegir entre quedarse y someterse o abandonar la cruzada. Les ha hecho saber que el rey no cedería a ninguna presión. A continuación han bajado la cadena y los griegos se han alejado a toda vela, dedicando al rey un buen surtido de insolencias y blasfemias.

Tomé un profundo trago y me sorprendió ver que William recorría con una mirada intranquila de sus ojillos porcinos el gentío medio borracho que poblaba *La Bella Vista*, como si estuviese buscando a alguien a quien no tenía ganas de encontrar.

–¿Buscáis a Ingolinda?

–No– susurró William, –pero me parece haber visto a dos "asesinos"...

–Yo sólo veo que se nos acerca Simón de Saint-Quentin. Desde luego, su mirada es feroz y parece que quisiera asesinaros, William– dije, y recibí al dominico con mi más amplia sonrisa.

Pero éste ni siquiera me saludó, sino que se dirigió de inmediato a mi secretario:

–No habéis querido tomar la mano que la santa Inquisición, en su gran bondad, os ha tendido para salvar vuestra alma, y ahora los acontecimientos tendrán que seguir su curso...

–¿Mano?– se echó a reír William. –¡Lo que me habéis mostrado eran instrumentos de tortura!

–Esa etapa ha pasado– dijo el dominico en voz baja, pero amenazadora. –Ya no os necesitamos. ¡Yves "el Bretón" me acompañará a Tierra Santa!

Lo proclamó en tono triunfal, como si esperara ver a mi secretario arrepentido y hundido. ¡Pero se equivocaba mucho!

–Podéis darle las vueltas que queráis– seguía mofándose William, –¡nunca seréis más que dos *cani Domini*! ¿Ya se ha enterado "el Bretón" de quién es su nuevo amo?

–Lo sabrá a su debido tiempo– dijo Simón con desprecio, –y demostrará ser un perro fiel, pues no es tan tonto como creéis.

–¡Cuidado con que no os muerda la pantorrilla!– me permití añadir. El dominico me midió con una mirada desdeñosa y se alejó para ir a sentarse muy apartado de nosotros.

–Perro ladrador...– intenté animar a William. –Olvidaos de él. El rey me ha encargado en secreto –por lo que la considero una misión tanto más honrosa– que elabore las bases para un discurso que desea pronunciar ante los generales reunidos...

–Tal vez quiera recomendarles una vida más virtuosa...– William parecía estar con ganas de ridiculizar cualquier cosa, incluso los sentimientos más elevados, –y reprocharles la inmoralidad de su comportamiento.

–No– dije con orgullo. –El discurso tratará de las cruzadas, de la idea en que se ha basado este intento, de su perversión, de la podredumbre y la degeneración, de cómo el combate por la fe palidece y cae en el olvido...

–...y así da ocasión para que resurja como el ave Fénix de las cenizas– ironizó William –en la persona del rey Luis, que portará la bandera y nos guiará... ¡Me suena a una pronta partida!– reconoció mi inteligente secretario.

–Lo habéis comprendido, William de Roebruk. El rey y yo...

No pude seguir hablándole, no porque llegara volando un puñal para clavarse con un temblor en la madera y a mi lado, sino porque la mitad rota de una jarra de vino reventó ante mis narices. Dos mesas más allá se había iniciado una pelea entre algunos marineros ingleses del de Salisbury y unos chulos de Marsella que venían acompañando a las rameras. Brillaron las navajas; después se astillaron los bancos, que los marineros convirtieron en armas arrojadizas y acabaron de destrozar al golpear con ellos las cabezas de sus enemigos; las mujeres voceaban, alguien gritaba de dolor, aunque la mayoría chillaba de miedo o para darse ánimos. Cuando al fin apareció en la puerta la guardia de los sanjuanistas, los ánimos ya estaban casi calmados y la furia se estaba desvaneciendo. Sacaron al exterior algunos cuerpos inertes que podían estar muertos o simplemente borrachos.

Sólo entonces descubrieron a Simón, que había quedado inmóvil debajo de una mesa... ¡apuñalado! Varias navajas le habían dado en el corazón y nadie se había dado cuenta.

–¿Veis como yo tenía razón?– observó William sin inmutarse: –son "asesinos".

–El perro ladró demasiado alto.– También yo me sentía satisfecho del acierto de mi predicción. –¿No os dije que podíais olvidaros de él? Iniciemos, pues, el trabajo para el rey...

Pero William había quedado más afectado por la repentina muerte de su inquisidor de lo que pareció en un primer momento.

–Tal vez fuese más sano para nosotros dos– murmuró –trabajar exclusivamente por la honrosa causa del rey que intervenir en las demás conspiraciones e intrigas.

–No me digáis que esta muerte os sienta como una puñalada en el corazón.

–Podéis calificarla como queráis– me respondió un William apocado, –¡yo me la tomo como una advertencia! ¡La *Prieuré* no avisa dos veces! Ahora son los "asesinos" quienes dirigen la función, y éstos no se andan con tantos miramientos como los señores del Temple.

–¿Y no teméis que intervengan también en relación con el destino ulterior de los infantes?

Mi secretario me instruyó:

–Desde el punto de vista de los "asesinos", los templarios corren demasiados riesgos y, por tanto, no ofrecen suficiente seguridad, mientras que, según los templarios, son los "asesinos" los que están demasiado amenazados por los mongoles como para poder otorgar la protección necesaria a los infantes reales. Hay que tener en cuenta que Masyaf, donde pueden encontrarse ahora, no es más que una parada en el camino de Alamut.

–Si es así, los señores sanjuanistas deberán apresurarse mucho– comprendí sus argumentos. –De no hacerlo ¡encontrarán el nido vacío!

–En todo caso, el señor de Ronay se hace demasiadas ilusiones si cree que los "asesinos" van a venderle a los niños. Ellos saben a través de la *Prieuré* cuál es el valor de la sangre real, y la querrán utilizar para sus propios fines. Además, les basta con la disputa inevitable que todo ello les plantea con los templarios, y no desean de ningún modo añadir al embrollo otra pelea con los sanjuanistas.

–Ése es precisamente el punto desde el que empezaría a reflexionar yo si fuese el señor de Ronay. Porque, vamos a ver: ¿qué pueden ofrecer los caballeros hospitalarios a los "asesinos" que no puedan ofrecerles también los templarios? No obstante, hay una diferencia sutil, aunque notable, y los "asesinos" no dejarán de darse cuenta de ella: y es que los sanjuanistas saben distinguir entre dominio espiritual y poder terrenal. Este hecho los convierte en unos aliados aceptables.

–Pero las decisiones de tal calibre no se toman en Masyaf. Para conseguir algo el señor Oliver tendría que llegarse hasta Alamut, o bien, para asegurar aún mejor el éxito, la Orden tendría que enviar una delegación de alto rango a Persia y negociar lo que realmente les importa allí: ¡protección frente a las hordas del gran kan!

–*Summa summarum*– concluí, –lo que ahora mismo podemos dar por cierto es que no estamos enterados de nada. Hemos pisado por nuestra propia voluntad la cueva de los leones y vemos que no queda en ella ni una bestia salvaje que no esté despierta, gruñendo y enseñando los dientes, excepto las serpientes, que se acercan sigilosamente. *Polla ta deina k'ouden anthropou deinoteron pelei.*

–Pues bien– dijo William, –ya hemos llegado a las cruzadas. Hacedme saber qué argumentos le parecen tan importantes al insigne cronista como para ponerlos en boca de su rey, mejor dicho: dado que el noble Luis se ha puesto, a su vez, en nuestras manos, ¿qué debo escribir?

–¡No iréis a iniciar vuestra labor en este lugar, insigne señor secretario! Y me incorporé con gesto decidido para proceder al pago de nuestras deudas en *La Bella Vista.*

–Creo que el aislamiento y la austeridad de nuestro albergue son un marco más adecuado para la difícil labor que nos espera, tanto a mi imaginación como a vuestros dedos.

De modo que hice, a partir de ahí, un esfuerzo real por concentrar mis pensamientos exclusivamente en el trabajo que nos esperaba mientras ascendíamos por la callejuela nocturna, a cuyo final se le ocurrió a William, como primera contribución, recordarme con una sonrisa que la labor sería merecedora de la remuneración acordada: el importe de lo que cobra una puta.

DEUS LO VULT

"Acerca de la idea de una peregrinación armada
hacia los lugares sagrados de Tierra Santa
y su evolución histórica,
denominada también «las cruzadas»."

"Situémonos en Europa, al término del milenio. Finalmente, el mundo no había sucumbido, la humanidad aún estaba a la espera del cataclismo que se iba a producir según creencia generalizada.

"El pueblo se sentía intranquilo a causa de ciertos fenómenos extraños observados en el cielo: un eclipse solar, unas estrellas fugaces. Las malas cosechas y las sequías empujaban a los campesinos desde los magros campos arrancados a la naturaleza mediante la tala y quema de los bosques, hacia la aglomeración y estrechez de las ciudades. No faltaron epidemias y hambrunas.

"Si todo ello no era una señal de la necesidad que sentía la humanidad de que el Mesías regresara a este valle de lágrimas, no podía ser más que el presagio de la inminente arribada del temible «anticristo».

"El pueblo esperaba ansioso y sumido en oscura desesperación, en un Occidente sacudido por las disputas feudales, algún signo..."

–Es un comienzo bastante triste– argumentó mi secretario. –Después de pasar tres cuartas partes del año en este infierno de Chipre, el rey no debe ofrecer una descripción melancólica de tan turbia época. ¡Lo que necesita es animar y estimular a su gente para que deseen conquistar alegremente el Paraíso!

–Estimado William– le respondí, –¡os ruego no interrumpáis ni el flujo de mis ideas ni el curso de la historia! Yo, en mi calidad de cronista, me siento obligado a ella. Luis verá después lo que hace al respecto, lo que omite y lo que quiere olvidar. Por tanto, seguid escribiendo:

"La reconciliación entre Roma occidental y Roma oriental, la reparación del cisma y el reconocimiento del Papa como señor único, exclusivo e infalible de toda la Cristiandad, estaba aún muy lejos. La tradicional división del mundo occidental padecía las sacudidas de ciertos terremotos dinásticos. Los normandos se habían trasladado desde Francia a Inglaterra, apoderándose del trono de los ingleses y sajones, para dirigirse después, con loables intenciones, a liberar el sur de Italia y Sicilia de los infieles. El emperador alemán se había proclamado heredero del imperio romano y negaba al Papa el derecho de investidura..."

–Permitid que os interrumpa, señor mío. ¿Dónde está escrito que para ser emperador alemán se necesite ser coronado por el representante de san Pedro?

–¿Y dónde está escrito– le devolví el palmetazo –que es el emperador quien nombra al Papa? En cualquier caso, esta disputa abona el terreno sobre el que nos movemos ahora.

"Los triunfos y las humillaciones se suceden en ambas partes. Una vez es el Papa quien hace esperar al soberano alemán ante Canossa, bajo la nieve y la lluvia, otra vez es el Papa quien debe refugiarse en el Castel Sant'Angelo, huyendo ante el general imperial Godofredo de

Bouillon, un hombre que más adelante será alabado por su devoción ejemplar. Pero, en realidad, la espina más dolorosa en el pie del Pescador sigue siendo el cisma. Su oponente, el patriarca griego-ortodoxo de Constantinopla, tiene menos preocupaciones, pues allí el emperador y la Iglesia orientales forman una unidad. A ello se añade –aunque no sea mérito suyo– el brillo que se deriva del hecho de que el lugar de nacimiento de la Cristiandad, y sobre todo la ciudad de Jerusalén con su prestigio, forman parte del territorio de soberanía bizantina. Es decir, en conjunto se nos presenta una situación que por parte del Papa difícilmente puede considerarse prometedora. Así pues, éste se aprovecha de que, en los últimos años del milenio que está tocando a su fin, llegan a Roma en número creciente peticiones de ayuda para la defensa de los santos lugares contra los pueblos turcos, que amenazan aquellas tierras con creciente insistencia. No son ya sólo los peregrinos los que, atacados y vejados, le piden socorro, también apela a él su «hermano en Cristo» de Constantinopla. Todos elevan sus lamentos al Papa y aún no se sabe quién, en realidad y en último término, mueve los hilos…"

–¿Quién iba a ser?– Mi secretario necesitaba, al parecer, un descanso para frotarse los nudillos.

–No, William– le contesté, –¡tampoco podemos hacer responsable siempre y de todo a la *Prieuré!*

–¡Pero lo más seguro es que azuzara el fuego en sus comienzos! Sólo partiendo de Jerusalén puede justificarse y demostrarse su reivindicación y su reproche, dirigido contra la Iglesia de Roma, de haber falsificado el mensaje del Mesías. Por alguna razón fueron los templarios los primeros en…

–¡No tan deprisa!– intenté rebajar sus humos sin perder el tono amistoso. –Aún llegaremos a lo del templo de Salomón. De momento estoy hablando de la situación de los cristianos en Palestina, antes de las cruzadas, que por cierto no era tan preocupante. Incluso en los lugares sometidos al califato de Bagdad vivían, desde hacía ya casi mil años, muchísimos cristianos que podían practicar sin dificultades el culto a su fe, y que lo pasaban incomparablemente mejor que, por ejemplo, los judíos en el Occidente cristiano. Aunque, por supuesto, esos cristianos tenían un defecto: ¡no eran católicos romanos! Pero, a los ojos de la Iglesia de Roma, Palestina se había convertido finalmente y con ayuda de Dios en el "Oriente cristiano" y, arrogándose la representación divina, los judíos habían sido castigados por ser culpables de la muerte del Señor: así debía ser ya para siempre. Pero he aquí que se presenta un nuevo profeta, un tal Mahoma, y desencadena el movimiento religioso del Islam, trastocando así un orden supuestamente instaurado por Dios en persona. ¿Acaso un cristiano debe pedir a esos salvajes oriundos del desierto que le permitan rezar en un lugar que considera suyo?

–¡La verdad, es para fastidiarse!– se burló mi secretario. –¿Cómo no se le ocurrió a Jesús de Nazaret nacer en Roma?

–Vuestra pregunta, William, no tiene otra intención que insinuar que, en ese caso, os habríais ahorrado escribir esta historia de las cruzadas.

–Bien– dijo William, –regresemos a Constantinopla que, mientras gobernaron en Egipto los Fatimidas, siempre se había entendido bien, como buenos vecinos, con estos últimos, sin hacer mayor gala de su poder sólo por haber tomado posesión de Jerusalén.

–Eso es correcto– proseguí yo, –pero "Constantinopla se vio asediada después por los seleúcidas que, como sabemos, mostraban una actitud algo más hostil frente a los cristianos pero que, sobre todo, amenazaban con arrebatar a aquella capital sus propiedades y su floreciente comercio en Palestina. Tal fue la verdadera razón de la «llamada cristiana de socorro» dirigida por el lloroso patriarca a Occidente, ¡y no las supuestas vejaciones sufridas por los peregrinos!"

–Lo que consiguió Constantinopla al acudir a Roma fue llamar a un pirómano para que apagara un fuego menor. ¿Cuál fue el resultado?

–¡El incendio gigantesco de las cruzadas!– Le quité la palabra de la boca y volví a recuperar el hilo de la historia. –"El Papa adopta el papel de hermano mayor que acude en ayuda del menor y, de paso, relega a la que era conocida por el nombre de Roma oriental a un segundo puesto. El santo padre se arroga el papel de salvador de Jerusalén pues, entre tanto, los seleúcidas habían arrebatado la ciudad a los egipcios. En ese instante es cuando el Papa se presenta como cabeza y mandatario supremo de toda la Cristiandad. Ya no lo es el emperador. Todo el mundo debía verlo, y todo el mundo lo vio así. Da la casualidad de que, en aquel momento, tanto el emperador germano como el rey francés habían sido excomulgados, de modo que ninguno de ellos pudo encabezar personalmente alguna "cruzada". De ahí que se procurara la incorporación de otros nombres biensonantes, y en número adecuado, a dicha empresa. Desde un principio el juego se hizo con naipes marcados, y a espaldas y contra la voluntad de Constantinopla, que era la soberana legítima, se prometieron "dominios", feudos y títulos nobiliaros. Sólo estas promesas movían en último término a los nobles señores, y no la defensa de la fe, que sirvió de argumento para otras mentes más ingenuas. Así fue cómo se puso en escena, en el año del Señor 1095, el Concilio de Clermont, donde el Papa prorrumpió en lamentos desgarradores y supo insuflar en los ánimos la consigna *Deus lo vult*, tras lo cual los aspirantes, que ya habían sido seleccionados, tomaron «espontáneamente» la cruz en defensa de Tierra Santa."

–Y nosotros– dijo mi querido William con una decisión a la que nada tuve que oponer, –nosotros nos tomaremos ahora una jarra de buen vino, que yo me brindo gustoso a ir a buscar a la bodega.

Interrumpimos el trabajo en ese punto y pasé a reflexionar si lo transcrito hasta entonces respondería a lo que Luis espera de mí. No tengo argumentos para suponer que los motivos de su propia cruzada no sean puros y desinteresados, y así lo dejaré escrito, pero tampoco me puede exigir a mí, cronista e historiador concienciado, que santifique ahora, *a posteriori* y en su totalidad, las campañas de expolio que se iniciaron apadrinadas por simples ambiciones de conquistas y enriquecimiento, aunque estoy dispuesto a conceder que, en algún que otro caso, el impulso fuese también el deseo de ganar "prestigio"; pero a la vez es seguro que los demás padrinos fueron el ansia de aventuras y el descontento con el sistema feudal reinante, que se había quedado estrecho y ahogaba a Occidente, figurando sólo en último lugar el devoto deseo de ganarse el Paraíso y la salvación del alma con absolución de todos los pecados. Estoy muy dispuesto a conceder que Roma supo convencer al mundo de lo contrario, desplegando una perfecta *propaganda fidei*, a cuyo fin puso en circulación noticias horripilantes acerca de sacerdotes ultrajados y altares profanados y engañó de un modo irresponsable a la nobleza baja, casi toda ella carente de propiedades, prometiéndole un rico botín y amplias concesiones en Tierra Santa, como si allí no existiesen ya unos habitantes, una nobleza y una administración, y sobre todo unos derechos de soberanía que correspondían a Constantinopla, por no hablar de Bagdad, Damasco y El Cairo. Si con todo ello no bastaba para seducir a alguno, se le prometía aún el perdón de todos los pecados e incluso de todas las deudas, sobre todo si los acreedores eran judíos.

William regresó, por lo que pudimos refrescarnos y disponernos a proseguir la tarea.

–El grito de socorro de Clermont– me devolvió mi secretario después al punto exacto donde habíamos interrumpido el relato –pone, pues, en movimiento la primera cruzada.

–¡Pues no señor! "La semilla brotó, pero dio un fruto muy diferente del que se esperaba y se había proyectado. La alta nobleza, después de haber hecho públicamente una promesa «espontánea» de ayuda, se tomó cierto tiempo para ordenar cuanto quedaba atrás y aclarar las futuras relaciones de propiedad. En cambio el pueblo, los más pobres de los pobres, los que no tenían ni siquiera un nombre que perder, se pusieron de inmediato en marcha: jornaleros agobiados con toda su familia, ladrones evadidos de la justicia, frailes extraviados y otros pobres diablos e indigentes, también los segundones y tercerones, hijos de familias nobles a quienes sólo quedaba la alternativa de convertirse en sacerdote o salteador de caminos... todos ellos empezaron a unirse para recorrer el centro de Europa organizando de paso las peores matanzas de judíos que Occidente había conocido hasta la fecha, y formaron una riada desordenada y salvaje que inundó los Balcanes. Su caudillo más conocido fue Pedro el Ermitaño. La policía bizantina tuvo que ejecutar a algunos de aquellos supuestos peregrinos que se dedicaban a cometer saqueos y asesinatos, y trasladó a la mayor parte de los demás a través del Bósforo hacia Asia Menor, donde les seleúcidas acabaron con el resto. Sólo unos pocos regresaron, años después."

"Entre tanto, se habían reunido –y ya estamos en el año del Señor 1096– los grandes ejércitos, formando cuatro bloques. El primero estaba bajo el mando de Godofredo de Bouillon, duque de Baja Lorena por la gracia del emperador, pero que se encontraba en un grado creciente de desacuerdo con este último, además de que su feudo no era hereditario. El segundo ejército había sido formado por Raimundo de Tolosa."

–Ya sé– me interrumpió William: –ese pobre hombre tampoco tenía mucho futuro. El rey de Francia –no temáis, ¡no lo estoy anotando!– deseaba apoderarse de su rico condado meridional, y la Iglesia lo miraba con malos ojos debido a la tolerancia con que allí convivían pacíficamente árabes, judíos y cristianos, formando un campo de cultivo libertario donde muy pronto florecería la herejía de los cátaros.

–Debió olérselo– concedí. –"El tercer ejército era el del duque de Normandía, y el cuarto el de los normandos del sur de Italia al mando de Bohemundo de Tarento. Todos ellos se reunieron en Constantinopla, donde el emperador, antes de mostrarse dispuesto a trasladarlos al otro lado del Bósforo, les exigió juramento de lealtad. En Asia Menor tuvieron un encuentro con los seleúcidas y consiguieron infligirles una amarga derrota de la que, sin embargo, sólo se aprovechó Constantinopla. De modo que siguieron adelante, mientras Balduino, hermano menor de Godofredo, se separaba de ellos y fundaba en el interior del país el «condado de Edesa», que hoy vuelve a llamarse Urfa. Bohemundo se proclamó, tras la laboriosa conquista de Antioquía, «príncipe» de la misma, y el conde Raimundo se apoderó de Trípoli. Godofredo se las vio y se las deseó para que lo siguieran hasta Jerusalén. Finalmente, dicha ciudad, meta de aquella peregrinación armada, cayó en sus manos en el año 1099, y los cruzados sometieron a la población a un baño de sangre que aún hoy provoca espanto cuando se menciona. Godofredo, el humilde *advocatus Sancti Sepulchri*, muere un año después, y su hermano Balduino se proclama primer «rey de Jerusalén». Fin de la primera cruzada y comienzo del reino."

–¿Fue entonces cuando surgieron las Órdenes militares?– intervino William con cierta petulancia.

–La verdad es que la Iglesia no las reconoció hasta más tarde, pero podemos admitir que los sanjuanistas ya estaban representados con su Hospital, y que los templarios empezaron, inmediatamente después de conquistada la ciudad, a escarbar en secreto en las caballerizas de Salomón.

–¿Qué buscaban?

–Eso habrá que preguntárselo a la *Prieuré*, pues su mentor, san Bernardo de Clairvaux, ya no está entre los vivos.

–¿Encontraron algo?

–¡Esa pregunta es más estúpida aún! ¡Escribe!

William afiló la pluma.

"El reino de Jerusalén se consolidó, conquistó algunos puertos y construyó castillos. Llegó a dominar toda la costa, desde Armenia hasta Gaza. En 1144, cuando la generación de los primeros cruzados ya estaba muerta y enterrada, llegó la primera derrota. El sultán Zengi reconquistó Edesa. Occidente se mostró indignado. En 1147 se pone en marcha, a instancias de san Bernardo, un segundo movimiento: la «cruzada de los reyes», encabezada por el emperador Conrado III y el Capeto Luis VII, acompañado éste de su joven esposa, Leonor de Aquitania. Pero todo aquel revuelo no aportó ningún resultado. Pasan otros cuarenta años y la parte musulmana se presenta unida por primera vez, desde Damasco hasta El Cairo, bajo el sultán Saladino, que derrotó a los cristianos en la batalla de los Cuernos de Hatti, con la consecuencia desastrosa de que Jerusalén vuelve a caer en el mismo año, 1187, en manos de los infieles. Occidente pone una vez más manos a la obra: la tercera cruzada tiene visos de convertirse en una empresa gloriosa, sobre todo porque sus participantes son personajes ilustres, pero el anciano emperador Federico I Barbarroja se ahoga en 1190, camino de Asia Menor, y el famoso héroe Ricardo Corazón de León, rey de Inglaterra, pierde el tiempo atrapado en una comedia de intrigas con su primo Felipe II Augusto, rey de Francia. De todos modos, se consigue la conquista de San Juan de Acre y se conservan Tyros y Yafo. Se llega a un armisticio, que da vía libre para los peregrinajes a Jerusalén. En su viaje de regreso Ricardo cae prisionero del emperador germano. Este último, Enrique VI, ha conseguido, gracias a su boda con Constancia, heredera del trono normando, ampliar el imperio perteneciente a su familia hasta incluir la isla de Sicilia. Con la intención de redondear su dominio del Mediterráneo concibe la idea fundamental de una nueva y gigantesca cruzada, que es exactamente planificada desde 1196 y en gran parte financiada con el rescate que exigió a cambio de liberar a su prisionero Ricardo Corazón de León. Pero un año después muere el emperador, hijo de Barbarroja y padre del actual emperador Federico. Han transcurrido cien años desde la primera cruzada y el enorme entusiasmo inicial se ha desvanecido por completo. En Tierra Santa, y en su capital San Juan de Acre, se han establecido algunos señores feudales que se entienden bien con sus vecinos musulmanes. Una nueva cruzada no significará más que un engorro para ellos. Entre tanto, las repúblicas marítimas italianas se han apoderado firmemente del comercio con los países islámicos a través de los puertos cristianos en la costa palestina. Esta situación condujo a que una cruzada renovada, la cuarta, fuese desviada en 1202, con la aprobación tácita de Roma y ante la presión insistente de Venecia, para dirigirla contra el antiguo enemigo secular, Constantinopla. En los dos años siguientes Constantinopla se ve sometida a un saqueo y un pillaje sin freno, y pasa a ser nombrada después capital del «Imperio latino». Pero no se produce lo que en el fondo se intentaba conseguir, es decir, la reunificación de las Iglesias, y así caen las últimas barreras morales. Bajo el nombre engañoso de «cruzada» se emprenden a partir de ahí simples guerras de conquista, que enfrentan sin reparos a cristianos con cristianos. Francia extiende la mano –y cuenta para ello no sólo con la aprobación, sino incluso con el estímulo de la Iglesia romana– hacia Tolosa y el Languedoc, y se inicia lo que ha llegado a llamarse la «cruzada contra el Grial», que empieza en 1209 y termina en 1213 con la batalla de Muret. En el mismo año un número increíble de niños europeos abandonan a sus padres, cuyo comportamiento rechazan y a los que ya no creen cuando aseguran que algún día recuperarán en serio a Jerusalén. Se forma la «cruzada de los niños», muy pronto convertida en triste catástrofe para sus entusiastas participantes juveniles. La mayoría de ellos mueren o son vendidos como esclavos. Jamás llegaron a Tierra Santa. En 1220, la propia Iglesia hace un último intento. La historia de esta empresa, su estrategia y su resultado, merecen la atención especial de su majestad. Bajo el mando del legado papal Pelagio, el ejército de la Iglesia ataca directamente a Egipto desembarcando en el delta del Nilo, junto a Damieta, ciudad que conquista en seguida. Después avanza con mucho éxito sobre El Cairo llegando hasta Al-Mansura, pero entonces comienzan las inundaciones anuales, provocadas por la crecida periódica del Nilo, y los conquistadores se ven separados, rodeados y exterminados, cuando no se ahogan lastimosamente."

–¡Un desastre!– asintió mi secretario. –Y además innecesario.

"Fue entonces cuando el emperador quiso demostrar a un mundo asombrado que la época de la lucha armada contra el Islam pertenecía al pasado. En 1228 viajó con un séquito mínimo a Jerusalén, cuyo dominio se había asegurado antes casándose con la heredera del reino, y mediante hábiles negociaciones con el sultán entró en la ciudad sin derramar una gota de sangre y se hizo coronar allí mismo."

–Sólo que todos le tenían envidia.

–No os extrañe, querido William, pues "Federico estuvo aplazando la última cruzada durante tanto tiempo que el Papa finalmente lo excomulgó". Y como tal excomulgado lo que no puede...

–¡... es tener éxito!

–Además, no fue un éxito duradero: "En 1244 los cristianos perdieron la ciudad del todo y para siempre."

–Ahí hemos acabado– dijo mi secretario sin mostrarse conmovido en absoluto. –Además, me duelen los dedos y la muñeca.

–Aún habría que añadir que la próxima... ¿qué número hace?

–La sexta o la octava, según se mire...

–La última cruzada es, sin duda alguna, la nuestra. Por buenas y puras que sean las intenciones de su *spiritus rector*, esta cruzada se sitúa en la misma línea que las de sus predecesoras. No podemos hacer otra cosa que rezar por el rey.

–Amén– dijo William.

LA ENTRADA A LA GRUTA estaba ocupada por un adusto beduino acompañado de sus tres mujeres cuyos rostros iban tan velados que nadie habría sido capaz de reconocer a Roç, Yeza y Hamo. Para gran disgusto del amo de aquel harén se negaron a encender un fuego y agasajarle con un asado de carne del cabrito que acababa de cazar. Además, conversaban entre ellos en un idioma que él no entendía, de modo que no le quedó más remedio que limitarse a mantener un intercambio de monosílabos con el sufí. El emir el-Ashraf, envuelto asimismo en muchos ropajes, se dedicaba en cambio a gastarles bromas a las mujeres, o ellas a él, de lo que éste, sin embargo, no parecía darse cuenta cabal.

Emprendieron la marcha hacia el atardecer. Desde el principio se produjo una pelea entre el-Ashraf y Abu Bassiht acerca del camino que sería preferible tomar para entrar en Homs sin ser descubiertos, ya fuera porque quien entrara no sería bien recibido o porque deseara por alguna causa hacerlo en secreto. El joven emir se excitó tanto a raíz de la inesperada controversia que empezó a bizquear de un modo alarmante.

–Al fin y al cabo, yo he crecido entre esos muros– se rebeló el-Ashraf, queriendo convencerlos con sus argumentos. –Frente a la ciudadela se sitúa la fortaleza exterior, que está en ruinas. Desde allí hay un pasillo secreto que cruza por debajo de la garganta, atravesando la parte inferior de las rocas por las que transcurre el río que separa las dos partes. El techo de ese pasillo está hundido desde mi infancia, pero buceando unos cuantos metros todavía se puede utilizar…

El sufí movió el sabio cráneo, señalando así que no podía asumir aquellas razones, y la rabia del emir creció.

–El que no tenga valor para hacerlo puede quedarse fuera.

El sufí dijo:

–Ni siquiera llegaremos hasta allí…

–¡Qué decís!– exclamó el emir queriendo ganarse a los demás testigos de la oposición manifestada por aquel hombre devoto. –Claro que si consideráis el ascenso por las rocas demasiado difícil…

–No– repuso el sufí con toda tranquilidad, –pero sucede que ya han instalado allí una catapulta…

–¿Quién?– intervino Hamo.

–Los soldados del sultán que asedian la ciudad…

–¿Cómo es posible?– La indignación que embargaba al emir estaba a punto de cortarle la respiración. –¿Disparan sobre mi ciudad de Homs sin haberme pedido permiso?

–No disparan– dijo el sufí, –quieren rendir a An-Nasir por hambre. Un estrecho círculo asedia la ciudad…

–Eso significa que vuestro señor, el sultán, ha tomado partido en defensa del legítimo propietario– exclamó Clarion, –¡deberíais agradecérselo!

–No conocéis a mi tío– respondió el-Ashraf; –lo que hace es aprovecharse de cualquier pequeña pelea que surja entre sus parientes para retirar las concesiones y quedarse con los feudos en litigio. Tendré que ponerme en seguida de acuerdo con An-Nasir.

–Lo que significa que nos veremos obligados a traspasar incluso el círculo de asediadores– se lamentó Clarion, y el problema se les planteó de una forma concreta después de la curva siguiente, pues allí mismo se vieron ante un cedro recién talado que les bloqueaba el camino. Cualquier intento de huida habría sido una insensatez, de modo que siguieron cabalgando en dirección a los guardias sentados en torno a un fuego encendido al borde del camino, que ni siquiera se levantaron.

–¡Queremos ir a Homs!– exclamó el-Ashraf haciendo acopio de valor, y los guardias sentados junto al fuego se echaron a reír.

–¡Seguid en dirección recta!– exclamó uno de ellos. –Desde aquí sólo queda media hora a pie...

–...pero vuestros animales, las reservas de agua y cualquier alimento que llevéis, ¡nos los tendréis que entregar! En cambio os dejaremos a vuestras mujeres...

Todos reían mientras el-Ashraf miraba con aire interrogador al sufí. Éste le devolvió el gesto con expresión resignada y asintiendo con la cabeza puesto que, además, él no poseía ni asno ni mujer. El beduino barbudo indicó que desmontaran. Los soldados no se tomaron la molestia de controlar las pertenencias que cada uno llevaba consigo, por lo que aquellos gloriosos conquistadores dejaron sin más los asnos cargados de sacos y bultos detrás del cedro talado y, puesto que tampoco necesitaban ya a los muleros, los despidieron, excepto al beduino barbudo y sus tres jóvenes esposas. También el otro beduino, el-Ashraf, profusamente envuelto en telas y turbante para que no se le notara la mirada bizca, atravesó el paso seguido de sus dos mujeres. Después avistaron la ciudad, que descansaba en el valle y aparecía rodeada de una cadena de hogueras encendidas por el ejército de los asediadores. El pequeño grupo se limitó a descender en silencio por la oscura senda.

–Junto al portal grande– dijo el sufí después, al ver al emir sumido en muda reflexión –suele abrirse una puertecilla lateral para los atrevidos que intentan recoger algo de fruta o encontrar cualquier otra cosa comestible en los jardines y huertos que hay delante de la muralla. La mayoría de ellos no regresan.

–Eso a An-Nasir no le preocupa– concedió el-Ashraf con toda franqueza. –Siempre serán unas cuantas bocas inútiles menos. ¡Mi pobre Homs!

El emir volvió a callar y el sufí prosiguió:

–Los guardias de allí serán partidarios vuestros, como todos los ciudadanos de Homs.

–Supongo que hacen responsable a An-Nasir del hambre y de la sequía y estarán deseando mi regreso– comentó el-Ashraf con expresión feliz, pues esperaba una confirmación.

Pero el sufí, aunque sonriente, no se la concedió.

–¡Empiezo a tener sed!– tomó Yeza la palabra después de haber estado caminando, sumida en un silencio sorprendente, al lado de Madulain. Roç se tambaleaba de cansancio y el sufí, sin pronunciar palabra, cargó al muchacho sobre sus hombros. Así llegaron ante la enorme puerta y desde allí hasta la puertecilla lateral, situada más arriba y protegida contra posibles ataques del exterior. Golpearon sin obtener respuesta; dieron voces, pero los guardias se hacían los sordos o estaban dormidos.

Entonces Roç, que había llegado casi dormido hasta allí, gritó desde su posición elevada:

–¡Los infantes reales piden entrada!

En lo alto de la puerta se abrió una mirilla y el guardia que miraba hacia afuera se vio sorprendido por el rostro infantil de Roç, que seguía envuelto en velos como si se tratara de una mujer, pero que le ordenaba:

–¡En nombre de los infantes, abrid la puerta!

Empezaron a oírse voces desde la cara posterior de la puerta y ésta se abrió un poco, lo justo para dejar paso a una persona. Las mujeres, el sufí y los niños se colaron antes de que el-Ashraf pudiese pisar su ciudad. Nadie lo reconoció, y el sufí intentó impedir con sus gestos que se diera a conocer, pero el emir bizco no quiso renunciar a su triunfo; se arrancó la *kufia* del rostro que todos, como era natural, reconocieron en seguida, y exclamó con orgullo:

–¡He vuelto a Homs!

Durante un instante los guardias, estupefactos, se quedaron mirándolo.

–El-Ashraf, ¡el traidor!– estallaron después sus voces indignadas. –¡Cobarde, miserable! ¡A ti te debemos el hambre y la sed!– gritaron los soldados furiosos, y desenvainaron las espadas. –¡Por tu culpa nos asedia el sultán!

El-Ashraf había dado un salto para regresar a la puerta por la que en aquel instante intentaban pasar Hamo y por último el barbudo esposo beduino, a los que empujó hacia atrás en su intento de huida. Hamo no quería verse separado de ningún modo de los demás y golpeó furioso la puerta, que siguió cerrada. Después empezaron a volar las primeras flechas desde lo alto del muro y se vio obligado a alejarse, junto con el-Ashraf, para refugiarse en la oscuridad.

En el oscuro espacio detrás de la puerta, iluminado por una sola antorcha, se apretujaban los niños contra las mujeres, pero de poco les sirvió querer ocultarse, porque los soldados se los llevaron a todos, blasfemando e insultándolos a causa de aquella algarabía nocturna, de la cobardía de el-Ashraf y de los males que padecían en general. Los apresaron con una larga cadena y los arrastraron después por las calles nocturnas de la ciudad hacia lo alto de la ciudadela.

El único a quien no tocaron fue al sufí; los guardias intentaron ahuyentarlo, pero él se empeñó en seguir a la comitiva como un perro abandonado intenta seguir a su amo.

Arriba, en el castillo, habían despertado a An-Nasir con la noticia de que su primo el-Ashraf había intentado apoderarse de la ciudad, y tras afirmar que había sido rechazado en heroico combate le comunicaron que sus mujeres y su séquito habían sido hechos prisioneros y que los guardias victoriosos se los iban a presentar.

An-Nasir arrojó irritado su zapatilla a la cabeza del mensajero que lo había arrancado del sueño y le ordenó encerrar a las mujeres en el harén y arrojar a los hombres al calabozo.

Los guardias quedaron sumidos en una cierta perplejidad, puesto que no habían atrapado a ningún hombre. Mientras cavilaban, el pequeño Mahmoud se acercó, aún medio adormilado, pasó por delante de los guardianes del harén y observó con curiosidad a los recién llegados, a los que no reconoció.

En aquel instante Roç se arrancó el velo de la cara y exclamó:

–¡Hemos venido a liberarte, Mahmoud!

Y los guardias de la puerta, contentos de poder presentar al menos a dos seres masculinos, agarraron a los dos muchachos, pero los cuidadores del harén, a quienes había sido confiada la custodia de Mahmoud, se opusieron. También Clarion y Madulain intentaban arrastrar a Roç hacia su grupo. El bañero mayor decidió entonces acercarse a molestar a An-Nasir por segunda vez.

–¡Son niños, señor! No podéis…

La segunda zapatilla voló por los aires y sonó una respuesta airada:

–¡El que se atreva a molestarme otra vez perderá la cabeza! ¡Al calabozo con ellos!

Sus palabras se oyeron hasta en la mismísima puerta del harén. Yeza les gritó rápidamente a los guardias de la puerta que tan diligentes se mostraban:

–¡Yo también soy un hombre!– y consiguió que se la llevaran junto a Roç y Mahmoud. El sufí quiso acompañarlos, pero fue rechazado y finalmente obligado a retirarse de allí a toda prisa.

Llevaron a los niños por escaleras difíciles de superar y pasillos profundamente excavados en la roca, y los empujaron hacia una de las mazmorras, donde cerraron tras ellos la pesada puerta enrejada. Y de nuevo cayó el silencio sobre Homs y su ciudadela.

DIARIO DE JEAN DE JOINVILLE

Limasol, 13 de mayo de 1249 d.C.

Chevaliers, mult estez gauriz
Quant Dieu a vus fait sa clamur
De Turs et des Ajubiz
Ki li fait tels deshenors.
Cher a tort unt ses fieuz saisiz;
Bien en devums aveir dolur,
Cher la fud Dieu primes servi
E reconnu pur segnur.

"¡Ha llegado el momento! ¡Navegaremos hacia Egipto! ¡Atacaremos al enemigo de la fe en su propio corazón!" ha proclamado nuestro rey en la gran audiencia concedida a todos los generales, duques y condes, en la que han participado también los representantes de ambas órdenes militares, a quienes se ha visto tranquilamente instalados uno al lado del otro: el gran maestre señor de Sonnac en nombre del Temple, y Juan de Ronay como suplente del de los sanjuanistas. El único ausente ha sido por parte de los teutones el señor Sigbert von Öxfeld, a quien le ha confiado el rey a su señora Margarita para que pueda esperar tranquila y segura en San Juan de Acre a que el monarca le ordene acudir a El Cairo.

Además de la consigna papal *Deus lo vult*, Luis ha utilizado para su discurso, de toda la historia de las cruzadas que le sometí, sólo la imagen "de la cadena que formamos", aunque la ha presentado en el sentido de una obligación altamente meritoria. Me asalta la duda de si no habrá leído, de todo nuestro estudio, nada más que el principio y el final.

Ki ore irat od Loovis
Ja mar d'enfern avrat pour,
Char s'alme en iert en pareis
Od les angles nostre Segnor,

cantaban los soldados en el puerto.

El último en llegar ha sido el señor Geoffroy de Villehardouin, príncipe de Acaya, quien acaba de arribar procedente de Morea con veinticuatro naves y un numeroso ejército. El duque de Borgoña ha pasado el invierno con él en Esparta y lo ha convencido para que se adhiera a la cruzada. De ahí que se hayan reunido en Limasol tantas tropas que resulta ya imposible asegurar su manutención en el mismo lugar, y las reservas apenas son suficientes para emprender el viaje. Además, la moral del ejército se ha deteriorado tanto que es indispensable poner a la gente en marcha. No es que hubiesen perdido el valor y la confianza, sino que el ocio, que conduce siempre a una vida licenciosa, se ha extendido como una infección purulenta, provocando primero la aparición de las úlceras de la discordia para acabar después en el asesinato y el homicidio.

Pris est Syon ben le savez,
Dunt cretiens sunt esmaiez,
Les musteirs ars e desertez:
Dieus n'i est mais sacrifiez.
Chevalers, cher vus purpensez,
Vus ki d'armes estes preisez;
A celui voz cors presentez
Ki pur vus fut en cruiz drecez.

De modo que los generales han ordenado a las tripulaciones y los soldados que embarquen en las ciento veinte naves grandes y las innumerables embarcaciones menores enviadas por Génova y Pisa, según la tregua acordada en San Juan de Acre, para reforzar la flota que ya estaba anclada en el puerto y delante del muelle.

Ki ore irat od Loovis
Ja mar d'enfern avrat,

volvió a oírse el estribillo. Los marineros izaron las velas.

Incluso los venecianos se han aprestado a transportar a algunas personalidades que les parecieron aceptables, junto con sus jinetes, las cabalgaduras y los soldados de a pie. Las Órdenes militares disponen de sus propias galeras.

Justo en el instante en que todos habían embarcado y quedaban ya sólo a la espera del rey, se ha desatado una formidable tempestad y ha dispersado a la flota.

Yo eché mano de mi baraja y saqué a "el ahorcado", que siempre me asusta, aunque en último término no se cumplió la amenaza.

"Tu vida está en suspenso, en transición. Tienes un respiro entre varios sucesos importantes. Es tiempo de reflexión y de preparación para nuevas vivencias. Si pierdes esta oportunidad, todos tus esfuerzos podrían ser vanos."

DIARIO DE JEAN DE JOINVILLE

Limasol, 30 de mayo de 1249 d.C.

Hoy, día de la Santísima Trinidad, el rey Luis se ha hecho a la mar. Debido al temporal que se desencadenó y que muchos consideraron un mal presagio, sólo una cuarta parte de la flota sigue a la nave insignia real *Montjoie*; las demás han tenido que apañárselas cada una por su cuenta.

El primer lugar de encuentro y reunión señalado es la ciudad de Damieta, en el delta del Nilo, que representa "la llave para entrar en El Cairo". Yo he renunciado a utilizar junto a mi primo Juan la embarcación que habíamos alquilado entre los dos, y he aceptado la invitación de subir con mis caballeros y servidores a una galera espaciosa de los sanjuanistas en compañía de mi secretario, William de Roebruk, y mi confesor, el deán de Manrupt.

EL SULTÁN AIYUB consintió en recibir en su magnífica residencia de Damasco a su sobrino, el emir expulsado de Homs. El-Ashraf no se había presentado voluntariamente y el sultán tampoco había intervenido con ningún gesto en favor de su pariente. Los motivos eran puramente disciplinarios. Después del fallido intento por recuperar el dominio sobre su ciudad, las tropas que la asediaban habían hecho prisionero a el-Ashraf y lo habían enviado a Damasco. Aiyub lo hizo esperar tres días antes de concederle audiencia.

El-Ashraf sabía perfectamente que nada aburriría más a su tío que el ruego de que le devolviese Homs, por lo que decidió despertar la atención de su pariente hablándole de los infantes reales. Repitió todo cuanto había oído decir a la servidumbre en Masyaf, insistiendo en que posiblemente fueran "descendientes naturales del emperador, con toda probabilidad de su propia sangre", lo cual impresionó muchísimo al sultán, quien tenía en alta estima a Federico. El-Ashraf añadió además sus propias impresiones acerca de aquellas dos extraordinarias criaturas y permitió a su fantasía que se explayara libremente, convirtiendo a Yeza en una joven diosa, digna hermana de Palas Atenea y de Artemisa, y transformando a Roç en un futuro Alejandro, conquistador del mundo y príncipe de la paz al mismo tiempo. De paso, el emir bizco mencionó también la noble causa que había inducido a "los pequeños reyes" a emprender sin temor alguno aquella excursión dirigida contra An-Nasir: la liberación de ciertos niños mamelucos, Mahmoud, hijo de un tal Baibars Bundukdari, y Shirat, hermana del mismo personaje.

El sultán Aiyub escuchó el relato con gran placer, pues le pareció muy útil saber que el hijo del jefe de su guardia de palacio estaba preso y retenido como rehén, y dijo a su sobrino que le contestaría al día siguiente. Se apresuró después a enviar con urgencia un mensajero a Homs, ofreciendo a An-Nasir levantar el asedio a cambio de los prisioneros. Mientras esperaba la respuesta de An-Nasir fue aplazando de un día para otro la nueva audiencia que había prometido a el-Ashraf.

Ahora bien, An-Nasir, el soberano asediado de Homs, había sobornado mientras, a la vista del hambre y de la falta de agua potable que amenazaba a la ciudad, pero sobre todo porque comprendió que la situación militar no ofrecía salida alguna, al eunuco mayor del harén de la residencia del sultán en Damasco, ofreciéndole mucho dinero si envenenaba a su señor. Como el eunuco no podía acercarse a los alimentos y las bebidas que tomaba el sultán, se le ocurrió rociar con una sustancia altamente venenosa el lugar que su señor ocupaba diariamente para jugar al ajedrez, argucia que le deparó algún éxito, pues Aiyub acostumbraba pisar las alfombras con los pies descalzos y le brotó un eccema repulsivo en la piel, al que siguió la paralización de ambas piernas.

Las sospechas acabaron por recaer en el bizco el-Ashraf, con quien el sultán, sin embargo, jamás había jugado al ajedrez, pese a lo cual lo mandó al calabozo para que, bajo tortura, confesara el crimen. Sólo el hecho de que la respuesta de Homs llegara ese mismo día le salvó la vida. El mensajero traía además, para el eunuco mayor, la orden de procurar el inmediato restablecimiento del sultán, a cuyo fin se le entregaba el remedio correspondiente.

El eunuco intentó incriminar de algún modo a el-Ashraf, para quien cualquier relación con el asunto significaba perder la vida. Curó al sultán y afirmó haber sustraído el frasquito al prisionero. Aunque el sultán, quien tenía las piernas paralizadas pero no la mente, sabía que rara vez el envenenador lleva consigo el antídoto adecuado, por lo que hizo someter a tortura al eunuco mayor y, a falta de otra cosa que cortar empezaron por las orejas, siguieron por la nariz, y acabaron finalmente cortándole la cabeza entera.

La respuesta de An-Nasir conllevaba la propuesta de liberar en primer lugar a "los hijos del Grial" y a "la princesa de Salento", como signo de su buena voluntad. A continuación el sultán debía levantar el asedio de Homs y ratificarle en su dominio de la ciudad. Después serían enviados también los pequeños mamelucos a Damasco.

El sultán Aiyub seguía encontrándose muy débil, aunque poco a poco iba recuperando la sensibilidad de sus piernas hinchadas. Se mostró satisfecho con la respuesta de An-Nasir y mandó sacar al pobre el-Ashraf del calabozo, *innahu yandhur beheqd!*, expulsándolo a continuación sin más de la ciudad.

An-Nasir no padecía ni hambre ni sed. En la ciudadela había una fuente que manaba en abundancia además de algunos pozos muy hondos excavados en la roca, y las cisternas también estaban llenas hasta rebosar. Los jardines del harén se regaban cada día, e incluso en las mazmorras había agua en abundancia. Ésta goteaba de las paredes y los tres pequeños prisioneros tenían dificultades para encontrar en su calabozo un lugar seco donde la paja no estuviese podrida; además se veían obligados a disputarles ese mismo lugar a las ratas, la mayoría de las cuales tenían ya un nombre, y a las que los niños alimentaban con los restos de la comida que los vigilantes, bonachones, les proporcionaban en abundancia.

Clarion, Madulain y Shirat les mandaban cada día, desde el harén y por mediación del bañero mayor, fruta fresca y carne asada, de modo que tanto los niños como las ratas lo pasaban bastante bien. Los niños habían descubierto muy pronto que la distancia entre barrote y barrote no era un obstáculo para ellos, y se paseaban de celda en celda para gran espanto de los guardianes, que se veían obligados a buscarlos cada dos por tres. El gordito Mahmoud tuvo al principio ciertas dificultades, pero Yeza lo mantuvo durante varios días a media ración; al final también él acabó pudiendo traspasar, aunque con ciertas apreturas, el espacio entre los barrotes. Como no había otros prisioneros en las mazmorras de Homs, dado que los pocos adeptos rebeldes del antiguo emir bizco habían sido decapitados ya anteriormente por An-Nasir, aquel reino subterráneo les pertenecía sólo a ellos.

An-Nasir yacía en un enorme lecho sobre el que formaba una auténtica montaña de carne que, sin desembocar en un cuello, coronaba una cabeza redonda y demasiado pequeña. Sus labios eran gruesos y denunciaban su apetencia de placer; el bigotito en medio de una piel rasurada con esmero señalaba que, además, también era vanidoso. Unos ojillos despiertos tras los párpados soñolientos revelaban que sería un error considerarlo tonto o esperar de él un gesto amable.

An-Nasir no tenía escrúpulos. Estuvo reflexionando algún tiempo sobre la oferta del sultán, a quien casi había conseguido hacer asesinar, y consideró que el destino se estaba mostrando benevolente con él. De modo que decidió examinar a los prisioneros antes de entregarlos, sin haberlos visto siquiera, como prenda del levantamiento del asedio. Los niños no le interesaban, pero la posibilidad de despedir de su harén a alguna mujer sin haberla probado contradecía la imagen que se había formado de sí mismo, que era la de un amante insaciable.

De modo que batió palmas. Seis criados entraron presurosos en el dormitorio. Extendió ambas manos sin decir palabra, y dos sirvientes a cada lado se apresuraron a tirar de él mientras otro más se arrojaba sobre sus pies para que no resbalara y el más fuerte, que era el bañero mayor, lo empujaba, espalda contra espalda, para que los que tiraban de los brazos no acabaran arrancándoselos.

Así consiguieron levantar a An-Nasir y ponerlo sobre sus pies, hasta dejarlo erguido de cuerpo entero delante del lecho, mientras los criados se acurrucaban en el suelo. El gigante se subió a continuación el *shirwal*, que antes colgaba hasta el suelo, dejando expuestas sus imponentes partes genitales.

–Traedme a la que llaman princesa de Salento– resopló, y se acercó a la ventana con el fin de echar un vistazo al jardín que se extendía a sus pies y obtener así una primera impresión de lo que sería la inminente unión carnal con una princesa.

Ver acercarse a la elegida con pasos reticentes u ondulantes o con un tímido apresuramiento a la escalera solía excitarlo en grado diverso, y siempre le concedía un tiempo para imaginar el modo en que caería sobre ella. El mayor placer solían causárselo aquellas que se resistían un poco: las que los criados tenían que arrastrar a la fuerza a través de los jardines. En tal caso él solía adoptar el papel de salvador, pateaba y golpeaba a los criados como un poseso y tomaba después a la temblorosa mujer en sus brazos, la transportaba hasta el lecho y tocaba voluptuoso todos los registros propios de un gran seductor.

Recordaba a la joven mameluca llamada Shirat. La muchacha había permanecido tiesa como un madero mientras él la recostaba entre los almohadones y había soportado sus caricias como si no sintiese nada. Pero después, cuando él ya no se veía capaz de dominarse, fue ella quien lo ayudó.

Le dijo:

–Me está bien empleado verme deshonrada de este modo, puesto que hasta el momento he rechazado a todos los hombres– y separó los muslos para acoger su miembro. Excepcionalmente él se había esforzado por no hacerle daño; en realidad ya no estaba demasiado excitado. La joven lo acarició con gran gentileza cuando él se retiró sin haber conseguido una eyaculación, y no se echó a llorar como hacían muchas otras.

–Ahora debes matarme, An-Nasir– le dijo con mucha serenidad, –pues de no hacerlo tú lo haría mi hermano en el caso de que, como consecuencia de mi deshonra, llegara a dar a luz a un niño, ¡y entonces te mataría también a ti!

Él había experimentado en aquel momento unas ganas incontenibles de reírse, y tuvo que hacer un esfuerzo para explicarle que su débil respuesta como hombre no podía haber dado lugar a una procreación.

–Hay una sola razón para matarte, Shirat– dijo, y durante un instante jugó con la idea de hacerlo en efecto, –¡y es que no puedo permitir que viva un testigo de mi fracaso!

Al oírlo fue ella quien se echó a reír y después empezó a manipular sus partes como una hurí experta.

–Si es eso lo que quieres, ¡debes matarme con tu lanza, y para eso te la volveré a enderezar!– y en seguida consiguió que él pudiese demostrar su virilidad, lo atrajo hacia sí y ya no lo despidió de su vientre sinuoso hasta que hubo derramado su simiente en ella. Le había admirado el valor de la muchacha y su habilidad para no quedar embarazada aunque a partir de aquella primera vez había compartido su lecho en varias ocasiones. Era la única mujer a la que su bañero mayor preguntaba con palabras educadas si tenía ganas de ver a su señor en lugar de transmitirle sencillamente una orden. Ella obedecía siempre y él había acabado por considerarla una amiga comprensiva.

Mientras observaba el jardín vio que había allí dos mujeres que se empujaban una a otra, intentando cada una adelantarse. No se le ocurrió pensar que quisieran sacrificarse una en favor de la otra. Los criados observaban el espectáculo bastante desconcertados al ver que ambas los rechazaban con violencia y no se atrevían a echar mano de aquélla que a cada instante proclamaba ser ella la princesa de Salento.

A An-Nasir se le ocurrió pensar durante un instante si no sería agradable intentarlo con ambas a la vez, pero después rechazó la idea. Eso habría sido posible tratándose de huríes y amantes conocidas, pero no con esas mujeres incomprensibles de los infieles, convencidas de que el harén es un lugar donde se viven incontables horrores o un infierno donde se incuban los peores vicios –esos que ellas sólo admiten en sus más secretos sueños–, pero que jamás lo consideran como lo que es realmente: un auténtico y cuidado nido de placer. Las peores solían ser esas damas de Occidente que hablan de lo que sienten en su corazón cuando sólo se trata de pasión, y que exaltan el amor cuando de lo que se trata es de practicar el arte de la satisfacción recíproca. Tales damas solían exigirle bastante esfuerzo, y la que ahora se acercaba tenía todo el aspecto de resultar agotadora.

Entre tanto, Clarion había ganado la partida a Madulain, al arrojarles a los criados una bolsa llena de oro que llevaba escondida entre las faldas. El gesto que hizo y el modo en que echó después la cabeza hacia atrás derramando sobre los hombros su abundante cabellera excitó muchísimo a An-Nasir. La vencedora acabó subiendo las escaleras con aire provocador mientras en el jardín sus criados luchaban por devolver al harén a una Madulain furiosa. An-Nasir no estaba muy seguro de cómo le convendría enfrentarse a la leona e hizo algo que hasta entonces no había intentado nunca. Siguió mirando por la ventana y dando la espalda, con ánimo de dejarse sorprender.

Se dio cuenta de que la joven entraba en la estancia, oyó el frufrú y el roce de sus ropas, y en el mismo instante en que el silencio que auguraba la desnudez de la mujer empezaba a hacérsele insoportable, un pañuelo rodeó desde atrás sus ojos y acabó siendo anudado con energía. Él echó las manos hacia atrás, pero se encontró con el vacío. Después las manos femeninas volvieron a tocar su cuerpo, le soltaron los calzones de las caderas y los deslizaron piernas abajo hasta dejarlos rodeando sus tobillos de un modo indigno, pues no podía moverse. En cambio sintió los dedos que tocaban su órgano, lo examinaban, y cuando quiso él cogerlos a su vez lo que tocó fueron unos senos que se le sustrajeron en seguida de nuevo. El hombre consiguió deshacerse de los calzones y levantar un poco la tela que le cubría los ojos, para ver al menos las piernas de la mujer, allí donde arrancaban los muslos. Pero después prefirió seguirle el juego y aceptar el papel de víctima ciega, aunque mientras, la iba empujando con toda intención hacia un rincón de la estancia, moviendo su poderoso cuerpo de un lado a otro como un luchador y avanzando de vez en cuando los brazos para sujetar a su contrincante. Clarion intentó escapar de él agachándose y arrastrándose por el suelo, pero su respiración agitada la traicionó. Las manos de An-Nasir rodearon desde atrás las caderas de la joven y le levantaron el trasero cuando él ya había conseguido meterse entre sus muslos y la había penetrado. Permitió que ella siguiera moviéndose andando sobre las manos y así la empujó a través de la habitación. Él aullaba a cada golpe que daba y ella gritaba como si la estuviesen torturando, pero ambos sabían que era de pura voluptuosidad. El hombre, que había poseído a centenares de mujeres, no recordaba haber vivido jamás unos instantes tan locos y tan arrebatadores, y para Clarion, que no había pertenecido jamás a un hombre, fue como la erupción de un volcán. Estaba deseosa de arrojar lava candente hasta el cielo y no quería que aquel toro descubriera que para ella era la primera vez; lo único que deseaba era que el acto no tuviese fin. Pero la naturaleza debilitó su celo; cada golpe era ya más lento, y más ancho y sosegado el río de lava. Clarion, que había alcanzado jadeante el lecho, extendió las manos y acabó recostada sobre el rostro a la espera de que An-Nasir le devolviese el resto de su cuerpo, aunque él consiguió con gran habilidad dejarse caer hacia atrás sobre la cama, sin soltarla, y ella volvió a sentirlo dentro: el cuerno del toro le llegaba hasta lo más hondo del cuerpo... un cuerpo que no parecía haber sido creado para otra cosa que para experimentar placer. Se arrojó hacia un lado, queriendo ver al fin el rostro del hombre que había sido capaz de despertar tanta pasión en ella, pero An-Nasir se lo había cubierto con la sábana de tela adamascada. Sin interrumpir su apasionado cabalgar Clarion cogió una de las almohadas y se la puso encima de la cabeza como si quisiera ahogarlo, y entonces él empezó a manotear hasta deshacerse de la sábana. Los dos se miraron con asombro, y Clarion se inclinó hasta unir sus labios con los suyos.

–¡Mi amo y señor!– murmuró.

An-Nasir convirtió la sábana en una carpa que les proporcionó un agradable claroscuro.

–No habléis ahora, princesa, es la hora del atardecer y sólo el viento de la noche alegrará nuestro corazón, sólo la luz de la luna refrescará nuestros miembros.

–Pero tengo sed...– le sonrió ella con gesto luminoso cuando el emir ya estaba batiendo palmas.

Los criados trajeron agua fresca de rosas, depositaron con la mirada baja la jarra y las copas sobre la mesilla que había junto al lecho y volvieron a retirarse.

–La verdad– dijo el pequeño Mahmoud, que había perdido un tanto de peso pero, en cambio, se expresaba cada día mejor en una mezcla de idioma provenzal y latinesco, –la verdad es que arriba, en el harén, se está mucho mejor.

–Lo siento– dijo Roç, un tanto ofendido, –pero nosotros queríamos liberarte. No creo que estuvieras tan bien en un harén lleno de mujeres...

–¡...y sobre todo en comparación con esta mazmorra llena de ratas!– reía Yeza.

Habían estado jugando "a esconderse ante el verdugo". Uno tenía que subir los peldaños de piedra de la escalera de caracol hasta llegar a la pesada puerta desde la cual se podían inspeccionar las celdas, aunque no todas al mismo tiempo. Mientras, los otros dos se escondían. Si el verdugo, que debía ir relatando en voz alta las diferentes formas de ejecución que conocía, no los encontraba, lo condenaban a muerte a él. Podía seguir buscando mientras se le ocurrieran nuevos castigos, pero si se repetía también perdía. Habían jugado ya muchas veces y agotado todas las variantes, incluida la de "ser encerrado dentro de un saco junto con su rata preferida".

–Cuando An-Nasir llama a tu hermana...– quiso enterarse Yeza.

–Es mi tía– se defendió Mahmoud, –aunque a ella no le gusta que la llame así.

–Bueno, cuando el emir llama a tu tía Shirat– insistió Yeza, –¿qué hace con ella?

–Juegan al ajedrez– dijo Mahmoud, –ella juega bastante bien. ¡Después siempre está agotada y tiene que bañarse sin falta!

–¿Y a ti te parece especialmente bueno el harén aunque tengas que bañarte?

En aquel momento oyeron el ruido de las llaves y cómo corrían el cerrojo de la pesada puerta. Los guardianes se asomaron a la escalera.

–¡Vais de vuelta al harén!– exclamó uno.

–¡De nada nos serviría escondernos!– Los niños salieron de las diferentes celdas, recogieron los restos de comida que guardaban encima de algunas piedras salientes del muro y los arrojaron a las ratas que correteaban por el suelo.

–¡Pero primero tomaréis un baño!– dijo el bañero mayor, que acompañaba a los guardianes. –¡No os podéis presentar así ante el señor emir!

Y se tapó las narices mientras los tres niños subían a su lado por las escaleras.

El gigantesco emir An-Nasir descansaba en el lecho junto a Clarion, a la que mantenía abrazada.

–No desearía perderos, princesa mía– suspiró, mientras Clarion se le arrojaba desesperada sobre el vientre.

–No soy yo quien os abandona– se quejó la joven mordiéndole con energía uno de los pezones. –Me expulsáis para salvar a Homs…

–El sultán exige expresamente la entrega de vuestra persona, junto a los supuestos "infantes reales".

–Pero si el sultán nunca me ha visto– refunfuñó Clarion, acentuando su disgusto.

Una idea iluminó el rostro sudoroso del emir.

–Si los niños no os delatan, podríamos hacer que vuestra doncella…

–¿… me suplante como princesa de Salento?– El cuerpo de Clarion se enderezó como el de una cobra. –Jamás permitiré…

Pero el poderoso emir volvió a recostarla sobre las almohadas.

–¿Acaso el título os importa más que yo?– preguntó, y en su voz asomó un tono de acechante crueldad.

Clarion se dio cuenta del peligro y murmuró:

–Jamás permitiré al sultán que corte el lazo de amor que nos une. ¡Hablaré con los niños!

An-Nasir se quedó profundamente impresionado por esta cabriola atrevida de la princesa, cuya habilidad mental consideró que estaba a la altura de la de su bajo vientre. Con la mano abierta le propinó un palmetazo en el trasero que consiguió llenarle los ojos de lágrimas.

–¡Monstruo!– gritó con fuerza. –Haré cuanto me pidáis. Soy vuestra esclava. ¡La princesa Madulain acompañará a los niños a Damasco!

El gran visir del sultán, Fakhr ed-Din, y el emir Fassr ed-Din Octay, llamado también "el halcón rojo", es decir, padre e hijo, cabalgaban a través del desierto intercalando en las horas de monotonía alguna que otra interrupción ocasional para cazar con ayuda de un halcón amaestrado.

El gran visir, de edad ya avanzada, había efectuado la primera parte del viaje rodeando el Sinaí y cruzando por el mar Rojo hasta encontrarse en Akaba con su hijo. Aún tenían la parte más difícil por delante: rodear los castillos cristianos y alcanzar Damasco, más allá del río Jordán. Habían desistido de hacer el viaje a través del mar Mediterráneo por el excesivo peligro de caer en manos de los cruzados, que acababan de partir de Chipre.

El sultán Aiyub había llamado a su visir cuando los síntomas de parálisis se agravaron tanto que los médicos temieron lo peor. Durante tres días con sus noches el sultán no había podido moverse, ni comer, ni hablar. Después, y con ayuda de aquel remedio hallado en extrañas circunstancias, su estado había mejorado.

–¿De quién sospechas?– preguntó el padre, sin andarse con rodeos. –¿No habrán sido tus amigos, los "asesinos"?

–Jamás, señor padre– respondió "el halcón rojo" un tanto incomodado. –Ellos tienen mucho interés en no poner a prueba la protección que les brindan las murallas de Masyaf, y por nada del mundo harían algo que los enemistara ahora con nadie. Más bien creo que habrá sido obra de An-Nasir, al saberse acorralado en Homs, o de esos insensatos sanjuanistas, que pensarían contribuir así al éxito de la peregrinación que realizan en nombre de la cruz...

–¡Qué manera tan extraña de adorar a Dios!– murmuró el gran visir. –Y eso que los cristianos se resisten desde Malik-Rik a recuperar el dominio sobre Jerusalén, aunque siguen ostentando el título de reyes. No luchan por su capital: prefieren construir castillos y puertos a lo largo de nuestra costa, porque sus mayores dioses son el comercio y el beneficio. De modo que una vez más se limitarán a llegar a San Juan de Acre haciendo que la ciudad casi reviente, traerán la inseguridad a sus alrededores, se pelearán por las propiedades que puedan conquistar y se volverán a casa: ¡el cristiano se da por satisfecho cuando cree haber cumplido una promesa!– se mofó el anciano.

–Pues yo creo– le adelantó el hijo con cierta precaución –que esta vez nos atacarán en Egipto...

–¡Jamás!– exclamó su padre.

–Mientras estuvo en Chipre, el rey Luis mantuvo su propósito envuelto en tanto misterio que no puede tener otra intención que tomar El Cairo. ¡No valía la pena tanto secreto si sólo se trata de llegar a San Juan de Acre!

–No soy capaz de verlo tal como lo ves tú, hijo mío, ¡además, el emperador nunca lo permitiría!

–Siento mucho tener que contradeciros. Vuestro amigo y benefactor Federico tiene que admitir muchas cosas desde que su enemigo mortal, el Papa, lo ha destituido, y el emperador puede darse por satisfecho con que el rey de Francia no se adhiera a esa misma intriga infame. No obstante, tampoco puede prohibir al devoto Luis que siga adelante con sus cruzadas y las dirija hacia donde mejor le parezca...

–Sabes mucho de la fe de los cristianos y de su comportamiento, hijo mío, y pienso que tal vez podrías llegar más lejos quedándote en su mundo, con tus habilidades...

–No sigáis hablando, padre– lo interrumpió "el halcón rojo", –pues bajo la bandera del profeta también se cometen traiciones, también hay injusticias y se siembran disputas, ¡precisamente en una época en que la causa del Islam necesitaría más que nunca unidad y reflexión serena!

–Y puesto que estás convencido de que el golpe no va dirigido contra nuestro corazón sino contra nuestra cabeza, dime: ¿por qué nos encontramos cabalgando ahora y aquí, y no estamos en El Cairo, donde más falta harían nuestro consejo y nuestro brazo?

–Porque Alá ha querido alejaros de allí, donde peligraría vuestra vida, por mediación de la voluntad de nuestro señor sultán, y porque yo me siento feliz de poder estar junto a vos durante unos pocos días, señor padre...

Y siguieron cabalgando en silencio, a sabiendas de que disfrutaban, durante aquel viaje por el desierto, de una felicidad prestada, cuando no robada. ¿Cuántas ocasiones habían tenido de cazar juntos? La última vez que recordaba "el halcón rojo" fue cuando era niño y estaba a punto de abandonar el país para ser educado en Palermo, en la corte de Federico. Cuando el emperador se vio obligado a realizar a su vez una cruzada, el joven quiso alejarse de allí, lleno de indignación, pero el emperador lo consoló, le aseguró que jamás mancharía sus manos con la sangre de sus amigos y le regaló su primer *qufàs assaqr*, un guante para la caza con halcón. Más adelante lo había armado caballero, insistiendo en que lo hacía en parte para honrar también a su padre. Él, el emperador, se consideraba feliz de saber que un hombre como Fakhr ed-Din era amigo suyo, y quería que el hijo se sintiese orgulloso de su padre.

La vida les había regalado pocos días de convivencia; ahora "el halcón rojo" era adulto y su padre un anciano.

FINIS

LIBRO I

Libro II

I
EL FAVOR DE LOS AYUBÍES

DIARIO DE JEAN DE JOINVILLE

Damieta, 4 de junio de 1249 d.C.

¡Egipto se extiende ante nosotros! La ciudad que vemos cerca de la costa, donde acaba el delta del Nilo, se llama Damieta. La tenemos aquí delante, al alcance de la mano. Hemos decidido desembarcar el próximo viernes pero mientras, observamos que se está reuniendo a lo largo de la playa el ejército del sultán. Sus armaduras brillan a la luz del sol hasta el punto de hacer daño a la vista, y el ruido que hacen con trombones y cuernos está destinado a atronarnos los oídos y embotar nuestros sentidos. Eso significa que no hemos conseguido sorprenderlos del todo, aunque yo no había esperado –al contrario que algunos de mis compañeros de armas– encontrarme con una playa desierta.

Alum conquer Moïses,
Ki gist el munt de Sinaï;
A Saragins nel laisum mais,
Ne la verge dunt il partid
La Roge mer tut ad un fais,
Quant le grant pople le seguit;
E Pharaon revint après;
El e li suon furent perit.

Así pues, nuestros barcos se mecen tranquilos frente a la costa y a una señal nos hemos agrupado en torno al *Montjoie*, el buque insignia del rey.

Luis ha llamado a sus barones y desea oír nuestro consejo. La mayoría está a favor de esperar la arribada del resto de la flota que la tempestad dispersó al partir de Chipre, pues hasta el momento el rey sólo ha reunido en torno a su nave capitana como máximo a un tercio de sus efectivos. Pero Luis no está del todo de acuerdo con esta opinión y señala como argumento que cualquier retraso no haría más que elevar la moral del enemigo, sin olvidar que –y esto es lo decisivo– Damieta no dispone, como todos deberíamos saber, ni de un puerto ni de una bahía natural donde anclar nuestras embarcaciones y, por tanto, nos exponemos al peligro de que una nueva tempestad nos vuelva a separar después de estar tan felizmente reunidos.

De modo que hemos decidido desembarcar el próximo viernes y enfrentarnos al enemigo "¡hasta que la victoria sea nuestra!"

EN HOMS LES PROPORCIONARON vestiduras dignas a los niños y los prepararon para el día de la entrega. Clarion preparó el ropaje más adecuado para Madulain, dispensándole el cariño de una hermana, y An-Nasir permitió que su favorita metiera la mano muy profundamente en los cofres llenos de joyas que habían caído en sus manos cuando conquistó la ciudadela.

La intención era que Madulain pareciese una princesa y que nadie pudiese dudarlo, por lo que el gordo y castrado bañero mandó que la embadurnaran con ungüentos y pomadas además de rociarla con esencias de aroma embriagador, hasta que descubrió jubiloso una mezcla de almizcle y mirra, lavanda y rosa, con un toque de limón salvaje y un aire de jazmín, que, según afirmaba, era la más adecuada para el tono de piel de la joven. Se esforzó personalmente en limarle las uñas de manos y pies mientras el mejor peluquero de la corte le lavaba el cabello, le aplicaba un ligero tinte y le afeitaba las axilas.

Los niños observaban esos trajines pasmados y con admiración, hasta que también a ellos les lavaron la cabeza sin hacer caso de sus gritos de protesta. De paso, hasta el pequeño Mahmoud acabó metido en la bañera. La noticia de que iba a perder de nuevo a sus compañeros de juego lo tenía sumido en una gran tristeza, pero Roç le aseguró, para consolarlo, que existía el acuerdo firme de que él y su tía los seguirían muy pronto, y que después todos irían juntos a El Cairo, donde lo esperaban sus padres. Shirat era la única que mantenía un obstinado mutismo.

Hacía ya muchos días, desde que Clarion fue conducida por primera vez al dormitorio particular de An-Nasir, que éste no había vuelto a llamar a la joven mameluca. Shirat no envidiaba a Clarion por ello, aunque la de Salento había adquirido el aspecto de una rosa abierta en todo su esplendor en el transcurso de una sola noche y disfrutaba ahora de una posición privilegiada en el harén, pues las demás mujeres, casi todas ellas procedentes aún del harén de el-Ashraf, procuraban adivinarle los deseos a la favorita.

Clarion no molestó a Shirat, de la que solía decirse en el harén que jugaba antes regularmente al ajedrez con An-Nasir, ni tampoco se había atrevido jamás a preguntar a su impetuoso amante, su Minotauro, por la relación que lo unía a la tímida princesa mameluca. No obstante, sentía cierto recelo y Shirat se daba cuenta, porque Clarion la ignoraba.

Shirat, a punto de perder a Madulain, hasta entonces su única amiga en el harén, iba encerrándose más y más en un profundo mutismo. De repente comprendió que su destino podría ser perfectamente el de envejecer en el *beit al nissa' al ma'asulat*, como una concubina olvidada que nunca tuvo hijos. Ya no encontraría a otro hombre y su hermano la repudiaría. Veía a otras mujeres que habían padecido ese destino, que vivían los días recluidas y en permanente somnolencia, con la lejana esperanza de ser llamadas al menos alguna noche. Pero no las llamaban y su expresión se volvía cada vez más amarga y apesadumbrada, hasta que se les desvanecía el último soplo de esperanza. Estaban bien alimentadas y vestidas, se bañaban y charlaban, bromeaban, eran vanidosas e intrigantes, pero no tenían futuro, no les quedaba otra seguridad que la de morir algún día olvidadas en el harén. Shirat había esperado conseguir otras cosas en la vida. No tenía más que dieciocho años.

El gran visir Fakhr ed-Din llegó a Damasco y se presentó inmediatamente ante su señor el sultán para comentar con él la situación y hablar de la amenaza que pendía sobre Egipto, pero un gesto de Aiyub le impuso silencio.

–¿Te acompaña tu hijo?– quiso saber el sultán. –Le encargué una misión…

Hicicron pasar a "el halcón rojo".

–Fassr ed-Din Octay– empezó el sultán con lentitud, pues hablar aún le exigía cierto esfuerzo, –el emperador, amigo de mi padre el venerable el-Kamil, te hizo el honor de armarte caballero, de modo que no imagino a nadie más digno de confianza que tú, tratándose del asunto que voy a comentar.

–Y además es mi hijo– dijo el anciano visir, un tanto dolido en su orgullo.

–Ése ha sido mi punto de partida– sonrió el sultán. –Pero ahora se trata de dos infantes reales de quienes me aseguran que llevan precisamente la sangre de ese emperador tan venerado por Nos, unos infantes que mi sobrino An-Nasir retiene en Homs. Levantarás el asedio a esa ciudad en cuanto te hayan entregado los infantes y una hija mayor del emperador, a la que para compensarle su nacimiento como hija natural le otorgó el título de condesa de Salento…

De nuevo lo interrumpió el anciano gran visir con voz llena de orgullo:

–Clarion, ¡mi nieta!

–¡Una prueba más de la virilidad indomable de nuestro admirado emperador!– observó el sultán, sin poder reprimir un asomo de sarcasmo. –En cualquier caso, y aunque la cuestión de la legitimidad no esté del todo probada, se trata de sangre imperial y, por tanto, la acogeremos como buena prenda para mover al emperador a que intervenga si ese insensato rey francés nos causa alguna molestia…

–¡Lo hará, venerable Aiyub!– se atrevió a asegurar "el halcón rojo".

–¡No lo hará!– le cortó el sultán. –Y si se atreve, ¡Alá lo castigará!

Con ello acabó la audiencia, pues el sultán estaba agotado y lo único que dijo aún a su visir fue lo siguiente:

–Puedes preparar los documentos de apoderamiento para tu hijo –¡a quien Alá dote de mayor respeto ante la vejez!– de modo que pueda entregar uno de dichos documentos al comandante que está al mando de mis tropas ante Homs, y otro a mi sobrino rebelde que está dentro. ¡El emir Fassr ed-Din Octay partirá pasado mañana!

DIARIO DE A. E. DE JOINVILLE

Damieta, 5 de junio de 1249 d.C.

Podríamos haber pensado que en un momento tan decisivo como éste todo el mundo olvidaría la envidia, las malquerencias y la rivalidad. Pero cuanto más se acercaba la fecha del desembarco tanto más se enconaba en nuestra flota cristiana la disputa por hacerse con los primeros puestos, como si se tratara de un torneo. La pelea se inició sobre todo por la cuestión de las barcas alargadas y planas y las galeras de remo, pues la mayoría de nuestros veleros tenían demasiado calado para trasladar a los caballeros y sus armaduras junto a los caballos, también protegidos con corazas, lo bastante cerca de la orilla, y para transportar a la cantidad suficiente de soldados de a pie que los acompañaran. Nosotros no teníamos una embarcación larga de ese tipo. El rey había asegurado al conde de Joinville que dispondríamos de alguna, y ya la teníamos a nuestro costado cuando en el último instante quisieron retirárnosla. Al darse cuenta de la situación nuestros caballeros saltaron sin más por la borda y se dejaron caer en la barca, todos revueltos y en tal desorden –además de en número tan desorbitado– que la barca de remos perdió el equilibrio, se inclinó a un lado y empezó a hundirse. La mayoría de los remeros abandonaron entonces la embarcación y presas del pánico treparon a nuestro velero, agarrándose a los cabos que colgaban de la borda. Mi señor Jean de Joinville preguntó a gritos al timonel cuántos hombres podía transportar su barca y éste le respondió a voz en cuello:

–¡No más de veinte caballeros!

Contamos rápidamente desde arriba y vimos que en la barca ya había muchos más. Entonces mi señor le preguntó al timonel si estaba de acuerdo con que nuestros hombres remaran también, para disminuir el número de remeros suyos que serían necesarios. La respuesta fue afirmativa y el conde de Joinville tuvo que emplear toda su autoridad para repartir a sus gentes en tres grupos, que serían llevados a tierra uno después de otro. Uno de los caballeros, que había saltado en el primer instante y que, dada la confusión del momento, había ido a parar al agua justo al lado de la barca, se hundió como una piedra sin que nadie pudiese ayudarlo. No pujé por ser uno de los primeros en pisar tierra y cedí ese honor al capellán de mi señor de Joinville, el deán de Manrupt. Yo no acompaño a la tropa al combate para prestarle asistencia espiritual, sino para anotar por escrito lo que sucede, lo que sólo puedo hacer si conservo la vida. De modo que le hice un gesto de despedida con la mano al conde de Joinville cuando, encabezando el primer grupo de sus caballeros, ordenó que lo transportaran a la playa donde según mi estimación lo esperaban unos seis mil hombres del sultán.

Ki ore irat od Loovis…
Quien con el rey Luis cabalga
no conocerá del infierno las llamas
pues tiene de compañía a los ángeles
¡y lleva el paraíso en el alma!

"EL HALCÓN ROJO" recorría sin meta definida el bazar de Damasco. Las palabras del sultán lo habían dejado bastante perplejo. ¿Cómo era posible que los niños hubiesen abandonado la seguridad de Masyaf y caído precisamente en manos de An-Nasir? ¿Significaba eso que ya no podía confiar en los "asesinos", a cuya custodia los había entregado?

Era una suerte que lo hubiesen elegido precisamente a él para hacerse cargo de ellos, ¿pero qué hacer una vez de vuelta en Damasco? Aquí no harían más que añadir otra hilaza a la inextrincable red de intrigas que se tejía en el palacio de Aiyub, no serían más que un supuesto medio para presionar y forzar la ayuda del emperador. "El halcón rojo" estaba muy seguro de que Federico tenía la mente puesta en otros problemas.

Fue entonces cuando vio, a la salida del bazar y acurrucada a la sombra de un árbol, una figura que le pareció familiar. "El halcón rojo" lanzó una piedrecita contra el tronco del árbol y el joven levantó la vista, aunque sin descubrirlo a él: era Hamo. ¿Qué lo habría llevado a Damasco? ¿Por qué no estaba junto a los infantes? Se acercó por detrás y murmuró:

–¿Por qué no sigue en Masyaf el hijo de la condesa?

Hamo dio media vuelta y reconoció a "el halcón rojo", quien se sentó a su lado y escuchó la historia de la fracasada "liberación de Homs".

–Cuando unos niños proyectan empresas tan insensatas...– le reprochó a Hamo, quien, como era de esperar, no mencionó sus motivos personales y ni siquiera fue capaz de pronunciar el nombre de Shirat –... pero tú, Hamo l'Estrange, ¡eres ya mayorcito para prestarte a una aventura tan descabellada!

Hamo calló, pues comprendía que el otro tenía más experiencia y que, además, le asistía toda la razón.

–Sin embargo– dijo "el halcón rojo" en voz baja, –ahora tendrás la ocasión de remediar tu fallo. Te procuraré un caballo rápido, con el que cabalgarás hasta Masyaf. Yo– el emir reflexionó brevemente y se cercioró de que no tenían cerca a ningún curioso –emprenderé el regreso a Damasco no por la carretera principal, sino pasando por Baalbek. Allí, en las ruinas del templo, deberán tenderme los "asesinos" guiados por Crean una trampa, en la que a ser posible no se derrame sangre, pero que sea lo suficientemente creíble como para que yo pueda presentarme después con las manos vacías ante el sultán.

–Si el sultán se entera de esta intriga– dijo Hamo, –¡sería mejor que los "asesinos" te clavaran un puñal allí mismo!

–Aprende primero a distinguir entre lo que es juego y lo que va en serio, Hamo l'Estrange– dijo "el halcón rojo", y lo llevó a presencia de un conocido vendedor de caballos, donde escogió para él el mejor de los animales, entregó a Hamo unas monedas y lo puso en camino. –Date prisa– le advirtió, –¡partiré dentro de dos días, y para entonces todo debe estar dispuesto!

–No te lo tomes tan en serio, "halcón rojo"– le dijo el otro al despedirse, –¡todo esto no deja de ser un juego!

DIARIO DE JEAN DE JOINVILLE

Damieta, 5 de junio de 1249 d.C.

¡Hemos desembarcado! Nuestros soldados han remado con tanto ahínco que pasamos de largo ante la barca procedente de la nave real *Montjoie*, en la que se encontraba el propio rey. Cuando sus hombres vieron que avanzábamos con mayor rapidez que ellos, nos saludaron jubilosos y nos indicaron que nos agrupáramos en torno al estandarte real, el *Saint-Denis*, que avanzaba ya hacia la costa en una de las primeras barcas.

Yo no pensé ni por un instante en obedecer a tal requerimiento; muy al contrario, ordené que mi barca enfilara la orilla exactamente allí donde nos esperaba un grupo mayor de jinetes enemigos. Apenas éstos captaron la maniobra se acercaron a nosotros a pleno galope. Tuvimos el tiempo justo de saltar de la barca sin desembarcar a nuestros caballos, plantar nuestros escudos con el extremo puntiagudo en la arena y apoyar nuestras lanzas largas de modo que señalaran oblicuamente desde abajo hacia el cuello y el vientre de los caballos que se acercaban galopando. Cuando los jinetes se dieron cuenta tiraron de las riendas, volvieron grupas y se alejaron de allí.

A nuestra izquierda estaba desembarcando Juan d'Ibelin, conde de Yafo y pariente lejano de la casa de Joinville. Quería demostrarnos a todos cómo hace acto de presencia un auténtico caballero. Su preciosa nave estaba pintada toda ella con sus colores rojo y gualda. Trescientos remeros la hacían avanzar y junto a cada puesto de remero había sujeto un escudo que ostentaba también sus armas; encima de cada escudo ondeaba una banderita con sus colores. La galera parecía volar hacia la orilla, los banderines ondeaban al viento, retumbaban los enormes bombos y sonaban los cuernos mientras la nave se acercaba como un viento tempestuoso acompañado de rayos y truenos, encallando ya muy subida a la orilla. Los enemigos, asustados, se retiraron bastantes metros mientras el conde de Yafo ordenaba con toda tranquilidad que, antes que nada, plantaran su tienda. Los sarracenos mostraron una vez más su intención de querer atacar, pero cuando vieron que no impresionaban a nadie dieron media vuelta.

A la derecha, a la distancia de un tiro de ballesta, habían varado a la galera con el estandarte real. Cuando los soldados plantaron el *Saint-Denis*, uno de los sarracenos no pudo frenar a su caballo, o bien pensaría que los demás seguirían su ejemplo. En cualquier caso, se introdujo al galope entre los abanderados, que no tardaron en cortarlo a trozos.

"Estamos ante una ruptura, ante el gran cambio. ¡Bienaventurado aquél que ha ordenado sus asuntos: nada puede detener al carro una vez está rodando. Cuatro esfinges lo mantienen en movimiento."

Mi William, que había llegado con la tercera barca y me traía la incómoda espada larga, ha sido el primero en hacer un prisionero. El sarraceno fue arrojado por su caballo encabritado directamente a los pies del fraile, de modo que a éste le bastó ponerle en el cuello la punta de la poderosa arma de hierro, y mi eficaz secretario hizo entonces lo único que parecía razonable, que era gritarle al sarraceno caído de espaldas como un escarabajo:

–¿Dónde está el sultán?

Así se descubrió, por boca de un hombre bastante asustado y por tanto sincero, que ya habían enviado por tres veces aviso a Aiyub mediante palomas mensajeras, pero que no les había llegado respuesta. El ejército musulmán, carente de mando, se sentía traicionado y vendido. Después de obtener esa información tan importante William ordenó a aquel hombre, quien mostró un asombro inmenso por el gesto, que se retirara gateando hasta donde su caballo pastaba pacíficamente entre las dunas y permitió que ambos escaparan sin sufrir daño alguno.

AL CAER LA TARDE vieron que una paloma se acercaba con cansado aleteo a los jardines del amplio conjunto del palacio de Damasco. Apenas hubo encontrado el agujero en el *beit al hamàm*, que descansaba sobre altos palos, cuando se abrió en el interior una trampilla y una mano sujetó la paloma para retirarle el mensaje de la anilla que llevaba en una pata. El mensaje, compuesto de pocas palabras, fue llevado a la cancillería del gran visir y presentado a éste una vez lo hubo desplegado su secretario personal.

Fakhr ed-Din echó una mirada al rollito de pergamino y pidió inmediatamente audiencia al sultán. Sin entretenerse en largos preámbulos informó apesadumbrado:

–¡Han desembarcado cerca de Dumyat!

Aiyub se mostró impresionado.

–¿Podemos defender la ciudad?

–Todavía está en nuestras manos.

–¿Vuestro hijo ha marchado ya?

El gran visir sacudió la cabeza, negándolo.

–¡Llamadlo en seguida! Debe cabalgar cuanto antes hacia el norte, a Diarbekir, y convencer a mi primogénito, Turan Sha, para que abandone por un tiempo la dulce vida que lleva en la región de Gezirah y me sustituya aquí en la capital de Siria. Sé que tengo ante mí un viaje largo y dificultoso, pero…

–Es imposible que lo realicéis en vuestro estado…

–¡Tengo que hacerlo! Y vos, querido amigo y consejero estimado, tendréis que vestir una vez más, a pesar de vuestras honorables canas, el manto de general y conducir a mi ejército a marchas forzadas a Egipto. El Cairo está amenazado. Dad órdenes a Baibars para que impida a los cristianos proseguir el avance hasta que lleguéis, ¡aunque nos cueste la pérdida de Dumyat!

–¿Y qué pasa con los hijos del emperador?– El visir sabía que ahora ya no eran importantes, pero deseaba oír la confirmación.

– Los recibirá nuestro comandante ante Homs, quien los entregará aquí. Turan Sha decidirá su destino. Id ahora a preparar la marcha de nuestra guarnición, que debe salir esta misma noche. Os otorgo el mando supremo sobre la tropa; yo mismo os seguiré con los hombres que aún asedian Homs: *Alah yahmina!*

Padre e hijo se abrazaron. "El halcón rojo" estaba listo para partir, encabezando una pequeña escolta de beduinos seleccionados e hijos de algunos emires de la misma región que ahora tendrían que atravesar a marchas forzadas. Diarbekir quedaba lejos, al nordeste de Alepo, sede residencial de origen de An-Nasir.

–Se trata de aprovechar la ventaja, querido hijo, que nos dispensa el hecho de que el obeso emir siga aún en Homs y tal vez no se haya enterado todavía de lo que está sucediendo en Egipto. Si lo supiera haría todo lo posible por cortar el camino a Turan Sha, heredero de Aiyub, y mantenerlo alejado de Damasco. Ese gordo tiene un ojo puesto en el trono y quiere ocuparlo él mismo, por lo cual es lógico que no vea en su primo más que a un rival, y además un rival débil.

Fakhr ed-Din reflexionó un instante antes de proseguir:

–El otro problema será convencer al hijo del sultán de la gravedad de la actual situación. Del mismo modo que An-Nasir desea hacerse con el gobierno, Turan Sha intenta evitarlo, pues prefiere dedicarse a las bellas artes en compañía de los innumerables e ingeniosos amigos que pueblan los palacios y las quintas de placer en Mardin.

–Lo sé– dijo "el halcón rojo", –le gusta la vida cómoda y no se lo considera un gran guerrero.

–Es una preocupación para Aiyub– murmuró el gran visir. –Te recomiendo que intentes halagar su vanidad: así conseguirás tal vez que te acompañe en seguida de vuelta a Damasco.

Fakhr ed-Din no se vio capaz de dar a su hijo más consejos.

–Señor padre, desearía ocupar vuestro puesto y enfrentarme en vuestro lugar al enemigo. ¡La situación me preocupa!

–*Massiruna biyadilah al quadir*, nuestro destino está en manos del Todopoderoso. Si Él desea llamarme a su lado– y no permitió a "el halcón rojo" que lo abrazara y besara otra vez, –¿por qué no habría de seguir su mandamiento?

–*Insha'alah!*– respondió el hijo, y dio la señal de partir.

Aquella misma noche el ejército estacionado en Damasco inició su marcha hacia el sur. Lo acompañaba el anciano gran visir, transportado en un palanquín. Como era un ejército poderoso y capaz de vencer cualquier resistencia, Fakhr ed-Din envió algunos mensajeros para que comunicaran a los cristianos del Reino su intención de atravesar el país y recomendarles que permanecieran concentrados en sus castillos.

Una vez tomadas estas precauciones, encaminadas a evitar pequeñas e inútiles refriegas, eligió el camino más corto, el que pasa por delante de los muros de Jerusalén, la capital abandonada que seguía dando nombre al reino de los cristianos.

En su cabalgata acelerada hacia el norte, Hamo había rodeado por el lado occidental el círculo que asediaba a Homs, y que ya conocía por su aventura anterior. Se dirigía hacia Masyaf cuando se dio cuenta de que era seguido por un único jinete. Puesto que no llevaba nada que pudiese alentar sospechas, y dado que su caballo también estaba un tanto agotado, dejó que se acercara el caballero. Era Oliver de Termes, quien intentaba confirmar el interés de la Orden de los sanjuanistas realizando una nueva visita a Masyaf, después de haber fracasado la primera vez en su intento de obtener de los "asesinos" noticias de los infantes.

De modo que el viaje de ambos tenía, como resultó muy pronto, la misma meta, y cuando Hamo reveló su nombre se le escapó a Oliver el comentario:

–¡Ah, sois hijo de la condesa!

Comentario que siempre había disgustado a Hamo, pero no le quedó más remedio que tragárselo y asentir.

Después fue Oliver quien llevó la conversación al tema de los niños. Y como también conocía a William e incluso a Crean de Bourivan desde los tiempos en que ambos vivían en sus tierras de origen, en Occitania, Hamo le tomó confianza al extranjero, pues hablaba de "los hijos del Grial" con palabras que traslucían respeto y admiración.

Oliver dijo:

–Esos pequeños reyes pertenecen a Occidente, que los necesita con mucha urgencia. No comprendo por qué nos ha sido sustraída esta bendición del cielo y por qué han de aprovecharse de ella los infieles.

A Hamo l'Estrange aquella le pareció una interpretación correcta. Aunque nunca había sido educado en términos cristianos, pues su madre siempre había mantenido lejos del castillo de Otranto a toda clase de sacerdotes, siempre se sintió inclinado hacia Occidente, por mucho que rechazara hasta entonces la perspectiva de ser "un caballero cristiano".

–Crean de Bourivan– dijo Oliver –es, al igual que yo, un hombre a quien la *Ecclesia catolica* ha robado cruelmente tanto su propiedad como sus seres más queridos. Esos criminales mataron a mi padre bajo la señal de la cruz y me robaron mi patrimonio, a él le estrangularon a su joven esposa y lo hicieron huir, acusado de *faidit*, al extranjero. Y, sin embargo, ahora que se ha convertido en "asesino" no creo que obre bien al entregar a los infantes a los poderes de Oriente. Al fin y al cabo, esos niños representan el único símbolo vivo de Occidente que no está bajo el signo deprimente de la muerte en la cruz, sino bajo el de Cristo resucitado.

–*Ex oriente crux!*– dijo Hamo, a quien no se le ocurrió nada más acertado. –Occidente no quiso acoger la *sang réal*, es decir, la sangre del santo Grial, sino que la persiguió cruelmente, haciendo huir a los infantes, que no encontraron más refugio que nuestra fortaleza de Otranto, donde seguimos siendo fieles al emperador; y ahora aquí, entre los "asesinos", aunque después...

Hamo vaciló, pero volvió a recuperar el tono.

–Aquí en Oriente todos pelean por protegerlos.

–¡Por retenerlos!– exclamó Oliver, a quien no se le ocultaba la inseguridad que revelaban las palabras de Hamo. –¿Acaso ya no están en Masyaf?

Lo preguntó como si no fuera nada importante, de modo que a Hamo no le pareció mal confiarse al solitario caballero. Le relató –esforzándose en mejorar su propia intervención en el asunto– "la conquista de Homs" y el hecho de que el sultán renunciaba al asedio con tal de poder llevarse a los niños a Damasco.

–¿Los infantes reales en manos del soberano de todos los infieles?– exclamó Oliver, indignado. –¡Habrá que evitarlo! A ellos les corresponde el trono de Jerusalén, el trono de un reino cristiano que resurgirá bajo su gobierno con todo el antiguo esplendor. Eso le gustará también a vuestro emperador, a quien en realidad le pertenece dicho trono, puesto que son de su misma sangre. ¡Pero jamás deben caer en manos de los Ayubíes!

Oliver de Termes era un hombre ducho en el manejo de la palabra y apenas necesitó el recorrido hasta Masyaf para convencer a Hamo de que tenía en sus manos el destino del universo. Cuando el joven conde de Otranto tiró al fin de las riendas de su caballo, a Oliver le fue fácil convencerlo de que, en lugar de los "asesinos", debían ser los sanjuanistas quienes realizaran "el ataque por sorpresa en Baalbek", al tiempo que le daba seguridades de que "el halcón rojo" no sufriría el menor daño.

De modo que ambos volvieron grupas y regresaron al galope por la vía que lleva al *Qualaat el Hosn*, como las gentes del país llaman al Krak des Chevaliers, para que un destacamento de caballeros partiera hacia los templos de Baalbek. Oliver de Termes pretendía hacerse cargo de la empresa y asegurar su realización responsable, pero Hamo se negó a entrar en el castillo de los sanjuanistas. Ya no podría presentarse jamás ante "el halcón rojo", y su mala conciencia lo hizo alejarse de allí a toda prisa.

Un día después el enviado del sultán, el emir Fassr ed-Din Octay, cruzaba con su escolta la cordillera de Noisiri. Como en su camino hacia el norte tenía que pasar de todos modos de largo delante de Homs, a causa de An-Nasir, prefirió tomar el rodeo de Masyaf. No estaba muy satisfecho de haber encargado precisamente al joven e insensato Hamo la tarea de avisar a los "asesinos", pero a diferencia de lo que le sucedía en El Cairo, "el halcón rojo" no tenía en Damasco a nadie más en quien confiar, y tampoco existía allí un espejo que le facilitara la transmisión de mensajes a los "asesinos". De modo que, aunque nada tenía que reprocharse a sí mismo, se sintió inquieto, y al entrar en Masyaf se dio cuenta en seguida de que allí reinaba un ambiente triste. La pérdida de los niños pesaba como una losa sobre sus austeros muros. Crean acudió rápidamente a saludarlo, aún junto a la puerta.

–¿Ha estado Hamo aquí?– fue la primera pregunta que dirigió al hijo de John Turnbull, quien parecía aún mas melancólico que de costumbre.

Éste negó en silencio, moviendo la cabeza.

–Tampoco habría cambiado nada– dijo "el halcón rojo" cuando se enteró de la desaparición de los niños. –Ya no podremos alcanzar a los infantes.

Crean quiso saber más, pero "el halcón rojo" insistió en que lo condujeran ante el canciller Tarik Ibn-Nasr.

Una vez allí, confesó:

–Yo había esperado poder detener las ruedas del destino, pero Alá no lo ha querido– e informó con breves palabras de lo que Hamo le había dicho y de cuál había sido su proyecto. –¡Esa maldita cruzada del rey franco contra Egipto!– murmuró. –¡Alá nos castiga!

–No– respondió Tarik, que aún no estaba repuesto del todo y tuvo que sentarse. –Alá castigará a los cristianos, y si ahora llevan a los infantes a Damasco, ¡aún no estarán perdidos para nosotros!

–Permitidme– exclamó Crean, –que parta en seguida...

–No– dijo Tarik en tono severo, –tú estás deseando, Crean, ponerte al mando de una empresa demasiado arriesgada, y eso no puedo consentirlo sin que tenga un sentido, o mejor dicho, una mínima posibilidad de éxito. Aunque yo pueda entender que estés deseoso de sacrificar tu vida, en este momento nadie será capaz de sacar a los infantes de allí a la fuerza y arrebatarlos al ejército del sultán. Lo que hemos perdido por culpa de nuestro descuido no puede ser remediado mediante el sacrificio arrebatado: únicamente la más fría astucia volverá a inclinar la balanza a nuestro favor. ¡La rueda del destino gira inexorablemente!

"El halcón rojo" y su escolta descansaron un poco y siguieron camino hacia el norte. Crean los acompañó durante un trecho.

–Me es difícil permanecer entre los muros– confió a su compañero de días pasados, –paso el día y la noche haciéndome reproches. John, mi viejo padre, ha abandonado Masyaf por la misma razón y busca a los infantes vagando de un lado para otro. ¡Su recuperación representa ahora para él la misión más importante de su vida!

–Mantén la mente fría– le recomendó "el halcón rojo", –¡y no hagas bueno el tópico de que siempre son los conversos quienes van en su afán más allá de la prudencia! *Aualan salu bissalàm, likai yastadshiba Alah.*

–*Shukran lakum, al sagr al ahmar.* Eres un verdadero amigo, y probablemente más útil para los infantes de lo que pueda serlo yo.

Con estas palabras Crean se despidió y volvió grupas. Estaba luchando consigo mismo, incapaz de comprender que había perdido al menos el primer combate en la lucha por los niños. Se resistía, después de haber tenido tan cerca la esperanza de recuperarlos, a regresar ahora a Masyaf y seguir esperando allí los acontecimientos sin poder contribuir en nada a su evolución.

Llegado al cruce del camino donde debía tomar la dirección de Masyaf, decidió desviarse hacia Homs.

Desde lo alto de una colina vio que el ejército del sultán se estaba retirando y llevaba consigo, en el centro y rodeado por una centuria de hombres armados, un palanquín. ¡En él debían de ir los infantes! Junto al palanquín montaba a caballo una dama ataviada con preciosas ropas, probablemente Clarion, pues sólo de ella se podía esperar que fuera capaz de exponerse tan descaradamente a las miradas ansiosas de los hombres. Tarik Ibn-Nasr tenía razón. Atacar a aquel ejército no supondría más que causar muchos muertos. Decidió rogar a su canciller que le concediera algún tiempo para retirarse a un lugar solitario donde poder reencontrar en el retiro, rezando a Dios, la serenidad de ánimo que le era tan necesaria.

Yo soy aquél a quien amo,
y aquél a quien amo soy yo.
Somos dos espíritus en un mismo cuerpo.
Cuando me ves a mí lo ves a él,
y cuando lo ves a él me ves a mí.

Detrás de las columnas y las piedras caídas de la antigua Heliópolis, de los templos arruinados de Baalbek, acechaba un regimiento de los sanjuanistas a las órdenes de su condestable Jean-Luc de Granson. Habían partido aquella misma noche y cabalgado sin descanso hasta alcanzar aquel lugar en el que llevaban ya dos días completos esperando. El condestable se dirigió furioso a Oliver de Termes.

–Parece que vuestras amistades no son muy de fiar– gruñó.

También Oliver se sentía desilusionado.

–Yo sólo puedo repetir lo que me dijo el hijo de la condesa– se defendió, –tal vez...

–¡Tal vez habría que darle un tirón de orejas a ese Hamo l'Estrange!– Y recordando los malos resultados que él mismo había obtenido hasta entonces en la caza de los infantes, murmuró malhumorado: –¡Malditos críos!– aunque de modo que el caballero no pudiese darse por enterado.

Por lo general, Jean-Luc de Granson no mencionaba aquel tema desde que se había enterado del valor que los superiores de su Orden se empeñaban en atribuir de repente a aquellos niños. Se secó el sudor de la frente y siguió con los ojos puestos en el cielo azul, entre los mármoles blancos, para dirigirlos después de nuevo a la carretera vacía, donde su esperanza menguante esperaba verlos aparecer de repente en medio de una nube de polvo.

Por boca del grupo que había asistido a la entrega de Madulain, calificada de "princesa de Salento", y de los infantes reales Yeza y Roç al capitán del ejército asediador, se enteró An-Nasir, al regreso de dicho grupo a Homs, de los sucesos ocurridos en Egipto. Lo invadió una enorme ira, pues comprendió en seguida que Aiyub habría retirado de todas formas a su ejército, puesto que lo necesitaba ahora urgentemente para otros menesteres. De modo que le había cedido inútilmente a los rehenes. Pero aún tenía en su poder al hijo y la hija de los mamelucos, que según el acuerdo debía entregar en una segunda fase.

–¡Ni hablar de ello!– rugió, y ordenó que Shirat acudiera en seguida a su presencia.

An-Nasir consideraba que el hijo del comandante de la guardia de El Cairo, quien probablemente sería ahora el jefe supremo del ejército del sultán estacionado en el delta del Nilo, aún podía ser importante para él en la lucha por el poder que se estaba desarrollando y a la vista del repentino vacío que se estaba produciendo en Siria. Él demostraría a su tío Aiyub que era capaz de muchas otras cosas, además de apropiarse de Homs contra la voluntad de su pariente.

Shirat, al comparecer, le dijo:

–¿Desde cuándo tenéis necesidad de insistir para que acuda a veros, mi señor?

Y se arrodilló con rapidez en cuanto advirtió su extremado mal humor. Él no tardó en dar rienda suelta al mismo:

–Desde que he oído decir, paloma mía, que sólo vienes a verme para jugar conmigo al ajedrez.

Shirat calló un instante, perpleja.

–¿Qué otra cosa podría decirle a Mahmoud?– respondió después con voz insegura.

An-Nasir soltó una risa agresiva.

–¡Juguemos, pues! ¿Qué apuestas?

Ella volvió a sumirse en el silencio. Después dijo:

–No tengo nada más que ofrecer que mi propia vida.

–Bien dicho– repuso An-Nasir. –¡Yo estaba dispuesto a jugar contigo por tu liberación o por tu vida!

–Mi vida os pertenece de todos modos…

–Y yo ahora no puedo liberarte. Los perros cristianos están atacando a El Cairo, el sultán abandona Damasco y tu señor hermano se está convirtiendo en una figura importante en la lucha por el trono. ¡Su hijo debe seguir en mis manos!

Si había imaginado que la muchacha se echaría a llorar y se hundiría en el dolor se equivocaba, pues Shirat se limitó a decir:

–¿Por qué no hablar de mi persona? Si me consultarais a mí, ¡os rogaría que no me expulsarais de vuestro lado!

Después se atrevió a levantar la vista:

–En tiempos difíciles, mi lugar está a vuestro lado, insigne soberano, ¡y acudiré siempre que me hagáis llamar!

Entonces la levantó como a una pluma, la besó en la frente y le dijo:

–Has ganado la partida. ¡Puedes retirarte!

Cuando Shirat regresó al harén y aún estaba reflexionando sobre cómo explicarle la situación a Mahmoud, oyó que Clarion reprendía al bañero mayor:

–¿Por qué no me ha llamado a mí?– y cuando vio a Shirat la emprendió con ella. –¿Ha vuelto a llamarte para jugar al ajedrez?– se dirigió Clarion en tono de sarcasmo a la muchacha. –¿Y crees haber ganado la partida?

–He ganado– dijo Shirat, –pero no me importa.

Y sin preocuparse más de Clarion, cuyos ojos echaban chispas de rabia, atrajo a Mahmoud y lo abrazó.

–No volverás a ver a tus amigos ni a tu padre en Damasco, porque ha estallado una guerra: los ejércitos cristianos han desembarcado en Egipto.

Mahmoud luchaba por contener las lágrimas:

–Alá los castigará– dijo después, –y mientras, seguiremos aquí.– Tragó saliva y se mostró valiente: –Esta guerra no puede durar mucho, ¡mi padre les infligirá una derrota fulminante!

Clarion dejó a los dos solos. Su orgullo le prohibía pedir perdón. Pensó que no debería haber dejado marchar a Madulain con los niños a ocupar un lugar que le correspondía a ella pero, ¿qué otra cosa habría podido hacer? Empezaba a echar de menos a la inteligente aunque también impertinente hija de los *saratz*.

Mientras, en Damasco, el sultán Aiyub se preparaba para abandonar la ciudad. En el exterior del palacio los soldados de su ejército cruzaban con tambores y trompetas la ciudad, como si regresaran tras alcanzar una gran victoria sobre Homs. El chambelán miraba por la ventana. Como era de baja estatura, por no decir que era enano, Abu Al-Amlak tenía que subirse a una escalerilla para poder enterarse de algo, y le gritó al sultán:

–¡Traen a la princesa y a los niños!

–Ordena que los lleven al harén, ¡ahora no tengo ningún deseo de entretenerme con salutaciones!

Abu Al-Amlak, en cambio, sí era amante de las ceremonias, y le gustaron también Roç y Yeza, que iban a ser sacados del palanquín como unos muñecos preciosos ataviados con vistosas ropas, aunque optaron por saltar ellos mismos a tierra. Pero más aún que cualquier recepción solemne le entusiasmaban al chambelán enano los sucesos que contravenían el protocolo. Su corazón saltaba de contento y –aunque fuera capaz de convertirse de pronto y en cualquier momento en el arquetipo del enano maligno de la peor calaña–, no dio ninguna orden de retener a los niños, de modo que Roç y Yeza pasaron como flechas por delante de los guardias, subieron a toda prisa por la escalera despreciando toda etiqueta e irrumpieron en el pequeño salón donde el sultán estaba sentado ante la mesa escritorio y aplicaba su anillo con el sello a los últimos decretos.

Puesto que Aiyub estaba ya vestido para el viaje y no levantó la vista de sus papeles, y en cambio Abu Al-Amlak siempre solía subrayar su importante cargo vistiendo costosas ropas, Roç dirigió su discurso de salutación al hombrecillo que vio encima de la escalera:

–Venerable sultán, soberano de todos los creyentes...– inició su parlamento, mientras Abu Al-Amlak hacía muecas y señalaba con un movimiento del brazo extendido al hombre sentado ante la mesa escritorio. El gesto asustó en un primer momento a Roç, pero Yeza apenas pudo reprimir la risa. Después el muchacho dio hábilmente medio giro, se arrodilló y exclamó sin más: –Los infantes reales se arrodillan a tus pies, gran sultán.

Puso un especial énfasis en la palabra "gran", para ganarse al hombre de severo aspecto que lo miraba desde el escritorio. Éste fijó sus ojos distraídos en los niños, lo que impulsó a Yeza a arrojarse también al suelo:

–¡Nuestra vida está en tus manos!

Aiyub se dirigió con fastidio a su chambelán:

–Por favor, haz que se levanten estos niños. Sé lo que debo a mi distinguido amigo el emperador.

El sultán creía poder dedicarse tras estas palabras de nuevo a la actividad que había interrumpido. Pero Roç, apenas estuvo otra vez sobre los pies, se le acercó y observó fascinado cómo calentaba la laca y aplicaba el sello con ayuda del anillo. El sultán se dio cuenta del interés del muchacho y sonrió cuando éste preguntó con timidez:

–¿A eso lo llaman "gobernar"?

Aiyub dudó, pero respondió después:

–Éste es el último acto de gobierno, porque antes viene el verdadero trabajo, el de considerar y decidir. ¡Sellar significa ya el descanso!

Y siguiendo un impulso espontáneo retiró el anillo de su dedo y se lo regaló a Roç. Éste quedó tan confuso que casi olvidó dar las gracias, pero Yeza le dio un rápido codazo y el muchacho fue capaz de incorporar el agradecimiento a su siguiente pregunta:

–¿Y qué puedo hacer –muchas gracias– con esto?

–Puedes decretar leyes, cobrar impuestos, recibir a embajadores, sentenciar a muerte e indultar a los malhechores.

–¿A cualquiera?– preguntó Roç rápidamente.

–Cualquier documento que te presente Abu Al-Amlak se convertirá en ley gracias a ese sello, mi pequeño sultán.

–¿Y yo?– preguntó Yeza.

–Mientras vive el sultán– dijo Aiyub, a quien divertía la indignación que mostraba el rostro de la niña, –la sultana sólo ejerce funciones de consejera.

–¿Y después?

–¡Después seguirá aconsejando a sus hijos!

La perspectiva hizo enmudecer a Yeza, hecho poco frecuente. El sultán hizo señas a Abu Al-Amlak, quien le presentó un cofre, lo abrió y Aiyub eligió un anillo de especial valor en el que había engarzado un diamante finamente pulido. Lo deslizó en un dedo de la niña.

–Las mujeres gobiernan a los hombres con su encanto, su belleza y su inteligencia– le dijo, intentando aplacarla. –¡Si ejercen el poder directamente se vuelven feas!

Yeza tuvo el buen sentido de no contradecirlo.

–Ahora tengo que emprender un viaje– dijo el sultán, despidiendo a los niños. –Me representaréis aquí hasta que llegue mi hijo Turan Sha. Abu Al-Amlak os ayudará en todo para que os encontréis a gusto. Siento mucho no poder ser yo mismo vuestro anfitrión.

Roç besó la mano del sultán. Yeza se acercó al que ahora volvía a mostrarse fatigado y seguía sentado detrás de su escritorio, lo rodeó con sus brazos y lo besó en la mejilla. Después volvieron a correr escaleras abajo.

–Deberíamos dejar que los niños gobernaran este mundo– dijo el sultán a su chambelán, –no lo harían peor que nosotros...

Bajo el sol del atardecer se les ofrecía a los habitantes de Damieta un cuadro grandioso. Hasta donde alcanzaba la vista veían el mar cubierto de naves. Mientras los grandes veleros recogían aún las velas, las barcas rápidas y largas transportaban continuamente nuevos grupos de caballeros con sus caballos hacia la orilla. Ya empezaban a ser levantadas sus tiendas a lo largo de la costa y a encenderse las primeras hogueras.

Los ciudadanos musulmanes de Dumyat, nombre que dan los árabes a la ciudad, lo observaban con pesar, sobre todo porque veían a su propio ejército moviéndose delante de las murallas, emprendiendo de vez en cuando con mucha algarabía alguna que otra salida, pero retrocediendo rápidamente en cuanto los caballeros cristianos mostraban la menor resistencia. El retumbar de los tambores y el aullido y el grito de los cuernos les atacaba los nervios en las estrechas callejuelas de la medina y entre las aglomeraciones del bazar. Pero los que tenían acceso a las murallas y las torres o podían observar con atención y con sus propios ojos cuanto estaba sucediendo desde los tejados de sus altas casas comprendieron muy pronto que la ciudad estaba perdida. El recuerdo de la matanza realizada por los cruzados treinta años atrás los llenaba de pánico. Ni siquiera la población cristiana, en su mayoría copta, estaba muy segura de si le convenía saludar con agrado la proximidad de los peregrinos.

La anterior conquista de Damieta y las experiencias que las comunidades cristianas del país, desde Antioquía hasta Alejandría, tenían del trato con los cruzados, no servían más que para desbaratar todo optimismo. Esas guerras, que duraban ahora ya ciento cincuenta años, siempre se habían resuelto en perjuicio de los coptos, pues los legados papales que acompañaban a los ejércitos no los trataban mucho mejor que a judíos y musulmanes, alegando que no eran católicos.

Por eso se retiraron hacia lo más profundo y oscuro de sus viviendas, con el ánimo lleno de pesadumbre y evitando en lo posible caer víctimas, primero de los desmanes que eran de esperar de quienes huirían desesperados, y después de los excitados vencedores.

Hacía pocas horas que el gran visir Fakhr ed-Din había alcanzado el delta del Nilo. Lo primero que hizo fue destinar un regimiento de beduinos de la tribu de los Banu-Kinana, conocidos como tenaces e intrépidos luchadores y pertrechados con abundantes armas y munición, a que reforzaran las defensas de la ciudad. Pero cuando él llegó le bastó una sola mirada para comprender cuál era la situación delante de los muros y la moral que reinaba detrás. Además, los jefes de los beduinos le comunicaron que la guarnición de la ciudadela se mostraba vacilante y preparaba en secreto la huida.

Fakhr ed-Din asentó su cuartel general al este del brazo principal del Nilo, cerca de Ashmun-Tannah, a una distancia prudencial de Damieta.

Al caer la oscuridad, la caballería egipcia se retiró –lo que no era un hecho extraordinario– a sus campamentos a un lado de la ciudad, dejando la playa en manos de los cruzados que mientras, habían podido desembarcar a todo el ejército. La población musulmana lo tomó como la señal para emprender un desordenado éxodo a través de las puertas traseras de la ciudad. Obligaron a los guardias a abrirlas y huyeron con todas las pertenencias que pudieron llevarse. Junto a ellos desertó una parte de la guarnición de Dumyat.

Cuando el gran visir se enteró de ello se retiró también, aunque cubriendo su retaguardia con ayuda de los Banu-Kinana, y evacuó al resto de sus tropas mas allá del puente de barcas que cruzaba el único canal que separaba a la ciudad del enemigo. Los beduinos tenían órdenes de incendiar el puente después de su retirada, pero no lo hicieron así, posiblemente por miedo a llamar innecesariamente la atención del ejército cristiano. En cambio lo que hicieron fue prender fuego al azar mientras se retiraban de la ciudad. Aquello acabó por completar el pánico e hizo huir a los últimos defensores.

DIARIO DE JEAN DE JOINVILLE

Damieta, 6 de junio de 1249 d.C.

En la madrugada, y sin que al principio diéramos crédito a nuestros ojos, las poderosas murallas y las torres de la ciudad parecían estar totalmente desiertas. Al principio sospeché que se trataba de una estratagema, pero después algunos cristianos se atrevieron a salir de las casas y se acercaron al puente de barcas para asegurarnos que los egipcios se habían retirado. Lo que más me sorprendió fue que no hubiesen destruido el puente.

El rey Luis envió a algunos caballeros, que al regresar le informaron de que habían podido entrar sin hallar resistencia en el propio palacio del sultán: todo parecía indicar que se había producido una huida repentina.

–Tal vez el sultán, cuyo mal estado de salud conoce vuestra majestad, haya fallecido de repente– le comenté al rey como explicación. –¡No hay otra manera de entender la retirada de ese ejército poderoso, que nos supera considerablemente en número!

Los mensajeros comunicaron que habían encontrado el palacio vacío y que el bazar se había quemado del todo, lo que para una ciudad musulmana es tan grave como si alguien, en París, hubiese quemado *le Petit-Pont*.

El rey se mostró altamente satisfecho. Hizo llamar al legado y a los prelados que habían venido en los barcos y que, algunos, incluso participaban en los combates. Todos entonaron un potente *Te Deum laudamus*, y después Luis montó a caballo, ejemplo que seguimos todos, para cruzar el puente y entrar victorioso en Damieta.

Vexilla regis prodeunt:
Fulget crucis mysterium.
Quo carne carnis conditor
Suspensus est patibulo.

En el palacio ya saqueado del sultán celebró nuestro rey una primera reunión improvisada, en cuyo transcurso rehusó categóricamente la idea de seguir avanzando, posiblemente embargado aún por el amargo recuerdo de la quinta cruzada bajo el infeliz Pelagio. Otros espíritus más inflamados, como el de su hermano Roberto de Artois, habrían preferido continuar en seguida hasta El Cairo, y aún hubo quien habría deseado asegurarse un flanco mediante la conquista de Alejandría. Pero las inundaciones en el delta provocadas por la crecida del Nilo estaban a punto de iniciarse y lo más razonable era rechazar tanto una como otra propuesta.

Luis sigue a la espera del resto de la flota dispersada ante Chipre, y sobre todo de los refuerzos que aún deben llegarle de Francia bajo el mando de su hermano Alfonso, conde de Poitou.

Yo esperaba que se tomaran decisiones para ocupar la ciudad de una manera racional, y que se tuviera en cuenta que cabría esperar algún ataque, nombrando a los responsables de puertas, murallas y torres, y sobre todo de la ciudadela, pero en lugar de proceder a ello se desencadenó una pelea por la distribución del botín.

El anciano patriarca de Jerusalén, Roberto, fue el primero en elevar la voz:

–Majestad– dijo, –deberíais controlar todas las reservas de trigo, cebada, arroz y cuanto sea necesario para la manutención de la ciudad y el abastecimiento de vuestro ejército, de modo que no se pueda producir una hambruna. A continuación procede divulgar entre vuestros soldados que depositen el resto del botín en el acuartelamiento del señor legado, ¡bajo amenaza de excomunión en caso de incumplimiento!

La propuesta tuvo una aprobación general y unánime, pero nadie piensa respetarla en absoluto. Abandoné desilusionado aquella reunión. William se había quedado junto a mis caballeros en el campamento instalado delante de la ciudad, pues en la "toma de posesión" sólo participan los caudillos militares. En cambio mis iguales están ya acostumbrados a verme, como cronista de la cruzada, acompañado a todas horas de mi secretario.

Cuando cabalgué a través del bazar pude comprobar hasta qué punto ha sido destruido por el incendio, y también que algunos de los jefes no saben mantener la disciplina entre sus soldados, pues por todas partes se ven ladrones y saqueadores entregados a sus desmanes.

EN EL CAMPAMENTO, situado delante de la ciudad, reinaba el malestar provocado por la noticia de que el botín no había sido puesto, como era costumbre, a disposición de los soldados para que pudieran dedicarse durante tres días al saqueo. El rey lo había prohibido, en su deseo de ganarse el aprecio de los pocos habitantes que quedaban en la ciudad, casi todos ellos cristianos, aunque monofisitas.

De todos modos, los clérigos impusieron el nombramiento de un obispo católico, y la gran mezquita fue dedicada de nuevo, como sucediera ya treinta años atrás, a la función de catedral y bendecida una vez más.

El rey Luis envió un mensaje urgente a San Juan de Acre para que la reina Margarita acudiera a su lado, pues sin ella y sus damas la vida de la corte no auguraba más que un invierno triste en la llanura húmeda del Nilo, cuyas aguas cargadas de lodo no prometían mucha diversión.

Las tres Órdenes militares recibieron amplias concesiones en forma de extensos complejos edificados, lo que dio lugar a algunas disputas y fricciones, pues en el fondo tanto los templarios como los sanjuanistas pretendían ocupar la ciudadela. Ninguno de ellos quería verla en manos de los teutones quienes, por un instante, habían imaginado poder salir ganadores al ser los terceros en discordia, pero lo que nadie deseaba era que un hecho así llevara al emperador, cuyo hijo Conrado había recibido en la cuna el título de "rey de Jerusalén" al fallecer de parto su infantil madre Yolanda de Brienne, a la ocurrencia de incluir esta nueva conquista en el patrimonio de la familia imperial. Los franceses aún seguían dolidos por la actitud del rey Juan de Brienne, quien, sin necesidad alguna, había metido a su hijita de once años en el tálamo del alemán, pues los francos se creían propietarios absolutos y fundadores de la idea de la cruzada, y consideraban que *Outremer*, como solían denominar a Tierra Santa, era una colonia totalmente francesa.

De modo que el rey Luis encargó sin más preámbulos a su hermano Roberto y a algunos caballeros, entre ellos al conde de Joinville, que ocuparan la fortaleza. El conde de Artois no tenía el más mínimo interés en quedarse inmovilizado allá arriba para vigilar la seguridad de la ciudad, ya que su verdadero deseo era marchar cuanto antes sobre El Cairo. También se sentía intranquilo en su nuevo papel de gobernador a quien corresponde cobrar los impuestos y administrar justicia. De modo que se mostró muy satisfecho cuando Carlos de Anjou, quien se negaba a dormir dentro de la ciudad y prefería mantener el mando en el campamento exterior, que ejercía con mano dura, le propuso encargarse en su lugar de ahorcar a ladrones y saqueadores.

Como es natural, el ejército en su conjunto había esperado poder instalarse cómodamente en la ciudad, pero lo dejaron en las afueras. En cambio les fueron otorgadas una plaza de mercado y una calle a los pisanos, y otro tanto a los genoveses, para premiar así sus servicios de transporte. Los venecianos se arrepintieron muy pronto de su actitud insolidaria, por lo cual también a ellos los premiaron generosamente con un barrio de la ciudad. El resto fue dividido y repartido entre los caudillos militares para que procedieran al cobro de tributos. La consecuencia de todo ello fue que el género entregado en el cuartel ocupado por el señor legado, donde según acuerdo unánime debía haberse reunido el botín procedente de la ciudad entera, no llegó a rebasar un valor de seis mil libras.

DIARIO DE JEAN DE JOINVILLE

Damieta, 10 de junio de 1249 d.C.

En realidad, la vieja costumbre de los cruzados es que cada vez que se conquista una ciudad el botín se reparta cediéndole un tercio al "rey de Jerusalén" y distribuyendo los dos tercios restantes entre los conquistadores. Pero mi señor Luis no se ha sentido obligado a proceder así, o ha dejado simplemente que las cosas tomen otro rumbo. Como es lógico, tal actitud ha provocado un gran malestar y muchos señores se han asegurado por su propia mano las reservas que consideran necesarias para sus tropas.

El conde Roberto decidió sin más enviar a unos cuantos jinetes acompañados de carros al cuartel del legado, y requisar para los "ocupantes de la ciudadela" todos los alimentos que le parecieron indispensables para pasar el invierno sin sufrir penurias.

–Ya que me veo obligado a pasar mi juventud entre estos tristes canales de riego– le comentó con fastidio al *maître* de Sorbon, que estaba de visita, –lo mínimo que puedo procurar es no perder las carnes ¡y con ello mis ganas de entrar en El Cairo! Podéis comunicárselo así a mi real hermano en el caso de que tenga algo que objetar, y también podéis preguntarle, de paso, para cuándo cuenta con poder regresar a casa ¡pues parece como si se conformara para el resto de su vida con la conquista gloriosa de esta perla de ciudad situada en el delta del Nilo!

Aparte del disgustado príncipe francés estábamos presentes casi todos los caballeros que, como yo, residimos en la ciudadela. El *maître* rogó entonces a los demás que abandonaran el lugar, una gran sala sin ventanas que descansa sobre columnas y en la que reina un frescor agradable, por lo cual se ha convertido en nuestra estancia preferida. Sólo a mí me pidió que me quedara y, suspirando de un modo revelador de sus dudas, también a mi secretario. Después nos condujo a una oscura bóveda contigua, donde mi confesor el deán de Manrupt ha instalado una humilde capilla, y cerró la puerta detrás de nosotros.

–No debéis impacientaros tan pronto– se dirigió al conde de Artois. –Vuestro hermano no ha perdido de vista su meta suprema, pero tiene que guiarse por la responsabilidad superior que Dios le ha confiado sobre el ejército, por lo cual ha decidido no avanzar de inmediato y sin pensarlo más sobre El Cairo.

–Cuando pusimos nuestro pie en esta tierra arenosa– le reprochó el de Artois –sus palabras eran muy diferentes. Nos encandiló diciéndonos: "¡adelante, no dejéis de hostigar al enemigo!"– Roberto soltó una risa amarga. –Y ahora renunciamos al hostigamiento. ¡El sultán, allá en El Cairo, no comprenderá a qué debe su inesperada suerte!

–Los días del sultán en esta tierra están contados– repuso el *maître* con expresión circunspecta.

Él puede permitirse hablar de tal modo con el conde, a quien sostuvo sobre sus rodillas cuando todavía era un niño travieso.

–Y si queréis hacerme caso, querido príncipe, cosa que jamás os ha perjudicado, ¡os puedo informar de que cabe la posibilidad de que el próximo soberano que ocupe el trono de Egipto, entre en la historia con el nombre de Roberto Primero!

El *maître* calló y nos miró uno por uno a todos, como exigiendo un aplauso, mientras aguardaba a que sus atrevidas palabras causaran el debido efecto. Pero no fue necesario esperar mucho, pues el conde de Artois se inflamó en seguida con la idea:

–¿Qué debo hacer, ilustre maestro– y abrazó al de Sorbon –aparte de nombraros enseguida gran visir?

El *maître* adoptó un aire de misterio y bajó la voz hasta convertirla en un susurro.

–Tendréis que contraer matrimonio– le comunicó con aire de importancia –con una doncella que os iguala en cuanto a valor e intrepidez, y que con su sangre aporta más de lo que significa el imperio de los faraones, que trae como dote algo más que el reino de Jerusalén y que lo pone a vuestros pies. ¡Todo eso conseguiréis con sólo extender la mano!

El de Artois se echó a reír.

–¿Dónde está esa joven?– exclamó mientras yo carraspeaba, un proceder que el *maître* pretendió cortar dirigiéndome una mirada severa, pero Roberto de Artois ya se había dado cuenta. –¿Qué pasa, querido Joinville– se dirigió a mí, –acaso se trata de una jorobada? ¿O tiene un labio leporino, o echa el mal de ojo?

–¡Nada de eso!– lo tranquilicé rápidamente. –Sólo estaba pensando en que todavía no se ha conquistado el país…

–Tenéis razón, senescal– exclamó él, –y por eso voy inmediatamente a ver a mi real hermano, para que ponga manos a la obra sin tardanza, de modo que pronto…

Pero el *maître* lo interrumpió con rudeza:

–No haréis nada semejante, mi príncipe, o bien– y adoptó una expresión fúnebre –todo se convertirá en vanas ilusiones. Quien no sabe guardar en lo más profundo de su alma una revelación secreta puede no ser considerado digno de ella.

Tras estas palabras el señor Roberto se encogió como un alumno atrapado en una travesura y sólo se atrevió ya a preguntar:

–¿Ni siquiera me dejarán ver a la novia...?

–Estamos en Oriente– dijo el *maître,* a quien le gustaba darse importancia, –y sólo os puedo asegurar que es una doncella sin tacha– y sonrió con malicia –excepto tal vez en que tiene el mismo temperamento intrépido que vos, mi querido príncipe. Cuando llegue la hora, ¡la encontraréis apetitosa!

Y dirigiéndose con brusquedad hacia mi persona, resopló:

–¡Ya sé que primero tenemos que conquistar El Cairo, señor senescal! Pero un proyecto de tan largo alcance no tiene un desarrollo espontáneo, sino que debe ser cuidadosamente preparado. De modo que os pregunto, Roberto de Artois, ¿estáis dispuesto?

Al oír estas palabras el joven conde dobló educadamente la rodilla y puso la mano sobre la corona de oro que el *maître* había mantenido oculta bajo un paño, y que había sacado de repente a la luz como un mago se saca una paloma de la manga.

William y yo también tuvimos que arrodillarnos y jurar que guardaríamos silencio acerca de nuestros conocimientos en torno al "rey secreto y su reina aún más secreta" y sobre la magnitud de su reino, que llegará desde las pirámides hasta no sé donde, pero que en cualquier caso incluirá también el antiguo imperio de Bizancio.

Roberto de Artois no torció el gesto mientras le enumeraban sus futuras posesiones, muy al contrario que mi secretario, quien hacía esfuerzos por reprimir su regocijo. Yo le estreché la mano al conde, deseándole mucha suerte para una empresa sobre cuyo término feliz aún me invaden considerables dudas.

El señor Roberto me abrazó, y se disponía a salir conmovido y entusiasmado de la capilla cuando se detuvo consternado en la puerta. Quienes lo seguíamos vimos, igual que lo veía él, un ataúd negro entre las columnas de la enorme sala vacía. El señor de Sorbon palideció y volvió a cerrar la puerta para ahorrarnos a nosotros y a sí mismo aquella visión.

–Una broma de mal gusto– dije yo, –iré a ver quién...

–No– dijo William, –yo iré a verificar lo que sucede y vosotros, estimados señores, debéis esperar aquí hasta que consiga hacer retirar esa caja.

De modo que nos dejó a todos allí encerrados e hicimos lo más acertado: nos arrodillamos para rezar. Cuando William regresó nos dijo:

–¡Nadie dice saber nada! En cualquier caso, he guardado con mis propias manos el ataúd en el cercano trastero. ¡Os ruego que salgáis y olvidéis lo sucedido!

–Os lo agradezco, William de Roebruk– murmuró el *maître*, y abandonamos la capilla.

Yo estaba impaciente por quedar a solas con mi secretario y comentar lo sucedido una vez hubimos regresado a nuestras habitaciones.

–¿Quién ha sido?– le pregunté. –No me haréis creer que nadie de la guarnición…

–¡Así es!– dijo William. –Todos aseguran no haberse dado cuenta de nada. Incluso puedo deciros que se mostraron sumamente horrorizados y desconcertados.

–De modo que se trata de una *fattura*, una amenaza y al mismo tiempo un último aviso… ¿pero de quién?

–¡De alguien a quien no le gusta todo esto!

–Cuando se refirió a la doncella y futura novia, me imagino que el *maître* estaba pensando en Yeza.

–¡Silencio!– dijo William. –Ya os habréis dado cuenta de que aquí las paredes tienen oído. No llaméis la atención, ¡no sea que el ataúd esté hecho a vuestra medida!

–¡William!– le mostré un gesto que deseaba significar mi rechazo de cuanto pueda haber de maligno en este mundo. –No habléis así conmigo, pues sabéis muy bien que creo en los poderes ocultos, mientras que vos, al parecer, os burláis de ellos…

–De ningún modo, mi noble señor, aunque pienso que, por esta vez, no se refieren a nosotros…

–¿A quién pues?– pregunté, más aliviado que ofendido. –¿No será a Roberto de Sorbon?

Mi secretario respondió con aire de superioridad:

–No quedan más que el *maître*, que actúa como *spiritus rector*, y el de Artois en su calidad de "rey secreto".

–En cualquier caso, el disgusto lo habrá provocado esa relación sanguínea, a la que el *maître* no ha aludido, pero que el otro conoce muy bien, con los…

–¡Pssst!– susurró William. –Los que saben demasiado están a veces más amenazados que los autores de un asesinato y sus futuras víctimas. Ellos se necesitan recíprocamente, pero nosotros, en último término, siempre sobramos.

–Pues bien…– dije yo.

–¡Pues mal!– dijo William. –Tal como están las cosas, el ataúd puede estar destinado a cualquiera de los que conocemos aquí, y con eso me basta. Personalmente, "la causa" ya no me hace gracia.

Recordé el abrazo que me había dispensando el señor Roberto. Podría ganarme un feudo apreciable si… por tanto, callé y no dije nada más, permitiendo que mi secretario interpretara mi silencio en el sentido de que estaba de acuerdo con él. De hecho, él tiene razón, ¡no hay que llamar la atención! Conviene esperar a que los propios *conspiratores* saquen las castañas del fuego, aunque en este caso se trate de una corona de oro.

EN EL PALACIO del sultán, en Damasco, el enano Abu Al-Amlak seguía acurrucado sobre un peldaño en el *quaat al sabea'jitmat*, la estancia de trabajo del sultán. Había acercado la escalerilla a la mesa escritorio para estar a la misma altura que los niños, que se sentaban uno al lado del otro en sendas sillas y se afanaban en sellar una serie de documentos. Nadie se atrevía a ocupar el elevado sillón del sultán mientras éste se hallara ausente. Yeza calentaba la barrita de laca de color jaspeado y dejaba caer unas gotas en el lugar previsto del pergamino; después Roç apretaba contra la laca el anillo sellador, que sujetaba con los dedos extendidos. Ya se había quemado dos veces el dorso de la mano y le dolía. Como el chambelán insistía en que, día tras día, todo un grupo de matemáticos, poetas e intérpretes del Corán los instruyeran, según la voluntad de Alá, en la escritura y el idioma, los niños habían aprendido rápidamente a entender el árabe, que manejaban ya con cierta soltura.

–*Al ujra?*– leyó Roç en voz alta y retuvo el anillo: –¿Qué significa *al yad al ujra*, acaso no quiere decir: la "otra" mano? ¿Cuál de ellas?

Abu Al-Amlak dirigió una rápida ojeada a lo escrito.

–¡Un ladrón reincidente!– declaró con calma. –Debe perder la segunda mano, puesto que ha seguido robando con ella.

–Pero en ese caso– dijo Yeza y cogió el pergamino –ya no podrá siquiera comer.

–Sí podrá– la contradijo el chambelán. –¡Pero tendrá que comer como un perro!

–Quiero indultarlo– dijo Roç, –no creo que pueda robar gran cosa con una sola mano.

–Puede robar bolsas de dinero– le replicó el enano, deseoso de hacer cumplir la ley. –Se trata de un perro condenadamente hábil. Si no le hacemos cortar la otra mano volverá a practicar cortes en las bolsas…

–¿Y qué otra cosa podría hacer con una sola mano?– se indignó Yeza.

–Podría trabajar, por ejemplo, podría llevar cargas, azuzar a un asno…– insinuó Abu Al-Amlak cuando se dio cuenta de que los pequeños jueces no eran tan fáciles de convencer.

–¿No podríamos mandar que construyeran una pequeña jaula de hierro y meterle la mano dentro, de modo que pueda trabajar y comer, pero ya no pueda robar?– reflexionó Roç en voz alta, y Yeza adoptó en seguida la idea.

–¡Como una trampa para ratones!– exclamó. –¡Y tú guardas la llave!

Ella sabía cómo ganarse la benevolencia del enano y éste se dio por vencido.

–En nombre de Alá. ¡Que el herrero ajuste una jaula a la mano de ese perro, pero sin llave!

–Se hará así si reincide otra vez– declaró Roç con mucha dignidad. –De momento, nosotros ya lo hemos indultado.

El chambelán exhaló un suspiro exagerado, tachó la sentencia y escribió debajo, vigilado atentamente por los niños:

–Se le perdona el castigo. Si reincide: *masikat al aidi!*

–No se te ocurra emparedarle después la mano, *abu al taqlib*, ¡pues eres un maestro en la tergiversación de las palabras!– le advirtió Roç, mientras aplicaba con cuidado el sello sobre la renovada mancha de laca.

–Por hoy tengo bastante de *qas al halq, anf ua udhun*– dijo Yeza, y apagó de un soplo la llama de aceite, –quiero montar un poco a caballo.

El chambelán apartó a un lado los pergaminos que habían quedado sin sellar y batió palmas.

–Creí que desearíais asistir a la ejecución del mediodía– sonrió. Pero los niños lo negaron asqueados con un movimiento de cabeza y se incorporaron de un salto, aliviados en cuanto vieron entrar a los dos mamelucos que les enseñaban a montar. Bajaron corriendo la escalera hasta los jardines del palacio, donde los esperaban los caballos en sus lujosas caballerizas. Mientras corrían delante de sus instructores, Roç tiró de la manga a su compañera.

–¿Has visto alguna vez cómo procede el verdugo a ejecutar la sentencia... así...– Roç estuvo buscando la expresión correcta –de un solo golpe? No lo podría soportar...

–Eso se aprende– declaró Yeza con aspereza, –aunque en el momento de ver chorrear la sangre se te revuelve el estómago, sabes que después los ayudantes meten rápidamente el muñón del brazo en una olla con aceite hirviendo...

–¡No hables de eso!– tartamudeó Roç, pero Yeza demostró que podía ser dura.

–Lo hacen para que no se desangre. ¿Comprendes?

Roç luchaba con las lágrimas, pero asintió.

–¿Y qué hacen con la mano?– preguntó en voz baja.

–¡La echan a los perros!

–¿Lo has visto...?– exclamó Roç, conmocionado.

–Todavía no– dijo Yeza, –pero "el padre del gigante" me lo ha contado.

Los niños habían llegado a las cuadras. Cada uno tenía su propio caballo. En el cuarto de arreos se encontraron con Madulain, que regresaba de una cabalgata matutina.

La hija de los *saratz* se había negado a ingresar en el harén por el rechazo que le provocaba la idea de que una vez hubiese entrado allí, le sería muy difícil salir. Al fin y al cabo había venido en calidad de "princesa de Salento" ¡y era hija del emperador! Se lo dio a entender con malos modos al eunuco mayor cuando éste quiso cerciorarse, cumpliendo con su obligación, de su virginidad. Le había arañado la cara hasta el punto de hacerlo salir corriendo y dando grandes voces para quejarse ante el chambelán, y así consiguió que la dejaran vivir con los niños en un pabellón del amplio parque del palacio, no lejos de las caballerizas. Para cumplir con las leyes de la decencia el eunuco mayor había apostado delante del pabellón a dos nubios castrados, altos como gigantes, que armados de enormes cimitarras y abanicos de pluma de pavo real vigilaban que no les sucediese ningún mal a los niños y que la asilvestrada amazona no tuviese que soportar las visitas nocturnas de los mamelucos. Los vigilantes no tenían nada que hacer, excepto ahuyentar las moscas con las plumas. Madulain nunca dejaba que se acercara un hombre a ella y los infantes habían conquistado el cariño de todo el mundo, de modo que hasta los robustos nubios de cuerpo negro y reluciente los vigilaban como a las niñas de sus ojos, al menos durante la noche. Ellos pasaban el día en palacio, que a Madulain le estaba prohibido pisar, por lo que seguía presa en los jardines, por suerte lo suficientemente grandes como para poder cabalgar por su interior durante horas enteras. Allí descubría siempre nuevos arbustos, bancales llenos de flores y fuentes y corrientes de agua artísticamente dispuestas.

De modo que Madulain solía cruzar con su caballo overo, ansioso de corretear, por los bosquecillos de bambú y los oasis con sus palmeras de dátiles, sin importarle que las ramas la golpearan en el rostro. Le gustaba atravesar los lagos llenos de peces de colores haciendo salpicar el agua, pasar por delante de las jaulas habitadas por felinos salvajes y de las grandes pajareras, consiguiendo que los depredadores la gruñeran y los pájaros de patas altas alzaran el vuelo. Todo esto la ayudaba a aplacar sus ansias de amor y se daba cuenta de que, conforme pasaban los días, la imagen de Firouz se difuminaba y cedía el lugar a la figura esbelta de "el halcón rojo". Entonces solía clavar las espuelas al caballo para forzarlo a superar obstáculos cada vez mayores y el animal nunca se lo negaba. A cada ocasión, la salvaje cabalgata terminaba con el agotamiento completo de su montura, y entonces a ella le daba vergüenza y se abrazaba al cuello del caballo hasta que se aplacaba su excitación. Después lo devolvía a la cuadra.

La hija de los *saratz* transportó con sus propias manos la silla al cuarto de arreos, acarició el cabello a Roç, ayudó a Yeza a subir al caballo y observó a los niños mientras se alejaban en compañía de los mamelucos.

Abu Al-Amlak seguía en lo alto de la escalerilla y miraba a través de la ventana hacia la plazoleta anterior al palacio, donde el verdugo, una vez transcurrida la *salat al dhubur*, la oración del mediodía, procedería a realizar su trabajo. El lugar aún estaba totalmente vacío, pues los creyentes se habían encaminado a la mezquita o se arrodillaban en la sombra de las estrechas callejuelas.

Después vio que un palanquín rodeado por jinetes de las montañas se acercaba al portal. Aquella visita le impediría asistir al espectáculo acostumbrado, aunque también le prometía alguna distracción, pues además observó que los visitantes iban precedidos de una bandera que aún debía ser de la época de los padres del sultán, el gran el-Kamil. Prestó atención curiosa a los ruidos procedentes de la entrada y después oyó los pasos lentos de un anciano que se esforzaba por subir las escaleras.

Cuando apareció la figura delicada y encanecida del visitante, recordó lo que su señor Aiyub le había contado del embajador especial de su padre, aquel extraño y un tanto estrafalario personaje llamado John Turnbull. Un hombre que deambulaba constantemente entre dos mundos, el del Islam y el del emperador, "un espíritu confuso guiado por la utopía de una reconciliación" entre las religiones. Posiblemente tuviera ochenta años o más, aunque su rostro parecía más joven, aún fresco.

–*Alah yaatiku al 'umr at-tawil!*, ¡Alá os conceda la alegría de una larga vida!– exclamó Abu Al-Amlak, y bajó rápidamente de la escalerilla, ordenando a los vigilantes del portal que venían acompañando al huésped que le ofrecieran una silla y después los dejaran solos.

–Alá conceda al gran sultán, portador del mismo y digno nombre que el famoso fundador de la dinastía a la que durante tres generaciones tuve el honor de servir, la satisfacción permanente de saber que su *rais al jaddam* acumula tanta sabiduría y tanto ingenio como vos.– John Turnbull se sentó sonriendo mientras pronunciaba estas palabras, y después añadió sin más preámbulos: –¿Dónde están los pequeños reyes?

Abu Al-Amlak volvió a subirse a la escalerilla.

–Los pequeños sultanes– respondió con orgullo –están cabalgando sobre el lomo de sus caballos para reponerse del esfuerzo de gobernar. Son soberanos natos: el joven señor aún padece de cierta blandura de ánimo, pero la pequeña sultana lo compensa con su corazón intrépido. Si fuese al revés, y ruego que Alá así lo disponga, serían la pareja ideal para ocupar cualquier trono.

–Tal vez Alá desee que el nuevo hombre sea más sensible y la nueva mujer tenga voluntad propia– adujo Turnbull.

–Alá tal vez lo desee así– exclamó el chambelán, –¡pero estoy seguro de que los descendientes del Profeta no lo desean!

–Si un palo permanece siempre en la misma posición rígida, nunca brotarán retoños de él– dijo John Turnbull. –El mundo debe aceptar y convencerse profundamente de que la sangre sagrada recorre tumultuosa sus venas, pues de no ser así los infantes reales jamás podrían desplegar su beneficiosa actividad y el capullo se secaría y caería muerto antes de convertirse en flor.

–¡Habláis desde una convicción profunda!– se mofó el chambelán. –El mundo vive hacia lo externo y sólo la ley consigue sujetarlo. Esa ley exige soberanos que dominen el mundo a través de la ley, pues de no ser así el pueblo se amotina y los expulsa.

–El pueblo no sigue la ley, sino la promesa. El que no sepa prometer no es un soberano, sólo es un administrador. Y también se necesita lo demás, gran *rais al jaddam*, eso que tanto criticáis en los infantes. Ellos no están destinados a ocupar un trono como ése– y señaló excitado el sillón del sultán –donde no serían más que prisioneros de unas leyes ya existentes, sino a fundar un imperio que…

Turnbull estaba demasiado agotado para seguir hablando, de modo que el enano aprovechó la pausa para batir palmas y ordenar a los criados que obsequiaran al huésped con un refresco. Tenía el entrecejo fruncido. Reflexionó brevemente sobre si le convendría más envenenar a los niños o a ese viejo embajador que, al parecer, ya no entendía cómo funcionaba el mundo. Pero cuando les trajeron las copas renunció con un suspiro a dar una vuelta a su anillo y abrir el minúsculo recipiente que albergaba. El sultán le había confiado a los infantes para que los entregara a Turan Sha, su hijo y heredero, cuyo talante era muy diferente: tal vez incluso le complacería esa historia de un nuevo imperio. El sultán Aiyub era un hombre marcado por la muerte. ¿Por qué iba a arriesgarse él, Abu Al-Amlak, a tomar ahora una decisión que, si bien salvaría el trono para la dinastía, era un riesgo que podría costarle la cabeza si disgustaba a algún otro miembro de esa misma familia soberana?

Cuando Abu Al-Amlak fue regalado al padre del sultán, el gran el-Kamil, el nieto era todavía un tímido muchachito. Ahora se decía que Turan Sha había desarrollado, allá en Diarbekir, no precisamente el talante necesario para convertirse en un virrey poderoso sino el de un hombre que practica, como venía haciendo en la región de Gezirah, un intenso intercambio intelectual con sus amigos, todos ellos poetas y artistas que acudían invitados por él desde Alejandría y también desde Constantinopla y Edesa, en lugar de prepararse para la difícil tarea de regir el sultanato. Decían que era un arquitecto genial, dotado de amplios conocimientos de matemáticas y poseedor de un sentido agudo de la belleza, y que sabía apreciar a los muchachos atractivos y a las mujeres inteligentes. El chambelán se sintió invadido por el rencor. Él no había podido disfrutar de tales delicias, su misión consistía en apoyar en solitario el poder del soberano y ocuparse de que se cumpliera la ley. La ley del poder. Una simple invitación a Homs sería suficiente para que An-Nasir se apoderara también de la indefensa ciudad de Damasco. Y tal vez se lo agradeciera a él, Abu Al-Amlak, con el título de gran visir; o al revés, tal vez se le ocurriese acortar aún más la estatura del enano, justo en la medida de su cabeza: una cabeza que, nada más pensar en esta posibilidad se le hundía entre los hombros. Pero no debía pensar en esas cosas, su deber era mostrar hacia el exterior un ánimo decidido y estricto y enfrentarse a cualquier contratiempo, a la vez que estaba obligado a tratar con amabilidad a los amigos de su señor.

El chambelán sonrió a Turnbull y proclamó con humildad:

–Mi pequeño corazón rebosa de cariño por los infantes.

DIARIO DE JEAN DE JOINVILLE

Damieta, 12 de agosto de 1249 d.C.

Damieta se ha convertido en una ciudad residencial francesa. No precisamente en un pequeño París; más bien en una especie de Châlons-sur-Marne. Los barones y caudillos militares que, como cabría esperar, en realidad deberían tratar con generosidad a los comerciantes y vendedores autóctonos del bazar, rivalizan en estrangularlos con los más elevados impuestos, que denominan "primas de protección". Si alguien no está dispuesto a pagar, se le deja indefenso al arbitrio de los soldados, a quienes les basta una noche para arreglar el problema: una noche en que arden las tiendas y las mujeres y las hijas se convierten en presa fácil. Como lógica consecuencia de todo ello, muchos de esos comerciantes ya no pueden o no están interesados en realizar suministros al campamento instalado delante de la ciudad. Los señores dedicados a tales menesteres y que, como debo confesar para mi vergüenza, son sin excepción miembros de la nobleza como yo, despilfarran los "ingresos" así obtenidos en salvajes y desmesurados banquetes, en los que se desperdician o arrojan después a la basura más alimentos en buen estado de los que se reparten en las escasas raciones diarias al ejército acuartelado. Nadie piensa en acumular reservas, previendo, por ejemplo, una dura temporada de invierno. También ha aumentado de una manera terrible la lacra de la prostitución, pues han llegado en número creciente y procedentes tanto de Tierra Santa como de Alejandría las sacerdotisas del amor. Cuando arribaron las barricas de vino previsoramente almacenadas en Chipre fueron distribuidas de una sola vez, no se sabe si por desidia o para sabotear la moral del ejército, que acabó dándose a la borrachera y a la vomitera consiguiente.

El rey se me quejó incluso de que algunos señores, a quienes conoce por su nombre, habían orinado contra las paredes del palacio del sultán donde él se aloja. También ha llegado procedente de San Juan de Acre, y bajo la protección de Sigbert von Öxfeld y sus caballeros teutones, la reina Margarita, lo cual alegró muchísimo a mi señor Luis, quien se la llevó inmediatamente a su dormitorio, ¡tras comunicarnos que en ese momento lo más importante era engendrar a un pequeño rey para el imperio de los faraones! A mí me pareció una escena bastante penosa e incluso su viejo amigo Balduino, el empobrecido emperador de Constantinopla, a quien dejó plantado allí mismo, se sintió desagradablemente impresionado por esa actitud un tanto indecorosa.

El emperador Balduino ha acudido en persona a ver al rey después de que la misión de la emperatriz María de Brienne en Chipre concluyera sin resultados. Ha traído consigo varias reliquias que resistieron el saqueo de Constantinopla del año 1204, y pretende vendérselas a Luis, pues las arcas del Imperio latino están absolutamente vacías y él necesita dinero con urgencia para pagar a su ejército, del que espera le brinde protección frente a los griegos, que lo están cercando.

Nuestro rey, sin embargo, según le hizo comunicar por mediación del *maître* de Sorbon, está tan necesitado como Balduino de fondos para satisfacer las necesidades de sus propios generales. El emperador Balduino no puede entender por qué la conquista de El Cairo es considerada más importante para Occidente que el mantenimiento de la cristianísima ciudad de Constantinopla, baluarte contra Oriente. Yo tampoco he sido capaz de explicárselo.

Finalmente los templarios le han concedido un préstamo, tras exigirle unos avales desmesurados, aunque creo que no lo han hecho tanto por un interés concreto como para jugarles una mala pasada a los sanjuanistas.

LA CIUDAD DE DAMASCO, adormilada bajo el calor sofocante del mediodía, sintió un temblor de emoción y curiosidad cuando vio que por el norte se acercaba una nube de polvo que fue transformándose, a medida que se acercaba, en un ejército considerable. Turan Sha, hijo y heredero del sultán, se había avenido, obedeciendo la llamada de su padre, a abandonar la encantadora región de Gezirah; en ese momento se estaba acercando con su séquito a la entrada de la capital de Siria.

El chambelán Abu Al-Amlak había trepado al último peldaño de su escalerilla para poder apreciar a través de la ventana del palacio la figura del que sería su próximo señor.

–Podéis considerar que Alá lo ha querido así– se dirigió a John Turnbull, quien esperaba a los pies de la escalera, –pero Damasco jamás volverá a ver al venerable sultán Aiyub.

En vista de la inminente llegada de Turan Sha, John Turnbull había vestido su ropaje más valioso, puesto que aún se consideraba embajador especial de su emperador Federico ante el sultán, aunque aquélla sería la tercera generación de Ayubíes a la cual estaría solicitando simpatía y comprensión para la causa del emperador. Ni siquiera parpadeó cuando Abu Al-Amlak le presentó con gran orgullo a "la hija del emperador", con cuya presencia pensaba alegrar a su nuevo soberano. Estaba claro que no se trataba de "Clarion de Salento", a quien el chambelán había vestido y adornado como a una muñeca preciosa, sino de la doncella Madulain.

De todos modos era una mujer agraciada, ¡aunque orgullosa y mordaz! "Hace algunos años, más bien decenios, también me habría gustado a mí", pensó John Turnbull, recordando su edad y su vida agitada. Si no hubiese tenido ocasión de ver hacía muy poco a las dos mujeres en Masyaf, es decir, ya sin la presencia de la condesa de Otranto, habría creído que la idea de hacer interpretar a Madulain aquel papel había sido de la propia Laurence, que no deseaba perder de vista a su amada hija adoptiva Clarion. Incluso los niños colaboraban animosos en el juego y se dirigían a la *saratz*, en presencia del enano, con el título de *principessa*.

Se había conseguido con esfuerzo y buenas palabras que Roç y Yeza vistieran ropas adecuadas al carácter solemne de la ocasión. La mayor preocupación de los infantes era que el joven sultán pudiese retirarles sin más el anillo con el sello, símbolo del poder soberano con que el anciano Aiyub había dotado a sus pequeños protegidos. No les gustó en absoluto la sugerencia de que convenía depositar el símbolo en una almohadilla y ofrecérselo a Turan Sha.

–Como le conozco– se había atrevido Abu Al-Amlak a murmurar con la intención de consolarlos, –sé que tendrá mucho gusto en confirmar vuestro privilegio.– Pero los niños se daban cuenta de que el chambelán conocía poco a Turan Sha y que él mismo temía verse despojado de sus cargos.

La plazoleta de los ajusticiamientos, situada delante del palacio, estaba completamente vacía, y Abu Al-Amlak, muy pensativo, tenía la mirada fija en ella, a la espera de que por el otro extremo, donde los soldados empujaban al público hacia atrás, apareciera la cabeza de la comitiva.

–¿Os sorprende tanto mi presencia aquí– pronunció una voz clara –que no habéis sido capaces de saludarme a las puertas de la ciudad, Abu Al-Amlak?

El chambelán casi se cayó de la escalerilla del susto. Después se apresuró a descender de ella tan rápido como pudo, volviendo al propio tiempo su cuerpo de modo que acabara acostado sobre el vientre en señal de sumisión. Incluso lo consiguió, aunque no en la dirección correcta, puesto que Turan Sha no acudía subiendo por la escalera sino que, para gran regocijo de los niños, había salido por una puerta secreta situada detrás del trono.

El hijo del sultán era un hombre de gran estatura y rasgos suaves, con la frente alta y sabia debido a la escasez de cabello, aunque su mirada era tan incisiva como el timbre de su voz. El soberano tomó asiento.

El chambelán había girado su cuerpo sobre el suelo como una aguja magnética.

–La ciudad de Damasco recibe a sus huéspedes en la puerta– fue capaz de decir, –pero su soberano la pisa por donde él desea.

–¡Y mi palacio también!– cortó Turan Sha el discurso.

Los niños se adelantaron y le tendieron mudos la almohadilla de terciopelo con el anillo adornado con el sello, pero Turan Sha sólo tenía ojos para la joven que se erguía en medio de la estancia sin bajar los párpados, un detalle que lo irritó. En aquel instante John Turnbull tomó la palabra:

–Bienvenido, admirado Turan Sha– dijo. –Mi emperador, a quien ya tuve el honor de representar ante el rostro del poderoso el-Kamil, vuestro abuelo, os envía sus saludos y sus felicitaciones…

–Al fin hay alguien– lo interrumpió el joven sultán sin apartar su vista de Madulain –que me da la bienvenida.

–Nosotros también lo hacemos– dijo Roç, y depositó la almohadilla sobre el escritorio. –Hemos guardado el sello tal como nos ordenó el venerable sultán Aiyub, a quien Alá conceda larga vida, y… y…

Roç no sabía cómo proseguir y Yeza lo ayudó:

–Si quieres, también podemos seguir usando el sello en tu nombre.

Una sonrisa despuntó por primera vez en el pálido rostro de Turan Sha.

–¿Vosotros sois los infantes reales?

Roç asintió y Yeza señaló con cortesía a Madulain:

–¡Ella es la princesa de Salento!

–¿Es vuestra madre?

–No es eso– rió Yeza, –tampoco es tan sencillo.

–La sangre del emperador se presenta adoptando varias formas– intervino Turnbull: –la línea de los infantes reales es un ramal oculto...

El joven sultán empujó casi sin pensarlo nuevamente la almohadilla en dirección a Roç mientras su mirada seguía fija en la figura de la hija de los *saratz*, que permanecía en silencio.

–¿Significa que podremos seguir utilizando el anillo con el sello y marcar también en nombre vuestro, venerable Turan Sha, la laca caliente, proporcionando así validez adecuada a vuestros decretos?– remachó Roç, apoderándose nuevamente del anillo.

–Los infantes reales os agradecen la confianza– dijo Turnbull.

–El agradecimiento es mío– respondió Turan Sha, levantándose con brusquedad y asestando con la punta de una de sus botas de montar un empujón al chambelán, que seguía acostado en el suelo: –¡Sígueme!– exclamó, y se aprestó a descender por la escalera, a cuyo pie lo esperaba su séquito.

"El halcón rojo" se había separado, inmediatamente después de llegar a la ciudad, de los señores procedentes de la región de Gezirah, porque le eran extraños y no le interesaban. Durante el prolongado viaje Turan Sha no le había dirigido ni una sola pregunta que tuviese algo que ver con la situación política. Le había hablado durante muchas horas de ciertas mejoras en los edificios y las avenidas de la ciudad de Damasco, su futura residencia, pero ni una palabra sobre el peligro mortal que amenazaba a El Cairo. "El halcón rojo" se encontró en los jardines de palacio con el viejo John Turnbull, quien le espetó de inmediato:

–¿Sabes que los niños están aquí?

El emir no se mostró sorprendido.

–Fueron entregados al sultán– dijo, –que los adora como descendientes del gran emperador. Mirándolo bien y desde ese punto de vista, han tenido suerte.

–Los tiempos son difíciles para nuestro emperador Federico– suspiró John Turnbull, quien al parecer se daba por satisfecho con la información sobre los niños. El anciano, que sobrepasaba con mucho los setenta años, se apoyó con fuerza en el brazo de "el halcón rojo", aunque seguía mostrándose vigoroso.

–Todo es por culpa de ese odio inconcebible que le tiene el Papa de Roma, ¡cuya boca rebosará de negra bilis mientras nadie tenga el valor de cerrársela con mano de hierro!

John Turnbull se mostraba indignado. Estaban paseando por el parque del palacio y "el halcón rojo" tuvo que ocultar su irritación cuando el anciano le confió, como de pasada, quién residía bajo el nombre de "Clarion de Salento" en el pabellón junto a las caballerizas, murmurando con cierta premura algo así como que deseaba "presentarle sus respetos", para obligar después con gran despliegue de energía a su amigo paternal a que lo acompañara en dicha ceremonia. No tanto para cambiar de tema como para frenar su ardiente deseo, pues no se había atrevido a albergar la esperanza de volver a ver tan pronto a Madulain, "el halcón rojo" preguntó por la suerte de la auténtica condesa de Salento.

Turnbull le respondió con presteza, aunque adivinaba perfectamente la verdadera intención de su joven amigo:

–En su indomable fogosidad, según me han dicho, Clarion ha exagerado tontamente su pretensión de convertirse en favorita de An-Nasir. Muy pronto creyó poder disponer ella misma de las ocasiones en que el señor debía estar a su servicio, y probablemente lo exigió con demasiada frecuencia y con excesiva insistencia. An-Nasir reaccionó, como era de esperar, propinándole una paliza. Cuando comprobó que no servía de nada y que, por el contrario, sus golpes no hacían más que calentar la sangre de la dama, la condenó a permanecer encerrada en el *beit al nissa' al ma'asulat*. En este momento parece que existe una situación de abierto malestar, pues An-Nasir echa de menos a su ardorosa amante y ella le niega sus favores. Según parece, ha recuperado el orgullo de ser hija del emperador.

–Una hija bastarda. ¡Los bastardos siempre tienen más temperamento!– intervino "el halcón rojo" y se echó a reír. –Me permito expresarlo así, pues al fin y al cabo fue una hija engendrada por mi padre la que éste le envió como regalo de boda al emperador. De modo que Clarion es también mi sobrina carnal, y no solamente una hija "natural" de Federico.

Estas palabras hicieron recordar a Turnbull los sufrimientos del emperador.

–Imagínate– insistió en confesarle a "el halcón rojo", y se detuvo sin tener en cuenta las urgencias de éste: –hace muy poco, ese pérfido anticristo que ocupa la silla de san Pedro casi consigue envenenar al emperador. Nuestro señor Federico tuvo que retirarse gravemente enfermo a Apulia, donde lo esperaba su más íntimo consejero y persona de confianza, el maestro Pedro de Vinea. El médico de éste aconseja que el emperador tome un laxante y después un baño con hierbas especialmente seleccionadas. En el último minuto alguien advierte al emperador, quien obliga al médico a beber antes de la misma copa, pues una acusación afirma que el médico criminal ha sido sobornado por el Papa. El hombre sufre un susto mortal, simula que tropieza y vierte a tierra gran parte de la bebida. Entonces el emperador hace sacar de la cárcel a dos condenados a muerte y los obliga a beber el resto. Los infelices mueren allí mismo, tras sufrir horribles espasmos. El médico infiel, a quien yo hubiese ahogado haciéndole beber el agua de su propio baño– se indignó John Turnbull, –es ahorcado en seguida, mientras Pedro de Vinea, de cuya colaboración culpable el emperador está firmemente convencido, sufre el tormento de ser cegado y después es paseado por varias ciudades con el fin de provocar temor y servir de advertencia, hasta que el desgraciado consigue finalmente destrozarse el cráneo golpeándolo contra una columna…

Absorto por la descripción de tan horrible suceso el anciano no se dio cuenta de que habían alcanzado el pabellón, pero cuando se acercaron a la entrada los guardianes cruzaron sus lanzas delante de ellos y les ordenaron con sequedad que se retiraran.

–¡Orden de Turan Sha!– y aparecieron más y más soldados que los rodearon con expresión poco amistosa; después se presentó el chambelán enano, que acudió sentado en un palanquín abierto y se atrevió a ordenar con insolencia a "el halcón rojo" que abandonara el jardín.

–Fassr ed-Din Octay– siseó: –me pregunto qué busca el señor emir en este pabellón.

"El halcón rojo", perplejo, no supo responder, por lo que Turnbull reprendió al maligno enano:

–¿Será posible, señor jardinero mayor, que hayamos perdido el camino correcto y nos estemos acercando, sin quererlo, a una flor preciosa?

Abu Al-Amlak tragó saliva y el viejo John insistió en ahondar la brecha.

–Como embajador que soy del emperador ya conocía y me paseaba por este paraíso cuando vuestro padre, un gigante, ni siquiera había decidido aún que vos aparecierais con tanta grandeza en esta tierra. Alá debía de saber por qué dudó tanto tiempo…

Al oír tales palabras el chambelán dio unos bastonazos a los porteadores y ordenó que lo alejaran de allí a toda prisa.

Los otros dos volvieron con paso lento al palacio, escoltados a distancia respetuosa por los soldados. Se tomaban todo el tiempo que les apetecía y Turnbull intentó acortar el aburrimiento relatando otro suceso triste que el emperador había tenido que sufrir recientemente:

–Enzio, su hijo preferido, también un descendiente "natural", a quien ha nombrado rey de Cerdeña, ha caído en manos de los boloñeses. No le han causado daño alguno, pero al parecer no están dispuestos a dejarlo en libertad a ningún precio. ¡Nuestro emperador está desesperado de rabia y de pena!

–¡Igual que yo!– comentó "el halcón rojo" con sarcasmo, mientras recordaba el trato que le acababan de dispensar.

Se acercaban ya a la entrada posterior del palacio cuando una figura femenina envuelta en velos salió de ella. El corazón de "el halcón rojo" tuvo un sobresalto y se acercó a la mujer saludándola con un gesto de la mano.

Pero Madulain fue inmediatamente retirada por los guardianes del harén y devuelta al palacio, mientras en la ventana que se abrió encima del arco de la puerta aparecía la nariz de Abu Al-Amlak. Su voz resonó llena de odio y malicia:

–En vista de vuestra pasión indomable, Fassr ed-Din Octay, por meter vuestras narices, mejor dicho vuestro pico de halcón, allí donde nadie os ha llamado, el noble Turan Sha ha decidido señalar una meta adecuada a vuestro intrépido vuelo…

El chambelán debía de haberse subido al último escalón de su escalerilla, pues se le veían las delgadas piernas:

–Volaréis a El Cairo como paloma mensajera, ¡llevando sujeto al pie el anuncio de la entrada gloriosa del venerable Turan Sha en Damasco!

Y arrojó a los pies de "el halcón rojo" un pergamino enrollado. Como éste no diera señales de querer recogerlo, uno de los guardianes se acercó y se lo entregó a John Turnbull. El contenido del escrito confirmaba las palabras del chambelán.

–Ha sido sellado por la mano de los pequeños reyes– añadió Abu Al-Amlak en tono ofensivo. –Os envían saludos. Partiréis ahora mismo.

"El halcón rojo" se dirigió a Turnbull al ver que le acercaban desde las caballerizas un caballo ensillado.

–Viejo amigo, ¡procurad que los infantes salgan cuanto antes de este ambiente!– susurró, –nada debe ser tan ajeno a los hijos del Grial como estas intrigas cortesanas tan propias de los orientales.

John Turnbull abrazó al joven emir.

–Y, sin embargo, su lugar está entre Oriente y Occidente– intentó animarlo el anciano.

–Pero, con toda seguridad, no aquí– dijo "el halcón rojo", y montó a caballo: –¡no están destinados a ser los guardianes del sello de los Ayubíes en un reino que se está hundiendo!

Y le clavó las espuelas al animal.

El anciano gran visir Fakhr ed-Din, comandante supremo del ejército egipcio, había establecido, después de haberse retirado de Damieta, el cuartel general junto a la ciudad de Al-Mansura, situada hacia el interior en el delta del Nilo. Para alcanzarlos allí el enemigo tendría que atravesar una tupida red de brazos laterales del gran río, que además estaban unidos por medio de canales.

El sultán llegó a la ciudad mortalmente enfermo. Una tuberculosis pulmonar había atacado su cuerpo debilitado por la intoxicación, y las dificultades del viaje empeoraron su estado, lo que le provocó un profundo y airado disgusto. Sin saludar a su fiel visir dispuso en primer lugar que fueran detenidos todos los jefes de la tribu de beduinos Banu-Kinana y ahorcados al instante como desertores, por no haber defendido Damieta hasta la última gota de sangre. También dio a entender a Fakhr ed-Din y a los emires de los mamelucos que habían caído en desgracia. Pero esto no le impidió al gran visir, que era un hombre valiente y demasiado viejo para temer la muerte, presentarse ante el sultán. Aiyub lo recibió acostado, pues la enfermedad no le daba tregua.

–¡Así es como hay que tratar a los desertores y desobedientes!– Con estas palabras recibió Aiyub a su servidor, y señaló por las ventanas arqueadas del palacio la plaza de armas del campamento, a uno de cuyos lados se veía el largo armazón del que pendían los cuerpos de los Banu-Kinana. –Espero que los mamelucos aprendan la lección.

–…¡Es posible que prefieran rebelarse!– le opuso Fakhr ed-Din. –Os aseguro que intento evitarlo, precisamente ahora, ¡en esta situación!

–Si creéis, viejo amigo, quc la tolcrancia da frutos en cualquier situación– el sultán hacía un esfuerzo por darle la dureza deseada a su voz, –podéis esperar que o la confundan con la senilidad, o que os traten de traidor aliado con los rebeldes. Los mamelucos, y a su cabeza Baibars, desean despojarme de mis prerrogativas. Os ordeno que me traigáis su cabeza sin tardanza, pues de no ser así…

–¡Concededme una hora, venerable Aiyub! Se someterán, y el ejército, Egipto, necesita en este momento de apremio de todos ellos. Si no consigo convencer tanto a los mamelucos como a vos, mi señor, de esta necesidad, ¡tendréis a vuestros pies una cabeza, pero será la mía!

Con estas palabras el gran visir se inclinó y dejó solo al sultán. No había nada que le causara mayor disgusto que la terquedad, sobre todo cuando no se centraba en el problema esencial de una situación, sino en "un principio". El emir Rukn ed-Din Baibars era comandante de la guardia de palacio, un hombre extraordinariamente capaz a quien obedecían la mayoría de los oficiales mamelucos. Él, Fakhr ed-Din, se veía obligado ahora a convencerlos con argumentos mejores, conseguir que le creyeran y despertar su orgullo y su amor por la patria.

El gran visir venció su disgusto y pudo convencer a los rebeldes de que pospusieran su propósito. Una vez conseguido esto, Aiyub se apresuró a favorecerlo con toda clase de pruebas de afecto, e incluso le regaló el anillo que adornaba su mano desde que inició el reinado.

Fakhr ed-Din aconsejó a su señor:

–Deberíais de proponer a los cristianos lo que les propuso vuestro padre hace ahora treinta años...

–En aquel entonces lo rechazaron con mucha arrogancia– le opuso el sultán, disgustado. Pero Fakhr ed-Din no se resignaba a apartar la idea de su mente y prosiguió: –En aquella ocasión reconquistamos Dumyat, de modo que el procedimiento tiene un buen presagio. ¡Ofrecedles la cesión de Jerusalén a cambio de que nos devuelvan nuestra ciudad! Si aceptan el ofrecimiento podemos darnos por satisfechos, pues no serán capaces de retener a Jerusalén. ¡Si rechazan vuestra generosa oferta sabremos que Alá ha decidido destruirlos!

–Preparad la embajada– respondió el sultán, cansado.

Su afección pulmonar convertía cada frase en un terrible esfuerzo, pero no obstante ordenó que lo llevaran en palanquín hasta el campamento, donde vigiló personalmente la reestructuración del ejército. No cabía pensar en un ataque; había que prepararse para la defensa. Prestó atención especial a que fueran instaladas algunas catapultas de largo alcance que fuesen capaces de disparar incluso ese "fuego griego" tan famoso, una masa pegajosa que se arrojaba, ya encendida y contenida en recipientes de arcilla, y que era imposible apagar por medio del agua. Después se preocupó de las unidades de ingeniería militar, pues sería importante poder instalar y retirar con suma rapidez algunos puentes de barcas para poder atacar por la espalda al enemigo, cuyas reacciones se sabía eran más lentas y pesadas.

Su corazón, sin embargo, latía sobre todo por los valientes combatientes suicidas que, armados únicamente de un puñal, se ofrecían voluntarios para introducirse sigilosamente por la noche en el campamento enemigo y asesinar a todo el que se les cruzara en el camino.

–¡Así socavaremos la moral del adversario más de lo que es capaz cualquier túnel excavado por los *sappeurs*, por genial que sea!– jadeó el sultán dirigiéndose al gran visir, que lo acompañaba y se mostraba sumamente preocupado por la vida del soberano. –No deseo que ese loco rey de los francos obtenga ninguna satisfacción. ¡Por qué habría de regalarle sin más la santa ciudad de Jerusalén!

–Porque allí podría producirse la mezcla de sangre de los dos profetas– comentó pensativo Fakhr ed-Din, –cuya soberanía nos reconciliará con los cristianos y evitará que sigan atacando nuestras tierras…

–No conocéis bien a esos adoradores de la cruz– protestó el sultán: –serían capaces de crucificar por segunda vez a su Mesías, acusándolo de no someterse a ese sumo sacerdote que manda desde Roma…

–Incluso lo acusarían de no ser un auténtico católico– recogió el visir rápidamente el pensamiento del sultán, –lo considerarían un hereje y lo perseguirían como persiguen a los infantes reales de su estirpe. ¡No!– dijo Fakhr ed-Din. –Hay que pensar en términos estrictamente dinásticos y buscar la combinación de dos líneas de sangre soberana de fortaleza demostrada: ¡la unión de la venerable casa de los Aiyub con la gloriosa de los Hohenstaufen!

–No podemos confiar en Turan Sha– suspiró el sultán; –además, tampoco ha engendrado hijos.

–Pero está vuestro sobrino, el pequeño Musa, que tiene la edad adecuada– siguió el visir exponiendo el hilo de su pensamiento, –de modo que podríamos trasladar a la niña a El Cairo y casarlos…

–¿Y quién los protegerá? ¿Un emperador que ni siquiera ha dejado que su hijo Conrado venga a ocupar el trono que le corresponde como "rey de Jerusalén"?

–Precisamente por eso debería de agradarle una solución así…

–Al rey de Francia, en cambio, no le va a gustar– intervino Aiyub, –y es a éste a quien tenemos *ante portas*, ¡no a vuestro estimado amigo Federico! Yo soy un anciano a quien la muerte ya tiene puesta la mano sobre el hombro. Y vos, querido amigo, tampoco sois precisamente un adolescente.

–De ahí que deberíamos tener la previsión de conseguir, mediante una jugada atrevida…

–Dejemos el destino de nuestros descendientes en manos de Alá– dijo el sultán, deseoso de finalizar la conversación, –si quiere elevar el rango de nuestras estirpes y unirlas, sabrá como hacerlo. Si su decisión es otra, nuestros esfuerzos serán vanos, *mashiat Alah al hakima*.

El visir enmudeció y siguió cabalgando en silencio junto al palanquín. El sultán se recostó sobre los almohadones. Estaba pálido y cansado.

DIARIO DE JEAN DE JOINVILLE

Damieta, 27 de septiembre de 1249 d.C.

Nuestro campamento se ha visto invadido por algunas epidemias. Un auténtico castigo de Dios, provocado por los vicios a los que se entregan tanto los señores como los simples soldados. Otro de los castigos se materializa en forma de las incursiones constantes que realizan los egipcios, que rodean día y noche nuestras tiendas como un enjambre de mosquitos. Sus jinetes se reúnen en grupos y nos hacen temer un ataque por sorpresa, después nos hostigan sus arqueros desde una distancia segura para ellos. No podemos dormir y casi nunca nos despojamos de las armaduras.

Yo mismo soy culpable de mi situación, elegida pese a las protestas vehementes de mi secretario, al haber preferido a la vida cómoda en la ciudad las molestias del campamento establecido ante sus puertas. Pero mi oficio de cronista me impone estar donde esté el rey, y nuestro señor Luis desea estar junto a su ejército, de modo que pedí ser liberado de mi servicio en la ciudadela y me vine con él.

Una vez aquí me dirigí a su tienda para sugerirle la posibilidad de realizar una salida con mis caballeros, atacando al enemigo y proporcionándonos así un respiro y un poco de respeto.

Encontré al señor Luis armado y rodeado de sus hombres, entre los cuales el condestable, quien sin esperar la respuesta del rey me reprendió indicándome que no debía abandonar el puesto que me había sido asignado sin recibir una orden expresa para hacerlo.

Mientras discutíamos, porque yo insistía en hablar con el propio rey tal como estoy acostumbrado, se oyeron unos gritos en el campamento.

En un primer instante pensé en una incursión del enemigo, pero después resultó que se trataba de una aclamación. "¡Chatillon! ¡Chatillon!" gritaban muchas voces, y desde la colina donde se hallaba la tienda real pudimos ver cómo el señor Gualterio, caballero de la famosa estirpe, era alzado y sentado sobre su caballo de combate ataviado con su armadura completa, tras lo cual arrancó de la tienda el estandarte con sus colores y salió galopando, con el escudo colgándole aún de las espaldas mientras sus gentes gritaban: "¡Bravo, Chatillon!" aunque no daban muestras de querer seguirlo. El señor Gualterio atravesó de un salto el parapeto y la zanja dirigiéndose en línea recta hacia el enemigo, pero antes de estar siquiera a su alcance su montura se paró en seco y lo arrojó a tierra aunque después el animal siguió galopando y lo arrastró detrás con toda la armadura, adentrándose en el corazón mismo de la sorprendida caballería egipcia.

–¡Ese caballo ha olido a las yeguas!– se atrevió a bromear uno de los acompañantes del rey con palabras un tanto crudas, pero después se nos heló la sonrisa cuando vimos que algunos egipcios bajaban del caballo y empezaban a golpear con sus garrotes de combate al caballero, que estaba tumbado en tierra sin poder defenderse.

Yo no tenía mi caballo a mano, pero el condestable acudió con sus sargentos en ayuda del infeliz. Los egipcios huyeron en seguida, como suele ser costumbre en ellos, y el condestable, que es fuerte como un oso, levantó al señor Gualterio y lo devolvió llevándolo en brazos a su tienda.

No esperé su regreso y me despedí en silencio. Se me habían pasado las ganas de realizar una proeza individual para conseguir fama y gloria. Mi confesor, el deán de Manrupt, me informó después de que el pobre loco aún no había recuperado el habla y que los cirujanos habían tenido que sangrarlo.

A última hora de la noche mi secretario me propuso visitar al herido, lo cual me sorprendió porque no se trata de un íntimo amigo mío y, por lo que yo sé, tampoco de William. Pero apenas hubimos dejado atrás la tienda, William inició el relato de algo que deseaba confiarme a solas:

–La familia de los Chatillon es famosa por su temeridad desde aquel Reinaldo que se dedicó a fastidiar al gran sultán Saladino hasta que éste se cansó, le cortó la cabeza al insolente y nos volvió a arrebatar Jerusalén. Aunque también procede de la gloriosa familia Chatillon el fundador de la Orden de los templarios, san Bernardo de Clairvaux.

William interrumpió el relato, pues mi viejo deán de Manrupt nos venía siguiendo, ¡deseoso de "no permitir que tuviésemos que rezar solos por el restablecimiento del héroe herido"! En realidad, lo que no deseaba era que William de Roebruk fuese el único en poner en práctica un acto tan señalado, dado el celo con que el deán defiende sus privilegios espirituales.

De modo que seguimos caminando en silencio hasta la tienda del de Chatillon. El escudero nos rogó que entráramos sin hacer ruido, para no despertar a su señor Gualterio, que descansaba sobre un camastro. Cuando nos acercamos con suma precaución nos dimos cuenta de que había muerto.

El deán se arrodilló e inició la oración:

Ex Adae vitio
nostra perditio

traxit primordia
Dei et hominum
per Christum dominum
facta concordia.

–Amén– dijo William, y salió conmigo al aire libre. –Esta tarde ha habido una reunión entre los templarios y el de Anjou– me susurró; –el muerto que está ahí dentro habló de ello con vuestro primo Juan, quien no tuvo nada mejor que hacer que mofarse de mí, pero dedicándoos la burla a vos, por haber apostado por el perdedor. Afirmó que no serían los sanjuanistas los que acabarían por imponerse ni su favorito Roberto de Artois, sino los templarios. Y me preguntó si creía acaso que un hombre como el señor Carlos se dejaría engañar por su hermano, ¡y menos aún con la ayuda de unos infantes herejes!

Dejé que acabara de hablar antes de preguntarle:

–¿Y qué habíais esperado oír de boca del señor Gualterio?

–Más de uno desea aliviar su conciencia cuando está en el lecho de muerte– sonrió mi secretario. –Sobre todo si se le ayuda un poco.

–Ahora ya ha escapado a vuestras benéficas intenciones– le contesté. –Debería daros vergüenza, estimado William, ¡pero en cambio le agradezco la advertencia a mi secretario!

–Eso significa– me respondió en voz baja, pero sin que al parecer le afectaran mis palabras, –que los demás conocen la situación…

–¡Os referís al de Anjou!

–Eso es– contestó mi secretario, –y significa que la vida de Yeza corre un peligro inminente, pues aunque creo que el señor Carlos sentiría escrúpulos de levantar la mano para acabar con la vida de su hermano, no creo que los tenga en lo que se refiere a la vida de los infantes.

–¡La *Prieuré* sabrá impedirlo!

–En último término, yo también lo creo así… Pero ¿qué sabemos de las posibles jugadas atrevidas que pueden haberse proyectado? Tal vez la *Prieuré* apruebe los planes ambiciosos del de Anjou, tal vez le complazca ver que un Capeto combate a otro. No subestiméis al de Anjou, quien ingresaría mañana mismo en la Orden si con eso…

–¡Los templarios no lo admitirían!– protesté.

–Ellos no saben nada de sus intenciones homicidas– me acorraló William. –Silencio, ¡el rey se acerca!

El rey apareció con su séquito saliendo de la misma oscuridad, sin acompañamiento de hachones, para no ofrecer un blanco al enemigo.

El escudero del de Chatillon le comunicó con voz apesadumbrada la muerte de su señor. El rey Luis respondió en voz alta:

–Puedo prescindir tranquilamente de mil hombres que fuesen como el señor Gualterio, pues todos ellos menospreciarían mis órdenes del mismo modo que lo ha hecho este caballero.

Todos callaron angustiados y el rey añadió:

–A nadie puede pesarle más esta espera que a mí. Pero es Nuestra decisión no avanzar más hasta que nuestro hermano Alfonso llegue con los refuerzos. Hace días que debería haber llegado– se dirigió con expresión amable a mí. –No tenemos noticias y este hecho Nos preocupa muchísimo…

En ese momento se acercó mi viejo deán de Manrupt.

–Señor– dijo, –¿por qué no emplea su cristianísima majestad el medio más adecuado para obtener la bendición del cielo…

Yo lo escuchaba incrédulo.

–… y expresa su débil esperanza con toda humildad en forma de una procesión rogatoria?

El rey lo miró sorprendido y después se dirigió a sus hombres:

–Siempre tendremos que vernos avergonzados por un sacerdote auténtico que defiende con firmeza lo que es la verdadera fe– y dirigiéndose a mí, añadió: –Querido Joinville, tienes a tu servicio unos magníficos caballeros y te ordeno que organices las procesiones en mi nombre. ¡Deben durar hasta que llegue el conde de Poitou!

Damieta, 24 de octubre de 1249 d.C.

Ave maris stella,
Dei mater alma,
Atque semper virgo,
Felix coeli porta.

El deseo de los sanjuanistas de incrementar su prestigio y el de los Capetos de conseguir la dignidad imperial –dirigido por fuerzas desconocidas para mí– han adquirido una dimensión homicida desde que surgió la idea de valerse para tal fin de los infantes. Ahora participan en el juego unos poderes que no admitirán otra salida que la victoria. Su orgullo herido no se daría por satisfecho con el sacrificio de un simple peón, pero todo ello no significa, ni mucho menos, que alguien como yo no corra peligro.

Las rogativas se celebraban los sábados. La procesión partía del albergue del legado papal y atravesaba toda la ciudad hasta la iglesia de Nuestra Señora, pues la antigua mezquita ha sido consagrada al nombre de la Madre de Dios.

Solva vincla reis,
Profer lumen caecis,
Mala nostra pelle,
Bona cunctis posce.

Esto no les impide a los egipcios acercarse noche tras noche, a pie, a nuestro campamento y asesinar sin más a quienes puedan sorprender durmiendo.

Así pudo suceder que el noble señor de Courtenay encontrara por la mañana a sus guardianes caídos en medio de un gran charco de sangre y despojados de sus cabezas, pues el sultán premia con un besante de oro cada cráneo cristiano que le aportan. En consecuencia, el de Anjou ha prohibido que se sigan haciendo las guardias a caballo, pues así no se advierte la presencia de los beduinos, capaces de deslizarse como serpientes por la tierra y entre las tiendas. Además ha mandado cavar una fosa en torno al campamento y reforzar los parapetos de arena para que al menos una mitad del ejército pueda descansar mientras la otra vigila.

Monstra te esse matrem:
Sumat per te preces.
Qui pro nobis natus,
tulit esse tuus.

El domingo siguiente a la tercera procesión tuvo respuesta el ruego dirigido a Nuestra Señora: llegó el conde de Poitou encabezando una vistosa flota de veleros y nos trajo los refuerzos largamente esperados desde Francia.

El rey Luis nos hizo acudir a todos los jefes militares a su palacio de la ciudad. Sólo el conde de Anjou, que está al mando del campamento, faltó a la reunión. Lo primero que nos hizo saber el rey fue que no había querido responder al ofrecimiento del sultán de cambiar Damieta por Jerusalén. El rey se reafirmó en que no negociará con los infieles.

Después nos declaró que ahora somos suficientemente fuertes para avanzar sobre El Cairo.

El conde Pedro de Bretaña, en quien el de Anjou había delegado su voz en el consejo, expuso que sería más inteligente atacar Alejandría, sorprendiendo al enemigo, ahora que poseemos los barcos suficientes para cruzar todos los brazos del Nilo y los canales que nos separan de la ciudad, y contamos además con la protección de los flancos que nos ofrece nuestra propia flota. Una vez conquistada Alejandría, que al contrario de Damieta tiene un puerto que permite descargar provisiones, dominaríamos toda la costa mediterránea de Egipto, y el sultán, despojado de este modo de cualquier posibilidad de comerciar, se vería obligado muy pronto a rendirse.

Los barones de *Outremer*, que conocen por amarga experiencia los efectos de un embargo de tal calibre, coincidieron con él. Pero Roberto de Artois se opuso con vehemencia a esos propósitos que más se parecen, según él, a una guerra comercial que a una guerra cristiana.

–Para acabar con la serpiente hay que aplastarle la cabeza.

Contra lo que todos esperábamos, Luis se mostró de acuerdo con él, y como la mayoría de los jefes militares, cansados de tan larga espera, no desean otra cosa que entrar en acción, no se opusieron a ello, incluso se mostraron de acuerdo con el rey para ganarse su simpatía, de modo que se decidió proceder según esa propuesta.

Damieta, 20 de noviembre de 1249 d.C.

¡Al fin partimos! "¡A El Cairo!" resonaron los gritos que llenaban las callejuelas del campamento. En Damieta sólo han quedado, por disposición del rey, el patriarca de Jerusalén y una guarnición numerosa para proteger a la reina, que está embarazada. Después de la octava de san Remigio terminaron las crecidas anuales del río y las aguas han vuelto a bajar. Los campesinos que se disponían a labrar los campos cubiertos de fértil lodo a lo largo del valle huyeron asustados cuando nos avistaron. Muy pronto padecimos de sed, pero el agua me parecía estar demasiado sucia para beberla. William me ha explicado que en sus viajes por Extremo Oriente aprendió que, depositando durante una noche judías o almendras machacadas en el agua, a la mañana siguiente está tan clara como si procediese de una fuente.

Yo no le creo ni una palabra de las aventuras que asegura haber vivido en el reino del gran kan de los mongoles, pero pienso que su astucia congénita de campesino es muy capaz de sugerirle soluciones de ese tipo.

Por tanto, lo probamos con algunas almendras y, en efecto, a la mañana siguiente el agua estaba limpia y no tenía sabor amargo ni a podrido.

Poco después nos encontramos con un brazo menor del Nilo que pudimos cruzar a través de un dique rápidamente amontonado y que ha devuelto el agua retenida a la corriente principal. Sufrimos algún que otro ataque esporádico, pero en general el enemigo elude el combate frontal.

LA RESIDENCIA VERANIEGA del sultán se encontraba en las afueras de la ciudad, a orillas del Nilo. Antes le había servido de pabellón de caza y después había sido instalada allí una parte del harén, previsión que ahora le servía de muy poco a Aiyub.

El sultán estaba pensativo, reflexionando sobre lo que había sido su gobierno, al que había accedido tarde. Apenas hacía una docena de años que había fallecido su padre el-Kamil y, como éste, también él había pasado la mayor parte del tiempo teniendo que mantener a raya a su propia parentela. Los Ayubíes eran advenedizos, por lo que no era de extrañar que apenas tuvieran respeto por quien reinara en un momento dado y todos creyesen poder ocupar en cualquier momento el trono con el mismo derecho que quien estaba sentado en él. A lo que se añadía el hecho de que, en Egipto, seguían siendo una familia extranjera necesitada del apoyo de mercenarios turcos, es decir, de gente de su propio origen, pues también el padre de Saladino había llegado al Nilo procedente del Kurdistán.

Los mamelucos no representaban un cómodo almohadón en el que descansar, sino más bien un madero lleno de clavos como los que utilizan los faquires de la lejana India para poner a prueba su concentración espiritual y su insensibilidad ante los estímulos físicos. Aiyub no era un faquir: su cuerpo lo hacía padecer y sus dolencias lo afectaban tanto como el espíritu rebelde de los mamelucos. ¿Acaso podía anularlos con el fuego, como se quema un tumor? Y después, ¿qué? Ellos eran sus brazos y sus piernas.

Por esa razón había dispuesto que criaran a su hijo Turan Sha muy lejos de allí, para que no pudiesen hacerle daño al muchacho antes de que tuviese la suficiente edad y madurez para defenderse. Ahora se revelaba que la estancia en la apartada Gezirah lo había reblandecido, alejándolo de la formación y el ambiente adecuados a un futuro soberano. Turan Sha no ambicionaba ser sultán. Tal vez fuese incluso mejor así, porque si el sucesor no contaba con la suficiente dureza acabarían por destrozarlo para repartirse su herencia. Para su sorpresa, Aiyub registró que este problema y en general todas las cuitas del mundo acababan por serle cada vez más indiferentes. Se sentía como reposando sobre una nube mientras los problemas pasaban de largo flotando sobre otras y ya no experimentaba ni disgusto ni odio, ni tampoco temor alguno. Cuando él faltara, ¡los demás tendrían que arreglárselas de algún modo!

Pero la nube aún era un lecho de enfermo, un lecho concreto e instalado en el palacio, y él se encontraba envuelto en sábanas y paños sin que ninguno de los médicos y criados que lo rodeaban, ni siquiera su visir, se dieran cuenta de que en cualquier momento él podía alejarse volando de allí, flotando sobre una nube. El sultán esbozó una sonrisa.

A Aiyub le gustaba la residencia veraniega por el aire fresco que allí se respiraba, las brisas ligeras que subían del río y la sombra de las palmeras. Elevó su mirada hacia una paloma que veía volar, la tercera que su encargado de las aves mensajeras había soltado aquel día. Iba destinada a Turan Sha, su hijo, rogándole que acudiera para poder abrazarlo por última vez.

Acostado en su lecho siguió Aiyub con la mirada a la paloma hasta que se convirtió en un diminuto punto blanco y desapareció después en la claridad del cielo.

DIARIO DE JEAN DE JOINVILLE
A orillas del Nilo, 6 de diciembre de 1249 d.C.

El día de san Nicolás hemos seguido avanzando, acosados sin cesar por grupos de jinetes que nos hostigan con sus flechas. El rey nos ha prohibido estrictamente responder a la agresión o dejarnos provocar y efectuar alguna salida para infligirles un castigo. Es probable que esta prohibición haya llegado a través de algún espía a oídos de los egipcios, pues los ataques son cada vez más atrevidos. Los sufren sobre todo los templarios, que forman la retaguardia. Cuando uno de los miembros de la Orden cayó del caballo atravesado por una lanza, el mariscal Renaud de Vichiers, que cabalgaba al lado del agredido, se vio incapaz de permanecer inactivo.

–¡En nombre de Dios– les gritó a sus caballeros, –devolvamos el golpe! ¡Ya me he cansado!

Y dio la vuelta a su cabalgadura seguido por todo el grupo. Como disponían de caballos descansados pudieron dar alcance al enemigo que huía despavorido y acabaron con todos los egipcios hasta el último hombre, pues muchos de ellos cayeron al río y se ahogaron. Después de esta hazaña los templarios volvieron a cerrar filas con el grueso del ejército, como si nada hubiese sucedido.

Y el rey no dijo nada.

AL-MANSURA, CIUDAD que formaba el último gran obstáculo en la ruta de El Cairo, fue testigo de la agonía del sultán. Tres días después de que el rey se pusiera en marcha con su ejército, Alá liberó a aquél de todo sufrimiento.

En aquella situación tan precaria la noticia del fallecimiento podría haber significado el final del sultanato Ayubí en Egipto. En El Cairo nadie sabía si su único hijo y heredero, Turan Sha, aún residía en calidad de virrey en la lejana región de Gezirah o si ya estaba camino de Damasco. El trono de Egipto fue salvado por la sultana viuda Sayarat, de origen armenio, que llegó justo a tiempo a la ciudad de Al-Mansura.

La sultana sólo confió sus planes a dos personas: uno era el guardián mayor del harén, un eunuco de origen judío llamado Gamal ed-Din Mohsen, y el otro el gran visir Fakhr ed-Din.

–Gran idea– dijo el eunuco mayor a Fakhr ed-Din cuando Sayarat se hubo retirado a sus camerinos –la de mantener de momento en secreto la muerte del sultán. ¡Qué mujer tan valiente!

El visir midió al otro con una mirada de atención. Le convenía aprovechar las ganas de charlar que manifestaba el eunuco.

–Habría que llevar el cuerpo en seguida al harén. Vos, Gamal, seréis responsable de que exista un flujo continuo de noticias sobre la buena salud del sultán y las pequeñas alegrías que –¡sin exagerar!– le aporta el círculo de sus damas.

El eunuco mayor silenció el hecho de que conocía perfectamente lo que la enérgica sultana estaría haciendo en aquel mismo instante: falsificar la *alama* de su esposo fallecido; y que lo primero que haría sería preparar un documento mediante el cual Gamal ed-Din Mohsen era nombrado mayordomo de todo el palacio y jefe de la guardia, y el gran visir comandante supremo de las tropas del sultanato.

Con ello cumpliría las condiciones más urgentes para crear una sensación de seguridad, impidiendo que el gran visir quedara investido de un poder exclusivo, sobre todo frente a los rebeldes mamelucos –*Alhamdu lilah!*– que se encontraban en el campo de batalla.

Sayarat al-Durr observó con frialdad cómo trasladaban a su habitación al sultán, envuelto en sábanas. De momento había conseguido tranquilizar a los dos ancianos dignatarios, por lo que podría concentrar su atención en redactar el testamento que confirmaría como sultán a Turan Sha quien, por cierto, no era hijo suyo.

Ella no tenía hijos y Musa, el sobrino, era aún demasiado pequeño. Decidió que dejaría caer como un goteo las noticias que irían dando a conocer el empeoramiento de la salud del sultán, en la misma medida en que fuera confirmándose la llegada de Turan Sha. En el instante de comunicar el fallecimiento del sultán, el poder debía estar firmemente afianzado en manos del hijo.

El anciano gran visir se disponía a retirarse a su residencia principal cuando "el halcón rojo" llegó a Al-Mansura y trajo a los conjurados la novedad de que Turan Sha había alcanzado Damasco y se había proclamado soberano allí, tal como lo deseaba su padre.

Entonces informaron a Fassr ed-Din Octay, hijo del gran visir, de la muerte del sultán, y tanto el gran visir como el eunuco mayor expresaron su asombro por el hecho de que jamás obtuvieran respuesta a las informaciones en clave que habían remitido mediante palomas mensajeras a Turan Sha.

–¿Cómo era posible que no llegara ninguna de esas palomas a Damasco?

"El halcón rojo" no supo qué responder y le costó mucho aventurar una respuesta.

–Personalmente estoy convencido de que Turan Sha no tiene grandes deseos de ocupar el trono de El Cairo.

–Y hay determinados círculos de personas en la capital– se oyó la voz de la sultana, que se había acercado al grupo –que tampoco desean ver el poder en sus manos.

–Venerable sultana, estimado señor padre, si hubiese sabido que la situación era tan seria, no habría regresado más que en compañía del noble Turan Sha.

–Fassr ed-Din Octay, digno hijo de un padre ilustre, emir de cuya lealtad hacia mi persona estoy segura– dijo la sultana, –siento que, pese al penoso viaje que acabáis de realizar, os tenga que rogar que regreséis a Damasco y traigáis cuanto antes a Turan Sha a la capital.

–Te dirigirás a Alejandría, hijo mío– insistió también el gran visir cuando volvieron a estar solos. –Dispondré que allí te tengan preparada una nave que te traslade por vía marítima hasta Tyros...

–Cualquier nave egipcia corre el peligro de ser atrapada frente a Damieta– objetó "el halcón rojo".

–¡Pero no una nave veneciana!– sonrió el padre. –En Tyros hay caballeros amigos que recibirán al príncipe de Selinonte y lo conducirán seguro hasta las puertas de Damasco.

–Una vez allí tendré que ocuparme yo mismo de mi seguridad– le devolvió el hijo la sonrisa, aunque distaba mucho de sentirse contento.

El gran visir lo acompañó unos cuantos pasos más allá.

–Trae también a los infantes– le dijo a media voz, porque comprendía que cualquier susurro podría despertar sospechas en aquella situación.

"El halcón rojo" se mostró sorprendido.

–¿Y qué sabéis vos, señor padre, de los niños?

–¡Haz lo que te he dicho!– elevó el gran visir de nuevo la voz, y puso su mano sobre el hombro del hijo. Detrás de ellos asomaba en el umbral de la puerta el eunuco mayor.

II
VICTORIA EMPANTANADA

DIARIO DE JEAN DE JOINVILLE

Ante Al-Mansura, 14 de diciembre de 1249 d.C.

Praeliti et barones
comites incliti
religiosi omnes
atque presbyteri
milites mercatores
cives marinari
burgenses piscatores
praemiantur ibi:
Ave Maria!

iban cantando los soldados.

Hacía ya más de dos semanas que recorríamos la orilla del Nilo cruzando sin cesar brazos laterales y canales artificiales. Mi secretario me propuso en cierto momento que le pidiera permiso al rey para cabalgar con la vanguardia formada por los sanjuanistas. Yo le pregunté si sentía un repentino anhelo de alcanzar la gloria de los héroes o si se ocultaba detrás de su solicitud alguna intención de conspirar de nuevo con Juan de Ronay para desarrollar proyectos de los que yo no debía enterarme.

–El gran visir en funciones no cabalga indefenso en primera línea, sino en el séquito del rey– me respondió William con picardía, –pero ¿no os habéis fijado en esos campesinos agachados a lo largo del camino, que ofrecen en sus canastas frutas frescas y otros productos sabrosos del padre Nilo, como suelen llamar a su río? ¡Cuando pasamos nosotros las encontramos vacías, porque la vanguardia se lo ha comido todo!

–Realmente, es una razón suficiente para desafiar a la muerte– lo elogié; –¿de verdad queréis arriesgar vuestra joven vida por unos cuantos bulbos y raíces, unas frutas medio podridas y unas nueces verdes?

Pero William hablaba muy en serio.

–Los campesinos de aquí viven de lo que les ofrece el río– me respondió, –por la noche arrojan sus redes y por la mañana vuelven a recogerlas llenas de tallos de ruibarbo, jengibre, aloe y barritas de canela. ¡Siento unas ganas inmensas de probar todo eso, y también algún que otro pescado fresco! Estoy harto de comer sólo pan mohoso y hasta del cuarto de litro de vino aguado que nos reparten los domingos.

Así pues, cabalgué hacia donde veía al condestable del rey, a quien no le gustaba que lo pasaran por alto, y me ofrecí para reforzar la vanguardia con mis efectivos. El hombre me miró con expresión de sorpresa y me advirtió con un gruñido que también allí seguía vigente la orden del rey: ¡nada de ataques arbitrarios al enemigo!

Probablemente encontró exagerada mi promesa de cumplir con esa consigna, porque de repente recuperó su habitual talante altivo y me rechazó diciéndome:

–Puesto que, según me habéis confirmado, no deseáis adornar vuestra frente de cronista con el laurel de los guerreros– y sentí en sus palabras el halo de la envidia, –no veo razón alguna para que os alejéis de nuestro señor el rey, único merecedor de vuestras atenciones.

Y me mandó ocupar de nuevo el lugar que me han asignado en el grueso del ejército.

Reginae comitissae
illustres dominae
potentes et ancillae
juvenes parvulae
virgines et antiquae
pariter viduae
conscendunt et hunc montem
et religiosae:
Ave Maria!

Mi secretario se mostró desilusionado al ver que seguiría obligado a renunciar a las delicias culinarias del *Abu taiarat*, el padre de todos los ríos. Me comentó que ya el sultán Saladino había deseado conocer la razón de tanta abundancia y había enviado a sus exploradores río arriba. Cuando regresaron después de muchos meses, le informaron de que mucho más allá de los templos en ruinas del Valle de los Reyes habían encontrado unas montañas rocosas donde el agua cae formando gigantescas cataratas y es transparente como la de un manantial, y que arriba, sobre las rocas, crece un denso bosque de árboles verdes y viven unos seres humanos de color muy oscuro, figura esbelta y de especial belleza, que se adornan con joyas de oro pero que, aparte de eso, andan desnudos tal como Dios los creó, y que los miraban desde lo alto.

–¿Tal vez alcanzaron a ver el Paraíso?– finalizó el fraile, y el tono de su voz revelaba ansiedad.

–Yo siempre me había imaginado el Paraíso más bien como la costa de Flandes– le dije entonces para hacerlo rabiar, –¡llena de tipos gordos de piel blanca y cabello rojizo!

Principes et magnates
ex stirpe regia
saeculi potestaes
obtenta venia
peccaminum proclamant
tundentes pectora
poplite flexo clamant
hic: Ave Maria!

Tres días antes de la Navidad alcanzamos el afluente más importante del Nilo avistado hasta entonces. Los egipcios lo denominan Bahr as-Saghir, lo que en árabe significa "pequeño mar", y es tan ancho que forma una auténtica barrera. Además, nos han dicho que más allá nos espera el ejército egipcio al completo, junto a una ciudad que ellos llaman Al-Mansura, "la Victoriosa". Puede tratarse de un buen presagio, aunque no sabemos en favor de quién.

En cualquier caso, para nosotros es una buena noticia el rumor de que el sultán ha muerto del susto ante nuestra aparición, y que el mando supremo queda ahora en las débiles manos de su viuda y del anciano gran visir.

El rey Luis ha mandado instalar el campamento en la orilla, justo enfrente de la ciudad de Al-Mansura.

LA MENSAJERA ABANDONÓ con excitado aleteo el *beit al hamam*, en el sector de servicios de la residencia del sultán, y se dirigió después con un movimiento ya más seguro de sus alas, cruzando por encima de las palmeras del oasis de Al-Mansura, en dirección al este. Pero apenas hubo sobrevolado las fortificaciones exteriores, y ya a la vista del resplandor de las aguas del Bahr as-Saghir, una flecha casi vertical le atravesó el pecho. No pudo oír los aplausos con que premiaron su puntería quienes rodeaban al arquero, pues cayó a tierra dando volteretas y sacudida por los espasmos.

Uno de los mamelucos la recogió y acabó de traspasarla con la flecha, tras lo cual su cuerpo se estremeció en un último temblor y la cabecita cayó inerte. La mano del hombre retiró cuidadosamente el tubo de mimbre encerado de una de las patas del animal y después arrojó el cuerpo al río. Con una reverencia respetuosa entregó el mensaje rescatado al emir Baibars.

–Tienen razón, Bundukdari, quienes os dan el sobrenombre de "el arquero".

El aludido esbozó una sonrisa enigmática mientras procedía a desenrollar el pergamino y se enteraba con una rápida mirada de su contenido.

–Se han dado cuenta de que las palomas "pierden" el rumbo y ahora envían a "el halcón rojo" imaginando que, puesto que Aiyub ha descendido finalmente a los infiernos, ese hijo mimado de papá acudirá a hacerse cargo del poder.

Arrugó el mensaje, pero después lo pensó mejor y se lo guardó en el bolsillo.

–¿Queréis que lo matemos?– preguntó uno del grupo de mamelucos fieles a Baibars.

–No, su anciano padre no se lo merece. Basta con que Fassr ed-Din Octay no llegue a Damasco.

La galera era arrastrada por los remeros varias millas por tierra en todas las ocasiones en que no se ofrecía un canal que atravesara el delta con sus afluentes deseosos de llegar al mar y permitiera alcanzar el brazo del Nilo que desemboca en el lago Mareotis. En el extremo más alejado de este lago se sitúa Alejandría, donde esperaba a "el halcón rojo" un navío de la Serenísima.

Los esclavos remeros soltaron jadeantes el cuerpo de la nave y la dejaron descender al agua del río. Después llevaron el caballo de su huésped a bordo, haciéndolo cruzar por una tabla, y tan sólo cuando el dueño del caballo hubo pisado la cubierta empezaron a aplicar sus fuerzas para alcanzar con enérgicos golpes de remo el centro del río, donde la corriente ya se hace cargo de la mayor parte del trabajo. Desde la orilla de enfrente se deslizaron dos o tres embarcaciones que izaron velas.

Serán pescadores, pensó "el halcón rojo", gente que ejerce un oficio pacífico y benéfico. Pero los veleros alcanzaron rápidamente la galera y la rodearon por ambos costados: ¡eran piratas!

"El halcón rojo" comprendió la situación, vio que los otros eran demasiados y que sus propios remeros no disponían de armas. El capitán de los piratas, un fenicio bastante gordo a quien traicionaba su acento, le advirtió con un grito:

–¡No os opongáis, noble señor, y no sufriréis daño alguno!

"El halcón rojo" esperó de pie; comprendió sin más que el asalto iba dirigido exclusivamente contra su persona.

–¡Pasad a nuestro barco!– lo invitó el pirata muy amablemente. –¡No os faltará nada de lo necesario para vuestra comodidad!

–No sin mi caballo– le respondió "el halcón rojo" con firmeza, –y tan sólo después de que me hayáis revelado quién os envía.

El gordo le sonrió con una mueca.

–El que nos paga compra también nuestro silencio.

–Yo puedo pagaros más de lo que pueda ofreceros cualquier otro mandatario…

–Os equivocáis, noble señor; no tenéis más que contar nuestras cabezas y sabréis lo que podemos perder si no os rendís ahora y cambiáis de barco, ¡aunque sea acompañado de vuestro caballo!

"El halcón rojo" comprendió que no le quedaba otro remedio y asintió con un gesto para mostrar su acuerdo. Algunos piratas saltaron a bordo, instalaron un tablón que alcanzaba de borda a borda y pudieron llevar al nervioso animal a cubierta de la nave, pero el caballo empezó a dar violentas coces y una de ellas alcanzó el pecho de uno de los asaltantes, que cayó al agua entre las naves y se hundió. "El halcón rojo" saltó a bordo del barco pirata sin utilizar el tablón y tranquilizó a su caballo.

Los piratas arrojaron una red sobre el grupo de esclavos remeros y los atacaron a cuchilladas. Cuando ya nadie se movía cargaron con las piedras que transportaban y las depositaron sobre la red y la galera, destrozaron con hachas el fondo de la embarcación saltando con rapidez para regresar a sus naves antes de que la galera se hundiera en las aguas lodosas del Nilo.

–¿Cuáles son vuestras condiciones?– se dirigió "el halcón rojo" al capitán.

Éste le respondió con gran amabilidad:

–¡Seréis nuestro huésped hasta que nos lleguen otras órdenes!

–Sabemos– dijo Abu Al-Amlak mirando satisfecho a su alrededor –cuántos animales entran cada semana vivos o muertos por las puertas de la ciudad, acompañando a campesinos, cazadores y comerciantes, y cuántos vuelven a salir. De los que se quedan aquí, todos, excepto alguna merma provocada por las manipulaciones descuidadas de los matarifes o por la mala puntería de los cazadores, van a parar a los desolladores, y sus pieles, de las que descontaremos otra décima parte, son entregadas finalmente a los curtidores de esta ciudad. ¿Cómo es que éstos protestan y aseguran morirse de hambre?

La sesión se celebraba en el *qua'at mahkamat al daraib*, la sala del tribunal de impuestos, en lugar de en el palacio del sultán en Damasco. Roç y Yeza se sentaban detrás de la ancha barrera que separaba a los portavoces de la ley, los *quailu al haq*, de los demandantes y los acusados. El chambelán se acurrucaba sobre un taburete especialmente alto, que igualaba su estatura con la de los niños. A mayor altura no estaba más que Turan Sha, quien asistía a la sesión medio recostado y visiblemente aburrido, mientras la bella mujer envuelta en velos que se sentaba a su lado parecía seguir con interés el proceso e ignoraba la mano que buscaba una caricia.

–Escuchemos, pues, a la delegación de los curtidores– se dirigió Turan Sha en tono de advertencia a sus asesores, pero Yeza se volvió hacia atrás y dijo:

–Por favor, todavía no. Primero deberíamos interrogar al cobrador de impuestos.

Abu Al-Amlak dirigió al soberano una mirada interrogadora que delataba al mismo tiempo el orgullo que sentía por sus protegidos, y Turan Sha asintió sonriente. La dama que estaba a su lado no se dio por enterada de tanta amabilidad. Madulain prefería mirar fijamente al frente. Abu Al-Amlak batió palmas y el cobrador de impuestos fue introducido en la sala.

Era un hombre alto y corpulento, de frente baja. Llevaba las manos atadas y los guardias no se separaban de su lado.

Roç estudiaba los pergaminos que tenía delante.

–Vuestro distrito del bazar, el barrio de los curtidores, abarca treinta y siete tenerías con más de cien artesanos, sin contar a sus familias– inició el interrogatorio. –¿Cómo es posible que cada año entreguéis una cantidad menor de impuestos?

El hombre hundió la cabeza entre los anchos hombros y apretó los puños atados:

–¡Porque esos perros apestosos de curtidores aseguran que deben pagar un impuesto cada vez más alto por las hediondas pieles, y que después cobran un precio cada día menor!

Yeza le cortó la palabra.

–No deberíais hablar con tanto desprecio de un oficio sin el cual no existirían peleteros ni marroquineros ni fabricantes de sillas de montar, porque no existirían ni pieles ni cueros finos. Si algo va mal, se deberá más bien a vuestro modo de proceder.

El cobrador de impuestos abrió mucho los ojos y miró sorprendido hacia la barrera, donde jamás habría esperado ver a una persona tan joven que, además, era del género femenino. Pero su instinto le dijo que era mejor no rebelarse en aquel momento.

–¿Cuánto tiempo hace que ejercéis el cargo?– le preguntó entonces Roç, aunque lo hacía por pura formalidad retórica, pues conocía la respuesta por los documentos. –¡Cinco años! ¿Y durante todo este tiempo no habéis reflexionado jamás sobre el problema de por qué los almacenes de los peleteros y los marroquineros están más llenos que en otras épocas, puesto que cada pieza lleva marcado vuestro sello, y en cambio el cobro de impuestos por vuestra parte se ha reducido en más de la mitad?

–Teniendo en cuenta, a la vez– intervino Yeza, –que los precios de la carne no han cambiado, como no han cambiado tampoco los jornales de los despellejadores...

–Reflexionad bien antes de dar vuestra respuesta– le advirtió entonces Abu Al-Amlak al cobrador, a quien tenía situado en un nivel más bajo. Pero éste no hizo caso de la advertencia.

–¡Pues será porque habría que meterlos en sus apestosas cubas y colgarlos después, o golpearlos hasta que entreguen honradamente al sultán lo que le corresponde!

Los guardianes apretaron las ataduras al hombre, que estaba furioso, hasta que calló. Yeza intercambió una mirada de complicidad con Roç.

–¡A la caja!– dijo después con frialdad, y los guardianes lo empujaron hacia una garita de madera en forma de ataúd, lo metieron adentro y cerraron la tapa.

–¡La delegación del gremio de curtidores!– exigió después Roç, tras lo cual fueron introducidos tres hombres de aspecto insano y manos ásperas. Los tres se arrojaron al suelo delante de la barrera.

–Tendréis que explicar– dijo Yeza –a qué precio compráis las pieles, qué gastos tenéis y a qué precio vendéis vuestra mercancía.

También los curtidores se mostraron sorprendidos de que una joven les formulara tales preguntas, pero su portavoz se inclinó y dijo:

–Nosotros pagamos un precio variable según el número de pieles, que habitualmente son de vaca; por las de camello aumentamos la mitad del precio, y por una docena de pieles de gacela pagamos el doble. El precio que satisfacemos no debería rebasar un tercio de aquél que después nos paga el comerciante– añadió para completar la explicación.

Roç iba apuntando y animaba con un gesto de cabeza al portavoz de los curtidores, pero éste dudó en seguir hablando, pues desde la caja se oían las oscuras maldiciones y blasfemias de una voz que le pareció conocida.

–Debemos apartar una décima parte para los baños de curtir preparados en cubas y barriles, y otra décima parte para el alquiler…

–De modo que os queda la mitad– calculó Roç, –¿y de ésta le debéis al sultán un tercio?

–No es así, noble señor– le respondió con timidez el curtidor. –El señor cobrador de impuestos no se interesa por nuestros costos. Nos exige un tercio del precio al que tenemos que vender, y si no se lo pagamos no estampa la marca en la piel y nadie nos la compra, porque está prohibido.

–¿De modo que de un besante os quedaría una quinta parte…– intervino de nuevo Yeza. –… en pago de vuestro trabajo y para mantener a vuestras familias y a vuestros ayudantes?

–Así es, y con eso no podemos vivir.

–¿Pero siempre habéis pagado ese importe?

–Mientras hemos podido hacerlo, pero ahora ya no podemos. Aunque nos dejaran las pieles a crédito, no tenemos productos para mezclar los baños, debemos los alquileres y, por supuesto, los jornales.

–¡Traed la caja!– ordenó Abu Al-Amlak a los guardias.

La instalaron debajo de la barrera. El pequeño chambelán se inclinó con la agilidad de un gato y tamborileó con los puños sobre el extremo superior.

–¡Infame, infame!– se detuvo brevemente. –Te haré ahogar, cortar a trozos…

No obtuvo respuesta.

–Dad la vuelta a la caja– ordenó Abu Al-Amlak furioso. –¡No! ¡Ponedlo cabeza abajo!– gritó cuando se dio cuenta de que los guardias no lo habían entendido.

De la caja salía un gemido; el enano, que había saltado por encima de la barrera, aplicó la oreja a la madera.

–¡Has engañado al sultán!– siseó. –Ya te enterarás…

Finalmente oyó un quejido medio ahogado:

–¡Lo devolveré todo!

El chambelán se mostró triunfante.

–¡Abrid la caja!– exclamó, y los guardias la abrieron, aunque sin sacar al hombre, que seguía en ella con los pies para arriba.

–¿De modo que confiesas todo?

El hombre giraba los ojos y al parecer tenía dificultades para separar las mandíbulas.

–¿Devolverás todo, absolutamente todo?

No obtuvo respuesta, sólo un jadeo estrangulado.

–¡Volved a colocar la caja sobre el suelo!– ordenó Yeza, y apenas el hombre se encontró acostado de espaldas, rompió a hablar.

–¿Todo el dinero? ¡Me dan ganas de reír!– se mofó. –Es que vosotros, criaturas, os habéis creído que uno puede ser alcabalero sin pagar por ello?

Sus ojillos hinchados despedían un brillo maligno.

–¿Y quién os ha obligado a serlo?– preguntó Roç en un intento de ser objetivo. Yeza vio que el enano miraba aún con más inquina al hombre que tenía debajo.

El corpulento cobrador de impuestos seguía en la caja y tartamudeó:

–¡El señor eunuco mayor del harén!– dijo después con palabras atropelladas.

Abu Al-Amlak se volvió hacia Turan Sha:

–¡Vuestro insigne padre, el sultán, ya hizo ejecutar a ese criminal!

Y dirigiéndose de nuevo al hombre que yacía en la caja:

–Te arrancarán la lengua por mentiroso, te sacarán un ojo porque de todos modos sólo ves la mitad y te cortarán una mano porque con ella metes los impuestos en tu propio bolsillo.

–¡Alto!– dijo Yeza. –Los jueces somos nosotros, los infantes reales. Nos retiramos para celebrar consejo. Este hombre debe seguir en la caja, pero los guardias son responsables de que no sufra ningún daño corporal hasta haberse pronunciado la sentencia.

Lo dijo dirigiendo una mirada incisiva a Abu Al-Amlak, y Roç añadió aún:

–¡Se suspende la sesión!

Roç y Yeza salieron corriendo y bajaron las escaleras hacia el parque.

–¡Buen rugido el de esos pequeños leones!

Turan Sha se incorporó con una fina sonrisa.

–¡Qué lenguaje tan precioso! Sois un maestro excelente para esa joven pareja de soberanos– hizo saber benévolamente a su chambelán. –Habéis afilado sus sentidos como se afila una espada de Damasco. ¡Pero prestad atención a que esos inteligentes pequeños no os corten los pulgares!

Y ofreció con galantería su brazo a Madulain, que se había desentendido del proceso y parecía más bien sumida en sus propias reflexiones. Turan Sha no daba la impresión de haber sucumbido al embrujo del poder; en cambio Madulain sentía su fascinación como un veneno embriagador, como una droga aún desconocida para ella, pero que ya actuaba en su cerebro. ¿Se había adaptado tanto al papel de "princesa de Salento", rodeada de personajes poderosos, deseada por hombres valientes? Aún no había olvidado a "el halcón rojo", aunque apenas se acordaba ya del pobre Firouz.

Madulain siguió en silencio al señor del palacio hasta sus habitaciones. Una mirada a través de los altos ventanales le permitió cerciorarse de que el enano estaba paseando por el jardín y los niños corrían hacia las caballerizas.

Cuando Madulain pisó el amplio comedor se dio cuenta, para disgusto suyo, de que la mesa estaba dispuesta una vez más para acoger a los amigos de Turan Sha. La hija de los *saratz*, de instinto más bien práctico y positivo, no soportaba al grupo ruidoso de poetas diletantes seudoplatónicos, neopitagóricos y epiaristotélicos, y debía hacer un gran esfuerzo mental para tolerar el discurso pretencioso de los seguidores del soberano venidos con él de la región de Gezirah.

Sólo unos cuantos le parecían interesantes, aunque apenas ingeniosos; la mayoría no eran más que parásitos inútiles y presumidos, sobre todo los decoradores y los sastres, siempre deseosos de superarse unos a otros con propuestas aduladoras de ropajes sobrecargados y lujos excesivos. ¡Ropas de brocado, de seda y de tela adamascada carentes de todo buen gusto! Había también pintores y escultores que presumían en términos abusivos de los bustos de mármol y cuadros monumentales que pretendían hacer, pero en los que no trabajaban casi nunca. En cambio Turan Sha parecía disfrutar con la compañía de los aduladores, se creía rodeado de verdaderos artistas y filósofos, y se mostró visiblemente apenado cuando "su princesa" insistió en comer con él a solas y sin más compañía.

Ella intentaba acercarse paso a paso a la mente del joven soberano, cuyo carácter la tenía intrigada porque podía ejercer el poder y en cambio no le hallaba atractivo a semejante perspectiva. A su llegada los criados empezaron en seguida a poner la mesa para ella en el comedor pequeño que se abría mediante arcadas hacia la terraza y el parque, después de haber indicado amablemente que se fuera al único huésped que se encontraba allí.

Turan Sha vio al anciano John Turnbull cuando se aprestaba a retirarse. Sin reparar en la arruga de disgusto que se formó en la frente lisa de su adorada princesa, mandó a los criados que siguieran al antiguo embajador especial de su abuelo y le rogaran que lo acompañara en la mesa.

Es típico de Turan Sha, pensó Madulain para sí. Parece ceder con suma facilidad en algunas cosas, ¡pero intenta imponerse con terquedad en otros aspectos!

¿Tal vez le convendría aprender de aquel joven pálido, prestar atención a la flexibilidad con que gobernaba?

Les sirvieron frutos fríos, melones y granadas. Un criado pelaba las frutas y las cortaba, después tomaba con un pequeño tenedor de plata un trocito de cada una antes de ofrecerles la bandeja.

–¡Si el tenedor se tiñe de negro– bromeó Turan Sha –o él de azul, será porque mi primo An-Nasir nos manda un saludo!

–A propósito– dijo Turnbull, –los niños os habían rogado que solicitarais al señor de Homs la liberación de sus amigos…

–Hemos encargado al "padre del gigante" que redacte una solicitud en ese sentido y se ocupe de su traslado, y los niños la han sellado con sus propias manos. ¿No es así, princesa mía?

Madulain lo confirmó con un gesto. No añadió que había sido ella quien había dictado al enano el escrito en un tono que excluía cualquier respuesta positiva. No le importaba en absoluto que fuera liberado el pequeño Mahmoud, pero tenía que evitar a cualquier precio que se presentara allí Clarion, la auténtica hija del emperador y condesa de Salento, y tampoco deseaba la aparición de Shirat, que no haría otra cosa que perturbar el ambiente.

Se obligó a sonreír y Turan Sha le agradeció a su vez que volviese a mirarlo con benevolencia.

Vieron que los niños salían cabalgando hacia las afueras y a nadie le sorprendió verlos solos a caballo, sin el habitual acompañamiento de los mamelucos.

Los criados retiraron la fruta, a la que siguieron ensaladas y cangrejos de río asados cuyos caparazones eran abiertos por el criado, que también extraía la delicada carne. Después la probaba y la servía.

–Sueño con el día– confió Turan Sha a Turnbull, quien picoteaba ensimismado en la ensalada –en que pueda dedicarme exclusivamente al arte como mecenas y a la ciencia como investigador e ingeniero.

–He oído alabar vuestro talento poético– respondió con diplomacia el anciano Turnbull.

–¡Los lameculos suelen elogiar incluso el sabor de lo que lamen!– rió Turan Sha. –Soy un versificador miserable, pero poseo un talento evidente como constructor y para el cálculo de mecanismos que funcionen. Desearía dedicar mi vida al estudio de las matemáticas aplicadas, a los grandes problemas de la física…

–Y a la tarea responsable de gobernar, gran Turan Sha– intervino con sorna Madulain, que había escuchado con signos de creciente desaprobación las palabras altisonantes del anfitrión.

Turan Sha la miró sorprendido.

–Gobernar no es una tarea, sino una ambición. Alá castiga a quien la siente con el consumo de sus fuerzas y el desgaste de su espíritu; y, a su vez, el pueblo se lo paga con ingratitud.

–Aquél a quien Dios concede el poder– se indignó Madulain –¡no debe despreciarlo! ¡Vos habéis nacido para soberano por la gracia de Dios!

La protesta inflamada de su princesa divirtió a Turan Sha.

–Si Alá quiere ser benevolente conmigo me evitará esa carga: ¡no deseo llevar una vida de rana inflada, con los pies encadenados y arrastrando bolas de hierro y con las manos manchadas de sangre!

–También podríais intentar ejercer vuestro elevado destino con buen sentido, consiguiendo que la bondad determine vuestros actos y traer la paz...– intentó mediar John Turnbull, pero Turan Sha no le dejó acabar la frase:

–¡Paz!– se burló. –¿En este mundo? ¿Por qué no arrojáis a los infantes reales, los supuestos príncipes de la paz del futuro, a ese nido de odio y muerte donde habitan las víboras y los escorpiones?– le espetó al anciano, que se asustó ante palabras tan violentas. Cuando Turan Sha se dio cuenta de ello rebajó un poco el tono de su voz y prosiguió con aire de gravedad: –Si los hijos del Grial quieren quitarme de los hombros la carga de reinar, y si son capaces de hacerlo, seré el primero en arrodillarme ante ellos y besarles las manos.

Los tres habían dejado de seguir degustando lo que tenían delante y un silencio extraño se posó en la estancia para evadirse después entre las columnas de la terraza hacia el exterior, como si acabara de pasar una invisible ave del paraíso que escapara con un aleteo.

Turnbull se vio más cerca que nunca de la realización del sueño de sus últimos días y Madulain reflexionó febrilmente sobre si debía apreciar o despreciar aquella renuncia al trono. Hasta entonces había creído que su corazón no albergaba ningún sentimiento en favor de aquel hombre casi adolescente, pálido, de frente alta y manos finas, que la cortejaba con tanta intensidad como indiferencia, pero que cuanto más revelaba sus sentimientos íntimos más extraño le resultaba.

De repente se dio cuenta de que aquella parte de su cuerpo que no deseaba que interviniera en la partida se excitaba con la idea de acostarse con Turan Sha, ocurrencia que despertó su ira pero que se le manifestó espontáneamente y sin que ella lo pudiese remediar.

Madulain se obligó a clarificar su postura, pues comprendió que las palabras de aquel joven soberano que lo era contra su voluntad iban más bien dirigidas a ella que al anciano embajador.

–La entronización de los hijos del Grial– mintió, ocultando sus más profundas intenciones –como príncipes de la paz en Oriente y Occidente cumpliría un antiguo anhelo de la humanidad.

Sonrió a Turan Sha y le tendió la mano. Se imaginó que también sería posible gobernar a través de los niños, ¡tal vez incluso fuese mucho más efectivo que por otros medios! Turan Sha se llevó la mano de la joven a los labios, y los ojos de John Turnbull brillaron con una humedad sospechosa.

Los niños galopaban a través del parque, contentos de no haber encontrado a sus maestros de equitación en las caballerizas ni a ninguna otra persona que pudiese impedirles sacar los caballos de las cuadras, ensillarlos ellos mismos y salir a cabalgar.

–Habrás comprendido– dijo Yeza –que quien ha nombrado a ese horrible cobrador de impuestos no es otro que nuestro pequeño enano maligno.

–Claro– dijo Roç, –ya me había llamado la atención que, desde que ocupa el cargo, los pagos de los comerciantes de la *casbah* se han multiplicado milagrosamente sin que en la contabilidad del Estado se registren mayores ingresos. Sólo ha aumentado el número de manos cortadas por hurtos y robos…

–Está claro– dijo Yeza: –muchos habrán tenido que renunciar a sus oficios o cerrar sus tiendas, si no se las han confiscado, por lo que no les queda más recurso que la mendicidad.

Roç asintió.

–¡Y si son demasiado orgullosos para pedir limosna, acaban por meter la mano en el bolsillo ajeno!

Habían pasado por delante de las grandes pajareras, sin detenerse como en otras ocasiones a observar la incansable actividad de sus multicolores habitantes, que usaban los picos para limpiarse y comunicarse, alimentarse y repasar el ahuecado plumaje. Ni siquiera prestaron atención al excitado aleteo de los pájaros, cuyos silbidos y trinos sonaban más bien como gritos de advertencia.

–No me extrañaría– dijo Roç –que el "padre del gigante" hubiese prestado su pequeña mano para organizar el envenenamiento del buen sultán Aiyub, ese atentado por el cual ejecutaron después al eunuco mayor.

–¡Desde luego, sería muy capaz– exclamó Yeza –de envenenar una alfombra de la que se sabe que determinado personaje la pisa con el pie desnudo!

–El que acepta pagos de tanta gente también aceptará dinero de An-Nasir. ¿Quién sabe si realmente ha enviado la carta para que sean liberados Mahmoud y Shirat?

Los niños habían alcanzado las jaulas de los grandes felinos y se dieron cuenta de que detrás de las rejas de hierro no había ningún león adormilado, como otras veces. La puerta de la jaula estaba abierta.

Tiraron de las bridas al oír detrás de ellos el crujido de unas ramas que se partían y el resoplido de la leona al saltar sobre ellos. De un zarpazo la fiera le abrió el flanco al caballo de Yeza, que intentó salvarse dando un salto instintivo. Yeza salió disparada en dirección al de Roç, aunque sólo consiguió agarrarse a su cuello. El animal se asustó y se encabritó, arrojando el peso mientras giraba sobre sus patas traseras, lo cual fue una suerte para Yeza, pues la lanzó contra la reja de la jaula, a la que pudo agarrarse con gran presencia de ánimo.

Roç se mantuvo con esfuerzo en la silla mientras su caballo se alejaba a pleno galope. El de Yeza se arrastró unos cuantos metros más, pero después salió del sotobosque la manada completa de leones y se arrojó rugiendo sobre la víctima.

Yeza procuró no mirar, apretó los dientes y se esforzó en trepar por las rejas hacia arriba, aunque le dolía todo el cuerpo, hasta que sus piernas temblorosas encontraron un hierro transversal donde apoyarse.

Los leones se entretenían destrozando entre gruñidos el cuerpo del animal y no prestaron atención a la figura balanceante de la niña. Roç consiguió dominar a su fogoso caballo árabe y le daba palmadas para tranquilizarlo.

–*Bézant*– gritó, –*alla riscossa!*

El muchacho había oído ese grito de guerra a los templarios y su propia voz le dio coraje, por lo que animó al caballo y regresó al galope hacia el lugar donde se encontraban las jaulas. Los leones seguían consumiendo el botín a una distancia de tres cuerpos de caballo, y apenas levantaron la vista cuando Roç se dispuso a pasar a toda velocidad entre ellos y la jaula.

–Pasaré otra vez– le gritó a Yeza, –¡y será para salvarte!

La niña no consiguió separar los dientes, no por miedo, sino por el dolor que le causaban las piernas contusionadas y los brazos llenos de rasguños, aunque la razón le decía que Roç, en lugar de presentarse como un héroe, haría mejor en regresar al palacio y buscar ayuda. Pero el muchacho ya había dado la vuelta a la jaula y se acercaba de nuevo, esta vez a trote más lento y más cerca de la reja.

Los leones se habían retirado, cada uno con una parte conquistada del botín, hacia los arbustos, desde donde observaban gruñendo y bufando, aunque sin dar muestras de querer acercarse. Roç llevó su caballo hasta donde estaba Yeza, que aún dudaba si darse la vuelta y dejarse caer, cuando el repentino rugido del león más viejo la hizo despertar de su agarrotamiento. Extendió una pierna, se concentró en conseguir que sus dos manos quedaran a ambos lados del cuello del caballo y se separó de un empujón de las rejas. Roç se inclinó hacia adelante y rodeó las caderas de la muchacha mientras el caballo árabe mostraba la suficiente inteligencia como para no cambiar por esta vez de postura. Al contrario, relinchó orgulloso y aceleró después el trote sin que los jinetes tuviesen que exigírselo. Así trasladó a su carga con ligereza hasta el palacio, donde se detuvo.

Los guardias se acercaron corriendo y bajaron a Yeza, hasta entonces estrechamente abrazada por Roç, del lomo de animal y la recostaron sobre la hierba.

En la ventana apareció la cabeza de Abu Al-Amlak, aunque sólo se le veían los ojos, que revelaban disgusto.

–¿Por qué habéis enviado a ese espíritu confuso a Alejandría?

Madulain se había recostado sobre el tapiz adamascado y cogió otro racimo de uva. Turan Sha seguía sentado a la mesa y la miraba pensativo.

–He rogado al maestro venerable que investigue allí, entre los hombres sabios y en la biblioteca de la Universidad, cómo podría conseguirse legalmente que esos infantes reales, que ni responden a lo que dicta la *sunna* de nuestra fe ni pueden apelar a la *chía*, ocupen no obstante el trono y puedan convertirse en soberanos de todos los creyentes...

–¡Y de los infieles también!– Madulain intentaba dominar sus nervios. –Es decir, ¿queréis renunciar en efecto al título de sultán que os corresponde?

–Quiero renunciar al poder...

–Sería más fácil, y también mejor aceptado– opuso ella, siguiendo una ocurrencia inteligente, –que no dierais ese paso hasta después de haber ascendido al trono y acallado todas las protestas. Entonces vuestros enemigos no podrían decir que renunciáis por debilidad, ¡vuestros sacerdotes tendrían que conformarse y el pueblo no se rebelaría!

En aquel instante oyeron unos toques excitados de nudillos y los guardias les informaron de que los infantes habían sido atacados por los leones, pero que se encontraban a salvo.

Turan Sha se incorporó de un salto.

–¿Dónde están?

Le dijeron que habían regresado al *qua'at mahkamat al daraib*, pues convenía poner término a la sesión del juicio.

Turan Sha ofreció su brazo a Madulain y ambos se dirigieron apresuradamente a la sala del tribunal.

Detrás de la barrera estaban sentados los infantes, junto a Abu Al-Amlak. Delante de ellos seguía el feo cobrador de impuestos, recostado en la caja que tenía la tapa puesta, aunque sin cerrar del todo.

Yeza llevaba la frente vendada y un brazo en cabestrillo. Cuando Turan Sha y Madulain hubieron ocupado sus puestos detrás de ellos, Roç ordenó, como si nada hubiese sucedido:

–¡Que vuelvan a entrar los curtidores!

Pero apenas hubo pisado la sala el pequeño grupo de dichos artesanos cuando los guardias comunicaron que acababa de llegar una delegación de los "asesinos".

–Tendrán que esperar– declaró Turan Sha. Yeza volvió la cabeza hacia atrás y sus ojos grises se cruzaron con la mirada ligeramente crispada de Madulain, que intentaba influirla en el mismo sentido y del mismo modo en que había conseguido, sacudiendo ligeramente la cabeza en dirección a Turan Sha, que éste dijera lo que ella quiso que fuese dicho.

–Solicitamos– dijo Yeza con firmeza –ver en seguida aquí a esa delegación. ¡Deseamos que asista al término de la sesión y nos exponga a continuación sus deseos!

Turan Sha se mostró de acuerdo y los guardias hicieron entrar a los "asesinos".

La delegación iba encabezada por Crean, a quien seguía un adolescente portador del símbolo de la Orden: tres puñales insertados uno en otro. Crean dirigió su mirada un tanto irritada a Roç y Yeza, detrás de la barrera, y después se inclinó ante Turan Sha y Madulain sin dar la menor muestra de haberla reconocido.

–Os saludamos, dignísimo Turan Sha, hijo del venerable sultán, *Alah yahfadhaq*.

–Tomad asiento, estimado Crean de Bourivan– lo interrumpió Roç, –y permitid que pongamos término a una cuestión antes de entrar en otra.

Crean sonrió y obedeció. Turan Sha, un tanto afectado por la fórmula, intercambió una mirada nerviosa con Madulain. Buscó la mano de la joven y ella se la cedió.

–Hemos tomado la decisión– prosiguió Roç –de requisar todas las propiedades del infiel cobrador de impuestos ¡y entregarlo a él para que trabaje como esclavo de los curtidores!

–¡Durante cinco años!– añadió Yeza. –El mismo tiempo que ha estado engañándolos.

–¿Y cuál será su castigo por haber traicionado al sultán?– intervino Abu Al-Amlak. –¿Acaso vamos a perdonárselo?

–Después de cinco años será vuestro– decidió Roç con aire de superioridad, y Yeza ordenó:

–Sacadlo de la caja, pues deseo preguntarle algo más…

Dos guardianes se acercaron a la caja y levantaron la tapa. El hombre no se movía, sus ojos miraban atemorizados. Lo empujaron, lo sacudieron.

–Está muerto– se dirigió uno de los guardias a Roç.

–¡No puede ser!– se excitó Abu Al-Amlak con expresión de horror. –¡Se ha suicidado por temor a un justo castigo!

–Puede que la realidad sea muy diferente– comentó Roç, exasperado, pero Yeza lo interrumpió con sequedad.

–El gremio de los curtidores queda exento de pagar impuestos durante cinco años. ¡Se levanta la sesión!– Su rostro revelaba una fría irritación: –¡Sacad esa caja afuera!

Después se dirigió a Crean.

–¡Bienvenidos!– Intentó dibujar una sonrisa amable. –Exponed vuestros deseos sin temor alguno.

Crean volvió a colocarse al frente de la delegación y dirigió la palabra a Turan Sha por encima de la cabeza de los niños.

–Mi canciller me envía– empezó sin rodeos –para exigir la devolución de los hijos del Grial a la custodia de nuestra Orden, a la que fueron confiados por un poder superior.

En esta ocasión Turan Sha decidió dar él mismo la respuesta, para lo que incluso se levantó del asiento.

–En primer lugar, ni siquiera la temible Orden de los "asesinos" tiene nada que exigir aquí: lo único que puede hacer es rogar. En segundo lugar, esto es tanto más válido cuanto que, como es evidente, vuestra Orden ha descuidado su obligación de velar por los infantes reales que les fueron confiados. En tercer lugar, los propios infantes decidirán al respecto. ¡Preguntadles a ellos!

Crean guardó la compostura. Dirigió su mirada con firmeza hacia Roç y Yeza y dijo en voz baja:

–¡Os ruego que volváis!

Los niños intercambiaron entre ellos una sonrisa de consulta que únicamente estaba destinada a disponer quién de ambos debía contestar. Fue Yeza:

–Permaneceremos en cualquier lugar– respondió en voz también baja –mientras nos convenga. Nosotros somos viajeros y quien sepa, como sabéis vos, Crean, lo que es el "gran proyecto", debería saber también por qué no nos convenía permanecer por más tiempo en Masyaf…

–Lo cual no significa– se apresuró Roç a añadir a modo de consuelo –que no vayamos a regresar. Aunque con toda seguridad no lo haremos en seguida.

–¡Pero nosotros os amamos!– prorrumpió Crean. –Daríamos nuestra vida por vosotros…

–Y nosotros siempre os lo agradeceremos– dijo Roç. –Si alguna vez llegáramos a encontrarnos en una situación difícil, sabemos que podríamos contar con vosotros. Pero nuestro amor y nuestra estima pertenecen a todos y no podéis reclamarlos sólo para vosotros.

–El verdadero amor– dijo Yeza –significa servir, dar, darse, y no preguntar por las condiciones y mucho menos por el precio. ¡Nadie puede poseernos!

Roç estaba a punto de estallar en lágrimas al observar el sufrimiento de Crean, pero también se sentía orgulloso de Yeza y de todo lo que ella sabía del amor.

–Saludad a nuestro apreciado señor Tarik– dijo, –y a todos los de Masyaf, ¡y sobre todo a los queridos ancianos de la biblioteca!

–No os olvidamos– dijo Yeza, y también hubo un quiebro en la voz de la muchacha. –Os recordamos, y sentimos que vuestras oraciones nos acompañan y nos protegen, sobre todo cuando nos acecha algún peligro.

–¡Siempre estáis con nosotros!– dijo Roç, –¡en nuestro corazón!

Crean dobló la rodilla en silencio, y los infantes rodearon corriendo la barrera y lo abrazaron. Él se levantó, se inclinó ante Turan Sha y abandonó la sala. Sus acompañantes lo siguieron en silencio. Yeza y Roç se quedaron mirando cómo se retiraban; después se inclinaron ante Turan Sha, quien había seguido de pie la conmovedora escena y respondió a su reverencia uniendo las palmas de las manos, tal como lo había aprendido de los sufíes en la Gezirah. Se sentía orgulloso de que los niños hubiesen decidido con plena libertad permanecer con él demostrando además tan buenos modales, y se sintió feliz pensando en su propósito de traspasarles a ellos las molestias del gobierno.

Sólo entonces recordó la fórmula de salutación pronunciada por Crean y se dio cuenta de que había prescindido de la frase: "Alá le conceda larga vida."

De modo que se dirigió a Abu Al-Amlak, ya subido a la escalerilla para observar la retirada de los "asesinos", y dijo:

–¡Ordena a los guardias que les den alcance y les pregunten qué saben de mi padre!

El enano se volvió lentamente hacia él:

–Ilustre sultán, Alá lo ha llamado a su lado, ¡Alá os conceda larga vida!

Turan Sha no demostró estar especialmente afectado y la verdad era que no sentía ningún dolor. Alá lo había dispuesto así y ahora estaba en sus manos hacer con esa situación lo que a él, Turan Sha, le pareciera oportuno.

–También han llegado noticias de An-Nasir– añadió Abu Al-Amlak. –El poderoso señor de Homs sólo está dispuesto a intercambiar sus rehenes por los infantes reales.

–¡Puede quedárselos!– dijo Turan Sha disgustado, pero el chambelán se atrevió a contradecirlo.

–Si vuestra alteza tiene la intención de dirigirse a El Cairo para ocupar el trono de vuestro señor padre, sería más razonable tener aquí al hijo del emir de los mamelucos, Baibars, que es el jefe de la guardia de palacio. ¡Su custodia como rehén garantizaría vuestra seguridad personal, señor!

–Si lo hiciese así ya no tendría que preocuparme de mi seguridad, señor "padre del gigante"– le contestó Turan Sha. –Los "asesinos" acaban de encajar una negativa, pero ése es un asunto que les compete exclusivamente a ellos, a los infantes y a los poderes superiores que los respaldan. En cambio si nosotros, es decir, la corte de Damasco, entregáramos los infantes a An-Nasir, toda la Orden, desde aquí en Siria hasta la lejana Persia, no descansaría hasta haber aniquilado a cada uno de los culpables, desde los personajes más insignificantes, como lo soy yo, hasta los más importantes, como lo sois vos, padre de un cerebro de siete escorpiones.

Turan Sha se inclinó ante Madulain y la invitó a seguirlo. Se alejaron a través del parque.

–Abu Al-Amlak no carece de cierta razón– dijo Madulain. –Ya que insistís en acudir a El Cairo, deberíais asegurar vuestra vida con algún rehén...

–Tengo que ir, princesa mía, no olvidéis que el enemigo se asoma a a la orilla del Nilo...

–Vuestro enemigo está en El Cairo– contestó Madulain obedeciendo a su intuición. –Me parece que el peligro que os amenaza de parte de los mamelucos es superior al que representan los cristianos, por lo que...

–Ni una palabra más, princesa– la interrumpió Turan Sha. –Los infantes se quedan conmigo y yo los protegeré.

–¡Haríais mejor en protegeros a vos mismo!– respondió Madulain, disgustada. –¿Adónde nos dirigimos ahora?

–Deseo acompañar a mi adorada a su pabellón, esperando que...

–¡No esperéis nada!– dijo ella con aspereza. –No deseo entregarme a una persona que con tanta ligereza pone en peligro su vida...

–¿Qué puedo hacer para conseguir, a pesar de ello, vuestro afecto?

–Lo mínimo que debéis conseguir es ser coronado– respondió Madulain, –¡hasta los mamelucos lo pensarían antes de agredir sin más a una testa coronada, mi señor y soberano!

Se había detenido, y estaba a punto de dedicarle un cariñoso abrazo cuando su mirada fue más allá, por encima del hombro de Turan Sha:

–¡Dios mío!

Habían llegado a las caballerizas, donde vieron que las estacas verticales de hierro de la empalizada estaban coronadas por cabezas humanas, una al lado de la otra. Delante montaban guardia los dos nubios que solían vigilar el pabellón con sus cimitarras de hoja ancha.

Madulain se abrazó a Turan Sha y apartó la mirada. El príncipe hizo señas a los nubios para que se acercaran, lo que hicieron, arrojándose después a tierra.

–El chambelán lo ha ordenado así– exclamaron, –han sido decapitados todos los que tuvieron alguna culpa de que los leones pudieran atacar a los niños: los mamelucos guardianes de las caballerizas y los mozos que cuidaban de los caballos.

Turan Sha no respondió. Tomó la mano de Madulain y regresó con ella a palacio.

–Tienes razón, como siempre, princesa. Primero me haré coronar y después procuraré imponer algún orden. Los infantes son aún demasiado jóvenes, demasiado buenos para este mundo. Ahuyentaré al enemigo del país y después nos retiraremos los dos, ¡yo y mi maravillosa, inteligente y enérgica princesa!

–Lo primero que haría yo es mandar al infierno a ese enano– dijo Madulain en lugar de responder con un gesto cariñoso a su declaración de amor.

–Abu Al-Amlak no merece un final tan sencillo; por lo demás, no quiero sustraerle la presa al diablo.

La voz de Turan Sha había recuperado su fría y habitual arrogancia y después incluso reveló un matiz de crueldad:

–El pueblo espera que en la ceremonia de la coronación se le ofrezca algún espectáculo especialmente refinado. Inventaré alguno que satisfaga de una manera muy sensible sus bajos instintos.

–¡Así os quiero!– murmuró Madulain, ronca de excitación.

Si él hubiese deseado poseerla allí mismo, en la escalinata de mármol del palacio, se le habría entregado sin vacilar.

DIARIO DE JEAN DE JOINVILLE

Ante Al-Mansura, 30 de enero de 1250 d.C.

Hace ya más de seis semanas que estamos acampados frente al enemigo, separados únicamente por el Bahr as-Saghir. Detrás se encuentra Al-Mansura, última ciudad fortificada en nuestro camino hacia El Cairo.

El último domingo de Adviento, o el trece del Ramadán como dicen los musulmanes, instalamos nuestras tiendas junto a la orilla. El río llevaba bastante agua y su corriente mostraba una fuerza considerable. No obstante, el rey ordenó que se iniciara la construcción de un dique. Para proteger a los obreros dedicados a instalar los puntales y amontonar las piedras fueron erigidas dos torres de vigilancia, de madera y transportables, que fueron instaladas a derecha e izquierda del punto de partida del dique. Después las torres se fueron adelantando, iniciándose detrás los trabajos de fajinada, protegidos asimismo por un tejadillo que avanza sobre ruedas. Este último es absolutamente indispensable, pues apenas nuestros hombres se mueven un metro hacia adelante empiezan a caer sobre los pioneros piedras lanzadas a través del río por dieciséis catapultas enemigas.

También nosotros disponemos de tales catapultas, incluso tenemos dieciocho, pero nuestros lanzamientos acaban casi todos en las aguas del Bahr as-Saghir. No obstante, los pioneros fueron adelantando la construcción del dique, que ya se adentraba bastante en el río.

Pero también el comandante supremo de la otra orilla es un viejo zorro. El gran visir Fakhr ed-Din, a quien los nuestros, por cierto, llaman con mucho respeto *Szezedin*, ha mandado abrir exactamente enfrente unos grandes socavones en la pendiente de bajada, de modo que la corriente que retenemos ha empezado a arrastrar la tierra suelta del otro lado y se ha formado un hueco, con el resultado de que el extremo de nuestro dique queda tan lejos de la otra orilla como al principio.

El tal *Szezedin* –que significa "hijo del viejo jeque" y es un título de honor– se ha hecho cargo de la regencia desde la muerte del sultán y representa, por tanto, al soberano absoluto de Egipto. No solamente ostenta en su gallardete las armas del *malik* de Alepo y del sultán de El Cairo, sino incluso las del emperador Federico, y se dice que este último armó con su propia mano caballero al hijo del gran visir, concediéndole el título de "príncipe de Selinonte". Ahora es el padre quien conduce a su pueblo en la guerra contra nosotros, y tengo que decir que lo hace con mucha inteligencia y valor.

El día de Navidad William se había "procurado" algunas sabrosas carpas del Nilo, y mi fiel deán de Manrupt había bendecido la mesa y rezado por nosotros, tarea que no ha querido delegar jamás en William ni habría consentido que la realizara. De repente irrumpieron unos sarracenos que no sé de dónde procedían, el caso es que aparecieron delante de nuestro campamento y mataron a varios soldados que estaban pescando.

Nos apresuramos a ponernos las corazas –sin conseguir hacerlo con suficiente rapidez– y seguimos a mi secretario, quien ya se había lanzado al centro de la batalla. Le he prestado una espada monstruosa procedente del patrimonio familiar de los de Joinville, que hay que manejar con ambas manos, y la verdad es que da miedo verlo a él y a quienes lo rodean y, entre éstos, a los que van detrás. Algunos amigos ya me han pedido que se la retire.

También en esta ocasión lo vi manejar el arma como un herrero que da vueltas sobre sí mismo para, en efecto, perder el equilibrio en cuanto el enemigo saltó ágilmente hacia un lado. William cayó sobre sus narices. Si no hubiese aparecido en aquel instante una patrulla de templarios a caballo tendríamos que haber proseguido nuestro banquete sin la asistencia de mi secretario, que quedó tumbado en tierra como un escarabajo que mueve desesperado sus patas en el aire y está expuesto a ser muerto a garrotazos por el enemigo. Pero Renaud de Vichiers, el mariscal, y Guido du Plessis, el joven comendador de Tortosa, consiguieron rescatarlo.

Mientras volvíamos a atacar las carpas, que se habían enfriado, el valeroso William pasó a explicarnos que el *Szezedin* había prometido a sus gentes que el día de san Sebastián, o sea, en el plazo de un mes, él mismo cenaría en el pabellón rojo del rey Luis.

–El viejo zorro ha apelado al pueblo de El Cairo llamando a la *harb al kabir*, es decir, a "la guerra santa", llamamiento que ha sido leído desde el púlpito de la gran mezquita.

Mi secretario hizo una pausa y esbozó una pícara sonrisa.

–Sólo que el texto llevaba aún la *alama* del sultán muerto. Supongo que lo habrá redactado Baha ed-Din Zuhair, de quien aseguran que es un famoso poeta. Para ser exactos, éste se ha limitado a escoger el versículo cuarenta y uno de la *sura* "Al-Tauba" del Corán, ésa que reza: "De la penitencia", y la ha adornado un poco: *Infuru jifafan ua thikalan ua yahidu…*– William se complacía en obligarnos a admirar sus conocimientos del árabe, –"entrad en combate, ya sea fácil o difícil, y luchad con todo el cuerpo y con cuanto sea vuestro por la religión de Alá; lo mejor para vosotros será entenderlo así."

Mi inteligente secretario nos aclaró también cuál había sido la reacción de los egipcios.

–El pueblo asume con ansiedad esas palabras grandilocuentes, ya que, además, aún no se han enterado de la muerte de Aiyub. Se cuentan por centenares los que acuden con entusiasmo para tomar las armas.

Como William habla el árabe se entera de estas novedades por los prisioneros y desertores; también afirma saber cuántos de nuestros hombres han sido paseados ya en calidad de prisioneros por las calles de El Cairo.

Le he prohibido hablar de ello, pues estoy seguro de que al rey no le agradaría de ningún modo, y hasta se lo impediría amenazándolo con el más severo de los castigos.

En cualquier caso, los ataques han aumentado y los egipcios han enviado un número creciente de unidades a caballo a través del río, de modo que nuestro avance glorioso sobre El Cairo se ha convertido en una cadena desmoralizadora de escaramuzas defensivas.

–¿HAS VISTO LA MÁQUINA?– preguntó Roç excitado. Había costado mucho trabajo llevar a los niños a dormir pues aunque ya eran las tres de la madrugada, los fuegos articiales seguían iluminando el cielo de Damasco, trazaban estelas chispeantes en el cielo nocturno y reventaban formando una lluvia de estrellas de colores que sumergían sus lechos en una luz mágica. Roç y Yeza estaban desnudos.

–Claro que sí– dijo Yeza. –Hasta sé cómo funciona.

–¡No puedes saberlo!– exclamó Roç, y se movió hacia un lado para dejar entre ellos un poco de sitio que le sirviera para mostrar sus conocimientos técnicos, unos conocimientos que él se negaba a admitir que también poseyera Yeza. –Turan Sha me ha explicado el mecanismo y él debe saberlo, puesto que lo ha inventado él.

La sonrisa de Yeza demostraba superioridad cuando se incorporó y desprendió tranquilamente sus piernas de las del muchacho.

–¡A ver si me lo enseñas de una vez!

–¡No desvíes ahora la conversación!– le reprochó Roç la invitación y se cubrió el pene con la sábana. –Fíjate– y aplastó una almohada, –en primer lugar está la jaula de hierro...

–Con un suelo lleno de sables afilados...

–¡Déjame explicártelo!– dijo Roç. –Debajo hay un fuego de carbón que calienta los filos de metal hasta ponerlos al rojo vivo.

El muchacho introdujo sus manos debajo del trasero de la niña y la empujó aún más a un lado. Yeza, acostada de espaldas, sacudía sus piernas en el aire.

–¡Oh, constructor genial! Se te ha olvidado la noria con las ratas– gritó. –De esa noria procede todo el movimiento, ¡es el corazón de la máquina!

Roç esperó a que acabara de chillar y mover las piernas.

–No la había olvidado– dijo con voz condescendiente: –el mecanismo se mantiene en movimiento gracias a una *transmissio*...

–¡Y gracias al balanceo!

Yeza se había arrojado sobre él y acabó por sentársele encima balanceando el cuerpo, tal vez con la intención de hacerle daño en los muslos. Pero él la empujó, haciéndola caer a un lado.

–Si me interrumpes no diré nada más– le advirtió. –¡Aún falta mucho para el columpio!

–¡Ya está!– exclamó Yeza, y señaló sonriente la sábana, que había empezado a ahuecarse.

–Muy bien– dijo Roç, y apartó el lienzo durante un instante, pero sólo para darse la vuelta y acostarse sobre el vientre. –Yo me refiero a un palo que gira– y adoptó una sonrisa que pretendía ser valiente.

–Y que empuja las lanzas hacia la jaula– gimió Yeza aparentando sufrimiento. –Las hace avanzar y las vuelve a retirar, ¡cambiándolas siempre de sitio!

–Supongo que me dejarás describir primero el columpio, para que tus palabras tengan sentido.

–Por favor, déjame columpiarme– le suplicó Yeza.

–¡Ahora no!– respondió Roç con severidad. –En la parte superior de la jaula se abre a veces una trampilla y a veces otra, en alguna ocasión bajan serpientes por las cadenas que sujetan el columpio, en otras entran pájaros revoloteando en la jaula: unas aves capaces de sacarte los ojos...

–Pero las serpientes sólo están para dar miedo– le respondió Yeza. –Les han sacado los dientes que portan el veneno...

–... ¡pero el que está columpiándose no lo sabe...!

–... ¡porque el espectáculo se acabaría demasiado deprisa!

–El columpio es una tabla con clavos y el que se sienta en él está encadenado como un mono– intentó ordenar Roç la descripción, –y a cada movimiento se pone en marcha un fuelle que sopla aire caliente en dirección a las ratas, por lo que corren como locas y mueven la noria. Es extraordinario, ¿verdad?

–¡Sí lo es!– exclamó Yeza. –Una auténtica máquina de torturas, ¡como se la merece el "padre del gigante"! Sólo que el gran sultán– añadió después –no apresó a tiempo al enano.

–A Turan Sha le ha dado tanta rabia que se niega a enseñar la máquina a nadie– se lamentó Roç, –y eso que el pueblo la espera con verdadera ansiedad...

–Ahora está junto a las jaulas de los leones y a nosotros nos han prohibido acercarnos.

–Pero los leones han muerto, los condenaron a todos, como castigo...

–... por haberse comido al caballo favorito, ¡del mismo modo que ahora te comeré yo a ti!

Yeza se arrojó sobre Roç, resoplando como una leona.

–¡No conseguirás sujetarme!– lo provocó, y cuando el muchacho se arrebujó entre las sábanas ella lo mordió en el trasero, obligándolo a volverse. La niña le saltó encima. –¿Quieres que repita el salto que di para sujetarme a tu caballo, caballero mío?

Y le saltó a la nuca, haciéndolo caer de rodillas.

–Haz tú de caballo– jadeó Roç, y Yeza aceptó la propuesta, lo que era extraño, pues generalmente prefería ser el jinete. Pero en aquel momento todo le daba igual con tal de tener cerca el cuerpo del muchacho. Se arrodilló, obediente, y él montó sobre su espalda.

–¡Los infantes reales son paseados triunfalmente por la ciudad para asistir a la ceremonia de la coronación!– proclamó Roç con aire festivo. –El público los aclama jubiloso en las calles…

–Y de repente salimos galopando– gritó Yeza, y se movió con tanta violencia que casi hizo caer a Roç, –¡y la gente se echa a reír!

–La única que no ríe es Madulain, ¡la princesa considera que no nos comportamos con suficiente dignidad!

–No es eso– resopló Yeza, que aún soportaba la carga del muchacho; –le da rabia no ser ella el centro de atención. Habría preferido que nos paseáramos en un palanquín cerrado. Oye, ¿qué estás haciendo?

–¿Yo?– tartamudeó Roç sintiéndose descubierto. –Es que…

–No vuelvas a mojarme el cabello– le advirtió Yeza, –no quiero que se me vuelva a pegar todo en la nuca.

Roç se dejó caer sobre la espalda de la muchacha a la que seguía sujetándose con ambas manos, gimoteando y suspirando profundamente. A Yeza le afectó oírlo y ya no pudo aguantar.

–Bájate de ahí– le dijo con firmeza, –siéntate encima de mi barriga. Quiero verte…

Y lo arrojó hacia un lado; después se acostó de espaldas y volvió a atraerlo. En esa posición podía ver delante de ella, entre sus pequeños senos, la lanza erguida del muchacho. La niña cerró los ojos.

–¿Estás pensando en Roberto de Artois?– preguntó Roç con aire compungido.

Yeza se sintió atrapada.

–Y tú te estás imaginando que soy la bella Antinoos, ¡la de los senos bonitos!– quiso defenderse.

–¡Tonterías!– exclamó Roç. –¡Si es un hombre!

–¡Qué dices!– protestó Yeza. –¡Y qué entiendes tú de mujeres! ¡Lo que te pasa es que estás enamorado y no quieres confesarlo!

–Bueno– dijo Roç con seriedad, –sé que es un hermafrodita, que tiene un pene de verdad y un poco de pecho, ¡porque se lo he visto!

–Algún día te quedarás ciego, ¡mentiroso!

–Te lo juro, Yeza– jadeó Roç, –y te juro también que no quiero a nadie más que a ti…

–¡Déjame ver!– exigió Yeza levantando la cabeza.

La niña se sentía excitada de una manera indecible mientras observaba los temblores del pene. No apartaba los ojos del miembro y ambos respiraban con pesadez. Rodeó al muchacho con los brazos.

–¡No me dejes solo!– sollozó Roç. –¡Sujétame bien!

Y se hundió sobre la muchacha mientras su pene se movía aún entre los senos de la niña que después sintió la cálida corriente cuando unió las manos detrás de su nuca, lo atrajo hacia ella y le cubrió la cabeza de besos apresurados hasta que Roç, agotado, quiso descansar.

–¡Límpiate!– dijo Yeza con frialdad después de un tiempo que a él le pareció de una brevedad cruel. Pero echó mano de la sábana y empezó a frotarse.

–Incluso la coronación– el disgusto y la confusión lo hicieron buscar refugio en los sucesos de aquel día –en la plaza mayor me pareció aburrida, el *imam* estuvo hablando demasiado tiempo…

–Pero también tú estabas orgulloso cuando te pusieron en la cabeza una pequeña corona…

–¡A ti también!– se defendió Roç. –Y Madulain nos miraba como si se hubiese tragado un limón, porque a ella…

–¡Lo mismo que tu hermafrodita!– refunfuñó Yeza. –Los dos se pelean como gatos en celo por el favor de Turan Sha.

–A mí me parece que él prefiere a Antinoos y, en general, a los muchachos.

–¡Pero si no es un hombre!– Yeza lo afirmaba con insistencia.

–¡Sí que lo es!– dijo Roç. –Aunque se vista como una mujer…

–Mírame, ¡ahora soy la "emira de Shaizar"!– y Yeza empezó a mover las caderas. –A ti te han concedido el título de "emir de Baalbek". ¿Quieres que cambiemos?

–¿Por qué?– dijo Roç, y miró con desconfianza a su compañera, que se cubría las caderas con una sábana.

–Allí fue donde bailó Salomé el baile de los siete velos.– Yeza, de pie, daba vueltas y hacía volar la sábana. –¡Yokanaán!– suspiró. –¡Quiero besarte!

Y agarró el cabello de Roç, que estaba arrodillado delante de ella, intentando besarlo sin interrumpir el baile. Se quedó enredada en la sábana y cayó sobre el lecho.

–Salomé hizo cortar la cabeza de Yokanaán– dijo Roç en tono de reproche.

–Con toda la razón– exclamó Yeza con aire de obstinación, –¡porque no quería besarla!

Se acostó agotada sobre la espalda sabiendo que en ese momento él, para hacerla rabiar, no acudiría a su lado. Las manos de la muchacha se deslizaron a lo largo de su propio cuerpo, acariciaron el vientre y después se introdujeron entre el pelo rizado de los genitales. No quería que Roç se diese cuenta.

–¿Has visto las delegaciones?– reflexionó Yeza en alta voz. –Hay países lejanos en los que todos visten igual, como entre los mongoles. A mí me parece bien.

–Sí– dijo Roç, y se acercó. –Aquí en Siria hay demasiada diferencia entre los hombres, que mandan en todo, y las mujeres, que no mandan en nada.

No sabía lo que la niña estaba haciendo, pero sí sabía que no lo dejaría participar.

–Tal vez en Egipto, con los faraones, las cosas sean diferentes.

Siempre habían compartido todo, y el muchacho se atrevió a extender la mano que, tras una breve vacilación, bajó hasta el vientre de ella para quedarse debajo de las costillas.

–Yo no soy así– le susurró al oído, –yo te amo, ¡aunque seas mi hermana!

Sintió que el esbelto cuerpo de la niña se sacudía en un espasmo y la apretó firmemente contra el suyo. Quería hacerla comprender que siempre estaría junto a ella. Yeza suspiró profundamente y volvió el rostro hacia Roç; sus ojos verdes resplandecían.

–¡Eres mi caballero!– dijo en voz baja. –¡Cuánto me gustaría saber cómo es el amor!

Afuera, delante de los jardines de palacio, caía una repentina lluvia que alejaba de las calles a los últimos asistentes al festejo. La música cesó, se apagó el estruendo de tambores y trompetas. El cielo nocturno de Damasco ya no se veía surcado por estelas de luz.

–¿Sabes qué creo?– dijo Roç de repente. –Creo que Abu Al-Amlak se habrá refugiado con An-Nasir...

–Es una lástima– murmuró Yeza.

Roç introdujo la nariz en el cabello rubio extendido de la niña, y muy pronto la tranquila respiración del muchacho reveló a Yeza que se había dormido.

¿Sería así el amor? ¿Le convenía pensar en Roberto de Artois?

Dentro de pocas horas partirían para El Cairo.

DIARIO DE JEAN DE JOINVILLE

Ante Al-Mansura, 5 de febrero de 1250 d.C.

Una noche, mientras yo y mis caballeros de Joinville montábamos la guardia junto a las torres de madera, los egipcios colocaron una catapulta en posición conveniente y la cargaron con "fuego griego", algo que hasta entonces no habían hecho nunca. Se trata de un recipiente de arcilla lleno de un líquido pegajoso que, una vez encendido y disparado, arrastra detrás una larga cola ardiente. La crepitación que provoca ese disparo es infernal, como si un dragón atravesara los aires tronando y escupiendo fuego. En el momento de chocar la olla reventó con un enorme resplandor que iluminó nuestro campamento como un rayo, y allí donde salpicó el contenido se desató un incendio. Es imposible ahogar el fuego con agua, pues sólo puede apagarse con arena.

A Dios gracias no fueron capaces de apuntar bien y la primera olla encendida cayó entre las torres de madera, donde fue a parar en medio de un grupo de obreros que seguían trabajando en la construcción del dique incluso en plena noche. La tierra empezó a arder y vimos que varios hombres corrían como antorchas vivientes. Acudimos en su ayuda.

Cuando los sarracenos se dieron cuenta dispararon sus flechas al aire en dirección casi vertical, de modo que caían después sobre nosotros y nos exponíamos al máximo peligro mientras intentábamos apagar el fuego. Dispararon tres veces más aquellas ollas infernales, seguidas por una lluvia de flechas.

Popule meus,
quid feci tibi,
aut in quo contristavi te?
Responde mihi!

El rey Luis permanecía sentado en el lecho rezando a Dios para que no dejara sucumbir a su gente.

Quia eduxi te in
terram Aegypti
parasti crucem
salvatori tuo?
Responde mihi!

Hagos ho theos
hagos ischyros,
hagos athanatos,
eleison hymas!

Hasta la mañana siguiente no supe por boca de mi confesor, el deán de Manrupt, que debía mi vida a las preces y rogativas de tan alta procedencia.

Lo cierto es que después de cada disparo Luis nos enviaba a un ayudante suyo para enterarse de cómo estábamos. El tercer disparo incendió una de las torres. Pudimos apagar el fuego pero recibimos gran número de flechas, que al caer desde arriba tienen una fuerza mucho mayor, de modo que no quedó ninguno de nosotros que no tuviese alguna herida en el hombro o en la espalda, e incluso en la prolongación de la misma, que no está protegida por ninguna armadura.

El rey decidió que siguiéramos montando la guardia por la noche y que el conde de Anjou se hiciera cargo de la guardia diurna. Éste hizo subir a sus arqueros a las torres y disparar sobre la dotación de la anticuada catapulta desde la que los egipcios nos arrojaban ya sus ollas de fuego incluso durante el día.

Los sarracenos, como respuesta, hicieron caer sobre los hombres del de Anjou una lluvia de piedras procedentes de todas las demás catapultas, que ahora quedaban muy cerca de nosotros al haber adelantado considerablemente la construcción. Se situaban a derecha e izquierda de nosotros en la otra orilla y disparaban sobre el dique desde ambos flancos.

Los obreros tuvieron que retirarse a cubierto y abandonar las torres, que cayeron abatidas por el fuego griego y se quemaron con los arqueros que aún quedaban encima, sucumbiendo todos. Carlos de Anjou estaba tan furioso que en su vano intento de apagar las llamas casi acabó cayéndose dentro.

Mis caballeros de Joinville y yo mismo nos sentimos más que contentos al ver que el conde había precipitado los acontecimientos. De no haber sucedido durante el día habríamos perdido las torres en la noche siguiente cuando nos tocara a nosotros montar la guardia y habríamos perecido todos de una manera lamentable.

Cuando el rey se enteró del desastre envió mensajeros a todos los barones y generales del ejército rogándoles que proporcionaran madera para construir una nueva torre, pues la madera es un bien escaso que sólo puede obtenerse de los mismos barcos que nos han acompañado subiendo por el Nilo hasta donde estamos ahora. A nadie le pareció oportuno destruir su propia nave pero cada uno aportó algo, y la madera que se consiguió llegó a valer finalmente más de diez mil libras. Yo no tuve que entregar nada, porque no tengo barco propio.

El rey decidió que la torre nueva no sería adelantada hasta la cabecera del dique mientras no volviese a tocarle montar la guardia al conde de Anjou. De este modo le daba la oportunidad de compensarle por la pérdida de las otras dos torres, que se habían incendiado mientras él era el responsable de protegerlas. Así se hizo.

En cuanto el señor Carlos de Anjou montó la guardia, Luis ordenó que empujaran la torre nueva hacia el extremo recién acabado del dique. Los sarracenos los dejaron hacer sin molestarlos y yo pensé que tal vez estuviesen profundamente impresionados por la tenacidad demostrada por nuestro rey.

Pero apenas había llegado la torre a la cabecera del dique empezaron a bombardear, con las dieciséis catapultas a la vez, la parte del dique que quedaba justamente detrás de ella, golpe tras golpe, con tal concentración que ninguno de nosotros se atrevió a acudir en auxilio de los que allí quedaban. Cuantos se habían adelantado con la torre fueron aplastados ante nuestros ojos. Y también la nueva torre que tanto dinero había costado cayó abatida por el fuego griego mientras nosotros observábamos el desastre sin poder intervenir.

Una vez sufrido este nuevo golpe, el rey nos llamó a todos y nos pidió consejo. Le aseguramos unánimemente que no tenía sentido proseguir con la construcción del dique, pues sin protección era imposible hacerlo. A continuación reinó un gran desconcierto y el ambiente en el campamento se notaba muy deprimido. El rey Luis se retiró para rezar.

Sede, Sion, in pulvere,
Caput asperge cinere,
Induere cilicio.
Quo stetit spei firmitas,
Caret vexillo caritas
Et fides privilegio.

LOS TRES HOMBRES vestidos de blanco se reunieron en el lugar secreto donde los había convocado el más anciano. Ocultaban los rostros con capuchas pero sabían con quién estaban tratando, aunque no dónde se encontraban. Habían sido trasladados allí por unos criados y suponían que se trataría de algún santuario subterráneo, puesto que estaban ante un altar cubierto por un paño.

–Venerable *sami*– se dirigió uno de ellos al anciano, –vos conocéis la última verdad, el *haqu'iq*, de modo que os rogamos nos reunáis con los demás para poder emprender al menos aquellos pasos en los que podamos ponernos de acuerdo.

–No penséis que estamos deseando– continuó el otro –que el rey fracase para satisfaceros, sino porque en este país, en el que una mayoría tan importante sigue las enseñanzas del Profeta, no vemos que se inicie una promesa de renovación.

El anciano calló sin querer entrar en la disputa que le parecía se estaba iniciando, de modo que uno preguntó:

–Así pues, ¿estáis de acuerdo en que debe tocar a su fin el gobierno de la casa de los Ayubíes, puesto que es incapaz de garantizar ese fracaso?

–Ya habéis contribuido por vuestra parte– dijo el otro. –Habéis infiltrado en el entorno del sultán a vuestra propia gente, los *halka*, jóvenes con puñales afilados, pero ¿estáis seguros de que los sucesores aceptarán la *chía*? ¿Los tenéis dominados?

–¡Los tenemos tan cogidos como a nuestros puñales!– se le escapó al interpelado.

El anciano se vio obligado a intervenir.

–De lo que se trata es de saber si también en el futuro se dejarán guiar por vos...– se había dirigido primero a uno y después al otro. –Pero creo que antes sucederá que cierto mameluco, a quien Alá ha mantenido hasta ahora lejos de la verdadera fe, encuentre el camino hacia Él, antes, digo, de que los descendientes de Saladino, que no pueden basarse en otra cosa que en la *sunna*, cedan terreno.

–A nosotros– intervino el otro –el trono de El Cairo sólo nos preocupa en el sentido de que no podemos permitir que sea incluido en el "gran proyecto" y llegue a ocuparlo alguien que se niegue a atacar a Jerusalén.

–Si respondéis a vuestra promesa– añadió el primero, –en el sentido de que allí se instalará un poder cuya influencia llegue hasta Oriente y mantenga a raya a vuestros hermanos mongoles, seremos los primeros no solamente en reconocer a la pareja de nuevos soberanos, sino en protegerla con nuestro propio cuerpo como hemos hecho hasta ahora: ¡fieles a nuestro pacto!

El anciano intentó despejar las incertidumbres.

–Ninguno de los que estamos aquí duda de vuestra entrega. Las tres religiones universales merecer ser toleradas siempre que respeten la línea dinástica, "la sangre de los reyes"; por tanto, también la judía, de la cual se deriva ésta. El trono de Jerusalén deber ser sagrado y accesible a todos: será un lugar de paz donde triunfen el encuentro, la comprensión y el respeto.

El otro parecía considerar que semejante imagen era demasiado ilusoria y lejana.

–Entonces estamos de acuerdo en que responde al interés de todos nosotros que se cumpla el destino del antiguo régimen en El Cairo y que el nuevo emprenda el camino correcto. Por tanto, se trata de atraer al último de los Ayubíes para acelerar el cambio, que debe ser definitivo.

–¡Y para ahuyentar a los francos! No basta con expresar esa decisión mediante palabras que, por otra parte, deberíais guardar en secreto– advirtió el anciano. –De todos modos, vuestros mamelucos demuestran poca previsión, pues hasta ahora han impedido que nuestro amigo conduzca a Turan Sha a la batalla.

–¡Es culpa de Baibars!– se defendió uno de los otros.

–Procurad que "el halcón rojo" sea inmediatamente liberado– le comunicó el anciano.

–Ya no será necesario para nuestro propósito, pues Turan Sha está en camino; no obstante, cumpliremos vuestro deseo.

–De no ser así tendríamos que hacernos cargo nosotros– dijo el otro; –al fin y al cabo, "el halcón rojo" ha jurado defender la causa de los infantes y ha contraído méritos en ese aspecto. Es un caballero de la primera hora.

–No discutáis– dijo el mayor, –¡todos estamos sirviendo a los hijos del Grial! Sois hermanos de lucha y debéis procurar juntos que nuestro amigo recupere la libertad. Necesitamos cada brazo y cada cabeza.

Los dos interpelados se inclinaron ante el mayor y abandonaron el lugar.

Los piratas pusieron en libertad, de buenas a primeras, a "el halcón rojo", del mismo modo repentino con que lo habían apresado. Incluso navegaron con él casi hasta donde el Nilo desemboca en el lago Mariotis, y allí lo dejaron en una barca de pescadores amarrada a la orilla.

Hasta le devolvieron la bolsa de monedas, en la que no faltaba ni una, como pudo comprobar una vez consiguió librarse primero de las ataduras y después de la venda que le cubría los ojos.

Cuando de madrugada llegaron los pescadores, a "el halcón rojo" no le fue difícil convencerlos de que sería más rentable para ellos llevarlo a través del lago hasta Alejandría que dedicar aquel día a su faena habitual.

Alejandría seguía haciéndole sombra a El Cairo en dignidad, ciencia y rango espiritual. Aunque el incendio del *museion* había destruido la famosa biblioteca, su Universidad había seguido atrayendo durante siglos a los filósofos más sobresalientes tanto de Oriente como de Occidente.

O tocius Asiae gloria
regis Alexandriae filia,
Graeciae gymnasia
coram te, Maxentia,
dea confidit philosophia,
de cuius victoria
protectorem virginum.

Alejandría era una ciudad rica. En sus puertos se gestionaba todo el comercio de ultramar realizado por los egipcios; entre sus murallas vivían miles de comerciantes cristianos, aunque desde la cruzada malograda treinta años atrás se veían obligados a pagar impuestos considerablemente más elevados y sólo se les permitía utilizar este puerto, que separa la península de Pharos de la ciudad. Allí fue donde en su día estuvo el faro que llegó a constituir una de las siete maravillas del mundo.

No era la primera vez que John Turnbull pisaba Alejandría. En los primeros años, cuando estaba al servicio del gran sultán el-Kamil y era su embajador especial ante el emperador, había tenido más de una vez ocasión de admirarla y muchos de sus viajes partieron de allí.

Pero eso era un recuerdo del pasado: ya hacía más de diez años que no pisaba el *quaat al quiraa*, la gran sala de lectura de la Universidad, y sólo recordaba el nombre de Ezer Melchsedek porque el famoso cabalista había sido en aquel entonces el primero en atreverse a trasladar a imágenes los Grandes Arcanos, lo cual había provocado un enorme clamor de protesta entre los fieles ortodoxos.

Según se decía, las cartas con esas imágenes se vendían ahora hasta en Marsella, aunque bajo cuerda y en forma de copias deficientes y simplificadas de una manera muy burda; y, lo que era aún peor, también se decía que se jugaba con esas cartas por dinero, contraviniendo así sus intenciones originales que las destinaban exclusivamente a usos adivinatorios.

De ahí que John Turnbull, que se alojaba en la ciudad como "*chevalier* de Monte Sión", no encontrara otra respuesta que un encogimiento displicente de hombros cuando preguntó por el famoso sabio bajo las arcadas de la Academia. Finalmente lo halló en la ciudad antigua, en una esquina, sentado sobre una caja y con una mesilla coja delante. Acurrucado encima de aquella caja auguraba el futuro, profetizaba éxitos comerciales y ventilaba asuntos amorosos para quienes pasaban por delante y se avenían a pagarle con alguna limosna.

–¡Veo que no os habéis podido deshacer de los espíritus que vos mismo convocasteis!– se dirigió John al anciano.

Éste levantó brevemente la vista de las cartas que tenía extendidas delante y la fijó en el visitante.

–También vos lleváis ya viajando siete años en defensa de la misma causa– le respondió sin tener que pensarlo mucho. –Los infantes son jóvenes y su reino aún es inseguro.

Señaló un taburete y recogió las monedas de oro que Turnbull había depositado encima de la mesilla.

–¿Qué esperáis de mí?– preguntó desconfiado, una vez comprobado el valor de las mismas.

–No es aquí ni ahora, Ezer Melchsedek, donde espero vuestra respuesta a la pregunta que al parecer ya habéis adivinado.

Turnbull se inclinó hacia el anciano y bajó la voz hasta dejarla en un murmullo al observar que algunos curiosos se habían detenido para escuchar. Ezer permaneció en silencio hasta que el aburrimiento los ahuyentó de allí.

Turnbull carraspeó.

–¡Volved a casa y concentrad vuestra mente en los infantes y en su imperio! Os lo premiaré. Hay dos preguntas que llevan implícita la respuesta a la tercera: ¿Les está permitido y es su destino permanecer juntos, amarse y unir sus carnes? Y: ¿dónde está el trono, cuándo y cómo se manifestará? La tercera es: ¿deben ocuparlo?

Melchsedek miró a su interlocutor con expresión de sinceridad.

–¿Tanto os importa su destino– demandó en voz baja, para proseguir después de una pausa prolongada –que os oponéis y desobedecéis a los poderes que, según dispone el Todopoderoso –cuya voluntad sólo podemos adivinar pero jamás conocer con certeza– están tejiendo el hilo de su futuro? No tenéis que responder forzosamente a mi pregunta, ¡pero os ruego reflexionéis acerca de lo que acabo de decir!

En aquel instante un hombre de alta estatura, elegantemente vestido y tocado con un turbante blanco, se detuvo detrás de John Turnbull y puso una mano sobre su hombro.

–*Chevalier* de Monte Sión– dijo, mientras sonreía a Melchsedek, quien lo observaba irritado, –¿practicáis ahora los juegos de azar, o pretendéis jugar vos mismo con el azar y el destino?

Turnbull tuvo un estremecimiento, se sentía atrapado. Pero la voz le pareció conocida y se volvió lentamente. Tenía delante a "el halcón rojo".

Melchsedek recogió apresurado sus trastos, los guardó en la caja y se alejó.

–¿Acaso nuestros protegidos– preguntó el emir con aire divertido cuando el anciano harapiento estuvo fuera del alcance de su voz –han puesto mientras tanto patas arriba el palacio de Damasco y sus reglas protocolarias, han engañado al personal de la corte y confundido al nuevo sultán hasta el punto de que os veis obligado a consultar a un cabalista dudoso?

–¡Nada de eso!– John Turnbull había recuperado su presencia de ánimo y estaba dispuesto a practicar la misma ironía. –Mi querido Constancio de Selinonte, Turan Sha sólo se ha visto confundido por la mirada ardiente y los suspiros enamorados de un joven que no sabe cuándo debe actuar como emir islámico e hijo de su sabio padre y cuándo puede dejar libre curso a los sentimientos del amor, ¡puesto que, pese a ser caballero armado del emperador, al parecer no ha aprendido a poner freno a esos sentimientos cuando el ojo del soberano reposa sobre la misma dama!

–Amor dispara sus flechas a ciegas– intentó "el halcón rojo" suavizar con una broma tan grave reproche, pero Turnbull prosiguió:

–¡Más bien ciega a quien escoge como su blanco! Del mismo modo que habéis despertado irreflexivamente los sentidos adormilados de Turan Sha –pues el nuevo sultán parecía tener la sangre tan caliente como un reptil–, también los niños han conseguido encender tanto fuego en el frío corazón del soberano que ahora se empeña en arrastrarlos consigo hacia El Cairo, igual que a la joven que ocupa el lugar de favorita oficial...

El golpe hirió a "el halcón rojo" con mayor dureza de lo que estaba dispuesto a demostrar.

–Sólo cabe preguntarse– prosiguió Turnbull, y tendió el brazo a "el halcón rojo" para que éste lo ayudara a incorporarse –si el destino permitirá que esa hija falsa del emperador ascienda al trono al lado del sultán, o si los infantes reales lo moverán a él a renunciar y cederles la soberanía. Como comprenderéis, ambas posibilidades me tienen profundamente intranquilo– dijo apesadumbrado, –de modo que me he arrodillado para ver si puedo conseguir alguna revelación oculta de la cábala, siempre que me sea concedida la gracia de obtenerla. Ezer Melchsedek es un sabio más capacitado de lo que permiten concluir las circunstancias de su vida, de las que sólo él es el culpable.

–En vista de que pienso tomar hoy mismo un barco y viajar a Damasco– dijo "el halcón rojo" –tendré en cuenta vuestras advertencias. Mi padre me envía ante Turan Sha con el ruego de que se dirija con urgencia a El Cairo. Presentaré esta solicitud con la mirada baja ¡no sea que se le ocurra sacarme los ojos!

–Podéis anular ese viaje, Fassr ed-Din Octay– le respondió Turnbull, –pero no para responder a la precaución de la que habéis hablado. Puedo aseguraros que el nuevo sultán está en camino con todo su séquito. Cuando abandoné la capital de Siria ya se había fijado la ruta del viaje. Descenderá por el valle del Jordán –tal vez se le ocurra de paso coronar a los infantes en Jerusalén, tal vez no–, y en cualquier caso embarcará en Akaba, porque no desea someterse a las fatigas del viaje por el desierto de Sinaí. De modo que podéis esperarle en El-Suwais.

–¿Estáis completamente seguro?– insistió "el halcón rojo". –Me obligáis a modificar según vuestro criterio la orden expresa de mi señor padre, ante cuyo rostro no podré presentarme si no es en compañía de Turan Sha.

–Si seguís espiando durante mucho tiempo más mis pasos aquí en Alejandría, podría suceder muy bien que no podáis presentaros jamás ante el rostro del venerable Fakhr ed-Din, *Alah yitawil 'umru.* De modo que apresuraos, ¡alzad el vuelo, "halcón rojo"!

El emir siguió el consejo y embarcó a toda prisa en una galera de remos para regresar a Suez. De allí partía el único camino hacia El Cairo.

–Llegará a tiempo– murmuró Ezer Melchsedek cuando, después de algunos días, John Turnbull se presentó de nuevo en la esquina, –pero jamás volverá a presentarse ante los ojos de su padre.

Turnbull quería que el viejo –aunque Melchsedek era mucho más joven que él mismo– le dijera algo más, pero éste se refugió en el silencio.

Finalmente dijo con desgana:

–Me habéis planteado una cuestión, *chevalier*, que no es nada fácil de contestar. De modo que no debéis insistir en hablarme de las decisiones del destino, pues están en manos de Yahvé y no se pueden modificar. Es terrible– prosiguió, –y representa para mí una pesada carga tener que concentrarme en el camino de los infantes. Mis pensamientos se cruzan incesantemente con los influjos de espíritus y poderes buenos y malos que intentan actuar sobre ellos. Todo está entretejido y relacionado, todo tiene que ver con la idea, con el gigantesco proyecto que está detrás de esos infantes, e incluso el destino de vuestro joven amigo y de su anciano padre son parte de ello.– Ezer Melchsedek dejó escapar un leve gemido. –No sé si estaré a la altura de semejante tarea.

–Es verdad– suspiró John Turnbull, –también los últimos años de mi vida se han centrado en el intento de escudriñar el secreto del *motus spiritualis*, del "gran proyecto", aunque puedo contarme entre sus *con-*

ditores. El Grial libera energías que incluso a mí me parecen con frecuencia misteriosas y hasta amenazadoras. Pero no desesperéis, gran Melchsedek– añadió dándole ánimos, y sacó de nuevo su bolsa de monedas.

Cuando John Turnbull acudió de nuevo a la cita acordada con el cabalista halló el lugar de la esquina vacío.

En cambio vio una inscripción hebrea en el muro junto al que Ezer Melchsedek solía instalar su mesilla y leyó las siguientes palabras: *Al tenaseh et iluhim.* John Turnbull las repitió perplejo y anonadado: "No tentarás a Yahvé."

III

UNA CABEZA EN LA PICA

DIARIO DE JEAN DE JOINVILLE

Ante Al-Mansura, 6 de febrero de 1250 d.C.

Seguimos acampados a orillas del Bahr as-Saghir porque nos vemos incapaces de atravesarlo. En la otra orilla, ante las murallas y las torres de Al-Mansura, cuyas banderas y gallardetes parecen enviarnos señas burlonas, crece el campamento de los egipcios. Nuestros espías nos informan de que han acudido los doce hijos de An-Nasir de Alepo y dos de sus hermanos. William opina que no es el entusiasmo por la guerra santa proclamada lo que atrae al lugar a tanto personaje ilustre, sino la voluntad de subrayar que esa rama de los Ayubíes reclama sus derechos sobre el trono ahora vacante.

Pasamos el tiempo intentando asegurar nuestro campamento, levantando parapetos y abriendo trincheras. El condestable, muy excitado, se ha presentado ante el rey asegurándole que un beduino está dispuesto a mostrar al ejército cristiano un vado por el que los jinetes podrían atravesar el río. Pide que se le paguen quinientos besantes. El conde de Anjou, que estaba presente, opina que vale la pena el precio si se demuestra que el vado es transitable.

El rey sospecha la existencia de una trampa y se ha referido a las monedas de Judas, con las que no desea mancharse las manos, pero Roberto de Artois ha dicho:

–Si no aprovechamos esta ocasión, podemos...– ni acabó de hablar, porque abandonó furioso la tienda roja. William, que me esperaba afuera, asegura haber oído el resto de la frase: –¡... podemos esperar hasta que mi hermano se haya vuelto tan santo como para caminar sobre el agua!

El condestable ha vuelto a hablarle al beduino, quien se ha negado a mostrar el vado antes de haber recibido todo el importe por adelantado. Finalmente, el rey ha aprobado el gasto.

Ante Al-Mansura, 7 de febrero de 1250 d.C.

"Lo viejo acabará destruido y dará paso a lo nuevo. Lo que parecía firmemente cimentado se derrumba con facilidad. Quien busca la salvación debe practicar la humildad. Y quien crea poder construir un templo propio se verá destruido."

El gran maestre de los templarios, señor Guillermo de Sonnac, ha recibido por medio de una paloma mensajera noticias procedentes de la región situada al este del Jordán: Turan Sha se ha hecho proclamar sultán de Siria en Damasco y ha pasado de largo ante Kerak, acompañado de un séquito considerable. Después se ha separado junto a la antigua fortaleza de los cruzados llamada Montreal de todo su ejército, que sigue camino a través del Sinaí, mientras él se dirige a Akaba para embarcar en dirección a El Cairo. De modo que conviene actuar deprisa, pues si los efectivos del ejército egipcio aumentan aún más, ¡el mejor de los vados no serviría para nada o nos conduciría directamente al infierno!

Ante Al-Mansura, 8 de febrero de 1250 d.C.

El rey Luis decidió la noche pasada que el duque de Borgoña cuide del campamento mientras él y sus tres hermanos, Alfonso, Carlos y Roberto, cruzarían el río Bahr as-Saghir por el vado que les iba a indicar el beduino.

De modo que formamos pequeños grupos y nos dirigimos de noche hacia allí, sin acercarnos demasiado a la orilla. A primera hora de la madrugada salimos con todo sigilo de nuestro escondite y montamos a caballo, obligando a nuestras cabalgaduras a entrar en el agua. Tuvieron que nadar un trecho, pero después, más o menos a partir del centro del río, sus herraduras tocaron fondo y pudieron pisar tierra segura. En la otra orilla vimos que se formaba un destacamento de unos trescientos jinetes enemigos.

Les grité a mis hombres:

–¡Señores, mantengámonos a la izquierda, pues la pendiente que tenemos delante es escarpada y fangosa, de modo que los caballos podrían resbalar o hundirse en el barro!

En efecto, algunos cruzados, entre los cuales el señor Juan de Orléans, cuyo escudo muestra unas líneas onduladas, cayeron, fueron sepultados bajo sus caballos y se ahogaron. Seguimos mi buena inspiración y hallamos algo más arriba del río arena firme –dando gracias a Dios por ello, pues llegamos a tierra sin haber perdido ningún hombre– cuando el enemigo iniciaba ya el primer asalto. ¡Empezó el intercambio de golpes y de ataques con lanza!

Habíamos acordado que los templarios formarían la retaguardia y asegurarían la comunicación con el conde de Artois, que estaba al mando de la segunda tanda de jinetes. Pero en cuanto el señor Roberto cruzó el río se arrojó sobre los egipcios y los hizo huir en desbandada.

El mariscal de los templarios, el señor Renaud de Vichiers, le gritó furioso que con tanto ímpetu infringía gravemente los acuerdos tomados, pues se les había adelantado en lugar de quedarse atrás. Le exigieron que calmara los ánimos y les cediese el honor de embestir a lo que quedaba del enemigo.

Pero el señor Roberto ni siquiera llegó a responder al mariscal. Su escudero es duro de oído o tal vez incluso completamente sordo y no se había enterado de nada, de modo que siguió gritando a pleno pulmón:

–¡Seguidles! ¡Seguidles!

El rey destacó a un mensajero a caballo para que recordara a su hermano que no debía perseguir al enemigo antes de que todo el ejército hubiese cruzado el río. Pero en aquel momento ya no hubo manera de retener a Roberto de Artois, quien declaró a gritos ante el joven comendador de Tortosa, Guido du Plessis, que no renunciaría a la ventaja de la sorpresa y no pensaba dar tregua al enemigo.

Cuando los templarios vieron que el conde seguía adelante prefirieron avanzar con él. Tanto espíritu combativo y tanta intrepidez tuvieron su premio.

EN EL CAMPAMENTO EGIPCIO, que se encontraba aproximadamente dos millas al este de Al-Mansura en dirección a Ashmun-Tannah, nadie había sido avisado de lo que estaba sucediendo, quizá porque la caballería estacionada junto al río creyó hasta el último momento poder resistir por sí sola el ataque de los cristianos. Los supervivientes regresaban aterrorizados, y tocando sus talones ya se oían los relinchos de los caballos de Roberto de Artois y de los caballeros templarios, que invadían el campamento mientras el grueso del ejército egipcio aún se entregaba al aseo matutino.

El gran visir acababa de salir del baño y se estaba sometiendo al procedimiento mediante el cual su barbero personal le reteñía la barba blanca con *henna*, cuando oyó delante de su tienda el ruido del combate y los gritos de horror. Ni siquiera se tomó el tiempo de colocarse la armadura o al menos ponerse el casco. Fakhr ed-Din salió de la tienda, pidió que lo ayudaran a montar a caballo y galopó directamente en dirección a un grupo de templarios encabezados por Guido du Plessis.

El mariscal Renaud tuvo serenidad suficiente para darse cuenta de que aquel viejo sin armadura había salido de la tienda redonda del mando superior del ejército egipcio y les gritó a sus caballeros que respetaran la vida del gran visir, pero o el mariscal estaba demasiado lejos de Guido, el comendador, o éste y sus gentes no quisieron hacerle caso. Además, el anciano los atacó con tanta furia que los caballeros tuvieron que esforzarse por esquivar los golpes de su cimitarra, y cuando lo habían herido ya en la cabeza y en un brazo aún hacía bailotear a su caballo y se introducía entre los templarios dando golpes salvajes a diestra y siniestra, de modo que, al segundo asalto, acabaron con él.

Roberto de Artois se hizo dueño del campamento egipcio. Entre tanto, había llegado también el gran maestre de los templarios, a quien Luis había dado poderes para hablarle al príncipe, e insistió en que Roberto de Artois debía haber esperado a que su hermano hubiese cruzado el vado acompañado de la mayor parte del ejército. Incluso el viejo bravucón Guillermo de Salisbury, que había cruzado el Bahr as-Saghir con sus ingleses nadando justo al lado del vado, preocupado por perderse la batalla y adelantándose por dicha razón al grueso del ejército que cruzaba el río con más calma, se mostró reticente y advirtió del peligro de actuar irreflexivamente.

Pero Roberto, que veía las murallas y sobre todo las puertas de Al-Mansura al alcance de la mano, reprochó a los templarios su pusilanimidad y se burló del de Salisbury tachándolo de cobarde.

Estaban a punto de llegar a las manos los vencedores cuando se abrió una de las puertas de Al-Mansura y apareció un palanquín negro, totalmente desprovisto de distintivos y adornos, pero cuya aparición parecía causar un enorme respeto en los templarios presentes y, en cierto modo, alteró su estado de ánimo.

El palanquín iba protegido por caballeros vestidos de blanco que evidentemente no eran musulmanes, pues sus togas sencillas, los *clayms*, les recordaron a los templarios las de su propia Orden. El grupo venía encabezado por un jovencísimo caballero de extraordinaria belleza, que casi parecía una doncella, y sostenía en las manos un báculo de marfil y de ébano.

El joven se inclinó ante el gran maestre y señaló el cuerpo de Fakhr ed-Din, que acababa de ser depositado sobre unas angarillas:

–Venimos a buscarlo– dijo aquel ángel con una voz muy clara.

–Haced lo que os hayan mandado– respondió Guillermo de Sonnac, y los caballeros de blanco introdujeron el cuerpo del muerto en el palanquín. El joven hizo una seña a Guido du Plessis y le habló en voz tan baja que sólo le pudieron oír el gran maestre que estaba cerca y el mariscal Renaud de Vichiers.

–Habéis torcido el brazo del destino, comendador– dijo el caballero con voz desapasionada, –prestadle ahora al menos vuestra cabeza.

Le señaló el báculo y Guido du Plessis dobló la rodilla y lo rozó con los labios, tras lo cual el joven angelical se inclinó, le hizo incorporarse, le susurró una orden al oído y lo besó en la boca. Después el grupo del palanquín dio media vuelta, pero no regresó a la ciudad sino que se encaminó hacia el este, en dirección al desierto.

Roberto de Artois había prestado poca atención a la aparición del palanquín y seguía con la mirada fija en la puerta de la ciudad de Al-Mansura, que había quedado abierta y no había vuelto a cerrarse. Insistió en que debían proseguir decididos el ataque.

Pero mientras tanto habían acudido otros condes francos al campamento –el de Coucy, el de Brienne y Pedro de Bretaña– y todos le recomendaron que tuviese paciencia.

Roberto iba perdiendo el entusiasmo, pero aún dijo, furioso:

–Me someteré, pues, a la voluntad del rey. ¡Con este puñado de cobardes será imposible conquistar El Cairo!

Todos intentaron pasar por alto aquella ofensa menos el joven Guido du Plessis, quien se acercó al conde de Artois, casi de su misma edad:

–¡Ningún par de Francia puede acusar a los caballeros templarios de cobardía!

Y fijó una mirada de desprecio irónico en el hermano del rey.

–¡Si tenéis valor para asaltar ahora mismo Al-Mansura nos hallaréis a vuestro lado, no detrás!

A partir de ese momento el joven exaltado ya no pudo contenerse más.

–¡El que tenga sangre de caballero en las venas me seguirá!– gritó Roberto de Artois. – ¡El Cairo es nuestro!

Todos veían que estaba fuera de sí, pero nadie quiso quedarse atrás. La caballería salió a galope tendido del campamento recién conquistado haciendo retumbar el terreno en dirección a la ciudad. Las alas de la puerta oriental seguían abiertas de par en par.

–¿Cuál es el nombre de la puerta que conduce al paraíso?– gritó Roberto riendo en dirección al comendador, que cabalgaba a su lado, y señaló con la espada hacia adelante.

–*Bab al muluk!* ¡El Portal de Reyes!– le devolvió éste el grito, y poco después el ejército de jinetes cristianos se derramó por el interior de la ciudad, cuyos habitantes escaparon temerosos huyendo en todas direcciones.

Aún más asustada que la población de Al-Mansura habría estado la de El Cairo si los arqueros no hubiesen abatido a la mensajera disparándole una flecha que hizo volar sus plumas por los aires y esparció su sangre en un reguero de finísimas gotas.

La paloma mensajera que alguien consiguió soltar a toda prisa en la ciudad asaltada portaba un breve mensaje para el regente Husam ibn abi'Ali, único alto dignatario que quedaba en El Cairo, indicándole que en las calles de Al-Mansura se estaban desarrollando violentos combates y era de temer lo peor. ¡Alá nos proteja de las espadas de los infieles!

Roberto de Artois y los que con él habían penetrado en la ciudad consiguieron llegar con bastante rapidez hasta las cercanías del palacio del sultán, tropezando únicamente con algunos grupos que huían con las pocas pertenencias que consiguieron reunir a toda prisa. Algunos caballeros se perdieron en el laberinto de las callejuelas, de modo que el conde de Artois se vio al final acompañado tan sólo por los señores de Coucy y de Brienne.

En aquel momento los mamelucos, aunque carentes ya de comandante, se habían repuesto lo suficiente del susto como para que su emir más capaz, Rukn ed-Din Baibars, tomara la iniciativa y lanzara al combate dos unidades de élite, los *bahritas*, llamados así porque tenían sus cuarteles junto al Nilo, y los *gamdaritas*, que significa "gentilhombres de cámara" y eran en realidad la guardia de palacio, que acababa de llegar de El Cairo. Éstos dejaron sus caballos ante las puertas de la ciudad y entraron en ella a pie.

Se inició una tremenda carnicería en la que los caballos más bien resultaron ser una molestia para los jinetes cristianos, atrapados en las estrechas callejuelas. Les era imposible girar y cuando intentaban bajar con sus pesadas armaduras y sin ayuda de los escuderos, una gran parte de ellos caían abatidos al suelo, alcanzados por los arqueros enemigos que habían podido subirse a los tejados. Los caballeros caídos y sus animales se revolcaban en tierra formando un revoltijo inerme y morían víctimas de hachas y garrotes. Sólo unos pocos consiguieron sacar el escudo y la espada debajo de los caballos que coceaban y conquistar algún que otro edificio, cubriéndose las espaldas unos a otros para atrincherarse allí con la esperanza de que llegaran refuerzos, sobre todo infantes, en número suficiente.

Guillermo de Sonnac, gran maestre de los templarios, había visto horrorizado cómo lo más granado de los caballeros de su Orden seguía al galope al atrevido conde de Artois. Precisamente cuando él, sin desearlo pero con la intención de estar junto a sus hombres, quiso penetrar en la ciudad con la escolta que le quedaba y atravesar el *Bab al muluk*, se encontró con Pedro de Bretaña que salía a su encuentro bañado en la sangre que manaba de una horrible herida en su cabeza y se desplomaba casi a los pies de su caballo. Detrás de él se cerraron las puertas de la ciudad.

El gran maestre intentó evitarlo y aplicó con furia todas sus fuerzas, pero una flecha lo alcanzó en un ojo y lo tiró del caballo mientras por el interior atrancaban definitivamente la puerta. Todos los que estaban dentro quedaron atrapados, por grandes que fuesen la furia y el ímpetu con que los francos intentaron asaltar la muralla.

Guillermo de Salisbury fue el primero en darse cuenta, una vez dentro de la ciudad, del peligro mortal que corrían. Reunió a los ingleses, mandó montar a caballo a los que aún disponían de montura y a la cabeza del grupo intentó un ataque salvaje, callejuela abajo, contra los guardianes del portal. Pero ni siquiera pudieron acercarse. Los ocupantes de la muralla, al darse cuenta de aquel intento desesperado por abrirse paso, arrojaron las piezas de las catapultas que tenían más a mano sobre el recinto situado detrás del portal, sin respetar a sus propias gentes. Los maderos caídos cerraron el paso a todo jinete, por atrevido que fuese, si el salto que hacía dar a su caballo al ver cerrado de repente el camino hacia la puerta no lo había derribado ya de la silla. El de Salisbury salió milagrosamente ileso de la embestida porque su caballo retrocedió y, presa del pánico, lo arrojó hacia adelante, por lo que fue a parar al espacio situado detrás del portal y cayó de cabeza entre los guardianes. Empezó a golpear y luchar con arma blanca contra cualquiera que se le cruzara en el camino. Apoyó las espaldas contra la puerta e intentó levantar él solo, con sus fuerzas de oso, la tranca de roble que normalmente sólo podían mover cuatro hombres robustos. Casi estuvo a punto de conseguirlo, pero una lluvia de flechas lo clavó literalmente a la madera, y mientras se arrancaba las primeras de la carne, rugiendo de furia y de dolor, lo alcanzó otra en el cuello y apagó su potente voz.

Cuando vieron lo sucedido, quienes de los suyos habían podido sobrevivir hasta entonces a la masacre, subieron corriendo la escalera hacia lo alto de la muralla y se lanzaron sobre los arqueros. Pero, por muchos que mataran, otros tantos mamelucos se arrojaban sobre ellos. Los ingleses no cedieron y lucharon hasta que el último acabó arrojado desde lo alto de la muralla al fondo, a los pies de los cruzados que aguardaban en el exterior. Poco después lo siguió la cabeza cortada de Guillermo de Salisbury.

Roberto de Artois se había refugiado, junto a Raúl de Coucy y Juan de Brienne, en la casa de un vendedor de tejidos, en la *casbah*. Al parecer, nadie se había dado cuenta de ello en medio del revuelo que reinaba en la oscura callejuela de tiendas, en parte cubierta de lonas, pues sus perseguidores pasaron de largo corriendo por el exterior, ebrios de sangre.

Los tres caballeros respiraron. Juan de Brienne llevaba el extremo partido de una flecha en el hombro, Raúl de Coucy cojeaba porque su caballo, mortalmente herido, lo había coceado. Sólo Roberto de Artois carecía de heridas. Era el único que aún venía acompañado de su escudero, el sordo. Los hombres se retiraron a través del almacén de tejidos y cruzaron el patio interior hasta alcanzar la parte posterior del edificio, que constituía la vivienda.

El patio estaba cubierto por un toldo tensado que lo protegía del sol, de modo que los arqueros que seguían cruzando por encima de los tejados planos y se apresuraban por llegar a uno y otro lado no veían cuanto sucedía allá adentro. Un palo clavado en el centro del patio sostenía el pesado toldo. Ordenaron al escudero quedarse detrás de la puerta y vigilar la callejuela para ver si llegaba finalmente algún refuerzo. El señor Roberto no deseaba mantenerse alejado del combate y sus amigos tuvieron que hacer un gran esfuerzo para convencerlo de que debía refugiarse con ellos.

Roberto de Artois no había perdido su habitual optimismo.

–Este sultán tiene muy malos modales– se burló en voz baja mientras se refrescaban en la cocina los rostros con un agua que los habitantes huidos de la casa habían dejado allí, recién sacada del pozo, –¡cómo se le ocurre hacer esperar al aspirante a su trono en estas habitaciones de servicio!

–Es vuestra culpa, noble Coucy– intentó bromear Juan de Brienne con la voz distorsionada por el dolor. –Si no estuvieseis tan cojo habríamos alcanzado ya el palacio del señor y estaríamos cómodamente sentados en la sala de audiencias.

El aludido gemía, acostado en un banco de piedra.

–En cuanto a la comodidad, señores– respondió en su lugar el señor Roberto, –no estoy tan seguro. Esos mamelucos no habrían dejado piedra sobre piedra, intentando molestarnos en todo lo posible, si nos hubiésemos atrevido a descansar en sus recintos sagrados. O sea que de momento, señores míos, debemos contentarnos con esta humilde choza y recuperar fuerzas para...

Detuvo su discurso, porque se oía de nuevo ruido de armas procedente de la calle. La veían a través de la puerta abierta, e incluso el escudero, casi totalmente sordo, pareció darse cuenta, pues les hacía señales de permanecer ocultos. Un templario se estaba retirando hacia la entrada de la tienda sin dejar de luchar y Roberto lo reconoció de inmediato. Era el joven comendador de Tortosa, Guido du Plessis, el mismo que antes lo provocara con tanta altanería; no era precisamente un cobarde y luchaba con gran habilidad contra cuatro o cinco atacantes a la vez. Entre golpe y golpe buscaba ventaja ocultándose entre las balas de tejidos.

Roberto de Artois quiso acudir en su ayuda, pero Juan de Brienne lo retuvo. Al templario se le partió la espada que sostenía en la mano, por lo que le metió la empuñadura entre los dientes al enemigo que tenía delante y saltó hacia atrás, tirando de un cercano rollo de valiosa tela adamascada para interponerla entre él y sus perseguidores.

El fiel escudero le arrojó su propia espada, Guido du Plessis la recogió al vuelo y uno de sus enemigos, que se había enredado en la tela, tropezó y cayó sobre el filo.

Lo ocurrido les dio una idea a los demás atacantes, que arrancaron las balas de ropa de las estanterías y las arrojaron sobre el templario, quien empezó a dar manotazos, cegado por las tiras de brocado y seda bordada con hilos de oro hasta que las espadas de los adversarios acabaron con su joven vida.

Cuando el escudero vio que los mamelucos se aprestaban a internarse en el patio saltando por encima de aquel bulto sangriento hizo un último intento de proteger a sus señores. Se arrojó tomando todo el impulso que pudo contra el palo y consiguió que se hundiera el grueso toldo, sepultándolo también a él bajo su peso. No obstante, consiguió así que la puerta de la cocina quedara sustraída a otras miradas, pues el toldo colgaba ahora de la fachada.

El combate había llamado la atención de otros mamelucos, que empezaron a rasgar el tejido con los sables, aunque sin un objetivo preciso. Pero ya no era más que cuestión de minutos y descubrirían a los que se ocultaban en la cocina.

–Bien, señores míos– dijo Roberto de Artois, a oscuras y en voz baja, pues el ruido que llegaba de la calle lo permitía: –si esos infieles ignorantes llegaran a verter la sangre de su futuro rey– y besó al señor Juan, –¡os ruego que protejáis a mi pequeña novia!– Le golpeó el hombro herido por la flecha, lo que le provocó un estremecimiento a su amigo. –¡El dolor es breve!– bromeó el señor Roberto dirigiéndose al señor Raúl, que se incorporó y cogió la espada.

–No sabía– dijo con un suspiro –que estuvierais prometido. ¿Cómo se llama vuestra feliz y joven viuda?

Roberto se lo susurró al oído mientras lo abrazaba.

–No conozco su verdadero nombre. ¿Tal vez Yezabel?

El toldo cayó a tierra y la luz del sol dejó a los tres caballeros al descubierto. En el exterior se levantó un aullido furioso. Raúl y Juan se apostaron a ambos lados de la entrada, mientras Roberto se mantenía en el fondo por si conseguía entrar alguno de los que ahora los atacaban con vehemencia. Los iban rechazando como si manejaran hoces desde un carro de combate, y devolvían a los muertos a través de la entrada al patio anterior. Ya eran más de una docena los que habían intentado entrar vivos y habían sido arrojados muertos hacia afuera, cuando una flecha alcanzó al de Brienne en el otro hombro, por lo que perdió el equilibrió y cayó hacia adelante. Antes de llegar al suelo ya le habían cortado la cabeza; su cuerpo quedó atravesado en el umbral.

Coucy no había visto la decapitación y quiso tirar de él hacia atrás cogiéndolo por los pies, pero el señor Roberto había ocupado el lugar del muerto sin esforzarse por recuperarlo, pues sí había percibido el brillo de la cimitarra.

–¡Está muerto!– le gritó a su compañero, pero éste seguía empeñado en querer rescatar al amigo. Agachado detrás del escudo intentaba recuperar el cadáver cuando una bola con clavos de hierro colgada de una cadena le arrancó la defensa y tiró al mismo tiempo de él, al no poder soltarla en seguida.

La cimitarra cayó desde detrás del muro con un silbido, separando el brazo del hombro. Raúl de Coucy intentó incorporarse y levantar la espada, pero se desmayó y se derrumbó en medio de su propia sangre.

–¡Yeza!– Roberto de Artois saltó con un grito salvaje y cayó desde la entrada en medio de los asediadores, que en principio creían haber acabado con todos los enemigos al ver a los dos caballeros muertos. Atacó tan salvajemente a quienes lo rodeaban que en un primer momento se retiraron asustados. Después volvieron a hostigarlo desde todos los lados y lo alancearon como a un jabalí herido. Las tres cabezas ensangrentadas acabaron en lo alto de las lanzas egipcias y fueron paseadas por las calles de la ciudad, acompañadas de gritos triunfales.

DIARIO DE JEAN DE JOINVILLE

Ante Al-Mansura, 8 de febrero de 1250 d.C.

Me encontraba aún en el campamento abandonado por los egipcios en el que nos estamos instalando cuando llegó mi secretario con el rey Luis y el grueso del ejército. Era una visión reconfortante, y cuando oímos los cuernos y los trombones respiramos con alivio.

No conseguí ver en seguida a mi estimado William, pero mientras nos llegaban rumores absolutamente contradictorios sobre lo que estaba sucediendo dentro de las murallas de Al-Mansura.

El gran maestre Guillermo de Sonnac ha sido operado por los cirujanos de los templarios. Su séquito no permitió que nadie se acercara a la tienda redonda. Dicen que no ha habido manera de salvarle el ojo, y que él estuvo gimiendo todo el tiempo asegurando que lo sacrifica con mucho gusto si a cambio puede volver a ver vivos con el otro ojo a sus caballeros, que han pasado por delante de él introduciéndose en la maldita ciudad de Al-Mansura. Cuando Luis se enteró del destino incierto y de la posible pérdida de su vanguardia, ordenó que las filas delanteras del ejército ocuparan posiciones de combate para oponerse a un eventual contraataque, y también ordenó que los ingenieros construyan cuanto antes un puente sobre el río, pues toda la infantería y sobre todo los arqueros siguen en la otra orilla del Bahr as-Saghir y el rey necesita con urgencia su apoyo.

Y en efecto, tal como él había previsto correctamente, poco después salieron los mamelucos por las puertas de la ciudad y se arrojaron en furiosas oleadas contra el ejército cristiano. El rey mantuvo férreamente unida a su gente hasta que el enemigo hubo acabado sus existencias de flechas y sólo entonces permitió que salieran al galope. Los caballeros consiguieron que los mamelucos tuvieran que replegarse hasta las murallas, aunque ellos no pudieron adelantar más porque habrían quedado al alcance de las catapultas y de las ballestas. De modo que el enemigo tuvo ocasión de rehacerse y reordenar sus filas.

El rey nos ha enviado un mensajero al campamento para que acudamos en su ayuda, salvo los que tengan que quedarse necesariamente para vigilar las tiendas. Nosotros mismos estamos necesitados de ayuda, pues aparte de los beduinos merodeadores y deseosos de arrebatarnos el rico botín hallado en las tiendas de los emires huidos, también acuden constantemente comandos armados intentando reconquistar las catapultas abandonadas, que son más mortíferas que las nuestras.

Estos comandos están constituidos por luchadores especialmente valientes y atrevidos, y tanto mi gente como yo acabamos cada uno con tantas heridas que cuando al fin conseguimos hacerlos huir, ya no podíamos ponernos ni cota de malla ni coraza encima de nuestros cuerpos cubiertos de vendajes provisionales.

Me dirigía yo con William de Roebruk al acuartelamiento de los sanjuanistas cuando vi que traían al campamento, encima de unas parihuelas, al escudero del conde de Artois. Poco después supimos que el mozo había quedado sepultado por un tejado caído, de modo que fue el único en sobrevivir a la matanza, y que pudo escapar a través de una de las puertas de la ciudad aprovechando una salida de los mamelucos.

Nos ha informado de que el señor Roberto y todos sus compañeros de combate han muerto y, por lo que él sabe, ninguno de los templarios ha sobrevivido al combate. Él mismo ha visto las cabezas en lo alto de las picas mientras huía a través de la ciudad, y en ningún lado ha podido observar que se luchara todavía, por lo que los musulmanes parecían locos de alegría por la victoria conseguida. Con esta afirmación deprimente acudimos a ver al rey Luis.

Entre tanto, los mamelucos habían modificado su táctica, que volvía a revelar la mano fuerte de algún jefe. Atacaron desde varios lados e intentaron sobre todo llegar a la retaguardia de nuestro ejército para impedir la construcción del puente de barcas. A punto estuvieron de empujar al rey hasta el río: algunos incluso lograron atrapar las riendas de su caballo en un intento por hacerlo prisionero. Pero Luis los golpeó con tanta decisión que dejaron de acosarlo.

Cuando llegamos nosotros y atacamos desde el flanco, los mamelucos se retiraron y se limitaron a hostigarnos desde una distancia segura con disparos de todo tipo.

Hacia la puesta del sol quedó terminado el puente de barcas y los arqueros pudieron atravesar el río, en cuya orilla septentrional ya sólo queda una guardia junto a la cabeza de puente. Esa guardia es el eslabón de comunicación entre nosotros y el campamento de partida, que sigue estando al mando del duque de Borgoña.

Los mamelucos, que ahora se encuentran bajo el efecto de los certeros disparos de nuestros arqueros, han empezado a retirarse detrás de las murallas de la ciudad. Los hemos vencido, ¿pero a qué precio?

El rey nos ordenó a todos que nos retiráramos de nuevo a las tiendas para descansar durante la noche y cuidar de nuestras heridas. Sólo entonces se le acercó Juan de Ronay y le comunicó, en términos que pretendían ser consoladores –tales como "ha conseguido entrar en el paraíso"–, que entre los muertos de Al-Mansura estaba su hermano Roberto.

Luis estalló en lágrimas.

Car cel q'era de valor caps,
lo rics valens Robertz,
comes dels Frances,
es mortz - Ai Diaus!
Cals perd'e cals dans es!
Mortz!
Cant estrains motz,
cant dol ad auzir!
Ben a dur cor totz
hom q'o pot sofrir.

HACIA EL ATARDECER llegaron a El Cairo los primeros fugitivos procedentes de Al-Mansura, entre ellos muchos dignatarios y altos funcionarios de la corte. Sus informes del ímpetu con que los cristianos habían irrumpido en el campamento egipcio y asaltado en masa la ciudad no presagiaban nada bueno.

Por todas partes se oían lamentaciones y cada vez más refugiados desesperados acudían a la capital sin haber salvado más que sus míseras vidas. Por orden del gobernador Husam ibn abi'Ali, la puerta *Bab an-Nasr* siguió abierta durante toda la noche. El miedo y las preocupaciones no permitieron a nadie conciliar el sueño, y las mezquitas estaban repletas.

Al salir el sol les llegó la noticia de la victoria. En las calles y plazas estallaron la alegría y el entusiasmo, y el nombre del victorioso héroe de Al-Mansura, Rukn ed-Din Baibars, llamado también "el arquero", estaba en boca de todos. Aquélla era la primera batalla que los mamelucos, encabezados por los *bahritas* –antes más denigrados que admirados– y los orgullosos *gamdaritas* habían ganado luchando victoriosamente contra los perros infieles. Alá se había dignado concederles esa gloria.

"El halcón rojo" se encontraba en el muelle de El-Suwais a la espera de que la embarcación de remos ricamente equipada consiguiera atracar. La tripulación se lo tomaba con calma; al parecer una avanzadilla había informado ya al gobernador del puerto, haciéndole saber la categoría del personaje que estaba a punto de desembarcar y cómo se le debía recibir.

Una orquesta militar compuesta de trompetas, tambores y bombos ahogaba los sonidos de flautas, timbales y platillos a cuyos sones algunas bailarinas recorrían con pie ligero las alfombras extendidas sobre toda la longitud del muelle. Allí donde el pie del nuevo soberano pisara su tierra podía estar seguro de hallar un recibimiento festivo. El comité de recepción de los dignatarios locales se iba desplazando según dónde les parecía que atracaría finalmente la barca. Turan Sha aún no se mostraba a su pueblo, en cambio los niños asomaron brincando y sin respetar el protocolo entre los guardias y saludaban, pues habían descubierto a "el halcón rojo" y le hacían señas. Los remeros hundían sus palas con una lentitud desesperante en el agua y después las retiraban con la misma tranquilidad. Al fin lanzaron los cabos.

En el momento bien calculado en que la barca chocó suavemente contra el muelle acolchado con almohadones se abrió la lujosa tienda y salió el personal de la corte para situarse a izquierda y derecha formando un pasillo hasta dejar finalmente libre la vista sobre el venerable Turan Sha. Madulain había insistido en vestir un sencillo *fustán* que le otorgaba la dignidad y la belleza de una faraona –como observó "el halcón rojo" sintiendo una punzada en el corazón–, y caminaba un paso detrás, aunque algo de lado, de modo que nadie pudiese pasar por alto quién era ella y cuál su posición preponderante.

Turan Sha había descubierto inmediatamente al emir entre quienes lo esperaban, y también la mirada ardiente que, antes que a él, había dirigido a la mujer. Su rostro se ensombreció, pero hizo como si no se hubiese dado cuenta de la presencia del embajador. Tomó tierra cruzando por una tabla cubierta de lujoso terciopelo y los dignatarios se arrojaron a sus pies.

Pero después se le acercó un mensajero del palacio de El Cairo a quien "el halcón rojo" reconoció en seguida, pues se trataba de un allegado de la sultana Sayarat al-Durr, y la idea de que algún suceso se le hubiese adelantado y ya no fuese el único presente para recibir al soberano le hizo sentirse incómodo. ¿De dónde sacaría ahora autoridad para exigir con urgencia a Turan Sha, aunque fuese bajo el disfraz de un ruego, que se apresurara a acudir a su capital, y mucho menos al campo de batalla?

"El halcón rojo" estaba ya a punto de retirarse cuando Turan Sha le hizo un gesto extraordinariamente amable, lo que lo sorprendió, pues no lo esperaba. Además, Turan Sha no permitió que se arrodillara, sino que lo acogió con los brazos extendidos como se acoge a un amigo y casi hermano.

–Siento muchísimo– dijo –lo sucedido a vuestro señor padre. Fakhr ed-Din merece mil veces el paraíso, y Egipto lo echará de menos en miles de ocasiones.– Como para asegurarse de ser bien comprendido añadió todavía: –Alá ha tenido a bien quitarle la vida al gran visir ante Al-Mansura y concedernos a nosotros la victoria.

Abrazó al hijo, que se había quedado atónito, y se dirigió después a su séquito. El emir tuvo así ocasión de reponerse y decidió cumplir cuanto antes con su misión, pues sentía el impulso de acudir de inmediato al lugar donde su padre estaría esperando de cuerpo presente la llegada del hijo.

–Venerable Turan Sha– dijo, –Alá también verá con benevolencia y agrado que vos, sobre cuyos hombros descansan ahora el peso y la responsabilidad del destino del pueblo egipcio, os dirijáis cuanto antes a Al-Mansura y os hagáis cargo del mando supremo. Espero que el sacrificio de mi señor padre no haya sido en vano.

Todos se sorprendieron por el atrevimiento de tales palabras, y los que conocían a Turan Sha, es decir, el séquito que lo rodeaba en actitud reverencial, esperaban un estallido irreprimible que castigara la insolencia de quien se atrevía a recordar al soberano cuáles eran sus obligaciones, pero no sucedió nada semejante.

Turan Sha intercambió una mirada que rogaba comprensión con Madulain, que a su vez miraba provocativa y con los ojos echando chispas a "el halcón rojo" mientras ofrecía a su señor una expresión fría. Éste apartó apesadumbrado su mirada de los ojos de la mujer y dijo:

–Fassr ed-Din Octay, sé muy bien lo que he de hacer.– Después bajó la voz: –En cuanto terminemos con estas ceremonias os espero en mi tienda. Tengo que hablar con vos– y añadió en voz alta, para que pudiesen oírlo cuantos los rodeaban: –Proseguiremos viaje a El Cairo.

Esta última frase iba dirigida más que a nadie a Madulain, que la recibió con satisfacción. Turan Sha pensó con malestar en la confrontación inevitable con su madrastra Sayarat, que lo esperaba en El Cairo y que probablemente jamás aceptaría de buen grado a una personalidad tan dominante como la de aquella "hija del emperador". En realidad, él preferiría dirigirse sin más al campo de batalla. Pero ¿qué le esperaba allí?

Se sintió aliviado cuando los últimos dignatarios le hubieron presentado sus respetos –*Alah yaatikum al 'umr at tawil ua saada ual mashd*–, pues sabía que no les preocupaba otra cosa que hallar la manera de incrementar sus haberes –*Alah yijalilkum ashshaya'a ual karam*– y de aumentar sus títulos.

Cuando vio que "el halcón rojo" se dirigía a la gran tienda instalada sobre el muelle se sintió complacido. Lo primero que había hecho Madulain había sido ahuyentar a las bailarinas; después se había retirado, aunque el soberano estaba seguro de que no se perdería la inminente conversación. Por supuesto, él habría preferido sostenerla sin testigos.

Llegó el emir. Turan Sha ordenó que cerraran la entrada a la tienda y le rogó que tomara asiento.

–Procedéis de un antiguo linaje, Octay– inició con ciertos rodeos la conversación, –que siempre ha dado fieles seguidores a la casa de Aiyub, lo cual me permite compartir con vos las preocupaciones que me asaltan en esta difícil hora.– Obligó al reticente a tomar asiento, aunque él mismo permaneció de pie. –¿Acaso sería correcto ocupar el trono, una vez me encuentre en El Cairo, permitiendo que caiga sobre mí la inevitable brillantez externa del poder que emana de un sultán de Egipto y provocando al mismo tiempo el descontento de los mamelucos que luchan contra el enemigo?– Se paseaba con expresión de desaliento arriba y abajo delante de "el halcón rojo". –¿O debo intentar primero ganar la batalla y cubrirme de gloria, arrojándome a la fosa de los *bahariz* sin la protección de un título, esperando que después, si Alá me lo concede, pueda disfrutar con el sobrenombre de "glorioso vencedor" del fruto de la victoria?

Turan Sha hizo una pausa, pues no le era fácil confesar su inseguridad:

–Como veis, os hablo tal como mi padre habría hablado a vuestro padre, aunque supongo que no desearéis ocupar su cargo, ahora vacante.

Se sentó frente a "el halcón rojo" y descansó el rostro en ambas manos.

–Mi señor padre aún no está bajo tierra– le recordó "el halcón rojo", –y no creo que sea el momento de pensar en tales problemas, a menos que él lo haya dispuesto así. No obstante– suavizó su respuesta al observar la pesadumbre que embargaba a Turan Sha, –intentaré responderos como si fuese vuestro visir: sea cual sea el paso que deis primero puede ser el paso equivocado. Habéis pasado la mayor parte de vuestra vida fuera de El Cairo, y vuestro padre sabía por qué os mantenía en la seguridad de la lejana Gezirah, lejos de las flechas, el veneno y el puñal.

Madulain había entrado en la tienda y Turan Sha la recibió con sarcasmo:

–Princesa, aquí os enteraréis de los peligros a los que nos enfrentamos ¡y a los que también vos os enfrentaréis si seguís a mi lado, especialmente en este momento!

–Lo único que temo– dijo Madulain sin dejar de mirar firmemente a los ojos de "el halcón rojo" –¡es ser abandonada por vos!

–¡Lo cual podría suceder antes de lo que os imagináis, princesa!– respondió Turan Sha con cierta premura. –En cuyo caso– y se dirigió con mucha seriedad a "el halcón rojo" –os ruego, emir, otorguéis toda la protección posible a la dama de mi corazón pues, por valiente que sea nuestra princesa, os necesitará.

–Os ruego nos aclaréis, Fassr ed-Din Octay– dijo Madulain sin perder la compostura, aunque se sentía un tanto afectada por el repentino acceso de pesimismo que observaba en su señor, habitualmente tan despreocupado, –cuál es el peligro que amenaza realmente a Turan Sha, quiero decir: que no proceda de un fantasma– y se sentó al lado del soberano cogiendo su mano con las suyas.

–Es una antigua costumbre de la casa Aiyub, costumbre a la que yo daría el nombre de "maldición"– comenzó el emir, sin perder de vista a ninguno de los dos, –comprar niños a los vendedores de esclavos, casi siempre huérfanos separados de sus padres a raíz de una guerra en Oriente, o que fueron robados o se perdieron por haber muerto todos sus familiares. Los niños son adoptados personalmente por el sultán, quien les da la mejor educación posible, sobre todo en el uso de las armas y desde que son pequeños. Duermen en la misma tienda del sultán, con todo lo que ello implica.

Se detuvo, algo preocupado por saber si había ido demasiado lejos, pero Turan Sha no pestañeó.

–Cuando a estos *bahariz* empieza a crecerles la barba, el sultán los arma caballeros. Tienen derecho a portar en su escudo las armas del sultán y formarán a partir de entonces una comunidad conjurada que se denomina *halka*, es decir, la guardia personal del sultán. Si demuestran valor en el combate ascienden al rango de emires y llegan a ser generales del ejército, y cuanto más mérito tienen tanto más poder acumulan. No debe olvidarse que no suelen ser de origen vulgar, pues sus padres han sido príncipes y señores de la guerra, por lo que tienen la sangre ardiente y salvaje y desean incrementar su fama y poder realizando grandes proezas. Pero una vez han ascendido tanto que el sultán se vea obligado a frenar la ambición desmesurada que se les imbuyó desde pequeños los hará detener y decapitar por cualquier motivo trivial.

–¡Un destino cruel!– exclamó Madulain.

–Un destino sobre todo mortal– dijo "el halcón rojo", –pues desde que este mecanismo fue puesto en práctica con los *halka* en el transcurso de los dos últimos sultanatos están prevenidos, es decir: ahora están dispuestos a matar antes que a dejarse matar. Casi todos los actuales emires de los mamelucos, entre los que figuro yo– y se inclinó cortésmente ante Turan Sha, –con la única diferencia de que a mí me permitieron ser educado en la corte del emperador Federico, son antiguos *halka*.

–Suprimiré esa mala costumbre– se indignó Turan Sha.

–Es demasiado tarde– dijo "el halcón rojo". –¡Por qué iban a creeros los mamelucos a vos, por qué deberían permitir que tomarais el poder, por qué aceptar el riesgo que comporta otro sultán de la casa Aiyub!

–Les demostraré que mi talante es otro. En primer lugar, lucharé a su lado contra los invasores franceses. Y, en segundo lugar, renunciaré al poder una vez conseguida la victoria y entronizaré a los hijos del Grial. Ningún mameluco se imaginará que ellos querrían asegurarse la soberanía cortándoles la cabeza preventivamente...

–¿Dónde están en realidad los infantes?– quiso aliviar "el halcón rojo" el ambiente opresivo que se había creado. –Creo que sería arriesgado incluirlos en vuestros planes.

–Se han quedado a bordo, *insha'alah!*, protegidos por mi propia *halka*. Pero los llevaré conmigo, precisamente para que todos vean y comprendan que el mundo tiene que cambiar. ¡Ellos nos traerán la paz!– Turan Sha se había levantado del asiento dando un salto, y sus palabras iban nuevamente dirigidas a Madulain. –Me presentaré en El Cairo ante mi madrastra y procuraré que los que están más cerca de mi corazón queden allí bien seguros, mientras yo continúo camino hacia Al-Mansura para hacerme cargo del mando. Después de la victoria, que Alá no nos negará, ¡los mamelucos no se atreverán a rebelarse contra mí!

–Os he explicado detalladamente cuál es el dilema, venerable soberano, y os corresponde a vos tomar la decisión– dijo "el halcón rojo" dirigiendo a Madulain una mirada preocupada que ésta no recogió.

Los ojos de ella descansaban llenos de orgullo sobre Turan Sha, quien abría la entrada de la tienda y ordenaba la partida.

–¡La decisión está tomada! –se dirigió hablando hacia atrás al emir, que también se había levantado. –Y os ruego que me acompañéis en este camino, aunque con toda seguridad era vuestra intención acudir sin más dilación a Al-Mansura para asistir al entierro del gran visir.

Pero los muertos pueden esperar cuando se trata de salvar la vida. ¡Es una orden, Fassr ed-Din Octay!

DIARIO DE JEAN DE JOINVILLE

Ante Al-Mansura, 10 de febrero de 1250 d.C.

El ejército egipcio ha expuesto a la vista de todos nosotros y con ayuda de una lanza el escudo y la coraza con las insignias de la corona de Francia. El trofeo ensangrentado perteneció a Roberto de Artois, pero Baibars, quien al parecer se ha hecho con el mando, ha difundido el rumor de que se trata del escudo y las ropas del rey, a quien afirma que han matado.

–Nadie debe temer a un cuerpo sin cabeza– es el mensaje que ha transmitido. –Los perros cristianos ya no son más que un rebaño perdido y sin dueño, ¡al que haremos huir, devolviéndolo al mar para que se ahogue! *Haia bina lil m'araka al agira!* ¡Nos espera la última batalla!

No tuvimos necesidad de espías para enterarnos de los nuevos planes de ataque. Esa misma tarde mandó Luis que los comandantes acudieran a su tienda y les ordenó que a medianoche, aunque el asalto enemigo no era de esperar antes de la madrugada, emplazaran a las tropas detrás de la empalizada de nuestro campamento y que estuviesen listas para entrar en combate. También ha puesto en estado de alerta al campamento de la retaguardia, donde manda el duque de Borgoña, y ha reforzado las guardias en las cabezas de puente.

William me había esperado delante de la tienda roja y me acompañó de regreso. Me pareció verlo preocupado, y tampoco yo podía olvidar el final cruel que había tenido el príncipe real.

–¿Quién es, en realidad, ese joven templario que se presenta entre los frentes con un palanquín negro y desafía a la muerte, saltando sobre cualquier jerarquía dentro de la Orden…?

–¿De qué habláis?– me interrumpió mi secretario con brusquedad. –Yo no he visto ningún palanquín. ¿Y quién os asegura que era un templario?– Me pareció que no quería seguir hablando del tema, pero insistí en exponerle mis reflexiones. –Sí recordaréis, en cambio, aquel ataúd que apareció transportado por un poder mágico y tenebroso…

–¡Son bromas estúpidas!– rechazó mis observaciones. –Propias de soldados aburridos que quieren asustar a sus comandantes.

–Pero ese susto iba dirigido al de Artois– insistí yo en mis reflexiones. –Por cierto, el aviso ha demostrado ser certero– añadí aún.

–¡Fantasmas!– exclamó William con disgusto. –¡No veis más que fantasmas!

–Nuestro pretendiente al trono está muerto– dije yo, –y deberíamos reunirnos cuanto antes con el *maître* y los sanjuanistas para reflexionar acerca de...

–¿... quién será el próximo?– William se echó a reír. –Mi querido señor de Joinville– dijo en tono burlón, –dejad que pase el día de mañana y por la noche veremos con quién podemos hablar todavía, ¡o si alguien de nosotros todavía es capaz de hablar!

Apenas hubo pronunciado William estas palabras cuando se destacó de la sombra de nuestra tienda el señor Leonardo di Peixa-Rollo, mariscal de los sanjuanistas. Parecía estar esperándonos con impaciencia.

–El *maître* os ruega, noble señor– dijo en voz baja y con una cortesía poco habitual en él, –que me sigáis.– Hice señas a William para que me esperara en el interior de la tienda, pero el mariscal añadió apresurado: –¡Y que no falte tampoco el distinguido hermano William!– lo cual me sorprendió mucho.

De modo que seguimos sus pasos y él nos condujo hacia la periferia del campamento, donde los sanjuanistas habían montado su pabellón, que estaba rodeado de un doble círculo de guardias y tenía el interior iluminado con velas. Aparte del propio Juan de Ronay reconocí a todos los caballeros mayores del capítulo de la Orden que ya habían participado en las sesiones celebradas en Chipre. Pero también estaba presente el *maître* de Sorbon. Nos señalaron un lugar de honor junto a este último, quien se levantó al vernos llegar e insinuó una leve reverencia en dirección a mí y algo más acentuada ante William de Roebruk. El gran maestre en funciones entró a continuación en el tema.

–¡Hermanos!– dijo en tono solemne. –Nuestros enemigos quieren hacer creer a su pueblo que el rey ha muerto. Para ello exponen el cadáver de nuestro desgraciado príncipe.– Hizo una pausa para permitir que se acallaran los murmullos de protesta, pero también para aumentar la tensión. –Hermanos– prosiguió después, –no sólo desenmascararemos a esos farsantes, sino que haremos conocer el miedo y el terror a aquéllos que creen estar en posesión de la verdad. Demostraremos a esos mamelucos que nuestro héroe está vivo. ¡Roberto de Artois está vivo!– exclamó en voz baja mientras iba en aumento el murmullo sorprendido de los demás asistentes. Juan de Ronay acabó por imponer el silencio. –Les sustraeremos las piezas de prueba que ostentan y, para aterrorizarlos, ¡volveremos a tener entre nuestras filas al príncipe de Francia!

Las voces que se elevaron ya eran difíciles de dominar y muchos expresaron en alta voz su desacuerdo.

–¡Tonterías! ¡Magia negra!– Se resistían a creer en tales patrañas.

–¡Recordad al Cid!– los increpó el gran maestre en funciones a la vez que el mariscal daba golpes en la mesa con el bastón de mando para restablecer el orden. –¡Silencio!

–Mañana por la mañana– prosiguió Juan de Ronay, –nos atacará el enemigo. A ningún musulmán se le ocurrirá pensar que al mismo tiempo un grupo de nuestros turcópolos, disfrazados de beduinos, entran en la ciudad por la parte de atrás bajo el mando del hermano William de Roebruk –hombre sabio y precavido que domina el árabe, además de poseer otros muchos méritos– para rescatar la cabeza, el cuerpo, el escudo y la coraza del conde de Artois. El hecho de haber elegido a este bravo fraile no se debe solamente al valor y la inteligencia que ha demostrado siempre, sino sobre todo a la fortaleza de su fe, de la que tiene fama y nos da ejemplo su Orden. *¡In pedes,* hermanos, *in pedes!* ¡Aplaudid al hermano William tal como se merece!

Mientras todos batían palmas y el *maître* de Sorbon lo abrazaba y le daba un beso fraternal en ambas mejillas yo observaba el perfil de mi secretario: estaba pálido y me parecía más cerca de echarse a llorar que de aceptar de buen grado tan desagradable propuesta.

Pero el *maître* exclamó:

–No os avergoncéis de vuestras lágrimas, buen hombre, ¡son un honor para quien honor merece!

Y también el gran maestre en funciones acabó por abrazarlo:

–¡No mostréis falsa humildad, *comandante!* ¡Somos nosotros los que debemos mostrarnos agradecidos!

Y dio una señal a su *drapier,* quien se apresuró ayudado por sus gentes a retirar de allí a William, probablemente para ataviarlo en seguida con las prendas adecuadas. También yo me esforcé en sonreír para que no se le ocurriera pensar que estaba preocupado por él, mientras lo empujaban fuera del pabellón, sin dejar de mostrarse amables en extremo, como se conduce a un buey al matadero. En todo caso eso me pareció expresar la última mirada que me dirigió. Me da lástima, aunque también me siento orgulloso de mi secretario, pues los demás se me acercaron para felicitarme por el arrojo mostrado por ese buen hombre. ¡Comprendo que a veces hay que hacer un sacrificio!

Ante Al-Mansura, 11 de febrero de 1250 d.C.

Cuando salió el sol nos vimos frente a unos cuatro mil jinetes montados, a los que Baibars había hecho formar en cadena alargada que rodeaba por ambos lados nuestro campamento, desde la orilla del Nilo hasta Ashmun-Thanna. Pero además había emplazado a otro número igual de infantes delante de la empalizada de nuestro campamento. Al fondo se veían listas para intervenir las reservas, el brillo de cuyas armas nos llegaba a través de la niebla matutina aunque su número resultaba difícil de adivinar. Después vimos a los comandantes egipcios adelantarse al frente y a sus caballos encabritándose delante de la tropa como si nosotros no existiéramos. Estaban comparando nuestras fuerzas con las suyas y allí donde observaban que no superaban cuatro veces el número de nuestros combatientes procedían a reforzar sus líneas.

Después el mameluco dio órdenes para que tres mil beduinos se dispersaran, no en nuestra dirección, sino hacia donde se encuentra el campamento del duque de Borgoña, tal vez con la idea de que Luis acudiera en su ayuda, debilitando con ello las fuerzas establecidas a este lado del Bahr as-Saghir. Pero nosotros no nos movimos del sitio. Así seguimos esperando hasta el mediodía –llevábamos en pie desde la medianoche–, cuando finalmente oímos retumbar sus gigantescos bombos.

Respondimos con un silencio cargado de desprecio a ese fúnebre aviso de tambor. Los mamelucos iniciaron el asalto de repente y lo acompañaron de un vocerío salvaje. Producían un ruido ensordecedor que resonó horriblemente en nuestros oídos, sobre todo porque el rey ni siquiera permitió que respondiésemos tocando las fanfarrias. ¡El sonido que produjo el primer encontronazo entre los escudos y el estrépito con que se cruzaron las espadas y los sables nos pareció una música liberadora!

El conde de Anjou, que había ordenado a sus caballeros desmontar y mantener los caballos en segunda fila, estaba al mando de nuestro destacamento, situado entre el campamento y el Nilo. Sufrimos un ataque tan fuerte mediante ollas de fuego griego que las tropas empezaron a retroceder corriendo el riesgo de ser arrolladas.

El propio Luis se metió entre ellas para impedirlo, acompañado de su guardia montada. La grupa de su caballo empezó a arder, pero con su intervención logró que consiguiéramos rechazar al enemigo.

En el sector próximo al nuestro, al mando de los barones de Ultramar y los templarios o lo que queda de éstos, lo pasaron peor. En la inútil aventura de Al-Mansura la Orden ha perdido a doscientos ochenta caballeros. La misión de este sector era defender las catapultas y demás máquinas de guerra conquistadas al gran visir.

El enemigo que atacaba por ese lado tenía evidentemente órdenes de destruir dichos ingenios antes que permitir que siguieran en nuestras manos. De modo que los egipcios arrojaron también por ese lado ollas de fuego griego y dificultaron los trabajos de extinción de los incendios inundándonos con una lluvia de flechas.

Al gran maestre Guillermo de Sonnac, que había perdido ya un ojo ante las puertas de Al-Mansura, le penetró una flecha en el otro, y esta vez le costó la vida. En el entorno de la posición defendida por los templarios, incendiada y envuelta en una densa humareda, las flechas se clavaban en la tierra con una densidad tal que parecía un campo de trigo.

William ha escogido sólo a cuatro de los turcópolos que forman parte de las tropas auxiliares autóctonas de los sanjuanistas y que sirven a la Orden como infantería. En su mayoría son coptos, es decir, cristianos, y conocen las costumbres y los hábitos de una ciudad árabe, aunque procedan de Tierra Santa.

El pícaro flamenco ha tenido la ocurrencia de hacerse transportar sobre unas parihuelas al interior de Al-Mansura, simulando ser un sarraceno herido, y lleva el cabello rojizo cubierto de vendajes. Uno de sus brazos y una pierna ofrecen un aspecto horrible, en concordancia con el disfraz, cogido de un cadáver al que han despojado de sus ropas ensangrentadas. En el pecho lleva clavada una flecha de los sanjuanistas, que William sujeta con una mano manchada de sangre, y los turcópolos se han disfrazado de beduinos. Una cimitarra rota, como corresponde a su rango, descansaba entre las piernas del herido cuando los porteadores salieron con él del barranco del Bahr as-Saghir, precisamente en el momento en que los primeros beduinos, cuyo ataque había sido rechazado por el duque de Borgoña, regresaban a través del río. Los porteadores de William gritaban *Ibe'adu ya klab, uaila yasilu dammu sayiddina!* y cruzaron al vuelo el campo de batalla en dirección a las murallas de la ciudad:

–¡Abrid paso, malditos! ¿Acaso queréis que nuestro amo muera desangrado?– Los turcópolos se turnaban de dos en dos para transportar el muy pesado cuerpo del minorita, y los que quedaban libres abrían un pasillo con los bastones y mantenían alejados a los curiosos. También les chillaron a los guardianes de la puerta: *Aina attabib, sane'a al ayaib?* ¿Dónde está el médico, el que hace milagros? La vida de nuestro señor cuelga de un hilo de seda, fino como un cabello, ¡sólo él podrá salvarlo! *Aina hua?* ¿Dónde está?" Los guardias les señalaron el camino y el grupo se internó a la carrera en la callejuela más cercana.

¿Como lo estará pasando mi William? El pensamiento cruzó repetidamente, aunque no con excesiva frecuencia, por mi mente mientras me cambiaba las vendas mojadas. ¡De haber estado en su lugar habría intentado desertar en lugar de exponer mi preciosa vida para recuperar una cabeza cortada y un jubón glorioso! Pero ya sé que William siempre hace lo que le viene en gana.

Yo, senescal de la Champagne, estaba destinado con mis gentes a defender la empalizada del campamento. Habíamos formado una barrera de picas con lanzas y barras afiladas, por lo que el enemigo nos dejó bastante en paz durante casi toda la batalla.

De vez en cuando algún grupo montado intentaba arrollarnos a la carrera, pero cuando veía los obstáculos volvía a retirarse. Ésa fue nuestra suerte, pues muy pocos de nosotros hemos sido capaces de vestir una coraza, dadas las muchas heridas sufridas tres días antes. De modo que nos limitamos a prestar apoyo a nuestros amigos asediados que luchaban en el exterior del campamento.

Cuando un grupo numeroso de jinetes enemigos consiguió hacer huir al conde de Flandes e inició su persecución, ordené a nuestros arqueros que les dispararan desde el flanco y pudimos derribar a un gran número de ellos.

Este incidente indujo a mis caballeros a saltar por encima de la empalizada, sin la protección de la armadura y contraviniendo mis órdenes, para enzarzarse en un zafarrancho tal con los sorprendidos mamelucos que la retirada del conde de Flandes se convirtió en una maniobra hábil coronada por el éxito. Así hemos podido conquistar un gran número de escudos valiosos y la bandera del emir, que he remitido al conde junto con mis felicitaciones.

LAS PARIHUELAS EN QUE DESCANSABA William de Roebruk se balanceaban entre la multitud de la ciudad de Al-Mansura, cuyos habitantes contemplaban excitados la batalla que se desarrollaba delante de sus puertas. Los cuatro turcópolos disfrazados de beduinos corrieron con el "herido grave" a través de las estrechas callejuelas hasta alcanzar la plaza principal, en cuyo centro vieron las cabezas insertadas sobre altas picas, muy lejos de los cuerpos que, a su vez, tenían el aspecto de haber sido empalados y parecían más bien unos espantapájaros, aunque estaban adornados con la coraza y el escudo de los muertos.

William reconoció las armas del joven conde de Artois antes que su cabeza, que le sonreía desde lo alto de la pica y que, a diferencia de las demás, no tenía vacías las cuencas de los ojos. Le habían atado en torno a la frente una venda que llevaba escrita *malek al infrai*, es decir, rey de los francos. La venda le había resbalado hasta taparle los ojos, lo cual había impedido que los cuervos se los vaciaran.

–*Insarif min hunna!* ¡Alejémonos de aquí– jadeó William –antes de que nos vean los guardias!

En efecto, las picas estaban vigiladas, aunque sólo por algunos viejos que ya no servían para luchar en el exterior. Los porteadores volvieron a entrar a la carrera en la *casbah* y finalmente hallaron lo que buscaban, es decir, un patio interior abandonado cuyos habitantes seguramente habrían huido. Allí arrojaron a William de las parihuelas con un gesto poco delicado, por lo que no le quedó más remedio que permanecer inmóvil. De momento, debía considerársele muerto.

Los porteadores regresaron con las parihuelas vacías a la plaza del mercado, directamente hacia donde se encontraba la pica en cuestión. Los viejos guardias intentaron cruzárseles en el camino.

El más atrevido de los turcópolos les gritó:

–Por orden del noble emir Baibars venimos a recoger el cadáver de ese rey de los perros cristianos y llevarlo al campo de batalla delante de la ciudad para animar así a los nuestros. ¡Alá quiera concedernos la victoria! y asustar al enemigo. *Alah yijaribhum!*

Los viejos se mostraron perplejos.

–Podemos entregaros la cabeza de ese bastardo, pero su cuerpo ha sido consumido ya por los perros.

Los turcópolos se dieron cuenta de que los jubones y pantalones habían sido rellenados y únicamente servían de soporte para las ropas y los trofeos conquistados.

–Podéis coger cualquier cuerpo de por ahí– graznó uno de los viejos, probablemente el más listo de todos, –aún sigue habiendo suficientes cristianos que no han sido descubiertos por los buitres.

–Los encontraréis en cualquier rincón, sólo hace falta guiarse por el olfato– intervino otro.

–Traednos un cuerpo– decidió el mayor de ellos, –y os ayudaremos a ponerle la cabeza. ¡Se ajustará a cualquier cuello!– La risa los ahogaba.

Los porteadores volvieron a salir corriendo hasta llegar al lugar donde los esperaba William, cuidando de que nadie los observara. Le comunicaron en breves palabras que ahora tendría que apañárselas para volver a salir de la ciudad, pues ellos tenían la misión estricta de regresar con Roberto de Artois y había que sacarlo en las parihuelas fuese cual fuese el cuerpo que le adjudicaran. Los ánimos de William volvieron a espabilarse y con ellos su capacidad de salir por sus propios medios de cualquier situación, por delicada que fuese, y aunque tuviese que tirar de su propia cabellera para extraerse a sí mismo de un pantano.

–¡Yo soy vuestro muerto!– intentó burlarse aún de los demás mientras hacía una mueca.

–¡Pero no podemos cortaros la cabeza!– lo criticó el jefe de los turcópolos. –En cualquier caso, ¡no es ésa la orden recibida!

A William se le heló la sonrisa.

–Ni falta que hace– contestó apresurado, y para que no se les ocurriera algún disparate les ordenó que rajaran la tela que cubría las parihuelas, volvió después a acostarse de espaldas en las mismas, e introdujo la cabeza por la abertura de modo que le quedara colgando por debajo cuando volvieron a levantarlas. Después les ordenó que le ataran la cabeza de modo que tuviese un apoyo y quedara recogida hacia arriba, y que colgaran paños por los lados para que nadie pudiese verla. A continuación hizo que le untaran el cuello con sangre y pusieran algunas tripas encima para que diera la impresión de que alguien había atacado con violencia aquel cuerpo inerme, y finalmente les pidió que le arrancaran del cuerpo las ropas sarracenas para que todo el mundo pudiese ver la piel blancuzca de un perro cristiano desnudo.

Una vez ejecutadas todas estas órdenes el pequeño grupo volvió a emprender la marcha. Mostraron triunfantes su hallazgo a los guardias, informándoles de que habían encontrado a ese perro cristiano envuelto en una alfombra en la que se habría refugiado, aunque el escondite de nada le había servido a ese cerdo, a quien habían cortado la cabeza porque ya no la necesitaba.

–Aún tiene el asqueroso cuerpo caliente, ¡os podéis convencer vosotros mismos!

Pero los viejos se estremecieron al ver la crueldad con que los beduinos habían tratado al muerto y se apresuraron a bajar la cabeza del conde de lo alto de la pica. La juntaron con manos reticentes al extremo sangriento del blanco cuerpo y cubrieron éste apresuradamente con los distintivos del guerrero. Los beduinos tenían prisa y los viejos estaban contentos de perder cuanto antes de vista a aquellos bárbaros, pues aún más repugnancia que la cabeza horriblemente mutilada, con los labios arrancados y la nariz comida hasta el hueso, les provocaba la idea de aquel cuerpo blanco y cálido en el que hacía poco aún quedaba vida. ¡Quién podía saber con qué torpes instrumentos le habrían cortado el cuello aquellos chacales del desierto, hijos de una ralea de ladrones! Los turcópolos recogieron las parihuelas y se alejaron a toda prisa.

DIARIO DE JEAN DE JOINVILLE

Ante Al-Mansura, 11 de febrero de 1250 d.C.

La batalla ha seguido en pleno apogeo y cada vez que he creído llegada nuestra última hora ante las nuevas oleadas de enemigos que asaltaban nuestra empalizada, ¡resultaba que nuestras picas aguantaban bien! Con nuestras lanzas hemos contribuido desde atrás a rechazar la agresión y, sobre todo, hemos procurado asustarlos con gran alboroto de trompetas.

En algunas secciones de nuestro campamento la situación no ha sido tan buena como en la nuestra. Alfonso de Poitou, hermano del rey, había ordenado a sus caballeros que desmontaran, y fue él mismo el único que siguió a caballo, con lo cual atraía, como es lógico, toda la atención sobre su persona. Sus hombres se vieron desbordados y algunos sarracenos consiguieron apoderarse de él. Estaban ya dispuestos a llevárselo como prisionero cuando las cantineras y los cocineros del campamento, arrojándose sobre ellos con muchos chillidos y blandiendo sartenes y atizadores, lograron que emprendieran la huida.

Después de este incidente, que a punto estuvo de acabar mal, Alfonso permitió que sus caballeros volviesen a montar y atacó a su vez el flanco extremo del enemigo, apoyado por los arqueros del duque de Borgoña, quien mientras, había conseguido que los beduinos que le atacaron acabaran en el agua, donde la mayoría pereció ahogada, porque los hijos del desierto no saben nadar.

El duque mandó entonces que los arqueros dispararan a través del Bahr as-Saghir sobre el enemigo que huía.

Cuando los comandantes egipcios comprendieron que no habían conseguido arrollar las filas del enemigo en ningún punto importante, Baibars dio la orden de retirada y las tropas retornaron a Al-Mansura o a los campamentos instalados detrás de la ciudad.

LA RETIRADA DE LAS TROPAS provocó tal remolino de empujones en las callejuelas que nadie se fijó en las parihuelas que eran transportadas a toda carrera a través de la riada de los que se refugiaban. Incluso los porteadores estaban tan absortos en su entretenida tarea que no se enteraron de que la batalla había terminado.

En cambio William creyó morir en mil ocasiones. Su cabeza, cuyos ojos no veían más que pies, tendía los oídos a las más horribles blasfemias, a los chillidos de las mujeres enfurecidas. Y también se hacía a la idea de que cualquier fanático podía arrojarse sobre él, el maldito *malek al infrai*, para clavar un puñal en el pecho o en el vientre de aquel "cadáver apestoso".

Los turcópolos consiguieron con mucho esfuerzo abortar todos esos intentos repartiendo bastonazos y sacudiéndose de encima a la chusma, hasta que finalmente, al sentirse amenazados, doblaron una esquina para entrar en un pasadizo, del que no sabían que conducía a las caballerizas del palacio del sultán, y cerraron detrás de ellos la primera puerta que encontraron.

Se vieron en el claroscuro de una gigantesca estancia cuyo techo descansaba sobre columnas. Al parecer, todos los caballos y sus cuidadores estaban participando en la batalla.

Depositaron las parihuelas en la paja y liberaron a William de su difícil postura.

El jefe de los turcópolos declaró con la respiración entrecortada:

–¡Creo que podríamos sacar por la puerta la noble cabeza, pero difícilmente vuestro cuerpo!

William se incorporó, todavía aturdido.

–He arriesgado mi vida para recuperar esa cabeza– se opuso a sus pretensiones, y cogió por el cabello la cabeza de Roberto, estrechándola con decisión entre sus brazos. –Ahora no me vais a…

En aquel instante se abrió alguna puerta a lo lejos y se oyeron voces excitadas.

–¡Han robado el *malek al infrai!* ¡Debe de haber algunos perros cristianos en la ciudad!

Las columnas y la oscuridad los ocultaban a las miradas enemigas. El mayor de los turcópolos cambió hábilmente de opinión:

–En ese caso, ¡ya os arreglaréis para cumplir con vuestra misión!

Hizo una seña a sus tres compañeros y los cuatro desaparecieron con habilidad felina detrás de las columnas más cercanas. La paja crujió un poco y después William se encontró solo, desnudo y sentado sobre unas parihuelas, con los ropajes reales y la maldita cabeza junto a él. Las voces se habían alejado.

William se levantó e intentó ponerse los calzones del joven conde, aunque no pudo cerrarlos. Se probó el jubón, pero le quedaba tan estrecho que no podía mover los brazos. Acabó por reventarlo, se lo quitó y se contentó con meter el barrigón en la coraza. Recogió el escudo, envolvió el cráneo en el jubón desgarrado y emprendió la marcha. Si lo atrapaban, al menos lo masacrarían vestido de rey.

William recorrió primero el recinto columnado de las caballerizas. Había oído decir que allí cabían cuatro mil animales a la vez, por lo que no creía que le fuese imposible hallar un lugar donde esconderse, aunque fuese una ratonera.

Se sentía agotado y no estaba dispuesto a abandonar aquel lugar que olía agradablemente a excrementos de caballo, para huir por las calles ante sus habitantes irritados y ser atrapado finalmente por los guardias de las puertas, que no sabrían si cortar su cuerpo en pedacitos o en cuatro cuartos. E incluso, si conseguía superar tales obstáculos, no haría otra cosa que meterse ante las murallas directamente en los brazos del enemigo, a menos que el rey Luis hubiese ganado la batalla, en cuyo caso también podía esperar tranquilamente en el interior de la ciudad a que lo liberaran.

En el claroscuro descubrió que en un nicho se ocultaba un palanquín que le parecía conocido, aunque no estaba del todo seguro. Recordó el estremecimiento que le había causado la primera vez que lo vio, pero de eso ya hacía años. Fue al pie del Montségur.

De algún modo tenía algo que ver con el secreto de los templarios, y evocó la imagen de un cometa oscuro que aparecía de repente en un cielo claro y no podía ser otra cosa que un anuncio de futuras desgracias. Lo más prudente sería evitar todo encuentro, apartarse del camino; ¡en cualquier caso, le convenía evitar a los templarios!

Recordó las palabras de advertencia que le dirigiera Gavin. Por otra parte, aquella caja oscura y carente de adornos lo atraía como por arte de magia, y William no habría sido quien era si no lo hubiesen vencido la curiosidad y la comodidad. ¡A alguna parte tendría que ir a parar! Necesitaba ocultarse, dada la situación en que se encontraba, disfrazado de esa guisa y con una cabeza cortada debajo del brazo. Levantó con muchas precauciones la cortinilla del palanquín y se metió dentro, dejándose caer sobre la banqueta que encontró libre.

Entonces vio que tenía enfrente a un anciano, totalmente cubierto de vendajes, y con los extremos de las vendas sujetas a las paredes del palanquín de modo que no pudiese caerse hacia adelante. Las vendas habían sido empapadas con toda clase de esencias, que despedían un olor agrio y penetrante que casi le cortó a William la respiración.

Observó a la débil luz que entraba de fuera los ropajes costosos del muerto, las cadenas que sujetaban el puñal cubierto de piedras preciosas, el fajín y el rico turbante atado a la cabeza de manera que no se desencajara la mandíbula; los brazos del muerto se cruzaban sobre el pecho y las manos lucían valiosas joyas.

William de Roebruk estaba frente al gran visir Fakhr ed-Din, a quien habían depositado allí no tanto para rendirle los últimos honores como para transportarlo hacia algún otro lugar. El anciano no mostraba en absoluto un aspecto terrorífico, por lo que William se quedó sentado, sintiéndose protegido, y los aceites volátiles acabaron por hacer su efecto: el fraile se durmió.

IV

ERRORES DE SOBERANO

DIARIO DE JEAN DE JOINVILLE

Ante Al-Mansura, 11 de febrero de 1250 d.C.

Supongo que los musulmanes creen haber salido victoriosos del combate y en cierto modo les asiste el derecho a pensar así, pues en su situación son capaces de obligarnos a librar muchas batallas como ésta, mientras nosotros sufriríamos pérdidas cada vez mayores y nos sería más y más difícil salir bien librados de la contienda.

A pesar de ello, el rey Luis ha reunido esta noche a sus jefes militares y a sus más preciados caballeros, nos ha hecho asistir a misa, se ha arrodillado y ha proclamado en voz alta su agradecimiento a Dios Todopoderoso:

–Señor: ¡Te damos las gracias! Nos has concedido en esta semana por dos veces el honor de defenderte, aunque no hayamos alcanzado todavía la victoria definitiva sobre los infieles. Te ruego sigas apoyando nuestra causa, pues hemos partido en Tu nombre y queremos llevarla a término para gloria Tuya. *Non nobis, Domine! Non nobis, sed nominis tui ad gloriam!*

La última frase ha sido un homenaje claro a los caballeros de la Orden del Temple, que han pagado con gran derramamiento de sangre de los suyos este segundo día de combate.

El mariscal Renaud de Vichiers ocupa el puesto que ha dejado vacante el gran maestre.

De todos modos, el hecho de que el rey haya hablado de "nuestra causa" ha sido tomado por los sanjuanistas como una confirmación de que conocía las atrevidas ambiciones de su hermano muerto Roberto y las aprobaba.

Es lo que me ha parecido deducir del comportamiento del señor Juan de Ronay cuando éste, saliendo del pabellón rojo del rey, me ha cogido del brazo.

–Querido Joinville, ¿tenéis noticia de vuestro secretario?– aunque su voz sonaba amable y preocupada yo sabía que el bienestar de William le importaba un comino. –Mis turcópolos han regresado y me aseguran que el minorita, ya en posesión de la noble cabeza y demás reliquias del conde de Artois, ¡se les ha escapado! De ser así, creo que se trataría de un comportamiento bastante extraño, por no decir arbitrario…

–Qué queréis que os diga, noble maestre– y, en efecto, yo no sabía qué decir: –William de Roebruk acostumbra tomar caminos extraños, pero hasta la fecha siempre ha conseguido su objetivo. Por tanto, ¡os ruego tengáis algo más de paciencia!

Me he deshecho de su brazo y he regresado a mi tienda. ¿Dónde se encontrará ahora mi estimado William?

–¿DESEÁIS VER POR ÚLTIMA VEZ al venerable visir, *Alah yirhamu ua yujdu 'ala al yanni?*

–No– respondió una voz autoritaria que asustó a William. –¡Debe ser trasladado de inmediato al *yasirat attahnid*, la isla de los embalsamadores, para que lo sometan a tratamiento!– La voz de Baibars subió de tono: –Insisto en que deben someterlo a tratamiento sin pérdida de tiempo. Que dejen todas las demás momias y trabajen día y noche para que el visir pueda regresar a El Cairo en un estado que no nos haga subir los colores de la vergüenza al rostro, no tanto ante su hijo como ante Turan Sha. El nuevo sultán debe comprender que hemos tratado a un hombre noble y justo con los honores que se merece, ¡del mismo modo que comprobará, al ver la cabeza del perro llamado rey de los francos, el trato que damos a nuestros enemigos!

Su interlocutor no respondió, pues seguramente prefería que el poderoso señor se enterara por otra boca de la desgracia sucedida con la cabeza de Roberto de Artois, que ya no podría ser mostrada.

Esa misma cabeza ardía encima de los muslos de William como un carbón encendido, envuelto en el jubón manchado de sangre. El fraile no se atrevía apenas a respirar.

El palanquín fue levantado sin que nadie considerara necesario echar un vistazo a su interior. William se apretujó en un rincón y el anciano movió ligeramente la cabeza cuando se pusieron en movimiento. Parecía sonreírle y darle ánimos.

Las ruinas de Heliópolis se sumergían, medio ocultas por el verdor, en los amplios jardines de la residencia veraniega de los sultanes de El

Cairo, utilizada con preferencia para organizar partidas de caza y celebrar acontecimientos festivos en el estrecho círculo de las personas residentes en la corte.

Turan Sha había enviado un mensajero a su madrastra Sayarat citándola precisamente allí, pues su intención no era entrar en El Cairo, sino dirigirse directamente hacia Al-Mansura. Cuando hizo su aparición, cabalgando junto a su séquito, a través del *Bab ash-shams al mushriqa*, la Puerta del Sol Naciente, le extrañó no encontrar allí ningún comité de recepción, ni guirnaldas que adornaran el camino de acceso formado por placas de basalto, ni banderas ondeando al viento. Los guardias formaban un pasillo para recibirlo, pero su saludo no era jubiloso.

Más aún que el sultán recién coronado estaba furiosa Madulain. Venía sentada con los niños en un carruaje abierto que renqueaba por los surcos de la antigua *via triumphalis* sin que la dureza del recorrido de las ruedas fuese amortiguado por alfombras extendidas.

"El halcón rojo" cabalgaba a poca distancia detrás de Turan Sha y miraba con frecuencia y lleno de preocupación hacia la parte de la comitiva que transportaba las pertenencias que el nuevo soberano traía consigo, cuya custodia le había sido confiada. Si la recepción seguía manteniendo el tono frío que se presagiaba era muy posible que la favorita y los niños fuesen los primeros en padecer las consecuencias del evidente mal ambiente que reinaba en la corte; por otra parte, también cabía pensar que fueran ellos los que constituían el motivo de tan mal humor.

Los cortesanos de El Cairo formaban un avispero frente al cual el círculo multicolor de los favoritos en la Gezirah parecía un enjambre de mariposas inocentes. Nadie les había preparado una alfombra de flores; había pocos que montaran a caballo, entre ellos Antinoos, que venía en silla de mujer, mientras que la mayoría eran trasladados en palanquines y les bastaba con oír los timbales y las flautas de los músicos que los acompañaban para estar contentos. No se daban cuenta del malestar que provocaba su llegada, y de haberlo notado difícilmente les habría preocupado.

Entre las palmeras asomaban las puntas de las tiendas y los pabellones instalados por orden de Gamal Mohsen, el eunuco mayor. Habían sido ocupados en su totalidad por los cortesanos y los dignatarios de la capital, de modo que los huéspedes tendrían que apañárselas como mejor pudieran.

Delante del mayor de los pabellones esperaba Sayarat al-Durr, la sultana reinante. Su figura era impresionante y autoritaria: armenia de origen, había ascendido desde su situación de esclava turca a la de soberana dotada de poderes ilimitados. De hecho, la posición de poder que le habían proporcionado los mamelucos era única en la historia árabe, y Sayarat se había acostumbrado a ese poder en los tres meses que llevaba gobernando.

A su lado se hallaban Husam ibn abi'Ali, gobernador de la capital, y Baha Zuhair, el escribano de la corte. Éste era el único que miraba con alegría la llegada de los forasteros, aunque intentaba ocultarla. La fama que precedía a Turan Sha como mecenas entendido en las artes había hecho renacer en él la esperanza de que al fin le sería reconocido su talento de poeta.

Todos los demás cortesanos, y a la cabeza de ellos el cronista Ibn Wasil, albergaban sentimientos francamente hostiles hacia ese hijo de Aiyub que les era totalmente extraño, y no hacían esfuerzo alguno por ocultarlo. Sólo Gamal Mohsen, el eunuco mayor, intentó evitar el escándalo que inevitablemente se produjo.

Turan Sha, al ver las tiendas ocupadas, mandó detenerse a su séquito y quedó a la espera de que alguien se dirigiese a su encuentro y se sometiera a sus órdenes. Pero la sultana retenía con mano invisible a todo el que eventualmente hubiese estado dispuesto a cumplir con el ceremonial.

Turan Sha palideció, pero no desvió la mirada hacia "el halcón rojo", pues no deseaba dar la impresión de que buscaba consejo. Ordenó en voz baja a su condestable que se adelantara con sus gentes. Todos ellos se acercaron en silencio al pabellón ocupado por los cortesanos y, de repente, cogieron a derecha e izquierda de Ibn Wasil cada uno a un individuo de aquéllos, agarrándolos por las orejas, y los arrastraron hasta Turan Sha. Agarrar a alguien por las orejas significa darle pocas posibilidades para resistir y, en efecto, un buen pellizco con los dedos apretados acabó por obligar a las víctimas a arrodillarse. Delante de cada cortesano se colocó un verdugo nubio a la espera de que el amo le hiciera una señal.

Entonces Sayarat, furiosa, tomó una decisión y se dirigió al encuentro de su hijastro, echando chispas con la mirada. El gobernador la seguía apresurado, pero aún más rápido que todos ellos fue Baha Zuhair, el escribano.

Mientras corría, iba ya declamando:

–Te sonríe, astro refulgente, el sol de Egipto, y el padre Nilo extiende ante ti su alfombra regada de flores mientras la hija de ambos, la ciudad eterna de El Cairo, tiembla de júbilo al recibirte: *Ahlan wa sahlan bil sultan al kabir!* ¡Bienvenido, gran sultán!

Se arrojó a tierra delante de Turan Sha y lo mismo hizo el gobernador, tras lo cual siguió su ejemplo el resto de la corte.

Sólo Sayarat seguía erguida.

–Os saludo, Turan Sha– dijo con voz ahogada, –hemos estado esperando mucho tiempo.

–Al parecer, no lo suficiente– respondió Turan Sha. –Os sigo viendo altiva y de pie, Sayarat al-Durr, y también echo en falta la salutación que merecen mis amigos. Tampoco habéis dado señales de querer honrar a la mujer que viene a mi lado, y que es hija del emperador.

En lugar de insinuar al fin la genuflexión exigida, Sayarat siseó:

–No entrará en mi casa mientras yo sea sultana…

–Sois una de las viudas de mi venerado señor padre– la interrumpió Turan Sha, –y si os referís, al nombrar vuestra casa, al palacio del sultán, no me queda más remedio que exigir que me rindáis cuenta de cuanto ha sucedido durante los últimos tres meses en ese edificio, y del resto de la herencia que mi venerable padre haya dejado.

Miró divertido a su madrastra, cuyas rodillas empezaban a temblar.

–Después– prosiguió con regocijo –haréis entrega de todo ello a *mi* sultana. Entre tanto– y dirigió la palabra por encima de ella a todos los demás, pues Sayarat al fin se había arrodillado aunque él ya no parecía hacerle caso, –la princesa y los infantes reales me acompañarán a Al-Mansura, ¡que será mi capital hasta que El Cairo recuerde cómo debe recibir a su soberano!

Se dirigió con brusquedad al gobernador.

–¿Dónde están las altas jerarquías, dónde el consejero del *diván*?– Turan Sha se dio en seguida a sí mismo la respuesta: –Si no han considerado necesario presentarse ante nosotros, por nuestra parte conside ramos innecesario que sigan en sus cargos. ¡Comunicádselo!

Los cortesanos que habían acudido desde El Cairo y se habían prometido un espectáculo muy diferente empezaron a retirarse. Gamal Mohsen ordenó que las tiendas fueran rápidamente acondicionadas y preparadas para el séquito de Turan Sha. Sólo entonces se preocupó de Sayarat al-Durr, que seguía arrodillada en el suelo. Hizo venir un palanquín e Ibn Wasil, el cronista de la corte, se prestó a acompañar a la humillada sultana.

Una larga procesión de cortesanos tristes o furiosos se puso en movimiento. Ocuparon los palanquines y volvieron a El Cairo.

Baha Zuhair buscó la compañía de los pintores y poetas procedentes de la Gezirah. Desde las ceremonias de coronación en Damasco todos ellos habían inspirado sus obras, con cargante monotonía, en los "hijos del Grial".

Sus imágenes preferidas se basaban en la figura de Yeza, pintada o esculpida con arco y flecha, cual joven Artemisa, o representando a la sabia Palas Atenea, la diosa admirada por su sentido de la justicia.

Dedicaban a Roç canciones y poemas en los que aparecía como un juvenil héroe equiparable a Alejandro, y el combate que éste sostuvo en su día con los leones desde el lomo de su caballo les inspiró odas rebosantes de entusiasmo. Y cuando Antinoos, al que no molestó ceder a los infantes su imagen de *divus* y *gra'diva*, trenzó una corona de laurel para el muchacho los artistas se lanzaron a esbozar esculturas monumentales, tapices y mosaicos. Los niños se mostraban pacientes posando como modelos y adoptaban actitudes de digna seriedad: en el fondo se divertían.

Los sastres de la corte les habían confeccionado prendas nuevas, y ahora podían elegir entre la vestimenta severa de los guerreros kurdos o las fantasías del harén del califa. Yeza podía vestirse de Sherezade mientras Roç se parecía más al ladrón de Bagdad que al sabio Harun al-Rashid cuando se disfrazaba. Para el viaje al país de los faraones les habían preparado unos ropajes aún más extravagantes: eran auténticas obras de arte confeccionadas con tela adamascada y seda, tejidos finísimos y brocados bordados en oro, inspiradas en una pareja de dioses denominados nada menos que Isis y Osiris.

Gamal Mohsen se mostraba entusiasmado con los niños y aún más con Antinoos, pero se esforzó por apartarse de ellos y ocuparse del bienestar material de Turan Sha y de su favorita, a quienes condujo al pabellón más lujoso.

Cuando se sentaron todos ante la mesa ricamente servida Madulain extendió una mano para coger la de su soberano. Como si se hubiese equivocado, sin embargo, sus dedos fueron a parar, protegidos por el mantel de cualquier mirada improcedente, a sus genitales. Se sentía orgullosa de él, pero el buen instinto que la hija de los *saratz* nunca había perdido la advirtió del peligro que representaba el hecho de haberse creado más enemigos mortales de los que su hombre sería capaz de dominar. Y la proximidad de la muerte despertó en ella un deseo desconocido hasta entonces, mucho más intenso que cualquier pasión lujuriosa.

El alto palanquín negro flotaba, depositado sobre una barca, hacia su lugar de destino. William había pasado la mayor parte del tiempo adormilado y cuando sus ganas de orinar se volvieron insoportables mojó en su angustia todas las telas que tenía disponibles en el interior, impulsado por el deseo de no ser delatado por un repentino goteo que se pudiese observar desde fuera de la estructura de maderas nobles. La evaporación no le preocupaba, pues el gran visir emitía ya un olor más bien fuerte, y la blasfemia de tener que mojar tanto los vendajes del venerable anciano como los de la altiva cabeza enrollada en un jubón sangriento que había sido confiada a sus cuidados le pareció al minorita relativamente inocente.

Una vez liberado de su angustia William se atrevió a echar un vistazo precavido a través de la ranura que se entreabría en la cortina. La barca se acercaba a una isla en la que se observaba una densa vegetación de palmeras y en cuyo centro se erguía un muro elevado, severo y carente de ventanas: posiblemente un convento.

Vio las espaldas curvas de los remeros, se dio cuenta de que los golpes de remo se iban debilitando y poco después oyó el crujido de la arena bajo la quilla de la barca. Distinguió unas voces.

William se apoyó esperanzado en el respaldo mientras desenrollaba la cabeza de Roberto de Artois del jubón con la intención de poder mostrarla en seguida, en cierto modo para legitimar su presencia allí, pero los hombres que se acercaron y cuyas voces suaves sonaban, no obstante, decididas, no descorrieron la cortina. Ordenaron a los remeros que esperaran en la orilla, e incluso dentro de la barca, pues la ley del *yamaiat al hulud* establecía que ningún ser vivo podía pisar la isla.

Ley que hizo temblar a William, pues supuso que cualquier contravención tendría un castigo muy simple, aunque el placer infantil que sentía al cometer algún acto prohibido y su confianza en que Dios, como siempre, haría una excepción a su favor –confianza que no tenía justificación razonable–, le hizo quedarse acurrucado y sin moverse en el rincón frente al gran visir, cuya sonrisa ahora ya no le parecía tan amable. En sus manos agarrotadas seguía sosteniendo por el cabello rizado la cabeza del de Artois, pues ahora ya no se atrevía a moverse.

El encargado de la barca parecía perfectamente familiarizado con los hábitos de aquel extraño lugar, pues se limitó a mencionar que el emir Baibars rogaba someter al venerable Fakhr ed-Din a un "tratamiento" inmediato, de modo que fuese posible presentarlo en la capital. Seguramente obtuvo como respuesta un signo afirmativo y mudo, pues el palanquín fue levantado de nuevo y transportado a paso lento tierra adentro.

–No hay por qué darse tanta prisa, hermano Horus– advirtió una de aquellas voces suaves: –el nuevo sultán hace horas que ha llegado a El Cairo.

–Eso significa que podremos tomarnos todo el tiempo que nos exige la consecución de una "belleza inmortal", Escarabeo.

A juzgar por el cambio en el ritmo de los pasos, la sensación de que cruzaban un umbral, una repentina oscuridad y después el alejamiento de las voces, los guardianes de la isla, hermanos de la intemporalidad, habían depositado el palanquín en un habitáculo que estaría situado en la planta baja del convento.

William esperó un tiempo hasta que sintió tranquilizarse los latidos de su corazón y después entreabrió con mucho cuidado la cortina. La estancia mostraba una instalación más bien pobre. La única ventana se situaba muy arriba y una gasa de finas mallas impedía que pudiesen penetrar insectos en el interior. A lo largo de las paredes se veían varias mesas de piedra con superficie de mármol, fijas y empotradas, de longitud aproximada a la del cuerpo de un hombre, aunque no había sillas. Encima de uno de los mármoles vio a un hombre muerto, cuya piel era de color claro, blanquecino e insano, como si lo hubiesen sacado del agua. No tenía cabeza, pero en cambio sí un pene de tamaño considerable. Al parecer le habían abierto de un solo corte la pared abdominal, aunque no se veía sangre.

La curiosidad superó en intensidad las náuseas que ahogaban a William. Salió del palanquín protector con la cabeza del príncipe en las manos.

Con mucha precaución, como si pudiese despertar al muerto, se acercó a la "cabecera" del mismo y colocó la cabeza a continuación del cuello, limpiamente cortado. La cabeza se inclinó lentamente hacia un lado y los ojos muertos de Roberto lo miraron expresando un mudo reproche. William se detuvo un tiempo a observar, aunque avergonzado, la desnudez vulgar de aquel cuerpo.

En ese momento se abrió la puerta y asomaron por ella dos hombres que vestían largos ropajes blancos.

–¿William de Roebruk?– preguntó uno de ellos, en tono de suave recriminación.

–¡Qué cabeza tan bella!– añadió el otro.

William se sonrojó al verse atrapado:

–Os la he traído– dijo –para que…

–Me refiero a tu cráneo flamenco, *species calva flamingensis*– le respondió el de blanco, sonriendo, –pues ya sabemos lo que hemos de hacer con la cabeza del conde de Artois– y la tomó en sus manos, como sopesándola. Su sonrisa desapareció. –De todos modos, no puedes quedarte aquí a la espera del resultado– añadió después, –¡no bajo nuestro techo!

–¿Y adónde puedo ir…?– respondió William, atemorizado.

El primero de ellos volvió a tomar la palabra.

–Te dirigirás a Alejandría. Allí hallarás a Ezer Melchsedek. Cuando regreses con él a esta isla ¡tendrás dispuesto y a punto al príncipe de Francia!

Un gesto inconfundible ordenó a William que abandonara el lugar. Los hombres de blanco le señalaron el camino que conducía a la orilla del Nilo.

–Hay una embarcación dispuesta y esperándote.

–Y cuídate de no pisar esta casa la próxima vez que acudas, ¡podría sucederte que no la abandonaras más!

–¡No reprendáis tan severamente al amigo de los infantes, Escarabeo!– dijo el joven. Después echó mano de una jarra y llenó un vaso con su líquido lechoso. –El señor secretario tendrá sed.– William tragó apresurado la bebida ofrecida, que tenía un sabor fresco y agradable, un tanto ácido, y que le recordaba hasta cierto punto la leche de coco. Un calor agradable recorrió sus intestinos.

El minorita fue descendiendo, tambaleándose y en un ligero estado de embotamiento mental, la senda entre las palmeras hasta alcanzar de nuevo la orilla del río. Sintió hambre, pero los dátiles quedaban demasiado altos y, además, no estaban maduros. Alcanzó la *dau* y unas manos amables lo ayudaron a subir a bordo. Antes de poder decirles una palabra a los marineros ya había caído en un profundo sueño.

DIARIO DE JEAN DE JOINVILLE

Ante Al-Mansura, 7 de marzo de 1250 d.C.

Nueve días después de la gran batalla, a la que no ha seguido otra, los cadáveres hinchados de los muertos empezaron a aparecer flotando en la superficie del Bahr as-Saghir. La apacible corriente los arrastraba hasta el puente de barcas que une nuestros dos campamentos.

Después se iniciaron las crecidas del río y los cadáveres se agolparon a centenares. Eran tantos que alcanzaban de una orilla a otra, contaminando el agua. Se han declarado varias epidemias.

El rey pagó de su propia bolsa un premio especial a los marineros ingleses del de Salisbury para que limpiaran el río. Todo cadáver de enemigo fue arrojado al otro lado del puente, para que siguiera flotando hasta donde están los sarracenos; los de los cristianos fueron sepultados en fosas comunes rápidamente excavadas.

El hedor era horrible y todos los que buscaron entre los cuerpos hinchados y medio descompuestos el rostro de algún amigo se sintieron amargamente desilusionados. Las caras desfiguradas eran irreconocibles.

La única clase de pescado que puede comerse en el campamento es la anguila. Los asquerosos bichos han crecido saciando su apetito con los cadáveres, un pensamiento que provoca náuseas en todo el que las consume, aunque el hambre obliga a conformarse con ese alimento.

El clima insano contribuye también a empeorar la situación; hace semanas que no ha caído ni una gota de lluvia y primero empezó a corromperse el agua estancada, después hemos comenzado a pudrirnos también nosotros. La carne se nos seca, en las piernas aparecen manchas negras y finalmente úlceras, la piel revienta y sale sangre de la nariz, lo que es un signo de que la muerte es inevitable. He ordenado a mis hombres que permanezcan alejados del río y se tapen el rostro con paños, como hacen los beduinos, con el fin de respirar lo menos posible ese ambiente apestado. En cuanto a las anguilas, he mandado que les quiten la piel y nos las sirvan no hervidas, sino fritas en aceite. Aún nos queda vino y los sanjuanistas me han suministrado cereal molido, con el que mis cocineros han podido cocer unas tortas cuyo sabor no es del todo malo mientras queden especias y, sobre todo, sal.

Me resulta desagradable tener que aceptar esas donaciones tan importantes para conservar la vida, pues el comportamiento vergonzoso de William pesa, aunque nadie hable de él, como una piedra en el estómago de los sanjuanistas y de mi propia persona... aunque también podríamos decir: como una anguila demasiado grasa.

Gracias a Dios, Juan de Ronay asume también su parte de culpa –si de culpa puede hablarse– por haber convencido a mi secretario y haberle encomendado una misión que éste en realidad aceptó de tan mala gana.

Ya no cabe pensar en un glorioso contraataque nuestro en cuyo transcurso el conde de Artois hubiese podido avanzar, milagrosamente reincorporado a nuestras filas. Su cuerpo no ha sido encontrado, por mucho que sus escuderos inspeccionaran los cadáveres extraídos del río, de modo que su cabeza puede que descanse en paz, una vez retirada de aquella pica infame. ¡A saber dónde estará ahora, y dónde estará William!

Sin embargo, lo que sorprende más aún al gran maestre en funciones de los sanjuanistas, al igual que a todos los demás barones y jefes militares, es que los egipcios ya no nos ataquen más. ¿Nos habrán olvidado, prefieren esperar a vernos podridos o habrán sido atacados tal vez por la misma epidemia que padecemos nosotros?

WILLIAM DE ROEBRUK BUSCÓ en la *casbah* de Alejandría a un personaje llamado Ezer Melchsedek. Al parecer se trataba de un cabalista despistado del que unos cuantos hablaban con respeto especial; en cambio los cristianos solían trazar la señal de la cruz en cuanto William hablaba de él, y los musulmanes señalaban con el dedo a la tierra para desviar las influencias malignas como se desvía un rayo en medio de la tormenta.

Finalmente, una mujer le reveló que el tal Melchsedek tenía un puesto fijo en una esquina del bazar y que, si existía algún lugar donde fuese posible encontrarlo, sería ése. William le rogó que le describiera el sitio con tanto detalle que fuera imposible no hallarlo.

Al fin dio con la esquina, pero allí no había nadie. En la pared del edificio próximo unas letras torcidas proclamaban: "No tentarás a Yahvé." Alguien había tachado con pintura roja el "no" y había puesto debajo, como si fuese una firma, "*sheitan*".

Mientras el franciscano observaba pensativo aquella escritura sintió que una mano se le posaba en el hombro.

–¡No todo el que busca encontrará!– Era el anciano John Turnbull.

William se alegró demasiado de haber encontrado a alguien conocido como para reflexionar acerca de la casualidad aparente en que se sustentaba aquel encuentro, pues además Turnbull empezó a hablar en seguida y con mucho énfasis de su emperador Federico. Aunque a William no le interesaban en absoluto tuvo que enterarse de las últimas novedades del lejano imperio germano.

–Imaginaos, William– parloteaba el embajador especial, a quien nadie había retirado el cargo porque a nadie se le ocurrió que el viejo John, aquel extraño "*chevalier* de Monte Sión", pudiese seguir vivo, –en Aquisgrán han coronado a un contrarrey, ¿y sabes quién es? ¡Tu Guillermo de Holanda!

El minorita sabía que no tenía ningún sentido querer explicarle al viejo Turnbull que él, William de Roebruk, era flamenco, de modo que intentó comentar cortésmente la noticia recibida.

–¿Significa eso que el reinado de Federico ha llegado a su fin?

–¡Ni mucho menos!– se excitó Turnbull. –Es cierto que han muerto muchos de sus amigos, pero aún gobierna Conrado, su hijo.– Como si estuviese confiándole un secreto de Estado, el *chevalier* susurró: –El rey Conrado ha infligido una derrota contundente al holandés y lo ha despachado a casa.

–Sin embargo, el Papa no descansará– opinó William. –¡Inocencio sacará al tablero de juego otras figuras y no parará hasta haberlo mandado al cielo o, como *servus satanis*, al infierno!

–O al revés– resopló el embajador, a quien por breves instantes se le había olvidado el emperador. –Inocencio juega en falso y Dios no se lo perdonará. ¡La razón está de parte de Federico, que cuenta con el derecho divino de quien ha sido ungido!

Aquélla era una cuestión que aún era capaz de emocionar a John cada vez que se planteaba. William recordó su verdadera misión y se despidió del anciano con una mentira diplomática, asegurando que debía acudir a la biblioteca antes de que cerrara.

–¿Buscáis a alguien que os aconseje...?– preguntó Turnbull con astucia.

–No, no– rechazó William, y simuló tener prisa. –¡Pero tengo una cita!

Y se mezcló con paso apresurado con la muchedumbre que llenaba el bazar, aunque después tomó un caminar más lento, porque no sabía a quién dirigirse. Le parecía que habría sido demasiado complicado explicarle toda la historia al viejo Turnbull.

William no se dio cuenta de que éste le seguía los pasos. En cambio, volvió a tropezar con la mujer que le había señalado la esquina del encuentro.

–¿Seguís buscando al tal Melchsedek?– le preguntó con amabilidad. William asintió con un gesto de alivio y pensó si no procedería ponerle en la mano alguna moneda. La mujer tenía aspecto apenado, pero no parecía pobre. –Seguidme– le dijo, –¡os conduciré al albergue de Hermes Trismegisto!

William guardó la moneda. La mujer se detuvo repetidas veces entre las tiendas y compró con circunspección y buen entendimiento algunas hierbas secas, cristales gruesos machacados y polvo finamente molido. También adquirió algunos saquitos atados con cuerdas y ánforas tapadas. Metió todo en sus cestas y se las dio a William para que las llevara, hasta que acabó cargado como un mulo. Atravesaron las callejas cada vez más tortuosas de la ciudad vieja hasta llegar a una puerta estrecha.

La puerta se abría a un pasillo que a su vez conducía a un patio interior. La mujer se adelantó y le liberó de las cestas.

–Esperad aquí– le advirtió, –¡no conviene que os vean!

William se ocultó en la oscuridad del pasillo y ella cerró la puerta detrás de sí. Una sospecha asaltó al fraile e intentó mover el picaporte. Pero la puerta estaba atrancada y de nada le sirvió sacudirla. Después regresó hacia la entrada que desembocaba en la callejuela, pero esa puerta carecía incluso de picaporte.

¡Estaba atrapado!

William se esforzó por acostumbrar sus ojos a la oscuridad.

–La culpa la tiene ese *chevalier*, que cree representar a la *Prieuré* de Sión en persona y no nos deja en paz– resonó una voz opaca procedente del techo que tenía encima, aunque no descubrió ni un rayo de luz, –o puede ser también ese constante deseo de William de Roebruk de meter su nariz en asuntos que no son de su incumbencia, sin recordar las advertencias que se le hicieron.

La ironía en el tono no le sonaba desconocida a William, aunque no conseguía identificar en su memoria al dueño de aquella voz.

El prisionero aguzó los sentidos.

–Estoy buscando a Ezer Melchsedek– dijo, y esperó.

La voz también se tomó un tiempo antes de responder.

–Supongamos que lo encontrarais, ¿qué le diríais?

–Sin ver el rostro del maestro no puedo contestar ni hablar.

–Esperadle delante del templo esta misma noche, después del *plilat ha'erev*, la oración nocturna. Os preguntará por qué no fue sepultado al menos la cabeza en tierra sagrada, una vez ultrajado el cuerpo.

William reflexionó febrilmente y decidió representar el papel de minorita inocentón y humilde, dado que el inquisidor invisible así parecía esperarlo de él.

–¿Y qué debo contestar al maestro?

–Que dejáis la cabeza en sus manos ¡y que desapareceréis con la rapidez de un rayo, frailecito!

William estaba ya bastante seguro de su sospecha.

–¡Gavin!– exclamó, y volvió a golpear el picaporte de la puerta que conducía al patio interior. Esta vez la puerta cedió y vio la figura erguida del comendador de los templarios, apoyado en la espada, tal como recordaba haberlo visto la última vez en Chipre. En los dos años transcurridos desde entonces sus rasgos habían adquirido una mayor dureza y su barba recortada se había vuelto gris, pero aún llevaba el hábito áspero del eremita y sus anchos hombros no ostentaban la cruz roja con extremos acabados en zarpas. Gavin Montbard de Béthune miraba al franciscano con su sonrisa habitual llena de sarcasmo, cuando no de arrogancia, aunque tal sonrisa hacía tiempo que no le causaba temor a William.

–¿Qué esperáis aún?– preguntó el templario.

–Me gustaría saber– se atrevió a responder el minorita –qué relación tiene el palanquín con el ataúd, o qué manera hay de acercar el ataúd al palanquín.

–Uno está de pie, el otro tumbado– sonrió el templario –vulgarmente podríamos decir que forman una bonita pareja.– Su voz se tornó de nuevo seria. –Siempre queréis saber demasiado, y cada vez sabéis menos. Probablemente sea vuestro destino no poder distinguir entre *nuntiatio i transitio*. De modo que será mejor que regreséis junto a vuestro conde de Joinville, que tampoco ha entendido nada, ¡y que ofrece su ignorancia a bajo precio a quienes no han recibido el don de mover los hilos de la historia!

–En cambio vos, *pauperes commilitones Christi templique*, ¡sí os contáis entre los elegidos!

–¡Habéis olvidado a los *salomonici!*– El comendador lo midió con una mirada divertida. –William, ¡sois demasiado tonto para llegar a insolente, no os esforcéis! Retiraos ahora: *pax et bonum!*– Gavin se apartó. –¡Proseguid con vuestra empresa descabellada!– le gritó aún por encima del hombro a William, quien se disponía ya a retirarse a toda prisa por el pasillo oscuro.

Entre el gentío del bazar se enteró por los musulmanes del júbilo que había despertado la llegada de Turan Sha al frente. Todos afirmaban que el nuevo sultán tenía un espíritu hábil e inventivo, pues había ordenado descomponer gran número de barcas y trasladarlas por tierra a la retaguardia del enemigo, volviendo a depositarlas en el río entre los campamentos avanzados de Al-Mansura y la ciudad de Damieta, que también estaba en sus manos. ¡Una flota completa, de naves rápidas, armadas y listas para el asalto! Serían perfectamente capaces de atrapar las reservas y provisiones que los perros cristianos intentaran transportar, *Alah yijaribhum!* ¡Alá se digne destruirlos!

Cuando William, preguntando a diestra y siniestra a lo largo de la tarde, consiguió llegar al lugar donde se hallaba el templo, había transcurrido la hora de la oración nocturna y los judíos creyentes estaban abandonando el edificio. No obstante, vio, en la puerta al anciano Turnbull hablando con un hombre delgado, a quien el tocado y una larga barba caracterizaban como escribano.

William pudo oír como Melchsedek decía:

–No os empeñéis en mezclar la sangre de los descendientes, precisamente la de esos *haniviim*– Ezer cerró los ojos, –porque se enturbiará y perderá su pureza– susurró, aunque en voz lo suficientemente alta como para que se enterara el fraile, que se estaba acercando. Turnbull giró molesto la cabeza hacia atrás, pero el cabalista no se contuvo en la proclamación de sus visiones, ni siquiera bajó la voz. –Ambas líneas están destinadas a sucumbir. El águila de la familia imperial de los Hohenstaufen ya no volará durante mucho tiempo, y veo al último león de la casa Aiyub muerto y abatido–. La mirada de Melchsedek parecía atravesar a John Turnbull. –Sois un casamentero que sobrevive a su encargo, pues los novios hace ya tiempo que se han convertido en polvo.– Suspiró a fondo y después hundió su mirada en los ojos del interpelado. –¡Ahorradles a los infantes el verse tocados por las manos seniles de unos muertos vivientes que no podrán inocularles más que veneno!

John Turnbull se había quedado tan rígido como la mujer de Lot cuando se convirtió en columna de sal; su rostro estaba pálido, pero no quería ceder. William esperó impaciente por ver si el anciano se alejaba sin insistir más. Sentía lástima de John Turnbull, a pesar de la terquedad del viejo. Pero no le quedaba más remedio que aceptar la presencia de aquel testigo y se dirigió a Ezer Melchsedek.

–Gran maestro– dijo con humildad, –os esperan en la isla...

–Ya lo sé– dijo con voz cansada el enjuto anciano, –¡pero no os acompañaré!

William se quedó un instante sin saber qué decir, pues no había esperado tanta resistencia. El cabalista añadió en voz baja:

–Vuestra misión ha terminado. ¡No queráis mezclarme a mí en un juego que es aún más descabellado que la ambición de la *Prieuré!*

Después le dio un empujón a William:

–Lo hacéis por ganaros una miserable recompensa, por lo que vuestra pretensión es incluso blasfema.

Contrariamente al anciano Turnbull, que no mostraba reacción alguna en su dureza, William no se dio por vencido. Ni siquiera se le ocurrió tender la otra mejilla sino que, conforme se le subía la sangre a la cabeza, también se le metió en el seso la maliciosa idea de que allí todos actuaban con enorme falta de escrúpulos, ya fuera en defensa de su "gran proyecto", o suprimiendo rivales en defensa de "la causa". Su misión, la de William de Roebruk, secretario del conde de Joinville, era defender ésta, y si era necesario, debía hacerlo sin guantes de terciopelo y con toda brutalidad.

–Ezer Melchsedek– dijo en voz baja, –es posible que los cruzados no lleguen a conquistar El Cairo, pero si nuestro señor deseara retirarse, lo más cómodo sería tomar el camino que pasa por Alejandría...

El viejo Turnbull empezó a agitarse dentro del silencio absorto que había mantenido hasta entonces, aunque se limitó de momento a mirar con extrañeza al franciscano, a quien hasta entonces había considerado un pobre fraile bonachón. Comprendió que posiblemente William siguiera estando un poco loco, pero al mismo tiempo empezó a parecerle también peligroso, pues no parecía dispuesto a cejar en su empeño.

–¡El destino de la comunidad judía depende de vuestra colaboración, Ezer Melchsedek! No creo que sea necesario recordaros con cuánta facilidad se convierten en tales circunstancias los hijos de Israel en víctimas de una matanza, ¡es decir, si es conquistada la ciudad por un ejército cristiano que busca al culpable de su fracaso!

Ezer Melchsedek calló. Su rostro expresaba que sentía más vergüenza ajena por aquél que había proferido la amenaza que por su propio sometimiento a la coacción. Pero sólo John Turnbull se daba cuenta de ello, William no lo advirtió en absoluto.

–*Vae vae, qui regis filiam das in manu leonis! Vae, qui profanas gloriam!* Os acompañaré– dijo el cabalista después de pronunciar con vehemencia unas palabras que hicieron estremecerse a William, y cerró con humildad los párpados. –El rey Luis y su ejército no entrarán en Alejandría.

William asintió satisfecho y lanzó una mirada triunfante al anciano embajador especial.

–Os espero mañana por la mañana en la nave– dijo con la entonación propia de un caudillo victorioso.

–¡Zarparemos esta misma noche!– lo sorprendió Melchsedek. –Y el *chevalier* nos acompañará.

William se mostró de acuerdo. Sabía que no conviene tensar demasiado el arco.

DIARIO DE JEAN DE JOINVILLE

Ante Al-Mansura, 17 de marzo de 1250 d.C.

Hace ya seis semanas, contadas a partir de la batalla librada el martes de Cuaresma, que nos encontramos chapoteando en el caldo graso de las anguilas. Aunque quisiera describir el infierno que nos mantiene atrapados y procurar hallarle algún aliciente, la realidad es que el castigo lo llevamos en nosotros mismos, pues arde en nuestros cuerpos purulentos, de los que el demonio intenta arrancar la carne en vivo y vaciarlos de sangre por las fosas nasales.

He estado luchando contra la maldita enfermedad, aunque sentía que no me era posible escapar de ella, igual que el alma pecadora no puede escapar del hierro candente que la devuelve inexorablemente a la hoguera donde arden los que están condenados. Todos lo estamos, al menos desde que los infieles nos asestaran el golpe más amargo que hasta la fecha hemos tenido que sufrir, peor que una batalla perdida y más duro que la muerte de todos aquéllos cuya ausencia hemos llorado. A ellos, sin embargo, les han sido ahorrados los sufrimientos que pronto cayeron sobre nosotros. Esto explica también por qué los egipcios han tardado tanto tiempo en atacarnos.

El nuevo sultán se ha tomado el tiempo necesario para reafirmar su poder. El aburrimiento le suministró la genial idea de trasladar cierto número de embarcaciones y galeras, que permanecían atracadas en la parte septentrional del delta, por tierra y tal como estaban o tras mandar desmontarlas, y volver a botarlas en nuestra retaguardia, con el resultado de que desde entonces no podemos recibir ninguna clase de provisiones, ni carne fresca, ni verdura, ni frutas, ¡ni agua!

Ni siquiera nos habríamos enterado de este bloqueo si unas pequeñas barcas del conde de Flandes no hubiesen conseguido burlar el cerco gracias a la habilidad de sus rápidos remeros, informándonos de que la flota pirata del sultán actúa a nuestras espaldas.

–Más de ochenta barcos nuestros con provisiones procedentes de Damieta han sido capturados ya por ellos. ¡Las tripulaciones fueron pasadas a cuchillo!

La consecuencia de ello ha sido que los precios que rigen en nuestro campamento han ascendido hasta las nubes: ahora que estamos en Pascua, un cordero cuesta treinta libras, un barrilito de vino diez, y ni siquiera un huevo puede comprarse por menos de doce *deniers.*

Al otro lado del Bahr as-Saghir, 22 de marzo de 1250 d.C.

Estoy enfermo y no puedo tenerme en pie. Incluso me resulta difícil escribir. Sigo sin noticias ni señales de vida de William, y mucho menos de cómo acabó la misión que le fue encomendada y que ahora, *a posteriori,* me parece absurda y ridícula.

El rey y sus consejeros han decidido levantar el campamento de Al-Mansura y retirarlo hacia atrás, instalándolo junto al del duque de Borgoña, que se encuentra al otro lado del río y está más cerca del Nilo. Para asegurar el traslado hizo Luis construir unas torres a ambos lados del puente, con arcos y puertas que no permiten pasar montado a caballo. Una vez tomadas estas precauciones fueron trasladados primero los enfermos y la totalidad del equipaje. Me negué a dejarme llevar en parihuelas y preferí unirme al séquito real, que fue el primero en cruzar después de los anteriores.

Apenas los sarracenos se dieron cuenta de lo que estaba sucediendo acudieron de todas partes para asediar nuestro campamento, pero habíamos dejado suficientes hombres en la retaguardia para mantenerlos alejados de la rampa de acceso al puente, aunque las defensas eran demasiado bajas, de modo que el enemigo pudo disparar sus flechas desde los caballos y hostigar así a los que se retiraban. Nuestras gentes se defendieron arrojando piedras y lodo a la cara de los jinetes para impedir así que pudieran dar en el blanco. Una vez más fue el conde de Anjou quien se atrevió a atacarlos, y los puso en fuga. Pero cuando sucedió esto yo ya estaba en el otro lado, y después de sufrir otra crisis a causa de la debilidad me han acostado en mi tienda.

De repente se ha presentado William, completamente mojado y sucio.

–Estimado señor– resopló, –siempre que se os ocurra cambiar de dirección deberíais comunicárselo a vuestro secretario. ¡Por poco doy la orden de que me desembarcaran en el lado equivocado!

¡No hay dificultad en este mundo que le haga bajar los humos a ese pícaro flamenco! Se ha arrojado hambriento como un lobo sobre la comida especial que me han preparado por estar enfermo y ha empezado a contarme cómo había ido a parar a una "isla de embalsamadores", después de un viaje realizado en un palanquín junto al gran visir del sultán, del que todo el mundo sabe que fue abatido por los templarios, pero, aunque lo recuerdo perfectamente, no le he dicho nada. Mi secretario ha seguido atiborrándose de la fruta que estaba destinada a aportar salud a mi cuerpo. Me ha informado de que ha encargado allí la restauración de Roberto de Artois, con la orden de que le diesen preferencia y le aplicasen un tratamiento óptimo. Los hermanos blancos de la "Orden de la Intemporalidad" lo habían reconocido de inmediato y...

–¿A quién?– pregunté. –¿Al conde?

–No, ¡a mí!– Mi apreciado William seguía masticando. –Mi nombre suena grato en el mundo del Islam, y mi fama...

–¡Queréis decir que vuestro nombre suena graso!– intenté gastarle una broma aun sintiéndome tan débil, pues su aspecto me recordaba al de un pedazo de tocino. –¡Vuestra fama supongo que supera la de las trompetas de Jericó!

–Creo que tenéis razón y podéis elogiarme tranquilamente, pues a continuación me dirigí a Alejandría y contraté al mejor de los cabalistas, a quien encontré en su famosa Universidad. Se trata de un sabio asombroso, capaz de prestarnos grandes servicios a los defensores de "la causa", de las ambiciones imperiales de los Capetos ¡y de la *munditia esoterica* de los sanjuanistas!– seguía informándome mi secretario mientras masticaba a carrillos llenos, haciendo nacer en mí la sospecha de que él mismo habría estado estudiando allí, por lo que sólo dije:

–¿Y dónde se encuentra ahora ese prodigio de sabiduría mística?

Pero William no es precisamente estúpido:

–Le encargué que se ocupara del par de Francia, a quien acaban de restaurar tan maravillosamente...

–¿Qué decís?– lo interrumpí. –¿No habéis traído al señor Roberto con vos?

–He ordenado que le buscaran un escondite digno hasta que las circunstancias de aquí– y señaló, a través de la entrada abierta de la tienda, los bultos de equipaje más bien tirados por ahí que ordenadamente amontonados, además de la suciedad y las basuras que rodean nuestro campamento apresuradamente montado –nos permitan emplear debidamente y con plena efectividad al muerto, es decir, al muerto viviente– se corrigió.

–¿Y donde reside ahora?– Me vi incapaz de contener el sarcasmo que destilaba mi voz.

–¡En la pirámide!– me aclaró mi secretario, como si ése fuese el lugar más normal para mantener bien instalado a un par de Francia.

–¿En qué pirámide?– le pregunté perplejo.

–En la de Gizeh, como es natural– dijo William con orgullo, y regó el banquete con un largo trago de mi garrafa. –El tal Melchsedek lo acompaña y nos espera allí.

Tuve que tragar saliva y William, al observarlo, me tendió el resto del vino tinto.

–Me parece– dije intentando dominarme –que nos estamos moviendo precisamente en la dirección contraria, y que El Cairo ha dejado de ser meta de la peregrinación armada de nuestro devoto rey. No nos veo aún al pie de las pirámides…

–Pero Ezer Melchsedek sí– me respondió William con toda candidez. –Nos ha visto allí, ¡incluso ha visto allí al rey!

Vacié la garrafa hasta el fondo y dije:

–Vamos a ver: en resumen, el mayor cabalista de todos los tiempos, un vidente como los del Antiguo Testamento, ante el cual palidece el talento atestiguado de los profetas dejándolos en meros aficionados, ¿viaja en compañía de Roberto de Artois…? En realidad, ¿qué aspecto tiene ahora nuestro hombre?– Recordé la descripción que habían suministrado los turcópolos y que no dejaba precisamente mucho lugar a la esperanza. –Tengo entendido que no quedaba gran cosa de él…

–La verdad es que yo– dijo William sin el más mínimo asomo de sentirse compungido, –yo mismo no he vuelto a verlo, pero Ezer…

–Ya veo– dije yo, –eso quiere decir que Hermes Trismegisto en persona…

–¡Así es!– exclamó William.

–… traslada al conde a la tumba de los faraones, pero sin que mi inteligente secretario se entere en cuál de las cámaras mortuorias será depositado.– En aquel momento empecé a sentirme ligeramente disgustado, pues tenía la impresión de que me estaba tomando el pelo. –¿También os acompañó allá el gran visir?

–No– dijo William, –¡pero sí el *chevalier* de Monte Sión!

–¡Dios santo!– respondí: –¿John Turnbull?

William asintió con entusiasmo y antes de que yo pudiese descubrir algún asomo de reserva mental en aquel cráneo flamenco pasó a tranquilizarme.

–No obstante, he podido anularlo como espía de la parte contraria. Cuando los tres regresamos a la isla de la Intemporalidad nos enteramos de que las circunstancias habían cambiado allí en contra nuestra. Entonces Ezer Melchsedek se ofreció a seguir él solo en dirección al sur, afirmando que no era el momento más adecuado para que lo intentase ningún cristiano. John Turnbull siguió insistiendo en su rango de embajador especial ante el sultán, sin tener en cuenta que se trataba del abuelo del sultán actual– y aquel pícaro juvenil se permitió sonreír mientras comentaba la senilidad de su oponente, –pero pude sobornar a los marineros...

–¿Qué marineros?

–Supongo que serían piratas– concedió mi señor secretario, –habían sido llamados por los "hermanos blancos" y nos robaron todo el dinero, pero en cambio nos pasaron sanos y salvos a través del cerco establecido por el sultán.

–¿Y dónde está ahora John Turnbull?

–Abandonó la nave y fue recibido respetuosamente por la gente del sultán...

–¿Y mi famoso secretario?

–A mí me tiraron en seguida al agua, pero pude llegar nadando hasta este campamento, donde ahora vuelvo a estar a vuestros servicios.

–Gracias, William– fue cuanto se me ocurrió decir.

Además de las heridas todavía abiertas y de la epidemia, que estalló con toda su furia y que los médicos griegos han calificado de viruela negra, he empezado a padecer de fiebres muy altas. Mi capellán, el deán de Manrupt, se ha acercado para leerme una misa. Él mismo está gravemente enfermo y amenazaba caerse desmayado justo en el momento de la consagración, por lo que salté descalzo del lecho y lo acogí en mis brazos, sosteniéndolo hasta que pudo llevar a término la celebración de la santa misa. Después los dos hemos llorado amargamente mientras de nuestras fosas nasales fluía la sangre.

El rey ha superado sus escrúpulos de negociar con los infieles y ha ordenado que se envíe una embajada y se ofrezca al sultán el intercambio de Damieta por Jerusalén. Además de esto exige al sultán que se preocupe del cuidado de los enfermos y heridos en Damieta hasta que puedan ser transportados de nuevo y que guarde la carne en salazón en un lugar seco –puesto que los musulmanes no aprecian los productos porcinos–, y lo mismo debe hacer en lo referente a los ingenios y las máquinas de asedio hasta que él mismo halle la ocasión de destacar a alguien que recoja sus pertenencias. Aunque casi todos los barones de Ultramar hablan el árabe fluidamente, el rey ha insistido en que alguno de sus nobles forme parte de la embajada. Recordando tal vez a su antiguo profesor particular, que ahora es mi secretario, me rogó que fuese yo quien la acompañara y llevara conmigo a William de Roebruk. Me vi obligado a rechazar el ofrecimiento, pero dejé marchar a William.

Los embajadores atravesaron la ciudad de Al-Mansura con las calles flanqueadas por tropas armadas y las plazas ocupadas por miles de jinetes en formación, todo ello no para rendir honores a los emisarios del rey de Francia, sino para demostrarles que se enfrentan a un ejército intacto y superior al suyo. Finalmente, los condujeron al palacio del sultán, situado en la periferia de la ciudad. No pudieron hablar con él mismo, sino que fue el emir Fassr ed-Din Octay quien se hizo cargo de la negociación.

William fue lo suficientemente inteligente como para no revelar con ningún gesto que se trataba de un antiguo conocido suyo, cuya figura le era perfectamente familiar. Tampoco el emir pestañeó cuando le presentaron al fraile, calificándolo de intérprete, junto a los demás nobles señores, a quienes se dirigió llamándolos a casi todos por su nombre. Inició la conversación planteando el tema de las seguridades que nuestro rey está dispuesto a otorgar hasta que su señor, el sultán, ocupe de nuevo la ciudad de Dumyat. Los barones de Ultramar le ofrecieron como rehén a uno de los hermanos del rey, indicándole que podía elegir entre el conde Alfonso de Poitou o el conde Carlos de Anjou. Pero el emir insistió en que debe ser el propio rey quien se entregue como rehén.

En ese momento el condestable, que no entendía nada y estaba pendiente de la interpretación que le suministraba William, se enfureció y exclamó:

–¡Prefiero que estos turcos nos maten a todos aquí mismo o nos arrojen como esclavos al calabozo antes que sufrir la humillación de entregarles a nuestro rey!

William tradujo sus palabras, suavizándolas un tanto:

–El noble señor condestable está gustosamente dispuesto a dar su vida o su libertad a cambio de ahorrarle tan triste destino al rey.

"El halcón rojo" sonrió y dijo con su mejor acento:

–*Voz ofert fait gran honor*– y después añadió sonriente: –No es lo que estábamos discutiendo aquí.

Así han terminado las conversaciones. Cuando la delegación era conducida de nuevo al exterior, William vio a través de una ventana abierta a los infantes, que cabalgaban por un prado.

Roç y Yeza practicaban el deporte de recoger, desde lo alto del caballo y ayudándose con una lanza ligera, unas anillas depositadas en el suelo. Estaban tan ocupados que no levantaron la vista.

Los guardias sarracenos insistieron con amabilidad en que William siguiera a los demás.

Vita brevis breviter
in brevi finietur
mors venit velociter
quae neminem veretur.
Omnia mors perimit
et nulli miseretur
et nulli miseretur.

La epidemia que diezma el campamento cristiano ha adoptado unas dimensiones tremendas. Muchos sufren de úlceras en las encías, de modo que les resulta imposible alimentarse. Los ayudantes sanitarios tienen que cortarles la carne purulenta y los gritos de los enfermos sometidos a semejante operación atraviesan las tiendas. El *maître* de Sorbon se negó a prestar su paladar para que le aplicaran tan brutal cura y rogó a su señor que le permitiera hacerse tratar en Damieta. Gracias a la ayuda de los flamencos y una corriente favorable consiguió escapar a las embarcaciones del sultán. Los médicos egipcios de Dumyat curaron su *morbus scorbuticus* con zumo de limón y toda clase de hierbas, restableciéndose hasta el punto de que desde allí ha podido emprender el viaje de regreso a París.

Scrivere proposui
de contemptu mundano
ut degentes seculi
non mulcentur in vano.

En el campamento, 5 de abril de 1250 d.C.

Cuando el rey Luis comprendió que todos nosotros acabaríamos por morir miserablemente en aquellas tierras decidió interrumpir la empresa que había iniciado con tan buenos auspicios y hacer regresar el ejército a Damieta, sacándolo de aquel campamento infectado. Entre tanto, habíamos empezado a sufrir otro castigo, en forma de epidemia de tifus, y nuestras gentes morían como moscas.

La flota, anclada en la costa, recibió órdenes de enviar a todas las naves capaces de navegar por el Nilo para que acudieran a transportar a los enfermos, que no habrían sobrevivido a una marcha a pie.

Cuando los piratas egipcios situados en la parte inferior del río, y que ya habían capturado convoyes enteros con más de treinta barcas de provisiones, avistaron las galeras de guerra y las naves alargadas en formación apretada, se retiraron hacia los canales laterales, aunque dispuestos a volver a salir y asestar el golpe en cuanto les fuera posible.

Yo me había embarcado en una de nuestras naves cuando cayó la noche, pero los marineros se negaron a levar anclas. Tenían miedo de ser capturados a oscuras por los egipcios.

Alguien dio la orden insensata de encender fuegos para que los inválidos pudiesen arrastrarse hasta la orilla y ser embarcados allí.

Tuba cum sonuerit
dies erit extrema
et iudex advenerit
vocabit sempiterna
electos in patria
prescitos ad inferna
prescitos ad inferna.

El campamento se encontraba en plena disolución, por todas partes se oían consignas descabelladas y nadie seguía órdenes, ni siquiera las razonables. Los hombres peleaban por conseguir un puesto en la orilla y en las embarcaciones.

Para completar la desgracia la retaguardia que aún defendía la cabeza del puente de barcas tendido a través del Bahr as-Saghir, y que tenía el encargo de cortar las amarras, no cumplió con esta medida tan importante, y nadie supo jamás la causa de tal descuido. Los sarracenos, atraídos por el resplandor de los fuegos, pudieron atravesar el puente y empezaron a matar a tantos indefensos como descubrieron a la luz de las llamas. Cundió el pánico y de repente todos los marineros cortaron al unísono las amarras; se formaron embotellamientos terribles de naves sobrecargadas en medio de la corriente, que se ponían en peligro unas a otras. Algunas zozobraron.

El rey Luis, que también ha caído enfermo, se encontraba en medio de aquel desastre. Sus acompañantes le imploraban que hiciese levar anclas y tratara de salvarse, escoltado por sus más fieles seguidores. Pero Luis se negó en redondo a abandonar a sus gentes en aquella situación angustiosa, a pesar de haberse desmayado repetidamente y de padecer un ataque de disentería tan terrible que su ayudante de cámara optó por practicarle sin más un corte en los calzones. Mis marineros también decidieron entonces alejarse de allí, pero nos lo impidieron los arqueros del rey, que se habían agrupado junto a la orilla después de ahuyentar a los beduinos merodeadores dedicados a rematar a los nuestros, y me exigieron que esperara la llegada del rey, amenazándome con dispararnos hasta matarnos a todos de no hacerlo.

Mi William les gritó que el senescal estaba a punto de morir, ofreciéndose a permanecer en su lugar para esperar al rey. Llamó a una de las naves que acompañarían a la real, me saludó con un gesto de la mano y trepó a bordo. Mientras, habíamos conseguido liberar nuestra barca del embotellamiento y nos dejamos arrastrar por la corriente río abajo.

Las emociones sufridas me afectaron profundamente, de modo que llegué a perder el sentido.

Vila, vila cadaver eris
Cur non peccare vereris
ut quid pecuniam quaeris
Quid vestes pomposas geris
ut quid honores quaeris
Cur non paenitens confiteris.

EL PARQUE DEL PALACIO del sultán en Al-Mansura estaba festivamente iluminado; en todas partes ardían fuegos de Bengala encendidos detrás de pantallas de seda de color pintadas con alegorías del antiguo reino de los faraones y de los hechos gloriosos del gran Saladino, fundador de la actual dinastía.

Los cedros y las palmeras de abanico, los árboles floridos procedentes de países lejanos y los papiros oriundos del país parecían sumergidos en un resplandor mágico. Las guirnaldas de luces llegaban ondeando hasta el río y el muelle de atraque, pues los huéspedes llegarían a la fiesta en barco, procedentes de El Cairo o de los campamentos.

En todos los caminos y recorridos se veían filas de esclavos que sostenían antorchas para iluminar los pasos de los recién llegados que se dirigían a las tiendas pisando senderos cubiertos de flores. El interior de las tiendas estaba adornado con alfombras y delante había asadores de corderos, cabritos y gacelas. Los grupos de músicos, saltimbanquis y bailarinas iban de una a otra. Una multitud de invitados ataviados con ricas vestiduras paseaban alrededor o descansaban sobre los lechos preparados y se hacían servir por los criados toda clase de bebidas y comidas.

Donde más densa se veía la multitud era delante de la tienda del sultán. Para muchos de los invitados era aquélla la primera ocasión de honrar a su nuevo soberano, y más de uno de los cortesanos de la capital que se habían negado a jurarle fidelidad a su llegada a Heliópolis acudía ahora a corregir el error.

Turan Sha descansaba sobre una tribuna revestida de terciopelo y entre blandos almohadones, renunciando a ocupar el trono que se veía en la parte de atrás y que era el símbolo de la soberanía. Era la fiesta de su victoria y no se le ocurrió que debería hacer concesiones a la etiqueta cortesana en una noche como aquélla. De modo que apareció rodeado de un enjambre de amigos poetas procedentes de la región de Gezirah, de sus filósofos y sus pintores; y muy cerca de él descansaban Madulain, su favorita apasionada y ardiente, y Antinoos, su hermafrodita angelical.

Ambos eran criaturas bellas por igual –aunque cada uno a su manera– y competían no tanto por propia ambición como a través de las creaciones de sus modistos, joyeros y peluqueros, como rivalizaron las diosas por la manzana de Paris, aunque en último término podría decirse que se parecían bastante la belleza arisca de la hija de los *saratz*, en su virilidad salvaje y guerrera, y el delicado muchacho con sus bien formados atributos femeninos. Probablemente se habían propuesto no rivalizar el uno con la otra, pues sonreían cada vez que se encontraban sus miradas, aunque ambos buscaban el reconocimiento y la cariñosa atención de Turan Sha, que se los dispensaba con aire distraído.

Los pensamientos del soberano estaban lejos de allí, en un futuro que le liberara para siempre de la tarea de mostrarse condescenciente con unos funcionarios que se arrastraban sobre el vientre delante de él o unos embajadores que se arrodillaban con aire marcial obligándole a recordar nombre, títulos y regalos, aparte de tener que descifrar la verdadera intención oculta detrás de las florituras de quienes le rendían honores. Sus ojos descansaban sobre los niños, que aquella noche volvían a ser infantes reales.

Lo que a él, el sultán, lo aburría, causaba enorme ilusión a Yeza y Roç. Ambos se acurrucaban a los pies de Turan Sha sobre dos pilas de almohadones y comentaban cada una de las presentaciones, a veces con frases objetivas, otras mencionando ciertos detalles reveladores que escapaban incluso a la perspicacia de Madulain, todo ello con tanta gracia que Antinoos tuvo que realizar más de un esfuerzo para no reír.

Por mucho que Turan Sha se esforzara en mantener un estado de ánimo que le permitiera seguir flotando sobre las nubes y acudiendo a un mundo de ensueño donde los decretos toman la forma de poemas y las batallas se desarrollan únicamente en los tapices, donde la traición y el odio existen sólo en el teatro y donde las melodías más sentidas y los pensamientos sabios sustituyen toda forma engorrosa de gobernar, no pudo evitar que la fastidiosa realidad lo reclamara de nuevo.

Era precisamente "el halcón rojo", ese emir a quien estaba aprendiendo a apreciar más y más, quien le reprochaba ahora que él, Turan Sha, hubiese sido tan poco hábil como para no invitar a la fiesta a los emires de los mamelucos.

–¡No quise dejarme estropear el buen humor que tengo!– le opuso, sabiendo que en aquel mismo momento ya se lo habían estropeado.

Pero Fassr ed-Din no pensaba tenerlo en cuenta.

–Estamos celebrando una victoria. Se sienten excluidos y tratados injustamente.

–¡Allá ellos!– dijo el sultán, pretendiendo que la cosa quedara así.

Pero como no quería disgustar también a "el halcón rojo" añadió a modo de explicación:

–Quiero que se acostumbren a que las acciones de guerra son su obligación, y que no les dan derecho a considerarse mis mejores amigos.

–Todo hombre libre puede hacer lo que le parezca bien– dijo "el halcón rojo", y bajó la voz. –¡No así el sultán! Él es prisionero de un sistema. Si el arquitecto no hace bien el cálculo, si desprecia las leyes de la estática, de la tracción y la presión, la cúpula caerá a tierra.

Turan Sha había intentado interrumpirlo, pero el emir no lo permitió:

–Si queréis que os sirva con mi consejo debéis prestar vuestro oído a mis argumentos, aunque prohibáis a vuestra mente hacerme caso. Nadie os exige que améis de todo corazón a los mamelucos, pero ¿quién os permite asestarles una patada en el trasero?

Antes de que el sultán pudiese darle a entender su disgusto "el halcón rojo" añadió:

–¡En estas condiciones no quiero ni puedo estar a vuestro servicio!– y se alejó.

Turan Sha se vio rodeado de sus guardianes, temerosos de que el emir atacara al sultán no sólo de palabra, y se obligó a tragarse el enfado.

Podría haber ordenado a la *halka* que siguiera al emir, que lo devolviesen a sus pies y lo humillaran. Sonrió desconcertado a Madulain, pero su princesa mantenía la mirada fija al frente. Estaba disgustada, más aún, furiosa, porque sabía que "el halcón rojo" tenía razón, furiosa porque Antinoos se apresuraba ahora a besarle la mano al soberano y le palmoteaba el brazo como se tranquiliza a un caballo tras un galope violento. Pero lo que más la hacía padecer era que su señor y soberano no fuese capaz de mantener una línea clara de dominio y perseverancia. Turan Sha era hombre de iniciativas, pero no consecuente. Solía dar medios pasos, dudaba, a veces era irreflexivo y otras pensaba las cosas demasiado y jamás llegaba hasta el final; no sabía dar el golpe definitivo que hubiese cortado el nudo gordiano de la *halka*, es decir, de la postura adoptada por los mamelucos. Y, no obstante, sentía un profundo deseo de amarlo.

Madulain pidió un laúd y cantó con su voz melodiosa y algo ronca:

Qu'ieu n'ai chausit un po e gen,
percui pretz meillur'e genssa,
larc et adreig e conoissen,
on es sens e conoissenssa.
Prec li que m'aia crezenssa,
ni om no'l puosca far crezen
qu'ieu fassa vas eui faillimen,
sol non trob en lui faillensa.

La princesa *saratz* sintió los dedos de Turan Sha en el muslo, pero no por ello dejó de tocar las cuerdas. Comprobó con un ligero desvío de la mirada hacia un lado que Antinoos había soltado voluntariamente la mano que ahora la acariciaba a ella, pero aquel hecho no disminuyó la emoción que recorría su cuerpo.

Mout mi plai, car sai que val mais,
cel qu'ieu plus desir que m'aia,
qu'anc de lui amar non m'estrais,
ni ai cor que m'en estraia.

Su disgusto se había disipado y respondió con una bajada de párpados a la sonrisa que le dedicó Turan Sha.

E qui que mal l'en retaie
no'l creza, fors cels qui retrais
c'om cuoill maintas vetz los balais
ab qu'el mezeis se balaia.

El viejo John Turnbull había pasado las primeras horas de la tarde en la terraza superior del palacio donde se enmohecían desde hacía varios años algunos instrumentos extraños que antiguamente sirvieron para la observación de los astros. Consiguió que Baha Zuhair aceptara ser su ayudante voluntarioso y arreglara los instrumentos más importantes de modo que pudiesen servirle de nuevo, como el valioso astrolabio, la esfera armilar, el sextante y un tubo de cobre que permitía dirigir y concentrar la mirada sobre un sector determinado de la cúpula celeste. Las constelaciones que se ofrecían a su mirada parecían intranquilizarlo en extremo. Repitió por tercera vez las mediciones y los cálculos que iba dictando a Baha Zuhair.

–¿Qué sucede?– preguntó éste, nervioso.

–La situación de *Saturnus in pisces* sigue estando en el cuadrante frente al soberano, el gran Júpiter, y éste se encuentra en posición descendente en Sagitario…

–A la vez que Marte le ofrece una *coniunctio* en Escorpión– añadió Baha Zuhair.

–¿Qué significa "ofrece"?– refunfuñó John Turnbull. –El de la hoz se encuentra entre los Peces letales, en el cuadrante maldito, y aunque él mismo parezca hallarse en domicilio aparentemente seguro, eso no significa nada cuando tienes al Sagitario en casa y te amenaza el aguijón envenenado del guerrero: ¡asesinato y muerte!

–¿Opináis realmente que Baibars pretende asesinar al rey y a los demás prisioneros?– Baha Zuhair no entendía mucho de lo que estaba escribiendo y apuntando cuidadosamente, y mucho menos se veía capaz de interpretarlo. Esa tarea se la cedía respetuoso al anciano *maestro venerabilis,* de quien Ibn Wasil aseguraba, en voz baja y tapándose la boca con la mano, que era capaz de ejercer la magia negra tanto como la blanca.

–*Epi xyou histatai akmes!*– gruñó John Turnbull, perplejo ante tanta ignorancia. Le arrebató el papel de la mano a su ayudante, arrojó una última mirada a lo escrito y lo arrugó después.

Muy lejos del palacio del soberano que les estaba prohibido pisar, los emires de los mamelucos celebraban un encuentro en las caballerizas del sultán. Aquel lugar de reunión se ajustaba bastante a su estado de ánimo: los valientes caudillos militares, en lugar de ser invitados a la mesa del sultán y honrados por éste, eran condenados a permanecer entre los pesebres, rodeados de paja y excrementos de caballo.

La reunión secreta había sido impulsada por los emires descontentos a quienes Turan Sha había despojado de sus cargos nada más llegar. Se sentían injustamente degradados, pues no habían faltado a la recepción del nuevo sultán en Heliópolis por desprecio, sino porque estaban luchando en el campo de batalla de Al-Mansura, defendiendo la soberanía del pueblo egipcio frente a los infieles.

Fue el emir Baibars quien decidió plasmar en palabras su malestar, que era también el de los demás.

–Es de temer– dijo –que en el futuro ningún mameluco vuelva a ocupar sus antiguos cargos, pues el sultán preferirá concederlos a sus amigos de la Gezirah. Del mismo modo, también los *halka* deben temer que ninguno de ellos sea ya elevado al rango de emir de los mamelucos. Serán siempre esclavos y harán de alfombra, del mismo modo que nosotros tendremos que contentarnos con la suerte del guerrero, y si no morimos en el campo de batalla nos esperará en casa el verdugo del sultán.

Ese discurso impresionó muchísimo a los presentes, que sólo entonces se dieron cuenta de la presencia de algunos miembros de la guardia personal, es decir, los *halka*.

–Turan Sha no tiene derecho– prosiguió Baibars –a despojarnos de los beneficios que nos otorgó su padre, y os digo que si este sultán vuelve a recuperar Dumyat y se hace con el oro del rey francés, ya no nos necesitará en absoluto y procurará deshacerse de nosotros.

"El arquero" esperó a que su dardo diera de lleno en los sencillos corazones de los guerreros. Cuando el murmullo molesto le indicó que había dado en el blanco remató sus consideraciones:

–¡De modo que será mejor matarlo antes de que él nos mate a nosotros!

Aplausos.

–Además– añadió Baibars con malicia, –como los *halka* aún deben demostrar que sirven para emires, dejaremos en sus manos la puesta en práctica de nuestra resolución; ¡también están más cerca del objetivo!

Los *halka* no se unieron al aplauso, pero los demás mostraron su aprobación levantando la mano. En aquel instante se acercó "el halcón rojo". Baibars lo advirtió con disgusto, pero el hijo del gran visir era mameluco como ellos y gozaba de tanto aprecio que se produjo un silencio expectante. Le habría sido difícil prohibirle hablar.

–Comprendo vuestro descontento– dijo "el halcón rojo" –pero no habéis elegido bien el momento para dirimir la controversia. Aún tenemos al enemigo dentro del país, y aunque ha salido derrotado y está a merced nuestra sigue habiendo muchos miles de sus hombres en nuestro suelo. Primero hay que desembarazarse dignamente de ellos, porque de no hacerlo mañana tendríamos aquí a los ejércitos unidos de Inglaterra y del emperador dispuestos a atacarnos.

Un murmullo de descontento demostró rápidamente al orador que no hallaría la aprobación deseada, pero "el halcón rojo" no era de los que cejan antes de llevar su propósito hasta el final.

–Las negociaciones con el rey de Francia están a punto de culminar. ¡Acabemos de una vez, y después veremos!

–¡Caballero cristiano, esclavo del sultán!– fueron algunos de los insultos que tuvo que oír, aunque quienes los profirieron no osaron enfrentarse abiertamente a él.

Baibars dijo en tono condescendiente:

–A nuestro Fassr ed-Din Octay no le gusta ver correr la sangre y por eso prefiere la humildad de la espera, pero yo, en cambio– y se dirigió a "el halcón rojo", –por usar vuestras propias palabras, prefiero "¡acabar de una vez y después veremos!"

Todos rieron. El "halcón rojo" se limitó a decir:

–Como sabéis todos –y el que dude de ello puede dar un paso al frente– siempre he seguido siendo musulmán, aunque el hecho de que el emperador Federico me haya armado caballero me llena de satisfacción. Mi padre fue mameluco como vosotros y como yo, y sirvió fielmente a la casa de los Aiyub y a este país, como vosotros y como yo. No creo que tenga sentido ahora, y sólo porque consideráis lesionado vuestro orgullo, derribar ese orden establecido y proceder de un modo irreflexivo, pues no creo que nadie tenga pensado lo que pueda suceder después. Vos, Rukn ed-Din Baibars– se dirigió en tono burlón al cabecilla, –¡me imagino que tampoco habéis pensado en nada!– Y dicho esto se alejó.

Baibars siguió con la mirada a "el halcón rojo", que iba alejándose entre las columnas.

–¡Paloma de la paz!– siseó con desprecio, dirigiéndose a los *halka*. Pero los jóvenes guardias ya no jalearon su comentario irónico. El encargo que habían recibido, y que no podían rechazar, pesaba gravemente sobre sus hombros.

El pabellón de ceremonias del sultán empezaba a vaciarse, Turan Sha había despachado a casa a los músicos y las bailarinas y también los niños habían sido ya acostados cuando entró el anciano John Turnbull. Se detuvo en la entrada y su mirada descansó durante tanto tiempo y con tanta insistencia en Turan Sha que le hizo levantar la cabeza de los muslos de Antinoos, aunque sin soltar la mano de la princesa. Hizo una seña afable al viejo embajador para que se acercara y éste se dirigió a la tribuna, donde el trío descansaba sobre almohadones.

–Decid, *chevalier* de Monte Sión, Ulises viajero, ¿acaso vuestros ojos cargados de sabiduría y nada enturbiados por la edad han visto jamás una conjunción de astros más feliz que la que representan el venerable Turan Sha, el bello Antinoos y la maravillosa princesa...?

John Turnbull se asustó ante la pregunta y se refugió en una respuesta que intentaba orientarse rápidamente en un sentido neutro.

–Mucho es lo que han visto mis ojos– dijo.

Fue Madulain quien se dio cuenta del esfuerzo que hacía por suavizar la intención de lo que en realidad pensaba decir.

–¿Qué dicen los astros?– lo interpeló con aspereza. –¿Nos amenaza alguna desgracia?

–Una constelación tan extraordinaria, una trinidad tan deliciosa– se atrevió finalmente el anciano –puede lucir en el firmamento, en el azul profundo de la noche. Pero aquí, en la Tierra– añadió con un suspiro, –¡la belleza siempre estará amenazada por algún peligro!

–¡Eso al menos significa que no iremos a parar al infierno!– rió el sultán, palmoteando los muslos de Antinoos. –¡Un triángulo lejano formado por estrellas hará relucir nuestros nombres para siempre!

El embajador se inclinó y abandonó el pabellón de ceremonias con más prisa de la que había demostrado al entrar.

Hasta donde alcanzaba la vista ardían aquella noche las hogueras en la orilla opuesta del Nilo: eran los fuegos de los sarracenos, que seguían por tierra y por agua la retirada del ejército cristiano. Las llamas iluminaban el río y descubrían a muchas de las barcas que intentaban alcanzar, en su huida, la ciudad de Damieta. Todo el que era atrapado por los sarracenos o arrastrado por las aguas hacia su orilla era rematado de inmediato. No se hacían prisioneros. Aunque los sarracenos sí mantuvieron cierta distancia, y el ejército francés sólo se vio acosado por las tropas cuando ya fueron miles los hombres que consiguieron cruzar el puente intacto de barcas sobre el Bahr as-Saghir. Una vez destruidas las molestas sobreestructuras de madera también pudo cruzar la caballería.

El rey Luis se empeñó con extrema terquedad en que volviesen a llevarlo a tierra, donde tomó el mando sobre la retaguardia. Los sanjuanistas insistieron en que el rey les dejara la tarea a ellos, pero lo único que pudieron imponer fue que permitiera tener a su lado a un destacamento del Krak des Chevaliers, al mando del condestable Jean-Luc de Granson. Lo cierto era que el rey apenas se sostenía sobre el caballo.

Así cabalgaron durante toda la noche en dirección al norte, continuamente acosados y sobre todo padeciendo una lluvia de flechas cuyas puntas habían sido impregnadas antes de fuego griego. Era como si centenares de estrellas fugaces cayeran sobre el desgraciado rey. Su condestable, que como un perro fiel y mordedor no se alejaba de su lado, procuraba que siempre hubiese suficientes escudos en alto para rechazar las flechas, pues el rey no era ya capaz de protegerse de ellas, dada su extrema debilidad.

Detrás del monarca cabalgaba en silencio William de Roebruk. El rey no lo había saludado con alegría ni entusiasmo, pues aún le dolía el hecho de que William en su día se hubiese despedido de su servicio, y no quiso oír ninguna explicación. Aunque el motivo más profundo del disgusto real probablemente se derivara de los rumores que había oído sobre la vida que llevaba el fraile. Hacía ahora casi siete años que lo había enviado como capellán castrense al Montségur, un destino del que oficialmente nunca había regresado, y la fama que le precedía no servía precisamente para que un hombre devoto como el rey lo recibiese con los brazos abiertos. No obstante, toleraba al franciscano en medio de su séquito e incluso se avino a soltar una observación sarcástica, en el sentido de que por mediación de aquel intérprete tal vez consiguiera ponerse de acuerdo con el sultán, siempre que éste renunciara antes a sus falsas creencias religiosas.

Se anunciaba la madrugada.

El rey montaba un robusto animal de media sangre al que habían colocado encima una gualdrapa de seda.

Con la salida del sol llegaron a un pequeño poblado situado al norte de Sharimshah, es decir: ni siquiera habían superado la mitad del recorrido hasta Damieta. El condestable pudo alojar a sus protegidos en una casa cuya propietaria aseguraba haber nacido en París.

El rey se encontraba tan delicado que le prepararon el lecho mortuorio allí mismo, pues nadie creía que pudiese sobrevivir a ese día. Algunos sarracenos los habían seguido hasta las afueras del pueblo y los guardias personales del rey tuvieron que ahuyentarlos como a moscas molestas, hasta que la retaguardia pudo instalar un cordón de vigilancia en torno al poblado.

Pero Luis no quería que por su culpa el ejército se quedara sin retaguardia, puesto que el grueso de la tropa seguiría avanzando, y ordenó que aquélla no se detuviera, aunque aceptó al menos que permaneciesen a su lado los sanjuanistas bajo el mando de Jean-Luc de Granson. Los restos de lo que en su día fue ejército glorioso de la Orden del Temple habían embarcado en sus propias galeras y formaban la punta avanzada de la flota que debía intentar alcanzar Damieta con los enfermos y heridos, navegando Nilo abajo.

Felipe de Montfort, uno de los barones de Ultramar que había tomado parte en la última negociación fracasada con los emires del sultán, consiguió llegar a presencia del rey.

–En el camino– le informó –he vuelto a encontrarme con ese emir llamado Fassr ed-Din Octay, a quien su gente denomina "el halcón rojo", y me he permitido comentar con él la posibilidad de un alto el fuego temporal.

El rey Luis lo miró esperanzado.

–Si vuestra majestad lo aprueba, intentaré hallar una solución en ese sentido...

–Te lo ruego, querido Montfort– murmuró el rey, abatido.

De modo que el señor Felipe salió a caballo y con bandera blanca al encuentro del enemigo que los perseguía. Para gran sorpresa suya se encontró, nada más dejar atrás el pueblo, con "el halcón rojo", que galopaba solo y muy adelantado a sus gentes, como si hubiese esperado la llegada del barón.

Los dos hombres se pusieran en seguida de acuerdo en que ambas partes inmovilizaran sus tropas durante un día entero, al menos las que avanzaban por tierra, por respeto a la situación del rey, que luchaba con la muerte. Aprovecharían ese tiempo para organizar, por un lado la retirada, y por otro la devolución de Damieta al sultán. Ya no se mencionó la ciudad de Jerusalén. Felipe juró por la cruz, y el emir se quitó el turbante y retiró un anillo de su mano, en señal de que estaba dispuesto a cumplir lealmente con ese acuerdo.

Pero no había contado con la opinión de su rival, el emir mameluco Baibars.

Baibars había sobornado y liberado mientras tanto a un sargento del ejército, que tuvo prisionero, quien empezó a recorrer las filas de soldados en retirada exclamando:

–¡Rendíos, dejad las armas! ¡Por orden del rey!– y cuando le preguntaron, añadió excitado: –¡El rey ha sido hecho prisionero! Si no nos rendimos, ¡lo matarán!

A todos les pareció un argumento muy plausible, y como se había roto toda comunicación con el poblado donde habían dejado atrás al rey nadie quiso ser culpable de su muerte. De modo que los soldados tiraron las armas y obligaron a los caballeros a entregar sus espadas a los sarracenos.

Se reunió a la tropa y todos los hombres tuvieron que sentarse en el suelo, con las manos a la espalda. Los barones y los nobles fueron trasladados hacia la retaguardia, en calidad de prisioneros. Cuando los primeros grupos pasaron a lo largo del pueblo donde la guardia personal del rey y la tropa al mando de Fassr ed-Din Octay descansaban pacíficamente frente a frente, el de Montfort y el emir se dieron cuenta de que sus esfuerzos habían sido vanos.

"El halcón rojo" exclamó con voz que delataba su disgusto:

–Ahora que os habéis rendido no tiene sentido garantizar un alto el fuego.

Felipe de Montfort también lo entendió así y entregó su arma al emir. Después se dirigieron ambos a comunicar al rey que debía considerarse prisionero.

Unde hoc mihi,
ut veniat mater Domini mei
ad me? Halleluia!

V

LA TORRE EN LLAMAS

DIARIO DE JEAN DE JOINVILLE

En el Nilo, 6 de abril de 1250 d.C.

Alguien interrumpió mis febriles sueños nocturnos para informarme de que la flota de los templarios, en formación cerrada, había pasado de largo y desaparecido en dirección al norte, remando con apresuramiento y sin ser molestada por el enemigo. En cambio, nosotros nos vimos arrastrados de repente hacia un remolino que nos empujó sin poder remediarlo hacia la orilla, donde nos acechaban las galeras egipcias.

Este hecho indujo a los soldados, a los que el rey había ordenado que nos acompañaran en unas barcas ligeras de remo para protegernos, a abandonarnos de repente y huir a su vez en dirección a Damieta. Nuestros marineros consiguieron a duras penas esquivar los remolinos, pero por la mañana un viento fresco empezó a soplar desde la costa con tanta intensidad que la corriente ya no fue capaz de empujarnos, incluso con las velas recogidas, por lo que nos quedamos balanceándonos e inmovilizados en el centro del río.

En tierra y en toda la extensión de la orilla de enfrente veíamos a los grupos de beduinos que la recorrían como si fuesen manadas de chacales, acompañando el vaivén de cada una de nuestras naves que renunciaba a luchar contra el viento. No tenían que mover ni un dedo; sabían que estábamos perdidos y el botín acabaría irremediablemente en sus manos. Pude observar perfectamente cómo capturaban a los primeros barcos.

La tripulación era pasada allí mismo a cuchillo, sus cuerpos arrojados al agua y después los beduinos se llevaban arrastrando las cajas y las cestas y todo el equipaje que los muertos llevaran consigo en su huida. Me pareció sentir alivio cuando vimos que nos acercábamos a una colina en la que se habían apostado las tropas del ejército regular, dispuestas a mantener el bloqueo. Ser hecho prisionero por las galeras del sultán ofrecía mayores posibilidades de supervivencia que caer en manos de los beduinos. Sin embargo, mis marineros temían más al ejército del sultán que a los diablos que los esperaban en la orilla.

Tuve que obligarlos arma en mano a echar el ancla. Mi cocinero se volvió loco y gritó:

–¡Que nos maten de una vez, así entraremos al fin en el paraíso!

Yo no estaba tan seguro de que eso fuera a suceder sin más y decidí aliviar primero mi alma pecadora arrojando las arcas llenas de oro y joyas por la borda, así como mis reliquias más preciadas. Mi capellán, el viejo deán de Manrupt, me observaba consternado.

–¡Mejor esto que caer en manos de los infieles!– pretendí consolarlo, mientras él decía:

–Mi señor de Joinville, a quien he tenido el honor de servir durante tanto tiempo: deberíais insistir en que sois primo del rey para salvar al menos vuestra vida. ¡Yo pongo la mía en las manos de Jesucristo Nuestro Señor!

Desde la galera egipcia más avanzada, que se nos acercaba como un espolón decidido a abordarnos, un hombre nos gritó en francés:

–El que sea hallado con un arma en la mano morirá en seguida. ¡Rendíos!

Al oírlo arrojaron mis hombres las espadas, y cuando la galera con su borda elevada se hubo acercado a nuestro costado me puse a la cabeza de todos ellos. Los sarracenos me arrojaron un cabo, al que me agarré. Pero la debilidad me habría hecho caer al agua si unas manos diligentes no me hubiesen izado a bordo. Una vez allí tropecé, fui zarandeado hasta quedar de rodillas, me arrancaron la coraza y me pusieron un puñal en la garganta.

–¡Soy primo del rey!– conseguí articular con voz ronca. Al oírlo me soltaron, conduciéndome después hacia la popa fortificada donde me esperaba el almirante de la flota.

Antes de interrogarme ordenó que me entregaran una túnica y un cinturón, y también me sirvieron una bebida amarga que me despejó bastante la cabeza. Después me hizo preguntar por mediación de un intérprete que había estado en la corte del emperador Federico en Palermo si realmente era yo pariente del rey de Francia. Siempre he pensado que las mentiras no sirven de mucho, por lo que contesté:

–No creo serlo, ¡pero sí estoy seguro de que mi señora madre es prima del emperador!

Entonces el almirante me abrazó y exclamó:

–¡Todo amigo del gran emperador es también amigo nuestro!– y me salvé de momento, pues allí mismo me dieron de comer en abundancia.

Entre tanto, las demás galeras habían abordado a las otras naves nuestras ancladas en el río. En cuanto a los prisioneros, separaron a los caballeros que parecían más o menos sanos de la gente común, entre la cual figuraban también los sacerdotes. Los de la nobleza permanecimos a bordo, el resto fue llevado a tierra.

Tuve que contemplar cómo mi viejo deán de Manrupt, que se tambaleaba porque estaba tan enfermo como yo, si no más, recibía un garrotazo en el cráneo, tras lo cual arrojaron su cuerpo al río. Protesté ante el almirante, quien me respondió asegurando que en este caso lo único que se pretendía era acortar unos sufrimientos que de todos modos conducirían a la muerte, y que para un sacerdote de los cristianos, convencido de que su Señor murió en la cruz para redimirlo, lo justo es pagar con la misma moneda muriendo a su vez por Él.

Después el sarraceno añadió, apresurado:

–Para vos, estimado conde, reza en cambio la palabra del gran sultán Saladino: "No matarás a aquél con quien has compartido el pan y la sal."

Estas palabras me tranquilizaron a mí y a mis caballeros, que también habían tenido ya ocasión de satisfacer el hambre, y a continuación nos trasladaron a tierra. A mí me sentaron sobre un palafrén y me hicieron cabalgar al lado del almirante, y comprendí que ambos detalles representaban una distinción especial, pues mis compañeros tuvieron que hacer a pie la marcha hacia el campo de prisioneros, formando una larga comitiva en la que iban atados unos a otros.

A través del intérprete, que se mantenía corriendo a nuestra altura, el almirante me hizo saber que mis gentes se verían obligadas a abjurar de su fe cristiana, aunque yo, siendo sobrino del gran emperador, probablemente quedaría dispensado de hacerlo.

Le llamé la atención sobre lo peligroso del tema.

–No debéis creer en tales juramentos, pues con la misma facilidad con que alguien renuncia a su fe traicionará después la que fue obligado a asumir.

Y aún añadí:

–O como dijo Saladino: "Jamás vi que un cristiano se convirtiese en buen musulmán, ni un musulmán en buen cristiano."

Así alcanzamos la ciudad de Al-Mansura, cuyo nombre significa "la Victoriosa", ante la que pasamos de largo, recordándome que no nos había traído más que desgracias. Hemos sido conducidos a un campamento provisional en el que nos han internado como prisioneros.

Al agradecer el trato correcto recibido me contestó el almirante:
–¡Agradecédselo a vuestro emperador!

El campamento está situado no muy lejos de los jardines del sultán, junto al Nilo, y se divide en varios sectores separados por unos muros de barro, de la altura de un hombre. Parece más bien un cercado para ovejas y creo que debe haber arracimados aquí más de diez mil hombres. Los guardianes agruparon a los prisioneros por docenas, los empujaron por una puerta al primer patio interior y allí les exigieron que abjuraran de su fe. A todo el que se negó lo decapitaron sin más. Los gritos de horror de aquellos desgraciados se oían más allá de los muros.

A mí me fue ahorrada dicha calamidad, pues el intérprete sarraceno vino a buscarme y me condujo a un pabellón donde ya estaban alojados la mayoría de nuestros mandos y donde me saludaron con gritos de sorpresa y satisfacción, pues nadie esperaba encontrarme aún entre los vivos.

Nos abrazamos todos con la alegría del reencuentro y oí decir que el rey también estaba cerca, en un pabellón aparte. Después se acercaron los funcionarios de la corte del sultán y quisieron saber quién de nosotros haría de portavoz, para informarle del mensaje de su señor. Elegimos para este cargo al conde Pedro de Bretaña.

Para gran sorpresa mía apareció entonces mi secretario William y se ofreció como intérprete. Vestía una preciosa chilaba y parecía gozar de una inmejorable reputación. Me saludó con una mueca divertida antes de iniciar su trabajo de traductor. Nos presentó al escribano mayor de la corte, Baha Zuhair, quien nos comunicó por mediación de William:

–Mi señor, el venerable sultán, desea preguntaros, en primer lugar, si tenéis el deseo de recuperar la libertad.

El conde Pedro lo confirmó con mucho gusto y William prosiguió:

–¿Qué estáis dispuestos a entregar a cambio al sultán?

–Todo lo que esté en nuestro poder– respondió el conde, –y siempre que se trate de una pretensión razonable.

–¿Nos entregaríais– fue la siguiente pregunta –algunos de los castillos de los cruzados que están en manos de los barones de Ultramar?

El conde respondió:

–No podemos disponer de ellos, ni pueden hacerlo los barones, pues todas las plazas fuertes son feudos otorgados por el emperador.

Dicha afirmación pareció impresionar al escribano mayor, aunque insistió:

–¿Nos entregaríais al menos, para recuperar vuestra libertad, algunas de las fortalezas de los templarios o de los sanjuanistas?

Una vez más el conde tuvo que negarlo.

–Eso es imposible, pues cada comendador de una Orden, al aceptar el cargo, tiene que jurar sobre la Biblia que jamás entregará la fortaleza que le es confiada para comprar la libertad de un prisionero, ¡aunque fuese el propio emperador!

Entonces Baha Zuhair declaró por boca de William que no había obtenido la impresión de que estuviésemos deseosos de recuperar la libertad, de modo que la única solución justa y acertada sería entregarnos al verdugo.

Lo dijo y se alejó seguido por mi secretario, que ahora ya no sonreía. En cambio, se introdujo en nuestro pabellón un enjambre de sarracenos, algunos muy jovencitos, que agitaron como locos sus afiladas cimitarras en el aire delante de nuestras narices. Me llamó la atención que todos aquellos sables curvos y peligrosos estuvieran tan ricamente adornados, cincelados y cubiertos de plata, y también que la ropa de los jóvenes fuera de gran valor y llevara bordado el emblema del sultán.

–Pertenecen a la *halka*– me susurró al oído uno de los barones de Ultramar, –es la guardia juvenil del sultán.

–Son muchachitos peligrosos– susurró otro, –y están sedientos de sangre porque aún tienen que demostrar que saben comportarse como hombres.

Pero los muchachos parecían tener alguna reserva mental, pues un anciano digno que ostentaba una larga barba blanca, probablemente su mentor, tomó la palabra.

–¿Creéis en un dios que fue hecho prisionero para salvaros, que fue interrogado, torturado y ejecutado y, no obstante, resucitó al tercer día?

–Sí– respondimos todos, casi a coro.

–De modo que todas las humillaciones que habéis sufrido, ¿las sufríais para complacerlo?

De nuevo gritamos todos:

–¡Sí!

Y él dijo:

–Sin embargo, aún no habéis muerto; mas Él sí murió por vosotros. Y si Él tuvo el poder de volver a la vida, podéis estar seguros de que, de parecerle bien, también a vosotros os resucitaría de la muerte.

Nos dejó solos con semejante consuelo, aunque se llevó consigo al enjambre de jóvenes esgrimidores de sables.

–Creo que nos sacarán uno a uno– murmuró el barón de Ultramar, previsiblemente conocedor de las costumbres del país.

Cuando poco después fui el primero en ser llamado y me ordenaron que saliera del pabellón, casi se me paralizó el corazón del susto. Pero lo que hicieron fue conducirme a presencia del rey, por encima de cuyo hombro recibí el saludo de una mueca esbozada por William.

Junto al rey, para quien había sido montada la tienda roja y redonda, se encontraban los grandes maestres de las Órdenes, es decir, los maestres en funciones: el mariscal del Temple Renaud de Vichiers y el sanjuanista Juan de Ronay, así como el condestable de Francia y los dos hermanos del rey. Incluso estaban presentes el duque de Borgoña y el conde de Flandes. Inmediatamente después de entrar yo acudió también Pedro de Bretaña.

Luis estaba siendo interrogado y el escribano mayor de la corte le planteaba las mismas preguntas que nos había planteado antes a nosotros; para gran alivio mío, el rey respondió a ellas exactamente igual que lo había hecho el conde de Bretaña.

Aquello disgustó profundamente al señor inquisidor, quien hizo mostrar furioso al rey el instrumento con el cual podría conseguir el cambio de unas opiniones expresadas con tanta convicción. Indicaron a William que describiera su funcionamiento, y debo confesar que lo hizo con cierta fruición.

–Este instrumento de tortura se denomina *harnakel*– inició su conferencia, –y es probable que su nombre se derive del término mal pronunciado "arnés", pues las extremidades de la persona que se ha de torturar se introducen entre los dientes de hierro de esta pieza, empezando preferentemente por los pies. El grado de tortura es determinado por el que lleva a cabo el interrogatorio– y echó mano de un trozo de madera redonda, la introdujo entre los dientes del armatoste y se sentó encima del *harnakel*, lo que hizo que la madera crujiera y se partiera en mil astillas. Terminada su demostración, retiró con aire de suficiencia la madera destrozada y la arrojó lejos de allí.

Baha Zuhair dibujó una sonrisa victoriosa, pero el rey no dijo más que:

–Soy vuestro prisionero, ¡haced lo que os plazca!

Entonces el escribano mayor de la corte salió de la tienda con aire ofendido y sin llevarse a William consigo. Éste, que no parecía demasiado afectado por la escena, se inclinó ante el rey Luis y dijo en voz baja:

–Vuestra firmeza, majestad, es superior a la voluntad de ellos de romperla. No os preocupéis, ¡no os tocarán ni un cabello!

En efecto, el escribano mayor volvió a presentarse en compañía del emir llamado "el halcón rojo", quien se hizo cargo de la negociación a partir de entonces sin necesidad de intérprete.

–¿Qué importe estáis dispuesto a pagar al sultán, majestad?– dijo sin más rodeos. –¿Y de qué forma vais a entregar la ciudad de Damieta?

El rey le respondió:

–Si el sultán está dispuesto a aceptar una suma razonable, solicitaré a la reina que pague el rescate.

El emir no lo pensó mucho:

–Os ruego, majestad, que seáis mas concreto y digáis cuánto, cuándo y cómo pensáis pagar.

El rey respondió:

–Lo que no sé es si la reina estará de acuerdo. Aunque es mi esposa, es dueña de sus propias decisiones.

Esta vez "el halcón rojo" estuvo pensando algo más de tiempo, pero no pidió consejo a los funcionarios de la corte, que al parecer insistían en consultar urgentemente a la máxima autoridad. El emir los hizo callar.

–Vamos a fijar una suma– dijo con frialdad –que yo pueda defender ante el sultán, y que debería ascender a un millón de besantes de oro, lo que equivale a quinientas mil libras en vuestra moneda, majestad.

Ese importe representa una suma gigantesca e incluso a los funcionarios de la corte se lo ha parecido. Lo comprendí así al ver que abrían la boca y se quedaban sin habla. El rey dijo:

–Si la reina consiente en pagar ese rescate, ¿puedo confiar en que el sultán, como contrapartida, me liberará a mí y a todos mis hombres?

"El halcón rojo" contestó:

–Majestad, ¡podéis estar seguro!

Hizo una reverencia y salió de la tienda. Los funcionarios salieron detrás, parloteando excitados.

El rey nos abrazó al señor Pedro de Bretaña y después a mí. Y le dio la mano a William.

EN LOS PATIOS FORMADOS por los muros de barro del campamento de prisioneros los sanjuanistas habían sido separados de todos los demás, lo que ellos consideraron una distinción merecida y debida a los miembros de su Orden. Casi no había prisioneros templarios, pues en el último segundo y sin preocuparse del convoy de enfermos y heridos que debían acompañar, se habían apresurado a alcanzar, formando un grupo cerrado, la ciudad de Damieta. Los caballeros teutónicos, cuyo número tampoco representaba un contingente importante, habían sido instalados en el complejo de servicios del palacio del sultán, un gesto que respondía a las relaciones amistosas existentes entre la casa de Aiyub y el emperador.

Los caudillos de los mamelucos se dieron cuenta de que el joven sultán los estaba despojando uno tras otro de los laureles de su victoria.

No estaban en absoluto de acuerdo con el trato especial dado a los prisioneros, pero les era imposible modificarlo. El portavoz de los emires mamelucos no era el oficial de rango más antiguo, es decir, el reflexivo Izz ed-Din Aibek, sino Baibars, "el arquero", vencedor de Al-Mansura, a quien nadie se atrevía a disputar ese honor.

Como los mamelucos no podían pisar el área del palacio, los más descontentos se reunieron de nuevo en las caballerizas, en la amplia nave con columnata donde podían hablar abiertamente y sin temor a ser espiados.

–No entiendo– se esforzaba Aibek por conseguir que el malhumor no se convirtiera en revuelta declarada –por qué duda Turan Sha en reconquistar ahora nuestra ciudad de Dumyat y negocia con el rey de los francos en lugar de dictarle las condiciones de Egipto…

–Y que además encargue esas conversaciones a Fassr ed-Din Octay, ¡que es amigo de los cristianos!– exclamó Baibars acalorado.

Pero entre el murmullo de aprobación de los demás emires también se oía alguna que otra protesta indicando a "el arquero" que en esta ocasión su disparo había apuntado demasiado lejos. Aibek aprovechó para defender al ausente:

–"El halcón rojo" es mameluco, como nosotros, igual que lo fue su venerable padre, quien dio su vida por Egipto.

Con estas palabras consiguió tranquilizar de momento a los más excitados.

–Y si consideramos que Fassr ed-Din Octay lleva las negociaciones con excesiva benevolencia, lo que probablemente gustará al sultán, pero no a nosotros– todos aprobaron, –deberíamos decírselo cara a cara. Ésa es mi opinión, y si todos pensáis así, estoy dispuesto a exponer ahora mismo dicha preocupación a "el halcón rojo".

La propuesta fue votada a mano alzada e incluso Baibars tuvo que aceptar a su pesar el voto unánime que se produjo.

–Queda por decidir– dijo con semblante disgustado –la cuestión de la liberación de los prisioneros…

De nuevo intentó Aibek apaciguar los ánimos.

–¡Abandonarán el país con su rey, y espero que la derrota les sirva de lección para no regresar jamás!

–Pero esta solución no debe ser aplicable a los barones de Siria y Galilea o a los de Ultramar, como suelen denominarse con tanta insolencia, ¡y sobre todo, no a los engreídos caballeros de las malditas Órdenes! Volverán siempre, si no les…

–¡Alto!– exclamó Aibek, intentando acallar los gritos de indignación que revelaban claramente el odio extremo que sentían todos. –No podemos matar a los prisioneros si se acuerda un rescate…

–¡Ahí está!– gritó Baibar. –¡Aún no se ha jurado ningún acuerdo, dada la forma respetuosa en que se llevan las negociaciones! ¡Aún rige el *status quo!*

Varios de los caudillos se habían reunido en torno a Baibars y como signo de su decisión desenvainaron las espadas y pugnaban por abandonar la reunión. Aibek comprendió que no era capaz de retenerlos.

–Mancharéis vuestras manos con sangre...

Pero no le hicieron caso.

–No querréis decir "sangre inocente"– se burló Baibars de él, –imitando a aquel gobernador que los perros cristianos recuerdan siempre con tanta benevolencia. ¡Se llamaba Poncio Pilatos!

Se rió en la cara de Izz ed-Din Aibek.

–¡Podéis hacer como hizo aquél!

Después se dirigieron sin más titubeos al campamento de prisioneros y entraron en el patio donde estaban retenidos los sanjuanistas. Sus intenciones eran evidentes.

El caballero de mayor rango, el condestable de Marqab, Jean-Luc de Granson, se les enfrentó sabiendo en manos de quién se encontraba y sabiendo también que no tenía otra cosa que perder que su cabeza.

–He aquí a un padre desnaturalizado– se mofó en voz alta, –quien permitió que su hijito –creo que el nombre del pequeño es Mahmoud– fuera a parar sin protección alguna a nuestras costas...

Su intención era herir a Baibars en el único punto sensible que se le conocía. Hacía ya un año y ocho meses que había perdido a su hijo y heredero, desaparecido en un viaje de peregrinación. De modo que respondió articulando las palabras muy lentamente, a causa del esfuerzo que hizo para dominarse.

–¿Acaso sabéis dónde está mi hijo?

Su voz revelaba ansiedad. Había hecho indagaciones que llegaron hasta Constantinopla y Bagdad, sin resultado alguno y sin obtener respuesta. Aunque no le parecía que el sanjuanista estuviese mintiendo.

–Os lo comunicaré en cuanto hayamos regresado al Krak des Chevaliers...

La mirada de Baibars presagiaba muerte.

–¡Lo diréis ahora mismo!– siseó con los dientes apretados. –De no ser así, jamás volveréis a ver vuestro castillo.

El condestable sabía que la partida estaba perdida.

–"Arquero"– dijo con rabia, –no se os considera un hombre en cuya palabra pueda confiar un caballero, de modo que no estoy dispuesto a ceder.

Baibars gritó:

–¡De rodillas!– pero el condestable no se movió, y a pesar de ser una persona que jamás se permitía ni siquiera sonreír, ahora se le ocurrió reír a voz en cuello.

–¡Estáis a punto de perder también la cara!

–¡Y vos perderéis la cabeza!– Baibars intentó alcanzar con un golpe al sanjuanista, pero éste reculó, de modo que el sable no hizo más que herirlo en un brazo.

–¡Deberíais limitaros al arco y las flechas!– se mofó Jean-Luc de Granson. –¡Dejadme solo!– reprendió a los caballeros que pugnaban por protegerlo y acudían a su lado.

Se adelantó y dos mamelucos lo sujetaron intentando obligarlo a ponerse de rodillas, pero él se los sacudió de encima. Entonces se arrojó sobre él toda una manada de hombres: uno le pisó en las corvas, otro le clavó el puñal en el vientre, un tercero lo agarró por el cabello y tiró de la cabeza hacia adelante. Baibars, que había saltado a un lado, levantó la cimitarra y la hizo caer de un golpe. El hombre que sostenía la cabeza por el cabello cayó hacia atrás, la cabeza seguía en su mano y la sangre que chorreaba del cuello lo salpicó de arriba abajo.

Baibars chilló:

–¡Matadlos a todos!– Pero se interpuso "el halcón rojo", quien no tuvo necesidad de gritar para detenerlos; únicamente dijo en voz alta a Baibars, que lo miraba con ojos chispeantes de odio: –Se ha cumplido cuanto le fue profetizado al condestable.

Baibars levantó el brazo para que todos escucharan al emir, aunque las palabras de éste sólo iban dirigidas a él. "El halcón rojo" se permitió hacerlo esperar. Después dijo:

–Cuando Jean-Luc de Granson entregó a vuestro hijo a An-Nasir, sin tener necesidad de hacerlo, los ismaelitas le advirtieron que perdería la cabeza– intercaló una pausa, hasta que el último de los mamelucos hubo soltado a los sanjuanistas y le prestó atención –a manos de alguien que no sentiría reparos en matar a un hombre indefenso. *Insha'alah!*– añadió con aspereza, –pero no creo que sea la voluntad de Alá que nosotros, los mamelucos, perdamos la cara haciendo de matarifes de unos prisioneros.

No esperó respuesta y abandonó el cercado de barro. Poco después los primeros mamelucos salieron también en silencio, muchos de ellos ceñudos. El último fue Baibars.

Baha Zuhair, el escribano mayor de la corte, había acudido al palacio del sultán para informar con gran orgullo a su señor de cómo había conseguido, gracias a su habilidad negociadora y su dureza inquebrantable, arrancar el rescate de un millón de besantes de oro al rey.

–Imaginaos: ¡un millón!

Turan Sha estaba en compañía de su séquito, en el que figuraba también Ibn Wasil, el cronista. Sin embargo, el sultán no consultó a sus consejeros, que se mostraban todos profundamente impresionados y también altamente satisfechos ante la mención de tan gigantesca suma, sino que dirigió la mirada pidiendo consejo a los infantes.

Roç y Yeza –ambos vestidos con prendas cortesanas, sobre lo que cabe mencionar que Yeza había insistido en llevar bombachos de seda y un turbante igual que Roç, por lo que más bien parecía un adolescente delgado– se sentaban frente al soberano, uno al lado del otro. A los infantes no les agradaba demasiado aquel papel que los obligaba a respetar la etiqueta rígida y ceremoniosa de la corte pero, como siempre, se sintieron felices cuando les pidieron su opinión, sin lo cual la situación se les habría hecho más aburrida todavía.

–¿Lo ha jurado?– preguntó Roç con seriedad, y Baha Zuhair, ligeramente confuso, se apresuró a confesar, a la vez que se inclinaba reverente:

–Aún no, joven señor, pero está bien dispuesto.

–¡Repetid exactamente las condiciones!– exigió Yeza y Baha Zuhair repitió, aunque dirigiéndose al sultán:

–El rey de los francos pagará quinientas mil libras francesas por la libertad de sus súbditos y de todos los que llegaron aquí con él. Además, entregará Dumyat como rescate por su propia persona– expuso el escribano mayor, dándose importancia, aunque era evidente que no había entendido en modo alguno el significado del gesto, –pues considera que un hombre de su rango no debe comprar su libertad con dinero.

–¡Por Alá!– exclamó Turan Sha. –¡Que noble convicción! Y ese rey– preguntó después, incrédulo todavía, –¿no ha intentado negociar el precio?

Baha Zuhair tuvo que negarlo con un gesto de la cabeza, aunque dicha afirmación se contradecía ligeramente con aquello de lo que tanto había alardeado al principio. Pero el sultán lo pasó por alto.

–¿Y si fuese su intención avergonzarme?

El escribano mayor levantó ambas manos en señal de protesta.

–¿Por qué no le perdonamos cien mil libras?– propuso Yeza. –Dejémoslo en cuatrocientas mil.

La idea le gustó a Turan Sha.

–Por Alá– dijo, –es una buena solución.

–Y sigue siendo un bonito rescate– añadió Roç con aire de seriedad. –Me gustaría ver todo ese dinero amontonado.

El sultán sonrió a los infantes. La corte había seguido la conversación estupefacta y con la boca abierta, aunque después se apresuró a expresar su pleno acuerdo, por lo que todos asintieron moviendo afirmativamente la cabeza. Ninguno de ellos había asistido jamás a una pérdida tan rápida de doscientos mil besantes sin que ni siquiera fueran a parar a sus bolsillos.

Comprendían que aquellos infantes extranjeros podían acabar siendo sumamente desagradables ¡y hasta peligrosos! Pero todos sonreían.

Los niños abandonaron la sala de audiencias acompañados de sus dos guardias personales.

Turan Sha dijo a su escribano mayor:

–Deseo que el anciano señor embajador que ya sirvió a mi abuelo el venerable el-Kamil y a mi venerado padre viaje a Dumyat con la embajada que el rey tendrá que enviar a la reina. También deseo que esté presente cuando tanto el rey como yo pronunciemos antes el necesario juramento sagrado.

Baha Zuhair se inclinó y abandonó la estancia caminando hacia atrás, y casi chocó con Ibn Wasil, quien intentaba escabullirse en aquel preciso momento. El cronista tenía prisa en informar al emir de cómo se desarrollaban los acontecimientos, por lo que se apresuró a ir en busca de Baibars.

Se encontraban por allí cerca dos hombres jóvenes, vestidos con sencillez, que también buscaban a Baibars. Cualquiera los hubiera tomado por beduinos. Se habían informado antes sistemáticamente, en el campamento y en el acuartelamiento de los mamelucos, acerca de la forma de vida del emir, conocían los caminos que solía recorrer y estaban también al tanto de los encuentros secretos en las caballerizas. Procedían con bastante desenvoltura, pues se sabían protegidos por su misión, sentían el frescor de los puñales que ocultaban sobre la piel desnuda y confortaba sus corazones la promesa segura de que entrarían en el paraíso.

Eran "asesinos" y procedían de Masyaf. Buscaban a un hombre cuyo rostro no conocían, y tampoco tendría importancia si lo hubiesen conocido. Sus labios permanecerían sellados aunque fuesen sometidos a tortura. El hombre les comunicaría la consigna y ellos sabrían quién era la víctima señalada.

Estaban sentados en el bazar y tomaban té negro con una ramita de menta silvestre, que le daba a la bebida un sabor amargo y refrescante a la vez. A nadie le llamó la atención el hecho de que introdujeran además algunas hojas desmenuzadas en el líquido caliente. Al menos, eso creían.

John Turnbull abandonó pensativo y a paso lento la sala de audiencias en el palacio del sultán, quien le acababa de rogar –y para ello le había investido de todos los poderes imaginables– que acompañara a la delegación de los francos que se dirigiría a negociar con la reina. El sultán atribuía al parecer gran valor a que el acuerdo se cumpliera cuanto antes, pues así se quitaría de encima a los prisioneros, a quienes consideraba más bien sus invitados. La tarea que había confiado a John Turnbull era la de allanar con elegancia y generosidad cualquier dificultad que pudiese presentarse en la ciudad de Damieta. Pero dicha misión le pesaba al anciano embajador, quien sabía por su larga experiencia que la suma de la que se iba a tratar allí haría salir a la palestra a toda clase de personajes que en realidad poco tenían que decir.

La camarilla de la corte egipcia consideraba que el tesoro del Estado representaba su fortuna personal, y los mandos del ejército, los poderosos mamelucos, sostenían la opinión de que en realidad les correspondía a ellos guardar la llave de la cámara del tesoro.

John Turnbull no estaba tan afectado por la senilidad como para no darse cuenta de la sutil ansiedad, orquestada por murmuraciones y bisbiseos, que dominaba el ambiente. Pero él no pensaba solamente en los potenciales destinatarios del dinero, sino también en aquéllos que tendrían que desembolsar un importe tan gigantesco. No era previsible que la reina Margarita llevara tantos fondos en sus arcones. Tendría que pedir préstamos y sólo se los podría pedir a las repúblicas marítimas y a las ricas Órdenes militares. ¿Cómo saber si éstas estaban dispuestas a ayudar al rey, que estaba arruinado?

¿Querrían hacerlo? Como último recurso quedaba aún el emperador Federico. Turnbull suspiró y se aprestó a atravesar los jardines, con la espalda ligeramente encorvada. En aquel momento se dirigió a él Ibn Wasil, el cronista, quien seguramente no se cruzaba en su camino por pura casualidad.

–Creo que no me conocéis, respetabilísimo *maestro venerabile*. Soy Ibn Wasil, amigo del gobernador de El Cairo, el noble Husam ibn abi'Ali, gozo de la benevolencia de la sultana Sayarat al-Durr y, sobre todo, también de la confianza magnánima del poderoso emir Rukn ed-Din Baibars, comandante supremo de todos los mamelucos.

El viejo Turnbull lo miró y una sonrisa maliciosa recorrió las arrugas que rodeaban sus ojos grises, lo que Ibn Wasil interpretó como una invitación a exponer su solicitud.

–El afamado "arquero", que tiene en sus manos todo el poder sobre Egipto, no está de acuerdo...

Ahí lo interrumpió John Turnbull.

–Siempre he creído– dijo con fina ironía –que todo el poder y toda la grandeza de este país están en manos del sultán. Por lo demás, tengo entendido que el mando supremo y el mayor rango le corresponden al prudente emir Aibek.

Sus palabras disgustaron a Ibn Wasil.

–Haríais bien– advirtió al viejo embajador –en familiarizaros con la idea de que las cosas han cambiado desde que el-Kamil…

Turnbull consideró que la frase era una estocada dirigida contra su persona y decidió pararla con una sonrisa.

–Decidme, pues, qué es lo que tanto disgusta al noble Baibars, para que pueda hacer cuanto esté en mi humilde poder, modificando las cosas de modo que se sienta satisfecho.

–Ya sabía– le agradeció aliviado Ibn Wasil –que con vos se puede hablar, y que os movéis en el difícil campo de la diplomacia como ningún otro, gran *maestro venerabile*.

Si algo era capaz de disgustar a fondo a John Turnbull era precisamente ese tipo de discurso y el uso imprudente de su título secreto por alguien que no estaba facultado para hablarle así. Era verdad que circulaban muchos rumores acerca del puesto que él ocupaba en la *Prieuré*, pero eso no significaba que cualquier escribiente de la corte egipcia tuviese derecho a dirigirse a él empleando dicho tratamiento. John Turnbull sacudió la blanca cabeza, pero Ibn Wasil lo tomó como signo de aprobación y le dio a conocer su verdadera propuesta.

–Todos nosotros– dijo con mucha humildad –somos de la opinión de que sería mejor que la reina no pagara el rescate, que nadie se lo prestara…

–¿Sólo es eso?– preguntó John Turnbull, muy amable.

–Está en vuestras manos– se apresuró Ibn Wasil a meter el pie en la trampa –y se consideraría un gran mérito vuestro lograr que en Damieta resultara inútil todo esfuerzo por conseguir el pago del rescate. Esta solución representaría también una gran ventaja para el destino de vuestra persona, ¡a quien Alá, no obstante ser de edad tan avanzada, quiera conceder salud y larga vida!

–¿Puedo suponer que tales perspectivas empeorarían y hasta se acortarían– las arrugas en torno a sus ojos seguían sonriendo, pero el color de la pupila adquirió la dureza del granito –si no cumpliera con buena voluntad los deseos del poderoso Baibars, a quien Alá conceda salud y larga vida?

–Los tiempos son inseguros– dijo el cronista con voz cargada de misteriosos presagios, –y también os puedo confiar que Turan Sha, una vez cobrado el rescate, jamás dejará marchar a vuestros amigos; los hará asesinar sin perdonar a ninguno…

Esperó un instante para que su amenaza susurrada causara la debida impresión y después añadió:

–¡No desearía veros también a vos entre los muertos!

–Nadie desea una cosa así– respondió Turnbull con delicadeza. –Querido amigo, vuestras palabras han sido claras. De modo que viajo acompañado por vuestros mejores deseos.

Se inclinó cortés ante Ibn Wasil y se alejó. Pero sus hombros se habían enderezado y su frente mostraba la arruga vertical de la ira. Abandonó el parque tomando el atajo por las caballerizas y se encaminó sin más rodeos al bazar.

Los espías de "el halcón rojo" no habían perdido de vista a los dos "asesinos". Cuando John Turnbull entró en la cubierta callejuela de tiendas donde se hallaba la casa que ofrecía un rincón para tomar el té, avisaron a su amo.

El anciano del cabello blanco se sentó casualmente y como distraído junto a los dos beduinos. Cambiaron unas palabras que no parecían ser otra cosa que los habituales saludos neutros entre parroquianos que no se conocen. Poco después se levantaron los jóvenes, pero detrás de una columna asomó "el halcón rojo".

–Sed mis huéspedes durante unos instantes más– dijo amablemente cuando vio que con las manos se tocaban maquinalmente el pecho. –Los amigos de mi viejo amigo siempre serán bienvenidos.

Los obligó a tomar asiento de nuevo y encargó bebidas para todos.

–¡Escuchadme bien!– dijo en voz baja. –Los esbirros de "el arquero" hace tiempo que os tienen en la mira. Baibars ha reforzado su guardia personal de modo que no puede acercársele ni siquiera alguien que esté dispuesto a sacrificar su vida. Esto por un lado– se dirigió con la misma amabilidad a John Turnbull; –por otro lado, el informe de Ibn Wasil no le ha dejado satisfecho. De modo que no debéis dirigiros al barco que llevará a la delegación a Damieta, ¡pues no lo alcanzaríais vivo! He preparado para vos y estos dos amigos vuestros una barca que os alejará en seguida de Al Mansura. Recorred el camino de regreso desde el bazar a las caballerizas, ¡allí os esperan!

–¿A la boca del lobo?– preguntó Turnbull, un tanto inseguro.

–Digamos como dicen los cristianos con tanto acierto: a la sombra de la catedral es donde el diablo construye su nido más seguro– rió "el halcón rojo".

–¿Acaso habremos de pasar la noche allí?– Turnbull entró al quite con la misma entonación ligera, como si se tratara de una broma, y con la intención de que cualquiera que les prestara atención pudiera pensar que aquélla era una reunión alegre.

–No– dijo "el halcón rojo" y pagó la cuenta. –Allí os esperan unos piratas que me conocen y en los que puedo confiar desde que fui huésped suyo. Os acompañarán y os protegerán. ¡Adelante! Yo me hago cargo de guardaros las espaldas.

Se alejaron riendo.

Durante todo el tiempo que duró la conversación un inválido que antes había estado pidiendo limosna permaneció sentado en un rincón y estuvo observando la escena. Se levantó también, echó mano de las muletas y se alejó cojeando. "El halcón rojo" lo hizo tropezar, el hombre cayó y el emir se apresuró a ayudarlo. Al mismo tiempo le pisó con mucha intención la mano y le tendió una moneda de oro. El lisiado comprendió.

Cogió la moneda y regresó cojeando al lugar habitual donde solía pedir limosna.

Turan Sha entró en las habitaciones que había mandado preparar para su uso privado. Madulain había conseguido impedir que sus amigos artistas influyeran demasiado en la decoración y se había preocupado de que aquellas estancias altas y espaciosas no apareciesen abarrotadas de muebles pesados y colgaduras adamascadas. Las ventanas habían sido revestidas de largas cortinas de seda natural, sencilla y de un tono dorado, que no dejaba pasar el sol y envolvía el ambiente en una luz cálida. Los suelos estaban cubiertos con alfombras, maravillosas creaciones afganas de colores luminosos, costosos tapices de Ispahán… pero también las sencillas alfombras bereberes del color de la tierra cubrían en abundante sencillez el pavimento, y por todas partes había repartidas almohadas cubiertas de terciopelo y suave piel de antílope.

Madulain esperaba a su señor vestida con una túnica clásica y severa, como las que se reproducen en las ánforas griegas. La princesa *saratz* sabía que los ropajes sencillos le sentaban bien y que a él le gustaba verla así. A veces se le ocurría, como sucedía en ese mismo instante mientras veía que los ojos miopes del soberano descansaban sobre su túnica, que a ella le habría gustado más que él la despojara de la ropa. ¿O sería más adecuado que ella se acercara al soberano y después la dejara caer? El tejido liso resbalaría lentamente a lo largo de su cuerpo mientras él se acercaba para rodearla con sus brazos. Pero Turan Sha parecía tener la mente en otra parte.

Se sentó a los pies de Madulain y ocultó la cabeza entre los pliegues de la falda, como haría un niño pequeño. Ella sentía el calor de su cuerpo y su respiración, pero él solo abrió los labios para hacerla partícipe de sus preocupaciones.

–Los mamelucos no se fían de mí– se quejó; –por un lado desean tener un jefe fuerte y hábil, pero en cuanto me hago cargo del mando y los llevo a la victoria, empiezan a temer el poder excesivo del sultán.

–El problema no sois vos, mi señor– dijo Madulain, que adoptó con flexibilidad felina el papel de consejera juiciosa, renunciando de momento a otras expectativas, –sino la estructura de la *halka*. Esos muchachos forasteros son elevados desde la condición de esclavos a la de guerreros ambiciosos, y una vez convertidos en gladiadores perfectos, cuando han aprendido que sólo los más brutales e intrigantes sobreviven, se encuentran con que los ha atrapado el mecanismo cruel del poder. Cuando ascienden a emires mandan a su vez sobre la tropa de combate, saben cómo cabalgar sobre el tigre y ahí se inician las maquinaciones y la lucha inclemente por el éxito, por conseguir el ascenso.

–Y yo les estorbo en esa tarea– murmuró Turan Sha. –Por un lado, porque el sultanato representa el peldaño superior y más atractivo de la escala, la promesa suprema, y por otro, porque el sultán no tiene entonces más remedio que podar en algún momento las ramas de ese árbol.

–Y vos no deseáis hacerlo– observó Madulain con amargura.

–¡Tendría que matarlos a todos, ahora mismo! ¡Sería una carnicería!– gimió el sultán. –El espacio de tiempo entre la muerte de mi temido padre –que segaba con suma crueldad cualquier brote amenazador que le pareciera observar– y mi llegada al poder ha sido demasiado largo, y en las heridas no cicatrizadas crecen granos indeseables. Los mamelucos no podrán ya ser domados.

–Sí podrán– dijo Madulain con firmeza. –Tenéis todo un ejército disponible para enfrentaros a ellos, y si llamáis mañana al emperador...

–No puedo hacerlo, no puedo emplear a los caballeros de las Órdenes militares contra unos musulmanes fieles, sólo para salvar mi cabeza...

–¿Fieles?– se burló Madulain, y se retiró un paso para que él ya no pudiera esconder el rostro. –Quieren mataros– gritó la mujer, –y a todos nosotros también. ¿Y aún sentís escrúpulos? Ellos no los tienen, han pasado por una escuela más dura que la vuestra de Gezirah, ¡han aprendido que hay que devorar o exponerse a ser devorados!

–¡No puedo ponerme al mismo nivel que ellos!– se indignó Turan Sha. –Soy el sultán.

–¡Pues huid ahora mismo, marchad al exilio, acudid a vuestro amigo el emperador!– se le enfrentó Madulain con voz estridente. –El trono de El Cairo debe ser conquistado cada día. ¡El que no quiera verter sangre verá vertida la suya!

–¡Que palabras tan horribles!– rió Antinoos, que había entrado en la estancia sin que los dos personajes enfrascados en la discusión se hubiesen dado cuenta.

–He traído a los músicos y a las bailarinas– dijo, algo inseguro al darse cuenta de la atmósfera cargada de irritación, casi explosiva, que reinaba allí; –¿queréis que los despida?

–¡Nada de eso, cariño!– exclamó Madulain excitada, como si hubiese bebido demasiado vino. –Que se sitúen detrás del biombo y toquen los tambores y las flautas para nosotros, y que las muchachas bailen desnudas en la terraza, detrás de las cortinas, para que sus siluetas atractivas estimulen nuestra fantasía.

Se había acercado al hermafrodita como lo habría hecho una gata salvaje.

–Y tú– gritó, arrancándole la ropa, –¡muéstrame lo que llevas entre las piernas y que tanto placer causa a mi señor!

Tiró de la ropa interior hasta dejar el miembro a descubierto. Las líneas perfectas del mismo dejaron sin habla a Madulain, aunque fue sobre todo la armoniosa belleza de todo el cuerpo lo que le causó mayor estupefacción: veía el busto atractivo, los anchos hombros, el trasero liso como dos mitades de melón, las caderas estrechas y la forma en que la tersura marmórea de la espalda continuaba en las piernas duras de Antinoos, que sonreía mientras su pene crecía y se movía.

–¡Perdonadme!– susurró la mujer con voz ronca a Turan Sha, quien se limitó a mirarla con tristeza para esconder después el rostro entre las manos.

Entonces Madulain dejó caer su propia túnica con la rapidez de un rayo, tomó las manos del bello Antinoos y ambos se arrodillaron junto al sultán, que se sentía muy desgraciado. La mujer abrazó a su señor, tiró de él hasta hacerlo caer y le cubrió el cuello, el rostro y el cabello con unos besos que demostraban estar dispuestos a distribuir todo el placer que ella misma sentía mientras Antinoos la penetraba.

Pero también el hermafrodita inclinó el cuerpo hacia su señor y le alcanzó sus pechos firmes hasta tocarle con ellos los labios mientras su miembro se introducía con lentos avances en el vientre de Madulain, tendido a su encuentro. No cambió el ritmo de sus movimientos, sin dejarse arrastrar ni por los gemidos de la mujer ni por sus urgencias.

Antinoos despojó con movimientos afectuosos a Turan Sha de la ropa y hundió el rostro en el sexo del señor; Madulain buscó jadeando la boca del soberano y se agarró a ella hasta que finalmente sintió que respondía a la búsqueda de su lengua y la mordió, creyendo sentir el sabor de su propia sangre.

Poco después, justo en el instante en que Afrodita le abría la puerta del Olimpo, su cuerpo se endureció en plena rebeldía porque Antinoos le sustrajo con un suave deslizamiento el valioso instrumento, aunque lo hacía para dejarle a su señor paso libre hacia los muslos de la mujer. Turan Sha la penetró avanzando con un galope salvaje por el jardín y la acosó como el espolón acosa la puerta de una fortaleza. Introdujo ambas manos con violencia debajo del trasero de Madulain, la levantó y la poseyó con un golpeteo loco mientras Madulain gritaba de dolor, de placer y de furia, y se agarraba al pecho de Antinoos, que se había acostado a su lado y empujaba a ambos con una sonrisa angelical a entregarse a galopes cada vez más salvajes. Madulain cerró las piernas en torno a las caderas de Turan Sha, animándolo, hasta que explosionó dentro de ella como un fuego griego.

–¡Hurí!– fue la primera palabra que gritó el sultán. –¡Eres una hurí del paraíso!

El esfuerzo había encendido su pálido rostro mientras se preparaba para el último asalto.

–¡Aunque vayamos a parar al infierno!– gritó con palabras entrecortadas, y se habría hundido, ya falto de energías, sobre el cuerpo de la mujer si el hermafrodita no lo hubiese tomado por detrás y procurado con unos golpes tranquilos, cuyo efecto se trasladaba a Madulain, que la excitación de ella pudiese ir remansándose en armonía con las oleadas de placer que sacudían aún su cuerpo.

Después los tres quedaron inmóviles y se dieron cuenta por primera vez de que la música de címbalos y laúdes los había acompañado todo el tiempo que duró su éxtasis. Vieron la seda que ondulaba y observaron el balanceo, los armoniosos círculos trazados por las bailarinas de la danza del vientre hasta que los golpes de tambor aumentaron en violencia y las muchachas formaron con el retumbar del bombo una unidad en la que parecieron fundirse sus cuerpos.

Madulain atrajo la cabeza de Antinoos y lo besó con cariño en los carnosos labios.

–Te doy las gracias– le dijo en voz baja.

El hermafrodita sonrió. Turan Sha había depositado la cabeza sobre los pechos de Antinoos y jugaba con el cabello suelto de su favorita.

–Salvaje princesa mía– dijo, y fijó la vista en el techo de la estancia, compuesto de casetones, –mañana nos trasladaremos a Fariskur. Allí efectuaré mi último acto de gobierno y después renunciaré a este mundo.

–Haced como mejor os parezca, mi soberano– susurró Madulain con la voz vencida.

Las cortinas se bambolearon, ya vacías, con el aire de la primavera. Las figuras de las bailarinas habían desaparecido, el último tono de la flauta se apagó y los músicos se retiraron.

La reina Margarita había permanecido en Damieta por aconsejárselo su avanzado estado de embarazo. Tres días antes del parto hubo de oír la noticia de que la campaña del rey había fracasado y que el propio monarca, junto con todo el ejército, había caído prisionero. Esta noticia le causó tal espanto que la pesadilla la persiguió en sus sueños, de modo que gritó pidiendo socorro cuando soñó que su habitación se llenaba de sarracenos sanguinarios que querían atraparla.

Pensando en el bien y en la vida de la criatura que esperaba, envió a buscar al más fiel de los caballeros teutónicos, el viejo Sigbert von Öxfeld.

Este hombre devoto tuvo que instalar su lecho junto al de ella, cogerla de las manos y tratar de inspirarle confianza. Cuando se iniciaron los dolores del parto la reina mandó que se alejaran todos de la habitación, excepto el comendador. Le exigió que se arrodillara y le hizo jurar que cumpliría exactamente cuanto ella le pidiera.

Después dijo:

–Por el juramento que me acabáis de prestar, querido Öxfeld, debéis cortarme la cabeza con vuestra propia espada en el caso de que los sarracenos ocupen la ciudad, impidiendo así que caiga en sus manos.

El comendador le respondió:

–No os preocupéis, mi señora reina; eso habría hecho de todos modos.

Margarita dio a luz a un niño que en realidad debía llamarse Juan. Pero teniendo en cuenta las tristes circunstancias que los rodeaban fue bautizado con el nombre de Tristán. El mismo día en que la reina salió del parto se enteró de que los representantes de las repúblicas marítimas estaban a punto de abandonar Damieta, de modo que pidió a los cónsules que fueran a verla al día siguiente y les imploró que no abandonaran la ciudad.

–Señores míos, en el nombre de Dios debéis comprender que si renunciáis a esta prenda, renunciáis también a salvar al rey y a cuantos están presos con él. Si mis ruegos no os conmueven, sentid al menos compasión de esta pobre y débil criatura– señaló a su hijito, –y no deis semejante paso antes de que yo esté repuesta.

Pero los pisanos y los genoveses le contestaron:

–Digna señora, ¿qué otro remedio nos queda? ¡Estamos pasando hambre!

Ante estas palabras la reina se incorporó en el lecho y dijo:

–Nadie abandonará la ciudad por pasar hambre. Os ofrezco comprar ahora mismo todos los alimentos que existan en los almacenes de Damieta. ¡A partir de ahora debéis consideraros invitados del rey!

Aquellos ricos y gordos comerciantes se sintieron un tanto avergonzados, pero aceptaron la generosa oferta. La promesa le costó a la reina trescientas sesenta mil libras, después de lo cual su bolsa quedó prácticamente vacía.

Fue una vez acordado este pacto cuando llegó John Turnbull, quien convenció al caballero teutónico de que debía trasladar a la reina, sin tener en cuenta su estado, a San Juan de Acre, donde podía quedar a la espera de su esposo, pues Damieta sería entregada en los próximos días a los sarracenos. El anciano embajador se quedaría en la ciudad para esperar la llegada de la delegación oficial encargada de reunir el dinero del rescate y organizar a continuación el traspaso de la ciudad. Él mismo no temía por su vida, pero aconsejó a todos los enfermos y heridos que habían conseguido llegar hasta allí que siguieran al comendador, siempre que pudiesen andar o ser trasladados por sus amigos, pues una vez cobrado el rescate, y cuando ya no sintieran encima los ojos molestos de diez mil franceses observando su conducta, los sarracenos serían capaces de cualquier cosa en su ciudad "liberada", ¡todo menos sentir caridad!

Tales recomendaciones provocaron un pánico considerable y la reina Margarita ordenó a John Turnbull que fuera a verla para reprocharle unas palabras que ella consideraba irresponsables, pero nadie pudo encontrar ya al *maestro venerabile*, quien había encargado a su viejo amigo Sigbert que aclarara a la reina que todos los que consiguieran ponerse a tiempo a salvo se lo agradecerían un día de todo corazón, y que él esperaba ver ese día.

–Además– añadió el comendador de su propia cosecha, –habremos de abandonar Dumyat de todos modos. Mejor será hacerlo ahora que ser arrojados de aquí el último día y bajo la amenaza de unos sables curvos que se agitan en el aire.

La reina recordó entonces las horribles pesadillas que había padecido y rogó al caballero teutónico que pidiera excusas a John Turnbull en su nombre.

DIARIO DE JEAN DE JOINVILLE

Fariskur, 2 de mayo de 1250 d.C.

Los que hemos sido elegidos para ir a Damieta y procurar que se cumplan las condiciones acordadas embarcamos en cuatro galeras. Conmigo subieron a bordo los condes de Flandes y de la Bretaña, el condestable de Francia y algunos de los barones más importantes de Ultramar.

La atmósfera era tensa, pues sobre nuestros hombros pesaba la responsabilidad de conseguir la liberación del ejército y de la propia persona del rey. Pero conforme observábamos el movimiento ágil de los remos que nos alejaba de la maldita ciudad de Al-Mansura y sentíamos la brisa fresca que nos llegaba del río nos dábamos cuenta de que los acontecimientos al menos empezaban a moverse, aunque todavía no se vislumbrara el final de nuestros problemas.

–Para hablar sinceramente– expresé mi máxima preocupación ante mis compañeros, –¡no sé cómo vamos a conseguir reunir en Damieta tal cantidad de dinero contante y sonante!

Como siempre fue el severo condestable quien, aunque no me prohibió hablar –lo que seguramente le habría gustado mucho hacer–, me corrigió en tono áspero.

–Contrariamente a vos, senescal, nuestra señora reina es hombre suficiente como para resolver el problema. No hace falta que os devanéis los sesos, ¡ya lo resolverá ella!

Los demás se indignaron por el tono adoptado, de modo que él pidió excusas y yo las acepté con mucho gusto, pues sólo nos habría faltado en aquellos momentos tener que dirimir un duelo por cuestiones de honor. De todos modos yo habría salido perjudicado, incluso en el caso de tener que luchar con los puños, ya que nos han retirado las armas. Pero la disputa se disolvió de todos modos, pues cuando habíamos recorrido ya dos tercios del camino vimos interrumpido nuestro viaje y nos hicieron desembarcar en Fariskur.

Aquí ha establecido el sultán Turan Sha su nuevo cuartel general, y aquí es donde desea enfrentarse por primera vez cara a cara con el rey e intercambiar con él los juramentos. A este fin se espera que llegue también, procedente de Damieta, el anciano patriarca de Jerusalén. Después se dirigirán todos juntos a la cercana ciudad de Damieta, que el rey entregará ceremoniosamente al sultán, para ser liberado a continuación, siempre que hayamos satisfecho antes el rescate de los demás prisioneros, que siguen a la espera en el campamento de Al-Mansura.

La residencia provisional del sultán ha sido erigida en un brevísimo espacio de tiempo y recuerda más a un campamento de prisioneros que a un palacio, sólo que, en lugar de barro, se ha empleado madera para su edificación.

Justo al borde de la orilla donde echamos el ancla se eleva una torre de troncos de pino cepillados que hace las veces de puerta de entrada.

A continuación hay una estancia donde todos los visitantes, incluyendo a los emires de los mamelucos, deben depositar las espadas antes de ser admitidos. Después hay otra torre, cuya puerta está igualmente vigilada y conduce a la sala de audiencias. Una tercera torre protege las estancias privadas situadas en torno a un patio interior. En su centro se levanta la torre más alta, que dispone de una terraza cubierta y que puede cerrarse con ventanas. Esta última torre sólo puede pisarla el sultán.

–Lo ha exigido así para poder retirarse a reflexionar sin que nadie lo moleste– explicó uno de los altos dignatarios de la corte, –pero en realidad lo que pretende es vigilarnos desde allí a todos, día y noche.

Aquel cortesano hablaba un francés fluido, pues había nacido en París, casándose después con la hija de una de las familias más influyentes de Egipto, que le había proporcionado rápidamente el ascenso a un puesto importante en la administración.

–¿Tan desconfiado es Turan Sha?– pregunté con aire de inocencia a mi parlanchín interlocutor.

Él rió con amargura.

–¡Creo que lo es demasiado poco! Los desconfiados son más bien los mamelucos que, cuando sospechan que existe un peligro, no dejan pasar mucho tiempo…

–¿Acaso nos amenaza una revolución palaciega?– pregunté desconcertado, pues esa perspectiva arruinaría de golpe todos los resultados obtenidos hasta entonces en el curso de las negociaciones y haría imposible prever el final.

–Está en el aire– dijo, sin aclarar demasiado la situación, –y no puedo deciros más.– Se despidió de mí con ademán precipitado y añadió: –¡Excepto que no me gustaría estar en la piel de Turan Sha!

Desde el patio interior, tan protegido, hay un corredor que conduce directamente hasta el agua, donde una enorme tienda cubre el lugar de los baños. Todo el conjunto está rodeado por una verja y la totalidad de torres, pasillos y la propia verja han sido cubiertos con lona teñida de azul, de modo que ningún extraño pueda ver cuanto sucede allá dentro. Si hemos podido echar una ojeada al interior es porque nos introdujeron en una sala para registrar nuestros nombres antes de que iniciáramos nuestra misión.

Los egipcios han llevado allí al rey al mismo tiempo que a nosotros, pero después lo separaron. Él dispone de una tienda propia, situada inmediatamente junto a la primera puerta.

Aunque todavía no había llegado el mediodía, el sol ardía sobre nuestras cabezas y reinaba un bochorno aplastante.

Tuvimos que regresar a nuestras galeras y esperar aquí…

LA SALA DE AUDIENCIAS estaba al lado de una tienda grande, en la que se entraba desde aquélla a través de un porche de madera. Dicha tienda se utilizaba para los banquetes que el sultán solía ofrecer a los dignatarios de la corte y a los emires de los mamelucos.

Turan Sha estaba acostado encima de una tribuna ligeramente elevada y rodeado de su guardia personal, la *halka*. Estaba de mal humor porque Madulain le había aconsejado que no fuera y, al no hacerle caso él, se había negado a asistir, alegando que se sentía incapaz de soportar el inculto parloteo de los emires. Él sabía que ella lo hacía por consideración a él, para evitar la provocación que representaba en aquel mundo de hombres la repetida presencia de una mujer, a menos que se tratara de una bailarina.

Turan Sha no era proclive a respetar semejantes prejuicios y echaba de menos a su princesa. Al fin y al cabo, él era el sultán, y en calidad de tal exigía como mínimo no tener que aburrirse.

Podría al menos estar conversando con "el halcón rojo", que seguía resistiéndose a hacerse cargo del puesto que en su día ocupara el padre. Él habría nombrado con mucho gusto visir a Fassr ed-Din Octay, pues necesitaba una persona de confianza, un verdadero amigo que estuviese siempre a su lado. Incluso había llegado a la conclusión de que podría darle por esposa a la princesa si él lo deseaba, pero "el halcón rojo" había tomado asiento algo lejos y parecía aún más malhumorado que él mismo. Ni siquiera probaba los platos que le iban sirviendo. ¿Debía ordenarle que se sentara a su lado? Un gesto así probablemente lo haría avergonzarse ante los mamelucos, al verse honrado y distinguido por encima de los demás. ¡Ojalá se llevara el demonio a esa chusma con la que tantas consideraciones había que tener!

Precisamente estaba a punto de enviar a uno de los *halka* para avisar al emir –aunque sus guardias al parecer estaban hoy más que sordos– cuando vio que Ibn Wasil, el cronista, se dirigía a Fassr ed-Din y al parecer le insistía con urgencia para que lo siguiera.

"El halcón rojo" abandonó la tienda sin insinuar siquiera por medio de una reverencia o algún otro gesto una disculpa ante su señor. ¡Tampoco eran modales! La comida le gustaba a Turan Sha cada día menos, aunque los encargados de probarla exteriorizaran con muecas de ridículo entusiasmo la excelencia de las creaciones de los cocineros. Ya hacía mucho tiempo que el soberano no invitaba a sus amigos de la Gezirah a que asistieran a aquellos banquetes obligatorios con los emires. A ellos no les gustaba y los mamelucos reaccionaban con irritación, pues veían en los "nuevos" más que nada a unos rivales, no tanto porque temieran perder los favores del sultán, sino porque envidiaban los cargos y los beneficios que él pudiese otorgarles.

En efecto, él habría preferido tratar los asuntos cotidianos de gobierno con filósofos y poetas, pero éstos ni servían para tales menesteres ni los ambicionaban.

Turan Sha se sentía terriblemente solo y abandonado. Los únicos que participaban con él en el banquete eran los infantes. Roç y Yeza estaban sentados a sus pies, junto a Baha Zuhair, e insistían en que les fueran explicados una vez más todos los detalles acordados para la ceremonia de la entrega de Damieta, que se produciría al día siguiente. Lo que más les interesaba era ver finalmente la cara del rey de Francia. Turan Sha les había tenido que prometer que podrían asistir después de la comida a la prestación de juramentos, aunque les había pedido, medio en broma y medio en serio, que no interviniesen con alguna ocurrencia espontánea ni con cualquier pregunta directa que pudiese arruinar la solemnidad del acto previsto.

¡Esos niños, en el frescor de su inocencia, sentían muy poco respeto por toda clase de solemnidades y ceremonias! Él los envidiaba. ¡Cuánto le habría gustado hacer venir a Antinoos para dar a los asistentes al banquete motivo suficiente de maledicencia en torno a las costumbres del sultán! En cambio los mamelucos parecían haberse acostumbrado a la presencia de los niños, y él estaba conforme, pues le agradaba pensar que nadie podía querer mal a aquellas criaturas tan extraordinarias, auténticos infantes reales. ¡Se hacían querer! Pero ¿quién lo quería a él?

Turan Sha mandó acercarles una fuente con dátiles y nueces confitadas, especialmente deliciosas, y ellos se lo agradecieron con un guiño. ¿Adónde habría ido "el halcón rojo" y por qué no regresaba?

El emir Fassr ed-Din Octay había sido convencido por Ibn Wasil de que lo siguiera con la noticia de la arribada de Roberto, patriarca de Jerusalén. La noticia era falsa y, una vez llegados a la antesala, los *halka* lo inmovilizaron amenazándolo con aplicarle métodos violentos. Parecían nerviosos, y "el halcón rojo" respiró hondo cuando vio que se limitaban a encerrarlo en una especie de armario empotrado que servía normalmente para guardar las armas depositadas allí, y que no daban señales de querer asesinarlo en seguida, como habrían hecho si tuviesen miedo a que más adelante se vengara de ellos.

De todos modos, sus mayores temores se centraban en el peligro que corría la vida del sultán, pues si habían decidido alejarlo a él de la tienda no se explicaba más que porque había un proyecto de atentar contra el soberano. ¿Qué pasaría en ese caso con los niños...?

Turan Sha se levantó de la mesa y se dirigía a sus estancias particulares cuando algunos de los *halka* se le enfrentaron en la torre. A la vista de ello su escudero le tendió, sin que se lo pidiera, la cimitarra.

Cuando el sultán, perplejo, quiso coger el arma, un hombre le asestó un golpe en la mano y se la abrió entre los dedos hasta la muñeca. Con un grito furioso, Turan Sha dio al atacante una patada en el bajo vientre y le hizo tirar el sable. Después regresó a toda prisa a la sala de audiencias, que se estaba quedando vacía, pero donde lo rodearon en seguida sus cortesanos, aunque también algunos mamelucos.

–¿Qué sucede?– gritaron todos, espantados e incrédulos.

–¡Mi propia guardia personal!– exclamó el sultán. –¡Un *bahrita* me ha herido!– y levantó la mano ensangrentada.

–¡Habrán sido "asesinos"!– levantó la voz Baibars, y aunque consiguió dar con el tono acusatorio correcto no parecía dolerle demasiado la herida de su soberano.

–¡No!– le gritó el sultán. –Fue un *bahrita*, ¡un mameluco como vos!

Los niños miraban con el rostro descompuesto la escena y Baha Zuhair intentó alejarlos de allí. El enjambre de cortesanos, pero también algunos *halka* cuya expresión de horror revelaba que nada sabían del atentado, condujeron al sultán hacia el patio interior con la intención de trasladarlo a sus estancias particulares. Pero él se oponía porque ya no se fiaba de nadie. Llamaron a un médico y también Madulain acudió con pasos precipitados.

Turan Sha exigió que el médico fuera a la torre principal y él mismo se dirigió también hacia allá, mientras la mano herida seguía sangrando profusamente. Sólo Madulain obtuvo permiso para seguirlo. Los niños habían conseguido apartarse de Baha Zuhair y observaban la escena desde el patio.

–Ha sido un intento de asesinato– dijo Roç, muy impresionado, aunque no demasiado conmovido.

–Tenemos que llamar a "el halcón rojo"– dijo Yeza, que comprendió la situación, y regresaron corriendo a la tienda donde los criados formaban pequeños grupos y discutían acalorados entre ellos.

También los mamelucos se habían reunido en uno de los rincones, rodeando a Baibars. Aunque allí estaba prohibido llevar armas todos habían ido a la antesala a buscar sus sables y nadie se lo había impedido.

–¡Ese estúpido *halka* ha fallado!– resopló Baibars, y señaló furioso en dirección a la guardia personal, igualmente reunida en otro grupo. –¡Ahora nos culpará a nosotros!

Fue como una consigna.

–¡Tenemos que llegar hasta el final!– exclamó uno. –De no hacerlo, ¡lo pagaremos nosotros!

–¡No os entretengáis demasiado!– les gruñó Baibars con los dientes apretados, y todos cogieron sus armas, dispuestos a abrirse camino a golpes de sable hasta las habitaciones del sultán.

Dentro del lugar de su encierro, "el halcón rojo" encontró un hacha pesada que alguien había depositado y al parecer olvidado allí cuando los *halka* lo encerraron con tanto apresuramiento. Le llegaban los ruidos del tumulto que se desarrollaba en la sala. Poco después oyó que sonaban los bombos y pudo oír a los guardias de la torre que gritaban que el sultán había partido para Dumyat y que el ejército debía seguirlo. A continuación captó muchos ruidos de pisadas y después se hizo el silencio.

Lo acosó la duda de si todo estaría sucediendo precisamente como él se lo imaginaba y no de otra manera. ¡Si consiguiera llegar de algún modo hasta el regimiento personal de su padre, que sabía fiel seguidor suyo! Aunque tal vez también ellos se hubiesen puesto ya en marcha.

Después oyó las voces de los niños, que habían entrado en la torre y preguntaban indignados a los guardianes por qué habían entregado las armas a los mamelucos. Y al darse cuenta de que los pocos hombres que quedaban allí, y que según pudo estimar por las voces no eran más que dos o tres, contestaban con palabras confusas y avergonzadas, reunió todas sus fuerzas y se arrojó contra la puerta de madera, que se abrió con un crujido estrepitoso haciendo volar las astillas. Nadie se opuso al famoso emir que se presentaba con un hacha de hierro en la mano.

"El halcón rojo" no sabía adónde llevar a los niños, de modo que salió con ellos de la estancia, permitiendo, igual que los intimidados guardias, que tanto Roç como Yeza echaran cada uno mano de un puñal y se lo guardaran.

En la tienda ya no quedaba nadie, de modo que llamó a los criados encargados de probar la comida y a los cocineros, que acudieron desde la cocina, y les entregó a los dos niños –aunque éstos protestaron a voz en cuello– amenazándolos con romperles los brazos y las piernas si no cuidaban de los infantes como de las niñas de sus ojos, y con arrancarles incluso los ojos si no lo obedecían. Después corrió hacia el patio interior, que estaba repleto de mamelucos.

Una sola mirada le bastó para comprender que los conjurados habían puesto en marcha al ejército con el fin de alejarlo, y aunque su repentina reaparición debió disgustar a los reunidos, nadie le prestó mayor atención. Tampoco era necesario, puesto que los acontecimientos se desarrollaron con tanta rapidez que a él ya le fue imposible evitar lo que sucedió.

Arriba, en la estancia de la torre, se encontraba Turan Sha con los médicos y los imames y, como había temido "el halcón rojo", también con Madulain. El sultán había formado una barricada a su alrededor. Los mamelucos, que primero lo buscaron en sus habitaciones particulares destrozándolo todo y mataron, cortándolo a trozos, al hermafrodita, al que descubrieron allí, se reunían ahora en torno a la torre gritando que Turan Sha bajara al patio.

Al ver que no reaccionaba incendiaron el edificio, que era de madera maciza, lanzando fuego griego sobre él. Como toda la torre había sido construida con troncos de pino resinoso y cubierta con toldos, las llamas prendieron en seguida. El sultán abrió una de las ventanas y pidió socorro a los soldados, pero no había ninguno allí y se dio cuenta de que estaba rodeado por una jauría de mamelucos que le lanzaban gritos amenazadores.

Entonces Turan Sha saltó, lo que nadie habría creído posible que hiciera y lo que, debido a la humareda, casi nadie pudo ver, por el lado de la puerta que daba al río y consiguió alcanzar el corredor que conducía a la tienda de baños.

Uno de los mamelucos le arrojó una lanza, que lo alcanzó debajo de un omoplato. Pero el sultán siguió corriendo con el arma colgada y arrastrándola detrás. Cuando llegó a la tienda de baños se arrojó al agua e intentó escapar a nado.

Baibars, que lo vio, corrió en su persecución y se tiró también al agua hasta alcanzar al sultán, que se había enredado en las redes que separaban el lugar de los baños de las aguas profundas del Nilo. Baibars lo apuñaló hasta que el soberano ya no se movió y el agua se tiñó de rojo.

"El halcón rojo" se había introducido en seguida en el interior de la torre incendiada. Vio arriba, en una de las aberturas, a Madulain que intentaba sujetar una escalera.

–¡Salta!– gritó "el halcón rojo". La mujer obedeció y en su breve caída se le incendiaron las ropas. "El halcón rojo" intentó recogerla en brazos, pero el choque lo arrojó también a él contra el suelo. De todos modos, agarró firmemente a Madulain y tuvo la suficiente presencia de ánimo como para alejarse, junto con ella y rodando por el pavimento, del foco del incendio. Después ahogó las llamas que habían prendido en las ropas de la joven y la dejó sola. El patio se había vaciado casi por completo, todos corrían hacia el río. "El halcón rojo" recogió el hacha y salió detrás, pero comprendió en seguida que era demasiado tarde. Aquellos hombres parecían ebrios de sangre.

–¡Matemos a todos! ¡Muerte a sus favoritos, sus mujeres y sus hijos!

Las voces sonaban chillonas y cargadas de odio mientras Baibars salía del agua con el sable ensangrentado, como un símbolo de la maldad triunfante.

En la cabeza de "el halcón rojo" había un único pensamiento: "tengo que salvar a Madulain y a los niños."

Baibars aún no había visto a su odiado rival. El cadáver de Turan Sha se había soltado de las redes y era arrastrado a la orilla.

Entonces "el halcón rojo" se acercó a uno de los mirones y de un manotazo le arrebató el puñal que le colgaba del cinturón. Se dirigió muy tranquilo hacia el cadáver depositado por las aguas sobre la pendiente y con dos rápidos cortes le abrió el pecho. Le costó un esfuerzo enorme, pero metió la mano en la carne aún caliente y le arrancó el corazón. El grito de placer de los mamelucos apagó el insulto de Baibars. "El halcón rojo" elevó el corazón, cuya sangre corría por su brazo desnudo. Se puso a la cabeza de los mamelucos y condujo a la jauría vociferante hasta la tienda del rey. Así se presentó ante Luis y exclamó en voz alta:

–¡Vuestro enemigo y el nuestro ha muerto! Tendréis que recompensarnos por esta causa y debéis hacerlo como un rey, ¡pues si estuviese vivo podéis estar seguro de que os habría hecho asesinar!

Los mamelucos estallaron en júbilo y aclamaron a "el halcón rojo". El rey se limitó a mirarlo a la cara y no pronunció ni una palabra.

Una vez fuera de la tienda, Baibars se enfrentó a "el halcón rojo" en un encuentro que éste había esperado, pero sin contar con que el mameluco estuviese acompañado de los niños, a los que venía empujando para que se adelantaran con él.

–Así pues, sois capaz de sacarle el corazón a quien ya está muerto, Octay– se mofó con entonación brutal. –Ahora os doy la ocasión de hacer solo todo el trabajo. ¡Yo me limitaré a mirar!

Dio un empujón a los niños y retó a su enemigo con la mirada. "El halcón rojo" levantó el hacha.

–No os mováis– dijo en voz baja. –Puede que corra mucha sangre, pero podéis estar seguro, Baibars, de que también correrá la vuestra. Y si algo les sucede a estos niños, ¡también correrá la de vuestro hijo!

–Se me había olvidado– murmuró asustado "el arquero", y su mirada se oscureció –que sois el verdadero aliado del diablo y obráis según sus órdenes.

Y dio a los mamelucos que lo rodeaban orden de alejarse.

–Quiero que me devuelvan mi puñal– dijo Yeza, y arrojó una mirada obstinada a Baibars, –y el de Roç también.

El hombre no pudo evitar una sonrisa divertida.

–¿Serías capaz de matarme?

Yeza asintió con toda seriedad. El emir de los mamelucos llamó con un gesto a su escudero e hizo que les entregaran los puñales a los niños.

Después invitó a "el halcón rojo" a alejarse unos pasos de allí. Éste había puesto en manos del mameluco, que lo recibió un tanto perplejo, el corazón sangrante, pero seguía con el hacha dispuesta.

–Octay, vos no me mataréis ahora– inició Baibars la extraña conversación. –Nosotros dos aún tenemos asuntos pendientes.

En torno a las comisuras de sus labios apareció de nuevo la cruel sonrisa del poderoso. "¡Tiene madera de soberano!", pensó "el halcón rojo". "Es más listo y más ambicioso que el último de los Ayubíes."

–Hacéis bien en no convertirme en vuestro enemigo y yo, por mi parte, también os necesito.

–En cambio yo preferiría, Rukn ed-Din Baibars– le respondió "el halcón rojo", –vivir muy alejado de vos.

–Lo creo– dijo Baibars. –Pero antes debe cumplirse todavía el pacto que vamos a cerrar ahora.

No estuvo pensando mucho tiempo cuál sería la fórmula más conveniente.

–Os proporcionaré un ejército y vos me devolveréis a mi hijo Mahmoud; yo os cedo a los niños y también– y sonrió por tercera vez, en esta ocasión con expresión irónica –a la favorita por cuya causa habéis sido capaz de arrojaros a las llamas.

"El halcón rojo" se tomó algún tiempo antes de responder.

–Escuchad ahora mis condiciones, Baibars– dijo después con voz calmosa. –No necesito un ejército, pero me llevo a los infantes y también a la hija del emperador. A ésta para mi placer, y a Roç y Yeza porque sólo ellos saben dónde está prisionero su amigo Mahmoud y sólo ellos tienen acceso...

–En ese caso, os basta con el muchacho– lo interrumpió Baibars con astucia, –la niña se quedará aquí como garantía de que no cumpliréis prematuramente vuestro deseo íntimo de no volver a verme jamás.– Se detuvo y miró con aire expectante a "el halcón rojo". –Yo sí deseo volver a veros, acompañado de mi hijo Mahmoud, a quien abrazaré de todo corazón si la voluntad bondadosa de Alá lo permite.

"Como padre es tan vulnerable como cualquiera", pensó "el halcón rojo", dispuesto a no dejarse conmover.

–En ese caso debéis jurar aquí mismo, y tomando a Alá por testigo, que cuidaréis y protegeréis a Yeza y la guardaréis de toda injuria, como si fuese vuestra hija, y además– añadió cuando vio que Baibars levantaba la mano dispuesto a jurar, –que después de haber salvado felizmente a vuestro hijo –si la bondadosa voluntad de Alá lo permite–, jamás volveréis a atentar contra la vida o la libertad de los infantes reales, ¡so pena de que vuestro único hijo Mahmoud muera y vuestra semilla se pierda!

–¡Sois peor que el diablo!– gruñó Baibars.

–¡Jurad!– insistió "el halcón rojo". –Palabra contra palabra. Alá se ocupará de que el juramento se cumpla si rompéis vuestra promesa.

Baibars juró en voz alta, aunque vacilante. Después regresaron y "el halcón rojo" tomó a los infantes de la mano.

–Hemos escondido a Madulain en la cocina– le informó Roç con orgullo. –Tiene aspecto de haberse caído a la parrilla...

–No está muy bonita que digamos– aclaró Yeza: –tiene ampollas en todas partes, ¡y hasta se ha quedado sin vestido!

DIARIO DE JEAN DE JOINVILLE

Fariskur, 3 de mayo de 1250 d.C.

Oímos sonar los bombos, vimos el humo y después también el fuego que envolvía la torre del sultán hasta llegar a parecer una antorcha. El ejército egipcio pasó de largo ante nosotros y observamos que se encaminaba a toda prisa en dirección a Damieta, lo cual nos sorprendió e intranquilizó mucho, pues si liberaban la ciudad ya no habría con qué negociar y quedaríamos a su arbitrio. Después una horda de mamelucos asaltó nuestra galera blandiendo sables y hachas y gritándonos feroces insultos.

–¿Qué ha sucedido?– pregunté a uno de los barones de Ultramar, todos los cuales dominan el idioma árabe.

–¡Dicen que han matado al sultán y que ahora nos cortarán a todos la cabeza!

Caí de rodillas y me confesé con él, aunque me hizo poco caso.

–Os perdono todos los pecados, Joinville– me absolvió sin más, –¡ahora, en cambio, aseguran que no nos quieren matar!

Me sentí aliviado, porque además también me había asustado el gran número de pecados que acudieron a mi memoria. Después nos dijeron, según me fue traducido, que primero nos llevarían a todos a El Cairo, también al rey, y que allí nos entregarían a los tribunales.

Los mamelucos nos empujaron hacia la parte delantera del barco y nos encerraron como sardinas en salazón en el estrecho camarote de proa. Estábamos tan amontonados que yo tenía los pies del conde de Flandes en la cara y él los míos. Así transcurrió la noche.

Cuando la mañana introdujo una luz grisácea por las rendijas, unos golpes livianos y un chapoteo debajo de nuestros cuerpos rígidos nos hizo saber que habíamos iniciado el viaje. Y comprendimos que el final, que tampoco sería bueno, estaba todavía sin desvelar.

Vida qui mort aucis
nos donet paradis
Gloria aisamen
Nos de Deus veramen.

VI

¡ALÁ LOS CASTIGUE!

LOS EMIRES MAMELUCOS se tomaron algún tiempo y de momento enviaron a El Cairo a los prisioneros más distinguidos, como el rey y sus hermanos, los condes, los mandos militares y el duque de Borgoña. También arrastraron hasta la capital a una parte de los soldados cristianos que, contra todos los acuerdos tomados hasta entonces, en parte fueron ejecutados públicamente, en parte linchados por la multitud. A unos pocos, los más jovenes y sanos, se los condujo al mercado de esclavos.

Los emires se reunieron en Fariskur, en la tienda del sultán destinada a recibir a los invitados, y celebraron consejo para tratar, no tanto de la cuestión del sucesor como de una regencia provisional.

La sultana Sayarat-al-Durr se ofreció para seguir representando de momento al sultanato cara al exterior, es decir, para aplicar su sello personal a los decretos, pero exigió tener a su lado un regente elegido. Así lo hizo saber, para que no hubiese dudas, a los emires reunidos en Fariskur.

El primer candidato que se ofreció para el cargo fue el gobernador de El Cairo, Husam ibn abi'Ali. El puesto le interesaba porque, como confesó a su protegido Ibn Wasil, confiaba en que el segundo paso podría consistir en establecerse de una vez para siempre como sultán, previo matrimonio con Sayarat. Pero tropezó antes de dar el primer paso, por hacerse rogar demasiado cuando le propusieron la regencia.

Cuando se dio cuenta del error ya no era el único candidato, porque Baibars, quien había asumido la presidencia de la reunión, propuso sin más al eunuco mayor Gamal ed-Din Mohsen, cuya elección fue aprobada inmediatamente, pues se lo consideraba del todo carente de ambiciones. Pero Gamal Mohsen, quien no podría casarse con la sultana, no deseaba en absoluto ocupar el trono, porque no perdía de vista lo sucedido a su antecesor y estaba convencido de que el trono seguiría bajo la espada de Damocles representada por los mamelucos. De modo que rechazó el ofrecimiento con humildad y cortesía.

A Baibars le disgustó el rechazo, primero porque no se le ocurrió con suficiente prontitud otro candidato; y después porque el emir de mayor rango, Izz ed-Din Aibek, propuso entonces precisamente a Fassr ed-Din Octay, el hijo del visir, y observó que los demás daban muestras de aprobación.

–¿Por qué no participa el emir en esta reunión?– intentó Baibars rebajar el aprecio de que a todas luces gozaba el ausente. –Tal vez el caballero considere que no estamos a su altura...

Pero fue Aibek, respetado por todos, quien le hizo notar, aunque sin ningún propósito oculto de entablar una polémica, que él mismo había dispuesto que "el halcón rojo" acompañara al embajador del califa de Bagdad. El cadáver de Turan Sha había estado durante todo ese tiempo abandonado junto a la orilla del río porque nadie se atrevía a enterrarlo. Sólo el embajador había conseguido finalmente que fuese "lavada aquella vergüenza del Islam", palabras con las que no se refería ni al asesinato ni al asesinado, sino al hecho de que el cadáver estuviese descomponiéndose en el agua.

–Tiene mucho motivo para ocuparse de la inhumación, pues ha dejado al muerto destrozado al arrojarse sobre él más bien como un buitre que como un halcón– gruñó Baibars.

Aibek propuso ir a buscar en seguida al emir Fassr ed-Din Octay y Baibars envió a Baha Zuhair, el escribano mayor de la corte, quien le había ofrecido sus servicios guiado por una intuición segura sobre el nuevo reparto de poderes y calculaba que le sería difícil hacer carrera en la corte de la sultana.

Si Baibars había esperado que el emir fuese imposible de localizar se engañó una vez más.

"El halcón rojo" entró en la tienda por el acceso posterior que conducía hacia las hasta entonces habitaciones particulares del sultán, mostrando un aire muy seguro de sí mismo y más bien un tanto hastiado. Había requisado una parte de aquellas estancias, después de concertarlo con el eunuco mayor, para instalar allí a Madulain y a los niños, a los que vigilaban y protegían únicamente las tropas de su padre, que sabía le eran fieles.

Madulain no debía ser vista por Sayarat, y nadie, ni siquiera Baibars, debía poner las manos sobre los niños.

–¿Admitís ser candidato– lo recibió Baibars, tragándose con esfuerzo la palabra "acaso" –a la regencia de este país, junto a la bondadosa y sabia sultana, madre de Halil, que gracias a sus poderes custodia el sello?

No hacía falta tanta aclaración para inducir a "el halcón rojo", que difícilmente consentiría además en casarse con Sayarat al-Durr, a pronunciar un claro e inequívoco:

–¡No!

Pero no se limitó a ello, sino que propuso a su vez que fuera elegido el emir más antiguo y de mayor experiencia entre los reunidos: ¡Izz ed-Din Aibek! Y como éste aún moviera la cabeza, si bien visiblemente halagado, Baibars pudo aplazar bruscamente la sesión, aunque tuvo que aceptar que el mando supremo del ejército no le fuese confiado a él, sino precisamente a Aibek. Ni siquiera le quedó tiempo para reconocer ese error táctico –que, con el tiempo, llegaría a lamentar todavía más–, porque los guardias anunciaron que el patriarca de Jerusalén, acompañado de su séquito, acababa de llegar procedente de Dumyat. La reina, antes de emprender viaje ella misma, había otorgado plenos poderes al anciano para que declarara ante el sultán que estaba de acuerdo con el pago del rescate.

Baibars se mostró jubiloso, pero el gobernador Husam Ali decidió entonces jugar sus cartas y recuperar el terreno perdido.

–Según nuestras costumbres, los embajadores que llegan después de fallecido quien había de recibirlos– y con estas palabras dio rápidamente a los reunidos una prueba de su talento –no son presentados al sucesor, sino que se los considera prisioneros.

Miró a su alrededor pidiendo aplausos, pero Baibars le arrebató el triunfo.

–¡A la mazmorra con el patriarca y con cuantos lo acompañan!– ordenó a los guardias, y levantó la sesión.

Ni "el halcón rojo" ni Aibek se opusieron a tan brutal procedimiento. Observaron sin exteriorizar signos de emoción cómo el patriarca Roberto, un digno anciano que pasaba de los ochenta, era conducido a la prisión junto con sus acompañantes. Entre ellos se encontraba también el conde Juan de Sarrebruck, quien hasta entonces había estado dando vueltas por Damieta precisamente para eludir semejante destino. Baibars se les acercó y "el halcón rojo" aprovechó el momento para retirarse. Era cierto que entre él y Baibars existía el acuerdo de liberar a Mahmoud, su único descendiente, como precio de la libertad de los infantes y Madulain, pero aún esperaba poder ahorrarse dicho esfuerzo sin que sus protegidos quedaran expuestos al peligro encarnado en el poderoso y violento emir de los mamelucos. También Baibars estaba dispuesto a hacer cualquier cosa que le evitara deberle algo al odiado rival, de modo que se dirigió a Aibek y le exigió un ejército lo suficientemente numeroso como para dirigirse a Siria y obligar a An-Nasir a entregarle a Mahmoud. Pero Aibek se lo negó en redondo.

–Aparte de que no deseamos– le respondió –que nuestras tropas entren en seguida en otra guerra, hay que esperar también a ver qué actitud adopta el señor de Alepo y de Homs. Si An-Nasir intenta ocupar Damasco, donde es muy posible que no lo rechacen puesto que es un Ayubí, tendremos que declararle la guerra de todos modos, pero entonces intervendremos con todo nuestro ejército. Así que, de momento, no conviene irritarlo. Por mucho que lo sienta por vuestro hijo, considero que debéis mantener en segundo plano vuestros intereses familiares, emir.

Baibars se quedó sin habla, primero por el rechazo inesperado, y después al comprender que, debido a su ligereza, había perdido el mando. Saludó ligeramente a su superior y se alejó.

A continuación se dirigió a paso rápido a las habitaciones de "el halcón rojo", pero los guardias no lo dejaron pasar. El emir estaba furioso y pidió que llamaran al hijo del visir, quien salió al patio. Una vez reunidos, los dos dieron vueltas en torno a los restos quemados de la torre de Turan Sha. Baibars adoptó un tono melifluo.

–Ayudad a un padre cuyo corazón sangra de ansiedad por volver a abrazar a su único hijo. Tendremos guerra con An-Nasir, y en ese caso la vida de mi pequeño Mahmoud correrá un terrible peligro. ¡El monstruo de Homs no dudará en asesinarlo!

–¡Cuidad vuestras palabras!– dijo el emir. –Habéis creído tal vez que yo soy la persona adecuada para hablarle de un corazón sangrante, pero me temo que si alguien buscara el vuestro se encontraría con una piedra.

–Os podéis mofar de mí– resopló Baibars. –¡Vos no sois padre!

–Pero soy hijo– dijo "el halcón rojo", –y ni siquiera me habéis concedido el honor de dejarme ver por última vez a mi amado señor padre y prepararle una tumba digna. Aunque es posible– no pudo reprimir su rabia agresiva –¡que así sea costumbre en la familia de la que procedéis!

Baibars no acusó el grave insulto sino que prefirió agarrarse al rayo repentino de esperanza que vislumbró después de haber casi renunciado.

–Me acusáis injustamente– y cambió de tono, –pero si cumplo vuestro deseo, ¿me juráis entonces partir sin más retraso?

–¿Cómo pretendéis conseguirlo?– rezongó "el halcón rojo", incrédulo. –Han transcurrido tres lunas desde la muerte de mi padre…

–¡Jurad!– dijo Baibars, y a "el halcón rojo" no le quedó otro remedio.

–Lo juro.

–Venid– dijo entonces Baibars "el arquero", tomando del brazo al hijo del visir y conduciéndolo por el corredor cercado que llevaba a la tienda de baños del sultán y escenario del delito, que a todo el mundo le había sido prohibido pisar y adonde lo más probable era que nadie quisiera dirigirse. Baibars levantó la lona que cerraba la tienda, y a la luz menguante que iluminaba el cerco vacío construido en el agua vieron el embarcadero de madera que llegaba hasta el centro del río: al lugar de amarre destinado a la galera del sultán. Allí mismo se balanceaba una barca en las aguas del Nilo.

–¡Id a verlo!– dijo Baibars, y dejó solo a "el halcón rojo".

Éste subió a bordo de la embarcación cruzando por un tablero. Se trataba de una barca mortuoria, en la que halló instalada la tienda de su padre con su escudo en la entrada y la bandera izada. "El halcón rojo" apartó la lona que daba acceso y se vio frente al gran visir, sentado en un sillón de alto respaldo.

Los embalsamadores habían realizado un trabajo excelente. El cadáver irradiaba dignidad y paz. El hijo no se acercó más, sino que se arrodilló para rezar el *salat al mauta*, la oración fúnebre.

Evocó todo lo que su padre, a quien había visto en tan pocas ocasiones, le había inculcado durante su vida, empezando por su nombre de guerra: *sakr al ahmar*, su apodo en árabe. El sabio Fakhr ed-Din era consciente de que el hijo de Anna, su esclava cristiana, no podría ser jamás su sucesor ni asentarse en ningún país. Fassr ed-Din Octay estaba destinado a convertirse en caminante entre los mundos.

El visir lo había enviado a la corte de su amigo Federico, quien había educado al muchacho para convertirlo en caballero de Occidente. El sultán lo había nombrado embajador, y cuando creció llegó a conocer todos los trucos de la diplomacia terrenal y las fuerzas espirituales que dominan en Oriente: desde los "asesinos" hasta los sufíes de Asia Menor, desde el califato degenerado de Bagdad hasta los bárbaros que amenazan sus fronteras. Había sido perfectamente preparado para emprender el vuelo del halcón, y todo se lo debía a su padre.

El emir no sabía cuánto tiempo llevaba sumido en la oración cuando oyó que alguien se acercaba: eran Izz ed-Din Aibek y Gamal ed-Din Mohsen, el eunuco mayor, que acudían a rendir los últimos honores al gran visir. "El halcón rojo" se incorporó.

–Ante el rostro de este venerable muerto– dijo –quiero proponeros un pacto. Suponiendo vuestra amable aprobación– y se inclinó ante ambos –emprenderé un largo viaje. Pero primero quiero asegurar que la regencia quede en vuestras manos, Izz ed-Din Aibek, y que el poder sobre el palacio siga en las vuestras, ya expertas, Gamal ed-Din Mohsen. ¿Corresponde esto a vuestros deseos?

Ambos asintieron, y "el halcón rojo" prosiguió:

–Podéis creer que mi influencia es suficiente para imponerlo. No habrá ninguna voz en contra.

El comandante supremo de los mamelucos lo miró un tanto incrédulo.

–Ninguna– le confirmó "el halcón rojo", y sonrió a Aibek; –en cambio debéis cumplir un ruego mío que os será relativamente fácil aceptar. Dejaré aquí en prenda a la niña: ¡debéis procurar que esa criatura no sufra ningún daño! Quiero a Yeza como si fuese hija mía.

–Tenéis mi palabra, Fassr ed-Din– dijo Aibek, y también el eunuco se apresuró a mostrar su espíritu protector:

–Podéis confiar en mí, ¡nadie se atreverá a tocarla!

Uno de ellos pensaría posiblemente que era mejor no tener más enemigos, pues con Baibars Bundukdari ya le bastaría hasta el final de sus días; pero sí le convenía el apoyo de la familia de Fassr ed-Din Octay. El otro no albergaba ambiciones, aunque tampoco amores. El destino de la niña lo dejaba indiferente. Se despidieron intercambiando recíprocas afirmaciones de amistad entusiasta y dispuestos a emprender en sus respectivas naves el viaje de regreso a El Cairo.

"El halcón rojo" ordenó que Madulain y los niños fuesen embarcados en la nave mortuoria y emprendió asimismo el viaje de retorno a la capital. Quería enterrar allí a su padre en la tumba familiar, para partir después con Roç y Madulain en dirección a Siria. Pero no les anticipó ni una palabra sobre sus proyectos, sino que permaneció durante todo el viaje encerrado en la tienda, sumido en un diálogo mudo con el gran visir.

DIARIO DE JEAN DE JOINVILLE

Gizeh, 4 de mayo de 1250 d.C.

A última hora de la tarde, después de haber llegado a las cercanías de la capital, nos condujeron en una larga caravana a Gizeh, un lugar cercano, pero situado en pleno desierto. Los que somos de rango superior y cuna noble montábamos sobre camellos, lo que no significa otra cosa que acurrucarse sobre esos enormes animales a cuyo movimiento de balanceo no estamos acostumbrados, mientras un beduino conduce nuestra montura tomándola por las riendas. Lo que más nos impresionó fue el momento en que las pirámides aparecieron ante nuestra vista.

Se había hecho tarde y la luna mostraba ya su hoz, pero el sol aún no se había hundido del todo y esparcía sus últimos rayos de fuego. Fue un espectáculo solemne y desconocido el de esas construcciones regulares y gigantescas que aparecieron bajo una luz rápidamente cambiante. Jamás me había imaginado una montaña tan enorme y poderosa, de la que irradiara tal majestad, construida por la mano del hombre. Las puntas de los triángulos reflejaban aún el resplandor dorado de uno de los dioses, mientras el firmamento que asomaba detrás empezaba a adornarse con los astros plateados de las demás divinidades. Fue una visión cuya belleza hacía temblar y cortaba el aliento. Nos trasladaron a un campamento apresuradamente instalado para nosotros, compuesto de tiendas montadas en el desierto, sin cercado alguno.

Para el rey elevaron de nuevo el pabellón rojo, como deferencia especial a su persona.

En realidad, todo era igual que antes en nuestro propio campamento, excepto en que no había ya por qué temer la presencia de "asesinos", ni la lluvia de flechas o el lanzamiento de fuego griego, ni una alarma nocturna; tampoco teníamos la obligación de acostarnos con las armaduras puestas. Pero si alguno de nosotros había albergado la esperanza de un reposo maravilloso tuvo que desengañarse.

Apenas nos habíamos acostado cuando los guardias nos hicieron salir y nos ordenaron que esperáramos cada uno delante de su tienda. Mi secretario, que había adquirido su propio rango como intérprete y tampoco hacía caso de ninguna otra orden, aprovechó la ocasión para pedir licencia al rey Luis y venir a verme.

Por él supimos que los emires de los mamelucos deseaban reiniciar las conversaciones interrumpidas aquella misma noche. Pero no era ésa la razón de su visita.

–Ya veis, mi señor de Joinville– susurró William excitado, –que Ezer Melchsedek lo había previsto correctamente: ante nosotros se eleva la gran pirámide...

Se sentía realmente orgulloso del cabalista.

–Y en algún lugar de este monumento de piedra amontonado por los dioses nos espera un Roberto de Artois momificado– intenté burlarme de él –en alguna cámara mortuoria oculta, ¡vigilado por los espíritus de los faraones! ¿Dónde queda ahora tu Hermes Trismegisto omnisapiente?

–Si conocía nuestra llegada, no dejará de revelársenos cuando llegue el momento.– William parecía profundamente impresionado y hasta creí adivinar en él, cosa insólita, cierto sentimiento de respeto.

Justo en aquel momento empezaron a llamarnos por nuestros nombres para que nos dirigiéramos a una tienda iluminada donde nos esperaban los emires. Cuando entró Luis, los árabes se incorporaron y lo saludaron con una reverencia. Como el conde de Bretaña seguía tan enfermo que le permitieron quedarse acostado, tuve que hacer de portavoz. Ocupamos nuestros sitios a lo largo de una mesa baja, con el rey en el centro; en el otro lado alargado se sentaron, frente a nosotros, los emires. William, que se había colocado a espaldas del rey y mías, nos presentó al jefe de la delegación egipcia y gobernador de El Cairo: el emir Husam ibn abi'Ali.

Lo que más nos ilusionaba, a mí y a mis compañeros, era que por primera vez íbamos a ver al renombrado "arquero", el emir Rukn ed-Din Baibars. ¡Qué desencanto! El famoso guerrero tiene un cuerpo robusto, casi rechoncho. Su cráneo ligeramente encanecido parece una piedra cuadrada y sólo los ojos, diminutos y de movimientos rápidos, exigen atención. Miran todo sin delatar ninguna emoción. El emir es temido y famoso por su dureza y me recuerda a uno de esos pastores que se encuentran en la soledad del campo, capaces de cuidar de su rebaño, curar a todo animal herido y matarlo sin compasión si las heridas son demasiado graves.

Baibars se mostró bastante reservado, pero en el transcurso de las negociaciones me causó la impresión de que no estaba allí para vernos a nosotros, sino para vigilar el comportamiento del gobernador. Éste es un hombre de vanidad manifiesta y hasta su elocuencia, que es considerable, está al servicio de dicho rasgo. Yo lo dejé hablar. Lo único que allí se hizo era volver a comentar las condiciones ya conocidas. En cuanto hubiésemos entregado Damieta, el rey y todos sus señores serían puestos en libertad. El resto, si no había sido pasado ya a cuchillo, nos seguiría en cuanto pagáramos el rescate, lo que se debía hacer antes de que abandonáramos el país.

Husam ibn abi'Ali tampoco descuidó mencionar ante nosotros que él y los demás distinguidos emires mamelucos presentes no tenían culpa alguna de las ejecuciones en masa realizadas hasta entonces, y que todo ello no era más que una prueba de que el sultán, a quien acababan de eliminar, no habría estado dispuesto en modo alguno a cumplir con su palabra, pues tenía pensado ejecutarnos a todos.

Sus palabras no eran para mí una prueba, sobre todo no me aseguraban de que aquellos honorables señores no procederían del mismo modo con nosotros. Para frenar tales intenciones propuse:

–Estamos dispuestos a pagar la mitad de la suma acordada del rescate, es decir, doscientas mil libras, en el momento de nuestra partida, y la otra mitad cuando estemos en San Juan de Acre, puesto que– intenté acallar las protestas que se estaban elevando, y que mi estimado William no tenía necesidad de traducir, –en primer lugar, no disponemos de más medios en Damieta, y en segundo lugar queremos asegurarnos de que las catapultas que figuran en la lista, los arcos de rueda y las bombardas, la carne en salazón y los enfermos sean guardados y debidamente cuidados hasta que el rey encuentre la manera de hacerlos recoger. En las naves que nos quedan no disponemos de suficiente espacio para transportar todo ese valioso armamento.

El gobernador pareció comprenderlo y dijo:

–No es más que una cuestión de garantías. Os haremos saber qué rehenes debéis dejar aquí para asegurar esta variante del procedimiento acordado.

Con estas palabras nos despidieron. Yo me aparté con el mariscal de los sanjuanistas, el señor Leonardo di Peixa-Rollo, y le dije que me gustaría hablar aquella misma noche con el noble señor de Ronay. Con broncos modales el mariscal, que estaba furioso por haber tenido que sentarse educadamente frente a Baibars, al que habría deseado agarrar por el cuello a causa del cobarde asesinato de Juan-Luc de Granson –una de las razones por las cuales su maestre se había negado a estar presente–, me increpó preguntándome si no podía esperar hasta la mañana siguiente. Estaba a punto de responder a su insolencia cuando oí que el gobernador se dirigía con una pregunta privada al rey. Luis estaba a punto de salir de la tienda acompañado de William y su condestable y era el último en abandonar el lugar. Sus dos hermanos, Alfonso de Poitou y Carlos de Anjou, ya se habían retirado.

–¿Cómo se le ha ocurrido a vuestra majestad, de quien sabemos que dispone de una mente lúcida y perspicaz, subirse a un barco y atacar este país cabalgando sobre las olas del mar, sabiendo que estas tierras están densamente pobladas por musulmanes y que, en consecuencia, disponemos de un ejército numeroso? ¿Cómo podíais estar seguro de conquistar Egipto y convertiros en su soberano? Esta empresa representa el mayor peligro al que habéis podido exponeros, tanto vos como a vuestros súbditos.

El rey sonreía, pero no contestó, de modo que el gobernador se sintió estimulado para proseguir:

–Según nuestra ley, alguien que cruza el mar sin tener necesidad de hacerlo, poniendo en peligro su propia persona y sus bienes, no es admitido jamás como testigo ante un tribunal.

–¿Y eso por qué?– preguntó el rey, muy cortés.

–Porque suponemos, después de tales actuaciones, que es un débil mental, y el testimonio de los débiles mentales no tiene validez.

El rey reía divertido.

–En verdad, quien así lo dispuso tenía la mente muy clara. Pero vos, señor mío, que me habéis expuesto semejante reflexión, deberíais hacer el esfuerzo de intentar definir el sentido que tiene el término "sin necesidad". ¡Buenas noches!

Me dirigí al pabellón del gran maestre de los sanjuanistas. Cuando pasé por delante de donde estaba albergado el conde de Anjou, vi al señor Carlos reunido a oscuras con un moro que cubría su rostro con la *kufia.* Aquel secretismo me confirmó la sospecha albergada desde hacía mucho tiempo de que el de Anjou perseguía sus propios fines.

Delante de la tienda del señor Juan de Ronay, que ostenta las insignias del gran maestre como si allí estuviésemos en calidad de invitados y no de prisioneros, los guardias me retuvieron y llamaron al mariscal. Peixa-Rollo se mostró disgustado y quiso despacharme con brevedad.

–Me han mandado deciros que "la causa" ya no interesa, señor, por lo que os podéis considerar liberado de todo encargo.

–Me gustaría oírlo de boca del maestre– insistí en mi derecho.

–¡Mañana por la mañana!– me respondió aquel zoquete.

Cuando regresé a mi tienda encontré a mi secretario sentado junto a un hombre de edad avanzada y aspecto pobre, cuya barba le colgaba en largos mechones ralos del mentón. Su figura achacosa y enclenque estaba envuelta en una gastada chilaba.

–Es Ezer Melchsedek– me dijo William. La verdad es que no hacía falta decirlo. –Nos ha estado esperando para presentarnos al conde de Artois.

–¡Mañana por la mañana!– les indiqué, y añadí en alemán: –¿Qué quieres que haga con este hombre? "La causa" ha quedado anulada como si se tratara de un ataque fracasado de caballería. ¡Los sanjuanistas ya no quieren saber nada!

–No pueden esquivarlo sin más– protestó William empleando su dialecto flamenco que yo no entendía más que a medias, de modo que lo reforzó con algo de latín. –*Cum profanus in monte ingressus est, regrediendum numquam est. Voluntas sua nihil est, sed lex potentiae in monte regnantes sola valet.*

–William de Roebruk, ya que sois tan listo, podéis acudir mañana por la mañana a ver al señor Juan de Ronay y explicárselo en persona. Ahora deseo irme a dormir.

–Ezer Melchsedek también tendrá que dormir aquí– dijo mi excelente secretario; –no tiene otro sitio donde echarse a descansar y sería un poco difícil llevarlo a la tienda del rey.– William se incorporó. –Por lo demás– dijo, –corre el rumor de que Yves "el Bretón" se encuentra en el campamento disfrazado de musulmán. Al parecer ha podido introducirse subrepticiamente…

Recordé al moro que había visto en compañía de Carlos de Anjou, pero no contesté más que esto:

–No se atreverá a presentarse ante el rey.

–Eso tal vez no– respondió William, –pero sí nos demuestra que nos encontramos en el momento y en el lugar oportunos. Siempre que se abre la puerta del infierno está presente "el Bretón". El gran maestre tendrá que comprenderlo.

–El demonio está entre nosotros– se oyó la voz tranquila de Ezer Melchsedek. –"La causa" bulle en la caldera, y en la profundidad de la pirámide arde el fuego purificador a la espera del rey y de la novia.– El anciano mantenía los párpados cerrados. –Tendrán que atravesarlo.– De repente me miró y puso en sus ojos un brillo entusiasta, como si él mismo fuese el novio. Después prosiguió en un latín perfecto: –*Qui incantationem incipuit cameram magicam exire nos possit. Haec lex!* ¡Es la ley!

–¿La ley de quién?– me indigné, aunque bajando la voz.

–La ley de la pirámide– me aclaró con suavidad.

–Ya es tarde– dije, preocupado por mi sueño.

–Demasiado tarde– respondió Ezer Melchsedek.

Le di la espalda y sin que él lo pudiese ver saqué un naipe de mi baraja de tarot. ¡El mago!

EL MAGO

"¡Elévate al reino de los espíritus creativos! Encuentra el marco adecuado para tu talento, adepto. Bajo el signo de Mercurio el maestro puede modificarlo todo. Puede intercambiar la luz con la sombra, pero el filo sobre el que camina es estrecho."

También yo me sentí perplejo, aunque procuré que no se me notara. William se alejó a hurtadillas. Le hice señas al cabalista para que se acomodara allí mismo donde estaba sentado y me acosté. Dormí muy mal. Ezer Melchsedek ronca.

LOS MAMELUCOS SE ACUARTELARON en el poblado de Gizeh para no perder de vista a sus importantes prisioneros. Baibars, Aibek y algunos otros emires requisaron el pabellón de caza del sultán que tenía a la vista las pirámides y que Gamal Mohsen les había recomendado, pasando por alto al gobernador, cuyo permiso en realidad debían haber solicitado.

Husam ibn abi'Ali se quejó ante la sultana, y Gamal Mohsen, que fue llamado por ser el encargado máximo de la administración de todos los palacios, aseguró estar plenamente de acuerdo, pero nadie se atrevió a ordenar a los mamelucos que abandonasen el edificio.

La casa de campo del gran visir era fronteriza a la propiedad del sultán. Se trataba de una finca extensa, con frondosos árboles que daban sombra y arbustos de rosas y jazmines que exhalaban un aroma embriagador.

"El halcón rojo" había expuesto en primer lugar a Madulain su decisión de abandonar El Cairo con ella y con Roç, para iniciar el difícil viaje hacia Siria. La hija de los *saratz*, que parecía haberse quedado sin vida desde el asesinato de Turan Sha y no había dado siquiera las gracias al hombre que la salvó del incendio de la torre, no pronunció ni una palabra.

–¡No os podéis quedar aquí más tiempo, Madulain!– insistió "el halcón rojo". –La sultana jamás os perdonará haberse visto obligada a arrodillarse ante vos. Hasta ahora os protegía la aureola de "hija del emperador", pero entre los prisioneros del campamento hay algunos que, por descuido o por rencor, podrían revelarle a los vencedores que vos no sois en modo alguno "la princesa de Salento", ¡lo que significaría vuestra muerte segura!

La interpelada reaccionó por primera vez y sus ojos brillaron.

–Clarion sólo es condesa, y no es más que hija bastarda del emperador.– Y añadió con orgullo: –Yo soy un princesa nativa de los *saratz* y os ruego, Constancio de Selinonte, que toméis nota de ello, por lo que no necesito ningún título concedido por el emperador Federico.

A "el halcón rojo" lo divirtió verla tan indignada y concedió:

–En ese caso, querida princesa…

–¡No me habléis nunca más así!– resopló ella, y se apartó mientras sus ojos se llenaban de lágrimas.

–¡Como queráis!– dijo "el halcón rojo" reprimiendo el disgusto que le causaba verla tan caprichosa. –Pero ahora debéis ayudarme a hacer comprender a los niños la necesidad de separarse.

–¡No hace falta, caballero traidor!– gritó Roç, que se había ocultado detrás de un arbusto y se arrojó con tanta violencia a través del ramaje que acabó enfrentándose a los dos con el rostro y los brazos llenos de arañazos sangrantes. –¡No daré ni un paso en tu compañía!– lloriqueó furioso. –¡Puedes mandar que me corten la cabeza, mameluco!

Era seguramente el insulto más grave que se le ocurrió, y después de proferirlo se arrojó al suelo llorando. Sólo entonces acudió Yeza, doblando la esquina. Estaba pálida y el pliegue de ira típico de los Hohenstaufen apareció cortando su frente en vertical.

–Te ruego que nos dejes solos, princesa– dijo con dignidad y determinación a Madulain, que se había arrodillado junto al magro cuerpo de Roç, sacudido por sollozos de rabia e impotencia. Madulain lo ayudó a levantarse y se lo llevó con ella.

Lo abraza como si fuese una madre, pensó "el halcón rojo", y lo invadió un sentimiento de alivio.

–Hablemos como personas mayores– dijo Yeza. –Espero que puedas resistirlo como un hombre y sin que Madulain tenga que cogerte la mano.

–Lo intentaré.– "El halcón rojo" sonreía.

–Puedes guardarte la sonrisa– dijo Yeza. –¿Cómo se te ha ocurrido querer separarme de Roç? Nosotros somos infantes reales y nadie debería saberlo mejor que tú, que te jactas de habernos salvado del Montségur cuando no éramos más que unas criaturas indefensas…

–Así fue, en efecto– le confirmó "el halcón rojo", ligeramente irritado, –¡y también os salvé de Chipre para llevaros a un lugar seguro!

–¿Un lugar seguro?– le contestó Yeza. –Todo se reduce a que nosotros, que todavía somos unos niños, podemos estar contentos de que no nos hayan matado aún; de que no nos hayan arrancado el corazón ni hayan clavado nuestras cabezas en una pica.

–Habéis abandonado la fortaleza de los "asesinos" por vuestra propia voluntad– se defendió "el halcón rojo". –Todo esto no habría sucedido y vuestro pequeño amigo Mahmoud no tendría que sufrir en las mazmorras de An-Nasir si vosotros no…– tuvo que interrumpirse, porque Yeza lo abrazó rompiendo en lágrimas.

–Yo tengo la culpa– se acusó en un susurro, –¡pobre Mahmoud!

"El halcón rojo" esperó a que acabara de llorar, después se sentó encima del muro bajo y dijo:

–Hablemos ahora de cómo podemos ayudar a tu pequeño amigo Mahmoud.

Yeza se pasó la mano por los ojos y la nariz, separó sus brazos de él y se acurrucó a su lado.

–Soy demasiado mayor para sentarme en tus rodillas– le aclaró. Después continuó en tono objetivo: –O sea, que si uno de nosotros debe quedarse como prenda en manos de los mamelucos y el otro tiene que emprender un difícil viaje, ¿por qué expones a Roç a este último peligro, puesto que la liberación es muy difícil? ¿Por qué no a mí?

Ah, bueno, pensó "el halcón rojo", ahí es donde le duele. Pero reflexionó bastante antes de dar una respuesta.

–Unos infantes reales– dijo finalmente –siempre están en peligro.

–Pero yo sé más…– se rebeló Yeza.

–Precisamente por eso– repuso "el halcón rojo". –Quedarse aquí es más peligroso. Si dejamos a Roç, correrá el peligro de que lo maten, es casi seguro que lo asesinarían. Tú, en cambio, la joven heredera de un imperio legendario…

–Ya sé– lo interrumpió Yeza con orgullo, –¡el rey Arturo y los caballeros de la mesa redonda!

–La hija del Grial no será tocada por nadie. Muchos la desearán, tal vez la importunen, pero no la matarán.

–Comprendo– dijo Yeza. –¿Y si sigo manteniéndome fiel a Roç…?

–Debes mantenerte fiel a él, Yeza, del mismo modo que él se mantendrá fiel a ti. De modo que debes despedirlo como la dama despide al caballero que marcha a un noble combate, a liberar a un amigo.

–Espero que lo consiga– suspiró Yeza, –aunque yo no pueda estar a su lado.

–Hazle sentir que confías plenamente en su valor e inteligencia, ¡y que lo esperarás hasta que regrese victorioso! Un caballero necesita estar seguro de su dama cuando marcha al combate.

–Me exiges un gran sacrificio, "halcón rojo"– dijo Yeza, –pero no lloraré.

Chanterai por mon corage
Que je vueil reconforter
soufrerai en tel estage
Tant quel voie repasser.

El emir Rukn ed-Din Baibars había ocupado, en su deseo de no exponerse a un acoso hostil, los departamentos de servicio del pabellón de caza del sultán, cediendo las lujosas habitaciones particulares del soberano a su superior, el emir Izz ed-Din Aibek. De todos modos, al ocupar las estancias de la guardia se aseguró también el uso de la torre, que disponía en la planta superior de una terraza cubierta a la que Baibars solía retirarse con preferencia, ya que el emplazamiento le permitía vigilar las idas y venidas de los demás. También podía espiar sin mayor esfuerzo los movimientos que se producían en la amplia finca vecina, perteneciente a la familia del gran visir.

–Nuestro amigo "el halcón rojo" está agitando efectivamente las alas para emprender el vuelo– dijo satisfecho a Baha Zuhair, quien se mantenía con expresión sumisa a sus espaldas. –Yo habría deseado que se llevara al menos a algunos de mis mejores soldados...

–Olvidáis, noble señor, que el emir tiene en Siria más amigos que aquí en El Cairo. Puede apoyarse tanto en los barones como confiar en la ayuda de los templarios.

–Olvidáis a los ismaelitas, Baha Zuhair. ¡Una empresa como ésta no puede llevarse a buen fin –si es que resulta posible hacerlo– sin el apoyo de los "asesinos"!

Baibars aún albergaba alguna duda, pero no le quedaba otro remedio que mantener la esperanza, si quería volver a abrazar alguna vez a su hijo. De modo que se veía obligado a rogar a Alá, Único y Todopoderoso, que concediese a "el halcón rojo" toda la suerte posible en esta Tierra, cuando en su fuero interno habría deseado encomendarlo al infierno.

–Desde el punto de vista militar es una locura, ¡un propósito insensato!

–La fuerza del bandido solitario reside en lo imprevisible de su ataque, y lo mismo sucede en el caso del halcón. ¡No importan tanto las garras ni el pico!

Baha Zuhair deseaba irradiar confianza.

–¡Debéis tener buen ánimo!

–¡Pero no lo tengo!– le respondió Baibars, desalentado. –Más bien tengo la sensación desagradable de ser engañado. De Fassr ed-Din Octay espero cualquier cosa, pues a él sólo le importa salvar a ese joven soberano cuyo imperio nadie conoce. ¿Y para qué cargar en una expedición tan peligrosa con la hurí de Turan Sha? No puedo deshacerme de la idea de que, apenas deje atrás la frontera de Egipto, ese señor tan educado se reirá de mí y jamás volveré a verlo, ¡ni tampoco a mi hijo!

–Vuestro recelo consume la claridad de vuestras ideas, mi señor– respondió Baha Zuhair. –En lo que se refiere a la favorita me da la impresión de que la historia viene de más lejos, mucho antes de que Turan Sha conociera en Damasco a esa hija bastarda del emperador y cayera sin más en sus redes, según me han informado. Tal vez se trate de un amor de juventud de "el halcón rojo", ¡y ahora que se han reencontrado al fin, ya no querrán separarse!

Baha Zuhair acabó idealizando su discurso. Como a todo poeta menospreciado le agradaba sobremanera adornar con vivos colores un melodrama de sufrimientos y alegrías de amor como el que acababa de exponer. A Baibars, en cambio, la imagen no le gustó en absoluto, aunque no impidió que el poeta acabara su perorata.

–Ese joven Roç, del que dicen es hijo de un tal Grial, ha compartido con vuestro hijo Mahmoud la prisión de An-Nasir. Es el único que conoce el camino para entrar y salir de allí. Además, aquí queda la muchacha...

–¿Quién sabe si no piensan sacrificarla...?

–No lo creo.– Baha Zuhair sonrió. –La princesa Yeza no es una persona que se pueda olvidar.

Y señaló el patio delantero de la casa de campo del gran visir, donde se veía ahora una pequeña caravana que ostensiblemente estaba a punto de emprender un largo viaje. Baibars observó que no habían dispuesto un palanquín para la mujer, sino que ésta subía a la silla de su montura como si fuese un guerrero más del desierto.

–¡Qué educación tan extraña hace ese emperador que reciban sus hijas! Se acuestan con quien les da la gana y montan como si fuesen hombres... ¡Alá nos guarde de tales féminas! ¡Venid ahora!– le dijo a su fiel seguidor.

Rodeados por la guardia personal del emir, constituida por mamelucos, siguieron la caravana que se dirigía al cercano Nilo, donde Baibars había ordenado preparar una nave. Le interesaba que "el halcón rojo" alcanzara con rapidez y seguridad la costa de Siria. Baibars no tenía prisa, pero quería vigilar que la muchacha, la prenda que quedaba en sus manos, no le fuese sustraída en el último momento y llevada en secreto a bordo. De todos modos, los marineros no soltarían las amarras antes de que él, Baibars, hubiese dado la orden.

Sus ojos vigilantes se habían dado cuenta en seguida de que "la hija del Grial", la princesa Yeza, acompañaba la comitiva hasta el río montada en su propio caballo.

–¿Qué me decís de esa muchacha?– siguió dando conversación a Baha Zuhair. –¿Cuántos años tendrá?

–Es demasiado joven para vos– se permitió éste una broma que le supuso, sin más comentario, un latigazo.

–¡Estoy pensando en una esposa para mi Mahmoud!

–Si me permitís expresar una opinión propia...

–¡Sólo cuando os la pida expresamente! ¿Qué tenéis que decir?

–No creo que Yeza sea demasiado mayor para vuestro hijo, pero la considero excesivamente experta.

–¿Cómo decís? ¿Ya no es *batul?*

–No me atrevería a afirmar tanto. Más bien me refiero a su manera de comportarse, que es muy independiente. Durante el interregno del trono en Damasco no solamente ha guardado el sello de los Ayubíes, sino que ha dictado decretos y dirimido juicios.

–¿Cuántos años habíais dicho que tiene?– exclamó incrédulo Baibars.

–Aunque sé que me expongo al peligro de ser castigado por vos una vez más y aunque ella no lo parezca, el tal William me ha informado de que no puede tener más allá de once años.

Baibars sacudió la cabeza. Habían llegado al lugar de amarre. Levantó la mano y ordenó a la tropa que se detuviese, no tanto porque no deseara molestar la despedida de los que partían, sino porque esperaba que "el halcón rojo" le entregara personalmente a la rehén. De modo que permaneció a la espera.

Durante todo el recorrido desde Gizeh hasta la orilla del Nilo, Yeza había cabalgado al final de la caravana acompañada únicamente por Roç. El muchacho iba vestido como un guerrero sarraceno y llevaba bajo el jubón claro, como le mostró con orgullo, una armadura finamente cincelada y especialmente fabricada para él; dentro del turbante adornado con los colores del gran visir portaba un casco puntiagudo de hierro perfectamente ajustado a la cabeza.

–Mira– dijo señalando el bordado que llevaba en el hombro, –¡es el escudo del emperador!

A un costado le colgaba, dentro de una valiosa vaina con cinturón de cuero, una auténtica cimitarra, pero lo más importante para él seguía siendo el bastón que le había regalado Bo de Antioquía, que ocultaba un arma muy afilada dentro de una envoltura del más inocente aspecto.

–Ya veo– dijo Yeza –que llevas contigo "la espada secreta". ¿Recuerdas aún cómo juramos mantenernos leales unos a otros? El pequeño Mahmoud también estaba con nosotros. Ahora mi héroe sale a liberarlo.

Yeza sacó del bolsillo un pañuelito que en una esquina llevaba bordada la cruz de Tolosa. El viejo Turnbull se lo había regalado un día y la niña repitió las palabras del anciano, pues las recordaba perfectamente.

–"Para que recuerdes siempre de dónde procedes ¡te lleve adonde te lleve tu destino!"– se inclinó hacia Roç y se lo introdujo en el jubón. –No lo pierdas– dijo: –es el símbolo de nuestro amor y del secreto del Grial.

Roç lo sacó, se lo llevó a los labios y después se lo guardó de nuevo.

–¡Lo he usado para limpiarme la nariz!– añadió Yeza, y se echó a reír.

–¡Creía que te habría servido para secarte las lágrimas!

–¡Yo no lloro!– exclamó Yeza. –Pero sí te envidio la participación en tan gloriosa aventura.

–Creo que no será para tanto– ironizó Roç. –Madulain intentará lavarme el cuello cada día, y "el halcón rojo" hará cuanto esté en su poder para mantenerme alejado de cualquier posible acto heroico.

Habían llegado a la nave. Roç desmontó de un salto y quiso conducir al caballo a bordo por su propia mano, pero los marineros le quitaron las riendas.

–Ya ves– le dijo a Yeza, que había preferido no desmontar al darse cuenta de que la tropa de mamelucos la esperaba un poco retirada hacia atrás, –ahora ya no me dejan ni siquiera conducir a un caballo cogido de las riendas y atravesar así un tablón del ancho de un pie, ¡les parece demasiada aventura!

–Mi noble caballero Trencavel– dijo Yeza, y le tendió la mano, –tengo que dejarte. Me espera un enemigo feroz, y no me refiero a los mamelucos, sino al aburrimiento. ¡Lo pasaré mal sin tu compañía, Roç!

–También yo preferiría que vinieses conmigo, mi Esclarmunda, hermana y guardiana...

Hizo un gran esfuerzo por mostrarse valiente, por adoptar un aire heroico en aquel momento en que realmente debia separarse de Yeza. Roç tenía la impresión de que era ella quien lo abandonaba a él, y una vez más el dolor se enseñoreó con violencia de su corazón. Se apartó de la muchacha, atravesó el tablón y refugiándose detrás de la borda donde nadie podía verlo, cayó de bruces sobre cubierta y golpeó la madera con los puños mientras las lágrimas le corrían por las mejillas.

Yeza se apartó. Para que la separación no fuese más difícil a causa de su presencia le hizo una gesto a "el halcón rojo", señalándole el grupo de mamelucos. Ni siquiera esperó a que él la siguiera, sino que empezó a cabalgar sola en dirección a quienes la esperaban. "El halcón rojo" apenas pudo alcanzarla.

–¡Quiero presentarte al emir Rukn ed-Din Baibars!– exclamó "el halcón rojo", pero Yeza no le hizo caso. Sólo dijo:

–Querido "halcón rojo", eso puedo hacerlo sola, ¡no te preocupes de mí! Solo te pido una cosa: ¡protege a Roç!

Cuando vio que él vacilaba, añadió con amabilidad:

–Márchate ahora, antes de que se le parta el corazón, pues tampoco el mío resistiría mucho tiempo más esta comedia cortesana, de modo que: *Diaus vos bensigna!*– y después se dirigió a Baibars: –Señor mío, ¡quedo entregada a vuestras manos!

Mientras regresaba cabalgando lentamente hacia la nave, "el halcón rojo" volvió varias veces la cabeza hacia atrás.

–¡Alejémonos de aquí!– le gritó Yeza al robusto emir de los mamelucos guiñándole de forma provocativa un ojo. –¡Adelante!– y le clavó las espuelas al caballo.

Baibars y los hombres de su guardia personal intercambiaron miradas entre respetuosas y divertidas, y después salieron al galope detrás de Yeza. Los mamelucos dejaron que su señor ocupara la cabeza del grupo y Baibars alcanzó sin esfuerzo a la muchacha, que frenó al darse cuenta del galope salvaje de su montura. El emir vio que la niña había llorado y el viejo guerrero se sintió conmovido.

–No hay nada que temer– fue lo único que se le ocurrió para disminuir la pena de Yeza.

–¡Sí hay algo!– contestó ella con obstinación. –Me he quedado completamente sola.

Cuando se dio cuenta de que el emir no quería o no podía responder a eso, añadió con tristeza, pero con mucha intención:

–¡Tan sola como solo está el pequeño Mahmoud, a quien mis caballeros han ido a liberar sin que yo pueda participar en ello!

Como es lógico, el disparo dio de lleno en el corazón paterno de Baibars:

–Tendréis que hablarme de él y decirme cuanto sepáis, ¡pues no sabía que mi hijo contaba con vuestra amistad, alteza!

Yeza no demostró en ningún momento que se sabía triunfadora.

–Sé apreciar muy bien la generosa hospitalidad del famoso "arquero", pero no será capaz de evitar mi soledad.

–No os faltará nada– se apresuró el emir a asegurarle, –os enviaré damas de la corte y compañeras de juego...

–¡No os atreváis!– exclamó Yeza. –Si algo me ha alegrado de esta despedida ha sido la partida de cierta dama...

El emir tuvo que reírse, y ella tampoco pudo remediar que asomara en su rostro una sonrisa.

–¿A quién preferiríais, pues? No pretenderéis que os envíe a algunos muchachos jóvenes...

–¡No!– dijo Yeza con seriedad. –Prefiero a los hombres maduros. Si queréis hacerme un favor podéis llevarme con vos cuando salgáis de caza o asistáis a algún torneo.

–¡Vaya ofrecimiento!– rió Baibars. –¿No os consideráis demasiado joven para servirme de ayudante?

–Podéis probarlo– dijo Yeza, –y después seguiremos hablando. Me podéis llamar "Yeza": estoy acostumbrada, y mis amigos me llaman así.

Baibars se había quedado sin habla, lo que animó a Yeza a expresar otro deseo más.

–El rey de Francia– le comentó, sin darle aparentemente gran importancia –tiene un intérprete, un franciscano...

–Ya– dijo Baibars. –¿No os referiréis a ese fraile gordo de cabello rojizo que habla un árabe... *bitmarrid?*

–Precisamente es la persona que desearía tener de nuevo a mi servicio, ¡pues su torpeza me alegra el corazón!

–Si sirve para alegraros el ánimo, ¡lo tendréis sin falta!– dijo Baibars y mandó a Baha Zuhair que se dirigiera al pabellón del rey en busca de William de Roebruk.

Habían llegado de nuevo a Gizeh, y Yeza fue instalada en el palacio del sultán. Tenía todo el harén a su disposición. Aparte de algunas mujeres mayores –las jóvenes habían sido devueltas a El Cairo por Gamal ed-Din Mohsen, el eunuco mayor, para que sirvieran a la sultana Sayarat– no quedaban más que algunas ancianas y el resto del personal, que se mostraron encantados de tener a la princesita rubia para colmarla de atenciones.

Por cierto que el eunuco de guardia se mostró ligeramente irritado cuando su superior le hizo saber que prescindiera, de momento y en el caso de este nuevo ingreso, del procedimiento habitual de comprobar la virginidad de la muchacha, pues sólo se trataba de una rehén que permanecería allí en calidad de invitada.

Yeza ocupó la estancia de la favorita y asustó al pobre hombre mediante la proeza de arrojarle sin más explicaciones el puñal, que se quedó clavado, temblando, en el marco de la puerta, justo al lado de la oreja del eunuco, quien, aquel mismo día, pidió a Gamal Mohsen que lo relevara del puesto.

Baha Zuhair se dirigió al pabellón del rey y exigió al condestable, que vigilaba como un perro fiel la entrada de la tienda, la entrega del intérprete, el hermano William, por encargo de su señor.

En un primer instante el minorita se asustó al oír el nombre del temible emir, y más aún cuando el condestable bromeó a su manera ruda diciendo que seguramente llamaban al fraile para que tradujera su propia condena de muerte a un idioma entendible para un cristiano.

William siguió ya más aliviado a Baha Zuhair cuando vio que no venía acompañado de soldados que lo encadenaran. Pensó que se trataría de comentar algunas formalidades para la prestación del juramento que se realizaría aquel mismo día, pero en lugar de ello lo trasladaron al harén del palacio del sultán, donde un eunuco sacudido por el llanto, que daba portazos y parecía presa de un ataque de nervios, lo hizo esperar en una antesala enrejada. Desde que ese hombre cuidaba del harén, ningún ser humano masculino había pisado las habitaciones situadas detrás de las rejas, al menos ningún hombre que todavía estuviese en posesión de *ili aindu beidhen*, excepto, como es lógico, el sultán.

DIARIO DE JEAN DE JOINVILLE

Gizeh, 5 de mayo de 1250 d.C.

Me habría agradado ver las pirámides de cerca, y con mucho gusto habría subido a ellas por mi propio pie y habría realizado el esfuerzo de buscar la entrada medio derruida que, según dicen, conduce a través de pasillos infinitos de media altura y rampas innumerables hasta la secreta cámara mortuoria. Con toda seguridad no me metería dentro, y ni cien demonios ni tres mamelucos podrían obligarme a ello, después de lo que Ezer Melchsedek me había confiado acerca del universo que hay dentro de esas construcciones de piedra, tan ordenadas, simples y lisas en su aspecto exterior. Pero no me he visto expuesto al peligro de someter mi alma a tales tentaciones, pues nosotros, los prisioneros, tenemos prohibido realizar esa clase de excursiones. De modo que aquellos mágicos triángulos cuadrados siguen dominando el paisaje y la visión del cielo a una distancia que estimula mi fantasía tanto como mis pesadillas, permaneciendo no obstante tan cerca que los espíritus que las habitan pueden adueñarse de mí en cualquier momento, sobre todo durante la noche.

Pueden acudir a buscarme en cualquier instante, pues la delgada lona que tiembla más allá de mi cabeza no sería obstáculo para unos seres capaces de atravesar una piedra del grosor de un carro. Con frecuencia permanezco sentado en mi lecho, a la espera de que acudan.

Los prisioneros nobles sólo podemos dejar nuestro campamento para dirigirnos a la gran tienda de beduinos, confeccionada con paño marrón oscuro, donde tienen lugar las negociaciones.

Dado que el conde de Bretaña continúa enfermo, sigue correspondiéndome –con la plena aprobación del rey– el honor de encabezar nuestra delegación.

Ocurrió hace unos días. Los emires entraron en la tienda cuando ya habíamos tomado asiento todos los demás. Así se ahorraban la necesidad de tener que levantarse, *nolens volens*, cuando entrara Luis, el rey. Seguramente actúan así por indicación del emir Baibars, a quien tal obligación, según creo recordar, le había disgustado muchísimo en otra ocasión anterior.

Sólo entonces me llamó la atención el hecho de que no estuviese presente mi secretario e intérprete. Me dirigí pidiendo disculpas a Luis, pues aún seguía sintiéndome responsable de los caprichos de mi buen William.

Pero el rey no me tranquilizó precisamente cuando dijo:

–Querido senescal, vuestro polifacético secretario...

Casi involuntariamente hice un gesto para señalar al rey que, en cualquier caso, él tenía derechos más antiguos y preferentes a los servicios del fraile, y el soberano me lo agradeció con una sonrisa.

–Digamos, pues, que nuestro estimado William ha convencido a nuestros anfitriones de sus múltiples talentos hasta el punto de que lo han reclamado para ellos, por lo cual necesitaremos un sustituto.

–Conozco a uno...– se le escapó al señor de Anjou, pero después se mordió la lengua y se calló.

La parte contraria ya se había preocupado del asunto. El eunuco mayor Gamal Mohsen presentó a un tal Rachid al-Kabir, hombre probablemente muy acaudalado, pues iba mejor vestido que todos nosotros y hablaba un francés más que correcto. El tal Rachid fijó por escrito las fórmulas del juramento, y lo hizo en ambos idiomas, ya que ninguno de nosotros sabría descifrar los signos árabes, es decir, la fórmula del juramento de los emires. Si ellos no cumplían la palabra dada al rey, quedarían deshonrados y tendrían que peregrinar con la cabeza descubierta hasta La Meca, de modo que todo el mundo pudiese darse cuenta de la pérdida de su honor. Además, y éste sería el segundo castigo, quedarían expuestos a la vergüenza pública, como le sucede al hombre que ha repudiado a su mujer y vuelve a acogerla a su lado. Según nos explicó Rachid, la ley del profeta Mahoma dice que un esposo no puede acoger de nuevo a la esposa que ha repudiado antes, a menos que se cerciore personalmente de que otro hombre ha cohabitado con ella.

Primero pensé que lo había entendido mal, pues yo habría preferido sin duda que una mujer divorciada de mí no cohabitara con otro delante de mis narices, por la sencilla razón de que entonces, y en el caso de una reconciliación, podría imaginarme al menos que ella había pasado el doloroso período de su separación de mi persona suspirando y ansiando estar conmigo y fielmente dedicada a rememorar nuestro amor. ¡Pero no es así! El profeta quiere poner dificultades a un "divorcio" decidido a la ligera, ya que después no basta con mostrarse arrepentido, sino que ¡hay que pasar por la vergüenza de que la existencia de otro hombre te mortifique! Una ley extraña y, a mi modo de ver, nada convincente.

De modo que exigí una tercera condición para el cumplimiento de los acuerdos negociados y recordé la carne en salazón almacenada en Damieta.

–En el caso de que vos– me dirigí al superior de los emires, el gobernador Husam ibn abi'Ali –rompáis uno solo de nuestros pactos, ¡caerá sobre vosotros la maldición que cae sobre un musulmán que consume carne de cerdo!

Cuando el señor Rachid tradujo mi propuesta, los emires se mostraron indignados y aterrorizados. Se pusieron a conversar, excitados y furiosos, pero ese mismo espectáculo me indujo a mostrarme tenaz, pues me pareció que aquélla era una condición mucho más consistente que la *hadj bidun lafha*, algo vaga y extraña, como esas peregrinaciones a cabeza descubierta o las raras costumbres del divorcio. Finalmente, el gobernador me hizo saber a través de Rachid que jurarían las tres condiciones.

Y en efecto, los emires se levantaron uno después de otro y cada uno de ellos pronunció estas palabras:

–*Iqsumu bilah*, juro por Alá que cumpliré el acuerdo cuyas cláusulas me son conocidas, y al mismo tiempo afirmo conocer las *gharamat mujalafitin*.

Después de esto se mostraron tan desconcertados y emocionados que aplazaron hasta el día siguiente la prestación de nuestros juramentos, es decir, del juramento del rey.

Cuando el gobernador quiso abandonar la tienda, nuestro señor Luis se dirigió a él por mediación del señor Rachid, preguntándole si había llegado a alguna conclusión en lo referente al término "sin necesidad".

Husam ibn abi'Ali empezó a tartamudear, intentando excusarse por haberse dirigido al rey en aquellos términos.

Eso era asunto suyo, respondió el rey, y le aseguró que lo perdonaba con mucho gusto, puesto que el gobernador le había proporcionado la ocasión de reflexionar él mismo acerca del término en cuestión, y ahora sabía que, en su caso, fue la "necesidad de la fe" lo que lo había inducido a poner en peligro sus bienes y su patrimonio, su reino y su vida, para favorecer a Jesucristo. Alguien había formulado la pregunta: "¿Cuál es la forma más noble de morir?" Y la respuesta fue: "La muerte que se produce en el camino hacia Dios."

–Pues bien– finalizó el rey su discurso, –lo peor que puede sucederme es morir de la muerte más noble.

El rey esperó hasta que el señor Rachid hubo traducido todo lo dicho por él al gobernador, y la mayoría de los mamelucos se detuvieron a prestar atención a lo que decía. Después Luis añadió con toda humildad:

–Quien formuló la pregunta y dio la respuesta no fue otro que Saladino.

Después de oír tales palabras los emires se alejaron en silencio, y Husam ibn abi'Ali aceleró muy especialmente los pasos. El rey se dirigió al señor Rachid:

–¿Cómo habláis tan bien el francés?

El buen hombre le hizo una reverencia y dijo:

–Porque nací en París y fui cristiano, como vuestra majestad.

–¡Alejaos de mi vista!– exclamó entonces el rey, y sus ojos despedían llamas. –¡No deseo intercambiar ni una palabra más con vos!– Y dirigiéndose a mí prosiguió: –¡Procura que no tengamos que volver a hacer uso de los servicios de semejante apóstata!– Y salió con aire ofendido, seguido por el condestable y los señores que habían estado esperándolo. Me tomé el trabajo de solicitar a Rachid al-Kabir –quien había quedado completamente anonadado, puesto que se había ofrecido a ejercer de intérprete por pura amabilidad y porque veneraba muy especialmente al rey Luis– que me contara su historia, y me reveló que, cuando era un joven comerciante de tejidos, se había casado en El Cairo con una muchacha de buena familia, de modo que decidió quedarse allí y abrazar el Islam, y que después consiguió grandes riquezas y un puesto influyente en la corte.

–¿Pero no os dais cuenta– me vi impelido a reprocharle –de que habéis entregado vuestra alma a la condenación eterna?

–Es ése un prejuicio cristiano, por no decir una superstición, que no me afecta– respondió el señor Rachid. –En cambio, no podría soportar la intolerancia con la que sería recibido si regresara a mi país de origen, como habría deseado hacer al llegar a la ancianidad. Sería siempre un marginado y la pobreza sería mi destino. No podéis desearme esa suerte.

–¡Mejor ser pobre y estar seguro de entrar en el paraíso que rico y saber que uno va a parar al purgatorio! El día del juicio final...

–Ya se verá, estimado señor senescal– me interrumpió con expresión festiva, –dónde volvemos a encontrarnos. Creo firmemente que el ser humano será enjuiciado por sus actos y no por su religión. Pero puesto que os habéis mostrado humano conmigo y me gusta hacer el bien– y con estas palabras retiró de su mano un grueso anillo de oro con un zafiro maravillosamente tallado en un costoso engarce y me lo tendió –os ruego lo aceptéis como regalo de un pecador rico, para que el día del que hemos hablado recordéis a Rachid al-Kabir.

Yo no estaba muy seguro de que me conviniera aceptar aquel regalo y esbocé un gesto de tibio rechazo.

Pero él se echó a reír.

–También la soberbia es un pecado. ¡No lo cometáis rechazando la mano tendida de otro ser humano!

Tras oír estas palabras me guardé el valioso regalo, aunque decidí no exponer tan preciosa joya a la vista del rey Luis.

–No obstante, vuestra amabilidad no puede impedirme que cumpla con el veredicto real– intenté decirle aún en son de tímida broma, –¡por lo que debo protestar contra vuestra persona como intérprete!

–Tomamos nota de la situación– me contestó en el mismo tono cortés y educado con que había cumplido su honorable misión, y nos separamos como buenos amigos.

BAIBARS LLEGÓ TARDE al palacio del sultán y no tenía muchas ganas de ver a sus emires antes de dirigirse a la torre. Sin embargo, la gran tienda de banquetes del sultán estaba iluminada y encendidas todas las antorchas, y oyó ruidosas risotadas seguidas de un silencio total, como si los asistentes estuvieran presenciando con toda atención algún espectáculo que parecía entretenerlos estupendamente, pues al poco rato volvió a oír gritos de alegría y estruendosos aplausos.

Entre las habilidades de Baibars como jefe indiscutible de los mamelucos, aunque todos tenían el mismo rango, figuraba también el instinto de hacer acto de presencia en el momento oportuno. Primero vaciló, pero después cedió a la curiosidad. Abrió la puerta de golpe, como solía hacer, esperando enfrentarse a un espectáculo de bailarinas medio desnudas. Jamás habría esperado ver el cuadro que se le ofrecía.

Entre aquellos hombres rudos, medio acostados para formar un círculo, se sentaba Yeza y les contaba historias. Lo hacía al estilo de los *rawijun,* los narradores de cuentos. La niña había pasado muchas horas escuchando a éstos en los mercados de Damasco y solía invitar a los mejores de ellos para que acudieran a palacio, ordenando a Abu al-Amlak, el enano maligno, que los remunerara generosamente a cambio de sus narraciones.

Pues bien, las historias de Damasco y también la de An-Nasir eran las que más gustaban a los mamelucos, pues se referían a un mundo que ellos conocían, mientras que las relativas al Montségur o a la condesa de Otranto les parecían excesivamente extrañas. De ahí que Yeza prescindiera con mucha discreción de exponer aquellos episodios de su turbulenta vida, del mismo modo que no mencionó más que tímidamente su estancia en Masyaf y sus experiencias con los "asesinos".

En cambio, los guerreros no se cansaban de oír el relato de la vida y los hechos del rey Luis, su enemigo. No solamente demostraban tener un profundo respeto por él, sino que veneraban en toda regla al rey y deseaban conocer cuantos más detalles de su vida, mejor.

Yeza estaba sentada con las piernas cruzadas sobre un cojín de cuero y mantenía sobre las rodillas el puñal mongol, objeto que despertaba asimismo la admiración general, y desde esa postura contestaba sin vacilar a todas las preguntas. Baibars se detuvo en el umbral de la puerta, primero con disgusto al ver que "su" rehén parecía hallarse de repente al alcance de todos, pero después con orgullo, cuando Yeza dijo en voz alta:

–¡Mi señor y amo!– y se inclinó en dirección a él, esbozando una delicada reverencia. –¡Saludemos al gran "arquero", que acude a nuestro círculo!

Estas palabras despertaron un eco cálido en su corazón y Baibars se sentó a su lado, contribuyendo con una historia propia:

–La de cómo mi invitada– y señaló galantemente a Yeza, –la famosa hija del emperador y princesa del Grial, ha trastornado de tal manera al guardián del harén que éste me ha solicitado su traslado. Su alteza real– y volvió a señalar a Yeza –le arrojó el puñal con tanta habilidad que no perdió la vida, pero sí se le escapó algo a los pantalones…

Una risa estruendosa le agradeció a él y al personaje principal de la historia tales palabras, pues no hay tema más agradecido para provocar el regocijo general que la relación existente entre un eunuco y su pantalón, o el miedo del circuncidado ante el filo de un cuchillo.

Yeza pidió silencio con un gesto de la mano y dijo:

–He tratado injustamente al guardián del harén, a quien he hecho pagar mi disgusto, por lo cual estoy dispuesta a pedirle perdón y rogarle que permanezca en su puesto, pues es un buen hombre y no merece tal escarnio. Y como no está acostumbrado a velar de noche sólo porque una dama confiada a su protección quiera divertirse rodeada de hombres prefiero retirarme ahora, para que el guardián de mi virtud pueda dormir tranquilo.

Se incorporó sonriente. Los mamelucos no cesaban de dar vivas a Yeza *yuafaq fil haya!*, acompañándola hasta las rejas de la puerta. El guardián la dejó entrar, aunque temblando al verse frente a tanto hombre. Pero pronto el silencio de la noche envolvió el palacio, el harén y los jardines.

Tan sólo en las habitaciones particulares del eunuco mayor Gamal ed-Din Mohsen, situadas detrás del harén y unidas con el mundo exterior por una puertecilla humilde conocida por muy pocas personas, seguía reunido un pequeño círculo de selectos dignatarios de la corte.

Entre ellos estaban también el gobernador Husam ibn abi'Ali y su amigo Ibn Wasil. Desde que el primero había hecho el ridículo ante el rey cristiano, sus esperanzas de conseguir el puesto deseado de regente se habían reducido tanto que incluso Ibn Wasil se estaba distanciando mentalmente de él, aunque todavía no sabía a quién podría ofrecer sus servicios, a la espera de que otro tuviese mejores perspectivas. Pero también estaba presente el antiguo escribano mayor de la corte, Baha Zuhair, el cual aseguró con palabras convincentes que no era un espía de Baibars sino al revés: que él sería capaz de espiar los movimientos del emir de los mamelucos para mejor provecho de los demás. El mejor provecho de los demás sería sin duda alguna la restauración de la dinastía de los Ayubíes, y en eso estaban de acuerdo los conjurados que, como mínimo, deseaban evitar que los mamelucos se hicieran de forma oficial y legal con el poder.

–Estamos desperdiciando un tiempo valioso que trabaja en favor de los mamelucos, mientras la casa Aiyub pierde terreno– resumió Ibn Wasil. –Las líneas colaterales que hay en Siria, como An-Nasir o el-Ashraf, no parecen oportunas ni podrán imponerse y aquí, en El Cairo, sólo tenemos disponible a un niño de cuatro años: Musa, ¡un pretendiente al trono más bien débil!

–Esa criatura no sería más que un muñeco sin voluntad propia en manos de los mamelucos– admitió su amigo el gobernador.

Llegados a esto, Gamal ed-Din Mohsen tuvo una idea.

–Sin embargo, si pudiésemos unirlo a una personalidad tan fuerte y dominante como esa princesa extranjera Yeza, hija del emperador que, a su vez, es amigo de nuestra casa Ayubí, tendríamos una pareja muy digna y hasta los mamelucos tendrían que reconocerlo como soberano, a menos que se atreviesen a proclamar abiertamente una revuelta militar.

–Eso es algo que el pueblo egipcio no toleraría, y el emperador Federico acudiría en nuestra ayuda– expuso Baha Zuhair su opinión.

–No estoy tan seguro– limitó el eunuco mayor las probabilidades de éxito de su propia propuesta. –Vos, Baha Zuhair, deberíais indagar primero qué piensa vuestro emir de este proyecto matrimonial.

–Sería mucho más importante– le opuso Ibn Wasil –asegurarse la benevolencia y la aprobación de Izz ed-Din Aibek.– Reprimió otra observación que ya tenía en la lengua: "Nuestro futuro regente." –Con mucho gusto me haré cargo de exponérselo– se ofreció a continuación, sin prestar atención a la mirada de reproche de su amigo, quien se apresuró a añadir:

–También hay que asegurarse de que Sayarat, nuestra sultana, esté conforme con el matrimonio. ¡Yo me encargo de eso!

–Para que todos se sientan felices– dijo el inteligente eunuco mayor, –¡debemos aprovechar el regalo único que nos concede el cielo en la figura de esa muchacha que ha nacido para reinar, y no permitir que el sultanato venerable de Egipto, la sucesión de los faraones, caiga en manos de los bárbaros!

Miró a su alrededor, estudiando a sus compañeros de conjura. Sólo Rachid al-Kabir parecía sustentar la misma opinión, pues los demás no pensaban más que en su propio provecho, por el cual estaban dispuestos a vender a su mejor amigo, cuanto más una idea, aunque fuese tan grandiosa como aquélla. Gamal ed-Din Mohsen pensó que sería mejor envenenar a toda esa pandilla antes de que pudiesen traicionar o estropear su genial propósito.

Se prometió a sí mismo que así lo haría si se mostraban en otra ocasión a la vez tan egoístas y cobardes como habían demostrado ser hoy. Le hizo una señal a Rachid al-Kabir para que se quedara y despidió a los demás.

–¿Habéis hecho detener al intérprete del rey, el fraile William?– le preguntó éste. –Mañana tengo que actuar sin falta de nuevo como traductor, pues de no acudir, el rey prestará el juramento y los mamelucos se habrán salido con la suya. El rey Luis tendrá un disgusto tan grande si me presento allí que es capaz de renunciar a la cesión de Dumyat o, como mínimo, aplazará una vez más el acuerdo. Es un tiempo que nos vendría bien.– Rachid al-Kabir se frotó las manos en las que faltaba un anillo, aunque estaba convencido de que su entrega constituía una buena inversión.

–No os preocupéis– dijo el eunuco mayor, –no habrá otro intérprete disponible. Ese fraile que habla árabe está alojado en mi casa y se tendrá que pasar el día de mañana durmiendo en una cama, aunque sea la suya.

Los dos dignatarios fueron los últimos en separarse; no estaban del todo satisfechos con el modo en que se iban desarrollando los acontecimientos.

–¡Podría haber sido peor!– intentó consolarse Gamal ed-Din Mohsen mientras se acostaba, después de haber acompañado a su visitante hasta la puerta de la calle.

Pero había sucedido lo peor: William de Roebruk no estaba durmiendo, sino que lo había oído todo.

DIARIO DE JEAN DE JOINVILLE

Gizeh, 6 de mayo de 1250 d.C.

La comunidad de cristianos coptos de El Cairo ha enviado una delegación a ver al rey. Se trata de un coro de niños que ha estudiado una canción mariana expresamente para cantársela al admirado prisionero:

Maria, Dieu maire
Deus t'es e fils e paire
Domna preje per nos
To fil lo glorios.

Después de la oración matutina en la tienda del rey el sacerdote Nicolás de San Juan de Acre, que también conoce el árabe, nos aseguró que los juramentos prestados el día anterior por los emires representan una atadura fuerte difícilmente superable para quien se siente obligado a la fe islámica. Y que debíamos estar preparados, porque hoy se le exigirían al rey algunas formulaciones de contundencia similar. Pero Luis se negó a presentarse ante los emires si no ponen a su disposición a otro intérprete.

William parece haber desaparecido de la faz de la tierra. Una indagación cuidadosa cerca de Baibars nos ha hecho saber que ha sido llevado al harén, pero allí nos han contestado con mucha indignación que ningún hombre, ni siquiera un fraile, ha cruzado el umbral.

Nos pusimos de acuerdo en proponer como intérprete al señor de Beirut, Felipe de Montfort, y me adelanté con éste y algunos de nuestros caballeros, y los hermanos del rey, para que no diera la impresión de que pretendíamos bloquear la prestación del juramento. El ambiente que encontramos en la tienda de negociaciones era de irritación.

Lo primero que nos comunicaron fue que el emir Izz ed-Din Aibek sería quien encabezaría la delegación egipcia. Según me dijo con toda confianza el señor Rachid, que volvía a estar presente, se había producido una especie de disputa por la regencia y me dijo que también nuestro rey, aunque sin quererlo, había contribuido a decidir la cuestión. Su discusión con el gobernador, que en opinión de los mamelucos había terminado de una manera tan poco honrosa para éste, había llevado a los mamelucos a destituirlo sin más como portavoz, y ahora les parecía un candidato inadmisible para ocupar el cargo de regente al lado de la sultana.

–Ha perdido el rostro– se expresó mi señor Rachid. –Su lugar lo ocupa a partir de este momento el jefe supremo del ejército, a quien nadie pretenderá discutir de ahora en adelante la jefatura suprema del Estado, ¡gracias al rey! De cualquier manera, Aibek debe estarle agradecido. Pero como se da el caso– dijo mi informante, que se mostraba extraordinariamente parlanchín –de que a ningún mameluco le gusta conseguir beneficios gracias a una intervención externa, y mucho menos cuando procede de un rey cristiano, y puesto que el emir Baibars tampoco lo considera una ventaja, los señores han decidido recortarle salvajemente las alas a su majestad rechazando con contundencia su ruego relativamente inocente de disponer de un intérprete intachable– y sonrió, de ningún modo avergonzado, pero tampoco de una manera maliciosa. –De modo que el rey Luis tendrá que conformarse una vez más conmigo, ¡a quien considera un "traidor a su fe"!

Nos interrumpió un chorro de voces violentas en lengua árabe procedente de la boca de Baibars, que el señor Rachid me tradujo apresurado:

–El rey haría bien en presentarse cuanto antes, para evitar que lo traigan encadenado y arrastrándolo. ¡Apresuraos y hacedlo acudir!

Hice como me habían dicho y regresé a la tienda del rey. No callé ante Luis y le hice saber lo que había provocado, pues al parecer ayudó a que saliesen victoriosos los halcones, es decir, los mamelucos, venciendo al partido de las palomas, más conciliadoras, si es que una imagen tan risueña nos puede servir para calificar a la camarilla cortesana en torno al gobernador y a la sultana.

–Se ha impuesto la línea dura, y el primero que tendrá que comprobarlo será vuestra persona, majestad, con la que en cierto modo desean dar un ejemplo.

–Mi querido Joinville– dijo el rey reteniendo al condestable, a quien habían indignado mis palabras y que pretendía correr sin más hacia la tienda de los emires para enseñarles buenos modales, –no conviene en absoluto que antes de proceder a un acto tan decisivo como es prestar juramento uno se sienta intimidado o se deje humillar por la parte contraria. En estas circunstancias prefiero no presentarme.

–¡Vendrán a buscaros!

–Pueden encadenarme y obligarme a la fuerza, ante los ojos de todo el mundo. ¡Pero un juramento forzado es nulo ante Dios!

Mis ojos cayeron entonces en busca de ayuda sobre su nuevo confesor, Nicolás de Acre. El anterior había sido asesinado, como el mío.

–Llevad a vuestro sacerdote, que os traducirá todo sin que tengáis que mirar siquiera a los ojos al renegado– le propuse. –¡Sencillamente lo pasáis por alto!

Era una propuesta a la desesperada de la cual yo tampoco sabía cómo la encajarían los mamelucos, pero al menos conseguí reblandecer la terquedad del rey, empeño en el que me vi apoyado por el condestable.

–Majestad– gruñó, –si queréis saber mi opinión: ¡acabemos de una vez con esto! La Iglesia os dará la absolución.

Nicolás de Acre asentía con ganas y el rey Luis suspiró:

–¡La Iglesia, la Iglesia! ¡Con quien tengo que arreglarme es con mi Dios!– Se levantó. –¡Vayamos, señores!

En la tienda fuimos recibidos con frialdad, por no decir en un ambiente helado, a pesar del bochorno que reinaba incluso en su interior. Cuando entró el rey ni uno de los mamelucos tuvo a bien levantarse del asiento, y sólo el eunuco mayor se prestó a acompañarlo al suyo. El señor regente Izz ed-Din Aibek se sentaba en una tribuna ligeramente elevada, como si fuese un juez, flanqueado por el emir Baibars, que lanzaba miradas feroces, y su intérprete el señor Rachid al-Kabir. Éste nos comunicó sin más preámbulos que las fórmulas del juramento exigido al rey ya habían sido fijadas por escrito, que sólo tenía validez legal la versión francesa suya del texto, y que– lo dijo sin dirigir siquiera una mirada hacia el lado donde estaba Nicolás de Acre– sólo se admitirían las formulaciones redactadas por la parte egipcia.

–¡Sólo oiremos la palabra del rey!– terminó, mientras el señor Aibek tamborileaba impaciente con los dedos. –Si Luis IX, rey de Francia aquí presente, incumpliese, en su totalidad o en parte, los acuerdos por él conocidos y tomados con el representante legal del sultanato de El Cairo, se verá deshonrado como cristiano y como alguien que niega al Hijo y a la Madre de Dios, según su Dios y su religión. Se verá expulsado de la comunidad de la Iglesia, de los Doce Apóstoles y de todos los Santos.

La formulación me revelaba que el texto obedecía al pie de la letra al dictado de Rachid. Tal vez el rey no estuviese tan desencaminado cuando se empeñaba en no querer hablar con un hombre de semejante calaña. Luis recorrió la estancia con su mirada, la hizo pasar con toda intención de largo ante los ojos del intérprete y miró directamente a los del señor Aibek. Después dijo:

–Lo juro.

El regente asintió y dio la señal de proseguir.

–Es decir: si quien aquí jura traiciona su juramento, no solamente se verá deshonrado y expulsado, ¡sino que su acción será equiparable a la de alguien que escupe sobre la Cruz y la pisotea!

Cuando Rachid hubo leído este añadido, el rey exclamó, furioso:

–¡Por Dios que no juraré jamás una cosa así, pues soy incapaz de pensarlo siquiera!

Se había producido el escándalo. Los emires rodearon a su regente y nosotros seguimos a Luis, que se retiró indignado a un rincón. Rachid me hizo una señal de acercarme, y me sentí avergonzado de ceder a su petición a la vista del rey, pero lo importante en ese momento era no dejar que se rompiera el hilo de la negociación.

–Informad a su majestad– me insistió aquel renegado de nuestra fe –de que los emires están muy enfadados al ver que el rey se niega después de que ellos sí han prestado juramento. Podéis asegurarle– añadió en voz baja –que si no acepta le cortarán la cabeza y caerá también la vuestra.

Se lo dije al rey, quien exclamó en voz alta, de modo que su postura quedara manifiesta aun sin intervención de un intérprete:

–¡Los señores emires pueden proceder como les dé la gana! En lo que se refiere a mí, ¡prefiero morir como buen cristiano a seguir viviendo en desacuerdo con Jesucristo Nuestro Señor y la Virgen María, Madre de Dios!

En aquel momento traían arrastrado y encadenado al viejo patriarca Roberto de Jerusalén, que había tenido la desgracia de dirigirse, procedente de Damieta y como embajador de la reina –por lo cual iba provisto del necesario salvoconducto– al campo de los sarracenos justo en el momento en que quien había firmado sus credenciales, el sultán Turan Sha, hallaba la muerte, y según las costumbres bárbaras de los sarracenos, en tales circunstancias queda anulado el salvoconducto y ni siquiera devuelven y rechazan al embajador, sino que se le considera un prisionero carente de todo derecho y se le trata en consecuencia. Era el espectáculo que ahora nos iban a ofrecer. A gritos acusaron al anciano, quien sobrepasa en muchos años los ochenta, de tener la culpa del empecinamiento del rey y de ser él quien le aconseja tanta obstinación.

Baibars propuso en voz alta a los demás emires:

–Si me dejáis hacer a mí, conseguiré que ese rey preste su juramento, ¡pues le cortaré la cabeza al anciano y la haré caer directamente encima de sus rodillas!

Nicolás de Acre nos lo iba traduciendo todo, tartamudeando del susto, pero a Dios gracias Aibek no aceptó la propuesta sino que hizo atar al patriarca a uno de los palos de la tienda y le apretaron tan fuertemente las ligaduras que se le hincharon en seguida las manos y empezó a salirle sangre de debajo de las uñas.

El patriarca gritaba de dolor y le chillaba al rey:

–¡Jurad, jurad sin temor! ¡Con la misma firmeza con que mantendréis vuestro juramento me haré responsable de cada uno de los pecados que pueda contener vuestra promesa!– Entonces Rachid ordenó que amordazaran al patriarca, como si no deseara que el rey le hiciese caso.

Y yo le dije al rey:

–Tenéis la promesa de un mártir y no debéis dejar la victoria en manos de aquéllos que desean asesinaros y llevarnos a todos a la perdición, sino procurar que podamos escapar de este infierno. Dad vuestra palabra al mameluco tal como vuestros enemigos lo han puesto por escrito, pues no son más que guerreros ignorantes que temen perder el fruto de su victoria, la ciudad de Dumyat y el dinero de vuestro rescate. ¡Os ruego con insistencia que juréis!

Todos cuantos nos rodeaban estuvieron de acuerdo y el rey Luis asintió.

Corrí hacia el otro lado y grité:

–¡Soltadlo! ¡El rey quiere jurar!

Vi que Rachid se mordía la lengua y me dirigía una mirada cargada de ira. Aibek le encargó que leyera una vez más el texto, lo que hizo insistiendo con toda maldad en los peores crímenes apuntados. El rey, que se tapaba las orejas con manos invisibles, dijo una vez hubo terminado aquel discípulo de Judas:

–¡Lo juro!– Y después fue desatado el patriarca mientras los mamelucos, encabezados por el emir Baibars, desfilaban ante el rey y le hacían una profunda reverencia.

SI NO CUIDAS MEJOR de tu pobre rey– dijo Yeza en tono de reprimenda –¡se llevará un golpe en la cabezota y los blancos habrán perdido claramente la partida!

Yeza estaba jugando al ajedrez con William en el "atrio de la favorita", el centro cubierto del harén del cual partían las puertas hacia las diferentes habitaciones.

La niña conseguía pocas veces disfrutar de la compañía del minorita, pues le perdía con cierta frecuencia la pista cuando el fraile se hundía entre los abundantes almohadones de los diferentes lechos, y sólo ciertos gemidos de placer indicaban dónde estaba actuando en un momento dado, o bien lo atrapaba en alguna de las alcobas donde solía proporcionar un rápido momento de placer a alguna de las camareras, como le revelaban ciertas risitas divertidas.

William vivía allí como gallo en el corral y las mujeres mayores lo perseguían con una insistencia obscena, de modo que muchas veces se veía obligado a huir en lugar de ir en busca de aventuras.

–¡William!– dijo Yeza. –¿En qué estás pensando?

El franciscano se enrocó con riesgo, pero salvó de momento a su rey.

–Ahora me comeré tu torre– dijo Yeza, y cumplió su palabra. –*Gardez!*– William tenía la mirada fija sobre el tablero, pues se había dado cuenta de que, a espaldas de Yeza, asomaba coquetamente detrás de un biombo una pierna desnuda de carnes macilentas. No se veía el rostro de su dueña, pero tampoco era necesario, pues él creía saber de quién se trataba. Intentó proteger apresuradamente a su dama amenazada, moviendo un alfil. Yeza sonreía divertida, pues se dio cuenta de que una de las mujeres más gordas se estaba descubriendo los senos e intentaba atraer resoplando la atención de William.

–Si esto sigue así, William– dijo en voz alta y en árabe, –¡tendré que hacerte castrar!– y movió un caballo: –¡Jaque!

William intentó componer la expresión del hombre ligeramente desesperado que debe concentrarse en una partida que ya puede dar por perdida. En cuanto desviaba la vista del tablero, veía un par de ojos ardientes detrás de cada *hiyab*, unos dedos llenos de anillos que le hacían señales y unas bocas deseosas de besar. De modo que le quitó a Yeza un inofensivo peón negro y la niña le ofreció:

–¿Mate?

El fraile asintió con desgana aunque, en aquel momento, proseguir la partida le parecía la única salvación posible. Yeza se compadeció de él.

–Dime, William, ¿cuál de las damas– y miró indagadora a su alrededor mientras introducía los dedos por las rendijas abiertas entre puertas y cortinas que tan poca cosa ocultaban –es la más fea? ¿Ésta, ésa o aquélla?

De repente desaparecieron como por arte de encanto piernas y senos y sólo quedó flotando en el atrio una nube de perfume dulzón y de agria indignación.

El eunuco se presentó con aspecto de hombre vencido por la pesadumbre. Evitó mirar al fraile aún más que a Yeza, que representaba el motivo más contundente para sentirse profundamente herido en su estima personal, y dijo:

–Princesa, el emir Rukn ed-Din Baibars manda buscaros.

–¡No me dejéis aquí solo!– imploró William. –Llevadme con vos.

–Juegas demasiado mal– sentenció Yeza. –¡Serías capaz de perder hasta la cabeza!

Se incorporó y siguió al guardián del harén hacia la salida, donde Baha Zuhair la esperaba detrás de las rejas. William quiso correr detrás de ella cuando se dio cuenta de la presencia de una muchachita pobremente vestida que aún no conocía. ¡Al menos una mujer joven! Posiblemente trabajaba en la cocina, pues su bata aparecía llena de manchas y transportaba un ánfora sobre la cabeza. La mirada que le arrojó era insolente y burlona. Sin prestar atención al eunuco, que hacía rodar los ojos como un hombre torturado, el fraile gordinflón se alejó a paso rápido del camino de sus buenos propósitos de abstinencia y se introdujo por el pasillo oscuro que conduce a las habitaciones de servicio. Cuando Yeza volvió la cabeza para ver lo que hacía, ya no estaba visible.

–Baha Zuhair se ha hecho cargo de ella– informó el eunuco a su superior Gamal ed-Din Mohsen, y abandonó la estancia retrocediendo y haciendo reverencias.

–Ya ves– dijo el mandamás del harén a Rachid al-Kabir, –ella lo sigue sin la más mínima desconfianza.

–No es la desconfianza de ella lo que me causa temor, sino la de todos los demás, ¡sobre todo la de los mamelucos!

–Ahora tendremos que actuar– dijo Gamal Mohsen y añadió: –Puesto que no has conseguido impedir que el rey jurara, tal como tú mismo habías propuesto…

–Es un hombre de fuerte voluntad, ¡y le admiro por ella!

–Lo que nos faltaba– suspiró Gamal Mohsen.

–¿Y qué podía hacer yo?– se defendió Rachid al-Kabir.

–Como mínimo, deberías lamentarlo– lo reprendió el eunuco mayor. –Ahora tendrás que hacer un sacrificio para remediar la situación.

–Si eso sirve a la casa Aiyub… ¿Pero qué sucederá con el acompañante, ese fraile pelirrojo devoto de san Francisco?

–¿William?– rió Gamal Mohsen con una mueca de desprecio. –¡Cualquier *mehbal* que tenga dos buenas piernas lo retendrá durante más tiempo del que necesitamos nosotros para secuestrar a su pequeña ama!

El emir Baibars se paseaba como un tigre por el cuarto de la torre. Acababa de mandar al diablo al sufí Abu Bassiht, ¡y lamentaba no haber ordenado que lo expulsaran a latigazos! Justamente ahora, transcurridos dos años, acudía ese hombre a traerle la conmovedora nueva de que los niños que él le había confiado estaban presos en Homs, en manos de An-Nasir.

–Mahmoud, ¡mi hijo!– gimió. Shirat, su hermana, le era del todo indiferente, pues lo más probable era que hubiese perdido la virginidad hacía tiempo. ¿Y por qué él, Abu Bassiht, no estaba preso en la mazmorra? ¡Porque lo habían expulsado de allí! ¡Muy bien! ¡Está mandado que no se debe matar a un sufí ni ponerle la mano encima! Alá reparte su protección de una manera muy rara: por ejemplo, no había cuidado de su pequeño Mahmoud, a pesar de todas las oraciones que le había dirigido. En aquel momento entró Yeza.

–Sentaos y habladme de Mahmoud, ¡mi hijo!

Yeza sacó a relucir la trirreme y la nave de peregrinos, al de Salisbury y cómo Ángel de Káros había ahorcado a Guiscard, cómo los templarios los tuvieron escondidos en Chipre y cómo habían huido con ayuda de "el halcón rojo". Le habló de Bo de Antioquía y de "la hermandad de la espada secreta", detalle este último que provocó el nerviosismo de Baibars.

–¿No será una Orden de caballeros cristianos?

–Caballeros, sí– dijo Yeza, –pero no son cristianos, ni mucho menos están ordenados, ¡yo también formo parte del grupo!

–¿Y después qué pasó?

–¡Después vinieron los sanjuanistas y se apoderaron de Mahmoud y de Shirat! Así fue como nos separaron, y Mahmoud estaba muy triste.

Baibars le puso una mano sobre el hombro.

–¿Creéis que volveré a verlo?

–Volveréis a verlo. Lo creo firmemente– dijo Yeza –porque ellos son mis caballeros.

Lo miró a los ojos y su sonrisa rebosaba confianza. Los guardias entraron y comunicaron la llegada del emir Izz ed-Din Aibek, quien se presentó con aire de estar enfadado y excitado.

–¿Qué significa ese rumor?– resopló el comandante, quien habitualmente solía irradiar un aire de tranquila superioridad. –He oído decir que los mamelucos están dispuestos a ofrecer la dignidad de sultán al rey francés. ¿Quién puede estar detrás de esa maniobra aparte de vos, Baibars?

Baibars se echó a reír.

–¿Tan poco me conocéis, Aibek? ¡De habérseme ocurrido un plan tan estúpido habría tenido la suficiente inteligencia como para eliminaros a vos y ponerlo en práctica antes de que tal rumor pudiese ser utilizado contra mí como autor del proyecto! Pero os juro que nada tengo que ver con esa idea, y que la primera vez que oigo hablar de ella es ahora, por vuestra boca.

Aibek se sintió inseguro.

–¿Creéis posible que exista un proyecto de ese tipo?

Baibars dejó de reír.

–Creo que esta clase de lucubraciones siempre encuentran un terreno abonado, como lo encuentran las setas después de la lluvia, y más en una situación tan poco clara como la que tenemos ahora: el trono del sultán carece de soberano y hay un rey de fuerte carácter que, ciertamente, es nuestro prisionero, ¡pero del cual también somos prisioneros nosotros!

–¿Y cuál es vuestra propuesta, Baibars?

–Deberíamos elegir cuanto antes a un soberano y... ¡matar al rey!

Aibek pareció afectado por la dureza inequívoca de la respuesta.

–Sabéis, Baibars, que aprecio vuestra opinión, aunque no siempre la comparto. Me ocuparé de que se cumpla una de vuestras propuestas sin cargar con la culpa de la otra, ni personalmente ni en nombre de los mamelucos.

–Si no podéis ver sangre, Aibek, haced lo que os plazca– gruñó Baibars, –¡pero no me hagáis responsable a mí de lo que pueda suceder!

Aibek salió acompañado de Baha Zuhair. Baibars resoplaba de disgusto, pero después se reprimió cuando su mirada cayó sobre Yeza, que había asistido muda a la discusión.

–¿Os gustaría ser sultana?– se dirigió de repente a la muchacha.

Yeza se obligó a mirarlo directamente a los ojos.

–Significaría aceptar una limitación– dijo después con mucha calma. –¡Ningún pueblo debe pretender que los infantes reales sean exclusivamente suyos!– Se levantó y se acercó a él, que estaba junto a la ventana. –Nosotros estamos destinados a ser soberanos de todos, pues de no ser así ¡no habrá paz en el mundo!

Baibars miró fijamente hacia la lejanía del desierto que se extendía mas allá de las pirámides, y Yeza hizo lo mismo. Ambos tenían el pensamiento puesto en alguien que estaba muy lejos de allí.

–¿Eso significa que amáis a Roç?

–No tengo a nadie más– dijo Yeza en voz baja, –¡y debemos permanecer juntos!

–¿Y Mahmoud?

–Mahmoud es mi hermano pequeño. Es hábil y es paciente. ¡Creo que debería ser sultán!

La respuesta satisfizo a Baibars.

–Cuando llegue el momento...– suspiró.

–Así es– dijo Yeza, –todos lo estamos esperando.

VII

A LA SOMBRA DE LA GRAN PIRÁMIDE

–¿CÓMO TE LLAMAS?– William empujó a la infantil portadora del ánfora hacia un rincón para que no pudiese escapar. La jovencita lo miró y sus pequeños seños se movían, agitados.

–¡Alisha!– contestó mientras las manos del hombre rondaban sus caderas. La muchacha bajó los párpados y agarró con ambas manos el abombado recipiente por su sitio más ancho, haciéndolas subir después a lo largo del cuello con parsimonia lasciva como si deseara indicarle la manera en que deseaba ser acariciada por él. William sintió crecer en sus calzones el atributo de su masculinidad.

–¿Qué os parece, noble señor– susurró la joven, excitada, –podríais sujetar por un momento el ánfora?

Le pareció un ofrecimiento de sensualidad irrefrenable y William retiró las manos de las caderas, no sin rozarle los senos a la muchacha, las metió por ambos lados entre el oscuro cabello, sobre el cual descansaba un *iqal* para facilitar el equilibrio del recipiente, y recogió con mucha precaución la carga.

Alisha apoyó la espalda contra la pared, las manos todavía elevadas no en ademán de haberse rendido a la insistencia del fraile, sino como ofreciéndose por su propia voluntad al conquistador. Retiró el aro de tejido de su cabello y se deslizó lentamente, apoyando siempre la espalda en la pared, hacia abajo. William siguió esperanzado su movimiento, pues los labios de ella se iban acercando al lugar en que su lanza empujaba con más y más dureza contra la tela. Entonces Alisha se dobló con la flexibilidad de una gata, se echó a un lado y escapó del fraile, que seguía con las piernas separadas a la espera de acontecimientos.

William se vio ante la pared vacía y sosteniendo un ánfora con las manos. La risa de la muchacha mientras se alejaba le pareció muy acertada para rubricar la forma estúpida en que se había dejado engañar. Se colocó el ánfora sobre la cabeza, aunque su corona de cabello ralo le protegía poco de la presión del recipiente. Apretó los dientes, su bajo vientre se relajó y emprendió el camino hacia la cocina con aire de pecador arrepentido. Estaba firmemente decidido a enfrentarse donde fuese con la esquiva cariátide.

Recorrió el pasillo oscuro poniendo con mucha atención un pie delante de otro y protegiendo con ambas manos el ánfora que se balanceaba con violencia, procurando que no se le escapara. De repente se encontró con alguna resistencia justamente a la altura del vientre, y un ratón ágil se le metió en la entrepierna, le recorrió apresurado los calzones y se agarró con firmeza dolorosa a los huevos que encontró en el nido. William se tambaleó, esforzándose por mantener el equilibrio entre sus partes revolucionadas y la carga oscilante que llevaba sobre la coronilla. Nada temía más en ese momento que sentir cómo el ratón se convertía en leona y tomaba en las fauces su botín, un huevo sacudido por violentas pulsaciones, lo acariciaba con una lengua áspera y empezaba a morderlo con cariñoso placer. Alisha no tuvo piedad de su víctima. Enderezó el cuerpo, prestando atención a que sus pezones se entretuvieran en acariciar el signo de virilidad que sobresalía desnudo del pantalón, y recuperó el ánfora.

Después condujo a William a través de unos corredores que, bajo una triste luz cenital, conducían a depósitos de cereales y almacenes llenos de ánforas de aceite depositadas en lecho de arena. No intercambiaron ni una palabra. Lo llevó hacia un hueco oscuro donde reinaba un intenso olor a alquitrán y madera quemada, y William comprendió que se encontraban en la parte superior de la gran chimenea de la cocina del palacio. Podía mirar hacia abajo, aunque los vapores que ascendían y el calor que subía en vaharadas le irritaban los ojos, provocándole lagrimeo. Una mujer robusta removía cucharones en diferentes ollas y sartenes dispuestas sobre la placa de la cocina, machacaba hierbas en un mortero y las echaba junto con pequeñas cantidades de polvo en un recipiente donde borboteaba a fuego lento un líquido incoloro.

–¡Es mi madre!– le susurró Alisha a modo de explicación. –Está bastante sorda, pero sabe preparar brebajes.

–¿Brebajes de amor?– preguntó William con sorna.

–Creo, estimado señor, que vos no estáis necesitado de eso– susurró Alisha, aunque después volvió a recuperar un tono de preocupación infantil. –Esperadme aquí, le llevaré el ánfora y regresaré.

De nuevo desapareció de su lado. William seguía mirando hacia abajo. Se dio cuenta de que había otra persona acurrucada al borde de la cocina, vaciando un cuenco que contenía un caldo de verduras. Era Abu Bassiht, el sufí. ¿Qué *dyinn* lo habría llevado hasta allí? Parecía aún más delgado y más canoso que antes; sin decir una palabra y con mucha calma ingería la sopa ofrecida. Después el fraile oyó con mucha claridad la voz de Ezer Melchsedek.

No te engañes ni confundas el canto
de la primavera con el susurro otoñal
Saturno agita la hoz y lentamente
devorará a su hijo. El tiempo transcurre
y sepultará en la tumba a quien
en la flor de la juventud
pretende gozar de la tintura de Mercurio
se atreve a tomar el jugo de Venus
confundiendo estómago y corazón.

El canturreo quejumbroso dio paso a un tono normal:

–¿Habéis sido obediente, vieja bruja?

William alargó el cuello y, aunque no pudo ver al cabalista, sí observó que la mujer hacía rodar los ojos en señal de disgusto; y comprendió que su amo debía de pagarla muy bien o que se sentía intimidada, pues la expresión de su rostro dio paso a una sonrisa obediente mientras se dirigía al dueño invisible de la voz.

–Así es, mi dueño y señor– dijo con aire sumiso. –Uno de estos brebajes, al que denomino "lago sereno en el desierto" porque induce a la paz y al suave cumplimiento de los deseos, está destinado a las personas mayores, a quienes tranquilizará hasta lo más profundo haciéndolas dormitar mientras todavía caminan y hasta que el sueño se apodera de ellas. Es éste– y señaló la vasija con el líquido incoloro, –pero necesita tiempo para desarrollar toda su madurez.

–Ya está bien, preciosa *venefica*– la elogió Ezer Melchsedek, –me doy por satisfecho con que ese brebaje, mientras recorre los intestinos del rey, debilite su ánimo y lo rebaje. Pero ¿cómo me aseguras la risa de la doncella para cuando ese licor le desencadene la sangre?

En aquel instante entraron a formar parte del cuadro las piernas desnudas de Alisha. La madre enmudeció sabiamente, guardándose la explicación. William pudo ver desde arriba el interior del ánfora y, lo que le satisfizo mucho más, los redondos senos dentro del escote de la muchacha. Ésta depositó con gracioso movimiento el recipiente y pretendió alejarse, pero su madre le dirigió una mirada penetrante.

–¡Hueles a gata en celo, Alisha!– y le señaló una cesta que rebosaba de nabos llenos de tierra. –¡Quédate aquí a limpiar y cortar esos nabos en rodajas finas!

Alisha bajó la cabeza y extendió resignada los brazos para enviar así a William un saludo mediante las sacudidas de las marmóreas redondeces que asomaban en su escote; después se sentó en un lugar donde el fraile no podía verla.

–Rápido, ¡describe el otro filtro amoroso!– insistió la voz de Ezer.

–Tomarlo significa levantar un viento que empuja las olas y barre todo obstáculo mental como un dique que se abre, los latidos del corazón ascienden violentos a golpear el cuello que se tiende febril hacia el filo del puñal de sacrificio con que el sacerdote abrirá la carne temblorosa y sangrante…

La madre de Alisha interrumpió la descripción, cuyo tono había ido subiendo enfáticamente. William no pudo ver por qué lo hacía, lo único que comprendió era que el digno cabalista, con una habilidad que nadie habría sospechado en él, saltaba por encima de la cesta que contenía los nabos y al parecer se escondía apresuradamente.

–Alguien se acerca– oyó William decir a Alisha. –¡El diablo!

Su madre había enmudecido y seguía removiendo el turbio líquido en el recipiente puesto al fuego. En la olla se levantó un hervor y el brebaje se derramó burbujeando. Después se oyeron claramente unos pasos y la bruja experta en venenos miró atemorizada en dirección a la puerta. El anciano sufí interrumpió el movimiento de la cuchara y dijo:

–Un gran peligro de muerte– y tomó con toda tranquilidad otra cucharada más –amenaza a quien confunda los "setenta y siete escalones que conducen al sol" con la "bebida de la dormición rastrera".

Después sorbió con lentitud irritante el resto de la sopa rascando cuidadosamente el fondo del cuenco, sin prestar atención al ávido interés de sus oyentes, acurrucado uno en lo alto de la chimenea y el otro, a quien no se veía desde arriba, en la puerta.

–El veneno es capaz de paralizar la respiración de un ser humano joven e introducirlo en el sueño de la muerte, mientras que la bebida del éxtasis es capaz de provocar el paro cardiaco repentino en un anciano.

–Por tanto, ¡no debéis confundirlos!– se oyó una voz áspera y de tono autoritario. William la reconoció en seguida: era la de Yves "el Bretón".

–¡Al revés, sí conviene confundirlos!– le corrigió el sufí. –¿Acaso no estáis interesado en que la cabrita, apática y sin rebelarse, ofrezca paciente la nuca al verdugo?

–¡Qué sabéis vos, viejo– rezongó el "Bretón" sin acercarse, –qué podéis saber de lo que ni yo sé aún con certeza… debería mataros ahora mismo!

El fraile oculto no tuvo que hacer un esfuerzo para recordar el rostro del dueño de la voz. Surgió ante él como la nube densa que sale del fogón, pálido, con una mirada punzante capaz de atravesar la niebla.

Cruzó su memoria un carro descubierto con cuatro muertos encima, y William se estremeció.

Pero el viejo derviche miraba sonriente a Yves "el Bretón".

–Mi vida no está en vuestras manos y el bienestar del rey os preocupa poco, pues de no ser así, ¡le ahorraríais tantas emociones!

Se oyó el golpe de una puerta y la punta de un zapato se le metió en el costado a William, que yacía acostado sobre el vientre. Levantó la mirada y vio que sobre él se inclinaba el guarda supremo del harén, el señor eunuco mayor Gamal ed-Din Mohsen. William sonrió avergonzado antes de que el otro empezara a lamentarse con voz estridente:

–¿Por qué no os habrán castrado, William de Roebruk?

Abajo, en la cocina, Alisha levantó sonriente la vista de la cesta de verduras, extendió hacia lo alto un nabo torcido para que él pudiese verlo y empezó a cortarlo en rodajas. William se incorporó y siguió a Gamal Mohsen, para quien recorrer aquel laberinto de pasillos y cámaras era como andar por casa.

Subieron unos escalones altos y llegaron hasta una puerta que Gamal Mohsen abrió con mucha precaución mientras le ordenaba silencio con un dedo puesto en los labios. Se quitó las zapatillas y mandó a William hacer lo mismo. En la estancia vacía no había más que una cúpula de yeso que se elevaba, grande y redonda como un seno materno. Se acercaron de puntillas. William se inclinó con atención sobre la superficie cóncava, y allí donde suele estar el pezón vio que había un botón dc madcra torncada coronando cl salicntc, botón que el eunuco retiró con los dedos extendidos. Debajo apareció un orificio diminuto al que William acercó un ojo. Desde arriba veía en la habitación inferior un lecho cubierto de tela adamascada y lujosos almohadones de seda.

–Es el dormitorio de los sultanes– le explicó Gamal Mohsen con voz cargada de respeto. –¿Qué veis?

–¡Un lecho!

–¿No veis a nadie?

William apretó el ojo aún más contra el orificio y vió a unos hombres.

–Yo soy miope– susurró la voz del eunuco mayor junto a su oído. –¿Quiénes son?

William hizo rodar su pupila.

–Ahora veo– dijo con apenas un hilo de voz, por temor a que pudiesen oírlo allá abajo, –al gobernador Husam ibn abi'Ali...

–Quiere matar al rey porque desea casarse con la sultana...

–No creo– siseó William –que al rey Luis se le haya ocurrido disputarle a Sayarat al-Durr...

–¿Y qué sabéis vos, estimado fraile, de las leyes que no buscan satisfacer el amor sino las necesidades de una unión dinástica? ¿A quién más veis ahí?

–A Ibn Wasil…

–¡Una víbora falsa que busca calor en el pecho del gobernador!– informó el eunuco a quien le suplía la vista. –Hace como si pensara igual que él, pero en realidad intenta quitarle la vida a la princesa Yeza ¡para que la sultana pueda casarse con el rey de Francia!

–¿Y qué tiene que ver Yeza con eso?– preguntó William intrigado, pero el eunuco le respondió con una sonrisa pérfida.

–¿Y quién es el tercer hombre?– preguntó. –Lo llaman Yusuf y dicen que se trata de un asesino a sueldo, que sirve a quien mejor lo paga…

William sintió la flecha ardiente del miedo. Contuvo la respiración, después levantó la cabeza y cubrió el orificio con la mano.

–Es Yves "el Bretón".

–El gobernador le ha encargado que asesine al rey Luis.

–Pero ésa es una idea descabellada, ¡pura locura!– jadeó William. –¡"El Bretón" es fiel al rey!

–¡Muy bien!– dijo Gamal Mohsen. –¡Tanto mejor! De modo que podrá cortarle el cuello por la noche, mientras duerme, y atribuirles la culpa a los "asesinos".

–Alto– susurró William, –ahora viene alguien más… es Baha Zuhair, pero no oigo lo que dice…

–Yo sí lo oigo– sonrió el guarda supremo del harén mientras apretaba su oído contra la cúpula. –Afirma que acude por encargo de Baibars, quien exige la muerte de la princesa. Dice que debe provocarse el efecto de un asesinato ritual, perpetrado por un fanático. Ibn Wasil creo que se dirige a Yusuf: "Mi señor espera ver el corazón y los ojos de la princesa, así como un mechón de su rubia cabellera." Supongo que vuestro "Bretón" es hombre de pocas palabras: no dice ni sí ni no…

William, que había seguido mirando en silencio, enderezó el cuerpo.

–Tratándose de Yves "el Bretón" ningún ser vivo puede saber con certeza de qué es capaz. Ha salido de la estancia sin saludar. No puedo creer lo que he visto– balbució William, conmovido, mientras Gamal Mohsen volvía a cerrar desde fuera la puerta que daba a la estancia de la cúpula.

Después siguió al eunuco escaleras abajo.

–Ni falta que hace– dijo Gamal Mohsen sin volverse hacia atrás. –Necesitaba un testigo– y tocó uno de los maderos que componían la barandilla de la escalera, tras lo cual cedieron los escalones que estaba pisando William, quien cayó por una trampilla abierta. –¡Por si acaso!– le gritó el eunuco mayor detrás.

William había caído no muy hondo y en blando. Pero aquel hueco no tenía puerta; la única abertura estaba arriba, por donde se salía a la escalera.

–Tengo que asegurarme de que la próxima vez que os necesite, William, pueda encontraros con más facilidad. ¡No obstante, os doy ya mis más sinceras gracias!

Cerró la trampa desde arriba y William oyó que se alejaba con pasos cortos y rápidos.

DIARIO DE JEAN DE JOINVILLE

Gizeh, 6 de mayo de 1250 d.C.

En la víspera de Corpus Christi acudí con Ezer Melchsedek al alojamiento de los sanjuanistas. Una vez prestados todos los juramentos se había dispuesto que al día siguiente se iniciaría nuestro traslado a Damieta. Podíamos suponer que semejante perspectiva tuviese ocupada la mente de todo el mundo, pero una Orden como es la de san Juan del Hospital de Jerusalén piensa más allá, tiene proyectos más amplios y está por encima de los vulgares problemas cotidianos.

Todos los miembros del capítulo de la Orden que han sobrevivido a la guerra y al destino de caer prisioneros estaban reunidos en torno al señor Juan de Ronay. Le presenté al cabalista, cuya indumentaria pude completar con las prendas –calzones, zapatos y cinturón– que me regaló Rachid, hasta conseguir que aquel quiromante degenerado no me hiciese pasar vergüenza, al menos por su aspecto. El alto turbante adornado con perlas incluso le proporcionaba cierto aire de dignidad. Ocupamos un lugar en la larga mesa y cuando todos los sirvientes y cargos menores hubieron salido de la tienda, el señor Juan inició su discurso:

–En vista de las circunstancias que han conducido a la separación de los infantes reales, un hecho que no deseábamos, y en vista de que los infieles nos odian y están proyectando acciones diabólicas contra nosotros, nos vemos obligados a actuar en este asunto. Es cierto que los poderes del infierno nos mantienen presos, pero no serán capaces de dominar el *spiritus Iohannis*.

Todos asintieron y él prosiguió:

–Considero una señal del cielo y de nuestro santo patrón el hecho de que uno de los infantes reales, Yeza, hija del Grial y del emperador Federico de Hohenstaufen, haya podido permanecer entre nosotros.– Una vez más todos asintieron mudos, dando prueba de su respeto por tan selecta unión sanguínea. –A la casa Capeto, es decir, al rey de Francia, le ha nacido recientemente, en la hora de máxima tribulación y para hacernos comprender el maravilloso simbolismo que reside en cuanto dispone el Señor, una criatura en la ciudad de Dumyat, un niño llamado Tristán…

El señor de Ronay hizo una pausa, mirando a su alrededor como pidiendo aplausos.

–¿Qué importancia pueden tener diez años de diferencia cuando se trata de sangre de reyes? Elijamos a Yeza para que sea la Isolda correspondiente, uniendo el milagro de la Natividad en Belén con la fiesta de la Resurrección…– No pudo seguir hablando, pues lo venció la emoción en forma de auténtico enternecimiento.

Alguien inició el canto del *Da laudis*:

Verbum, quod erat in principio, o,
virginis in utero verbo fit caro.

Resonó la voz quebrada del viejo caballero de la Orden y otros se apresuraron a acompañarlo:

O verbum, verbum, verbum fit caro,
o fit caro verbum, quod erat in principio.

Y después llenó la oscura noche el poderoso himno:

Gloria patri sit ingenio, o,
nato quoque hodie eius filio,
o nato, nato, nato, nato hodie,
o nato hodie cum sancto flamine.
Amén.

Miré a Melchsedek, que permanecía mudo y dirigía su mirada, y de paso la mía, hacia la entrada de la tienda. Vimos allí al mariscal di Peixa-Rollo quien, muy excitado, intentaba llamar la atención haciendo señas a su maestre, que cantaba con profunda convicción. Lo consiguió en cuanto se desvaneció el último sonido.

–¡Han puesto las insignias de la dignidad de sultán en la tienda del rey!– exclamó excitado.

–¿En la tienda del rey Luis?
–Sí, ¡le ofrecen la soberanía!
–¿Quiénes? ¿Los mamelucos?
–¡Silencio!– dijo el señor de Ronay, y golpeó la mesa con la vara. –¿Lo habéis visto con vuestros propios ojos?
–Sí– dijo el mariscal.
–¿Y el rey?
–Se ha ido a dormir. Quiere consultarlo con la almohada.
–Bendita seas, María, llena eres de gracia– se le escapó al maestre. –¡Y bendito el sueño que debe de tener ese hombre!– Me miró a mí y a Melchsedek. –A nosotros no nos está permitido dormir con tanta tranquilidad, pues con todo esto cambia la situación: ¡el rey Luis será sultán!
Me sentí impelido a decir:
–Eso al menos aliviará nuestra situación…
–¿Qué decís?– me cortó la palabra el mariscal. –¡Ahora volvemos a ser dueños de la situación!
Pasé por alto la intervención.
–Contando siempre con la aprobación del señor rey y sultán, ahora podremos tener en cuenta cada una de las variantes que puedan ser útiles a nuestra causa. Hemos restaurado con mucho esfuerzo al príncipe francés de una manera perfecta y bellísima, según me confirma nuestro Ezer Melchsedek. Lo hemos transportado con grandes trabajos hasta aquí y depositado en la gran pirámide.– En la tienda se había establecido el silencio, todo el mundo estaba pendiente de mis labios. –¡No vamos a dejar allí olvidado sin más a Roberto de Artois, nuestro héroe! ¿Por qué no establecer la unión trascendental con él, es decir: la unión entre los Capetos, la sangre imperial y la del Grial? ¿Después de la *resurrectio symbolica* una *sacra nuptialia?*
–¿Y por qué no hacer contraer al rey ese mismo matrimonio?– se mofó el mariscal Leonardo.
–Porque éste, teniendo en cuenta que ya existe una reina, no querrá exponerse al reproche de la bigamia– intenté frenarlo.
–Sea cual sea la conjunción a la que den preferencia los señores caballeros sanjuanistas– levantó Ezer Melchsedek la voz, –debe ser realizada en la pirámide y necesariamente mañana por la noche ¡o nunca!
–O sea– intenté fijar posiciones, –¿Yeza con Roberto de Artois?
–¡No!– dijo el maestre Juan de Ronay. –Ahora hay que casarla con el rey Luis, ¡rey y sultán!
Todos callaron perplejos y sólo yo me atreví a romper el silencio:
–¿Cómo vais a justificarlo ante la Iglesia y la ley?
–Muy sencillo, mi querido señor de Joinville– dijo con aire triunfal: –se trataría de unmatrimonio en representación, ¡como la celebrada en

su día en Tyros cuando el arzobispo, representando al emperador, contrajo matrimonio con la pequeña Yolanda de Brienne! ¡El rey Luis representará a su hijo Tristán!

–¿Y cómo vais a convencer a Luis, quien jamás se ha visto cara a cara con los infantes reales?

–Mi querido Joinville, subestimáis la fama que tiene la hija del Grial y del emperador, por quien Luis siente devoción y fidelidad.

Fui cogiéndole gusto a mi papel de *advocatus diavoli*.

–Suponiendo que el rey de Francia esté de acuerdo en establecer más lazos sanguíneos con quien es ya su primo Federico, ¡aún sigue en pie la cuestión de la pirámide! ¿Cómo queréis que se avenga a internarse de noche en un montón de piedras de aspecto tan poco hospitalario?

–Ya tengo la solución– dijo Juan de Ronay con aire de misterio. –Dispongo de un intermediario que solucionará ese problema; problema que, por cierto, es el menor de todos.– Y con el pecho hinchado de orgullo añadió: –A vos, según parece, no os alcanza la imaginación necesaria.

¡Adiós feudos, beneficios y premios!, me pasó por la cabeza.

–Me permitiré, no obstante, estar presente, para ayudaros si vuestra fantasía tiene que luchar contra poderes que ahora y aquí aún no podéis imaginar. *Pacta sunt servanda*, ¡querido maestre!

–No lo toméis a mal, querido Joinville, también yo deseo cumplir con mi palabra. ¡Roguemos la ayuda y la protección de la Virgen María!

Se dirigió a todos.

Ergo maris stella,
verbi Dei cella
et solis aurora,
Paradisi porta,
per quam lux est orta,
natum tuum ora.
Ut nos solvat a peccatis
et in regno claritatis
quo lux lucet sedula,
collocet per secula.
Amén.

Gizeh, 8 de mayo de 1250 d.C.

Todo el que poseía rango y nombre acudió a la mañana siguiente a admirar en la tienda roja del rey la bandera y el escudo que representan la dignidad soberana en Egipto, y que durante la noche habían sido fijados en el exterior de la tienda.

Luis evitaba salir del pabellón para no verse confrontado oficialmente con una cuestión acerca de la cual lo acosaban serias dudas y mantenía, con toda la razón, una opinión dividida. Estaba consultando con sus hermanos, pero los rumores atravesaban con mayor rapidez las paredes de la tienda de lo que era posible intuir a través de sus voces excitadas. El señor Carlos mantenía una oposición rotunda y consideraba que era una "trampa de los infieles", y también el señor Alfonso temía que esa dignidad comportara un debilitamiento de la soberanía en el país de origen, sobre todo teniendo en cuenta la actitud que mostraría el rey inglés si Luis aceptaba un cargo en tierras tan lejanas y lastrado con tantas dificultades como el de sultán de El Cairo. La pregunta principal, a la que en realidad sólo podría haberle respondido, si no el Papa, al menos sí el patriarca, era la de saber cómo podría armonizar el inesperado título añadido con el de rey "cristianísimo" que con tanta naturalidad había ostentado hasta entonces, puesto que el sultán también es mandatario espiritual supremo de su pueblo.

La curiosidad de los que esperaban fuera se vio finalmente premiada cuando Baha Zuhair se presentó con gran ostentación y empaque y pidió ser recibido por el rey. Así sucedió, en privado –entre tanto, se habían reunido también muchos sarracenos ante la tienda roja–, y aquel dignatario de alto rango le confirmó al soberano que los emires del reino no deseaban nada con más ardor que verlo a él, el rey, aceptar la dignidad de sultán. Estaba tan seguro de obtener una respuesta afirmativa que se arrojó a tierra para ser el primero en honrar al nuevo soberano. Pero Luis seguía acosado por las dudas.

El sacerdote Nicolás de Acre era el único que mantenía una visión pragmática de la situación.

–Aunque sólo sirva para poder escapar cuanto antes de aquí– opinó secamente, –sin perder más vidas humanas y, sobre todo, sin perder las enormes sumas del rescate prometido, vale la pena aceptar el ofrecimiento.

Pero al rey Luis no le complacía esa forma de pensar.

–No quiero que me insista tanto– le dijo a su condestable señalando a Baha Zuhair, tras lo cual aquél le hizo saber al emisario, con mucho placer por su parte:

–¡Su majestad necesita un plazo para reflexionar sobre si debe adoptar una decisión de tanta importancia!

Baha Zuhair se retiró, acompañado de su séquito, con aire molesto y ofendido.

Fuera, a una distancia perfectamente visible desde la tienda del rey, se estaba preparando una nueva ceremonia. Un grupo de soldados encabezado por el señor eunuco mayor Gamal ed-Din Mohsen, que montaba un camello enjaezado, arrastraba hacia un poste a un hombre que mostraba el torso desnudo. Lo ataron con las manos en la punta del palo.

Era Rachid al-Kabir, el intérprete tan odiado por Luis. A una breve señal del eunuco mayor, que después se alejó de allí, los soldados empezaron a propinarle latigazos en la espalda. El jefe y señor sobre todos los palacios fue ayudado a descender del camello justo delante de la tienda roja. Gamal ed-Din Mohsen acudía también a ofrecer sus respetos al nuevo soberano. A la vista de las insignias de sultán se arrojó a tierra, aun antes de que el condestable pudiese rogarle que entrara en la tienda.

De su numeroso séquito, que aportaba arcas llenas de joyas y otros regalos valiosos, se destacó entonces, para gran sorpresa de todos y también mía, mi secretario William de Roebruk, a quien tanto tiempo he estado echando de menos. Gamal ed-Din Mohsen lo mandó arrodillarse ante el rey y dijo con entonación solemne:

–Ese renegado– y señaló sin darse la vuelta hacia atrás, donde Rachid se retorcía bajo los golpes que abrían surcos de sangre en sus espaldas, –a quien para daros satisfacción he mandado castigar como se merece, majestad, ese traidor a su fe, hizo desaparecer a vuestro intérprete con el fin de ocupar su lugar y ofenderos y molestaros a vos, majestad, imponiéndoos su indigna presencia.

Después ordenó que expusieran ante el rey los tesoros aportados: telas bordadas en oro, fuentes y copas adornadas con piedras preciosas que los criados, todos ellos adolescentes de piel oscura, extendían ante el rey.

–¡Egipto os pide perdón por lo sucedido!

William, que seguía arrodillado, traducía sus palabras.

–¡Ya está bien!– exclamó el rey, a quien el espectáculo le resultaba embarazoso. Y señaló hacia afuera, aunque también sin asomarse. –Sólo Dios es capaz de asignar un castigo justo a ese pecador.

El eunuco mayor envió a alguien para que se pusiera fin a los latigazos que sufría Rachid y William se incorporó avergonzado. Parecía bastante intimidado y casi no se atrevía a levantar los ojos hacia el rey y sus hermanos, que estaban a su lado. El eunuco mayor prosiguió su discurso como alguien que está completamente seguro de la causa que propone y no desea más que aclarar unas cuantas cuestiones secundarias que han quedado pendientes.

–El administrador supremo del palacio, el noble Gamal ed-Din Mohsen– aclaró William con voz monótona, –señala humildemente que todo soberano de Egipto, desde la época gloriosa de los faraones, debe pasar cuando inicia su alto cargo una noche en la pirámide, pues así lo exige la costumbre…

En aquel mismo instante pisaba yo la tienda roja y pude oír cómo mi señor Luis respondía, indignado, algo así como "¡Bobadas paganas!", que William no tradujo. Le expuse que tal vez fuese poco inteligente rechazar aquella oferta con excesiva brusquedad, pues el emir Aibek podría ofenderse, y argumenté:

–¡Baibars sigue dispuesto al asesinato!

Mis palabras impresionaron al rey y a William, y me pareció que éste arrojaba una mirada al de Anjou; de repente, el fraile dijo en voz baja y con precipitación:

–¡Esta noche quieren mataros! ¡El único lugar seguro es la pirámide!– y añadió, lleno de miedo: –¡Decid algo, majestad, que yo pueda traducir!

El rey le hizo a Gamal Mohsen el regalo de una sonrisa atormentada y dijo:

–Es un gran honor, tan inesperado y tan importante para mí, que deseo celebrar consejo para hallar la forma de responder al enorme significado de vuestra propuesta.

Me dio la impresión de que mi secretario convertía esas palabras, en su lengua árabe rasposa, en algo así como una aceptación, pues vi que el rostro del eunuco mayor se iluminaba reflejando alegría. Se inclinó ante el rey y sus hermanos y dijo:

–Esperaré delante de la tienda hasta que se haya decidido. *Afhimuhu fianna la jiara lahum!*

Gamal ed-Din Mohsen se retiró caminando hacia atrás, y William tradujo:

–No quiere molestaros mientras celebráis consejo, y espera que Alá os ilumine y os haga dar el paso correcto en cuanto caiga la oscuridad.

–¡Yo os acompañaré, majestad!– se ofreció el condestable, lo que indujo al de Anjou a exclamar en tono irónico: –¡Y yo me acostaré esta noche en vuestra cama, para ver lo que sucede!

–Me parece, señores míos– dijo el rey con tristeza, –que habéis tomado vuestra decisión sin invocar la ayuda de los Santos ni consultar con Jesucristo Nuestro Señor…

–La Iglesia– le hizo saber el sacerdote –no puede considerar que dicho procedimiento sea indebido, y además no obliga a nada una simple costumbre de los infieles. De modo que si mañana o en cualquier otro momento declaráis que renunciáis al título, la dignidad y el cargo os veréis libre de todo compromiso.

–No quiero verme libre– dijo el señor Luis con firmeza. –Yo me someto al poder divino de mi fe, que me hizo emprender una guerra para recuperar este país, una guerra que he perdido. Y ahora le place a Dios transformar la derrota en victoria y entregarnos la tierra prometida a su manera. A esa voluntad debo someterme.

Un suspiro audible de alivio recorrió la tienda. El rey se sentó, abrumado por la carga de su decisión, pero con la frente iluminada por el aura propia de los elegidos.

–Llamad al señor Mohsen– dijo, –¡y hacedle saber que esta noche estaremos dispuestos!

William se apresuró a salir y regresó con el administrador, hablándole con insistencia. El eunuco mayor agradeció al rey su resolución mediante el gesto de arrodillarse en silencio, cubrió de besos la mano que le fue ofrecida y se alejó. Yo también quise retirarme, pero el condestable me retuvo.

–Podéis llevar de nuevo con vos, senescal, a ese secretario vuestro e intérprete poco fiable. Lo que no acabo de entender es por qué no lo han azotado a él– me susurró con voz gruñona. –El rey ya no necesita de sus servicios, ¡y espero que no vuelva a necesitarlos nunca más!– añadió aún.

William se inclinó ante el rey y dijo:

–Podéis echarme de aquí como a un perro, majestad, pero estaré gustoso a vuestras órdenes siempre que me necesitéis.

El rey sonrió con gran benevolencia.

–¡Te recordaremos, William de Roebruk!

Mi secretario me acompañó al salir del pabellón.

–No entiendo a ese circuncidado– me confió William apenas estuvimos fuera del alcance de los oídos ajenos. –Tenía entendido que la camarilla de la corte defiende el matrimonio de nuestra Yeza con ese sobrino algo retardado, un cierto Musa. ¡No es más que una criatura!

–Y eso qué importa– le instruí; –por otra parte, ¿quién os asegura que la camarilla de la corte, es decir, la que rodea a la sultana, habla con una sola voz?

–En cualquier caso– completó mi inteligente William, –toda esta maniobra podría perfectamente ir encaminada no a elevar la posición de nuestro rey, ¡sino a eliminarlo!

–Parece que aprendéis algo jugando al ajedrez– le respondí. –El rey está amenazado de peligro tanto si entra en la pirámide como si permanece lejos de ella. De modo que hemos de preocuparnos de que nadie más entre en su interior. ¡Aparte de Yeza, claro!

–¿Yeza?– dijo William, espantado. –Esa niña corre más peligro que cualquier otra persona. ¡Yves "el Bretón" ronda por aquí!

–Ya lo sé– dije yo; –por esa misma razón no habéis podido hablar abiertamente ante el rey, por miedo a que el de Anjou os tape la boca para siempre. Tenemos que contar con “el Bretón”, ¿pero quién más podría amenazar a Yeza?

–La sultana no querrá que la muchacha la desplace…

–Virgen Santísima– se me escapó.

–¡Me refiero a Sayarat!

–¿Y quién nos podría ayudar?

–¡Sólo sé de uno!– dijo mi William, y me dejó plantado.

LA SULTANA SAYARAT al-Durr había sido transportada aquella misma tarde en un palanquín desde El Cairo a Gizeh. Exigió inmediatamente de Ibn Wasil, quien la recibió, que la llevaran al palacio y la dejaran ocupar sus habitaciones. El cronista, fiel seguidor suyo, tuvo que hacer un gran esfuerzo para convencerla de que desistiera, porque llamaría inútilmente la atención y porque allí se encontraba su rival.

Esto último no debía haberlo dicho, pues Sayarat empezó a escupir veneno y ordenó que la llevaran al harén para arrancarle con sus propias uñas los ojos a la pequeña usurpadora, a la que le cortaría la nariz y también los pequeños senos, si es que ya los tenía. Casi a la fuerza, y con muchas disculpas de Ibn Wasil y horribles insultos de la sultana, fue trasladada en palanquín a las orillas del Nilo para esperar allí, en una nave anclada, la llegada de la noche. Nadie le había dicho ni una palabra de un posible encuentro ritual con el rey Luis.

A lo que ella iba era a una cita con su amante secreto Husam ibn abi'Ali, quien le había comunicado que esperaba salir de la pirámide y encontrarse con la sultana, ya adornado con el título oficial de regente de Egipto. Ella no consideraba que estuviese muy capacitado para ese cargo, pero precisamente su vanidad y su debilidad le prometían a Sayarat al-Durr, la “madre de Halil”, poder seguir sin obstáculos en el ejercicio de la soberanía, al que ya se había acostumbrado.

Y ahora se veía sentada en una vulgar barca de transporte por culpa de una chiquilla cristiana, como si fuese una…

–Juradme, Ibn Wasil, que esta misma noche le atravesaréis el vientre a esa hurí ante mi vista, ¡pues de no ser así no daré ni un paso para entrar en la pirámide!

El cronista se arrodilló, juró y estuvo pensando cómo tendría que hacer para matar él mismo a un ser humano con su espada. Ni siquiera tenía espada.

De todos modos había decidido poner fin a la joven vida de Yeza, pero de una manera menos espectacular, pues no soportaba ver sangre. Más bien se imaginaba que se la podría estrangular con un cordón de seda, lo que no lo preocupaba mucho, ya que había contratado los servicios de un tal Yusuf, quien tenía fama de ser un bruto que no se andaba con miramientos a la vez que extremadamente fiable y discreto.

Su amigo y bienhechor Husam, el gobernador, había elegido la otra entrada de la pirámide, aquélla por la que entraría el rey, como punto de partida para la acción. El tal Yusuf, quien les había sido propuesto por Baha Zuhair, acecharía probablemente en el interior. El hombre le había causado la impresión de ser un entendido en tales menesteres y de valer el precio que cobraba. El único detalle intranquilizador en toda la cuestión era que fuese un recomendado de Baha Zuhair, hombre veleidoso en quien no se podía confiar. Se había acordado que en el mismo momento en que Yusuf saliese de la pirámide entraría él, Husam, pues aquélla sería la señal de que el rey había muerto y la muchacha también. Para mayor seguridad, el gobernador llevaría tres agujas envenenadas en el turbante; tres agujas que él, aunque con dedos temblorosos, había introducido con su propia mano en el veneno de áspid cuya mordedura resultó ser en su día mortal para Cleopatra. Le parecía una manera adecuada para deshacerse de su real contrincante en el caso de que fracasara Yusuf. Husam ibn abi'Ali aún no sabía muy bien cómo hacerlo, pero confiaba en que hallaría la ocasión. ¡Tendría que encontrarla! A él no le quedaba otro remedio si quería evitar que Aibek se hiciese con la regencia, pues sabía que Sayarat era capaz de llegar a un arreglo incluso con el mameluco. ¡Lo único importante para la "madre de Halil" era seguir en posesión del sello del sultán!

Gamal ed-Din Mohsen había ordenado en secreto que el pequeño Musa, un niñito de cuatro años, fuese llevado a Gizeh. Para el administrador supremo de todos los palacios eso no representaba ningún problema. Metió al niño en la habitación del harén que ocupaba Yeza, pidiéndole que se ocupara del pequeño, a quien introdujo con el nombre de "el-Ashraf". Les dijo que jugaran juntos. El niñito estaba tan confuso y era tan tímido que lo primero que hizo fue orinarse de miedo. Yeza lo puso encima de la cama y con ayuda de Alisha le cambió los pañales.

Qué cosa tan fea, pensó, y qué desagradable imaginar que el bello miembro de su Roç pudiera ser desfigurado como el de aquel niño. Alisha se reía de su interés y preguntó a Yeza si ya tenía la *haid*. Yeza no la entendió, y Alisha le explicó:

–No serás una mujer de verdad hasta que sangres cada mes. Sólo entonces podrá conocerte un hombre.

–Ah, es eso– dijo Yeza con el rostro encendido por el disgusto de aparecer como una ignorante tratándose de una cuestión de tanta importancia. –¡Eso lo dejo en manos de mi amado!

Alisha soltó una risa insolente.

–¡Espero que no lo dejes en sus manos!– rió por lo bajo. –Ni siquiera a cargo de un dedo, ¡a menos que ese dedo le crezca entre las piernas!

–¡Ya sabré arreglármelas!– rechazó Yeza, indignada, a la insolente criada. ¡Al fin y al cabo, era asunto suyo! Experimentó alivio cuando llegó la cena y desde la cocina llamaron a Alisha. ¿Por qué debía sangrar ella a causa de un suceso que, como había presentido en muchas ocasiones a la vez que experimentaba una oscura excitación en el vientre, no prometía más que placer? En el caso de que el duro pene de Roç intentara penetrar en su mas íntimo secreto, ¡ella no gritaría!

Yeza sentó al pequeño Musa a su lado y se dispuso a cenar con él. La comida consistía en unas gachas cubiertas de espesa leche fermentada, que le gustaban mucho, y un zumo de frutas. Musa se manchaba y ella intentaba limpiarlo, pero de repente se sintió muy cansada, agradablemente vencida y sin ganas de hacer nada, mientras el muchacho la miraba con ojos apáticos. Después ambos cayeron en un estado de relajada indiferencia, aunque seguían con los ojos abiertos como si una fuerza invisible, una niebla transparente los clavara en los asientos con un peso desconocido, de modo que ni siquiera eran ya capaces de levantar una mano…

Baibars había convocado a los emires de los mamelucos con los que creía poder contar, y cuando acudieron a su torre los colmó de atenciones.

–Amigos– empezó a desarrollar con muchas precauciones su propuesta, –si queréis escuchar la opinión que me he formado después de profundas reflexiones, os digo que deberíamos librarnos de una vez por todas de ese rey y de todos sus acompañantes de rango e importancia.– No esperó a que los sorprendidos emires le dirigieran la palabra. –Así tendríamos tranquilidad durante unos cuantos años. Eso vale más que las cuatrocientas mil libras, y Dumyat caerá de todos modos en nuestras manos sin que tengamos que mover un dedo.

Una parte de los emires se vio desagradablemente sorprendida, la otra compartía del todo su opinión. Los primeros callaron; los segundos pidieron excitados la palabra.

–Todos habéis visto con vuestros propios ojos– exclamó uno de estos últimos –cómo esa camarilla de palacio, los seguidores de los Ayubíes, se han atrevido a colocar las insignias del sultán en la tienda del rey francés. ¡El símbolo de nuestra soberanía, del sultanato de El Cairo, por el que hemos luchado, sufrido y perdido tantas vidas!– Muchos le daban la razón.

–¡Muerte a los forasteros! ¡Egipto para los musulmanes!– gritaron, sin prestar atención al hecho de que Izz ed-Din Aibek acababa de entrar acompañado de su guardia personal. El recién llegado dirigió una mirada sombría a Baibars y esperó a que cesara el griterío.

–Aunque la camarilla de la corte no tiene el derecho– dijo después en voz alta y en tono de severidad –a otorgar el título de sultán de Egipto, ¡tampoco vos lo tenéis para negar la obediencia a unos acuerdos ratificados mediante juramento!

Se hizo el silencio. Aibek, el comandante supremo, no era considerado un hombre cruel ni era tan temido como Baibars "el arquero", pero también sabía infundir respeto.

–Si matamos al rey después de haber asesinado a nuestro propio sultán todo el mundo, en Oriente tanto como en Occidente, nos señalará con el dedo, ¡seremos despreciados con toda la razón!

Se dirigió a Baibars, que había escuchado el reproche temblando de ira, pues sabía perfectamente que nadie levantaría la mano contra Aibek; éste se había detenido en el umbral y tenía las espaldas cubiertas. Cabía suponer también que la torre de Baibars estaría rodeada. Con el final de Turan Sha en el recuerdo hizo un gesto de sometimiento, pero eso no le bastó a Izz ed-Din Aibek.

–¿Tenéis a mano el libro del Profeta, emir Baibars?– preguntó con aire provocador, y el interpelado se volvió hacia atrás para tender después a su superior un ejemplar valioso del Corán, encuadernado en piel. En medio del silencio se oía perfectamente cómo eran pasadas las hojas de pergamino y después Aibek dijo sin mirar el texto:

–Aquí está escrito: *Yayibu 'aleika an tahfada sayidakka ua ahrussku mithla ainaiha.*

Devolvió el libro a Baibars que, sin embargo, fue ya incapaz de refrenarse.

–En primer lugar– jadeó, –¡no se trata de nuestro soberano! Precisamente eso es lo que pretendemos evitar. ¡Sólo nos faltaba que nos obligaran a todos a convertirnos al Cristianismo!– La atmósfera sobreexcitada que reinaba en la torre registró un ligero regocijo. Baibars abrió con gesto seguro la cita que había buscado Aibek. –A continuación también está escrito esto: *La hefidh al 'aquida ua herasetuha yayibu 'alaika an tuquatil al 'adou.* ¿No debemos respetar más el mandamiento de Mahoma que un contrato con los infieles?

De nuevo se levantó una oleada de odio y rebelión que inundó la estancia atestada. Aibek alzó la mano y su voz era ahora fría y cortante.

–El emir Baibars saldrá inmediatamente de este lugar y no se acercará a él a menos de una milla, ni un paso, ¡hasta que se haya puesto mañana el sol! ¡Todos los demás entregarán sus armas!– Aibek esperó a que Baibars saliera apresurado por la puerta, pasando raudo a su lado. –¡Enfriad vuestros ánimos practicando la caza!– le aconsejó en tono casi amistoso al furibundo emir, que ya se encontraba a media escalera. –¡La soledad del desierto os hará mucho bien!

Después descendió también él, seguido de su guardia personal y sin mirar ni una vez hacia atrás, a los rebeldes. Los emires dejaron sus sables en la torre, arrojándolos sin más al suelo.

Habían visto abajo una centuria de lanceros sudaneses recién llegados de El Cairo, que rodeaban la planta baja. Las puntas afiladas de sus lanzas de ébano estaban dirigidas a tierra, y junto a cada grupo de cinco lanceros había una olla de barro en la que ardía fuego griego. Aquellos guerreros de piel negrísima y cuerpo desnudo brillantemente untado de aceite estaban prestos a obedecer la orden de introducir sus lanzas en la masa de brea ardiente, orden que sólo podía dar Husam ibn abi'Ali. El gobernador había dispuesto que los sudaneses, una tropa que le era absolutamente fiel, acudiesen a Gizeh para matar al rey cuando él lo ordenara y, aprovechando la ocasión, debían matar también al emir Aibek, su rival. En cambio, los lanceros no tenían la más mínima intención de molestar a los mamelucos, que iban saliendo de la torre.

Todos esos sucesos fueron seguidos con atención por dos ojos de mirada aguda, pertenecientes a un hombre que se ocultaba en el claroscuro de la entrada posterior que conducía a la cocina del palacio; un hombre que se escondía detrás de un pilar y a quien algunos conocían con el nombre de "Yusuf", perteneciente a la corte del sultán. Nadie sabía de dónde había venido y quién lo había introducido allí. Se le consideraba un *muyrin* de confianza, aunque nadie había comprobado aún si sabía ejercer su oficio. Una de las precauciones acertadas que solía tomar era la de no hacer acto de presencia en el campamento cristiano.

Yves "el Bretón", antiguo guardaespaldas del rey, había caído en desgracia, y Luis lo expulsó tan categóricamente de su entorno que jamás habría utilizado otra vez los servicios de aquel hombre, ni siquiera en un momento de máximo apuro. Pero "el Bretón" seguía estando cerca a pesar de la prohibición, y había algunas personas que lo sospechaban además de uno que lo sabía con seguridad.

Ezer Melchsedek supo en seguida quién lo agarraba por la garganta en la entrada medio oscura de la cocina, y cuando sintió el frío de la navaja comprendió con intuición certera las intenciones del desconocido, de modo que jadeó:

–¡Haré lo que me exijáis!

La mano no aflojó el cerco en torno a su garganta, sino que lo arrastró con férrea firmeza hacia la oscuridad más profunda del laberinto de corredores, permitiéndole aspirar justamente el aire necesario para no morir ahogado.

–¡Describidme el lugar donde tenéis escondido al príncipe!

Ezer Melchsedek sintió que se aflojaba la garra en torno a su cuello y aspiró profundamente.

–Eso depende de dónde y cómo lo queráis ver, señor mío, ¿desde delante o desde atrás, desde arriba o desde abajo?

Sintió que aumentaba de nuevo la presión que le atenazaba la garganta.

–¡Desde el Portal del Rey!

El cabalista jadeaba.

–Atravesad la pequeña sala y dejad de lado la primera trampilla de ventilación. Subid después por la escalera de Thot, que acaba en el canal cónico que durante el solsticio señala en dirección a Sirio.

–¡No quiero esperar hasta que llegue el solsticio!– le ladró la voz al cabalista.

–Entrad de todos modos. En el centro hay un orificio que parece una trampa. No la evitéis dando un salto, debéis introduciros en ella; observaréis que se hunde la piedra y os encontraréis en la antesala de la cámara mortuoria: ¡estará a vuestros pies!

El desconocido permaneció unos instantes en silencio, y Ezer Melchsedek sintió su aliento en el rostro mientras regresaba el frío del acero a su cuello.

–¿Por qué no os mato ahora mismo?

–Porque no sabéis si miento, señor, ¡y después no podríais preguntar a nadie más por el camino!

–No es por eso– dijo la voz, –¡sino porque aún tengo otra tarea para vos, después de haberme demostrado la habilidad que tenéis para mentir!

Esperaron hasta que vieron acercarse por el otro extremo del pasillo a Abu Bassiht; el magro sufí procedía de la cocina y sostenía en las manos sendos odres de piel de cabra.

–¡Te batirás en animoso combate con la diestra!– declamó, y tendió a Yusuf la mano izquierda, puesto que éste tenía aún agarrada con la otra la garganta de Melchsedek. –¡La siniestra te hundirá en un profundo sueño!

–¡Pero si son completamente iguales!– se indignó “el Bretón”, cuando ya sostenía ambos odres en sus manos.

–Por eso van acompañados cada uno de su consigna, para que Melchsedek se acuerde.

–¿No los habréis cambiado?– preguntó Yusuf con desconfianza.

–Yo no, pero vos sí– dijo el sufí muy tranquilo. –Ahora sostenéis "el combate" no en la diestra, sino en la siniestra.

Yusuf intercambió los odres, visiblemente irritado.

–Ahora tenéis "el sueño" en la siniestra– confirmó Abu Bassiht. –Aunque mi misión es ofrecerle al rey el sueño por la diestra, ¡de modo que debéis devolverme el brebaje!

–¡No! ¡El rey entrará en la pirámide por la izquierda!– intervino Ezer Melchsedek. –Si alguien le hace señas al rey con la siniestra, ¿a quién queréis que yo... a la derecha...? Supongo que eso esperáis de mí.

El cabalista se esforzaba por no incrementar las iras de Yusuf, aunque éste había guardado ya el puñal para tener ambas manos libres y poder sostener los dos odres de piel de cabra que, a su vez, contenían dos brebajes de tan diversa composición.

Yusuf le entregó el odre que sostenía en la mano derecha.

–Hacéis honor a vuestra fama de cabalista agudo, Ezer Melchsedek– dijo. –Una mente que comprende con celeridad puede albergar la esperanza de una larga vida.

–Gracias, señor mío– dijo éste, –¿o bien preferís que a la izquierda...?

–¡No!– siseó Yusuf irritado. –Mirando desde aquí, entrará por la derecha en la pirámide una muchacha a la que haréis tomar el brebaje, ¡si fuese necesario a la fuerza!

–No pienso obligar a nadie, pero no os preocupéis: lo tomará...

–¡Y caerá en un profundo sueño!– añadió Abu Bassiht.

–¡Error!– gritó Yusuf. –¡Eso es lo que sucederá a la izquierda!

–He comprendido– dijo Ezer Melchsedek e intercambió su odre por el del sufí. –La corona debe descansar– y señaló hacia la izquierda, como si fuese un indicador del camino, en dirección hacia donde Yusuf empujaba ahora al sufí –mientras el Grial busca la emoción– y extendió el otro brazo hacia la derecha.

–Marchad ahora– dijo Yusuf y los empujó a ambos por el pasillo, –y si a la primera aparición de la luna no os encuentro en vuestros puestos– señaló el puñal que llevaba sujeto en el cinturón –sabré, no obstante, dónde encontraros.– Y se internó en la oscuridad del pasillo.

Fuera, en el patio, el sufí y el cabalista se vieron uno al otro por primera vez a la luz del día. El sol del atardecer arrojaba ya sombras alargadas y al fondo se elevaba majestuosa la gran pirámide.

–Según creo– dijo Abu Bassiht, –¿tengo en manos el reposo y vos la emoción?

–Sería lo más correcto, puesto que estáis a mi izquierda.

–¡Preferiría cambiar con vos!

–Como queráis– dijo Melchsedek. –Pero no quiero disgustos con ese hombre.

Los odres cambiaron de propietario, aunque entonces fue el cabalista quien se vio asaltado por la duda:

–Llegasteis con el reposo en la siniestra y se lo entregasteis en su mano diestra… ¿lo recordáis? Os lo devolvió, yo los cambié y después los hemos cambiado aquí de nuevo: ¡ese odre es para mí!

Ezer Melchsedek abrió la mano y Abu Bassiht, anonadado, le devolvió el suyo.

–¡Creo que tenéis razón!

–¡Todo es cuestión de saber si estás delante o detrás, arriba o abajo!

Se separaron, y el sufí se alejó con pasos apresurados.

En el pabellón rojo del rey se estaban ultimando los preparativos para la noche. El señor Luis había ordenado cubrir la entrada para evitar que los curiosos, que desde primeras horas de la mañana merodeaban por los alrededores y eran retenidos con dificultad por un cordón de sanjuanistas, pudieran echar un irrespetuoso vistazo a su interior. En la estrechez de la tienda reinaba una excitación festiva, aunque moderada, y los caballeros que se consideraban con derecho propio a figurar en el séquito del soberano se apretujaban con los dignatarios de la Iglesia, muy especialmente vinculada a la causa real, y que estaría representada por Nicolás de Acre y el patriarca de Jerusalén, que aún no había llegado. Los sanjuanistas habían sobornado al gobernador con una suma respetable para que lo dejara en libertad durante una sola noche, lo que además de constituir una agradable sorpresa para el rey, permitiría que el patriarca celebrara la ceremonia de su matrimonio con Yeza en representación de Tristán, su hijo menor; una celebración que adquiriría así carácter solemne e incontestable. Pero el patriarca no acababa de llegar. ¿Convendría informar del asunto a Nicolás de Acre, o sería mejor esperar un poco más?

Juan de Ronay esperaba nervioso, mientras se veía rodeado por los criados que corrían afanosos de un lado para otro sin poder tomarse un respiro ante el trabajo urgente que pesaba sobre ellos y el tiempo que los apremiaba. En medio de tanto ajetreo no le llamó a nadie la atención el hecho de que el señor Carlos de Anjou abandonara el pabellón y se retirara a su propia tienda. Era el único, entre tantos señores de alto rango, que no iba vestido de fiesta, sino que se paseaba con su armadura al completo, dado que no estaba dispuesto a acompañar a su hermano y pretendía poner en práctica su intención de esperar en la cama del rey los alarmantes sucesos que podrían producirse durante la noche.

En la tienda del conde de Anjou que, excepto por la severa vigilancia ejercida por su guardia personal, no se distinguía por ningún emblema heráldico como albergue de un par de Francia, esperaba sucio y vestido con harapos, con el cabello y la barba enredados a causa de la prisión prolongada que había sufrido, el conde Juan de Sarrebruck.

–¡Deberíais lavaros!– lo saludó, nada más entrar, Carlos de Anjou en tono de áspero reproche. –Mi camarero os proporcionará nueva vestimenta, pues así no podéis presentaros ante el rey ni ante los ojos de la dama que debéis despachar con vuestra mano al otro mundo.

–¿Una mujer? ¿Queréis que mate a una mujer?– dijo el conde de Sarrebruck en tono de indignación. –¿Me creéis un matón? ¡Debéis de haberme confundido con vuestro señor Yves!

El de Anjou, que se paseaba intranquilo por la tienda, se detuvo a observarlo y arrugó el entrecejo.

–¡Cómo podéis pensar que echaría mano de vos, señor Juan, si tuviese cerca a "el Bretón"!– y volvió a reanudar la marcha. –Pero ahí está el problema: el señor Yves, o Yusuf, nombre bajo el cual se camufla ahora, no ha vuelto a aparecer. Yo no puedo evitar que mi señor hermano entre en la pirámide y pase allí toda la noche si le apetece. Pero sí que le gasten una mala broma y realicen ritos mágicos con su persona de tal modo que mañana por la mañana, al salir, ¡se crea que es el sultán de Egipto! Más que ninguna otra cosa se trata de impedir que, mediante cualquier ceremonia hereje y blasfema, le presenten esta noche a una mujer, pues existe el peligro de que, sobre todo si es joven, mi querido Luis olvide su condición y salga de la pirámide convertido en un gusano, ¡convencido de tener un derecho dinástico sobre Dios sabe qué tronos!

–¡Pues no contéis conmigo!– se negó el conde de Sarrebruck. –Yo no le pongo la mano encima a ninguna mujer, sea cual sea su edad o su rango.

El de Anjou soltó una breve carcajada.

–No se trata de joderla, sino de penetrarle el corazón con rapidez y brevedad con un acero que os entregará mi maestro armero, ¿comprendido?

–¡No!– exclamó Juan. –¡Me niego rotundamente!

El de Anjou lo miró con asombro, pues no estaba acostumbrado a escuchar tan tercas negativas.

–¿Creéis que habría pagado para que os soltaran de la cárcel si hubiera sabido que lo ibais a lamentar ahora? Si os negáis, regresaréis esta misma noche al lado del patriarca, a la misma mazmorra, y os garantizo que el tratamiento que os dispensarán allí os hará desear la oportunidad de poder matar a todas las mujeres de esta Tierra...

–El patriarca– intentó protestar el de Sarrebruck –saldrá esta noche de prisión. Los sanjuanistas...

–Yo he pagado el doble para que el viejo se quede allí– le contestó con frialdad el de Anjou, –y vos, Juan, desearéis regresar a la estrechez y al frescor de esa tumba si no me obedecéis ahora. Juraréis, os lamentaréis y gritaréis bajo el tormento, prometiendo lo que sea, pero será demasiado tarde. Los sarracenos os sacarán del agujero tirándoos del cabello mañana por la mañana, y cuando llegue la hora de la oración del mediodía os entregarán al pueblo. Lo que quede de vuestro cuerpo y sea capaz de respirar y de sentir acabará en manos del verdugo.

Los labios de Juan temblaban, pero era ya incapaz de separar los dientes. El de Anjou añadió con voz meliflua:

–Jamás volveréis a ver las suaves laderas del río Sarre, las colinas donde se cría vuestro vino seco, los puentes donde cobráis ese peaje descarado que tanto os ha enriquecido, ¡nada de eso volveréis a ver jamás!

–Sabéis convencer, señor– dijo Juan, dándose por vencido. –Me pongo a vuestras órdenes. ¿Quién es la dama?

El de Anjou observó la figura desharrapada con evidente desprecio.

–¡Ya lo veremos! Sea cual sea la mujer que pida entrada por el lado opuesto al *Bab al muluk*, el Portal del Rey de la pirámide, vos la conduciréis a la muerte. Y ahora procurad convertiros de nuevo en un ser humano, ¡y no ahorréis la arenilla de fregar!

Cuando el señor de Sarrebruck abandonó la tienda como un perro apaleado, el de Anjou arrugó la nariz. Ese conde del Sarre no era más que un sustituto despreciable, ¡pero era tan difícil encontrar a alguien capaz de realizar cumplidamente un trabajo sucio!

El sol estaba ya muy bajo y parecía una boca de fuego. Aún existía la esperanza de que se presentara Yves "el Bretón" y tomara en sus manos probadas la solución de aquel problema tan enojoso. En todo caso, habría que eliminar entonces a ese miserable Juan, pues sabía demasiado.

William de Roebruk intentó durante toda la tarde ser recibido por Baibars, el emir de los mamelucos. Primero le dijeron que estaba en la torre y no quería ser molestado, después que estaba celebrándose allí una reunión, a la que le impidieron acudir con palabras irónicas de rechazo, y finalmente, cuando lo intentó una vez más, ya firmemente decidido a salirse con la suya, encontró el patio y la torre del todo vacíos. Le dijeron que Baibars había salido de caza.

William tomó entonces prestado el caballo de su señor, el conde de Joinville, sin pedirle permiso. Aparte del rey, el senescal era el único a cuya disposición habían puesto los sarracenos una montura, por ser pariente del emperador Federico.

El franciscano era un jinete miserable que les tenía miedo a todos los animales grandes, y éstos se daban cuenta. Pero el simple hecho de que abandonara montado el campamento de prisioneros situado al pie de las pirámides impresionó tanto a los guardias de la entrada que lo dejaron pasar sin indagar más. Incluso le señalaron la dirección en la cual habían visto alejarse a Baibars: recto hacia el desierto. William emprendió ese camino.

Sufrió una amarga desilusión si esperaba encontrar las huellas del jinete. En torno al campamento se veían centenares de huellas de herradura.

El sol iba descendiendo. Se tiñó de rojo –las sombras ya eran alargadas– y surgió un ligero viento que recorría las dunas. Después de un ascenso penoso, que le disgustó a él tanto como al caballo, se detuvo en la cima de una de aquellas colinas y miró a su alrededor. No se veía ni rastro de un cazador solitario que pudiese ser Baibars. Su mirada regresó al campamento.

La centuria de lanceros del sultán estaba abandonando la entrada a toda carrera, acercándose en larga fila doble a la gran pirámide y dividiéndose allí, como si deseara cercar la montaña de piedras como se acorrala a un animal salvaje. Los negros llevaban el cuerpo envuelto en pieles de leones y leopardos, de jirafas y cebras, sabedores de que, por la noche, hace mucho frío en el desierto. También se cubrían las cabezas con máscaras de los animales que veneran como divinidades y llevaban sus lanzas, que sostenían con orgullo, envueltas en trozos de pieles y colas de animal. Los guerreros salvajes portaban consigo las ollas de fuego griego y gran número de antorchas.

William dirigió el caballo con paso lento hacia la cercana duna, bajando y subiendo de nuevo las laderas mientras las patas del animal se hundían más y más en la arena. Finalmente éste dobló con tanta habilidad las extremidades traseras que el grueso fraile se deslizó de la silla y cayó a tierra, justamente de rodillas, por lo cual hizo algo que desde hacía mucho tiempo no había hecho con tanto fervor como entonces: William decidió rezar y se acordó de un verso compuesto por su tocayo Guilhem. Muchas veces lo había repetido con Yeza y Roç, cuando aún eran pequeños y no querían dormirse:

Esperanza de totz ferms esperans
Feums de plazers, fons de vera merce
Cambra de Dieus, ort don naisso tug be...

Casi siempre habían conseguido conciliar el sueño al son de esta oración, sobre todo Roç. Y William acostumbraba añadir: "*Repaus ses fi.*" Y si Yeza conseguía murmurar aún: "*E tu?*", él le contestaba: "*Capdels d'orfes enfans.*"

William no volvió a montar; se limitó a tirar del caballo por la brida. Delante de ellos se extendía, hasta donde alcanzaba la vista, un mar de arena que ocultaba piadosamente a su mirada los valles más profundos y las cimas de las dunas levantadas por el viento. ¡Tenía que encontrar a Baibars!

Los sanjuanistas abandonaron el campamento encadenados y formando una larga fila, con la cabeza gacha. El mariscal di Peixa-Rollo caminaba en último lugar. Daba la impresión de que los llevaban al patíbulo. La comitiva avanzaba rodeada de mujeres, ocultas por sus velos, cuyos gritos de rabia y lamentos no nacían de un sentimiento de dolor, sino de odio. Escupían a los presos, les arrojaban piedras, y los rondaban como lobas hambrientas que rondan un rebaño de ovejas. Los caballeros se alegraban de conservar los cascos en la cabeza y las corazas bajo la túnica, pero carecían de armas.

A la cabeza de la comitiva cabalgaba Baha Zuhair, vestido con sus ropas más lujosas. Una vez cruzada la entrada del campamento se detuvo e hizo desfilar a los prisioneros, y cuando quedaron fuera del alcance de su oído se dirigió preocupado al mariscal:

–Los lanceros del Sudán están alineados hasta el *Bab al malika*, el Portal de la Reina– y señaló hacia la pirámide, que descansaba bajo el sol del atardecer, –dispuestos a mataros a todos...

–El León de Melchsedek, el Gran Mago– murmuró Peixa-Rollo, –se ha hecho cargo de la misión de transformar a esos animales salvajes en un coro obediente que acompañe el espectáculo de la boda...

Cuando pensaba en la necesidad de doblar la nuca ante aquellos negros indómitos, confiando exclusivamente en la fuerza mágica del cabalista como le había recomendado su gran maestre, no se sentía demasiado seguro de sus propias palabras. Pero siguió caminando con aire obstinado por la arena, atado al extremo de la larga cadena. Su mirada ascendió hacia lo alto de la pirámide. Y los vio allí: sus siluetas se destacaban ante el cielo coloreado de violeta, inmóviles y con las mortíferas lanzas apuntando en alto. Después se arrojaron a tierra, sobre el vientre, las manos con las lanzas ampliamente extendidas. Cayeron como fichas de dominó a las que se da un empujón, desde lo alto hasta el pie de la pirámide.

Del *Bab al malika* había salido una figura de animal, un ser de fábula con cabeza de pájaro, garras de leopardo y plumas en los brazos que parecían alas cuando los levantaba. Bajó los escalones para recibir a la procesión de sus víctimas arrastrando una gigantesca cola de cocodrilo.

William tenía dificultades con su montura. Ambos avanzaban con las extremidades enterradas en la arena hasta la altura de la rodilla, una arena virginal cuya superficie inmaculada mostraba delicados dibujos ondeantes que el leve viento del desierto modificaba sin cesar. Aunque el fraile aún seguía desesperadamente decidido a cumplir con la misión que él mismo se había impuesto, el caballo, en cambio, resolvió no moverse más.

De modo que William soltó las riendas y trepó a gatas por la cercana pendiente. Entonces vio a lo lejos la figura de un jinete cuyo animal parecía volar, ligero de cascos, sobre la superficie de arena, unido a su amo hasta formar una imagen de centauro. Varios perros de caza lo acompañaban y Baibars disparaba el arco en plena carrera. La gacela intentó escapar trazando un ángulo, y precisamente en el instante en que ofrecía el flanco la flecha le atravesó el cuello. William agitó los brazos y dio voces, pero las dunas se tragaron sus gritos.

Miró hacia atrás.

Las pirámides parecían ahora lejanas y negras; el sol rodaba en forma de bola de sangre hacia un horizonte de arena, nada más que arena. William se quitó la camisa y la agitó al viento.

VIII

LA NOVIA EN LA CÁMARA MORTUORIA

LA SULTANA SAYARAT había pasado toda la tarde esperando en la nave anclada en el Nilo y estaba furiosa. Cuando ya anochecía se presentó al fin Ibn Wasil, su hombre de confianza, confirmándole que los lanceros que había mandado buscar el gobernador para la protección de ambos habían ocupado sus posiciones, por lo que rogaba a la "madre de Halil" que volviese a sentarse en el palanquín, que tenía forma de tienda.

Al acercarse al pie de la pirámide vieron que, en efecto, los esperaban los guerreros sudaneses con todos sus atavíos de guerra, pero estaban arrodillados en el suelo y entre ellos se habían instalado los sanjuanistas. Cada uno de estos últimos mantenía en sus manos dos, algunos incluso tres de las temibles lanzas. El mariscal de la Orden, el señor Leonardo di Peixa-Rollo, se dirigió al palanquín y exigió a la sultana que se retirara. Ésta volvió a manifestar su airado disgusto, pero Ibn Wasil comprendió que la situación no les permitía otra salida que obedecer sin protestar. Como Sayarat al-Durr no quería soportar semejante humillación tuvieron que dejarla finalmente en medio del desierto, donde quedó también su séquito, que rodeaba, enfurecido y blasfemando, el palanquín de la sultana. Ibn Wasil ascendió los escalones para pedir explicaciones a Baha Zuhair, a quien veía arriba junto al *Bab al malika*, y a quien consideraba con toda razón corresponsable del fracaso del plan acordado. Sin embargo, no llegó a hacerlo, porque se le acercó el eunuco mayor Gamal ed-Din Mohsen, acompañado de los dos niños y rodeado de un enjambre de mujeres del harén del palacio. Todas ellas chillaban de alegría y saludaban agitando pañuelos de colores.

Los niños venían cogidos de las manos del eunuco y daban la impresión de estar cansados y apáticos, caminaban a su lado tropezando y como en sueños, de modo que al iniciarse la serie de escalones más altos el eunuco tuvo que coger al pequeño Musa en brazos. Una de las mujeres quiso ayudar a Yeza, quien hizo un esfuerzo y ascendió por los bloques de piedra rechazándola. La habían vestido con una larga túnica azul bordada con perlas e hilos de oro que le daban un aspecto digno y hasta magnífico mientras la muchacha estaba de pie, pero que le estorbaba para trepar por las escaleras. Yeza se propuso, disgustada, liberarse de ese engorro en cuanto pudiera, pues al fin y al cabo aún llevaba debajo los pantalones en los que guardaba también el puñal, que seguía proporcionándole una sensación de seguridad. El eunuco le había dicho, al "despertarla" de aquel sopor extraño y paralizante que padecía, que iba a llevarla a ver la gran pirámide por dentro, un ofrecimiento que ella aceptó con entusiasmo. ¡Lástima que estuviese tan cansada!

La impresionó ver el gran número de sanjuanistas alineados para recibirla junto a otros hombres negros humildemente arrodillados que llevaban máscaras de animales sobre la cabeza, y se apresuró para alcanzar la plataforma antes que el eunuco mayor. Pero una vez allí tuvo un susto terrible. Vio a Peixa-Rollo, mariscal de los sanjuanistas, quien en Chipre había intentado atraparla delante del Temple.

Quiso dar media vuelta y alejarse corriendo, pero aquel caballero, tan hostil anteriormente, le sonrió con afecto e incluso dobló una rodilla.

–¡Bienvenida, infanta real– exclamó. –Bienvenida, hija del Grial!

El tono de su voz sonaba tan sincero que Yeza pensó que, en ocasiones, hasta un antiguo perseguidor puede convertirse en un nuevo amigo, como aquellos sanjuanistas que quisieron cerrarles el camino a Masyaf. De modo que prefirió sonreír y prosiguió con valentía el recorrido hasta el portal, arrastrando siempre la estúpida cola del vestido azul detrás, por encima de las piedras. El esfuerzo la cansaba.

Junto al sanjuanista vio a un anciano dotado de una larga barba.

–Soy Ezer Melchsedek– declaró éste con voz solemne, y pidió después a un criado que le entregara una valiosa copa de metal. –Os ofrezco la bebida de la promisión– dijo con expresión sumamente amable. –Apagará la sed del esfuerzo corporal que ha quedado atrás y refrescará la mente, capacitándola para recibir las experiencias a que se enfrenta.

Yeza tenía sed después de haber trepado hasta lo alto de la escalera. Como respuesta le dirigió una mirada radiante de agradecimiento de sus verdes ojos, tomó la copa y bebió sin apresurarse. El contenido sabía a frutos amargos, pero tenía un frescor agradable. La vació hasta el fondo y se quedó mirando al anciano, que no esperó a recuperar el recipiente sino que prefirió alejarse con bastante agilidad para su edad avanzada. Como una cabra, pensó Yeza, recordando la barba rala que le había visto, mientras observaba cómo trepaba por las piedras hacia la punta de la pirámide. Se volvió aún para saludarla con gesto amable y después se lo tragó la oscuridad. Yeza entregó a Baha Zuhair la copa vacía.

–¡Guardadla bien!– dijo la niña. –Es un regalo muy valioso.

Baha Zuhair aceptó la copa con cierta reserva, pues no se atrevía a mirar a Yeza a los ojos. Entre tanto, también el eunuco mayor había alcanzado, jadeante, la plataforma situada delante de la entrada. Aún sostenía en brazos al pequeño Musa, a punto de dormirse de nuevo. Pero antes de que hubiese podido dejar al niño en el suelo junto a Yeza se les acercó el mariscal.

–¡Nadie puede acompañar a la hija del Grial!– dijo con tono seco.

La mirada indignada de Gamal ed-Din Mohsen se deslizó del sanjuanista, quien se había plantado con las piernas separadas delante de la entrada para impedirle el paso a Baha Zuhair, que intentaba retirarse de allí con la mirada baja.

–¿Hay alguien más aquí a quien no hayáis traicionado, Baha Zuhair?– exclamó Gamal Mohsen con ironía cuando vio que no le quedaba más remedio que aceptar lo inevitable. –Moriréis aquí arriba, ya no pisaréis vivo la tierra de Egipto...– y extendió patéticamente la mano libre hacia la amplia redondez del país sobre el cual iba descendiendo rápidamente la oscuridad. –¡Estáis condenado, condenado!– y volvió a gritar, lleno de rabia: –¡Tres veces condenado!

Sin volverse hacia los demás apretó fuertemente el cuerpo del pequeño Musa contra el suyo, se recogió los faldones y emprendió el descenso. Las mujeres lo siguieron, pero mientras había llegado también Ibn Wasil, que había observado la escena.

–Haremos bien, Gamal ed-Din Mohsen– dijo, –en no presentarnos demasiado pronto ante los ojos de la sultana. Ese hombre– y señaló con el dedo extendido a Baha Zuhair –nos ha traicionado a los dos, que sólo queríamos lo mejor para nuestro país. Esperemos aquí a ver lo que el destino nos depara. En lo que se refiere a Baha Zuhair, ¡no soportaré volver a verlo entre los vivos!

Desenvainó la espada y quiso arrojarse sobre el asustado Baha, pero Gamal lo sujetó. Entregó al pequeño Musa a una de las mujeres y ordenó a todas ellas que rodearan el palanquín estacionado al pie de la pirámide, acompañando a la sultana.

–Noble y distinguido Ibn Wasil– se dirigió al cronista de la corte, –no debemos eliminar sin necesidad al hombre que tiene la culpa de lo sucedido hasta ahora y de lo que sucederá aún. La sultana no querrá prescindir del espectáculo de ver a ese mísero traidor despedazado por sus mujeres...

Y señaló el enjambre de mujeres viejas que rodeaban el palanquín. Brotó un grito estridente, emitido por muchas gargantas, y los chillidos y lamentaciones que entonces se iniciaron recorrieron el desierto junto con el viento que acaricia la arena, rodeando como un canto fúnebre la pirámide. Los sudaneses encendieron las antorchas y la cadena de luces llegó hasta el *Bab al malika*, donde Yeza se disponía a cruzar la entrada. Se sentía curiosa y cansada a la vez. Sonrió y pidió una de las antorchas.

El *Bab al muluk*, la magnífica entrada situada al otro lado de la pirámide, se abría casi a ras de tierra en su amplia planta baja, que por aquel lado ofrecía el aspecto de antesala de un templo situado a medias sobre el nivel de la tierra y a medias bajo ella. Una ancha escalera conducía hacia el Portal del Rey, y a ambos lados de cada escalón se habían apostado guerreros sudaneses que sostenían en una mano su temible lanza de madera de ébano, cuya punta se ahueca y se ensancha hasta mostrar la anchura de una hoja de palmera, y en la otra una antorcha. Entre ellos estaban dispuestas las ollas con el fuego griego encendido. Los guerreros estaban a la espera.

O quanta mirabilia
quan felix matrimonium
Christo nubit ecclesia
celebratur convivium.

Desde la llanura donde se hallaba instalado el campamento se iba acercando lentamente una comitiva majestuosa que atravesaba el claroscuro en dirección a la pirámide. Los señores iban a pie, sólo el rey montaba a caballo.

Celebratur convivium
superni regis filio
hoc predixere gaudium
prophete vaticinio.

Los caballeros portaban las banderas que los mamelucos les habían cedido o que algunos enemigos de talante benévolo les habían restituido.

Novo cantemus homini
novis induti vestibus,
laudes canamus virgini
fugatis procul sordibus.

En primera fila caminaba el sacerdote Nicolás de Acre. Éste, que hablaba fluidamente el árabe y mantenía un acuerdo secreto con los cristianos autóctonos, acudía rodeado de un número considerable de ayudantes y acólitos portadores de su parafernalia, de modo que allí no faltaban ni la bandera con la imagen de una Virgen negra en primera fila ni los incensarios, las campanillas y la custodia. Puesto que nadie estaba enterado del proyecto de incorporar también al patriarca a la función, nadie lo había echado de menos.

Est Deus, quod es homo, sed novus homo,
ut sit homo quod Deus, nec ultra vetus.

El viento nocturno llevaba el débil canto muy lejos de allí.

O pone, pone, pone, pone veterem,
o pone veterem, assume novum hominem.

Yeza todavía no se había internado del todo en el estrecho pasillo que seguía al Portal de la Reina. Aún se percibía el brillo oscilante de la antorcha que portaba la niña y que iba perdiéndose como una luciérnaga en lo más profundo de la pirámide cuando el conde de Sarrebruck apareció subiendo a toda prisa por la escalera.

–¡Os habéis vuelto loco!– le gritó al mariscal di Peixa-Rollo, a quien conocía perfectamente. –¡No podéis mandar a una niña sola y de noche al interior de la pirámide!

–Ése fue el encargo– tartamudeó Peixa-Rollo, que no las tenía todas consigo.

–Podéis pensar lo que queráis, mariscal– lo amonestó el conde Juan. –Voy a acompañarla y protegerla, ¡ya que parece inevitable que la niña entre de noche en ese lugar!

Y le arrancó la antorcha a uno de los sudaneses, dispuesto a emprender el recorrido.

El sanjuanista comprendió.

–¡Esperad!– Su mala conciencia lo ayudó a reprimir el recuerdo de la orden expresa de que nadie, excepto Yeza, cruzara el umbral de aquella puerta. –¡Os acompaño!– dijo el mariscal. Le quitó la antorcha al conde y se adelantó. –¡Deprisa!

El brillo de la luciérnaga se veía bailando ya muy lejos.

DIARIO DE JEAN DE JOINVILLE

Gizeh, 9 de mayo de 1250 d.C.

Visitatur de sede supera
Babilonis filia misera.

Atravesamos la noche en dirección a la pirámide sin cesar en nuestros cánticos. Sólo los monaguillos que iban a la cabeza de la procesión portaban velas encendidas, cuyo resplandor apenas alcanzaba a iluminar la imagen de María que se alzaba ante nuestros ojos.

Persona filii missa, non altera
nostre carnis sumit mortalia.
Moratus est fletus ad vesperum,
matutinum ante luciferum
castitais egressus uterum
venit Christus nostra laetitia.

Estuve pensando en la pequeña Yeza, a quien, al parecer, le correspondería en aquella función el papel de hija de Babilonia, y no acababa de sentirme del todo tranquilo, a pesar de la solemnidad del acto. Si el mariscal y el de Melchsedek no habían sufrido contratiempos, la muchacha debía de estar a punto de iniciar el recorrido. Así lo habían establecido los cálculos del cabalista, cuyo programa seguíamos sin haber informado de ello a nuestro devoto rey Luis.

Éste cabalgaba entre nosotros, y aunque no podía estudiar su expresión, por estar su rostro a oscuras, si oía su voz.

Nube carnis maiestatis
occultans potentiam
pugnaturus non amisit
armaturam regiam,
Sed pretendir inimico
mortalem substantiam.

Cuando digo "nosotros" me refiero a quienes me acompañaban a mí, senescal de la Champagne, entre ellos el gran maestre en funciones de los sanjuanistas, señor Juan de Ronay, el otro hermano del rey, el taciturno señor Alfonso de Poitiers, conde de Poitou, el inevitable señor condestable, y todos los señores que quisieron acompañar al rey en esta procesión. Él no había querido obligar a nadie.

Muy por el contrario, Luis nos había señalado que él se dirigía por decisión propia y libremente tomada a celebrar un acto en el que no descartaba la existencia de posibles peligros para cuerpo y alma, según insistió expresamente. Dijo que ya que nos había conducido a una guerra en la que Dios nos había negado la victoria, y en la que muchos de los nuestros dejaron la vida, no deseaba cargar su conciencia con más desgracias adicionales, y que no lo tomaría a mal si alguien renunciaba a participar en aquella empresa cuyo final era del todo imprevisible, como prefería hacerlo incluso su hermano Carlos, que se había propuesto ocupar y proteger el lecho de su hermano el rey.

A pesar de todo ello acabó por formarse una procesión considerable que alcanzó finalmente las filas de los lanceros sudaneses. No conseguimos verlos hasta que Nicolás de Acre, nuestro sacerdote, les gritó en voz alta y en idioma árabe:

–*Asha'alu al masha'il ua irka'u - la anna malek al muluki atin!* "¡Encended las antorchas y doblad la rodilla, pues se acerca el Rey de Reyes!"– me tradujo uno de los barones.

El efecto causado fue parecido al de un incendio en la selva, pues las antorchas se iluminaron con tanta rapidez y nos proporcionaron una luz tan clara que todos pudimos ver el *Bab al muluk*.

Rubus ardet, sed ardenti
non nocet vis elementi,
flamma nihil destruit.
Sic virgine pariente,
partu nihil destruente
virginitas floruit.

IGUAL QUE UNA CUEVA con estalagmitas, aunque de forma cuadrada, era como Yeza se había imaginado el interior de la pirámide. Pensaba encontrarse de vez en cuando con un altar o una escultura de piedra en forma de animal grande con cuerpo de ser humano y cabeza de hiena, o al revés.

Alisha le había hablado de las cámaras mortuorias de los faraones, en las que todo era de oro puro, y en relación con las cuales sólo existía la dificultad de saber dónde se encontraban. Sin embargo, también debían de habitar allí los consabidos *dyinn* que vigilan a los muertos. El abuelo de Alisha había descubierto una de las cámaras, y la muchacha incluso enseñó a Yeza un escarabajo verde que llevaba oculto en una banda de cuero alrededor del cuello. Cuando el abuelo se internó de nuevo, dispuesto a recoger los inmensos tesoros de oro descubiertos, no volvió a aparecer.

Por mucho que iluminara sus alrededores con la antorcha, Yeza no veía nada de cuanto había esperado, pues aún seguía recorriendo el mismo pasillo. En cualquier caso, ya no oía las voces de fuera. Allá dentro todo estaba muy tranquilo, el silencio era casi aterrador. El pasillo daba la vuelta a una esquina y a veces ascendía; en dos ocasiones había tropezado con unos escalones, y pensó que no tardaría en encontrar una puerta que la condujera a alguno de aquellos maravillosos palacios subterráneos en los que viven los faraones y sus esposas convertidos en "momias". Así se lo había explicado William, afirmando que sabía muy bien de lo que hablaba, pues aún se seguía aplicando a los muertos el mismo tratamiento que en la antigüedad. Se trataba de una clase especial de embalsamamiento que mantenía el aspecto de persona viva en el muerto, e incluso lo mejoraba. Pero no vio ni el más leve indicio de una puerta, ni siquiera de una entrada secreta.

Yeza avanzaba golpeando las grandes placas de piedra con el extremo inferior del palo de la antorcha. No sonaba a hueco, y tampoco pudo descubrir rendijas sospechosas o huellas de deslizamiento, algo que le habría llamado la atención. Le habría gustado tener a Roç junto a ella, aunque sabía que éste se encontraba realizando una excursión mucho más peligrosa, en cuyo transcurso probablemente se vería obligado a emplear las armas.

Yeza se cercioró de que aún llevaba el puñal en el pantalón, y al hacerlo recordó que podría quitarse ese estúpido ropaje largo que venía arrastrando a través del polvo con un ruido que la hacía pensar en algún animal que la estuviese siguiendo, una rata u otro bicho parecido. La muchacha apoyó con precaución la antorcha contra la pared y se despojó del festivo vestido azul. Fue muy fácil: lo abrió por arriba y la túnica se deslizó, dejándola sólo en pantalones. En su camino de regreso podría recogerlo, e incluso se lo pondría otra vez para no ofender al señor Gamal. Lo dejó encima de una piedra y en un lugar perfectamente visible, y en aquel mismo instante le pareció oír pasos. Se detuvo a escuchar, pero allí no existía otra cosa más allá del silencio, y ella había aprendido ya a no temerlo. Abu Bassiht, el sufí, le había dicho que quien no fuese capaz de soportar el silencio y la oscuridad jamás podría indagar en su propio interior y escucharse a sí mismo, lo que era indispensable como primer escalón para entrar en el paraíso. Había afirmado también que ni la oscuridad ni el silencio son jamás absolutos y totales. Siempre se oye algo: el agua, el viento, el crujido de la piedra... y siempre se ve algo tan pronto los ojos se acostumbran a la oscuridad, pues también las piedras emiten luz cuando no hay otra iluminación en torno. Porque la vida está en todas partes, había dicho el sufí. Yeza recogió la antorcha y prosiguió despreocupada su recorrido.

El mariscal di Peixa-Rollo, seguido del conde de Sarrebruck, avanzaba por el estrecho corredor en el que habían visto desaparecer a Yeza. Al principio aún pudieron ver el reflejo oscilante de la antorcha de la niña, pero después la galería de techo bajo dibujaba una curva y perdieron de vista la débil luz que los guiaba.

–Hemos seguido siempre en línea recta, hasta ahora no ha habido desvíos– gruñó el sanjuanista; –de modo que a la fuerza acabaremos por encontrarla.

El conde iba detrás y le apresuraba.

–Si avanzáis con tanta parsimonia, ¡nunca daremos con ella!

Pero como el mariscal era quien llevaba la antorcha también determinaba el ritmo, y además el pasillo empezaba a ascender y era demasiado estrecho como para poder rebasar su cuerpo robusto. El conde desenvainó la espada con gran cautela. Alcanzaron una escalera descendente, y cuando el sanjuanista volvió la cabeza hacia atrás, queriendo ser cortés y cerciorarse de que el conde tuviese suficiente luz para ver los escalones, descubrió bajo el resplandor de la luz el brillo de la espada.

–¿Qué...?– pudo formular el mariscal con una expresión primaria de sorpresa cuando el acero ya le penetraba con toda fuerza desde arriba en la espalda, entre los omóplatos, derrumbándolo escaleras abajo. La antorcha cayó de sus manos y quedó tumbado de bruces. Juan de Sarrebruck no se atrevía aún a acercarse para recuperar la espada. Tocó el cuerpo con un pie y vio que su víctima no se movía, aunque pensó que podía tratarse de una trampa. Tan sólo cuando la antorcha empezó a incendiar una de las mangas y comprobó que el brazo permanecía inmóvil pudo superar Juan su cobardía, y haciendo acopio de valor pasó por encima del muerto, recogió la antorcha y sacó de un tirón la espada del cuerpo del fallecido. En aquel momento, y obedeciendo a un último esfuerzo del moribundo, las manos de éste rodearon como una abrazadera el tobillo de su verdugo. El conde Juan perdió el equilibrio y cayó de cabeza sobre los escalones restantes, hundiendo el rostro directamente en la antorcha encendida, que se habría apagado con un chasquido si no hubiese hallado nuevo alimento en su cabellera. Sus gritos no querían cesar.

DIARIO DE JEAN DE JOINVILLE

Gizeh, 9 de mayo de 1250 d.C.

Rex Salomon fecit templum
quorum instar et exemplum
Christus et ecclesia...

Al parecer, el sacerdote había decidido que su obligación era resaltar el papel de la Iglesia en aquella función que, por lo demás, muy poco tenía de cristiana.

Fundamentum et fundator,
mediante gratia.
Quadri templi fundamenta
marmora sunt, instrumenta
parietum paria.
Candens flos est castitatis
lapis quadrus in prelatis
virtus et constantia.

Nuestro señor Luis ascendió, acompañado de todos nosotros, los últimos escalones en dirección al portal cerrado. En una de las piedras que hay delante se acurrucaba un derviche, uno de esos hombres santos que se sientan ante todos los templos y a quienes se les suele dar gustosamente una limosna, en un gesto que pacifica la propia alma del donante. Poco después lo reconocí. Era el sufí a quien había visto ya en la trirreme acompañando a los niños mamelucos, y su presencia me inquietó, pues me pareció que algo tenía que ver con la red invisible que amenaza con aprisionarnos a todos.

Longitudo,
latitudo,

templique sublimitas,
intellecta
fide recta
sunt fides, spes, caritas.

Miré a los demás, al maestre Juan de Ronay y al condestable, que no prestaban atención al anciano porque se estaba acercando el gobernador. Éste subía los escalones a toda prisa y sin la solemnidad exigida por la vestimenta que había elegido para tan festiva ocasión. Pidió a su escudero, que formaba parte de su numeroso séquito, una gigantesca cimitarra dorada. Su mirada rozó nerviosa a los lanceros sudaneses que iluminaban con sus antorchas nuestro recorrido, doblada la rodilla y bajas las lanzas tal como el sacerdote les había ordenado, y para que no pudiese producirse ningún malentendido el valeroso Nicolás de Acre recibió al dignatario en el idioma de su país:

–*Mutashakkiran yataquabbal al maleku ualaakum*– dijo, elevando la voz, –el rey recibe agradecido vuestro homenaje. *Arraya' arruku'a*, os ruego que os arrodilléis.

Templi cultus extat multus
cinnamomus, odor domus,
mirra, stactis, casia;
Que bonorum decus morum
atque bonos precum sonos
sunt significantia.

De modo que a Husam ibn abi'Ali, quien había imaginado que la escena se desarrollaría de modo muy diferente, no le quedó otro remedio que obedecer, aunque sólo dobló mínimamente la rodilla, y empezó en seguida a hablar. El sacerdote tradujo con mucha calma su discurso:

–El gobernador de El Cairo, que tiene el mando supremo sobre todos los edificios de piedra, excepto el palacio– este último detalle es probable que fuera un añadido irónico del intérprete, –y por tanto también gobierna sobre las pirámides, considera un honor acompañar a nuestro insigne huésped en el recorrido por su interior.

–¡Eso es imposible!– empezó a despotricar el condestable, pero Luis levantó la mano en un gesto que pedía calma:

–Dile al señor que aprecio su gesto y su buena disposición– y concedió al gobernador una sonrisa amable que éste malinterpretó sin más induciéndolo a ponerse en movimiento, aunque después hubo de refrenarse, porque el rey seguía hablando, –pero debo recorrer solo este camino para hacer las paces conmigo mismo y hablar a solas con mi Dios, si es que Él desea hablarme. No estamos aquí en un acto de Estado, sino al pie del camino pedregoso de un pecador arrepentido, camino que he de recorrer yo solo– repitió, dirigiéndose a nosotros, –y el señor que gobierna esta casa lo comprenderá cuando vea que *nadie* me acompaña.

Mientras Nicolás de Acre traducía sus palabras, reprimiendo a duras penas la emoción, nosotros empezamos a protestar, sobre todo el condestable, quien juró en alta voz que no lo permitiría. Y también el sacerdote había contado al parecer firmemente con poder acompañar a su rey para prestarle apoyo espiritual, pero Luis les cortó a todos la palabra.

–A partir de ahora os ruego mantengáis un silencio absoluto y tú, mi fiel condestable, cuida bien de este guardián de la pirámide, no se le vaya a ocurrir seguirme armado con esa enorme espada. ¡A todos los demás señores míos les pido que recen por mí!

Nosotros, que habíamos entendido cuál era su gran preocupación, le cerrábamos rápidamente el paso al gobernador, cuyos ojos relucían de ira. Luis ascendió los últimos escalones. A pesar de la orden de silencio y para rebajar un tanto la tensión, el sacerdote entonó el siguiente cántico:

In hac casa cuncta vasa
sunt ex auro de thesauro
praelecto penitus.
Nam magistros et ministros
decet doctos et exoctos
igne Sancti Spiritus.

Cuando el rey hubo superado el último escalón y pisó la piedra de la estrecha plataforma se abrieron de repente y sin hacer ruido, según me pareció a mí, los batientes del portal hacia el interior, dejando a nuestra vista el comienzo de una escalera bordeada de columnas, en cada una de las cuales ardía una lamparilla de aceite formando un cordón de luces que se perdía en las alturas de la estancia. Al parecer, tampoco el gobernador sabía nada de ello, pues exclamó:

–¡Los *dyinn!*– y ocultó asustado el rostro en la manga de su amplia túnica. –*Leisa Alahu yatakalamu ileika*– siseó con voz cargada de odio. –¡Los *dyinn* acabarán contigo!

Pero por muchas que fueran las maldiciones que pronunciara, el rey Luis no podía haber oído sus exabruptos supersticiosos, pues el sufí acurrucado junto al portal le tendió un sencillo odre de piel de cabra para que refrescara su garganta antes de iniciar el recorrido.

Siendo el sufí quien era, es decir, ni mucho menos un cualquiera, me asaltaron oscuras premoniciones y esbocé un gesto de rechazo. El rey me miró a los ojos pero ignoró mi muda protesta, levantó el odre y bebió del chorro, como hacen los pastores. Se quitó un anillo de la mano, lo entregó al sufí y atravesó el portal sin mirar ni una vez hacia atrás, donde quedábamos nosotros. Apenas pisó el interior de la pirámide cuando los batientes del portal volvieron a cerrarse, emitiendo esta vez un estampido opaco.

"Quedan por superar las últimas pruebas. La pasión domina con su poder oscuro y desplaza las leyes, arrojándolas como botín a la ilusión. Los primeros son dominados por los últimos. Bajo el signo de Piscis se diluye cuanto era persistente."

BAIBARS CAYÓ COMO UN CICLÓN sobre los que se encontraban delante del Portal de la Reina, como si hubiese descendido de la punta de la pirámide, pues nadie lo había visto subir en loca carrera por los escalones. De un solo golpe y emitiendo un grito salvaje partió en dos el cráneo de Baha Zuhair hundiendo el filo de la espada hasta su pecho, empujó a un lado al eunuco y a Wasil y se internó como un poseso, sin hacerse siquiera con una antorcha, en la oscuridad de la pirámide.

–Ahora podemos retirarnos de aquí– le dijo el guardián supremo del harén y de todos los palacios a Ibn Wasil cuando se repusieron del susto y comprendieron que Baha Zuhair ya no podría cargar con más culpas –e informar a la venerable Sayarat al-Durr –a quien Alá conceda una larga vida– ¡de que el traidor ha sido ajusticiado!

Pero el cronista de la corte, movido a medias por su curiosidad profesional y a medias porque no quería renunciar a la esperanza de que se produjera, a pesar de todo, un cambio en favor de la sultana, le objetó:

–¿Por qué no quedarnos y esperar para ver si finalmente podemos exponer a la venerable "madre de Halil" –¡cuya mente quiera Alá que se muestre benevolente con sus fieles servidores!– una noticia mucho más agradable todavía, es decir, la muerte cruel de su rival infantil, esa hija del demonio, a manos del emir Baibars?

De modo que permanecieron a la espera junto a los sanjuanistas armados con lanzas de madera y los sudaneses que sostenían las antorchas, cuya cadena llegaba hasta el palanquín posado al pie de la pirámide y rodeado aún por los lamentos que en voz baja emitían las mujeres en una cadencia monótona y ululante que de vez en cuando se veía interrumpida por algún que otro chillido estridente.

Los gritos no querían cesar. Yeza oyó aquel lamento horrible que reverberaba angustiosamente en los intestinos de piedra de la pirámide, se arrastraba con un gemido a lo largo de los pasillos y resonaba en las paredes con un eco restallante. Primero pensó que se trataba de un animal salvaje, porque la idea de que alguien quisiera atemorizarla no podía más que provocarle risa. Ella sabía muy bien que el peligro auténtico, el que amenaza la vida, llega sobre suelas silenciosas. De modo que se esforzó también por no provocar ningún ruido y aguzó la atención. Los gritos habían cesado, pero de vez en cuando creía oír un aullido arrastrado, como cuando alguien se queja de un dolor insoportable. Ojalá Roç estuviese con ella.

Juntos se habían enfrentado a otras situaciones más peligrosas aún; en una ocasión incluso quisieron ahogarlos, y recordó al cocinero con su gran cuchillo, y también a los leones en el jardín del palacio de Damasco. La guerra siempre representaba un peligro, y desde que habían salido del Montségur en llamas sólo habían conocido la paz durante breves períodos, en jardines ocultos y grutas subterráneas, y sólo duró hasta que se habían visto obligados de nuevo a abandonar esos lugares. ¿Y Roç? También él había marchado a la guerra. De modo que siguió adelante por el pasillo. El señor Gamal le había dicho que podía atravesar toda la pirámide, y que cuando volviese a salir por el otro lado para pisar de nuevo la faz de la tierra –así le había hablado, con esa manera tan exquisita suya de expresarse– él la estaría esperando. De todos modos, ahora ya había dado tantas vueltas subiendo y bajando escaleras que no sabía dónde era delante o detrás, ni si se encontraba muy arriba o abajo en el subsuelo. Yeza había preguntado al eunuco mayor si después, cuando volviese a salir de allí como un topo sale de su agujero, se habría "convertido ya en una mujer". Pero él le había dirigido una mirada muy extraña, como si fuese inconveniente formular esa pregunta, aunque a continuación opinara que muy bien podría ser así. Hasta el momento no había sucedido nada de eso. De todos modos, tenía que orinar.

Depositó la antorcha de modo que le permitiese vigilar el chorro de líquido, porque Alisha había dicho que la señal consistía en perder sangre. Pero no vio nada parecido. Volvió a ponerse el pantalón, y al levantar la vista descubrió por primera vez algo que le prometía una variación después de haber recorrido tantos corredores de piedra uno igual a otro. Delante de ella se abría un pasillo que conducía a una estancia en la que se encontraba un laberinto de muros bajos, con un techo también muy bajo y que se apoyaba en unas pocas columnas. Algunas de ellas habían caído en ruinas y sólo quedaban los muñones. El borde superior de los muros parecía ser transitable y éstos tenían todo el aspecto de haber servido de soporte para las correspondientes bóvedas, aunque los arcos estaban hundidos y casi en todas partes se abrían, a derecha e izquierda, unos agujeros negros.

–¡Nichos mortuorios!– pensó Yeza, y se sintió invadida por una gran curiosidad. Pisó con gran cuidado el borde superior del muro más próximo y avanzó con mucha precaución. Sintió que algo se movía encima de su zapato y que debajo de las suelas también crujía algo. Acercó la antorcha y vio el suelo y las paredes del espacio que tenía debajo cubiertos de escarabajos que emitían un brillo verdoso. Tan pronto mostraban el color del cobre como relucían con un brillo dorado, y el movimiento de sus alas llenaba la atmósfera con un suave y delicado zumbido.

Yeza se balanceó con mucha precaución, pero mirara por donde mirara todo estaba cubierto de esos insectos que semejaban un escudo vivo formado con escamas. ¿De qué se alimentarían? Recordó las momias y sintió un escalofrío. Además tenían todo el aspecto de ser venenosos. Yeza empujó con el zapato a los más próximos para limpiar la senda que tendría que recorrer sobre el muro. Casi resbaló al hacerlo.

De repente surgió frente a ella, en el otro extremo de la estancia, una figura cuyo grito de "¡Yeza!" le resonó en los oídos haciendo explosionar el pánico en su mente. A la luz repentina de otra antorcha vio un rostro hinchado y cubierto de sangre y hollín, un rostro que no conocía, como tampoco conocía la voz, y escuchar sus gemidos no le pareció un buen presagio. Había entrevisto también el refulgir de una espada sangrienta, de modo que dio un salto para cruzar una esquina y refugiarse en el muro cercano, evitando así el encuentro con aquel hombre. Pero él también se dirigió hacia ella, seguramente con la intención de cortarle el camino. Entonces la niña saltó sobre otro muro y siguió adelante, para comprobar con espanto que éste no continuaba, que su extremo estaba destrozado y caía en vertical. Una risa cruel le indicó que su perseguidor se había dado cuenta de la situación. Yeza quiso volver atrás, pero ya tenía al hombre enfrente. Vio la espada desenvainada en su mano y le arrojó la antorcha, impulsada por una furiosa desesperación. El grito animal del enemigo le demostró que había dado en el blanco, pero no cayó abajo, como sí hizo la antorcha, ante cuyo resplandor se refugiaban ahora los escarabajos corriendo con espantado chirriar hacia un rincón del recinto. La luz vacilante, que ahora les llegaba desde abajo, proyectaba las sombras de ambos contra el bajo techo. La sombra negra levantó de nuevo la espada y oyó por segunda vez pronunciar su nombre:

–¡Yeza!– y el sonido retumbó en la bóveda. Esta vez la muchacha reconoció la voz, y también la mano que sostenía la espada se detuvo durante una décima de segundo. Entonces Yeza vio cómo una flecha atravesaba el cuello de su perseguidor aun antes de haber oído el siseo que cortaba el aire y advertido su efecto. La espada cayó con estrépito al suelo. El conde de Sarrebruck dobló la rodilla, dejó caer la antorcha e intentó sacarse la flecha del cuello cogiéndola con ambas manos, pero perdió el equilibrio y cayó como un árbol talado de lo alto del muro hacia abajo, en medio de un remolino de escarabajos. A Yeza le pareció oír que aumentaba el zumbido excitado de los animales, pero nada más.

–¡No te muevas de ahí!– oyó a lo lejos la voz de Baibars, pero sonaba tan terrible que Yeza hizo exactamente lo contrario. Recogió del suelo la antorcha de su perseguidor y corrió por la parte superior de los muros hasta la siguiente esquina, después continuó corriendo, subiendo y bajando escaleras hasta estar segura de que Baibars había perdido su pista.

El rey Luis acabó de subir la ancha escalera bordeada de columnas y se encontró con que detrás se abrían dos pasillos, ambos iluminados. Sujetó con mano firme el crucifijo que llevaba en el pecho y eligió el de la derecha. Éste conducía en suave descenso hacia lo hondo y el suelo estaba pavimentado con losas. El rey se tomaba tiempo y hasta se detenía de vez en cuando para rezar. ¿Querría Dios Todopoderoso que extendiese su mano hacia el trono de El Cairo?

Cuando inició la cruzada no le había asaltado duda alguna, lo mismo que cuando desembarcó y conquistó la ciudad de Damieta. Jamás había perdido tiempo en pensar lo que sucedería si se apoderaba de todo Egipto. ¿Un soberano cristiano sobre millones de infieles? No le habría sido posible ni siquiera bautizarlos a todos a la fuerza. Tendría que adaptarse a sus nuevos súbditos o nombrar a un regente, quien aún estaría más expuesto que él a someterse a las leyes del profeta Mahoma, pues es imposible gobernar contra ellas en un país enteramente devoto del Islam. Pero eso significaría una traición a la fe cristiana. Comprendió que precisamente era esa traición lo que Dios quiso evitar mostrándole una salida a través de la derrota que le hizo sufrir. De modo que tampoco le convenía seguir pensando en aceptar el título de sultán de Egipto.

Cayó de rodillas. Se vio a sí mismo sobre un estrecho dique entre dos aguas, entre dos lagos oscuros en cuyo fondo refulgían a la derecha las insignias del soberano de todos los infieles, con un relumbrón claro y atractivo, y a la izquierda la corona de Francia sumergida en el barro. Sintió vergüenza y se volvió atrás. A paso rápido pudo reencontrar la pared de las dos puertas, salió por la que había elegido primero y se introdujo en el pasillo izquierdo, que mostraba una senda igualmente iluminada por lámparas de aceite, pero que ascendía en pendiente acusada y sin pavimento. El suelo estaba cubierto de piedras puntiagudas y cascajos. El rey se descalzó y siguió adelante.

DIARIO DE JEAN DE JOINVILLE

Gizeh, 9 de mayo de 1250 d.C.

Fuera, ante el cerrado *Bab al muluk*, nos manteníamos los fieles del rey a distancia respetuosa y rezábamos con el sacerdote:

Tu civitas regis iusticiae,
tu Mater es misericordiae
de lacu fecis et miseriae
theophylum reformans gratiae.

El gobernador daba vueltas en torno a nuestro pequeño rebaño como un lobo ronda las ovejas, pero no se atrevía a iniciar un asalto del que no habríamos podido defendernos. No era su gigantesca cimitarra dorada lo que nos atemorizaba, pues nuestro condestable, fuerte como un oso, se habría enfrentado al señor gobernador hasta con las manos vacías e incluso creo que habría sido capaz de arrebatarle el arma, pero sus lanceros negros, como no tenían otra cosa que hacer, recordaron que estaban bajo su mando y no bajo el de nuestro sacerdote. De modo que también rodearon a nuestro grupo como en su día debieron rodear los gladiadores a los primeros cristianos en la plaza. Mantenían apuntándonos los extremos ensanchados de sus lanzas, que sugerían la posibilidad de abrir horribles heridas en nuestras carnes.

–Por vez primera– dijo Husam ibn abi'Ali y sin que nadie nos lo tuviera que traducir, porque lo entendimos perfectamente: –¡Abrid paso!

Te collaudat celestis curia,
tu Mater es regis et filia.

Nos mantuvimos inmóviles. Sin dejar de rezar los mirábamos con firmeza y veíamos el blanco de sus ojos, pero nos comportábamos como si el gobernador no existiera para nosotros:

Per te iustis confertur gratia,
per te reis donatur venia.

Después vimos llegar corriendo y excitado al señor Rachid, quien acusó al gobernador de querer asesinar al rey, algo que todos nosotros ya veníamos sospechando. Husam ibn abi'Ali dio media vuelta y le clavó a Rachid la gigantesca cimitarra directamente en el vientre. Era aquélla una oportunidad única para nosotros y, en consecuencia, interrumpimos nuestra oración y –Dios nos perdone– nos arrojamos sobre el gobernador.

El señor Alfonso saltó sobre sus espaldas, y antes de que el dignatario pudiese dirigir su horrible arma contra nosotros el condestable ya se la había arrebatado de las manos con una maniobra que hizo crujir sus huesos. Apretó el filo sangriento desde atrás contra la garganta de su propietario y lo empujó hacia adelante, llevándolo como un escudo hacia los guerreros negros, a quienes no importaba que el gobernador perdiese la vida con tal de poder arrojarse sobre nosotros. Pero Husam les gritaba con tal desesperación, seguramente insultándolos y deseándoles todos los males del mundo en su deseo de salvarse él, que los lanceros reaccionaron con estupor e incluso arrojaron las lanzas lejos, aunque con visible disgusto. Ese gesto no hizo que el condestable aflojara su amenaza; al contrario, tuve la impresión de que arrimó aún más el filo del arma a la garganta del gobernador, al que le quedó justo el aliento para jadear y ordenar que se marcharan por donde habían venido, y que de no hacerlo les ordenaría a todos los *dyinn* de la gran pirámide que los agarraran por la nuca. Los guerreros arrojaron las antorchas, volcaron las ollas de fuego griego y se internaron en la oscuridad dando grandes voces.

Entonces se presentó el comandante Aibek acompañado de un séquito de emires mamelucos y nos preguntó enfadado, según nos tradujo Nicolás de Acre, qué diablos estábamos haciendo allí, exigiéndonos que regresáramos *stante pede* a nuestras tiendas. No le dijimos que el rey estaba dentro de la pirámide, pero le entregamos al tembloroso gobernador y lo seguimos al campamento. Sólo el sufí se quedó acurrucado junto al portal cerrado.

YEZA SENTÍA QUE UNA PESADEZ plomiza le ascendía por las piernas. Había ido subiendo más y más escalones y aunque antes tampoco había contado los que había bajado llegó a creer que chocaría con la cabeza contra la punta superior de la pirámide. Su antorcha empezó a chisporrotear. Pronto se apagaría.

Durante un tiempo había oído muy abajo la voz gruñona de Baibars implorándola que no se escondiera, puesto que había venido para salvarla, para sacarla de allí y ayudarla. La niña estaba dispuesta a creerle, pero todo lo que había ido sucediendo hasta entonces y las circunstancias en las que la habían introducido en la pirámide habían hecho nacer en ella tanta desconfianza que decidió seguir adelante sola, hasta conseguir acostarse en algún rincón a dormir un poco. Al fin y al cabo todavía existía la posibilidad de que aquella misma noche se convirtiera en mujer, y esa razón le bastaba para aguardar un poco más. ¿Tendría alguna relación con dicha perspectiva el hormigueo que sentía en las piernas y el cansancio que la acosaba?

Tal vez el señor Gamal la hubiese traído a la pirámide por esa razón, puesto que él era el mandatario supremo del harén y con toda seguridad entendía algo de mujeres. ¿O sería su destino encontrarse allí por ser descendiente de reyes?

Las llamas de su antorcha habían empezado a menguar y ya no mostraban más que algunas lengüetas azules. ¿No se había dirigido a ella el robusto mariscal de los sanjuanistas llamándola "hija del Grial", como si fuese para él la mayor felicidad de la tierra poder saludarla así después de haber querido atraparla en Chipre, cuando la perseguía corriendo delante del Temple?

Y aquel anciano de la copa –una copa que esperaba haber dejado en buenas manos entregándosela a Baha– ¿acaso cabía imaginar que estuviese allí cada tarde, dispuesto a recibir a todos los huéspedes que desearan ver la pirámide por dentro? Yeza estaba segura de que ese encuentro sólo obedecía a la intención de saludarla a ella. Pero ¿de qué servía todo eso si Roç no estaba presente? Sin él sólo representaba a la mitad de los infantes reales, ¡sólo juntos formaban un todo!

A la última luz oscilante de la antorcha descubrió la entrada a un pequeño templo. La puerta era baja, por lo que se agachó bajo el dintel y dobló las piernas. La antorcha se apagó despidiendo una última humareda y no quedó más que un ligero resplandor candente, hasta que murió también el último rescoldo.

¿Los hijos del Grial? Cada uno de ellos por separado era un ser humano corriente, expuesto a peligros vulgares como le sucedía ahora a ella, y posiblemente también a Roç le estuviese pasando lo mismo en alguna parte. Ella esperaba que no, ¡ya que no estaba a su lado para proteger a su Parsifal! Cuando estaban juntos, en cambio, las aventuras eran diferentes, ¡más importantes, más grandiosas y más bellas! Sintió un enorme anhelo de tenerlo a su lado en aquel instante en que se encontraba sola y a oscuras.

Baibars tendió el oído hacia las tinieblas. Al disparar la flecha aún había podido comprender, a la luz de las dos antorchas que oscilaban irregularmente, que sólo podría seguir adelante quien fuese capaz de ver en la oscuridad. Cuando se dio cuenta de que, a pesar de la distancia, había dado en el blanco, creyó que sólo Yeza podía haberse alejado con la única antorcha que quedó encendida. Calculó que huiría hacia arriba y se esforzó por recordar cuándo había pasado delante de una escalera o un corredor que ascendiera mientras daba vuelta a los restos de aquellos muros. Comprendió que la niña estaba asustada, y por eso había renunciado pronto a seguir llamándola. Tenía que encontrarla, su instinto de animal salvaje le revelaba que allí había aún otras bestias, y sentía en la lengua el sabor de la violencia, la sangre y las ideas asesinas de otro ser mucho más peligroso que el hombre miserable que acababa de matar: unas ideas asesinas que se arrastraban por el ambiente y se agazapaban en algún rincón. Tenía que encontrar al enemigo *antes* de que éste encontrara a Yeza.

Baibars sentía una excitación febril ante la confrontación. Sin hacer ruido se volvió atrás, palpando las paredes. Alcanzó las gradas en pendiente acusada que recordaba haber bajado antes. Miró hacia arriba y vio, al final de la estrecha caja de escalera, el cielo nocturno, exactamente el brillo claro de Sirio. Guardó el sable en el soporte que sostenía también el arco a sus espaldas, para que no lo molestara mientras escalaba como un gato las piedras lisas palpando con los dedos los peldaños esculpidos. La altura aumentaba cada vez más, como para dificultar la subida a quien ascendiera por ellas. Baibars se envalentonó ante el reto y estiró el cuerpo hacia arriba, pero entonces la piedra en la que se apoyaba volcó y lo arrojó con las manos extendidas hacia adelante por una pendiente que conducía casi en vertical hacia abajo y que atravesó como el agua de lluvia fluye por un canalón. Cuando su caída terminó en un choque brutal contra el pavimento de piedra se dio cuenta de que estaba a cielo abierto, ¡fuera de la pirámide!

Desde allí no se reconocía la salida que había traspasado, pues quedaba de tal modo oculta entre las piedras que no se veía desde fuera. Observó que se encontraba en uno de los escalones más bajos de la pirámide. Muy cerca vio junto al mismo escalón un palanquín negro y extraño, que había visto antes una única vez, cuando los hombres vestidos de blanco recogieron al gran visir muerto delante de Al-Mansura. "¡Los templarios!", le cruzó un presentimiento por la cabeza, por lo que dio un salto y se llevó la mano al sable. Sin embargo, no se veía a nadie cerca.

En cambio sí vio que al pie de la pirámide, más abajo de donde estaba él, cruzaba un grupo de mamelucos. Se apresuró a descender a grandes pasos el resto de los escalones. El emir que encabezaba el grupo informó a Baibars que estaban allí por indicación de William de Roebruk.

–¿Que podemos hacer por ti, hermano?– preguntó el emir, deseando mostrarse respetuoso.

–Ahora ya no se puede hacer nada– murmuró Baibars, –¡he llegado demasiado tarde y todo lo he hecho mal!

Miró hacia atrás, donde se elevaba la masa negra de piedras esculpidas. Tres personas quedaban en la pirámide: un rey, una niña y un asesino.

De repente sintió el arrebato de una ira salvaje.

–¡Sí!– exclamó. –Delante del *Bab al malika* deben encontrarse aún los culpables de que la princesa que me fue confiada se encuentre ahora frente a frente con el mayor peligro de su vida ¡y sin que yo pueda ayudarla!– Lo gritó primero con desesperación, pero después "el arquero" reflexionó y se impuso la razón fría, su mente capaz de calcular la magnitud de un peligro y la posibilidad de vencerlo en cualquier situación por desesperada que fuese. –Subid sin hacer ruido por detrás de la pirámide para, al bajar, matarlos a todos, ¡pasándolos a cuchillo!

Los mamelucos iniciaron la subida. Baibars se dirigió al lugar donde había dejado el caballo y cabalgó hasta el Portal del Rey. Ascendió a toda prisa, pero aunque sacudió la madera con violencia y pisoteó la piedra de la plataforma situada delante, el *Bab al muluk* permaneció cerrado para él.

A un lado seguía acurrucado el sufí.

–Es voluntad de Alá, Rukn ed-Din Baibars– dijo éste en voz baja cuando observó que el hombre furioso se tranquilizaba y se disponía, cabizbajo, a volverse atrás, –que no intervengáis, ni para bien ni para mal. Los dos poderes que gobiernan el mundo tienen que arreglárselas solos… *Alah u akbar ua saufa tatahaquq mashiatu.*

El rey Luis había proseguido su difícil avance por el pedregoso camino y cuando finalmente llegó arriba con los pies y las rodillas sangrantes se encontró sobre una placa rocosa en la que vio grabados algunos símbolos extraños. Miró a su alrededor y comprobó que por encima de su cabeza se extendía, descendiendo con uniformidad hacia los cuatro lados, la estructura cuadrada de la pirámide, a menos que todo fuese un engaño y él se encontrara en otro lugar, en un punto mucho menos céntrico y que por encima de su cabeza no estuviese el cielo, sino que aún quedaran muchas toneladas de piedra y de arena. Recordó las conversaciones sostenidas con el *maître* de Sorbon, quien defendía con gran fanatismo la idea de que las catedrales cristianas no debían terminar, como venía siendo habitual desde la época de los romanos y como practicaban también los musulmanes, en una cúpula redonda, ni mostrar los arcos puntiagudos soportados por pilares y contrafuertes en que los constructores góticos intentaban plasmar el deseo de ascender al cielo, sino que deberían imitar la forma matemática y clara de la pirámide. Afirmaba que sólo estas cubiertas permitían ser traspasadas por el espíritu divino que desciende desde la altura e impregna el alma de los creyentes devotos y dispuestos a recibirlo, al ser devuelto por las paredes inclinadas, unirse en la punta y condensarse gracias a las limitaciones del espacio. Sólo en un lugar así podría el ser humano encontrarse a sí mismo y comunicarse con Dios, precisamente dentro de ese haz de fuerzas. El rey se situó exactamente en el centro de la piedra y se dispuso a concentrarse. No oía más que un ligero susurro y cuando miró a su alrededor vio que en todas partes seguían ardiendo las pequeñas lamparillas de aceite, incluso allí arriba, aunque su luz era cada vez más débil y después empezaron a apagarse, una detrás de otra. El rey se obligó a no permitir que lo venciera el pánico, y estaba dispuesto a regresar por el mismo camino, puesto que al fin había adoptado una decisión firme, que Dios le había revelado: no aceptar la dignidad de sultán. Pero ¿qué finalidad tenía entonces toda esa cruzada: los sufrimientos, los muertos, los quemados, los ahogados, la sed, el hambre, las epidemias? ¿Acaso la muerte de tantos seres humanos había sido inútil? ¿Había fracasado él personalmente como rey?

Las últimas llamas empezaron a oscilar y a desprender un humo más intenso, crepitaron un poco más y finalmente lo dejaron a oscuras. Santa María, Madre de Dios ¡ayúdame! De nuevo oyó el susurro y le parecieron ser voces, las voces de los que se desangraban, de los inválidos y heridos, de los que jadeaban, gemían y gritaban. Le gritaban a él, gritaban dentro de su cabeza. Apretó las manos contra los oídos y bajó tropezando de aquella plataforma despiadada que lo había expuesto a tanto reproche cruel sin compadecerse de su persona.

–¡Yo soy el rey!– protestó, aunque sin emitir sonido alguno. –Ningún mortal tiene derecho a acusar a quien ha sido ungido. *Virgo immaculata*, protégeme, envuélveme en Tu manto, deja que me oculte en Ti.– Se forzó a sí mismo a evocar la imagen de Nuestra Señora, se convirtió en el niño que ella sostiene en brazos. –¡Acógeme en Tu seno!

El camino pedregoso por el que ahora descendía estaba a oscuras, presentaba huecos, la grava no lo sostenía. El rey resbaló y cayó a tierra. Las piedras le cortaron las manos y le rasguñaron el rostro. Avanzó a ciegas palpando la pared rocosa, buscando con los pies heridos una salida. ¡Su Gólgota!

No pretendía ser como Jesucristo, ni ser ya rey: era sólo un niño atormentado, un chiquillo que tiene derecho a refugiarse en la suavidad y la calidez del seno de la madre, en el que deseaba hundirse para descansar. María, extiende tu larga cabellera rubia para cubrirme, no te importe si estás desnuda bajo el manto azul de Reina de los Cielos, abrázame, sujétame... de nuevo empezó a resbalar, su rostro febril y arañado rozó la pared, cayó de rodillas... deja que me abrace a Ti, guíame... y, sin embargo: hazme caer en la tentación. Apretó sus labios contra la fría piedra. Tu cuerpo, tu vientre, tus caderas, en ellas deseo refugiarme. Déjame sentir el jardín de tu intimidad, adorada Virgen fría a la que ningún hombre conoció jamás. Yo te conoceré, aquí, en la oscuridad de esta pirámide pagana. Sus dedos palpaban nerviosos la roca mientras se arrastraba gateando por el pasillo.

Después se abrió un agujero en el muro, aún más oscuro que la noche que lo rodeaba. Con las yemas de los dedos palpó un umbral: tal vez hubiese allí una escalera que pudiese devolverlo a la seguridad, ahorrándole proseguir tan difícil recorrido, el camino espinoso y descendente de sus sufrimientos.

Era una escalera. La Reina de los Cielos había escuchado su ruego. El rey se incorporó y bajó los peldaños. Nunca más, se juró a sí mismo, dejaré de adorar los muslos blancos de mi María, el rosal oloroso de su vientre en que los rizos de color oro oscuro, con un matiz rojizo, son como rositas trepadoras que rodean la glorieta del amor. ¡Es mía, mía, mía! Cada peldaño que conducía hacia abajo hacía crecer la emoción de su descenso.

Yeza no sabía cuánto tiempo había permanecido dormida en la entrada del pequeño templo. Ni siquiera sabía dónde se encontraba cuando vio la estrella encendida que atravesó la estancia arrastrando una cola luminosa que iluminó todo como la luz del día. Se produjo un trueno y un estallido horrible. Si no hubiese estado tan cansada tal vez aquel suceso la hubiese impulsado a incorporarse, asustada, pero no le fue posible vencer con tanta celeridad la pesadez plomiza que le atenazaba brazos y piernas, de modo que permaneció sentada y sin moverse mientras la fuente de luz seguía moviéndose chispeante ante sus ojos, iluminando cada piedra y ahuyentando las sombras, hasta golpear con gran estrépito contra algo y difundir un brillo incendiario que le cortó la respiración. Entonces supo que se trataba del fuego griego, y que la persona que lo había arrojado no esperaba otra cosa que verla a ella, Yeza, salir corriendo, estúpidamente asustada, para revelar su escondite y convertirse en presa fácil del cazador invisible.

No te muevas, se dijo a sí misma. No está lo bastante cerca como para poder reconocer todos los detalles, porque de no ser así ya estaría a tu lado, espada en mano, gritando y clavándote el filo del arma sin pronunciar palabra. Adoptó una respiración muy leve y cerró los ojos para que no la traicionara el reflejo de su iris. El incendio no encontrará con qué alimentarse entre estas piedras y pronto se apagará. Entreabrió un poco los párpados y vio que las llamas aún se movían un poco, después reinó de nuevo la oscuridad. Estuvo atenta, sabía que el otro también lo estaba. Después oyó claramente unos pasos que se alejaban. Eran demasiado audibles. Tienes poca suerte, es demasiado evidente tu intención de tenderme una trampa. Los pasos se detuvieron. Después siguieron alejándose. Yeza creyó ver un reflejo, tal vez el de una antorcha, que en seguida desapareció.

Palpó el suelo a su lado hasta encontrar una piedra y la arrojó tan lejos como pudo en la misma dirección. Pero todo siguió tranquilo. Lo mejor sería quedarse sentada allí mismo y seguir durmiendo, pues aún estaba cansada. No era de suponer que su perseguidor regresara, ¿o tal vez sí? Este segundo enemigo era más peligroso, lo había demostrado por el simple hecho de haber sabido esperar más tiempo. Se riñó a sí misma por no haberse confiado a Baibars.

Si el emir de los mamelucos hubiese deseado realmente acabar con ella podría haberlo hecho hacía tiempo. Pero Baibars no era el tipo de hombre que mata a una niña. Tal vez la hubiese metido a la fuerza en un harén, aunque ni siquiera en el suyo propio. A estas horas ella podría estar durmiendo de nuevo en una cama en lugar de seguir perdida en la pirámide, cuya salida ahora ya ni siquiera podía buscar, sino que debía evitar, pues allí la estaría esperando con toda seguridad el hombre del fuego griego, a menos que fuese del todo estúpido. Y ella sabía que no era estúpido, que era tan peligroso como es la guerra, al menos eso solía asegurar William. Y éste, ¿adónde habría ido a parar?

¡Era el colmo! Ya que no se esforzaba por hacerle compañía, ¡lo mínimo que podía haber hecho era cuidar de ella! ¡Ese fraile franciscano era poco fiable! Lo más seguro es que estuviese persiguiendo a las mozuelas de la cocina. Yeza se había dado perfecta cuenta de que la insolente Alisha le tenía sorbido el seso. A saber lo que hacían los dos cuando William la atrapaba en algún corredor oscuro. A Yeza le era difícil imaginarse el pene de William. ¿Sería pequeño y grueso como el propio minorita, o parecería más bien un pajarillo demacrado? Lo más probable era que Alisha lo supiese desde hacía tiempo. Había sido ella quien le había insistido en que primero había que sangrar, antes de que un hombre pudiese conocerla. En general, los hombres eran bastante tontos. Tendría que preocuparse de que Roç no se convirtiera en un hombre así.

Roç tenía que llegar a ser un héroe tan valiente como Roberto de Artois, con los ojos brillantes y la barba rizada. Yeza no había olvidado al impetuoso joven y estaba segura de que Alisha jamás habría sido capaz de enredar a Roberto en una de sus chanzas. ¡Ojalá fuese ella ya una mujer! Había que salir como fuera de la dichosa pirámide.

La salida seguramente estaba en la parte inferior, y allí la esperaría el hombre. Un hombre que no pensaba en conocerla como mujer, sino que deseaba matarla porque corría por sus venas la sangre del Grial. Yeza se juró que su perseguidor no lo conseguiría; se levantó con parsimonia y estiró los miembros. Sintió la frialdad del puñal que llevaba en el pantalón, que rozaba su piel desnuda. El contacto le infundió valor. Le dolían las extremidades y también sentía unos tirones y unas punzadas desconocidas hasta entonces, que procedían de su vientre. Decidió subir hasta la punta de la pirámide, allá arriba tenía que haber un sitio muy estrecho, tanto que sólo podría acoger a un cuerpo pequeño como el de ella. Con toda seguridad, aquél era el lugar más seguro de todos para ocultarse.

La muchacha echó a andar y se dispuso a traspasar la puerta baja, deslizándose bajo el dintel. Aún no había abandonado el templo que componía un recinto rectangular rodeado de gruesas columnas cuando vio que otra olla de fuego griego se estrellaba desde el exterior contra el tímpano, oyó el ruido de los trozos de barro que caían al suelo, y en seguida una masa incendiada se extendió sobre el pavimento de la entrada donde había estado agachada un momento antes. Las columnas arrojaban sombras amenazadoras, pero Yeza pasó corriendo entre ellas y encontró detrás una escalera tan empinada que tuvo que ayudarse con las manos para escalar los altos peldaños. Se apresuró a escabullirse del alcance de la claridad difundida por el fuego. Una vez arriba vio que el camino se dividía y que había una barandilla. Miró hacia abajo y vio el patio interior y el frontispicio del templo. El fuego atacaba las columnas de piedra, todo estaba iluminado, pero no había ni rastro del perseguidor. Yeza se deslizó sobre el vientre, protegida por el antepecho, y se movió como una lagartija sobre el suelo de piedra. Delante de ella se abría la roca, y la niña se ocultó en el agujero. Se trataba de una gruta natural muy baja, que se estrechaba hacia atrás. La intuición de Yeza en cuanto a caminos secretos era muy viva, por lo que no se desanimó, superó la estrechez y acabó por encontrarse en un pasillo que conducía hacia lo alto. ¿Habría conseguido escapar de su perseguidor? Fue avanzando paso a paso, sin hacer ruido, deteniéndose de vez en cuando para escuchar.

Un líquido oscuro se extendió sobre la piedra, alcanzó el borde del bloque y descendió hasta el escalón siguiente, llegando desde el *Bab al malika* hasta el lugar donde la sultana esperaba sentada en el palanquín. Cuando el líquido goteaba ya de la última piedra, Sayarat al-Durr se convenció de que era sangre, un descubrimiento que no presagiaba nada bueno. Decidió apresuradamente dar la orden de partir.

Durante horas enteras había tenido la mirada puesta en el cordón de luces que formaban las antorchas, esperando una señal de sus fieles para que ella, la gobernante y "madre de Halil", pudiese ocupar finalmente el lugar que le correspondía; para atravesar en recorrido solemne la pirámide al encuentro del hombre que a su lado tomaría en sus manos los destinos del país. Pero nada había sucedido. Como no deseaba suponer que la habían olvidado, el silencio sólo podía significar que aún se le negaba a ella, sultana verdadera y guardiana del sello, la entrada a través de la Puerta de la Reina, y que esa entrada seguía reservada para la "hija del Grial", *Alah yijaribha!* Después vio de repente que las antorchas empezaban a moverse allá arriba en un desorden violento que casi parecía una lucha, y una después de otra acabaron todas por apagarse. A ello le siguió un silencio mortal, después la sangre. Las mujeres retomaron sus aullidos y lamentos y siguieron durante un tiempo corriendo junto al palanquín, en uno de cuyos rincones se acurrucaba el pequeño Musa, a quien Sayarat había acostado allí.

El niño no se había dado cuenta de nada y estaba profundamente dormido. Las mujeres se daban golpes con la mano abierta sobre la boca emitiendo gritos estridentes y un plañido ensordecedor. Finalmente regresaron todas al palacio, a la paz cotidiana del harén.

El rey seguía recorriendo la parte inferior de la pirámide, toda ella atravesada por pasillos de techo bajo y corredores estrechos. Había perdido la orientación. Pero aunque se encontraba en medio de una oscuridad total, en su cerebro bullían unas imágenes de luminosidad libidinosa, probablemente porque había dado repetidas veces con la cabeza contra el muro en un intento de recuperar el caminar erguido y la dignidad, que había perdido a lo más tardar cuando consiguió bajarse justamente a tiempo el pantalón para que sus intestinos se vaciaran con la misma violencia con que circulaban las imágenes por su mente. Cada piedra que tocaba le ofrecía formas femeninas, cuanto palpaba se le convertía en muslos, cada hendidura en el muro era un vientre que se abría. Habían desaparecido como por encanto las delicadas imágenes de la intimidad mariana, de la carne casta de color alabastro en cama de rosas, los senos ocultos tímidamente bajo el manto azul de la Reina de los Cielos: todo fue desplazado por las diosas paganas que empezaron a atormentarlo, que no conocían la vergüenza, que lo asaltaban como si él fuese Príapo; y por mucho que intentara castigar a golpes su miembro rebelde, éste le levantaba la tela del calzón en una excitación indigna, exigiendo manifestarse y revelando su obscenidad. Vio a las faraonas de largas piernas que solamente conocía de las pinturas en los jarrones, recordó cómo levantaban sus cortas faldas y le acercaban desvergonzadas al rostro la vulva afeitada, le tocaban el pene cuya erección le era ya imposible ocultar. Una Maya gruesa compuesta de múltiples senos lo abrazó, apretó los pezones chorreantes de leche contra su vientre y lo obligó a sujetarla con ambas manos por las enormes nalgas. Se arrastró sobre él, dispuesta a aplastarlo si no la obedecía.

Luis jadeaba y de su boca salieron gritos roncos que él mismo no podía oír, su cuerpo en celo rodaba por el suelo, intentaba ahogarse a sí mismo, arrancarse esos ojos que no estaban dispuestos a renunciar al pecado. Sus puños golpeaban el vientre y las sienes. Se tapó la nariz porque todo le olía a sexo, a excitación, a semen, a orina y a coito. Por una rendija entre las piedras vio a la diosa con los muslos rojos de la sangre derramada de los adolescentes sacrificados en su nombre, observó cómo sumergía con placer el dedo blanco en la sangre. El rey perdió el equilibrio, volvió a buscar la grieta y no la encontró, porque el infierno sólo se muestra una vez a los mortales. Corrió tambaleándose por el pasillo, sufrió el tormento de un cielo que caía sobre él junto con todas las constelaciones. En aquel momento Luis supo que estaba muerto, que estaba atravesando el purgatorio, que se había abierto el infierno y que se iniciaba el Juicio Final. El estruendo y el bramido que son capaces de generar las trompetas de los arcángeles para que todo lo edificado sobre la Tierra caiga en ruinas dio paso a una bola de fuego que atravesó la estancia, iluminándola como si fuese la luz del día, para que Dios viese claramente a cada uno de los pecadores que debían ser castigados. La bola ardiente que escupía fuego giraba en torno a sí misma en su recorrido esférico, hasta que se estrelló. Pensó que aquello acabaría por hacer reventar también a la pirámide, y que él moriría debajo, sepultado. El rey se había arrojado a tierra, a la espera del fin del mundo. Pero después no sucedió nada más. En algún lugar vio un resplandor y observó la huida de la Virgen María, una mujer de cuerpo delicado y cabello rubio que ondeaba sobre un vestido azul que apenas cubría su desnudez. La fugaz imagen se alejaba temerosa de la luz y desapareció en la oscuridad. ¡Virgen eterna! ¡Imagen de luz celestial! ¡Estaba necesitado de su ayuda!

Luis se incorporó, quiso desenvainar la espada y recordó que había renunciado a llevar un arma cuando decidió emprender el recorrido por la pirámide. Ahora tendría que enfrentarse a un enemigo que incluso aquí dentro utilizaba ese maldito fuego griego, un enemigo pérfido que iba a la caza de una niña atemorizada: una virgen que era acosada ante sus ojos, los ojos del propio rey. Luis emprendió valeroso el camino para acercarse al lugar donde había visto extenderse el incendio, que en aquellos momentos ya estaba a punto de extinguirse. Antes de que la luz volviese a ceder del todo a la oscuridad, consiguió situarse en el centro del foco para que el enemigo pudiese verlo y fuese capaz de enfrentársele. No consideró decoroso llamarlo a gritos. Bastaría con mostrarse. Pero aquel cobarde no aceptó el reto y Luis se quedó solo en medio de la negrura, mientras su ojo interior veía nuevamente la imagen fugaz que se le había aparecido en el momento de la explosión.

El camino recorrido por Yeza trazaba una espiral ascendente y en seguida se dio cuenta de que el suelo estaba empedrado y el pasillo era más ancho que los demás. Despues vio el reflejo de una luz y comprendió que estaba ofreciendo su silueta al perseguidor si venía por detrás. Pero también se sintió inundada por una serena alegría. El hombre debía de haber estado allí antes que ella, pues mientras iba avanzando vio las lamparillas de aceite dispuestas a la redonda y comprendió por la claridad de su luz que no podía hacer mucho tiempo desde que fueron encendidas. En el centro del círculo vio una piedra de mármol negro, lisa y pulida, que parecía un altar. Encima estaba su vestido azul. Supo entonces que estaba destinada a perder allí la vida y cuando miró sus pantalones se dio cuenta de que en la entrepierna mostraban una gran mancha oscura. Entonces recordó que desde algún tiempo venía sintiendo una humedad al caminar y supuso que se trataba de sangre. Estaba sangrando. El destino se iba a cumplir y la había convertido en mujer en el mismo instante en que encontraría la muerte. Pero no quería enfrentarse a su última hora con una mancha en el pantalón. Consideró que era mucho mejor morir ataviada con la ropa azul, porque una mujer no debe morir vestida con pantalones. Se soltó con decisión el cinturón, sacó el puñal y decidió que no se separaría de él, pues en último término le serviría para matarse a sí misma si la situación se volvía demasiado difícil. De modo que dejó caer los pantalones y se quedó desnuda. Su mirada se deslizó llena de curiosidad hasta el jardincito y desde allí hacia los muslos, que veía rojos y pegajosos de sangre. Para asegurarse metió el dedo entre el "velloncito de oro", como Roç lo había llamado en cierta ocasión, llegó hasta la puerta del paraíso y después levantó el dedo hacia la luz. Lo vio brillante de sangre oscura. Yeza estaba tan ocupada con su propio cuerpo que no se dio cuenta de los gemidos reprimidos que emitía algún observador secreto, y mucho menos vio los ojos brillantes del rey. Se cubrió con el vestido azul, escondió los pantalones en un rincón para que no los encontrara nadie, metió el puñal en el escote y abandonó a paso rápido aquel lugar. Volvió a descender caminando por el otro lado del ancho pasillo. Ni siquiera le llamó la atención el hecho de que también éste se veía ahora iluminado por un cordón de lamparillas de aceite. Como el descenso era muy acusado empezó a correr, casi sin quererlo y centrando su atención en que no se le enredaran los pies en el largo terciopelo azul. En medio de su carrera estalló la tercera explosión iluminando las bóvedas y las escaleras como si fuese de día, pero la joven siguió corriendo, pensando que de un momento a otro habría de llegar el final. Después oyó detrás de ella los pasos del perseguidor. Yeza sintió de nuevo pesadez en las piernas y pensó que ya no valía la pena seguir huyendo.

En cualquier momento la alcanzaría el hombre. Yeza llegó hasta una puerta que sólo estaba entornada. Se introdujo en la habitación y cerró la puerta sin hacer ruido, inclinando después la frente contra la madera para tranquilizar su respiración. Oyó el paso recio del hombre que la amenazaba y se dio cuenta de que pasaba de largo. ¿Por qué habría trasladado el vestido azul hasta donde ella tuviera que encontrarlo? ¿Se trataba acaso del sacerdote secreto de un templo oculto, que la había elegido a ella como víctima? ¿Un loco, tal vez el del rostro desfigurado del que la había salvado Baibars? Yeza se volvió lentamente hacia el interior de la estancia y vio que se encontraba en un templo. ¿O era una cámara mortuoria?

La habitación estaba brillantemente iluminada. Centenares de luces de sebo alumbraban con claridad inusitada las paredes, y en el centro descubrió, en un ataúd elevado, ¡el cadáver de Roberto de Artois! Yeza se acercó con reticencia. Lo que la extrañaba no eran los rasgos familiares de aquel joven que siempre reía como un niño, su barba rizada y los cabellos indómitos, pues todo ello seguía como si él estuviese vivo y fuera a abrir los ojos dentro de un instante, sino el gigantesco miembro viril, erguido verticalmente, que estaba cubierto de oro, lo cual la irritó aún más, pues aunque no le provocaba repelencia, tampoco le pareció conveniente. Sencillamente, no cuadraba con el Roberto que había conocido. ¡El caballero de los ojos sonrientes! Los tenía de un color gris verdoso como los suyos, recordó Yeza. Después la muchacha bostezó, se sentía de nuevo cansada y la vencía el sueño. Podría haberse dormido allí mismo, de pie. Muchas veces Yeza se había descubierto a sí misma imaginándose lo que el gran héroe llevaría dentro del pantalón, pero jamás habría pensado en un pene de oro, y mucho menos que fuese tan grande. Yeza se sintió desilusionada y tuvo lástima del muerto. Deberían haber depositado sobre su vientre una espada larga y cruzarle las manos encima. Habría sido una imagen más digna de él. O también el escudo con su emblema, que habría podido cubrir esa parte del cuerpo, y consideró que no era conveniente sacarle a un cadáver el pene del pantalón. Tampoco le resultaba atractiva la idea de tocarlo para ver si estaba sujeto o llevaba una funda encima. Lo que hizo fue acercarse e inclinarse sobre el hombro de Roberto, como para consolarlo. Se arrodilló junto al ataúd, inclinó la cabeza sobre el pecho del muerto y se durmió.

El emir Baibars con sus mamelucos, cuyas espadas aún chorreaban sangre, se encontró con el grupo a quien Aibek había entregado al gobernador para que lo pusieran a buen recaudo. Baibars los detuvo y se presentó ante Husam ibn abi'Ali.

–¡Me confiaron a una criatura y tuve que jurar que la protegería como a las niñas de mis ojos!

El gobernador lo miró con resentimiento:
–¡Otros también lo han hecho!– se mofó. –Aquí están en juego los intereses del Estado y, al fin y al cabo– añadió con menosprecio, –no se trata más que de una niña.

Baibars lo miró fijamente durante un instante y dijo después con frialdad:

–Eso lo habéis dicho vos, Husam ibn abi'Ali. Y yo os contesto ahora: ¡de lo que se trata es de vuestra cabeza!

Pidió a uno de los mamelucos la gigantesca cimitarra dorada que el gobernador solía llevar consigo como símbolo de su poder. La sacó de la vaina y pasó el pulgar por el filo para verificar su estado. El sable curvo era una pieza de gran calidad, fabricada en Damasco, y pesaba tanto que convenía sujetarla con ambas manos, pues lo único que se necesitaba hacer entonces era realizar un simple movimiento de siega en que el peso del arma, afilada como una hoja de afeitar, separaría del tronco incluso la cabeza de un búfalo. Pero el gobernador no era precisamente un búfalo y empezó a gritar.

–¡De rodillas!– rugió Baibars, y los mamelucos intentaron doblegar a la víctima, que se resistía. Cuando Husam ibn abi'Ali se dio cuenta de que no podría escapar a la muerte, dejó de repente de gritar y levantó la mano en un gesto que exigía atención. Se tocó con ambas manos el precioso turbante, y todos pensaron que su intención era dejar libre el cuello, pero lo que hizo en realidad fue apretar las muñecas contra las puntas de ciertas agujas. Mientras los mamelucos esperaban aún con impaciencia que decidiera retirar de su cabeza la valiosa pieza, empezó a salirle espuma de la boca. El gobernador jadeó, sus ojos giraron en las órbitas y después cayó hacia adelante, donde lo recogieron los brazos de los mamelucos para depositarlo a los pies de Baibars, quien arrojó a tierra la cimitarra que ya sostenía en alto, soltó una blasfemia, dio bruscamente media vuelta y se alejó. Entonces los mamelucos levantaron el cuerpo agarrándolo por los brazos y separaron la cabeza del tronco.

–¡Yves!– sonó la voz del rey con un tono profundo y poderoso, como sonaría la de un patriarca del Antiguo Testamento. –¡No matarás!

"El Bretón" se había introducido por una puerta secreta en la cámara mortuoria y halló allí a Yeza dormida, tal como había esperado, en una posición inesperadamente favorable además. El cabello rubio le colgaba hacia un lado dejando la nuca al descubierto.

Yves no deseaba perder más tiempo, y lo único que le molestaba era que Yeza se había apoderado en sueños de la mano del príncipe Roberto y había descansado su mejilla en ella. Eso significaba que Yves habría cortado también el brazo del príncipe, y la idea le hizo vacilar, aunque sólo por un instante. Ya tenía el hacha de guerra levantada cuando, sin que él se diera cuenta, apareció el rey en la puerta. Yves se tambaleó. Estaba entre la víctima que debía matar por encargo y el rey que lo había expulsado de su entorno. El monarca miró firmemente a los ojos a su servidor desconcertado y no parpadeó ni un segundo, para no perder el control sobre el hombre. El hacha en la mano levantada de Yves no tembló, sino que fue descendiendo en dirección a la nuca de la muchacha. Nadie, ni siquiera el señor Luis, podría decir que Yves "el Bretón" no llevaba a cabo lo que se había propuesto. Y al fin y al cabo lo hacía en bien de Francia, la Francia de los Capetos.

–Deja el hacha, Yves– dijo el rey en voz baja. –No puedo tolerar lo que tus manos están a punto de hacer: ¡lo harías contra la voluntad de tu rey!

Yves volvió a levantar una vez más el hacha, como si antes sólo hubiese estado tomando medida y ahora fuera a dejarla caer de verdad y definitivamente. Pero después se quedó rígido, como si tuviese una visión, y el hacha cayó de su mano, ya sin fuerza. El hierro golpeó con un sonido desagradable contra el suelo de piedra.

Yeza despertó y miró por encima de Roberto de Artois al rey, y detrás del rey vio a los hombres vestidos de blanco.

Sólo cuando Yves se arrodilló detrás de ella, recogió el hacha y la ofreció a su señor con ambas manos y una petición en la mirada, miró también a su perseguidor. Pero éste seguía con los ojos fijos en la tribuna elevada, más allá de la cabeza del rey. Ahora estaba vacía, los hombres de blanco se habían retirado a la sombra. Yves sospechó que eran ellos y no el de Anjou los que deseaban que él estuviese presente allí, que levantara el arma y que la abandonara también. El destino de todos estaba en manos de ellos, aunque el rey creyera que era su palabra la que tenía poder suficiente para romper el conjuro.

–Debéis matarme, majestad– dijo Yves, –puesto que en mí habita el mal ¡y algún día tendrá más poder sobre mí del que tenéis vos!

–Jamás, Yves– dijo el rey, alejándose de la puerta para acercarse a "el Bretón" y retirarle el hacha de las manos. –Tal como tú te ves obligado a vivir con el arma, el rey está obligado a gobernar con el poder de la palabra, un poder que nace de su sangre y que siempre le hará vencer al mal.– Volvió a dejar el hacha en las manos de Yves, que lo observaba mudo de sorpresa. –Dios es mi señor– dijo el rey, –y harás bien en reconocerme a mí como tu único soberano, y no a un demonio cualquiera.

El rey miró a Yeza, que levantó la cabeza; su cabellera rubia inundaba el pecho del muerto y sólo entonces pareció reconocer el cadáver de su hermano preferido Roberto, cuya mano seguía estando sostenida por la muchacha.

–No sé cómo podéis perdonarme, majestad– contribuyó Yves a la tormenta de sentimientos que asaltaban a Luis.

–¡No te perdono en absoluto, Yves!– dijo el rey con aspereza. –No has estado jamás aquí, yo no te he visto, y cuando volvamos a encontrarnos sabes lo que espero de ti. ¡Retírate ahora!

"El Bretón" se incorporó, se inclinó apresuradamente ante ambos, dirigió una última mirada rencorosa a Yeza y se apresuró a alcanzar la puerta y dejar la cámara mortuoria. El portazo que dio al cerrarla fue un tanto exagerado.

–¿Es ése el demonio?– sonrió Yeza, poniéndose de pie con su largo vestido azul y devolviendo con cuidado la mano del muerto al ataúd.

–No, querida doncella– dijo el rey, –¡no es más que un pobre hombre! Un pobre hombre como todos nosotros– y se arrojó sobre el muerto para llorar. Estuvo durante mucho tiempo llorando y derramando lágrimas amargas.

Yeza permaneció a su lado y se obligó a no llorar en aquel momento, pero como el rey le daba pena, le acarició después de algún tiempo el cabello. Entonces el rey lloró aún más, y Yeza dejó descansar su mano firme sobre la cabeza del soberano, hasta que él se tranquilizó. Luis se quitó el manto y lo tendió sobre el muerto, prestando especial atención a que quedara bien cubierto el miembro dorado. Después trazó por tres veces la señal de la cruz encima de la elevación indecente que se percibía aún a través del paño del manto, se inclinó sobre el rostro del hermano, que había quedado al descubierto, y besó los labios pálidos como la cera.

El rey tomó la mano de Yeza y salió con ella de la cámara mortuoria. En el ancho pasillo iluminado al que se abría la puerta, los esperaban en silencio seis hombres que vestían largas túnicas blancas. Se oyó una voz clara, cuyo poseedor no parecía estar presente, y que dijo:

–Si lo deseáis, majestad, os podemos llevar a vos y a la infanta real a bordo de un barco, sin que os vea nadie, para que os devuelva con toda seguridad a Francia.

–No– dijo Luis, –no deseo que me empujéis a romper la palabra dada. No quiero abandonar a cuantos vinieron aquí conmigo al encuentro de su perdición segura.

–¿Era ése el demonio?– susurró Yeza.

–No– le devolvió Luis el susurro. –¡Es peor!– y se acercó a los hombres. –No– volvió a decir en voz alta y clara. Los caballeros inclinaron la cabeza ante Yeza y el rey, y dos de ellos les indicaron que los siguieran.

Los dos hombres se adelantaron y después de un breve recorrido y tras doblar unas cuantas esquinas, despidieron al rey y a la muchacha exactamente en el lugar donde se encontraba el muro con las dos puertas. Habían subido por el pasillo que Luis eligió primero y al que había renunciado después. Se abrió el *Bab al muluk* y el rey y Yeza vieron que estaba amaneciendo y que nadie los esperaba.

FINIS
LIBRO II

Libro III

I

EL HALCÓN Y LA PALOMA

Las piedras del templo de Baalbek resplandecían bajo el calor fulgurante de julio. El pequeño grupo descansaba a la sombra de las columnas y también sus monturas se protegían de la radiación vertical del sol en un rincón del muro, donde se entreveía en las ranuras algún ramaje cuyas hojas se habían secado hacía tiempo.

Entre "el halcón rojo" y la *saratz* había ido creciendo la tensión en el transcurso de su cabalgata por unas tierras que en su mayor parte les eran hostiles, y la atmósfera cargada de bochorno añadió lo suyo. No obstante, el emir, aunque no se atrevía a intentar romper el hielo, evitó cualquier gesto que pudiese inducir a la joven a manifestar un rechazo abierto. Lo que sí hizo fue echar mano del laúd de Madulain y cantar un conocido *tenso*, pero procuraba dar a entender que recitaba para su propio solaz y sin referirse a la joven. Roç observaba con emoción reprimida el vaivén de sentimientos encontrados.

Car jois e joven vos gida
cortese'e prez e senz
e toz bos captenemenz,

canturreaba "el halcón rojo", y los ojos de Madulain echaban chispas.

Per qu'us sui fidels amaire
senes toz retenemenz,
francs, humils e merceiaire,
tant fort me destreing e-m venz
vostr'amors, qe m'es plasenz;
per qe sera chausimenz,
s'eu sui vostre benvolenz
e vostr'amics.

A Roç lo hacía padecer el juego de palabras cuyo sentido no acababa de entender del todo; una situación que despertó su desconfianza sobre todo al ver que Madulain, buena conocedora de aquella canción y de la intención que lleva implícita, arrebató el instrumento al cantante sin concederle una mirada y le respondió con la misma indiferencia fingida:

Si fossi fillo de rei.
Creid voi que sia mosa?
Mia fe, no m'averei!
Si per m'amor ve chevei,
oquano morrei de frei.

–*Domna, no-m siaz tant fera*– sonrió "el halcón rojo" y la miró de la forma más insolente de que fue capaz; después se levantó y salió cabalgando a explorar el contorno y orientarse sobre el siguiente trecho de su recorrido. Y también para intentar procurarse otros caballos, puesto que Homs ya no quedaba lejos y posiblemente llamaría demasiado la atención si los compraba en el entorno de la ciudad. Era bastante seguro que An-Nasir tuviese espías por todas partes.

La hija de los *saratz* y el muchacho descansaban medio escondidos entre las rocas, de modo que nadie podría haberlos visto al pasar por allí, y si algún visitante de las ruinas hubiese acudido a esa hora, lo habrían divisado ellos antes de que él los hubiese descubierto. Dicha situación les brindaba además la posibilidad de retirarse hacia las murallas superiores, que los protegerían de cualquier mirada extraña.

En todo caso, ésa fue la explicación que les dio "el halcón rojo", añadiendo que por regla general nadie solía aventurarse por allí. Se trataba de un lugar en el que antiguamente se celebraban sacrificios humanos en honor del dios Baal, y los espíritus de las víctimas seguían vagando entre los altares y las hendiduras de la piedra por donde antes corriera la sangre.

El vestido de Madulain estaba empapado de sudor y se le pegaba al cuerpo. Le habría gustado desnudarse ahora que "el halcón rojo" se había alejado, pero no quería excitar innecesariamente al muchacho. La joven se había dado cuenta de que, cuanto más avanzaban en su viaje, más y más se la comía con la mirada.

Al principio Roç había sentido mucha ansiedad por la ausencia de Yeza, pero su recuerdo palidecía con rapidez ante el aura femenina de la mujer que cabalgaba a su lado, de los pezones que se le dibujaban a través de la tela húmeda, del olor penetrante y desconocido que le llegaba desde las axilas cuyo vello oscuro se le revelaba a cada movimiento de la túnica, y de la adivinación del triángulo oculto cuya existencia se le insinuaba cuando la tenía delante y el sudor adhería la tela del vestido a sus muslos y al vientre.

Roç se había desprendido, como siempre que descansaban, de todas sus ropas excepto un taparrabos, y alrededor de la cadera sólo conservaba el cinturón con la cimitarra, porque "el halcón rojo" le había instruido: "Un caballero, cuando va a la guerra, lleva el arma encima incluso para mear y mientras duerme." El cuerpo moreno y flexible del muchacho se dibujaba frente a las columnas de aquel lugar de culto pagano como una encarnación muy especial de Adonis, imagen desconocida para Roç, aunque intuyera y se aprovechara inconscientemente del efecto sensual que irradiaba su cuerpo.

–¡No andes tan despreocupado por ahí!– dijo Madulain, irascible. –¡Alguien podría verte!

Con tal de alejarlo del muro, Madulain estaba incluso dispuesta a atraerlo con un gesto a su lado. Le tendió el odre de cuero lleno de agua después de haber bebido ella, pues se había dado cuenta del placer con que él se lo llevaba a los labios si antes lo había acercado ella a los suyos.

Roç bajó de un salto hacia donde estaba la *saratz* y casi cayó rodando sobre ella. Era evidente que buscaba el contacto corporal con la mujer y ésta no sabía si debía disfrutar o rechazar su deseo y su torpeza, aunque lo más acuciante en aquel momento era el ansia, o más bien la necesidad perentoria, de orinar; tenía que hacerlo en seguida, pero no estaba dispuesta a hacerlo delante de él. Por otra parte, sabía que la seguiría, porque siempre intentaba espiarla y sólo la presencia de "el halcón rojo" le había impedido hasta entonces meterse debajo de sus faldas.

–Voy a ver qué hacen los caballos– dijo con una entonación que intentaba restar gravedad a la situación, y se puso rápidamente de pie. –Tú quédate aquí, ¡y procura que no te vean!

Madulain se alejó en dirección a la antesala del templo, donde descansaban los animales bajo un porche cuyo tejado se había derrumbado.

Roç sabía muy bien que sus palabras sólo disfrazaban la necesidad de orinar, y apenas la joven hubo doblado la esquina empezó a seguirla, encorvado y gateando para no ser visto.

Por dos veces la había sorprendido ya cuando ella se subía las faldas y se agachaba, había visto su trasero desnudo, blanco como el mármol, y en cierta ocasión incluso había podido observar claramente, apretándose contra la tierra, el vello negro que asomaba entre sus piernas y el resplandor del chorro que salía de allí, hasta que acabó en algunas gotas sueltas, brillantes como perlas. Momentos como aquél eran los más excitantes para él, y entonces su miembro erguido empezaba a pulsar y lo inundaban el temor y a la vez la esperanza de que ella se diera la vuelta y lo descubriera, aunque le era imposible imaginarse lo que sucedería después. Pero nunca había podido gozar de la visión teniéndola de frente y mirándola desde abajo. Para que sucediera, la joven tendría que orinar sobre alguna cisterna abandonada, y él debía adivinarlo con antelación y ocultarse allí, y cuando se abriera aquel bosque negro... Pero ¿qué pasaría entonces? Sería Madulain la que decidiría la continuación de la escena, ¡aunque no todo lo dejaría en sus manos! Él estaba muy seguro de que la joven sabía perfectamente lo que procedía hacer, aunque durante el largo viaje jamás había ofrecido su cuerpo a "el halcón rojo", Roç también estaba seguro de eso, pues había prestado celosa atención a no dejar a los dos nunca solos e incluso de noche se obligaba a despertar de vez en cuando para comprobar que dormían separados.

Pero ¿por qué no regresaba Madulain? Las precauciones la hacían tardar demasiado y el lugar delante del templo se veía vacío.

Roç se fue acercando a la antesala, resguardándose de columna en columna. La joven no estaba junto a los animales, se escondía de él. Roç prestó atención por si oía algún ruido, pero sólo le llegaba el latido de su propio corazón.

Después oyó un grito ahogado, como el aullido de un animal. El muchacho sujetó la cimitarra y subió con prisa por una escalera medio derruida, esforzándose por no hacer ruido. El último peldaño daba a la parte superior de un muro.

Oyó voces de hombre y una blasfemia mientras se asomaba para mirar más allá del muro, y ya no pudo retirar la mirada del cuadro que se le ofrecía.

Abajo, sobre las piedras, Madulain yacía de espaldas, con el vestido roto y levantado hasta la cintura; su vientre con el vello negro se movía en desesperación salvaje; intentaba volverse de lado para cerrar los muslos, quería dar patadas a su agresor. Pero allí había dos hombres más, que se sentaron sobre los antebrazos de la *saratz*. Al tercero, que se había introducido ya entre las rodillas de la joven, ella parecía haberlo mordido en la mano, porque escupió sangre, abofeteándola a continuación. Después, aprovechando el susto de la mujer, le separó los muslos y mientras la sujetaba por la garganta con una mano, introdujo con la otra su miembro en la oscura vulva.

Nadie se había dado cuenta hasta entonces de la presencia de Roç, a quien se le cortó la respiración cuando vio que el hombre hacía algo que el muchacho jamás habría esperado. En lugar de penetrar apresuradamente en la mujer movía su pene de arriba abajo, como quien ara un jardín asilvestrado. Sus compinches lo animaban con un canturreo que le recordó a Roç el de los pescadores cuando sacan las redes, y a cada pasada el hombre introducía su miembro más profundamente en la ranura.

Roç siguió, inmovilizado por el susto, la evolución del espectáculo, siempre a la espera de que el miembro entrara definitivamente en aquel vientre que se movía espasmódicamente. La mirada del muchacho se deslizó hacia el rostro de Madulain y observó con espanto que los ojos de la joven brillaban, pero no le pareció que fuese de rabia, sino revelando cierto placer: vio la boca medio abierta y los senos que respiraban mientras los pezones se erguían rígidos. Después ella lo vio y gritó:

–¡Roç!– y no fue una petición desesperada de auxilio, sino una exclamación furiosa para reprenderle.

Roç sacó el sable curvo de la vaina y saltó sobre la espalda del violador como se salta sobre un caballo, pero en lugar de asestarle un golpe mortal con el filo sobre el cuello lo único que hizo fue agitar el arma en el aire, por lo que la poderosa nuca del hombre lo arrojó hacia adelante y el muchacho cayó justo sobre Madulain y entre los dos compinches que sujetaban sus brazos. El hecho de que el pequeño sable curvo volara bastante lejos fue una suerte para él, pues los hombres se limitaron a atacar al intruso con los puños desnudos y golpearlo salvajemente, lo que despertó a su vez el espíritu de resistencia de la *saratz*, que agarró por los testículos a uno de los que la sujetaban y consiguió darle una patada brutal a quien la estaba violando, aunque no veía nada porque tenía encima a Roç que la cogía del cuello buscando protección.

Después se oyó un grito y otro más, algo cayó a tierra a su lado y la joven vio los ojos muy abiertos del hombre que hacía un instante aún estaba arando su jardín provocándole terror y placer a la vez; vio que su cabeza caía hacia un lado y quedaba inmóvil, y un tercer grito le hizo saber que los testículos que ella seguía estrangulando ya no sentían ningún dolor.

Entonces empujó a Roç para alejarlo de ella y descubrió la espada ensangrentada de "el halcón rojo", quien empujó a un lado el cuerpo molesto de uno de los cadáveres y le tendió la mano.

Fue entonces cuando Roç comprendió lo que había sucedido, y empezó a llorar sin freno. Cuando se dio cuenta de que ya no estaba apretándose contra Madulain, sino contra el cuerpo de uno de los muertos, se levantó temblando, buscó la cimitarra y siguió en silencio a los otros dos hacia donde estaban los caballos.

DIARIO DE JEAN DE JOINVILLE

En el mar, 10 de mayo de 1250 d.C.

Cuando regresamos al campamento, ya pasada la medianoche, lo primero que supimos fue que Damieta había sido entregada esa misma tarde. Nos informó de ello el barón Felipe de Montfort, que figuraba en el grupo encargado de devolver en condiciones ordenadas la ciudad a los egipcios. Nos dijo que, apenas había sido izada la bandera del sultán a la torre de la ciudadela y las demás torres, los soldados, encabezados por los mamelucos, entraron por las diferentes puertas de la ciudad para caer sobre nuestras provisiones.

–Quedaban aún centenares de barricas de vino; empezaron a beber y perdieron en seguida toda compostura. Originaron un baño de sangre entre los heridos y enfermos cuyo estado no había permitido evacuarlos y mataron a todos y cada uno de aquellos desgraciados. Las armas de guerra del rey, las ballestas y las valiosas catapultas fueron destrozadas a pesar de que los acuerdos mandaban conservar con todo cuidado las propiedades de la corona. Y lo mismo hicieron con el depósito de valiosa carne de cerdo, un alimento que ellos desprecian. Después amontonaron los trozos de maquinaria, la carne y los cadáveres, encendiendo grandes piras cuyo fuego sigue ardiendo aún ahora ¡y cuyo hedor clama al cielo!

Con estas palabras terminó el barón su informe.

El emir Aibek regresó a continuación al campamento para comprobar si seguíamos en nuestras tiendas, tal como él había ordenado. Obedecimos sus indicaciones, aunque no conseguimos dormir porque nos preocupaba el destino de nuestro señor Luis, a quien suponíamos todavía en el interior de la pirámide, hecho que, sin embargo, se le había escapado hasta entonces a nuestro vigilante, pues el condestable seguía, como era habitual en él, montando la guardia delante del pabellón real.

Después recorrió nuestro campamento un grupo de mamelucos que lanzaban gritos desaforados y cuyas espadas goteaban sangre. Tuve la impresión de que finalmente habían decidido matarnos, sobre todo cuando vi claramente que llevaban consigo al menos una cabeza cortada. Llegué a sentir miedo por el rey. *Al maydu li Aibek, haqimuna!*, gritaban, pero mi William, el único que se había acostado y que se despertó a causa del griterío, me tradujo: "¡Viva Aibek, nuestro regente!"

Entonces dejamos nuestras tiendas y fuimos testigos de la entrega de la cabeza del gobernador.

–Iafaddal! Ma ahla umniat al Amir Baibars!

–¿Qué significa esto?– preguntó Aibek, consternado. –¿Cómo ha podido suceder una cosa así?

Le respondieron que el emir Baibars le había librado con sus propias manos de su mayor rival.

–Al maydu li Aibek, haqimuna!– lo aclamaron, jubilosos.

–Ya veo– respondió Aibek con frialdad, –pero lo que me interesa no son las manos ni la cabeza, ni el motivo siquiera, ¡sino saber si el emir Baibars no ha sobrepasado ni con un pie la milla de destierro que le he impuesto!

Nadie supo responderle a esa pregunta con exactitud y la mayoría de los hombres callaron perplejos e incluso se retiraron. Aibek hizo clavar la cabeza en un palo instalado delante del pabellón del rey y nos espetó en alta voz:

–Es una advertencia para quienes no obedezcan mis órdenes.

Nos retiramos de nuevo a nuestras tiendas.

–Estoy preocupado por Yeza– dijo William, –fui yo quien hizo ir a Baibars a la pirámide, pero no sé si habrá llegado a tiempo…

–Si Yves "el Bretón" ha sido mas rápido– dije yo –hemos de temer lo peor…

El obeso flamenco volvió a acostarse con una increíble calma, pretendiendo dormir un poco más. Yo quedé a la espera, mientras fuera iba amaneciendo.

Cuando ya se anunciaba la llegada del día es probable que me quedara un tanto adormilado, pues de repente me sobresaltaron unos gritos:

–¡El rey! ¡El rey!

Luis entraba por la callejuela de nuestro campamento y llevaba a Yeza cogida de la mano. Iba en mangas de camisa, sin manto; Yeza vestía una túnica de terciopelo azul que le venía demasiado larga y ofrecía un aspecto ligeramente deslucido. Ambos se mostraban muy serios y no dieron explicación alguna. En aquel mismo instante oímos el cuerno que tocaban los guardianes sarracenos ordenándonos acudir a la entrada del campamento para ser trasladados a los barcos y –una vez pagado el rescate– devolvernos la libertad.

Una larga comitiva encabezada por el rey, siempre acompañado por Yeza, se dirigió a la orilla del río. Nos seguía un número ingente, probablemente varios miles, de hombres que agitaban en el aire las cimitarras y las lanzas y nos gritaban, y un enjambre de mujeres que se daban golpes con la mano en la boca para dar a sus chillidos una vibración más penetrante. Los mamelucos que nos acompañaban tuvieron que hacer un gran esfuerzo para frenar a la multitud. En la orilla del Nilo había varias embarcaciones dispuestas, y mi esperanza era que al fin pudiésemos subir a ellas y alejarnos a toda vela. Pero no sucedió así.

Los mamelucos nos dijeron que les daría vergüenza dejar partir a sus prisioneros hambrientos. De modo que tuvimos que acurrucarnos sobre las alfombras que extendieron y consumir lo que nos ofrecían, que era queso de cabra secado al sol y huevos duros cocidos como mínimo tres días atrás, pero cuyas cáscaras habían pintado de colores en honor nuestro.

Yo seguía a la espera de que se hablara de la dignidad de sultán ofrecida al rey, pero nadie se molestó en comentarlo, ni por parte de los mamelucos ni en el entorno de Luis.

Al fin salimos de allí navegando, aunque siempre bajo una especie de vigilancia que parecía más bien un acompañamiento de honor, hasta alcanzar las murallas de Damieta. Sabíamos que no lejos permanecía anclada nuestra propia flota, la que debía devolvernos a casa.

Pero el rey insistió en que lo llevaran a tierra para vigilar él mismo la entrega del rescate, pues no quería regresar a su país sin haberse cerciorado con sus propios ojos de que había sido pagada la suma acordada para comprar la libertad de sus hombres.

Además, los mamelucos retenían en El Cairo a su hermano Alfonso, en calidad de rehén, hasta que fuese entregada la primera mitad de la suma del rescate fijada en el acuerdo. Yo le insistí al rey para que permaneciera en la orilla, cerca de nosotros, pues habíamos acordado reunir las doscientas mil libras a bordo y no amontonarlas y contarlas ante los ojos de la multitud que seguía asediándonos.

Empezaron a abandonarnos los primeros señores, como el conde de Flandes y Pedro de Bretaña, sin haberse repuesto este último de su grave enfermedad y con el único deseo ardiente de ser enterrado en su tierra natal.

Mi misión consistía en mantener la comunicación con nuestra flota y procurar que nos fuese entregado el dinero para contarlo y ordenarlo a bordo. Después de pasar muchas horas contando, y bien entrada la noche, se le ocurrió a mi secretario la magnífica idea de ayudarse con una balanza. A la mañana siguiente pudimos conseguir unas cajas en las que cabían diez mil libras en cada una, lo que nos permitió repartir la plata pesándola, pero hacia el mediodía vimos que aún nos faltaban unas treinta mil libras.

De modo que, acompañado de William, me dirigí a tierra para informar al rey, a quien encontré junto a Yeza leyéndole a ésta unos pasajes de las sagradas escrituras. A juzgar por la expresión escéptica de su rostro, "la hija del Grial" se veía confrontada por primera vez en su vida a las palabras del Nuevo Testamento, y más adelante William me llamó la atención en un tono mas bien irónico sobre el hecho de que Luis empleara para la lectura una traducción del texto bíblico al occitano: un texto que la Iglesia no admite en absoluto porque es obra de un comerciante lionés llamado Pedro Valdo, a quien Roma ha condenado por herético. Lo más probable es que el rey suponga a Yeza ignorante del latín, pero él, William, me dijo que le había enseñado personalmente el vocabulario y la gramática de dicho idioma, lo que la inteligente "hija del Grial" callaba al parecer con toda intención. En cambio me emocionó observar la actitud paternal que el rey mostraba con Yeza y las buenas maneras de que hacía gala una muchacha en otras ocasiones tan salvaje.

Junto al rey Luis sólo se encontraban el condestable de Francia y Nicolás de Acre, el sacerdote, que se comportaba como si no viera ni oyera las dudosas enseñanzas que el real maestro y lego en la materia impartía a la niña hereje. Le dije al rey que tal vez conviniese rogar a los templarios que nos concedieran un préstamo para completar lo que faltaba, pues sabía que en la galera del gran maestre aún había depositadas reservas abundantes. Luis se mostró muy de acuerdo y en consecuencia pedí ser trasladado a ella con mi secretario.

–Mi querido señor de Joinville– me reprendió el comandante Étienne d'Otricourt, –el consejo que habéis dado al rey no es ni bueno ni practicable. Deberíais saber que el Temple no puede entregar dinero para la liberación de unos prisioneros, ¡ni siquiera en calidad de préstamo!

Yo consideré ese argumento carente de sentido, pues el acreedor puede desentenderse del empleo que el deudor dé al dinero siempre que lo devuelva después, ¡y era de suponer que nadie dudaría de la honradez del rey de Francia! Nos vimos de inmediato envueltos en una disputa violenta, en la que no faltaron los insultos recíprocos. El señor Renaud de Vichiers, antiguo mariscal y ahora gran maestre en funciones, nos separó como a dos gallos peleones.

–En efecto, es tal como ha explicado el comandante. No podríamos entregar ni un *sou* sin quebrantar nuestro juramento. Pero ¿qué le parecería, estimado señor secretario– se dirigió de repente a mi apreciado William, –si el señor senescal se apoderara sin más de nuestras reservas? A mí no me sorprendería, aunque he de dejar en vuestras manos la forma de realizar el asalto.

De modo que no regresé en seguida junto al rey, sino que procedí allí mismo a requisar los fondos necesarios, que se encontraban al alcance de nuestras manos. William preguntó al comandante, quien rechazó indignado la propuesta, si no quería acompañarnos para ver cuánto me llevaba. El señor de Vichiers, en cambio, declaró que él mismo sería testigo de mi proceder, que yo debería ejecutar actuando con violencia y en nombre del rey.

Las cajas con el dinero estaban almacenadas bajo cubierta, en una estancia especialmente asegurada a la que sólo se podía acceder desde el castillo de popa. La llave la tenía el tesorero, quien se negó muy decididamente, como es lógico, a entregármela, tanto más cuanto que no me conocía, y mi fisonomía, deteriorada por la enfermedad y las penurias pasadas, no era seguramente la más adecuada para despertar su confianza. Por no hablar de la persona de mi secretario.

William encontró un hacha y exclamó en voz alta:

–¡Sea ésta, pues, la llave de su majestad!

Cuando ya iba a separar el cerrojo de la pesada madera de roble el gran maestre me agarró con el puño por la pechera y gritó:

–¡Señor senescal, puesto que estáis dispuesto, según es evidente, a aplicar la más brutal violencia contra nosotros, prefiero entregar la llave!

El tesorero miró a su gran maestre con más extrañeza aún de la que había mostrado anteriormente al mirarme a mí, pero la entregó. Incluso pude encontrar una caja vieja, que tuvimos que subir tres veces llena hasta los topes y descargarla en nuestra barca, por supuesto sin poder contar con ninguna ayuda, hasta haber reunido la suma necesaria. No pude por menos que pasar durante el viaje de regreso casi rozando la orilla y le grité al rey:

–¡Ved, majestad, con cuantas riquezas cuento!– El señor Luis se puso muy contento.

En cuanto tuvimos reunido el dinero comuniqué a los señores de ambas partes que, según estaba previsto, debían realizar *de facto* la entrega. Entre ellos estaba el barón Felipe de Montfort, señor de Beirut, quien aconsejó al rey que retuviera una parte hasta que el señor Alfonso se encontrase de nuevo entre nosotros. Pero Luis no quiso saber nada al respecto.

–¡He dado mi palabra de pagar este dinero y la mantendré!

De modo que se realizó la entrega durante la cual, después de haber mostrado a los señores todo el importe, caja por caja, me quedé junto al rey. Me di cuenta de que Yeza seguía con atención el proceso y hasta participó afanosamente en el recuento, y cuando el señor Felipe se acercó para informarnos de que la entrega se había realizado en debidas condiciones, apareció en la frente de la muchacha una arruga vertical.

El rey no se había dado cuenta, pero sí el barón.

–Lo que sucede, pequeña tesorera– dijo, dando muestras de creer divertida la situación, –es que me he permitido descontar diez mil libras como pequeña compensación por los daños que fueron infligidos a las propiedades del rey retenidas en Damieta, contra todo lo acordado. Ni siquiera se han dado cuenta– añadió, y adoptó una expresión de orgullo.

–Pues yo creo que eso es muy poco elegante– opuso el rey con aspereza, –¡y os exijo que entreguéis de inmediato y sin protesta la caja que falta!

El señor Felipe dio las órdenes correspondientes, pero al mismo tiempo le pidió al rey que hiciese el favor de subir a bordo de una de nuestras naves, pues una vez entregada la ciudad y pagado el rescate sería una ligereza imperdonable exponerlo al peligro de ser tomado de nuevo prisionero por los sarracenos, lo que era factible si permanecía en la orilla. Luis demostró una vez más la extremada terquedad de su carácter. Dijo que él había cumplido con su palabra según había jurado, y que, a su vez, se quedaría allí a la espera de que le devolviesen a su hermano.

Como si las advertencias del señor Felipe estuviesen a punto de convertirse en amarga verdad, empezaron a acercarse miles de sarracenos gritando y agitando sus armas.

–Habrán visto la enorme cantidad de dinero– murmuró William.

–Lo habrán contado– añadió Yeza, –y ahora están contentos.

–No estoy tan seguro– insistió el de Monfort. –Por favor, ¡marchémonos de aquí!

Pero era ya demasiado tarde y nos habían cortado el camino hacia las naves. Aunque nadie nos atacó, sino que se formó un pasillo por el cual se acercó a nosotros el emir Baibars.

–Quería despedirme de vuestra majestad– dijo, y se inclinó ante el rey, –y aprovechar la ocasión para aseguraros de que habéis sido un enemigo valiente. Pero más respeto aún nos habéis causado como prisionero, pues habéis demostrado ser un hombre de gran fortaleza de ánimo. Me siento feliz de haberos conocido– y dobló la rodilla, añadiendo: –¡Al hombre, no al rey de los francos!

Me llamó la atención un brillo extraño que vi en los ojos del temible "arquero", aunque pensé que a un hombre tan duro no irían a saltársele las lágrimas. Sí me pareció estar muy triste cuando lo dijo, y tuve la sensación de que aún le quedaban más sentimientos por expresar. En cualquier caso, Luis se apresuró a responderle, y no faltó mucho para que los dos hombres cayeran el uno en brazos del otro.

–Os agradezco el gesto, emir Baibars– dijo el rey en voz baja. –Habéis matado a mi hermano y me habéis infligido una grave derrota, pero lo habéis hecho por vuestro país y por vuestra fe, que no es la nuestra. Siempre os recordaré como a uno de los generales más capacitados y guerreros más valientes a los que jamás me he enfrentado. Pero, sobre todo, como a un vencedor honorable, que ha conseguido demostrarme la locura que representa querer traer la guerra a vuestro país. Os lo agradezco ahora, cuando estoy a punto de alejarme de aquí como hombre libre.

Y el rey se quitó un anillo, que entregó al emir:

–Mi respeto es para el hombre que nos ha vencido pero no nos ha destruido.

La mirada del rey se empañó a causa de las lágrimas y la dirigió a Yeza, ante la que se inclinaba ahora Baibars.

–Princesa– dijo el mameluco, –enseñad al gran rey que sólo existe un Dios a quien deberíamos servir todos, y a quien no le puede gustar de ningún modo que sea una guerra la que decida quién profesa la verdadera fe.

Al tosco guerrero le costaba encontrar las palabras adecuadas y puso la pesada mano en el hombro de la frágil muchachita, como si fuera a implorar su ayuda.

–Sólo aquél que traiga la paz podrá gobernar algún día sobre esta Tierra y todos sus pueblos, y su reino será aprobado por el Todopoderoso. ¡Alá sea con vos, Yeza!

Se enderezó y se dirigió de nuevo al rey Luis:

–He jurado– dijo con tristeza –cuidar de "la hija del Grial" como de las niñas de mis ojos. La he cuidado mal, pero vos, majestad, habéis evitado que suceda lo peor.

Al rey no se le había ocurrido jamás que Yeza, a quien había salvado de la pirámide como si se tratara de una criatura abandonada, pudiese no seguir, porque sí y para siempre, bajo sus cuidados, y se sintió confundido con las palabras de Baibars, aunque este último prosiguió con alguna dificultad:

–Puesto que navegáis a Siria, que es hacia donde se ha dirigido también el infante real, estoy dispuesto a confiaros a la niña de aquí en adelante, ¡para que vuelvan a estar juntos!

Entonces Yeza dio un brinco y se arrojó al cuello del temible emir.

–También yo– exclamó jubilosa –os guardaré siempre un buen recuerdo, gran "arquero"– y se plantó delante de él, –y regresaré como rehén a vuestras manos– prometió con toda seriedad –en el caso de que vos, *Alah yimma*, no volváis a abrazar muy pronto a vuestro hijo Mahmoud.

Baibars le pasó la mano por el cabello.

–Siempre seréis bien recibida aquí, princesa– dijo, y mandó a uno de sus hombres que le tendiera un objeto envuelto en un paño. Yeza lo desenvolvió. Era un laúd. Con una sonrisa pícara dio a entender que había comprendido el sentido del gesto y se apartó doblando un poco la rodilla, como haría una auténtica dama.

El emir de los mamelucos se dirigió de nuevo al rey:

–Majestad, os tomo juramento como hombre, si la dejo marchar con vos...

Entonces el rey le tendió la mano. Baibars la aceptó e hizo una señal a sus gentes, que esperaban a conveniente distancia. Se abrió el círculo y el hermano del rey, el señor Alfonso de Poitiers, se encaminó hacia nuestro grupo. Baibars se inclinó una vez más ante el rey y ante Yeza y se retiró, cruzándose en su camino con el príncipe francés.

Los dos hermanos se abrazaron mudos y todos nos dirigimos a bordo. En seguida fueron izadas las velas y pusimos proa hacia el mar abierto.

Altas undas que venez suz la mar

Yeza interpretaba una melodía melancólica en el instrumento que Baibars le había regalado.

Que fay lo vent gay e lay demenar
de mun amic sabez novas comtar,
qui lay passet? No lo vei retornar!

–Me conmueve su pena– le dije en voz baja a William mientras arrojaba una última mirada hacia la ciudad de Damieta que iba quedando atrás. El fraile observó pensativo la figura acurrucada de la joven frente a la costa egipcia, ya diluida en una neblina.

–¡El señor Luis se sorprenderá cuando se dé cuenta de la hija tan intrépida que se ha dignado adoptar!– pretendió bromear.

Y yo le contesté:

–¡Ay, señor secretario, todos nos estamos haciendo mayores! Y desde su *iter initiationis*, su recorrido por la pirámide, ¡creo que también Yeza ha madurado!

–¿Lo creéis así? *Fallax in speciem*, la apariencia engaña– respondió mi William. –Nos hacemos mayores, eso es verdad, ¡pero no necesariamente más sabios!

Siempre se empeña en tener la última palabra.

Oy, aura dulza, qui vens dever lai
un mun amic dorm e sejorn' e jai,
del dolz aleyn un beure m'aporta. Y!
La bocha obre, per gran desir qu'en ai.

HABÍAN CABALGADO POR un terreno áspero y accidentado. Los lechos de los ríos, profundamente cortados en las rocas, estaban secos, flanqueados de laurel salvaje y encinas retorcidas.

El sendero que seguían, bordeado por altísimos arbustos de retama, parecía poco transitado. A cada instante el pequeño grupo se veía expuesto al peligro de tener que enfrentarse a un número mayor de jinetes que no los consideraran precisamente amigos o, más simplemente aún, a un grupo de bandoleros.

"El halcón rojo", Madulain y Roç habían alcanzado la región fronteriza más extrema del reino, la que lleva el nombre de "Puerta de Siria". Iban delante los mozos con los caballos de refresco, y sus gritos y el sonido metálico de las herraduras eran los únicos ruidos que rompían el silencio de las colinas. Fue Roç el primero en oír algo extraño, y levantó el brazo mientras Madulain tiraba incrédula de las riendas de su caballo. "El halcón rojo" se acercó a ella.

Allerêst lebe ich mir werde,
sit min sündic ouge siht...

De pronto empezó a oírse con claridad, aunque ligeramente desfigurado por el viento, el canto de un coro:

daz here lant und ouch die erde,
der man vil der eren giht.

Roç se asomó, curioso, a un recodo.

–¡Starkenberg!– exclamó en voz baja.

Frente a la pendiente, pegada a una roca cortada como si fuese un nido de avispones, se elevaba el castillo de la Orden de los caballeros teutónicos. Se estaban acercando al borde de la garganta cuando vieron aparecer enfrente a un vigilante en lo alto de la muralla, vestido con un manto blanco que ondeaba al viento, y vieron también la cruz negra de la hermandad que se destacaba sobre la túnica, desde el pecho hasta la altura de las rodillas.

Mirst geschehen des ich ie bat,
ich bin komen an die stat
da got mennischlichen trat.

El vigilante observó con atención a los recién llegados y después les señaló una senda que no habían visto antes y por la que tuvieron que encaminarse a pie.

Schoenui lant rich unde here
swaz ich der noch hen gesehen,
so bist duz ir aller ere.
waz ist wunders hie geschehen!

El poderoso canto coral les llegaba ahora desde el interior del castillo; una vez atravesados los muros adquirió un tono mucho más denso que el que oyeran antes en tierra abierta.

Daz ein magt ein kint gebar
here übr aller engel schar,
was daz niht ein wunder gar?

Sigbert von Öxfeld, el comendador de la Orden, se encontraba junto a sus amigos en la planta baja de la torre del homenaje y escuchaba sonriente la exposición del proyecto de liberar a los jóvenes mamelucos de su prisión en Homs.

–Admiro tu valor– le gruñó después a "el halcón rojo" con el buen humor que puede mostrar un oso, –pero no creo que ese plan tenga la menor posibilidad de éxito. ¡No puedes presentarte ahora como emir de los mamelucos ante An-Nasir!

–Pretendo evitarlo, por supuesto– le respondió "el halcón rojo" con arrogancia, –y como Roç conoce un acceso secreto...

La risa del de Öxfeld retumbó entre los muros cuando lo interrumpió.

–Seguramente se trata del camino más corto a la mazmorra, y allí sólo os espera una persona: ¡el verdugo! No, querido amigo, ¡así no lo conseguiréis!

Se hizo un silencio embarazoso, al que Madulain puso fin:

–¿Y qué os parece si este señor aprovechara su pasado ilustre como "príncipe Constancio de Selinonte"?

–¡La hija de los *saratz* es una mujer inteligente!– resopló Sigbert, ya más convencido. –Puede ser la solución: te presentas como emisario del emperador, que viaja, como es lógico, en misión secreta, y por tanto acompañado únicamente de su dama y– miró socarrón a Roç –un escudero muy joven para llevar sus armas...

–Yo preferiría no presentarme como dama suya– intervino Madulain, –no debéis olvidar que Roç y yo somos conocidos en Homs. De modo que si hemos de disfrazarnos, convendría hacerlo al revés: yo podría ser el palafrenero y Roç su hija, o su hermana, o su…

–¡Yo soy un caballero y no llevo ropa de mujer!– se indignó Roç.

Sigbert carraspeó:

–Si no queréis renunciar a ir a Homs, cada uno tendrá que adaptarse al papel que mejor le sirva de disfraz y mayor credibilidad ofrezca frente a An-Nasir. ¿Acaso no quieres liberar a tus amigos?

Roç tragó saliva y Madulain echó la cabeza hacia atrás. Todos siguieron al caballero teutónico hacia las habitaciones superiores de la torre.

–Aquí ha dormido más de un rey junto a su esposa– les comentó el comendador al introducirlos en una austera estancia donde había poco más que una cama de matrimonio coronada por un baldaquín. Les abrió algunos armarios, cuyo inventario en cuanto a jubones, chalecos de terciopelo y calzones finos habría bastado para disfrazar a todo un ejército de pajes.

–Dejemos ahora a la dama sola– propuso Sigbert de buen humor, –y quedemos a la espera de que aparezca un esbelto mozo.

Y empujó a los dos hombres por la puerta hacia la antesala. También allí había armarios y arcones en abundancia.

–Creo que tú, Roç, encontrarás algo que te vaya bien, ¿o prefieres que te ayude Madulain?

–¡Sé vestirme solo!– le advirtió el muchacho al comendador, que lo miraba como si fuese su abuelo.

–¡Tendrás que dejar el bastón aquí!– señaló "el halcón rojo". –Las niñas no suelen llevar bastones de ébano con un estilete oculto.

Roç estaba tan furioso que metió la cabeza, roja de vergüenza, en lo más profundo de un arcón.

–¡Dejadme solo de una vez!– refunfuñó, y los caballeros se alejaron.

Aunque Roç admitía que Sigbert le dijese cualquier cosa, no estaba dispuesto a consentirle lo mismo a "el halcón rojo", quien en su opinión no pretendía más que engatusar a Madulain, aunque intentara ocultarlo. ¡Y que después cometía un error mayúsculo, como el de querer liberar a los niños mamelucos presentándose él mismo como un emir mameluco! De modo que ahora el asunto iba en serio y él, Roç, realizaría su primera hazaña propia de un caballero aunque fuese vestido de doncella. ¡Lástima que Yeza no pudiese verlo!

La habitación en la que lo dejaron solo debía de haber servido antes de escritorio a los monjes guerreros. Roç comprobó con curiosidad que había cajas llenas de pergaminos enrollados y folios escritos, aunque no podía leer el idioma. Probablemente fuese alemán. Sí encontró un pequeño trozo de pergamino sin escribir, y también pluma y tintero.

Se le ocurrió la posibilidad de que tuviese que sufrir una muerte gloriosa, y recordó que a un héroe caído siempre le conviene dejar un último saludo dirigido a su amada, para que ella pueda llorarlo. Debía escribirle, en cierto modo como precaución, unas palabras de despedida a Yeza: palabras que alguien encontraría más tarde, cuando él ya no estuviese en este mundo o cuando lo devolvieran al castillo muerto y acostado sobre su escudo, unidas las manos sobre la empuñadura de la espada. ¡La empuñadura! Ése sería el escondite donde Yeza buscaría el mensaje una vez convertida en su apenada viuda.

Roç se sentó en un arcón y empezó a escribir: "Mi querida Yeza, cuando este escrito caiga en tus manos…"

Pues no, había que empezar con unas palabras más inflamadas, que le insuflaran coraje y confianza en un futuro sin su compañía… ¿sin él? Era demasiado triste pensarlo, y la idea hizo afluir las lágrimas a sus ojos. ¡Aún no había muerto! En consecuencia, escribió:

"Para mi queridísima y amada Yeza, unas palabras rápidas de saludo desde Starkenberg, la fortaleza de nuestro paternal amigo Sigbert, cuya hospitalidad estoy disfrutando. Mañana partimos para Homs con la intención de liberar a nuestros amigos, pues se trata de cumplir con el juramento de los hermanos y las hermanas de la espada oculta. Si tuviese que enfrentarme a la muerte o algo parecido, te ruego que no sucumbas a la tristeza y, aunque guardes un período conveniente de luto, ¡no te encierres en un monasterio y no me olvides jamás!

De nuevo se sintió a punto de llorar. Pero reunió todas sus fuerzas y añadió:

–Tu amante para siempre, Roç.

Se sonó, sacó el estilete de la vaina oculta, enrolló el pergamino alrededor y lo introdujo con el acero, poniendo en ello toda su atención y sin permitirse hacerlo con prisas. Después dejó el bastón, que conservaba el mismo aspecto inocente, en un rincón, de modo que cualquiera que buscara un objeto relacionado con él tuviese que verlo en seguida. Yeza, su única heredera, recibiría así un último saludo y el muchacho consideró, satisfecho, que había conseguido poner en práctica una despedida muy digna.

Ahora debía transformarse cuanto antes en una mujer, tal como le exigían. Lo más sencillo sería disfrazarse como si fuese Yeza. ¿Habría terminado Madulain de probarse la ropa? Roç puso atención y oyó cómo se movía en la habitación de al lado.

Se acercó de puntillas a la puerta y se agachó para mirar por el ojo de la cerradura. Lo que vio casi le cortó la respiración. Madulain estaba totalmente desnuda delante del armario y sostenía un jubón después de otro delante de su cuerpo, que tenía dirigido hacia él, de modo que tuvo ocasión de admirar sus muslos y la oscura puerta de entrada al paraíso, aunque hubo momentos en que le pareció también que se trataba de un abismo infernal. Pero antes de poder indagarlo con más detalle vio que la joven se ponía rápidamente un par de pantalones estrechos de dos colores, en los que embutió después el vientre y el trasero, ocultando así los misterios de su cuerpo.

Desde aquel suceso con los hombres en Baalbek se le hacía difícil deshacerse de la imagen que había visto. Lo perseguía incluso en sueños, entreveía la abertura rodeada de vello negro que lo invitaba, lo atraía, lo seducía. Roç respiró con dificultad y sintió que su pene se volvía duro bajo la falda, lo sintió crecer. Pero no se atrevía a abrir la puerta y, por otra parte, tampoco podría enfrentarse a la bella *saratz*, no sabría qué decirle a esa joven ya casada y que despreciaba a un caballero como "el halcón rojo". ¿Debería abrazarla sin más? ¿Se arrodillaría delante de ella?

Or me laist Dieus en tel honor monter,
que cele ou j'ai mon cuer et mon penser,
tiegne une foiz entre mes braz nuete,
ainz que voise autre mer.

Unos pasos que se acercaban por el corredor con un tintineo de espuelas lo rescataron del ensueño antes de tener que adoptar una decisión. Roç regresó de un salto al arcón de las ropas, que estuvo removiendo a la vez que metía entre ellas el rostro al que se le habían subido los colores de la vergüenza.

–¿No encuentras nada?– preguntó la voz de Sigbert con acento paternal. –Te ayudaré…

Roç asintió agradecido y se desnudó. Sintió con gran alivio que su pene se había relajado lo suficiente como para no traicionarlo. Por qué no estaría allí Yeza, ¡por qué le habría dejado marchar solo a una tierra tan lejana!

–¡Pruébate esto!– Sigbert le alcanzó una blusa de seda y Roç reconoció el emblema de la familia imperial.

El corazón se le hinchó de orgullo.

DIARIO DE JEAN DE JOINVILLE

San Juan de Acre, 3 de julio de 1250 d.C.

La ciudad de San Juan de Acre, la antigua Ptolemais, situada en el extremo norte de la bahía de Haifa, es considerada la fortaleza mejor conservada de lo que nos queda a los cristianos del llamado "reino de Jerusalén".

Desde la pérdida de Hierosolyma, de donde procede el glorioso nombre y de la que hace exactamente sesenta y tres años nos despojó el gran Saladino, San Juan de Acre es la capital de las posesiones de Ultramar y la sede de sus reyes o sus regentes, así como del patriarca y de los tres grandes maestres de las Órdenes militares.

Cuando nuestra nave, llevando a bordo al rey Luis, dobló por delante de la "torre de las Moscas" para refugiarse al abrigo del puerto y atracar junto al arsenal, muy pocos de los que acabo de nombrar estaban presentes para recibirlo.

Este hecho me sorprendió un tanto, incluso después de constatar que en el barco genovés que traía al rey ni siquiera le hubieran proporcionado ropas nuevas.

De ahí que se haya visto obligado a realizar el viaje con las mismas vestiduras que llevaba puestas cuando lo capturaron, pues es el único de nosotros que se ha negado rotundamente a aceptar regalos de los mamelucos.

El regente de Ultramar es, desde la muerte de su madre la reina Alicia, el rey Enrique de Chipre, quien, sin embargo, ha preferido quedarse en esa isla.

El patriarca Roberto sigue agonizando en las cárceles de Egipto; también el gran maestre de los sanjuanistas, Guillermo de Chateauneuf, preso desde la desgraciada batalla de Gaza en el año del Señor 1244.

A la Orden hospitalaria de los sanjuanistas la representa desde entonces su profeso Enrique de Ronay, quien venía en una nave que llegaría después de la nuestra. El Temple está representado por quien hasta el momento era mariscal Renaud de Vichiers, que ahora ha sido elegido oficialmente para el cargo y nombrado gran maestre por el capítulo de la Orden, lo que posiblemente se le ha subido a la cabeza, pues cuando llegamos sólo advertí la presencia en el puerto del señor Gavin Montbard de Béthune.

También entre los teutónicos se ha producido un cambio tras la muerte de Enrique II de Hohenlohe, ocurrida el año pasado. El nuevo gran maestre de esa Orden de caballeros, el conde Günter von Schwarzburg, reside en la lejana Prusia y ni siquiera se ha dignado aún honrar a Tierra Santa con su visita. Y como no es su señor y rey Conrado el que acaba de llegar a la capital, sino Luis Capeto, seguirá alejado de estas tierras en las que se hace representar por el comendador de Starkenberg, el viejo guerrero Sigbert von Öxfeld, que desde las horas difíciles de Damieta goza de la máxima estima de la reina Margarita.

Ésta se encontraba en el muelle en el momento de atracar y llevaba en brazos a su hijito de tres meses, a quien aún no conocía su padre, puesto que nació después de que el rey cayera prisionero.

Y detrás de ella, escondiéndose en segunda fila y con cara de arrepentido, vio Luis a su indómito *garde-du-corps*, Yves "el Bretón".

De modo que era un comité bastante pobre el que nos ofrecía la bienvenida cuando el rey Luis descendió de la nave, con Yeza cogida de la mano.

La reina miró un tanto extrañada a la rubia joven que vestía pantalones y que, con un puñal sujeto a la cintura, no parecía nada cohibida mientras ella presentaba al rey, después de doblar cortésmente la rodilla, a su hijo Juan Tristán.

Yeza demostró más interés por el niñito que el propio Luis, quien se limitó a depositar un beso fugaz en la frente de su hijo. La muchacha estuvo a punto de cogerlo en brazos, lo que fue evitado por la enérgica intervención de varias damas, de modo que se limitó a sonreír y guiñarle un ojo. El niño empezó a lloriquear.

Sigbert se adelantó, liberando así a la pareja de soberanos de la molestia de tener que intercambiar allí mismo explicaciones sobre la presencia de esa inesperada hija adoptiva que se mostraba tan independiente. Pero Yeza recordó a tiempo cómo debía comportarse y dobló cortésmente la rodilla ante la reina Margarita antes de permitir que el caballero teutónico la retirara hacia un lado.

El rey se dirigió entonces a Yves:

–Por cierto, señor Yves– dijo, sin querer darle importancia, –te creía de regreso a Bretaña con el conde Pedro Mauclerc…

–Preferiría que no me desearais el mismo destino, majestad– respondió Yves, mientras doblaba a su vez la rodilla. –El conde no ha vuelto a ver su tierra. Murió cuando aún tenía a la vista la costa de Egipto…

–En ese caso quiero que lleves el apellido de Mauclerc– dijo el rey con amargura, –y puesto que él no me favoreció gran cosa, espero que tú no lo hagas mucho peor. De todos modos, tampoco eres un buen sacerdote– añadió.

–¡En cambio puedo ser un buen escudo que se dejaría matar y cortar a trozos por protegeros, majestad! Un brazo que se enfrentaría gustoso a cualquier golpe dirigido contra vos…

–En ese caso debes situarte a mis espaldas, Yves Mauclerc, evitándome el disgusto que me causa verte y, además, te prohíbo levantar el brazo nunca más para luchar contra nadie, pues prefiero morir bajo los golpes de tres mamelucos antes que verme protegido por una mano que no tiene en cuenta la salvación de su alma.

"El Bretón" enderezó el cuerpo y ocupó rápidamente su antiguo puesto a espaldas del rey. La reina aprovechó el momento para dirigirse a su esposo.

–Sire– dijo, señalando a Sigbert, –el comendador de Starkenberg, en cambio, sí se ha preocupado mucho por el bienestar de vuestra familia.

Al rey no le cayó demasiado bien aquella observación, por lo cual se limitó a responder, malhumorado:

–Comendador, os debemos nuestro agradecimiento y no sabemos cómo saldar esa deuda… ¿no tendrán los caballeros teutónicos alguna demanda urgente que plantearme?

–Nos basta, majestad– respondió Sigbert, a la vez que depositaba su manaza sobre la cabeza de Yeza, –con que le hayáis guardado lealmente la amistad al emperador y a su sangre en estos tiempos de adversidad. Mi mérito nada vale en comparación con el vuestro, pues os debemos el haber protegido a esta niña.

Dobló la rodilla y quiso alejarse llevando a Yeza consigo, pero el rey le hizo señas de que regresara.

–No os puedo retener a vos– dijo, a la vez que cogía el brazo de Yeza, –pero no deseo que os llevéis al desierto de Starkenberg a esta descendiente de mi imperial primo. Le he tomado afecto a Yeza y deseo confiarla al amor de la reina.

La señora Margarita se quedó de momento sin habla, aunque después tendió la mano a Yeza, mano que ésta no cogió. La muchacha no renunció a mostrarse reticente hasta que Sigbert la condujo personalmente junto a la reina.

A mí me daba lástima, por lo que le di un codazo a William y dije en voz alta, dirigiéndome tanto al rey Luis como a su esposa:

–Esta niña es difícil de cuidar y no deseamos que sea una carga para vos. De modo que os cedo a mi secretario, que en otras ocasiones ha ejercido ya de preceptor de la princesa.

William se adelantó y vi resplandecer el rostro de Yeza con una sonrisa agradecida, pero la reina dijo con cierto retintín en el tono de su voz:

–No creo que la hija de vuestro Federico sea tan indomable como para que precise de la asistencia de un comendador y de un secretario, más la recomendación de un senescal– e indicó con un gesto a sus damas que se hicieran cargo de Yeza.

Entonces la muchacha dijo rápidamente, dirigiéndose al rey:

–Acepto con mucho gusto al señor William de Roebruk a mi servicio– y añadió, dirigiéndose a Sigbert: –Os agradezco de antemano vuestras atenciones.

Y se situó entre los dos hombres, de modo que las damas de la corte renunciaron a importunarla.

El rey se echó a reír y dijo a su esposa:

–Ahí tenéis una pequeña muestra, *madame*– y cuando vio que la reina no apreciaba mucho la broma, prosiguió: –dado que la Orden teutónica cede a su caballero más fiel y tú, querido Joinville, renuncias a la flor más preciada de la comunidad de san Francisco, no quiero ser menos y cedo a mi vez al señor Yves, que también está muy necesitado de cariño.

¡Mi corazón amenazaba con paralizarse! ¿Acaso el rey Luis no sabía que estaba nombrando acompañante de Yeza al enemigo más encarnizado de ésta, o lo hacía con toda intención? ¿Creía posible que el corazón duro de "el Bretón" cambiara gracias a su trato con la candorosa Yeza? ¡Una apuesta atrevida! La reina Margarita, probablemente afectada al ver que aquella criatura extraña merecía más atención que su propio hijo, pidió permiso para retirarse.

Sólo entonces se dio cuenta el rey del disgusto de su esposa, cogió al niñito en brazos y ofreció a la reina su compañía.

–Haced según os demande vuestro corazón– comentó esta última y se adelantó.

LOS COMERCIANTES DEL BAZAR de San Juan de Acre, bazar que se extiende entre el Patriarcado, el palacio de Montjoie y el arsenal, tuvieron ocasión de ver un grupo extraño: tres hombres muy diferentes competían por el favor de una muchacha que caminaba, rubia y delicada, entre los tres, y como no había sitio a su lado más que para dos de ellos, a su derecha y a su izquierda, el tercero solía ir delante o, según su temperamento, también trotaba detrás.

Nadie era capaz de quitarle al poderoso oso teutónico llamado Sigbert su sitio fijo al lado de Yeza. El gordo minorita con su divertida corona de cabello rojizo ensortijado conseguía a veces desplazar al robusto Yves, quien solía caminar con la nuca inclinada, de modo que casi parecía chepudo, y con el pálido rostro de brujo rodeado de largos cabellos negros que le proporcionaban un aspecto tenebroso, un tanto rezagado detrás. En cambio el franciscano no podía contenerse y se adelantaba con frecuencia dando saltitos para llamar la atención de Yeza sobre toda clase de curiosidades y tesoros que se ofrecían en el mercado.

Yves se daba cuenta de que el guerrero alemán lo vigilaba receloso y el monje lo miraba con desconfianza nerviosa, como si un pastor despistado hubiese ordenado a su fieles canes que acogiesen en sus filas a un lobo. El lobo era él, un lobo solitario.

Pero ni siquiera el adusto "Bretón" podía dejar de prestar atención a los objetos raros, valiosos trabajos y extraños utensilios que se vendían allí, y como los tres, además de Yeza, conocían el idioma árabe, pudieron dedicarse a buscar, descubrir y regatear en franca competencia. Los hombres hacían cuanto estaba en su mano para colmar a la joven de pequeñas atenciones.

Después de cierto tiempo ya tenían siguiéndoles a un porteador cuya cesta se iba llenando a ojos vistas con pulseras de plata para los tobillos, gruesas cadenas de ámbar, frascos de esencias perfumadas, cajas taraceadas llenas de *henna* y de incienso, pantuflas bordadas con perlas, chales, cintas y cinturones, aunque Yeza se fijaba con preferencia en las armas, en los sables y las lanzas, los garrotes y los arcos, y en las bóvedas oscuras donde comerciaban sus vendedores. Fue la única que se dio cuenta de que Yves acabó por alejarse con sigilo y lo siguió, vencida por la curiosidad.

La muchacha recordaba bastante bien al hombre inquietante de ancho tórax y largos brazos desde que lo había vislumbrado en la cámara mortuoria, aunque en aquel entonces no alcanzó a verlo sosteniendo el hacha en alto. Ahora encontró a "el Bretón" ante un fuego abierto, iluminado por las llamas rojizas y observando con atención el trabajo del herrero.

Desde su lucha con Ángel de Káros estaba Yves obsesionado con la idea de combinar los dos instrumentos mortales de aquél, pues consideraba que el hombre que lleva en una mano un majador compuesto de un garrote con una bola de hierro dotada de clavos y sujeta a una cadena, además de un hacha en la otra mano, es capaz de causar una fuerte impresión, pero como él mismo había podido demostrar a golpe de espada, esas dos armas por separado no ofrecen protección suficiente a su propietario. Yves no habría renunciado jamás a tener un brazo libre para sujetar el escudo. De modo que le explicó prolijamente al herrero cómo debía sujetar la bola dotada de clavos en un extremo del hacha y ocultar la cadena en el mango hueco, de modo que la bola, insertada detrás del filo del hacha, reforzara su peso y no fuera reconocida en seguida como una pieza móvil de ella.

Yeza observó cómo el herrero introducía la pieza que acababa de trabajar en un recipiente con agua, provocando un fuerte chasquido, y se la tendía después a "el Bretón". La muchacha estaba tan fascinada por la visión de aquel arma peligrosa como por el comportamiento de Yves, que discutía el funcionamiento del mecanismo mostrándose tan dulce como una oveja.

–Buen hombre– le dijo al herrero, –habéis envuelto el mango con la cadena en vez de esconderla dentro.

El herrero dedicó a su extraño cliente una mirada que rebosaba desconfianza:

–El mango perdería resistencia si estuviese hueco, se os rompería en las manos, y además– murmuró en un tono un tanto rebelde, –así os cuesta menos dinero.

Yves comprendió que aquel hombre no acababa de entender, o porque estuviera demasiado apegado a las tradiciones de su oficio o porque le molestara el grado de astucia exigido.

–Será mejor que fabriquéis el mango con un tubo de hierro– le propuso "el Bretón", sin perder la paciencia, –y no os preocupéis de la pesadez que pueda significar para mi brazo ni de la carga que represente para mi bolsillo. Podéis aprovechar perfectamente la bola y el hacha. Están muy bien trabajados– le halagó, y estaba a punto de devolverle el arma cuando descubrió que tenía a Yeza detrás.

–¿Te gusta matar, Yves?– preguntó Yeza en voz baja cuando le vio repasar el filo con el pulgar para verificar su estado.

El hombre tuvo un sobresalto.

Después vio que la muchacha mostraba una sonrisa sabia y una mirada a la que sería difícil oponer una mentira. Se dio cuenta del encanto que emanaba de aquella extraña criatura a la que había estado a punto de matar y que, sin embargo, lo atraía más y más, provocándole unos sentimientos de protección paternal que antes jamás había experimentado.

–Siempre lo he hecho en nombre de la justicia– dijo sin perder la calma, –en interés de la corona y de la verdadera fe…

–Es lo que afirmaría cualquier verdugo– le respondió Yeza, –pero tú no lo eres: te considero más bien un cazador.

–Os agradezco la comprensión y la benevolencia, princesa, pero también soy como el lobo, y la mucha sangre que he vertido ya, aunque fuese en nombre de la ley, me ha convertido en un animal salvaje. No me ha transformado precisamente en una persona mejor. La justicia– e Yves soltó una risa amarga –es siempre resultado del juicio al que el poderoso somete al vencido. En cuanto a los pobres, siempre la experimentan como una palabra hueca o un gesto de gracia, pero nunca como un derecho, ¡y yo soy un pobre, princesa!

–No– dijo Yeza, –un hombre que se conoce a sí mismo como tú demuestras conocerte es más rico que otros que persisten en su estúpida ignorancia. No debes menospreciarte, Yves, ¡sino sacar fuerzas de tu entendimiento!

–¿Acaso queréis comprar todo este arsenal?– Sigbert entró protestando en la oscura cueva. –Un hombre como el "Bretón" es más bien un peligro para nuestra joven walkiria.

Mientras abandonaban la tienda, Yeza, disgustada por la paternal condescendencia con que era tratada, preguntó a William, que había entrado detrás:

–¿Cómo me ha llamado, por favor?

Entre tanto, Yves devolvía el hacha al herrero, sintiéndose un tanto confuso.

–Intentad cumplir con mi deseo, maestro, ¡os lo premiaré!– Después siguió a paso rápido a los demás.

–Es una especie de mujer caballero– respondió el fraile a la pregunta de la joven –que, tras la batalla, se hace cargo de los héroes caídos.

–¿Acaso tenéis noticias de Roç?– preguntó Yeza en tono apasionado. –¿Me ocultáis algo?

–Vuestros amigos– intervino Sigbert –han abandonado Starkenberg en perfecta salud, y estoy seguro de que alcanzarán su objetivo sin sufrir contratiempos.

William calló que la mayoría de los rumores hablaban en términos algo peores del destino de "el halcón rojo" y su compañera, y que mencionaban desde la prisión hasta la muerte. Yeza no dijo que el paseo para curiosear por el bazar había sido ideado por ella en un intento por conseguir alguna noticia de los desaparecidos. Hacía demasiado tiempo que los tres habían partido en dirección a Homs, y desde entonces nadie había aportado alguna novedad concreta. La información que le dio Sigbert, destinada a consolarla, la sumió en una profunda tristeza. Ya no tenía ganas de seguir moviéndose por las callejuelas y buscar más en las tiendas y aunque todos, incluido Yves –quien parecía haber cambiado y estar en trance de convertirse en otra persona–, se esforzaban por alegrarle el ánimo, la niña no pudo evitar entregarse a profundas reflexiones.

Yves contó historias de la corte y, a su manera un tanto brusca y sarcástica, les habló de la pasión que los hermanos del rey sentían por el juego de dados, una pasión que le parecía extremadamente condenable al señor Luis. En alguna ocasión no solamente barrió de la mesa los dados, sino también el dinero ya ganado que tenía amontonado delante el señor Carlos, de modo que las monedas fueron a parar a las rodillas de los compañeros de juego, que hasta entonces habían ido perdiendo, y también les habló de la costumbre del señor Alfonso de hacerle un generoso donativo a cada mendigo que pasaba, arrojándole al pobre un montón de monedas que no retiraba de su propio montón, sino del de su vecino.

William fue capaz de reírse de esa historia, pero no Yeza. Gavin el templario había venido observando desde lejos el grupo formado en torno a Yeza, y fruncía el entrecejo en señal de desacuerdo. Yves "el Bretón" podía haber cambiado en el transcurso de una sola noche, la noche de la pirámide, y haberse convertido de Saulo en Pablo, alegrando ahora al rey con su nueva actitud de devoción y humildad, pero seguía existiendo un cordón umbilical invisible que lo unía a Carlos de Anjou –detalle que el buen Luis pasaba por alto– y, mientras existiese ese nexo, el espíritu maligno del de Anjou podía volver a transformar en cualquier momento la mente simple de Yves en la de un predador y asesino.

Gavin se acercó al grupo y saludó respetuoso a Yeza, amistoso a Sigbert, burlón a William y con frialdad a Yves.

–El rey ha accedido a la solicitud del señor comendador de la Orden de caballeros teutónicos y permite que nuestro amigo Sigbert se dirija al norte en busca de vuestro querido Roç– se dirigió a Yeza, –y tal como conozco y estimo las aptitudes del señor Sigbert, estoy seguro de que lo encontrará.

De ese modo supo revestir de consuelo la noticia de que Yeza tendría que prescindir de la protección del caballero.

La joven rodeó con sus brazos el cuello del sorprendido Sigbert y le agradeció el buen propósito.

–También a mí se me ha dirigido el rey preguntándose– añadió Gavin en tono irónico –si los castillos de los templarios situados en las fronteras no estarían necesitados de mi brazo y, sobre todo, de mi experiencia.

–Y le habréis respondido con orgullo que la Orden del Temple es capaz de sustituir a cualquiera, puesto que ningún castillo se queda jamás sin alguien calificado que sepa defenderlo– completó Sigbert con precaución el relato del templario, pues no acababa de entender cuál era su intención.

–Yo le contesté– dijo Gavin –que mi misión es de otra naturaleza, y que precisamente por eso me dispongo a abandonar San Juan de Acre, aunque sin perderlo de vista del todo.

Sigbert comprendió:

–Yo haré lo mismo y, al fin y al cabo, ¡San Juan de Acre no queda a más de dos días de cabalgata rápida desde Starkenberg!

–Si acaso lo que os preocupa soy yo, querido Sigbert– dijo Yeza en ese instante, –¡lo que debéis hacer es seguir cabalgando los días que sean necesarios hasta haber encontrado a mi Roç y habérmelo devuelto sano y salvo!

Le regaló el esplendor de su mirada y después, dirigiéndose a Gavin, señaló a William y a Yves "el Bretón".

–Si vos marcháis, ya no dispondré de auténticos caballeros, pero sí de estos dos señores que, por diferente que sea su carácter, han aceptado la ingrata tarea de ocuparse de mi bienestar. Además, cuento con la benevolencia del propio rey. ¡De modo que no quedo tan mal protegida! Pero retirémonos, señores, pues la reina se estará preguntando con toda la razón qué hace una muchacha joven vagando durante horas por el bazar, en compañía de cuatro hombres hechos y derechos además de un porteador.

–Debéis disculparme– Gavin se inclinó con mucha formalidad ante Yeza. –Tengo que preparar mi viaje, pues quiero dejar atrás lo más rápidamente posible la puerta de Maupas. Os veré aún– se dirigió con un gesto discreto a Sigbert, saludó después a William y a Yves levantando las cejas, y se alejó de allí.

DIARIO DE JEAN DE JOINVILLE

San Juan de Acre, 4 de julio de 1250 d.C.

Esta mañana, mi señor Luis me llamó a su presencia.

–Nobles señores– dijo el rey, –su alteza real la reina madre me ha enviado un mensaje urgente para que regrese a Francia, por encontrarse el país ante el peor de los peligros, puesto que el rey Enrique de Inglaterra no cumple el acuerdo de paz decretado por el Papa. Por otra parte, los habitantes de Ultramar ruegan con insistencia que me quede, asegurando que si me alejo se perderá el sueño de recuperar Jerusalén, ya que la sangría que les he impuesto hace que queden pocos guerreros incluso para defender esta ciudad de San Juan de Acre. De modo que espero que vosotros, estimados señores, me dispenséis vuestro consejo después de haber reflexionado a fondo. Teniendo en cuenta la gravedad de la situación os concedo un plazo prudente, transcurrido el cual me daréis a conocer vuestra sabia opinión.

EL DIABLO

"Tifón os saluda desde las arenas de Egipto. La cadena con que os ata porta el nombre de pasión. El falso fruto trae desgracia. Cuanto más asciende uno, esperando ser perdonado por ser quien es, tanto más bajo puede caer."

Apenas nos hubo planteado el rey la difícil disyuntiva cuando el legado pontificio acudió a mi albergue para comunicarme su opinión, según la cual no existe la menor posibilidad de que el rey Luis permanezca en Tierra Santa, e invitándome a emprender el viaje de retorno a Francia en su nave.

No le dije que no dispongo de dinero para pagar las deudas que he contraído aquí, sino que, a la vez que le agradecía el gran honor que me dispensaba con su oferta, le aseguré que seguiría teniendo en cuenta la advertencia de mi viejo capellán el deán de Manrupt, a quien Dios tenga en su gloria: "Es una empresa meritoria salir en cruzada, ¡pero prestad atención a cómo regresáis! Pues cualquier caballero, tanto el pobre como el rico, perdería su honor y se cubriría de vergüenza si abandonara a los humildes servidores de Dios que lo acompañaron en la empresa, permitiendo que se pudran en las mazmorras de los infieles." El señor legado se mostró bastante ofendido por mis palabras.

Poco después el rey nos ha vuelto a llamar. Sus hermanos y los demás *pairs* de Francia encargaron al conde de Flandes que hiciese de portavoz y expusiese su decisión común.

–Majestad– dijo éste. –Hemos reflexionado a conciencia sobre vuestra situación y hemos llegado a la convicción de que no podéis quedaros aquí sin que sufran daño vuestro honor y el bienestar del reino de Francia. De todos los caballeros que salieron con vos, y que conseguisteis reunir en número de dos mil ochocientos en Chipre, ¡os quedan apenas cien aquí en San Juan de Acre! De ahí nuestro consejo: regresad a Francia, buscad hombres y dinero, y regresad cuanto antes provisto de todo ello para poderos vengar de los enemigos de Dios que os hicieron sufrir tanta humillación.

El rey Luis se mostró escasamente feliz con la propuesta y preguntó a sus hermanos Carlos y Alfonso si compartían dicha opinión. Ambos asintieron.

El legado, quien, como hombre de la Iglesia, no se pronuncia ante una cuestión tan espinosa, aunque yo sé perfectamente que cualquier esfuerzo en pro de Tierra Santa le parece inútil porque su ambición se centra en poner en pie una coalición armada en Occidente y combatir al emperador, se dirigió por un estúpido error de apreciación a Felipe de Montfort, con el deseo de añadir una voz más *pro signo recipiendi*, pero el caballero rogó lo dispensaran de dar una respuesta, "porque", dijo, "mis castillos se sitúan en la zona fronteriza, y si yo le pidiera al rey que se quedara, causaría la impresión de que lo hago por egoísmo".

No obstante, el señor Luis le exigió que expusiera sus razones, de modo que el de Montfort se levantó y dijo:

–Si vuestra majestad pudiera prolongar esta campaña un año más, obtendría mucho honor y salvaríamos Tierra Santa.

El legado se enfadó y a fin de aminorar su fracaso solicitó que cada uno diera su opinión de viva voz. Para visible satisfacción suya, todos aceptaron la propuesta del conde de Flandes. Pero después me llegó el turno a mí, a quien no podía pasar por alto, y declaré con toda rotundidad:

–¡Mi opinión coincide con la de Felipe de Montfort!

El legado se mostró tan furioso que cometió el error de enredarse en una discusión conmigo y preguntó cómo me imaginaba yo que el rey podría resistir aquí con tan poca gente.

Y como me había irritado y provocado tanto me levanté y le contesté:

– Voy a decíroslo con mucho gusto, noble señor, puesto que os empeñáis en saberlo. Hasta ahora, según dicen –y yo no deseo profundizar en si es verdad o no–, los gastos de esta cruzada han sido pagados con los impuestos que la Iglesia ha cobrado específicamente para dicho fin. ¿Qué tal si el rey aportara algo de su propio bolsillo y lo hiciese con amplitud y generosidad? En ese caso llegarían a toda prisa suficientes caballeros procedentes de todas partes y le sería fácil, siempre que sea la voluntad de Dios, si no salvar esta tierra, sí mantenerla un año más. Y así, sólo así le sería posible liberar dentro de dicho plazo a los prisioneros que salieron con él para combatir en nombre de Dios y confiaron en el rey. Si éste abandona el campo de batalla, ¡jamás volverán a ser liberados!

En realidad esperaba oír un siseo indignado por parte de los demás, dado que fui el único que se atrevió a contradecir el consenso general; en cambio, reinó un silencio perplejo sólo roto porque algunos se sonaron, pues creo que no habría allí nadie que no tuviese al menos un amigo en manos de los infieles.

Y el rey dijo:

–Ahora que he escuchado lo que teníais que decirme, señores míos, lo consultaré con la almohada y os haré saber mi decisión.

Gloria in excelsis Deo.
Et in terra pax hominibus bonae voluntatis.

El rey se retiró a sus habitaciones para cenar y, como siempre, me hizo llegar la invitación de acompañarlo en la mesa.

Me mandó sentar a su lado, pero durante la comida no me dirigió la palabra ni una sola vez, y este hecho me dio que pensar. Supuse que, con toda probabilidad, estaría disgustado conmigo por haberle reprochado sin rodeos que hasta ahora no haya gastado ni una *livre* de su propio peculio, aunque tiene medios suficientes para hacerlo, pero yo no estaba dispuesto a retirar mi reproche, que creo justo.

Crucifixus etiam pro nobis;
sub Pontio Pilato passus et sepultus est.
Et resurrexit tertia die secundum scripturas.

Luis celebró la habitual acción de gracias con sus sacerdotes; mientras, yo me había acercado a la ventana y pensé que si el rey decidía regresar a Francia yo podría quedarme con el príncipe de Antioquía, que es un lejano pariente mío y ya me ha preguntado si no deseo hacerle una visita. Esta solución me ayudaría a sanear mi situación económica y esperar a que se forme un nuevo ejército o, en cualquier caso, a que sean liberados los prisioneros.

Hosanna in excelsis.
Benedictus qui venit in nomine Domini.
Hosanna in excelsis.

Después sentí el peso de una mano sobre mi hombro. La reconocí por el anillo con el sello real.

–¿Ha hablado por tu boca el espíritu rebelde del hombre joven– preguntó el rey, –o piensas en efecto que haría mal en abandonar este país a su suerte?

–Ambas cosas, señor– le dije.

–¿Te quedarías si yo me quedara?

–¡Ciertamente!– le respondí. –Lo único que habría que ver es quién corre con los gastos, puesto que lo he perdido todo.

–Eso no debe preocuparte, senescal– dijo el rey, –yo te estoy muy agradecido por la postura que has adoptado y la propuesta que me has hecho…

Me apretó con firmeza el hombro y retiró la mano.

–No hables con nadie de esto– me advirtió –hasta que haga pública mi decisión.

Nos avisaron de la presencia del comendador de los caballeros teutónicos de Starkenberg y compareció el señor Sigbert, que pidió permiso para despedirse.

Al mismo tiempo acudió también la reina, y venía acompañada de Yeza, a la que parecía haber domado: al menos eso hacían creer el vestido cerrado hasta el cuello, el hecho de que llevara el cabello rubio trenzado y sujeto, y la invisibilidad de su amado puñal mongol.

La señora Margarita, seguida por el ama con su hijito en brazos, se quitó un anillo de la mano y dijo:

–Querido Öxfeld, a nosotros dos nos une algo más que una simple joya, pero es mi deseo que ésta os sirva para recordar unas horas que yo jamás podré agradeceros lo suficiente ni olvidar…

El comendador inclinó la rodilla ante la pareja real y dijo:

–Hago votos por que el reino de Jerusalén se mantenga durante mucho tiempo bajo vuestra augusta soberanía.

El rey lo miró sorprendido, perpleja la reina; pero ambos callaron.

El caballero resolvió el misterio acerca de dónde extraía la confianza para albergar semejante suposición:

–De no ser así, me habríais confiado a la princesa para que me la llevara a Starkenberg, puesto que conocéis, majestades, mi obligación de protegerla. En cuanto al anillo que me habéis dado– se dirigió a la señora Margarita, –espero que su ausencia os recuerde que ahora esa responsabilidad recae sobre vos.

–¿Qué significa esto?– se le escapó a la reina, y su pregunta pasó por alto al caballero arrodillado. –Querido esposo, ¿acaso no regresamos a París?

El rey mostró una sonrisa atormentada.

–No creo que el comendador tenga la intención de adelantarse a nuestras decisiones. Lo único que desea es asegurarse de nuestras atenciones y cuidados a la princesa, y eso sí se lo puedo prometer en este momento de despedida.

Tendió la mano a Sigbert para que la besara e indicó a Yeza que se adelantara. Sigbert se incorporó.

–Ya hemos hablado de todo– dijo la joven con voz firme, –y estamos seguros de nuestra recíproca confianza. ¡Tened buen viaje, querido Sigbert!

Yeza insinuó una leve genuflexión, le guiñó un ojo y se retiró muy comedida para incorporarse al séquito de la reina. El comendador saludó con una inclinación de cabeza y se alejó.

San Juan de Acre, 5 de julio de 1250 d.C.

Credo in unum Deum,
Patrem omnipotentem,
factorem coeli et terrae,
visibilium omnium et invisibilium.

A la mañana siguiente el rey nos convocó a todos después de la misa matutina. Una vez reunidos y después de hacerse el silencio, nuestro devoto soberano trazó la señal de la cruz encima de sus labios, probablemente para invocar al Espíritu Santo antes de dirigirnos la palabra.

–Señores míos, agradezco la buena intención a cuantos me han aconsejado regresar a Francia, y también a aquéllos que me recomendaron permanecer aquí. He llegado a la convicción de que las tierras de mi corona no corren tanto peligro, ¡puesto que, además, mi señora madre dispone de ejércitos capaces de defender adecuadamente a Francia! Por otra parte, si yo marchara y no quedara nadie aquí, el reino de Jerusalén estaría perdido. Por tanto, he decidido no abandonar de ningún modo esta Tierra Santa a su suerte, puesto que vine para reconquistarla. Ahora espero de vosotros, nobles señores, que me habléis abiertamente. Ofreceré a todo el que se quede unas condiciones tan generosas como para que nadie pueda achacarme a mí, sino exclusivamente a sí mismo, la causa de no haber permanecido a mi lado.

En el ambiente flotaba una profunda perplejidad.

Agnus Dei, qui tollis peccata mundi,
miserere nobis.
Agnus Dei, qui tollis peccata mundi,
dona nobis pacem.

Para acallar cualquier oposición, Luis ordenó a sus dos hermanos que volvieran a Francia junto a la reina madre. Y como no protestaron ni hubo nadie más que declarara espontáneamente querer quedarse a su lado, el rey se puso de repente muy triste y nos despidió con una brusquedad inusitada en él.

EL CONDE DE ANJOU estaba empaquetando sus pertenencias cuando acudió a verlo Yves "el Bretón".

–¿Me habéis hecho llamar, señor Carlos?

El conde expulsó primero a los sirvientes de la estancia.

–Antes– dijo en voz baja y una vez se hubo cerrado la puerta detrás del último, –¡nunca tuve que insistir demasiado para que acudieras, "Bretón"! ¿Por qué te haces ahora el remolón? ¿Acaso pretendes que la viga que hasta ahora te ha servido de apoyo sostenga un día la cuerda de la que será ahorcado quien no supo mantenerse fiel?

–Yo no soy un traidor– dijo Yves, –y éste es exactamente el cruce donde se separan nuestros caminos. Antes serví, a través de vos, a la casa de los Capetos y con ello al rey quien, como sabéis muy bien, es mi único señor. Estáis a punto de emprender ahora un rumbo que puede convenir a vuestros intereses, pero que muy pronto se atravesará en el camino de mi señor Luis. Ni quiero ni puedo…

–Me siento conmovido– dijo el de Anjou, que hasta entonces lo había escuchado sin inmutarse. –Me siento tan aplastado como un guijarro que ha ido a parar entre dos piedras de molino: mi "Bretón" tiene escrúpulos de conciencia.

Yves lo miró tan directamente a los ojos como le permitía su cuerpo ligeramente encorvado. No quería irritar sin necesidad al altivo conde de Anjou, pero deseaba que quedara todo muy claro.

–Gracias a Dios nunca he perdido mi sentido y mi entendimiento de lo que es justo y lo que es injusto. Si vos, noble señor, os empeñáis en suponer que tengo la conciencia ancha, será porque os ha inducido a pensarlo mi sometimiento incondicional a la corona, y yo me siento orgulloso de ello. Pero vos buscáis ahora una corona propia, y yo no puedo seguiros en esa empresa…

–Acabarás por sentirlo– dijo el de Anjou, sin que su voz revelara un atisbo de amenaza y casi como si le diera más lástima "el Bretón" que su propia suerte, que le hacía perder a un fiel servidor. –A pesar de ello, te hago una promesa que te hará ver cuál es el premio al que renuncias tan a la ligera y "por motivos de conciencia". ¿Quieres saberlo?

–No– dijo Yves, –no quiero saberlo, aunque mi opinión jamás os ha preocupado.

–El condado de Sarrebruck ha recaído nuevamente en mis manos– el de Anjou observaba a Yves por el rabillo del ojo; –y pensaba concedértelo como feudo…

"El Bretón" tenía la mirada clavada en el suelo.

–¿Y qué me exigiríais a cambio?

–Nada deshonroso– contestó el de Anjou, pretendiendo quitarles importancia a sus propias palabras, –y nada nuevo tampoco: sólo las cabezas…

–¡No!– dijo Yves. –Yo no pongo mi mano sobre los niños, ya no, no lo haré jamás. No solamente porque mi señor el rey les dispensa su protección, sino porque no quiero hacerme cargo ya de ese tipo de faenas propias de un verdugo, es decir: ¡no quiero hacerlo, por mi propia causa!

–¿No querrás salvar el alma?– bromeó el de Anjou.

–No– le lanzó Yves su risa al rostro, –el alma la perdí a lo más tardar cuando me tropecé con vos.

La frase le gustó al de Anjou.

–Podrás recuperarla añadiéndole el título de caballero y una rica propiedad en el Sarre, a cambio de una única cabeza rubia, que no es más grande ni pesa más que una col… ¡no seas estúpido!

–Yo sería estúpido– dijo el "Bretón" –si siguiera relacionándome durante más tiempo con vos. ¡No es ése el buen camino para llegar a caballero! Os dejo ahora, y os prometo que rezaré por vos en cada ocasión en que os oiga nombrar.

–Ve con Dios, Yves– rió el señor Carlos. –¡Tendrás noticias mías! Hasta entonces reflexiona, y comprenderás que ni Dios ni nigún soberano de este mundo está a la espera de tus devotas oraciones. ¡Lo que se espera de ti es el lenguaje de la espada!– Y despidió a Yves con un gesto de irritación. –¡Tozudez bretona!

DIARIO DE JEAN DE JOINVILLE

San Juan de Acre, 16 de julio de 1250 d.C.

El señor Luis no demostró su malestar más que a un pequeño círculo de sus fieles: los que lo seguirían siempre, fuese adonde fuese, con la mayor naturalidad.

–Señores– dijo el rey, –ahora hace ya dos semanas que he anunciado mi decisión de quedarme aquí, y no veo que hayáis puesto a mi servicio ni a un solo caballero.

–Majestad– le respondió el condestable, –todos quieren irse a casa, de modo que han fijado un precio tan alto y tan desvergonzado para quedarse aquí, que ni vuestro mariscal ni vuestro tesorero han creído conveniente retenerlos.

–¿No hay nadie que se ofrezca más barato?– preguntó el rey, apenado.

–Sí– dijo el condestable, señalándome a mí: –el señor senescal de Joinville, pero incluso él exige tanto que no nos atrevemos a contratarlo.

Entonces el señor Luis se dirigió a mí y dijo:

–Siempre te he favorecido con mi especial benevolencia, y siempre he tenido la sensación de que también tú me aprecias. ¿Dónde reside, pues, la dificultad?

Yo le respondí:

–Sabéis, majestad, que lo he perdido todo, de modo que necesito inmediatamente dos mil libras en mano: cada uno de los tres banderines de caballeros que deseo retener a mi servicio me costará cuatrocientas hasta Pascua del año que viene…

El rey se ayudó de sus dedos para echar las cuentas.

–¿De modo que tus hombres te costarán mil doscientas…?

–Así es– le contesté yo, –pero pensad también que necesito las otras ochocientas para adquirir caballos, para mi armadura y para los escuderos, además de tener que dar de comer a todos los hombres, pues supongo que no los vais a invitar a todos cada día a vuestra mesa.

El rey se dirigió a sus consejeros:

–*Divine nutu gratiae solus comes campaniae!*– No veo que sea una petición exagerada– y a mí me dijo con entonación muy afable: –Te tomo a mi servicio, querido Joinville.

Poco después embarcaron los hermanos del rey y demás señores. Justo antes de hacerse a la mar, el señor Alfonso de Poitiers se dirigió uno a uno a cuantos marchaban con él y les pidió prestado lo que quisieran entregarle en joyas y otros objetos preciosos, todo lo cual lo repartió después generosamente entre quienes quedábamos en San Juan de Acre junto al rey.

Ambos hermanos me insistieron con muchísimo desasosiego en que cuidara bien de su querido Luis, pues yo era para ellos el único en quien podían confiar en este aspecto.

Cuando ya había ordenado izar las velas, le sobrevino de repente al duro e impasible conde de Anjou una crisis de llanto tan fuerte que cuantos quedábamos en el muelle nos sentimos desagradablemente impresionados.

Saludamos con nuestros pañuelos hasta que la poderosa flota desapareció de nuestra vista. Después nos sentimos aliviados.

Ahora sabemos en quién podemos confiar: en nosotros mismos.

YVES "EL BRETÓN" estuvo vigilando durante días enteros la puerta de Maupas para que no le pasara inadvertida la marcha de los templarios, encabezados por su preceptor Gavin Montbard de Béthune.

Después de la última conversación sostenida con Carlos de Anjou, veía claramente ante su conciencia el camino a recorrer, pues comprendía que mientras estuviese al servicio de su señor, el rey Luis, y se encontrara, por tanto, incorporado al círculo brumoso de la familia de los Capetos, el conde Carlos, ese buitre, conseguiría siempre atraparlo de nuevo entre sus garras, convencerlo, alquilarlo o presionarlo para que cometiera actos o crímenes que nada tenían que ver con su actual estado de ánimo, y sospechaba que en algún instante podría ceder a la perfidia de las tentaciones y a la promesa de un mayor bienestar terrenal.

Lo que necesitaba él, Yves "el Bretón", era la disciplina férrea de una orden monástica en la que pudiera servir a la causa de Dios y a la justicia divina, y si dentro de esa disciplina y de la obediencia debida tuviese que echar mano de la espada, sería por la causa de la fe y no en favor o en contra de cualquier concesión feudal.

Desde luego, tenía su importancia que los hijos del Grial fuesen o no un peligro para los Capetos, como temía el de Anjou, aunque éste probablemente estuviese más bien preocupado por sus propios proyectos de alcanzar la corona; y también tenía su importancia esa otra situación en que la princesa Yeza, como pudiera sospecharse ahora, parecía haberse convertido de repente en la favorita del señor Luis, pero él no deseaba preocuparse ya de tales cuestiones.

Tampoco quería que el rey lo empleara como guardaespaldas de la infanta, pues consideraba que también "la hija del Grial" estaba sometida a los poderes terrenales e incluso era una pelota en el juego de las ambiciones dinásticas; y si hoy aceptaba el papel de protector, mañana podría volver a ser ejecutor de todo tipo de intereses personales.

Las campanas tocaron la hora del Angelus desde la torre de San Andrés, situada junto al Temple, cerca del mar, y desde la de San Sabas en el barrio de los pisanos. Los templarios llegaron dando la vuelta en torno a su propio baluarte, allí donde la doble muralla de la ciudad desemboca en el mar en su parte más septentrional. Tenían que haber cruzado toda la ciudad vieja y el faubourg Montmusart para acercarse desde allí a la puerta de Maupas.

Galopaban en formación cerrada sobre el empedrado de la ronda exterior, encabezados por Gavin Montbard de Béthune. Sus mantos blancos con la cruz roja de extremos acabados en zarpas resplandecían a la luz del sol poniente. Los que se retiraban de la ciudad formaban un grupo considerable, pues Renaud de Vichiers, su nuevo gran maestre, deseaba demostrarle al rey que allí, en el corazón de Tierra Santa, era el gran maestre quien disponía qué fuerzas de la Orden debían estar en cada lugar, y siempre a disposición de la Orden y no a la del rey.

La cruzada había terminado, San Juan de Acre retornaba a la vida cotidiana habitual de Ultramar, y ahora se trataba de reforzar otra vez las fortalezas más avanzadas para no salir perdiendo en la disputa diaria por el cobro de tributos, el comercio y la ocupación de tierras. En cuanto a su presencia en la capital del reino, bastaría la estancia simbólica del gran maestre.

En cuanto a Gavin, preceptor de Rennes-les-Châteaux y embajador de otra Orden que estaba detrás de ésta, un hombre cuya presencia siempre llamaba demasiado la atención por estar enterado de los asuntos más secretos, como el de "el gran proyecto", y por su intervención en ciertas maquinaciones de las que muchas veces incluso el gran maestre apenas se enteraba, ya no era conveniente que permaneciera en la ciudad.

En cuanto Gavin vio a "el Bretón" mandó detenerse a la tropa y esperó a que Yves se le acercara como quien presenta una petición.

–Deseo hablaros cara a cara, preceptor– dijo Yves con humildad. –Os he estado esperando mucho tiempo.

–No entiendo muy bien– respondió Gavin y apartó un poco su caballo, aunque sin desmontar –a qué puedo deber este honor.

Yves se tragó lo humillante de la situación y comprendió que la palabra "dudoso" flotaba en el espacio, aunque no fuera pronunciada. Pero comprendía también que esto formaba parte de la prueba que él estaba dispuesto a superar.

–Me presento ante vos como postulante, señor Gavin– le confesó Yves en voz baja, –con el ruego de que me aceptéis en vuestra Orden.

En el rostro del templario se elevaron las cejas más bien en señal de perplejidad que de ironía.

–Os ruego, señor Yves, que meditéis bien vuestra propuesta... por mucho respeto que sienta ante vos como fiel y extraordinario servidor del rey, ¡no creo que lo digáis en serio!

–¡Probadme!– dijo Yves. *–Probat spiritus, si ex Deo sit–* añadió con cierta precipitación, como queriendo demostrar que venía preparado.

–Al parecer queréis oír de mi boca, con el deseo de odiarme todavía más, Yves "el Bretón", lo que sabe cualquier miembro de la Iglesia, y es que alguien como vos no podrá ser aceptado jamás en nuestra Orden: en primer lugar, habéis sido ordenado sacerdote...

–¡Jamás fui excomulgado!– protestó Yves.

–¡Habría sido mejor para vos!– rió Gavin con sequedad. –Sin embargo, tampoco os serviría ahora, señor Yves, pues, en segundo lugar: ¿cómo ibais a responder a la pregunta que indefectiblemente sería formulada: "¿Sois hijo de un caballero y de su esposa, pertenecen vuestros antepasados a una familia de caballeros?"

"El Bretón" enmudeció, consternado. ¿Cómo había podido creer que la Orden más exigente de todas haría una excepción con él? Era cierto que el rey podría haber remediado la situación armándolo caballero, pero su pasado como clérigo era algo más difícil de borrar, pues para ello necesitaría una dispensa.

–Ya veo– añadió Gavin, tirando de las riendas de su caballo –que no tenéis más preguntas. Os habríais podido ahorrar las que me habéis formulado, ¿o tal vez deseabais mortificaros?

–Quiero huir de los pecados de este mundo– dijo Yves, –y para conseguirlo sería capaz de soportar las mayores durezas.

–Os bastaría con ingresar en un monasterio de regla severa...

–Yo soy un hombre de espada, como sabéis muy bien, señor Gavin– se rebeló Yves, –sé luchar, y podría ser protector de los infantes...

El templario se inclinó por última vez hacia atrás y ligeramente en dirección a Yves.

–Ése no es asunto vuestro, Yves– dijo con mucha calma. –Sois un enemigo peligroso para los infantes reales, y de ninguna manera su protector. El hecho de que intentéis escapar a vuestro destino– prosiguió en voz baja –me demuestra una vez más que habéis sido elegido para cumplir una misión. Dios proteja a los niños de vos, Yves…– y enderezó de nuevo la marcha de su montura. –¡Quedad en paz!

El preceptor recuperó su puesto a la cabeza de la comitiva, y así salieron cabalgando por la puerta de la ciudad, con los mantos ondeando bajo el sol poniente en medio de un cielo ensangrentado.

Yves se quedó mirando en la misma dirección hasta que ya no se oyó el ruido de los cascos.

Qasr al Amir, el palacio del emirato de Homs, ascendía desde la medina, situada más abajo, en una sucesión de patios interiores hasta el punto más alto de la muralla de la ciudad, donde en un ángulo agudo se elevaba a mayor altura el corazón de la ciudadela. El camino de acceso discurría en forma de serpentinas cubiertas, de modo que se podía entrar a caballo en las habitaciones particulares, aunque no en el harén, que a su vez sobrevolaba el patio interior más alto y sólo era accesible desde las habitaciones del soberano.

Desde allí An-Nasir podía vigilar la ciudad hacia el sur hasta la llanura de la Beka'a, en cuyo extremo se situan los templos de Baalbek, y hacia el norte hasta la cordillera de Nosairi, por cuyo dominio peleaban entonces las Órdenes militares y los "asesinos" de "el anciano de la montaña". Desde la fachada dirigida al interior se veían los jardines del harén.

Eso hacía el poderoso hombre, que contemplaba los jardines completamente vacíos y estaba, como muchas otras personas, a la espera del primer grito. No oyó nada, pero después observó un movimiento en la entrada que daba a las estancias de las mujeres y vio que el "padre del gigante" atravesaba corriendo el jardín.

An-Nasir se retiró de la ventana y regresó hacia las arcadas que se abrían en dirección a la ciudad. Cuando Abu al-Amlak acabó de subir las escaleras encontró a su señor dirigiendo una mirada pensativa hacia el sur, donde An-Nasir sabía que se encontraba, detrás de las montañas del Antilíbano, la anhelada ciudad de Damasco.

–¡Una niña!– jadeó el enano arrojándose al suelo detrás de las piernas del soberano, quien no se volvió para hablarle, y se limitó a suspirar profundamente. No porque le faltaran hijos, pero siempre se había imaginado que Clarion le daría un varón.

–Lo normal es acortarle la talla al mensajero que trae malas noticias– dijo con cierto regocijo, –pero ¿qué quedaría entonces de ti, Abu Al-Amlak?

El enano se enderezó y saltó sobre el antepecho.

–Esa mujer que sigue empeñada en ser vuestra favorita– le informó en son de cotilleo –se encuentra bien, y he de confesar que la criatura es bellísima, ¡se parece al padre!

An-Nasir le palmoteó el hombro, consiguiendo que el pequeño enano casi cayera por la ventana.

–¡Espero que se parezca a esa apasionada hija del emperador, aunque sin heredar sus caprichos! ¿Ya le han puesto nombre?

–Esa mujer…

De nuevo le alcanzó un coscorrón.

–¡Estás hablando de la madre de una hija de An-Nasir!

–Pues bien, la princesa se empeña en llamarla "Salomé", lo cual me parece del todo…

Esta vez supo escapar a tiempo de la mano amenazante.

–… magnífico, venerable An-Nasir, puesto que el nombre señala, más allá de Baalbek, en dirección a Damasco, y porque la niña promete ser una de vuestras hijas más sorprendentes. Y el nombre alegrará también al emperador, ya que ¿acaso la señora a quien debemos la existencia de esa favorita, tan maravillosamente convertida en madre, no se llamaba también Salomé?

–¡Precisamente Salomé! ¡Estas mujeres no dan más que disgustos!– resopló An-Nasir. –Llama a Shirat, pero sin el *yen an nar as-sahir*. Tengo que pedirle consejo. Debo reflexionar muy bien acerca de cuáles han de ser los próximos pasos…

–Su hermano, el emir Baibars, padre del pequeño demonio, está muy descontento, si me permitís expresar una opinión, con la manera en que se han desarrollado las cosas en El Cairo.

Abu Al-Amlak había atravesado la estancia y se encontraba ya junto a la escalera que conducía a los jardines del harén.

–El general Aibek se ha casado con Sayarat-al-Durr y se ha proclamado sultán, aceptando que el pequeño Musa sea corregente, aunque todavía se sienta sobre sus rodillas. Supongo que el gran "arquero" no se había imaginado así la toma del poder por parte de los mamelucos.

–¡Yo tampoco!– gruñó An-Nasir, y se volvió hacia atrás con gesto ceñudo.

–¿Y cómo entonces?– preguntó "el padre del gigante" con expresión insolente y sacando pecho. No se había dado cuenta de que la mano de An-Nasir sostenía un *kurbady* enrollado.

–Te he dicho que deseo oír el consejo de Shirat; ¡en cambio, no me interesa oír el croar de una rana nacida en el barro del Nilo!

El látigo restalló como un relámpago, o como avanza una serpiente, cruzando toda la estancia para golpear con un desagradable chasquido la abombada espalda. Abu Al-Amlak prefirió saltar por su propia voluntad desde la ventana al jardín. Cayó en un bancal de rosales y se quedó enredado en las espinas; se libró de ellas y siguió rodando por el césped.

–¡Mirad, buenas gentes, este ejemplar único y valioso de una noble paloma mensajera, digna de transmitir las noticias del califa de Bagdad!

Hamo había montado en la *casbah* de Homs, donde los empujones de los comerciantes y los curiosos eran más apretados, una mesita plegable más bien parecida a un soporte alto y la había cubierto con un paño negro que llegaba hasta el suelo.

–¡Acercaos, buenas gentes, y admirad el cuello flexible, las plumas sedosas, la blancura excelsa de esta paloma de raza, acostumbrada a volar desde el Éufrates hasta el Nilo! Sin cansarse transportará una misiva de amor o un aviso comercial y, sin embargo– y pasó a acariciar la cabecita del pájaro que pisoteaba majestuoso aquella mínima parcela, a la vez que arrullaba sin cesar mientras alzaba las patitas, –aunque cualquier entendido en la materia sabe que vale perfectamente setenta, ochenta, pero ¡qué digo! hasta cien *darham*, estoy dispuesto a darla por sólo diez, querida gente, ¡por sólo diez *darham* estoy dispuesto a venderla, con todo el dolor de mi corazón!

Hamo besó la nuca de la paloma y constató con mirada rápida que se acercaban cada vez más personas interesadas.

–Sólo uno podrá ser el orgulloso propietario, por lo que será mejor organizar una rifa. El precio sigue establecido en sólo diez *darham*, doy mi palabra de hombre... pues bien, ¡aprovechad la ocasión!

Y todos pujaban por dejar sus monedas en la mesita, a los pies de la paloma. A cambio de ellas, Hamo entregaba tres granos de cereal en la mano de cada interesado, y cuando todos hubieron acabado de depositar las monedas, les hizo formar un círculo y extender la mano abierta con los granos.

–Mi palomita decidirá ella misma– declaró Hamo: –¡aquél de cuya mano tome el último grano será su propietario!

Hizo sentar a la paloma sobre uno de sus dedos, le mostró el círculo de manos extendidas y la arrojó al aire. El pájaro aleteó un poco y se posó después en la primera mano. Pero sólo tomó un grano y no se desplazó después a la mano del vecino, sino que volvió a revolotear en el aire para tomar, mientras seguía aleteando, otro grano de la mano del más alejado. Uno de los hombres intentó proteger los granos cerrando la mano, pero entonces el pájaro se le sentó encima y le picoteó los nudillos, y cuando él abrió la palma se comió los tres granos uno detrás del otro para castigarlo.

La gente reía y el hombre se alejó. Mientras la paloma iba realizando su trabajo selectivo y el ambiente se relajaba, Hamo empezó a charlar sobre las palomas en general y las de An-Nasir en particular, enterándose así de que Clarion, la favorita, había acabado por incubar el huevo que el soberano había puesto en su nido, y que la otra paloma, la mameluca, seguía manteniéndolo a raya jugando al ajedrez, y todos afirmaban que ésta era la más lista, capaz de meársele encima de la cabeza a "el padre del gigante", algo que, por otra parte, no era nada difícil. Las risas iban en aumento y el círculo de concurrentes se iba aclarando.

–¡Qué decís!– insistió Hamo. –¿Que la hija del emperador ha conseguido darle a éste un nieto Ayubí?

–Un nieto no, ¡es sólo una niña! Se llama Salomé. ¡Dicen que tiene dos ojos como dos luceros y ya posee una densa cabellera negra!

"¿Qué dirá la condesa cuando se entere?", pensó Hamo con malicia, aunque lo emocionó aún más tener al fin noticias de Shirat, su princesa. Y oyó a la gente que chismorreaba y de paso lo informaba con mucho gusto de que esa misma princesa acudía con frecuencia al mercado en compañía del *yen an nar as-sahir*, "el pequeño demonio incendiario", un niño que se llamaba Mahmoud y no era menos inteligente que ella, aunque no jugaba al ajedrez sino que le gustaba manipular toda clase de polvos y pólvoras y asustar a la gente provocando rayos y truenos; algo que divertía mucho a An-Nasir.

Hamo no pudo enterarse de nada más, pues ahora ya sólo quedaban tres hombres que mantenían perseverantes la mano extendida, con la esperanza de que la paloma pasara de largo. Uno más quedó eliminado, y después el penúltimo, que intentó furioso darle un golpe. El ganador observó radiante cómo la paloma se le cagaba en la mano mientras consumía el último grano. Los demás se alejaron.

–Ahora os enseñaré– dijo Hamo con aire de gran satisfacción mientras recogía el dinero de la mesilla –cómo debéis tratarla para que os sirva de hábil mensajera. Cogéis este anillo, lo sujetáis a una de sus patas y le susurráis al oído adónde deseáis que se dirija…

Hamo procedió con rapidez a ponerle el anillo al ave, tal como lo había descrito.

–Acercaos y probadlo, pero hablad en voz baja ¡para que nadie oiga el nombre de vuestra amada!

El hombre hizo como le habían dicho. Hamo tomó la paloma y la arrojó al aire. Ésta trazó un círculo en torno a sus propietarios, el antiguo y el nuevo, y se alejó volando.

–¡Por Alá!– se le escapó a Hamo, –¿qué le habéis dicho al animal?

–¡Suleika!– respondió el hombre con toda inocencia.

–Pero si sólo se trataba de una prueba… ahora se ha ido… ¡y sin carta! ¿Sabéis cuántas "Suleikas" hay en este mundo?– riñó al hombre, que lo miraba confuso.

–¿Acaso no volverá?

–Claro que volverá– dijo Hamo, –pero después de haber picoteado en la ventana de todas las Suleikas…

–Ay, desgraciado de mí– se lamentó el hombre.

–Os diré una cosa– lo interrumpió Hamo, –¿cuánto habéis pagado?: diez *darham.* Os los devuelvo.

Puso en la mano del sorprendido comprador las monedas correspondientes y cuando éste quiso agradecérselo con palabras y gestos grandilocuentes estalló de repente un relámpago cegador, seguido de un estampido opaco. La presión del aire casi los arrojó a tierra. En el otro extremo de la *casbah* se iluminó lo que parecían fuegos artificiales, y una densa nube gris dentro de la cual relumbraban miles de pequeñas estrellas rojas y azules ascendió al cielo. "¡El demonio incendiario!" gritaron las gentes en una mezcla de susto y admiración desde la callejuela donde se sentaban los comerciantes que vendían carbón vegetal, potasa, pizarra molida, yeso y grafito, y que ofrecían a sacos llenos aunque también en cucuruchos doblados partiendo de viejos pergaminos, además de vender azufre y salitre, sodio pulverizado y fosfatos naturales.

Hamo recogió la mesilla, dobló el paño negro y se alejó a toda prisa. De lejos vio que Mahmoud, con el rostro negro de hollín, rascaba los restos candentes que quedaban en un recipiente mientras el humo cubría todavía las vigas de un tejado.

Los comerciantes rodeaban al muchacho, dándole consejos de entendido.

–Deberías haber puesto más cantidad de *meleh barud*– dijo uno de ellos.

–No, la proporción era correcta, ¡tal vez fuese un fallo de la mezcla!

–¡Todo depende de la abertura del recipiente!– les explicó Mahmoud. –¡Debería haber sido más pequeña!

–¡En ese caso, reventaría!– intervino otro.

–La pared debe ser más gruesa y de metal colado, ¡como si fuese un mortero, pero con el cuello estrecho!

Hamo desplegó a toda prisa la mesilla y sacó del paño negro tres pequeños vasos.

–¡El juego de los sombreritos, señores míos!– exclamó. –Los tres vasos son iguales, ninguno tiene doble fondo.

Levantó uno después de otro y los mostró a quienes lo rodeaban.

Mahmoud había reconocido en seguida al hijo de la condesa y aceptó la invitación.

–La hermana de mi padre– dijo a alguien a quien Hamo no podía ver –puede que sea una maestra jugando ante el tablero que exige reflexiones largas, ¡pero yo le gano en cuanto a rapidez de la vista!

Hamo sacó una moneda que brillaba como el oro e hizo ver que la metía debajo de uno de los vasos, aunque en realidad la cambió, con unos cuantos movimientos hábiles de sus manos, por el anillo que la paloma solía llevar en el pie, un anillo que contenía un diminuto mensaje. Mahmoud comprendió. Arrojó sobre la mesa una moneda mucho mayor y Hamo empezó a mover los sombreritos, esforzándose por que Mahmoud pudiera seguir el rumbo de sus intenciones.

Pero en aquel momento una mano enana alcanzó desde abajo el borde de la mesilla y Abu Al-Amlak agarró el vaso, sus ojos emitían chispas malignas y consiguió hacerse con el anillo.

–¡Guardias!– empezó a gritar, pero Hamo le arrojó encima el paño negro y después la mesa. Antes de que los soldados pudiesen liberar a "el padre del gigante", que no cesaba de chillar, Hamo se había escabullido a paso rápido entre la multitud.

Mahmoud recogió del suelo la moneda de oro y arrojó detrás del fugitivo los tres vasos, de modo que la gente empezó a pelearse por ellos y nadie consiguió ya atravesar el barullo que se formó.

El poderoso An-Nasir y la pequeña Shirat, tan delgada que casi parecía un muchacho, estaban sentados frente a frente delante del *taquqat ash-shatrandy*, de poca altura. Pero no jugaban. La joven mameluca empleaba el tablero de ajedrez para representar en forma plástica su visión de las circunstancias, moviendo las figuras sobre el campo.

–Lo primero, venerable soberano, y lo más urgente para vos, no puede ser otra cosa que apoderarse de Damasco.

Retiró al rey blanco del borde del tablero y puso a su lado la torre, los alfiles y los peones.

–Tenéis que emprender este paso ahora mismo, pues de no hacerlo se os anticiparía mi hermano.– Y empujó con la mano el resto de las figuras blancas, haciéndolas adelantarse desde el otro extremo.

–¿Por qué no cogéis las figuras negras?– dijo An-Nasir.

–Porque todos profesamos la fe del Profeta, y es triste vernos de diferente color.

–¿De modo que reserváis el negro para los perros cristianos?

Shirat asintió.

–Su rey– y lo tomó en la mano– se encuentra ahora aquí, en San Juan de Acre. Está muy cerca de vos, tal vez demasiado cerca…

An-Nasir miró sorprendido la mano de la muchacha que reunía con celeridad un ejército cristiano.

–Es posible que Damasco os reciba con alegría, puesto que sois un descendiente legítimo de Saladino, el gran sultán Ayubí.

–Puedo asociarme con los francos y emprender una guerra contra Egipto– declaró An-Nasir sin rodeos.

–¡Siempre que los demás estén de acuerdo!– lo corrigió Shirat. –Por lo menos dos. Uno que acepte vuestra alianza y otro que la permita. ¡No subestiméis a mi hermano!

–Mi queridísima compañera de juegos– dijo An-Nasir; –en primer lugar, el sultán de El Cairo se llama ahora Aibek...

–Y, en segundo lugar– lo interrumpió ella, –el rey Luis tiene que mostrarse cauteloso si quiere volver a ver vivos a los prisioneros que dejó en manos de los egipcios.

–Pero nuestros amigos, los templarios...

–Esa amistad no tiene tanta importancia, ni tampoco las relaciones tradicionalmente buenas con Damasco –caso de convertirse en vuestra nueva capital– ni la devolución de Jerusalén o cualquier otro premio que desearais ofrecer. En este caso, lo que pesa más es el alto grado que alcanza la moral cristiana del rey de Francia.

–¡Le haré una oferta que un hombre devoto como él no puede rechazar!– protestó An-Nasir, y reunió las figuras negras para rodear con ellas al rey blanco de Damasco, que le representaba a él mismo, mientras empujaba con ayuda del antebrazo al ejército entero contra el grupito de guerreros blancos de Shirat.

Ella le quitó una mano llena de peones negros y los depositó a un lado, ya fuera del tablero.

–¡Os lo he advertido, An-Nasir! Mirad vuestro ejército, que ahora aparece manchado como una gata callejera y tiene los mismos caprichos que puede tener ese animal. ¡Jamás conquistaréis así a Egipto! ¡Jamás!

–¡Vos no lo deseáis!– se alborotó An-Nasir.

–¡No podréis hacerlo!– le opuso Shirat. –No tiene importancia el hecho de que yo lo considere innecesario. Podéis contentaros con Siria y consideraros sabio y feliz de no tener que ocupar esa tabla llena de clavos que algunos denominan el trono de El Cairo. Estaríais allí como atado a una catapulta, ¡tendríais junto a los pies unas ollas llenas de fuego griego y encima de vuestra cabeza colgarían puñales afilados!

–Me gusta la imagen. Acabaré con ese montón de mamelucos revoltosos metiéndome con ellos cual afilada espada de Damasco.

–Puedo esperar sentada a que estéis tan delgado como una espada– se burló Shirat, y se le rió en la cara, una cara que se encendió de rabia.

El hombre barrió con mano furiosa las figuras del tablero mientras con la otra mano intentaba agarrarla por el cuello, pero Shirat se limitó a retirarse con delicadeza hacia atrás y su mano no pudo alcanzarla, porque se lo impedía la barriga.

An-Nasir estuvo algún tiempo moviendo la mano delante de la cara de la mujer, hasta que Shirat, en el momento en que cedía la tensión, la cogió y besó con gran cariño los dedos.

El hombre se tranquilizó y ella descansó la cabeza en la manaza.

–Os ruego, soberano mío, que os retiréis ahora a admirar a vuestra hija– dijo con dulzura halagadora, –y os ruego también que dirijáis una palabra de reconocimiento a Clarion, que sufre…

–No ha hecho otra cosa que cumplir con su obligación– refunfuñó An-Nasir, –y aun eso a medias: ¡yo deseaba tener un hijo!

–¡Podéis estar orgulloso de vuestra hija!– le advirtió Shirat en el justo instante en que un duro golpe hizo temblar los muros. Lo siguió un enorme estruendo y después el crujido de unas piedras que revientan.

Se quedaron ambos un instante rígidos, Shirat incluso sufrió un sobresalto, pero después An-Nasir soltó una risa atronadora.

–¡El que merece mi atención es vuestro sobrino!– Estaba tan contento que se daba palmadas en los muslos. –¡O convertirá a Homs en ruinas o me proporcionará un arma que no será capaz de resistir ni una torre egipcia!

De repente se abrió la puerta y entró rodando "el padre del gigante"; traía las ropas desgarradas, el rostro lleno de polvo gris y quemados los pocos pelos de su barba.

–Ha abierto un agujero en la bóveda de las cocinas empleando una bola de hierro que no es mayor que mi puño; ¡en cambio, por el agujero podría pasar un hombre gordo…!

Abu Al-Amlak no debería haber pronunciado esa palabra, pues no pudo refugiarse con la misma rapidez con la que el poderoso An-Nasir desenrolló el *kurbady* y le propinó un latigazo. El extremo delgado del látigo rodeó sus débiles piernecitas y lo hizo bailar como una peonza.

–¡…Como un búfalo!– se apresuró a proseguir con su lamento. –¡…Como un elefante!

Pero no hacía más que empeorar las cosas, y el látigo siguió silbando hasta que el enano consiguió refugiarse de un salto debajo de la mesa de ajedrez. Cuando desde allí observó que también Shirat estaba riéndose, extendió la mano y sostuvo en alto un anillo como el que suele sujetarse a la pata de las palomas mensajeras.

–¡Ríe, traidora!– chilló, y sacó con dedos temblorosos el mensaje que contenía el anillo y lo desenrolló.

–¡He venido para liberaros de las garras de An-Nasir!– leyó en voz alta.

Entonces Shirat se rió mucho más todavía, y An-Nasir metió la mano para sacar a "el padre del gigante" de debajo de la mesa y lo mantuvo pataleando en el aire mientras lo sostenía con el brazo extendido.

–¿A quién quieres liberar, Abu Al-Amlak?

–¡Si no soy yo!– seguía chillando el enano. –¡Es un falso vendedor de palomas mensajeras!

–¿Acaso tenéis, inteligente compañera de mis juegos, algún trato con quien transmite tales noticias?

–Aún no, señor y soberano mío– respondió Shirat, –pero si "el padre del gigante" es capaz de traerme aquí la paloma que llevaba el anillo, ¡empezaré a pensar en esa posibilidad!

–Pues bien– dijo An-Nasir, y depositó al enano sobre el suelo, –¡trae a esa paloma y a su vendedor también!

–¡Pero si en eso consiste precisamente el engaño!– se lamentó "el padre del gigante", a quien le seguían temblando las piernas. –¡Siempre se va volando!

–¡Es muy propio de esos pájaros!– gruñó An-Nasir, divertido. –Y creo, Abu Al-Amlak, que tú saldrás ahora volando hacia Damasco para preparar nuestra llegada a un terreno que te es muy familiar. Yo, en cambio– y se inclinó sonriente en dirección a Shirat, –iré ahora mismo a admirar ese destrozo y aprovecharé la ocasión para echarle un vistazo a la hija y a su madre.

Ella le devolvió la sonrisa hasta que él, arrastrando por el cuello a "el padre del gigante" como si fuese un saco de arena mojada, hubo abandonado la estancia. Después cogió el papel y releyó el mensaje.

II

LA NOVICIA Y SUS CABALLEROS

DIARIO DE JEAN DE JOINVILLE

San Juan de Acre, 20 de agosto de 1250 d.C.

El rey Luis ha tomado, para cuanto dure su estancia en Ultramar, residencia fija en el castillo de San Juan de Acre, situado junto a la Porte Saint-Antoine y al muro de separación con el Montmusart. Con ello ha pasado a sus manos, de hecho, la soberanía sobre el reino de Jerusalén, pues Enrique de Chipre le ha cedido el ejercicio de la regencia.

El hijo del emperador Federico, Conrado, jamás se ha hecho cargo de su herencia y es improbable que algún día se muestre dispuesto a someterse a esa dura prueba. Y aunque llegue a seducirlo la perspectiva de una visita de inspección, siempre tendría las dificultades, los obstáculos que el señor Papa, secretamente puesto de acuerdo con el ambicioso conde de Anjou, suele poner sin pausa y lleno de odio a todos los miembros de la familia de los Hohenstaufen para que les resulte imposible alejarse de las fronteras del imperio.

Así pues, nadie se ha opuesto a las actuaciones del rey francés, y Federico, que envió una embajada a los egipcios en cuanto se enteró de que su real primo había caído prisionero, ha proclamado públicamente que está de acuerdo. Incluso ha dado órdenes a sus administradores para que se pongan a disposición de Luis. De todos modos, esto no es más que la compensación debida por la postura estrictamente neutral que tanto el rey como la reina madre Blanca mantienen en la disputa entre la casa de los Hohenstaufen y el papado.

Aunque para mi manutención dependo ahora del rey Luis, he buscado albergue en el *Montjoie*, junto al puerto, a fin de no estar en todo momento al alcance de mi señor. Por otra parte, en el barrio en torno a san Sabas se encuentran la mayoría de las tabernas, y por la noche reina allí una vida agitada, pues es donde se juntan las zonas de los genoveses, los pisanos y los venecianos.

Con mucha frecuencia a mi regreso de cenar con el rey he de toparme con alguna reyerta violenta entre los marineros de las tres repúblicas, a menos que prefiera volver a mis habitaciones deslizándome a lo largo de la muralla de los caballeros teutónicos, entre la sede del patriarcado y el arsenal.

Echo mucho de menos a William, mi secretario, pero de momento lo doy por perdido para mi servicio, pues está a disposición del rey y sus protegidos y sólo lo veo de vez en cuando, durante las comidas que hacemos en común.

Esas tristes horas en que ingerimos cada noche un escaso alimento se están convirtiendo poco a poco en una tortura, no sólo para mí sino también para los demás comensales, pues Luis, pasando por alto las miradas reprobatorias de su señora esposa, la reina Margarita, se ha encariñado de tal manera con la pequeña Yeza que descuida con frecuencia las medidas impuestas por la cortesía y acompaña a la jovencita a la mesa, le sirve la comida, y apenas hay una conversación en la que no le dé cabida elevando su opinión a la altura de la mía o la del condestable. Ella responde a sus requerimientos con gran presencia de ánimo y nos parece a todos más y más atractiva, pues posee una personalidad inteligente y es, sin duda alguna, muy despierta para su edad. Y eso que Yeza ni siquiera se limita a apoyar las opiniones del rey, sino que hasta se atreve a contradecirlo. Aunque con el tiempo observamos que está perdiendo las ganas de conversar y la vemos más nerviosa e incluso malhumorada.

–Está preocupada por Roç– me confió William en cierta ocasión, –pero no quiere confesárselo a nadie, ni siquiera al rey.

Cada día Yeza nos parece más abrumada. La reina la observa en silencio, mientras oculta con gran esfuerzo su creciente enojo. Oficialmente Yeza es una de las damas de su séquito, pero el hecho de que también después de haberse marchado Sigbert disponga de un guardaespaldas y un bufón propio la distingue entre todas las demás. Los dos "hombres" de Yeza, si se me permite calificar así por una vez a Yves "el Bretón" y a William de Roebruk, se esfuerzan ambos y, para ser más exactos aún: de acuerdo con Yeza, en evitar todo escándalo, pero es el propio Luis quien provoca de continuo situaciones que crean un ambiente de permanente irritación en palacio.

¡Quién se atrevería a reprocharle a la digna señora reina que el comportamiento de su esposo, cortejando como un tórtolo a una joven tan tierna, despierte en ella tanto los celos como la mayor desconfianza! Ella sabe que el rey y la muchacha han vivido juntos en Egipto una especie de aventura de la que nadie habla en su presencia, por lo que se siente excluida. Por supuesto, no quiere pasar por la humillación de pedirle a Yeza más detalles.

Aunque la señora Margarita supone que la niña no tiene la culpa, su despecho la hace sentirse enemiga de esa infanta real o "princesa del Grial".

Yeza, en cambio, parece no darse cuenta de las tensiones que provoca ni de las atenciones exageradas que le dispensa el rey.

De lai don plus m'es bon e bel
non ei mesager ni sagel,
per que mos cors non dorm ni ri...

Sus pensamientos se centran en Roç y, como no sabe dónde se encuentra ni si está todavía entre los vivos, se siente cada día más triste.

Desde que Sigbert ha abandonado San Juan de Acre, su esperanza de obtener alguna señal de vida de Roç se va consumiendo como se seca un riachuelo bajo el calor del verano.

Be-m degra de chantar tener,
quar a chan coven alegriers;
e mi destrenh tant cossiriers
que-m fa de totas partz doler...

Primero estuvo sufriendo ante la posibilidad de recibir muy pronto noticias del caballero teutónico, pues sospechaba que serían noticias malas. Llegó a declarar espontáneamente que, en el caso de producirse tan horrible situación, se retiraría a un convento.

A medida que va pasando el tiempo sin que lleguen noticias de Starkenberg, la muerte de Roç se ha convertido para ella en una certeza, y está considerando seriamente tomar el velo.

Cuando la señora Margarita se enteró de esas intenciones puso todo su empeño en que ahondara en la idea y en lograr que se convirtiera en realidad, aunque sólo fuera para asestar a su esposo el golpe merecido y sustraerle la infantil favorita. De modo que ha tomado contacto con la abadesa del venerable convento de monjas situado en el cercano monte Carmelo y le ha otorgado una donación considerable, consiguiendo así que la abadesa se muestre abierta a dicha perspectiva y hasta la favorezca.

Yeza todavía duda, no tanto por temor a las severas reglas conventuales, pues se someterá gustosa a cualquier sacrificio con tal de poder dar rienda suelta a su tristeza, sino porque sigue encendida en su corazón una ligera esperanza.

¡Tal vez Roç esté padeciendo junto a los demás en las mazmorras de Homs o haya sido arrastrado al mercado de esclavos de Alepo! En tal caso, el destino le exigiría a ella no precisamente vestir el triste hábito de monja, sino buscar una armadura y partir, acompañada de William como escudero, a liberar a su amado.

¿Llevaría también consigo a Yves? Con toda seguridad es un excelente soldado, pero no una espada caballeresca. Bien, esa cuestión aún estaría por decidir.

¿Y si hubiese que pagar rescate para liberar a Roç? Yeza está segura de que Sigbert le daría el dinero, y si no tuviese bastante podría pedirle un préstamo al rey, ante quien lo avalaría con su propia persona.

Pero quizá todo esto no sea más que una reflexión inútil y haga tiempo que Roç esté muerto y frío. La idea le provoca estremecimientos y Yeza envidia a todos los jóvenes vulgares de esta Tierra que en un caso así rompen a llorar. Yeza no llora.

San Juan de Acre, 28 de septiembre de 1250 d.C.

El hecho de que mi secretario esté de nuevo bien visto en la corte me asegura un flujo permanente de informaciones que, de no ser más que un senescal a sueldo y huésped formal en la mesa del rey, no llegarían jamás a mi conocimiento.

Los datos que William me suministra no se refieren sólo a sus aventuras amorosas bajo las faldas recogidas de las avergonzadas camareras o las batas aireadas con indiferencia de las mozas de la cocina, unas aventuras que él me relata llevado por las mismas ganas de chismorrear con que me describe, tanto algunas escenas matrimoniales bastante delicadas de la pareja real, como ciertas intrigas diplomáticas y sus propias reflexiones políticas.

Como nadie toma demasiado en serio a mi pícaro flamenco, todo el mundo admite su presencia como si se tratara de uno de los galgos del rey que un emir vecino ha regalado al soberano cristiano en su deseo de ofrecerle una pequeña atención.

Lo que más me divierte es la alianza que se ha producido entre William y el rey, pues ambos, aunque por motivaciones del todo diferentes, intentan convencer a Yeza de que renuncie a su idea fija de ingresar en el convento. El rey no puede oponerse abiertamente a tan devota intención, pero se porta ahora ya como un anciano en trance de verse abandonado y lamenta el día en que no pueda ver desde la primera hora de la mañana hasta la última de la noche a quien tan cerca siente de su corazón. Y eso que, en realidad, debería mostrarse contento de que esa criatura hereje quiera someterse a una severa regla religiosa y seguir por la senda que marca la *Ecclesia catolica*, única y verdadera.

Por otra parte, ha intensificado sus esfuerzos por hacerla instruir en el catecismo y ha incrementado las clases de enseñanzas bíblicas, con la vaga esperanza de que a Yeza le baste con esa ración de religiosidad y renuncie a dar el paso fatal hacia el noviciado.

La muchacha acepta con inteligencia y sin reticencias esas enseñanzas de las que saca cuanto le parece importante en sentido filosófico e histórico, sin dejarse impresionar en nada por los preceptos morales, ni mucho menos por la fe cristiana.

Hemos de pensar que la hija del Grial tiene en la persona del franciscano sedicioso la peor de las compañías, pues éste refuerza la imagen protocristiana, por no decir pagana, que ella se ha formado de Jesús de Nazaret. Considera al Mesías como a un pretendiente rebelde al trono de Judea, que fue condenado por la jurisdicción militar de los romanos y se hizo con la deseada aureola de mártir por medio de una ejecución simulada que le fue impuesta. Después su vida transcurre en las tinieblas, y ahí es donde se inicia el interés de Yeza. En cuanto a la moral, es para ella una cuestión aparte.

A veces me parece que muestra en ese sentido unas carencias quizá frívolas, aunque en otras ocasiones nos sorprende defendiendo nobles principios y haciendo gala de un humanismo sorprendente. Pero lo cierto es que últimamente observamos que Yeza parece presa de una profunda indiferencia, que la beata pareja real interpreta erróneamente como un signo de inclinación religiosa.

–¡Qué grado tan elevado alcanza su moral!– oí alegrarse al señor Luis. –Esta niña se hace cargo de los dolores de la Virgen y se somete sin queja a la Santa Madre Iglesia.

Yeza apretó los dientes y guardó silencio.

–Es muy tozuda– dijo a su vez la reina, resentida.

Cuando Yeza está a solas con William echa cada vez con más frecuencia mano del laúd para darle a entender lo que le está sucediendo y de lo que no desea hablar.

Ni'n soi conqvistz ni'n soi cochatz
ni'n soi dolenz ni'n soi iratz
ni'n no'n loqui messatge.

–¡Qué moral tan fuerte!– comenta irónico mi secretario.

Ar me puesc ieu lauzar d'amor
que no-m tol manjar ni dormir;
ni-n sent freidura ni calor
ni no-n badail ni no-n sospir
ni-n vauc de nueg arratge.

Sin embargo, la decisión de Yeza de tomar el velo va adquiriendo más y más firmeza, y casi parece que quiera castigarse y torturarse por la pérdida de Roç, como si fuese culpa de ella.

–Haré penitencia por el amor que no supe dar, por la falta de atención, sí, ¡y también por haber puesto en peligro la vida de mi amado!– ha hecho saber a William.

Y no hay quien pueda quitárselo de la cabeza.

LOS ENAMORADOS

"El matrimonio de la emperatriz con el emperador. La angustia es más fuerte que la razón. En el gemelo se unen día y noche. Nada podrá interponerse entre lo que siempre fue y siempre será un solo cuerpo."

Creo que Yeza jamás podrá dar el paso de retirarse a un convento sin poner en peligro la unidad de los infantes reales, y que con toda seguridad se topará con la resistencia de los poderes que disponen de su destino y guían sus vidas.

–¿Qué dice Yves al respecto?– pregunté a mi secretario.

–Considera que la idea es un disparate absoluto. Le ha contado a Yeza que él, en su día, también creyó tener que dedicarse al sacerdocio, y el lamentable fracaso que vivió. Le ha pronosticado que a ella le pasaría lo mismo y que, por tanto, sería preferible no intentarlo siquiera. También dice que yo, William, no represento precisamente un ejemplo positivo en ese sentido, y mucho menos un motivo de orgullo para mi Orden.

–Os habréis tenido que conformar con esa valoración, querido William– le contesté en son de mofa.

–Le he respondido a "el Bretón": *undhur man i atakallam!*, y él me pidió que lo acompañara a ver al rey. Creí que iba a quejarse de mí, pero el señor Yves tramaba algo muy diferente. Encontramos al rey en la capilla del castillo, asistiendo a la santa misa que allí se celebraba. También la reina estaba presente, con todas las damas y camareras, entre ellas Yeza. Todos aparentaban estar profundamente sumidos en la oración, aunque en realidad las doncellas me arrojaban miradas secretas y las señoras me observaban con toda desvergüenza, como si hubiese entrado desnudo en la iglesia.

El señor Yves esperó junto a la puerta a que el rey terminara sus oraciones. Cuando Luis se disponía a retirarse, "el Bretón" se le cruzó en el camino, más bien como si deseara impedirle avanzar que como peticionario. Ya se disponía el condestable a empujarlo con disgusto a un lado cuando el rey dijo:

–Estimado Yves, ¿he de pensar que tienes una petición tan urgente como para que debas presentarla aquí y ahora?

Yves "el Bretón" asintió y dijo, mientras seguía con la cabeza gacha:

–Una petición que además, majestad, sólo está destinada a vuestros oídos.

El rey hizo una seña a su séquito para que se alejara y después se dirigió de nuevo a Yves, aunque con expresión no demasiado amable:

–Permitirás que esté presente la reina, puesto que también tú vienes acompañado y te has procurado el apoyo de William.

"El Bretón" esperó, en una actitud humilde que no estábamos acostumbrados a ver en él, a que desfilaran por delante de ellos todos los demás, y también Yeza fue apartada por las damas de la reina a pesar de que mostraba gran curiosidad.

El rey no estaba dispuesto a perder tiempo y se quedó junto a la puerta abierta, de modo que Yves decidió presentarle su demanda con voz susurrante. La reina se había sentado en uno de los bancos, pero era toda oídos.

–Majestad– dijo Yves, –sé que debo esforzarme por recuperar vuestra benevolencia y que, por tanto, no me cuadra demasiado bien pediros ahora un favor. Pero mi deseo no responde a una vanidad mundana ni al intento de buscar fama u obtener títulos o prebendas, sino que debe servirme para abrir la puerta hacia el camino pedregoso que me veo impulsado a recorrer con más y más urgencia: ¡el de servir a Dios en el combate y en la renuncia!

Luis no había querido interrumpirlo, pero llegados a este punto dijo con frialdad:

–No veo muy bien, Yves, lo que puede impedir a un hombre transformar todos esos loables propósitos en hechos, pero lo que es seguro es que no necesita para ello el *placet* de su rey, pues lo único que importa es que se someta a nuestro Redentor. ¡No creo que a un sacerdote le resulte difícil entenderlo!

–¡Es que yo no puedo ni quiero ser sacerdote!– estalló Yves. –¡Y mucho menos ex sacerdote! Majestad, os ruego me concedáis el honor de considerarme un hombre, ¡un hombre deseoso de iniciar una nueva vida! Mi único deseo es ingresar en una orden militar, por lo que os ruego, mi señor: ¡armadme caballero!

Al fin fue capaz de expresar su deseo y, al oírlo, el rey se mostró indignado al máximo.

–Señor Yves– respondió después de unos momentos, –debo decirte que el tuyo es un deseo inconveniente. Ni eres de sangre noble ni has adquirido fama en el campo de batalla luchando contra los infieles, y todo ello por tu propia culpa. También hablan en contra de esa solicitud tu mal carácter, tu temperamento indómito y la ausencia de otras virtudes.

"El Bretón" había ido agachando la cabeza más y más a cada golpe que recibía, pero se mantuvo en un silencio obstinado. El rey empezó a perder la paciencia.

–¿Cómo te atreves a importunarme con esa pregunta si sabías perfectamente cuál sería mi respuesta?

Y dio muestras de querer retirarse.

–Señor mío– gimió Yves, –no deseo más que serviros a vos y a Dios allí donde mis pocas capacidades puedan ser aprovechadas al máximo, ¡para mayor gloria de Nuestro Señor Jesucristo y Nuestra Señora!

–Tú lo has dicho, Yves– le respondió el rey, –tus capacidades son pocas y no bastan, ni mucho menos, para elevarte a la categoría de caballero. Y en cuanto al honor que podrías hacer a nuestro Redentor y su santa Madre, de poco te sirve el carácter que hasta ahora has demostrado y los actos que has realizado. Sin embargo– reflexionó el rey, –aún podrías enmendarte. Vigilaré todavía más estrechamente que hasta ahora todos tus pasos.

Luis mostraba prisa por abandonar la iglesia y dirigió una mirada solícita a su señora esposa, pero la reina Margarita no se incorporó, sino que le comunicó con voz firme que deseaba quedarse a rezar. Entonces el rey se alejó, dando muestras de disgusto.

La reina había tenido todo el tiempo que se necesita para rezar y no lo había aprovechado y me di cuenta de que deseaba decirnos algo a Yves o a mí, o a ambos juntos.

La señora Margarita no perdió el tiempo y empezó a hablar.

–No quiero perder la ocasión de intercambiar unas palabras con los dos señores que mi esposo, el rey, ha designado para protección y compañía de nuestra querida "hija del Grial". ¡Tomad asiento!

Y señaló el estrecho banco de la iglesia que tenía detrás.

–Decidme, señor William, quien según me han hecho saber estáis desde hace mucho tiempo al servicio de los infantes reales: ¿no estuvieron ambos con vos en Egipto, en la pirámide?

Yo contesté:

–Ah no, majestad, el niño fue apartado de allí, sólo Yeza quedó como rehén.

–¿En manos de los infieles?

–Sí, así fue, pero éstos quedaron impresionados ante la dignidad mostrada por vuestro esposo, el señor rey, y como consecuencia de ello le regalaron a la niña.

–¿Dentro de la pirámide?

¡Ahí estaba la clave del problema!

–En cierto modo podría decirse que sí– respondí con alguna reticencia. –Aunque yo no estaba presente.

–Yo sí– dijo Yves con sequedad, sin aclararle nada más a la reina.

–Supongo que el rey no quiso prescindir de realizar una visita a la pirámide, pero me pregunto si estuvieron los dos juntos dentro de esa construcción.

La señora Margarita ya no ocultaba que la roían los celos y las sospechas.

–¿Juntos y solos?

–Ni lo uno ni lo otro– dijo Yves –yo estuve allí, y sé que la pirámide es gigantesca y está llena de pasillos y cámaras. No se encontraron hasta el último momento, a la salida.

–¿Estáis seguro de ello, mi querido señor Yves? ¿Podríais jurar que no hubiesen podido encontrarse ya antes…?

Su voz empezó a quebrarse, la desconfianza hacía temblar todo su cuerpo y se la veía temerosa de oír una mentira y también de saber la verdad.

–¿Dijisteis que la pirámide es grande y está llena de cámaras?

–Señora mía– dijo Yves, –jamás permitiría que se os causara ningún dolor. Os puedo tranquilizar del todo al respecto. El rey y la niña no se conocían cuando se encontraron por primera vez en mi presencia.

La reina mantuvo un largo silencio; en su cerebro zumbaba todavía la sospecha y su corazón latía presa de unos celos salvajes.

–¿Y por qué la quiere y la aprecia tanto el rey ahora?

Sentí lástima de la reina y dije:

–No hay más razón que el humilde ruego de su peor enemigo, de nuestro vencedor, de que cuidara a la joven como a las niñas de sus ojos. El rey empeñó su palabra y prometió hacerlo así.

La reina calló, visiblemente afectada.

–Podéis retiraros, estimados señores– dijo después con voz aún temblorosa. –Me habéis prestado un servicio por el que vuestra reina os estará siempre agradecida.

Este reconocimiento iba dirigido a Yves "el Bretón", quien se apresuró a tomar la mano ofrecida y llevársela a los labios.

–Sabed que tenéis en mí a una benefactora que conoce vuestras preocupaciones.– Y hundió una mirada profunda en los ojos de Yves. –Me habéis avergonzado como mujer. Pero no os guardaré rencor, siempre que os comportéis como un hombre de honor.– Esta frase iba dirigida a mí, a quien el estado de clérigo eximía de besarle la mano. –Permaneceré aún aquí, rezando en profunda contrición.

Con estas palabras nos despidió a ambos, ¡y yo, vuestro secretario, me permito advertiros a vos, mi querido senescal, que lo del arrepentimiento no va demasiado en serio!

San Juan de Acre, 2 de noviembre de 1250 d.C.

Nadie había visto acercarse a la trirreme. El puerto y la bahía aparecían envueltos en la niebla matutina tan propia de los últimos días de otoño, y la madrugada tardaba en llegar.

Yo me encontraba aún con el nuevo condestable delante del portal de la iglesia de San Andrés, donde el rey, por invitación del obispo, había asistido a la primera misa.

El nuevo condestable del rey es Gilles le Brun, pues el señor Luis ha despachado a Francia a quien lo ha sido hasta ahora: un viejo bravucón a quien yo no podía considerar precisamente amigo mío.

Estábamos mirando al puerto cuando el monstruo de los mil remos surgió deslizándose suavemente y abandonó el fondo de neblina gris como un insecto extraño, una especie de correaguas, para acercarse al muelle exterior en cuyo extremo se eleva la torre llamada "de las Moscas".

Los dos reconocimos de inmediato la nave, yo por mi propia experiencia personal y el condestable por los fantásticos relatos que desde la época de Chipre circulan en torno a la condesa y su trirreme.

Un hombre alcanzó el muelle con una barquita sigilosa mientras la enorme nave erizada de armamento mantenía distancias y desapareció muy pronto entre los cambiantes bancos de niebla, aunque no pudo haberse alejado demasiado, pues vimos regresar a la pequeña embarcación. Aquello tenía todo el aspecto de ser una operación de espionaje, y el señor Gilles se mostró de acuerdo conmigo.

Como mínimo, era de suponer que la temible propietaria de la nave deseaba informarse de si el ambiente le era propicio y si su huida de Chipre había sido perdonada y olvidada. Pero el condestable consideró que eso era del todo imposible y, como era nuevo en el cargo, sentía la necesidad de hacerse notar y labrarse un nombre como buen perro de su amo.

De modo que atravesamos a toda prisa el barrio de los pisanos hasta llegar al pequeño puerto. Un grupo de vigilantes sanjuanistas ya había apresado al hombre desembarcado.

Se trataba de Firouz, el capitán de la condesa, con quien la famosa Orden de caballeros tiene, por cierto, una buena cuenta pendiente. Fue el mismo Firouz quien los humilló en su día con el truco de la cadena de hierro, aquel día en que la trirreme escapó y el turno de vigilancia del puerto correspondía a los sanjuanistas.

Firouz no reveló con ningún gesto que me hubiese visto alguna vez en su vida y se mantuvo en un obstinado silencio, de modo que el condestable se hizo cargo del interrogatorio.

–Vos sois el capitán de esa nave– inició la constatación de los hechos. –¿Por qué razón queríais desembarcar en secreto mientras la trirreme se oculta en el mar?

Firouz no sabía qué responder a la pregunta.

–No conocemos estas tierras, y mi señora, Laurence de Belgrave, la condesa imperial de Otranto, quería asegurarse primero de quiénes nos esperan aquí: cristianos o infieles.

–Más bien– se apresuró a rectificar el señor Gilles, –¿querrá saber si ha caído ya el olvido sobre sus actos de piratería, sobre su deserción y su insolencia de haber hecho caso omiso de las órdenes del rey?

A Firouz le costaba separar las mandíbulas.

–¿Acaso no erais su capitán ya entonces?

Firouz seguía obcecado en el silencio.

–Supongo que sabréis el castigo que estaba previsto para quien se alejara de Chipre sin permiso.

Como Firouz no dijo nada que hubiese podido servirle de defensa, el condestable añadió con indiferencia y como de pasada:

–Seréis ahorcado.– Después se dirigió a mí. –Coincide bien, pues podrá ser ajusticiado esta misma mañana junto con ese joven estafador que engaña al público con las palomas. Imaginaos, querido Joinville, que un joven os pide hospedaje y luego acudís al mercado y os lo encontráis allí vendiendo vuestra mejor paloma mensajera, vuestra favorita, la más blanca paloma de vuestro palomar. Qué digo vendiendo, más acertado sería decir: ¡rifando!

–Un caso ciertamente extraño– fue el único comentario que se me ocurrió, pues las palomas mensajeras son unos animales que no me interesan en absoluto. Nunca he sido capaz de sentir aprecio por esos pájaros que andan a pasitos y no cesan de arrullar, además de llenar todo de cagadas, ¡más bien los considero una especie de "ratas voladoras"!

–Eso le sucedió ayer a un habitante honorable de esta ciudad– me siguió informando el bueno del señor Gilles. –¿Queréis saber lo que el mozo inventó para disculparse?

–Me lo podéis contar después, querido Gilles le Brun– interrumpí su parloteo incesante. –Yo, en vuestro lugar, más bien buscaría consejo en este asunto del capitán de Otranto: la condesa es fiel seguidora del emperador y aunque hace dos años, en Chipre, el hecho que nos ocupa fuera considerado motivo de alta traición, puede que hoy día, desde el punto de vista de la alta diplomacia, carezca de toda importancia y ahorcar ahora a ese hombre no sea lo más oportuno.

Mientras sosteníamos esta conversación habíamos ido cruzando el barrio de los venecianos, que se extiende a lo largo del puerto y llega hasta el arsenal, y una vez hecha mi advertencia le hice una seña al mozo que nos seguía con los caballos para rogarle que me ayudara a montar el estupendo animal que he adquirido, con fondos cedidos por Luis, a un vendedor de caballos de Damasco. Ha sido una buena compra.

–No es que quiera salvarle el cuello a ese marino que sin duda alguna se ha hecho culpable– dije a modo de despedida, –pero sí deseo ahorraros un disgusto.

La reacción del condestable fue sentirse ofendido.

–Yo sé que el rey aprueba cuantas medidas tome para mantener la ley y el orden, y sabré cumplir con mi deber–. Después pidió también él su caballo: –Si deseáis asistir y admirar la destreza del verdugo, senescal, ¡acercaos a la plaza que hay delante de la puerta de Maupas!

Hizo una seña a los soldados, que recibieron a Firouz de manos de los sanjuanistas y le ataron las manos. La comitiva con el condenado se puso en movimiento y yo me alejé sin desperdiciar más saludos, a la vez que me sentía dudoso de si debía emprender alguna gestión al respecto.

Pedir una audiencia al rey exigiría demasiado tiempo pero, no obstante, me dirigí al castillo, y como éste se encuentra situado junto a la puerta principal de la ciudad, decidí acercarme a la horca instalada delante de la muralla, con la seguridad de llegar a tiempo. Conozco la costumbre de pasear al delincuente primero por todas las calles para salir después desde el Montmusart y atravesar la puerta de Maupas, llegando así al lugar de la ejecución.

Me encontraba aún en el paso de la puerta de Saint Antoine cuando vi que Yeza bajaba del castillo, acompañada de William, su guardaespaldas y secretario mío. Me dieron la impresión de estar preparados para viajar, pues llevaban consigo varios mulos cargados con grandes bultos y los seguía una escolta a caballo.

–¿Adónde vais, princesa?– la saludé con cortesía, pero la infanta real, que en otras ocasiones suele dispensarme siempre alguna palabra amable, se limitó a responder a mi saludo con una leve inclinación de cabeza. La mirada de sus ojos grises se dirigía a un horizonte lejano y evidenciaba su profunda tristeza.

–La princesa– aclaró mi secretario –ha decidido ingresar en un convento. La acompañamos al monte Carmelo, pasando por Haifa.

–¿Y adónde vais vos, distinguido señor de Joinville?– me interpeló Yves "el Bretón", haciendo gala de una cortesía exquisita.

–¿Os imagináis?– me dirigí a William. –Han atrapado al capitán de la condesa, a ese tal Firouz, y lo quieren ahorcar a causa de aquella vieja historia de Chipre.

–¿Cómo es posible? ¿Acaso la condesa…?

–La trirreme lo ha desembarcado esta misma mañana– dije yo, –y el hombre se metió directamente en los brazos del nuevo condestable, que ahora…

–¿Dónde?– intervino de repente Yeza.

–¡Delante del Maupas!– dije yo.

–¡Señores!– exclamó entonces la joven, mostrando su energía habitual. –¡Veamos lo que sucede allí!– y le clavó las espuelas al caballo.

Nos apresuramos a recorrer la muralla exterior como si nuestra intención fuese realizar un ataque de caballería. El señor Yves fue quien mejor se mantuvo a la altura de Yeza, y su expresión revelaba que le gustaba cómo la joven había tomado en sus manos las riendas de la situación. Rodeamos a galope tendido el baluarte de los sanjuanistas y pronto vimos extenderse ante nosotros la pradera, a la que llegamos con el tiempo justo, pues en aquel preciso instante salía por la puerta de los condenados la comitiva del condestable seguida del carro del verdugo, que rodaba con estrépito sobre el empedrado.

En aquel momento me vino al recuerdo, como un relámpago, la imagen que William me había descrito en su día con tanta insistencia que llegó a parecerme haberla vivido yo mismo: William huye con los hijos del Grial en medio de la niebla por la Camargue, cuando se encuentra con el carro del preboste de París, un carro que conduce a tres muertos y a su verdugo, un joven sacerdote de mirada punzante: ¡Yves, "el Bretón"!

"El rey lo ha perdonado y tomado a su servicio", pude informarle yo más tarde al pícaro flamenco, cuando lo conocí poco después en una mal afamada taberna del puerto de Marsella. En un escondrijo oculto en la pared de madera, invisible para mis ojos, dormían entonces los infantes reales. Así se cierra el círculo: Yves "el Bretón" avanza ahora al lado de Yeza para salvar a un hombre de la horca, y mi estimado William nos sigue jadeando, a la cola de nuestro grupo que avanza a toda carrera como un vendaval.

El carro del verdugo llega adonde está instalada la horca y a los dos condenados les colocan las cuerdas en torno al cuello. El propio condestable les lee la sentencia.

–¡No!– se oye el grito de Yeza.

–¡En nombre del rey! ¡Suspended la ejecución!– "El Bretón" presta su poderosa voz para reforzar la de la muchacha que, aparte de su angustiado "¡no!" ha sido incapaz de pronunciar una palabra más.

De repente comprendí el porqué de su angustiado grito. ¡El otro condenado era Hamo!

El señor Gilles le Brun nos miró con disgusto, pero Yves ya estaba sujetando la rienda de los mulos que debían tirar del carro del verdugo, sin haberse tomado el trabajo de bajar de su montura.

–¡Condestable!– se dirigió al indignado ejecutor con entonación tan severa que lo hizo estremecerse. –¿Habéis preguntado a este joven por su nombre?

–Ese ladrón se atreve a afirmar– respondió el otro, furioso –que es conde de Otranto... ¡pues está en buena compañía!

–Podéis pensar lo que queráis, mi querido le Brun– sentenció Yeza con voz cortante, –en cualquier caso, éste es Hamo l'Estrange, conde de Otranto.

–¿El hijo de la...? ¡De ser así, tanto más es merecedor de la horca!– resopló el condestable.

–¡No os busquéis vuestra desgracia!– intervino entonces William.

–Jamás volveréis a disfrutar de tan buena posición– intenté mediar también yo.

Y Yeza concluyó:

–Cualquier paso en falso que deis ahora significará para vos perder la vida.

Después arrojó su puñal a William, que trepó jadeando al carro y cortó con gestos complicados primero las ataduras de Hamo, después las de Firouz.

–Os atrevéis a amenazarme– se revolvió aún el señor Gilles mientras echaba un rápido vistazo a nuestra escolta, que en número era superior a la suya y que, sobre todo, vestía los colores del rey, mientras que sus soldados sólo ostentan el escudo de la ciudad de San Juan de Acre.

–Estáis impidiendo que se cumplan las órdenes del rey...

–Ya me ocuparé yo de eso– le cortó Yeza la palabra. –Su majestad sabe dónde encontrarme. Me hago responsable de todo.

–Y vos, condestable– intervine yo, reforzando las palabras de la joven, –haréis bien en no hablar demasiado de este suceso. No tenéis ningún derecho para sentenciar a un miembro de la nobleza, un conde fiel al emperador y, por tanto, al soberano de San Juan de Acre, sin someterlo a procesamiento ante el tribunal supremo de este reino. Os podría costar el cargo y el cuello.

De repente se hizo el silencio y el señor Yves aún añadió algo más:

–Proporcionad en seguida a estos señores sendos caballos y lo aceptarán como disculpa vuestra, ¡así podremos abandonar juntos este lugar tan desagradable!

El condestable ordenó con los labios apretados a dos de sus soldados que desmontaran y entregaran sus caballos, retirándose después hacia la puerta de Maupas, seguido del carro vacío del verdugo.

Allí mismo me despedí de Yeza y sus acompañantes, porque me pareció aconsejable adelantarme al informe del condestable ante el rey Luis.

LAS MURALLAS DE LA CIUDAD de Homs empezaron a divisarse entre la densa niebla otoñal.

–Será mejor pedir entrada en pleno día– dijo Constancio en voz baja, –porque entonces los guardianes suelen prestar menos atención a los rostros de quienes entran.

El embajador del emperador Federico iba precedido de unos caballeros de la Orden teutónica que mostraban en cabeza el estandarte del Imperio; a éstos los seguía un apuesto "escudero" que portaba el escudo y la espada del príncipe, mientras él mismo ayudaba galantemente a su joven "hija" a descender del caballo.

La escolta había dado aviso de su llegada a la guardia del portal y muy pronto se abrieron ampliamente los dos batientes, cediendo el paso a los caballeros extranjeros, que lo atravesaron uno tras otro. Después de hacerlos desmontar, los guardias rogaron con mucha amabilidad al grupo que esperara con paciencia en el interior de la torre hasta que se hubiese pasado aviso a An-Nasir. Entre tanto, sirvieron a los huéspedes té caliente de la India, enriquecido con miel y menta, y los dejaron solos.

Los recién llegados eran, sin embargo, conscientes de que más de un par de ojos los vigilaban con curiosidad a través de rendijas y troneras, de modo que mantuvieron las cabezas gachas y apenas hablaron entre ellos. Los guerreros de la Orden teutónica rodeaban en denso círculo al príncipe de Selinonte y a los suyos para que quedaran al resguardo de cualquier mirada inquisitiva. En medio de tanta tensión el tiempo tardaba en transcurrir, y no sabían si el mensajero traería a su regreso una humillante orden de detención o un cortés saludo de bienvenida.

El escudero se sentó con las piernas separadas y apoyándose con cansancio en el escudo; la hijita del príncipe se acurrucaba con timidez sobre las rodillas de su padre, apretándose contra su pecho y escondiendo el rostro entre los pliegues del manto del príncipe, un rostro que de todos modos apenas era visible debajo de la amplia toca.

Después llegó recado de palacio y los huéspedes no demostraron que entendían perfectamente lo que los guardias murmuraban entre ellos.

Se adelantó entonces un anciano a quien habían ido a buscar para que actuara como intérprete, y éste declaró ante el "ilustre embajador del emperador germano" que "el venerable An-Nasir, único descendiente legítimo de la casa Aiyub y sucesor en línea sanguínea directa del gran Saladino, soberano de Homs, Hama y Alepo, y sultán de Damasco", se sentiría inmensamente feliz y honrado si el príncipe embajador acudía a verlo en seguida para conversar con él en privado, puesto que– prosiguió el intérprete –nuestro bondadoso soberano, *Alah yatihi al hukum ua yudammir a'adaihi!*, ¡a quien Alá dote de fuerza y cuyos enemigos quiera destruir! está a punto de salir para Damasco, donde ocupará, como le corresponde, el trono del sultán. No obstante, desea que vos y vuestros acompañantes, noble señor, permanezcáis mientras tanto como huéspedes suyos en Homs y dispongáis de su palacio como si fuese el vuestro.

Con una profunda reverencia invitó al señor embajador a que lo siguiera sólo él, mientras unos criados se ocupaban del séquito del príncipe y trasladaban sus equipajes.

Los caballeros teutónicos se esforzaron por hacer comprender a las solícitas mujeres que acudieron que la hija del príncipe estaba acostumbrada a dormir con su padre y entre hombres, y que no había necesidad de conducirla al harén. El eunuco mayor consideró reprobables las costumbres de los cristianos, pero se doblegó ante la insistencia de los huéspedes. De modo que tanto Roç como Madulain fueron alojados con los demás en los cuarteles de la tropa.

An-Nasir no recibió al embajador del emperador en la gran sala de audiencias del castillo de Homs, sino en su gabinete, donde tenía a la vista por un lado el jardín del harén y por el otro una amplia perspectiva de la ciudad.

–El soberano renuncia a toda clase de lujos e incluso al ceremonial propio de la corte– hizo saber el intérprete al príncipe de Selinonte mientras ascendían por el último tramo de la escalera. –Su alteza presenta sus disculpas por esta causa.

An-Nasir estaba vestido para el viaje y se paseaba intranquilo delante de su mesa escritorio cuando el príncipe entró en la iluminada estancia y se inclinó ante él. El soberano de Homs era un verdadero coloso, pero en ocasiones sabía mover el robusto cuerpo con la peligrosa agilidad habitual de los paquidermos. Constancio de Selinonte tenía un aspecto casi endeble en comparación con él.

–Sentaos donde os plazca– dijo An-Nasir, y se dejó caer en su trono elevado.

El trono era el único asiento que había en la estancia, aparte de una escalerilla situada junto al lado más estrecho de la mesa. El príncipe saltó sin más sobre su último peldaño y se sentó allí con las piernas cruzadas, como si ésa fuese una costumbre inveterada en él. Ahora se encontraba a mayor altura que el propio An-Nasir, por lo que éste no pudo por menos que sonreír en señal de aprobación cuando se vio obligado a levantar la vista para mirarlo a los ojos.

–Ver a alguien que domina el lenguaje de su cuerpo ha sido, para mí y desde siempre, la mejor señal de que posee capacidad diplomática. Esto nos ahorrará tener que intercambiar palabras pulidas. Dentro de una hora salgo para Damasco, donde me haré proclamar sultán.

Constancio se dio cuenta de que su interlocutor deseaba oírle expresar una opinión espontánea.

–El pueblo sirio saludará con júbilo al nieto de Saladino; en El Cairo y en San Juan de Acre tendrán opiniones divididas y no sabrán qué hacer.

–¿Y vuestro emperador Federico?

–Siempre le ha unido una amistad inquebrantable a la casa de Aiyub, y saludará vuestro proceder.

–¿Eso es todo?– preguntó An-Nasir con perspicacia. –¿Se prestará el emperador a ayudarme cuando tenga que expulsar de Egipto a esos usurpadores mamelucos? ¿Ordenará al rey de los francos que me apoye?

–El emperador Federico está luchando en su propio Imperio contra las intrigas del Papa y no puede alejarse de allí, y el rey francés está obligado a tener en cuenta que hay en Egipto miles de hombres presos que lo siguieron, bajo su mando y su responsabilidad, en la insensata aventura de querer conquistar ese país. Antes de haberlos liberado le sería imposible al rey Luis acudir en vuestra ayuda, pues correría peligro la vida de todos ellos.

–Yo le pagaría más– resopló An-Nasir disgustado –de lo que valen esos miles de enfermos y lisiados, ¡si es que todavía están vivos!

–Una oferta, alteza, que no podéis plantear en esa forma a un rey cristiano, ¡y mucho menos al cristianísimo Luis!

–Veo que nos entendemos– sonrió An-Nasir. –¿Qué me aconsejáis?

–Rogad al emperador que intervenga en El Cairo para resolver la cuestión de los prisioneros. En cuanto el enemigo ya no tenga en su poder dicha prenda, ¡el rey Luis aceptará con alegría cualquier oportunidad de borrar la humillación sufrida en Damieta!

–¿Cómo se lo podré agradecer a mi amigo, el gran emperador? ¿Quiere que le envíe a un ejército, aun antes de conquistar Egipto, para descuartizar a su enemigo, ese miserable Papa? ¿Quiere su cabeza?

–Me temo– sonrió el príncipe –que mi señor no pueda aceptar vuestra noble oferta. Por otra parte, tampoco es necesario que se lo agradezcáis de una forma tan espléndida y, como confieso con mucho gusto, tan atractiva también. El emperador suele ayudar a sus amigos sin pedir contrapartidas, sin egoísmo y por pura amistad.

–A mí, en cambio– dijo An-Nasir y se levantó con un suspiro, –no me gusta aceptar nada regalado. Pagaré con oro cada brazo armado que se una a mi bandera. ¡Podéis informar de ello al emperador, y hacédselo saber también al rey en San Juan de Acre!

–Venerable An-Nasir, creo que será mejor que enviéis una embajada oficial al rey tan pronto os hayáis hecho con el poder en Damasco. Yo sólo informaré de esta conversación al emperador, quien os enviará todos los hombres de los que pueda prescindir, pero antes debe haberse resuelto la cuestión de los prisioneros que permanecen en Egipto. Hasta entonces conviene que nuestro acuerdo permanezca secreto.

Constancio de Selinonte bajó de la escalerilla y se inclinó.

–Me gustáis, príncipe– dijo An-Nasir, que ahora podía mostrarle al otro la enorme altura de su robusto corpachón. –¿Cómo es que habláis tan fluidamente nuestro idioma como para no necesitar siquiera de un intérprete?

–En la corte del emperador, en Palermo, se habla el árabe cada día; el propio emperador conoce el idioma.

–¡Y pensar que un soberano universal como él tiene que permitir que cualquier Papa se le mee en la pierna!– An-Nasir movía la redonda cabeza asentada sobre una nuca de buey. –¡Ese sumo sacerdote no se merece otra cosa que ser apaleado como un perro callejero!

Constancio dio muestras de querer alejarse, pero An-Nasir lo retuvo.

–Habladme más de vuestro glorioso señor a quien adornan tantas dotes– dijo. –Deseo que me acompañéis en el pequeño viaje que haré a Damasco y asistáis allí como huésped de honor a los festejos, antes de regresar al lado de vuestro emperador. Vuestros acompañantes no carecerán de nada aquí en Homs, y mis gentes se esforzarán por satisfacer cada uno de sus deseos.

Constancio tenía varias razones para aceptar esa invitación. Por un lado, Madulain y Roç podrían tal vez liberar entre tanto a Mahmoud y Shirat de la prisión. Por otra parte, le convenía profundizar en esa conversación política con la idea de convencer a An-Nasir de que no atacara Egipto que, al fin y al cabo, era la tierra de sus antepasados. El emperador, además, sabría apreciar cualquier generoso apoyo financiero que recibiera. Aún quedaba por ver de dónde se sacaba la contrapartida exigida en forma de tropas de refuerzo. El tercer motivo era que no parecía aconsejable negarle allí y en aquel momento un deseo a An-Nasir. El príncipe consiguió apenas despedirse de su hijita y su escudero, y después la comitiva salió de Homs en dirección al sur. En realidad estaba compuesta por casi medio ejército y también los acompañaba la mayor parte del harén.

Era uno de los pocos días soleados que ofrece noviembre, en que no sopla un viento frío de las montañas que ahuyente la cálida radiación solar. El cielo permanecía azul y transparente, sin una sola nube.

Mal amar fai vassal d'estran pais,
car en plor tornan e sos jocs e sos ris.
Ja nun cudey num amic me trays,
qu'eu li doney ço que d'amor me quis.

Madulain, el "escudero", no había podido resistir la tentación de visitar los jardines del harén donde ella misma había habitado durante cierto tiempo, con la vaga esperanza de encontrar a su joven amiga Shirat. Pero como el soberano había llevado consigo a casi a todas sus mujeres, junto a los eunucos, según la habían informado en los cuarteles, no lo creía probable. Ni siquiera quedaban guardianes.

Madulain se sentó a tomar el sol en un banco junto al pozo, e inició en el laúd los primeros tonos de una canción que recordaba haber cantado con la muchacha mameluca cuando ambas estuvieron juntas en ese mismo lugar.

Ar hai dreg de chantar
pos vei joi e deportz,
solatz e domnejar,
qar zo es vostr'acortz:
e las fontz e-l riu clar
fan m'al cor alegranza,
prat e vergier, qar tot m'es gen.

La razón de acudir a aquel sitio era también que le costaba mucho esfuerzo mantener su papel entre los demás hombres y reír sus groseras bromas. Ya había renunciado a la idea de que pudiese cumplirse su deseo y sólo cantaba para ella misma, cuando le llegó la respuesta:

Q'era non dopti mar ni ven
garbi, maistre ni ponen
ni ma naus no-m balanza,
ni no-m fai mais doptansa
galea ni corsier corren.

–¿Shirat?

–¡Madulain!– desde los porches avanzó la esbelta mameluca, ya convertida en joven y enérgica mujer.

–¡Llámame Manfredi! Soy un escudero del emperador, procedente de las regiones del sur del Imperio.

–¡Hija de los *saratz!*– prorrumpió Shirat en risas. –Aquí no te descubriría nadie, aunque te acercaras con los calzones bajados, pues todos han volado hacia Damasco, incluso esa vanidosa gallina clueca con su pollito por cuya culpa he tenido que quedarme sola aquí. ¡Ha recuperado su poder de mando en el corral!

–¡Qué nos importa Clarion!– la interrumpió Madulain. Shirat se había sentado a sus pies, pues las amigas no se atrevían a abrazarse. –¡Hemos venido a liberaros!

–Eso no podrá ser– dijo Shirat, apenada.

–¿Por qué? ¿No te habrá dejado embarazada también a ti ese Minotauro?

–No– dijo Shirat, –aunque no me habría disgustado y hemos tenido tiempo suficiente para ello, pero la razón es que ahora nos vigilan con más atención que antes, porque el hijo de Baibars es un rehén importante en la disputa que se ve venir. An-Nasir incluso se ha llevado a Mahmoud para que asista a las celebraciones en Damasco, y para que le alegren los ánimos, a él y al pueblo, las explosiones mágicas que provoca "el pequeño demonio incendiario".

Madulain la miró sin comprender del todo, de modo que Shirat le explicó, sin poder contener la risa:

–Mi señor sobrino se ha ido transformando en un *tronituorum physicus fulgurisque* dedicado a la especialidad de inventar unas máquinas de asedio de fácil transporte y gran calibre que poseen un enorme poder de destrucción– añadió, no sin cierto orgullo. –Ahora dime, por favor, ¿dónde se encuentra Hamo? Sé que estuvo aquí en Homs e intentó tomar contacto con nosotros. Mahmoud lo vio, pero Hamo tuvo que huir– e informó a su amiga de la breve noticia recibida por medio del anillo de una paloma mensajera.

Madulain no pudo satisfacer su deseo.

–Durante nuestro viaje nos hemos ido apartando de todos los lugares habitados para que no nos reconocieran ni amigos ni enemigos. Hay que decir que "el halcón rojo" tiene muchos...

–¿Lo amas?– preguntó Shirat sin rodeos.

–Yo sólo sé– dijo Madulain pensativa –que ya no pienso mucho en Firouz; pero Constancio es un ser errante, difícil de retener, siempre a punto de saltar e incapaz de asentarse en ninguna parte– suspiró la *saratz*, –y si vuelvo a unirme a alguien, tendrá que ser una persona que se sienta ligada a mí y que, como mínimo, me dé la sensación de que nuestra unión puede ser eterna...

–La eternidad se limita para nosotras, las mujeres, a la época del florecimiento– dijo Shirat con amargura.

–Si no has tenido la suerte de nacer reina, no te queda más que el convento o la casa de putas...– añadió Madulain.

Pero Shirat prosiguió:

–Después de estos dos años perdidos aquí en el harén, tengo muchas ganas de conocer a un hombre que aún sea capaz de amarme –y comprendo que al haber perdido mi honor nadie se casaría conmigo, aunque tal vez me admita como compañera de sus aventuras–; deseo irme al extranjero donde nadie me conozca, conquistar algo que no tiene por qué ser un reino, recibir y sentir un poco de amor...

–Yo no sé lo que me gustaría hacer– dijo Madulain –después de haber tenido dos hombres, Firouz y Turan Sha, que me adoraron cada uno a su manera y a los que he querido, a uno por el poder de su lanza, al otro por el de su cetro. Ahora me siento insegura, pues tal vez espere demasiado de la vida. El último de mis hombres hace ya nueve meses que ha muerto…

–El tiempo que dura un embarazo– observó Shirat.

–Y desde entonces no he conocido a ningún otro– insistió Madulain en su queja.

–Si sólo es eso– la reprendió Shirat –te cedería gustosa mi puesto en el harén, donde el soberano reclamará tu vientre como mínimo dos veces por semana…

–No me disgustaría sentirme protegida, pero tampoco quiero ser un surco entre muchos otros que el campesino ara cuando le da la gana.

–Estoy segura de que tampoco "el halcón rojo" te ofrecería mucho más– le advirtió Shirat.

–Eso ya lo veremos– repuso Madulain con orgullo, –¡no creo que, aparte de mí, necesite a nadie más!– y añadió en tono irónico: –También podríamos cambiar: tú, que eres musulmana y mameluca como él, te quedas con "el halcón rojo", y yo espero a que Hamo se convierta, él en un hombre, y a mí me convierta en condesa de Otranto.

Pero a Shirat no le gustó la propuesta:

–No siento amor por Fassr ed-Din Octay, y una criatura como yo ya ni siquiera es considerada como mujer dentro del Islam. Soy una no-persona, estoy marcada como puta.

–No creas que la moral cristiana es mucho más generosa.

–¡Pero con Hamo sería otra cosa!– se defendió Shirat. –No puedo apartar de mi mente la creencia de que podríamos amarnos y de que nuestro amor sería más fuerte que…

–¿Lo habéis hablado alguna vez…?

–No– sonrió Shirat, –nunca lo hemos hablado, pero tengo la sensación…

–¡Ay, querida niña– exclamó Madulain, quien tenía justo un año más que la otra con sus diecinueve primaveras, –cuánto te envidio ese sueño…– se deslizó del brocal del pozo y rodeó a la amiga con el brazo: –…y esa austeridad de tus pensamientos! Estoy segura de que serás feliz, porque Hamo tendrá que combatir muy pronto para recuperar sus propiedades. No falta mucho para que el Papa y el de Anjou extiendan las manos, ansiosos de hacerse con los feudos imperiales…

–Aunque fuese así, encontraríamos otro feudo– dijo Shirat animosa, –lo importante es que podamos estar unidos. Y tú, Madulain, también deberías luchar, sobre todo contigo misma, hasta saber finalmente con quién deseas estar.

–¡Lo que no quiero es pertenecer a alguien!– Abrazó a Shirat: –¡Y no quiero que "el halcón rojo" crea que soy incapaz de vivir sin él!– afirmó mientras se aprestaba ya a retirarse.

–¡Nos volveremos a ver aquí mismo!– le dijo aún a la joven mameluca, que quedó atrás con una sonrisa pensativa. Madulain le envidió la callada confianza que adivinaba en ella.

Madulain, o Manfredi el escudero, regresó profundamente conmovida a su habitáculo.

Roç estaba ya dormido en su lecho, y como tenía medio cuerpo destapado, ella lo cubrió con mucha delicadeza, descubriendo que el contacto con la piel del muchacho la excitaba. Reprimió entonces una maldición sobre los hombres en general y "el halcón rojo" en particular, se desnudó quedándose sólo la camisa, se estiró bajo las mantas y cerró los ojos.

Pero no cabía pensar en dormir. Su cuerpo ardía, aunque se obligó a no ceder en lo más mínimo: no acariciarse los pezones ni introducir la mano entre los muslos ardientes. En silencio reprochó a Roç que pudiese dormir tan despreocupadamente.

Pero Madulain se equivocaba. Roç no dormía. La había estado esperando, y bajo los párpados apenas entreabiertos observó tembloroso cómo ella se deshacía de los calzones y metía las piernas desnudas debajo de la manta. Al ver que no se movía supuso que se durmió en seguida. Él, en cambio, sentía el miembro duro y erguido, como le sucedía cada vez que pensaba en Madulain. Siguió espiándola en silencio.

Después vio que ella sacaba una pierna de las sábanas, una pierna que estaba desnuda hasta la cadera, y al contemplar el sitio donde empezaba a asomar el denso vello oscuro sintió un impulso irresistible de acercarse a aquel misterioso jardín. Si ella seguía dormida, tal vez le fuese posible observarla de cerca y ver un poco más de su piel y de su vientre.

Se incorporó con mucho cuidado, evitando todo ruido, y se enrolló la sábana en torno a las caderas, pues sentía vergüenza. Si Madulain despertara siempre podría decirle que había tenido que ir a orinar, aunque sería difícil defender ese pretexto si lo veía delante de su lecho.

Se acercó de puntillas, caminando con sigilo y deteniéndose cada vez que crujían los tablones del suelo.

La respiración de Madulain era profunda e irregular. Después de haber oído el leve ruido de las sábanas y los pasos temerosos, ya no se atrevió a abrir los ojos, para no dejar al muchacho en evidencia o ahuyentarlo incluso, pero se sintió tentada a moverse intranquila, como en sueños, a deslizar la pierna aún más fuera de la sábana. Y al hacerlo topó con él, le tocó con el pie: así supo que el muchacho estaba cerca. En aquel instante pudo haber representado el papel de mujer asustada, defenderse aparentando un rechazo y atraerlo después hacia su cuerpo, entre sus piernas. Pero Madulain no quería asustarlo, prefería ofrecerle a Roç la posibilidad de actuar por sí mismo.

De modo que levantó poco a poco la otra rodilla, calculando muy bien que de este modo se formaría una cueva bajo la sábana que cubría su vientre y que Roç no lo resistiría; y, en efecto, se dio cuenta de que el muchacho se arrodillaba y se inclinaba sobre su muslo. Entreabrió un ojo y vio su mirada, brillante y asustada.

Entonces ella encogió las piernas y él se desplomó sobre la joven.

Ésta dijo:

–Roç, estás muy frío– y lo metió debajo de la sábana, atrayéndolo hasta sentir el miembro que se deslizaba torpemente por su trasero, de modo que lo dirigió con mano experta hacia la entrada, dispuesta y abierta. Una vez le hubo señalado el camino, dejó que él mismo determinara cómo deseaba tomarla.

Madulain echó la cabeza hacia atrás y esperó con curiosidad si el muchacho la asaltaría impetuoso. Pero, para su mayor placer y sorpresa, Roç la penetró con sensual lentitud. Ella, muy excitada, apretó la cara de él contra sus pechos temblorosos y agarró con las manos el duro trasero del muchacho; creyó perder el juicio cuando el joven la estuvo llevando a ella, que pretendía haber conocido ya todos los placeres de la carne, a cimas hasta entonces desconocidas.

Madulain se tuvo que obligar a no gritar y sobre todo a no asustarlo a él, arañarlo, morderlo o pegarle. Su cuerpo por momentos se quedaba rígido y en otros se echaba a temblar, sentía frío y al instante ardía de calor.

Roç no sabía lo que le estaba sucediendo, se sentía asombrado de la naturalidad con que su pene se abría camino y del suave ardor que empezó a rodearlo para guiarlo por un mundo atractivo que nada tenía que ver con la vista, pero que lo inducía a él, Roç, a adentrarse cada vez más en aquel paraíso abismal que se mostraba a cada instante más amplio y cuyo fondo más profundo no había alcanzado aún cuando sus huesos toparon con la dureza de los de ella. Entonces retiró con cuidado la lanza y la hizo avanzar de nuevo, cada vez más deprisa; y Madulain lo ayudaba con excitación creciente, arqueaba el cuerpo, empujaba el de él hacia el interior del suyo, le clavaba las uñas en las nalgas, lo mordía en el cuello, hasta que él se entregó al torrente de su pasión indómita, aceptó su éxtasis y sucedió lo más increíble: aunque se dio cuenta de que algo le sucedía a su pene dentro de aquel abismo infernal, le pareció también que se producía una explosión dentro de su cráneo. Era como si tuviese que morir, como si todas sus venas reventaran, y su corazón latía salvajemente mientras jadeaba intentado recuperar una respiración regular. Después vinieron el descanso y la paz profunda. Movió el pene, del que ya no sabía con seguridad si le pertenecía a él o si Madulain lo había estrangulado y aplastado y el infierno se lo había arrebatado y tragado. Pero no: aún estaba allí, y estaba vivo, acurrucado como un ratón recién nacido en el blando nido. Disfrutó del suave balanceo y Madulain acarició el cabello de Roç mientras le decía:

–Quédate conmigo.– Y se quedaron juntos, con los sentidos muy despiertos. Él oía latir el corazón de la mujer y un rumor en su vientre, y ella sentía el pene del muchacho descansando suavemente en la profundidad de su jardín, y a cada aliento que tomaba él y tomaba ella se daban cuenta de que se comunicaban el uno con el otro.

Roç comprendió entonces que aquél era el camino que deseaba recorrer con Yeza tan pronto estuvieran de nuevo juntos, y le agradeció a Madulain haberle mostrado el misterio del amor. Aún podía aprender algo de ella, y Yeza estaría orgullosa de él.

Madulain pensaba en "el halcón rojo", y en que le estaba bien empleado.

Habían descendido a la llanura de la Beka'a, y se acercaban a Baalbek cuando el soberano mandó que acudiera el embajador imperial.

An-Nasir no se hacía transportar en un palanquín, sino que cabalgaba en su animal preferido, un camello blanco entrenado en las carreras, delante de las mujeres y rodeado a distancia conveniente por su guardia personal y por los músicos. El ritmo de la marcha era acompañado por los golpes de los bombos y a cada milla sonaba una señal de cuerno a la que respondían todos los demás instrumentos, tanto los que cabalgaban en cabeza del grupo como los que venían en la retaguardia.

–Hay aquí una dama que desea hablar con vos– le comunicó An-Nasir desde su silla elevada cuando Constancio de Selinonte consiguió mantener el caballo a su lado.

–Estáis bromeando, alteza.

An-Nasir sonrió satisfecho.

–Se me olvidó confiaros, estimado señor embajador, que yo, por mi parte, ya he anudado cabos con el linaje de vuestro señor. En mi séquito viaja el fruto más joven de mis amores, que por desgracia no es un niño. He tardado dos años en domar a esa mujer, que llegó a mi harén con el nombre de Clarion de Salento, hija natural del gran emperador Federico. Ahora ha sido madre– y se echó a reír, –¡pero aún le falta mucho para ser una mujer mansa!

Constancio tragó saliva y reflexionó acerca de los avatares de la vida, pues Clarion era hija de su hermana, es decir, sobrina suya. Aunque no le pareció aconsejable revelarlo en aquel momento.

Así pues, contestó:

–Me alegra mucho saberlo, y estoy seguro de que el emperador apreciará la unión de sangre establecida con la estirpe de los Aiyub.

An-Nasir asintió y siguió mostrando su faceta más jovial.

–La señora afirma conoceros por haberos tratado en la corte de su padre…

–Pues sí, lo recuerdo, ya que de niña fue entregada a la condesa de Otranto para que la criara. Dicen que se convirtió allí en una mujer de extraordinaria belleza, aunque también de carácter rebelde.

–Así es– rebuznó el robusto coloso, –de modo que no la hagáis esperar más. Está allí, en el palanquín blanco, donde ondean el banderín de la familia del emperador y el mío.

Constancio dirigió su caballo hacia donde le habían indicado, y aunque no se descorrió la cortina que cerraba el palanquín, creyó reconocer los ojos ardientes de Clarion detrás de los orificios dispuestos para mirar desde el interior hacia afuera.

–Menos mal que me he enterado de vuestra presencia aquí, Constancio– le dijo ella con palabras atropelladas. –No debéis llegar con nosotros a Damasco. Allí está Abu Al-Amlak, "el padre del gigante", que conoce vuestra verdadera identidad…

–En ese caso, el enano sabe más que yo– rió "el halcón rojo".

–No lo toméis a la ligera– suplicó Clarion, –An-Nasir es capaz de tramar la más horrible de las venganzas a poco que tenga la sensación de haber sido engañado.

–¿Y qué pretendéis, querida Clarion, puesto que no puedo aducir ante An-Nasir, como motivo para rechazar la hospitalidad que me ofrece, que habéis sido vos –cuyo rostro ni siquiera he visto– quien me induce a alejarme?

–Decidle que, en mi opinión, no deberíais perder tiempo para solicitar al emperador que responda a la solicitud de tropas expresada por la casa Aiyub. Eso responde también a los intereses más urgentes de An-Nasir, aún más que su deseo de impresionaros en Damasco con la celebración de su ascenso al trono.

–Lo intentaré– dijo Constancio, –¡y muchas gracias, querida Clarion!

–Podéis demostrarme vuestro agradecimiento intentando que, a mi regreso, no vuelva a tropezarme jamás con esa mujer llamada Shirat.

–¿Estáis celosa?

–La mameluca me molesta.

–No faltaba más– murmuró "el halcón rojo", –pero debéis tener un poco de paciencia, puesto que el pequeño Mahmoud está en manos de vuestro señor…

–¡Dios mío!– oyó entonces el comentario quejoso de Clarion. –¡Habéis dicho "pequeño"! Ese niño tiene el cerebro tan hinchado como una sandía, aunque llena de rayos y truenos. ¡Os agradecería que me lo quitarais de encima!

–¡Pero si se encuentra aquí, con vos, viajando en dirección a Damasco! Y sin él…

–¡Os lo devolveré con una escolta urgente a Homs en cuanto hayan terminado los festejos!– repuso Clarion. –¡Podéis confiar en mí! ¡Ahora debéis alejaros de aquí!

Constancio de Selinonte se adelantó hasta quedar de nuevo a la altura de An-Nasir y compuso una expresión de pesadumbre, de modo que éste le hizo señas de que se acercara.

–La hija del emperador me ha reprochado que esté aquí persiguiendo diversiones livianas en lugar de embarcarme rápidamente camino de Palermo para solicitar al emperador que convenza a los francos del reino de Jerusalén, sometidos a su soberanía, de que acudan a vuestro lado, de modo que vuestros ejércitos unidos puedan castigar a Egipto y arrojar a los mamelucos del trono que legítimamente os pertenece. Ella cree que si esperamos demasiado podría producirse una alianza entre el rey francés y El Cairo, y los barones de Ultramar serían capaces de adherirse a esa alianza.

–No es nada tonta esa mujer– suspiró An-Nasir, –¿qué pensáis vos?

–Pienso que debo renunciar a las diversiones que me habéis prometido en Damasco y alejarme a toda prisa, mientras vos iniciáis ya negociaciones con el rey Luis. ¡Hay que evitar a toda costa una alianza de los cristianos con Egipto, pues iría dirigida contra Siria!

–En ese caso, estimado señor embajador, debéis seguir vuestro propio consejo. Os compensaré con una gran fiesta en El Cairo, de la que podréis presumir ante vuestros nietos. *Alah ma'ak!*

"El halcón rojo" volvió grupas y regresó en dirección al norte.

DIARIO DE JEAN DE JOINVILLE

San Juan de Acre, 2 de diciembre de 1250 d.C.

A principios de cada semana el tesorero me paga mi sueldo y el de mis caballeros, que hasta el momento no hacen otra cosa que gastárselo en putas y juegos de azar. Cada día que Dios nos concede me dirijo dos veces a la mesa real, para comer con el rey y ahorrar así al menos el gasto de la alimentación.

A Dios gracias ya no tengo que pagarle a mi secretario, pero desde que Yeza ha partido en dirección al convento del monte Carmelo, no hay puesto que William pueda ocupar en la corte. De vez en cuando lo he visto comiendo aún en la mesa de los criados, pero el condestable ha acabado por echarlo también de allí. El señor Gilles le Brun no ha olvidado la defensa que el fraile hizo de Hamo y de Firouz, y como le es imposible despedirme a mí del cargo que me corresponde por nacimiento se lo hace pagar al flamenco.

El rey soporta malhumorado la ausencia de Yeza, y tengo que decir que todos nosotros la echamos de menos por su carácter alegre y su manera abierta de comentar cualquier tema y provocar discusiones, antes de sacarse de la rubia cabecita las propuestas más sorprendentes para solucionar el problema o hacer entrar en razón a cualquier retardado mental que no sea capaz de comprenderla, arrojando con mucha destreza el puñal de sus razonamientos para obligarlo a despertar.

Pero todo esto ha ido pasando a la historia conforme transcurrían los días sin saber de Roç, y desde que se le metió en la cabeza la convicción profunda de que su "amado" ha muerto. Primero empezó por estar cada vez más callada, después acabó por ensimismarse del todo y finalmente nos ha abandonado.

–¿Verdad, querido Joinville– interrumpió el rey recientemente mis reflexiones, –que también tú echas de menos a nuestra joven Artemisa, nuestro rayo de sol?

Era como si hubiese estado escudriñando en mi interior.

–Sí, majestad– dije yo, –y no me puedo imaginar que se sienta feliz allá, con las monjas.

La reina nos dirigió una mirada cargada de desaprobación:

–Según me ha hecho saber la buena abadesa, Yeza se distingue por su recogimiento y devoción y está aprendiendo a someterse a las severas reglas del convento. Pronto vestirá el hábito de novicia y sus rubios rizos caerán bajo la tijera.

Yo preferí no decir nada, y también el rey siguió tomando la sopa en silencio.

Yves "el Bretón", que se situaba como siempre durante las comidas detrás del rey, y que probablemente comía después en la cocina, carraspeó y dijo:

–Siempre existe la posibilidad de que el muchacho por el cual suspira esté todavía entre los vivos y algún día se encuentren.

–Aparte de que tú, Yves, sólo deberías hablar cuando te pregunten, yo me alegraría por ella de que así fuera– dijo el rey, –y entonces concederé gustoso a los dos niños...– no terminó la frase porque la señora

Margarita se había levantado con un gesto violento del asiento y abandonó la mesa sin pronunciar palabra.

En la puerta casi tropezó con John Turnbull, quien acudía apoyado por dos de nuestros soldados de guardia. Su aspecto era el de un hombre muy debilitado y que difícilmente se mantenía erguido sobre las piernas. Me apresuré a ofrecerle mi asiento.

–An-Nasir ha ocupado Damasco– dijo el anciano en voz tan baja que todos tuvimos que prestar mucha atención, –se ha proclamado sultán y se prepara para atacar a Egipto.

Se hizo el silencio.

–¿Es ésta una noticia buena o mala?– se dirigió el rey a mí.

Yo dije:

–Es una noticia amarga, porque nos obliga a decidirnos. Si le seguimos podremos participar de la victoria, pero nuestros prisioneros en El Cairo no la verán vivos. Los matarán a todos.

Mis comentarios no me exigen largas reflexiones, pues en muchas ocasiones he repasado mentalmente el escenario.

–Y si, al revés, nos aliamos con El Cairo, podremos obtener la libertad de los prisioneros, pero tendremos prácticamente a la puerta a un nuevo enemigo encarnizado que nos agarrará por el cuello en cuanto pueda, pues la subsistencia de este reino depende en gran medida de que sepamos mantener la paz con el vecino sirio.

El rey levantó la mesa y encargó a su condestable que reuniera a los grandes maestres y los barones de Tierra Santa. Hasta que acudieron nos quedamos los cuatro solos, e Yves pidió permiso para plantear una pregunta a John Turnbull. El rey asintió, concediéndoselo.

–No es un secreto, venerable maestro, el hecho de que servís a varios señores– empezó Yves. –¿Por encargo de quién habéis traído esta noticia al rey?

El viejo John Turnbull sonrió condescendiente.

–Hace mucho tiempo que ya no sirvo a ningún señor: ni al emperador, ni a la casa de Aiyub, sino a una sola causa, señor Yves. Y vos sabéis de qué estoy hablando. Estoy aquí porque me preocupa el destino de los infantes, cuya seguridad se verá en peligro a causa de los sucesos venideros, sea cual sea su evolución.

–La niña está bajo mi protección– declaró el rey, –y si os tranquiliza, venerable *chevalier*, situaré gustosamente al señor Yves delante de la puerta del convento, para que le sirva de guardián.

–Olvidáis, majestad, que son dos los infantes reales, y que el muchacho ha desaparecido… sólo nos faltaban ahora los avatares de una guerra…

John Turnbull no se lamentaba, pero se mostró muy preocupado:

–Conozco a Yeza y sé que no aguantará mucho tiempo en el convento. ¡Se escapará de allí y se lanzará a la búsqueda de Roç!

–¡El señor Yves no lo quiera!– exclamó el rey, en tono de conjura. –Te prometo cualquier cosa– se dirigió a "el Bretón", pero tragó saliva cuando vio la chispa de satisfacción que se encendió en los ojos de aquél, –y además serás responsable...– prosiguió rápidamente con voz severa, pero el señor Yves ya se había postrado de rodillas.

–Sabéis que no deseo más que una sola cosa, majestad– rogó en tono humilde.

–En pie, Yves– exclamó el señor Luis con expresión de disgusto. –¡No debes aprovechar el dolor de mi corazón!

Se volvió hacia mí y me dijo a modo de explicación:

–El señor Yves desea que lo arme caballero.

Me encontré una vez más en un aprieto, pues no deseaba de ningún modo disgustar a "el Bretón".

–Siempre existe la posibilidad, majestad– aseguré para escurrir el bulto, –de premiar así los méritos extraordinarios de un hombre, o los que ha venido prestando en medida satisfactoria durante muchos años. Podéis conceder al señor Yves la ocasión de dar prueba de ello en estos tiempos plagados de dificultad...

Probablemente no era lo que el rey deseaba oír de mí, porque me cortó la palabra.

–Decidme vos, *chevalier* de Monte Sión– se dirigió a John Turnbull, –¿qué pensáis de esta cuestión?

El viejo John movió pensativo la cabeza de pájaro.

–No es un secreto, señor Yves, que estáis sirviendo a ciertos poderes que intentan acabar con la vida de los infantes. Antes de transformaros de perseguidor encarnizado en protector sacrificado, deberíais buscar el perdón de aquéllos a quienes habéis estado acosando. Si conseguís esa gracia habréis alcanzado un estado digno del mejor de los caballeros, y nadie os lo podrá arrebatar jamás...

–¿Queréis decir, *chevalier*, que los poderes del rey no alcanzan más allá?– dijo el señor Luis, furioso. –¿Y que mi servidor Yves debería buscar a mis espaldas...?

Me sentí impulsado a hacer un intento de pacificación, pero el viejo Turnbull se mostró obstinado, aunque era lo suficientemente inteligente como para no dejar destrozado a "el Bretón".

–Todos sabemos que la *Ecclesia catolica*, majestad, a la que el señor Yves ha servido como sacerdote, no aprecia demasiado a los niños. La razón está en la naturaleza de "la causa" y en el origen de los infantes. Tampoco tiene mucho sentido que vos, hijo devoto de esa misma Iglesia, os preocupéis tanto de su bienestar. Así pues, considero que sería lo mejor, antes de que vos y vuestro servidor os veáis sometidos a graves conflictos de conciencia, que yo me llevara conmigo a Yeza...

–¡Eso, jamás!– exclamó Luis, indignado. –Os prohíbo que intentéis verla y hablarle. La niña será educada en la doctrina cristiana y la mantendré lejos de toda influencia perjudicial, ¡que al parecer habéis venido vos a defender aquí! ¡Es mi última palabra!– El rey se había puesto de pie: –¡Y también os ordeno que os alejéis ahora mismo de mi vista!

John Turnbull se incorporó tembloroso y yo lo ayudé, pero después sentí que el cuerpo del anciano se enderezaba.

–Ya no podéis amenazarme con nada– dijo en voz baja. –Mis días están contados y mi vida está en manos de Dios, lo mismo que la de los niños. Ningún ser humano, ni el Papa ni el rey de Francia, podrá cambiar el destino reservado a los infantes reales.

Y se alejó con la cabeza alta mientras yo lo acompañaba hasta la puerta, sosteniéndolo del brazo.

En aquel instante entró William, quien seguramente había estado escuchando, y nos comunicó que el condestable tenía reunidos a los grandes maestres y los barones del consejo de la corona.

Pero el rey dijo:

–Que esperen: acudiré con Yves al monte Carmelo, y tú, querido Joinville, y si lo deseas también tu secretario, debes acompañarme. ¡Pero no quiero que se hable del objetivo y de la finalidad de esta visita, señores míos!

Lo dijo, y salió seguido de su perro guardián.

–Si el rey– me susurró William en tono irónico –arma caballero a “el Bretón”, ¡salgo mañana mismo para Roma a que el Papa me nombre cardenal!

–Supongo– repuse –que la decisión estará en manos de Yeza.

–Que lástima– suspiró mi secretario –que la hija del Grial no pueda decidir también la concesión de la púrpura cardenalicia. Con lo bien que me sentaría a mí ese color. ¡Conozco a más de uno a quien la envidia y la bilis teñirían de verde y de amarillo!

San Juan de Acre, 10 de diciembre de 1250 d.C.

Desde hace algún tiempo me sentía intrigado por saber con qué ingresos cuenta mi señor William para costear su tren de vida. Es cierto que sigue comiendo en la cocina del rey, pero no creo que siga en la lista del tesorero una vez anulado su cargo de protector de Yeza, y para gran sorpresa mía tampoco ha vuelto a pedirme nada a mí. Los tres banderines de caballeros que el rey me permite mantener gastan la mayor parte de su paga en mujeres y partidas de dados. Es cierto que con esto último lo único que se consigue es que el dinero pase de un bolsillo a otro, pero lo que jamás habría esperado es que también las primas que se cobra el amor fueran a "quedarse en casa".

Con frecuencia creciente había observado yo que el carrito de la ramera permanecía en determinados días estacionado en el patio de nuestro albergue. Desde un principio me pareció haber visto ese vehículo en otros lugares, pero tan sólo fue al descubrir, mirando por la ventana, que los señores caballeros depositaban en manos de mi querido William el importe de la cabalgada, cuando comprendí el alcance del negocio.

Ingolinda de Metz se encuentra en San Juan de Acre y mi secretario ejerce de chulo, y como le gusta la vida cómoda y lo mismo les sucede al parecer a mis caballeros han llegado entre todos a un generoso acuerdo, de modo que se turnan por banderines para que cada uno tenga la ocasión de desfogarse y William pueda conseguir de ese modo unos ingresos fijos. Claro que es una situación imposible, ¡aunque sólo sea por mi reputación!

De modo que le planteé la cuestión y le dije:

–Mi querido señor de Roebruk, os tomaré cuanto antes de nuevo a mi servicio para que podáis ganaros el sueldo de una manera honorable y mi nombre no se vea expuesto a adquirir mala fama.

Pero mi señor William no demostró en ningún momento tener una comprensión razonable de mis cuitas.

–Sé que vos, mi querido señor de Joinville, padecéis de bastante escasez de recursos, y vuestros caballeros se gastan de todos modos el dinero con las putas, de modo que yo les garantizo una asistenta perfecta que les cose los cierres y les lava incluso los peales, y que también se los toma a pecho con toda cordialidad y sin dejar de gastarles bromas, permitiéndoles que busquen solaz en su jardincito. Y de esta manera consigo además que mi buena Ingolinda tenga su círculo de clientes fijos. Por otra parte, el diezmo que yo me quedo por cuidar de su alma y administrar correctamente sus ingresos suma bastante más de lo que vos tendríais que pagarme si siguiera escribiendo para vos hasta que se me formaran callos en los dedos. Para colmo, consigo que no necesite dedicarme a ella más que los domingos –pues mi dama insiste en ello sin ceder ni un ápice– y, por lo demás, disfruto de mi libertad flamenca. Todos somos felices: desde vuestro caballero más encanecido hasta el más joven escudero, nadie los engaña, y no tienen que pelearse con los rivales ni salir corriendo cada dos por tres para acudir al *medicus* porque les gotea el grifo.

–Veo que todo funciona a las mil maravillas, William– dije yo; –sólo que el senescal de la Champagne no puede consentirlo. Esa excelente costurera vuestra tiene un plazo hasta mañana por la mañana para cubrir por última vez sus desnudeces, y si no se esfuma de aquí ordenaré al condestable que la expulse de la ciudad. En cuanto a vos, ¡iniciaréis de nuevo el servicio normal conmigo!

William me miró con tristeza.

–No tenéis corazón, aunque no era de esperar otra cosa en alguien como vos– me reprochó, pero después se tragó la probable mención de otras insuficiencias mías que acudían a su mente. –La señora Ingolinda saldrá esta misma noche de la ciudad, ¡pero yo me iré con ella!

–¡No podéis hacerme eso!– le respondí, para añadir después con dureza: –Os quedáis aquí. ¡Es una orden!

–Yo soy un hombre del rey– empezó a mofarse de mí, –y si le confieso al señor Luis qué terribles pecados he conjurado sobre mi alma, me expulsará de San Juan de Acre sin el menor miramiento y vos seréis objeto de chanza en todo el reino. De modo que os conviene dejarme ir en paz, y podéis decir a vuestros caballeros que ahora tendrán que buscar donde poder emplear de una manera barata y agradable sus cipotes. Probablemente os pedirán un aumento de su pobre sueldo, y además tendréis que correr con los gastos del sanitario que los cure de las infecciones que adquieran por tener que batirse en el campo del amor venal tratando con sucias y descuidadas cantineras del montón… ¡Adiós!

San Juan de Acre, 12 de diciembre de 1250 d.C.

Nos dirigimos a caballo al monte Carmelo el señor rey, el señor Yves, yo y William.

Finalmente he conseguido ponerme de acuerdo con mi rebelde secretario para que no insista en procurarme mala fama, y le he prometido buscar entre los dos una solución que le permita a él alejarse de San Juan de Acre con alguna misión oficial sin que nadie pueda plantear preguntas tontas. Claro que, entre tanto, la dama causante de que yo me mostrara tan escandalizado sigue practicando su oficio como servidora del amor, aunque ya no en pleno centro de nuestro patio.

Por deseo del rey, que desea la máxima discreción pensando probablemente en la señora Margarita, fui yo quien proporcioné la escolta para la excursión.

El convento me causó una impresión bastante lóbrega. Las celdas de las monjas están cerradas hacia afuera por altas murallas; apenas se ven unas rendijas como troneras que hacen las veces de ventanas. En todo el entorno no existe más que un desierto lleno de piedras. Delante del portal de entrada se arraciman algunas chozas de gente pobre que manda a sus niños a pedir limosna a los que acuden, como hicimos nosotros, a hacer una visita.

Una vez llegados al convento el rey nos hizo esperar afuera, pues deseaba hablar primero a solas con Yeza.

Como es lógico, el señor Yves se mostraba nervioso, de modo que William se ofreció a buscar un acceso secreto, contraviniendo la orden del rey. Seguramente es un buen conocedor de aquella institución, pues además de haber acompañado a Yeza para que iniciara esa vida de ermitaña voluntariamente elegida, también ha acudido a visitarla repetidamente y, como no podía ser de otro modo, ha trabado amistad con una de las mozas de la cocina, que obedece al nombre poco prometedor de Ermengarda. Así pues, también él desapareció detrás de los muros.

Yo me quedé solo con "el Bretón". Cerca de nosotros cruzó una anciana que sostenía en una mano un recipiente lleno de carbón candente y en la otra una jarra de agua. Yves le preguntó cuál era su propósito. La mujer lo miró con reticencia y después dijo, según me tradujo Yves más adelante:

–Con este fuego incendiaré el paraíso y procuraré que arda sin dejar rastro, y con el agua apagaré las llamas del infierno para que nunca más puedan arder.

–¿Y por qué quieres hacer todo eso?– preguntó Yves.

–Porque no deseo– respondió la anciana –que alguien haga el bien con la esperanza de entrar en el paraíso, ni por temor a la condena del infierno, sino única y exclusivamente por amor a Dios. A Dios, a quien tanto debemos y que tanto bien nos hace.

Yves se quedó muy pensativo después de oír tales palabras. Poco después se presentó una monja y le pidió que la siguiera.

William había conseguido, según me reveló con mucha picardía más adelante, espiar con ayuda de la moza Ermengarda aquel encuentro tan extraño, aunque la moza no le ayudó gratis y sin pedirle nada a cambio, lo ocultó debajo de sus faldones. De este modo logró el fraile acercarse al lugar del suceso, tal como me lo describió después: vio a Yeza sentada en la sillería del coro, flanqueada a derecha e izquierda por otras monjas. Vestía, igual que ellas, un hábito áspero de lana marrón oscuro, aunque su cabello rubio todavía no había caído víctima de la tijera. Tenía el rostro pálido, la mirada seria y el cuerpo erguido, y no hacía falta la presencia de la seca abadesa, que vigilaba a todos con la mirada, para que sus labios no mostraran ni el más leve indicio de una sonrisa: esa sonrisa que en tantas ocasiones ha dejado admirado a su entorno. Permaneció durante todo el tiempo pálida y severa como la propia abadesa.

Esta última tomó la palabra:

–El señor Yves se ha confesado ante el oído de la Iglesia y hemos obtenido su consentimiento expreso para repetirlo aquí delante de ti, Yeza, pues debes saber que con su arma afilada quiso quitarte la vida, intentando cortar tu cabeza y separarla del tronco. Dios en su bondad inmensa evitó tan sangriento acto por mediación de su devoto instrumento, el rey de Francia. El señor Yves ha hecho sus paces con Dios, que lo juzgará el día del Juicio final, y ahora se presenta ante ti para rogarte que le concedas perdón aquí en la Tierra, tal como nos lo enseña nuestro Redentor y como está escrito: "Ama a tus enemigos".

La abadesa miró expectante a Yeza, pero ésta seguía con la mirada fija al frente, como si aquellas palabras no fueran con ella.

El señor Luis tomó entonces la palabra y dijo en su tono más cariñoso, ése que suele emplear cuando le habla a Yeza:

–El señor Yves lamenta de todo corazón su actuación y está dispuesto a dedicar su vida, en señal de reparación, a combatir por la fe cristiana, ingresando en la severa disciplina de una Orden militar y luchando desde ella en nombre de la Iglesia. Me ha pedido que para este fin lo arme caballero.

Como era perfectamente visible, al rey le era difícil comprometerse de ese modo y someterse al veredicto de la joven, y también "el Bretón", que hasta entonces había permanecido con la mirada fija en Yeza, bajó los ojos al suelo.

–Si tú, Yeza– prosiguió el rey sometiéndose ya del todo, –le expresas tu perdón y estás de acuerdo, procederé tal como he dicho.

Yeza mantenía la mirada fija en alguna lejanía y dijo con voz tranquila:

–Nadie ha preguntado hasta ahora al señor Yves, ni él lo ha dicho, quién fue el que le encargó que me matara–. Después bajó aún más la voz, que había perdido toda entonación: –Yo no estoy obligada a amar a mis enemigos ni necesito el ejemplo de Cristo para perdonar…

No prestó atención al hecho de que sus palabras cortaron la respiración de las monjas que tenía a sus lados, y llevaron a la abadesa a trazar, espantada, la señal de la cruz.

–Como infanta real del amor divino perdono al señor Yves de todo corazón, pero como hija del Grial me opongo rotundamente a que un hombre que no es libre, un hombre que aún no se ha quitado de encima las ataduras que lo unen a aquéllos a cuyo servicio estuvo un día, sea armado caballero.

A estas palabras siguió un silencio helado.

Finalmente, el rey se inclinó, evitando mirar a los ojos a Yeza; unos ojos que ahora brillaban de nuevo con todo su esplendor gris verdoso y echaban chispas como si muy profundamente en su interior hubiese empezado a avivarse de nuevo el fuego de siempre. El rey le dio un codazo a Yves, que se había quedado petrificado, y éste, inclinándose hacia adelante aún más que antes, lo siguió para salir del refectorio.

–Besé a Ermengarda en la cara interior de los muslos y ella me dejó salir por una puertecilla oculta, y así es cómo he podido llegar a vuestro lado aún antes que el rey, mi querido señor de Joinville.

Tal fue el informe que me ofreció mi secretario. Como es fácil de imaginar, regresamos en silencio a San Juan de Acre, y durante el camino casi llegué a reventar de curiosidad, pero tan sólo después de haber alcanzado otra vez nuestro albergue pudo contarme William toda la historia.

III

"EL PADRE DEL GIGANTE"

DIARIO DE JEAN DE JOINVILLE

San Juan de Acre, 13 de diciembre de 1250 d.C.

Al mediodía siguiente, cuando me dirigía a la fortaleza real, llegó al castillo una embajada procedente de Damasco y enviada por An-Nasir. Sus miembros lamentaron con amplio despliegue de palabrería el asesinato por los mamelucos del antecesor, como si no supiesen que el nuevo soberano de Siria había visto cumplido el mayor de sus deseos al enterarse de la muerte de su primo Turan Sha.

Después nos ofrecieron, como ya es habitual, la devolución de Jerusalén y de todos los lugares que son santos para nosotros, como si ignorásemos que es imposible mantenerlos y que a la primera ocasión nos serían arrebatados de nuevo. En cualquier caso, nos prometieron la luna y el sol siempre que entráramos en una alianza con su señor para emprender una campaña contra Egipto.

El rey les respondió que le satisfacía en gran manera la generosa oferta, y que a su vez enviaría a un embajador para que negociara con An-Nasir todos los detalles. Con estas palabras despidió a los emisarios y de momento consideró que había conseguido lo más importante: ganar tiempo.

Mientras nos dirigíamos a la mesa dijo:

–Señor Yves, me agradaría sobremanera que pudieras demostrar ante todo el mundo tu valor, y supongo que lo mismo deseas tú también. Por tanto, encabezarás la delegación que voy a enviar a Damasco…

–Señor– me apresuré a decir, –yo podría prescindir para ese mismo fin de mi secretario…

El rostro de "el Bretón", habitualmente ceñudo y sumido en oscuras reflexiones, pareció ensombrecerse más todavía.

–No– dijo el rey, –no hace falta que vaya el señor William. Recemos ahora.

Domine Jesu Christe,
panis Angelorum,
panis vivus aeternae vitae,
benedicere digna panem istum,
sicut benedixisti panes in deserto:
ut omnes ex eo gustantes
inde corporis et animae percipiant
sanitatem.

Al regresar a mi albergue me esperaba allí mi querido William con la noticia de que John Turnbull había enviado a buscarme, rogando que acudiéramos al edificio de los caballeros teutónicos. El anciano solía alojarse en la sede del gran maestre de esa Orden militar cuando se encontraba en San Juan de Acre.

El comendador Sigbert von Öxfeld acababa de llegar de Starkenberg y nos traía la noticia de que Roç estaba vivo.

–Pero ésta no es la única razón por la cual os he rogado que vengáis a verme– aclaró John Turnbull, y nos dirigió una mirada extraña. –Durante la siesta he tenido un sueño intenso, como una visión; una visión tan clara e inconfundible como si yo estuviese presente en ella– expuso el digno *maestro venerabile* con aire pensativo, aunque con la mirada brillante: –me he visto allí y me he oído hablar. He visto a mi emperador yacente, cuando despertaba de un desmayo. Lo habían trasladado a esta fortaleza en la *Capitanata* por haber sufrido un malestar doloroso en el curso de una partida de caza. Sus amigos más fieles rodeaban el lecho.

"El emperador levantó la vista y me preguntó: «¿Dónde estoy?» Y yo le contesté: «En Fiorentino.» Una vez dicho nombre hubo salido de mis labios me asusté mucho, pues de repente me vino a la memoria la profecía de Joaquín de Fiore, quien en su día había predicho: «La vida de *stupor mundi* se apagará en un lugar llamado Flor y debajo de una puerta de hierro.» Ésa es la razón por la que el emperador ha evitado durante toda su vida la ciudad de Florencia.

"El emperador miró en torno suyo y descubrió una mancha en la pared que hasta entonces a nadie le había llamado la atención. Hizo venir a unos operarios para que retiraran el revoque. Debajo apareció una puerta de hierro. En ese instante supo Federico que estaba a punto de morir.

"Entonces me eché a llorar con gran desconsuelo; el emperador me miró muy tranquilo y dijo: «Éste es el lugar de mi fin, tal como estaba determinado. *Fiat voluntas Dei!*» Entonces me desperté, y noté que tenía la almohada húmeda de lágrimas.

Sigbert se acercó al anciano y lo abrazó, pues también se sentía conmovido, aunque fue el primero en volver a hablar.

–Eso cambiará muchas cosas– dijo, y se esforzó por amortiguar la potencia de su voz, –y no sólo en lo que afecta a nuestra Orden. ¡Dios ayude a la estirpe de los Hohenstaufen!

–¡Los niños!– exclamó William excitado. –¡Correrán el máximo peligro en cuanto se conozca la noticia!

–¿Pero estáis seguros...? – me atreví a oponer, como hombre racional que soy.

Entonces los otros tres me miraron como si no estuviese en mi sano juicio, y Sigbert dijo:

–Si esto no os ha convencido, distinguido señor, os rogamos, no obstante, que no divulguéis lo que nos han revelado los labios del maestro, pues tendríamos que considerar que formáis parte de los enemigos de los infantes.

Entonces William me tomó del brazo y dijo:

–Yo doy mi palabra de que el senescal guardará silencio– y me sacó al exterior.

Una vez en la calle, mientras pasábamos por delante de la sede del patriarcado, le dije:

–Recuerdo ahora un poema que no sé por quién fue escrito, pero que se ajusta muy bien a la situación y a la muerte del gran emperador:

Au tens plain de felonnie,
D'envie et de traïson,
De tort et de mesprison,
Sanz bien et sanz cortoisie,
Et que entre nos baron
Fesons tout le siecle empirier,
Que je voi esconmenïer
Ceus qui plus offrent reson,
Lors veuil dire une chanson.

–Os doy las gracias, William, no solamente por haberme escuchado, sino también por haberme avalado. Ahora ya no insisto en que vuestra dama se aleje de aquí– añadí después. –He llegado a sentir afecto por ella...

–Mi querido señor de Joinville– me interrumpió mi secretario. –En este momento, el orden de categorías de nuestros problemas ha cambiado. *Tempora mutantur et nos mutamur in illis.* Lo más urgente ahora es ponerse al servicio de los infantes, y todos debemos someternos a ese imperativo, incluso Ingolinda.

–¿No queréis que os recite la segunda estrofa?

–En realidad, no– dijo mi secretario, –¡a menos que confeséis que sois vos el poeta supuestamente desconocido!

Li roiames de Surie
Nos die et crie a haut ton,
Se nos ne nos amendon,
Pour Dieu! que n'i alons mie.
Deus aime fin cuer droiturier,
De teus genz se veut il aidier,
Cil essauceront son non
Et conquerront sa meson.

ALAHU AKBAR! ALAHU AKBAR! *Ashadu ana la ilama illa Alah! Ashadu ana Mohamad rassul ullah! Heia 'alla as-salat! Heia 'alla al falah!*

El gran bazar de Damasco dormitaba bajo el calor del mediodía, las voces de los muecines se apagaron, los creyentes abandonaron el frescor de las mezquitas y cuantos habían extendido sus alfombras en las callejuelas o en sus tiendas para rezar el *salat al dhuhur*, "la oración de las sombras brevísimas", se retiraron a sus casas.

Juan, "el Armenio", armero real y de la corte, no había encontrado en el mercado de San Juan de Acre ni el material de asta adecuado ni las colas que necesitaba con urgencia para reparar las armas de los ballesteros de la guardia del rey Luis. Uno de los barones del país, Felipe de Montfort, se echó a reír cuando lo oyó quejarse de la inútil búsqueda.

–¡Ese material sólo lo podréis encontrar en Damasco!

–¿Qué decís?– respondió el maestro, incrédulo. –¿Acaso tendré que reparar mis armas comprándole el material al enemigo?

–¡Pues claro que sí!– dijo el conde de Yafo. –Allí compramos todos, porque no encontraréis mejor calidad en otra parte, y los precios son razonables.

Así pues, el maestro Juan había renunciado a sus reservas mentales y fue con sus ayudantes a Damasco, donde le sirvieron con la mayor de las atenciones.

A ningún comerciante le molestó que su cliente fuese un hombre del rey cristiano, muy por el contrario, todos se mostraron sumamente interesados por tener noticias del devoto y valiente soberano francés, y también estaban ansiosos de saber cómo se había recibido en San Juan de Acre la noticia de la muerte del emperador Federico.

El maestro Juan se encontró en una situación embarazosa, porque no conocía la noticia, pero justo en aquel instante entraron dos señores ricamente ataviados en la tienda abovedada del más importante comerciante en armas de Damasco, y al ver que hablaban el árabe con un acento poco habitual los demás consideraron que debían de ser occidentales.

El más joven de los dos, un adolescente imberbe, captó de inmediato la importancia de la noticia y mostró signos de auténtica consternación. Cuando el comerciante le preguntó por la razón de su pesar le hizo saber que mantenía lazos muy estrechos con la familia del emperador, y que la muerte de éste lo afectaba muchísimo, sobre todo porque cuando abandonó San Juan de Acre aún no se conocía allí esa desgracia.

–Mi primo Luis– añadió Hamo con atrevimiento –me habría expresado sin duda alguna su pésame por tan lamentable pérdida.

El maestro Juan se sintió altamente impresionado y dijo:

–¿De modo que vos y el rey…?

El comerciante, que era un hombre de mundo, acudió en ayuda de Hamo:

–Supongo que el señor caballero está aquí en misión secreta…

Entonces intervino Firouz, quien hasta entonces había guardado un astuto silencio, para responder con expresión contundente:

–El conde de Otranto desea permanecer de incógnito y conocer primero cuál es el estado de ánimo del pueblo sirio, antes de presentarse al señor sultán.

–En ese caso, nobles señores, no os habréis podido enterar aún– sonrió orgulloso el comerciante, –¡de que nuestro nuevo sultán An-Nasir ha salido con su ejército para reclamar el trono de El Cairo que le corresponde como descendiente directo del gran Saladino!

–Eso significa que no lo encontraremos aquí, como habíamos esperado– constató Hamo con toda tranquilidad; –no obstante, esperaremos con paciencia a que el venerable soberano, *liansurahu Alah!* regrese coronado de laureles para exponerle entonces el mensaje de nuestro rey.

–Ahora que hemos establecido unas relaciones comerciales tan sumamente agradables– se dirigió el comerciante al maestro Juan, cuyos ayudantes empezaban a cargar las cestas llenas de astas y el barrilito de cola resinosa en las alforjas de los animales de carga, –y dado que los distinguidos señores embajadores no tienen prisa, me permito con toda humildad invitarles a una *akla sahida*, una austera comida, en mi humilde hogar. Me harían muy feliz si me concedieran ese honor.

Atravesaron a pie las callejuelas vacías a aquella hora del mediodía y se detuvieron ante una modesta puertecilla en un muro. Pero una vez abierta se encontraron en un patio interior pavimentado con mármol y cubierto de valiosas alfombras alrededor de una fuente situada en el centro. El patio estaba rodeado de arcadas y a través de ellas fueron introducidos en una sala dotada de cúpula que podría haber servido para recibir a un rey.

Para asistir a la "austera comida" se habían reunido allí tres docenas de ricos comerciantes y amigos del anfitrión. Éste batió palmas y todos se sentaron sobre almohadones en torno a una mesa en forma de herradura. Los sirvientes trajeron primero unas escudillas para que los huéspedes pudiesen lavarse las manos y después comenzaron a presentarles los manjares, empezando por *sharab dhaki*, al que siguieron terrinas con *judrawat musajana*, que sabía agradablemente a especias, acompañado de *'ansat mashuia, hamam majbusa bil 'ajin va mubahara bil qirfa* y *aranib baria matbuja bil shalab al fakiha*.

–Si os dirigís ahora mismo al palacio del sultán– le indicó el anfitrión a Hamo mientras les servían –os recibirá su chambelán, "el padre del gigante"; ¡tendréis que hacer un esfuerzo para no pasarlo por alto!

Señaló con las manos la estatura del enano maligno y todos se echaron a reír, aunque uno de los huéspedes explicó, mientras masticaba:

–¡A Abu Al-Amlak no le gusta nada que le pisen los pies!

–¡Eso, eso!– exclamó otro. –Los curtidores podrían deciros muchas cosas al respecto…

–¡… si tuviesen todavía lengua para hablar!

–A todos cuantos se quejaron de él ante Turan Sha acabó por meterlos en "la jaula de los pájaros del paraíso"; que se llama así porque desde ella hay un solo camino que conduce hacia afuera: ¡el camino del paraíso!

–Y todos los que cantan en esa jaula están deseando salir volando como una *esfura*, en cambio se ven obligados a balancearse y a saltar hasta…

–¡No hablemos de eso ahora que estamos sentados a la mesa!– El anfitrión volvió a batir palmas. –¡Qué pensarán nuestros ilustres huéspedes!

Cuando finalmente trajeron el cordero asado, del que aún goteaba la grasa, hubo alguien que murmuró, aunque en voz lo suficientemente alta:

–Más o menos así os tenéis que figurar a los portavoces de los curtidores cuando salieron de la jaula, aunque ellos estaban vivos…

La visión propuesta no era necesaria para que los intestinos de Hamo se rebelaran contra todo lo que había ido consumiendo hasta entonces, pues había sentido náuseas desde el principio: desde el momento en que recordó la cara odiosa del enano de Homs. Ese mismo Abu Al-Amlak le recordaría también a él.

Hamo se esforzó en ir comiendo la carne asada en trocitos pequeños, pues no podía permitirse vomitar; hacerlo constituiría una ofensa para el anfitrión y dañaría considerablemente su inesperada aureola como embajador secreto del rey de Francia. Observaba con el rabillo del ojo y colmado de desesperación a Firouz y al maestro Juan, pero el *saratz* masticaba la comida sin mostrar signos de emoción y el maestro armero iba tragando las piezas ofrecidas con el mayor de los apetitos.

Hamo respiró aliviado cuando al fin fueron retirados los manjares y ofrecieron té y golosinas. La bebida ardiente tranquilizó las convulsiones de sus intestinos y renovó su capacidad de resistencia, algo que de verdad iba a necesitar.

Nunca se supo si el poderoso anfitrión, orgulloso de comunicar que tan importantes huéspedes lo habían honrado con su presencia, habría enviado en secreto un aviso a palacio, o si los espías del enano maligno le habían avisado de la visita de los cristianos; en cualquier caso y justo cuando estaban limpiándose los dedos en un agua donde flotaban hojas de rosa, se presentó alguien solicitando a los extranjeros que acudieran a palacio a saludar al representante del sultán. Hamo recibió la noticia con serenidad.

Les fue útil contar con la presencia del maestro Juan, puesto que así podrían hacer ostentación, aun en su calidad de embajadores secretos, de un pequeño séquito formado por hombres que vestían los colores del rey.

El vendedor de armas los colmó de valiosos regalos antes de que partieran a caballo en dirección del palacio del sultán.

Abu Al-Amlak estaba entregado de pies a cabeza a la idea y aferrado al propósito de que, en la presente ocasión, le demostraría a An-Nasir, su señor ausente, que el cuerpo diminuto de su chambelán albergaba a un gigante en cuanto a habilidades diplomáticas. Cuando los huéspedes fueron presentados con su nombre por un heraldo, los recibió sentado en lo alto de la escalerilla, en la sala de trabajo del sultán.

Cuando vio a Hamo tuvo un pequeño sobresalto, pero no quiso dejárselo notar.

–Mi estimado señor conde– se dirigió a Hamo, –en su día tuve el honor de conocer a vuestro padre, el famoso almirante Enrique de Malta, y aunque mi primer sentimiento es para expresaros mi pésame por la muerte del emperador, no quiero dejar de haceros ver también mi alegría por saludar en vos al embajador del rey.

Hamo, Firouz y el maestro Juan asintieron con gesto de condescendencia.

–La amistad entre la casa de los Aiyub y la de los Hohenstaufen ha sido tradicional durante varias generaciones– prosiguió "el padre del gigante", –pero ahora que se ha apagado esa luz sorprendente que iluminaba al mundo recordaremos que los muertos ciertamente nunca deben ser olvidados aunque tampoco deben representar un obstáculo. El futuro está en una alianza entre las estirpes de los Capetos y de los Ayubíes. Juntos podremos realizar grandes cosas. La reconquista de Egipto sería un primer paso, que serviría para demostrar la fortaleza de nuestro pacto.

–Generoso Abu Al-Amlak– respondió Hamo, –el sultán, *Alah yutawil 'afiatihi lil jidma*, no habría podido elegir a nadie más inteligente, más amplio de miras y más hábil que vos para representarlo dignamente a él y a la casa de Aiyub. Pero la fortaleza de nuestro pacto, en el caso de que se establezca –Alá lo quiera–, se demostrará primero en el destino de tres mujeres que vuestro señor tiene retenidas...

El enano maligno dio un salto como si le hubiese picado una tarántula, pero después sonrió con finura y esperó a que Hamo acabara su discurso.

–... en primer lugar la condesa Clarion de Salento que, aunque es cierto que ha dado una hija al venerable An-Nasir, está no obstante ansiosa de regresar a Otranto, donde ha crecido como hija del emperador y hermana mía. En segundo lugar, tenemos a su doncella y amiga Madulain, de la estirpe de los *saratz*, cuyo esposo está ansioso y se consume por abrazarla de nuevo; y en tercer lugar está el joven mameluco y su tía que nuestro señor rey necesita urgentemente para intercambiarlos como rehenes por los prisioneros que tuvo que dejar atrás, al retirarse de Egipto.

"El padre del gigante" enderezó el cuerpo sobre la escalerilla.

–Noble señor conde, adelantándome a vuestro primer deseo he planteado cierta pregunta en el harén. La respuesta ha sido: ¡no hay ansiedad por regresar a Otranto! ¡Y os puedo asegurar con toda confianza que vuestra hermana adoptiva se siente muy feliz!

El rostro del chambelán resplandecía de satisfacción, como si él mismo fuese el artífice de tanta felicidad; después prosiguió con una sonrisa:

–La segunda de las damas, que pretende ser princesa e hija del emperador…

–¡Es una auténtica princesa de los *saratz!*– gruñó Firouz.

–¡Pero con toda seguridad no es hija del emperador! ¡Yo mismo le puse ese mote, para que la primera de las damas pudiese acceder a su destino!– Y el enano se tocó orgulloso el pecho. –Como tal consiguió confundir los sentidos de Turan Sha y llegar a favorita del sultán. Pero desapareció cuando lo asesinaron. *Ash sheitan qabaoa 'ala aruahum!*

Dio esa noticia con aire de satisfacción y disfrutó al observar la alarma y el sobresalto que se reflejaron en el rostro de Firouz.

–En cuanto a los últimos, se encuentran a buen recaudo en Homs y se quedarán allí, pues ¡tanto como los necesitáis vos, también mi señor y sultán los considera unos rehenes útiles! A menos– añadió después de una breve reflexión –que vuestro señor y rey participe en la campaña contra Egipto. ¡En ese caso podrían compartir tanto el botín como los rehenes!

–¿Y decís que los mamelucos están seguros en Homs?

–La seguridad de esas palomas está no sólo en manos de quienes mantienen el *beit al hamam* lejos del alcance de cualquier gato, sino también en las de los perros templarios, que arrebatarían el botín emplumado a cualquier gato ladrón.

–Eso me tranquiliza– respondió Hamo sin pensarlo más, –de modo que me apresuraré a aconsejar al rey que ponga cuanto antes en marcha sus tropas para acudir en ayuda del venerable An-Nasir en su difícil empresa.

–En realidad– dijo Abu Al-Amlak, y descendió a gatas de la escalerilla, –debería reteneros aquí hasta el retorno glorioso del sultán, y así aprovecharía, señor conde, para recordar mientras tanto dónde nos hemos visto ya una vez. Pero también me importa muchísimo que vuestra misión tenga un rápido resultado. Regresad, pues, a San Juan de Acre y actuad en el sentido que hemos acordado, ahora que sabemos que las damas que guardamos aquí, y cuyo bienestar nos importa tanto a nosotros como pueda importaros a vos, son personas tan apreciadas por todos.

–Tened en cuenta, distinguido chambelán, que nunca debéis confiar demasiado en el cambiante valor que se atribuye a unas mujeres– respondió Hamo con cierto atrevimiento, –y que no se puede estar seguro ni del género ni de las palabras que proceden de segunda mano. ¡Yo mismo podría ser, en lugar de emisario de un rey, un simple ladrón de palomas, y el capitán Firouz, a quien tenéis aquí, bien podría ser un pirata muy buscado!

–¡Ja ja!– rompió a reír "el padre del gigante". –¡Yo siempre confío en mi olfato y en mi excelente conocimiento de los hombres! ¡A mí no hay quien me engañe!

Después Abu Al-Amlak ordenó que entregaran a los señores algunos regalos selectos: mantos adamascados y espadas de acero, es decir, algunos de esos trabajos que han dado fama a la capital de Siria, sin olvidar al maestro Juan, que había escuchado cuanto allí se dijo con la boca abierta.

Alahu akbar! Alahu akbar!
Ashadu ana la ilama illa Alah!
Ashadu ana Mohamad rassul ulah!
Heia 'ala as-salat! Heia 'ala al falah!

Salieron de Damasco mientras los muecines llamaban a la oración del sol poniente.

DIARIO DE JEAN DE JOINVILLE

En el delta, 1 de febrero de 1251 d.C.

Mi señor rey, que antes se negaba estrictamente a cualquier negociación o contacto con los infieles, ha decidido desplegar una actividad diplomática bastante frenética.

Antes de que el señor Yves fuese despachado a Damasco, me ordenó a mí que siguiera urgente y sigilosamente, acompañado sólo de mi secretario y una escolta suficiente para protegerme de los bandoleros beduinos, al ejército de An-Nasir.

No se trata en modo alguno de intervenir en los combates, sino de informar cuanto antes y de primera mano al rey de cómo se desarrolla la campaña y de qué lado se inclinará previsiblemente la suerte y por dónde debe encaminarse, por consiguiente, nuestra alianza.

Junto a la antigua fortaleza fronteriza de Pithom pude alcanzar al ejército sirio, que atravesaba lentamente el norte de Sinaí.

El sultán An-Nasir se alegró mucho al verme. No consideró que fuéramos una avanzadilla del ejército cristiano, pero ante nuestra pronta aparición y al ver que no nos asustaban las penurias de aquel viaje tan dificultoso, consideró que se trataba de un buen presagio. Después de otros tres días de marcha hacia el interior del delta nuestros espías nos informaron de que el sultán Aibek había ordenado a su ejército subir desde El Cairo por el brazo oriental del Nilo, y que lo estaba reuniendo junto a las ruinas de Bubastis, los templos de la diosa gatuna Bastet.

Instalamos nuestro campamento a suficiente distancia del río para que el enemigo tuviese la tentación de cruzarlo. De modo que cuando los egipcios instalaron la cabeza de puente, tal como nosotros esperábamos que hicieran, al atardecer del primer día de febrero, eran ellos los que tenían el río a sus espaldas y no nosotros.

En la noche anterior a la batalla, cuando William y yo nos disponíamos a irnos a dormir, se presentó de repente un joven *halka* en nuestra tienda con un dedo puesto en los labios, para indicarnos así que no pidiéramos auxilio. Le preguntó a William, y éste me lo tradujo, si tendríamos el valor de seguirle unos cuantos pasos y adentrarnos en la oscuridad, porque allí nos esperaba un hombre que deseaba hablarnos con urgencia.

Le contesté, también en voz muy baja, que de dónde iba yo a sacar ese valor cuando corría peligro de ser muerto o secuestrado.

El joven dijo:

–Mi mensaje es: "¡El padre de Mahmoud os espera!"

Sólo Baibars era capaz de atreverse a acudir a nuestro campamento, y aunque me imaginaba que el famoso y temible "arquero" sería capaz de cualquier alevosía, en especial la que implicaba secuestrar a un senescal del rey en el propio campamento del enemigo, pesó más la sensación de que, en este caso, era un padre preocupado quien me solicitaba, y así se lo expuse a William, que estuvo de acuerdo.

De modo que el joven mameluco nos condujo hacia una salida desconocida por los guardias y nos adentramos en el desierto. A los pocos pasos apareció ante nosotros una figura envuelta en largos ropajes.

Era Baibars, quien me dijo:

–Os agradezco de todo corazón, conde de Joinville, que hayáis acudido, y también os lo agradezco a vos, William de Roebruk. Sólo quiero saber una cosa: ¿está vivo mi hijo? ¡Pues no he sabido nada más de "el halcón rojo", que me había prometido ir en busca de Mahmoud!

William dijo:

–Por lo que nosotros sabemos, "el halcón rojo" ha salido hace algún tiempo desde Starkenberg a Homs, en calidad de embajador imperial. Vuestro hijo Mahmoud, en cambio, ha estado preparando para An-Nasir, con ocasión de su ascenso al trono de Damasco, unos fuegos artificiales sumamente espectaculares, que incluyen rayos y truenos. La estampida de las explosiones pudo oírse hasta San Juan de Acre. De modo que vuestro descendiente no solamente está vivo, ¡sino que está camino de convertirse en el ingeniero más famoso especializado en técnicas de asedio!

–¡Preferiría que ese granuja volviese a casa!– dijo el padre, sin ocultar su disgusto, aunque su tono reflejaba también un matiz de orgullo.

–An-Nasir no lo dejará marchar así como así– opuso William, –se ha encariñado con él y le permite realizar sus experimentos con toda clase de polvos, hasta el punto de que hace temblar los muros y la gente se cae de la cama del susto. En Homs lo llaman "el pequeño demonio incendiario".

–Es una noticia maravillosa, señores– resopló el temible emir, –pero ¿acaso su vida no estará en peligro si conseguimos mañana mismo infligir una derrota total a An-Nasir?

En este punto intervine yo y ordené a William que actuara de intérprete:

–Yo no lo haría, si estuviese en vuestro lugar. Podéis rechazarlo, ¡pero dejadle la posibilidad de retirarse sin perder la cara!

–Entre tanto– añadió William, –"el halcón rojo", alias Constancio de Selinonte, tal como lo conozco, habrá conseguido sacar a vuestro hijo de Homs; ¡es decir, estoy bastante seguro!

–Os doy las gracias, señores– dijo Baibars, –y os aconsejo que mañana os mantengáis al margen, preferentemente en la retaguardia, para que podáis informar cuanto antes al rey Luis de que no le conviene aliarse con el soberano de Damasco. An-Nasir saldrá derrotado del campo de batalla.

–De una manera u otra seremos testigos de quién se lleva la suerte en este combate, emir– dije yo. –*Liahmikum Alah!*.

También yo he aprendido algunas palabras árabes.

Baibars se alejó caminando por la oscuridad y el joven *halka* nos devolvió a nuestra tienda sin que los guardias se diesen cuenta.

Bubastis, 2 de febrero de 1251 d.C.

No hacen falta muchas palabras para relatar el transcurso de la batalla. Al principio los sirios iban ganando, sobre todo las milicias de Damasco, que casi alcanzaron la cabeza de puente de los egipcios, donde toparon con el regimiento personal de mamelucos del sultán Aibek, que resistió heroicamente el asalto.

Los ejércitos Ayubíes de Homs y Hama, que combatían en el flanco derecho, eran mantenidos a raya por Baibars.

Pero después desertó, en medio de la batalla, un regimiento bahrita de An-Nasir, justo en la parte central, y dejó al sultán de Damasco de repente sin cobertura frente a sus enemigos. El pánico se apoderó de An-Nasir, que emprendió la retirada sin tener en cuenta la suerte de sus dos flancos. Las tropas auxiliares Ayubíes de Homs y Hama también huyeron.

Baibars se introdujo en la brecha y, aunque podría haberles cortado la retirada a las milicias, se dio por satisfecho con arrebatarles los estandartes y prohibió a sus jinetes que persiguieran a los fugitivos.

Nosotros no montamos nuestros caballos hasta que An-Nasir hubo pasado de largo levantando una nube de polvo con los cascos del suyo, sin saludar y seguido por su guardia personal.

Entonces comprendimos que también estábamos en peligro y salimos de allí a toda prisa.

Cuando miramos hacia atrás vimos que se había formado, como un escudo protector de nuestras espaldas, un muro constituido por los jinetes disciplinados de Baibars, y me pareció ver que el emir, montado a caballo y adelantado a sus gentes, me enviaba un saludo. En cualquier caso, protegió nuestra retirada, en la que nos siguieron también las milicias, formando una retaguardia propia.

Regresamos, pues, por el mismo camino que habíamos tomado antes, pero una vez alcanzada Pithom nos dirigimos William y yo al norte, hacia la costa de Pelusium, con la idea de hallar allí un barco que nos transportara por la vía mas rápida a San Juan de Acre. An-Nasir prefirió atravesar las montañas y el desierto del Sinaí en dirección al río Jordán.

No tuvimos ocasión de hablar con el sultán derrotado y fue mejor así, pues sospechamos que sería capaz de atribuirnos a nosotros, los cristianos, la culpa de su derrota, por no haberlo ayudado.

–BAH– SUSPIRÓ MADULAIN, –no le des más vueltas, mi pequeño Roç.

Estaban acostados en la habitación compartida por ella, que hacía de escudero, y por él, que representaba a la hija del príncipe, desde que eran huéspedes en el castillo de Homs.

Madulain tapó su propio cuerpo y la desnudez de su juvenil amante con la manta y se quedó mirando al techo. Ya no había conseguido disfrutar de la incipiente virilidad del muchacho como lo había hecho la primera y única vez, y estaba dudando de si la curiosidad sensual que emanaba del cuerpo del joven le estaba proporcionando a ella un verdadero placer.

Después de aquella primera vez pareció Roç sentirse asaltado por un hambre aparentemente insaciable de penetrarla, pero en lugar de querer descubrir su cuerpo e imprimir refinamiento al acto de poseerla, de permanecer en ella y llegar lentamente al éxtasis, lo hacía de una manera cada vez más distraída y menos cariñosa, como si lo único que le interesara fuera conseguir cuanto antes la eyaculación para retirarse en seguida.

Roç descansaba debajo de la sábana sobre el vientre de la joven y sentía vergüenza. Se encontraba a disgusto de una manera poco definida, porque sabía que había desilusionado una vez más a su maestra. ¿Por qué no podía "acabar" ella de la misma manera rápida que él?

–No puedo dejar de pensar– se lamentó, como para disculparse –en que nos podrían descubrir, pues estoy seguro de que la gente murmura por el simple hecho de que yo, como mujer, ¡duerma contigo en la misma habitación!

Entonces Madulain se echó a reír, y la risa se transmitió a través de sus músculos abdominales al relajado intruso, como si fuese a burlarse también de éste.

–¿Quieres decir que yo, como escudero de nuestro señor Constancio de Selinonte, no vigilo bien el lecho de su hija?

–Así es imposible amarse bien– se indignó Roç; –tengo que andar todo el día por ahí vestido de mujer y, además, en cualquier momento puede regresar "el halcón rojo" y encontrarnos así…

–¡Pues que lo vea!– rezongó Madulain. –Creo que ni siquiera le escandalizaría demasiado…

–Seguramente te gustaría él mucho más que yo, porque es un hombre de verdad y además un caballero…

–Aún tiene que demostrármelo– dijo Madulain.

–Ya ves– aprovechó Roç para espetarle: –¡lo quieres a él! ¡En realidad sólo estás conmigo para matar el aburrimiento!

–¿Ya no te gusta matar el aburrimiento?– la voz de la joven traicionaba que estaba al acecho y bastaría que él pronunciara una palabra equivocada para expulsarlo de su lado.

–No me imagino nada más bonito– mintió él, y no añadió en qué estaba pensando en aquel instante, y que tenía que ver con el deseo de vivir las mismas emociones con Yeza.

Estaba seguro de poder realizar con ella un amor en plena armonía, la misma que siempre había gobernado todas las situaciones que habían vivido juntos.

–¡Soy demasiado joven para ti!

–No es una cuestión de edad, sino de aprecio por la persona que tienes delante– le respondió Madulain con aspereza, –¡ahora vístete!

–Yo aún podría…– empezó Roç a moverse provocativo.

Madulain arqueó brevemente el vientre:

–¡Pero yo ya no quiero!– y expulsó al visitante.

Roç tampoco tenía ganas de resistirse. La besó en el ombligo, cumpliendo así con el ritual del cariño superficial que sentía, y se incorporó de un salto.

Madulain se agachó malhumorada sobre el barreño de agua que había en un rincón de la habitación y se enjuagó la vagina con unos pocos movimientos de la mano, un procedimiento final al que también Roç se sometía, aunque solía hacerlo de mala gana.

Pero ella lo obligó, le lavó el pene con agua fría como si fuese su niñera, lo secó frotándoselo y después lo dejó para que pudiera ponerse el pantalón antes de tener que vestir las odiadas faldas de mujer.

"El halcón rojo" había regresado. Se encontró con Shirat en la parte alta del jardín del harén, donde, además de unas cuantas concubinas mayores ya desechadas por An-Nasir, vivía sola y se movía con libertad, puesto que también el eunuco mayor y sus auxiliares se habían trasladado a Damasco.

–¿Cómo regresáis sin Mahmoud?– se le escapó a la joven, y su voz implicaba un injusto reproche.

–Porque encontré un motivo– le explicó Constancio un tanto cansado –para abandonar al insigne soberano durante el viaje, mientras que el hijo de vuestro hermano ha tenido que seguir viaje con él a Damasco, puesto que el amo no desea renunciar a sus talentos espectaculares. Clarion me llamó la atención y me advirtió de que el chambelán Abu Al-Amlak, que ha vuelto a recuperar su dominio en palacio como en tiempos de Aiyub y de Turan Sha, me reconocería como el emir de los mamelucos Fassr ed-Din Octay.

La mirada de Constancio recorrió el jardín con expresión de estar al acecho.

–Por eso he regresado, aunque no sin pedir ayuda a los "asesinos" durante el viaje de retorno, pues en cuanto recuperemos a Mahmoud tendremos que alejarnos de aquí...

–Dudo de que An-Nasir le conceda la libertad, pues espera grandes proezas de "el pequeño demonio incendiario".

–Clarion me ha prometido despacharlo en seguida para acá, en cuanto terminen las celebraciones.

–Entonces deberíamos preparar nuestra partida– contestó Shirat, muy serena. –¿Cuándo llegarán los "asesinos"?

–En cuanto les hagamos una señal tardarán no más de medio día en llegar. ¿Parece que aquí, en la torre, hay un espejo...?

–Hay uno– dijo Shirat, –y también he encontrado el *Codex per signa*. Es de una sencillez conmovedora, ¡me lo sé ya de memoria!

En aquel instante oyeron la voz de Madulain por encima de sus cabezas:

–Parece que al engreído señor embajador del Imperio no se le ocurre saludar a su escudero abandonado.

–¿Queréis que os abrace, mi querido *saratz*?– le devolvió Constancio la ironía. –¿O preferís que caiga a vuestros pies? Me gustaría hacerlo, ¡pero demostraría un exceso de confianza o una falta de respeto a la diferencia de nuestros rangos!

–¡Mentiroso!– dijo Madulain con amabilidad irritante. –A alguien que ha estado esperando ansiosamente el regreso de su señor le bastaría con una palmada en el hombro.

–¿Y dónde está mi hijita Roxade o Roquebrune?

–¡Aquí estoy!– exclamó Roç emergiendo entre el ramaje de un árbol enorme que se inclinaba sobre ellos y cuyas hojas lo habían mantenido oculto.

Sus piernas desnudas asomaban por debajo de las faldas cuando se dispuso a saltar a tierra.

–Desde aquí se ven el camino de entrada y la puerta...

–¿Y qué te llama la atención?– quiso burlarse Constancio del improvisado vigía.

–Un grupo de jinetes se acerca al castillo...

–¿Qué colores muestra?– siguió preguntando Constancio, aún medio en broma.

–Los de Homs– le informó orgulloso Roç, aunque de repente su voz adquirió un tono de excitación. –Veo bajar del palanquín a nuestro pequeño amigo Mahmoud... y a otro niño... no, ¡se trata del enano maligno!– exclamó asustado. –¡Viene "el padre del gigante"!

–¡Bájate de ahí!– le ordenó Constancio.

–¡Quédate arriba, Roç!– le gritó Shirat. –De momento, estás ahí más seguro. Vendremos a buscarte en cuanto nos hayamos asegurado de que no hay peligro.

La joven había tomado el mando.

–Vos, Constancio, falso embajador y encima falso mameluco– lo instruyó a su manera serena, –dirigíos a la torre y atrincheraos allí. Llevad con vos a vuestra novia, y mientras yo pasaré aviso a los "asesinos"...

–¡Apresuraos!– siseó Roç. –¡Ya entran por la puerta!

–¡Los distraeré!– exclamó Shirat, y corrió escaleras arriba hacia el despacho del sultán, situado encima de la puerta interior.

Constancio hizo correr a Madulain a través de los arbustos del jardín hacia la torre de homenaje o *donjon* del castillo, situada a cuatro vientos y en el centro, pero no pudieron abrir la gruesa puerta metálica que conducía a la planta baja por mucho que lo intentaron.

Madulain vio que de la barandilla superior colgaba una cuerda que discurría por una polea, en cuyo otro extremo había suspendido un cubo, tal vez utilizado por los albañiles para subir cal o piedras a lo alto de la torre.

–Entrad en el cubo, querido príncipe– lo invitó con expresión irónica. –¡Os izaré!

–Las damas primero– rechazó Constancio con caballerosidad.

–El más fuerte primero– respondió la *saratz*, –¡para tirar desde arriba se necesita el doble de fuerza!

De modo que Constancio metió los pies en el cubo y Madulain agarró la cuerda con mucha destreza, pisando a cada tirón su extremo. Así consiguió hacerlo subir, tirón a tirón, casi hasta la barandilla, donde el emir consiguió abrir una trampilla de madera con un golpe de sus hombros y espalda e introducirse en el orificio.

Después agarró la cuerda y la deslizó en sus manos hasta que el cubo volvió a alcanzar el suelo y Madulain se metió dentro.

La *saratz* tenía razón: no habría conseguido subir el peso de él hasta arriba. Las venas se le hincharon al hombre en la frente y las manos le ardían, pero consiguió que no se le escapara la cuerda.

Al fin asomó la cabeza y después el cuerpo en la abertura, y la joven se arrojó hacia adelante, por encima de la barandilla. Constancio soltó la cuerda y la ayudó a ponerse de pie. El cubo chocó con estrépito contra el suelo.

Durante un instante la tuvo en sus brazos. La respiración de ambos era pesada y violenta, por lo que tuvieron que reírse y tal vez pensaran ambos en lo mismo. ¿En qué ocasión sucede que un hombre y una mujer se quedan mirándose y jadeando, intentando respirar como peces arrojados a tierra? Desde luego, ¡en muy pocos casos será por haber compartido el mismo cubo!

Abu Al-Amlak descendió seguido de sus hombres armados por la escalera que conducía desde el despacho del sultán hacia el jardín.

–¿Donde está ese insigne embajador del emperador?– gritó con sorna. –¿Se niega a ofrecerme sus respetos o no quiere mostrarme su rostro?

–Aquí estoy, distinguido Abu Al-Amlak– exclamó Constancio asomándose por la barandilla y manteniendo un brazo en torno a los hombros de Madulain. –¡Os advierto que soy huésped de vuestro señor y también estoy bajo la protección del mío!

–Por favor, bajad en seguida– le contestó el chambelán con su voz más aflautada y aduladora –para que pueda saludaros en representación de mi señor, el venerable sultán, esta vez como embajador del emperador...

Abu Al-Amlak procedió a sacudir la puerta metálica cerrada y comprendió que Constancio se había atrincherado. Entonces dejó caer la máscara.

–...¡después de haberos visto en nuestro último encuentro actuando como paloma mensajera mameluca procedente de El Cairo, y con el escudero que tenéis al lado representando a la hurí de Turan Sha!

–Mejor ser hurí que un enano maligno que engaña a su señor– le respondió Madulain. –¿Cuándo traicionarás a An-Nasir y lo entregarás a los egipcios?

El enano estaba fuera de sí, pero Constancio le gritó:

–Antes te matará él a latigazos por no haber mostrado el respeto debido a un embajador imperial.

–¡Buscad la llave!– bramó "el padre del gigante" a uno de los soldados y se dispuso a enredar a Constancio en una conversación.

–Puede ser que en esta ocasión seáis incluso capaz de presentar las credenciales del emperador, pero si queréis insistir en vuestros derechos, ¿conoceréis también la ley habitual que afecta a los embajadores en el lamentable caso de la muerte de su amo? Vuestro señor emperador ha muerto y se está pudriendo; ¡por tanto, vuestro salvoconducto como embajador ya no vale nada! ¡Haríais mejor en rendiros y entregaros a mí!

–¡No le creas ni una palabra!– se excitó Madulain. –¡An-Nasir cortará a ese monigote en cuatro partes y se las dará de merienda a cuatro diminutas e insignificantes ratas!

–El sultán me elogiará en cuanto le presente vuestras feas cabezas y le informe de que he conseguido librarle de las intenciones asesinas de unos embaucadores...

En ese instante llegó corriendo un soldado y entregó la llave al chambelán. Madulain lo vio. Constancio saltó desde la barandilla hacia la puerta que conducía al interior del *donjon* y se detuvo allí a mirar el entramado de las vigas altas, que comunicaban con las inferiores mediante escaleras.

Habían perdido demasiado tiempo y ya no podían retirarlas. Tiró de la escalera superior hacia arriba y volcó la inferior, de modo que ésta cayó hacia abajo, proporcionándoles un pequeño respiro –pero nada más– ante sus perseguidores, que acababan de abrir abajo la puerta de hierro.

Empezaban a clavarse las primeras flechas en la madera junto a su cabeza cuando vio que la viga de soporte de la capa superior de traviesas había sido colocada de modo que podía levantarse fácilmente de su asiento. Deslizó el extremo de la escalera debajo de la viga, efectuó unos breves movimientos de palanca, consiguió levantarla y después la hizo caer con gran estrépito hacia abajo, donde arrastró en su caída a todos los maderos y travesaños y destrozó las construcciones inferiores, hasta hundir finalmente todo el conjunto de escaleras que comunicaba las diferentes plantas, formando abajo un montón de troncos reventados, como si un tornado se hubiese introducido en el *donjon*. Constancio sacó la escalera por la abertura y salió hacia la barandilla. La puerta que conducía a la siguiente planta superior de la torre parecía constituir un agujero abierto en el muro y sólo se podía llegar a ella con ayuda de la escalera; una vez colocada empezó Madulain a trepar hacia arriba.

Pero así ofrecía un blanco indefenso ante los soldados, y una lluvia de flechas se lo demostró en seguida, por lo que Constancio tiró de las piernas de la *saratz* y se acurrucó con ella detrás de las almenas protectoras.

–¡La chimenea!– oyeron la voz exaltada de Shirat.

Entonces vieron que el enano, furioso, quiso abofetear a la joven mameluca, aunque volvió a bajar la mano cuando Shirat le chilló:

–¡No os atreváis a tocarme!

Abu Al-Amlak ordenó a los soldados que se llevaran a la joven del jardín. Pero Constancio había entendido el aviso.

En el pasillo entre la puerta que conducía desde la barandilla al interior del *donjon* había una chimenea insertada en el grueso muro, y además decubrió una pequeña hendidura en la piedra, justo lo suficiente para introducir una parte de la escalera y poder meterla en el tiro negro de hollín de la salida de humos que, en efecto, tenía la suficiente anchura como para permitir el paso de una persona.

Madulain subió primero y él la siguió tan de cerca que su cabeza se movía entre las piernas de la joven. No obstante la gravedad de la situación, ella le concedió una ligera presión de sus muslos.

Al fin alcanzaron la luz del día precisamente por el agujero en el muro que antes habían creído era una puerta. Allí no había más que una trampilla de hierro que conducía al interior, y que desde hacía años nadie debía de haber tocado, pues estaba oxidada y cubierta de hollín. De modo que se encontraban debajo del techo más elevado del *donjon*, donde sólo un oscuro agujero permitía el ascenso hacia lo alto. Tiraron de la escalera e iniciaron la última subida. Muy abajo oían cómo el enano pedía a gritos que le trajeran escalas de asalto. Una vez hubieron atravesado la abertura se quedaron acurrucados en el claroscuro de la cúpula.

Después de haber acostumbrado los ojos a la débil iluminación reinante vieron también el espejo señalizador y la trampilla que se abría hacia arriba.

–Si conociese el código podríamos llamar ahora a los "asesinos" pidiéndoles ayuda– comentó Constancio con voz melancólica.

–Para eso ya no nos queda tiempo en este mundo– dijo Madulain. –Yo te ruego que, como hombre, me prestes un último servicio.

Señaló el estilete que Constancio llevaba metido en la bota:

–Antes de suicidarte, ¡debes prometerme que me clavarás tu cuchillo en el corazón, porque no quiero caer viva en las manos de ese monstruo!

Constancio sacó el puñal y lo sostuvo contra el rayo de luz que caía por una rendija.

–Te lo prometo, pero antes lucharé hasta la última...– la miró con aire interrogador y, a pesar de lo desesperado de su situación, lo venció la timidez y buscó refugio en las rimas del trovador cuyos versos tantas veces habían intercambiado:

Ni no m'aus traire adenan,
tro que eu sacha ben di fi
s'el'es aissi com eu deman.

Madulain se echó a reír.

Qu'eu sai de paraulas com van,
ab un breu sermon que s'espel,
que tal se von d'amor gaban,
nos n'avem la pessa e-l coutel,

susurró, rodeándolo con ambos brazos, –y cuando nuestro placer llegue al máximo, ¡clava el puñal!

Se arrodilló delante de él y le soltó el cinturón.

–He tardado mucho tiempo– dijo la joven con voz ronca –en saber que deseaba ser tu mujer.

Se sacó por encima de la cabeza el jubón de escudero y la ropa interior:

–¡Así viviré el instante de mi mayor felicidad al mismo tiempo que mi muerte!

Constancio la tomó en brazos. Sus manos se deslizaron en suave caricia por los senos de la mujer y retiraron hacia abajo los calzones que llevaba.

–Madulain, maravillosa Madulain– dijo con voz temblorosa. –Tú no morirás, los dos sobreviviremos gracias a nuestro amor. Haré de ti mi esposa.

La acostó con cuidado sobre el polvoriento suelo que había debajo del manchado espejo de plata.

–Desde que te vi por primera vez en Chipre he estado anhelando tu amor.

Constancio se inclinó sobre ella y Madulain le abrió con timidez su vientre.

–Ven...– suspiró, y él la penetró con dureza, la joven arqueó el cuerpo adelantándolo a su encuentro y entregándose del todo a su voluntad. Constancio la cabalgó como a una yegua fina, primero a paso de baile, después al trote y finalmente a galope tendido.

Madulain gimió, después sollozó y finalmente gritó:

–¡Mátame... ahora, ahora, ahora!

Pero el príncipe de Selinonte no sentía el menor deseo de cumplir aquel mandamiento de muerte, los gritos de la joven lo animaron a cabalgar juntos como si aquello fuese una partida de caza: superó toda clase de obstáculos, rocas, riachuelos y arbustos, pantanos y desiertos, ¡una carrera sin fin! Mientras nos amemos así, retumbaban los pensamientos en su cabeza, viviremos... Madulain fue para él en esa ocasión el pantano y el desierto, el riachuelo salvaje y la orilla del mar, la olorosa estepa de hierba y la senda pedregosa, el camino triunfal y el templo, la oración y el sol, y la estrella nocturna y el cielo... un cielo sin fin...

Los amantes no se habían dado cuenta de que los soldados habían asaltado con ayuda de largas escaleras la última planta del *donjon*, partiendo desde la barandilla, y llevaban algún tiempo sentados encima de la cúpula observando a través del *Bab lil mir'a*, que no se podía abrir desde afuera, la salvaje cabalgata de Constancio, y dado que Madulain animaba a su hombre con tanta vehemencia mientras él le clavaba las espuelas y le asestaba el látigo y ella gritaba, ninguno de los dos advirtió que tenían espectadores.

Cuando Abu Al-Amlak se enteró de lo que estaba sucediendo por las señas que le transmitían los soldados, una sonrisa diabólica cruzó su rostro de enano.

–Dejadlos– instruyó a sus hombres, –no sólo quiero atraparlos vivos, sino que los tendré vivos y amantes.

Puesto que no era posible ascender por el interior del *donjon* mandó que le colocaran por el exterior la escalera más larga que hubiera disponible para subir por ella hasta la barandilla.

Abu Al-Amlak pidió su cimitarra y se la tendieron en seguida. Aquel sable curvo era casi del mismo tamaño que el propio "padre del gigante" y él se lo ató a la espalda. Una vez más conminó a los soldados que estaban encima de la cúpula a que se abstuvieran de hacer nada hasta que llegara él.

Después inició con muchas precauciones el ascenso por la oscilante escalera. Cuando estaba a media altura vio la cuerda con el cubo. El cubo iba subiendo al mismo tiempo que él, tirado por una mano invisible. Se detuvo, y también se detuvo el cubo.

Abu Al-Amlak fijó entonces la vista en aquel recipiente que quedaba suspendido cerca del muro, pero lo suficientemente lejos de él como para que pudiera alcanzarlo, ni siquiera ayudándose con la cimitarra. Tampoco podía ver el interior, pero se dio cuenta de la nubecilla de humo que salía por la boca del recipiente.

¡El pequeño demonio incendiario! Abu Al-Amlak miró hacia abajo y vio el rostro de Mahmoud, acurrucado abajo, en la cisterna, al pie del *donjon*. El chico lo observaba con el mismo interés con que se observa un insecto.

Abu Al-Amlak lo amenazó sonriente, movió un índice en el aire, y prosiguió el ascenso. De nuevo se movió el cubo, situándose siempre a su misma altura. Primero le dio rabia, pero después sintió temor. Empezó a bajar de nuevo, a toda prisa y muy furioso. El cubo lo seguía.

Abu Al-Amlak calculó entonces que llegaría con mayor rapidez arriba a la barandilla que abajo a tierra firme. De modo que venció sus temores y volvió a seguir ascendiendo, peldaño a peldaño. El cubo no dejaba de imitarlo y el humo aumentaba.

–¡Deja esas bromas!– gritó hacia abajo a Mahmoud, que seguía en la cisterna y en aquel preciso instante encogía la cabeza.

Abu Al-Amlak quiso gritar, pero un puño gigantesco e invisible lo levantó de la escalera que, a su vez, quedó en posición vertical; aún pudo ver el resplandeciente brillo de mil soles, y después la explosión destrozó la escalera e hizo reventar a "el padre del gigante".

La cimitarra no llegó lejos, pero los restos del chambelán fueron encontrados mas allá de los muros y entre los árboles. Él mismo ya no había podido oír el estallido ensordecedor, porque cuando sacaron su cabeza del lago de los peces le faltaban las orejas.

–¿Qué ha sido eso?– jadeó el jinete, y se detuvo para observar el cielo incendiado por el sol poniente y los grupos de nubes que cruzaban el horizonte, agolpándose primero y diluyéndose después. El disco candente volvió a tranquilizarse y dispersó la última luz por un cielo que ya estaba oscureciendo.

Madulain abrió los ojos y Constancio vio las primeras estrellas luciendo en el firmamento nocturno. Su cabeza empezó a enfriarse. ¡Divina Venus Hespera!

–Es el final– dijo Madulain.

Entonces oyeron las voces de los soldados que se arracimaban encima de ellos en la cúpula, voces que les llegaban a través de la trampilla de madera.

Los soldados la golpeaban con los nudillos.

–¡"El padre del gigante" ha volado por los aires!– exclamaron. –Abu Al-Amlak ha reventado, ¿no habéis oído el trueno? ¡"El pequeño demonio incendiario" lo ha destruido con un solo rayo! ¡Alá es grande! ¡Salid de ahí, señor embajador, y alegraos junto con vuestra esposa!

Golpeaban la madera con más y más violencia, pero a la vez reían.

Constancio y Madulain volvieron a vestirse rápidamente; después abrieron por dentro la puerta del espejo y los soldados se asomaron desde arriba, mirándolos con curiosidad y al parecer muy divertidos.

–*Bil jariy yataquatalun*– exclamó uno, –y *ua hum yamrahun.* ¡Así se hace!

Constancio y Madulain descendieron ligeramente confusos por las escaleras para abandonar el *donjon* y atravesaron el jardín.

Cuando llegaron junto al árbol, Madulain exclamó:

–Puedes bajar, Roç, ¡todo ha terminado!

Pero éste se limitó a mover las hojas.

–Han llegado unos jinetes a la plaza delantera. Ahora los reconozco: son Crean de Bourivan y los "asesinos".

Roç empezó a descender del árbol moviéndose con torpeza. Se había quedado tieso.

Constancio se estiró y lo ayudó a bajar. En aquel momento se presentó Mahmoud, mojadísimo debido al agua de la cisterna y con el rostro negro de hollín. Estaba radiante y satisfecho.

–Ha sido una buena mezcla– le dijo a Roç, –pero hay que cerrar bien el recipiente y aplicar la tapa en sólo uno de los lados…

–En ese caso, habrías derribado todo el *donjon*– bromeó Constancio.

–Es facilísimo– dijo "el pequeño demonio incendiario".

Shirat condujo a Crean al jardín y Roç le espetó como saludo:

–¿Has venido a detenerme por haberme escapado?

Crean asintió.

–¡Ya no doy ni un paso sin que esté presente Yeza!– completó Roç.

–Lo primero que debemos hacer es dejar Homs atrás– dijo Shirat. –No soporto este lugar.

Y alejó de un puntapié una de las manos del enano, que había caído del árbol.

–Además– le dijo a Mahmoud, –no se me ocurre lo que podríamos decirle a An-Nasir cuando pregunte por "el padre del gigante".

–Sois el segundo embajador que envía vuestro señor rey– refunfuñó An-Nasir, –y ni siquiera hemos redactado por escrito un acuerdo contra nuestros enemigos comunes de El Cairo, esos mamelucos cegados por la ambición... *Alah saufa yu'aqibahum ua ydammirrahum...!*

El sultán se mostraba molesto y no ocultó su desilusión. El nuevo embajador era un tipo poco vistoso, incapaz de mantenerse erguido; tenía una dentadura deficiente y ralo el cabello.

–Yves "el Bretón"–, fue el nombre con que se presentó, y era evidente que no era de cuna noble ni poseía rango alguno, ni siquiera eclesiástico. –¡Es más que insultante!

–No sé quién habrá tenido el valor, venerable sultán, de insultaros así presentándose ante vos como apoderado del rey, ¡pero creo que podría calificarse de estúpido a todo el que no se diera cuenta de que se trataba de un engaño!

No es tonto, pensó An-Nasir, está culpando a toda la corte. Y como se viera obligado a defender el talento de sus subordinados, An-Nasir dijo:

–No tengo motivo alguno para dudar de la inteligencia de mi chambelán...

En aquel instante el guardián supremo del *beit al hammam* o "casa de las palomas" acudió para arrojarse al suelo y anunciar:

–Hay noticias de Homs, ¡de vuestro chambelán Abu Al-Amlak!

–¡Léelas!– ordenó el sultán desde su asiento elevado, y le sonrió a Yves. –No hay nada que el emisario del rey de Francia, a quien admiro, no pueda saber, aunque no esté destinado a sus oídos. Quiero demostrar que An-Nasir tiene voluntad de enseñar las cartas y de jugar limpio.

"El maestro de los mensajeros alados" sacó el rollito del anillo de paloma que traía consigo y descifró su apretada escritura:

"Venerable sultán, señor que manda en la vida de su más humilde servidor. Por culpa de los empleados de la corte de Homs, de los que soy responsable y a los que haré cortar la cabeza, os comunico que habéis sido engañado por un peligroso estafador: el embajador imperial «príncipe Constancio de Selinonte» es en realidad el emir de los mamelucos Fassr ed-Din Octay, hijo del último gran visir, llamado también con el sobrenombre de «el halcón rojo», y su escudero *saratz* no es sino aquella doncella de la hija del emperador que habíamos enviado a Turan Sha en lugar y con el nombre de princesa de Salento. La hurí ha regresado. El objetivo de los dos no es otro que liberar a las crías de los mamelucos. Cuando me vieron se asustaron terriblemente y ahora se han refugiado en el *donjon*. Si no consigo encadenarlos vivos, os enviaré sus cabezas.

Os escribe, tremendamente apresurado,
este guardián humilde de vuestro honor,
Abu Al-Amlak.

mulahadha: incluso Shirat conspira contra vuestra persona. Os la enviaré también."

El *rasul al akbar* o "maestro de los mensajeros alados" agachó la cabeza a la espera temerosa de que el mensaje transmitido fuese clasificado de "mala noticia" por su soberano, pero el sultán sólo murmuró:

–¿Y con quien voy a jugar ahora al ajedrez?– Después ordenó: –Envíale la paloma mensajera más rápida que tengas disponible: Si le toca un pelo a Shirat será mejor que añada su cabeza de enano a las demás.

An-Nasir carraspeó:

–¡Ya veis, estimado señor embajador, cuánto engaño hay en este miserable mundo!

El *rasul al akbar* se retiró rápidamente de la estancia, caminando hacia atrás y sin dejar de hacer reverencias.

–Mis credenciales son auténticas y portan el sello y la *alama* del rey Luis– aseguró Yves con su habitual calma. –¿Qué ofrecéis al rey para que no entre en una alianza con El Cairo, es decir, para mantenerse neutral, y qué le ofrecéis para el caso de que entre en un pacto de mutua ayuda con vos?

An-Nasir se sintió durante un brevísimo instante consternado por la manera un tanto brutal de iniciar la negociación, después sonrió y dijo:

–Veo, estimado señor Yves, ¡que también vos amáis el juego limpio y preferís enseñar las cartas! –Reflexionó brevemente, reconsiderando la geografía del país. –¡Para el primer caso os ofrezco Jerusalén!

–No podremos mantenerlo– respondió Yves con sequedad. –Vos sabéis tan bien como yo que la ciudad sola no posee ningún valor.

–... además de los castillos Ayuk, Kerak y Montreal. ¡Son perlas del arte sirio en la construcción de fortalezas!

–¡Las hemos edificado nosotros y son de cantos cuadrados!– le recordó "el Bretón", aunque sin levantar la voz. –¡Las hemos fabricado a partir del montón de piedras recogidas del campo por vosotros!

–¡No habéis podido mantenerlas cuando os hemos mostrado el puño cerrado de nuestras armas y nuestras máquinas de asedio!

–¡Eso es verdad!– dijo Yves. –Ni podremos mantenerlas de ahora en adelante. Nos faltan caballeros capacitados para que estén siempre ocupadas.

–¿Acaso esperáis que os los ceda también?– bromeó An-Nasir.

–Eso no– dijo Yves, –pero los feudos deben estar dotados de suficientes bienes para que resulten atractivos a los mimados caballeros de Occidente, si queremos que se avengan a retirarse a la soledad que reina más allá del mar Muerto y proteger así la sagrada ciudad de Jerusalén.

–Pero en ese caso, ¿se mantendría la obligación de tributar a nuestra tesorería?

–Con mucho gusto– dijo "el Bretón", –siempre que también quede clara la obligación feudal correspondiente: ¡acompañar al rey, cuando él lo disponga, para combatir a los enemigos de la fe cristiana!

–Tendréis que hacer una excepción con la casa de los Ayubíes– dijo el sultán –y con mi familia, mientras y donde quiera que retengamos en nuestras manos la dignidad del sultanato. En ese caso se podría considerar la propuesta.

–¿Y en el caso de que os ayudemos con nuestras tropas…?

–¿No decíais que no tenéis bastantes?– lo interrumpió el sultán, preocupado.

–Con dinero todo se consigue– lo tranquilizó Yves; –reunir unos cuantos caballeros excelentes es cuestión de dinero, pues son tan ambiciosos como costoso es mantener sus banderines. Eso mi rey lo sabe mejor que nadie.

–Así es– suspiró An-Nasir, –ya nadie tiene ganas de luchar sólo por mantener el honor y defender la fe.– Miró asombrado a "el maestro de los mensajeros alados", que de nuevo se acercaba arrastrándose sobre la barriga, aunque en esta ocasión acudía con tanta desgana que se olían desde lejos las malas noticias.

–Un mensaje de Homs– dijo con voz ahogada, –del comandante de vuestra guarnición.

–¡Lee!– le ordenó el sultán, un tanto molesto.

Y "el maestro de los mensajeros alados" leyó: "¡Venerable sultán, noble soberano! Según lo dispuesto, despido a los niños mamelucos Mahmoud, hijo de Baibars, y Shirat, hermana del mismo, liberándolos de su condición de rehenes. Marchan de Homs por deseo propio, en compañía del embajador imperial y su séquito. También ha llegado un grupo numeroso de «asesinos» con la misión de recoger a un infante real, hijo de un tal Grial, cuya presencia me era hasta el momento desconocida. Pero ellos descubrieron que ese muchacho se oculta bajo el disfraz de la hija del embajador, cuyo escudero es una mujer y se acuesta con uno y otro. A la espera de vuestras urgentes instrucciones inclino ante vos con toda humildad esta cabeza que se ha llenado de canas a vuestro servicio... *Alah yuaffir 'aleikum qalaqi!*

»*mulahadha*: ¿Disponéis que haga reparar el agujero abierto en el *donjon*?"

–¿Qué significa "según lo dispuesto"?– resopló el sultán. –¡Ese hombre debe de haberse vuelto loco! ¿Y: "marchan por deseo propio"?– An-Nasir estaba fuera de sí. –¿Acaso mis órdenes ya no tienen validez?– y su mano hizo el gesto de coger la inmensa cimitarra que le colgaba del cinturón.

"El maestro de los mensajeros alados" cerró los párpados y apretó el rostro contra la alfombra.

–¡Un agujero en mi *donjon!* Decidme– se dirigió a Yves, –¿qué valor daríais vos a una noticia de semejante calibre?

–Lo he dicho al principio y me permito repetirlo. Tenéis a vuestro servicio a un estúpido insolente, ¡y tener a un estúpido ocupando cargos y dignidades significa tener un servidor peligroso!

–¡Eso es!– rugió An-Nasir. –Envía al comandante la orden siguiente: "Arroja a todos", subraya: "todos", "al calabozo, ¡sobre todo a "el padre del gigante"! ¡Encadénalos y confírmame que mi orden ha sido cumplida!" Y escribe: "De no hacerlo, te castigaría poniendo tu cabeza encanecida ante tus propios pies." Ratifícalo con mi *alama*.

Y lanzó a la cabeza de "el maestro de los mensajeros alados" la plantilla con su firma.

–¿Quieres que te meta prisa?

"El maestro de los mensajeros alados" salió tropezando por la puerta hacia atrás.

–Estábamos hablando...– intentó seguir negociando el sultán, aunque seguía muy excitado –...¡es como si el destino se burlara de nosotros...! de las dificultades de disponer de buenos administradores y guarniciones fiables para nuestras ciudades y nuestros castillos.

–¿No estábamos hablando más bien de lo que nos ofreceríais en el caso de luchar a vuestro lado...?– lo corrigió Yves con cierta condescendencia.

–Me parece, señor Yves, que cuando habláis de "mi lado" es para decirme que ese lado me faltará después. ¿Para qué voy a conquistar Egipto si pretendéis quitarme a cambio media Siria y Galilea, es decir, las mejores piezas de mi pata de cordero?

–¡Me gusta esa imagen!– dijo Yves, reconociéndole el mérito. –Nos dais a nosotros la pata desde Gaza hasta Akaba, y el hueso que va desde el lago Tiberíades hacia el norte, hasta Beirut.

–¿Y qué me queda a mí, aparte de unas cuantas piedras y rocas y de un desierto?

–Os queda la paz con nosotros, ¡vuestros aliados en la guerra!

–¿Y a cambio queréis que les ceda los bocados más sabrosos a un par de barones rebeldes y altivos?

–Podéis cederlos a las Órdenes militares– dijo Yves, mostrándose expectante. Como era de esperar, An-Nasir se soliviantó.

–La qadara Alah uala samah, arrahim! ¡Ésas ni siquiera pagan tributos!

De nuevo se atrevió a molestarlos "el maestro de los mensajeros alados".

–¡Sultán todopoderoso!– gimió. –Matadme en seguida, ¡pero leed vos mismo!

Se arrojó a los pies del sultán y, sin levantar la vista, le tendió el rollito cubierto de escritura.

An-Nasir se lo arrancó de la mano: –"…del comandante de la guarnición de Homs… la disposición anterior fue la última que dio vuestro chambelán… Después, un rayo procedente del cubo de «el pequeño demonio incendiario» destrozó a «el padre del gigante», y el trueno que le siguió repartió su dura carne y sus huesecitos por el jardín y las murallas. Ese mismo trueno abrió un agujero en el *donjon* y destruyó su interior… ahora todos se han marchado. ¿Está bien así?"– leyó An-Nasir, tropezando con las palabras mientras en su frente se formaban profundas arrugas. –"Como medida de precaución, me permito avisar a los templarios de Safita de que vuelvan a atrapar a los huidos… a la espera del golpe que merezco de vuestra espada a vuestro regreso, inclino mi cabeza ante vos, una cabeza que en el transcurso de una noche ha quedado blanca…

Alah yankub aleia ash-shaqa' bi 'adhabakum!"

–¿No hay *postscriptum* esta vez?– preguntó Yves con expresión burlona, y se quedó mirando a An-Nasir, cuyo aspecto era el de un barril que "el pequeño demonio incendiario" hubiese llenado con toda clase de polvos y dejado a punto de hacer explosión.

Pero después al sultán, cuya cabeza aún estaba rojísima, le dio por reírse como un loco, a la vez que se daba golpes en los muslos y resoplaba y jadeaba hasta el punto de que Yves supuso que iban a verlo caer fulminado por un ataque de apoplejía.

–¡Mahmoud, mi pequeño demonio incendiario, ha repartido los huesos de "el padre del gigante" por las murallas y ha abonado el jardín con sus restos! ¡Debe de haber sido un espectáculo grandioso!

–En efecto– dijo Yves, –y me parece que habéis perdido con él a un ingeniero de talento. ¿Podéis decirme dónde puede conocerse a ese sabio?

Entonces el sultán se rió aún más y dijo:

–Si los templarios vuelven a atraparlo, ¡os presentaré al mayor especialista del futuro en técnicas de asedio!

–Espero que jamás utilicéis su sabiduría contra nosotros– dijo Yves, mostrando por una vez una de sus escasísimas sonrisas de brujo; –os recuerdo que estábamos hablando de la pata de cordero, a la que le falta todavía alguna guarnición, el *burghul* y las verduras. ¡La cordillera de Hauram podría ser un buen aderezo!

–¿Por qué no pedír en seguida Baalbek, o incluso la llanura de la Beka'a, lo que os daría la oportunidad de asomaros por ambos costados a las ollas de los habitantes de Damasco? ¿Para qué querría quedarme entonces con esta capital?

–Yo también me lo pregunto– dijo Yves, –y os prometo que la trataríamos bien y honraríamos el lugar, pues al fin y al cabo aquí fue donde se produjo la conversión del apóstol san Pablo.

–Si pretendéis recuperar todos los lugares, señor Yves, por donde se ha paseado vuestro profeta, el Mesías...

–No, no– le respondió "el Bretón" apresurado, –yo no estoy aquí en representación de la Iglesia, sino del rey de Francia.

–El señor Luis podría haberse ahorrado la cruzada enviándoos sólo a vos. En muchos aspectos pensáis igual que el gran emperador Federico, que por desgracia nos ha abandonado...*Alah yusamihuhu ua yarfahu fi ay-yenna!*... El emperador deseaba una convivencia pacífica de las religiones y una colaboración fructífera entre todos los soberanos. Incluso construyó ciudades para los musulmanes en Apulia. En suma, un excelente soberano y un pensador valiente...

–Pero ha muerto– dijo Yves, –y su Imperio está ahora en descomposición.

–La culpa es del Papa– dijo el sultán, –y el Islam se siente feliz de no albergar en su seno a una Iglesia deseosa de poder terrenal.

–Vuestro *rais al maba'uthin at-tahira* está de nuevo delante de la puerta y no se atreve a entrar– dijo Yves, señalando al desesperado "maestro de los mensajeros alados".

–¡Más le vale quedarse fuera– exclamó An-Nasir furioso, –y que nos informe desde allí de la nueva desgracia que nos afecta!

–El comendador de Safita dirige un mensaje al venerable An-Nasir, sultán de Damasco– leyó el infeliz con voz temblorosa desde el umbral de la puerta. –"Las personas buscadas acaban de pasar de largo ante nuestra fortaleza y se han dividido en dos grupos: el infante real sigue con los «asesinos» en dirección a Masyaf, los demás se dirigen a la costa. Nuestros hermanos de la Orden residentes en Tortosa atraerán a los fugitivos a una nave que supuestamente los llevaría a El Cairo. Rogamos instrucciones para saber dónde debemos entregar a los mamelucos, una vez hayan sido apresados."

An-Nasir permaneció callado y mirando por la ventana.

"El maestro de los mensajeros alados" estuvo esperando mucho tiempo antes de atreverse a repetir con un hilo de voz:

–¿Dónde?

–¡Desaparece de mi vista– resopló An-Nasir –antes de que lo piense mejor!– Y dirigiéndose a Yves añadió con voz cansada: –Esperemos primero a que arribe la próxima paloma ¡pues con toda seguridad nos informará de que el barco se ha hundido, mi palacio de Homs está en llamas y el ejército egipcio marcha sobre Damasco!

–O que se acercan dos "asesinos" con la intención de apuñalaros. En ese caso podríais renunciar del todo a nuestra ayuda– completó Yves.

–Sois un buen embajador, señor Yves, y un negociante tenaz, pero ahora conviene que vayamos a comer y disfrutando del banquete olvidemos las muchas estupideces que en el día de hoy hemos oído y hemos dicho. Tal vez el sultán debería limitarse a gozar de los frutos de esta bella tierra en lugar de regalarlos para correr detrás de otros frutos que cuelgan más altos.

IV

TRAICIONADO Y VENDIDO

La galera de los templarios no pudo tocar tierra porque tenía enfrente una costa llena de rocas de difícil acceso y permaneció meciéndose en medio del oleaje.

Una barca de remos se acercó a la playa para embarcar al pequeño grupo que la nave de la Orden debía llevar costa abajo, hasta el primer puerto situado en el delta. Ese puerto era Damieta, un nombre que sonaba mal a los oídos de casi todos los que allí esperaban.

–¡Deprisa!– les advirtió Étienne d'Otricourt, comendador de los templarios de Tortosa, que se habían ofrecido por "orden superior" a realizar dicho transporte.

Las mujeres habían subido ya a la barca, ambas con reticencias. Shirat sabía que en su patria no la esperaban más que el rechazo y el desprecio, y Madulain no estaba demasiado segura de que le conviniera seguir a "el halcón rojo" a su país. El único que podía esperar un magnífico recibimiento, preparado por el corazón desbordante de alegría de su padre, era Mahmoud.

"El halcón rojo", después de ayudar a las damas a subir a la barca, regresó a la orilla para recoger al hijo de Baibars, pero el comendador tenía tanta prisa que se empeñó en llevar él mismo al niño, cogiéndolo por debajo de los brazos y trasladándolo así a la barca.

En aquel instante salió la trirreme deslizándose alrededor de un saliente rocoso en el extremo de la bahía, con las tres filas de remos golpeando el agua, y en lugar de ir reduciendo la velocidad se acercó con la proa amenazadora y alzando los remos armados de guadañas mientras la pesada quilla se deslizaba sobre las piedras de la orilla directamente hacia la pequeña barca perteneciente a la galera de los templarios.

Firouz, capitán de la trirreme, mandó arrojar los tablones armados con punzones contra la arena, como si se tratara de un asalto. Él fue el primero en saltar a tierra, aun antes que sus moriscos

–¡No confiéis en ellos!– gritó. –¡Os venderán a An-Nasir!

–¡Imbécil, mentiroso!– gritó Étienne d'Otricourt, a cuyos pies había saltado Firouz. El templario desenvainó la espada, lo que aprovechó Mahmoud para escabullirse de sus brazos.

El comendador no quería perder el botín e intentó atrapar de nuevo al muchacho, pero Firouz, que sólo iba armado de un hacha de abordaje, le cerró el camino al templario y levantó amenazador el brazo aunque sus armas eran muy desiguales.

Firouz era inexperto en la lucha; sus golpes daban en el vacío y acabó tropezando, de modo que el curtido guerrero le dio con la espada en el cuello, mas allá del hombro, y el desventurado cayó sobre el rostro y con los brazos extendidos hacia adelante. Se quedó inmóvil, mientras a su alrededor se iba formando un charco de sangre.

–¡Vete al infierno!– gruñó sarcástico Étienne d'Otricourt, y quiso darle el golpe de gracia en la nuca.

Pero antes de que su espada hubiese descendido, "el halcón rojo" había saltado ya por encima del herido y dio un puntapié a la mano del caballero con la intención de hacerle soltar el arma. El comendador había aprendido que nunca debe soltarse ésta, y mucho menos cuando se dispone de una armadura insuficiente como le sucedía en aquel momento.

"El halcón rojo" era un guerrero del desierto que sabía aprovechar el hecho de que no vestía una armadura pesada para intercambiar ágiles golpes, y no entró en el ritual que quiso imponerle el caballero, sino que intentó golpear las corvas al enemigo que pugnaba por recuperar el manejo de su espada, hasta que ambos acabaron viéndose frente a frente, espada en mano.

El templario intentó meterle en la cara a "el halcón rojo" el mango de su espada, junto con el puño protegido por un guantelete de hierro, pero "el halcón" se dejó caer hacia atrás e impulsó al mismo tiempo la punta de su arma contra la axila del templario. Cuando "el halcón rojo" ya se había levantado de nuevo, Étienne d'Otricourt estaba todavía intentando coger la espada con su otra mano.

Esta vez el comendador no pudo evitar el golpe que le cortó el tendón de la pierna; giró con dificultad como gira un árbol talado sobre su propio eje y cayó de espaldas.

"El halcón rojo" introdujo la punta de la espada por debajo del borde del casco hasta llegar a la garganta del otro:

–Rendíos, comendador, ¡y os podréis retirar!

Étienne d'Otricourt no le respondió.

Las dos mujeres en la barca de remos se habían dado cuenta de que algo malo sucedía, y cuando Hamo saltó de la cubierta de la trirreme al agua, que allí tenía poca profundidad, Madulain fue la primera que lo siguió y a la que él ayudó a desembarcar, tras lo cual ella se dirigió hacia donde había visto a Firouz enzarzarse en la lucha. Después lo encontró a los pies de Constancio de Selinonte, rodeado de un charco de sangre y justo al lado del templario que había derribado al capitán.

Con un grito de rabia se arrojó a tierra, y "el halcón rojo" no se lo impidió, suponiendo que Madulain estaba fuera de sí por el dolor que le causaba la muerte de su legítimo esposo. Pero la joven volvió a levantarse rápidamente y entonces el emir vio que del pecho del comendador sobresalía la empuñadura del puñal que él, Constancio, solía llevar en la bota y con el que la mujer le había pedido que la matara en el *donjon*.

Al darse cuenta los templarios de lo sucedido consideraron, a la vista de la gran superioridad numérica que representaba tener enfrente a la tripulación de la trirreme, a los *lancelotti*, los moriscos y los ballesteros griegos, que no tenía sentido arriesgar un ataque entre las rocas de la orilla, donde tampoco los caballos les podían ser útiles. La galera de la Orden no estaba suficientemente equipada con catapultas para intentar un ataque a la trirreme de la condesa. De haber llegado a un abordaje, habrían salido perdiendo. Además, el hijo de Baibars, verdadero objetivo de aquella escaramuza, se había refugiado ya a bordo de la trirreme.

De modo que a ambas partes no les quedó más trabajo que recoger a sus muertos: los templarios cargaron el cadáver del comendador sobre un escudo y los moriscos envolvieron a su capitán en una lona y lo subieron a bordo. Como un último saludo, los *lancelotti* golpearon con estrépito unas contra otras las hojas de las guadañas.

La condesa no habría aceptado esa manifestación última en su honor. Cuando Laurence de Belgrave supo que Clarion había sido madre y no deseaba regresar junto a ella había sido presa de una intensa fiebre que la obligó a guardar cama. Durante tres días y tres noches estuvo la condesa luchando contra la muerte, pero al atardecer del tercer día volvió a tomar algún alimento y bebió con aquéllos que la habían seguido fielmente desde la muerte del almirante.

A medianoche se levantó un ligero temporal y la condesa se retiró a dormir. A la mañana siguiente el mar volvía a estar liso y sereno, pero la *capanna* estaba vacía y la condesa había desaparecido.

La tripulación se acercó entonces a la costa y buscó contacto con los "asesinos". Para los de Masyaf no fue difícil retomar las huellas de Hamo y Firouz y conducir al capitán y al joven conde a la trirreme.

–Lástima– dijo Shirat. –Estoy segura de que me habría entendido bien con tu madre…

Hamo abrazó con cariño a su delicada esposa.

–A "la abadesa" le habría gustado mucho conocerte, Shirat Bundukdari, ¡condesa de Otranto!

Ella lo besó con admiración.

–Dime, Hamo l'Estrange, ¿cómo es posible que los "asesinos" supieran el momento en que alcanzaríamos la costa?

–Muy sencillo: Crean, en cuanto se presentó en Homs, hizo estrangular a las palomas de Damasco y las sustituyó por aves procedentes de Masyaf. De modo que cada noticia nos llegaba primero a nosotros antes de seguir su rumbo hasta los oídos del sultán.

–Si hubiese sobrevivido alguna de esas "mensajeras aladas"– sonrió Shirat –podríamos dar ahora una sorpresa a An-Nasir, empleando los pájaros de su propio *beit al hammam*. Me habría gustado mucho enviarle un saludo de despedida, pues aunque es un pésimo jugador de ajedrez, a su manera me trató bien, y además favoreció el talento extraordinario de Mahmoud con más comprensión de la que demostraría su propio padre.

–Le enviaremos un regalo valioso en cuanto la trirreme nos haya devuelto a Apulia, una vez hecha la entrega de tu sobrino– dijo Hamo, y se echó a reír. –Creo que las palomas ya no le interesarán demasiado.

En el fabuloso palacio del sultán, en Damasco, el soberano sobre Siria y la Gezirah seguía reunido, una vez acabado el banquete, con el embajador del rey.

An-Nasir había ordenado a la servidumbre y a otros amigos que se retiraran para que Yves le compusiera, a solas con él y con ayuda de los cubiertos, los platos y las jarras, una maqueta de la costa y las montañas en la cual los cuchillos hacían las veces de ríos, carreteras o fronteras, y las manzanas, las nueces y los dulces representaban ciudades y fortalezas, según su tamaño e importancia.

–Ya que estáis dispuesto a ceder Baalbek– explicó "el Bretón" tocando el salero, –podríais añadir aún Homs, Hama y Shaizar, ciudades con las que, de todos modos, no tendríais continuidad territorial. Nosotros administraríamos esos ricos emiratos en vuestro nombre mejor que ninguno de tantos hijos y sobrinos como os envidian el poder y el título.

–Estoy convencido– suspiró An-Nasir, –pero si no les tapo la boca con esa clase de bocados, ¡se rebelarán todavía más!

–Llevadlos con vos a Egipto y nombradlos generales del ejército en cuanto os hayáis librado de los mamelucos…

–¡Peor aún!– exclamó el sultán. –Si cada uno de ellos dispone de una parte del ejército se habrán acabado mis días de tranquilidad.

En la puerta que conducía al comedor se observó algún movimiento: los guardias estaban intentando retener a un hombre que agitaba un escrito en el aire.

–Soy el primer oficial de "el maestro de los mensajeros alados"– exclamó, asustado. –El *rais* se ha suicidado al recibir esta misiva procedente de Homs...

Uno de los guardias le arrebató el pergamino y se lo entregó a "el Bretón".

–¡Leedla tranquilamente en voz alta!– bromeó An-Nasir. –¡No creo que me mate la noticia!

–Pero tal vez me mate a mí– dijo Yves, repasando la escritura. –¡La nota procede de vuestro primo el-Ashraf!

–¿Ah, sí?– dijo el sultán. –¿Me pide dinero?

–No– contestó Yves. –Ha conquistado la ciudad de Homs que, según dice aquí, le corresponde heredar a él: "Encontré a mi ciudad, venerable sultán, en un estado indigno: el tesoro saqueado, la guarnición no ha cobrado, el *donjon* está inservible, el harén vacío. Circulan noticias extrañas acerca del final sufrido por vuestro chambelán: «el padre del gigante» se habría transformado en un dragón que escupe fuego y se habría alejado volando hacia la montaña para vigilar el tesoro que os ha robado. Estoy dispuesto a serviros a conciencia y a remitiros puntualmente los tributos.

Vuestro fiel el-Ashraf, emir de Homs."

"El Bretón" apartó los ojos del documento.

–Debéis imaginaros el ojo bizco de mi primo, señor Yves: un ojo que hace rodar y recorrer la órbita en frenético vaivén mientras su mano sudorosa pone por escrito tales insolencias.

–En cualquier caso– observó "el Bretón" con sequedad, y retiró una gruesa manzana de la mesa, –¡será mejor que olvidemos de momento a Homs!

–Estoy reconsiderando la idea, siempre que consigamos reconquistar El Cairo, de ceder efectivamente incluso Damasco a los cristianos– dijo An-Nasir, muy serio, –porque si cae en manos de cualquier Ayubí, la flor y nata de este patrimonio tan sabroso siempre acabará transformándose en un fermento ácido que generará toda clase de rivalidades, incluida la reclamación del trono y la partición de Siria. Un gobernador enérgico como vos, señor Yves, podría convertirlo, en cambio, en fuente de alegría para un sultán que reinara en la lejana El Cairo...

–¿De modo que sí habrá que conquistar Egipto?– preguntó Yves.

–Mañana hablaremos– le aclaró An-Nasir al embajador y lo despidió. Se había hecho tarde.

DIARIO DE JEAN DE JOINVILLE

San Juan de Acre, 7 de marzo de 1251 d.C.

Invité a Juan, "el Armenio", a comer conmigo, pues el barón Felipe de Montfort me ha informado de que el armero va con frecuencia a Damasco a realizar compras, y quería pedirle que me llevara consigo la próxima vez, aunque de incógnito y sin que lo sepa el rey, pues tengo curiosidad por ver esa ciudad de cuyas maravillosas riquezas se oyen tantas alabanzas.

William nos acompañaba en la mesa y demostró asimismo interés por ese viaje, puesto que Ingolinda hace poco que ha trasladado también su gratificante actividad a la mencionada capital.

Además, sé por quienes rodean al rey que nuestro embajador –según "el Bretón" ha hecho saber lleno de orgullo a Luis– ha conseguido un éxito increíble ante An-Nasir.

Al parecer, el sultán de Damasco no sólo está dispuesto a cumplir nuestro sueño de recuperar *Hierosolyma Sanctissima,* sino que quiere asegurarnos esta plaza mediante cesiones considerables de territorio, de modo que "Ultramar" representaría, por primera vez en la historia, ya no sólo una estrecha franja de terreno, difícil de defender contra cualquier agresión procedente del interior del país, sino un territorio compacto que merecería ostentar en serio el nombre de "reino de Jerusalén".

–Incluso se rumorea– informé a William –que la propia Damasco podría estar incluida en los acuerdos, como es lógico, siempre con la condición de que apoyemos efectivamente las ambiciones egipcias de An-Nasir y que éstas tengan el éxito deseado, lo cual es una *conditio sine qua non.*

–Claro que se trata aún de *imponderabilia*– comentó mi inteligente secretario, –pero ya vemos que el mero anuncio de las negociaciones realizadas por el señor Yves ha tenido sus efectos.

Su insinuación se refería a que la noche anterior arribó por sorpresa a San Juan de Acre un grupo avanzado de prisioneros liberados de Egipto, aunque se trataba en este caso concreto de unos caballeros que cayeron en manos del enemigo en el año del Señor de 1244, en aquella infeliz batalla de Gaza. Después de siete años vuelven a estar libres; entre ellos, también el gran maestre de los sanjuanistas: el señor Guillermo de Chateauneuf.

–Yo creo– dijo el maestro armero Juan a su manera calmosa, –que su majestad está procurando por todos los medios que la misión de "el Bretón" y sus perspectivas de éxito no permanezcan en absoluto en secreto.

El maestro Juan es un armenio dotado de un bigote muy poblado y no es más que un experto extranjero recientemente contratado, un hombre que considera que la guerra es su oficio y la paz una interrupción que debe durar el menor tiempo posible, por no servir para otra cosa que para reparar las armas y para el intercambio de prisioneros.

–En los próximos días regresarán tres mil, lo cual es un buen negocio, pues nosotros sólo liberaremos a unos trescientos que los barones de Ultramar han conseguido coger prisioneros últimamente.

Las noticias me sorprendieron.

–Eso sólo podría significar– reflexioné en voz alta –que el rey está negociando desde hace tiempo con El Cairo, y que las conversaciones con Damasco sólo son un medio para presionar.

–Es un truco– confirmó el maestro Juan. –El sultán Aibek jamás nos devolvería a tantos guerreros –aunque el estado de éstos es bastante lamentable– si no estuviese seguro y convencido, gracias a determinados acuerdos que ya se han firmado, de que esos mismos guerreros, una vez curados y recuperadas sus fuerzas, no serán utilizados contra él.

–El rey le sigue debiendo la segunda mitad del rescate acordado– intervino William. –¿Vos creéis, maestro Juan, que el rey habrá conseguido reunir aunque sea una parte de esas doscientas mil?

–Como sabéis, señor secretario, en este negocio ya no se trata sólo de dinero...

–Pues el dinero sirve de muy poco si hay que pagarlo con guerras y derrotas– añadí por mi parte, pero no era eso lo que el maestro Juan deseaba oír.

–¡Es la fama de su majestad, señor senescal, la que hace que nadie quiera tener al rey Luis por enemigo!

No supe qué contestar a esa observación. Habíamos terminado de comer y hacía tiempo ya que nos deleitábamos sólo con el vino.

Un número creciente de mendigos rodeaban nuestra mesa pidiendo limosna. Como nos molestaban, mi secretario obró en consecuencia, y yo le agradecí que diera con voz de enfado órdenes a la servidumbre para que alejara a la chusma, o como mínimo la mantuviese a raya. Pero el armenio se mostró disconforme.

–¡Obráis mal!– le reprochó a William, e indirectamente también a mí. –Si su majestad el rey nos enviara en este mismo instante a unos emisarios del tesorero con sendos regalos de cien libras para cada uno de nosotros, con toda seguridad no los habríamos ahuyentado. En cambio, queréis alejar a estos emisarios que os ofrecen lo más preciado que se pueda obtener.

Se dio cuenta de que ni William ni yo éramos capaces de adivinar cuál era su pensamiento.

–En otras palabras– nos instruyó el maestro Juan, –esa gentuza os ruega una dádiva y os ofrece a cambio el bien más preciado que otorga Dios. ¡Significa que podéis donarles unas pocas de vuestras míseras monedas y, a cambio, ellos os harán partícipes del amor divino! ¡Os deberíais considerar felices de poder cerrar un trato tan beneficioso!

En un primer instante nos quedamos sin habla, pero después mi querido William, siempre tan irrespetuoso, le espetó:

–Maestro, vuestra virtud agradará muchísimo al corazón de nuestro señor rey, por lo que rogaré a los emisarios del tesorero, y lo haré de todo corazón, que proceda sin más a repartir mis cien libras entre esos mendigos.

El maestro Juan lo miró un tanto desconcertado, y el pícaro flamenco prosiguió:

–¿Es posible que no veáis ni emisarios ni libras que repartir?

Introdujo una pausa placentera en su discurso.

–Pues yo tampoco veo la bendición de Dios en esas manos extendidas. ¡Alejadlos de una vez de aquí!– se dirigió con rudeza a los criados.

–Cometéis un pecado– dijo el maestro armero mientras se levantaba. –Y como deseo mantener la paz que he firmado con Dios, ¡no quiero seguir sentado por más tiempo junto a alguien que rechaza con tanta crueldad a los hijos más amados de Nuestro Señor!

Y se retiró.

Yo le dije a mi secretario:

–¿Hacía falta llegar a tanto?

Y William dijo:

–¡Pues sí, señor mío! Quería quitármelo de encima.

Hice un esfuerzo por mirar con aire de reproche a mi caprichoso secretario, pero él parecía muy poco impresionado.

–En esta misma hora el rey recibe a una embajada de los "asesinos". Deberíamos estar presentes, pues creo que acuden para llevarse a Yeza. Desde que sabe que Roç sigue vivo, ella desea escapar del monte Carmelo, ¡pero en el convento no quieren dejarla marchar!– se excitó William.

–Me sorprendería– dije yo. –¡Supongo que la reina debería de estar contenta de poder deshacerse de una joven que nunca le ha gustado!

–Es el rey Luis quien la retiene en San Juan de Acre y quien no desea en absoluto que Yeza se vaya de aquí– dijo William. –Por esta causa se está enquistando una desavenencia nada agradable, en la que temo que al final sea Yeza quien lleve la peor parte, pues cuanto más se empeña su esposo, más se enfurece la señora Margarita.

–Por favor, William– dije yo, poniéndome de pie y dispuesto a pagar la cena, –¡no creeréis que el rey vaya a hacerme caso en este asunto!

–Entonces no nos queda más que esperar que los "asesinos" pongan fin a ese coqueteo senil –con perdón– y le muestren, si hace falta, los tres puñales a quien parece un gallo en celo.

–¡Prefiero no haber oído esas palabras!

Y nos apresuramos a acudir al castillo.

Sursum corda.
Habemus ad Dominum.
Dominus vobiscum!
Et cum spirito tuo.

Llegamos justo a tiempo, pues nuestro señor Luis no solamente hacía esperar a la embajada, sino que tuvimos que enterarnos por nuestros propios oídos de hasta qué punto un rey cristiano considera más importante oír la santa misa que cumplir con su deber de cortesía.

Ite missa est.

En la sala del trono, el joven emir que encabezaba la delegación se sentó justo enfrente del rey cuando éste al fin se dignó tomar asiento. El "asesino" vestía ropas costosas y elegantes. Detrás de él se situó otro joven de aspecto agradable y con esa sencillez educada que suele ser habitual en alguien de familia noble.

En el puño cerrado sostenía un rígido bastón vertical compuesto de tres puñales que formaban una especie de bastón de mando, con el filo de cada uno introducido en la empuñadura del siguiente.

William me susurró que ese montaje representa una posible provocación para el caso de que la solicitud del emir fuese rechazada. Detrás del joven de los puñales había otro que llevaba alrededor del brazo un paño de grueso tejido de lino, que aludía al lienzo mortuorio en que se vería envuelto el rey si se negaba a las exigencias de la secta.

Todo ello traía a la sala el aliento mortal de "el anciano de la montaña", un aliento que sigue vivo aunque el famoso portador de dicho sobrenombre haya muerto en tiempos de Saladino, al menos así me lo asegura mi secretario.

–Aún siguen explotando la tenebrosa aureola de que son capaces de dar el golpe en cualquier lugar, sin que nadie pueda atraparlos.

El emir inició su discurso:

–Mi señor me envía para preguntaros si tenéis conocimiento de quién es.

El rey le contestó por mediación del hermano Nicolás de Acre –quien en ausencia de "el Bretón" se había situado detrás de Luis– y declaró que no conocía a dicho señor, porque jamás se habían encontrado, pero que había oído hablar de él.

–De modo que habéis oído hablar de mi señor– dijo el emir, –y, sin embargo, no le habéis remitido –cosa que nos sorprende mucho– alguna cantidad para aseguraros su amistad, como hacen año tras año el emperador alemán, el rey de Hungría, el sultán de El Cairo y otros soberanos, perfectamente enterados de que sólo siguen con vida porque nuestro señor así lo aprueba.

El rey se quedó petrificado, y yo me quedé pensando si no sería aquélla la embajada que John Turnbull había prometido ir a buscar cuando se ausentó recientemente de San Juan de Acre, con la intención de liberar a Yeza del convento y protegerla de las persecuciones de la familia real. ¡Una apuesta muy atrevida!

El emir interpretó el silencio del rey como una demostración de que estaba avergonzado por las omisiones del pasado.

–Si esto no os conviene– prosiguió, –mi señor os ofrece la posibilidad de perdonarle a él los tributos que está obligado a pagar tanto a los templarios como al Hospital de los sanjuanistas. Tal como mi señor ve la situación, la adopción de un compromiso así significaría que cumplís con vuestras obligaciones.

La fama temible y sobre todo opresiva de la que los "asesinos" habían conseguido rodearse en el transcurso del tiempo me había hecho olvidar que las dos Órdenes militares mencionadas, de estructuras tan parecidas, por no decir semejantes, habían insistido con tanta terquedad ante quienes eran sus maestros, que los de Masyaf y demás asentamientos de los *hashashin* habían decidido pagarles una especie de prima de protección.

Ni los templarios ni los sanjuanistas eran accesibles a ningún tipo de amenaza. Si un gran maestre caía en combate o era asesinado siempre habría otro nuevo que ocupara su lugar. De modo que nada podía conseguirse de las Órdenes militares que, por el contrario, habían conseguido darle la vuelta a la situación y constituían ahora a su vez una amenaza para la secta.

El rey seguía sumido en el silencio, y el emir añadió que su señor aceptaría como signo de buena voluntad el hecho de que el rey dejara en libertad a "la hija del Grial" que tenía en su poder.

Ante esas palabras el rey Luis sufrió un sobresalto e hizo responder a Nicolás que reflexionaría sobre lo expuesto y que por la tarde volvería a verlos. El emir asintió, pero no dio muestras de querer abandonar la estancia.

Todos ellos se quedaron sentados, rígidos e inmóviles, y al parecer decididos a esperar allí mismo la respuesta, por lo que al rey no le quedó otro remedio que levantarse y retirarse, lo que hizo sin dejar de mover asombrado la cabeza.

Lo seguí con William, y así pude enterarme de las instrucciones que dio al condestable para que enviara inmediatamente a un destacamento de caballeros y un número suficiente de infantes con la orden de formar un cinturón de seguridad en torno al convento del monte Carmelo.

–¡Sois personalmente responsable de su seguridad, señor Gilles le Brun!

EL CONVENTO DESCANSABA desprotegido bajo el inclemente calor del mediodía. Ningún árbol matizaba los rayos solares que caían en vertical y aún reverberaban desde las rocas circundantes hacia las murallas. Hasta los niños mendigos habían abandonado la polvorienta placita delantera, y en las oscuras celdas el aire era tan denso que las monjas permanecían sudorosas, con las ropas pegadas al cuerpo, acostadas sobre las piedras de los pasillos y simulando rezar:

> *Ab occultis meis munda me, Domine;*
> *et ab alieni parce servi tui,*
> *Domine, exaudi orationem meam.*

La única que no sudaba era la delgada abadesa que, sentada en su despacho, atendía con expresión inmutable los informes que las dos hermanas le presentaban en relación con Yeza.

–Ya pasan diez días de la fecha– murmuró una de ellas con timidez.

–Y, desde hace tres días– susurró la otra, pudorosa, –la hermana Cándida y yo examinamos cada mañana la sábana y la ropa interior que entrega a lavar…

–¡De verdad que lo miramos todo muy a conciencia!– aseguró la primera, con evidente malhumor.

–¡Nada…! ¡ni una gota, ni una mancha!

–Lo que queréis decir– formuló la abadesa con voz áspera –es que a "la nueva" no le viene la regla…

–No lo podría jurar– murmuró Cándida. –Sólo quiero decir que nos llama la atención el hecho de que no sangre…

–Ni huele, ni nada– la secundó la otra; –y además parece muy deprimida, como si se sintiera culpable…

–¡Silencio!– ordenó la abadesa con audible rigor. –¡Será mejor que agudicéis vuestros sentidos, hermana Dagoberta, antes de entregaros a especulaciones acerca de sentimientos y mucho menos de posibles culpabilidades!

–Perdonad– murmuró la hermana reprendida, –¡pero la idea del pecado me tiene confundida!

–No empeoréis las cosas, Dagoberta. Pero seguid vigilante, y traed esta misma noche su ropa interior para que yo pueda examinarla, después del *nocturnum*, en cuanto ella se haya acostado.

Las dos monjas se levantaron.

–¡Y no habléis con nadie de vuestra sospecha!

Sanctus, Sanctus, Sanctus, Dominus Deus Sabaoth.
Pleni sunt coeli et terra gloria tua.
Hossanna.

La abadesa quedó pensativa. Precisamente el día anterior Yeza le había solicitado una audiencia y ella se la había concedido. La muchacha no le había causado ni mucho menos la impresión de estar deprimida, más bien creyó observar en ella un punto de rebeldía.

Yeza le había declarado sin rodeos que deseaba marcharse del convento porque se había equivocado y no era ésa la vida que ella había buscado.

La abadesa le contestó con severidad que, en efecto, no se trataba de la vida que ella había buscado, sino de una vida consagrada al Señor por Su voluntad, y que ella, por su parte, tampoco tenía poderes para disponer.

Entonces Yeza soltó una risa insolente y la abadesa condenó a la muchacha a permanecer encerrada en la celda, sin un trago de agua para beber.

Pero ahora, a la luz de esa *menstruatio remissa*, la solicitud de Yeza aparecía bajo otra luz. Como abadesa del convento, tal vez fuera conveniente agradecerle a la Virgen María que su comunidad no tuviese que pasar por semejante vergüenza y humillación y fuese mejor dejar marchar a Yeza cuanto antes.

Pero estaba el rey, que le había confiado a la niña con tal insistencia que ella no se atrevía a dar ahora un paso en una u otra dirección.

Lo mejor sería enviar a Nicolás de Acre, el confesor, para que consultara a la reina, o ella misma le hablaría a la señora Margarita, para ver qué le aconsejaba tan devota benefactora del convento...

Vigilate et orate,
ut non intretis en tentationem,
spiritus quidem promptus est,
caro autem infirma.

DIARIO DE JEAN DE JOINVILLE

San Juan de Acre, 7 de marzo de 1251 d.C.

Los "asesinos" seguían sentados en la sala del trono, a la espera de que se reanudaran las negociaciones.

Afuera, en la plaza anterior del castillo, el pueblo se mostraba excitado, la gente gritaba y empezaba a estallar en gritos jubilosos.

Si el emir de los "asesinos" y los hombres de su delegación se hubiesen dignado arrojar una mirada a través de los altos ventanales también ellos habrían sido testigos de un extraño espectáculo: encabezada por un elefante sobre el cual se sentaba un muchacho de cabello rizado y piel negra, y que guiaba al gigantesco animal con ayuda de un diminuto bastón, se acercaba una comitiva formada por unos mil hombres pálidos y demacrados, muchos de ellos arrastrándose con ayuda de toscas muletas o lisiados que habían perdido un brazo.

Se trataba de un grupo más de prisioneros liberados por los egipcios, y a su cola venía una especie de pequeño caballo con rayas blancas y negras de los que aquí llaman *sibra*, según me ha explicado mi querido William quien, al parecer, conoce a todo bicho viviente sobre esta Tierra, aunque me aseguró que no servía para montar y que sólo existe para ser admirado por lo bello que es.

Pero los "asesinos" no deseaban admirar nada. Permanecieron en sus asientos, rígidos y orgullosos; en primera fila el emir, detrás el joven con los puñales ensartados, y finalmente el portador del lienzo.

El rey, en cambio, observaba la llegada de sus hombres desde una ventana más alta y ocultaba su rostro detrás de la cortina, y aunque supongo que no lloraba de emoción, sí deseo creer que sentiría vergüenza al considerar los sacrificios de aquéllos que ahora le lanzaban vivas a él, el rey, como si fueran a agradecerle los sufrimientos que habían padecido, por no hablar de los que no regresarían jamás porque no estaban ni enfermos ni lisiados.

Junto al rey se encontraban los dos grandes maestres de las Órdenes: Renaud de Vichiers por el Temple y Guillermo de Chateauneuf por el Hospital.

El sanjuanista que hasta entonces había sido maestre en funciones, Juan de Ronay, también estaba presente porque suponía erróneamente que Guillermo, como prisionero recién liberado, estaría aún demasiado débil para hacerse cargo sin más de los asuntos de la Orden. Pero el valiente anciano lo relegó en seguida a un segundo plano. Estaban tratando de dilucidar quién debía proseguir las negociaciones con los emisarios de "el anciano de la montaña".

Los grandes maestres, con rara unanimidad, casi prohibieron al rey Luis que se expusiera de nuevo a tantas "insolencias" e insistieron en enfrentarse a la delegación sin su presencia.

El soberano sospechaba, con toda la razón, según me parece, que los dos combativos ancianos acabarían por estropearlo todo y les recomendó prudencia.

–Señores míos– les dijo, –aquí no se trata ya de mi dignidad ni del honor de las Órdenes, sino de que, una vez puestos de acuerdo con El Cairo –acuerdo que ya trae sus frutos, como estamos viendo–, nos hemos creado un enemigo en Damasco, aunque An-Nasir todavía no sea consciente de ello, y por esa razón necesitamos urgentemente un contrapeso en Siria. ¡Sólo los "asesinos" de Masyaf pueden cumplir ese papel!

El templario Renaud de Vichiers había escuchado el discurso con creciente desasosiego.

–Una alianza con los mamelucos– reventó finalmente, sin ocultar su malestar –no puede ser duradera, aunque el sultán Aibek pretenda ahora halagaros enviándoos ese paquidermo que no hará más que exigir que lo alimenten, o a unos enfermos liberados que nos son del todo inútiles. La amistad con Damasco es en cambio vital para este Reino; más que vital, es una cuestión de supervivencia. ¡Yo me niego a apoyar una hostilidad tan innecesaria frente al sultán An-Nasir!

También Guillermo de Chateauneuf expuso su opinión.

–Veo que muy poco ha cambiado en los siete años que pasé en las prisiones de Egipto –aunque El Cairo, por tradición, siempre mantuvo una relación amistosa con los sanjuanistas–, porque el honor de nuestra Orden rechaza el pago de un rescate. Los estimados colegas del Temple siguen siendo partidarios de la alianza siria y tal vez nos veamos enfrentados algún día de nuevo, ¡luchando unos y otros en diferentes bandos!– añadió con amargura.

–Lo cual no significa– lo interrumpió el templario –que esa pandilla insolente de fumadores de hachís, con los cuatro castillos que tienen escondidos entre las rocas, representen un contrapeso efectivo contra los ejércitos que el sultán An-Nasir puede levantar desde Damasco hasta la Gezirah, ¡desde Kerak hasta Alepo y Mosul!

–Pero yo lo quiero así– dijo el rey, –al menos hoy. Y si no os gusta y pretendéis hablar otro lenguaje, estimado gran maestre del Temple, seré yo quien entre ahí a hablar...

–Os doy mi palabra– terminó el del Hospital la disputa –¡de que esos navajeros acabarán por someterse!– y se encaminó hacia la sala, de modo que al del Temple no le quedó más remedio que seguir al anciano.

El rey se quedó atrás, bastante consternado, pero William y yo no quisimos perdernos el espectáculo.

Los dos grandes maestres se situaron a izquierda y derecha del trono vacío del rey, y Renaud de Vichiers se dirigió al emir ordenándole que se dignara repetir lo que le había comunicado al rey. Éste se negó inicialmente y se produjo un intercambio de ladridos en árabe que no acabé de entender, pero que a mi querido William le causó un gran regocijo.

Después llamaron a Nicolás de Acre para que actuase como intérprete, y Guillermo de Chateauneuf le hizo decir que el señor de los delegados, el Grand Da'i, había actuado muy irreflexivamente enviando un mensaje tan insolente al rey.

Al parecer, el templario consideró que tal correctivo no era lo suficientemente rotundo.

–Si no interviniese aquí el honor del rey, al cual habéis acudido en calidad de *safir*, os habría arrojado a vos y a vuestros dos *fida'i* al foso del castillo, para que os ahogarais en la mierda...

–¡Y así hacer entrar en razones a "el anciano de la montaña"!– lo apoyó el sanjuanista. –¡Sea cual sea su nombre en la actualidad!

Guillermo de Chateauneuf podía no estar al corriente de esos nombres; la verdad es que carecía de todo temor al respecto.

–Os ordenamos– añadió en tono autoritario –que regreséis junto a vuestro señor y volváis dentro de un plazo de quince días, cargados de regalos y con una disculpa escrita que pueda inducir a su majestad a responder graciosamente a vuestro ruego de amistad.

El emir mostraba el aspecto de haber recibido un golpe; su rostro se cubrió de una palidez mortal y Renaud de Vichiers se sintió obligado a añadir un último coletazo.

–En lo que se refiere a Yeza, la infanta real, podéis informar a vuestro canciller de que ya se enterará, por boca de quien proceda y cuando llegue el momento, de adónde ha sido conducida.

El sentido de esta última frase no le pareció demasiado claro a Guillermo de Chateauneuf; lo que sí quedaba claro era que no le gustó en absoluto. Pensó que los señores del Temple siempre se complacían en mover hilos ocultos y nunca se sabía a qué carta estaban apostando.

El condestable me esperaba a la salida de la sala y me ordenó acudir ante el rey.

–Los hombres liberados hasta ahora y los regalos que les acompañan– me hizo saber Luis –me proporcionan el valor suficiente para pedir ahora al sultán Aibek la entrega de todos los prisioneros que quedan en sus calabozos, ¡sin necesidad de pagar nada a cambio! Te ruego, mi querido Joinville, que presentes esta exigencia mía en la forma adecuada en El Cairo, e insisto en que no se trata de pedir un favor. El hecho de que Damasco esté realizando esfuerzos por llegar a una alianza con nosotros…

–¡Lo cual no habrá permanecido oculto para la corte del Nilo!– se entrometió William, recibiendo por ello una mirada poco amable del rey.

–Si te complace, puedes llevarte a tu secretario. Aunque yo preferiría que utilizaras los buenos servicios de nuestro hermano Nicolás.

Me di cuenta del gesto negativo que me transmitía William con la cabeza y dije:

–Cumpliré gustosamente con vuestros deseos, majestad, en todo cuanto habéis dicho.

–En ese caso, senescal, ¡disponte a salir de madrugada!

YVES "EL BRETÓN" apenas había dormido, pero se dirigió con paso enérgico y el cuerpo insólitamente erguido para lo que era habitual en él hacia el gabinete del sultán An-Nasir. A sus espaldas, dos esclavos escribientes llevaban sobre los brazos extendidos varios rollos de pergaminos.

–Cada documento ha sido escrito por duplicado, en árabe y latín– dijo tras una profunda reverencia, en la que se traslucían su orgullo, su satisfacción, su triunfo. El sultán apenas levantó la vista del escritorio.

–He pasado toda la noche, venerable An-Nasir, redactando nuestro acuerdo, palabra por palabra, tal como lo hablamos– prosiguió Yves sin inmutarse, –de modo que el documento ya sólo necesita ser firmado y sellado por ambas partes.

Los esclavos depositaron los rollos sobre una *taqtuqa* y se retiraron.

–¿Y dónde está ese ejército de los francos que me habíais prometido?– preguntó irritado el sultán. –¿Yo me comprometo a entregar medio país y aún no sé con toda certeza si vuestro señor Luis y los barones acudirán a luchar a mi lado contra Egipto…?

–Si vos, venerable soberano, tuvierais ahora la paciencia– le replicó Yves con dulzura –de estudiar y aprobar los derechos y las obligaciones que nacen de este pacto…

–Mañana– dijo An-Nasir, pero al ver el desconsuelo que se dibujaba en el rostro de "el Bretón", añadió aún: –Cumpliré mi palabra: si regresáis con la *alama* del rey Luis, y en cuanto nuestros ejércitos reunidos hayan vencido al enemigo y yo pueda ocupar el trono de El Cairo, entonces vos, señor Yves, siempre que vuestro rey lo permita, podréis estableceros aquí en calidad de gobernador…

El sultán se interrumpió al ver que los rasgos del interpelado no resplandecían de satisfacción por el honor que con sus palabras le concedía.

Yves pensaba: ¡el rey se negará en redondo! Concederá esta suculenta prebenda a uno de sus señores caballeros, a alguien como el conde de Joinville o alguno de los barones, ¡pero jamás a Yves "el Bretón"!

Como si el poderoso An-Nasir hubiese adivinado los tristes pensamientos de su interlocutor, le propuso:

–¿O preferís que os nombre emir?

La propuesta dejó tocado a Yves como una flecha que da en la garganta y su voz tembló.

–Un emir– devolvió inseguro la pregunta –¿se corresponde con lo que es un caballero entre nosotros?

–Es más– se echó a reír el sultán, sintiéndose dadivoso y contento, –¡se parece más bien a un conde o un barón! Os gustaría…

Yves apenas se atrevía a respirar, pues le era difícil creer lo que le estaba sucediendo.

–Estáis hecho de la misma madera que yo, "Bretón"– dijo el sultán en tono festivo. –¡El que cuenta con la palabra de An-Nasir no tendrá que enfrentarse jamás a nadie que se atreva a contradecirla!

–Os agradezco vuestra confianza– dijo Yves con voz firme, pues había recuperado su equilibrio. –¡No os desilusionaré!

Su emoción íntima lo obligaba a alejarse ahora, pues sentía el deseo de recorrer en solitario las callejuelas hasta haber tranquilizado sus ánimos excitados. Insinuó una reverencia, para lo que le bastó un leve gesto con la cabeza, dado que la postura habitual de su cuerpo tendía de por sí a inclinarse.

Yves "el Bretón" arrastraba los pies entre las hileras de puestos del bazar de Damasco. No se enteraba de las solícitas interpelaciones que le dirigían los comerciantes ni veía las mercancías expuestas.

¿Le demostraría el señor Luis, su rey, un agradecimiento tan espléndido y expreso como el poderoso An-Nasir?

Él, Yves "el Bretón", había conseguido que el soberano de Siria estuviese dispuesto a firmar un contrato que no solamente devolvería al destrozado reino de Jerusalén su antigua capital, ¡sino que lo llevaría a un esplendor y una grandeza, a un poder y una extensión que jamás había poseído antes!

Ni siquiera las gloriosas conquistas de las primeras cruzadas habían reunido los territorios que iba a poner él a los pies de su rey y de todo el universo cristiano. Ni un Corazón de León, ni un emperador germano habían alcanzado jamás lo que él acababa de conseguir. Él, Yves "el Bretón", había casi duplicado o triplicado el territorio de Ultramar, había redondeado las fronteras del reino asegurándolas para los próximos siglos. Ese reino ya no sería una débil cadena de eslabones apenas comunicados, conformada por algunos castillos perdidos en el desierto rocoso y unos cuantos puertos casi arrancados al mar. "Piojos en el orillo de mi manto", se había burlado en su día el gran Saladino, y de hecho no habían representado más que una banda estrecha de esas que se usan para retener el sudor, un sudor algo manchado de sangre, y que cualquier cimitarra es capaz de cortar y dividir en trozos con unos cuantos golpes enérgicos.

En cambio ahora el reino dispondría de un territorio compacto con una franja costera libre, y a sus espaldas fértiles llanuras protegidas por largas cordilleras que lo cerraban frente al desierto, una barrera natural entreverada de fortalezas, y junto a la santa *Hierosolyma* tendrían además a Damasco, "la novia de Siria", una perla especial en aquel collar compuesto de joyas de gran riqueza y poder, y que representa el fiel de la balanza entre el califato de Bagdad y el sultanato de El Cairo. Aquí, en Damasco, en esta misma capital, es donde debía residir el soberano, mostrándose justo, sabio y tolerante frente a cristianos, judíos y musulmanes.

Era imposible que él, Yves, fuese el escogido para semejante tarea, ¡sus ambiciones no llegaban a tanto!

Pero aquí debía gobernar un rey ungido, alguien que le agradeciese a "el Bretón" el esfuerzo realizado, concediéndole a cambio el favor de hacerle arrodillar para tocarle con la ancha espada un hombro y armarlo caballero...

–¿Qué hay, "Bretón"?– le arrancó una voz de sus sueños.

Era Juan, "el Armenio", que había acudido con algunos ayudantes al mercado para realizar sus compras habituales. Yves reconoció con mirada experta entre aquellos ayudantes a Gilles le Brun, quien se había afeitado la barba, probablemente para que no lo reconocieran, de modo que renunció a saludar al condestable.

–Quiero hacerme rápidamente con algunas sujeciones de escudos, navajas y cuero, puntas de lanza templadas y cotas de malla, pues no hay otro lugar donde trabajen estas piezas con tanta destreza– le comunicó el maestro armero, –¡antes de que nos cierren por mucho tiempo y delante de nuestras narices la puerta de entrada a este paraíso de mercancías buenas y baratas!– Hablaba medio en broma, sin responder a la mirada sorprendida e interrogadora de Yves.

–Nos estamos jugando nuestra fama de comerciantes honrados, si es que alguna vez la tuvimos– siguió parloteando; –la verdad es que nuestro valor de cambio ha disminuido considerablemente: antes se cambiaban diez musulmanes por un cristiano, ¡y el mismo valor se nos concedía tanto en el campo de batalla como en el campo de prisioneros! Ahora canjeamos a trescientos de ellos por tres mil de los nuestros.

–¿De qué estáis hablando?– lo interrumpió Yves con curiosidad y disgusto.

–De los prisioneros que hemos conseguido liberar gracias al acuerdo...

–¿Qué acuerdo?– Yves sospechó una trampa.

–¿Cómo? ¿No lo sabéis?– se sorprendió a su vez el maestro armero. –¡El pacto con El Cairo!

"El Bretón" se quedó con la mirada fija en el vacío y apenas se enteró de lo que el maestro Juan añadía en son de reproche:

–Han liberado a unos miles de lisiados que no pueden manejar un arma, pero no nos devuelven las valiosas catapultas ni las ballestas de rueda, ¡todo eso se lo han quedado!

Yves se apartó con brusquedad y, sin despedirse, se sumergió en la multitud que se apretujaba examinando, protestando y regateando entre los puestos del bazar.

Ma 'aindakum yantadhu uama– pensó Yves, *–aind Alahi baquin.*

¿Cómo quedaba él ante An-Nasir? Como un farsante irresponsable, un trozo de pergamino que se lleva el viento y no vale la tinta con la que se ha escrito encima. Él, Yves "el Bretón", no era más que un espantapájaros instalado en el jardín de Damasco para ahuyentar a los gorriones sirios mientras el jardinero real vendía la cosecha sembrada a Egipto. Y ni siquiera daban aviso al *batur*, no le hacían saber que ya no hacía falta su gestión; ¡se olvidaban de él y lo dejaban allí expuesto al viento hasta convertirlo en un guiñapo!

¡Cómo odiaba a todos esos señores de alcurnia! Él no les negaba a esos pobres prisioneros el favor de la libertad conseguida, y era muy comprensible que el rey, desde un punto de vista moral, no hubiese podido proceder de otro modo, pero ¿por qué le había enviado el señor Luis a Damasco? ¿Con la intención de que él, Yves "el Bretón", diese prueba de su talento?

¡Ni mucho menos! Lo había hecho así sólo para asegurarse de que conseguiría el pacto con El Cairo, para ejercer presión sobre el sultán Aibek. Para poder decir: "Tened en cuenta que nuestro señor Yves ya ha alcanzado un acuerdo casi total con vuestro enemigo An-Nasir, ¡hasta el punto de que sólo está a la espera de que firmemos!" ¡Y él, ingenuo y ambicioso, se lo había creído y en su ciego afán de conseguir ser armado caballero no se había dado cuenta de que, en esa partida, él hacía el papel de idiota útil!

Se había creído la misión de embajador plenipotenciario porque así figuraba en sus credenciales, se había inflado como una rana estúpida adelantando las negociaciones con An-Nasir mucho más allá del objetivo previsto. En lugar de limitarse a recuperar la antigua, eterna y santa ciudad de Jerusalén, se había apresurado a fabricar un nuevo reino, había puesto en marcha en dirección al Nilo unos ejércitos de los que no disponía, había conseguido que le prometieran títulos…

Si la cuestión era golpear a alguien, ese alguien sólo podía ser él mismo, un imbécil: ¡Yves "el imbécil"! El rey tenía toda la razón al negarle la dignidad de caballero, ¡no se la merecía! Los templarios sabían muy bien por qué lo despreciaban: ¡era demasiado ingenuo! ¡Su ingenuidad merecía un castigo!

–¡Sería mejor que os alejarais de aquí!– murmuró una voz apagada a sus espaldas.

Gilles le Brun había seguido en secreto a "el Bretón".

–Si el sultán se entera de que lo habéis engañado…

Yves se revolvió furioso.

–¡Yo no, señor Gilles! ¡Podéis estar seguro!– y levantando ligeramente la voz como para demostrar que no tendría reparos en gritar, añadió: –En cambio, vos tampoco deberíais permanecer demasiado tiempo aquí, pues mi amigo, el poderoso An-Nasir, acostumbra a ahorcar a los espías…

–¿Os atrevéis a amenazar a vuestro condestable?– siseó Gilles le Brun, escudriñándolo con la mirada. –Yo estoy actuando de incógnito aquí, en tierra enemiga– susurró, –y espero de vos, mejor dicho os ordeno, como hombre que sois del rey…

–¡Decid mejor: bufón del rey!– se echó a reír el otro ya sin reparos, de modo que la gente empezó a fijarse en ellos. –¡Y como tal bufón gozo del privilegio único de no conocer a quien no quiero! ¡No me molestéis más!– rompió a gritar. –¡Pedid limosna a quien sea, menos a mí!

No obstante, arrojó una moneda a los pies de un Gilles le Brun que lo miraba asustado y confundido hasta el punto de que, como se sentía mirado por cien ojos, acabó por agacharse.

Cuando se incorporó, Yves "el Bretón" se estaba alejando.

El condestable tenía toda la razón: él, Yves "el Bretón", era un hombre del rey, un hombre que había sido un pequeño e insignificante sacerdote y a quien su ambición excesiva, sus ganas de pelear y su convencimiento de tener siempre la razón habían rebajado a la categoría de vulgar matón. El rey le había mostrado su benevolencia; se había apiadado de él y le había asignado un puesto a sus espaldas, concediéndole el honor de guardarlas. ¿Y qué se había imaginado él, en su ciega ambición? ¡Había pretendido situarse frente al rey y ser armado caballero!

Una vez más, el rey no lo había alejado de su vista ni lo había humillado ante los demás. Lo había nombrado embajador, le había otorgado el derecho y las obligaciones correspondientes para presentarse ante uno de los poderosos de esta Tierra, el sultán de Damasco, y hablarle de igual a igual, como representante del rey de Francia. ¿Qué había hecho él, que no era más que un gallito pagado de sí mismo?

Había olvidado su mandato, había llevado a An-Nasir a la promesa de nombrarlo emir y gobernador en lugar de dedicar su mente a reflexionar por qué su rey lo habría enviado a esa capital.

El que se eleva a sí mismo será rebajado. Si An-Nasir se enteraba de que todo había sido un engaño y un espejismo era muy posible que lo mandara descuartizar, atándolo a cuatro caballos. Le estaría bien empleado, pues no era el rey Luis quien había mentido y engañado, sino él, Yves "el Bretón", que había sobrepasado con mucho su misión, arrastrado por sus propias ilusiones.

En lugar de negociar humildemente la devolución de los Santos Lugares, en cuyo caso la conversación podía interrumpirse en cualquier momento antes de adquirir mayor trascendencia, había hinchado el fuelle de su propia ambición hasta provocar un incendio de magnitud innecesaria en la mente de An-Nasir. Éste se veía convertido ya, con ayuda del ejército fantasma de su "amigo" Yves, en gran faraón, y ahora su rabia y su justificada indignación lo convertirían, en lugar de limitarse a ocupar como soberano pacífico y neutral el trono de Damasco, en un enemigo encarnizado del débil reino de Ultramar. ¿Y quién iba a reprochárselo? Él, Yves, había prestado un flaco servicio a ese mismo reino.

–¡Os llevaré ante los tribunales!– gruñó de nuevo la voz del condestable junto a su oído.

–¿Por qué tantos miramientos, señor Gilles? ¡Otras veces habéis preferido cortar por lo sano! Tendríais todo el derecho de hacerlo. Tanta ingenuidad, tanta desobediencia, tanto daño como he causado, no merecen más que la muerte por alta traición. Incluso deberíais torturarme antes hasta hacer salir la sangre por debajo de las uñas, deberíais cortarme la lengua e introducirme un hierro candente en el trasero. Pero antes tendréis que atraparme, pues no regresaré, porque me da demasiada vergüenza.

–Señor Yves– resopló el condestable, –será mejor que os mostréis razonable. Vuestra misión aquí ha terminado. ¡Tampoco es tanta vuestra desgracia!

El condestable le hablaba a "el Bretón" en tono casi paternal.

–Mañana recibiréis el encargo oficial de regresar a San Juan de Acre con el resultado conseguido hasta el momento en las conversaciones. ¡Eso es todo!

–De eso se trata, precisamente– dijo Yves. –¡Tengo a Damasco en el bolsillo y he triplicado el territorio del reino!

–Dejad ahora las bromas y empezad a recoger vuestras cosas. ¡El rey os espera con nuevas misiones!

–Las viejas todavía me pesan– dijo Yves, –y es un peso difícil de soportar. No puedo presentarme así ante mi rey.

–Sois demasiado humilde, señor Yves, pues en el hecho de no haber obtenido resultados consiste precisamente vuestro éxito. ¡Despedíos del sultán y regresad!

–En la Tierra ya no hay lugar para mí– dijo Yves con voz ahogada.

–Sí lo hay– dijo Gilles le Brun, y bajó el tono de su voz para añadir después con aire de conspirador: –Os traigo saludos del señor Carlos. El condado del Sarre sigue sin señor feudal. Os manda decir que podríais acudir sin gran equipaje, sólo una cesta o un barrilito lleno de sal gorda y que tenga la suficiente capacidad como para que quepan dos melones o dos coles grandes. ¿Qué querrá decir con eso?– añadió, y su mirada se puso de nuevo al acecho. –Jamás he oído que le pidieran a alguien el pago de una prima menor por conseguir el título de conde y la concesión de un feudo. Si yo estuviese en vuestro lugar, ¡me apresuraría a ocuparlo!

–No deseéis estar en mi lugar, condestable– dijo Yves. –Os ruego enviéis al conde de Anjou el mensaje de que yo no cortaré la col: antes me apuñalaría yo mismo.

–Así lo haré– dijo Gilles le Brun, –aunque me parece bastante estúpido que os empeñéis en propinar una bofetada a tan importante señor.

–El señor Carlos tiene la cara muy dura y, como habéis dicho, yo no soy más que un imbécil. Y ahora dejadme en paz antes de que me ponga a cuatro patas delante de vos, empiece a ladrar y os muerda las pantorrillas… ¡guau!– le ladró al condestable, y éste dio, asustado, un brinco hacia atrás.

Yves le enseñó los dientes y el otro, intentando no llamar la atención, reculó hasta que tropezó con la lanza de un carro y cayó de espaldas en un montón de desperdicios de verdura, hojas de col y pieles de melón. Yves, a su vez, se alejó definitivamente y regresó por el camino más corto al palacio.

V

LA PUERTA DEL PARAÍSO

EN LA BIBLIOTECA de Masyaf había una puerta de hierro cuya llave guardaba el más anciano de los bibliotecarios. A través de un pasillo abierto en la roca, esa puerta conducía al *ma'ua al nisr*, "el nido de las águilas". No era exactamente una jaula lo que retenía allí a las gigantescas aves, aunque en alguna ocasión determinada podía hacerse bajar una reja que les impedía volar para buscar alimento. Entonces se las veía agitar desesperadas las alas y sus gritos provocaban en toda Masyaf la espera excitada de algún suceso importante. Roç estaba deseoso de saber algo de lo que iba a suceder y se había dirigido a sus viejos amigos de la biblioteca, los únicos que tal vez pudiesen darle una respuesta.

Pero después se presentó en el recinto el Grand Da'i y su visita sorprendió a Roç, aunque no a los ancianos. El muchacho se retiró precipitadamente, pues sabía que a Taj al-Din no le gustaba que él curioseara entre aquellos folios y rollos de pergamino y mucho menos que se enterara de su contenido.

–¡Acabaréis por convertirlo en un monje sedentario– refunfuñó el gran maestre –en lugar de animarlo a que se exponga a las pruebas que debe resistir todo joven D'ai, todo infante real, antes de alcanzar la dignidad de soberano!

Los bibliotecarios, acostumbrados a obedecer o en cualquier caso a no protestar, agacharon la cabeza.

–El hijo del Grial– prosiguió Taj al-Din –debe asistir a mi lado al acto del "paso al Paraíso", ¡y vosotros procuraréis que esté presente en su momento!

Sólo el mayor de los dos podía permitirse expresar sus reservas.

–El niño tiene una sensibilidad delicada...– quiso objetar, pero el Grand D'ai le cortó la palabra.

–Todos estarán presentes, ¡también nuestros huéspedes!

El anciano se dio cuenta de que no tenía sentido protestar y cambió de tema:

–¿Tres águilas?
–¡Dos!– le ordenó el Grand D'ai. –¡La primera y la última!

Un palanquín negro que ostentaba la cruz de los cristianos era transportado por el camino que dibujaba serpentinas entre los altos muros y finalmente fue depositado ante el portal de la fortaleza de los "asesinos".

Dos muletas de madera palparon el adoquinado como las patas de una araña antes de que apareciera el corpachón de un hombre que rechazó con aspereza la ayuda ofrecida por su escolta y salió después de la caja del palanquín por sus propias fuerzas. Las gigantescas manos seguían teniendo fuerza suficiente, pese a la parálisis de las piernas, como para sustentar y mover el cuerpo vestido de hábito negro.

–¡Vito de Viterbo, embajador de su santidad Inocencio IV!– avisó a los guardias de la puerta uno de los soldados del Papa que lo acompañaban, y añadió el título altisonante de: –¡Diácono general de los cistercienses!

La visita había sido avisada y, no obstante, lo hicieron esperar.

Desde que el Grand D'ai había llegado procedente de Persia volvían a reinar costumbres más rígidas en la sede siria, las mismas que en su tiempo hicieron famosa y temible la época de "el anciano de la montaña", y éste era precisamente el propósito de Taj al-Din.

Quien hasta entonces fuera sustituto del gran maestre, el canciller Tarik ibn-Nasr, había sido enviado a Alamut junto con su protegido Crean de Bourivan. Se trataba de rendir cuentas de sus actuaciones en relación con los infantes reales, o más bien, como esperaba el Grand D'ai, de quitarles de la cabeza ciertas ideas tontas que los habían hecho desviarse de la verdadera misión de la sede de Masyaf, e incluso perjudicarla. Aunque, si fueran ellos quienes convencieran a sus amos de Alamut, tal vez regresarían con unas competencias claramente definidas.

El hecho de que la visita del emisario papal coincidiera exactamente con el período de su ausencia no obedecía precisamente a la casualidad, y ambas partes lo sabían.

También Roma se había enterado del cambio en la jefatura de los "asesinos" sirios, y Taj al-Din había reanudado los antiguos lazos con el Castel Sant'Angelo, dando pruebas de estar dispuesto a negociar, pues al fin y al cabo el gran Federico había muerto y quien residía ahora en San Juan de Acre era el rey de Francia.

Se abrió el portal y Vito de Viterbo pisó –aunque en realidad fueron sus muletas las que pisaban, mientras los pies las seguían arrastrándose– el lugar en torno al cual habían girado sus pensamientos durante toda una larga vida de frustraciones. Al fin y al cabo, el hecho de tener seccionados los tendones de Aquiles se lo debía a un puñal procedente de Masyaf.

Pero eso no lo sabía nadie más que Tarik, ausente a la sazón. Para Vito, caer por una ventana de Constantinopla con los tendones cortados y quedarse allí tirado –todos lo dieron por muerto– había significado el final de largos años de persecución de los dos niños herejes. Estuvo recordándolo con ira mientras sus poderosas manos, de las que se decía eran capaces de partirle la nuca a un toro, se aferraban con decisión al travesaño de las muletas e iba subiendo por la escarpada senda sin pedir ayuda.

Le fue asignado albergue a su séquito y el *fida'i* mayor, el mismo que lo había recibido, comunicó a Vito en un latín perfecto que su amo y señor, el Grand D'ai Taj al-Din, deseaba verlo inmediatamente.

Después de atravesar varios patios del castillo, cada uno situado a mayor altura que el siguiente, traspasaron finalmente un pasillo acabado en portal para llegar a una plataforma cuya configuración recordaba la de un teatro griego.

En los escalones que ascendían a derecha e izquierda se sentaban los "asesinos", todos ellos ataviados con ropas festivas. Por el centro discurría un pasillo desde el arco del portal hasta el muro exterior que limitaba la fortaleza. Este pasillo descendía primero ligeramente para caer hacia el final en pendiente acusada, acabando delante de un arco cerrado con una puerta de madera de dos batientes.

Detrás, en realidad, sólo podía encontrarse la nada, pues desde los escalones la vista llegaba muy lejos sobre el valle e incluso las rocas más próximas quedaban muy abajo.

El único que se sentaba en el centro de la fila delantera era el Grand D'ai, y al diácono general se le indicó el sitio de honor situado enfrente. Se sentó respirando con dificultad y apartó las muletas con expresión asqueada, para responder sólo después y bastante malhumorado al mudo saludo que le envió con un gesto de la cabeza el Grand D'ai, que parecía querer disculparse por haber sido tan poco considerado al hacerlo subir por aquella pendiente y no creer necesario saludar ahora con toda formalidad al legado papal.

Si Vito lo hubiese sabido, habría ordenado que lo subieran sentado en el palanquín. ¿De qué iba a servir ese espectáculo al que querían hacerlo asistir, según todas las apariencias, como invitado?

Sin embargo, su disgusto se disipó y su esfuerzo tuvo un premio inmediato cuando fijó su mirada sobre los *fida'i* que tenía enfrente: ¡junto al Grand D'ai estaba Roç! No le cabía duda alguna, era él; lo reconoció a pesar de los cuatro años transcurridos, durante los cuales el muchacho había crecido considerablemente. Ya no era un niño.

Roç también había reconocido en seguida a su terrible adversario, por lo que se quedó pálido como la cera y sin poder reprimir un temblor mientras ascendía desde el fondo de su memoria el recuerdo del jinete negro.

Sin embargo, lo que le sentó como un puñetazo en el estómago fue el gesto de saludo que cruzó el Grand D'ai con aquel monstruo negro: un saludo que revelaba connivencia y que a Roç no se le escapó.

Ese hombre había venido para matarlo a él ¡y el maestre no se daba cuenta! Además, Tarik y Crean estaban ausentes.

Roç se obligó a dominar sus temores. Mientras estuviese allí, entre todos los *fida'i*, no lo acechaba un peligro inmediato; además, ese hombre se movía con dificultad sobre sus muletas, de modo que lo único que tenía que evitar, poniendo en ello toda su habilidad, era que lo empujara hacia un rincón o lo sorprendiera solo en una habitación. ¿Y si la invalidez del lisiado fuese un engaño?

A continuación cruzó el portal el joven emir vestido de blanco que había encabezado la embajada enviada a Luis, seguido por el igualmente joven noble que volvía a ostentar los tres puñales ensartados y, en tercer lugar, el *fida'i* que llevaba la pieza de lino enrollada en el brazo.

Se acercaron uno después de otro al Grand D'ai, que se había levantado para abrazar al joven emir; se besaron, y durante unos instantes permanecieron el uno apretado contra el otro. Se hizo un silencio absoluto en el que solamente se oían el viento y los gritos de las águilas.

Entonces los batientes de la puerta *Bab al dyanna* se abrieron hacia el exterior guiados por una mano invisible, y en la apertura del arco apareció la vista sobre el amplio paisaje que descansaba bajo la luz del sol.

Después algunos de los *fida'i* empezaron a batir palmas, primero a ritmo lento, los demás los imitaron, y poco a poco el ritmo de las palmas se hizo más rápido y más violento, y fue creciendo hasta llegar al éxtasis.

El joven emir se arrancó de los brazos de su señor y empezó a caminar con rapidez por el pedregoso pasillo descendente; después echó a correr y atravesó el portal abierto mientras los demás aplaudían frenéticos. Durante un instante el cuerpo flexible del joven pareció quedarse inmóvil, suspendido en el aire, pues al llegar al umbral había separado de golpe los pies de las piedras, extendiendo los brazos como si fuera a volar, y después desapareció. Los aplausos cesaron y volvieron a ceder el lugar al silencio, y todos vieron de repente un águila enorme que abría las alas y se alejaba con un poderoso movimiento de las mismas. Voló por los aires ascendiendo en dirección al sol, ante cuya luz cegadora los ojos de los testigos la perdieron de vista.

El joven de los puñales se presentó ante el Grand D'ai. Taj al-Din lo abrazó y le susurró algo al oído antes de besarlo tres veces.

De nuevo se inició el rito de batir palmas con un tono fuerte y tranquilo. El joven se inclinó ante Roç y le entregó los tres puñales ensartados.

Después las palmas empezaron a crecer en rapidez y en vigor hasta convertirse en el latido rítmico de un corazón férreo.

El joven inclinó la cabeza y arrancó a correr con los ojos cerrados, y antes de dar el paso al vacío que se abría delante de la puerta, casi tropezó.

Todos acecharon con curiosidad por ver si se convertiría en un águila, pero no apareció ningún ave: sólo se oía el viento que acariciaba los muros y se entretenía con los batientes de la puerta.

Antes de que el silencio de la desilusión pudiese instalarse del todo el último de los tres delegados se había acercado a Taj al-Din. Volvió a iniciarse el palmoteo.

El *fida'i* había recibido ya el beso del Grand D'ai cuando éste lo retuvo por el brazo y le susurró una última instrucción. El "asesino" se encaminó hacia donde estaba Vito, desenrolló el paño de su brazo y lo depositó en las rodillas del perplejo diácono general.

Después empezó a correr estimulado por el frenético aplauso; envió un último saludo con las manos a sus compañeros, que convirtieron el aplauso en un huracán; despegó de un salto y voló al abismo. Un águila aleteó emitiendo un grito salvaje, trazó después un círculo sobre los reunidos y se alejó hacia las cimas rocosas de la cordillera de Noisiri.

Vito esperaba que, tras esta introducción, el Grand D'ai iniciaría las conversaciones con él. Pero de momento no fue así. Unos jóvenes *fida'i* lo condujeron a una habitación espaciosa en la planta baja. Como no entendía el árabe, ni siquiera pudo preguntarles por Roç.

Desde aquella estancia el huésped podía trasladarse por sus propios medios hacia donde le apeteciera. A cada lado de la puerta había un guardia, pero nunca lo retenían.

No obstante, Vito sabía muy bien que era vigilado y que sus primeros pasos serían decisivos. Cualquier intento ansioso y prematuro de atrapar al muchacho demostraría forzosamente que Roma tenía poco interés por entrar en negociaciones con los "asesinos", y con ello habría fracasado su misión. Por otra parte, era indispensable encontrar y atrapar a Roç antes de que el Grand D'ai se cansara de albergarlo a él en aquella fortaleza. Sabía que el tiempo no transcurre en vano.

En el gris amanecer que siguió a la primera noche en Masyaf halló junto a su lecho un puñal que aún temblaba y sujetaba una misiva escrita para él y clavada en la madera. *Quia propheta tuo Jesu Dei filius – qui potest profundere sanguinem regiorum?* rezaba la pregunta a la que desde ese momento estuvo buscando una respuesta. Si no daba con la que fuera acertada podía dar la espalda a Masyaf, y si su respuesta era la equivocada saldría de allí con los pies por delante y las muletas le serían arrojadas detrás.

En un principio, la idea que había dado alas a su viaje era la de establecer, con ayuda de los "asesinos", un segundo frente contra el emperador en Tierra Santa, pero los "asesinos" le habían hecho ver con mucha claridad que no les interesaba estar presentes en Ultramar, puesto que habían dejado todo en manos de Luis, cuya madre requisaba en Francia todas las propiedades a cualquier señor feudal que se atreviera a seguir el llamamiento del Papa, deseoso éste de emprender una cruzada contra Conrado.

Vito de Viterbo había intentado imaginarse cualquier posible variante de una negociación, como la posible exigencia de los "asesinos" de arrogarse, como hacía la *Ecclesia catolica*, un poder terrenal capaz de proclamar o destituir a cualquier soberano, o una deliberación acerca de los esfuerzos que hacía Roma por entrar en negociaciones con los mongoles cristianos, enemigos declarados de los "asesinos" en Persia. O también la necesidad de refutar el reproche de intolerancia frente a las demás religiones por su persecución de toda disidencia.

En este último tema era donde Vito mejor se veía capaz de hallar alguna base común. "No creo" –se oía decir a sí mismo– "que el camino y el objetivo de la Iglesia pueda limitarse a esto. Al fin y al cabo, todos descendemos de aquella severa hermandad de iniciados, de enterados, que los sirios llamaban *asaya*, y que encontramos en las Sagradas Escrituras con el nombre de «esenios». El profeta Juan era uno de ellos, ¿y por qué no habrían de serlo sus sucesores? En mi opinión, también el término «asesino» procede de *asaya*, ¡y no de *hashashin!*"

¿Qué le contestaría a esto el Grand D'ai? Lo abrazaría y exclamaría: "¡Bien dicho! ¡Bien dicho! A partir de ahora, ¡tus enemigos ya no serán mis amigos!" o bien: "¿Acaso pretendéis utilizarnos para que os saquemos entre los dientes los últimos restos del manjar imperial?"

A esto sólo cabría responder que una novia tan atractiva como la *Ecclesia* no debía de padecer de mal aliento... Vito desechó este desarrollo de la discusión *unam sanctam.*

Además, tendría que soportar las preguntas del Grand D'ai, quien querría saber por qué el Papa, que manda en toda la Cristiandad, no ordenaba a los mongoles que dejaran de perseguir a los "asesinos".

"¿Qué me decís, que no le obedecen, que no lo conocen? Así pues, no son buenos cristianos o no tienen la verdadera fe, como la tenéis vos en Roma, pues suponemos que podréis demostrar que el Papa desciende por línea sanguínea directa del Profeta. ¿Es éste el motivo, señor diácono general, por el que Roma teme a los infantes?"

Esta variante de la conversación le gustaba mucho menos todavía a Vito de Viterbo. Contenía demasiadas trampas, pero lo peor de todo sería que no hubiese conversación en absoluto.

Habían transcurrido tres días, él no había respondido a la pregunta formulada al principio y no había vuelto a ver a Roç; ni siquiera había podido enterarse de dónde andaba. El sabueso descendiente de lobos enviado por el Castel Sant'Angelo había envejecido.

Se paseaba malhumorado por patios y pasillos, y el toc-toc de sus muletas de madera recorría incansable la parte superior de las murallas. Pasaba horas enteras sentado entre las almenas y mirando el paisaje, y le daba vueltas y más vueltas a la pieza de lino que el joven *fida'i* le había entregado antes de volar como un águila hacia el paraíso.

De todos modos, no se le escapó el hecho de que su antiguo contrincante, John Turnbull, había llegado también por las mismas fechas a Masyaf.

El anciano *maestro venerabile* llegó sin llamar la atención, con la idea de esperar a la muerte junto a su amigo, el canciller Tarik ibn Nasr, y a su hijo Crean de Bourivan, el *fida'i*.

Ambos estaban ausentes y en su lugar encontró allí al Grand D'ai Taj al-Din, quien no se mostró demasiado entusiasmado con su presencia.

–Habéis causado ya muchísimos disgustos a esta casa, John Turnbull. El hecho de que vuestro hijo esté sirviendo aquí no os da derecho a utilizar Masyaf como punto de apoyo para vuestros proyectos sobre los infantes.

John Turnbull sonrió.

–Para mí Masyaf representa el punto final y, en lo que se refiere a los infantes reales, os advierto que el pacto con los "asesinos", es decir: "el gran proyecto", fue decidido en un nivel superior…

–En ese nivel superior también se decidió que en cuanto los niños volviesen a estar reunidos ¡abandonarían Masyaf para siempre!

–¿Acaso teméis por su seguridad?

–Mientras se ejecuten mis órdenes y vuelva a reinar la disciplina aquí, los infantes nada tienen que temer. Pero sí representan un engorro: entre nuestros muros tenemos a un emisario de Roma, un tal

Vito, cuyo cargo es el de diácono general de los cistercienses y que, además, es hijo bastardo del cardenal Rainiero de Capoccio, el señor que manda en Sant'Angelo sobre sus servicios secretos...

–¿Vito?

El viejo Turnbull sacudió el envejecido cráneo y parecía pensativo. No podía ser: aquel Vito había muerto en Constantinopla, acabando con el cuerpo definitivamente destrozado.

–Vito de Viterbo– completó el Grand D'ai sin darle importancia.

John Turnbull lo miró desconcertado.

–¿Vito de Viterbo?– Después dijo en voz baja: –Y vos, gran maestro, ¿confiáis aún en la seguridad de los infantes?

–Ilustre *maestro venerabile*– dijo el Grand D'ai con cierta aspereza, –¡no hagáis el ridículo y no nos forcéis a que lo hagamos nosotros! El diácono general es un inválido, un pobre lisiado que camina con muletas...

–¡No deja de ser el mismísimo diablo!

–¡Estáis viendo fantasmas! No amenaza peligro alguno su presencia– advirtió el Grand D'ai en tono molesto, –¡pero sí puede haberlo por vuestras arbitrariedades, John Turnbull!– Y prosiguió con entonación severa: –Espero de vos que le demostréis respeto en el caso de que sea inevitable un encuentro. El diácono general goza de la protección debida a un emisario de la Iglesia, aunque vos consideréis que es el diablo en persona.

Así terminó la audiencia.

Después de esto, a John Turnbull ya no le quedaron ganas de morirse; muy por el contrario, su espíritu vital dio nuevamente señales de fortalecimiento, y sobre todo renació su tendencia a llevar la contraria a los demás: un impulso que seguía manteniéndolo joven. Tenía que actuar.

No en vano se acurrucaba Vito sobre las murallas como podría hacerlo un buitre cojo. Desde allí veía los patios y las callejuelas empedradas y confiaba en que en algún momento tendría que descubrir a su presa, saber hacia dónde lo llevaban sus recorridos y cuáles eran sus costumbres.

Y acabó por obtener el premio a su paciencia. Vio que Roç se dirigía sigilosamente a la biblioteca.

A Vito le tembló el cuerpo de excitación. Echó mano de las muletas y bajó las escaleras, en las que cada peldaño representaba para el inválido una prueba de voluntad. Después atravesó el patio por el que había visto caminar a su víctima, procurando no revelar su ansiedad, e inspeccionó el pasillo.

Al final vio una puerta que probablemente conducía hacia las bóvedas subterráneas donde los "asesinos" guardaban sus escritos apócrifos. Hasta en los archivos secretos del Castel Sant'Angelo murmuraban los bibliotecarios acerca de aquellos supuestos tesoros y bisbiseaban con admiración comentando los documentos que sobre cuestiones de ciencia y de herejía se conservaban en Masyaf.

Pero no era esto lo que le interesaba ahora a Vito. Estudió los diferentes pasillos, que se bifurcaban en varios sentidos. Encontró un lugar en el que, si pudiese ocultarse, podría cortarle el camino a cualquiera que saliese por la puerta. Después sólo tendría que llevarlo a un corredor ciego, débilmente iluminado por unas lumbreras. Si Roç huyera hacia ese corredor para no caer en sus brazos habría ganado la partida, pues podría acorralarlo y rematar su obra; incluso era posible que el cuerpo no fuese descubierto demasiado pronto. Y él encontraría la forma de volver a estar sentado encima de la muralla cuando al fin lo hallaran.

En aquel instante se abrió la puerta.

A Vito casi se le detuvo la respiración: ¡era Roç!

Pero venía acompañado de uno de los ancianos bibliotecarios. Vito se apoyó contra el muro. El viejo le dio unas palmadas amistosas a Roç en el hombro y regresó a la puerta de hierro. Ésta se cerró, y Vito oyó claramente cómo la llave giraba en su interior y los pasos se alejaban.

Roç había seguido caminando, sumido en hondas reflexiones, y cuando levantó la vista se vio frente a su perseguidor. Se le había acercado tanto que Vito no pudo resistir la tentación de intentar asestarle un golpe rapidísimo con la muleta.

Roç esquivó hábilmente el ataque. La repentina agresión lo arrancó de la parálisis y comprendió las limitaciones del enemigo, pero también supo que no podría pasar de largo delante de él. ¿Regresar? La puerta estaba cerrada y su llamada no sería capaz de hacer acudir a tiempo a los ancianos. Contempló las manos de Vito. Sólo le quedaba el corredor con las lumbreras en el techo. Si corría con suficiente rapidez y saltaba hacia lo alto podría alcanzar la reja y escapar a través de ella. Roç echó a correr en dirección a Vito, con lo que consiguió confundir a éste por un instante, después trazó un ángulo y se metió en el siniestro corredor.

Vito se tomó tiempo; estaba seguro de conseguir lo que buscaba y se puso lentamente en movimiento.

Roç había llegado al final del corredor; miró la reja y saltó hacia arriba, consiguiendo agarrarse a ella con ambas manos. Le esperaba lo más difícil, además de no disponer de tiempo para un segundo intento. Con toda la fuerza de sus brazos y apoyando los pies en la pared consiguió alzar el cuerpo, y se alegró de estar acostumbrado a tales ejercicios. Tenía que lograrlo antes de que disminuyera su brío…

Vito dio la vuelta a la esquina y descubrió furioso que su víctima intentaba escapar. Avanzó adelantando mucho las muletas e intentó compensar la pérdida de tiempo dando pasos gigantescos. Tenía que alcanzar el cuerpo o al menos las piernas del muchacho con uno de aquellos palos antes de que éste consiguiera salvarse de su perseguidor evadiéndose a través de la reja. Tal vez arrojando una de las muletas hacia el muchacho, pero no: le convenía más intentar golpearlo con decisión, romperle las piernas para hacerlo caer abajo…

Roç había conseguido pasar ya el delgado cuerpo entre las barras de la reja cuando Vito llegó a situarse debajo de él y levantó con rapidez una de las muletas. Roç pasó una de las piernas por la abertura; se le cayó el zapato e irritó a Vito, quien falló el golpe, rompiendo la muleta al chocar contra la barra de hierro. Entonces Roç se lanzó hacia adelante y pasó la otra pierna rozándola contra la reja antes de que un segundo golpe de muleta diera con furia contra el hierro.

Roç se adentró a gatas por el jardín, con las piernas tan temblorosas que le era difícil caminar. Se tambaleó, buscó apoyo en los arbustos de *cannabis*, y no se tranquilizó hasta que dio con la estatua giratoria de Baco y se ocultó en el refugio subterráneo al que daba acceso.

John Turnbull no tuvo que buscar mucho para encontrar a Vito. Encontró al viejo lobo disfrutando de los últimos rayos del sol poniente, con las muletas de madera cuidadosamente depositadas a su lado, sentado en una abertura que había en la muralla de la fortaleza. Su robusto cuerpo descansaba entre las piedras y sus piernas muertas se bamboleaban en el vacío.

–En realidad había esperado encontrar aquí a William de Roebruk– lo recibió Vito en tono irónico; –al fin y al cabo, siempre he acabado por encontrarme con ese fraile enredándoseme entre los pies…

–¡Unos pies que ya no vale la pena enredar!– le asestó Turnbull a su vez una puñalada trapera. –Pero veo que vos, Vito, seguís empeñado y lleno de odio en la persecución, aunque sea a cuatro patas…

–Tampoco a vos os queda mucho tiempo, John Turnbull: la muerte os ha marcado. No vale la pena ocultarlo– resopló su adversario, –pero tenéis toda la razón: la caza de los infantes ha constituido el objetivo de mi vida, una vida que perdería con mucho gusto aunque fuera para ir a parar al infierno, ¡si consiguiera acabar con ellos!

–A vos os espera el Paraíso, Vito de Viterbo– le respondió John Turnbull con extraña certidumbre, –del mismo modo que también yo acabaré en él...

Hizo como si no prestara atención a la sorpresa incrédula que se dibujaba en los toscos rasgos del diácono general.

–Lo mismo que vos habéis sido el perseguidor, yo he sido durante estos últimos años el custodio de los infantes, ¡para tener que comprobar al final que no valía la pena! Esos niños han defraudado nuestras esperanzas– añadió con tristeza.

–¡Me queréis confundir, señor *chevalier* de Monte Sión!– rió Vito. –No creeréis que iba a dejarme engañar por ese repentino cambio en el ánimo de una persona conocida por su terquedad, y que ahora simula haber caído en la senilidad.

–Podéis burlaros de mí– contestó John Turnbull, aparentando estar ofendido. –Pero yo debo agradecerle precisamente a mi terquedad el hecho de que tan sólo ahora, a la vista de la cercana muerte, se me hayan abierto los ojos: "los hijos del Grial" son un fraude. No sólo eso: ¡representan un peligro y sería mejor que nunca hubiesen nacido!

Vito seguía observando al anciano que tenía ante él con su mirada habitual de fiera que está al acecho.

–No me convence ese cambio tardío y repentino con el que pretendéis convertir a Saulo en Pablo...

–¿Os convencería, Vito– le ofreció Turnbull con voz pensativa, –si os ayudara a eliminar a los niños?

Turnbull tuvo que resistir durante largo tiempo la mirada de desconfianza de Vito.

–En cuanto a la niña Yeza, mis queridas hermanas en Cristo que residen en el monte Carmelo se ocuparán de ella– reveló finalmente el diácono general. –Si resiste la cura que le administran y escapa de allí, la espera aquí esta *manus terminatoris*.

Y cruzó los dedos extendidos de sus poderosas manos, haciendo crujir las articulaciones.

–Traedme a Roç, Turnbull, ¡y os creeré!

–Os haré saber el lugar– susurró Turnbull –donde podréis encontrarlo solo; el resto será asunto vuestro...

–Así pues, aún completaré la obra de mi vida– se alegró Vito con la mirada radiante. –¡Abandonaré gustoso este valle de lágrimas si me voy seguro de que los niños ya no viven!

Echó mano de las muletas y se incorporó con energía.

El sol se hundió en medio de un resplandor rojo como la sangre detrás de las cimas de las rocas, mientras el endeble cuerpo de John Turnbull se retiraba respetuoso para dejar paso al sólido corpachón del otro.

–Ya no esperaré mucho más– le confió en voz baja al diácono general, –mañana mismo me retiraré al Paraíso. Buenas noches.

Insinuó una breve reverencia y abandonó la muralla.

Aquella noche Vito durmió mal en su estancia de la planta baja. La puerta cerraba bien y la ventana junto a su lecho estaba protegida por una reja maciza, pero no era capaz de librarse de la sensación de que los "asesinos" podían entrar en cualquier momento. Su cuerpo se revolcaba intranquilo sobre el lecho; soñaba con puñales que se clavaban temblorosos junto a su cabeza en la madera, con panecillos calientes depositados sobre la manta y que le pesaban sobre el pecho ahogando su respiración.

Despertó bañado en sudor; buscó con las manos alguna señal de amenaza sobre el rebozo y no encontró nada, ni el filo de un puñal junto a sus cabellos.

A través de la abertura de la ventana entraba la luz mortecina de una madrugada aún lejana cuando oyó el arrullo de la paloma. Vio al pájaro que correteaba sobre el alféizar de piedra y se dio cuenta en seguida de que llevaba en una de las patas una anilla con un pergamino enrollado.

Con mucho cuidado para no asustarla alargó el brazó y avanzó la mano extendida, muy lentamente, hasta que la paloma le puso las patas encima. Renunció a estrangularla y sacó la misiva de la anilla.

Llevaba el sello de la abadesa del monasterio del monte Carmelo y decía: "Por indicación del secretario William dirigimos esta nota al *chevalier* de Monte Sión, actualmente en Masyaf: la novicia llamada Isabelle, de padres desconocidos y supuestamente de sangre real, ha fallecido hoy como consecuencia de un aborto. Sirva esto para comunicarlo al único pariente conocido, Roger Ramón. *Postscriptum*: el cadáver fue enterrado en tierra no consagrada, por indicación de su majestad la reina. La paz sea con su alma. L. S."

La mente de Vito acabó de despejarse, henchida de alegría. ¿No convendría meterle debajo de las narices al viejo Turnbull tan estupenda noticia? Pero después decidió disfrutar él solo de su delicioso sabor.

En un arrebato de bondad abrió el puño y liberó a la paloma, que por ser portadora de una noticia tan excelente había merecido triplemente conservar su estúpida vida. Rompió la misiva lleno de un goce indescriptible y se metió los trozos en la boca. Vito volvió a acostarse, masticando tranquilamente, y durmió feliz, sin sueños ni pesadillas, hasta el amanecer.

A esa hora un joven *fida'i* se plantó junto a su lecho para informarle de la solicitud del *maestre* de que el señor diácono general lo acompañara en el momento de dar el "paso al Paraíso".

Vito se levantó de un salto, pidió las muletas y lo acompañaron hasta la biblioteca, donde ya estaban esperándolo.

John Turnbull vestía una festiva túnica blanca y se sentaba en el centro del círculo de los ancianos, fumando un narguile, y los *fida'i* tocaban en sus instrumentos una melodía que los ancianos acompañaban cantando en voz baja. El ambiente que reinaba era relajado y casi alegre.

–Acercaos– lo recibió John Turnbull, –¡dejad que las palabras del gran Rumi os alegren el corazón!

Vito se sintió inseguro y sonrió confuso, de modo que Turnbull se vio obligado a añadir:

–Os las traduciré con mucho gusto, pues vale la pena conocerlas. Os habla alguien que conoce el camino.

> Desde el instante en que entraste en este mundo
> construyeron partiendo de ti una escalera
> por la que siempre podrás escapar.

Indicaron a Vito mediante señas y en silencio que se sentara dentro del círculo de ancianos, y John Turnbull, que balanceaba la cabeza al ritmo de la melodía, le sonrió. Le tendieron a Vito una *masasa*, como si fuese un gesto natural, y él aspiró enérgicamente el humo.

> A partir de la tierra fuiste planta
> a partir de la planta fuiste animal
> después de eso fuiste persona
> dotada de conocimiento, espíritu y fe.

John Turnbull dirigió las palabras del poeta a Vito de Viterbo sin liberarlo del hechizo con que lo mantenía sujeto a su mirada luminosa. Vito se vio impelido a leer, sin quererlo ni saber resistirse a ello, los versos en sus labios. Sintió un ligero vértigo, pero después la pesadez de sus miembros fue aliviada por una sensación de ligereza. La paz se extendió en su corazón vengativo. Tuvo que obligarse a no olvidar que debía sonsacarle a ese viejo chiflado dónde podría encontrar a Roç, ¡sólo después lo dejaría irse al Paraíso!

Mira tu cuerpo, nacido del polvo
¡obra magnífica y lograda!
¿Por qué temes que llegue el final?
¿Por qué crees que la muerte reduce a la nada?

Vito seguía sentado, con la mirada hundida en los ojos de John Turnbull. En el fondo le envidiaba ese ánimo que le permitía emprender con tanta ligereza el último viaje mientras él seguía atormentándose por hallar respuesta a la pregunta: "¿Quién está facultado para derramar la sangre de los reyes?"

Pregunta que iba pérfidamente ligada al preámbulo "Así tu profeta Jesús, hijo de Dios", que ningún cristiano creyente podía negar, puesto que transmitía la relación establecida con el hijo de Dios.

Vito suspiró e intentó ahuyentar las imágenes que nacían de su mente ofuscada y que desfilaban ante su ojo interior. Se veía sentado en lo alto de la torre, en medio del desierto; pero el Paráclito ostentaba los rasgos eternamente jóvenes del anciano John Turnbull, y él, Vito, era el tentador. *Apage Satanas!*

Los descendientes del Mesías eran los reyes ungidos, y los "asesinos" eran considerados adeptos fanáticos de la *chía*. En cambio el papado, al que él, como diácono general de los cistercienses, debía representar, seguía la norma de la *sunna*, despreciada por los ismaelitas, pero que representa la continuidad del mensaje por boca del ser humano y no a través del misterio de la sangre dinástica.

El lago brillaba como un espejo, la orilla y el horizonte resplandecían difuminados por el calor y bajo la luz cegadora. El Mesías ungido caminaba sobre el agua y le hacía gestos a él, Vito, para que siguiese su ejemplo. Jesús era un niño, Roç le hacía señas y le sonreía. *Profundere sanguinem regium?*

Aquella mañana, a Vito le habría gustado interrogar una vez más a John Turnbull acerca de las dudas que lo asaltaban, pero comprendió que era demasiado tarde y que el viejo herético se llevaría al Paraíso la posible respuesta a la pregunta que lo mortificaba.

A él, Vito de Viterbo, no le quedaba más remedio que creer en el pecado original de Adán, en el vicio de Caín, en la pauta obligada y marcada por Abraham de tener que matar al último descendiente del emperador y del Grial. ¡Él era un condenado! Su autoritario padre, "el cardenal gris", había fallecido el año anterior. No le había sido concedido el placer de vivir el final de su odiado enemigo Federico, una muerte que le habría llenado de alegría y satisfacción. Pero aunque ya no existiese el severo preceptor que habitara en el Castel Sant'Angelo, la presión no había disminuido y Vito seguía obrando por la fuerza de sus impulsos. Aunque ahora se sentía cansado.

La cantilena de los ancianos coincidía con el narcótico en amortiguar los impulsos al tiempo que agudizaba los sentidos, liberando la mente de la carga de la razón y de la pesadez de la vida terrenal, despertando el deseo inmenso del alma de desprenderse del cuerpo y volar sobre las alas del águila hacia el Paraíso.

Vito inhaló el aliento fresco de la resina candente y sabrosa de *cannabis* y apenas sentía ya la gravedad plomiza de sus miembros.

Los ancianos se habían incorporado y se inclinaban en círculo ante John Turnbull, que se incorporó también e hizo a Vito señal de que lo siguiera.

El diácono general se incorporó tambaleante y dos jovenes *fida'i* tuvieron que apoyarlo para que pudiese seguir con sus muletas a Turnbull, quien se adelantaba a paso ligero.

> Cuando dejes atrás el cuerpo
> no dudes, ¡pues serás como un ángel
> que cruza los aires al vuelo!

John Turnbull miró hacia atrás, antes de susurrarle por encima del hombro:

> Pero no debes permanecer allí
> pues también en el cielo existe la vejez.

Abandonaron la biblioteca subterránea y ascendieron a la plataforma exterior.

> Deja atrás el reino de los cielos
> y busca el océano infinito del ser consciente.
> Para que la gota de agua de tu existencia
> ¡pueda nutrir cien poderosos mares!

John Turnbull acompañó a Vito a su asiento como si le entregara los últimos versos de la canción.

> No creas que sólo la gota se transforma en océano
> ¡también el océano se transforma en gota!

Los "asesinos" de Masyaf se habían situado ya en los escalones que ascendían a derecha e izquierda del hemiciclo. En el centro se sentaba Taj al-Din, el Grand D'ai, pero a su lado, allí donde en otras ocasiones había visto a Roç y hacia donde Vito dirigió rápidamente la mirada, estaba otro muchacho, y Vito hizo un esfuerzo por reconocerlo: era el joven *fida'i* de los puñales ensartados, aquél que ante sus ojos se había arrojado al abismo a través de "la Puerta del Paraíso". El mismo que había entregado los tres puñales unidos a Roç y que ahora volvía a tenerlos en sus manos.

–¿Cómo es eso?– le susurró un Vito excitado a Turnbull. –¿No fue a parar al Paraíso el de los puñales?

–Nos ha sido devuelto– le aclaró Turnbull en voz baja, –y otro ocupa ahora su lugar: la noche pasada, Roç, el hijo del Grial, nos ha abandonado para ingresar en el Paraíso.

El corazón de Vito parecía querer reventar de alegría. ¡Los dos niños estaban muertos! Dios lo había dispuesto así, liberando a su instrumento Vito de la obligación de tener que usar la fuerza homicida de sus manos. ¡Dios ya no precisaba de él!

–¿Veis, Vito?– se dirigió Turnbull una vez más hacia él. –Todo ha terminado de la mejor de las maneras posibles– y le guiñó divertido un ojo al diácono general. –También vos podréis gozar ahora de los placeres celestiales.

Vito contempló, apoyado en las muletas y presa de un distanciado arrebato, cómo el *maestro venerabile* se acercaba al Grand D'ai y cómo ambos hombres se fundieron en un abrazo breve, casi formal.

Después se inició el palmoteo rítmico. John Turnbull se dirigió con paso decidido a la puerta cuyas batientes se habían abierto, aceleró los pasos, se volvió una vez más hacia atrás cuando ya se encontraba bajo el arco de la puerta –parecía querer enviarle una señal a Vito– y se dejó caer de espaldas al abismo.

–¡Esperad!– gritó Vito, y concentró todas sus fuerzas en seguirle con las muletas; descendió por la pedregosa senda y, para entonces, el aplauso que había empezado a apagarse volvió a recuperar su pleno vigor para animarlo. Y cuando él empezó a tropezar arrojó furioso las muletas, venció el dolor punzante que subía desde los pies paralizados queriendo negarle este último servicio y, acompañado de un aplauso atronador, arrojó el cuerpo hacia adelante para "¡volar como un águila!" Así se arrojó de cabeza por "la Puerta del Paraíso".

DIARIO DE JEAN DE JOINVILLE

San Juan de Acre, 11 de abril de 1251 d.C

He regresado de El Cairo, junto al hermano Nicolás, con buenas noticias para el rey Luis.

El sultán Aibek se enteró a su debido tiempo, como es lógico, de que Yves "el Bretón" estaba negociando en Damasco. De modo que me resultó fácil imponer la exigencia del rey de que fueran liberados los últimos prisioneros y nadie habló ya de la suma restante del rescate.

Nuestros hombres fueron liberados en Egipto después de haber sido alimentados debidamente para poder resistir la difícil marcha por el desierto de Sinaí. Se decidió que el transporte se efectuaría formando varias caravanas y al condestable le pareció bien, pues el alojamiento y la reincorporación presentaba dificultades en las condiciones estrechas del espacio disponible en Ultramar. El rey, a su vez, esperaba que aquellos pobres desgraciados reforzaran el poder menguado de sus tropas.

Pero la mayoría de esos hombres estaban hasta las narices de servir y luchar por recuperar la ciudad santa de Jerusalén, y exigieron ser embarcados cuanto antes en dirección a casa, a Francia, y ni el dinero ni las buenas palabras de Luis sirvieron para convencerlos de lo contrario. Esa actitud llegó a causarle un profundo disgusto al rey.

–En estas condiciones no hay esperanza de que podamos emprender una nueva cruzada, mi querido Joinville– se dirigió a mí. –Enrique de Inglaterra, que ya había tomado la Cruz en sus manos, ha conseguido que el Papa le conceda un nuevo aplazamiento. En consecuencia, mis señores hermanos se resisten a debilitar el ejército francés enviando más tropas a Ultramar. ¿Y el señor Inocencio? No se le ocurre predicar pidiendo ayuda para nosotros, ¡ni mucho menos! Lo que hace ahora es llamar a una cruzada contra el hijo de Federico, Conrado, lo que le viene muy bien a mi hermano Carlos. ¡Todos juntos están traicionando a Jerusalén!

–Sólo dependemos de nosotros mismos, majestad– intenté consolarlo. –Sin embargo, hay una esperanza: el sultán Aibek nos ha prometido, siempre que entremos con él en una alianza militar contra An-Nasir, que nos devolverá todo el territorio del reino de Jerusalén y llegando en el este hasta el río Jordán, en cuanto los mamelucos hayan conquistado Damasco.

–No sé si deberíamos desearlo, querido Joinville.

–¿Acaso tenemos otra elección?– le pregunté. –No lo creo– me respondí yo mismo sin vacilar. –Pero eso significa, si nos aliamos con los mamelucos a la espera de que se conformen con quedarse junto al lejano Nilo, ¡que mientras tanto, tenemos a An-Nasir dispuesto a agarrarnos por el cogote!

–Lo que, a su vez, significa– reflexionó el rey en voz alta –que no debemos enemistarnos con los "asesinos". Fue algo estúpido por mi parte permitir a los dos grandes maestres que se enfrentaran violentamente a la última embajada, y ahora "el anciano de la montaña" mantiene un silencio ofendido. Yves sigue en Damasco. ¿Tal vez deberías…?

Nos interrumpieron unos toques de fanfarria y el heraldo nos avisó de la llegada del príncipe de Antioquía. Nos asomamos a la ventana. Vimos ondear las banderas que llevan un león rojo en campo blanco y también vimos la cruz de tres puntas del conde de Trípoli, los colores de Tarento y de Lecce. Un séquito vistoso de unos treinta caballeros acompañaba al joven príncipe; los caballos habían sido ricamente equipados con valiosas gualdrapas y los tambores emitían un ritmo frenético.

–Prepárate para una nueva misión, mi querido senescal– añadió el rey todavía, y yo dije rápidamente:

–Conforme, pero esta vez me llevaré a William como intérprete.

–Haz como gustes– sonrió Luis con la boca pequeña. –Si lo prefieres a él y desprecias los servicios de mi estimado Nicolás de Acre, ¡te diré que, por mi parte, no me importa perder de vista a William de Roebruk!

EL LOCO

"Conviene escuchar la voz del propio corazón. Será inevitable dar un salto de león. Pero quien no consiga vencer la insensatez, la llevará siempre cargada sobre sus espaldas. El pantano de la irracionalidad no puede ser cruzado a paso rápido."

Me despedí del rey, y al bajar por la escalera me encontré cara a cara con la festiva comitiva procedente del principado del norte. Entre los numerosos curiosos que la seguían descubrí a mi William.

El condestable condujo a Bo de Antioquía a la sala de audiencias. El príncipe debía contar por entonces catorce o quince primaveras pero, en cualquier caso, daba la impresión de estar muy seguro de sí mismo, y su porte revelaba cierta madurez.

Así me lo confirmó mi secretario al presentarse poco después en nuestro albergue.

–Su padre, el príncipe Bohemundo V, ha muerto. El joven Bo viene a pedir al rey Luis que lo declare mayor de edad.

–Es una demanda justa– dije yo, –y estoy seguro de que el rey lo confirmará en el trono.

–Desde luego– ratificó William, con expresión divertida. –Su majestad ha declarado en seguida que armaría con mucho gusto caballero al joven, pero– sonrió mi William, que también en ésta, como en tantas otras ocasiones, sabía más que todos nosotros –ese placer se verá enturbiado muy pronto, ¡pues nuestro príncipe recién nombrado tiene la intención de destituir, en cuanto regrese, a su madre la regente!

–Eso no les gustará a los papales– reconocí la importancia del golpe. –Luciana de Segni es una pariente cercana del Papa Inocencio.

Es una persona débil y sin voluntad propia, una muñeca de cera en las manos de sus confesores romanos.

–En ese caso– dije yo, –le está bien empleado. Lo que no entiendo es por qué os excita tanto la perspectiva.

–Porque alguien me ha contado que fue ella quien consiguió introducir en Masyaf a un emisario de Roma, un tal Vito de Viterbo.

–¿Y qué?– pregunté yo.

–¡El hombre ha muerto!– dijo William con un estremecimiento. –Recordad que ese mismo verdugo de la curia nos persiguió a mí y a los niños hasta la misma Constantinopla, donde al fin acabó arrojándose por una ventana.

–Si está muerto, muerto está– fue cuanto se me ocurrió decir. –Además, pronto nos dirigiremos a Masyaf, y allí podréis cercioraros de lo sucedido. El rey nos destina a los dos a una embajada ante los "asesinos".

William no parecía muy feliz.

–Creo– dijo después –que debería quedarme aquí, porque me preocupa la situación de Yeza. Marcharme de San Juan de Acre mientras ella sigue retenida en el monte Carmelo…

–¡Qué tonterías inventas ahora!– contesté impaciente. –No hay otro lugar donde la muchacha pueda estar tan segura como en el convento. Vendrás conmigo, ¡por orden del rey!– le mentí.

EN CUANTO EL SOL desaparece en el mar de la bahía de Haifa, un frío cortante se instala en el monte Carmelo, situado cerca de allí. Aparecen unos vientos helados que acarician los muros del convento ardientes de sol, buscan las ventanas y las grietas abiertas y caen en los patios interiores levantando el polvo.

En la sala de baños se había reunido en torno a la abadesa un pequeño círculo de monjas viejas que se apretujaban juntas y hablaban con susurros.

Detrás de ellas, sin que casi nadie le prestara atención, Yeza era desatada y bajada de una mesa. Su vientre y sus piernas desnudas quedaron cubiertos de nuevo con el hábito.

La hermana Dagoberta, encargada de explorar el himen, se acercó a la cuba de agua, olió una vez más el dedo corazón extendido y después lo lavó en el líquido.

–*Virgo intacta!*– proclamó malhumorada ante la mirada ansiosa que las monjas clavaron en ella.

Mas atrás la criada Ermengarda, cuya presencia había sido solicitada, soltó las últimas ataduras que habían sujetado los finos tobillos de Yeza con tal fuerza a las patas de la mesa, para conseguir que su vientre infantil quedase bien abierto, que la sangre se le había ido de los pies.

Ermengarda le aplicó un masaje en las piernas y Yeza se hundió en la certeza de haber perdido toda capacidad de sentir.

No se había defendido, lo había aceptado todo: el mal aliento de las mujeres que se inclinaron sobre ella, el dedo que toscamente penetró en su cuerpo y le había hecho daño. Apretó los dientes y no demostró con ningún gesto la ira y el asco que la inundaban.

Bajó de la mesa, le dio las gracias a la buena criada que seguía arrodillada delante, le acarició levemente el cabello y se alejó. Se sentía incapaz de soportar más el hedor de aquellas mujeres que olían a pescado, a orina, a ajo y sudor de sobaco.

–Persiste la sospecha– dijo la hermana Cándida, una monja de seco aspecto –de que se haya fijado...

–¿Habláis de un *incubus?*– se burló la abadesa. –¿Acaso un feto es capaz de penetrar en el vientre a través del oído? ¿O cómo os figuráis que pueda suceder, hermana?

–El rabo del diablo encuentra muchos agujeritos– reía por lo bajo

Dagoberta, una monja de robusta osamenta. Pero obtuvo por toda respuesta una advertencia.

–Espero de vos que tengáis algún conocimiento más explicito de lo que es un útero– dijo la abadesa con voz cortante. –Para hablar ahora así, igual podríamos haber esperado a que se le hinchara el vientre con el crecimiento del fruto. Pero no existe la posibilidad de estar "un poco embarazada". Por tanto, debéis jurar ante…

–Yo sólo puedo decir lo que he palpado: el himen está intacto y, sin embargo…

–¡Se acabó!– ordenó la abadesa. –¡Ni una palabra más! ¡Y no hablarás de esto con nadie!

Le hizo a Dagoberta y Cándida señas de acercarse:

–En cualquier caso, la novicia merece un castigo por el disgusto que nos ha causado y la obstinación demostrada.

–Propongo– dijo Cándida con entonación animada –que la dejemos con los pies desnudos, de pie y con los brazos extendidos…

–Y un ejemplar de la Biblia puesto encima de la mano para añadirle peso– añadió Dagoberta con intención siniestra. –Si la deja caer será señal…

–¡De que desprecia la palabra de Dios!– concluyó la abadesa. –¡Después ya veremos!

Capit Deus temporale
nascendi principium,
sed pudoris non amittit
virgo privilegium,
nec post partum castitabis.

A la abadesa le era indiferente el resultado de la exploración pues, en su opinión, el simple hecho de haber tenido que realizarla era sumamente reprobable. Le habría gustado expulsar sin más a Yeza del convento, pero a ello se oponía el mandato del rey; y también la reina, a la que había comunicado su grave sospecha, esperaba conocer el resultado. La abadesa temía que toda esa historia tuviese funestas consecuencias y llegó a pensar que tal vez fuese preferible provocar la huida de la muchacha.

A quo postquam et fecunda
nulla sibi fit secunda
miro modo fuit mater,
cuius torum nescit pater.

Desde los edificios bajos le llegaba el canturreo de las monjas.

En su despacho la esperaba Nicolás de Acre, confesor del convento. Parecía extrañamente apesadumbrado y no irradiaba la sonrosada serenidad de la que normalmente solía hacer gala.

–La reina Margarita ha decidido poner fin, como sea, a todas esas habladurías. Incluso aunque no haya embarazo, el hecho de que siga existiendo la fuente de la duda es capaz de provocar daños sin fin para la casa real. Nadie lo creerá y empezarán a circular rumores intolerables. De modo que conviene provocar un aborto con resultado letal, es decir: no deben sobrevivir ni el feto ni la madre.

–Pero matar es un pecado mortal, Ilustrísima– dijo la abadesa, y palideció. –No lo cometeremos en esta casa; no mientras yo sea abadesa ante Dios y los hombres.

–¡Quién habla de asesinato, distinguida señora! Podemos pensar en una repentina enfermedad, o en su caso en un error médico: un accidente lamentable…

–¿Entre los muros de este convento, donde hay un centenar de oídos curiosos?

–Procurad entonces que se suicide, lo que acortaría el sufrimiento de la señora reina…

–¿Y qué tal si hiciéramos desaparecer a Yeza?

–¡Demasiado tarde!– respondió Nicolás. –Esa vergüenza exige ser enterrada cuanto antes para que podamos tener la esperanza de que se olvide muy pronto. Es algo que no nos puede ofrecer una princesa Yeza viva, una persona que siempre ha despertado demasiadas expectativas.

El sacerdote se levantó del asiento, saludó con un gesto destinado a levantarle el ánimo a su interlocutora y abandonó la estancia.

La abadesa se acercó a su escritorio y abrió un cajón. Allí descansaba el puñal que le había hecho retirar a Yeza cuando la muchacha, nada más ingresar en el convento, se dedicó a asustar a las hermanas con el arma. Lo ocultó entre las ropas de su hábito, y justo cuando quería cerrar la puerta tras ella oyó un salvaje griterío y chillidos de dolor procedentes del patio. Pero decidió ignorarlo y dirigió sus pasos a la celda vacía de Yeza. Antes de entrar se cercioró con una mirada de que el pasillo estaba vacío. Introdujo el puñal mongol debajo de la manta del lecho de la muchacha y se apresuró a acudir al patio.

Varias monjas sujetaban a Yeza, que repartía golpes y patadas y había sido atada ya a una silla.

Dagoberta esperaba con una jarra llena de infusión humeante y un gran embudo, como suele utilizarse para separar la uva, con la intención de hacer tragar a la muchacha a la fuerza otra ración de la bebida.

Cándida andaba por el patio dando pequeños saltos y quejándose:

–¡Esa pequeña bruja ha dejado caer las Santas Escrituras sobre mis pies!– se quejó ante la abadesa, pero ésta se interesó más que nada por el contenido de la jarra.

–Una infusión inocua de mandrágora, verbena y abrótano macho...– informó Dagoberta. Pero Cándida rectificó con sorna:

–...¡Además de semilla de quermes, ruda y cólquico! ¡Eso limpia la chimenea más pecaminosa por la que haya podido meterse el diablo!

La abadesa le sacudió a la monja un golpe en plena cara y derribó la jarra de cerámica, que se rompió en mil cascotes derramando un líquido turbio sobre el pavimento.

No dejó de advertir que Nicolás de Acre las observaba desde el fondo de las arcadas, aunque después desapareció.

–¡Desatadla!– ordenó a las excitadas monjas. –Llévala a su celda– se dirigió a Ermengarda, que se apresuró a obedecer, –y dale de beber tanta leche como sea precisa para que vomite.

Después se dirigió de nuevo a las exaltadas mujeres.

–En cinco minutos espero a todas y cada una en la capilla. *Silentium strictissimum!*– gritó, al ver que algunas todavía cuchicheaban. –¡Os espera una larga noche!

DIARIO DE JEAN DE JOINVILLE

En camino, 28 de abril de 1251 d.C.

Los últimos días antes de emprender el viaje programado a la fortaleza de los "asesinos" los pasé casi completos en palacio y sin permitir que se me perdiese de vista mi secretario, del que sospeché que alimentaba en secreto el deseo de distanciarse de la empresa para, como suele decir, cumplir mejor con sus obligaciones como protector de la hija del Grial, de la que hasta entonces se había preocupado muy poco.

Con todo, los rumores que llegaban del monte Carmelo a San Juan de Acre eran de naturaleza más bien infausta. En la corte se oían murmuraciones acerca de un supuesto embarazo de Yeza, embarazo que sería debido al extraño encuentro que tuvo con su augusta majestad a una hora nocturna en el interior de la gran pirámide. Nuestro ingenuo señor Luis alimenta tan torpe sospecha hablando con entusiasmo de la *virgo intacta*.

El Hospital de los sanjuanistas no se encuentra junto al recorrido diario que cada día emprendo en dirección al castillo del rey, sino sobre la orilla del mar, cerca del Montmusart.

Sin embargo, un grupo de aquellos caballeros se hizo el encontradizo conmigo y me condujo, no a la sede del gran maestre, sino al baluarte de los hospitalarios, una gigantesca fortaleza que alcanza de una a otra muralla de la ciudad.

En la torre me esperaba Juan de Ronay, que ahora ocupa de nuevo un segundo plano dentro del rango de la Orden, lo que le provoca un evidente malestar, pues me trata con esa clase de obstinación que es testimonio de la propia inseguridad.

–Debéis admitir, señor de Joinville– me comentó, –que en "la causa" que nos ocupa no habéis tenido éxito, por lo cual tampoco os debo nada.

–Mi querido Ronay– le respondí, –tanto si lo consideráis un éxito como un fracaso, la culpa es de vos mismo. Yo me limité a aconsejaros, pero el que actuó habéis sido vos. ¿Acaso queréis insinuar ahora, *a posteriori*, que he ostentado poderes de gran maestre?– Mis palabras dieron un golpe certero, y aún le añadí estas otras: –En cuanto a la confianza que me merece vuestra palabra, quedo a la espera del resultado, suponiendo que el honor de la Orden no se haya echado a perder bajo vuestra dirección.

Tras oír mis alegaciones cedió en seguida y se limitó a murmurar algo acerca de un supuesto "mundo tan desagradecido", afirmando después que respondería personalmente de la remuneración que se me debía, "aunque", añadió con cierta precipitación, "haré todavía un último intento y cuento para ello con vuestra ayuda".

–Siempre habéis podido contar con ella.

–Esto es muy confidencial, senescal, pero os digo que si la princesa sale viva del convento, abandonará cuanto antes San Juan de Acre. Y ésa será nuestra oportunidad, la última por cierto.

Me lanzó una mirada significativa y yo me eché a reír.

–Para tal fin no había necesidad de disfrazaros de Pythia, mi querido Ronay. Hoy en día cualquier quiromante entre esta ciudad y la de Yafo os diría lo mismo, sin cobrar por ello, pues no se trata de un oráculo difícil. Lo que yo esperaba oír, en realidad, era el anuncio de que vuestros caballeros están procediendo en este momento a liberarla, aunque sea a la fuerza.

–No podemos hacerle eso al rey– rechazó mi propuesta.

–¡Pero sí podéis hacerle eso a la reina!– le repliqué con aspereza. –Si volvéis a vacilar ahora, será demasiado tarde o habrá otros que se atrevan.

–Si la princesa realmente lleva en su seno un hijo del rey…– empezó a exponerme sus dudas y sus reservas.

–Entonces habréis dado dos golpes a la vez, puesto que tendréis en vuestras manos el destino de la madre y el niño: de la hija del Grial y del bastardo del Capeto. Deberíais estar contentos si fuese así, pues es lo que siempre habéis deseado, ¡pero debéis tomar al fin una decisión al respecto!– Me indignaba su postura reticente.

–Me ocuparé de eso– refunfuñó el sanjuanista. –No os preocupéis, porque esta vez no cometeré ningún error.

–¡Haced lo que os guste!– dije yo. –¡Pero después no me hagáis responsable a mí!

–¡Os haré saber a su debido tiempo cuál será vuestra intervención en este asunto!– me gritó aún, recuperada su acostumbrada altivez, pero ya a mis espaldas.

Me tragé la respuesta. Estoy obligado a llevar el juego hasta el final, pues de no hacerlo todos mis esfuerzos habrían sido inútiles, y si me detengo a pensar en los templarios, que seguramente estarán más que furiosos debido a esos rumores acerca del supuesto embarazo, o si pienso en la *Prieuré,* me embargan los peores presagios.

Cuando finalmente arribé al castillo acababa de llegar también la embajada tanto tiempo esperada de los "asesinos". No eran los mismos de la primera vez, sino unos *fida'i* ya mayores que mostraban el comportamiento de personas muy ponderadas.

Le traían al rey una camisa de su Grand D'ai, como signo del más profundo afecto: "Así como la camisa está más cerca del cuerpo que cualquier otra prenda, del mismo modo su señor y maestro abraza con todo afecto al señor rey Luis, un afecto que es más amplio y más fuerte que la unión que pueda atarlo a otros reyes." También le entregaron un anillo del dedo del Grand D'ai que llevaba grabado el nombre de éste, en señal de que se sentía ahora ligado al rey por medio de una alianza y los emisarios expresaron el profundo deseo de que a partir de ahora estuvieran siempre de acuerdo como si realmente se hubieran unido en matrimonio.

A mí me pareció todo demasiado sentimental, altisonante y por demás exagerado, pero el rey se mostró emocionado.

Entre los valiosos regalos había también una talla de marfil hecha con el colmillo de un elefante y un animal vivo de cuello largo al que llaman *dharafa*, así como diferentes clases de manzanas, todas ellas talladas en piezas de finísimo cristal y cuarzo. Había tableros de ajedrez con marquetería de nácar y ébano y cuyas figuras eran de asta tallada y adornada con ámbar, así como adornos taraceados con jaspe, cornalina y otras ágatas. Otras figuras eran de amatistas color violeta y de un jade verde claro.

Cuando los emisarios abrieron las cajas de los regalos brotó un perfume tan intenso que llenó toda la sala de audiencias.

El rey los despidió asegurándoles su benevolencia y cuando el joven príncipe de Antioquía, que estaba presente, pidió que le concedieran el honor de acompañarlos a sus albergues nadie sospechó nada.

Sólo mi William me pellizcó la manga y dijo:

–¿Os habéis dado cuenta de las señales que el *fida'i* más anciano ha transmitido a Bo?

Yo declaré:

–Pero, mi querido William, es muy natural. Al fin y al cabo, aunque los "asesinos" no son señores cuyos feudos dependan de Antioquía, sus castillos sí se sitúan en su mayor parte dentro del territorio del condado de Trípoli.

–¡A mí me parecieron unos gestos demasiado familiares, demasiado importantes y demasiado secretos!– insistió mi secretario en su propia clarividencia. –¡Seguramente tienen algo que ver con Yeza!

–¿Y por qué no habrían de tenerlo?– dije yo, aunque decidí pasarles una advertencia a los sanjuanistas.

El rey nos retuvo a su lado.

–He decidido– dijo –no dejarme avergonzar y enviarte ahora mismo, querido Joinville, como si hubieses estado ya en camino cargado con valiosos regalos, antes de que llegaran los "asesinos" a mi presencia. Así quedaremos mejor.

Y mandó reunir los regalos.

Éstos forman un montón aún mayor que los recibidos y consisten en joyas, broches, anillos y collares de perlas. A ello se añaden piezas enteras de valiosos géneros de terciopelo y seda, prendas de peletería y cotas de malla finamente trabajadas y cubiertas de acero templado, cuyo brillo oscila entre la plata y el azul, espuelas de oro y arreos de finísimo cuero y pesada plata. Y finalmente una copa de oro cincelado que contiene en su cavidad otra de cristal puro, hecha de una sola pieza.

–Dile a "el anciano de la montaña" que el rey ha bebido en esta copa, y que cada vez que la lleve a sus labios debe pensar con afecto en su real hermano.

El principe Bohemundo regresó entonces con pasos agitados a la sala de audiencias. En aquel momento no parecía tanto un príncipe a punto de gobernar, sino que se asemejaba de nuevo más bien a un muchacho de catorce años prematuramente convertido en adulto.

–Majestad– le recordó, – cuando me armasteis caballero me prometisteis cumplir un posible deseo que yo tuviera…

–Os di mi palabra de rey– le respondió Luis, y parecía divertido. –¡Expresad, pues, ahora mismo ese deseo!

Bohemundo poseía una intuición segura de cómo le convenía presentar su solicitud de la manera más efectiva, y de modo que al rey le resultara del todo imposible negársela. Se arrodilló delante de Luis.

–Regresaré como caballero vuestro y lo primero que haré será entregar a mi hermana Plaisance en matrimonio a mi primo Enrique de Chipre, siempre que vuestra majestad esté de acuerdo…

–Claro que estoy de acuerdo– dijo el rey, –y espero que, gracias a ese matrimonio, el rey Enrique consiga al fin tener el tan deseado heredero.

–Unos sucesos tan agradables– prosiguió Bo –querrán ser celebrados con grandes fiestas por mis buenos súbditos, a los que no deseo hacer esperar más– añadió con expresión serena. El rey asintió. –Ahora bien: mi verdadero deseo personal es tener a mi lado, como mi invitada en Antioquía, a una amiga muy querida, Yeza, princesa del Grial, que deseo viaje conmigo y participe de la felicidad tanto mía como de mi pueblo.

No prestó atención a que los labios del rey, al ser pronunciado el nombre de Yeza, se contrajeron y parecieron vaciarse de sangre.

Toda la corte presente estaba observándolo, de modo que a Luis no le quedó más remedio que responder con cordialidad forzada:

–Si es ése vuestro deseo, lo cumpliré con mucho gusto. Pero la princesa ha tomado el velo y no sería justo prescindir de pedir el *placet* a la abadesa, además de preguntar su propio parecer a la novicia.

–En ese caso– dijo Bohemundo y se incorporó, –os ruego acudáis ahora mismo conmigo al monte Carmelo para aclarar la cuestión.

Su aspecto era muy serio y decidido.

El rey intentó ganar tiempo.

–Mis asuntos de gobierno no me permiten ausentarme en este instante, pero en cuanto tenga ocasión…– se interrumpió al ver que el joven rostro del príncipe reflejaba una furiosa desilusión. –Tal vez mañana.

Pero Bo no aflojó.

–Antioquía es demasiado importante para vos como aliada contra An-Nasir, por lo que no creo que os podáis permitir ninguna afrenta. La palabra dada debe ser cumplida de inmediato, como si fuese una deuda de juego.

–Aún no conocéis la diferencia que hay entre un caballero de fortuna y un buen jugador– dijo el rey, –pero tampoco quiero quedar ante vos como un perdedor pudiendo ser lo contrario y cumpliré en seguida lo que concedí con generosidad. De modo que el cumplimiento no se verá aplazado y no quedará un mal sabor de boca que rebaje el valor de lo otorgado. Así pues, ¡vamos allá, príncipe!

–Vuestra sabiduría y generosidad avergüenzan mi juvenil impaciencia– se inclinó Bo.

Con la intención de crear un ambiente más distendido, el señor Luis ordenó que partiéramos todos, de modo que me vi obligado a sumarme a la cabalgata.

Por si acaso, envié a mi secretario para que informara a Juan de Ronay del desarrollo que estaban tomando los acontecimientos.

Formamos un grupo importante de jinetes y cabalgamos a lo largo de la orilla de la bahía en dirección a Haifa, y entre todos reinaba un ambiente tan festivo como si se tratara de ir en busca de una novia. Sólo el rey parecía un tanto apenado, aunque intentaba ocultarlo.

En nuestro ascenso al monte Carmelo nos encontramos con la abadesa que se dirigía, montada en un asno, a San Juan de Acre.

Bo reprimió su ímpetu y dejó en boca del rey la tarea de exponer a la abadesa el asunto que nos llevaba al convento, cosa que hizo planteando con mucha delicadeza la pregunta de si tenía algo que oponer a una visita de Yeza a Antioquía. Para nuestra gran sorpresa, la abadesa pareció sentirse violenta y declaró sin ambages que la habían llamado a presencia de la reina precisamente para tratar de tan espinoso asunto y que ella estaría más que contenta si sacábamos a Yeza del convento.

–¡Cuanto antes mejor!– exclamó. –¡Daos prisa!– y azuzó a su animal con la vara.

Cuando llegamos al convento la hermana portera se mostró algo atribulada ante nuestra presencia.

–La novicia está en el baño– tartamudeó, pero en aquel instante se presentó la moza de la cocina que mantenía relaciones con William y me hizo señas inconfundibles. Entonces le dije a Bo y al rey que yo me ofrecía a entrar en el convento. Bo insistió en acompañarme.

Dulcis sapor novi mellis
legem diri fregit fellis,
per quod dici fuit favus
stella maris, Deus almus.

El canto de las monjas, aunque ellas permanecían invisibles, resonaba con nitidez en los oscuros pasillos y me recordó los gritos de las cornejas cuando se atacan unas a otras en los campos otoñales.

Ermengarda, pues éste es el nombre de la moza, corría delante de nosotros por las oscuras bóvedas. Tuvimos que bajar por escaleras de piedra hacia los sótanos, hasta llegar a una reja de hierro ensartada en la tierra.

–¡La cisterna!– susurró Ermengarda con un estremecimiento. –¡Sacadla de ahí!

Miré hacia abajo y me encontré directamente con los ojos muy abiertos de Yeza, que tenía el cuerpo sumergido hasta las caderas en el agua fría.

–¿Donde está la llave?– me dirigí a la criada, a punto de perder la paciencia.

–La han escondido– rompió a sollozar la mujer, –he procurado todo el tiempo arrojarle piedras calientes para que…

–No podemos perder tiempo buscando la llave– exclamó Bo, decidido. –¡Senescal, vuestra espada!

Me la arrancó de las manos y se puso a dar golpes cada vez más salvajes a la cerradura, sin éxito alguno excepto en que el filo de mi preciosa arma empezó a estropearse y en cualquier momento podía partirse la hoja.

Entonces la criada trajo una barra de hierro oxidada y la empleamos como palanca, con ayuda de una piedra debidamente colocada al respecto. Empezamos a saltar todos sobre la barra hasta que reventó el anclaje de una espiga y pudimos levantar la reja junto con la cerradura.

Me lancé hacia la abertura e intenté tenderle la mano a Yeza, pero por mucho que ella se estirara no podíamos tocarnos.

Entonces la robusta moza llamada Ermengarda saltó al agua, abrazó las piernas de Yeza y la levantó hasta donde estábamos nosotros. Bo la cogió por debajo de los brazos y pudimos sacarla de allí.

Yeza quedó acostada en el suelo, chorreando agua y temblando como las hojas de un álamo. Tenía el rostro azulado y sus ojos permanecían cerrados como si se hubiese desmayado.

Rápidamente sacamos también a la criada de su mojada cárcel y fue ella quien nos indicó que frotáramos los brazos y las piernas de la muchacha mientras iba a buscar mantas y ropas.

Le subí medio avergonzado la falda por encima de las rodillas y empecé a aplicar un masaje a las piernas de Yeza, para que la sangre volviese a circular, mientras Bo la cogía por los brazos y la sacudía. La cabeza le bamboleaba de un lado a otro.

Al fin abrió sus bellos ojos y por primera vez en toda mi vida la vi llorar.

Ermengarda regresó cargada de mantas y detrás de ella se introdujo el rey con su séquito en la cámara subterránea.

Cuando vio a Yeza acostada se arrodilló a su lado y cubrió sus manos frías con besos, por lo que tuvimos que apartarlo para poder envolver a la muchacha en unas mantas y sacarla al exterior. Bo seguía al cuerpo envuelto, del que apenas asomaba la nariz, sumido en una confusión absoluta.

El rey se incorporó y llamó a su lado a su condestable, el señor Gilles le Brun.

–Encuentra a los culpables– dijo en voz baja –y no te andes con remilgos. ¡Los colgarás de los pies con la cabeza metida en esta misma agua hasta que hayan muerto!

Después echó a andar, y su aspecto era el de un hombre destrozado.

De alguna parte trajeron un palanquín en el que acostamos a Yeza. La fiebre formaba perlas de sudor en su frente, y su respiración era ruidosa. Ermengarda le hizo tomar una bebida humeante e introdujo varias piedras calientes entre las mantas.

Yeza abrió por primera vez los labios y sonrió con mucho esfuerzo.

–¿No querrás que me queme ahora?

La criada se asustó, pero Yeza le rodeó el cuello con los brazos.

–Tus piedras me han salvado la vida, pues habría muerto de frío de no haberlas tenido debajo de los pies.

Entonces Bo se quitó un anillo de oro de su dedo y se lo regaló a la criada. Las lágrimas y las toses de Yeza eran para nosotros una prueba segura de que viviría, y cuando vimos que le goteaba la nariz se alivió nuestra pesadumbre y pudimos emprender el regreso.

El rey cabalgaba al lado del palanquín sin separarse de él ni un momento.

Cuando llegamos a San Juan de Acre llevaron a Yeza en seguida al hospital y llamaron a los mejores médicos. Yo regresé a mi albergue, donde me esperaba mi querido William. Cuando le informé del rescate de Yeza resultó que también en esta ocasión sabía más que yo.

–Ha sido obra de la reina– me confió. –Ha hecho venir a la abadesa porque ésta se oponía a los intentos de matar a la muchacha.

–Es una acusación increíble, señor de Roebruk– le advertí, pero él sacudió la cabeza.

–Esperad, buen senescal, y oíd lo que tengo que contaros. Cuando me enviasteis en busca del señor de Ronay, me dijeron que la reina lo había llamado. De modo que regresé al castillo y me asomé a la capilla. No había nadie, pero después los oí venir, y discutían intercambiando palabras muy excitadas. Al no saber muy bien cómo explicar mi presencia me escondí en un confesionario, lo que en realidad sé que no se debe hacer, pero así pude oír, sin haberlo querido, un discurso que no estaba destinado a mis oídos.

"¡No faltaba más!", se indignaba la señora Margarita. "¡No faltaba más que llevar a esa pequeña puta hereje en viaje triunfal a Antioquía. Hasta podría ocurrírsele a ese mocoso impertinente Bo ofrecerle la mano y casarse con ella, convirtiéndola en princesa soberana y desplazando a mi amiga Luciana, la pobre viuda y desgraciada madre. No, señor Juan de Ronay, no quiero que eso suceda. Esa hija bastarda del Grial, que al parecer incluso lleva en su seno a otro bastardo, ¡no puede seguir viva y no debe abandonar viva el monte Carmelo! Es lo que espero de vos, caballero de San Juan, una Orden sometida al Papa y a Cristo. ¡Y es también lo que de vos espera la Iglesia!"

"¡No!", dijo el señor de Ronay con voz clara y expresiva. "Aun corriendo el peligro de que nos retiréis vuestra benevolencia, ¡ni siquiera el Papa puede exigirnos un crimen de tal magnitud!"

"Así pues, ¿la dejaréis en libertad para que todo el mundo se entere de nuestra vergüenza?", preguntó la reina con gran astucia.

"La vergüenza aún está por demostrar", dijo el sanjuanista muy tranquilo. "Yo estoy dispuesto a darle refugio y mantenerla perfectamente oculta, vigilada por la Orden, hasta que transcurra el período necesario para que se demuestre la existencia o no del *incubus*. Después veremos, es decir: el capítulo de la Orden será quien decida."

"Al menos espero que ofrezcáis a Bohemundo un acompañamiento de honor para cuando regrese a Antioquía."

"Os lo aseguro con mucho gusto y formaré un séquito tan importante que sobrepasará en número y fuerza de armas a los acompañantes del joven príncipe."

"Veo que me habéis comprendido. Un pequeño accidente durante el viaje, querido Juan de Ronay, merecería en mi opinión el premio de una buena fortaleza donada a la Orden", susurró la altiva señora al despedirse.

"Tenemos castillos en número suficiente", le respondió el sanjuanista, "¡aunque siempre intentamos acrecentar nuestra fama!" Y se alejó con pasos enérgicos.

–La reina permaneció algún tiempo sentada en uno de los bancos. Yo no temía demasiado que llegara a arrodillarse ante un confesionario. Una mujer así no suele tener nada que confesar. La verdad es que se retiró muy pronto.

Mi secretario había terminado.

–No está mal– dije yo.

–¡Está mal, pero que muy mal!– dijo él.

El rey mandó llamarnos, ordenando que nos dirigiéramos a palacio ya listos para viajar, pues nos quería enviar a todos juntos en cuanto mejorara Yeza del estado de debilidad en que se encontraba.

–Dada su naturaleza de joven leona– completó William el informe, –¡no tardará mucho!

Tardó mucho menos de lo que suponíamos, pues cuando llegamos al castillo nos dijeron que Bo de Antioquía ya había emprendido el regreso y que había sacado a Yeza del hospital, ayudado probablemente por los sanjuanistas, que habían ofrecido un séquito importante para acompañarlo.

Puesto que también la embajada de los "asesinos" insistía en regresar pronto, empaquetamos rápidamente los regalos para "el anciano de la montaña" y nos pusimos asimismo en camino.

El rey nos acompañó hasta la puerta del castillo y nos saludó con la mano en señal de despedida. Su aspecto era triste.

EL JINETE SOLITARIO que se acercó a primera hora de la madrugada al vado de Jacob había mirado varias veces hacia atrás para comprobar que nadie lo seguía. Después obligó a su caballo a meterse en el agua, a pesar de que ésta le llegaba a las caderas.

Aquel paso a través del río Jordán, al norte del lago Tiberíades, representaba entonces la frontera entre el territorio de Damasco y las propiedades cristianas emplazadas a lo largo de la costa: una frontera que no mostraba otras marcas características.

Yves había tenido que abandonar Damasco sumido en la vergüenza. An-Nasir no tuvo necesidad de expulsarlo bajo amenazas ni insultos, pero en el transcurso de pocos días "el Bretón" se había dado cuenta de que el ambiente en la corte del sultán le era cada vez más adverso, hasta cerrársele del todo, como un lago que acaba de helarse. No se había atrevido a seguir moviéndose sobre un terreno tan cenagoso hasta que se manifestaran las primeras grietas y se lo tragara el abismo, por lo que prefirió alejarse a altas horas de la noche, humillado y con el corazón rebosante de rabia.

El agua fría del río montañero lo empapó hasta el interior de las botas y cuando su cabalgadura ascendía por la pendiente del lado opuesto vio en las cercanías de la orilla el palanquín negro, rodeado de algunos caballeros templarios que habían desmontado y que, envueltos en sus mantos blancos, observaban inmóviles al jinete que se dirigía hacia ellos.

–¡Yves "el Bretón"!– procedió él a identificarse. –¡Al servicio del rey!– dijo también, aunque estaba seguro de que lo habían reconocido hacía tiempo, al menos el más joven de ellos: un caballero imberbe cuyo manto le pareció a Yves ser más largo que los demás, y más fino el bordado de la cruz de extremos acabados en zarpas que ostentaba.

Reconoció a su vez en aquel joven a Guillem de Gisors, hijastro de "*la grande maîtresse*", e Yves sintió un escalofrío, pues conocía las murmuraciones que lo calificaban de "ángel de la muerte".

Si el palanquín estaba vacío, y eso era algo que nunca se podía saber, significaba que cabía esperar la aparición de algún cadáver importante. Incluso solía decirse que el palanquín acudía con más puntualidad que la propia muerte y que nunca lo hacía en vano.

–¿Hacia dónde cabalgáis para salvar el cuello, "Bretón"?– preguntó uno de los caballeros con voz bronca.

Yves se tocó con un gesto involuntario la nuca, pero después decidió dar una explicación.

–Estimados caballeros– dijo, –deberíais evitar pisar suelo sirio. Ya no hay paz con An-Nasir.

–Yves "el Bretón"– se dirigió otro, riendo, al de Gisors –deja casi siempre tierra quemada detrás de él; ¡así habrá hecho en Damasco!

–¡No tengo por qué dejarme insultar!– se indignó Yves, y su mano se movió hacia la empuñadura del hacha.

–¡Perdonad!– medió el ángel. –Sabemos que habéis labrado un surco precioso en el campo del sultán y sembrado una semilla muy fina que al Temple le gustará ver germinar.

Yves enrojeció al oír tan inesperado elogio.

–Pero os habéis adelantado en el tiempo.

Aquellas palabras constituían un reproche, por lo que Yves agachó la cabeza, sintiéndose culpable.

–No soy campesino sembrador.

–No– dijo el de Gisors, –y tampoco sois hombre que sepa hablar.

–No soy más que un guerrero inútil.

–Todos los guerreros son inútiles, pero entre éstos sois uno de los mejores, ¡os podéis comparar con cualquier caballero!

–Nunca habéis querido admitirme en vuestra Orden.– Yves no había renunciado a esa esperanza.

–¡Dios nos guarde!– exclamó Guillem de Gisors, y soltó su risa clara y llena de frescor. –Lo que quiero decir es: ¡Dios os tendrá reservadas otras misiones más elevadas! Lo divino tiene que superar los abismos donde reinan la maldad y el poder del infierno, para eso está el diablo.

Y señaló a Yves como si éste fuese la personificación de Satanás.

–El señor Yves es un personaje muy importante pues, de no existir él, ¡el bien no sería identificable!

–¡Mi deseo es servir a la justicia!– protestó "el Bretón".

–¡Muy loable!– exclamó el templario. –¡Que por cierto es un invento humano y, por esa misma causa, de naturaleza gravemente defectuosa!

–Yo deseo luchar por la fe de Cristo– iba excitándose Yves cada vez más, pues se daba cuenta de que no lo tomaban en serio.

–¡Mejor aún!– se mofó el del manto blanco. –¡Ésa sería una paradoja tan grande como regar fuera del tiesto!

Todos se echaron a reír, y el de Gisors prosiguió:

–Debéis seguir dando caza a infieles y herejes, Yves, ¡y la Iglesia os lo premiará aun en esta Tierra!

"El Bretón" creyó haber entendido la insinuación.

–Nada malo deseo a los hijos del Grial– rechazó el reproche, pero para su gran confusión Gisors, el templario, lo interrumpió.

–¡Pues deberíais hacerlo! ¡Seguid vuestro impulso! Perseguir a los infantes reales significa otorgarles fama y honores.

–¿Pero por qué yo? Ellos no me han hecho nada y nada quiero de ellos– se defendió Yves, ya furioso.

–Os equivocáis, Yves: ¡los niños son el precio que debéis pagar para disfrutar del aprecio del de Anjou!– dijo Guillem de Gisors con toda frialdad, y añadió en tono burlón: –¡Ése es el pacto que os une al verdadero diablo!

–¡El diablo sois vos, cara de ángel!– gritó entonces Yves, y arrancó el hacha del cinturón donde la llevaba sujeta de una forma que le había inspirado la lucha que sostuvo en su día con Ángel de Káros. Pero el arma de Yves era mucho más eficaz: la bola dotada de clavos había sido incorporada al hacha mediante una espiga que se introducía en su extremo y con la cadena oculta en el mango. A una presión del dedo salía la cadena y le permitía a su dueño hacer circular la bola en un círculo mortal, de alcance inesperado.

De momento Yves la dejó oculta y se dirigió al templario con el hacha en alto, pero en aquel instante su caballo se espantó; empezó a relinchar lleno de temor, levantó las patas delanteras, y lo arrojó a tierra. Yves cayó de espaldas, su armadura crujió y el golpe le hizo perder el sentido.

Cuando volvió a abrir los ojos no habría podido decir cuánto tiempo había estado acostado en la húmeda hierba. Su caballo pastaba no lejos de allí. Yves se sentó y vio que su hacha de combate estaba clavada cerca de él en la tierra, llena de sangre. Había huellas de muchas herraduras en el fango de la orilla y llegaban hasta el vado. Pero ya no había rastro del palanquín ni de los templarios.

Yves pasó de largo y a trote rápido bajo las murallas de Safed, la gran fortaleza templaria que vigilaba "la puerta de Siria", y se dirigió a Starkenberg, el castillo de los caballeros teutónicos.

El comendador Sigbert von Öxfeld era un hombre recto y honrado, de quien podía esperar un buen consejo y enterarse del ambiente que reinaba allá abajo, en San Juan de Acre, y así sabría si podía atreverse aún a presentarse en la corte o adónde le convenía dirigirse.

DIARIO DE JEAN DE JOINVILLE

En camino, 5 de mayo de 1251 d.C.

Para superar el adelanto que nos llevaba la avanzada que había atravesado la Puerta de San Antonio, situada junto al castillo, nosotros tomamos la puerta norte, la de San Lázaro, y cabalgamos junto al mar. La embajada de los "asesinos" que nos acompañaba habría preferido que pasáramos cuanto antes a territorio dependiente de Damasco, pero si nos decidíamos a atravesar el interior montañoso del país tendríamos aún menos esperanzas de poder reunirnos con los sanjuanistas y las gentes de Antioquía que siguiendo la ruta elegida, por la que podíamos recorrer sin obstáculos toda la longitud de la costa.

A la altura de Starkenberg nuestros espías nos informaron de que ya habíamos sobrepasado a los escapados, y que éstos avanzaban con dificultades por un valle paralelo al nuestro, recorriendo el lecho de un río.

Lo consulté con William y acordamos que no íbamos a pronunciar ni una palabra de reproche, sino que saludaríamos como la cosa más natural del mundo tanto al príncipe Bohemundo como al sanjuanista de mayor rango. Cuando aparecieron a nuestras espaldas ya estaba anocheciendo.

Juan de Ronay, que encabezaba para gran sorpresa mía el numeroso grupo de la Orden, no se mostró demasiado complacido de tenernos a nosotros en la comitiva viajera, y mucho menos aún, según se expresó con bastante grosería, a "esos navajeros de «el anciano de la montaña»".

Como oscurecía con rapidez nos dispusimos a acampar perfectamente separados unos de otros. Cada grupo encendió su propio fuego y organizó sus propias guardias.

William insistió en que quería ver a Yeza para tener una impresión personal de su estado de salud. Al parecer, lo atormenta el remordimiento por no haber ejercido con el debido rigor sus obligaciones de cuidar de ella mientras estuvo en el monte Carmelo. Intenté tranquilizarlo.

—¡Su liberador y anfitrión Bo se ocupará de todo!

Pero mi secretario sacó una vez más a relucir su tozudez flamenca.

–¡Entonces iré solo!

Así pues, decidí acompañarlo, y además ordené que nos siguieran mis tres banderines de caballeros, para que el joven príncipe se diese cuenta en seguida de quién era el que le iba a presentar allí sus respetos a él y a su invitada.

Pero antes de haber alcanzado las tiendas de los de Antioquía nos cerarron el camino los guardias de los sanjuanistas. Habían trazado un círculo de vigilancia alrededor de todo el campamento, hasta el punto de que aquello parecía más un encierro que una precaución para protegernos. Yo protesté levantando tanto la voz que el propio Bohemundo se dio cuenta de lo que estaba sucediendo y reprochó a los caballeros de la Orden su comportamiento prepotente.

–Mis caballeros– exclamó en voz alta –son lo suficientemente hombres como para garantizar ellos solos la seguridad de la princesa, ¡y sus amigos son también los míos y pueden venir a visitarla cuando mejor les parezca!

Nos abrazó a mí y a William y nos condujo sin más hasta la tienda de Yeza, que había sido transportada en palanquín, seguía acostada y tenía todavía un aspecto muy pálido y débil. Cuando vio a William, una sonrisa iluminó su delgado rostro, después le tendió la mano y retuvo la de él.

–Mi ángel de la guarda– susurró, –¡estoy tan contenta de poder volver a ver a Roç!

A William se le saltaron las lágrimas.

–Yeza– tartamudeó, –mi pequeña reina– y cubrió de besos sus manos, –primero tienes que recuperar fuerzas…

–Yo soy fuerte, y además no arrastro conmigo tantas libras inútiles como tú, minorita gordinflón.

Palmoteó la mano del minorita para darle ánimos.

–Juntos hemos resistido muchas cosas, y mañana pienso montar de nuevo a caballo. ¡Estoy impaciente por llegar cuanto antes junto a Roç!

William se incorporó.

–En ese caso, debes tomarte ahora mismo la medicina y dormir mucho.

–¡Sí, mi querida nodriza!– bromeó Yeza, y abandonamos la tienda.

Observé con cierto disgusto cómo mi secretario hacía un aparte con el joven príncipe y, aunque no pude oír todo lo que hablaban, sí me enteré de que le estaba aconsejando a Bo que se cuidara de los sanjuanistas:

–…Tal vez este viaje no tenga para ellos el mismo objetivo que para vos, y lo que deseen sea apoderarse de Yeza. ¡No dejéis de vigilar!

–¡Qué idea tan horrible!– dijo Bo. –¡Inmediatamente haré llamar al gran maestre en funciones y lo interrogaré personalmente!

–Será mejor no hacerlo– dijo William, y su voz bajó de tono para proseguir en un susurro que yo interrumpí interviniendo en la conversación.

–¡Mi secretario ve fantasmas por todas partes!– bromeé. –¡No hay razón alguna para sospechar nada de la Orden!

–Vos lo sabéis mejor que yo, mi senescal– se atrevió mi secretario a responder, tachándome de mentiroso o, peor aún, acusándome de estar también conjurado, por lo que exclamé ofendido:

–William, ¡os ordeno que regreséis de inmediato a mi lado!

Entonces Bo se plantó y dijo:

–Si William quiere pasar la noche al lado de Yeza y el mío, y si desea hacer lo mismo durante el resto del viaje, ¡no seréis vos quien lo impida, mi querido Joinville!

William también se me acercó y me dijo:

–No penséis que hablo de una manera irresponsable o que os vaya a abandonar, mi señor, puesto que el rey ha ordenado que vayamos juntos en la embajada dirigida a ver a los "asesinos". Yo no temo nada por mí ni temo a nadie en el mundo, y en cuanto a mis temores relacionados con la infanta, he dicho lo que tenía que decir y lo reafirmo. ¡Ahora podemos marcharnos!

–¡Como digáis, querido secretario!– intenté bromear para quitarle tensión al ambiente, y mientras me alejaba dirigí una sonrisa llena de superioridad a Bo de Antioquía, que se quedó sin saber qué pensar de nosotros.

"¡Es ridículo!", iba pensando yo. Pero no lo dije, puesto que realmente el mío no había sido un papel muy brillante en aquella escena. ¡Me lo pagarás, William!

Regresamos a nuestro campamento sin intercambiar más palabras y allí nos enteramos de que el mayor de los "asesinos" nos había estado buscando para discutir acerca del resto de la ruta con nosotros.

Dije malhumorado:

–William, ¡ve a decirle que viajaremos por donde yo lo considere conveniente!

Mi secretario asintió con aire resignado y se dirigió a la tienda de los "asesinos". Yo no tenía ganas de esperar su retorno ni de enzarzarme en una pelea con él, de modo que, aunque a disgusto, me acosté para dormir un poco.

YA ERA NOCHE CERRADA cuando un caballero solitario hizo sonar la campana delante de la puerta de Starkenberg. Yves "el Bretón" fue conducido a presencia del comendador.

–Señor Sigbert– declaró "el Bretón" exagerando su ánimo abatido, –sé que no me apreciáis mucho. Pero no podéis negarme albergue durante la noche.

Sigbert von Öxfeld se había retirado ya a dormir y se encontraba ahora ataviado con un largo camisón frente a aquel huésped a quien nadie había invitado.

–¡Sí podría!– gruñó el gigante de cabello canoso. –Aunque, por otra parte, tampoco me disgusta la visita tardía que me hacéis, señor Yves, ¡por lo que os aseguro que estos muros os ofrecerán protección mientras lo consideréis necesario!

–¿Hemos llegado ya al punto de que incluso vos, que habitáis un desierto, estéis enterado de la desgracia que persigue a Yves "el Bretón"?– se lamentó el recién llegado. –Ayer aún era un orgulloso emisario del rey y hoy me veo perseguido como el último ladrón.

El comendador mandó que trajeran vino, pan y queso y "el Bretón", que estaba muy hambriento, no se hizo rogar.

–En ambos casos, vos mismo tenéis la culpa, porque imaginándoos embajador habéis sobrepasado vuestros límites y poderes, del mismo modo que ahora también imagináis que os persiguen.

Yves lo miró sorprendido mientras masticaba con la boca llena.

–El rey no os ha retirado su benevolencia ni su mano. ¡Os esperan nuevas tareas, y no tenéis motivo alguno para desesperar!– añadió el comendador, mostrándose apaciguador.

Sigbert no dijo que había estado previsto nombrar a Yves emisario ante los "asesinos" de Masyaf, lo cual él sí sabía. Tampoco mencionó con palabra alguna que, ocupando su lugar, acababan de pasar de largo ante Starkenberg el conde de Joinville y su secretario, y que "el Bretón" habría podido alcanzarlos aún con facilidad; y mucho menos le informó de que Yeza acompañaba al grupo en calidad de huésped del príncipe de Antioquía. Una vaga incertidumbre hizo pensar al caballero teutónico que era mejor mantener a "el Bretón" alejado de los infantes.

Yves enderezó la espalda encorvada y se limpió la boca con el dorso de la mano antes de coger la copa que Sigbert había vuelto a llenar.

–Llegará el día en que no me podrán negar el ser armado caballero– dijo, y levantó la copa, –¡y entonces las Órdenes pelearán por tenerme en sus filas!

Sigbert lo miró divertido:

–Menos mal que no sois germano, pues eso nos exime de participar en la justa.

Levantó a su vez la copa y brindó amablemente con "el Bretón".

–Ahora decidme, por todos los santos y por la Virgen en especial, ¿por qué queréis que os armen caballero?

Yves, que había vuelto a hundirse sobre sí mismo, enderezó de nuevo el cuerpo:

–Porque entonces podré participar, igual que vos, Sigbert von Öxfeld; igual que el señor Gavin Montbard de Béthune y que el señor Constancio de Selinonte, en la realización de "el gran proyecto".

–¿Y qué sabéis vos de "el gran proyecto"?– respondió el comendador, aparentemente bastante divertido y hablando a la ligera, aunque en realidad tan despierto como un perro pastor que, en lugar de ladrar, intenta engañar y asustar al lobo. –Además, habéis olvidado al señor Crean de Bourivan– añadió después, queriendo completar el círculo protector. –Al hacer vuestro recuento, ¿no observáis con cuánta previsión han sido elegidos todos? Ninguno de nosotros, los caballeros– prosiguió Sigbert, –hemos escogido la tarea. Nos han destinado a ella.

–¡Es la única y tal vez la última gran aventura que ofrece nuestra época, en la que me ha tocado vivir hasta ahora una vida del todo insignificante!– insistió Yves, exponiendo con cierto desenfreno sus ilusiones. –¡La protección y la promoción de los infantes reales! ¡Daría mi sangre por ellos!

El comendador parecía muy pensativo. Recordó que sólo los locos no toman en serio a los locos.

–No depende de mí que se cumpla vuestro deseo mas íntimo– dijo. –Muchos fueron llamados, pero pocos elegidos, y nadie sabe cuál es en último término el contenido de ese "gran proyecto", ni qué destino les reserva a los niños.

–Me da igual– se emocionó Yves. –Si yo fuese caballero, ¡estaría luchando por su realización, sea cual sea su contenido!

–No es el hecho de ser armado caballero lo que decide quién debe figurar en el séquito de los niños, sino el deseo ardiente de servir al Grial– cedió Sigbert al deseo impaciente del otro. Estaba cansado y pensó que no conviene retener a quien se siente viajero.

–Si la *Prieuré* no quiere aceptarme...– se defendió Yves aún, demostrando al comendador que no era del todo ignorante.

–En ese caso– cortó Sigbert su discurso y se puso de pie, –¡los únicos que podrían concederos el nombramiento son los propios infantes!

–¿Dónde están?– se levantó entonces también Yves, dando un salto. –¿Dónde los puedo encontrar?

–Precisamente ésa sería una de las pruebas que deberíais superar– le respondió el comendador con sorna: –la de buscar a los infantes. Si no los sabéis encontrar, ¡significa que jamás podréis estar entre los elegidos! Buenas noches.

Y condujo al huésped a una de las habitaciones de la torre, donde se guardaban muchas cajas y armarios, aunque también había allí un lecho preparado con finos lienzos y dotado de dosel.

–Os deseo sueños agradables– dijo el comendador, y le cedió la vela de sebo. –Nos veremos mañana por la mañana en la misa matutina, a menos que queráis prescindir de la oración.

Apenas dejaron de oírse los pasos de su anfitrión Yves se arrojó, todavía vestido, sobre el suntuoso lecho y se quedó mirando el dosel. Que el comendador hubiese comentado con tanta naturalidad el destino de los infantes, como si representaran una unidad, sólo podía significar que estaban de nuevo juntos, que se habían reunido mientras él se encontraba en Damasco. Lo más probable era que ya no estuviesen tampoco en San Juan de Acre, pues en tal caso no le habría insinuado que tratara de encontrarlos, ya que no haría falta. Se propuso hacerlo, aunque para ello tuviese que llegar hasta el fin del mundo.

Yves estaba cansado, y dado que no podía lavarse, como le habría gustado hacer, quiso darse al menos el gusto de vestir una camisa limpia, teniendo en cuenta también que aquel lecho real estaba preparado con sábanas limpias y una colcha de tela adamascada.

En la antesala había visto, al pasar, en uno de los armarios abiertos, una chilaba egipcia que podría servirle de camisón.

De modo que cogió la vela y regresó a ella. La luz oscilante de la llama cayó sobre cajas y arcones y entonces vio en la esquina un bastón de empuñadura extraña, igual a otro que le habían ofrecido en el bazar de Damasco. Él sabía que en aquel bastón finamente labrado se ocultaba un estilete afilado que podía utilizarse como un sable. Para comprobarlo giró la empuñadura y sacó el arma. Un trozo de pergamino cayó al suelo. Yves lo recogió y leyó:

–Queridísima Yeza–. Sintió una fulminante sacudida interna: ¡un mensaje de Roç! ¿De cuándo sería?

El muchacho advertía a su amada, dando muestras de una extraordinaria claridad mental y previsión, que no tomara el velo si a él le sucedía algo. Eso significaba que había estado allí de paso en su camino hacia Homs. ¿Tal vez estuviese aún en esa capital, encerrado en las mazmorras de An-Nasir? ¡No!

Yves recordó las palomas mensajeras que habían llegado al palacio del soberano en Damasco. Por ellas se enteraron de que Roç había abandonado Homs hacía tiempo, que nada malo le había sucedido y que los "asesinos" lo habían conducido a Masyaf.

De modo que también Yeza, incluso si no recibía jamás el mensaje del muchacho, se dirigiría hacia allá si lo buscaba. E Yves estaba muy seguro de que ella, mientras albergara una mínima esperanza de encontrarlo vivo en alguna parte, lo seguiría buscando.

A Yves se le olvidó la túnica y se envolvió, tal como venía vestido, en la colcha; lo único que hizo antes fue limpiarse un poco las botas.

–"¡Habéis olvidado mencionar a Crean de Bourivan!"– se había burlado de él el comendador. De modo que estaban en Masyaf. Ahora sabía hacia dónde debía dirigir sus pasos.

"El Bretón" se durmió, satisfecho.

DIARIO DE JEAN DE JOINVILLE

Scandelion, 6 de mayo de 1251 d.C.

Cuando nos despertamos de madrugada vimos que de la niebla matutina surgían las ruinas de la fortaleza bizantina Scandelion, junto a la orilla del mar, pero esa observación carecía de importancia, pues en el mismo instante empezó a oírse un gran griterío en el campamento de los sanjuanistas: los de Antioquía se habían marchado llevándose a Yeza al amparo de la oscuridad nocturna. Lo único que quedaba era el palanquín vacío. Y entonces observé que también nuestros "asesinos" habían desaparecido.

Dirigí a William una mirada de reproche y él me la devolvió primero adormilado y después haciéndose el sorprendido, para contestarme finalmente con un simple encogimiento de hombros.

Juan de Ronay mandó decirme que participáramos en la urgente persecución. Y que si no alcanzábamos a los fugitivos, me culparía a mí.

No tuve ocasión de preguntarle el porqué ni me vi capaz de conseguir que ataran con tanta prisa los regalos encima del lomo de los animales de carga.

De modo que los sanjuanistas salieron solos y la única esperanza que me quedaba a mí era que no siguieran a lo largo de la costa, sino que se dirigieran tierra adentro. Porque era evidente que los "asesinos" intentarían llegar cuanto antes a las montañas, donde tenían su sede, mientras que nosotros sólo podíamos apoyarnos en unos pocos castillos: y entre éstos, sólo en los de los sanjuanistas.

Los teutónicos de Starkenberg no moverían ni un dedo mientras Sigbert von Öxfeld tuviese el mando sobre ellos, y los templarios de Safed nos dispararían con las catapultas e intentarían bloquearnos de cualquier modo y a la fuerza el camino si llegaban a enterarse de que pretendíamos dar caza a Yeza. Pero no alcanzamos siquiera a comprobarlo.

Apenas llegamos al pie de las montañas nos encontramos con los sanjuanistas que se nos habían adelantado. Entre los árboles y las hendiduras de las rocas bailaban densas nieblas, y en cuanto alguno de nosotros se acercaba a la linde del bosque para intentar el ascenso caían sobre nosotros montones de piedras y teníamos que dar un salto atrás si no queríamos vernos aplastados junto a nuestros caballos.

–¡Malditos hechiceros!– gritó Ronay, casi llorando de rabia. –¡Esa niebla está fabricada por los fumadores de hachís y levantadores de piedras! ¿A quién se lo debemos? ¡A vos, Joinville! ¡Sois vos quien nos ha entregado en manos de esa pandilla de malvados!– siguió exclamando. –Pero esto tendrá consecuencias, ¡podéis estar seguro de que vos y vuestro gordo secretario seréis acusados como culpables de este fracaso!

Yo no me sentí en la obligación de defender a William, pero sí quise aclararle mi categoría personal.

–Soy embajador del rey– le dije, –y si me ponéis la mano encima o tocáis a mi secretario o impedís que lleve a cabo mi misión, ¡os arrepentiréis amargamente de ello, Juan de Ronay!

De modo que prescindimos de tomar el camino de las montañas y regresamos a la costa para seguir avanzando en dirección al norte.

Nadie nos dirige la palabra, ni a mí ni a William, y prácticamente nos tratan como a prisioneros. El sanjuanista nos está acuciando y he comprendido que hará cuanto esté en su poder para atravesarse en el camino de los fugitivos a la altura de Baalbek, en la llanura de la Beka'a, que ellos deben cruzar forzosamente si quieren evitar tanto la ciudad de Damasco como la de Beirut. O sea que nosotros debemos avanzar más deprisa y la única esperanza que nos queda es que la debilidad de Yeza juegue a nuestro favor.

CUANDO SE LEVANTÓ la niebla matutina liberando de su abrazo las murallas y los bastiones de Masyaf, y los primeros rayos de sol extendieron sus dedos cálidos, John Turnbull pidió que lo transportaran, con su austero lecho, desde su habitación en la torre hacia la plataforma superior.

Allí se encontraba el observatorio, y en un marco basculable estaba suspendido el espejo señalizador cubierto de espejitos de plata en su hueco cóncavo.

Por la noche solían cubrirlo con paños para protegerlo del rocío y los criados tuvieron que retirarlos ante la terca insistencia del anciano. Después les ordenó que orientaran el espejo de modo que pudiese recibir la señal largamente esperada.

John Turnbull se había acostado para morir, como había hecho ya otras veces, entre las sonrisas de los "asesinos". Pero en esta ocasión la caída en la red había afectado realmente a su delicado cuerpo; le dolían las articulaciones, aunque no se había roto nada cuando sufrió la dura caída desde el *Bab al dyanna* hasta el ramaje trenzado en el que su cuerpo dio unos saltos como si fuese un pez plateado, antes de cerrarse sobre su cabeza y de ser rescatado a través del agujero practicado para facilitar el vuelo de las águilas.

Vito, que lo había seguido dando a su vez un salto, sufrió una gran sorpresa cuando cayó al abismo pasando de largo ante el maestro recogido en la red, para acabar muerto y con el cuerpo destrozado. Su último pensamiento sería que el viejo cascarrabias lo había engañado y que aquella puerta tal vez no condujera al Paraíso. ¡Y lo del vuelo no sería más que otro engaño, igual que el espectáculo de las águilas que se alejaban batiendo majestuosamente las alas!

Con toda seguridad Vito no habría tenido más disgustos, pues para entonces su cuerpo ya se estaba estrellando contra las rocas y su alma habría saltado rápidamente al infierno, que es donde le correspondía estar.

John Turnbull había decidido ahora tomarse en serio su voluntad de morir y, recordando su procedencia cátara, había iniciado la *endura*, es decir: se había negado en redondo a ingerir ningún alimento, ni siquiera agua.

Pero al menguar el volumen del cuerpo consiguió su espíritu despertar a una última lucidez, que le porporcionó una clara visión de la situación y el reconocimiento de no haber cumplido aún del todo su misión en esta Tierra, por lo que obligó a su físico a resistirse a una muerte demasiado acelerada.

John Turnbull miró el disco redondo del espejo señalizador. Antes de poder abandonar la vida debía obtener la seguridad necesaria, y ésta le llegaría a través del espejo. Echó mano de la campana metálica y volvió a llamar a los criados.

Exigió que le trajeran al famoso invitado que desde hacía unos días se encontraba en Masyaf, Guillermo Buchier, el conocido maestro platero de París, famoso por su talento de crear artísticas construcciones que no solamente eran bellas en su *status immobilis*, sino que desplegaban todo su encanto cuando alguien ponía en movimiento el mecanismo interno que albergaban.

Aquel *artifex ingenuus* iba camino de la corte de los mongoles, invitado por el gran kan, quien deseaba encargarle la instalación de un "árbol de bebidas" en el palacio de Karakorum: un mecanismo que llevaría hasta la mesa cuatro diferentes bebidas para que los príncipes tártaros, conocidos como buenos bebedores, no dependiesen tanto de la falta de diligencia y las mezclas extrañas servidas por los criados.

Los pensamientos de John Turnbull se dirigieron hacia las dificultades que implicaba un viaje por las desconocidas estepas, tal como William decía haberlo realizado en su día con los niños: un recuerdo que hizo sonreír al anciano *maestro venerabile*, aunque el final glorioso previsto en Constantinopla no había sido después más que un golpe dado en el agua.

Había que haber visto cuánta rabia le había provocado aquel montaje a Vito de Viterbo, y la dignidad con que los infantes consiguieron llegar al final de la fracasada empresa. ¡Sus pequeños reyes!

Todos sus pensamientos giraban en torno a ellos desde que estaba acostado y luchaba con la muerte. Había que asegurar el futuro de los infantes antes de que él, iniciador de "el gran proyecto", pudiera retirarse y con él la figura del misterioso *chevalier* de Monte Sión. ¿Quién sería el guardián de los niños cuando él ya no existiera? Los templarios jugaban una partida poco transparente; los "asesinos" habían demostrado ser buenos aliados, pero sólo podían ser acompañantes en ese camino cuyo final debía buscarse en otra parte.

¿Tal vez fuesen los mongoles los llamados a crear el Imperio con que él había soñado?

Tenía que hablar con Guillermo Buchier, dado que su viaje lo llevaría ante el gran kan.

Los "asesinos" consideraban tan extraños a los mongoles como éstos desconfiaban de los primeros, y la sede principal de los "asesinos" en Persia se consideraba directamente amenazada por el gran Imperio de los kanes. Les interesaba tanto cualquier información procedente de Karakorum que habían vencido su proverbial austeridad prometiéndole al maestro platero un encargo importante para cuando regresara: el de crear un planetario para el observatorio de Masyaf; un planetario que debía mantenerse en perpetuo movimiento giratorio y circular, aprovechando la energía del agua.

Algo parecido había sido instalado ya en la torre de Alamut, y el Grand D'ai pretendía que la sede de Siria no tuviese una categoría inferior a la de sus hermanos persas.

De modo que el maestro Buchier gozaba del mayor aprecio en Masyaf, y le sería fácil pedir la instalación de una fragua y un yunque capaz de fundir y templar y de provocar el mayor de los ruidos, justificándolo todo con el afán de querer probar sus misteriosas técnicas de ruedas dentadas, roscas sin fin y transmisiones por engranajes mientras se mostraba indiferente al coste de los valiosos metales que necesitaba.

El huésped acudió sin tardanza a la plataforma y saludó al anciano recostado con el que podía hablar en su idioma de origen, y que no solamente mostraba interés y, sobre todo, comprensión por sus trabajos, sino que además rebosaba de ideas extraordinarias.

–¿Qué dice el espejo?– se inclinó el maestro platero a observar el disco brillante que, sin embargo, en aquel momento sólo reflejaba el cielo y las nubes viajeras.

–Estoy esperando una señal– dijo John Turnbull –que me dé la seguridad de que los infantes reales vuelven a estar reunidos, ¡aunque yo no llegue a verlo!

–Aún viviréis bastante tiempo– lo animó Buchier, –y os aseguro que he estado reflexionando sobre vuestra propuesta. La construcción no presenta dificultades, incluso con los pocos medios de los que dispongo aquí.

–Debéis prometerme– le susurró John Turnbull, tirando de la manga del maestro para acercarse a su oído –que ejecutaréis mi encargo antes de proseguir viaje. Os daré todo mi dinero…

–No lo necesitaré– rechazó con humildad el honrado artesano. –Sólo tomaré de vuestros fondos lo necesario para la compra de material, porque me gusta la idea. El resto de vuestro dinero puede servir a los distinguidos hijos del Grial para su manutención, ¡pues mis hijos no comen ni beben!

Una sonrisa iluminó el pálido rostro de John Turnbull.

–Siempre he conseguido acabar de algún modo con todos los perseguidores. Moriré contento, con la seguridad de que incluso después de mi muerte el *chevalier* de Monte Sión será capaz de engañar a los enemigos.

–Y yo contribuiré con mucho gusto a que lo consigáis– rió el platero. –Debéis saber que lo que impulsa al artista no es la adquisición de riquezas, sino el placer de rebelarse contra la maldad y sorprender siempre de nuevo a los que tienen la inercia instalada en la mente; a quienes siguen apegados a las costumbres.

–¡Estoy muy contento de haberos conocido, maestro!

Le apretó la mano, pero los ojos de Buchier estaban en otra parte.

–¡Un destello!– exclamó, y señaló el espejo. En efecto, la pulida superficie se iluminó con el reflejo de unas señales luminosas que venían desde lejos a dar en su concavidad.

El anciano se incorporó con esfuerzo, ayudado por el platero, y sus labios formularon una a una las letras que componían las palabras del aviso. Le resultaba penoso, gemía en voz baja y su respiración resonaba como un fuelle, pero no aflojó. Absorbió la noticia agarrándose al brazo de su ayudante.

–¡Yeza está camino de Masyaf! ¡Aleluya!– y se dejó caer para atrás, con expresión feliz.

–Por favor, maestro– dijo, –llamad a Roç. Ha llegado el momento.

Buchier besó conmovido la mano enflaquecida que aún sostenía en la suya.

–Os doy las gracias– murmuró John Turnbull.
El platero abandonó a paso rápido la plataforma.

John Turnbull tenía echada hacia atrás la cabeza plateada de ave de presa y daba un repaso mental a su vida.

Una vida dedicada a los infantes.

Había servido a muchos señores: en Bizancio a Villehardouin, del que obtuvo un feudo que después perdió; al obispo de Asís, que encubría sus herejías porque le hacían gracia. El *chevalier* de Monte Sión había luchado con "la hermandad de los mantos blancos" en su resistencia clandestina contra Francia y la Iglesia, hasta que ya no hubo nada más por qué luchar... y hasta que la mujer que le había dado un hijo acabó quemada en la hoguera.

Crean, su hijo, ya no volvería a abrazarlo jamás. Pero él se sabía unido a su descendiente por un lazo espiritual que cubría cualquier lejanía corporal. Estaba seguro de que Crean sería su heredero como protector de Roç y Yeza. Su hijo había vigilado el recorrido de los niños desde el Montségur hasta Masyaf, y los podría llevar también a la lejana Alamut; o más lejos todavía, si fuera necesario. ¿Qué sería lo necesario? John Turnbull tampoco lo sabía, tal vez ni siquiera lo supiese la *Prieuré*. Ahí se encontraba el poder que lo disponía todo. Aun estando él al servicio del emperador, como cuando estuvo acreditado como embajador imperial ante el sultán, la *Prieuré* siempre había hecho prevalecer sus derechos preferentes. Él había podido acceder al círculo más restringido, se le había abierto una puerta detrás de la otra, pero nunca había podido franquear la última, pues siempre quedaba aún una última envoltura, una cáscara hermética. Nunca se le había revelado el núcleo misterioro que había dispuesto de su vida y la había gobernado. ¿Era un núcleo, o era una luz? ¿O un espacio vacío? ¿Un saber? ¿Un saber qué? No le cabía duda de que esa última instancia era el Grial, pero ¿qué era el Grial?

¿Lo sabría al traspasar la última puerta? ¿Y sería esa última puerta de verdad la última? Todo sucedería tal como estaba determinado.

Roç subió a la plataforma y se arrodilló en silencio junto a su lecho. Turnbull puso la mano sobre la cabeza del muchacho.

–Pronto estará Yeza aquí– dijo. –Os bendigo a los dos.

Después sonrió a Roç al ver que se le saltaban las lágrimas.

–Cuando la beses, dile que os amo a los dos.

El muchacho y el anciano permanecieron así durante mucho tiempo, siempre en silencio.

Al patio del castillo de Masyaf habían llegado entre tanto Guillem de Gisors y los templarios; en cualquier caso, allí quedaba bajo el sol el palanquín negro, falto de todo adorno. Pero no se veía a nadie.

El calor hacía vibrar el aire y el aroma pesado del jazmín llegaba en oleadas desde los jardines prohibidos.

Más abajo, en la torre, el maestro Buchier oyó al Grand D'ai Taj al-Din decir con voz impaciente:

–Si ese viejo tozudo no es capaz de encontrar el final, enviadle al *ath-thani*. ¡Mañana es la fiesta de Hasani-i Sabbah, y no queremos que lo apeste el olor a cadáver!

Roç se incorporó cuando entró el *malak al mauk*, un hombre calvo.

–Vete ahora, Roç– dijo Turnbull, y le concedió una última sonrisa. –¡Haz lo que te he dicho!

Después cerró los ojos. Aún pudo sentir cómo le deslizaban bajo la nuca un trozo fresco y liso de madera y una mano cálida y carnosa le cubría la frente.

Cuando Buchier regresó poco después al cuarto de la torre John Turnbull había muerto.

VI

VANA ILUSIÓN DE LOS PERSEGUIDORES

DIARIO DE JEAN DE JOINVILLE

Baalbek, 8 de mayo de 1251 d.C.

Llevábamos acampados entre las columnas ruinosas del templo toda una noche y un día, primero asediados por un frío helado y después bajo un sol inclemente.

Juan de Ronay no quiso concedernos tregua ni descanso, ni a nosotros ni a los caballos, para llegar a tiempo hasta aquí. Algunos mensajeros adelantados incluso fueron a buscar refuerzos al Krak des Chevaliers con la intención de poder establecer un cordón desde la costa, más allá de Beirut, hasta las montañas del Antilíbano.

Era nuestra última oportunidad, pues pocas millas más hacia el norte discurre la línea fronteriza del reino con el condado de Trípoli, que ya forma parte del principado de Antioquía, y hasta la poderosa Orden de los sanjuanistas se resistiría a una incursión en el territorio del príncipe. Pero nadie ha aparecido por aquí.

Cuando el sol de la tarde empezó a alargar las sombras surgió por el sur la figura de un jinete solitario. Era Yves "el Bretón".

Seguramente no fue menor la sorpresa suya que la nuestra ante este encuentro, pero él la oculta detrás de un silencio malhumorado y, al parecer, no tiene ganas de informarnos de por qué no ha regresado desde Damasco directamente a San Juan de Acre y ha preferido perder tiempo vagando por la frontera más lejana del reino.

Yo no tengo motivo alguno para ocultarle que me encuentro camino de Masyaf, como embajador ante los "asesinos", pero no le he mencionado el hecho de que nuestro señor Luis había previsto en un principio que fuese él quien se hiciese cargo de la misión.

Al pronunciar el nombre de Masyaf, sus ojos hundidos parecieron encenderse como un carbón candente y me asaltó la sensación de que este hombre misterioso y amenazador sabe exactamente a lo que se está jugando, aunque después fue el sanjuanista quien provocadoramente reveló el fondo de la cuestión, como si yo me hubiese esforzado en convencer al rey para que no confiara en "el Bretón".

Juan de Ronay ha valorado sin duda la aparición de Yves como una señal del cielo que le facilita hacer realidad la amenaza que ha proferido contra mí y contra William. De haber estado en su lugar, creo que habría sido mejor no revelar el propósito de los sanjuanistas de aprovechar el hecho de que les haya sido confiada la protección de Yeza para apoderarse de la princesa de una manera bastante sospechosa, cuando no traidora. Pero ha aumentado tanto la agresividad del gran maestre en funciones contra mí, sobre todo después de haber fracasado en su intento de apresar a la muchacha, que no presta atención alguna al hecho de que Yves no participa en absoluto de su indignación y mucho menos está dispuesto a ofrecerse como verdugo.

–Han sido ni más ni menos que estos dos quienes han metido a los "asesinos" en el juego, no sólo facilitando la huida de la princesa, ¡sino que es muy probable que la incitaran a ello!– chilló de Ronay.

El señor Yves escuchó en silencio el reproche y después respondió con calma:

–Nadie tuvo necesidad de meter en el juego a los "asesinos". Hace tiempo que tienen un pacto con los templarios, al contrario de lo que sucede con vos y vuestra Orden, y entre todos tienden un manto protector sobre los infantes reales. Los "asesinos" no han hecho otra cosa que cumplir con su deber de llevar a los niños adonde puedan estar seguros y sustraídos de vuestra intervención. Sin embargo, esto no explica– e hizo un gesto autoritario con la mano en mi dirección –por qué se han inmiscuido el senescal y su secretario.

Estas palabras iban dirigidas a mí, por lo que los demás me dejaron hablar.

–El rey me dio el encargo de acompañar a la embajada de "el anciano de la montaña" en su viaje de regreso. En cuanto al compromiso de los "asesinos", que el señor Yves acaba de esgrimir con tanta rotundidad –lo que es de agradecer–, en favor de los infantes y no contra ellos debería ser conocido por todos los que creen que pueden y deben oponerse a los poderes que respaldan a "los hijos del Grial".

Entonces el sanjuanista me atacó ya directamente:

–¿Y qué pasa, señor de Joinville, con el trato que vos, un caballero y hombre de honor, habéis cerrado con nosotros? –Juan de Ronay estaba fuera de sí y nada le frenaba para exponer sin recato alguno nuestro convenio secreto. –¿No habéis sido vos, senescal, quien nos llamó la atención sobre la importancia de esos infantes y quien, en cierto modo, nos los vendió?

–No razonáis bien, Juan de Ronay– respondí con frialdad. –Yo sólo os advertí claramente de la diferencia que existe entre vuestra reputación y el carisma de los templarios. Esa diferencia sigue existiendo, como lo demuestra ahora vuestro comportamiento. Hay quien goza de algún don del cielo y quien no. Vos no disponéis de ese don y jamás lo alcanzaréis.

–¿De modo que nos habéis traicionado?

Su mano intentó empuñar la espada, pero entonces William tomó la palabra:

–Antes de que los señores se pierdan combatiendo por su honor, deseo aclarar que fui yo quien se preocupó de que Yeza no cayera en vuestras manos, ni en las de una Orden que cree poder congraciarse con el Grial, ni en las de otra que cree poder comerciar con los infantes reales. Y ahora que llegan a mi oído tan vergonzosas palabras estoy muy contento de no ser un caballero sino únicamente un fraile degenerado que tal vez no posea honor, ¡pero que sí tiene un corazón que late por los infantes! ¡Estoy muy orgulloso de haber sido capaz de desbaratar vuestros cálculos!

–¡Colgadle, colgad a ese minorita perverso del árbol más cercano!– gritó Juan de Ronay. Pero ni siquiera sus propias gentes parecían tener ganas de ponerle encima la mano a William, quien en cambio extendía las suyas, muy dispuesto a que se las ataran, aunque nadie se avino a obedecer al sanjuanista.

–No lo haréis, Juan de Ronay– dijo Yves con mucha tranquilidad. –Podéis apresar a William de Roebruk como se hace con un hombre de honor y encerrarlo en vuestro castillo hasta que yo lo recoja allí y lo devuelva a su único señor y juez, que es el rey. Y si le tocáis uno solo de sus escasos cabellos, informaré con toda claridad al rey de vuestras intrigas y vuestra sucia conspiración contra la princesa, dado el comportamiento vergonzoso –como acaba de decir el señor William tan acertadamente– de que hacéis gala. ¡Tampoco estoy muy seguro de lo que dirá el gran maestre cuando se entere de los propósitos con que utilizáis a los caballeros de la Orden!– añadió después de una pausa, ya en tono de franca amenaza. –No obstante, olvidaré cuanto he oído aquí, siempre que me garanticéis la indemnidad del fraile.

–No sé con qué razón os arrogáis ahora el papel de juez– gruñó el sanjuanista. –Nos llevaremos a William, tanto si os gusta como si no, y si os atrevéis a acudir al Krak des Chevaliers, ya veréis cuántos de sus pelos encontraréis allí todavía.

–Ya sé– dijo "el Bretón" –que los sanjuanistas no temen ni siquiera a los "asesinos" e incluso les cobran tributo, pero os diré que en ese caso sería más tranquilizador para vos matarme aquí mismo. ¿Os atrevéis?

Y le tendió su hacha de combate a Juan de Ronay, quien no dio muestra de querer cogerla.

–Señores– intervine entonces, a pesar de que William parecía haberme metido en el mismo saco maloliente que a los sanjuanistas, –estas peleas no conducen a nada, y además veo que me quedo sin intérprete.

¡La picardía del caso es que a mí me convenía muchísimo deshacerme de mi secretario, y consideré incluso que se lo tenía merecido por partida doble y triple, por su dichosa insolencia! Cada día se le olvida más quién es el señor y quién el servidor, y finalmente me ha atacado por la espalda revelando mis planes ante todo el mundo. De modo que pensé que le estaría bien empleado, y además, estoy seguro de que sobrevivirá al Krak como ha sobrevivido a todo lo demás. ¡No hay por qué preocuparse de ese maldito y cabezudo flamenco!

Yves fijó en mí su mirada indagadora.

–Yo llevaré el mensaje a los "asesinos" en lugar del fraile.– Sin permitirme una protesta añadió: –¡Y vos, estimado Joinville, me acompañaréis!

Le dije:

–Mi primer mandamiento es ejecutar la voluntad del rey.– Y dirigiéndome a Juan de Ronay, añadí: –Ahora deberíamos dejar de lado nuestras divergencias y proseguir juntos el viaje.

El sanjuanista se tragó el sapo. Yo ya me había tragado varios, hasta el punto de que se me formaron gases y tuve que soltar un pedo. ¡Habría preferido tener un reptil en mis intestinos que llevar a "el Bretón" pegado al trasero!

Le sonreí a Juan de Ronay y éste respondió con voz firme:

–Espero que mis apreciados compañeros de viaje no tengan nada en contra de que el insigne señor William se adelante ya en dirección al Krak… ¡ya no puedo soportar más el tener ante mis ojos a ese puerco cebado!– le gritó a sus hombres. –¡Apartadlo de mi vista, ya que no me lo puedo quitar de encima!

Así pues, el grupo que había llegado del Krak para reforzar el cordón de bloqueo, un bloqueo que ahora es ya inútil, ha acogido en su seno a mi infiel secretario y se lo ha llevado al Krak. Yo no estaba muy seguro de querer volver a verlo jamás, pero él me regaló su mejor y más abierta sonrisa de despedida, ¡mi viejo y pícaro flamenco!

–¡BEBAMOS POR LA HERMANDAD de la espada secreta!– dijo Bo, y levantó la pulida copa llena de vino hacia la luz del sol poniente. Los infantes y el joven príncipe se hallaban en el bastión más avanzado de la fortaleza de Masyaf, y bebieron uno después de otro de la copa.

–¿Dónde dejaste en realidad el bastón?– preguntó Yeza a Roç, a quien tenía enfrente y al que veía ahora crecido, muy delgado y fuerte a la vez: su pequeño caballero se había convertido en un hombre y le era casi extraño.

–Tuve que dejarlo en Starkenberg– se defendió Roç con cierto resquemor, y de repente recordó "el último saludo", la carta de amor que había depositado dentro y que iba dirigida a Yeza. ¿Lo amaría ella todavía? La muchacha parecía ahora mucho más segura de sí misma y la veía envuelta en un aura de misterio que él no recordaba tan evidente, y más adulta y experta también. ¿Habría amado a otro hombre? El corazón se le encogió de angustia.

–¿Y qué hay de tu puñal?– intentó defenderse.

–Me lo quitó la abadesa– rió Yeza –cuando quise ingresar en un convento por tu causa–. No se fijó en la emoción que sus palabras provocaron en Roç. Con gesto coqueto puso su mano en el brazo de Bo y añadió: –Allí me sacaste de la cisterna de agua potable.

–En el último minuto– confirmó Bo, y Roç se vio excluido de la escena.

–¡Menos mal que conseguí aún mearme en ella!– Los tres se echaron a reír, pero Yeza se dio cuenta de que Roç se sentía desgraciado.

–¡Has cumplido tu juramento y has liberado a Mahmoud!– y le tendió la copa, que Roç aceptó agradecido.

–¡Más bien podríamos decir que este pequeño demonio incendiario nos ha salvado a mí, a "el halcón rojo" y a Madulain!

Roç estaba contento de poder hablarles de algo que impresionara a los demás. En aquel momento se presentaron dos jóvenes *fidai* y les informaron de que el Grand D'ai deseaba saludar al príncipe de Antioquía, y además les rogaba que no pasearan encima de las murallas, porque era preferible evitar que los perseguidores supieran que todavía estaban en Masyaf.

Roç y Yeza quisieron acompañar a Bo, pero los *fida'i* les dijeron que a ellos los esperaba el maestro Buchier, quien deseaba hablarles.

–Las costumbres de los *hashashin* son muy severas– bromeó Bo. –A cada uno le dicen lo que debe hacer y lo que no debe hacer. Y si no obedeces...– y le pinchó a Roç con el índice extendido y aire de conspirador en la barriga.

–Nos veremos después– exclamó aún, mientras se alejaba, –¡siempre que el Grand D'ai lo apruebe!

Uno de los *fida'i* era el muchacho esbelto que en su día había llevado los puñales ensartados y que había saltado por la Puerta del Paraíso y regresado, un hecho que había impresionado muchísimo a Roç. Ese mismo joven los acompañó al observatorio donde el platero de París había instalado su taller.

–¿Qué tal se está en el Paraíso?– preguntó Roç al noble muchacho que apenas lo superaba en edad, mientras subían por la escalera de caracol. El *fida'i* le sonrió.

–Vos mismo lo sabéis, puesto que, después de mí, habéis estado en el mismo lugar– y Roç se ruborizó, pues le habían impuesto bajo pena de muerte que no debía hablar del nido oculto, el *ma'ua al nisr*.

–¿Cómo os llamáis?– intentó desviarse del tema y de su insensata pregunta.

–Karim– dijo el *fida'i*, y presentó a Roç y Yeza al maestro Buchier.

–¡Los infantes reales!

Esbozó una breve reverencia y se alejó.

El maestro estaba sentado delante de una estructura metálica en la que una lanzadera pesada de hierro se deslizaba en la parte baja, con un movimiento de vaivén y dentro de una guía, empujando piñones y ruedas que provocaban más arriba, en el varillaje, rotaciones y movimientos pendulares de diferentes tubos y barras.

–¡Parece un espantapájaros!– exclamó Yeza con su habitual desparpajo, y el maestro le lanzó una breve mirada. Daba la impresión de estar completamente ensimismado, pero después asintió con la cabeza aprobando la impresión, y ese gesto envalentonó a Roç y lo indujo a expresar en voz alta una idea que acababa de iluminarse en su mente.

–En cambio, funciona sin necesidad de que haya viento.

–Exacto– dijo el *artifex ingenuus*, y dio un toque con el pie al mecanismo, poniendo en marcha la lanzadera y haciendo mover las ruedas dentadas y los husillos sin fin, mientras el varillaje de alambres de la parte superior se movía a derecha e izquierda y otras piezas metálicas se levantaban y descendían de nuevo para quedar después otra vez sumidas en una inmovilidad absoluta, porque también la lanzadera había cesado en su movimiento.

–Una bola rodante tal vez aguantaría más– se atrevió Roç a observar con timidez.

–No serviría– dijo Yeza, –no puede provocar ningún movimiento, ¡porque no tiene ganchos ni cantos!

–¡En efecto!– dijo el maestro, ya divertido. –El problema consiste en transmitir un movimiento continuo a un mecanismo pasivo.

–¡Pero a éste hay que ir empujándolo!– constató Roç, un tanto desilusionado.

–También basta con modificar la posición.– Buchier inclinó ligeramente el armatoste y el conjunto volvió a moverse. –Aún no se ha inventado el *perpetuum mobile*, querido príncipe.

Echó un poco de aceite oscuro sobre la guía de deslizamiento.

–Podemos acercarnos– murmuró, y había reconocimiento en su voz –si introducimos, en efecto, unas bolas perfectamente pulidas entre el peso y el cojinete. Creo que poseéis un gran talento para el *studium physicalis*, en especial del *motus corporis*.

Roç mostró su sonrisa más radiante.

Yeza dijo:

–¿Y si colgarais el peso en suspensión libre, como un péndulo?

El maestro Buchier le dirigió una mirada sorprendida:

–Es una lástima muy grande, princesa, que vuestro destino sea otro.

Después observó con atención e insistencia a los dos infantes que tenía delante, como si deseara fijar su imagen en el recuerdo, ya que no podría gozar del privilegio de retenerlos a su lado.

–Si pudieseis trabajar conmigo, ¡crearíamos las obras más bellas que el mundo jamás haya visto!

–Sí– dijo Roç, –es una verdadera lástima.

–Pero no se puede cambiar– dijo Yeza, y sujetó a Roç de la manga. –Tenemos que dejaros solo, maestro, para que sigáis trabajando– sonrió y Buchier se levantó de un salto para despedirse de ellos con una reverencia.

–Vosotros sois los maestros, los verdaderos genios reales de los que incluso yo podría aprender.

–Vuestra humildad os honra.– Roç le tendió la mano. –Sois un gran artista.

Buchier encendió una antorcha para facilitarles el descenso, puesto que ya se había hecho de noche.

Roç y Yeza atravesaron el jardín del gran maestre guiándose con la luz de la antorcha, un jardín que les pareció un tanto abandonado y cuya puerta habían encontrado medio abierta. Recorrieron los caminos que ya conocían, hasta llegar al pabellón. Roç levantó la antorcha e iluminó el rostro marmóreo de la estatua de Baco.

–¿Te acuerdas?

Yeza sonrió:

–De repente habías desaparecido...

Subieron la escalera y encontraron las habitaciones tal como las habían conservado en su recuerdo.

Allí los esperaba el lecho, y de repente sintieron que ahora les sería imposible desnudarse, acostarse y abrazarse como solían hacer antes sin ningún reparo.

Yeza se sentó con alguna reticencia en el borde de la cama y Roç se quedó de pie, a su lado.

–Acércate– dijo ella, y entonces él se sentó a sus pies y apoyó la cabeza tímidamente en las rodillas de la muchacha.

–Tengo muchas cosas que contarte– dijo él, y Yeza le palpó el rostro con la mano.

–Casi parece que tengamos que aprender a conocernos de nuevo– comentó ella.

–Pero yo sigo queriéndote– le espetó Roç, –y…

–¿Y qué?– dijo Yeza, convertida en mujer experta. –Lo único que importa es que volvemos a estar juntos.

Estaba segura de no querer desnudarse, pues se había dado cuenta de que estaba sangrando y todavía no sabía cómo explicarle a Roç el cambio que se había producido en su cuerpo.

Crean llegó a la fortaleza ya muy avanzada la noche. Exigió ser conducido sin dilación ante el Grand D'ai. No hablaron mucho. Taj al-Din le comunicó en breves palabras la muerte del *chevalier*, aunque sin pronunciar las palabras "vuestro padre"; y Crean reprimió todo signo visible de emoción. Las severas reglas de la Orden así lo exigían y durante un instante se sintió agradecido por ello. El dolor que previsiblemente sentiría después se desvanecería con el tiempo y, al fin y al cabo, John y él habían hablado de todo lo que había que hablar y él nunca había conocido al *maestro venerabile* como un padre, sino más bien como un amigo mayor y, sobre todo, como ser humano con todos sus defectos. Le habría gustado verlo una vez más, pero era más importante el hecho de que John Turnbull hubiese muerto tranquilo y sereno, sabiendo que los niños estaban nuevamente reunidos y en lugar seguro. Crean de Bourivan salió al aire libre, miró los astros que iluminaban el cielo nocturno y envió un saludo a John. Ninguno de los dos se había mostrado nunca demasiado sentimental.

A continuación Crean subió al observatorio, pues había visto brillar una luz allí. Encontró al maestro Buchier rodeado de una docena de velas de sebo e intentando calentar unas piedras negras y brillantes sobre una parrilla de hierro, a cuyo fin untaba las piedras con un líquido parecido a la brea y avivaba el fuego con un fuelle. Entre las llamas se veían unas bolas redondas de hierro que sumergía de vez en cuando en agua fría, provocando un chasquido.

Su rostro estaba ennegrecido de hollín y la frente cubierta de sudor, pero sus ojos brillaban de entusiasmo. Se mostró muy dispuesto a enseñarle "la obra" a su tardío visitante.

La construcción estaba cubierta con unos paños para protegerla de la vista de los curiosos. Crean los levantó para arrojar una breve mirada debajo y sacudió la cabeza: no entendía el posible funcionamiento del mecanismo.

–¿Cuánto tiempo tardaréis aún, maestro?– quiso saber.

–¡Pronto, pronto!– murmuró Buchier. Estará dispuesto cuando llegue el momento.

Crean asintió mientras pensaba: "Los artistas son así."

–No quiero meteros prisa– dijo.

Pero Buchier ya estaba otra vez absorto en su tarea.

Cuando Crean subió a la habitación de la torre que ocuparía con permiso del canciller, apartada de las estancias donde dormían sus *rafiq*, encontró acostado en su lecho al joven príncipe de Antioquía, a quien habían instalado allí.

Bo se despertó en seguida y supo que el regreso de Crean tenía algo que ver con la prosecución del viaje de sus amigos.

–En lo que a mí me atañe, ¡podemos partir en seguida para Antioquía!– exclamó con entusiasmo. –¡Mañana mismo!

–Aún hemos de esperar un poco– dijo Crean.

–¡En ese caso volveremos a sentir en la nuca el aliento de esos caballeros desorientados del Krak que nos acabamos de quitar de encima! ¡Harán cuanto les sea posible por atrapar a Yeza y Roç!

–Extenderán sus manos al vacío– lo tranquilizó Crean.

–¿Sabéis dónde pueden haberse metido mis amigos?– le preguntó Bo. –Los he estado buscando por todas partes, parece que se los haya tragado la tierra.

–Si queréis venir conmigo– dijo Crean, –creo saber dónde podrían estar.

Bo se levantó bien dispuesto y sin encender una luz, puesto que la luna alumbraba ahora con suficiente claridad la fortaleza de Masyaf. Atravesaron las callejuelas, encontraron abierta la puerta en el muro y atravesaron el jardín lleno del murmullo de sus fuentes y del dulce aroma de sus arbustos de jazmín.

Llegaron al pabellón y subieron de puntillas por la escalera al piso superior.

Los jóvenes se habían dormido encima de la cama, todavía vestidos. Yeza descansaba sobre la espalda, y su cabello rubio enmarcaba los rasgos decididos de su rostro como un casco de oro. Roç dormía medio acostado en el suelo, sus brazos rodeaban las piernas colgantes de la muchacha y tenía la cabeza apoyada en ellas. La traza de su perfil había perdido mucho de su antigua expresión infantil. Parecían más resueltos, y un poco tristes también. La mano de Yeza descansaba sobre el cabello rizado del muchacho.

La luz de la luna caía a través de la ventana y sumergía a los infantes reales en un resplandor plateado que, sin embargo, no prometía un reposo pacífico sino, a lo sumo, un leve descanso antes de su ulterior avance hacia los más profundos misterios.

DIARIO DE JEAN DE JOINVILLE

Hosn el-Akrad, 10 de mayo de 1251 d.C.

El sol naciente cubría con oro líquido la altura majestuosa del Hosn el-Akrad, como denominan los nativos el Krak des Chevaliers.

Habíamos cabalgado durante toda la noche y ahora esperábamos un buen desayuno, un baño y una ocasión de estirar nuestros agotados cuerpos.

Sin embargo, Juan de Ronay declaró de buenas a primeras que no quería perder tiempo subiendo al castillo, sino que después de un breve descanso acompañaría a los distinguidos señores embajadores hasta Masyaf.

Yves parecía perplejo, pero no dijo nada. Su mente trabajaba sin duda a toda velocidad para descubrir qué plan podría haber detrás de aquel anuncio y, sobre todo, qué utilidad podría sacarle él.

Ni yo ni el sanjuanista habíamos pronunciado hasta entonces ni una palabra ante "el Bretón" sobre Antioquía, y habíamos omitido del todo en nuestra conversación la visita del joven príncipe y la parte que había tenido en el viaje de Yeza. No quisimos explicárselo. Yo comprendí que Masyaf no era la meta de los sanjuanistas sino, como máximo, una esperanza más de atrapar a los infantes camino de Antioquía y que, si no lo conseguían entonces, continuarían la persecución hasta donde fuese necesario.

Juan de Ronay insistía con obstinación en su objetivo, y ahora me necesitaba de nuevo, pues a una sola palabra mía Yves "el Bretón" los habría mandado a él y a sus caballeros al cuerno, o como mínimo lo habría obligado a retirarse hasta el Krak.

–No creo que seáis lo suficientemente guapo como para servirme de doncella de honor, señor de Ronay– dijo Yves después de reflexionar un buen rato, –y tampoco estoy dispuesto a incorporaros a mi embajada cuando me presente ante "el anciano de la montaña", o quien sea el que mande ahora allí y ocupe el cargo de D'ai al-Kabir, porque creo que todo ello no haría más que dificultar mi misión.

–Tampoco os lo he demandado, "Bretón"– respondió el sanjuanista, furioso. –Puedo pedir entrada en Masyaf siempre que me apetezca. Es cierto que tenemos una relación algo complicada con los ismaelitas, pero la venimos sosteniendo invariable desde hace casi cien años.

–Esa relación consiste en que vuestra Orden los obliga a pagar tributo, y ese tributo ellos lo pagan, a su vez, con la cuota de protección que les cobran a otros cristianos. Es decir, hacéis de receptadores…

–¡Cuidado con esa lengua!– gruñó Juan de Ronay. –Aún os puedo hacer matar como a un perro rabioso, y no creo que el rey llorara vuestra desaparición.

–En ese caso tendríais que matar a todos estos honorables testigos también– dijo Yves con frialdad, –y sería demasiada sangre, incluso para una Orden como la vuestra. Todo eso sólo porque alguien que ha perdido el cargo de gran maestre quiere desahogarse. ¡El señor de Chateauneuf os impondría el suplicio de la rueda!

–¡Eso es lo que deberían haber hecho con vos hace años!– chilló Juan de Ronay.

–El rey lo impidió– dijo Yves, –y ahora no pienso consentir que vuestra intervención ponga en peligro el deseo del rey de establecer buenas relaciones con los "asesinos". ¡Si pisáis Masyaf mientras yo esté allí, seréis hombre muerto!

Los sanjuanistas de mayor rango se retiraron para celebrar consejo y me dejaron solo con el "Bretón".

–Me basta con teneros a vos junto a mí, Joinville, pues aunque no sois ni carne ni pescado, os admito porque ostentáis desde la cuna el título de conde y de caballero.

Decidí no consentir que me ofendiera, pues no creo que haya que pelear con alguien del vulgo y, en cualquier caso, yo habría salido perdiendo. Para comprenderlo me basta arrojar una mirada a su terrible hacha de verdugo, con la bola de clavos asomando en un extremo. Me habría convertido en carne picada, o como mínimo destrozaría mi bonito jubón y abollaría mi escudo con las armas finamente labradas de los de Joinville y Aprémont, suponiendo que yo consiguiera rechazar el primer golpe.

De modo que dije:

–Os ofrezco como acompañamiento al senescal de la Champagne y tres banderines de ilustres caballeros…

Y le señalé a mis hombres, que siguen malhumorados las eternas discusiones en las que su señor conde no hace precisamente un buen papel. Pero yo no puedo cambiar la situación y me veo obligado a resistir como sea. O bien los sanjuanistas alcanzan su difícil objetivo y me sitúo de su parte, o consigo llevar a buen fin la embajada, aunque sea con "el Bretón" a cuestas, y supongo que el rey me lo premiará. Después ya conseguiremos hacer desaparecer a "el Bretón" de alguna manera, en eso no será difícil ponerse de acuerdo con Juan de Ronay. ¡De momento, yo necesito tanto a Yves como él me necesita a mí!

Me miró con desconfianza:

–¿Cómo me vais a presentar? ¿Como mozo encargado de vuestra caballería, un mozo que por casualidad conoce bien el idioma árabe?

–Os presentaré como vos queráis– dije a la ligera, –¡inventad algún título eclesiástico y os honraremos delante de todos como portador de la púrpura cardenalicia, si queréis!

–¡Preferiría hacer de caballero!– gruñó "el Bretón".

Al oírle se echaron a reír mis caballeros, y le respondí con presteza:

–Deberíais haberle pedido al rey que os armara caballero, pues un conde pobre y senescal a sueldo no tiene entre sus privilegios el poder impartir tales dignidades.

–Lo sé– dijo Yves con amargura: –para ser caballero hay que nacer con la sangre azul y además no puede uno ser eclesiástico. Tampoco un homicidio es precisamente una recomendación.

–Por supuesto– me eché a reír, –¡a no ser que matéis al hombre adecuado!

Juan de Ronay se nos acercó:

–Lo primero que haremos será cercar el nido de los "asesinos", para que nadie pueda escapar de allí.

–Haced lo que queráis– dije, pero él añadió con sorna:

–Lo haremos antes de que los dignos señores embajadores entren en el castillo. Me reservo la decisión acerca del momento adecuado.

Yves no dijo nada, por lo que contesté yo:

–Si lo creéis útil para la causa...

Juan de Ronay me lanzó una mirada interrogadora, como si deseara cerciorarse de qué lado estaba yo. Lo dejé en la duda, porque yo mismo no estoy seguro de la respuesta.

Volvimos a ponernos en marcha y muy pronto nos dividimos en dos grupos que rodearon la fortaleza como una tenaza.

Fui adjudicado a uno de los grupos, e Yves a otro, que estaría bajo el mando del propio señor de Ronay. A mí no me preocupan las posibles arbitrariedades de "el Bretón", pues al fin y al cabo soy yo quien lleva las credenciales del rey en el bolsillo.

–Detrás del castillo nos volveremos a encontrar– dispuso el sanjuanista, –¡y después cerraremos el lazo!

–EL EMISARIO DEL SULTÁN de El Cairo– avisó el heraldo al rey en San Juan de Acre, y golpeó por tres veces el suelo con la vara para señalar el rango de quien se disponía a pisar en aquel instante la sala de audiencias. –¡El emir Fassr ed-Din Octay!

Así fue cómo volvió a presentarse "el halcón rojo" en el reino, pero esta vez no lo hizo en secreto, sino rodeado de un numeroso séquito que se dispuso a exponer ante el señor Luis los regalos que traían de parte del sultán Aibek. El rey se levantó y abrazó al huésped, expresando su cordial bienvenida al hijo del visir quien, aún siendo su enemigo, había demostrado ser un caballero de pro y honrado guerrero y protector, pero también para demostrar hasta qué punto apreciaba a un emisario de los mamelucos.

Para reforzar aún más esa impresión y puesto que sólo quedaban por comentar cuestiones relacionadas con los trámites, lo condujo en seguida a la mesa donde sería servida la cena, en la que participaría también la reina.

Estuvieron cenando hasta bien avanzada la noche, y cuando el condestable hubo conducido al huésped a sus habitaciones, "el halcón rojo" se sintió agradablemente cansado, pues en un momento de debilidad había cedido al pecado, sintiéndose Constancio de Selinonte, su otro yo, y había aceptado con mucho gusto el maravilloso vino que la reina madre Blanca enviaba desde Francia.

Estaba a punto de desnudarse cuando oyó que tocaban en la puerta. Después entró, sin hacer ruido, Gavin, el templario.

No tenían una relación tan amistosa como para abrazarse en seguida, pero sí reinaba entre ellos la confianza natural entre conspiradores, ambos miembros de la *Prieuré*, y estaban al corriente de "el gran proyecto", aunque tampoco necesitaban exteriorizarlo mediante gestos especiales. No obstante, el preceptor creyó indispensable dar al príncipe una larga explicación.

–Mis superiores me tienen prácticamente condenado a arresto domiciliario, y calculo que muy pronto me harán regresar a Rennes-les-Châteaux. Deben creer que mi compromiso con "el gran proyecto" me exige demasiadas decisiones propias, y puede que tengan razón. En cualquier caso, tendré que obedecer por esta vez a lo que mande la Orden– dijo con expresión de disgusto, –¡pero eso no significa que no vaya a seguir preocupándome de los infantes, como sin duda desean que haga!

–¡Se suele exigir obediencia a quien no ha aprendido –o ha olvidado– lo que significa dar órdenes! ¿Que tal está Yeza?– preguntó "el halcón rojo", pues sabía que Roç estaba en lugar seguro entre los "asesinos".

–Ambos deben encontrarse a estas horas en Masyaf– dijo Gavin, –y ésa es precisamente mi mayor preocupación. Hace días que no tengo noticias de John Turnbull y sé que desde Antioquía ha viajado a la fortaleza de los "asesinos" el peor enemigo de los infantes, a quien todos creíamos muerto: un tal Vito de Viterbo.

"El halcón rojo" se había sentado; el templario se paseaba intranquilo por la habitación.

–Ahora que ha muerto el emperador, la Iglesia y el de Anjou han dejado caer la máscara y unen sus fuerzas para acabar con todos: quieren eliminar hasta al último que lleve una gota de sangre de los Hohenstaufen. Como aquí, en San Juan de Acre, no pueden contar con la aprobación de Luis, se están infiltrando a través de Antioquía, donde son unos ingenuos, y además, en este momento carecen de soberano.

–No creo que la señora Luciana, la regente, sea tan ingenua. Lo que hace es abrir gustosamente las puertas a los emisarios de Roma, aunque sólo sea para fastidiar al patriarca griego, aparte de que dicha señora está enemistada hasta con Armenia.

–Ya veo– dijo Gavin –que el servicio secreto egipcio no funciona peor desde que los mamelucos se han hecho con el poder, pero tal vez sí se os haya escapado el hecho de que ahora también el *maître* Roberto de Sorbon, un seguidor conjurado del de Anjou, va camino de Masyaf, de donde han alejado a Crean y a Tarik ibn-Nasr precisamente por la protección que brindan a los infantes: ¡los hijos del Grial corren el máximo peligro!

–Lo sospechaba– dijo "el halcón rojo" –desde que me enteré de que una flota del de Anjou ha intentado asaltar Otranto, aunque el conde Hamo pudo evitarlo, con la ayuda, por cierto, de los barcos nuestros que lo acompañaban.

–¿Todo eso se debe al agradecimiento de Baibars por haber recuperado a su hijo?

–También por haberlo librado de un terrible problema, el de su hermana, ¡que a los ojos de los musulmanes ha sido deshonrada!– rió "el halcón rojo".

–Espero– dijo Gavin –que llegues a ser muy feliz con la hija de los *saratz*...

–Gracias– dijo el emir. –La verdad es que, como si no tuviese bastante con Damasco, los cristianos y los mongoles, he conseguido abrir un cuarto frente en mi vida con Madulain, y también en este frente son pocos los períodos en los que reinan la tregua o el armisticio.

–De modo que, para ti, viajar como embajador representa una ocasión de descansar– dijo Gavin. –Pero creo que esta vez te has equivocado. Sé que no lo puedo exigir, pero sí te ruego encarecidamente...

–He entendido– dijo "el halcón rojo" y se levantó. –Tendrás que pagarme los destrozos que provocará mi esposa si no vuelvo a presentarme puntualmente en nuestro palacio de verano en Gizeh.

–Yo soy un hombre pobre– dijo Gavin, –pero enviaré a esa dama tan apasionada una paloma y pediré disculpas por la prolongación de tu ausencia.

–Saldré esta misma noche.

–¿Solo?– preguntó Gavin preocupado.

–Conozco el camino– dijo "el halcón rojo" y se ató al cinto la cimitarra. –Y avanzo más deprisa si no tengo que preocuparme de ningún acompañante. Procúrame dos o tres caballos para poder cambiar, y ya puedes ir pensando en cómo le explicas mañana por la mañana mi desaparición al rey.

–Una cosa más– dijo Gavin, y le abrió la puerta. –Yves "el Bretón" ha salido de Damasco y desde entonces no ha vuelto a aparecer. Ya sabes que en una ocasión levantó la mano con la intención de asesinar a Yeza, y que sólo la intervención del rey pudo salvarla entonces. Esta vez los infantes reales carecen de protección, el único que está camino de Masyaf es William, ¡pero es difícil que pueda oponerse a la fuerza!

–*Alah yurafiquna!* No puedo hacer otra cosa que agotar a tus caballos.

Y abandonaron el palacio del rey, procurando no llamar la atención.

Gavin sacó de los establos del Temple a los mejores purasangre y acompañó a "el halcón rojo" a través de la ciudad, sumida en la noche, hasta la Puerta de San Lázaro, que formaba parte del baluarte de los templarios.

–¿No preferirías llevarte a unos cuantos de nuestros turcópolos?– insistió Gavin. –Es algo de lo que yo podría responder perfectamente.

–¡No, Gavin Montbard de Béthune!– exclamó "el halcón rojo" y salió galopando hacia la noche, llevando a los demás animales cogidos de la brida.

–*Che Diaus vos bensigna! Salvatz los enfans do Gral!*

–*Insha'alah!*– respondió Gavin en voz baja.

DIARIO DE JEAN DE JOINVILLE

Masyaf, 13 de mayo de 1251 d.C.

Al norte de Masyaf, donde la ruta se convierte en una serpentina que asciende hasta la fortaleza de los "asesinos", la cabecera de nuestro grupo, que cabalgaba algo disperso, volvió a encontrarse con el cuerpo principal de la expedición bajo el mando de Juan de Ronay, que había completado el cerco atravesando la cordillera de Nosairi y cerrando el paso hacia el mar, mientras que nosotros habíamos ocupado por el oeste la salida hacia Hama.

Dirigí una mirada interrogadora a Yves, quien se limitó a mantener la vista fija en tierra, con expresión un tanto huraña.

–¿Podremos dedicarnos ahora a realizar nuestra misión?– pregunté al sanjuanista en tono bastante agresivo, pues me pareció observar que se estaba preparando para un largo asedio. –Habéis montado este cerco…

–Sé lo que os gustaría– resopló Juan de Ronay. –Queréis subir al castillo y volver a traicionar la causa, ¡para que los niños escapen por cualquier agujero!

–¡Es lo que suele pasar cuando atas un lazo!– pretendió burlarse "el Bretón". –Si lo aprietas demasiado, te oprime el estómago; en cambio, si lo dejas demasiado suelto, ¡se te caen los pantalones!

En aquel instante algo llamó nuestra atención y dirigimos la mirada hacia la senda escarpada que descendía desde el castillo hasta el cruce donde nos encontrábamos.

A través de la nube de polvo que se levantó reconocí las banderas de Antioquía. Era el joven príncipe, que bajaba cabalgando con un vistoso séquito. Pero nosotros contábamos con muchos más hombres y además teníamos ocupadas ambas laderas del camino, donde nuestros ballesteros se habían apostado entre las rocas.

Probablemente Bo se había dado cuenta de ello, porque levantó la mano y detuvo la cabalgata de sus caballeros. Entonces vimos también el palanquín que llevaban en medio.

–Ya está– dijo Yves, –¡nos traen en bandeja lo que buscábamos!

–¡Cuidado con extender las manos!– le espetó Juan de Ronay. –Éste es territorio de "asesinos" y deseo evitar cualquier disgusto.

–Yo no– dijo "el Bretón".

–Esperad– intentó frenarlo el sanjuanista, –no es seguro que allí dentro viajen los que buscamos…

–¡Es lo que pretendo ver!– exclamó Yves. –Venid, conde de Joinville, ¡acudid con vuestros nobles caballeros para que podamos hacer los honores y saludar debidamente a los infantes reales!– y salió a todo galope, por lo que lo seguí con los míos, en primer lugar para evitar que sucediese algo irreparable, y en segundo lugar porque nadie nos detuvo.

Los sanjuanistas se quedaron atrás sin saber qué hacer, pero no por eso dejaron libre el paso.

–¿Por qué os enfrentáis a nosotros de forma tan poco amistosa?– me dirigió Bo la primera pregunta mientras Yves intentaba acercarse al palanquín.

–¡No pretendemos más que saludar a los infantes reales!

–Aquí no hay infantes– repuso Bo.

–Dejadme echar un vistazo al palanquín– dijo Yves, pero el joven príncipe se enfadó muchísimo.

–Si os atrevéis a dar un paso más...– exclamó en son de advertencia, pero "el Bretón" ya se había inclinado con ademán violento sobre el cuello de su caballo y separó rápidamente hacia un lado la cortina del palanquín. Estaba vacío.

–¡Pagaréis vuestra insolencia!– gritó Bo y sus caballeros desenvainaron las espadas.

Todos suponían que el señor Yves intentaría regresar con los sanjuanistas y juntaron los caballos para impedirle que atravesara el cordón, pero "el Bretón" exclamó:

–¡Gracias por cerrarme el paso!– y salió al galope por el camino que conduce a Masyaf, con los cascos de su caballo haciendo saltar las piedras.

Entonces comprendí que había escenificado aquella maniobra sólo para separarse del de Ronay y le dije a Bo, que seguía enfadado:

–No ha querido ofenderos ni oponerse a vuestras intenciones; su único deseo es escapar de los sanjuanistas que están allá abajo y pretenden impedir el cumplimiento de nuestra misión.

–No lo tomaré a mal, querido Joinville– dijo Bo, –¡pero debéis enseñar mejores maneras a ese bruto que tenéis a vuestro servicio!

De modo que saludé al príncipe y ordené a mis caballeros que se adelantaran al galope, pasando por delante de los de Antioquía y siguiendo a Yves.

–Enseñadles los dientes a esa banda de caballeros– le propuse a Bo. –¡Hacedlos regresar a su casa! No hacen más que inventar tonterías... ¿me habéis entendido?

Bo hizo un gesto de desdén y me saludó con la mano, después me apresuré a cerrar filas con los que se me habían adelantado.

Al kilabu tanbah, al qafila tastamirru bil mashi.

A LA LUZ DIFUSA del amanecer que se anuncia más allá de las montañas, cuando el sueño de los caballeros es de lo más profundo y el enemigo aprovecha para deslizarse en la penumbra y llegar hasta las murallas, se presentó un jinete con cuatro caballos al otro lado del abismo con el que la naturaleza protege a Starkenberg ante cualquier ataque por sorpresa de un ejército, por importante que sea.

El guardia del último tercio de la noche había estado ya varias veces a punto de dormirse, por lo que dio un salto y se asustó al oír la campana.

El encanecido comendador de los teutónicos, Sigbert von Öxfeld, pensó primero que tocaban a maitines, pero cuando aumentó la violencia del redoble se le fue la mano a la empuñadura de la espada.

Después oyó que lo llamaban por su nombre, y poco después "el halcón rojo" entraba en su dormitorio.

Los dos antiguos compañeros de armas, caballeros del emperador y conjurados en el rescate del Montségur, se abrazaron como hermanos.

–¿Qué sucede?– preguntó Sigbert.

–Los infantes están en peligro, el enemigo asedia Masyaf. Aún peor, se está introduciendo poco a poco en la fortaleza...

–¿Pero no está Crean allí?

"El halcón rojo" movió la cabeza en señal de negación.

–Tampoco está su padre; ni está Tarik, el canciller. Y el Grand D'ai no reconoce a los lobos que se presentan disfrazados con el manto de servidores de la Iglesia: Vito de Viterbo, Roberto de Sorbon e Yves "el Bretón", por nombrar sólo a algunos de los que sé que integran esta última partida: ¡la caza de los hijos del Grial!

–Si es Yves quien persigue a los niños– concedió el comendador –algo hay de culpa mía en eso, porque le dije a "el Bretón", cuando insistió en ser armado caballero, preferentemente caballero del Grial y "protector de los niños", que sólo los propios infantes, Yeza y Roç, podrían concederle esa categoría. De modo que el señor Yves no busca sus cabezas, como estaríamos autorizados a pensar por la experiencia que con él tenemos, sino que desea ganarse sus corazones.

–Una interpretación sumamente peligrosa, estimado Sigbert.– "El halcón rojo" frunció el ceño. –¡Es muy fácil que a la más pequeña desilusión, un ligero rechazo expresado sin pensarlo mucho, ese amor se transforme en odio ciego! No deberías haber despertado esa esperanza en un hombre tan inestable y a la vez tan indómito como él.

–Yo no lo veo así– dijo Sigbert, –pues considero que cualquier alma que se salva es una ganancia...

–La *Prieuré* jamás lo acogerá en nuestras filas– se atrevió a aleccionarlo el emir, aún siendo mucho más joven que el otro, –y cuando Yves lo comprenda, se transformará en un animal sediento de sangre. Entonces tendremos que ver cómo acabamos con él.

–Así pues, ¡habrá que emprender la lucha!– dijo Sigbert, sin dejar traslucir si asumía del todo el error cometido. –¿Qué tarea me corresponde para reparar mi equivocación?

–No has demostrado mucha sabiduría– criticó sonriente "el halcón rojo" al amigo mayor, –sino más bien ligereza juvenil. Lo mejor que puedes hacer para reparar el error es protegerlos en Antioquía, puesto que se dirigirán hacia allá. Yo, en cambio, me haré cargo de Masyaf, por si todavía están allí.

Sigbert se asomó a la ventana y dio una señal al guardia de la puerta para que tocara el cuerno. Inmediatamente empezó a llenarse el patio del castillo con caballeros que aún se estaban ajustando las cotas de malla y apretando los cintos de los que colgaban las espadas mientras acudían a toda prisa.

Los amigos descendieron la escalera con el casco bajo el brazo.

El comendador eligió a una docena de caballeros que sin tardar fueron equipados con caballos, lanzas y escudos.

–En la costa espera, en este preciso instante, un barco procedente de Lübeck– dijo Sigbert, –¡nos ha aportado cerveza y embutidos de cerdo de nuestro país y está deseoso de participar en algún combate contra los infieles! ¡Buen compañero para nuestro viaje! Con su ayuda se llega más deprisa a la altura de Tortosa que con cualquier caballo a galope tendido. Allí te dejaré y seguiré navegando hasta San Simeón, el puerto de Antioquía.

–Supongo que no me dejarás tirado como botín de un naufragio en una playa que esté a la vista de Tortosa– dijo "el halcón rojo", –pues los templarios de esa sede no tienen en mucha estima a Constancio de Selinonte, el culpable de la muerte de su comendador, Étienne d'Otricourt.

–Pensaba que fue un puñal de los "asesinos" el que acabó con él.

–También puede expresarse así– puntualizó "el halcón rojo", –pero fue Madulain quien le asestó el golpe de gracia.

A Sigbert no le sorprendió.

–El hombre que se casa con una gata salvaje tendrá que dormir siempre con la armadura puesta– gruñó el caballero teutónico, y se le notaba que ese tipo de mujer no era precisamente de su agrado.

–No importa– se echó a reír "el halcón rojo", –¡a golpe de lanza resuelvo bien el torneo con la *saratz!*

–Mujeres– murmuró Sigbert, –¡no traen más que disgustos!– y dio la señal de partir.

Las puertas de Starkenberg se abrieron con fuerte estrépito y dieron paso a un grupo de caballeros que emprendieron la carrera al galope, haciendo volar sus capas blancas en las que resaltaba, desde el pecho hasta el orillo, la cruz negra semejante a una poderosa espada. Los acompañaba un emir de los mamelucos, de nariz ganchuda. Sus caballos llevaban la marca al fuego de los templarios. Tomaron la senda montañosa que conduce a la costa.

DIARIO DE JEAN DE JOINVILLE

Masyaf, 15 de mayo de 1251 d.C.

Ya hace dos días que estamos en Masyaf. Por la mañana y por la tarde pasamos una hora conferenciando con el Grand D'ai, en lo que ha insistido Yves, aunque tenemos pocas cosas de qué tratar; en realidad puede decirse que seguimos hablando de asuntos que ya están decididos.

Los "asesinos" se muestran dispuestos a colaborar, y la razón es que los Ayubíes, como An-Nasir, no son desde su punto de vista más que unos empedernidos sunnitas, aunque incluso el gran Saladino en su día se pasó al chiísmo por intereses políticos y de poder, cuando expulsó al último fatimida del trono de El Cairo. Además, nada tienen que temer de nosotros para el futuro de sus castillos en torno a Masyaf, pues no disponemos de suficientes caballeros para ocuparlos, mientras que An-Nasir, resignado *nolens volens* a limitar su ambición al trono de Damasco, extiende su mano avariciosa para hacerse con cualquier prebenda o feudo que pueda reforzar su poder en Siria.

Acordamos que enviaríamos guarniciones cristianas a los castillos que corren peligro, para que al menos puedan izar allí la bandera. Aunque en realidad no podremos hacer mucho más que enviar a cada castillo precisamente al hombre que la izará.

Le hemos propuesto al Grand D'ai compensarle una parte del tributo que los "asesinos" están obligados a pagar a las Órdenes militares de templarios y sanjuanistas. A cambio él nos promete mantener abiertas las comunicaciones por tierra entre el reino de Jerusalén y el principado de Antioquía, siempre expuestas en ese estrecho puerto de montaña a sufrir los ataques de los emires de Homs, Hama y Shaizar.

Taj al-Din también se ha quejado de lo mismo, e Yves le dijo:

–Hubo un tiempo, Grand D'ai, ¡en que esta Orden sabía dar el trato merecido a esos revoltosos!

Éste lo miró sorprendido.

–Quienes nos atribuyen ese tipo de acciones no tienen razón: el asesinato político no es un programa.

Sus palabras implicaban un ligero correctivo, pero Yves no quiso aflojar:

–Sin embargo, creo que las máximas religiosas que sostienen a un Estado de origen divino, gobernado por un *imam*, sucesor legítimo del Profeta y basado en la doctrina absoluta e infalible del *ta'lim*, no lo excluyen.

–El que abusa de esos medios los devalúa– dijo el Grand D'ai. –Si matáis a docenas a vuestros enemigos, no seréis más que un matón.

Si matáis sólo a uno, a uno en especial, os atribuirán una fama permanente y os calificarán de noble caballero.

–Como quiera que sea, no se puede pasar sin matar– insistió una vez más Yves.

–Sí se puede– sonrió el Grand D'ai, –en ese caso seréis tomado por un hombre devoto, y ésa es una carga difícil de llevar. Si mal no recuerdo, ¿habéis sido sacerdote?

"El Bretón" habría preferido interrumpir la conversación en este punto, pero fue entonces Taj al-Din quien no lo dejó.

–El máximo honor le corresponde al hombre que se deja matar por su fe sin intentar una defensa, sin pagar con la misma moneda, aceptando voluntariosamente la muerte. ¡Se les llama mártires, hombres santos!

–No soy de ésos– gruñó "el Bretón".

–Lo sé– y el Grand D'ai inclinó la cabeza en señal de que podíamos retirarnos.

Yves ha aprovechado el resto del tiempo para recorrer Masyaf y no queda lugar, pasillo oculto ni habitáculo escondido al que no haya pasado revista.

No hablamos del tema, pero sé que está buscando a los niños.

A veces se detiene de repente y escucha con atención; yo no digo nada porque, además, sólo oigo el grito de las águilas que anidan en algún rincón de las murallas. Otras veces lo he visto sobresaltarse como si se hubiese dado cuenta de algo, pero casi nunca es otra cosa que el viento que agita algún trapo de colores. Me ha estado arrastrando consigo como si yo fuese un compinche suyo o un ángel de la guarda que, en el caso de toparnos de repente con aquéllos a quienes busca, podría protegerlo si no encontrara el tono justo en un momento dado. Y para impedirle que se deje llevar por algún impulso irrefrenable.

Yves se sabe afectado de *raptus*, una enfermedad latente –llamémosla placer de matar o borrachera de sangre– que puede dominarlo en cualquier momento, de modo que me resigno a trotar a su lado en calidad de loquero, decidido a sujetarlo en el caso de que le salga espuma por la boca.

Todos sabemos que, aparte de nosotros y los infantes invisibles, hay otro huésped en Masyaf, que es el *maître* Roberto de Sorbon, quien parece querer evitarnos y se sustrae a cualquier encuentro, lo que despierta aún más la desconfianza de Yves.

–Ahí veis, estimado señor conde, que en este nido debe haber miles de escondrijos a los que todavía no han tenido acceso nuestros ojos y nuestros oídos.

Yo no le he dicho que ya he tenido un encuentro con el *maître* y que éste me ha confiado, con palabras apresuradas, que el de Anjou le ha enviado a Antioquía para sondear la reacción que tendrían los barones de Ultramar –y el primero de ellos el príncipe de Antioquía– si él, Carlos de Anjou, extendiera su mano para hacerse también con esa heredad del Imperio, tal como lo ha intentado ya con Sicilia y con Nápoles.

En esos lugares no ha podido establecerse porque Manfredo, el bastardo imperial, es un enemigo capacitado y valiente, mientras que Conrado, el heredero legítimo, ha demostrado ser demasiado débil. De modo que el reino de Jerusalén, que le corresponde por herencia al de Hohenstaufen pero del que éste jamás se ha preocupado, es ahora la primera presa apetecible en la que se ha fijado el de Anjou. No puede presentarse con semejante petición en San Juan de Acre porque su propio hermano, el rey Luis, que se encuentra allí, jamás le consentiría ese capricho. Pero Antioquía es bastante independiente de San Juan de Acre y tiene a su vez dificultades con Constantinopla, lo que aumenta el interés de la apuesta. El señor Carlos, según me dijo el *maître* con aire de conspirador, alberga unas ambiciones no precisamente humildes y sueña con un amplio Imperio mediterráneo que, partiendo de su región original, la Provenza, comprendería todo el sur de Italia –que el Papa le habría prometido– e incluiría también a la antigua Bizancio, para llegar hasta Tierra Santa.

–Ahora entiendo– se me escapó, –¡por eso los infantes reales representan un obstáculo tan importante para el de Anjou!

El *maître* me miró primero con aire de reproche, después con expresión compasiva:

–¿Qué infantes reales?

Su expresión reforzó en mí una sospecha que ya tenía: que Yeza y Roç están ocultos en algún lugar de Masyaf y que el honorable señor de Sorbon, en realidad, está aquí para darles caza.

Como si deseara acallar mis pensamientos y negarles toda verdad, continuó afirmando:

–Mirad, señor senescal: creemos que es útil para nosotros tener buenas relaciones con los "asesinos" y que no hay necesidad de convertirlos en enemigos nuestros. ¡Sólo ésa es la razón por la que me encuentro en este desierto lleno de rocas!

–Comprendo– dije, –y si puedo ayudaros…

–Hablaremos de ello– me dijo en un susurro al despedirnos, –pero no me obliguéis a encontrarme con "el Bretón", pues éste se ha negado descaradamente a realizar un servicio importante para el señor Carlos. ¡Sencillamente, lo rechazó!– El *maître* parecía indignado.

–¡Qué mal educado!– me apresuré a mostrarme de acuerdo con él, aunque evité preguntar por la naturaleza de ese servicio. Seguramente se trata de las cabezas de los infantes, ¡qué otra cosa podría ser!

Así pues, Yves, y yo detrás, seguimos recorriendo la parte alta de las murallas y mirando hacia abajo por si descubríamos algo que nos sirviera de indicio para saber dónde se ocultan los niños; nos arrastramos por pasillos medio derruidos y hemos pisado incluso los jardines prohibidos del gran maestre donde, sin embargo, no hemos hallado nada aparte de unas plantaciones de *cannabis*.

Al fin encontramos en el pabellón abandonado que se sitúa en un extremo de aquel oasis descuidado alguna huella: un traje infantil y un lazo para el cabello. Vimos un lecho revuelto y las huellas de unos pies en el polvo.

De modo que hacía muy poco que debían de haber pasado la noche en aquella estancia.

"El Bretón" se mostró muy excitado.

–Senescal– se dirigió a mí, –sé que no me profesáis precisamente afecto, del mismo modo que tampoco yo os aprecio demasiado, pero sí deseo aclarar una cosa: no pretendo hacerles daño físico a los niños, ni quiero venderlos ni entregarlos a sus enemigos.

–¿Entonces qué queréis conseguir de ellos?– pregunté con cierto retintín.

–Os lo diré: quiero ocupar el lugar de William, ser su protector y su guarda. ¡Un caballero del Grial! ¡Todo ello por el amor de Dios y por el honor que me comportaría!

–Es una meta importante– me mofé de él, –y ahora entiendo por qué habéis quitado de en medio al fraile. ¡Yo creía que deseabais obtener la dignidad de embajador del rey!

–¡Ya he tenido ese honor!– exclamó Yves con rencor. –Y ¿cómo me lo han agradecido?

–Sin embargo, ¡será difícil que ocupéis el lugar del minorita en el corazón de los infantes!– Mi esfuerzo no solamente iba dirigido a descorazonarlo, sino a herirlo en lo que sabía era su llaga más íntima. –No poseéis ni el humor, ni la sinceridad, ni la ternura del fraile, que fue para ellos un ama de cría rebosante de cariño. ¡En cambio vuestro pecho es duro y vuestro corazón de piedra!

–¡No es verdad!– gritó Yves. –¡Si os atrevéis a repetirlo, os tendré que matar!

–¡Es como yo digo!– seguí mortificándolo sin compasión alguna. –No tenéis el humor de William, sois una persona cargante que no entiende ni siquiera una broma.

–El destino que espera a esos niños– respondió "el Bretón" muy serio –¡no es cuestión de broma ni de ternuras! Necesitarán un pecho duro como el mío, que sea capaz de resistir cualquier golpe dirigido contra ellos, una espalda encorvada como la mía, lo suficientemente fuerte como para ayudarles a afrontar cualquier peligro, ¡y sobre todo una mano fuerte que acabe con todos los obstáculos que alguien pueda colocar en su camino!

–Habéis olvidado la cabeza, "Bretón"– le dije. –Necesitan un cerebro que sea lo suficientemente inteligente como para evitar todos esos inconvenientes; que posea sensibilidad y perspicacia para, a pesar de todo, conducirlos hacia su difícil destino sin que desesperen demasiado pronto. Junto a vos y vuestra mente ofuscada no harán más que tropezar y caer de una catástrofe en otra. No sois un guardián adecuado para ellos porque jamás habéis aprendido a dominaros, ¡y nunca seréis un caballero del Grial si antes no sois capaz de vencer vuestros propios impulsos!

Yves no contestó, y su silencio me reveló que mis palabras lo habían afectado profundamente.

Habíamos llegado a un pasadizo subterráneo que acaba junto a una puerta de hierro. Estaba cerrada.

A pesar de ello, Yves tocó con los nudillos. Prestamos atención y después de algún tiempo se oyeron pasos y el sonido metálico de un llavero. Un anciano de cabello blanco nos dio entrada en la famosa biblioteca de los "asesinos".

Los *rafiq* nos mostraron con agrado sus tesoros mejor guardados: los rollos de papiros depositados en altas estanterías, los pesados tomos que muestran ricas ilustraciones, cajas y más cajas llenas de pergaminos. Yves olvidó durante un instante su carácter de sabueso y se reconvirtió en el estudiante parisino que había sido, dotado de cierto talento y espoleado por la curiosidad, con suficiente capacidad para llegar a ser un *magister philosophiae* renombrado, como me ha confesado sin envidia alguna William, que lo conoció en la época en que asistían a las lecciones impartidas por el gran Alberto y por Roger Bacon.

Cogió con mano segura un antiguo manuscrito que los ancianos calificaron con orgullo de "Evangelio de Pedro".

–¡Aquí está escrito cómo Él le leyó la cartilla!– exclamó Yves con entusiasmo. –¡Nadie conoce la existencia de este sermón apócrifo del Mesías!

–Bueno– dijo el mayor de los bibliotecarios, –la causa es que vosotros, los cristianos, habéis olvidado la larga cadena de reencarnaciones: ésta alcanza al comienzo del mundo, cuando el alma de Adán entra en el cuerpo de Abel; y cuando éste muere asesinado vuelve a reencarnarse en Noé. Después del diluvio la reencarnación se produce en el padre Abraham, para llegar finalmente al primer apóstol.

–No sé muy bien– se dirigió Yves a mí –si el santo padre estaría satisfecho de poder contar con tales ancestros, pues él se considera representante del Señor por ser el *electus*, aquél a quien ha sido confiado el mensaje.

Antes de que yo pudiese contestar, el anciano dijo:

–Precisamente ahí es donde la *Ecclesia catolica* pierde la oportunidad de seguir la ley santa de la *chía*, ¡de ahí que no seáis mucho mejores que esos pobres sunnitas!

Me lo tomé como una provocación:

–También nosotros hablamos de la "sangre de los reyes"– exclamé afanoso, como si fuese mi obligación llamarles en aquel preciso instante la atención sobre el misterio del Grial. –¡Y ésta nos lleva, a través del rey David y pasando por el Hijo de María, a sus descendientes!

Mis palabras devolvieron a "el Bretón" a la realidad de las bóvedas de Masyaf y le suministraron la preciosa clave que necesitaba.

–¡Los infantes reales!– dijo Yves, mirando a su alrededor y después a las caras de los ancianos. –¿Dónde están?

Los rostros arrugados de los bibliotecarios se iluminaron:

–¿Los infantes?– sonrió el de la barba blanca que nos había franqueado la puerta. –Cada día acuden a vernos.

–Son como ratoncillos– bromeó el otro. –A través de unos pasillos secretos alcanzan este almacén de la palabra escrita *majsan al kalima al maktuba*, y vuelven a desaparecer en cuanto han consumido una provisión suficiente de este alimento para las mentes geniales.

–¿No los oís?– preguntó el más viejo, y nos hizo callar; pero nosotros solo oíamos los gritos de las águilas, que debían de tener su nido muy cerca de allí. –¡He oído sus voces!– insistió el mayor de los bibliotecarios con una sonrisa. –Vienen y van según su capricho.

Los ancianos nos mostraron todavía las cartas que Jesús dirigió a su Madre y a Lázaro, a quien llamaba "cuñado", pero Yves no les prestó demasiada atención. Sus ojos atentos habían descubierto una pequeña puerta de hierro en el muro, detrás del asiento del más anciano.

–¿Hacia dónde conduce?

–Al *ma'ua al nisr*; nuestra tarea es cuidarlos y alimentarlos.

–Me gustaría ver el nido de las águilas– insistió Yves, y el anciano se encogió de hombros.

–No hay nada que ver allí, y no servirá más que para molestar a los pájaros, que pueden…

–No tengo miedo– dijo Yves con decisión, y los ancianos ordenaron al *saheb al muftah* que nos abriera la puerta.

Entramos en un pasillo bajo que recorre sinuoso la roca hasta llegar a una puerta enrejada que podríamos haber abierto, pero detrás vimos a los grandes pájaros acurrucados en su cueva y la potencia de sus alas; sus picos afilados y sus garras consiguieron que incluso el valiente "Bretón" renunciara a proseguir.

El agujero de que disponen para salir al espacio tiene la altura de un hombre, y vi también el brazo de la báscula dotado de una fuerte red de pesca capaz de detener la caída de un toro. Por esa abertura la vista vuelve a salir al aire libre y se detiene en la pared rocosa que hay enfrente.

Yves no se resistió a calcular en voz alta nuestra posición:

–Debemos de encontrarnos exactamente debajo de lo que ellos llaman "la Puerta del Paraíso", aunque conduce al vacío.

–Tal vez por eso sea imposible– le contesté en broma –que aquél que la traspasa pueda negar después que ha alcanzado el Paraíso…

–¡O que ha ido a parar a esa red!– respondió Yves con perspicacia.

–Supongo que no todos pueden ir al Paraíso– dije yo. –Podríais probarlo alguna vez. Os prometo preparar la red en el momento preciso.

Yves me concedió una mirada tan cargada de sarcasmo que no me quedó más remedio que considerarla un pequeño avance en nuestra relación.

Los pájaros ya no mostraban interés por nosotros, puesto que no les traíamos nada de comer, y antes de que a "el Bretón" se le ocurriese la idea de arrojarme a mí como presa a su nido preferí emprender la retirada.

Yves, en cambio, se detuvo aún unos instantes delante de la reja y a través del aleteo de las águilas, que aumentaban el furioso clamor de sus gritos, miró hacia el paisaje; después me siguió con la espalda encorvada y en silencio.

–¿Habéis visto…?– preguntó el más anciano cuando nos despidió de las catacumbas de la biblioteca.

–¿A quién?– gruñó Yves malhumorado. –¿A los infantes?

–No, a las águilas– dijo el viejo.

Yves me insistió en querer explorar una vez más el jardín del gran maestre, porque se prometía encontrar, estudiando con más atención el pabellón, alguna huella que lo condujera hasta esos niños que, como es evidente, los "asesinos" nos ocultan.

–En el pabellón debe de estar la entrada hacia ese mundo subterráneo que hasta ahora se nos veda.– Su voz ronca traicionaba la excitación que lo atenazaba. –No puedo quitarme de la cabeza la idea de que los niños observan cada uno de nuestros pasos a través de agujeros invisibles situados en unos entretechos en los que se ocultan perfectamente, observándonos a través de las rendijas, como hacen las lagartijas…

–Estarán riéndose de nosotros– añadí, medio disgustado, –porque pasamos de largo delante de las escaleras secretas y no nos damos cuenta de que, detrás de cualquier escultura, de cualquier columna, ¡puede abrirse un acceso si se la sabe desplazar mediante la simple presión del dedo meñique!

–¡Mientras no los oigamos reírse de nosotros…!– dijo Yves. –¡Eso sí que me resultaría insoportable!

Entramos en el jardín y encontramos allí a un joven y bello *fida'i*, que se esforzaba con unas muletas muy grandes y toscas, que utilizaba como zancos, en moverse sobre la senda de grava que pasa junto a la fuente.

–¿Cómo te llamas?– le pregunté.

–Karim.

De repente recordé que tampoco hemos visto a Crean de Bourivan, quien, según nos han dicho, habita asimismo Masyaf en calidad de *rafiq*.

–¿Donde podríamos encontrar a Crean?– pregunté a la buena de Dios.

El muchacho se balanceó hábilmente sobre los zancos, consiguió soltar una mano y nos señaló la torre más alejada de la muralla.

Entramos en la habitación de la torre desde lo alto del muro y de repente nos encontramos allí frente al *maître* de Sorbon, que nos observaba perplejo.

–Hasta ahora nunca me han molestado aquí– nos ladró con cara de pocos amigos, –y así me lo había prometido el Grand D'ai. ¿Qué queréis de mí?

–Nos dijeron que éste era el refugio de Crean de Bourivan– intenté disculpar nuestra irrupción.

–No conozco a ese converso– dijo el *maître* con frialdad, –y no deseo encontrarme con él. Es un Judas que ha traicionado a la Iglesia…

–Más bien un hereje– lo corregí con ánimo festivo, –¡un cátaro, igual que su progenitor John Turnbull!

–Puede que en Francia haya escapado a la hoguera, ¡pero ni siquiera aquí podrá escapar a las llamas eternas del infierno!– profirió el *maître*, y pensé que, en ese caso, no era muy comprensible que él se acostara en la cama del otro.

–En cambio, vos tenéis el Paraíso asegurado– le contesté con toda la dulzura de la que me fue posible hacer acopio.

Roberto de Sorbon me lanzó una mirada que, desde luego, me excluía de todas las delicias paradisíacas.

–Me doy por satisfecho– me corrigió –con llevar en esta Tierra, y mientras conserve este cuerpo perecedero, una vida que sea del agrado de Dios, y con emplear mi mente para incrementar los conocimientos que tan abundantes laureles me vienen proporcionando.

–Y si alguien no dispone de una mente como la vuestra– intervino Yves –ni de la nobleza de vuestro espíritu, sino únicamente de dos manos que ni siquiera llevan sangre azul, ¿cómo queréis que una persona así consiga fama y respetabilidad para que vos no os veáis obligado a despreciarlo?

–Espero que no se os ocurra la gloriosa idea, querido Yves– ironizó el *maître*, –de querer envidiarme la fama, pues tampoco tengo tanta. Además, ¡eso no os facilitaría precisamente el ingreso en el Paraíso!

–A mí me bastaría– dijo Yves –con que mis hechos me equipararan a un caballero.

–Pero como no lo sois, "Bretón", siempre considerarán vuestras actuaciones como las de un verdugo o incluso un criminal, algo que por cierto viene a ser casi lo mismo…

Yves estaba a punto de saltar, pero el *maître* le dirigió un gesto apaciguador.

–A menos que desearais realizar un acto realmente increíble, matar a alguien muy importante, alguien a quien todo el mundo ama y cuya muerte cause una profunda conmoción. ¿Quién conocería hoy a Hagen von Tronje si no hubiese asesinado a Sigfrido de Xanten? ¿Quién a los asesinos de César si no lo hubiesen matado? O hablemos de alguien bien conocido por todos nosotros. ¿Quién sería hoy Gavin Montbard de Béthune si no hubiese traicionado y conducido a la muerte al de Trencavel en Carcasona? ¡Un pequeño e insignificante templario! Pero este hecho suyo, al que Roma puso el punto final sumistrando el veneno, ha dado origen a la leyenda de Parsifal, y Gavin es hoy famoso preceptor templario en Rennes-les-Châteaux, aunque, en lo que a mí respecta, considero que sigue siendo un hereje, puesto que ahora se arrepiente de lo que hizo.

–¿De modo que tendría que cometer un asesinato en el que cayera alguna cabeza coronada?– se indignó Yves.

–No es suficiente con que esté coronada– le aclaró el *maître*. –La víctima debe poseer carisma, pues de no tenerlo, tampoco el asesino podrá adquirirlo. Si hubieseis apuñalado al emperador Federico– y el señor Robert chasqueó la lengua –el hecho os habría enaltecido; y si hubieseis cortado la cabeza a Gengis kan…

–¿De modo que sólo me queda asesinar al califa de Bagdad o al Papa de Roma?

–Queda vuestro señor Luis, aunque os advierto que no os estoy aconsejando, como tampoco se lo aconsejo al santo padre.

–¡No os preocupéis!– quiso tranquilizarlo Yves, aunque la idea ya le estaba invadiendo el cerebro y me di cuenta de que la llevaba adherida como una sanguijuela, pues su imaginación siempre está abierta y receptiva a semejantes propuestas.

–Repito una vez más– prosiguió Robert de Sorbon, *magister* de la Universidad de París, en su adoctrinamiento del estudiante Yves: –lo que importa no son la categoría y el poder de la víctima, sino el efecto que provoca su muerte repentina, el vacío que deja atrás. Hay muchos soberanos, pero sólo pocos son amados por todos; y aún hay menos que sean depositarios de las esperanzas y la fe de otros seres humanos. ¡Éstos son únicos, pues los envuelve un aura divina! Asesinarlos es un acto santo y sólo una acción de éstas, una acción grandiosa, de belleza increíble y dolor inconmensurable, eleva al hombre que empuña el hacha consagrada por encima de todos los caballeros y sacerdotes, por encima de todas las cabezas sabias y héroes guerreros, porque la fama y la nobleza de los muertos pasan a él como si hubiese bebido su sangre, ¡sangre de reyes!

Yves parecía anonadado, y también yo me sentí bastante afectado, pues aquellas palabras me abrieron los ojos al mensaje transmitido por el emisario del conde de Anjou –la forma plural me lo reveló–, pero me cuidé mucho de no pronunciar nada más que pudiese perfilar en la cabeza de Yves la idea de "los infantes reales". Me acudió a la mente la imagen de las cabezas cortadas de Roç y Yeza y sentí un auténtico vértigo. Mi única esperanza es que jamás los encontremos, pues no soy un héroe que pueda detener el brazo asesino de "el Bretón" como, según parece, consiguió hacer mi señor Luis dentro de la pirámide. ¡Hay que advertir a los niños del peligro! Pero ¿cómo hacerlo, si no hay manera de encontrarlos?

En aquel instante tocaron en la puerta de la habitación de la torre, y entró un franciscano a quien el *maître* nos presentó con el nombre de "Bartolomé de Cremona", y a quien muy probablemente había estado esperando.

–¿Qué novedades traéis de Antioquía?– preguntó con aire condescendiente.

–Están preparando el ascenso al trono del joven príncipe, Bohemundo VI. Entre los huéspedes que se esperan figuran las delegaciones de los emperadores de Constantinopla y de Trapisonda, de los reyes de Armenia y de Hungría, del califa de Bagdad y del sultán de Damasco, todos los emires de Siria y de la Gezirah, desde Alepo hasta Mosul, muchos de los barones de Ultramar, e incluso han sido vistos ya "los infantes reales", ¡que serán huéspedes de honor muy especiales del príncipe y se sentarán a su lado!

–Me alegra por el señor Bohemundo– dijo Roberto de Sorbon con voz untuosa y sin prestar atención a mi presencia ni a la de Yves. –Venid, querido hermano– y tomó del brazo al minorita. –Aún tenemos mucho de qué hablar.– El aviso iba dirigido a nosotros.

De modo que Yves y yo nos retiramos; el altivo *maître* cerró la puerta detrás de nosotros sin concedernos más saludos de despedida.

–¡Un tipo impresentable!– dije mientras regresábamos cruzando por la parte alta de la muralla.

–Pero la visión que tiene de las cosas convence y demuestra la amplitud de su espíritu– contestó Yves con aire de admiración.

Caminaba a mi lado como en sueños, aunque en sus ojos ardía un fuego que me pareció amenazador.

LA MUERTE

"Escorpión, serpiente, águila. Portador de la única corona destinada al ser humano. Nada persiste eternamente, todo se transforma y oculta en su seno un nuevo comienzo. Muere antes de que tengas que morir."

YVES CABALGABA COMO perseguido por las furias. Había abandonado Masyaf aquella misma noche, sin despedirse, y también porque no deseaba responder a las preguntas del conde de Joinville, que quería saber cuáles eran sus propósitos y sus renuncias. Supuso que aquel brillante cortesano llevaría a buen fin la misión encomendada ante los "asesinos" y el rey se lo premiaría debidamente. Tal vez el señor senescal consiguiera hasta liberar a su secretario de las garras de los sanjuanistas, y entonces la intervención espontánea de "el Bretón" ante el Grand D'ai ni siquiera llegaría a divulgarse. Yves "el Bretón" jamás habría estado en Masyaf, ¡de hecho ese personaje mal afamado ya no existía desde que abandonó Damasco y nadie lo había vuelto a ver! ¡Era una no-persona!

Yves alcanzó el Orontes. Allí, en las montañas, el río todavía no es muy ancho, en cambio sus aguas forman una corriente poderosa. No se veía ninguna balsa. Yves cabalgó a lo largo de la ribera, primero malhumorado y después cada vez más desesperado. El tiempo urgía y se diluía como la huella que la herradura de su caballo marcaba en la arena.

Miró a su alrededor y descubrió arriba, en lo alto del cerro que corona el valle abierto por el río, a un jinete solitario que se ocultó en cuanto Yves levantó la vista hacia él.

Después vio a un pescador con su barca sujeta por una cuerda que la mantenía en el centro de la corriente, aunque no lejos de donde se iniciaba la ladera. Yves gritó:

–¡Escucha, buen hombre, te pagaré con generosidad si me llevas al otro lado!

El pescador apenas levantó la vista, y sacudió la cabeza. Recogió la red en la que se movía un precioso pez en medio de un aleteo plateado, sacó sólo a éste, con mano segura, golpeándolo a continuación contra el canto de la barca hasta que dejó de estremecerse, y después lo introdujo con mucho cuidado en una de las dos cestas que tenía a mano, dotadas del tamaño justo como para recoger algún que otro ejemplar tan precioso como aquél.

Yves esperó pacientemente, observando cómo realizaba su oficio aquel hombre y llegando a interesarse por sus maniobras certeras, porque "el Bretón" sabía muy bien que primero hay que terminar un trabajo antes de emprender otro. Siguió esperando. Pero el pescador volvió a lanzar la red, como si no existiese el jinete apostado en la orilla que pedía un traslado.

–Escucha, pescador– exclamó "el Bretón", –¡te pagaré más por el transporte de lo que cobras por la pesca de todo un día!

El pescador ni siquiera levantó la vista.

Entonces Yves saltó furioso del caballo, agarró la cuerda y atrajo hacia sí la barca, junto con el pescador y la red. Cuando los tuvo cerca de la orilla el pescador se incorporó, agarró un remo y sin pronunciar palabra golpeó a Yves en la espalda antes de que éste pudiese apartarse a un lado. Yves dio un salto que lo acercó a su caballo y sacó el hacha que llevaba sujeta a los arreos. El pescador corrió detrás de él alzando el remo con el que pretendía asestarle un segundo golpe, pero Yves se agachó y le hincó una punta del arma en la pierna, pues no quería matarlo. El pescador lanzó un gemido y se tambaleó, pero no se arrodilló y movió el pesado remo en el aire como si fuese una lanza de poco peso, arremetiendo de nuevo contra "el Bretón". Yves esperó el golpe, lo esquivó en el último segundo y le clavó el hacha en el pecho al hombre, quien miró sorprendido la herida abierta de la que manaba un chorro de sangre e intentó tapársela con una mano mientras con la otra intentaba levantar una vez más el remo contra Yves. Entonces "el Bretón" le destrozó el cráneo.

Yves condujo con su acostumbrada calma el caballo hacia la barca que se balanceaba, cogió el remo para apartarse de la orilla y cortó la cuerda. La corriente empezó a arrastrar a la embarcación. "El Bretón" sujetó con una mano las bridas del caballo mientras con la otra manipulaba el remo y dirigía la barca hacia la otra orilla. Arrojó el pescado muerto al agua, pero se dio cuenta de que los cestos trenzados de mimbre y provistos de una tapa estaban hasta la mitad llenos de sal gorda, tal como suele utilizarse para conservar alimentos durante mucho tiempo, y decidió sujetar las dos cestas a derecha e izquierda de su silla de montar.

Así prosiguió su cabalgada hacia el norte por un camino que ascendía a las alturas. Cuando miró por última vez hacia atrás, vio de nuevo allá abajo en el valle al jinete solitario, quien por lo visto había encontrado otra forma de cruzar el río. El tímido compañero de viaje, al parecer un musulmán, ocultaba el rostro detrás del *mandil*, como si deseara no ser reconocido. Pero Yves no podía sentir temor ante un único jinete y no pensó más en el extraño, quien, a su vez, desapareció pronto entre los árboles.

VII
SE HACE LA LUZ: UNA ROSA EN LLAMAS

"El Bretón" entró en la ciudad más rica y poderosa del norte de Siria por la puerta de San Pablo, y le sorprendió que los guardias apenas le pidieran explicaciones de su presencia. El ambiente era de fiesta y había mucha gente que acudía a Antioquía.

Una vez superado el asombro que le produjo el "Puente de Hierro" sobre el Orontes, allí donde éste fluye junto a las murallas de la ciudad, se encontró en medio de un grandioso conjunto edificado que combina algunos baluartes naturales –como las rocas de la montaña Silpios y la profunda garganta cortada por la corriente montañosa– con los muros y las torres construidos por la mano humana, que han logrado una obra maestra del arte arquitectónico, dándole forma de fortaleza. Ya los constructores bizantinos habían conseguido en su día llevar las barreras defensivas del río y la comunicación con el puerto de mar llamado San Simeón, sin interrumpir su continuidad, más allá de la cima de la montaña, de modo que la antigua metrópolis se veía regada por muchos ríos y fuentes, eludiendo así el riesgo de la falta de agua potable en caso de asedio, mientras fuertes rejas de hierro impedían la entrada del enemigo a través de las aberturas en la muralla.

Yves bajó cabalgando por la calle principal, pasó por delante de la preciosa catedral de San Pedro y llegó al palacio del príncipe. En todas partes veía a la gente formando grupos que admiraban y aplaudían a las unidades militares que desfilaban: los normandos con sus escudos largos, enormes espadas que debían coger con dos manos, y hachas danesas; los lanceros tolosanos y los arqueros griegos; las delegaciones del condado de Trípoli unido a la casa reinante, y las de Laodicea y Alexandretta; las dotaciones de las galeras con los remos al hombro, y los artilleros que arrastraban algunas catapultas ligeras por la calle. También figuraban en la festiva comitiva algunos animales raros, como gigantescos elefantes, jirafas de cuello largo y cebras rayadas. Pasaron los dromedarios, con moros sentados encima que tocaban el bombo, mientras los camellos de los beduinos recorrían a paso rápido las calles y algunos jinetes de poca estatura, procedentes del Lejano Oriente, divertían a los espectadores con toda clase de saltos y contorsiones que realizaban sobre el lomo de sus cabalgaduras mientras éstas corrían a galope tendido. Y había grupos de músicos con timbales y cuernos, gaitas y tambores, que realizaban un ensayo para los festejos del gran día. Ni siquiera las embajadas procedentes de lejanos países que habían acudido para asistir a la entronización del joven príncipe querían renunciar a mostrar allí mismo un adelanto del lujo que desplegarían durante la celebración, pero sobre todo deseaban conocer el recorrido que la fastuosa comitiva realizaría al día siguiente.

"El Bretón" pudo hacerse con un lugar elevado en las escaleras de la catedral desde donde observó con mucha atención a los jinetes, los carros y los palanquines que iban pasando. A su lado se había situado un griego corpulento que le suministraba con mucho entusiasmo toda clase de informaciones sin necesidad de que le preguntaran.

–La comitiva del príncipe, que sólo vendrá acompañado por el séquito de la corte además de sus familiares y amigos más íntimos, saldrá del palacio– y señaló hacia la derecha, hacia el final de la amplia avenida –y se dirigirá hacia aquí, a la catedral, donde se encontrará con las embajadas extranjeras y los huéspedes invitados, procedentes de la Puerta del Perro y de la Puerta de San Pablo, mientras que el ejército bajará desfilando desde la ciudadela del monte Silpios. En el interior habrá misa para los invitados, y en la plaza, delante de la catedral, para el pueblo. Después los señores bajarán por la Puerta Ducal hasta el puente del embarcadero, subirán a las barcas y las balsas adornadas que los esperan y serán trasladados por el río Orontes hacia las islas que hay en el centro de la corriente, donde el príncipe les ofrecerá una comida– el corpulento griego chasqueó la lengua con envidia –en cuyo transcurso se ofrecerán los vinos más deliciosos. El banquete durará hasta última hora de la tarde y después todos se trasladarán hacia el "Puente de Hierro", donde se encenderán las antorchas, tras lo cual la comitiva regresará a la ciudad y se disolverá delante del palacio.

–¿Y la coronación?– preguntó Yves, agotado.

–También se celebra mañana.

Pero "el Bretón" ya no le hacía caso; sus ojos habían descubierto un palanquín que despertó en él tanta atención como pudieran haberlo hecho un golpe de tambor y de fanfarria a la vez. Era el mismo palanquín que él, contrariando la voluntad del joven príncipe, había registrado delante de Masyaf, pero en esta ocasión la cortina que se movía con el viento le permitió ver por un instante a los dos infantes, sentados uno frente al otro y saludando con dignidad al pueblo. De vez en cuando se miraban. Los saludos que impartían con la mano no revelaban mucho entusiasmo, le pareció a Yves, pero ¡quién podía reprochárselo a Roç y Yeza después de haber estado quizás horas enteras viajando y balanceándose por encima de las cabezas de la multitud que los aplaudía, sin dejar de agitar las manos y mover la cabeza y sin dejar de sonreír!

Yves siguió con el rabillo del ojo el recorrido del palanquín. De modo que los infantes estaban allí, vivos y sanos.

Se despidió apresurado del omnisapiente griego y se mezcló con la multitud, compuesta sobre todo de mujeres y chiquillos que seguían corriendo jubilosos tras cada carro y cada atracción.

Por los gritos entusiasmados de la gente se enteró de que la aparición de "los infantes reales" les parecía lo más emocionante de todo; más que con nadie se entusiasmaban con la princesa Yeza, de la que murmuraban era la novia secreta de su príncipe Bo, y que mañana o pasado mañana harían público el compromiso. Las mujeres de Antioquía reían sin envidia, felices al pensar en la suerte de los dos jóvenes.

El palanquín de Roç y Yeza era transportado a la carrera por seis porteadores a cada lado, que llevaban sobre el hombro dos largas barras, escoltados por cuatro jinetes y una docena de soldados a pie.

Yves tuvo que hacer un esfuerzo para poder seguirlos, pues deseaba fijarse en todos los detalles del recorrido. Delante del palacio el palanquín traspasó un arco triunfal de la época romana, y a continuación se encontraba ante el cuartel de la guardia. En su plaza delantera los soldados abandonaron el acompañamiento protector y salieron corriendo hacia sus albergues, y también los jinetes se apartaron poco después del palanquín que entró en una avenida perteneciente ya al recinto del palacio, bordeada por grandes plátanos cuyo extenso y tupido ramaje le daba sombra.

Yves fue lo suficientemente inteligente como para no correr detrás, aunque comprobó, para gran satisfacción suya, que allí no había aglomeraciones de público.

La avenida trazaba un amplio semicírculo y conducía a la parte de atrás del palacio, donde una preciosa y ancha escalera descendía desde las puertas posteriores hasta el jardín.

Cuando Yves se acercó a esa fachada trasera, escondiéndose de árbol en árbol, los porteadores acababan de recoger otra vez el palanquín y seguían corriendo con él hacia los edificios situados al final de la avenida, donde probablemente estarían las cuadras y las cocheras.

Era de suponer que Roç y Yeza habían entrado ya en el palacio.

Yves sabía ahora dónde tendría que dar el golpe. Exploró sin llamar la atención las gruesas ramas de los árboles que daban sombra a la avenida y escogió una que no podía ser vista desde su comienzo, es decir: desde el cuartel de los guardias, y que, gracias a la curva que describía el paseo, no quedaba al alcance de la mirada de los que seguramente se reunirían en la escalera con motivo de la recepción. De modo que, en ese lugar, sólo tendría que enfrentarse a los porteadores desarmados. En su borde exterior la avenida de plátanos acababa en una hilera de adelfas, y detrás había un muro bajo que por el otro lado descendía verticalmente sobre un camino público. De modo que si se subía a ese árbol y serraba la rama gruesa hasta el punto de que sólo se mantuviera en el sitio gracias a una cuerda tensada desde la siguiente rama superior, podría hacer caer la serrada al cortar la cuerda, exactamente delante o encima de los pies de los porteadores, que dejarían caer el palanquín o lo depositarían en el suelo, confundidos por lo sucedido. En aquel mismo instante saltaría sobre ellos, descendería del árbol como un arcángel con la espada flamígera, descorrería la cortina del palanquín y daría el golpe. Para huir le bastaría un salto atrevido desde el muro y abajo, en el camino, lo esperaría su caballo…

Muy satisfecho con su planificación del atentado y con la situación que había encontrado, Yves "el Bretón" se alejó de allí. Tendría que hacer algunas compras, pues a primera hora de la tarde proseguirían los ensayos para la fiesta del día siguiente.

En el palacio del príncipe de Antioquía, y en su sala del trono ya ricamente decorada para la ceremonia, la soberana regente Luciana di Segni intentaba sonsacar a su hijo Bo, hablándole con entonación forzada.

–Por todos los santos del cielo, querido hijo, ¿qué significan esos chismorreos de que te vas a casar con esa princesa huérfana y vagabunda, cuando sabes que ya hemos concertado un compromiso para que te cases con Sybila, hija de nuestro enemigo secular el rey de Armenia?

El rostro de Bo permanecía indiferente, y lo primero que hizo fue sentarse en el trono de su padre, gesto que disgustó profundamente a la viuda.

–En primer lugar, mi querida señora madre, este compromiso es nuevo para mí: seguramente lo habéis estado tramando mientras visitaba a mi primo Luis en San Juan de Acre…

–No querrás desaprobar lo convenido con los armenios…– empezó a chillar la soberana regente, pero Bo le cortó el previsible discurso.

–¡Antes tendría que probar a la novia!

Mientras Luciana aún intentaba recuperar el aliento ante tanta desvergüenza, Bo prosiguió con visible satisfacción:

–En segundo lugar, esos chismorreos responden a un rumor que hice difundir con toda intención, para proteger mejor a mi amada compañera la princesa del Grial, que no es una cualquiera, sino una huésped que he traído para que asista a mi coronación, una invitada de honor de la que estoy orgulloso, ¡igual que me enorgullece la amistad que me concede su amante y hermano!

La soberana regente estaba a punto de desmayarse ante semejante cúmulo de barbaridades.

–¡Todavía no has sido coronado!– volvió a la carga. –Te desheredaré ahora mismo. Cuando se entere el patriarca… ¿Dónde está mi confesor?– resonaba su voz estridente.

–No gritéis tanto, señora madre– dijo Bo, –alguien podría pensar que habéis perdido la razón…

–¿No irás a decirme que has instalado a esa mujerzuela en mi casa?– jadeó la madre.

–Claro que no– se echó a reír Bo, –no quise hacerle esa jugarreta a Yeza, en todo caso no antes de esta noche. Los infantes reales, mis amigos, residen en "el castillo de las Dos Hermanas", ¡toda la ciudad lo sabe! Es el lugar más seguro y protegido de vos del que dispongo en toda Antioquía.

–¿Y quieres traerlos aquí esta tarde, invitarlos a cenar bajo mi techo?

–Esta tarde, querida madre– dijo Bo muy tranquilo, –antes de que se ponga el sol, una escolta os acompañará a Trípoli, donde os espera la residencia que os corresponde como soberana viuda.

–¡Guardias!– gritó la señora Luciana. –¡Que acuda la guardia!

Los soldados de la guardia de palacio entraron en la sala del trono, obedeciendo a la voz de mando.

–Mi señora madre desea recoger sus pertenencias y salir hacia la capital del condado. ¡Procurad que todo se haga según sus deseos!

Los guardias condujeron a la mujer hacia el exterior.

Bo estuvo largo tiempo mirando con aire pensativo por la ventana. Después llamó a su mayordomo mayor.

–¿Tienes algún retrato de esa princesa llamada Sybila?

Yves estaba ya sentado encima de la rama, no de aquélla que había serrado casi en su totalidad y que no se acababa de partir porque una cuerda la mantenía sujeta, sino sobre otra cercana debajo de la cual, según sus cálculos, se detendría el palanquín. A su lado tenía atada y enrollada otra cuerda que le serviría para descender. Las dos cestas habían quedado depositadas sobre el muro, detrás de los arbustos de adelfas, con las tapas abiertas. Las había atado también con una cuerda que alcanzaba desde el árbol hasta el camino de abajo. Así podría evitar tener que realizar un salto demasiado atrevido con el consiguiente peligro de dislocarse los tobillos. Abajo, en el camino, lo esperaba su caballo, aunque desde arriba no lo veía y no le quedaba más remedio que confiar en que nadie se lo robara.

Yves había pensado en todas las posibilidades, aun en las más improbables. No solamente había adquirido en el bazar las cuerdas y la sierra, sino también una de las guirnaldas que hoy ofrecían allí en todas las variedades y colores para que los ciudadanos pudiesen engalanar casas y calles. Si algún guardia avispado lo descubriese antes de tiempo en su aireado escondite, siempre podría aducir que era un jardinero de palacio o un ciudadano algo bebido que deseaba colgar el adorno para mayor honra y esplendor de la fiesta. También tenía preparado entre los arbustos un sombrero campesino de paja, además de varias prendas de ropa pobre, para que la descripción del asesino por parte de un posible testigo no coincidiera con el sencillo hombre del campo que más abajo, en el camino, se alejaría montado a caballo y con dos cestas llenas.

Yves lo tenía todo calculado, pero había algo en lo que evitaba pensar: en los niños, en el instante en que tuviera que enfrentarse a los ojos de Yeza. Aquél era el momento que más temía, mucho más que el del golpe o la separación de las cabezas del cuerpo. Tenía que hacerlo todo de un tirón, en una única rápida acción: ¡saltar del árbol, descorrer la cortinilla y asestar el golpe!

No quería usar la bola de clavos porque causaba heridas horribles, y prefería imaginarse que los rostros de los niños conservarían la misma belleza impoluta que tenían antes, los veía idealizados. ¡Los infantes reales! No, mejor no pensar ahora en ello; mejor pensar en el momento en que se presentaría ante el de Anjou, arrojándole las cestas a los pies, para arrodillarse después y ser armado caballero.

Yves soñaba y dormitaba entre las ramas del plátano; las sombras en la avenida se iban alargando y ya habían pasado por debajo de él más de un carro y más de un palanquín para retirarse a las cocheras, pero no el que estaba esperando.

Dos mujeres se acercaban a buen paso.

–¿Sabéis, querida vecina?– decía una de ellas con voz penetrante. –Jamás lo habría pensado; de verdad que nunca creí que nuestro Bo se casaría con esa desconocida Sybila de Armenia.

–¡Haría mucho mejor pareja con la princesa del Grial, que ya hemos visto!– se lamentó la otra.

A Yves le pareció que se le encogía el corazón. Estuvo un tiempo acurrucado encima del árbol, incapaz de moverse. Después empleó la cuerda para deslizarse hacia abajo. Se olvidó de las cestas que tenía detrás de los arbustos y con el hacha en la mano corrió con la mente obnubilada a lo largo de la avenida hacia las cocheras. Se metió por una puerta lateral sin que lo viera nadie. Cuando sus ojos se hubieron acostumbrado al claroscuro, empezó a recorrer con pasos cada vez más acelerados los pasillos de las cuadras con su pavimento cubierto de paja; se lanzó a lo largo de los recintos de los caballos y cruzó junto al heno almacenado para alimentarlos. Después revisó a toda prisa y con muchos tropiezos algunos cobertizos llenos de herramientas medio sepultadas bajo el polvo y cocheras llenas de telarañas. Al fin lo encontró.

El palanquín estaba en un rincón, como abandonado allí por olvido, y por una abertura de la cortina cerrada asomaba una mano infantil. Yves se acercó reteniendo el aliento, levantó el hacha para poder golpear en seguida, sin mirar demasiado, y descorrió la cortinilla hacia un lado.

Dos muñecos le sonreían con la palidez de la cera. El movimiento de la cortina los hizo moverse; la mano se levantó y una de las cabezas se torció hacia un lado.

–¡Es obra del diablo!– El brazo de Yves que mantenía el hacha bajó sin fuerza, el hombre dio una patada al palanquín y las dos figuras empezaron a saludar, a derecha, a izquierda, saludaban con la mano, con la cabeza, con la mano…

–¡Maldita sea la obra del diablo!

Estaba Yves a punto de clavar el hacha en las figuras cuando oyó una risa sonora a sus espaldas.

Dio media vuelta y vió a "el halcón rojo", observándolo. ¡Aquél era el desconocido que lo había seguido desde Masyaf y ahora se convertía en testigo de su fracaso! ¡Eso jamás! Yves observó con detenimiento al musulmán, desde el turbante hasta la cimitarra que sujetaba con ambas manos. ¡No sería ésta la que le impediría lavar su vergüenza y su humillación! De no ser así, se las llevaría consigo al infierno.

"El Bretón" sopesó el hacha en la mano para ponderar su fuerza comparada con la agilidad del sable curvo, y después vio el horcón de recoger estiércol apoyado en la pared detrás del palanquín, este último depositado en la paja sin las barras de transporte. Retrocedió paso a paso en dirección oblicua e intentó coger el horcón con un solo movimiento, cuando se dio cuenta de que llevaba adherido un gran pegote de estiércol reseco. La risa de "el halcón rojo" se hizo más fuerte. Yves perdió por un instante de vista al enemigo mientras tiraba furioso del horcón para separarlo del estiércol. Cuando volvió a mirar, su adversario había recogido un escudo redondo, que Yves antes no había visto, y lo sujetaba con la mano izquierda a la espera del ataque, manteniendo baja la cimitarra, aunque al menos ya no reía. Yves se plantó y avanzó el horcón con la débil esperanza de atraer la cimitarra para poder asestarle entonces al enemigo un primer hachazo, pero "el halcón rojo" saltó hacia atrás y evitó el golpe con el escudo, avanzando después el sable en dirección casi horizontal, de modo que Yves tuvo que defenderse con el horcón para que no lo hiriera en el brazo extendido con el que sujetaba el hacha. El golpe de la cimitarra, que no venía desde arriba sino de lado, no fue capaz de cortar la madera seca del horcón, sino que se quedó clavada en él. Yves se sintió triunfante; tiró con la mano derecha del palo para arrancarle a "el halcón" el arma atascada y al mismo tiempo levantó el hacha con la mano izquierda, pues era zurdo, dispuesto a descargar el primer hachazo. Todos sus músculos estaban tensos en extremo, pues era consciente de que ese primer golpe podía ser decisivo. Pero entonces, contra lo esperado, "el halcón rojo" soltó la cimitarra y, al faltarle de repente la tracción opuesta, Yves tropezó y cayó hacia atrás, sobre la paja.

"El halcón rojo" dio un salto y sujetó con los pies el palo del horcón, arrancando la cimitarra y blandiéndola de nuevo. Probablemente habría sido mejor saltar sobre el brazo que sostenía el hacha, pues cuando se agachó lo alcanzó en un costado la bola de clavos, aunque al haberle dado en posición inclinada y ser amortiguada la fuerza del golpe en parte por el escudo, "el halcón rojo" no llegó a caer: sólo se tambaleó.

Yves intentó entonces atacarlo desde abajo con el horcón, pero cuando lo levantó se partió el palo. "El Bretón" aprovechó con la habilidad de un mono el trozo partido para alzarse con la rapidez del rayo y arrojó el madero roto a los pies de su contrincante.

"El halcón rojo" lo esperaba con las piernas separadas, igual que antes. "Si no consigo arrebatarle el escudo", pensó Yves, "puede que su sable curvo me alcance con más rapidez de la que yo pueda desarrollar para asestarle el hachazo definitivo". Giró el mango del arma para liberar la cadena y dar un nuevo golpe. Yves confiaba más en el susto provocado por la transformación del arma que en su horrible efecto. "El halcón rojo" se sorprendió al ver que "el Bretón" no dirigía el hacha contra la cimitarra, sino contra el escudo, como si hubiera cometido un error. Pero en el último instante vio que la bola se soltaba del mango puntiagudo, y que Yves tiraba con ruido de la cadena con la intención de clavar las puntas en el escudo y desplazarlo a él de una posición que parecía ventajosa. Consiguió parar el golpe trazando un remolino con el filo de la cimitarra, ya dispuesta a alcanzar el hombro enemigo, pero que tuvo que emplear para desviar la amenaza de la bola y la cadena.

Yves, que había empezado a retirar el cuerpo hacia atrás, quiso atraer rápidamente la bola, pero el filo de la cimitarra era demasiado liso como para que las puntas pudiesen sujetarla. Necesitaba ahora con urgencia la cadena, pues "el halcón rojo" empezó a voltear con rapidez el arma y saltaba en dirección a él.

Yves retrocedió hasta el palanquín. Aprovechó una puerta del mismo como defensa y desde su refugio intentó alcanzar a "el halcón", que saltó detrás del palanquín para hacerlo salir de una posición que era difícilmente atacable. Yves hizo acopio de todas sus fuerzas e intentó arrojar la caja del palanquín sobre su enemigo para aplastarlo contra la pared. La sacudida proporcionó un nuevo movimiento a los muñecos, que empezaron a mover las cabezas y las manos, primero en dirección a "el halcón rojo" y después, asintiendo con un gesto amable, hacia Yves, a quien aquello le pareció una mofa terrible, aún más cuando "el halcón rojo" metió la cabeza por el otro lado del palanquín y se burló de él haciéndole muecas. "El Bretón" arrojó la bola de clavos entre las figuras infantiles sin alcanzar al odiado enemigo, pero sí les arrancó las manos a los muñecos y por los muñones asomó el esqueleto de hierro. Para irritarlo aún más, "el halcón rojo" lo atacó a través del palanquín sin poder causarle daño, pero el contraataque furioso de Yves arrancó las ropas del cuerpo de las figuras dejando al descubierto las ruedas y las poleas que, al doblarse repentinamente, hicieron girar los muñones en señal de saludo; después se torcieron las cabezas hasta quedar del todo inmóviles.

Yves derribó en un furioso asalto el palanquín, pero "el halcón rojo" había conseguido hacerse a un lado y aprovechó la caja volcada para atacarlo desde lo alto. La cimitarra emitía un sonido claro al chocar contra la cadena y los golpes del hacha resonaban opacos contra el escudo abollado. Yves hacía girar la bola en el aire, manteniendo así a distancia al enemigo. "El halcón rojo" se vio obligado a poner fin al juego, por lo que aflojó la mano que sujetaba el escudo por la pieza de cuero y simuló querer soltarlo; en cierto modo lo lanzó hacia la bola, que se acercaba en movimiento circular hasta que las puntas afiladas se clavaron en él; en ese instante fue "el halcón rojo" el primero en tirar del escudo hacia atrás. Yves voló hacia delante, detrás de su arma, con tanto ímpetu que fue a caer sobre "el halcón" y ambos acabaron sobre la paja. Yves quedó encima; entre ellos quedaban el escudo y las puntas afiladas insertadas en la bola, que seguía a su vez clavada en el escudo, amenazando los ojos de ambos contendientes. Yves tenía aún la posibilidad de separar la cabeza y empujar el escudo, la bola y las puntas en dirección a los ojos de "el halcón rojo" –que no podía mover la suya por tenerla apretada contra la paja–, y a través de los ojos alcanzarle el cerebro.

"El Bretón" empezó a empujar y las puntas se fueron acercando lentamente, pero con seguridad, al rostro de su enemigo. Matar a alguien desde tan cerca mirando a la víctima a los ojos, empujar el hierro asesino para introducirlo ante los tuyos en la mirada del enemigo, poco a poco, mientras la respiración de éste te llega al rostro era algo que conmovía incluso a Yves "el Bretón", aunque no por ello aflojó la presión. "El halcón rojo", a quien tenía debajo, no se defendía con movimientos violentos como Yves habría esperado: se limitaba a girar un poco la cabeza hacia un lado para salvar al menos uno de los ojos. Y cuando la primera punta ya empezaba a rozarle la piel tensa del rostro y aparecía la primera gota de sangre, Yves sintió de repente el peso y el frescor de la cimitarra en su propia nuca y vio que iba fluyendo cada vez más sangre sobre el rostro de "el halcón". En ese instante comprendió Yves que la sangre era suya y que la cimitarra le estaba cortando el cuello.

Con un grito horrible soltó a su adversario y se lanzó a un lado para rodar por la paja, sujetándose con ambas manos la cabeza.

–*Cessate!*– retumbó como un trueno la voz de Sigbert von Öxfeld a través de la cochera. El comendador de los caballeros teutónicos se inclinaba, espada en mano, sobre los dos adversarios caídos en el suelo.

–¡Se acabó la pelea!– añadió con voz firme, y el poder de la espada que plantó entre sus pies subrayó la seriedad de su intervención.

–El embajador del sultán no saldrá humillado de esta pelea, aunque el del rey parezca haber olvidado su condición.

De los dos luchadores fue "el halcón rojo" el primero en incorporarse. Levantó la cimitarra para acabar con Yves, pero la espada del alemán intervino con un brillo rápido y el sable curvo fue desviado, emitiendo un sonido desagradable.

–¡No eres juez ni verdugo, Constancio!– le recordó Sigbert.

El interpelado protestó:

–Conoces la profecía y sabes cuál es el peligro que entraña este hombre– y señaló a Yves, que se revolcaba en la paja. –Permite que corte este nudo gordiano. No deseo hacerme con la cabeza de "el Bretón", ¡sino con su brazo! ¡Ese brazo que no dejará de levantar el hacha para acabar con los infantes!

–Pienso que debe conservar ese brazo– dijo Sigbert. –Hasta que se cumpla el destino. Si le cortas el brazo, ¡crecerán otros!

Sólo entonces pareció volver la vida a Yves "el Bretón". Se sostuvo un instante de pie, tambaleándose, pues el corte que tenía en la nuca lo hacía sangrar como un cerdo en día de matanza, y cayó de rodillas; al querar palparla con las manos se dio cuenta de que Sigbert tenía el pie puesto sobre la cadena del hacha.

–¡Acabad de una vez conmigo, quiero llegar al final!– exigió al comendador. Pero éste sacudió la cabeza y miró a "el halcón rojo", que tenía de nuevo dispuesta su cimitarra para seguir luchando, aunque la desvió ante la mirada de advertencia de Sigbert.

–¡Os devolveré a vuestro señor Luis, señor Yves!– dijo Sigbert tranquilo.

–¡Matadme mejor!– gritó "el Bretón" mientras tiraba en vano de la bola cuyos clavos le hacían daño en las manos.

–No– dijo Sigbert. –Diremos que después de vuestro regreso de Damasco os afectó una grave enfermedad; que habéis estado todo el tiempo en Starkenberg, y que tan sólo ahora, apenas repuesto, os habéis visto con fuerzas para regresar a San Juan de Acre.

–¡El rey es lo de menos!– gimió Yves, pero el comendador no quiso entrar en otras razones.

–Estáis enfermo, y por tanto debéis cuidaros. Saldremos hoy mismo.

Yves se quedó acurrucado en el suelo, hundido sobre sí mismo y con la cabeza vuelta hacia atrás en una posición poco natural, para cerrar el corte abierto en la nuca.

–Tú, Fassr ed-Din Octay, representarás mañana los colores de El Cairo aquí, en Antioquía. Esto te servirá también para justificar ante el rey tus repentinos cambios de lugar. Pero presta antención: ¡tendrás que arreglarte un poco la ropa y peinarte el cabello para limpiarlo de paja!

"El halcón rojo" cogió el escudo, lo guardó sobre la espalda y metió la cimitarra en el cinto. Se inclinó con mucha formalidad ante el caballero teutónico.

–*Salvatz los enfans du Mont!*– dijo riendo, y salió a paso rápido de las cuadras.

Sigbert tendió la mano a Yves para ayudarlo a incorporarse.

–¡Estoy sangrando!– observó Yves con timidez.

–Al menos no es sangre de reyes– dijo el comendador: –sólo la de un hombre empeñado en un combate sin sentido.

Se le adelantó, y sus pasos resonaron entre las bóvedas.

–Vuestro caballo sigue esperando en el camino, al pie del muro. En unos pocos días todo estará olvidado.

Yves se levantó tambaleándose, pero consiguió introducir la bola de nuevo en el extremo del hacha y ocultar la cadena en el mango.

Después siguió al comendador.

DIARIO DE JEAN DE JOINVILLE

Hosn el-Akrad, 3 de junio de 1251 d.C.

Cuando pisé el Krak des Chevaliers me dijeron que encontraría a mi secretario limpiando verdura en la cocina, pero no me creí mucho esa información. En realidad, donde lo encontré fue en la bodega, y eso sólo porque unas risitas audibles y suspiros apenas reprimidos de placer carnal me llevaron a inspeccionar los huecos entre los barriles, donde encontré a mi William con la boca abierta y el pantalón desabrochado debajo de una de las espitas, atiborrándose de vino tinto; supuse que las mozas de la cocina, que salieron presurosas en cuanto me presenté, habrían estado disfrutando de otro tipo de espita.

–¡Pero si es mi glorioso señor de Joinville!– me saludó sin el menor atisbo de vergüenza ni de timidez. –Qué, ¿ya está de regreso después de haber cumplido con todo éxito la misión ante los "asesinos"?

Cerró la espita, se abrochó el pantalón y se puso de pie. ¡Mi pícaro flamenco estaba todavía más gordo que antes!

–¡William!– Hice un esfuerzo por mostrarme severo. –¡Se acabó vuestra vagancia!

–¿Y eso por qué?– contestó él mientras se limpiaba con el dorso de la mano la pelirroja barba de tres días, que llevaba mojada de vino. –¿Acaso ha regresado ya mi carcelero Juan de Ronay?

–Querréis decir vuestro bodeguero– intenté adoptar su mismo tono. –Pues no, aún sigue asediando a Masyaf; y siento tener que decir que padece en aquel desierto de una injusta carencia de cuanto hay de bueno en la vida, ¡mientras que vos al parecer vivís aquí como en el paraíso!

–¡Nadie lo obliga!– rió William, y se dispuso a llenar una jarra.

–Muy al contrario– le contesté yo, entrando en el mismo tono festivo. –A decir verdad, ha sido un espectáculo grotesco verlo con todos sus caballeros acurrucados día y noche entre las rocas que rodean el castillo, como gatos rubios vigilando una ratonera, aunque ésta, como es natural, tiene tantas entradas y salidas secretas como agujeros tiene un queso de montaña.

William me tendió la jarra y eché un trago. ¡Estaba delicioso!

–¡El bribón de Ronay tiene realmente un buen vino!– y chasqueé la lengua. –¡Bebamos a la salud de nuestro honrado anfitrión! El pobre hombre sigue esperando a Roç y Yeza y ni siquiera se ha enterado de que el senescal de la Champagne, a quien, como espero, es difícil pasar por alto, ¡abandonó ayer Masyaf con tres banderines de caballeros y con las mejores bendiciones del Grand D'ai!

–¡Traidores!– oímos en aquel preciso instante la voz furibunda de aquél de quien estábamos hablando. El gran maestre en funciones de los sanjuanistas apareció con la armadura llena de polvo en la parte alta de la escalera que conducía al sótano y nos miraba temblando de ira. –¿Os mofáis de mí?– gruñó. –¡Se os pasará en seguida la alegría! ¡Subid ahora mismo!– Y se alejó, haciendo sonar las espuelas.

–Vamos, pues– dijo William, –¡gato que maúlla no caza ratones!– Y una vez más nos tuvimos que reír los dos. Subimos por la escalera, no sin antes haber vaciado una parte notable de la jarra.

El tribunal se había reunido en la cocina: lo formaban los caballeros que habían seguido a Juan de Ronay en todas sus aventuras, por estúpidas que fuesen y por inútiles que se hubieran revelado. Allí estaban, mirándonos fijamente: una situación que no carecía de peligro.

–¿Dónde están los infantes?– me increpó el de Ronay, y yo respondí:

–Están allí donde vos, digno señor, suponéis con toda la razón que están, y dada vuestra inteligencia…

–¡Os equivocáis!– dijo entonces una voz que ninguno de nosotros habría esperado.

Gavin, el templario, entró en la cocina acompañado de Guillermo de Chateauneuf, el anciano gran maestre de la Orden de los sanjuanistas. Los caballeros tuvieron un sobresalto, como niños atrapados en una travesura, y agacharon las cabezas.

–Existe una recomendación…– empezó a explicar Gavin con cierta benevolencia, pero el gran maestre lo corrigió, dirigiéndose a su sustituto: –¡Digamos mejor: una orden!

Gavin retomó sus explicaciones:

–¡Los infantes jamás han existido!– y dirigió su mirada hacia mí y mi indigno secretario. –Esto vale también para vos, William.– Y después me tocó a mí: –Por cierto, vuestro *opus magnum*, ese abultado diario que estáis escribiendo, estimado señor de Joinville, ¡conviene que no sea publicado jamás!

Extendió la mano y yo bajé del hombro mi bolsa de viaje, y con la mente confusa metí la mano y le tendí un fajo de hojas densamente cubiertas de escritura.

–¿Eso es todo?– me preguntó incrédulo.

–Tengo la escritura fina y delicada– me apresuré a asegurarle, –y sólo apunto algunas palabras clave…

–¿De verdad es esto cuanto habéis anotado desde que dejasteis las tierras de Francia?

–Bueno– dije yo, –el diario de lo sucedido en Chipre y durante la cruzada de Egipto se ha quedado en mi albergue de San Juan de Acre.

–Pues ahora vais a escribir dos líneas más– me respondió él con frialdad y, no sé por qué, empecé a recuperar alguna confianza, –y lo que escribiréis será un poder para que esas hojas redactadas por vos sean entregadas en su totalidad al portador de dicho documento.

No me quedó más recurso que protestar:

–El rey espera de mi pluma una crónica de su cruzada– me lamenté, –y cómo voy a…

–En lo que se refiere a la campaña de guerra, senescal– me consoló Gavin, –recuperaréis a su debido tiempo todos los datos necesarios, y el Hospital de los sanjuanistas– miró al anciano gran maestre, que hizo un gesto amable demostrando que estaba de acuerdo –concederá al famoso cronista una honorable hospitalidad, para que pueda trabajar sin ser molestado, igual a la ofrecida en su día por el Temple en San Juan de Acre. ¡Aún estáis en condiciones de poder elegir!

–Os agradezco la generosa oferta– dije, y no descuidé dedicarle una reverencia también al gran maestre.

Es cierto que el hecho de que mi *opus magnum*, como el templario se había dignado llamar con mucho respeto a mi diario, no vaya a publicarse, me duele en mi ambición de *homme de lettres* –como me atrevo a calificarme– pero, por otra parte, lo dispuesto tampoco atenta contra mi honor, pues hay que confesar que el conde Jean de Joinville y Aprémont, senescal de la Champagne, no se manifiesta en los hechos registrados en dicho diario precisamente como un héroe hasta el punto de que sea indispensable que un día lo lean mis nietos. Ahora tendré que concentrar todo mi talento en redactar una crónica oficiosa con ayuda de William, para cuya confección no habrá al parecer mayores dificultades. ¡De modo que la *Prieuré* de Sión ha conseguido finalmente disponer también de mi persona!

–Para todos los presentes, y también para los ausentes, tiene aplicación a partir de ahora ¡la consigna de *silentium strictissimum* en relación con los infantes reales!– dijo Gavin, y el gran maestre de los sanjuanistas miró fijamente a su sustituto, quien parecía encogerse más y más. A todos nos pareció pequeño.

Justo en ese instante tuvo que abrir mi secretario el insolente pico:

–Pero esos infantes reales, ¿se han salvado o no?

–¡William! Algo que no ha existido jamás tampoco puede ser salvado, o digamos más bien que tampoco puede morir, si lo preferís así.

–Ciertamente lo prefiero, pero ¿qué pasa con Yves "el Bretón"?

–¡Podéis confiar en que también él mantendrá la boca cerrada!

–Es posible que tengáis poder para dominar el mundo de Occidente, Gavin Montbard de Béthune, ¿pero en Oriente…?

–William de Roebruk– le espetó el preceptor con voz seca: –es cierto que habéis estado ligado a "el gran proyecto" durante más tiempo que todos los demás, y también durante más tiempo de lo que muchos habrán deseado. De modo que os aconsejo no desafiar más a vuestro destino y recordar una sola cosa: ¡la causa de los infantes reales es, en exclusiva, asunto de Occidente!

William cerraba y abría la boca en un gesto revelador de que estaba pensando lo mismo que yo: "¡en eso os engañáis mucho!"

¿Pero acaso no es el engaño una parte considerable de aquello que ellos denominan "el gran proyecto"? Para gran sorpresa mía, Gavin no se contentó con la explicación que nos acababa de dar. Después de aquel *sermunculus in culina* nos dirigimos al despacho del gran maestre los tres: el señor de Chateauneuf, un servidor, y también –puesto que el preceptor insistió en ello– el señor Juan de Ronay. William, en cambio, tuvo que quedarse en la cocina.

–No debéis tomar el final de esta "causa", como soléis llamarla –por cierto, el lenguaje revela la opinión que hay detrás–, como un fracaso de la Orden de san Juan– se dirigió Gavin a los que allí estábamos reunidos con él, –por la que deseo expresar en nombre del Temple mi mayor respeto. También nosotros hemos tenido que dar marcha atrás en lo que se refiere a "el gran proyecto". Los tiempos aún no están maduros y, por otra parte, hemos subestimado el revuelo que la cruzada tan inútil como fracasada del señor Luis provocaría entre amigos y enemigos. El sultanato de los Ayubíes, que se mantenía benevolente frente a los cristianos, ha sido barrido por los mamelucos, provocando un cambio violento en la situación y levantando nubes de polvo que acabarán por envolvernos a todos. Aún no sabemos si sabremos resistir el temporal que se avecina.

–¡Cuánta verdad!– murmuró Guillermo de Chateauneuf.

–En cuanto a Tierra Santa– prosiguió Gavin, –en Occidente siguen creyendo que todo está en perfecto orden. Es cierto que tenemos en el rey Luis a un hombre honesto quien, contrariamente a lo que hicieron los Hohenstaufen, se preocupa de estas tierras y lucha por ellas. Pero todos sabemos que algún día, y no demasiado lejano, el rey retornará a Francia. Entonces quedaremos aquí en una situación peor que cualquier otra jamás sufrida con anterioridad.

–¿Y el señor Papa, o Inglaterra, no podrían acudir en nuestra ayuda?– se atrevió el señor de Ronay a tomar la palabra.

Gavin le concedió una mirada llena de conmiseración.

–El señor Papa invierte en el de Anjou, porque desea que éste expulse a los Hohenstaufen del sur de Italia; y el rey Enrique está peleando con la reina madre Blanca por las posesiones inglesas en Francia.

Gavin intercaló una pausa y, cuando volvió a hablar, su voz parecía más opaca, más deprimida por la melancolía:

–En vista de una situación en la que sólo podemos esperar que nos llegue ayuda del cielo o de Oriente, no cabe otro remedio que preservar la *sang réal*, la sangre sagrada, de las desgracias que se avecinan. Hay un fuego que endurece y templa el acero, pero también hay incendios que ahogan la respiración y acaban con la vida. Nosotros, y la Orden de los sanjuanistas ha participado en ello, sea por intuición o por ingenuidad, hemos sometido a "los infantes reales" a muchas pruebas. Han salido indemnes de las llamas, pero ahora no sabemos qué nos espera y, a decir verdad, en este momento no tenemos el control de lo que pueda suceder en el futuro en Tierra Santa. Por eso hemos procurado, y debéis creerme, amigos, que lo hemos hecho con gran pesadumbre en el corazón, que los niños, nuestra única esperanza, sean alejados de este país.– Gavin calló.

Comprendimos que no le resultaba fácil confesar su propia debilidad.

El gran maestre, para quien muchos datos eran nuevos y la mayor parte de ellos incomprensibles por haber pasado tanto tiempo en prisión, se mostró no obstante conmovido.

–La paz– dijo en voz baja –es un bien tan escaso que yo ni siquiera recuerdo haberla vivido.– Después reflexionó en voz alta: –Pero si esos pequeños soberanos de la paz que el señor Gavin quiere compartir tan amablemente con nosotros han de tener alguna influencia, ¿no los necesitaremos precisamente en estos tiempos tan difíciles que se avecinan?

–No están perdidos para nosotros, ni siquiera nos han abandonado para siempre. Crecerán en un lugar seguro y, cuando llegue su hora, la hora de los fuertes, la del *summum culmen fortunae*, ¡regresarán e instaurarán su reino!

–Deben venir pronto, ¡muy pronto!– insistió Guillermo de Chateauneuf.

–La sangre de los reyes– lo reprendió Gavin con delicadeza –es demasiado valiosa para arriesgarla y no debe ser derramada por el simple hecho de que nosotros no sepamos esperar. Los cuerpos de los infantes reales, por cuyas venas corre esa sangre, aún tienen que ganar fuerzas pues, tal como os he dicho, tendrán que enfrentarse, llegado el tiempo, a enemigos poderosos. Si los exponemos antes de hora a las peores pruebas, los perderemos en lugar de procurar su victoria.

Gavin se detuvo para observar si los demás habían comprendido.

–No tenemos más que a esta pareja, los hijos del Grial, ¡y son nuestra única esperanza!

–¡Espero que lleguemos a ver su triunfo!– dijo Juan de Ronay con entonación escéptica.

–No penséis en vuestro cuerpo perecedero ni en vuestro propio bienestar– le respondió el templario. –Ni siquiera se trata de conservar esta Tierra Santa en su actual forma empobrecida, sino de instaurar un solo Imperio, ¡el Imperio de la paz! La sangre real no ha llegado a este mundo para ayudar a reyes, Órdenes militares o repúblicas marítimas, al emperador o al Papa, a salir de sus peleas y de sus miserias, de las que ellos mismos tienen la culpa. Y tampoco para enfrentar a unos contra otros: ¡ha sido dada al mundo para rescatarlo de todo mal!

Todos callamos. Después, Guillermo de Chateauneuf inició con voz quebradiza el Padrenuestro y doblamos la rodilla.

Pater noster qui es en coelis,
santificetur nomen Tuum,
adveniat regnum Tuum,
fiat voluntas Tua,
sicut in coelo et in terra.

FINIS
DIARII

Jean
le comte de Joinville

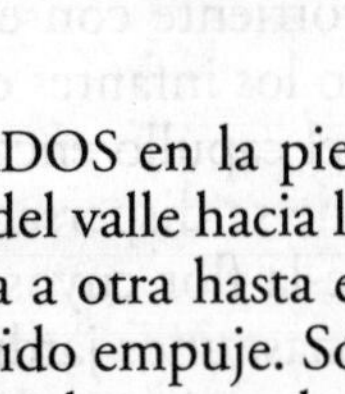

LOS ESCALONES CORTADOS en la piedra ascendían en pendiente acusada conforme se subía del valle hacia la montaña, cuyas laderas pétreas se iban acercando una a otra hasta el punto donde una roca sobresaliente las unía en atrevido empuje. Sólo quedaba un paso muy estrecho que permitía al jinete desmontado cruzarlo a pie. Los agotados camellos no pudieron atravesar el *Jurm al ibra*.

Crean hizo pasar a Roç y Yeza por delante de los demás jinetes. Muchos habían muerto en aquella cabalgata al parecer interminable que cruzó por los desiertos, la nieve y el hielo de las montañas; que atravesó ríos tormentosos y durante la cual hubo que defenderse contra los ataques de tribus saqueadoras. Al principio Roç le tendía la mano a Yeza, pero después dejó de hacerlo.

Ya no eran niños. Yeza caminaba con pie ligero y Roç, que buscaba seguridad, tenía que hacer un esfuerzo por seguir a su compañera. Aunque deseaba mucho estar junto a ella en el momento en que sus miradas contemplaran por primera vez la meta deseada.

La respiración del muchacho era jadeante debido al aire enrarecido de las alturas, y en su mente excitada persistía la imagen de tanta leyenda e historia fantástica como había ido acumulando en la memoria a lo largo de su vida. Vio la rosa de hierro que surgía envuelta en llamas de las oscuras aguas: sus hojas resistentes se agitaban en un temblor constante causado por la pulsación del oculto núcleo de fuego al que esas mismas hojas abanicaban, proporcionándole así el aire necesario para persistir en un estado de permanente excitación y siempre dispuesto a desplegarse y difundir el desastre.

Intentó imaginarse la vida excitante en el interior del capullo envuelto, donde existían varillajes y pasillos, escaleras y poleas, cadenas y cables; se imaginó el tallo misterioso que, girando eternamente, impulsaba los mecanismos y las estructuras cada vez más refinadas en las que se reflejan el fluir de los tiempos y el curso de los astros. Los relatos de Crean hablándoles de aquel fantástico castillo habían entusiasmado a los niños durante muchas noches pasadas junto al fuego de acampada, ayudándoles a sobrellevar el hambre y el frío.

Roç esperaba encontrar una obra maravillosa del ingenio humano, a cuya investigación deseaba entregarse con todo su afán y su ambición de saber.

La garganta abierta entre las rocas, una garganta que hacía tiempo ya no transportaba agua, se estrechó todavía más formando grietas profundas que durante milenios había ido vaciando el remolino de aguas atormentadas mientras surcaba la piedra, hasta que la mano humana desvió el curso de la corriente con el fin de aprovecharla en su propio beneficio. Muy pronto los infantes dejaron de ver el cielo.

Yeza soñaba pensando en el capullo encantado que se refleja flotando en el lago, en las raíces que se dispersan por profundidades invisibles, en las hojas curvadas de la flor cuyos bordes finamente serrados ocultan, como si fuesen almenas, unos jardines que ascienden formando terrazas, oasis de plantas trepadoras plenas de aroma: los jardines colgantes de Semíramis.

Intentó imaginarse el tallo en el centro, donde se oculta la biblioteca más importante de la Tierra y que asciende, cada vez más esbelto, hasta acabar en el recipiente bulboso del observatorio, donde un espejo plateado sigue el curso de la luna. Se veía a sí misma leyendo los escritos apócrifos de la Revelación y estudiando las teorías secretas de la astrología, para descubrir al fin cuál es el destino del ser humano y qué papel les correspondía a ellos, los infantes reales, en ese destino.

La senda que atravesaba la roca se hacía más estrecha y descendía hacia lo hondo, como si pretendiera desmoralizar al adepto y hacerlo desistir de seguir adentrándose en un mundo desconocido.

Yeza no sentía miedo, pero avanzaba un pie tras otro con suma atención, pues veía más y más grietas y hendiduras capaces de arrastrar sin remedio posible hacia la perdición a cualquiera que diese un paso en falso.

Roç la seguía caminando con calma, y aunque en algún momento se arrepintió de haberla dejado encabezar la marcha vio después que Yeza superaba todos los escollos con la seguridad del sonámbulo. El camino volvía a ensancharse hasta formar una gruta cuando Roç la alcanzó.

Entonces el aire se llenó con el sonido profundo de un gigantesco cuerno de carnero. De alguna parte penetraba en la cueva la luz del día, haciéndoles comprender que habían alcanzado el final del recorrido. Aguzaron el oído y un escalofrío los llevó a cogerse de la mano.

Así dieron juntos la vuelta al último saliente rocoso y vieron delante de ellos el *As-sahra al ma'adania fin-nar*, cuyo cuerpo vibrante era mucho más gigantesco de lo que ellos se habían imaginado. Sobre una meseta rodeada de cordilleras y sierras escarpadas vieron la gigantesca fortaleza de los "asesinos" en medio de un lago de agua encendida, como una olla ventruda asentada sobre el fuego y a la que las llamas serpenteantes no pueden perjudicar. Un castillo sin torres, pues todo él representaba un único baluarte en forma de torre. Los puentes levadizos se ajustaban al cuerpo de aquella ánfora, se elevaban y descendían de nuevo, cruzando el oscuro lago.

A su encuentro salieron algunos jinetes que portaban banderas ondeantes y cabalgaban a todo galope. El saludo de bienvenida procedente de larguísimos cuernos retumbó como un trueno y fue respondido y devuelto por las montañas circundantes. Los espejos señalizadores situados en las avanzadillas de las alturas brillaban como estrellas y sus destellos eran recogidos y concentrados por el gran disco cóncavo que coronaba el observatorio.

La luna de plata giraba lentamente, asentada sobre la esfera terrestre, y guiaba el haz de luz hacia la salida del laberinto de cuevas donde se encontraban los infantes. Durante un instante sumergió la salida en una luz cegadora que los deslumbró y los sumió arrebatados en mudo encantamiento, hasta que el reflejo del sol se alejó, prosiguiendo su camino.

–Alamut os regala su amor, infantes reales– dijo Crean, situándose detrás de ellos. –¡Alá en su magnificencia os conceda fuerza!

Roç y Yeza se miraron y se sintieron unidos en un placentero temblor. Juntos se encaminaron al encuentro del milagro.

Observaciones del autor

Personajes y citas en idiomas extranjeros

Libro I

I. La trirreme de la pirata

Jean de Joinville: segundo hijo del conde de Joigny, nació en 1224 ó 1225. Al morir su padre y su hermano, heredó en 1238 el condado, y en 1241 era ya senescal de la Champagne; tanto el título como el cargo eran hereditarios y habían sido concedidos a su familia a perpetuidad. A partir de 1244 sirvió en algunas ocasiones al rey Luis IX, y lo acompañó en la cruzada contra Egipto. Al finalizar la campaña, Joinville accedió al cargo de asesor real y prestó después los mismos servicios al sucesor de Luis, Felipe III, quien lo nombró regente del condado dc la Champagnc durantc la minoridad de Juana, que des pués casó con Felipe IV el Hermoso. La reina rogó en 1305 al viejo senescal que redactara la obra *Vida de San Luis*, y Joinville se basó para ello en las notas que había ido tomando a lo largo de muchos años. Terminó el trabajo en 1309 y lo dedicó al delfín Luis X. Jean de Joinville murió en 1317 ó 1319.

trirreme: barco de guerra, galera con tres cubiertas de remeros y velamen.

Maire de Dieu: francés antiguo: "¡Madre de Dios!"

condesa de Otranto: Laurence de Belgrave nació en 1191, del matrimonio morganático entre Livia de Semptisoliis-Frangipane y Lionel *lord* Belgrave, aliado del de Montfort y posterior protector de la *Resistenza*. Laurence fue nombrada en 1212 abadesa del convento de carmelitas en el monte Sacro de Roma; en 1217 la amenaza de la Inquisición la obligó a huir de Italia y se dirigió a Constantinopla. Allí fundó un burdel y más adelante fue famosa y temida como pirata y mercader de esclavos. Su sobrenombre era "la abadesa". En 1228 casó con el almirante del emperador, conde Enrique de Malta, de quien heredó el castillo de Otranto y la trirreme. En 1229 nació su hijo Hamo, y ya antes había acogido como hija adoptiva a Clarion de Salento (nacida en 1226).

capanna: "cabaña", castillo en la cubierta de un barco.

Guiscard: capitán de la trirreme, al servicio de la condesa de Otranto, llamado también "el amalfitano".

Blanca de Lancia: durante muchos años fue amante del emperador Federico II, con quien tuvo dos hijos naturales: Manfredo, príncipe de Tarento, nacido en 1232, y Constancia, llamada "Anna". En su lecho de muerte, Federico II legitimó a estos hijos y nombró a la madre condesa de Lecce.

emperador Federico II: 1194-1250, hijo del emperador alemán Enrique VI y la heredera normanda Constance d'Hauteville, nieto del emperador Federico I Barbarroja. En 1197 fue proclamado rey de Sicilia y en 1212 rey de la nación germana; a partir de 1220 fue emperador. Casó con Constancia de Aragón (que murió en 1222), Isabel de Brienne (reina de Jerusalén llamada Yolanda, murió en 1228) e Isabela-Elisabeth de Inglaterra (murió en 1241). De estos tres matrimonios y de numerosas otras relaciones tuvo cuatro hijos legítimos y once bastardos. El último de los Hohenstaufen, Conrado V, llamado también Conradino, que en 1268 fue ejecutado por Carlos de Anjou, era nieto del emperador. Federico II heredó el reino de Sicilia que su abuelo había conseguido unir al Sacro Imperio romano-germánico, y tuvo que sostener a lo largo de toda su vida encarnizadas guerras contra el papado. Ya excomulgado, emprendió en 1227-29 una cruzada. En 1245, el Concilio de Lyon lo destituyó.

Bruce de Belgrave: pariente lejano de Lionel de Belgrave, señor feudal de Simón de Montfort, conde de Leicester.

universitas medicinae artis: latín, literalmente: "conjunto de las artes médicas", nombre que se daba a la Universidad de medicina.

ductus deferens: latín, conducto deferente que traslada el semen.

O'sperone, maledetti!: italiano, "¡al espolón, malditos!"

Sidi! Sidi!: árabe, "¡señor!"

speronisti: italiano, "los que manipulan el espolón".

hijos del Grial: "Roç" (de Roger) y "Yeza" (de Yezabel = Isabelle), nacieron aproximadamente en 1239-40. Aunque se desconoce quiénes fueron sus padres, probablemente procedan de la estirpe de los Trencavel (Perceval, Parsifal), vizcondes de Carcasona, o de la familia de los Perelha (Pereille), castellanos de Montségur, o de una línea bastarda de los Hohenstaufen y de Inglaterra. Incluso podrían ser hermanastros. En 1244, poco antes de la capitulación del Montségur, fueron rescatados por los caballeros Crean de Bourivan (hijo de John Turnbull), Sigbert von Öxfeld (de la Orden de caballeros teutónicos), Constancio de Selinonte, llamado también "el halcón rojo", y Gavin

Montbard de Béthune (templario), por encargo de la *Prieuré* de Monte Sión, siendo trasladados al castillo de la condesa de Otranto.

Grial: el Grial era el gran secreto de los cátaros, seguidores de un movimiento radical renovador de confesión católica, aunque separado de la Iglesia oficial. En el transcurso del siglo XII llegaron a constituir un peligroso poder opuesto a Roma, que los persiguió por herejía. Entre la población común gozaban los herejes de gran prestigio por la austeridad de sus sacerdotes, aunque también la nobleza local se adhirió a los cátaros, pues éstos, a diferencia de la Iglesia romana, no ambicionaban el poder terrenal. El secreto del Grial sólo se revelaba a los iniciados. Hasta la fecha sigue sin aclararse si representaba un objeto, una piedra, un cáliz (que contendría algunas gotas de la verdadera sangre de Cristo), un tesoro o ciertos conocimientos en torno a la prolongación de la dinastía del rey David que, pasando por Jesús de Nazaret, habría llegado a Occitania. En esta dirección apunta también la teoría de que "saint Grial", "santo Grial" o "san Grial" debería leerse, en realidad, *sang réal*, es decir: "sangre real". Ya en el terreno de la alquimia, el Grial se identifica con la "piedra filosofal", y en la mitología reaparece con los caballeros del Grial que asisten a la mesa redonda del rey Arturo.

William de Roebruk: nació en 1222 en el pueblo de Roebruk (también Rubruc o Roebroek), en Flandes, ingresó en la Orden de los frailes menores y estudió en París. Llegó a ser maestro particular del rey Luis IX, quien le encargó enseñarle el idioma árabe, y fue enviado por el rey como capellán castrense en 1243 a la cruzada contra el Montségur y los cátaros. Allí se vio involucrado en el rescate de los infantes y compartió a partir de entonces su destino.

Prieuré de Sión: poderosa sociedad secreta supuestamente implicada en la defensa de la línea dinástica de la estirpe de David (la sangre de los reyes) y que aparece por primera vez en 1099, tras la conquista de Jerusalén. La Orden de los caballeros del Temple constituiría su brazo terrenal visible. En la Edad Media se opuso violentamente al papado, a quienes proclamaron con tanto éxito la idea de la "Revelación" y a la estirpe de los Capetos, a los que reprochaba haber usurpado la legitimidad sanguínea de los merovingios. En la época de Luis IX el mando de esta secta estaba en manos de una mujer, Marie de Saint-Clair, viuda del gran maestre Jean de Gisors, muerto en 1220.

rey Luis: Luis IX, rey de Francia, nació en 1214. Llamado también "el rey santo" o "san Luis", su inspirado gobierno puso fin, en 1229 y mediante el acuerdo de Meaux, a la guerra llamada "de los albigenses". En 1244 conquistó el Montségur; en 1259 tuvo que ceder al rey Enrique III de Inglaterra, en el acuerdo de París, las que fueron últimas propiedades de los ingleses en el continente. Casó con Margarita de Provenza. Luis emprendió dos cruzadas, la sexta y la séptima, que acabaron en fracaso y fueron las últimas, antes de morir en 1270 ante Túnez.

quod non erat in votis!: latín, "¡no ha podido ser!"

amalfitano: véase Guiscard.

Yebel al-Tarik: árabe, Gibraltar. Yebel = roca, Tarik = nombre del caudillo militar que en 711, procedente de Tingis = Tánger, cruzó el estrecho y derrotó al ejército visigodo bajo Rodrigo.

Clarion, condesa de Salento: nació en 1226 como "producto secundario" de la noche de bodas en Brindisi (9-11-1225). Federico dejó embarazada a Anaïs, hija del visir Fakhr ed-Din y doncella de honor de Yolanda. Clarion fue criada en Otranto y Federico le concedió el título de condesa de Salento.

mon cher cousin: francés, "querido primo". Con esta fórmula solía tratarse la alta nobleza europea, partiendo de la base de que todos estaban emparentados.

"asesinos": miembros de una secta secreta de confesión chiíto-ismaelita, con sede en Alamut (Persia), que en 1176 se difundió también por Siria. En este último país su primer gran maestre fue el caíd Rashid ed-Din Sinan, famoso y temido bajo el sobrenombre de "el anciano de la montaña". El término "asesino" se deriva, al parecer, de *hashashin* (se afirmaba que sus adeptos hacían amplio uso del hachís) y se aplica aún hoy en todo el espacio mediterráneo al homicida que mata con alevosía. El sobrenombre "el anciano de la montaña" fue heredado por todos los sucesores del primero.

Capeto: la familia real de los Capetos gobernó en Francia desde 987 (Hugo Capacorta) hasta la Revolución Francesa. Hacia finales del siglo XII sólo disponía de la Île de France con París, los condados de Flandes, la Champagne y Blois, y del ducado de Borgoña. En el sur de Francia (donde la Provenza, el reino de Borgoña, el de Arles y Lorena formaban parte del Sacro Imperio), el poderoso condado de Tolosa y el Languedoc eran, a este lado de los Pirineos, propiedad feudal de Aragón y no pertenecían a los Capetos; tampoco el gran ducado de Aquitania (Guyenne, Poitou, Gascuña), que por la boda de Leonor había pasado a ser propiedad de los Plantagenet de Inglaterra. Los ingleses, de todos modos, reclamaban también sus tierras de origen: Normandía, Bretaña y Anjou (con Maine, La Marca y Turena).

Madulain: nació en 1229, hija de la nobleza rural local de la Engadina, Suiza, lugar conquistado aproximadamente hacia 850 por un grupo árabe dispersado que se mezcló con los habitantes originales de los Grisones. De ahí que fuera llamada "princesa de los *saratz*". Estos sarracenos alpinos se mantuvieron siempre (igual que los de Apulia y Provenza) fieles al Imperio, es decir, a los gibelinos y a los Hohenstaufen.

hoguera del Montségur: tras la capitulación de la fortaleza cátara, en 1244, se les prometió a los asediados la libertad de retirarse si abjuraban de su "herejía". Más de doscientos cátaros prefirieron morir en la pira de la Inquisición.

escollier philosophe: francés antiguo, estudiante de filosofía.

Blanca de Castilla: esposa de Luis VIII y madre de Luis IX, y también de Alfonso de Poitiers, Roberto de Artois y Carlos de Anjou. Durante la cruzada fue reina regente en Francia.

Alfonso, conde de Poitou: convertido por su boda (forzada) con la heredera Juana (hija de Raimundo VII) en conde de Tolosa, lo fue de hecho desde 1226, y *de jure* a partir de 1249, al morir Raimundo. A su muerte, en 1271, Poitou y Tolosa recayeron en la corona francesa.

Carlos de Anjou: desde 1246 es conde de Anjou. Casó con Beatriz de Provenza, pero esta región sólo fue suya a partir de 1267. En 1265 el Papa lo nombró rey de Nápoles. En 1266 derrotó al heredero del emperador, Manfredo, en la batalla de Benevento, y en 1268 al último de los Hohenstaufen, Conradino, en la de Tagliacozzo. En 1277 se hace con el título de "rey de Jerusalén". En 1282 y con la ayuda de Aragón, Sicilia se rebela contra su gobierno ("vísperas sicilianas"). En 1285 murió este gran político, cuyo pragmatismo ha sido muchas veces mal interpretado.

Roberto, conde de Artois: murió en 1249 durante la cruzada. Sus descendientes fueron, entre otros, Carlos "el Temerario" de Borgoña y Felipe el Hermoso.

Hugo IV, duque de Borgoña: 1218 hasta 1273. En 1266 fue nombrado por concesión feudal rey titular de Tesalónica.

Guillermo II, conde de Flandes y Dampierre: (1244-1279) casó con la hija del emperador, Margarita II de Constantinopla.

Juan I, conde de Sarrebruck: hijo (¿adoptivo?), sin derecho a heredar, del conde Simón III, de la línea de Leininger, muerto en 1233. El condado pasó a sus cuñados Dietrich Louf von Cleve y Amadeus von Mümpelgard.

Goberto d'Aprémont: su madre, Isabela, era una Dampierre, que casó con Gottfried von Aprémont. Goberto parece haber sobrevivido a la cruzada, pues murió en 1263, siendo fraile. Tuvo un hermano, que de 1217 a 1224 fue obispo de Verdún y hasta 1238 de Metz; el bastardo de éste posiblemente sea el conde de Sarrebruck.

feudo de Joinville: por su línea materna de Vaudemont, los Joinville pertencen a la línea alemana de los duques de Lorena. A partir de Francisco de Guisa, "príncipe" de Joinville, intervienen en el siglo XVI en la política francesa.

corte imperial de Palermo: Federico II era no solamente rey de la nación germánica (título que ya en 1237 cedió a su hijo Conrado IV), sino hasta su muerte también rey de Sicilia. Su corte de Palermo era considerada la más espléndida de Occidente. A partir de allí (y de sus dominios en Apulia) gobernó su Imperio. En todo el tiempo de su reinado (1220-1250), no estuvo en Alemania más de cuatro años.

la idea de haber mezclado su semiente con una sangre hereje: ya hemos mencionado (véase Peter Berling: *Los hijos del Grial*) que hubo especulaciones en el sentido de que el emperador habría mantenido relaciones con una noble cátara, siendo, por tanto, padre de uno de los dos niños. Según otra versión fue su hija bastarda Blancaflor (que murió en 1279 en un convento) quien dio vida al último descendiente de los Trencavel, Roger Ramón III.

angevinos: nombre procedente del italiano, por el que eran conocidos los seguidores y parientes de Carlos de Anjou.

cátaros heréticos: los "cátaros" (del griego: puros) representaban un movimiento dualista reformador y combinaban el retorno al cristianismo original con elementos orientales (*Mani*) y tradiciones celtas y druidas del Languedoc. La Iglesia católica oficial los condenó por disidencia.

Lorenzo de Orta, franciscano: nació en 1222, en Portugal. En 1245 fue enviado por el Papa Inocencio IV a Antioquía, para mediar en la disputa eclesiástica surgida allí. Se trataba de situar a los griegos ortodoxos al mismo nivel que los "latinos" (católicos obedientes a Roma), una aspiración que siempre fue negada por la reina Luciana. A Lorenzo de Orta se le consideraba fiel al emperador.

Oliver de Termes: nació en 1198. Su padre, Ramón de Termes, fue asesinado después de la caída de la ciudad en 1211; su tío Benoit de Termes fue obispo cátaro de Razes. Oliver apoyó al último de los Trencavel, pero después del fracaso de éste se pasó a los franceses.

Guillermo, conde de Salisbury: nieto del rey inglés Enrique II (Plantagenet) y la bella Rosamunda, su amante y, por tanto, sobrino bastardo de Ricardo Corazón de León.

Simón de Saint-Quentin: dominico, enviado por el Papa junto con su hermano de Orden, Anselmo de Longjumeau ("fra'Ascelino"), en 1247 vía Siria a Tabriz, donde tuvieron un encuentro con el general mongol Baitchú, dispuesto a entrar en una alianza contra los Ayubíes. En su regreso a Roma fueron acompañados por dos nestorianos emisarios de Baitchú llamados Aibeg y Serkis.

deán de Manrupt: capellán particular del conde de Joinville.

Sumens illud ave...: latín:

Ave, dice el mensaje
de la boca de san Gabriel
dando vuelta al nombre de Eva,
nos trae la paz a los pobres.

Ave maris stella: latín, "Te saludo, estrella del mar".

Circe: figura femenina de la mitología griega (Odisea) que convierte a los hombres en cerdos.

"gran proyecto": documento secreto, probablemente redactado por John Turnbull para la *Prieuré*, que informaba en forma codificada sobre el destino de los infantes.

brutae vi stupratae: latín, aquí: "por un oscuro instinto de violación".

canis Domini!: latín, "perro del Señor", apodo de los dominicos.

Ángel de Káros: bastardo de la familia de Marcus Sanudo, que se hacía llamar "señor del archipiélago" y "duque de Naxos".

Geoffroy de Villehardouin: Guillermo II, príncipe de Acaya, a quien Luis concedió en 1249 el derecho de acuñar moneda. Su tío Godofredo II era originario de una línea secundaria de los condes de la Champagne y había participado en la cruzada de 1204 contra Constantinopla, como cronista. De Guillermo obtuvo John Turnbull, su secretario, el feudo de Blanchefort. Acaya cayó en 1267 en manos de Carlos de Anjou.

pitagóricos: seguidores de las teorías del matemático griego Pitágoras (centro áureo, sección áurea, triángulo).

andros medemia andreion: griego, "como hombre no es hombre".

adepto: candidato a ser admitido en una secta o instruido en una teoría secreta.

tarot: juego de 22 cartas ("Gran Arcano") empleadas para escudriñar e interpretar el destino.

Vitam praesta puram...: latín:

Concédenos una vida pura,
llévanos por camino seguro,
Jesús siempre por delante
despierta nuestro entusiasmo.

Plantagenet: sobrenombre de la estirpe soberana inglesa; una ramita de retama (*planta ginestra*) adornaba el casco de los duques de Anjou. Cuando Godofredo el Hermoso y su esposa Matilde (Maud) conquistaron el trono inglés para su hijo Enrique II, incluyeron la retama en su escudo.

la bella Rosamunda: amante del rey Enrique II de Inglaterra, rival de Leonor de Aquitania.

Guido I: de la familia de aventureros De la Roche; señor de Tebas (1208), gran señor de Atenas (1225), a quien el rey Luis IX nombró duque en 1260.

duque de Naxos: Angelo I (1227 hasta 1262), hijo de Marco I Sanudo.

Firouz: hijo de los *saratz* de Pontresina, un grupo de sarracenos que por el año 850 se asentaron en la Engadina suiza. Primero fue marinero, después capitán de la trirreme de la condesa de Otranto.

el Cid: el caballero Rodrigo Díaz de Vivar conquistó en 1085 para Fernando I de Castilla la ciudad de Toledo, y en 1094 fue nombrado *sidi* (señor) de Valencia, con apoyo de los moros.

cazzo della contessa del diavolo!: italiano, "¡rabo de la condesa del demonio!"

al arrambaggio!: italiano, "¡al abordaje!"

Hamo l'Estrange: nació en 1229; hijo único de la condesa de Otranto, quien confesó que el padre no era el almirante conde de Malta, sino un príncipe mongol.

dau: barca egipcia de un solo palo y vela triangular.

ma', ma'!: árabe, "¡agua, agua!"

sufi: árabe, "portador de ropa de lana", adepto del sufismo, una teoría islámica que elevó a ciencia la exploración de lo espiritual (mediante el ascetismo y la meditación, entre otros aspectos) e influyó poderosamente en los escolásticos medievales.

saufa nahlak 'atchan!: árabe, "¡moriremos de sed!"

in pectore: latín, en el pecho, en el corazón; expresión aplicada a los candidatos cuya elección aún no ha sido comunicada oficialmente.

disciplina nulla manifesta: latín, falta de disciplina.

Levdi milde...: canción inglesa de la Edad Media cuyo título es *Edi be thu, Heven-queene:*

Bondadosa dama, delicada y dulce,
te ruego piedad; soy tuyo
de pies y manos y
de cualquier modo posible.

la Immacolata de "el cardenal gris": apodo del velero rápido del cardenal diácono del Císter Rainiero de Capoccio (el apodo es una blasfemia que hace referencia a la Inmaculada Concepción de la virgen María). Hasta su muerte, en 1250, "el cardenal gris" estuvo a la cabeza del servicio secreto del Papa.

Del gran golfe...: occitano:

Dejé atrás
las profundidades del mar,

los engaños de los puertos
y la traición de los faros,
¡gracias sean dadas a Dios!
Y si a Dios le gusta
que regrese
de donde salí con el corazón triste
le agradeceré el retorno
y el honor que me concede.
(Gaucelm Faidit, es decir, un cátaro fugitivo, escribió esta *cansó*, probablemente después de su regreso de Tierra Santa al Lemosín.)

Ni dic qu'ieu...: occitano:
Ya no afirmo morir por lo más noble
ni consumirme de ansiedad por mi amada;
ni la adoro ni la admiro,
ni le ruego ni deseo estar con ella.
No le presto ninguna atención,
no me impongo a ella ni me entrego sin más.
No soy su esclavo humilde
y no tiene preso mi corazón.
No soy su prisionero ni su servidor feudal,
de modo que yo diría que me he liberado de ella.
(De: *Ar me puesc ieu lauzar d'amor* de Peire Cardenal.)

this little "assassinian" lady: inglés, "esa pequeña dama *asesina*".

Joves es domna...: occitano:
Joven es la dama que sabe
apreciar a quien es de noble ascendencia.
Y es joven gracias a sus nobles actos
y si su comportamiento es joven.
Si posee un juicio correcto
y no se comporta de modo
que enturbie su buena fama.
Se comporta como una joven
si presta atención a la belleza
y permanecerá joven siempre
si se comporta de manera correcta.
Se comportará como una joven
si no le preocupa no saberlo todo
y se guarda de mostrar malos modos
cuando está en compañía de jóvenes apuestos.
(De: *Bel m'es, quan vei chamar*, de Bertrand de Born.)

II. EL REY Y LOS PRISIONEROS DEL TEMPLE

Enrique I de Chipre: regente del reino de Jerusalén entre 1247 y 1259 (en sustitución de Conrado IV y V).

condestable: mayordomo de la casa real; cargo dotado de funciones militares específicas. Estaba por ejemplo al mando de la guardia personal del rey, y también de la guardia de palacio.

conde Pedro Mauclerc de Bretaña: apodo "*malus clericus* = mal clérigo". Destinado en principio al sacerdocio, casó después con la heredera inglesa Alicia de Richmond y se convirtió en duque de Bretaña (1213-1250), título que, sin embargo, como vasallo de Francia jamás utilizó. Tan sólo a su nieto le fue reconocida por Francia la dignidad de duque de Bretaña (1297). Mauclerc conquistó en 1230 el Penthièvre.

conde Hugo XI de la Marca: era también conde de Angulema (1249-1260), y en 1235 adquiere por matrimonio con Juana de Bretaña el condado de Penthièvre.

la infeliz empresa del cardenal Pelagio: Pelagio era obispo cardenal de Albano (1213-1329) y fue nombrado legado papal en repetidas ocasiones, entre otras también en la "cruzada de Damieta". En esta quinta cruzada y primera campaña contra Egipto, se hizo con el mando (tras la muerte del conde Hugo X de la Marca y del gran maestre templario Guillermo de Chartres), y en 1220 conquistó Damieta. Siguió avanzando, aunque ya amenazaban con producirse los desbordamientos del Nilo. Sólo la llegada de la flota imperial bajo Enrique de Malta, almirante de Federico, y la amistad del emperador con el sultán el-Kamil, impidieron una catástrofe (véase también Peter Berling: *Franziskus oder das Zweite Memorandum*).

Guido III conde de Saint-Pol: 1248 a 1289. Su padre fue Hugo de Chatillon, conde de Blois.

tercera cruzada: 1189-1192. Los reyes, enemistados, de Francia e Inglaterra, Felipe II Augusto y Ricardo Corazón de León, emprendieron esta cruzada junto al ya anciano emperador Federico I Barbarroja, que en su transcurso halló la muerte en Turquía. El sultán Saladino había reconquistado Jerusalén en 1187 tras la batalla llamada "de los Cuernos de Hatti", situando al reino de Jerusalén al borde de su desaparición. Los monarcas no pudieron recuperar la ciudad, pero conquistaron San Juan de Acre y establecieron en ésta la nueva capital del reino.

cuarta cruzada: 1202-1204; el papa Inocencio III había hecho un llamamiento a la nobleza de toda Europa para que se uniera bajo la bandera de la Cruz. En el Lido de Venecia se reunió un ejército al mando de Bonifacio I, *margrave* de Montserrat, y Balduino IX, conde de Flandes, para marchar contra Egipto. La República de Venecia, opuesta a la cruzada, presionó al ejército para que se dirigiera contra el imperio cristiano de Constantinopla. En 1204 conquistaron Constantinopla, la saquearon y proclamaron el "Imperio latino". Su primer emperador fue Balduino y Bonifacio fue nombrado rey de Tesalónica. Otros caballeros se nombraron a sí mismos príncipes de Acaya, de Atenas, de Tebas y del Archipiélago. La poderosa barrera antes existente contra los ataques procedentes de Oriente quedó desmembrada para siempre.

Juan de Ronay: sustituto de Guillermo de Chateauneuf, quien en 1244, durante la primera campaña contra Egipto, había sido hecho prisionero.

gran maestre: comandante supremo de una Orden de carácter militar.

sanjuanistas: Orden de caballeros derivada de la hermandad del Hospital de Jerusalén, que antes de la primera cruzada cuidaba de los peregrinos enfermos. En 1099 el procurador del Hospital, Gerald de Provenza, solicitó permiso para fundar una Orden, permiso que le fue otorgado en 1113 por el papa Pascual II. En 1220 el primer gran maestre, Raymond du Puy (de Poggio), la transformó en Orden militar y el santo patrón de la Orden, san Juan "el Dadivoso", fue sustituido por el evangelista Juan, de carácter más belicoso. El hábito de la Orden comprende una capa negra, y en la batalla llevaban una casaca roja con la cruz blanca. Por la sede de su fundación, el Hospital de Jerusalén, los mismos caballeros también se denominan "Hospitalarios". En 1291 (tras la caída de San Juan de Acre) la Orden se retiró a Chipre, en 1309 a Rodas, y en 1530 a Malta (hasta 1798: de ahí su sobrenombre de "malteses"). Existe aún hoy en Roma con el nombre de "Orden soberana de Malta" y goza de privilegios extraterritoriales.

mariscal Leonardo di Peixa-Rollo: genovés. Entre los comerciantes genoveses tuvieron los hospitalarios su mejor apoyo, y siempre existieron estrechas relaciones entre la República marítima y la Orden militar.

templarios: se desconocen la fecha y las circunstancias exactas de la fundación de esta Orden. Al finalizar la primera cruzada (1096-1099), e inmediatamente después de la conquista de Jerusalén, algunos caballeros (emparentados con Bernardo de Clairvaux) obtuvieron el permiso de asentarse en el edificio del antiguo templo. En 1118 su primer gran maestre Hugo de Payns solicitó el reconocimiento como Orden militar, obteniendo la concesión en 1120. La Orden de los *sacrae domus militiae templi Hierosolymitani magistri* fue disuelta en 1307 tras sufrir procesamientos (por Felipe "el Hermoso", rey de Francia, y el Papa). Su último gran maestre, Jacobo de Molay, pereció en 1314 en la hoguera, en la isla del Sena.

preceptor Gavin Montbard de Béthune: nació en 1191. Fue preceptor de la casa de la Orden en Rennes-les-Châteaux; como joven templario prometió en 1209 libre retirada al vizconde de Carcasona (Parsifal), que acudía como heraldo. La promesa fue incumplida.

Guillem de Gisors: nació en 1219. Hijastro y sucesor de Marie de Saint-Clair (1220-1266), gran maestre en funciones de la *Prieuré* de Sión.

capítulo secreto: se sospechaba de los templarios (a la vez que se les suponía relacionados con la *Prieuré* de Sión) que, aparte de las asambleas oficiales, celebraban también otras secretas, internas y limitadas al círculo dirigente, del mismo modo que también se les reprochaba la existencia de reglas secretas y ritos blasfemos. De todos modos, su ruina se debe más bien a quienes envidiaban los tesoros que habían logrado reunir en el transcurso de doscientos años y al odio de sus deudores.

príncipe Constancio de Selinonte: o Fassr ed-Din Octay, nació en 1215, hijo del visir Fakhr ed-Din y de una esclava cristiana, Anna, que en la época de la cruzada infantil de 1213 fue amor juvenil de Sigbert von Öxfeld. Sobrenombre del príncipe: "el halcón rojo". Fue educado en la corte de Palermo y armado caballero por el emperador (de ahí el título). Su padre era de estirpe mameluca.

Mahmoud: hijo del emir mameluco Rukn ed-Din Baibars.

emir mameluco Rukn ed-Din Baibars: llamado "el arquero", nació en 1211; tras el asesinato del sultán Aibek por la sultana asesinó a su vez en 1260 al sucesor de ésta, Qutuz, y se nombró a sí mismo sultán. No llegó a vivir para ver cumplido el sueño de su vida, que era la expulsión definitiva de los cristianos de Tierra Santa. Al morir, en 1277, había conseguido preparar, sin embargo, con bastante éxito la consecución final de este objetivo, pues San Juan de Acre se perdió para los cristianos en 1291.

Bundukdari: nombre de la estirpe de Baibars.

Shirat: hermana de Baibars.

donjon: torre principal, casi siempre aislada, de las fortalezas normandas, más adelante adoptada también en otras construcciones de castillos; estaba preparada como último reducto de defensa –por lo que era difícilmente accesible incluso desde el interior del patio del castillo– en el caso de que el enemigo ocupara las defensas exteriores.

Ar em al freg...: occitano, canción de Azalais de Porcairagues:
Hemos llegado a la época del frío
con heladas, nieves y barro.

Los pájaros enmudecen,
nadie nos quiere cantar,
las ramas están desnudas y sus puntas secas.

Yves "el Bretón": nació hacia 1224; estudió teología y árabe en París con la idea de hacerse sacerdote, pero en 1244 mató "en defensa propia" a cuatro sargentos reales. Fue indultado por el rey Luis y entró a su servicio.

Roberto de Sorbon: capellán y confesor particular de Luis IX (1201-1274), fundó en 1253 un colegio en París que aún lleva su nombre: la Sorbona.

testatio: latín, "testimonio, certificación".

eo ipso: latín, "por sí mismo".

Assaqr al ahmar: árabe, "halcón rojo".

al sadchan: árabe, "carcelero".

Ingolinda de Metz: ramera ambulante.

Peire Vidal: trovador provenzal, 1175-1211.

Qu'amb servir...: occitano:

Pues sirviéndolo y honrándolo
conquistas a un noble señor,
consigues beneficios y honores
si sabes retener su aprecio,
por lo que me esforzaré en lo que pueda...

Ar hai dreg...: occitano:

Tengo razones para cantar
pues veo el placer y la diversión,
los juegos encantadores del amor
que me dejáis practicar.

bon roi Dagobert: el "buen rey" Dagoberto II (de la línea franco-merovingia) fue asesinado en 679 –supuestamente en connivencia con la Iglesia romana, a la que se acusa de una "deuda de sangre"– es decir, mucho antes de que los Capetos ascendieran al trono (987). No obstante, la *Prieuré* de Sión, una asociación secreta de nobles franceses, seguía tachando de usurpadores a los Capetos y consideraba a los merovingios, cuya reinstauración defendía, única familia soberana con derecho al trono.

sang réal: francés, "sangre real"; el término se basa en la suposición de que los descendientes de Jesús de Nazaret (de la casa real de David) pudieron salvarse después de la Crucifixión y refugiarse en el sur de Francia, formando allí la célula nuclear de la nobleza europea.

Parsifal: la idea de una línea de sangre real y sagrada cobra nuevo aliento cuando a finales del siglo XI se le añade un componente religioso con el inicio del catarismo. En la idea del Grial confluyen ambas orientaciones. Recogiendo una leyenda celta de la época de la migración de los pueblos, que trata del rey Arturo y sus caballeros de la mesa redonda, surgió, fomentada por los trovadores, la idea de los custodios del Grial o de "la familia del Grial", personificada después en Occitania al iniciarse la persecución de los cátaros. Éste fue el comienzo de la leyenda de Parsifal, basada en la desgracia personal del vizconde de Carcasona, Roger Ramón II, de la estirpe Trencavel (que significa "corta bien") o también Perceval (*percer* = cortar por en medio), resp. Parzival-Parsifal. Este Trencavel (el penúltimo), cuya madre se llamaba Esclarmunda, no tuvo una hermana pero sí una tía del mismo nombre, que defendió con mucho ardor a los perseguidos cátaros. En 1209 una cruzada organizada por Francia y Roma barrió el Languedoc, quemando ciudades y personas y destruyendo su cultura y su idioma. Parsifal fue hecho prisionero y envenenado, el condado de Tolosa pasó a dominio francés, y sólo el Montségur pudo mantenerse hasta 1244. Pero incluso entonces fue imposible encontrar el Grial.

stupor mundi: latín, "estupor del mundo", "asombro del mundo".

Coeli enarrant gloriam…: latín: "Los cielos hablan de la magnificencia de Dios y el firmamento proclama la obra de sus manos. Un día se lo dice al otro y una noche se lo revela a la siguiente. No existe idioma ni oración cuya voz no fuese oída. Su eco llega a todas partes y sus palabras alcanzan los confines del mundo." Salmo 18, 1-4.

item aegrotantes: latín, "es decir, enfermos".

venecianos: hacia finales del siglo XI Venecia se declaró república y eligió a su primer *dux*. En el transcurso del tiempo esta República marítima consiguió independizarse del Imperio y empezó a extender su poder, con ayuda de una poderosa flota, por el mar Adriático primero y después en toda el área mediterránea.

Serenísima: sobrenombre de la República de Venecia.

Alicia de la Champagne: regente de Jerusalén (1229-1246) y esposa de Hugo I, rey de Chipre. La sucedió Enrique I como regente de Jerusalén y rey de Chipre. El título de rey de Jerusalén quedó en manos de Conrado IV.

caballeros hospitalarios: los sanjuanistas.

caballeros teutónicos: la Orden germana "de caballeros y hermanos de la Casa Teutónica de Nuestra Señora de Jerusalén" (*Ordo equitum teutonicorum*) fue fundada en 1190 en San Juan de Acre, como hermandad dedicada al cuidado de los enfermos, y transformada en 1198 en Orden militar (manto blanco con una cruz negra). En 1225 y bajo la guía de su famoso gran maestre Hermann von Salza se estableció también en Prusia, y se fusionó en 1237 con los Hermanos de la Espada. Tras la caída de San Juan de Acre en 1291 la sede de la Orden fue trasladada primero a Venecia (hasta 1311) y después a Marienburg, en Prusia oriental (hasta 1809).

comendador: comandante del castillo de una Orden o de la sección de una Orden.

Sigbert von Öxfeld: nació en 1195. Siendo subordinado de su hermano Gunther sirvió al obispo de Asís y se adhirió en 1212 a la cruzada infantil. Hecho prisionero por los egipcios, ingresó después de ser liberado en la recién fundada Orden de caballeros teutónicos, llegando a ser su comendador en el castillo de Starkenberg.

III. EL SECRETO DE LOS INFANTES

centro del mundo: orgullosa denominación dada a una sala dedicada a juegos de estrategia en el antiguo palacio imperial de Calixto en Constantinopla, cuyo suelo de mármol reproducía el área mediterránea en forma de gigantesco tablero de ajedrez. Los jugadores, disfrazados, se desplazaban sobre él según las operaciones militares ideadas por el emperador.

lugartenientes del emperador: sus alcaides (*bailli*) fueron los hermanos Richard y Lothar Filangier. Reinaron en su nombre hasta 1243, siendo expulsados por los barones de Ultramar (denominación francesa que se daba a la tierra "más allá del mar", es decir, a Tierra Santa. En la confusión de esta guerra civil se perdió definitivamente la ciudad de Jerusalén (1244).

la tassubbu asseita 'ala annari!: árabe, "¡no echéis aceite al fuego!"

Vive Dieux Saint-Amour!: francés, "¡Viva Dios del Santo Amor!": grito de guerra de los templarios.

Alahu kabir. Alahu 'adhim, Alahu al moen: árabe, "Alá es grande, Alá es poderoso, todo socorro nos viene de Alá."

gay d'amor: francés antiguo, "juego de amor, placer amoroso".

Bem degra de…: occitano:

Sé que debería dejar de cantar
pues el canto alberga alegría
y las penas me pesan tan gravemente
que me hacen sufrir.
Si recuerdo mi triste pasado
y observo mi difícil presente
y pienso en el futuro
razones suficientes tengo para llorar.

("Be.M degra de chantar tener", de Guiraut Riquier.)

Guillermo de Sonnac: gran maestre de los templarios desde 1247 al 11-2-1250. Le sucedió Reinard de Vichiers.
lejos de Limasol: hace referencia a la sede de la Orden en Rennes-les-Châteaux (Francia).
Vivat lo joven comes nuestro!: occitano, "Viva nuestro joven conde".
Ordo equitum teutonicorum: latín, "Orden de caballeros teutónicos".
Adorna thalamum tuum...: latín:

Adorna tu tálamo de novia, Sión
acoge a Cristo; el rey
abraza a María, que es Puerta
del Cielo, portadora
del Rey de la nueva gloria.
He ahí a la Virgen;
en sus brazos trae
al Hijo engendrado ante la estrella matutina
Simeón lo acoge en sus brazos
y proclama ante los pueblos:
Éste es el Señor sobre la vida y la muerte
y Redentor del mundo.

fattura: italiano, "factura", vocablo en el que subyace un significado marginal de aviso y amenaza, señalando que hay una deuda pendiente.
fima lau ana...: árabe, "si salen unos cuantos más de los que han entrado, ¡son nuestros niños!"
karr ua farr: árabe, "correrías en vaivén".
pacta sunt servanda!: latín, "los acuerdos deben cumplirse".
che fijo di bona domna!: italiano antiguo, "¡qué hijo de buena mujer! = hijo de puta".
mástix: masa pegajosa que se obtiene a partir de la resina.

IV. TIRA Y AFLOJA ENTRE AMIGOS Y ENEMIGOS

cimitarra: árabe, sable curvo, casi siempre procedente de Damasco; con frecuencia el extremo anterior es más ancho y termina en tres puntas.
Papa y papisa: conceptos que se reproducen también en el tarot (véase el Hierofante y la Sacerdotisa).
uccello del francescano: italiano, literalmente "pájaro del franciscano", con el significado añadido de "rabo del franciscano".
condado de Trípoli: fundado por el conde Raimundo de Tolosa en el transcurso de la primera cruzada, fue siempre propiedad tolosana a través de sus sucesivos ocupantes de estirpe occitana.

principado de Antioquía: instaurado también durante la primera cruzada, camino de Jerusalén, por el duque normando Bohemundo de Tarento. De él lo heredó su sobrino Tancredo de Lecce, y al desaparecer esta línea pasó al poder de los condes de Trípoli, que desde entonces reinaron allí y lo fusionaron con su condado.

cuncto, ergo sum!: latín, "dudo, luego existo", a diferencia de "*cogito, ergo sum* = pienso, luego existo".

príncipe Bohemundo VI de Antioquía: nació en 1237 y gobernó de 1251 hasta el 29-5-1268, al ser conquistado el principado por los mamelucos (Baibars).

Roger e Isabelle de Montségur: hemos de suponer que éstos fueron los nombres auténticos de "los hijos del Grial". Presentamos a Roç y Yeza como tales para evitar de momento otras deducciones, pues en realidad no se conoce su origen.

Lecce: ciudad en el sur de Apulia; desde su conquista por los normandos es condado y dote matrimonial de la casa real.

Punt'razena: occitano, literalmente "puente de los sarracenos = Pontresina", en la región de la Engadina (valle del río Inn) suiza, al pie del puerto de montaña del Bernina. Aún hoy la familia más importante del lugar lleva un apellido *saratz* y existe una torre del siglo XI llamada "torre de los sarracenos". Los sarracenos se establecieron allí aproximadamente en el año 850, en el transcurso de la conquista del sur de Italia, mezclándose con la población autóctona.

muselina: tejido ligero de algodón procedente de la ciudad de Mosul.

princesa Plaisance: hermana de Bohemundo VI de Antioquía, casó con el rey Enrique I de Chipre.

audaces fortuna iuvat: latín, "a los valientes les ayuda la suerte".

Marqab: castillo de los sanjuanistas, véase mapa.

Tortosa: castillo de los templarios, véase mapa.

Abu Bassiht: anciano sufí.

assalahu aniaya: árabe, sura del Corán 60, versículo 8: "Tal vez Alá quiera sembrar el amor entre vosotros y algunos de aquéllos con los que vivís enemistados, pues Alá es Todopoderoso y Misericordioso."

ana 'arif kif...: árabe, "sé cuanto duele la herida de la injusticia".

in'ami bidif...: árabe, "cálido será para vos el amor que siento frente a vuestra vergüenza."

namu al'an Alah...: árabe, "que Alá proteja siempre vuestros sueños".

reina Margarita: hija del conde Raimundo Berenguer IV de Provenza. En 1234 casó con el rey Luis IX. Hijo de ambos y sucesor del rey fue Felipe III "el Atrevido" ("le Hardi"). También sus hermanas casaron con reyes: Leonor en 1236 con el rey Enrique III de Inglaterra, Sancha en 1244 con Ricardo de Cornwall, (anti)-rey alemán,

Beatriz en 1246 con Carlos de Anjou, que en 1265 se proclamó rey de Nápoles.

agape: griego, "amor platónico, amor a Dios".

nestorianos: seguidores de las enseñanzas del patriarca Nestorio de Constantinopla, muerto en 451. En el tercer Concilio de Efeso (431) fueron expulsados del Imperio romano por herejes, tras lo cual fundaron la Iglesia de Persia, con sede del patriarcado en Ctesifonte. Actuaron como misioneros en la India, China, África e incluso entre los mongoles, sin anular sus creencias chamanísticas. Profesan una teoría dualista y rechazan el culto a la virgen María.

Baitchú: general y gobernador mongol.

bibemus, tempus habemus...: latín, "bebamos, ¡pues tenemos tiempo y sabemos gozar!"

túnicas blancas con la cruz roja de extremos en forma de zarpas: mantos de los templarios.

Beauséant: bandera de guerra de los templarios, que durante la lucha siempre debía mantenerse en alto.

alla riscossa!: italiano, significa literalmente: "¡al rescate!" Grito de los templarios pidiendo socorro en la batalla.

An-Nasir de Alepo: soberano Ayubí, nieto de Saladino, que tras ser usurpado el trono de El Cairo por los mamelucos consiguió someter a toda Siria y se proclamó sultán de Damasco.

Homs: ciudad y emirato en Siria.

el-Ashraf: Ayubí, emir de Homs.

Renaud de Vichiers: sucesor de Guillermo de Sonnac como gran maestre de los templarios (1250).

Sacrae Domus...: latín, nombre exacto de los templarios, literalmente: "defensores de la Santa Casa y maestros del Templo de Jerusalén".

Jean-Luc de Granson: sanjuanista, comendador en Marqab.

Yabala: ciudad meridional en la costa del principado de Antioquía.

"el anciano de la montaña": sobrenombre del jeque Rashid ed-Din Sinan, gran maestre de los "asesinos". Estructuró esta Orden secreta hasta convertirla en una sociedad de asesinos a sueldo. Colaboró con los cristianos.

Crean de Bourivan: nació en 1201, hijo natural de John Turnbull y de la cátara Alazais d'Estrombèzes (quemada en la hoguera el 3-5-1211); fue educado con el apellido de su padre adoptivo en el castillo de Belgrave, en el sur de Francia; John Turnbull le concedió el feudo Blanchefort en Grecia, donde casó en 1221 con la heredera Elena Champ-Litte d'Arcady. Después de la muerte violenta de ésta se convirtió al Islam y fue acogido en la Orden de los "asesinos" sirios.

hum fi reaia-t-Alah: árabe, "descansan en la mano de Alá".

disputa entre sobrinos: el sultán Aiyub era tío tanto de An-Nasir de Alepo como de el-Ashraf de Homs.

Masyaf: la fortaleza "asesina" más importante en Siria, sede del gran maestre de dicha región; véase mapa.

cruz de tres puntas: denominación heráldica de las armas de Tolosa (cruz amarilla sobre fondo rojo).

ay enfans!: occitano, "¡adelante, niños!"

Safita: fortaleza templaria, véase mapa.

Krak des Chevaliers o Qalaat el-Hosn: nombres francés y árabe de la fortaleza principal de los sanjuanistas, véase mapa.

John Turnbull: nombre bajo el que era conocido el conde Jean-Odo de Monte Sión; su madre fue presumiblemente Héloise de Gisors (nacida en 1141), descendiente en línea directa de los Payens (fundadores de la Orden del Temple) y los condes de Chaumont, casada probablemente contra la voluntad de su familia con Rodrigo de Mont. De este matrimonio morganático nació en 1170 (ó 1180) Jean-Odo, que de 1200 a 1205 fue secretario de Geoffroy de Villehardouin; 1205-1209 al servicio de Guido II, obispo de Asís; 1209-1216 se sumerge en la clandestinidad de la "Resistenza" contra Simón de Montfort; 1216-1220, al servicio de Jacobo de Vitry, obispo de San Juan de Acre; después al servicio del sultán el-Kamil. Tuvo mucha relación con los templarios y con la asociación secreta de la *Prieuré* de Sión.

ismaelitas chiítas: orientación religiosa y política seguida por los "asesinos" desde la fundación de la Orden por Hasan i-Sabbah. La secta de los ismaelitas sigue existiendo principalmente en Pakistán; su actual dirigente supremo es Karim Aga Khan.

assalamu aleikum...: fórmula de salutación árabe.

malik: árabe, "rey".

attala Alah 'umrahu!: árabe, "¡Dios le conceda larga vida!"

V. *CANNABIS* O EL SUEÑO DE LOS SANJUANISTAS

gra' mangir: italiano antiguo, "gran banquete".

Gualterio de Saint-Pol: sobrino de Hugo de Saint-Pol.

gesta Dei per los francos!: latín-francés antiguo, "benevolencia (especial) de Dios en favor de los francos". En la Edad Media era una frase tópica de uso general.

hammam: árabe, "casa de baños".

estirpe de Leví: una de las doce tribus israelitas.

hijos de Belisa en Occitania: casi todos los vasallos de los condes de Foix y de Mirepoix, así como el vizconde de Carcasona (Parsifal), se llamaban a sí mismos "hijos de Belisa". El nombre "Belisa" insinúa un origen mítico, la descendencia de la diosa lunar Belisena, que en la mitología celtibérica se denominaba Astarté. Por la misma razón aparecen con tanta frecuencia en sus escudos la luna, el pez y la torre (*mira peixes* = Mirepoix, ciudad que al ser fundada por los fenicios se llamaba aún "Beli Cartha"= Ciudad Luna). Los custodios del Santo Grial, como tales "hijos lunares", establecen la relación con la leyenda celta del rey Arturo. Es precisamente este elemento pagano en las ideas religiosas de Occitania y del Languedoc lo que tanta ira despierta en la Iglesia romana y la lleva a combatir a los cátaros, los *parfaits* o "puros", que pretenden vivir en régimen de austeridad absoluta, sin luchar y sin matar, y emprenden con ello, aún en vida y sin temor a la muerte, el camino hacia el Paraíso.

Alfonso de Poitou: hermano del rey francés, prometido con Juana, hija de Raimundo VII, último conde de Tolosa, según el acuerdo de Meaux, en 1229. Su padre permaneció prisionero en el Louvre hasta después de celebrada la boda y murió en 1249. En la paz de París, de 1259, Tolosa fue adjudicada a la corona francesa.

Sacra Rota: tribunal papal, que entre otros litigios decide las anulaciones matrimoniales. También es archivo.

advocatus diavoli: latín. En los procesos de divorcio (que según la ley eclesiástica en principio es inadmisible), el "abogado del diablo" es el encargado de argumentar en contra; de ahí ha pasado al lenguaje general y significa una respuesta severa a cualquier justificación que en teoría pueda ser invocada.

primum cogitare, deinde…: latín, "primero pensar, después actuar".

sang réal: véase atrás, bajo "Grial".

primera paletada: existe la leyenda de que los primeros templarios, inmediatamente después de tomar posesión del Templo de Salomón en Jerusalén, empezaron a remover la tierra de las cuadras. ¿Qué buscaban? ¿Qué hallaron?

electi: latín, "elegidos".

nolens volens: latín, "queriendo o sin querer", "bien o mal".

Tabriz (antes Tauris): ciudad de Azerbaiyán.

Alamut: sede principal y fortaleza de los "asesinos" en Persia, situada en la cordillera de Jorasán, al sur del mar Caspio y junto a la antigua ruta de la seda.

chiísmo: árabe, "huella del pie, sucesión, pista". Una de las confesiones del Islam que no reconoce como guía supremo espiritual y terrenal más que a un descendiente directo de la sangre del Profeta. El chiísmo (concentrado actualmente sobre todo en Irán), sostuvo siempre una lucha encarnizada contra el califato sunnita de Bagdad. La *sun-*

na (árabe: "tradición, mensaje, enseñanza") renuncia, desde el cisma del Islam en el año 680, a la descendencia directa del Profeta (califato elegible).

aye, aye - Salisbury, all here!: inglés, "¡adelante, adelante, todos los (hombres) de Salisbury!"

Grand Da'i: título del gran maestre de los "asesinos".

apócrifo: griego, "secreto" (enseñanza o escrito); también, del latín, "supuesto, fingido".

hashashin: fumador de hachís.

khif-khif: árabe."Aquí, inspirar".

Tarik ibn-Nasr: canciller de los "asesinos" sirios durante la vacante del cargo de gran maestre; desde 1240 el gran maestre fue Taj al-Din.

chador: árabe, velo con que se cubren el rostro las mujeres árabes.

zigurat: gran castillo situado en el interior de la ciudad. Tiene forma de pirámide truncada y su plataforma superior estaba reservada a los sacerdotes astrólogos (por ejemplo, la torre de Babel).

Paraíso: nombre que, partiendo de Alamut, se da a los jardines del gran maestre de los "asesinos"; según la leyenda, allí se concedía a los *iasiq* (árabe, "novicios"), entregados al delirio provocado por el hachís, una mirada a las huríes o una breve estancia entre ellas, de modo que el deseo de alcanzar el Paraíso y familiarizarse con la muerte pudiera adoptar formas concretas y los *fida'i* (árabe, "fieles") iniciados no sintieran temor.

libanés amarillo: variedad de hachís.

bala!: árabe, "¡pues sí!"

Afghan al ahmar: árabe, "rojo de Afganistán", variedad de hachís.

idha aradtum an...: árabe, "si queréis fumar realmente algo bueno, tomad de esto".

falyakul ùa yashrab...: árabe, "que coma y beba y esté alegre, pues Mahmoud y Shirat son honrados como huéspedes de honor."

lakinahum laissu bi...: árabe, "sólo que no están contentos porque no pueden abandonar Homs".

duyùf shàrraf: árabe, "huéspedes de honor".

hala!: árabe, "¡no!"

innahum yu'anùn...: árabe, "sólo padecen hambre de libertad y sed del amor de su padre preocupado".

chilaba: prenda de vestir en forma de túnica larga, usada también por los hombres.

Alahu akbar!...: árabe: fórmula completa usada por el muecín en la oración vespertina:
¡Dios es el más grande!
¡Dios es el más grande!

¡Creo que no existe ningún Dios aparte de Alá!
¡Creo que Mahoma es el profeta de Alá!
¡Acudid a la oración!
¡Acudid con diligencia!

assala-t-il'asr: árabe, oración vespertina.

bissmilah ir-Rahman...: árabe, sura 1 del Corán (al-Fateha):

"En el nombre de Alá, el Benefactor, el Misericordioso. Todos los elogios le corresponden a Alá, Señor de los mundos, el Benefactor, el Misericordioso, el Soberano en el día del juicio. Únicamente a Ti servimos y únicamente a Ti acudimos en petición de ayuda."

ihdinas-sirat...: árabe, continuación de la sura 1: "Condúcenos por el camino recto, el camino de aquéllos a los que concediste tu gracia, de los que no provocaron tu enfado y no se equivocaron."

Alahu akbar!...: oración árabe: "¡Dios es grande! ¡Gloria a mi Señor, el Todopoderoso! ¡Gloria a mi Señor, el Todopoderoso! ¡Gloria a mi Señor, el Todopoderoso! ¡Dios es grande! ¡Gloria a mi Señor, el Altísimo! ¡Gloria a mi Señor, el Altísimo! ¡Gloria a mi Señor, el Altísimo!

¡La paz y la bondad de Dios sean con vosotros! ¡La paz y la bondad de Dios sean con vosotros!

Jacobo de Juivet: paje del rey Luis.

Marco y David: dos nestorianos que llegaron en diciembre de 1248 a Nicosia, enviados por Aldchighidai, gobernador mongol en Mosul.

Mosul: ciudad situada al norte de Irak.

sceleritas vitae: latín, "la maldad de la vida".

kephalos: griego, "bodeguero".

valedictio sodomae: latín, saludo sodomita.

monofisita: adepto de la doctrina eclesiástica del siglo V (teórico: Eutiques, muerto hacia 454) según la cual las dos naturalezas de Jesús (padre-hijo) se funden en una única naturaleza (*physis*) divino-humana. Esta teoría es seguida por la Iglesia armenia, la Iglesia jacobita de Siria y los coptos de Egipto y Etiopía.

yurta: gran tienda redonda de los mongoles. Está trenzada de mimbre y cubierta de fieltro; no se desmonta, sino que se transporta sobre unos carros de tamaño adecuado.

Kyrie eleison: griego, "Señor, apiádate de nosotros", rogativa.

Guillermo Buchier: maestro platero de París.

Andrés y Anselmo ("fra'Ascelino") de Longjumeau: dominicos y hermanos, que viajaron a la corte de los mongoles como embajadores tanto del Papa como del rey Luis IX.

Santo Domingo: Domingo Guzmán de Caleruega, 1170-1221; su madre fue la condesa española Juana de Aza. Muy pronto fue nombrado prior de Osma, titular de un obispado ocupado por los moros. Se adhirió al séquito del legado papal Pedro de Castelnau; en 1207 fundó en el sur de Francia, cerca de Fanjaux, el convento de mujeres Notre Dame de Prouille, y en 1216 la Orden de los dominicos (*ordo fratrorum predicatorum* = O. P.), formada por predicadores ambulantes que se proponían convertir a los cátaros. A partir de 1231-32 la Iglesia los encargó de la "inquisición" de los herejes. Su fundador y predicador ardiente fue santificado en 1234.

invidia opinionis: latín, "neurosis de perfil".

Ayubíes: dinastía de soberanos árabes, fundada por Saladino con el nombre de su padre, Aiyub.

Vito de Viterbo: nació en 1208, hijo bastardo de Rainiero de Capoccio y probablemente de "la Loba", una *faidit* cátara. Su padre, que ostentaba el cargo de "cardenal gris", lo degradó una y otra vez hasta que acabó siendo el perseguidor oficial de los infantes por encargo de la curia. Se le creyó muerto en Constantinopla en 1247, apuñalado por los "asesinos" (véase Peter Berling: *Los hijos del Grial).*

Hala! Là taf'alu...: árabe. "¡No! ¡No lo haréis!"

iniciar: introducir; Yeza se refiere aquí al hecho de circuncidar.

el-Ashraf: emir de Homs.

Mortz sui si...: occitano, de: *Er, quan Renovella Gensa*, de Sordel (Sordel fue el más famoso de los trovadores italianos):

Moriré si ella no me da su amor
pues no veo otro camino
que pudiese tomar, ningún lugar
adónde dirigirme.
Si ella me rechaza
no quiero que otra me retenga,
pues no la podré olvidar;
por el contrario, suceda lo que suceda,
el Amor hace que aún la ame más.

Ai las, e que-m...: véase arriba:

¡Ay! ¿De qué me sirven los ojos
si no pueden ver aquello
que anhelan ver?

(El estribillo de Sordel recuerda una copla de Chrétien de Troyes: "Et que m'ont donc forfet mi uel / Sil esgardent ce que je vuel".)

Chantan prec ma...:

Con mis canciones ruego a mi encantadora amiga
que se digne no hacerme morir en vano.
Porque si sabe que es un pecado
se arrepentirá cuando yo haya muerto.

Aunque prefiero morir
a vivir sin consuelo,
pues la muerte es vida
para quien no puede ver a su amada.
¡Ay! ¿De qué me sirven los ojos
si no ven aquello que anhelan ver?

hurí: compañera de juegos en el Paraíso.

naqus, la naqus!: árabe, "¡cortar, no cortar!"

Insha'alah!: árabe, "hágase la voluntad de Alá".

boda quimiológica: concepto de la alquimia, realización de la "gran obra", hallazgo de la "piedra filosofal", fusión entre el agua y el fuego.

VI. VICIOS PORTUARIOS, SUSTOS Y CASTIGOS

in absentia: latín, "en ausencia".

alter ego: latín, "otro yo".

incubus scriptoris: latín, "pesadilla del escritor"; el íncubo es un espíritu que provoca pesadillas.

María de Brienne, la desventurada emperatriz de Constantinopla: esposa del emperador Balduino II, hija del último matrimonio de Juan de Brienne (con Berenguela de Navarra).

emperador Balduino II: 1228-1273, destituido el 25-7-1261; casó con María de Brienne; sus padres fueron Pedro de Courtenay (emperador latino de Constantinopla del 9-4 hasta el 11-7-1217) y Yolanda de Flandes (murió en 1219).

emperador de Nicea: Juan III Ducas (1222-1254). Esta línea lateral, que en 1204 se trasladó a Nicea, estableció el Imperio de Trebisonda y contribuyó con ello al fin del "Imperio latino".

Paleólogo: Miguel VIII, emperador de Nicea desde 1259, restableció en 1261 el Imperio de Bizancio que, sin embargo, ya había perdido todo su antiguo esplendor y su poder.

Sempad: hermano y condestable del rey Hetum I (1224-1269) de Armenia.

de sopore inter...: latín, "el sueño entre la vida y la muerte, los milagros y los crímenes, la magia realizada con ayuda de las plantas y los tesoros naturales que aporta la madre Tierra (Gea) son ejemplos que nos ofrecen la historia y las leyendas."

auctor...: latín, el autor Dareos ante la puerta del Paraíso.

venenarius Trismegistos veneratus: latín, título de fantasía, literalmente: "mezclador de venenos, triplemente poderoso y altamente venerado".

divi soporis...: latín, dedicado al "dios del sueño".

sopor: latín, "sueño", también "dios del sueño"; *sopio* puede proceder por un lado de *sopire* = adormecer, dejar inconsciente, aunque significa también el miembro masculino.
somnifer, soporifera…: que induce al sueño, que adormece.
enim effectus tincturis…: latín, "por otra parte, el efecto de la tintura debe simular su muerte".
aj saheb al muftah: árabe, "hermano de la llave".
Baco: dios romano del vino y la embriaguez; el Dionisos de los griegos.
horras as-sumum: árabe, "guardián de los venenos".
absinthiatum sic facies, atropa bella donna: latín, "el brebaje se prepara de la manera siguiente, belladona…"
non solum spiritus…: latín, "morirá no sólo el espíritu, también el cuerpo".
exotica occidentales: latín, "(plantas) exóticas de Occidente".
Passiflora: flor de la Pasión.
tinctura Thebana: opio.
cum herba sine nomine…: latín, "con hierbas sin nombre que he visto entre los árabes: he visto incluso a algunos árabes comiendo esa hierba, los llaman «hashashin»."
vis papaveris: latín, poder, fuerza de la amapola = opio.
salat al maghreb: árabe, oración vespertina.
escoutatz!: occitano, "¡escuchad!"
Ab diables pren…: occitano:
Está jugando con el diablo
quien se enreda en un falso amor,
no necesitará otro látigo
para verse castigado. Escuchad:
sufrirá más que quien se rasca
hasta arrancarse la piel en vivo.
Marcabru: trovador.
Qui per sen…: occitano:
Al que busca el favor de las mujeres
le está bien empleado que lo pase mal.
¡Escuchad!
Malaventura-us en…: occitano:
"¡La desgracia cae sobre aquél que no se guarda de vosotras (las mujeres)!" (Continuación de la canción de Marcabru.)
détachement: francés, "destacamento".
status quo: latín, "en el estado en que está".
defectio rationis: latín, "merma de la razón; aquí: valoración deficiente".
res actae et visibiliae: latín, "asuntos realizados y visibles"; en este caso: esfuerzo mensurable.

conditio sine qua non: latín, "condición previa indispensable".
necessitas imminens agendi: latín, "necesidad de actuar inmediatamente".
Imam Muhammad III: gran maestre de los "asesinos" en Alamut (Persia).

VII. EN EL HARÉN DE HOMS

Polla ta deina...: griego, "hay muchos monstruos, pero ninguno tan monstruoso como el ser humano."
Deus lo vult: occitano, "Dios lo quiere".
derecho de investidura: derecho a investir a alguien con un cargo. En este caso se discutía si el emperador debía necesariamente ser coronado por el Papa para que el nombramiento fuese legítimo.
Godofredo de Bouillon: duque de la Baja Lorena (1088-1100); título ducal concedido por sus méritos como mariscal del Imperio (ocupación de Roma). Se trata de un título no hereditario, por lo cual decidió participar en la cruzada. Antes había vendido su condado al obispo de Lieja. Su hermano fue Balduino, primer rey de Jerusalén, que tampoco poseía derechos hereditarios.
patriarca de Bizancio: máximo dignatario de la Iglesia ortodoxa griega.
pirómano: griego, incendiario psicópata que se ve obligado a repetir sus fechorías.
propaganda fidei: latín, "propagación de la fe".
Pedro el ermitaño: caudillo popular de un movimiento de peregrinos que ya en 1095 (inmediatamente después del Concilio de Clermont) se había adelantado espontáneamente a la primera cruzada (1096) y fracasó de una manera lamentable en los Balcanes y en Asia Menor.
Raimundo de Tolosa: general de uno de los cuatro cuerpos del ejército de la primera cruzada (junto a Godofredo de Bouillon y su hermano Balduino, Bohemundo de Tarento y su sobrino Tancredo de Lecce, y los duques Roberto de Normandía y Roberto de Flandes). Se repartieron las tierras conquistadas del modo siguiente: Balduino se estableció como conde de Edesa, Bohemundo como príncipe de Antioquía y Tancredo como príncipe de Galilea; Roberto de Normandía y Roberto de Flandes regresaron a su país; Raimundo fue nombrado conde de Trípoli.
advocatus Sancti Sepulchri: latín, "abogado del Santo Sepulcro"; tras la conquista de Jerusalén en 1099 Godofredo de Bouillon no presentó reclamación alguna, contentándose con dicho título.
san Bernardo de Clairvaux: 1091 - 20-8-1153. De la familia noble de Chatillon, ingresó en 1112 en la Orden del Císter y fundó en 1115 el convento reformado de Claravallis; en 1130 decidió la elección

del Papa Inocencio II; en 1140 condenó al famoso escolástico Abelardo; en 1145 acompañó al legado papal en una misión contra los albigenses. Su tío André de Montbart figura entre los miembros fundadores de la Orden del Temple.

sultán Zengi: en 1127 era *atabeg* de Mosul; reconquistó en 1144 la primera zona del reino de Jerusalén, Edesa (actualmente Urfa). A continuación Conrado III y Luis VII decidieron emprender la segunda cruzada (1147-1149), "la cruzada de los reyes", una empresa fracasada en la que Luis se alió con el rey de Sicilia, Roger II, y Conrado con su cuñado Manuel I Comneno, emperador de Bizancio, que a su vez eran enemigos encarnizados. Zengi murió en 1146; le sucedió Nur ed-Din (Nurredin), quien en 1154 conquistó Damasco y murió en 1179. A su servicio luchó el padre de Saladino, el general Nadche ad-Din Aiyub.

Leonor de Aquitania: jovencísima esposa de Luis VII que lo acompañó en la cruzada y dificultó la empresa por coquetear (según los trovadores era la mas espléndida belleza de su época) con su tío, el príncipe de Antioquía; una vez divorciada de Luis casó con Enrique II, hijo de su amante Godofredo (Le Bel) de Anjou, y fue reina de Inglaterra y madre de Ricardo Corazón de León.

sultán Saladino: desplazó en 1171 a la dinastía de los fatimidas y se proclamó en 1176 sultán de Egipto y Siria; en 1187 conquistó Jerusalén; murió el 3-3-1193.

Federico I Barbarroja: nació en 1122, fue proclamado rey el 9-3-1152, y emperador germano el 18-6-1155.

Ricardo Corazón de León: Ricardo I nació en 1157 y sucedió a su padre en el trono (1189-1199). En 1190 emprendió la tercera cruzada en compañía de Felipe de Francia, fue incitado por su madre Leonor (véase más atrás) a casarse con Berenguela de Navarra, reconquistó San Juan de Acre y abandonó Tierra Santa en 1192. En su viaje de regreso fue hecho prisionero en Viena por el duque Leopoldo de Austria; una vez liberado en 1194 mediante el pago de un elevado rescate tuvo que defender su trono y su país contra la ambición de su hermano Juan Sin Tierra. Murió en 1199, en brazos de su madre, de las heridas causadas por una flecha.

Felipe II Augusto: 1180-1223, rey francés que combatió a Juan Sin Tierra; rescató del dominio inglés las tierras situadas al norte del río Loira (Capitulación de Ruán, 1204).

Enrique VI: 1161-1197; segundo hijo de Federico Barbarroja, casado con Constance d'Hauteville, que consiguió así la unión entre el Imperio germano e Italia del sur; en 1191 fue coronado emperador; en 1194 Constance dio a luz a Federico II, a quien coronó en Palermo tras la muerte de su padre, proclamándolo rey de Sicilia a la edad de cuatro años.

kufia: pañoleta árabe.

Chevaliers, mult estez...: francés antiguo:

Mis señores caballeros,
la bienaventuranza os está asegurada
pues Dios os llama
a luchar contra turcos y Ayubíes
que ofendieron su honor.
Sin razón saquearon sus tierras
causándonos gran dolor,
pues allí fue donde Dios fue servido por primera vez
y reconocido como Soberano.

ki ore irat...: occitano:

El que cabalga con Luis
debe hacerlo sin temor
¡aunque el viaje conduzca al infierno!
Su alma irá al Paraíso,
los ángeles la acompañan.

pris est Syon...: francés antiguo:

Ha caído Jerusalén, como sabéis
los cristianos están sometidos,
las iglesias abandonadas
y deshonradas sin Dios.
Señores caballeros, reflexionad
los que tenéis el honor de las armas
y exponed vuestros cuerpos por Aquél
que por vosotros fue crucificado.

innahu yandhur beheqd!: árabe, "el que da mal de ojo".

shirwal: árabe, "pantalón bombacho".

malik-Rik: árabe, rey Ricardo (Corazón de León).

Libro II

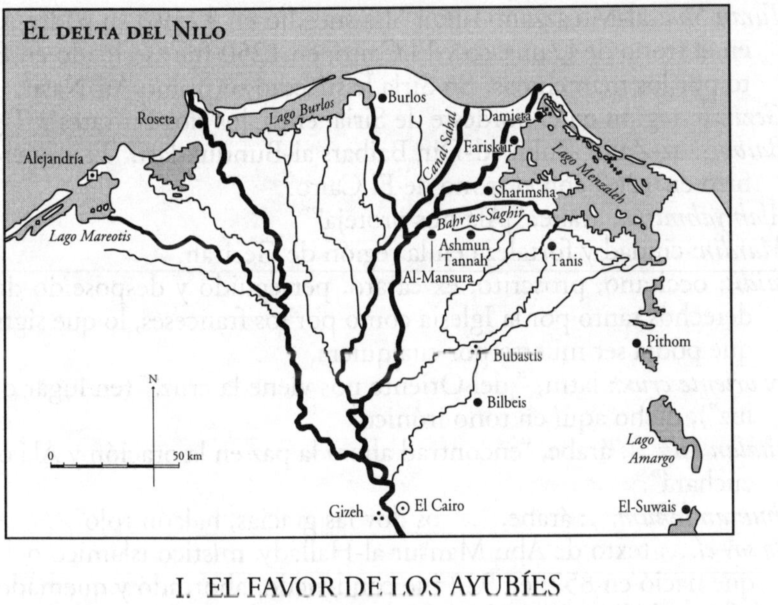

I. EL FAVOR DE LOS AYUBÍES

Alum conquer…: francés antiguo:

¡Adelante! conquistemos la tierra de Moisés
¡que asentó su campamento en el monte Sinaí!
Jamás debe caer en manos
de los sarracenos, pues él partió
el mar Rojo de un solo golpe
cuando lo seguía el pueblo elegido
y el faraón los persiguió
hasta ahogarse miserablemente
con todos sus hombres.

beit al nissa' al ma'asulat: árabe, "casa de las mujeres ancianas".
el-Kamil: sultán de Egipto, El Cairo (murió el 8-3-1238).
Saint-Denis: catedral al norte de París, antes iglesia conventual; fundada por el rey Dagoberto aproximadamente en el año 630 y transformada en el siglo XI, acoge las tumbas de los miembros de la casa real francesa.
Juan d'Ibelin: uno de los barones más importantes del reino de Jerusalén. Los Ibelin fundaron Beirut y en repetidas ocasiones fueron regentes o gobernadores.
beit al hamam: árabe, "casa de las palomas".
Dumyat: árabe, Damieta.
Diarbekir: (Diyarbakr) ciudad situada en la parte septentrional de Siria (hoy al sur de Turquía). En esta capital de la región de Gezirah (véase más adelante) residió desde 1239 Turan Sha como virrey.
Turan Sha: al-Mu'azzam Turan Sha sucedió en 1249 a su padre Aiyub en el trono de Damasco y El Cairo; en 1250 fue asesinado en Egipto por los mamelucos. En Siria le sucedió su primo An-Nasir.
Gezirah: región en el nordeste de Siria, entre los ríos Éufrates y Tigris.
Baibars: az-Zahir Rukn ed-Din Baibars al-Bundukdari. "El arquero" se hizo en 1260 con el trono de El Cairo.
Alah yahmina!: árabe, "¡Alá nos proteja!"
Mardin: ciudad y fortaleza en la región de Gezirah.
faidit: occitano, proscrito, ex cátaro, perseguido y desposeído de sus derechos tanto por la Iglesia como por los franceses, lo que significa que podía ser muerto por cualquiera.
ex oriente crux!: latín, "¡del Oriente nos viene la cruz!" (en lugar de "la luz"), dicho aquí en tono irónico.
aualan salu...: árabe, "encontrad ahora la paz en la oración y Alá os escuchará".
shukran lakum...: árabe, "... os doy las gracias, halcón rojo".
Yo soy el...: texto de Abu Mansur al-Hallady, místico islámico del Irán que nació en 857; en 922 fue condenado, ahorcado y quemado.
palafrén: caballo entrenado para moverse acompasadamente, destinado sobre todo a las damas.
Heliópolis: griego, ciudad y recinto templario al este de El Cairo, actualmente Masr el-Gedida.
Abu Al-Amlak: "padre del gigante", sirvió como chambelán en Damasco primero al sultán Aiyub, después al sultán An-Nasir II.
coptos: cristianos egipcios (el término proviene de "egipcios"). La Iglesia copta existe aún hoy en Abisinia y Egipto.
Banu-Kinana: tribu beduina al servicio de El Cairo.
Te Deum laudamus: latín, "(gran) Dios, te alabamos"; alabanza litúrgica cantada.

Vexilla regis…: latín,

Las banderas reales avanzan,
la Cruz reluce con místico esplendor
donde Él se encarnó para redimirnos
y sufrió la muerte por todos nosotros.

Outremer: "más allá del mar"; en la Edad Media se le daba este nombre a Tierra Santa.

quaat al sabea'jitmat: árabe, "sala de los siete sellos".

al ujra?: árabe, "¿la otra?"

al yad al ujra: árabe, "la otra mano".

masikat al aidi: árabe, "cárcel de la mano".

abu al taqlib: árabe, "maestro de la palabra torcida".

qas al halq, anf ua udhun: árabe, "corte de cuello, nariz y orejas".

Alah yaatiku al 'umr al-tawil!: árabe, "¡Alá os dé alegría en vuestra larga vida!"

rais al jaddam: árabe, "chambelán".

Châlons-sur-Marne: ciudad en una de las provincias francesas orientales, cerca de Joinville.

Pedro de Vinea: ocupó, siendo aún muy joven, un puesto de confianza al servicio de Federico II; actuó de notario y redactor de todos sus documentos.

sappeur: francés, "zapador", soldado especializado en la construcción de minas (por debajo de las murallas enemigas).

ambos profetas: Jesús de Nazaret y Mahoma.

Musa al Ashraf II: Muzaffar-ad-Din, sucesor en el trono (cosultán) de El Cairo a los cuatro años; gobernó junto a Aibek, primer soberano mameluco.

ante portas: latín, "delante de las puertas".

señor Gualterio: Walter Chatillon, descendiente de Reinaldo Chatillon.

Reynald Chatillon: caballero procedente de Francia que en 1153 fue nombrado príncipe de Antioquía; rompió el alto el fuego concertado con Saladino y arriesgó el reino de Jerusalén en una guerra que perdió en los cuernos de Hatti; fue ajusticiado por Saladino en 1187.

Ex Adae vitio…: latín:

Por culpa de Adán
comenzó nuestra perdición.
Entre Dios y el ser humano
medió Cristo Nuestro Señor
y los reconcilió.

Ave maris stella…: latín:

Estrella del mar, te saludo

dulce Madre de Dios,
Virgen siempre pura,
Puerta única del cielo.

Solva vincla reis...: latín:
Libéranos de la culpa,
concede visión al ciego,
líbranos de todo mal,
¡haznos desear el bien!

Monstra te esse...: latín:
Muéstrate como Madre,
haz que sea propicio
a nuestros ruegos en la Tierra
Aquél que quiso ser tu Hijo.

Octava de san Remigio: fiesta que dura ocho días, celebrada por la Iglesia católica en honor del santo.

Sayarat al-Durr: viuda del sultán Aiyub, madrastra de Turan Sha, "madre de Halil".

Gamal ed-Din Mohsen: eunuco mayor en el palacio de El Cairo.

alama: árabe, firma de un soberano (aplicada casi siempre mediante plantilla).

Alhamdu lilah!: árabe, "¡gracias a Alá!"

II. VICTORIA EMPANTANADA

Praeliti et barones...: latín:
Prelados y barones,
condes famosos,
monjes y sacerdotes todos,
soldados y comerciantes,
burgueses y marineros,
ciudadanos y pescadores,
todos proclaman y cantan:
¡Ave María!

Reginae comitissae...: latín:
Reinas, hijas de condes,
nobles y finas damas
poderosas y preciosas
rodeadas de camareras
doncellas aún, pero también
mujeres ancianas o viudas
ascienden a la montaña

y cantan cual monjas: ¡Ave María!

Princepes et magnates…: latín:
Príncipes y caudillos
de estirpe real,
soberanos terrenales
poseedores de la gracia,
confiesan en voz alta sus pecados,
golpean arrepentidos su pecho,
doblan su rodilla y exclaman: ¡Ave María!

beit al hamam: árabe, "casa de las palomas".

Bahr as-Saghir: importante brazo secundario del Nilo (dirigido hacia el este) convertido en canal, que establece la comunicación con el lago Menzaleh.

dau: carguero egipcio de palo inclinado y vela triangular.

qua'at mahkamat al daraib: árabe, "sala del tribunal".

quailu al haq: árabe, "portavoz de la justicia".

besante: medio de pago en todo el Cercano Oriente, también en tierras dominadas por el Islam.

casbah: árabe, ciudad vieja, ciudad interior, muchas veces rodeada de murallas defensivas.

Bézant alla riscossa!: italiano, "¡acudid al rescate!" Inicialmente, grito de auxilio cuando alguien se encontraba en situación de emergencia durante el combate; grito de guerra de los templarios.

Alah yahfadhaq: árabe, "Alá se apiade de su alma".

fajinas: trenzado que sirve para reforzar los muros de tierra y dotarlos de mayor resistencia.

Szezedin: "hijo del viejo jeque", nombre creado por los cristianos y basado en la (mal pronunciada) palabra "jeque"; del mismo modo se formaron los nombres de "Saladino" y de su hermano "Sefadino".

malik de Alepo: rey de Alepo (está por encima del emir, pero por debajo del sultán); Alepo, Mosul y Damasco tenían categoría de sede real.

Guido du Plessis: comendador de los templarios de Tortosa.

Baha ed-Din Zuhair: conocido poeta y en su día secretario de los Ayubíes.

Antinoos: compañero de placer de Turan Sha (nombre probablemente derivado de Alejandro).

Popule meus…: latín:
Pueblo mío, ¿qué te he hecho
para que estés tan triste?
¡respóndeme!

Quia eduxi…: latín:
Porque te conduje
al país de los egipcios

¿has preparado la cruz
a tu Redentor?
¡respóndeme!

Hagos o theos...: griego:
Santo, oh Dios
santo, tu fortaleza,
santo, inmortal.
Apiádate de nosotros.

Sede, Sion, in pulvere...: latín:
He ahí a Jerusalén hundida en el polvo,
llena de cenizas su cabeza
envuelta en sacos;
donde un día se fundó la firme esperanza
ya no ondea la bandera de la piedad
ni reina el privilegio de la verdadera fe.

Sami: persa antiguo, "guía sabio".

halka: guardia personal del sultán.

descendientes de Saladino: los Ayubíes; el padre de Saladino fue el general Aiyub, nombre adoptado por la dinastía.

museion: griego, academia en la que enseñaban sabios famosos de todas las ramas científicas.

O tocius Asie...: latín:
Oh, famosa en toda Asia
hija del rey de Alejandría
a quien la diosa Maxentia
confió la filosofía
de las escuelas griegas.
A la sabiduría de sus enseñanzas debemos
la protección de las nobles doncellas.

Ezer Melchsedek: cabalista judío (véase más adelante) y sabio de la Universidad de Alejandría.

cabalista: intérprete de la *cabala*, teoría secreta judía dedicada a la interpretación mística del Antiguo Testamento, que transforma sus conocimientos en cifras y fórmulas.

Chevalier de Monte Sión: nombre que encubría a John Turnbull y señalaba su pertenencia a la *Prieuré*.

El-Suwais: árabe, Suez.

Alah yitawil 'umru: árabe, "¡Alá le conceda larga vida!"

Yahvé: hebreo antiguo, Dios: Jehová.

motus spiritualis: latín, "motivo espiritual".

conditores: latín, fundador, en el sentido de quien crea las condiciones necesarias.

III. UNA CABEZA EN LA PICA

claym: manto blanco de la Orden de los templarios, que llevaban encima de la armadura.
báculo: bastón de mando de los superiores de la Orden del Temple.
bahritas: eran llamados así porque sus cuarteles en El Cairo se situaban junto al Nilo (*bahr*); de sus filas surgieron los primeros sultanes mamelucos.
gamdaritas, los "chambelanes", otro grupo mameluco.
Car cel q'era…: occitano:

Su cabeza tenía gran valor:
el poderoso Roberto, conde de los francos
¡ha muerto! ¡Oh Dios!,
¡qué pérdida, qué dolor!,
¡muerto!
¡Qué horrible palabra
y dolorosa de oír!
Tiene que poseer un corazón duro
quien soporte tanta pena y tanto dolor.

Bab an-Nasr: árabe, puerta de la ciudad de El Cairo.
fustán: árabe, "ropaje".
Alah yaatikum…: árabe, "Alá os conceda una larga y feliz vida y un reinado próspero".
Alah yijalilkum…: árabe, "Alá conserve vuestra generosidad y largueza".
bahariz: árabe, "gente de mar".
haia bina lil…: árabe, "¡partamos al último combate!"
turcópolos: tropas auxiliares autóctonas de los barones de Ultramar y de las Órdenes militares. Los turcópolos con frecuencia ni siquiera eran cristianos; se alquilaban como mercenarios a los señores que gobernaban sus tierras de origen. Entre las Órdenes existía expresamente la institución de un comandante de turcópolos.
drapier: en las Órdenes militares, maestro a quien correspondía ocuparse de las ropas y vestiduras.
ibe'adu ya…: árabe, "dejad sitio, perros, ¿acaso queréis que nuestro señor se desangre?"
aina attabib…: árabe, "¿dónde está el médico, el gran curandero?"
aina hua?: árabe, "¿dónde está?"
malek al infrai: árabe, "el rey de los francos".
Alah yijaribhum: árabe, "Alá los pierda".

IV. ERRORES DE SOBERANO

Non nobis, Domine!…: latín, "¡No sea nuestra la gloria, Señor, no nuestra, sino de Tu divino nombre!"
Alah yirhamu ua…: árabe, "¡Alá lo reciba con benevolencia, suyo sea el Paraíso!"
Husam ad-Din Muhamad ibn abi'Ali: gobernador de El Cairo.
Ibn Wasil: cronista.
Ahlan wa sahlan…: árabe, "¡bienvenido, gran sultán!"
diván: árabe, "cancillería del Estado".
divus: latín, "divino".
gra'diva: latín vulgar, "gran diosa".
Sherezade: esclava que relató a Harun al-Rashid, califa de Bagdad, los cuentos de las mil y una noches.
Isis y Osiris: divinidades egipcias (Isis, femenina, era la diosa de la luna, del agua y de la mujer; Osiris, masculino, era el dios del sol, el fuego y el hombre).
yamaiat al hulud: árabe, "de la Orden de la intemporalidad".
Horus: el embalsamador lleva el nombre del dios halcón egipcio.
species calva flamingensis: latín, "esa especie de cráneo flamenco".
sheitan: árabe, "el diablo".
Guillermo de Holanda: antirrey de Conrado IV, tras la destitución de Federico en Lyon, en 1245.
Hermes Trismegisto: el más poderoso de todos los magos (del griego Hermes, mensajero divino y dios de los medicamentos y del comercio, y del griego Trismegisto, "el triplemente grande").
pauperes commilitones…: latín, "hermanos pobres del Temple".
pax et bonum: latín, "paz y bien", saludo de los franciscanos.
haniviim: hebreo, "profetas".
vae, vae qui…: latín, "pobre del que entrega a la hija del rey en manos del león, ¡pobre del que deshonra la gloria!"
denier: francés, fracción de la libra (monedas menores), décimo.
munditia esoterica: latín, "luz del saber secreto".
hermanos blancos: nombre que con frecuencia se daba en la Edad Media a ciertas hermandades, casi siempre religiosas. Aquí se refiere a los embalsamadores que habitaban la isla en el Nilo.
voz ofert fait gran honor: francés antiguo, "vuestra oferta es (os sirve de) un gran honor".
Vita brevis…: latín:
La vida es breve

y lo será cada vez más
la muerte vendrá más deprisa
de lo pensado,
la muerte apaga todo
y no respeta a nadie…

morbus scorbuticus: "escorbuto".

Scrivere proposui…: latín,

Me he propuesto describir la vanidad del mundo
de modo que la gente corrupta
no se excite en vano.

Tuba cum sonuerit…: latín:

La trompa llama a la última jornada,
el Juez arriba y proclama con gravedad:
sólo los elegidos morirán en la patria;
los condenados acabarán en el infierno,
los condenados acabarán en el infierno.

Vila, vila cadaver…: latín:

Serás un cadáver vil,
pues no quieres alejarte del pecado,
buscas el dinero,
vistes con presunción,
anhelas honores
y no estás dispuesto a arrepentirte
de tus pecados.

Qu'ieu n'ai…: occitano,

(Una de las cuatro canciones de amor de la más afamada de todas las trovadoras, la Condesa de Dia. Apenas existen datos biográficos sobre esta mujer.):

Pues aquél a quien he elegido es noble y bueno
y por medio de su persona
crece y aumenta el respeto.
Es noble, honrado y de buenos modales,
sabio y recto en el juicio.
Con insistencia pido confianza
y que nadie pretenda creer
que cometo un error amando a esa persona,
pues nada malo encuentro en él.

Mout mi plai…: occitano:

Me gusta que sea el más noble
aquél de quien deseo que me posea;
jamás abjuraré de mi amor,
pues no tengo valor para sustraerme a él.

E qui que…: occitano:
Y nadie debe hablar mal
pues nada le oculto,
muchas veces uno mismo coge
las ramas con las que después se golpea.

esfera armilar: instrumento astronómico para medir los círculos celestes.

Saturnus in pisces: latín, "Saturno en los peces".

coniunctio: latín, "conjunción".

epi xyou histatai akmes!: griego, "¡la cuestión está en el filo de una navaja!"

adlatus: latín, "ayudante".

Felipe de Montfort, uno de los barones más importantes de Ultramar, descendiente del famoso Simón de Montfort, general del ejército en las guerras contra los albigenses. En Tierra Santa, los Montfort ocupaban principalmente la ciudad de Tyros.

Unde hoc mihi…: latín, seg. Lucas I, 43:
¿Quién soy yo para que la Madre de mi Señor
se me acerque?
¡Aleluya!"

V. LA TORRE EN LLAMAS

harnakel: instrumento de tortura.

Izz ed-Din Aibek: (Al-Mu'Izz 'Izz ed-Din Aybak), general de los mamelucos que después del asesinato del último sultán Ayubí fue proclamado primer sultán bahrita.

camarilla de la corte: nombre despectivo que se da a los funcionarios (camareros) intrigantes de la corte.

cónsules: jefes administrativos y militares nombrados por el senado romano.

Roberto, patriarca de Jerusalén: después del Papa era el máximo dignatario de la Iglesia romana; Jerusalén era la sede del patriarcado.

imanes: árabe, máximos dignatarios religiosos del Islam.

vida qui mort…: limosín:
La vida que venció a la muerte
nos abrió el Paraíso
para que la gloria que Dios nos concedió
fuese verdad.

VI. ¡ALÁ LOS CASTIGUE!

madre de Halil: sobrenombre honroso de la sultana Sayarat al-Durr, esclava turca que dio al sultán un hijo llamado Halil. Éste murió siendo niño. El hecho de que Sayarat ascendiera al trono con el título de sultana, sin parangón en la historia del Islam, se explica por el deseo de dar a la revuelta de los mamelucos un aire de legitimidad. Aibek se casó con la sultana, pero más tarde ésta lo hizo asesinar.
Anna: joven cristiana, amor juvenil de Sigbert von Öxfeld, que acabó en el harén del gran visir Fakhr ed-Din. Fue madre de "el halcón rojo" y murió poco después del parto.
cum profanus in monte...: latín:
"Una vez el profano ha pisado el monte ya no puede regresar. Lo que decide no es su deseo, sino las leyes de los poderes que reinan allí."
qui incantationem...: latín. "El que se ha iniciado en el encantamiento ya no podrá abandonar el espacio mágico. ¡Es la ley!"
Chanterai por mon...: francés antiguo:
Cantaré
para darme valor,
pues tengo que consolarme
ya que padezco esta situación
¡hasta que lo vea regresar!
batul: árabe, "doncella, virgen".
Trencavel: estirpe de origen godo de los vizcondes de Carcasona, estrechamente emparentados con la casa de los condes de Tolosa, reinante en Occitania, cuyo rango en el tiempo de su mayor florecimiento era comparable al de la casa real francesa. La costumbre de contentarse con el título de "condes" no debe confundir, pues señores mucho menos poderosos ostentaban el de duques.
Esclarmunda: la leyenda la convierte en hermana de Parsifal, aunque en realidad se trata de una pariente cercana, de la línea de los condes de Foix. Procuró reforzar el Montségur y ha entrado en la leyenda como guardiana clásica del santo Grial.
Diaus vos bensigna!: francés antiguo, "¡Dios os bendiga!"
bitmarrid!: árabe, "¡como para quitarle a uno el zapato!"
ili aindu beidhen: árabe, "dos huevos en la bolsa".
nolens volens: latín, "queriendo o sin querer".
Rachid al-Kabir: comerciante de origen francés, residente en El Cairo.
gharamat mujalafitin: árabe, "multas convencionales".
yuafaq fil haya!: árabe, "¡tengas mucha suerte en tu vida!"
Maria, Dieu maire...: francés antiguo:

Oh María, madre de Dios,
Dios es tu Hijo tanto como
tu Padre
Virgen bendita, ruega por nosotros
a tu Hijo celestial.

Nicolás de San Juan de Acre: sacerdote.
gardez!: francés, "¡atención! ¡tened cuidado!"
hiyab: árabe, "velo".
mehbal: árabe, "coño".

VII. A LA SOMBRA DE LA GRAN PIRÁMIDE

Alisha: moza de la cocina.
iqal: árabe, "aro de tejido".
cariátide: griego, columna con figura de mujer.
dyinn: árabe, "espíritu malo".
venefica: latín, "mezcladora de venenos".
Yusuf: nombre árabe adoptado por Yves "el Bretón".
quiromante: griego-latín, "adivino, alguien que lee el destino en la mano".
Iseo: referencia a Tristán e Iseo, pareja legendaria de amantes.
verbum quod erat...: latín:

El Verbo que era al principio,
se hará carne en el vientre de la Virgen
gracias al Verbo.
Ah, el Verbo se hará carne, se hará
carne el Verbo que fue el principio.
Gloria al Padre que no fue creado,
y a su Hijo nacido hoy,
nacido hoy,
nacido hoy por el Espíritu Santo. Amén.

resurrectio symbolica: latín, "resurrección simbólica".
sacra nuptialia: latín, "santo matrimonio".
matrimonio en representación, celebrado en Tyros: en 1125, Federico II casó en Brindisi oficialmente con Yolanda de Brienne, que tenía entonces catorce años. Antes el arzobispo de Tyros, en representación del emperador, había celebrado el matrimonio con la menor ante el altar de esta ciudad.
ergo maris stella...: latín:

Por eso, Estrella del mar
que alberga la palabra de Dios,
aurora del sol,

puerta del Paraíso
por la cual nace la luz,
ruega a tu Hijo que nos redima de nuestros pecados,
nos conduzca al imperio de la claridad
donde la luz reina eternamente.
Amén.

afhimuhu fianna...: árabe. "¡No tiene elección, hacédselo ver!"

haid: árabe, "menstruación".

yayibu 'aleika...: árabe, "guardarás y protegerás a tu soberano como a las niñas de tus ojos".

la hefidh al...: árabe, "para guardar y proteger la fe matarás a sus enemigos".

muyrin: árabe, "matón".

Thot: divinidad egipcia, más o menos equiparable al dios Hermes de la mitología griega.

solsticio: posiciones máxima y mínima del sol.

Guilhem: el trovador Guilhem d'Autpol.

Esperanza de totz...: francés antiguo:
Esperanza de todos, que espero de todo corazón,
flores de alegría, fuente de gracia verdadera,
lugar de Dios, jardín de bienaventuranza...

repaus ses fi: francés antiguo, "guardado para siempre".

e tu?: francés antiguo, "¿y tú?"

capdels d'orfes enfants: francés antiguo, "custodio de los infantes huérfanos".

centauro: criatura mixta de la leyenda griega, con el cuerpo superior humano y el inferior de caballo.

VII. LA NOVIA EN LA CÁMARA MORTUORIA

Bab al malika: árabe, Portal de la Reina.

Bab al muluk: árabe, Portal del Rey.

O quanta...: latín:
Oh, qué gran milagro,
qué matrimonio tan feliz:
la Iglesia se casa con Cristo
y se celebra una fiesta.

Celebratur...: latín:
Se celebra una fiesta
en honor del Hijo del Rey Supremo,

alegría que los profetas
anticiparon en sus profecías.

Novo cantemus...: latín:

Cantemos al hombre nuevo
vestido con nuevas ropas,
alabemos a la doncella
ahora que la tristeza ha huido.

Est Deus...: latín:

Dios es lo que eres tú: un ser humano,
pero un ser nuevo
para que el ser humano sea lo que es Dios
y ya no sea como era antes.

O pone...: latín:

Deja atrás al hombre antiguo,
¡despréndete del viejo
y apodérate del hombre nuevo!

Visitatur de...: latín:

Desde el elevado trono es visitada
la pobre hija de Babilonia.

Persona filii...: latín:

Por haber sido enviado el Hijo en persona
ya nadie más aceptará la mortalidad
de nuestra carne.
Dejaremos las quejas para mañana
pues antes de empezar el día
llegará Cristo, nuestra alegría,
nacido del vientre de la castidad.

Nube carnis...: latín:

El que llegó para luchar
no se ha desprendido de su armadura real
aunque oculta el poder de su soberanía
tras la nube de la carne.
Pero engaña al enemigo
con su figura mortal.

Rubus ardet...: latín:

El arbusto espinoso arde,
pero aunque esté en llamas
el poder del fuego no lo afecta
la llama no destruye nada:
así florece la virginidad
cuando la Virgen es madre,
porque el parto no destroza nada.

Rex Salomon…: latín:
El rey Salomón construyó el templo
cuyo ejemplo vivo
son Cristo y la Iglesia.
Fundamentum et…: latín:
Piedra angular y fundadora
por mediación de la gracia
las piedras fundamentales y angulares del templo
son de mármol, los adornos
de las paredes también.
Una flor blanca es la piedra
angular de la castidad, y entre los prelados
la virtud y la persistencia.
Longitudo…: latín:
Longitud,
anchura
y altura del templo
cuando se entiende bien
la verdadera fe
son la fe, la esperanza y la caridad.
mutashakkiran…: árabe, "el rey acepta agradecido vuestro homenaje".
arraya'…: árabe, "por favor, arrodillaos aquí".
Templi cultus…: latín:
El servicio de Dios en el templo es magnífico
la casa huele a canela,
a incienso, resina y casia,
al adorno de las buenas costumbres;
y el bello sonido de las oraciones es su significado.
(Casia es el árbol de cuya corteza se obtiene la canela).
In hac casa…: latín, "en esta casa todos los recipientes son de oro y han sido cuidadosamente elegidos en la cámara del tesoro, pues conviene que maestros y ministros sean sabios y estén purificados por el fuego del Espíritu Santo."
leisa Alahu…: árabe, "no será Alá quien te hable".
el cocinero con su gran cuchillo: "los hijos del Grial" recuerdan a cierto personaje de Constantinopla que pretendía cortarles la cabeza.
Tu civitas…: latín:
Eres la ciudad del Rey de la justicia,
madre de la piedad:
en un mar de desgracias y de penas
restauras el imperio divino de la Gracia.
Te collaudat…: latín:

La corte celestial te alaba
pues eres madre del Rey y de su hija.

Per te iustis…: latín:

Por mediación tuya obtiene el justo la gloria,
por mediación tuya obtiene el pecador perdón.

stante pede: latín, "ahora mismo".

Alahu akbar…: árabe, "Alá es grande, y sucederá lo que a él le complazca".

Gólgota: antiguamente se suponía que éste era el lugar de las ejecuciones públicas en Jerusalén, pero después se ha demostrado que estaba en un terreno particular de José de Arimatea.

tímpano: griego, campo triangular que aparece en las fachadas, encima de puertas y ventanas.

Alah yijaribha!: árabe, "¡Alá los condene!"

Príapo: Fauno de la mitología griega que muestra un pie de macho cabrío, a veces tiene cuernos, y siempre magnificado y erguido el miembro.

Libro III

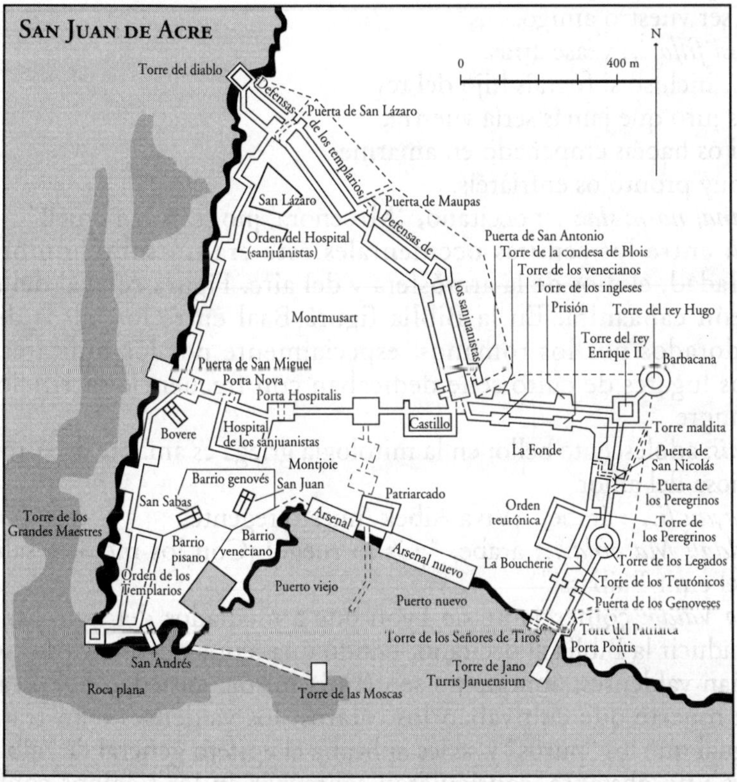

I. EL HALCÓN Y LA PALOMA

tenso: occitano, cante alterno, cante de competición.

Car jois e…: francés antiguo, del famoso tenso "Domna, tant vos ai preiada" ("Señora, os he rogado tanto") de Raimbaut de Vaqueiras:

… pues os guían el entusiasmo y la juventud,
vuestra cortesía, respeto y comedimiento
y demás propiedades nobles.

per qu'us sui…: véase arriba:

… por eso soy vuestro fiel admirador
sin reservas,
serio, respetuoso y pido benevolencia.
El amor que os propongo
me llena de felicidad y también de pena,
pues no me deja vivir.
Sería una gracia por vuestra parte
que me concedierais el favor
de poder ocuparme de vuestro bienestar
y ser vuestro amigo.

Si fossi fillo…: véase atrás:

… incluso si fuerais hijo del rey
os juro que jamás sería vuestra.
Si os habéis empeñado en amarme
muy pronto os enfriaréis.

Domna, no-m siaz…: occitano, "Mi señora, ¡no seáis tan cruel!"

Baal: entre los semitas occidentales éste era un sobrenombre de Hadad, el dios de la atmósfera y del aire. Figura central del panteón canaanita. En la Biblia figura Baal entre los falsos dioses adorados por los romanos, especialmente por los militares. En los lugares de culto se le dedicaban con frecuencia sacrificios de sangre.

Adonis: adolescente bello; en la mitología griega es amante de Afrodita, diosa del amor.

al maydu li…: árabe, "¡Viva Aibek, nuesto regente!"

Iafaddal! Ma ahla…: árabe, "¡Os lo ruego! ¡Con los mejores saludos del emir Baibars!"

Pedro Valdo: comerciante de Lyon que a mediados del siglo XII hizo traducir la Biblia al occitano. Fundó una teoría cuyos adeptos se llaman valdenses; aunque no sentían la misma ansiedad por alcanzar la muerte que cultivaban los cátaros, los valdenses eran tratados igual que los "puros" y se les aplicaba el epíteto general de "albigenses"; no obstante, consiguieron sobrevivir en los tiempos confusos de las cruzadas y siguen existiendo.

Étienne d'Otricourt: comendador de los templarios de Tortosa.

sou: moneda francesa, en aquel entonces veinteava parte de una libra; hoy es moneda de cinco céntimos.

Alah yimma: árabe, "¡Alá lo quiera impedir!"

Altas undas que…: canción occitana, atribuida al trovador Raimbaut de Vaqueiras:
Altos oleajes que trae el mar
y que el viento lleva de aquí para allá,
¿no traéis novedad de mi amigo
que un día se alejó de mí?
¡Jamás regresó!
iter initiatonis: latín, "camino de la iniciación".
fallax in speciem: latín, "equivocado desde su mismo origen".
Oh, aura dulza…: véase atrás:
Ay, dulce brisa que vienes de allá
donde duerme mi amigo, donde vive y habita,
tráeme un poco de su aliento
para que lo aspire, ¡tan grande es mi deseo!
Puerta de Siria: antiguo puerto de montaña entre Beaufort y Banyas, en el actual Líbano meridional, que da acceso a la llanura de Buqaia.
Allerêrst lebe ich…: alemán medieval, del *Canto de Palestina:*
Por primera vez en mi vida me siento vivir con nobleza:
desde que mi ojo pecador ha visto este sagrado país
tantas veces alabado…
Starkenberg: castillo de origen de la Orden teutónica, situado en las montañas al norte de San Juan de Acre, y que fue adquirido en 1189 por comerciantes hanseáticos de Lübeck, donado a la Orden y reconstruido; los cruzados también daban a la fortaleza el nombre de "Montfort".
Mirst geschehen…: continuación del *Canto de Palestina:*
Se cumplió lo que tanto he ansiado:
he llegado al lugar
donde Dios se hizo hombre.
Schoenui lant…: segunda estrofa del *Canto de Palestina:*
Eres el país más bello, más rico y noble
de cuantos he visto hasta ahora;
eres superior a todos los países,
¡cuánto milagro sucedió aquí!
Daz ein magt…: continuación del *Canto de Palestina:*
Que una Virgen diera a luz a una criatura
y domine a todo el ejército de los ángeles
¿acaso no es un milagro?
Or me laist…: de la canción occitana *Li novaiaus tens*, de autor anónimo:
Que Dios me permita ascender a tan alto honor,

para que pueda un día sostener a aquélla
a quien pertenecen mi corazón y mis pensamientos
desnuda en mis brazos, antes de salir
a empeñarme en el combate.

Torre de las Moscas: torre exterior de las fortificaciones portuarias de San Juan de Acre.

profeso: superior de una Orden, representante del gran maestre.

Enrique I de Chipre: reinó desde 1218. Procede de la casa Lusignan; de 1247 a 1259 fue regente de Jerusalén.

Guillermo de Chateauneuf, gran maestre de los sanjuanistas de Acre (1244 hasta 1259); inmediatamente después de ocupar su cargo cayó (en la batalla de La Forbie) en manos de los egipcios y no fue liberado hasta 1251.

Enrique de Ronay, gran maestre en funciones de los sanjuanistas (en la época en que Chateauneuf estaba preso, véase atrás).

Enrique II de Hohenlohe, gran maestre de la Orden teutónica entre 1244 y 1249; su antecesor fue Gerhard von Malberg.

Conde Günter von Schwarzburg, gran maestre de la Orden teutónica entre 1249 y 1253; sucesor de Enrique II.

Prusia: en otro tiempo fue un territorio ocupado por la Orden teutónica y habitado por los pruzzos.

Margarita, esposa de Luis IX de Francia, era por su nacimiento condesa de Provenza.

Mauclerc: procede del francés antiguo *mal clerc* y significa "mal sacerdote".

patriarcado: sede del patriarca de Jerusalén en San Juan de Acre, véase mapa.

Montjoie: parte antigua de San Juan de Acre, véase mapa.

Puerta de Maupas: francés, puerta del "mal paso", por la que se pasaba al lugar de ejecuciones, situado delante de las murallas; separaba la defensa de los templarios de la de los sanjuanistas, véase plano.

Enrique III: rey de Inglaterra, 1216-1272, hijo de Juan sin Tierra (John Lackland), casado con Leonor de Provenza, hermana de Margarita, (esposa de Luis IX); durante su reinado perdió Inglaterra gran parte de las propiedades que le quedaban en el continente.

pair: francés, miembro de la alta nobleza.

pro signo recipiendi: latín, "como signo de haber recibido".

Gloria in excelsis…: latín, cita de la liturgia de misa:
Gloria a Dios en las alturas
y paz en la tierra a los hombres de buena voluntad.

livre: libra, antigua moneda francesa.

Crucifixus etiam…: latín, cita del "Credo" de la Iglesia romana:

"… sufrió por nosotros la muerte en la Cruz; fue enterrado bajo Poncio Pilato y resucitó al tercer día, según las Sagradas Escrituras."

Hosanna in excelsis…: latín. Canción de alabanza durante la misa (antes de la Eucaristía):

Gloria a Dios en las alturas,
alabado sea el que viene en nombre de Dios,
Gloria a Dios en las alturas.

Credo in unum…: latín, cita del "Credo de fe":

Creo en Dios único,
Todopoderoso,
creador del cielo y de la tierra
y de todo lo que es visible e invisible.

Agnus Dei, qui…: latín, oración antes de la Eucaristía:

Cordero de Dios
que recoges los pecados del mundo,
¡apiádate de nosotros!
Cordero de Dios
que recoges los pecados del mundo,
¡danos tu paz!

Divine nutu…: latín, "a falta de la gracia de Dios sólo nos queda el conde de la Champagne." Referencia al conde de Joinville, senescal de la Champagne.

faubourg Montmusart: barrio moderno de la ciudad en la parte norte de San Juan de Acre.

Rennes-les-Châteaux: famosa sede de los templarios en el suroeste de Francia.

Probat spiritus…: latín. Fórmula del ritual de aceptación de los templarios: "Probad mi espíritu para ver si está guiado por Dios."

ordenación sacerdotal de Yves: en su juventud, Yves fue sacerdote, pero perdió el carisma a causa de un triple homicidio cometido en París.

medina: ciudad vieja, habitada por los nativos.

An-Nasir: soberano Ayubí que lo fue primero de Alepo, después también de Homs, para llegar a ser finalmente sultán de Damasco.

Abu Al-Amlak: "padre del gigante", chambelán en la corte de Damasco.

Salomé: supuesto nombre de la esclava (doncella de Yolanda) que el insaciable Federico II dejó embarazada durante la noche de bodas de Brindisi (1225). En realidad se llamaba Anaïs.

yen an nar…: árabe, "demonio incendiario".

kurbady: árabe, "látigo de piel de hipopótamo".

darham: árabe, "sestercios".

meleh barud: árabe, "sal nítrica".

taquqat ashshatrandy: árabe, "mesa de ajedrez".

II. LA NOVICIA Y SUS CABALLEROS

Porte Saint-Antoine: francés, puerta de San Antonio, véase plano de San Juan de Acre.

La soberanía sobre el reino de Jerusalén: la realeza de Jerusalén era hereditaria, incluso a través de los descendientes femeninos (primogénitas). El consorte de la reina no seguía siendo automáticamente rey si moría la esposa heredera. Así fue cómo perdió Federico II en 1229 el título, al morir de parto su esposa la reina Yolanda; sin embargo, fue regente en nombre de su hijo Conrado IV, que acababa de nacer. Pero como la presencia del regente era condición ineludible entregó el poder de soberanía a Alicia de la Champagne, casada con Hugo I, rey de Chipre. Hugo llegó a ostentar incluso el título de "rey titular de Jerusalén". Alicia murió en 1246 y Hugo en 1247, pasando entonces la regencia al poder de Enrique I de Chipre, su hijo, aunque seguía siendo "rey de Jerusalén" Conrado IV, hijo de Federico, a quien sucedió en 1254 Conrado V (Conradino). Después la regencia pasó, por herencia, en 1259, al rey Hugo III de Chipre, pero sólo tras haber sido decapitado Conrado V en 1268 sin tener descendientes pudo denominarse Hugo a partir de 1269 rey de Jerusalén. A pesar de ello, únicamente lo reconocieron como tal en Tyros, no en San Juan de Acre. Carlos de Anjou aprovechó el pleito de la herencia y compró en 1278, tras la muerte de Hugo III, el derecho a ostentar el título de rey en San Juan de Acre. El de Anjou lo conservó hasta su muerte en 1285. Después, en 1286, volvió a recaer en el rey Enrique II de Chipre, que lo conservó hasta la pérdida de San Juan de Acre, en 1291 (fin del reino de Jerusalén).

Conrado IV: hijo de Federico II, de su matrimonio con Yolanda (de Brienne), rey de Jerusalén.

disputa entre los Hohenstaufen y el papado: se inició cuando Barbarroja (Federico I) casó a su hijo Enrique VI con Constance d'Hauteville, última heredera del trono normando de Sicilia, e incorporó Sicilia al Imperio con la oposición encarnizada de Roma, para formar una *unio regni ad imperium*. El hijo de ambos, Federico II, insistió en la misma política, que desde el punto de vista de la Iglesia, deseosa de alcanzar poder terrenal y expansión, significaba sentirse atenazada.

De lai don...: occitano, del poema "Ab la dolchor del temps novel", una de las piezas más bellas del trovador Guilhelm de Peitieus:
De allí donde vive mi alegría
no recibo noticia ni carta sellada,

de modo que mi corazón
no me permite dormir ni reír.

Be-m degra de...: occitano, canción de Guiraut Riquier:
Ahora ya debería dejar de cantar.
Para cantar se necesita alegría,
y a mí me pesan las penas de tal manera
que, vaya donde vaya, no hago más que sufrir.

Ni'n soi...: occitano:
Ni estoy vencido, ni sufro penas,
ni siento dolor ni ira;
sólo que (ya) no envío noticias.

Ar me puesc...: occitano, canción *Ar mi puesc ieu lauzar d'amor* de Peire Cardenal:
A partir de ahora sabré administrar el amor
para que ya no me robe
ni el hambre ni el sueño;
ya no sentiré nada,
ni calor ni frío,
ni me quejaré ni suspiraré,
ni buscaré aventuras nocturnas.

undhur man...: árabe, "¡mira quién habla!"

placet: latín, "aprobación".

Gilles le Brun, sucesor de Imbert de Beaujeu, condestable de Francia tras su muerte.

huida de William con "los hijos del Grial" por la Camargue: procedentes del Montségur se encaminaron a Marsella, donde embarcaron para Italia.

Alah yatihi al...: árabe, "¡Alá le conceda poder y destruya a sus enemigos!"

mal amar fai...: occitano, de *Altas Undas*, canción de Raimbaut de Vaqueiras:
Es difícil amar a quien es vasallo de otro país.
Sus ojos y su risa provocan mis lágrimas,
y jamás habría pensado que mi amigo
me engañaría después de haberle dado
en amor cuanto me ha pedido.

Ar hai dreg...: occitano, de la canción *Del gran golfe de mar*, de Gaucelm Faidit:
Tengo buenas razones para cantar
pues ahora conozco la alegría y el placer,
la diversión y los juegos del amor;
y deseo que os plazcan

las fuentes y riachuelos claros
que alegran mi corazón
al igual que los jardines,
pues todo aquí merece nuestro amor.

Qu'era non dopti...: véase atrás:
Ya no temo el mar ni los vientos
ya soplen del sur, del norte
o incluso del oeste.
Mi barco ya no es juguete de las olas
y ya no temo las galeras ni los piratas.

tronituorum physicus fulgurisque: latín, "físico del rayo y el trueno".

sobrina: la madre de Clarion fue Anaïs, hija del gran visir Fakhr ed-Din. La enviaron como doncella acompañante de Yolanda cuando ésta acudió a Brindisi a celebrar su matrimonio con el emperador. Federico dejó embarazada a Anaïs, que le dio una hija, Clarion. Fakhr ed-Din tuvo con su esclava cristiana "Anna" un hijo, Fassr ed-Din Octay, "el halcón rojo".

Alah ma'ak: árabe, "Alá sea con vosotros".

Artemisa: diosa juvenil de la caza en la mitología griega, equivalente a la Diana romana.

Ingolinda de Metz: una ramera ambulante.

III. "EL PADRE DEL GIGANTE"

Domine Jesu...: latín, oración de mesa:
Señor Jesucristo,
pan de los ángeles,
pan vivo de la vida eterna,
apiádate y bendice este pan
como bendijiste el pan en el desierto,
para que cuantos tomen de él
alcancen a partir de ahora
salud en cuerpo y alma.

Fiorentino: castillo en la Capitanata.

Joaquín de Fiore: místico (hacia 1130 hasta 1202), abad del convento del Císter San Giovanni di Fiore, en Calabria, famoso por sus profecías; al nacer Federico II expresó sus conjeturas en torno al lugar ("un lugar llamado Flor") y a las circunstancias de la muerte del futuro emperador.

stupor mundi: latín, "estupor del mundo", "asombro del mundo", sobrenombre de Federico II.

fiat voluntas Dei!: latín, "hágase la voluntad del Señor".
Au tens plain...: francés antiguo:

En estos días llenos de truculencia,
de envidia y de traición,
de engaño y de falsedad,
carentes de virtudes y de honradez,
llenamos de hedor el siglo nosotros, los barones,
pues nos limitamos a observar (sin mover un dedo)
cómo son excomulgados aquéllos,
que querían hacernos entrar en razones.
A ellos dedico esta canción.

tempora mutantur...: latín, "los tiempos cambian y nosotros cambiamos con ellos".
Li roiames...: véase atrás:

Los reinos de Siria
exclaman y nos ruegan
que no los toquemos en nombre de Dios
mientras no hayamos cambiado.
Dios ama a los corazones honrados y a los hombres justos;
éste es su pueblo, al que desea ayudar.
Ellos alabarán su nombre
y conquistarán su tierra.

Alahu akbar...: árabe, llamada del muecín a la oración:

¡Alá es grande!
¡Alá es grande!
¡Creo que no existe otro dios fuera de Alá!
¡Creo que Mahoma es el profeta de Alá!
¡Acudid a la oración! ¡Acudid con presteza!

salat al dhuhur: árabe, "oración de la sombra más corta", es decir, la del mediodía.
Juan, "el Armenio": maestro de armas del rey.
liansurahu Alah: árabe, "¡Alá le conceda la victoria!"
sharab dhaki: árabe, "sopas aromáticas".
judrawat musajana: árabe, "verdura rehogada".
'ansat mashuia: árabe, "cabrito asado".
hamam majbusa...: árabe, "palomas empanadas y rociadas con canela".
aranib baria...: árabe, "liebre salvaje rehogada en salsa de frutas".
esfura: árabe, "pajaritos".
Enrique de Malta: almirante elevado a la nobleza por Federico II; en 1221 fue enviado por éste como avanzada a Damieta. En 1228 dio caza a la famosa pirata Laurence de Belgrave, conocida también por el sobrenombre de "la abadesa"; pero en lugar de ahorcarla se casó

con ella, convirtiéndola así en condesa de Otranto. Laurence se lo agradeció permitiendo que un desconocido la dejara embarazada: éste es el origen de su hijo Hamo l'Estrange (*estrange:* "extranjero, desconocido").

Alah yutawil...: árabe, "Alá le conceda por mucho tiempo la bendición de vuestros servicios".

ash sheitan...: árabe, "¡el diablo se habrá llevado a los dos!"

beit al hamam: árabe, "casa de las palomas, palomar".

Pithom: localidad en Egipto oriental.

ruinas del templo de Bubastis: al nordeste de El Cairo se encuentran las ruinas de este templo, en el que se veneraba a la diosa gatuna Bastet.

halka: guardia personal de los sultanes Ayubíes, formada por niños secuestrados en la guerra.

liahmikum Alah!: árabe, "¡Que Alá os proteja!"

Pelusium: conjunto templario en la costa mediterránea oriental de Egipto.

Codex per signa: latín, "código por signos".

Ni no m'aus...: francés antiguo, de la canción *Ab la dolchor del temps novel*, de Guilhelm de Peitieus:

No me atrevo a dar un paso más
hasta saber si todavía existe
la unidad en el amor
entre nosotros, tal como lo deseo.

Qu'eu sai...: véase atrás:

Sé que son las palabras
y las breves conversaciones que se difunden
con las que más de uno se jacta de amar.
Pero nosotros tenemos la pieza *(pessa)* y el cuchillo *(coutel)*.

En el uso idiomático de entonces, *pessa* tenía también el significado de "coño", y *coutel* el de "rabo".

Bab lil mir'a: árabe, Puerta del Espejo.

Venus Hespera: estrella vespertina (Fósfora = estrella matutina, y Hespera, se consideraban antes dos astros diferentes).

bil jariy...: árabe, "¡fuera ruge la guerra y ellos hacen el amor!"

Alah saufa...: árabe, "Alá los castigará y los destruirá".

mulahadha: árabe, P. S. = *postscriptum*.

rasul al akbar: árabe, "el maestro de los mensajeros alados".

Alah yuaffir...: árabe, "¡Alá os libre de mis preocupaciones!"

la qadara Alah...: árabe, "Alá el Misericordioso lo impedirá".

Safita: fortaleza templaria entre Tortosa (en la costa) y el Krak des Chevaliers.

Alah yankub...: árabe, "¡Alá me castigue, mísero de mí, con vuestras preocupaciones!"
burghul: árabe, "trigo triturado y hervido".
Alah yusamihuhu...: árabe, "¡Alá acoja su alma con benevolencia y la eleve al Paraíso!"
rais al...: árabe, "maestro de los mensajeros alados".

IV. TRAICIONADO Y VENDIDO

rais: árabe, "maestro". En hebreo es: rabai.
Hyerosolyma Sanctissima: griego-latín, "Jerusalén Santísima".
Sursum corda...: latín, introducción litúrgica a la Eucaristía (Introito):
¡Elevad vuestros corazones,
estamos con el Señor!
¡El Señor sea con vosotros!
¡Y con tu espíritu!
Ite missa est: latín, fórmula final de la misa: "Id en paz" (literalmente: así se ha proclamado).
hashashin: árabe, consumidor de hachís, término convertido después en "asesino".
Ab occultis...: latín:
Señor, perdona mis pecados,
los que están en mí,
y sálvame de aquellos otros
que me acechan.
Señor, escucha mi oración.
Sanctus, sanctus...: latín:
Santo, santo, santo es el Señor
Dios de los ejércitos.
El cielo y la tierra están llenos
de tu magnificencia.
Hosanna.
menstruatio remissa: latín, "falta de la menstruación".
Vigilate et...: latín:
Velad y rezad para que no
caigáis en la tentación,
porque el espíritu está pronto
pero la carne es débil.
sibra: árabe, "cebra".
malade: francés, "enfermo".
Grand Da'i...: Da'i es el (gran) maestre, el guía espiritual de los *fida'i*

(fieles); el "Grand" fue añadido por los francos (en analogía al "gran" maestre); en un principio la Orden se conformaba con el título de "maestro". También eran habituales los títulos "Da'i 'd-Du'at (Da'i jefe) y "Da'i l'-Kabir" (Da'i supremo).

safir: árabe, "embajador".

taqtuqa: árabe, "mesa baja".

Corazón de León: referencia a Ricardo Corazón de León.

Hierosolyma: Jerusalén.

ma 'aindakum...: árabe, Corán, sura 16, versículo 97:

Lo que tengáis con vosotros perecerá,
lo que está en Alá persistirá.

batur: árabe, "espantapájaros".

V. LA PUERTA DEL PARAÍSO

Taj al-Din: gran maestre de los "asesinos" sirios.

paso al Paraíso: el gran maestre (Grand Da'i) de los "asesinos" podía ordenar en cualquier momento a cualquier *fida'i* que diese el "paso al Paraíso", ya fuese mediante un encargo de asesinato (lo que calificaríamos actualmente de comando suicida) o invitándolo al suicidio. Existen informes de testigos oculares, por ejemplo el de Tibaldo (entonces rey de Jerusalén), quien estando de visita en Masyaf describe conmovido cómo cada vez que "el anciano de la montaña" batía palmas saltaba uno de los guardias desde el muro hacia el abismo y la muerte.

Diácono general de los cistercienses: rango supremo de esta Orden de monjes a la que perteneció también Bernardo de Clairvaux.

fida'i: árabe, "fiel".

Bab al dyanna: árabe, puerta del Paraíso.

quia propheta...: latín:

Si tu profeta es Jesús, Hijo de Dios,
¿quién puede derramar la sangre de los reyes?

asaya: sirio antiguo, "curandero, administrador de medicinas, ayudante, médico;" la palabra "esenio" (secta secreta judía) parece derivada de este término, y también es posible que se derive del mismo el nombre de "asesino", lo cual parece incluso más probable que suponer su derivación de la palabra *hashashin* (en árabe, consumidor de hachís).

unam sanctam: latín, "una y santa", refiriéndose al deseo de la Iglesia romana de reunir a todas las demás confesiones cristianas bajo su techo.

cardenal Rainiero de Capoccio, diácono general de los cistercienses.
manus terminatoris: latín, "la mano del ejecutor".
amenaza de los panes: los "asesinos" tenían por costumbre dar aviso de una agresión prevista depositando en secreto un panecillo todavía caliente cerca de la víctima.
L.S.: "locus sigilli", latín, "el lugar del sello"; en realidad se refiere al lugar donde debía aplicarse el sello y puede compararse a la fórmula actualmente en uso: "firmado".
gran Rumi: Mevlana Yellaludin Rumi, gran sufí y poeta del Afganistán. Huyó ante los mongoles refugiándose entre los rum-seleúcidas (en Konya), y en 1244 fue discípulo de Shams-Täbrisi. Los versos traducidos al alemán por el autor proceden de la obra todavía no publicada en dicho idioma *A Garden beyond Paradise*, poema místico de Rumi, editada por Jonathan Star y Shahram Shira, Editorial Bantam Books.
masasa: árabe, "boquilla" (de la pipa de agua).
Paráclito: griego-latín, "defensor, portavoz", aquí: Jesús.
apage Satanas: griego, "¡aléjate (de mí), Satanás!"
chía: árabe, "sucesión, huella": los chiítas intentaron imponer una dinastía que descendiera directamente de Mahoma.
sunna: mensaje, tradición (de las costumbres y reivindicaciones del Profeta); políticamente esta confesión no defiende una dinastía que descienda directamente del Profeta, sino la transmisión de su mensaje.
profundere sanguinem...: latín, "¿derramar la sangre del rey?"
cruzada contra Conrado, hijo de Federico: la funesta cuarta cruzada de 1204 contra Bizancio, que Venecia había pervertido con la aquiescencia (cuando menos posterior) de Roma, había desvirtuado la antigua idea de las cruzadas como una lucha contra el Islam, la religión de los "infieles". En 1209 Roma reunió (junto con Francia) nuevamente a los cristianos bajo el signo de la cruz, con la pretensión de proceder en esta ocasión contra los cristianos "herejes", los cátaros. Una vez más les prometió la absolución y la salvación de sus almas, como en las peregrinaciones a Tierra Santa. A lo más tardar desde 1245 (año del Concilio de Lyon y de la destitución de Federico II), los papas proclamaron sin cesar la necesidad de una cruzada contra el emperador, persecución que no cesó hasta que fue decapitado el último de los Hohenstaufen, en 1268.
Luciana de Segni, esposa del príncipe Bohemundo V de Antioquía, pariente de los papas Inocencio III y IV.
incubus: latín, figura diabólica que según las creencias medievales era

imaginada también como representación física del causante de las "pesadillas" que oprimen el pecho o del diablo que se introduce en el feto o en los intestinos de la bruja.

Capit Deus...: latín:
Dios determina el comienzo temporal del parto
pero la Virgen no renuncia a la ventaja
de la castidad, que no desaparece
ni siquiera como consecuencia del parto.

A quo postquam...: latín:
Después de haber sido bendecido su vientre
le sucedió lo que a ninguna otra mujer
pues se convirtió de manera milagrosa en madre
aquella cuyo lecho no conoció a un hombre.

Pythia: legendaria profetisa griega del oráculo de Delfos.

quiromante: el que predice el futuro leyendo la mano.

dharafa: árabe, "jirafa".

Dulcis sapor...: latín:
El sabor dulce de la miel nueva
ha roto la ley de la horrible bilis,
de ahí que hubiese que nombrar a la miel:
estrella del mar, diosa benevolente.

Guillem de Gisors, nació en 1219, hijastro de *la grande maîtresse* –gran maestre de la *Prieuré* de Sión–; Gisors fue su sucesor.

Scandelion: ruina de una fortaleza griega en la costa de Tierra Santa.

endura: del latín *indurare* = perseverar; entre los cátaros de mayor rango era el método habitual de acelerar el advenimiento de la muerte, negándose a tomar alimentos (incluso el agua). Se iniciaba después de recibido el *consolamentum* o "consuelo" cátaro (que ocupaba el lugar de los santos óleos católicos).

Guillermo Buchier, platero de París, conocido por sus obras técnicas de joyería, como el famoso "árbol de la bebida" para el gran kan.

artifex ingenuus: latín, "artífice ingenioso", constructor de obras de arte técnicas.

final glorioso en Constantinopla: se refiere al final de la estancia de los niños en dicha capital, pues gracias a su comportamiento valeroso salvaron una situación ridícula (por deformada y llena de exagerado misticismo) de modo que su fama no saliera mermada.

"gran proyecto": probablemente se trate de una idea de John Turnbull en torno al origen y al futuro de los infantes reales. Nunca se descubrió hasta qué punto el "gran proyecto" fue adoptado por la *Prieuré*. Poco a poco, sin embargo, la idea fue generando un dinamismo propio y en la época de la cruzada de Luis IX llegó a interferir en el

desarrollo de la historia, pues nadie podía ofrecer ni oponerle una alternativa mejor.
Villehardouin: Guillermo II, príncipe de Acaya.
obispo de Asís: Guido II della Porta (1204-1228).
hermandad de los blancos mantos: grupo de resistencia contra los ocupantes franceses de Occitania.
ath-thani: árabe, pequeño cuchillo de caza para asestar la puñalada de gracia; en su significado más antiguo (del Antiguo Testamento) calificaba a un hombre llamado "el apuñalador", del que se hablaba con reticencia y cuyas actividades sólo eran conocidas por los sumos sacerdotes. Este hombre debía preocuparse de que nadie muriese en sábado, para que no permaneciera insepulto, dado el peligro de descomposición que suponía el calor reinante. Para remediarlo se le partía la nuca al enfermo en alguna fecha más conveniente.
fiesta de Hasani-i Sabbah: fiesta del fundador de la Orden de los "asesinos" en Alamut. Este fundador reinó de 1090 a 1124.
malal al mauk: árabe, "ángel de la muerte".

VI. VANA ILUSIÓN DE LOS PERSEGUIDORES

perpetuum mobile: latín, "lo que se mueve continuamente" (y por sí solo).
motus corporis: latín, "movimiento de los cuerpos".
rafiq: árabe, "hermanos, compañeros". Con esta palabra se dirigían unos a otros los *fida'i*.
D'ai al-Kabir: árabe, Da'i de rango superior, maestro supremo.
Alah yurafiquna!: árabe, "¡Alá nos asista!"
che Diaus...: francés antiguo, "¡Dios os bendiga! ¡Salvados (estén) los hijos del Grial!"
al kilabu...: árabe, "los perros ladran, la caravana prosigue su camino".
tercia: tercera hora del día.
sunnitas: adeptos del califato electivo.
Saladino: An-Nasir I, Salah ad-Din, fundador de la estirpe de los ayubíes, llamada así por su padre, el general Aiyub.
último fatimida: en 1171 Saladino sucedió al último fatimida como regente en El Cairo.
imam: árabe, descendiente de Mahoma y por tanto cabeza religiosa de los chiítas.
ta'lim: árabe, teoría autorizada en la que se basa la doctrina de los chiítas; solo puede ser proclamada por el *imam*, a quien se considera infalible por su descendencia del Profeta.
raptus: latín, "crisis de rabia".

Manfredo, bastardo imperial, nació en 1232 del matrimonio morganático de Federico II (legalizado en su lecho de muerte) con Blanca, condesa de Lancia. Manfredo obtuvo el título de "príncipe de Tarento", y en 1250 fue nombrado por Conrado IV virrey de Sicilia. Tras la muerte de éste (en 1254) se proclamó rey, sin respetar las leyes de herencia; fue un soberano brillante y capaz. En 1266 perdió la batalla de Benevento contra Carlos de Anjou, y con ella el reino y la vida. Sus descendientes (del primer matrimonio con Beatriz de Saboya) pasan a gobernar el reino de Aragón, y después de las "vísperas sicilianas" reconquistan en 1282 la isla de Sicilia.

magister philosophiae: latín, "maestro en filosofía".

el gran Alberto: llamado también Alberto Magno, científico naturalista alemán, filósofo y teólogo, que enseñó en París de 1244 a 1248.

Roger Bacon: Rogerius Bacones, 1214 a 1294, *doctor admirabilis*, franciscano de origen inglés y contemporáneo de Alberto Magno, que enseñaba en París al mismo tiempo que aquél. Gran científico y astrónomo, fue el primero en verificar que el calendario juliano era inexacto.

saheb al muftah: árabe, "guarda de las llaves".

Trencavel de Carcasona, Roger Ramón II, 1185-1209; fue envenenado en la cárcel tras la conquista de Carcasona por el rey francés.

Gengis kan, unificador de las tribus tártaras, llamadas después mongoles; murió en 1227.

Bartolomé de Cremona, franciscano a quien el rey Luis envió en 1253, junto con William de Roebruk, como embajador a la corte de los mongoles.

mandil: árabe, "paño".

VII. SE HACE LA LUZ: UNA ROSA EN LLAMAS

Sybila, hija del rey Hetum I de Armenia, 1224-1269; hermana de Sempad y León III, casó en 1254 a propuesta de Luis con el joven príncipe Bohemundo VI de Antioquía.

Salvatz los enfans...: francés antiguo, "salvados (sean) los niños del monte (Montségur)".

sermunculus in culina: latín, "conferencia en la cocina".

summum culmen fortunae: latín, "máxima cumbre de la felicidad".

Pater noster...: latín:

Padre nuestro que estás en los cielos
santificado sea tu nombre,
venga a nos el tu Reino,

y hágase tu voluntad
así en la Tierra como en el cielo.

Jurm al ibra: árabe, "ojo de la aguja".

jardines colgantes de Semíramis: jardines legendarios, una de las siete maravillas del mundo.

As-sahra al…: árabe, "la rosa de acero en el fuego".

AGRADECIMIENTOS

Agradezco a Walter Fritzsche el interés tenaz demostrado por el autor y el tema, y su talento para disciplinar amistosamente al primero sin que el segundo sufriera menoscabo en cuanto a amplitud y atractivo.

A Daniela Bentele-Hendricks agradezco su dedicación resuelta a la lectura del manuscrito, que no limitó mi placer de narrador pero me permitió tener siempre en cuenta la debida correlación de los hechos históricos y las costumbres y formas de pensar de cuantos países y gentes extrañas intervienen en el relato.

A Michael Görden, su paciente asistencia y su disponibilidad permanente para guiar al autor a través de todas las fases de la redacción de esta obra, sobre todo para evitar que naufragara entre las rocas esotéricas. También le debo las adivinaciones del tarot de Joinville.

En cuanto a los arabismos, he confiado esta vez en los estudios y las traducciones del reverendo Daniel Speck; en cuestiones de liturgia y en relación con las canciones occitanas he acudido, como siempre, a Dario della Porta, profesor de Historia de la música en la Universidad de Aquila, y al doctor Helmut Pesch cuando se trataba de asegurar mis conocimientos del lenguaje humanista. Debo reconocimiento a Hoil R. d'Ernecq por las atenciones que me fueron dispensadas en Mena House, Gizeh. Otros consejos en el campo de la egiptología se los debo al profesor Ragheb Saleh Hanafi, de la Universidad de Alejandría; en cuanto al campo de las armas medievales, he confiado en el docente D. Randolph Wichman, de Londres, y en cuestiones de "la dinastía de los Capetos" en el *maître* Pierre Hache-Schroeder, París.

La tarea de introducir infatigablemente mi manuscrito de más de 2.000 páginas en ordenadores de compatibilidad diversa, que, no obstante, fueran capaces de suministrármelas impresas y listas para corregir, estuvo a través de cinco versiones *(in progress)* en manos de mi colaboradora Sylvia Schnetzer; la composición del índice se la debo a las manos ordenadoras de Regina M. Hartig.

Las ilustraciones, los mapas y las viñetas proceden del lápiz, la pluma y el pincel de Axel Bertram, Berlín. Le agradezco el esfuerzo con que ha sabido responder a mis intenciones, ligando con el estilo del tema y enriqueciendo así de una manera decisiva la imagen de la obra. Lo mismo debo decir de la encuadernación y de la cubierta. En este caso agradezco al Instituto E. Rancati de Roma el haber puesto a mi disposición el arma que ilustra la portada.

A continuación expreso mi reconocimiento por su sensibilidad y generosidad al departamento de producción de la Editorial Gustav Lübbe. Dedico a Arno Häring, Reinhard Borner y demás colaboradores de la casa mi agradecimiento final: *tante grazie!*

Hay obras y fuentes que se citan por responsabilidad profesional, otras por agradecido reconocimiento. Esto último es aplicable (y condición inexcusable para cualquiera que dedique su atención a la época de las cruzadas) sobre todo al caso de Steve Runciman, por su obra *A History of the Crusades*, Cambridge University Press, 1954, y por *The Medieval Manichee, a Study of the Christian Dualist Heresy*, menos conocida, publicada en la misma editorial en 1947. Otra obra muy especial es la de Jean de Joinville, *The Life of Saint Louis, Chronicles of the Crusades*, editada por The Estate of M. R. B. Shaw, 1963. Deseo mencionar además las siguientes obras: E. R. Labande, *Quelques traits de caractère du roi Saint-Louis et son temps*, 1876, París./ Mateo de París, *Chronica Maiora et Liber Abbimentorum*, ed. H. R. Luard 1876-82./ Elizabeth M. Hallam, *Capetian France*, Longman House, Essex, 1980./ Alain Forey, *The Military Orders*, MacMillan, 1992./ Alain Demurger, *Vie et mort de l'ordre du Temple*, Éd. du Seuil, 1989./ C. E. Bosworth, *The Islamic Dynasties*, Edinburgh University Press, 1967./ Bernard Lewis, *The Assasins, A Radical Sect in Islam*, Weidenfeld and Nicholson, Londres 1967./ Ed. Francesco Gabrieli, *Die Kreuzzüge aus arabischer Sicht*, Winkler-dtv, 1973./ Ed. Klaus J. Heinisch, *Kaiser Friedrich II.*, Winkler-dtv, 1977./ Jean-Louis Bernard, *Aux origines de l'Egypte*, Ed. R. Laffont, 1976./ Jean Gimpel, *The Medieval Machine*, Pimlico, 1976./ Jim Bradbury, *The Medieval Siege*, Boydell Press, 1992./ Además, mis propias publicaciones, *Franziskus oder das zweite Memorandum*, 1989, y *Los hijos del Grial*, 1991, me han permitido utilizar los conocimientos adquiridos durante mi trabajo en dichas obras.

Roma, junio de 1993
Peter Berling

ÍNDICE

Libro I

Libro II

Libro III

Observaciones del autor